黄金鳥

元一 著

中国文史出版社

图书在版编目（CIP）数据

黄金鸟/元一著.—北京：中国文史出版社，2021.3
ISBN 978-7-5205-2755-2

Ⅰ.①黄… Ⅱ.①元… Ⅲ.①长篇小说-中国-当代
Ⅳ.①I247.5

中国版本图书馆 CIP 数据核字（2020）第 246173 号

责任编辑：方云虎
封面设计：戚开刚

出版发行：**中国文史出版社**
社　　址：北京市海淀区西八里庄路 69 号　　邮编：100142
电　　话：010-81136630
传　　真：010-81136666
印　　装：廊坊市海涛印刷有限公司
经　　销：全国新华书店
开　　本：787 毫米×1092 毫米　1/16
印　　张：31
字　　数：600 千字
版　　次：2021 年 8 月北京第 1 版
印　　次：2021 年 8 月第 1 次印刷
定　　价：78.00 元

文史版图书，版权所有，侵权必究。

目　录

第一章　闹除夕拜大年

清光绪二十六年的大年初一，再过三个多时辰就到了。

这个年三十，天气晴朗。太阳从东边地平线走到西山头上，一路渐渐地由鲜红、炽白变成了暗红色球体。绚烂的晚霞映衬着冀西南元龙县西部逶迤的太行山脉，严冬肃杀了山上的植被，寒风摇曳着枯黄的枝干，衬托得赤褐色岩石愈加坚韧挺拔。山脚下，县境内自北向南横列着三条由西往东蜿蜒的分别叫作北沙河、潴龙河与槐河的河床。河面冰层泛着夕阳多彩的光芒，宛若三条由雄浑的山峦舞动着的彩带，自西向东飞过一段起伏的丘陵后，飘向一望无际的华北大平原。

群山中，有两座山千百年来被人们所遐想：一座距县城正西三十五公里处，因山顶圆平如磨而得名磨盘山，它向天宇呈现着巨大的盘体，仿佛在期待着天上的各路神仙下凡来碾米磨面，以救济那些食不果腹的芸芸众生；另一座是西北方向二十五公里处的封龙山，巍然崛起于太行之东，主峰似高昂的龙首，山势恰如弓身欲飞的龙体——古人据此称其为飞龙山，后来创造了一个神话故事塑造了飞龙形象始改称封龙山，这个故事赋予了飞龙能为天下百姓呼风唤雨庇荫降幅的使命。这飞龙经历了华夏五千年的沧桑与辉煌，眼下它正在隐忍着屈辱和苦难，渴望着能使之孕育一飞冲天力量的变局早日到来。

黄昏的天空中，盘旋着一大群全身羽毛明黄的鸟，颜色如黄金，又似皇帝穿的龙袍，多数人叫它黄金鸟，也有人称之为皇帝鸟。无论哪种称呼，人们都把它视为象征财富和地位的吉祥鸟，都盼望这种鸟能在自家的树上栖息而带来好运，让家人过上衣食无忧的日子。可是这种鸟喜欢选择在茂密的树林里筑巢，寻常百姓家稀落的树木无法吸引它们的目光，因此多数村人的愿望永远是梦中的奢望。鸟群在空中盘旋了一阵后，向县城北十余里的贞村俯冲下去，那里有一大片树林和丰富的食物在召唤着它们。

夜幕缓缓下垂，所有的村庄都弥漫起了愈来愈浓厚的年味，每个村落上空不约而同地响起了二踢脚的爆炸声。声音越来越密集，深邃的苍穹下闪烁着瞬间即逝的“星光”。这方地域的除夕夜有“坐年”的风俗，此时，村人们开始提酒端菜串起门来，家族亲眷、乡友邻里，在新年旧岁交替的夜晚，相互串门，饮酒叙情，通宵达旦。

贞村也不例外，大街小巷已经人来人往地热闹起来。这个村子原是个四十多户人家，三百多口人的小村庄。自从明朝洪武年间从山西大槐树下迁来移民后，经五百余年的艰难繁衍逐渐形成了现在一百多户人家，近千口人的大村子。村子里的十来个姓氏，几百年来生活在一起，为了生计，有喜有悲有争有斗，彼此却无法离开而相互依存，因此在骨子里埋下了浓浓的乡情。

住在村子西南角的杜化吉，从北屋西套间抱出一小坛山药干（注：红薯干）酿制的烧酒，对正在堂屋给送子观音画像烧香磕头的媳妇说道："瑛子，俺去高冉叔家转转，一会儿就回来。"在微弱的棉油灯光的映照下，女人两眼微合，满脸的虔诚，嘴里念念有词顾不上回应男人，她在祈求观音菩萨早日赐给她一个娃娃。过门三年了，她惭愧自己没能像和她同年娶到贞村的田生玉的媳妇那样，小子都两岁了，那才是做女人哩本事。近几个月来，瑛子便每晚地向观音画像烧香磕头，祈祷自己的肚子能早日怀上一个小生命，以尽到做女人的本分，也给这个清贫寂寞的家增添点儿活力。

杜化吉瘦小的身躯穿着一件藏青色粗布长袍，脑后挂着一条粗而长的辫子，走出土坯垒的北屋，穿过低矮的木质院门，折身向北拐进一条小巷，来到南大街，往东边全村第二大户高冉家走去。高冉对杜化吉有着天大的恩情，杜化吉九岁时娘得瘟疫死去，他跟着爹在外流浪了三年，爹也病死在了外边。成了孤儿的杜化吉返回了贞村，高冉收留了这个无依无靠的孩子，让他在自家豆腐坊当伙计，学得一手做豆腐的好技艺，因实诚、勤快，深得东家赏识。在杜化吉十七岁时，高冉操持着为他翻盖了房屋，娶了媳妇。杜化吉因此把高冉视为再生父母，除了感激、敬仰东家的仁慈外，他还十分羡慕东家倍受乡亲尊重的光彩，更渴望拥有东家那样雄厚的资财。这段日子，一股强烈的欲望在他的心中燃烧起来，他立下宏愿，这辈子一定要成就像高冉那样哩家业，置下二顷多地，盖上一座卧砖到顶哩三进院落，买十几匹膘肥体壮哩骡马，再养一圈大肥猪，每年酿几十坛高粱酒，和伙计们从地里干活回来，大块吃肉大碗喝酒，过上神仙般哩日子。东家虽对他厚爱有加，但仅是衣食无忧，却与他的梦想相差甚远，手艺在身，他不信不能出人头地。他拿定主意，一出正月就向高冉叔表明心迹，辞别高家自己做生意，大干一番。今天除夕夜他就是去找高冉叔好好地叙叙情，为日后离开高家做好铺垫。杜化吉一路上想着心事，敷衍着街上来来往往跟他打招呼的乡亲。

走了半程地，杜化吉来到了坐落在南大街东段坐北朝南的高家大院，大门两边高悬着两只发着红光的六角形灯笼，照得周围十分清晰。他刚走进敞开着两扇高大厚实黑漆木门的门洞，便听到身后有脚步声，回头看去，见魏老酒手里掂着一串粉肠也来到高家。他心里生出一丝诧异，魏老酒是贞村第一大户段士修家里哩老伙计，每年这个时辰他都是在段家，不知今年为什么来到了高家？

魏老酒年近四十，从十六岁就到段士修家烧坊扛长工，对酿酒这一行具有极高的天赋，不仅很快掌握了全部技艺，令人惊叹的是没几年工夫便自创了别具一格的风味，酿出的高粱酒绵延醇厚，拥有了远近大批好饮者。每年酿出的七八百坛子酒供不应求，为段家赚取了大量钱财。他是个出了名的实诚汉子，全村没有一个人说他的不是，年纪不大便获得了乡亲们给予的"魏老酒"这一爱称，久而久之人们便淡忘了他魏小猪的原名。就今黑夜来不来高家这个问题，魏老酒思忖了一天，二十多年来每个除夕夜他都是在段家度过，老东家对他不薄，平日给吃给穿，到年底还发给不少工钱，一家人每个年都过得十分欢喜。可是自从三年前老东家去世，少东家段士修掌了家之后，对使唤的伙计待遇一年不如一年，就是对魏老酒这个好把式也不例外。今年初段士修对他许诺，一年酿够一千坛子酒，到年根就给他二十块银圆。他半信半疑，二十块银圆可不是个小数目，兑现一半也不赖。几天后，魏老酒在给三小子魏三定亲那天多喝了几盅，一高兴就向未来的亲家承诺下了十块银圆的彩礼。这门亲事是南边邻村的刘媒婆牵的线，她知道贞村的魏老酒家的三小子聪明好学，是个可造之才，觉得和自村一个十五六岁的俊俏闺女很般配，经捏合，得到了双方大人的认可，女方那头只待彩礼到手，便把闺女嫁过去。谁知腊月二十三小年那天前晌，段士修让账房只结算给了魏老酒五块银圆，另加二斗小米。魏老酒看着手里的钱，半天才回过神儿来，鼓足胆量找到东家询问怎么不是二十块银圆？段士修说今年不景气，先欠着来年再补上。魏老酒无奈，只好揣着五块银圆回了家，正想着如何凑齐十块银圆给女方送彩礼的当口，媒婆前来催促了。魏老酒措手不及，这几年给大小子和二小子成亲耗尽了家财，手里没有一点积蓄，他央求媒婆给未来哩亲家捎话再宽限几天，媒婆不高兴地走了。魏老酒感觉事态不妙，当即把自家的一头猪杀了，第二天去县城卖了些钱，还是不够。返回后又四处筹借钱财，年关已到，谁家都急着用钱，求遍了亲戚好友，三天时间总算凑够了十块银圆。他惶恐地前往邻村找媒婆，可巧在半道上俩人碰上了面。媒婆是来给他捎信哩，说女方认为男方在欺骗人家，断然拒绝了这门亲事。魏老酒气恼至极，想来是段士修毁了三小子哩这门亲事，他拿定主意，决定过了年不去段家当把式了，另寻个主家。他想到了高冉，他早就敬佩高冉的为人，假如在高家，绝不会出现这样哩事情，趁这除夕夜先来高家打个卯，等过了年再寻机会向高冉提出到高家扛活哩心愿。

杜化吉和魏老酒各怀心事，只在大门洞相互招应了一声，便一同走进了高家灯火通明的院子。高冉十五岁的长子高鹏领着自家的两只大黄狗正在院里迎候前来串门的客人。高鹏看清来人，惊喜地叫道："老酒伯伯！化吉哥！俺爹在后院等你们哩！""真懂事，不愧是书香门第家哩孩子！"魏老酒感慨道，他不禁想起了和高鹏同龄的三小子魏三。这孩子自小对农事不感兴趣，却对诗书字画着迷，村里的私塾吸引不住他，今天一大早往怀子揣了几个小米面饼子，跑到封龙山看崖壁石刻和封龙书院遗址去了。魏老酒做梦都在期盼，三小子要是能改变魏家几辈人面朝黄土背朝天哩门风，成就个像高冉一样受人尊敬的秀才才好哩！这种期盼无数次地温暖着他的心。

高家大院共三进，一进是长工住房、喂养牲口和停放大车农具的地方，二进是高冉三个小子的住所，三进是高冉夫妻的居室，以及存放粮食的库房和厨房。整座院落的房屋地基由红色的石头砌成，四角卧砖，墙壁垒坯外抹白石灰，青砖白墙，墙体里的木架和梁檩连为一体，房顶用石灰和炉渣混合砸制而成，结实耐用，冬暖夏凉，在乡村属上等的房子。杜化吉和魏老酒沿着大院东边一条贯通南北的过道，径直到了三进院。高冉次子高鸿和三子高鹤在此玩捉迷藏的游戏，看到来人，高鸿立即停下脚步，冲北屋喊道："爹！老酒伯伯和化吉哥来了！"少顷，北屋正堂的棉门帘挑起，一个年龄三十四五岁的男子迎出来，对俩人欢喜地说道："快进屋！快进屋！"杜化吉谦让一步，跟随魏老酒跨进了门槛。

堂屋北墙正中摆放着宽大的红漆条案，条案两头各有一只铜烛台托着粗大的燃烧着的红蜡烛，照得满屋通亮。中堂上挂着梅松竹岁寒三友图及一副遒劲有力的行楷对联，上联："金石无声声在击考"，下联："天道有德德随善行"。正往八仙桌上加菜的高冉的女人高张氏赶忙腾出手，接过俩人手里的一串粉肠和一小坛山药干酒，嗔怪道："来就来，还拿东西！""拿不出手！拿不出手！"魏老酒不好意思道，杜化吉跟着随声附和。酒席上已经坐着五个人，两个是邻村给高家饲养牲口兼护院的长工老陈和黄六，每个大年三十都被高冉请来喝酒；两个是平日与高冉行走密切的乡亲；另一个是在高家打短工，年轻俊朗、巧舌善言、头脑活泛的田生玉。魏老酒的到来使在座的人感到新奇，纷纷起身让座，高冉就势把魏老酒让到里边的椅子上，挨着自己坐下。

坐满了桌子，正好开席，高冉从冒着热气用来烫酒的小木桶里拿出白瓷酒嗉，给每个人斟满牛眼般大的八钱青花酒盅，举杯道："一年到头没几天清静日子，趁这除夕夜大伙好好歇歇！这是老酒哥酿哩高粱酒，都放开喝，来，干一盅！"言毕仰脖一饮而尽，其他人也都痛快地喝干了盅里的酒。今天高冉特意打整了一番，上身着紫色细布对襟马褂，下身是相同布料的蓝色长袍，风吹日晒的脸上呈现着书卷气和谦恭之态。十余年前他和段士修在通过了县试和府试后，参加院试的童生考试，名列一等而一同成为全县仅有的几个廪生。这是秀才中的佼佼者，惊羡了数百个经年苦读梦寐以求却不成的老童生。为补贴廪生的膳食，朝廷按月发给几斗粮食，或把粮价折合成银两每年给几两廪银。民间称这类秀才为"二知县"，意思是其名望和地位仅次于县衙里的知县，这不仅是个人的荣耀，整个家族都为之自豪。四书、五经烂熟于心，人世间的道理懂了一些，高冉自信有了处事的底气，可以专心致力于营造自己理想中的家园了。他不想继续考取功名，他的理想就是经营好祖、父辈传下来的这份家业，竭尽所能帮助日子拮据的乡亲一同过庄稼日子。贫穷的富有的，老的少的，其乐融融地生活在一起，他就满足了。

对魏老酒的到来，高冉多少感到突兀，从对方心神不定和忧郁的眼神里，他隐约地感知到段家可能亏待了这个劳苦功高的伙计。如果是那样，人家可能是来散心诉委屈哩，多少年了魏老哥难得坐在这里，今晚正好尽兴喝一壶，絮叨絮叨家常，给他宽宽心。高冉给魏老酒和自己斟满酒，想好了让对方高兴的话题，说道："老哥！你家三儿一年比一年有出息，俺看以后能成栋梁之材哩！"

听到高冉夸赞三小子，魏老酒的脸上和心里立即乐开了花，嘴里却谦逊道："不成器哩孩子，以后你得多训他！"俩人碰杯痛饮而尽。

提到魏三，田生玉忽然想起了一件事，问魏老酒道："叔，三儿兄弟回来没？"

魏老酒明白田生玉是在向他要夜行牌，按约定三小子今天后晌就该回来了，可到天黑还不见他的影子，他担心怕出什么意外，心里有些忐忑，便自我安慰同时回复田生玉道："封龙山道儿远，俺估摸这会儿正往回赶哩。"

田生玉抱怨道："说好了今儿后晌回来，没回来，可别在外边招惹上是非连累俺们几家。"

大清国保甲制规定，十户一牌，十牌一甲，十甲一保。魏老酒和田生玉是近邻，他们和周围八户邻居轮流坐庄当牌头，三年一换，这三年轮到田生玉了。哪家有人夜晚外出，户主要向牌头请领夜行牌，在约定的时间内外出人回来要交牌销号。哪家人犯了法，另外九家要踊跃揭发，否则连坐同罪。所以每家人来去往，牌头都要及时上报甲长，甲长汇集后上交保长，以便保长掌握全村各户的丁口变化和每个人的行踪，出了事情好向县衙交代。前两天魏三和外村几个学友约定，今天一同去封龙山游玩，魏老酒昨黑夜到田生玉家领的夜行牌，说好第二天后晌交回。

"不会有事。"高冉接话道，"三岁看大，七岁看老，这孩子自小正道，他一定是痴迷封龙山上各种遗迹，流连忘返，天黑了才往回赶，约莫这会儿快到家了。”

田生玉明白东家是不愿意叫魏老酒难堪，再者东家是统管他们哩甲长，出了事情由甲长担着，自己何必瞎操心。他口吻一转附和道：“俺高冉叔说哩对，没准三儿兄弟这会儿就进了家门哩。”

高冉的话使魏老酒的心情转好，他端起酒盅对大家说道：“咱几个平日里来往少，俺每个人敬一盅，以后少不了大伙儿照应！”他逐一地喝下来，七盅酒进肚很快进入了半酣状态，心事随着酒劲涌上来，他扫一眼大伙儿继续说道：“求乡亲们记着给俺三儿说个媳妇。”

田生玉奇怪地问道：“三儿不是定亲了？”

魏老酒叹口气道：“没凑齐彩礼，黄了。”酒劲儿催着他一股脑儿说出了事情的根由。

原来如此，高冉心里埋怨段士修做事吝啬，嘴里却抱怨魏老酒道：“老酒哥，钱不够，怎么不到兄弟这儿来拿？”

“嗨，俺要是攀上你这样哩东家就好了！”魏老酒的眼里闪着泪花，酒力正劲，情绪一时激动，忽然提高嗓门道：“高冉老弟，俺当着乡亲们哩面问你一句，过了年俺到你家来扛活儿沾呗？”

高冉惊愕中感到这不是魏老酒无意识的醉话，是酒后吐出的真言，他对段士修的不满，不仅是借酒发泄一下而已，这个脾气倔强的实诚人，认准个理儿决不会轻易改变，看来今黑夜就是为了这件事而来。可是自己不能答应，如果答应下来，无法向段士修交代，高冉便撇开话题道：“老酒哥！你喝多了，喝碗茶水醒醒酒。”他知道魏老酒虽然是酿酒的好把式，酒量却不大，半斤酒就让他变成“神仙”了。

一旁的高张氏急忙去东套间屋的火炉上，提铁壶冲了一碗茉莉花茶端来，递给魏老酒。魏老酒推开茶碗，却端起酒盅一饮而尽，摇晃着站起来，对着高冉呵呵笑道：“你是菩萨心肠，你会答应俺哩！”说着推开椅子便向外走，“俺回去啊，三儿还饿着肚子哩。”

众人被魏老酒的醉态逗得大笑，只有杜化吉呆坐着想心事。高冉哭笑不得，抓住魏老酒的胳膊生怕他摔跟头，劝他歇会儿醒醒酒再走。高张氏慌不迭去西套间屋拿了点儿东西出来，迈着小脚追到屋门口，把用白布裹着的东西塞进魏老酒的怀里，说道：“没别哩好物件，尝两块猪头肉吧！”这是主家的回礼，魏老酒最喜欢吃的就是板猪头肉，往年自己都要做这道菜享受几顿，今年舍不得了，他把自家杀的猪都卖了用来凑彩礼，只留了一根猪肠子灌了几节粉肠用来过年。他推辞不过，还是接了这份回礼。夫妻俩陪魏老酒走到大门洞，碰上两个来串门的乡亲，高冉吩咐仍在此迎候客人的高鹏把魏伯伯送回家，转身接应刚来的乡亲往回走。这个时辰，二踢脚的声音稀疏了些。

高冉等人回到屋里，见田生玉正在要逗自斟自饮闷头喝酒的杜化吉。只听田生玉说道：“你往常比猴儿还欢实，今儿怎么了，闷头耷脑，是不是发愁弄不大媳妇哩肚子？要不俺去给你试把试把，明年保准给你生个大胖小子。”俩人都在高家扛活儿，干活儿在一块，吃喝也在一块，一有空闲就斗嘴解闷。可是现在杜化吉完全没有心思理会田生玉的戏要，他完全被魏老酒的情绪所感染，人家想来，俺想走，正合适，今儿黑夜就给东家一句痛快话，向东家说明自个哩心事，东家不会不答应。一直关照魏老酒的高冉，这才注意到杜化吉今天很是反常，便问这个小伙计道：“化吉，大年三十，发什么愁呢？”

杜化吉抬起头看着高冉关切的表情，鼻子一酸，泪水溢满了眼眶。他站起身，举盅对着高冉道：“叔！俺敬你三盅！”三盅酒下肚，憋在心里的话抑制不住往外涌道：“叔！俺琢磨了几天，今儿给你说一声，过了年俺就不来了……”

高冉截住杜化吉的话，问道：“不来去哪？”

“俺想自个做生意。”

“做什么生意？”

“卖豆腐。”

高冉明白了他的心思，这孩子心惶高，是想靠自己哩双手发家，可凭他这老实劲儿做生意谈何容易，却又不好拒绝，便叮嘱道：“沾，闯荡闯荡也好，生意场上什么人都能碰上，凡事多长个心眼，有过不去哩事别忘了找你叔。”

杜化吉已是泪流满面，推开椅子，冲着高冉跪了个头，感激道：“叔！你对俺的大恩大德一辈子不忘！”随即发出呜呜的哭声。

高冉搀扶起杜化吉道：“酒喝了不少，早点回家睡觉吧，需要家什和钱尽管说话。”作为回礼，高张氏把一坛陈酿高粱酒递给田生玉，叫他把酒和杜化吉一同送回去。

田生玉一手搀扶着杜化吉，一手抱着酒坛子向屋外走去，撇着嘴讥讽道：“老鼠做梦长翅膀，想变成夜飘虎（方言：蝙蝠）飞上天哩。”

高冉望着杜化吉的背影叹口气道：“这个除夕夜过哩！”

魏老酒在高鹏的搀扶下走在回家的道上，酒力激发着他的豪情，来到一个通向北大街的岔口，他忽然生出要去段家的念头，今儿黑夜就给段士修一个明白话，过了年不给他家干活了，便转身向北拐去。高鹏诧异地问道：“老酒伯伯，你这是去哪？”魏老酒这才意识到高鹏一直在陪伴着自己，他停下脚步道：“好侄子！回去吧，俺去段家转转。”高鹏提醒他酒喝多了，回家睡觉为好，别去段家串门了，但终是劝不住，生怕有闪失，就在后边跟着，直到看着他走进段家敞开着两扇大门的门洞，才返身回去。

段府的大门前和院里悬挂的许多六角灯笼，把整座宅院照得玲珑剔透。魏老酒走进大门洞没几步，就被两条看门的大黑狗围住了，绕着他嗅了嗅，放这个主家的老伙计进了院子。碰上生人，它们的第一声狂吠便会立即招来几个手持大刀、火铳的壮汉把不速之客团团围住。

因为清廷后几朝统治者昏庸无能，地方官吏贪腐慵懒，再加上这一带旱涝风雹蝗等自然灾害不断，大小疫情时有发生，百姓生活在无尽的苦难之中，这种社会形态是滋生偷盗抢劫杀人越货之徒的温床。为保一村平安，各户按田亩数出资购置枪械，再按门户摊派精壮汉子，组成巡夜队，农闲时练拳习武，农忙时各安本业，一年四季，每天夜里汉子们轮流在村子的几个路口把守，阻止陌生人进村。冬天是盗匪作乱最频繁的季节，腊月和正月巡夜更是添人加岗，好让村人安心过年，卣村也不例外。虽然如此，段士修还是从各村搜罗了一班身手不凡的汉子，来看护自家的宅院。各路盗匪也都知道段家的门进去出不来，没有哪个胆大的敢来自投罗网。

段府在县里是有名的大宅院，大院四周垒着高高的灰砖墙，严密包围着两个三进院落。与大门洞相通能并排行走两辆马车的甬道，把两个三进院落分开，大院套小院，院院相通，人来车往、直行回转很是方便。段家房屋高大宽敞，砖木结构，墙壁全部用灰砖卧垒，这座豪宅是经段家五代人逐渐扩建而成。大院后边是段家一片二十余亩的林地，开辟出一块建了烧坊和油坊。段家祖辈德高望重，代代相袭，靠勤劳和节俭拥有了六顷多土地。到了段士修父亲这辈，觉得家产足够丰厚，没必要再扩大，以守业为主，二十多年没有添置多少土地，遇上灾年还慷慨地救济缺吃少穿的乡亲。在这期间，高家财产则如早晨的太阳一样蒸蒸日上，大有后来居上之势。段士修看在眼里急在心中，十余年来他因参加了几次乡试未能中举而心灰意冷，便放弃了做官的念头。五年前他不顾哥哥段士贤反对，毅然从父亲手中要过段家的执掌权，欲扩大家业，梦想成就全县第一大户。他凭借与县衙的私交，以帮助村人改良农作物品种为由，把贞村的一顷多官田据为己有，同时大肆收买本村和邻村迫于生计的人家变卖的土地。两年时间，段家增加了两顷多良田，总共拥有了近九顷土地，又从南方购进了几台榨油机和轧花机，搞起了棉花加工厂，油料和穰包通过设在县城的粮行花店销往各地，加上畅销全县的坛子老酒带来的滚滚财源，段家的基业从来没有像今天这样雄厚。得到了这样的结果，老爹和哥哥完全消除了对他的怨气，任由他掌管家务。段士修也坚信自己是段家的救世主，在他眼里，段家的一切物什，包括扛长活儿、打短工的人都是他可以任意使唤的东西。不仅如此，他通过上下活动当上了统管全村事务的保长，聊以安慰了些没能成为戴官帽吃俸禄的朝廷命官的虚荣心。大清国保甲制规定，保长经村民选举一年一换，举目全村没有一个人有财力和段士修竞争这个职位，段保长就这样一年一年地担任着。渐渐地全村男女老少，在他眼里也就变成了可以呼来唤去的臣民。

段士修住在大院西边三进院落的第二进院里，每年的大年三十晚上，他都要在老爹居住的东边三进院落的第三进堂屋里摆两桌酒席守夜。魏老酒十分熟悉这里的一切，他来到摆酒席的堂屋门前，听到里边划拳行令饮酒正酣，知道在座的都是段家的亲眷高朋和前来给老少东家敬酒上台的伙计。往年上台的人里就有他，今年不同了，他不但不给东家上台，还要给东家难堪。他定一下神，鼓足勇气掀起棉门帘跨进了屋里。堂屋四面灯架上燃烧着粗大的红蜡烛，照得整个屋子通明。这堂屋比高冉家的宽大许多，门窗是用上好木材雕刻而成，屋顶用苇箔和白灰吊顶。气派的红漆条案正中摆放着一台精美的座钟，两边各有一只大气的青花瓷瓶。条案上方挂着一幅画工老到细腻的水墨田园风光图，两边隶书对联写着“风调雨顺收稼禾，笔劲墨翰写春秋”。屋子里摆的两桌酒席坐满了人，魏老酒径直走向里边的酒桌，站在一个三十出头脸型瘦削棱角分明的汉子身旁。此人就是段士修，这是他固定的座位，他和哥哥段士贤一右一左守在爹的两边。魏老酒的嘴里喷着浓烈的酒气断续地说道：“俺……今黑夜……跟你……说一声……以后俺就……不来你家……当伙计了。”说完踉跄一下脚步转身就走。同桌其他人都错愕地看着脚下无根朝外走的魏老酒，不明白这个平日里说话做事十分小心谨慎哩人，今天为什么突然说出冒犯东家的话来。段士修明白这是因为少给了他工钱，三十晚上借着酒劲儿使性子来了。段士修从来都是把这些长短工看成是自家的私有财产，他以主子的身份可以随便处置他们，而这些伙计对自身的去留是不能够擅自做主的。段士修本想把魏老酒叫回来臭骂他一顿，又不想扫了一屋人的酒兴，便强咽下这口气，招呼被这个小插曲打断了场的同桌人继续喝酒。站在段士修身后专门给老少东家斟酒的一条大汉，见主子脸色难看，要前去拧回魏老酒，让主子痛骂他一顿出出气。段士修喝止道："王虎，叫他走。"段士修沉郁的脸上忽然现出一丝轻蔑的微笑，他早已经吃准魏老酒的脾性，不相信这个老实巴交的人会有胆量离开他段家。

魏老酒出了段家大门，街上一片漆黑，他深一脚浅一脚地走在回家的路上，不知道摔了几个跟头才摸进了在村子南边的家。此时他的酒劲儿达到了顶峰，神志已乱，仅凭着潜意识踉跄着勉强走进了低矮的土坯房，扑倒在屋东头的炕上昏睡了过去，连三小子回没回来都没心力关心了。

夜沉入了深处，偶尔一两声二踢脚的爆响更增添了它的幽静。一个气喘吁吁的黑影跑进这个小院，看到屋门大开，里面一片漆黑，担心出了什么事情，大声叫着爹奔进屋里。魏老酒的鼾声和呼出的浓烈的酒气，使夜归人紧张的心平静了下来。他关上屋门，爬上炕，随手拽过两条被子，分别盖在爹和自己身上。他从三十多里外的封龙山一路奔来，虽然极度疲乏，却久久无法入睡。想着爹多年很少喝醉酒，今天如此大醉，一定是为了自己黄了的亲事借酒浇愁，他对爹很是愧疚，爹为他操碎了心！此人正是魏三，大年三十他和邻村的几个学友在天真烂漫的童心驱使下到封龙山游玩。这封龙山是冀西南方圆数百里的一座名山，原称飞龙山。传说数千年前，南山坡脚下的龙池村有一家妇人生一蛟，其父视之为妖怪，用斧斩杀，砍断其尾，此蛟逃至村外深潭躲藏。日久因思念其母，此蛟每个夜晚便来到山上苦修变化之术，经年累月，几十个寒暑春秋终能化成人形，遂变成中年形象回村寻其母，方知母亲因思儿心切已去世多年，便披麻戴孝守母坟三载。其间得到母亲托梦，让其用修炼成的本事帮助乡亲消灾避难。此蛟遵母教诲，竭尽全力庇佑受苦受难的乡亲，不被天灾人祸所害。玉皇大帝知道后为之感动，便封其为龙，使其本领更强，可变化于天地之间，隐现于云雾之中，保佑这片土地上的黎民百姓之平安。自此飞龙山改称封龙山，飞龙的形象也更加深入人心，成为这片土地的精神图腾和文化符号，元龙县名称就包含其中。两千多年前，赵国国君赵雍（武灵王）把这片土地分封给其子赵元，设县时赵元取自己和飞龙的名字各一字为县名。封龙山兼具文武双德：文有石雕群佛、壁画崖刻、六洞石窟，有修道之所的仙人洞，南麓更有历经数朝，久享盛名的封龙书院；武有自东汉以来，各朝代黎民百姓为寻求活路反抗暴政而聚众起事的义军寨址，那巨大的试剑石记忆着两千多年的血雨腥风。魏三向往封龙书院，地处封龙山南麓的这块风水宝地，在东汉时被汉明帝刘庄的启蒙老师李躬相中，在此结庐授业，后历朝历代诸多名士前来讲学。宋朝时建成书院，名师汇集，是四方学子心向往之的地方。元朝时李冶在此研究数学，成果卓著，是古代华夏唯一一座研究自然科学的书院。明末清初因社会动荡书院废圮，遗址仅存读书洞、洗笔池和启蒙泉，给后人留下了这里曾经辉煌了一千多年的物证。他在书院遗址凭吊先师们的业绩，在心里埋下了自己长大后也要成为一个答疑解惑、传授学业、受人尊敬的教书先生的梦想。年三十晌午他和几个学友在山上漫游，看中了山间小路旁两块大石头，想学崖壁石刻在上边凿字，他的想法得到了同伴们的赞同，并采纳了他想要刻的内容的提议。小伙伴们直到太阳快落山时才往回赶，在半山腰，孩子们又被一群弄枪舞棒的汉子所吸引。他们听说过山上住着一伙儿打家劫舍、杀富济贫的好汉，却不曾见过，现在就在眼前展示本领，不由得看入了迷，天黑下来方继续赶路。

五更时分，天色由墨黑变成了灰白，微弱的光线透过窗棂上糊的黄表纸，给这座小屋增添了一丝亮色。魏老酒从醉梦中醒来，触到了身旁仍在熟睡中的魏三，他高兴地起身从棉袄兜里掏出火镰和火石擦出火花引着火绒，点亮了窗台上黑釉瓷碗里棉油浸着的灯捻，把油灯端到三小子的头前，疼爱地端详着那副被寒风吹得有些粗糙的脸庞。此时，从外面传来起五更放的二踢脚的爆响，魏老酒走出屋门，到挨着北屋墙体用树木枝干和柴草搭成的灶火间生火烧水，准备煮饺子。

魏三被四邻越来越喧嚣的二踢脚和鞭炮的爆响声惊醒，他看到窗户上闪烁着红光，窗纸随着推拉风箱的节奏一凸一凹"呼嗒呼嗒"地响动，知道爹在烧火煮饺子。他回回神蹿下炕，走出屋门来到灶火间，见爹正拿着用柳条编的笊篱从热气腾腾的锅里往灶台上的两只海碗里盛饺子。魏老酒扭头亲昵地看一眼三小子，催他趁热快吃。这饺子是魏老酒夜隔（方言：昨天）后晌包哩，白菜馅没有丁点肉。父子俩各端上一碗回到屋里，魏三把碗放在地桌上，二话不说，冲着魏老酒"扑通"跪在地上道："爹！三儿给你拜年啦！"魏老酒欢喜地伸手拽起魏三道："起来起来，咱父子间不要这么大礼！快趁热吃饺子，一会儿去给乡亲们拜年哩，顺便把夜行牌还给田生玉，人家正为你担心哩。"魏三应着起身坐在小板凳上，拿起筷子狼吞虎咽起来。这时，已成家另过的大小子和二小子走进院来，齐声叫着爹跨进屋门，即刻冲老子磕了头。魏老酒急忙放下碗筷，刚把俩小子从地上拽起来，一阵杂乱的脚步声从院外传来，他知道邻居们给自己拜年来了，急忙迎出去，见一群人走进了院子，不等他开口问好，人群中混杂成一片"老酒大伯""老酒叔""老酒哥"的拜年声回荡在院子里，接着是一阵膝盖碰触地面的"扑通"声。魏老酒忙上前搀扶起最前边的乡亲，热切地请大伙儿屋里坐。众人齐声谢过后，便转身出了院门向下一家走去，魏三和两个哥哥续在人群后边也拜年去了。男人们直到把全村所有比自己辈分高的人都拜一遍，才算是完成了这一隆重的礼仪。

这个时辰，全村正有无数个拜年的队伍在村子里游走。

魏三尾随着人群，一路拜到了北街西段的丁黑子家，这期间他在拜年的队伍里碰上了田生玉，把夜行牌交给了牌头。临近丁黑子家时，魏三快步挤到人群前头，第一个跨进了门槛，见丁黑子正站在屋门口迎候着他们。年逾不惑的丁黑子生就一身皂色皮肤，爹娘据此给他起了这个名字。他自小跟着爹打铁，脸庞被炉火炙烤得更增加了一层黝黑，如铁铸一般的身板因经年累月的劳作而变得有些弯腰，性情生就刚直的他被艰辛的岁月磨砺得愈加锐利。此前丁黑子已经送走了几拨给他拜年的乡亲，知道后边还会有人前来，便一直候在屋门前。这一拨乡亲刚走进院子，还没有向主家喊出拜年的声音，丁黑子亮如洪钟的嗓音已在院子里响起来："给乡亲们拜年啦！"众人立刻爷、伯、叔、哥地回应着，随即满院子响起磕头的声音。乡亲们十分敬佩丁黑子，他的性情就像他的声音那样洪朗、刚直，他的为人就像他打出的铁器那样厚重、沉实。他从不攀附权贵之人，更蔑视那种邪恶奸猾之徒，几十年来他没少痛骂那些不良无道之辈，他疾恶如仇的高嗓门能把不仁不义者骂得魂飞魄散，连段士修都惧他三分，而善良的人们却把他视为可以替他们秉持正义的主心骨。人们站起来，齐刷刷向丁黑子合掌致意。丁黑子以同样的手势还礼，直到把乡亲们送出了院门，方收回礼势。他回身看见魏三还站在院里，看这孩子像有心事的样子，问道：“找你大伯有事？”魏三恭敬地回道：“大伯！求你给俺打几副凿子和锤子。”丁黑子问道：“干什么用？”魏三道：“在封龙山上凿字用。”丁黑子好奇地问道：“凿什么字？”魏三正色道：“俺看中了两块大石头，想在上边刻上‘圣迹’和‘佛心’四个字。”丁黑子半知不解地问道：“‘佛心’俺懂，‘圣迹’是什么？”魏三来了精神，解释道：“‘圣迹’就是孔圣人做过的事情。”丁黑子恍然，夸赞道：“好小子！有出息！不白……”他扭头冲北屋高喊一声。很快从北屋窜出一个黑瘦但精壮的半大小子来，这就是丁黑子的儿子丁不白，他一直在屋里伺候犯了哮喘病的娘。丁黑子育有三女一子，前头三个闺女随娘长得白净，这小子从娘肚里钻出来时，丁黑子看到一团黑皮囊，便哈哈大笑道：“这兔崽子随俺，也是个黑，就叫不白吧！”三个闺女长大后都出嫁到了外村，丁不白跟在爹身边学打铁，十五六岁已掌握了不错的技艺，打造各种农具得心应手。丁黑子吩咐不白道：“这几天给你魏三兄弟打两把锤子四个凿子。”丁不白爽快地答应一声，同时给了魏三一个笑脸。丁黑子转向魏三亲昵地说道：“臭小子，满意了吧！回去给你爹捎个信，叫他晌午到俺家来喝酒！”魏三高兴地应着跑出了丁家，追赶拜年的队伍去了。丁黑子比魏老酒大几个月，俩人是发小，脾气相投，平日往来密切，亲如同胞兄弟，彼此视对方的孩子与亲侄无二，每年大年初一都要在一起喝上一壶。

所有拜年的队伍散开时，天已大亮，各家的男人们带上酒、肉、馍馍、花卷、年糕等美食及烧纸、二踢脚去自家的祖坟祭拜逝去的先人。

丁黑子父子俩来到村东北方向一片柏树林立的坟地，这是贞村多数姓氏的祖坟所在地。各家来上坟的都是男人，却独有一座坟旁跪着一个少妇，两手撩着燃烧的纸钱，眼里噙着泪水，嘴里祷告着让爹娘收好钱在九泉之下享福的言语。她的身旁站着一个目光呆滞、神态猥琐的男人。丁黑子父子从这座坟前走过，怜悯地看着这个面容清秀、肤色经风吹日晒失去了光泽的少妇，哀叹她凄惨的身世。这个妇人名叫牛四妮，是村子最北边那道街上牛旺子的四闺女。牛旺子两代单传，父亲给她起的名字就是企盼从他这辈开始儿孙多起来，自他成了家就盼望着媳妇能为他生出几个两腿夹着巴巴的孩子来。可是随着头三个孩子的降生，牛旺子一次次期盼的烈焰一次次被失望的冷水浇灭。在女人的肚子第四次隆起时，牛旺子炙热的期盼又一次充盈了他的大脑，然而他获得的是又一次失望。当女人看到自己又为牛家增添了一个讨人嫌弃的闺女时，她再也承受不起男人对自己刀子一般的目光和寒冰一样的言语了，生下孩子的第三天她用一碗卤水结束了对牛家的愧疚。没有了女人，牛旺子的日子就像他家那扇十几年没修理的栅栏门一样支离破碎。他对四个闺女也不珍爱，拿她们当小子使唤，耕种、收割全由她们操持。但有一点，她们因此都没有经历被裹脚的痛苦。在她们一个个长到十四五岁时，便从商人或富户手里换回一些钱财供自己每天沉醉在酒香和虚幻缭绕的大烟雾里。四妮子是在几个姐姐的养护下长大成人的，每一个姐姐出嫁在她内心都会增添一份思念和痛苦。家里只剩下她一个闺女时，每天夜里陪伴她的是两行流不尽的泪水。她也到了出嫁的年龄，本村、外村前来提亲的媒婆络绎不绝，都被牛旺子一口回绝，他还要靠四妮子养活自己几年哩。直到四妮子成了二十岁的老闺女，同一道街上，村西口的石计有用十亩好地做聘礼，托人为他性情懦弱人称石傻子的小儿子说媒来了。这石傻子二十岁出头，跟他同龄的男人早就娶妻生子了，皆因他立不住门户，没有谁肯把闺女嫁给他。十亩好地赢得了牛旺子的欢心，把脾性好又能干活的四妮子许配给了石傻子。那十亩好地的地契没在牛旺子的兜里揣上几天，就变卖给了段士修，他用这些钱财每天享受着酒肉和大烟泡。在耗尽了最后一文钱时，他也用一碗卤水结束了自己的性命。大年初一牛四妮来给娘和爹送些吃食和花项，她没见过娘，长大后她知道了娘的死因，她可怜娘，她不抱怨娘撇下她不管，爹不喜欢她不亲她，她也没有怨恨，她只恨自己不是个男儿身，让爹丧失了对日子的盼头，让娘过早地离开了人世。她嫁给了石傻子，石傻子像木头一样老实，连对男女之事都羞却得都不敢主动碰她的肌肤一下，她也没有埋怨。她知道石傻子对她好，石傻子在看到她操持地里活儿和家务时，怕累着她，总会在一旁给她当帮手，有好吃的总会拿给她吃，让她重新感受到了温暖，能过一辈子这样的日子她也就心满意足了！

丁黑子父子二人上完了坟走在回家的路上，远远地看见几个半大小子把二踢脚斜放在地上点燃，射向走在前面的牛四妮和石傻子。二踢脚在距俩人不远的地方爆响，惊吓得小两口左右躲闪。那几个小子从中得到了乐趣，兴奋地在麦地里翻跟头打滚，随后又点燃一个二踢脚继续他们的恶作剧。丁黑子气恼不过，叫丁不白制止他们。丁不白弯腰捡几块坷垃一个个投过去，砸在那几个欺负人的小子身上。本想发作的几个浑小子回过身来见是丁黑子父子，立刻作鸟兽散。牛四妮和石傻子停下脚步，感激地看着丁黑子父子。丁黑子挥挥手，示意俩人快回家去。

上完坟后高冉领着三个小子来到了段家。长子高鹏提着一篮子上供的肉食和馍馍、花卷，次子高鸿和三子高鹤各抱着一坛子外地产的老白干酒，走进段士修父亲居住的东边第三进院里。段家男女老少今天都团聚到了这里，几个女人赶忙接过三个孩子手里的东西，段士贤、段士修兄弟俩把高冉让进北屋。段士修的娘几年前因病故去，堂屋的太师椅上只坐着段老爷子，高冉恭敬地目视长者，双手合掌，说着“给叔拜年了！”随即双膝跪在地上。段老爷子欢喜地说不必多礼，两手撑着椅子扶手急忙起身前去搀扶高冉。不等长者离座高冉站起来退到一边，把位置让给三个小子，看着他们有模有样地分别给各位长辈拜了年，脸上洋溢着喜悦之情。孩子们懂事了，知道高段两家亲密交往的历史，每拜一次年，就加深一层他们对段家的感情。

段老爷子每年都期待着这一天，几十年了，每个正月初一他都把高家人的到来当成一件最重要的事情对待。高段两家的亲近是发自骨子里的情感。四十多年前高冉的爹和段士修的爹正值年少，一个家道贫寒起早贪黑为生计奔波，一个朱门大户整日游手好闲，俩人素无往来。那年夏天的一个晌午，段士修的爹在村东的水濠边用竹竿扎蛤蟆，不慎落水，因不谙水性，在水中沉浮挣扎，他的几个同伴在岸边只是吓得惊叫而无计可施。恰巧高冉的爹牵牛去村东地里浇水，听到呼救声跑来，跃入水濠把已经灌饱了肚子的段少爷拖上了岸，放在牛背上溜空了他肚子里的水，直到苏醒过来，交给他的几个伙伴方才离去。段士修的爷爷为报答高家的救子之恩，给了高家五十两银子，又让两个年龄相仿的孩子结为兄弟。自此两家成了亲戚，高家在段家的扶持下经过二十余年的苦心经营逐渐兴旺了起来。高冉和段士修弟兄两个自小在一起玩耍，一同上私塾，参加县、府、院举办的生员考试，两家各出了一个廪生，真是皆大欢喜！在家业日益扩展之际，高冉的爹娘不幸在一场瘟疫中离世，把这个家丢给了二十岁出头的独子。高冉遵循爹的遗嘱，对内勤俭，对外厚道，十年不到就把这个家发展到了贞村第二大户。

八仙桌摆上了丰盛的酒菜，男人们围坐在一起喝着酒，女人们屋里屋外地忙活着，高段两家的孩子们在院子里玩耍嬉闹。更热闹的是栖息在后院一大片树林里的黄金鸟，它们婉转悦耳的叫声给这酒宴增添了些许喜庆气氛。段家人把这些鸟视为自家的祥瑞之物而加以呵护，冬天缺少食物，每天早晚两次往树林里撒几斗小米喂之，鸟儿们自然都喜欢在这里筑巢。多少人家羡慕嫉妒至极，却无法把它们吸引到自家的树上沾点儿瑞气。高冉自然也羡慕，却不嫉妒，他认为那是段家几辈行善修来哩福气，他高家还不够资格。段老爷子喝了几盅，不胜酒力，起身到里屋歇息去了，酒席上只剩下了高冉和段士贤、段士修弟兄三人。高冉排行老大，段家兄弟频频向他敬酒。高冉推脱道：“酒都叫俺一人喝了，不公平，咱们划拳分输赢，输者喝酒。”段家兄弟响应，于是“哥俩好，五魁首”地响彻整个屋子。喝到半酣，段士修突然岔开话题，对高冉道：“大哥！俺有个想法跟你商量一下。”高冉专注地看着段士修，等着他的话。段士修嚼咽下一口菜道：“这两年匪患越来越猖獗，咱村现有哩火铳、大刀恐怕应付不了，俺想让乡亲们凑点儿份子钱买几支洋枪加强村子防御，你看沾不？”高冉思忖道：“购置枪械，得先征询一下县衙，看叫买不叫买。凑钱哩事，先跟乡亲们商量商量，总共花多少钱，每亩地摊多少。”段士修摇摇头不以为然道：“买枪哩事，去县衙备个案就沾了，这事俺出面。买枪哩钱，俺也算好了，十支长枪五支短枪，大概花一百五十块银圆。这回不能跟以前那样按田亩数筹集了，要按人头摊派，不然咱两家地多人少，太吃亏了。”高冉不赞同段士修的说法，纠正道：“还是按照旧例筹钱好，这法儿各村延续了几百年，唯独咱改，叫乡亲们生怨气哩。”段士修断然道：“怕什么？叫牌头们去敛钱，反正咱听不到难听话。这件事，出了正月就办。”高冉想再坚持自己的主张，又顾及段士修的强势脾气，争辩怕伤了感情，只好默然，随他去吧。

第二章 结交神秘客

正月是辛勤劳作了一年的村民难得休闲玩耍的日子，村里宽敞的街道和村外几个收麦打谷的场院是他们耍龙灯、舞狮子、牛斗虎、划旱船、踩高跷、抬花轿、拉碌碡、擂战鼓、甩霸王鞭、演猪八戒娶媳妇的舞台。

耍龙灯，演员少则十余人，多则数十人，整条龙短则数丈，长则十余丈，龙头前有锣鼓响器开道，旁有手持彩球的演员领舞，一条蛟龙追逐彩球，左右摆动，上下翻飞，气势磅礴，栩栩如生；牛斗虎，牛虎相搏，情趣盎然；划旱船、踩高跷、抬花轿、拉碌碡，诙谐幽默；猪八戒背媳妇，滑稽可笑。每一个耍场都是里三层外三层围观的人，表演者每一个精彩动作都博得山呼海啸般的叫好声。

村子里荡秋千的场地，也吸引了不少人。玩者或利用近临的两棵大树，或栽上两根长长的木头，在上边捆绑一根横木，坠下两条绳子，连上一块木板，一人或两人站上去，使出全身力气下蹲挺身，荡起一个比一个高的波浪。胆子大、技艺高的可以漫过两丈高的横木，从另一侧飞落而下。每看到惊险处，大姑娘小媳妇和孩子们便发出一阵阵揪心的惊叫声。

那些喜好唱戏的中年汉子和小伙子三五个临时组成一个班子，各自寻找可以当作舞台的土丘，在胡琴、钹、锣、鼓、笙等乐器的伴奏下，起劲地唱着丝弦、河北梆子和京戏，或高亢或低回或欢喜或悲戚的腔调飘荡在村子的各个角落。老头儿、老婆儿们是这些民间艺人的忠实听众。老头儿们嚼着长烟袋远远地靠在高粱、玉米秸垛上闭目享受着阳光的温暖和抑扬的唱腔。老婆儿们坐着小板凳在舞台前面，伸着脖子睁着迷离的眼努力探听着演唱者的每一句唱词，她们的表情或喜或悲随着演唱内容的变化而变化。

正月里的村人就是在这种自娱自乐中度过的。

杜化吉可没有闲工夫看热闹，他的心思和乐趣就是起早贪黑筹措制作豆腐用的各种工具。到了正月十五他已经备齐了磨豆子的石磨、过豆渣的细箩、煮豆浆的铁锅、盛豆汁的大缸、点豆腐的卤块、包压豆腐的棉布木板和盛豆腐的竹屉。到了正月三十，他和媳妇瑛子已经谋划好了卖一斤豆腐的价钱、一天卖六十斤的盈利、一年赚的钱能添置几分地盖几间房的生意经。高冉家做的豆腐，除了少部分卖给本村的乡亲外，大都由周围村子的小贩趸走了回去卖。杜化吉避免跟高家的生意发生冲突，他决定去县城打开销路。

二月初五是县城大集，一大早杜化吉挑着两屉豆腐颤巍巍出了村南口，走上城道，朝十几里外的县城吃力前行。路上的行人不少，都是去城里赶集的人们。出了正月，各地的客商开始进城做生意，饭馆生意也逐渐兴隆起来。杜化吉已思谋好头一天先把饭馆拜访一遍，跟各位掌柜的打个照面，有要豆腐的先赊下账，不要豆腐的留下个印象，来日方长，等混熟了再谈生意，把剩下的豆腐串街卖掉。

杜化吉走了半个多时辰，其间放下担子歇了几气儿，忍着双肩疼痛继续前行，终于远远看见一座轮廓恢宏的石头城出现在了前方。这就是因筑垒坚固而闻名的元龙县城。这座城池于一千四百年前隋朝大业年间建成，城垣原系土壁，元朝时被战事毁坏，明万历三十年（公元1602年）两任知县组织劳役开采西山上的红石头构筑城墙，城垛用青砖砌成，历经十余年建成了周长一千零二十四丈，根宽、高均三丈，顶宽两丈的石头城。城墙设有东、西、南三个城门，三门之上均建有三间门楼，内设钟、鼓，晨昏伐之。城内建有十余座寺庙楼阁和古塔，气势非凡，极具特色。此时，城墙在朝阳的照耀下，显得格外雄浑壮阔、色泽分明。

这石头城又名卧牛城。自西汉始常山郡治和元龙县治均在距此往北二十华里处的故城村，西晋时郡治迁移到真定，县治仍在原址。隋朝开皇六年县治由故城村迁至此地开始筑建，历时二十余年完工。县城迁址原因有个传说：当政之县令，因治所内天灾人祸不断，施政焦头烂额，痛苦不堪，一夜忽做一梦，梦见一头金色犍牛在其庭院点头摆尾撒欢。县令好奇观看，不知不觉竟随金牛向南走了二十余里来到了槐水北岸。但见那牛在一片平坦之地转圈撒尿后，头南尾北、肚西背东卧在了中间，倏忽便不见了踪影。县令诧异之中从梦中醒来，百思不得其解，便请方士和堪舆家破解此梦，得到的答案令他大喜，说这是一头神牛，领你来这块风水宝地是想让你把县城迁至于此，之后即可减少天灾人祸，县官可平步青云，百姓可安居乐业。县令遂大兴土木，按照神牛俯卧形体建筑城池。城墙夯以黄土，城内南街凿双井为牛眼，西南隅建开化寺双塔为牛角，西城墙设牛尿寺，东城墙嵌牛饮泉，中街有牛心石，城南门铺红石为牛舌，人行至此，跺地“哞哞”有牛叫声。愿望归愿望，可这一千四百多年来天灾人祸并未减少，县官为政并不顺遂，百姓生计依旧艰难，这元龙县依然是有名的难治之邦。

杜化吉来到西城墙嘉惠门的吊桥前，停下步子仰望着高大的城门以及上边的重檐门楼，心里涌动着强烈的赚钱欲望和初涉生意场的紧张不安，不知道今天能卖出多少豆腐。他踏上搭在护城河上的吊桥，在两个身着西式军服、头上顶着大檐帽、背后垂着长辫子、手里握着步枪、腰间挂着长刀的北洋新军士兵的目光审视下，走进了城门，消失在熙攘的人群里。

城内多数房屋建筑在一人多高的石台上，形成了宽窄各异、巷陌蜿蜒、高低有致、纵横交错的街道。杜化吉敲着梆子依次从西街、中街、东街、南街转了十余家饭馆，他原以为哪家饭馆多少也会留下几斤豆腐，可没想到哪家掌柜的都婉言拒绝，有的说前一天进的还没用完，有的说刚有人给送过来不少。他切一块豆腐让掌柜的品尝都不灵，转了半晌一块豆腐都没卖出去，早晨进城时澎湃的心，现在仿佛挨了一盆冷水侵袭，霎时瑟缩起来。

“卖豆腐哩。”杜化吉在南街一家饭馆又遭到掌柜的拒绝，挑着担子垂头丧气出门时，被坐在里面的一个独自饮酒的食客叫住。他回过身，看着这个三十岁上下，穿着棕色狐狸皮大衣的精壮汉子，不知道对方有什么事情。这汉子拍打一下身旁的板凳道：“兄弟！过来，哥哥有话跟你说。”杜化吉听着对方的话亲切，不像是个坏人，便迟疑地走过去，想知道此人有何企图。“哪个村哩?”食客问道。“贞村哩。”杜化吉应道。“尊姓大名?”“杜化吉。”“逢凶化吉，好名字！做这生意多久了?”“头一天。”“卖了多少?”杜化吉羞赧道：“一斤没卖。”“一看就是个生手。”这汉子说着弯下腰去掀开盖着豆腐的振布，抠一块豆腐放进嘴里品咂着，点点头道：“不赖!”他扭头朝里间屋大声喊道：“柳掌柜。”饭馆中年掌柜一边高声应着，一边从里屋疾步奔来，问道：“有什么吩咐，褚五兄弟?”“这豆腐不赖，要几斤吧。”食客推荐道。“沾、沾!”掌柜的满口答应，旋即吩咐杜化吉道：“称十斤。”杜化吉赶忙放下担子，给主顾切豆腐，心里琢磨着这个姓褚哩食客是什么身份，饭馆掌柜哩给这么大面子。他把称好的几方豆腐放在主家递过来的瓦盆里，接过几枚铜钱逐一向俩人鞠躬言谢道：“谢柳掌柜！谢褚大哥!”柳掌柜道：“谢褚老板就沾了，你今天有幸碰上了贵人，生意人都想跟他结交哩。”闻听此言，杜化吉上下打量几遍眼前这个神秘人物，却没看出他有什么特别之处，但希望他能给自己指点一番做生意哩秘籍。

褚五喝下最后一盅酒，起身整理一下华美的裘衣，对出神望着自己的杜化吉说道：“走，俺领你再结识几个掌柜哩。”

杜化吉兴奋得有些懵懂，挑着担子跟在褚五后面走了几家他已经去过的饭馆，每一家掌柜的见到褚五都热情相迎，二话不说都按褚五的要求留下几斤豆腐。一会儿工夫两屉豆腐卖了个精光，杜化吉摸着怀里的一堆铜钱，真想给这个大本事人磕个响头。褚五感知到了杜化吉的心情，淡淡地说道：“咱们是同行，俺也是给这些饭馆送货哩，不过东西不一样。俺从山里收购来荞麦、野猪、狍子、山鸡卖给他们，饭馆都想要这些东西，他们有求于俺，给俺这点面子不在话下。明天你再弄两屉豆腐，半前晌到县衙门前等俺。”说完转身离去。杜化吉激动的心“嘭嘭”跳着，感激地目送着这个给自己带来财源的人消失在人群里。

回家的路上，杜化吉兴奋不已，脚步不自觉地癫狂起来，担子两头的豆腐屉肆意荡漾着，引得不少路人侧目观看。临近晌午杜化吉回到了家，他的脚刚迈进院门就发出抑制不住的笑声。

瑛子系着围裙，两手满是豆渣，闻声从院子西侧的豆腐坊里出来探看男人，当她看到担子空空时，惊喜地问道：“这么快就卖完了?”杜化吉搁下担子，边笑边神秘地说道：“今儿遇上贵人了！人家领咱走了几家饭馆就把两屉豆腐卖光了，明儿再叫咱送两屉过去!”女人的脸上也绽开了花，说道：“可得感激人家!”杜化吉道：“那是，哪天把人家请到咱家来，好好喝一壶!”瑛子频频点头。

生意开张大吉，小两口欢喜自不必说，当天黑夜，俩人做好了第二天要卖的豆腐，钻进被窝兴致高涨地行起了鱼水之欢，盼望着借这股高兴劲能造上孩子。

第二天一早，杜化吉挑着豆腐从西城门走进城郭，来到北边正中坐北朝南县衙门前的谯楼下，放稳担子等侯褚五。几袋烟的工夫，杜化吉看到褚五从南街款款走来，便恭敬地迎上去。褚五一只手拎着几只扑棱着翅膀的活山鸡，另一只手提着几条用草绳穿着的一尺长摇摆着尾巴的鲜鱼，不苟言笑地和杜化吉打个照面，示意他跟在后边，自己径直向衙门走去。把门的衙役恭敬地让进褚五，杜化吉挑着担子紧跟在后，衙役见是褚五带的人，免了盘问，放他进去。杜化吉诚惶诚恐地跟在褚五后面，两眼左右看着县衙里的一切物什，所有的东西都让他感到紧张和新奇。自他懂事起就知道，县衙是统管着全县老百姓并有着生杀予夺权力的地方，长到二十岁做梦都不会想到，今天他能到这里转上一转。

俩人来到设在县衙后院的伙房，褚五把手里的鸡和鱼交给伙房主事的，彼此交谈了几句，主事的便留下了杜化吉挑来的两屉豆腐，并交代以后每隔五天就送来两屉，到月底结账。杜化吉欢喜得不知道怎么走出的县衙，他下意识地跟着褚五走进了坐落在南城墙根下的一处院落里，许久才回过神来，喃喃自问："这是哪儿？"

"褚某哩寒舍！"进得家门褚五立即变得随和起来，接过杜化吉的空担子放在东屋墙根下，把客人让进宽敞的北屋，请其坐在八仙桌客座的红漆圈椅上。主人的热情惹得杜化吉十分不自在，这还不算，褚五把女人从里屋喊出来，吩咐道："杜老弟来了，沏壶茶去，再弄几个酒菜。"这女人不过二十岁，脸盘不俊不丑，神情阴郁，对家里来的客人懒得看一眼，转身极不情愿地操持去了。杜化吉见女主人面色不悦，以为嫌弃自己，不自然地站起来。褚五看在眼里，宽慰道："别跟女人一般见识，小户人家生养哩女子就是小气。"杜化吉语无伦次道："哥哥娶了个小媳妇。"这句话无意中点中了褚五的心事，他无奈地回道："不瞒你说，这是俺娶哩第三个媳妇，头俩媳妇都生不出孩子，叫俺全给休了。前年娶了这个女人到这会儿肚子也没鼓起来，弄不好也是个没用哩东西。"杜化吉同病相怜地哀叹一声。褚五敏感地问道："莫非杜老弟跟哥哥有着一样哩苦楚？"杜化吉道："俺家媳妇过门三年了，也没能添个一男半女，着急哩！"两个男人一样的心病，感叹一阵，褚五转开话题，把他的经历向杜化吉做了介绍。杜化吉知道了褚五祖辈在城里居住，兄弟五个，他是个老小子，常年从事贩卖各种粮食和土特产的营生，依季节把东边平原上出产的麦子、小米运到西部山区，从山区运回来荞麦、柿子、红枣、野猪、狍子等特产，互通有无，赚取利差，因多年经商结交了上至县衙下至各行各业的人物，在江湖上赚了些名气。杜化吉很是羡慕褚五的本事，庆幸结交了这样一个能人，他始终用崇拜的眼光看着对方。褚五喝一口茶继续说道："真是天意，夜隔儿在饭馆碰见你，俺忽然生出一个想法，你做豆腐得用黄豆，俺用行情价卖给你豆子，再帮你卖豆腐，咱俩各赚一头，你看沾不沾？"杜化吉高兴地应道："沾沾！"头脑里已经迫不及待地想象出了生意做大后发大财的情景。

俩人交谈得火热，女主人烫了一壶酒，切了一方腌猪肉，炒了一盘鸡蛋摆在了桌子上。俩人边喝边唠，几盅酒下肚，越说越亲热，彼此以哥哥兄弟称呼起来。杜化吉已是血脉偾张，涨红着脸道："褚五哥，以后你就是俺杜化吉哩亲哥哥，俺就是你哩亲兄弟！"

褚五的脸被酒精滋润得泛着红光，回应道："说哩好！俺看你是个实诚人，就冲这点俺愿意和你结为兄弟！"

褚五的话音未落，杜化吉起身便拜。褚五急忙拦住，提议道："这事得叫神家给咱作证。走，到关帝庙去，请一炷香，拜完了回来接着喝！"

俩人说走就走，来到了位于城西南角的关帝庙。褚五请了一炷香，点燃供奉在关公塑像前的香炉里，俩人并排跪在关老爷脚下，磕了三个响头，同声发誓，今生要像桃园三结义那样成为生死兄弟。

结拜仪式完毕，俩人亲热地相互挽着胳膊回到褚五家接着喝酒。一直喝到天色昏暗，杜化吉端不动酒盅了，提醒自己该散场了，昏头涨脑中邀请哥哥明天到他家再叙兄弟情谊，褚五欣然应诺。杜化吉在褚五的陪伴下，挑着担子踉跄着脚步，一对空屉前后悠荡左右摇摆着出了西城门，向贞村走去。

第二天前晌，杜化吉到城里给几家饭馆送了两屉豆腐，半晌时来到褚五家，叫他去贞村喝酒。按照约定，褚五已套好了马车在院子里等候，左车辕上挂着一条鲜猪肉和一包缸炉烧饼。俩人一见面就又缠肩搭背地亲热了一番，褚五把杜化吉安顿在马车上，甩长鞭驾车而去。

马车出了西城门，沿城道向北行驶，一路上俩人谈笑甚欢，不觉间来到了贞村地界。杜化吉老远看见田生玉端着铁锹正在高家的麦地里和几个长工给返青的麦苗浇水，便高声唤道："生玉哥！"远处的田生玉驻下铁锹向这边张望。杜化吉接着喊道："俺城里拜把子哥哥来啦！晌午到俺家喝酒来吧！"他想让好伙伴一同分享这份快乐。

田生玉知道杜化吉的豆腐生意得了个开门红，惊讶和羡慕之余，更没想到在县城这么快就有人和他拜了把子，他本想浇完这畦地再去，但强烈的好奇心让他立刻回应道："你们先回去，俺这就去。"田生玉出神地望着马车走远后，把铁锹交给一个长工，向村里快步走去。

马车停在杜化吉家门前，还没进院杜化吉就高声呼喊瑛子快出来见贵客。在院里忙活的瑛子听到男人的喊声，满面欢喜地迎出来，见客人拎着猪肉和烧饼更是喜不自禁，说了几句感激的话，接过礼物进灶火间张罗饭菜去了。田生玉喘着粗气后脚跟来，杜化吉把他和褚五彼此做了介绍，请二人进屋围地桌坐下，唠着话等着酒菜。杜化吉特意向田生玉叙述了他和褚五从相识到结拜的过程，田生玉心里泛起酸意，嫉妒杜化吉这么快就遇上了发财的机会，嘴上却连声表示祝贺。

兴致颇高的杜化吉，将高家给的那坛子高粱陈酿搬出来，倒进热酒的锡壶里。为了筹措做豆腐的家什钱，小两口过了个素年，家里没有星点儿肉，瑛子使出最好的手艺做了几个菜，一盘干白萝卜条炒辣椒，一盘葱爆胡萝卜片，炒了满满一小铁锅褚五带来的猪肉。她把两盘素菜端上来时面露愧色地对褚五道："哥哥甭见外，穷户人家没什么好吃哩，将就点儿吧！"

褚五夸赞道："兄弟媳妇是个贤惠人，加上俺兄弟勤劳不怕吃苦，以后过好日子不是难事，等赚了钱，天天吃香哩喝辣哩！"

瑛子感激道："全仗哥哥你哩，给俺带来了财运！"

褚五摆手道："一家人不说两家话，这都是老天爷给咱定好哩缘分！"

"来来，喝酒喝酒！"杜化吉把温好的酒斟满了三个酒盅，热情地招呼道。

看到了杜化吉要发大财的前景，田生玉心里很不是滋味，他完全没有了喝酒的兴致，只作为一个陪衬人应付着这个场面。

褚五和杜化吉喝得酣畅淋漓，俩人的话都语无伦次了还意犹未尽。

天近黄昏"酒席"方散，田生玉闷闷不乐地回了家。杜化吉抹着眼泪一直把褚五送出村南仍是恋恋不舍，送了一程又一程，直到快走进前边的村子时才停下脚步。

第三章 换东家

魏老酒年三十黑夜说，过了年不去段家当把式了，结果就是没去，在家闲了一个多月。他还说要来高家，今天真的就来了。年后这段农闲时节，他不便来找高冉，等到地里的麦苗返了青，开始生长，需要浇水促墒，歇了半年的空地也要开始春耕施肥，以备到了清明、小满节气种植高粱、谷子。这时候正需要人手哩，他决定去高冉家找个活儿干，好补贴家用。魏老酒本有四十三亩地，大小子和二小子成家后，各分走了十四亩地，剩余的十五亩地留着自己和三小子耕种。这点儿地产的粮食，除了充缴地银那部分外，仅够糊口，日常花销全靠给大户扛活儿所挣。今天一大早魏老酒熬了小半锅小米糊糊和三小子吃了，见天气晴朗，日头暖融融的，觉得是个好征兆，便心绪高涨地出了家门向高家走去。

魏老酒走在街上，迎面碰上给段家看家护院的头领王虎，他佯装没看见，低头向一旁躲闪，却被对方拦住。王虎假装客气地说道："老酒哥，一个多月不见，东家很是想你，叫俺来请你回去哩。"魏老酒明白这是段士修着急叫他回去当把式，往年一出正月烧坊就开工，这个时候芳香浓郁的高粱酒已经灌满十几坛子了，可今年到现在还停着工。前两天段家的一个长工给魏老酒透信儿说，临出正月段家烧坊的伙计们一致要求东家把他请回去，不然他们不敢贸然开工，怕糟蹋了粮食。段士修不信没有魏老酒这烧坊就转不起来，逼伙计们动手，结果糟蹋了几大锅料，酿出来的酒味道寡薄。气急败坏的段士修大骂了一顿伙计们，可还是没有办法。活该！这几天魏老酒的心里一直享受着报复了段家而生出的快感，今天遇上请他回去的王虎，他头也不抬地淡淡回道："年三十黑夜俺就向东家辞了。"王虎的鼻子哼一声笑道："俺见了，你那是醉话。"魏老酒道："酒后吐真言，俺从没糊弄过人。"说完绕过王虎就走。王虎本是个急性子人，凭一副好身板和几分功夫，除了自家和东家的人，对外人他从没放在眼里，这是他第一次跟魏老酒放低了姿态说话，软硬兼施一定要把对方弄回段家，好给东家交差。快出正月了，烧坊开工的日子也到了，却一直不见魏老酒的身影，段士修这才意识到除夕夜魏老酒说的话不是妄言。不来也罢，照酿不误，没他魏老酒这烧坊还不开了？段士修强令伙计们开工，岂料因为没有经过魏老酒操作配料、放曲、蒸糠、蒸馏等一套工序，几天后出的几锅酒风味大变，失去了原有的醇厚香气。今天一早，段士修又愁眉苦脸地围着烧坊转圈，不停地骂道："狗日哩，真要起性了来了。"跟在段士修身后的王虎明白东家虽是在骂魏老酒，却是想把这老把式叫回来，便献殷勤道："俺去请他，不行就把他绑来。"段士修叮嘱道："先礼后兵，不信他软硬不吃。"王虎半道上遇见魏老酒，没说几句话对方就回绝了他，他使出最后一个软招，追着魏老酒耐着性子压低声音祈求道：“东家说了，每月工钱多给你加五块银圆，沾不?”魏老酒头也不回地说道：“俺再也不信他哩话了。”王虎的脸色陡然大变，恼怒道：“魏老酒，你别敬酒不吃吃罚酒，今儿你要是不回去，以后没你哩好。”话音未落，他的一只胳膊使劲夹住魏老酒的脖子，企图把对方挟持到段家。魏老酒也有一把子力气，奋力挣脱开王虎的钳制，俩人激烈地纠缠在一起。街上的几个乡亲看到这一情景急忙跑过来劝架，王虎的企图未能得逞，撇开魏老酒悻悻离去。魏老酒抬起胳膊看看被撕开了缝线露出一绺棉花的袄袖，冲着王虎愤怒地大声骂道：“日你个娘，叫俺回段家，没门!”他两手揣进袖筒继续向高家走去。

高冉一家人正跟七八个伙计在后院坐着小板凳和用麦秆编织的蒲团，围着两个地桌边吃边讨论着今天准备干的地里活儿。每个地桌上都放着两个红瓦盆和一个笸箩，里边分别盛着大葱炒鸡蛋、腌酸白菜和小米面饼子。田生玉蹲在西北角的一块石头上，左手端着海碗，碗里盛着满满的玉米面粥，粥上放着一堆菜，手掌和碗的空隙间塞着一个小米面饼子，攥着筷子的右手，不时拿左手里的饼子咬一口，再吃一口菜、喝一口粥，默默地想着心事。自从知道杜化吉的生意红火后，他便少了言语，只想着自己怎么样也能发财，怎么样才能比杜化吉过哩更好。

众人看到魏老酒到来，纷纷问他吃了饭没?魏老酒回应吃了。高冉和高张氏站起来给他让座，劝他再吃点儿。魏老酒摇摇头拒绝，退两步坐在东厢房的门墩上，从怀里抽出一尺多长被摩挲得发亮的竹竿铜头烟锅子，烟杆上用一根细绳拴着盛烟丝、火石、火镰及艾绒的巴掌大的黑布袋。他的嘴巴叼住烟袋嘴，左手从布袋的夹层里掏出那几样生火的物件，右手从另一层里捏一小撮烟丝摁进烟锅，捋一小簇艾绒垫在火石下，两只手分别捏住火石和火镰猛地摩擦，产生的火星引燃了那小簇艾绒，他将着了阴火的艾绒急忙按在烟锅上，紧嘬几口，阴火瞬间变成了明火串着了烟丝。他深深地吸口气，随即从鼻孔里呼出两股长长的青烟，扎着头不紧不慢地吸着。

伙计们看出魏老酒是来找东家说事哩，便打住了话头，紧吃饱肚子抹嘴离去。

高冉很清楚魏老酒的来意，这是他最担心的事情，可怎么好?他犯了愁，嘴里慢慢嚼着饭菜，脑子想着拒绝魏老酒的理由。

魏老酒连吸了两锅烟，等饭桌上只剩下高家人时，他站起来直言道：“高冉兄弟!俺大年三十黑夜给你说过哩事儿可记哩?”高冉点头道：“记哩。”魏老酒祈求道：“随便给你哥哥个营生，俺就感激不尽!”高冉面露难色道：“老酒哥!不是俺不愿意接纳你，你刚辞了段家就到俺家，给人家难堪哩。”魏老酒静默片刻，恍然大悟，他知道高段两家的交情，高冉不会因为自己这点儿事引起段家不满，便诚惶诚恐道：“对不住，老弟，俺不该来找你，打扰了。”说完起身就走。高冉欲上前拦住魏老酒，想对他说些安慰话，却又一时找不到合适的言辞，只好呆立着看着他的背影拐出了三进院，心里很不是滋味。

一连几天高冉都为自己伤害了魏老酒而内疚，一直在寻找机会化解这个心结。

今年春季一滴雨没下，井水下降得很深，水位高的时候一亩地半个时辰不到就浇完了，现在一个多时辰都浇不完。这七八天，高冉高鹏父子和伙计们牵着家里的五匹骡马和三头牛在几块地拉水车浇麦子，井水浇一晌就见了底，得再用一晌工夫等水位上来接着浇。夜隔从后晌浇到傍黑，大伙儿见剩下的地不多了，执意要一气儿浇完，直到半夜才收工。大伙儿满腿泥泞地牵着牲口回来，困乏至极，胡乱吃了点儿东西，进屋倒头便睡。天刚亮，伙计们还在睡梦中，高冉洗漱完毕，思忖着晌午饭要好好犒劳大伙儿一顿，便吩咐高张氏蒸一锅馍馍、熬一锅肉菜，自己套上一匹在家歇着的黑缎老骡子，赶车去县城再买些酒菜。

大车驶出村南，城道上已有稀稀拉拉去县城赶集的人。走出几里地，高冉远远看到魏老酒背着满满一挎篓菠菜低头向前走着，想他一定是去县城卖菜，换些零用钱，不由得愧疚之情袭上心头，加鞭赶上去。大车坚硬的木质轱辘碾轧在窄而深积满了干土的车辙里，“噗噗”地溅起两股黄色烟尘。魏老酒听到后面迫近的急促的骡蹄的“嗒嗒”声和车体发出的“吱咛吱咛”的声音，赶忙往道边躲，但还是溅了他一裤腿尘土。大车戛然停在了魏老酒前面，他抬头见是高冉，回避不及只好漠然地招呼道：“城里去啊？”高冉热情地应道：“老酒哥！你也去城里啊？正好搭个顺道车！”魏老酒嗫嚅道：“俺没急事，慢慢走吧。”高冉跳下车，过去把魏老酒背着的挎篓放到车厢里，又把他往右辕上拽。魏老酒不好拒绝高冉的盛情，推却两下，还是拧屁股坐在了右辕上。高冉绕到左辕坐上去，挥鞭而去。

一路走着，高冉找话题和沉默着的魏老酒说话。高冉感慨今年春季雨水太少，庄稼全凭井水浇恐怕不行，正在生长期，再不下雨就要减产。魏老酒有同感地附和一两声，再没有更多的言语，他正琢磨着过日子哩事情，靠卖菜吃不饱肚子，得找个常年哩营生才沾，打算赶集回来就去邻村大户人家讨生计。

进了县城，魏老酒叫高冉停车，说去把那一挎篓菠菜卖了。高冉顺应道：“俺正想买菠菜哩，这一挎篓俺都要了，正好调两盆菠菜拌粉丝。”魏老酒感知到高冉照顾自己的心意，便没下车。高冉拉着魏老酒驱车先到几家粮行打探了行情，了解到各种粮食价格在向上浮动，看来商家已经敏锐地察觉到今年的干旱天气将影响到粮食收成，粮食短缺，还不涨价等什么。高冉心里算计着到麦收前只要能下两场透雨，减产就不会超过两成，也就不会闹饥荒，便默默祈祷老天爷下些雨吧！好减轻老百姓哩困苦。骡子车在城里转了一圈，高冉给伙计们买了几捆从东北贩来的亚布力烟叶，又买了两样元龙县的名吃，几只方中村的烧鸡、几斤殷村镇的驴肉，便往回赶。

一路上高冉依然找话题和魏老酒套近乎，而魏老酒仍旧没有心思多搭话。大车驶进了贞村南口，魏老酒从右辕上蹦下来，伸手去取车厢里盛着菠菜的挎篓，要把菜倒在车上回家。高冉扭身抓住挎篓，对魏老酒郑重地说道：“俺连菜带挎篓都要了！”魏老酒不知所以然地看着高冉。高冉脸上露出笑容道：“上车吧，老酒哥，俺连你也要了！”魏老酒仍然疑惑地看着高冉，不知他的葫芦里装哩什么药。高然挑明道：“俺想建个粉坊，老哥手艺巧，雇你当把式沾不沾？”自从杜化吉的生意开张后，高冉就停了自家的豆腐坊，为的是给这个孩子让一条生财之路，决定在原址开办粉坊，此举两全其美。魏老酒明白这是高冉悔意当初没有接纳自己想的一个补救办法，他感激高冉的良苦用心，却顾虑道：“你怎么向段家交代？”高冉道：“你来高家操持哩是粉坊，不是烧坊，跟段家没有冲突，这是其一；其二，你到谁家找活计都是天经地义，谁哩脸色都不用看，你说是不是？”魏老酒点点头，忧悒的脸绽开了笑容，问道：“粉坊什么时候操持？”看到魏老酒来了兴致，高冉十分欣慰，催促道："快上车，这就回去筹办！"闻听此言，魏老酒厚实的身子如轻燕一般蹿上右辕。高冉挥一下鞭子，黑缎骡子迈着快步向自家走去。

大车驶进门洞已近晌午，伙计们在一进院子的北屋睡到天大亮才醒来，今天没有地里活儿，他们都在南墙下的牲口棚里喂饮牲口。高冉把几捆烟叶交给老陈，让他分给大伙儿，便和魏老酒掂着肉食和菜蔬向后院走去。田生玉思忖好了一前晌的心事要急于告知东家，便放下手里饮牲口的水桶，快步追上高冉耳语道："叔！俺跟你说个事！"高冉停下脚步，专注地看着田生玉，以为他有什么要紧事。田生玉神秘地说道："俺看准今年是个大旱年，庄稼都得减产，秋后粮价一定大涨，趁这会儿价钱不贵赶紧大批收购粮食，等秋后卖个好价钱，你看沾不沾？要是沾，这事交给俺去办，赚哩钱保你能置十几亩地。"高冉直截了当道："囤积居奇，赚这不仁不义哩钱会遭老百姓咒骂哩，这生意咱是不能干。"遭到东家的拒绝，田生玉高涨的心气一跌到底，他想借此生意从中投机赚点儿利差的机会没有了，脸上却堆着尴尬的笑容回应道："叔提醒哩好，昧良心哩生意是不能干。"说完转身回去提水桶饮牲口去了。

高张氏前晌先蒸了一锅白馍馍，随后用五方腌猪肉、半盆山药粉条、一捆干白菜，熬了一锅香喷喷的大锅菜。随后又把高冉买回来的烧鸡、驴肉和菠菜拾掇成了三个凉菜，盛满三瓦盆放在院里的地桌上，还从北屋抱出来一坛子烧酒。一切准备妥当，高张氏派高鹏到一进院叫伙计们来吃饭。

开饭前高冉把决定开粉坊和请魏老酒当把式的事告知了大伙儿，伙计们纷纷响应说好！这顿丰盛的饭菜，大伙儿尽享口福，吃喝可欢哩！田生玉却没吃出滋味来，他的心思一直缠绕在如何做成收购粮食的生意上面，眼里全然没有这热闹场景，只是出神地慢嚼着饭菜思寻着发财的途径。他没有本钱囤积粮食，只能通过替别人干这样的生意从中牟利。高冉不做，段士修未必不愿意，他灵光一闪，激情勃发，这条途径或许能遂了自己哩心愿，决定今黑夜就去段家探虚实。等田生玉拿定了主意，才有了心思品尝美味，可是大伙儿已经风卷残云酒足饭饱散席而去，他只好吃了些残羹剩菜。田生玉回到一进院，随着大伙儿切了些草料，盼着天快点儿黑下来。

田生玉终于盼到了天黑，他小心翼翼地来到段家，找到段士修说出了自己的想法。段士修与田生玉的主意不谋而合，夸赞他道："好小子！有脑子，到俺段家来干吧，给你两挂大车，明儿就去各村收粮食，等赚了钱俺重重奖赏你！"田生玉满心欢喜地应承下来，请求道："士修叔！俺先把高家哩事做个了结，过几天再来你家，沾不沾？"段士修应许道："沾，越快越好。"这些日子，段士修因为烧坊的事苦恼不已，田生玉的到来给他冲淡了不少。为献殷勤，田生玉向段士修把高家近来的一些事情唠叨了一番，自然包括魏老酒到高家当把式之事，其间添油加醋表达了些对老东家的不满。段士修对高冉接纳了魏老酒，心里很是恼火，但听到田生玉说高冉不是的话，心里舒服了些，频频点头以示赞同。田生玉看出了段士修对自己的话很中听，得意道："等咱段家发了财，叫高冉后悔去吧！有钱不赚，还顾脸面怕别人说不是哩。"段士修讥讽道："人家把仁义当饭吃哩。"

田生玉在高家又干了几天活儿，找了一个机会鼓足勇气向高冉提出了辞别。毕竟高家对他不薄，说话时他的声音微小而颤抖，眼睛总是躲闪着高冉的目光。高冉疑惑地问田生玉高家对他是不是有不妥之处？田生玉说不是。高冉又问是找到了好营生？田生玉说是。高冉替他高兴道："那你就去吧，要是不好还回来。"当即把这个月的工钱给田生玉结了。高冉的体贴与仁慈，让田生玉差点流出眼泪，他给老东家深深鞠了一躬离去。

田生玉来到段家，受到段士修的器重，给了他两辆双套骡子车，叫他负责收购各种粮食。段士修为了锻炼十四岁的大小子段永福，派他跟车，负责过秤付款事宜，同时防备田生玉投机取巧从中牟利。田生玉和段永福分坐在两辆骡子车的右辕上，指派着两个车把式每日早出晚归，到各村以略高于市面价格收购粮食，二十多天时间收购了谷子、麦子、高粱和玉米四百多石，直到充满了四间库房为止。这期间，田生玉见段永福年龄尚小曾想做些手脚赚点儿钱，没想到段永福异常精明，不给他一点儿钻空子的机会。最后段士修给了田生玉两块银圆以示犒劳，承诺等把粮食卖出去赚了钱再予奖赏，这让田生玉想即刻发笔横财的期望又悬到了半空。田生玉这才真切地领教了段士修的多疑和奸诈，与在高家舒坦的心境相比，他有些惶恐，不知道以后在段家谋生计会得到什么样哩结果。

第四章　多事之秋

自光绪三年（公元1877年）大旱，导致粮食绝收，人相食以来，过去了二十三个春秋，旱灾再一次降临到了这片土地上。今年以来，老天爷直到农历七月七才赏赐给了一场毛毛雨，就像是牛郎织女相会时滴落的几行泪水，落在地上很快便风干了。

不少人相信这是旱魃在作怪。传说那鬼怪身高三尺、模样似人、披头散发、眼睛长在头顶上，白天藏在古墓里，夜晚出来如风一般奔跑，所到之处旱情立现，只有逮住它用火烧死，天即降雨。人们便三五成群到处偷挖古墓，把在地下安息了百十年的先人尸骨晾在了荒野，却谁也没见到旱魃的影子。

旱情在继续，这些日子各村的男人们聚集到封龙山上的飞龙庙向飞龙烧香进供祈雨，不乏性情刚烈的虔诚者，从山上纵身跳下山崖，把自己当作供品奉献给飞龙，试图感动飞龙施舍一场透雨，以缓解苍生之苦，却无济于事，一连几天仍是烈日当空。这天前晌又有几十个人前来祈雨，不等仪式开始，有个年过半百平素敢为民请命的乡贤，激愤地高举双臂仰望天空，灰白山羊胡如剑一般直指苍穹，放开嗓子咒骂飞龙道：“你这不要脸哩东西，享受着老百姓哩供品，却不肯给老百姓布施一场雨，罔顾了人们对你哩膜拜！都说你能庇护老百姓，能为民造福，狗屁！……”乡贤骂得满面通红大汗淋淋口干舌燥而不休，情绪到了最高潮处，突然直挺挺仰面倒在地上不省人事。众人骇然，绝大多数人断定这是飞龙显灵对大不敬者实施哩报复，便呼啦啦匍匐在地，乱哄哄口中念念有词表述自己对飞龙的敬畏以免遭到惩罚，只有几个人在疑惑中围在乡贤身边实施救治。两袋烟的工夫，这乡贤长出一口气慢慢睁开眼睛，在身边人的帮助下挣扎着坐起来，目光呆滞地沉思片刻，缓缓扫视一遍围着他的人，表情神秘而凝重地说道：“俺看见飞龙了！”几个人不约而同发出好奇且惊讶的声音，纷纷询问乡贤，飞龙给不给下雨？如此敏感的话题立刻引起了近处匍匐在地乡民的注意，他们迅速起身围拢来探究竟，一层招一层，很快围得水泄不通，几十双目光投射在乡贤身上，静听他述说见到飞龙的情景。乡贤缓慢而深沉地描述道：“俺摔倒后恍若进入了另一个世界，那里天昏地暗山风凛冽，俺惶惶然四处寻找栖身之地，以免碰上野鬼将俺带到阴曹地府。忽然一条巨龙出现在俺面前，见那龙锁眉耷眼、龙须低垂、神情黯然，四肢吃力地支撑着庞大孱弱哩身躯。俺猜想这一定是叫俺咒骂了一通，飞龙现身要报复俺。惊吓之余俺仍壮起胆子要质问飞龙一番，哪怕叫它打入地狱，也要为乡亲们说几句话。不等俺张嘴，那飞龙抖动一下身躯，幻化成了一位面容沧桑须发银白哩老者，先开了口，安慰俺不要害怕，说他因为没有足够哩法力现身人间跟乡亲们交谈，只能使出微弱之力将俺拉入阴阳相间哩梦境中，不是为了报复，是有话叫俺捎给乡亲们。俺见这老者的面容威严中透着和蔼，便放了心，静听对方后面哩言语。老者叹息一声继续说道：‘俺飞龙也是这片土地上哩生灵，何尝不知道乡亲们在遭受着煎熬！俺早想着给大地播撒一场甘霖哩，可俺已经没有施展呼风唤雨之术哩气力了。自古以来龙体乃国运所系，国运昌则龙体强，几十年来大清国力日渐衰微，俺也随之被困在这山上苟延残喘，眼看着乡亲们遭罪而无力相助，羞愧难当啊！面对这大旱之灾，俺比你更着急！你咒骂俺哩话俺都听见了，恼怒之余俺又佩服你敢为老百姓舍得一身剐，便想跟你结个交情，一是把俺哩话捎给乡亲们，叫他们不要再给俺烧香磕头了，好留下点力气和钱财淘生计！再是警告你以后不要咒骂俺了，俺心里难受！俺还要告诉你，何时我华夏天运地运人运兴盛了，飞龙在天哩景象出现了，咱这地界也就风调雨顺了！回去吧！’老者说完倏忽化作一股烟气便没了踪影，俺在感悟飞龙说哩话中浑身打个激灵醒来。飞龙说哩对，咱们回去吧，不要在这耗费人力物力了。”飞龙的传说，千百年来在这方地域早已深入人心，之前对于谁谁梦见了飞龙的说辞，听者将信将疑，因为有的人说的是真话，有的人是为了显示自己与众不同或为了达到某种目的而有意为之。但是现在人们对这位颇有声望的乡贤梦见飞龙之说，无不信以为真。人们知道了飞龙不能降雨的原委后感到了绝望，谁都不知道华夏天运地运人运何时才能兴盛，飞龙在天哩景象何时才能出现，风调雨顺只能成为遥不可及的期盼了。人们在焦躁无助和悲凉的心境中放弃了祈雨仪式，拖着疲惫的身躯返回了各自的家园。

这场持续了多半年的旱灾毁了夏秋两季作物七分收成，好年景时每亩粮食收成百余十斤，今年麦子灌不上浆每亩只收获了往年的三成。谷子、高粱、玉米穗子长得既秕又小，减产了六成多。粮少人心慌，秋后县衙发布了减免田赋令。按大清田赋律规定，受灾七成以上，田赋全部免征。虽然如此，大多数人家的粮食仍不够过冬。为节省家里有限的一点粮食，壮劳力便去县境东部正在施工的卢汉铁路工地上充徭役，没有壮劳力的人家就携家带口外出乞讨。全县百姓人心骚动，一些性情躁劲的汉子撇下家业上了封龙山，没有别的出路，只好投身绿林，行打家劫舍的勾当讨口饭吃。

经过了无数历史风云和战火硝烟的封龙山，又遇上了今年这个多灾多难的秋天。

这场大旱，促成了山上的绿林头领起事的决心，越聚越多的民众和越积越强烈的对世道贫富不均的怨气使这群汉子如一股激荡的洪流从山上奔涌而下，洗涤着周围村子的大户人家。他们不论白天黑夜，所到之处一概地把大户的粮仓打开，赈放给穷人。

这股劫富济贫的风潮使全县的许多大户惊恐万状，贞村的段士修更是如惊弓之鸟，他在春季用高价买来的粮食，本想借助这荒年以更高的价格卖出，可这眼下局势明确告诉他赚不到那笔钱了，只好把粮食严严实实地隐藏起来，避免遭受更大的损失。他把全村按人头出资购买的用来保卫村子的十几支洋枪调集到家里，又从各村搜罗了十几条壮汉，加强自家宅院的防护，确保不被起事的队伍攻破。

高冉倒十分坦然，他能力所及，拿出了一些粮食以解乡亲们燃眉之急。

不到半月时间，起事的队伍就席卷了封龙山方圆几十里的村子，穷苦汉子纷纷加入进来，大有不可阻挡之势。在他们准备到县城闹个天翻地覆之时，从北边与八国联军的一支部队浴血奋战后撤退下来的一股头缠红巾、腰扎红带、鞋镶红边、手持大刀长矛的义和团队伍来到了封龙山，从而改变了他们的行动计划。这股义和团队伍的头领向封龙山的头领提出要在山上暂避几日，疗伤休整一番，以利再战。封龙山的头领欣然应诺，像对待亲兄弟一般，倾其所有款待这些英雄，他们早就听到了义和团的事迹，钦佩对方的民族大义和英勇无畏精神，遂决定与对方合兵一处，共同抵抗洋鬼子。

这义和团起始为了反抗清朝的腐败统治，以“反清复明”为口号，在山东、直隶一带造反起义，遭到清廷镇压。随着西方基督教传教士在中华大地肆意建教堂、收信徒，企图用基督教义替代以儒、释、道为支柱的华夏文明，进而从精神层面统治国人，最终把中华大地变成西方列强的殖民地创造条件。义和团的有识之士意识到了基督教传教士进行传教活动对国家和民族的危害，转而以“扶清灭洋”为口号，在山东、直隶两省燃起了烧教堂、杀洋人的熊熊烈火。受尽了西方列强欺凌的清廷一时为之振奋，开始支持义和团的行动，欲借助民间力量打击列强的嚣张气焰。但是义和团的组织松散，成员良莠混杂，诸多过激行为终于引发了西方八国出兵。慈禧太后出于宫廷斗争的需要和怀着争一时颜面的侥幸心理，拉拢义和团和清军一同向洋人开战。己方落后的武器装备和拙劣的作战技能岂是装备了洋枪洋炮的洋人之对手，没几日八国联军从天津攻到了北京城下。慈禧太后装扮成农妇，带着光绪皇帝坐着马车仓皇出逃，取道山西到西安避难去了。为了保住自己的统治地位，远在外地的慈禧向洋人妥协求和，迅速转变了对义和团的态度，下令严行查办拳匪，命清军与侵略军联手镇压义和团。最卑鄙的交易在慈禧手中做成了，她要消灭这群对民族最忠诚对洋人最痛恨，却给自己带来麻烦的民夫。被侵略的统治者和侵略者合流到了一起，全力清剿这些具有自觉民族意识的农民。几个月的时间，义和团被狼狈为奸的队伍冲杀得七零八落，轰轰烈烈的反帝爱国运动就此跌入了低谷。

在封龙山上休整的义和团队伍还没有清静两日，这天清晨忽有探子来报，说由英、德、法、意四国组成的3500人的军队，沿卢汉铁路南下，已经占领了保定，正向正定、获鹿和井陉三县进发。义和团和封龙山的头领当即组织队伍要下山赶往正定抗击洋人。但是晚了一步，又有探子来报，说有朝廷派来的上千清兵和百十个县衙衙役向封龙山扑来，意图明显，目的是要围剿他们这些乱贼。清廷置外敌当前于不顾，却先派重兵前来镇压拳夫义民，两方头领怒火燃胸，下山来要面见清军头领，欲向其晓以国家和民族大义，放他们出去抗击洋人。对方的枪声给了他们清晰的回答，激战开始了，清军的武器优势明显，拳夫义民的勇猛无可比拟，双方攻防了三天三夜，均死伤惨重。拳夫义民终因寡不敌众，在第三个黑夜，清军占领了封龙山。这三天三夜，指挥战斗的清军头目和元龙县知县，在梦里无数次被愤怒至极的飞龙痛骂助纣为虐、民族败类。飞龙同时懊恼自己虽有杀贼之心，却无挥刀之力。这一梦境令清军头目和知县惊悸之余，在头脑里久久挥之不去，并陷入苦闷的深思。

这场战事日夜牵动着魏老酒的心。几天前，魏三带着丁不白给他打的几副锤子和凿子，和几个学伴上封龙山凿刻他心目中的“佛心”“圣迹”几个字去了，以了却他久违的心愿。这件事魏三本想在春季完成，但是为了减轻爹既给高家打工又要操持自家农活的繁重负担，他主动包下了地里的活儿，所以一直拖了大半年，到了深秋的农闲时节才开始行动。在魏老酒最初听到封龙山发生战事的消息时，担心三儿的安危，便一路奔去，期待在半道上能碰上躲避战火往回赶的三小子，可是一直来到山脚下，也没看见三儿熟悉的身影。双方激烈的交战不容魏老酒到山上去，只好在山下徘徊。

关注封龙山战事的不止魏老酒一人，本县众多起事义民的家人，有男有女有老有少，也都焦急地从各村陆续赶到封龙山，打探亲人的消息。头两天他们只看见清军从山上往下抬伤亡的士兵，却看不到自家人的身影。两个夜晚熬过去了，在第三个夜晚，他们在山脚下静听着山上的枪声越来越稀疏，不时有人从山上仓皇逃下来，他们随即大声喊着亲人的名字，却少有人应答。天大亮时，清军捣毁山寨后，开始搜山，到前半晌队伍全部撤下来，大山又恢复了原有的寂静。但是很快又被寻找亲人的老百姓急促上山的脚步声和发现了亲人尸首后撕心裂肺的号啕声所打破。让魏老酒略感欣慰的是，魏三不是起事的义民，因此不会参与战事，他想着三小子可能藏在了某个山洞里，待战火停息后才会现身出来。但他还是俯身仔细查看身边一具具尸首，每一具陌生的尸首都让他七上八下的心稍微平缓一些。他漫山遍野地四处寻找，边寻找边大声呼喊着魏三的名字。没有回应，他害怕起来，一阵阵寒冷的山风扬起的尘埃不时地眯蒙着他的眼睛，给了他不祥的预感。日头开始偏西，当山上寻找亲人的人们渐渐稀落时，他终于在一个半山腰的树杈间看到一个衣裳和身形像极了魏三的人挂在上边。他急切地手拽荆棘、脚踩乱石，艰难地下到半山腰，终于看清了这个浑身是血的孩子就是他的三小子。他的心狂跳不止，不知道孩子是死是活，急忙凑到孩子跟前，一只手试试鼻息，发现还有呼吸，这才缓解了一点儿紧张心情。他吃力地把昏迷着的魏三扛在肩上，拼出全身之力，一步步攀登上陡峭的山坡。他一边呼喊着魏三的名字，一边疯也似的沿着山路跑到封龙山脚下的北龙池村，打听到善看跌打创伤的武先生家，期盼能救孩子一命。清军和拳夫义民战斗打响后，双方横飞的散弹把魏三逼进了半山腰的一个山洞躲藏起来，这一躲就是三天三夜。今天清晨，枪声稀落战斗即将结束时，饥饿又把魏三逼出了山洞，他要下山找些食物充饥，谁料迎面碰上了几个搜山的清兵，对方把这个孩子当成了拳夫义民。宁可错杀，决不放过，走在最前边的一个清兵挥刀砍向魏三，魏三侧身躲避刀锋，脚下一滑，跌落下了山谷。

魏老酒背着魏三来到武先生家，这里已经收治过几个身上有着不同伤情的拳夫义民，有的回天无术命已归西，有的经过救治脱离了危险，由家人或同伴抬走了。年过四旬，满面慈祥的武先生，看到这个少年的脸上和衣裤上满是血迹，预料伤势严重，立刻皱起了眉头。待他解开躺在床板上的魏三的衣裤仔细检查了一遍后，紧锁的眉头又舒展开来，感叹这孩子命大，只是摔伤了皮肉。武先生在大小子的协助下立即给魏三清洗伤口、敷药包扎，又灌了些汤药，切了脉，安慰魏老酒道："这孩子再晚半个时辰就没命了，止住血已无大碍，待药力发作，一会儿就能醒过来。"魏老酒"扑通"跪下来给武先生磕了个响头，想说感激的话，一时不知道说什么好。武先生责怪魏老酒太见外，忙把他拽起来埋怨道："看你是个老实人，教孩子干农活学手艺才是根本，抗击洋人打家劫舍那是大人们哩事。当爹哩要看管好孩子呀！"魏老酒回过心神，解释道："俺三儿去山上耍，给误伤哩！"武先生感喟道："原来如此！"他又配了几贴外敷的药膏和几副草药，打好包递给魏老酒，嘱咐道"外敷药三天一换，汤药一天一副，半个月就好了"。魏老酒询问治疗的费用。武先生回绝不要钱，他同情憨实的魏老酒，更怜悯这无辜的孩子。魏老酒把身上仅有的几个铜钱从棉袍里掏出来，放在诊桌上。他知道这点儿钱远远不够，说道："家里还有几块银圆，俺回去给先生拿来。"武先生不好再拒绝，同意留下道："不用拿了，这就够了！"他撇开话题问魏老酒道："哪个村哩？"魏老酒回道："贞村哩。""贞村哩！和魏老酒一个村儿？"武先生感兴趣地问道。"俺就是。"魏老酒纳闷几十里外的武先生缘何知道自己？"你就是那个给段家酿酒哩魏老酒？"武先生惊喜地仔细打量着眼前这个憨厚的男人。魏老酒判断出武先生一定是个好饮之人，算是遇上了知音，欣喜道："不假。"武先生从窗台上的一个黑釉酒坛子旁一手拿起锡质酒嗉，一手捏起牛眼大的白瓷酒盅，倒了一杯递给魏老酒道："老弟，这是你酿哩酒，喝两盅压压惊！俺早就想见到你，今天真是有幸！"魏老酒端着酒盅，内心生出一种别样的滋味，他呷了一口酒，这味道不如自己酿的醇厚，轻叹一声，担心以此败坏了自己酿酒哩名声。武先生道："俺喝了二十多年酒，唯你酿哩上口！不过，恕老哥直言，近来酒哩味道可是不如以前了。"魏老酒悻悻道："年后俺就改行不干这手艺了。"武先生觉察出魏老酒和段家之间发生了变故，不便询问因由，惋惜道："你不酿酒了，这段家哩酒以后俺也就不买了。"魏老酒明白武先生的心思，说道："老哥！想喝酒好说，兄弟得空给你酿几坛子送来。"武先生婉拒道："可不能，那得费多大工夫啊！"

俩人聊得甚欢，不觉一个时辰过去。魏三突然发出两声咳嗽醒了过来，武先生和魏老酒都十分欣喜地伏到床板前探看。魏三睁开眼，朦胧中意识到自己经历了一次生死劫难，判断出眼前的先生就是自己哩救命恩人，他疲惫的眼睛努力放射出感激的光芒，嘴里想说却发不出声来。魏老酒替儿子感谢道："老哥！你救了俺三小子哩命，叫俺小子认你干爹吧！"魏三的眼睛发出兴奋的光，嘴唇嚅动两下，发出一阵微弱的含糊不清的声音，他是在连声称呼干爹。武先生点头应诺道："俺看这是个懂事哩孩子，这个干亲俺认了！"魏老酒喜不自禁，给武先生做了一个深揖。

此时又来了一个被家人抬着的受伤义民，天色渐晚，武先生吩咐他的二小子套上牛车，把魏老酒父子俩送回贞村，他和大小子开始全力救治新来的伤者。

坐着牛车往家赶的魏家父子做梦也不会想到，一场新的灾祸在等待着他们。

朝廷派兵清剿了封龙山上的拳夫义民，段士修才能睡个安稳觉。恐惧没有了，苦恼却日复一日地折磨着他。经营了几十年的烧坊，因为魏老酒的离去生意日益冷清，眼下处于半开工状态。春天囤积来的粮食，为了躲避封龙山义民劫富济贫的风头，不敢趁闹饥荒高价卖出，藏在地窖子里一夏天都发了霉，折本已成定局。同样令他不快的是，高冉家的粉坊，在魏老酒的操持下生意不赖，那又是高家一个赚钱的渠道。这三件事情，有两件跟魏老酒有关，段士修的气恼全都出自他的身上。

王虎从早到晚陪伴着段士修，看东家整天仰在躺椅上皱着眉头吸水烟袋，长吁短叹，知道东家心里憋着一口恶气，他要帮东家发泄出来。

深秋的细雨飘来阵阵寒意，正是饮酒的好天气。晌午，王虎陪段士修喝闷酒，三杯酒下肚，王虎要把憋在心里的话说出来，便向段士修献殷勤道："东家！这魏老酒是敬酒不吃吃罚酒，今儿黑夜俺带两个人教训他一顿，给你出出气，沾不？"这主意正合段士修的心意，赞同道："沾，把事儿办妥当，不要留下破绽。"王虎道："魏老酒虽有些力气，给他个不防备，只能任俺们摆布。他三小子伤势刚好，人又小，帮不上手。俺想好了，废魏老酒一只眼，叫他痛苦一辈子。”段士修道：“他三小子在封龙山受哩伤，说不定跟那些闹事哩贱民是一伙，也废他一只。”段士修从骨子里就没把魏老酒家的人放在眼里。王虎受到了鼓舞，咬牙道：“东家！这口恶气俺王虎替你出了！”段士修略有笑模样，承诺道：“事儿办好了，给你二十块银圆。”哄得王虎心花怒放，后边的酒，主仆二人喝得有滋有味。

这些天，魏老酒一门心思调养魏三的身体，在他精心照料下，魏三一天天好起来，看到孩子能生活自理了，他的心思又转回到了高家。高家开始红火起来的粉坊生意，因魏家这件突发的事情耽搁了半个月。这时节正是漏粉条的好时机，魏老酒要起早贪黑把耽误的时间补回来，以回报高冉给三儿补养身子送来的十块银圆和五斗小米的善意。今天一大早，别人家的灶火间还没冒烟，魏老酒已经和魏三吃完饭，急急地来到高家。正在一进院和老陈、黄六拿扫帚扫院子的高冉对魏老酒的到来很吃惊，叫他安心在家管孩子，别慌着干活儿。魏老酒回高冉道：“孩子哩伤好了，耽搁了这么些日子，得把生意赶回来。”高冉对他的厚道劲儿自是感动，粉坊确是不能开了，便把他的决定告诉魏老酒道：“年前不漏粉条了，今年粮食收成不好，各家都把山药当主食吃，山药收不上来，光咱家那点山药出不了多少粉，明年这时候再漏。这段日子你在家多管管孩子吧，工钱照给。”东家说哩在理儿，可这几个月自己不能闲着白要东家哩钱，得琢磨着找点儿事儿干，魏老酒看到牲口料房里的草料不多了，料房外边堆着一大垛玉米秸，就叫上老陈、黄六给他当下手，铡起了草料。

几个人除了吃晌午饭的时间实实地干了一天，傍晚掌灯时分魏老酒腰酸胳膊疼地回到家，焖了半锅山药，和三小子就着白萝卜条炒辣椒，塞满了肚子早早睡去。

没有月光的夜晚显得十分幽深漫长，不知道睡到了哪个时辰，一阵剧烈的声响惊醒了魏老酒父子俩。未待二人回过神来，三条蒙面黑影破门而入，直扑到炕上，把他俩压在了身下。来者显然有分工，两个人分别压着魏老酒的上下半身，另一人对付年幼且身体虚弱的魏三。正值壮年的魏老酒有些力气，在奋力挣扎中他的一只手抠住了压在他上半身的人的脸，对方发出一声痛苦的叫声。魏老酒听出是王虎的声音，他想叫骂，鼻子和嘴却被对方的一只大手死死捂住，将要窒息，很快便减弱了挣扎之力，刹那间他感到一把利刃深深地扎进了自己的右眼。愤怒和求生的欲望让魏老酒的力量陡然倍增，他挺身将二人掀翻到炕下。魏三也受到了同样的伤害，他瘦小虚弱的身体无力反抗而任凭歹人下手，对方的刀尖在慌乱中冲着他的左眼扎了下去。魏三惊恐的号叫助长着魏老酒的力量，他知道孩子也受到了和自己同样的伤害，忍着剧痛用另一只眼瞄准了骑在魏三身上的那个身影，从喉咙里发出骇人的吼声抡起拳头砸过去，把那个黑影擂到了炕下。魏老酒并不罢休，跳下炕来，扑向三个黑影，要跟他们拼命。三个黑影自认为达到了目的，同时被魏老酒排山倒海的气势所震慑，还有魏三惊心动魄的号叫声，让他们不敢逗留片刻，争先恐后地窜出了屋门。

剧痛阵阵袭来，父子俩的哀号声一声比一声凄惨，静夜中很快传遍了四邻。乡亲们惊惶地来到魏家，进得屋里，点上灯，在微弱的灯光下，看到的是两个双手捂着眼睛、披头散发、被血污模糊得分不清五官的像鬼一样的人。邻居中有人急忙去请村里的先生前来救治伤者，有人去向牌长、甲长报告魏家遭劫难的情况。

甲长高冉和老陈、黄六闻讯赶来，几个人看到父子俩的伤势，吃惊地询问是什么人下哩如此毒手？父子俩没心惶回答，只顾痛苦地呻吟。都知道魏老酒没有仇家，乡亲们则七嘴八舌地猜想不是盗贼就是土匪。村里的先生来了，却奈何不了这么重的伤，只是给父子俩的伤口敷了些止血药，再无别的办法。高冉便急忙叫老陈和黄六回去套骡子车，要把父子俩送到北龙池村找武先生进行救治。武先生的高超医术远近闻名，近来又治好了魏三的伤，高冉很是信服。

时间不长，保长段士修得到高冉派人向他报告的消息后也赶了来，他看见魏家父子的模样，同样惊讶地询问是什么人干哩？魏老酒听到段士修的声音，忍住剧痛突然大声骂道："王虎，是王虎狗日哩……"众人皆惊，最吃惊的还是段士修，王虎办完事后，回去向他报了功，他看到王虎的脸上有几道渗着血的抓痕，知道那是魏老酒反抗的结果，就担心露了破绽，果然如此。这个办事不成败事有余哩王八蛋，他心里暗自骂着，嘴里却探试魏老酒道："老哥！王虎怎么了？"魏老酒不理会段士修的问话，只是痛苦地呻吟。段士修故作镇定地安慰魏老酒道："哥哥！别着急，待俺回去查证此事，假如真是王虎，俺段士修一定惩办他，一定给你父子主持公道。"

可是不论段士修装出的表情如何怜悯，说出的言语如何诚恳，高冉和乡亲们还是觉察到了段士修不自然的神情，立刻明白了这出惨祸的根源，没想到段士修竟用这般不耻手段对待辞他而去劳苦功高哩把式。不容高冉思量更多，老陈和黄六赶来了骡子车，他和乡亲们急忙把魏家父子搀扶到院门口抬上车，他接过老陈手里的鞭子，跳上左侧车辕，挥鞭急急地向西北三十多里外的北龙池村驶去。

武先生震惊魏老酒父子祸不单行的遭遇，他使出浑身解数也没能保住魏老酒遭受重创的右眼。刀尖没扎正魏三的左眼，伤得较轻，算是保住了，但是以后会从外眼角到耳轮之间留下一条明显的疤痕。

这些日子，魏老酒躺在炕上，日夜叨念，悔恨自己不该辞别段家，损害了人家哩生意不算，还引祸上身，自己受点罪不要紧，可怜孩子跟着遭罪。

自经历了这场突如其来的灾祸后，魏三变得沉默寡言了，他身体受到的伤痛远不如心灵受到的强烈，他翻来覆去思忖了几天，从爹无数次的自责中他清楚了段士修为什么对他父子下如此毒手哩原因。只因为爹和两个哥哥性情懦弱，自己年纪又小，奈何他段家不得。狗日哩段士修把他魏家人当成了任人宰割哩羔羊。魏三想明白了这个道理，仇恨一天天在他的心里滋长，书籍里描写的绿林好汉报仇的故事，一个个闪映在他的脑海里，报仇欲望也在他的胸膛里一浪翻过一浪，他发誓一定要报这个深仇大恨。

第五章　魏三求剑

入冬后，丁黑子家的铁铺生意更加红火，每家每户都要打造、修补各种农具，为来年的耕种收割做准备。

这天后晌，刚疗好伤的魏三穿着一身臃肿的黑粗布棉衣棉裤来到了丁黑子家。丁黑子和儿子丁不白正在院子里用苇席搭成的简易篷下忙活，老子抡锤在铁毡上打制一个犁头，小子蹲在风箱旁拉着炉火。看见魏三走来，丁黑子弯着腰一边举锤敲打着烧红的器具，一边问他爹哩伤情如何。丁黑子十分同情父子俩的遭遇，痛恨段士修的歹毒，这阵子他隔三岔五地拿自家积攒下来的几个鸡蛋和几个馍馍去探望他的老伙计。今黑夜他正想去魏家看看，恰巧魏三来了。魏三告诉丁黑子，他爹哩眼伤一天比一天好，不用惦记，随后一言不发地站在一旁，专注地看着丁黑子的每一个打铁动作。魏三的眼睛把锤子下的铁器幻化成了一把利刃，反复想象着手持利刃奋力刺进王虎和段士修心窝里的情景。“小兔崽子，傻呵呵站着干什么？快进屋暖和暖和！”丁黑子疼爱地骂一声魏三，魏三却没有丝毫反应继续看丁黑子打铁。“遭受了这么大哩灾祸，这孩子变魔怔了。”丁黑子自言自语道。

魏三就这么一直看到太阳落下了西山，丁黑子父子俩收了工，他也没吱一声没挪一步。

“傻小子，天黑啦，该回去啦。”丁黑子的高嗓门冲魏三喊道。魏三忽然来了精神，冲着丁黑子“扑通”跪倒在地，说道：“大伯！俺求你一件事。”“多大哩事，值哩下跪求你大伯，快站起来。”丁黑子呵斥道。魏三站起来，两只眼睛直视着丁黑子道：“大伯！俺想要一把刀。”“要刀干什么？”丁黑子警觉地问道。“杀狗日哩！”魏三咬着牙愤恨道。

丁黑子明白那狗日哩指的是谁，有种，这仇应该报，可魏三还是个孩子，承担不起那么大哩事情。再说那段士修何许人也，看家护院哩几十个，报仇不成反会惹上更大哩灾祸。丁黑子叹口气，劝道：“侄儿，君子报仇十年不晚，你还小，等你长大了再报也不迟。天黑了，快回家伺候你爹去吧。”魏三一动不动。丁黑子打了一天的铁，没有多少力气和魏三较劲，他坐在长条板凳上，抽出别在腰间的竹竿烟袋，把烟锅伸到黑粗布缝制的荷包里装上烟叶末，用火镰点燃，深深地吸两口，斜眼看着魏三，希望他走出院门。魏三不但不往外走，倒向他跨近两步，倔强道：“你不答应俺，俺就不走！”丁黑子没办法，吩咐丁不白去问问他老酒叔，同意不同意给魏三打刀。老伙计反对，或许能断绝了这孩子哩念头。

三锅烟的工夫，丁不白搀扶着头上缠着护着右眼绷带的魏老酒走进了院子。丁黑子没想到老伙计会来，忙起身把自己坐的板凳搬到老伙计的屁股下面，扶他坐下。

魏老酒听到丁不白的问话后，浑身打个冷战，他害怕闯出更大的祸，执意要来阻止三儿。他长叹一声，劝儿子道："三儿！叫你大伯给你打刀干什么，报仇？你爹想开了，咱是庄稼人，受苦、受累、受气、受罪是咱哩本分，咱可不要妄想办不成哩事情。一天能吃上三顿饭，有条命活着就不赖了。走，跟爹回去。黑子哥，这刀不能给他打。"

丁黑子也劝道："侄儿，听你爹哩话，回去吧，好好念书，等你金榜题名，做了官再来整治那狗日哩不迟。"

魏三没有回应，只听到从他的鼻孔里喷出阵阵粗气，他不赞同爹和丁大伯说的话，他就是不想再受人欺凌了，金榜题名还不知是猴年马月哩事，做官更是遥不可及，不如现实拿刀报仇来哩痛快。

魏老酒离开凳子，走近魏三，伸出一只手要把他拽回家。魏三知道爹和丁大伯哩心思，是担心他年纪小，害怕他拿刀惹出新哩祸端，但他已经打定主意，能有一把刀最好，没有刀也要去山里投奔除暴安良哩绿林好汉，等长了本事再回来报仇。此刻，他早把当教书先生的梦想抛到了九霄云外。"爹！"魏三动情地叫道，"以后叫俺俩哥哥伺候你吧！俺这就走了，三儿过几年回来一定给你报仇！"说完用力甩开爹的手转身大步往外走。魏老酒拉他不住，忙叫丁不白拦住不听话哩小子。丁不白紧跑上前，却也拦他不住。

"魏三你站住！"丁黑子看到这情景高声喝止道。这孩子的志气唤起了他心中的豪气，他猛地把正在吸着的烟锅子掷在地上，说道："有仇不报非君子！小子，你有这样哩志气，老子成全你，你想要什么样哩刀尽管说，老子今儿黑夜就给你打！"

这番话收住了魏三正要跨出院门的两条腿，他折回身看到丁黑子的眼睛正狠狠地瞪着自己，他听爹说过这个性情刚烈的长辈每当决定要干一件大事时就是这种劲头。他心中一阵狂喜，想着用这种劲头打出哩刀肯定锋利无比，便兴冲冲地奔到丁黑子跟前，说道："大伯！你看着打，只要刀快就沾！"丁黑子的话也打动了魏老酒，人哩命天注定，这三儿以后成个什么样哩人，听天由命吧。

丁黑子的老伴做好了晚饭，在灶火间门前摆上地桌，端上一小铁锅白萝卜条炒辣椒和一壳坎（注：一种用玉米或高粱秆扎制的两头翘起，用来放干粮的用具）用小米面掺着山药面包的菜团子，又端上几大碗高粱米稀饭，招呼道："老酒兄弟，过来吃饭。"

这些日子，魏老酒没少吃丁黑子送给他用来补养身子的好东西，眼下粮食奇缺，他不想再给丁家增加负担，便冲魏三喊道："三儿，你大伯答应给你打刀了，咱回去吧。"

"吃了饭再走。"丁黑子不容回绝，喝令道。他又吩咐丁不白："到地窖抱一坛酒来。"十年前他请魏老酒给他酿了几坛子高粱酒，逢年过节才肯拿出来喝点儿，平时就是喝自己酿的山药干酒。今天他打破自己立的只打农具不打兵器的规矩，要打制一把杀人的刀子，他一是要用酒祛除一下邪气，再是要借酒激发出内心的锐气，只有喝了这甘洌醇厚、回味绵长的高粱老酒，才有心力打造出惊魂夺魄的利刃。

魏老酒不再客气，遵从地坐下来吃饭。丁黑子却一口饭菜不吃，只是倒了多半碗酒默默地喝着，心里在构思着打一把什么样的利刃。他心无旁骛，连魏三和魏老酒吃完饭回去时和他打招呼都没觉察到。半碗酒下肚，他思谋好了打一把便于隐藏携带的短剑，同时勾画好了剑体的每一处细节。此时酒力沸腾了他全身的血液，他吩咐不白拉风箱起火，他在铁料堆里选出一块好料投到炉火里，烧将起来。

天已黑下来，炉火映照得整个院子通红。把爹送回家的魏三，向两个哥哥交代后又立刻返了回来，痴痴地看着丁家父子的每一个动作。他想帮忙，却无从下手，明白就连最简单的拉风箱都是一门不易掌握控制火候的学问。

那块铁料不时地在炉火里和铁毡上转换，每一次转换都经历了烈火的燃烧和铁锤上百次的击打。在铁毡上击打时火花四溅，那块料就像一块面团，锤打成铁饼，折叠起来再锤打成铁饼，铁饼变硬了，投进火里烧到通红，夹出来继续折叠锤打，如此反复，直到变成具有内在韧性的钢质。这是丁黑子自小掌握的祖传“百炼钢”的技法。这一技法是在同治六年（公元1867年），他爷爷给因民不聊生由周围几个县的农民组成的起义军打造刀剑时自创出来的。打制的那些兵刃锋利无比、结实耐用，倍受义军夸赞，自此丁家打铁的绝佳技艺又增添了一项内容。爹和他也掌握了这种技艺，但是爷爷叮嘱后辈，决不能随意给人打制杀人利器。爷爷去世后，不知有多少人提着重礼前来请他父子打造刀剑，都被爹一一回绝。丁黑子掌起家后，始终不忘爷爷的叮嘱，但是今天他无法拒绝魏三的乞求。

冬夜虽然寒气逼人，可是丁黑子的头上却冒着热气，棉袄都快被汗水浸透了，一直打到深夜，他筋疲力尽时才停下来。一连三天都是如此，几十年来丁黑子没有使出过这样的功夫，更没有锻造过这样纯正的料质。

这块料在丁黑子的锤打下渐渐成型了，这是一把一尺多长的短剑。丁黑子的锤子小心地敲击着，使它渐渐趋于完美。硬度还不够，淬火，烧炼，再淬火。炽热的短剑一回回刺入冰冷的水里，在水火相攻相克中达到了外呈柔韧、内具刚硬的品质。

又过去三天，这把短剑面貌已现，它就要问世了。六天来，魏三吃饭睡觉都不离丁黑子，眼看着一把精美锋利的剑就要归自己所有，他的心激动异常，却极力压抑着不表露出来，他还要等待最后一道工序，开刃。

这些天丁黑子全身心浸淫在这把剑上，他一言不发，连吃饭睡觉都在琢磨着每一道工艺和每一个细节。今天晚上，他喝完了坛子里的最后一碗酒，和衣盖被躺在西屋的炕上，把短剑放在枕边，开刃的一整套技法在脑海里重复了几遍，方沉沉睡去。躺在爹身边的丁不白叫魏三一同到炕上歇息，魏三摇摇头，独自坐在炕头上，两手揣在袄袖里守候着丁黑子。

寅时，丁黑子打了一个响亮的哈欠，翻身坐起来。丁不白闻声也醒来。魏三更是立刻跳下炕，他知道老爷子养足了劲头，要完成这最后一道工序了，便迫不及待地把一双毡靴套在丁黑子的脚上，又急忙端来一铁盆冷水放在屋里的高凳上。这几天，魏三早已熟悉了丁黑子的生活习性，丁黑子每天的起居都由他伺候。

丁黑子洗了脸，精神很快清爽起来，拿起短剑来到院子里，用铁钎把炉火捅开，火光立刻映红了院落黑漆漆的空间。他跨坐在挨着炉火的两头安放着磨刀石的长凳上，双手把着剑的两端放在粗砂磨刀石上。丁不白心领神会，从炉火上提起铁壶，先往磨刀石和剑身上滴点热水，丁黑子全神贯注，用力而有节奏地磨起来。丁不白默契地配合着爹的动作，不时地往剑身上滴水，剑身与磨刀石快速摩擦发出悦耳的“唰唰”声。魏三悄悄地蹲在一旁，欣赏着丁黑子每一个带劲的动作和这动听的声音。

一个时辰过去了，剑的双刃已开，丁黑子转过身来，在浸润了棉籽油的细砂石上又磨起来，他要磨出流畅而细腻的剑锋。

又一个时辰过去了，短剑呈现出了它锋利的双刃。丁黑子双手把剑斜举过头顶，面朝东，眯起左眼，右眼的目光借着从东方地平线上投射过来的绚丽的阳光一点点地在雪亮的剑锋上游走。剑的双刃如此耀眼，使丁黑子的眼睛不时陷入盲点。丁黑子用左手拇指轻试一下剑锋，不经意划了一道口子，一条血虫顺着拇指爬下来。几天来，他紧锁的如深壑般的眉宇终于舒展开来，脸上也现出了一丝笑容。他并不罢休，走到院里一棵碗口粗的小树旁，一剑刺穿了树身，喜不自禁喝道：“好剑！”

配上剑鞘才是一把完整哩剑，丁黑子找来一块存放了多年的牛皮，用铰铁皮的大剪子裁好料，用锥子钻出眼，用牛皮线缝上。剑入鞘，浑然一体。

魏三看着这一切，早已心花怒放了。

丁黑子提剑在手，对凑在跟前两眼如痴如醉地望着他手里短剑的魏三说道：“臭小子，算你有福气！”

魏三兴奋地“扑通”跪倒在丁黑子脚下，伸出双手准备承接这把剑。

丁黑子冷冷地凝视魏三片刻，低沉着声音说道：“把手放下。”

魏三不禁打个冷战，敬畏地望着丁黑子毫无表情的脸，不知道他有什么意图。

“跪着干什么，起来。”丁黑子喝令道。

魏三站起来，仰视着丁黑子的目光，感到了对方深深的期许。丁黑子意味深长地嘱咐道：“从今以后你就是个舞刀弄枪哩人了，记住，给你打这把剑不光是叫你报私仇……”他突然提高了声调，“遇到那些欺善凌弱哩恶人都该把它亮出来！”他又加重语气说道：“身带利刃，杀心自起，决不可伤害一条无辜性命，不听话，丁某不光要收回此剑，还要跟你一刀两断！”

魏三对丁黑子发誓道：“小辈记下了，有一点儿差池俺就不是爹娘养哩！”

丁黑子把剑递给魏三，又叮嘱道：“这是招惹是非哩物件，万不得已不可轻易亮它。”

魏三满口应着把短剑揣进怀里，又“扑通”跪倒在地，冲丁黑子连磕三个响头，起身而去。

七天的劳累，此刻一股脑袭来，丁黑子瘫坐在凳子上，望着魏三离去的背影，刚才的快感瞬间变成了隐隐的忧虑，不知道这把短剑以后会给这小子带来什么样哩命运。

第六章　石家遭横祸

光绪二十七年（公元1901年）春天，正是青黄不接的季节，去年旱灾造成的粮食大幅减产让老百姓的日子过得异常艰难。随着时间推移，饥荒越来越严重，全县所有人的心也越来越不安起来。贫穷人家不安的是没粮食糊口活命，富户人家不安的是害怕强人打家劫舍。自去年秋天清军剿灭了封龙山上起事的义民和躲避在此的义和拳夫后，县境内虽然清除了大股有组织的令衙门头疼的绿林强人，却衍生出了更多小股游匪。他们四五人或十数人结成一伙，有的为行侠仗义聚在一起，杀富济贫、除暴安良；有的为贪图钱财相互勾结，骚扰百姓、杀人越货。官府能剿得了封龙山上大股的拳夫义民，却无力缉拿那些昼伏夜出的游匪。每当黑夜降临，各村就笼罩在死一般的寂静中，不论穷家富户，全都宅门紧闭以躲避不测之灾祸。

贞村的巡夜队，自去年秋天段士修撤走了全村人集资购买的洋枪，用以加强自家大院的防护后，便名存实亡了。虽有不少人看不惯段士修的做派，却只在背地里议论和谩骂，并没有谁有胆量和能力跟这个财大势大的保长较真儿。既然如此，巡夜队里剩下的几杆火铳和土枪也就各归原主，去看守自家的门户了。

这个月色朦胧的夜晚，整个贞村都进入了梦境。四个黑影摸进了村子，他们手里提着火铳、腰里别着尖刀径直来到了段家大门西侧。他们先往院内抛进了几块用老鼠肉制作的药饵，企图毒翻守夜狗，岂料立刻招至一只狼狗的狂吠，迅疾又有几只汇集过来，排山倒海般的叫声，把他们刚搭起的人梯吓倒在地。随即宅院里传来两记射向天空的清脆的枪声，彻底消除了他们打劫段家的念头。显然这是几个入江湖不久的新手，他们尚不知道段宅的底细，虽然他们事先用了一天时间把贞村侦探了一遍。

四个黑影来到高家宅院，在大门东侧要故技重演。高家的两只大黄狗听到动静从后院奔跑到前院，对飞落进来的诱饵不为所动，盯住墙外的目标愤怒地吼叫，试图用它骇人的声音驱赶走外面的不速之客。几个黑影判断里面的动静，明显地感到与段家的声势相去甚远，他们的欲望得到了鼓舞，搭起人梯要强行越墙进入。一个盗匪骑在墙头上正要纵身跳下时，老陈和黄六各提着土枪从一进院的北屋跑了出来。老陈冲着墙头上的人大声喝道："大胆蟊贼，吃俺一枪。"

这盗匪看到两个看家护院的只是吓唬并没有举枪伤害他的意图，更壮了胆，直截了当地提出条件道："识点儿抬举，给俺些钱粮则罢，不然没你们哩好。"老陈回道："一没钱二没粮，俺有枪子给你。"他和黄六见盗匪愈加嚣张这才举起土枪，要看对方的举动再做是否开枪的决定。

“慢着。”高冉披着夹袄从后院奔来，看到这番情景急忙制止，就是盗匪他也不想轻易伤害。他对墙头上的歹人道：“好汉，想要钱粮好说，明儿堂堂正正到俺高家来拿，每人给十块银圆一布袋小米。趁黑夜打家劫舍，俺可是一文钱一粒粮都不给，听清了没？听清了就回去，明儿一大早俺开门迎接你们。”高冉的话像用锤子往木板上楔钉子一样，一句比一句有力。

墙外的盗匪头目得寸进尺回应高冉道：“看你是个行善哩财主，这会儿打开门叫俺弟兄们进去拿些钱粮沾不?”墙上的盗匪趁势威胁主家道：“要是不给，俺们可就动手了。”

盗匪的无礼和狂妄激怒了高冉，他下令道：“老陈、黄六，把这狗日哩撩下来。”

不等老陈和黄六瞄准，那歹人早吓得身子一歪跌落到了墙下。这里也不能得逞，几个盗匪商量了几句后又寻找下一个目标去了。他们改变了主意，放弃打劫防护严密的大户人家，选择了村西北角石计有的宅院。

这石家在贞村算得上殷实户，大小子早已娶妻搬出去另过，几个闺女都已出嫁，两年前石计有用十亩好地给小儿子石傻子换来了牛四妮，剩下四十多亩薄地供一家四口吃穿。去年干旱，夏秋两季打的粮食吃到这会儿还剩两石多，省吃俭用算下来勉强能度过这段青黄不接的季节。家底虽然薄了许多，但这高大的门庭和宽敞的院落还依旧显示出石家曾经有过的富裕。石计有老两口自给傻小子娶回来牛四妮，家里就像添了个宝贝，整天笑得合不拢嘴。儿媳的肚子凸起来后老两口更是爱护有加，地里和家里的活儿都不叫她插手，婆婆无时无刻不跟在儿媳身边，生怕她有个闪失，弄坏了肚子里的孩子。牛四妮长这么大，什么时候受过这般宠爱？她庆幸自己哩命好，嫁到了这么好哩人家！她因此万分感念石家每个人。她把感念转化为尽心尽力地干活儿，白天婆婆看哩紧，到了黑夜家人睡去，她就下地窨子纺线、织布。

今儿黑夜牛四妮等家人都睡去后，挺着大肚子，举着油灯从东厢房出来，走进西厢房，从设在西北墙角的地窨子口踩梯子下去，将油灯放在灯架上，坐在织布机前开始了劳作。光滑的梭子在牛四妮的操控下带着纬线在无数条交叉的经线之间往返穿梭，梳齿板打纬时发出的有节奏的铿锵声充满了窨子，蓝白相间的粗布在布轴上一圈圈地增厚。她要赶在孩子降生前再织出两匹布，总共十匹，留一匹自用外，其余拿到城里集市上卖些钱，以补贴家用。牛四妮对过好日子的憧憬，因肚子里的小生命而增添了更多欣喜。

几个歹人照例试探了一番石家的底细，没听到狗叫声，一人在外面望风，仨人翻墙进入了院子，一起溜向北屋，几下便卸下了一块门板，鱼贯而入。炕上的老两口从睡梦中惊醒，借着从窗户和屋门透进来的微光，看到几个黑影朝炕上摸来。老两口知道来了歹人，惊慌中喝问道：“干什么哩?”几个黑影站在炕前，其中一个喝令道：“快点着灯。”老两口顺从地用火镰把灯点着，知道这几个盗匪是为了钱财，只要遂了他们哩意愿就不会有事。三个歹人的脸上裹着黑布，手里都攥着一把明晃晃的尖刀站在炕前，打头的放低了声音道：“兄弟们没钱花了，到你家借点儿。”石计有满口答应道：“沾沾沾，这就给。”他穿上衣服从炕上下来，把胳膊伸进炕洞里，掏出一个红瓦罐交给打头的蟊贼道：“这是全部家底，拿去吧。”打头的抱着瓦罐探看，见半罐铜元和制钱里边间杂着几块银圆，愤怒道：“凭你家这四间大北屋、六间东西厢房，还有那个大门筒，怎么也是个财主，这点儿钱打发不了俺弟兄们。”婆婆也穿衣起来，抹着眼泪道：“都是种地哩庄稼主儿，不比大户人家，外面有买卖钱多，咱过日子光指望着地里那点儿收成，年上又受了旱灾，吃饭都勉强，哪还有多余哩钱哎！众好汉高抬贵手，放过俺吧！”打头的不相信石家只有这点儿钱，更不甘心折腾了大半夜就这么回去，他把瓦罐里的钱倒进随身带的布袋里，下令同伙搜。三个歹人在屋里翻箱倒柜了一番一无所获，便来到了东厢房。

东厢房的门虚掩着，石傻子被突然闯进来的几个蒙面人吓得缩进被子里抖作一团。盗匪折腾了一番，也没发现什么想要的东西，又窜进了西厢房。

西厢房是存放粮食的地方，往年这个时候屋子里用竹席圈成的几个粮垛盛满了谷子、麦子、高粱、玉米，今年只有几口袋粮食靠在东南墙角。这也是盗匪喜欢要的东西，他们正要扛走，从地窨子里传出来织布机的声音让三个歹人产生了新的兴趣。打头的吩咐一个同伙留在上边，叫另一个跟自己下去探究竟。这使得尾随在盗匪后面的石计有老两口十分地惊慌，他们担心儿媳妇受到伤害，不约而同地挡在地窨子口阻止歹人下去。打头的歹人把老两口用力推开，迫不及待下了地窨子，另一个同伙紧跟其后。正在专心织布的牛四妮听到动静，扭头看见两个蒙面人幽灵般地来到面前，吓得她惊叫一声停止了织布。尾随而至的公公和婆婆给了她些许安慰，她从织布机上下来，小心注视着两个歹人的一举一动。老两口挡在儿媳前面，生怕歹人伤着她的一根毫毛。两个盗匪四处搜寻了一番，也没有找到他们想要的钱财，便把目光投到了织布机旁摆放在两条长凳上的几匹棉布。这些布也值些钱，打头的示意同伙把它们弄上去，那盗匪把几匹布撂在肩上，扶梯子要出地窨子。牛四妮心疼自己花费了无数个黑夜织成的这些布，对歹人的恐惧荡然无存，她推开挡在前面的公婆，疾步上前，一把将那歹人肩上的布匹拽了下来。那盗匪被牛四妮拽了个趔趄，转身恼怒地飞起一脚朝她的肚子踢去。老两口见状，惊叫着扑过去，试图保护儿媳。已经晚了，牛四妮被踢倒在地，山崩地裂般的疼痛袭来，瞬间跌入了昏迷的深渊。两条人命啊！婆婆天塌了般发出骇人的叫声，呼天抢地扑向儿媳。这叫声惊吓着了两个盗匪，打头的挺刀刺进了老妇人的后背。叫声戛然而止，老妇人的身子绵软地瘫倒在地，身下很快积了一摊殷红的血。一幕幕惨剧在眼前发生，懦弱了一辈子的石计有平生第一次有了疯狂的举动。“狗日哩！”他大骂着纵身冲向那匪首，恨不得一下子掐死他。那匪首又挺刀捅进了石计有的脖子，刀子拔出时，鲜血喷涌而出，石计有也倒在了地上。

几个盗匪从石家窃得了不少东西，每个人肩上扛着两匹粗布，其中两个牵着石家的一头毛驴和一头牛，驮着几布袋粮食，出了村西口，隐没进了夜幕中。

缩在被窝里的石傻子，意识一直混乱，直到从被子的缝隙透进亮光，知道已是白天，不会有歹人了，才掀开被子穿衣出了屋子。饥饿让他来到了灶火间，往日烧柴火的烟味和饭菜的香气一丝都没有。他又来到了北屋，爹娘不在，里面一片凌乱，他感到了不祥。来到西厢房，听不到媳妇织布的响声，他害怕起来，小心翼翼地下到了地窨子。灯油即将耗尽，灯头闪烁着忽明忽暗的光，映照着地上的惨状，惊吓得他像逃离地狱一般爬出了地窨子。石傻子失魂落魄地疯狂喊叫着爹呀娘呀跑出了家门，在街上狂奔一圈又折回家里。如此反复，引起了居住在同一条街上的石傻子的哥嫂和乡亲们的好奇，他们想知道究竟发生了什么事情，便跟着石傻子来到家里。神志恍惚的石傻子指着西厢房声音含糊地对众人呜咽道：“都死了……都死了……”哥嫂和乡亲们感到事情不妙，急忙下到地窨子，借着从窨口折射下来的亮光，看到了一幅血腥的场面，吓得他们魂飞魄散。乡亲们这才证实昨夜的狗咬是村里来了歹人，祸害到了石家，同时为盗匪没有光顾自家而庆幸。冲在前边的石傻子的哥哥和嫂子确定了爹娘已死后慌了神，只是围着老人的尸首号哭而不知所措。面对石家遭此天塌之祸，乡亲们痛惜之余，略感欣慰的是牛四妮还活着，纷纷提醒他俩救治弟媳料理老人后事要紧。石傻子的哥嫂努力抑制住悲痛，在乡亲们的帮助下，把爹娘和牛四妮抬上了地窨子。

乡亲们一边忙碌一边抱怨段士修不该撤走巡夜队的洋枪，要是巡夜队不散，歹人就进不了村子，也就出不了这么大哩灾祸。想到以后说不定土匪可能会祸害到自家，对段士修的抱怨变成了怨愤，这种情绪很快蔓延到了全村。

高冉和高张氏听到消息后赶到了石家，高冉里里外外忙着料理后事，高张氏和邻家的几个女人在东厢房照料着仍处于昏迷中的牛四妮。高冉感受着乡亲们对段士修的怨愤，他替段士修感到羞耻，他要找段士修理论一番，在他忙完眼前的事情后抽空去了段家。

高冉刚走进段士修家的大门洞，就听到从西边的二进院里传来丁黑子愤怒的吼叫声，便加快脚步走进二进院的小门，见丁黑子正站在院里大声斥责段士修：“……乡亲们集资买的枪，凭什么都放在你段家？石计有家遭贼人祸害都是怨你，要是巡夜队有洋枪贼人就不敢来。把乡亲们出钱买哩枪，赶快交出来！”

段士修脸色铁青地站在堂屋的廊檐下，任凭丁黑子向自己发泄愤怒。全村人他最不愿面对的就是这个连天王老子都敢骂的丁黑子，今天这黑脸子找上门来辱骂自己，慑于对方遇强愈硬的脾性和在村子里有着很高的声望，他只能把气闷在肚子里。几条狼狗站在段士修身边，不时抬头观察一眼主子对丁黑子的态度，它们同时也都从丁黑子身上嗅到了一剑封喉的锐气，而不敢造次，始终摇着尾巴面对这个气势汹汹的来客。王虎站在段士修身后，见主子都畏惧丁黑子三分，他更是表现出谦卑的神情，他清楚真要动起手来自己可不是这个浑身是劲的铁匠的对手。他时刻在观察主子的脸色，生怕不慎给主子再添麻烦。那晚去魏老酒家替主子出气，被对方抓破脸后露了马脚，全村人都知道魏老酒的眼睛是他王虎扎瞎哩，自然联想到段士修是幕后指使者，让主子好一顿臭骂。自此王虎白天不敢出段家大门，见到外人来也尽量回避，生怕叫人看到留在他脸上的两道抓痕。段家其他人躲在两边的厢房里，从窗户和门缝往外张望，没有一个有脸面和勇气出来替当家的解围。段士修的爹年事已高，在东边的三进院独享清静，虽然听到了丁黑子高嗓门的喊叫，但是已经没有精力过问这些事情。田生玉每时每刻都在找机会为东家出主意卖力气，可是今天他听到丁黑子的声音就溜出了段家。

高冉知道段士修的倔强脾性，逼迫他还枪那是万万不可能哩事情，便急忙上前劝解道：“黑子哥！有话慢慢说！”

丁黑子见是高冉，有说理的人了，问道：“兄弟！你是咱村最讲理哩人，你说他段家该不该把枪还给乡亲们？”

高冉道：“黑子哥！俺来也是为这事，咱们进屋坐下说，沾不？”丁黑子道：“俺没闲工夫跟他嚼舌头。”

高冉转向段士修道：“昨黑夜出了这么大事，乡亲们都盼着把巡夜队再建起来哩。”语调里有抱怨有乞求。

面对高冉，段士修忽然来了神气劲，他终于有了撒气的对象，怒道：“几十年来，凡涉及村务，俺段家出钱最多，岂是这十几杆枪哩价值所能比。这些枪全归俺段家算是一种报偿。再者说，没有洋枪就不能巡夜了？火铳和打兔子枪也能防匪呀，巡夜队是吃干饭哩？防不住匪就怨到俺段家头上来了？巡夜队散了，也不是俺叫他们散哩……”

丁黑子截住段士修的话道：“你段家祖辈积下哩功德，怎么着也轮不到你吃老本。俺给你撂下一句话，多干点积德哩事，别把你祖辈哩好名声糟蹋尽了，早晚会遭报应哩！”说完，气哼哼地转身离去。

丁黑子走了，段士修终于舒出一口气，愤恨道：“这黑脸子，什么闲事也管，看以后遭报应哩是谁。”

高冉低语道：“黑子哥说哩在理，是该想办法防范盗匪了。”

段士修知道高冉来找他是和丁黑子一样的目的，没好气道：“哪个村儿都有巡夜队，哪个村儿防住匪了？世道乱，盗匪猖獗，谁有办法？”说完转身拉开风门进了屋，王虎一步不离地跟了进去，把高冉一个人丢在了院子里。

高冉无可奈何地摇摇头，心里轻蔑段士修为了自家那点儿小利，什么都不顾了。保甲的职责之一是弥盗匪而靖地方，保长无意重建巡夜队，自己作为村子里十甲中的一甲之长，是有心而无力办成这件事哩。如果绕过保长，自己擅自联合另外九甲，有违法度，不能那么办。看来乡亲们还要在恐惧和不安中度过一个个长夜，高冉心情凝重地走出段家，返回石家继续料理后事。

傍晚时，高冉指定高鹏和几个小伙子陪着精神恍惚的石傻子哥儿俩给两位老人守灵，让自己的女人今黑夜照料牛四妮，他要去重新组织巡夜队。经过一天的思忖，他终于抛开一切顾虑，绝不能让这样哩惨剧再发生了。

石傻子白天穿着孝衣在屋里屋外不停地转悠，天黑后累了，身子蜷坐在灵堂前面铺的一层麦秸上喃喃自语，谁也听不懂他说的是什么。在遭受了失去两个亲人的残酷打击后，他的精神变得更不正常了。

牛四妮躺在东屋的炕上，在她的妯娌和高张氏等几个女人的照料下到晌午时恢复了神志，她听到了自家大门外放的丧炮声，以为是在做梦，忙问守在她身边的人出了什么事情？几个女人考虑到牛四妮虚弱的身体，不想让她再受到刺激，便极力隐瞒此事。可是牛四妮逐渐清晰的头脑，不祥之感越来越强烈，在她急迫的追问下，高张氏只得轻言轻语地告知了她两位老人惨遭土匪杀害的事实。震惊之余，牛四妮回忆起了当时的情景，她立刻陷入了深深的懊悔和自责的痛苦之中，如果不是她一时冲动去抢夺布匹激怒了盗匪，怎能酿成这场惨祸。她放声大哭起来，直哭得昏死了过去，高张氏急忙掐她的人中，才渐渐苏醒过来。她又要大哭，高张氏等人提醒她肚子里还有孩子，孩子哩命要紧，这使牛四妮忽然意识到肚子里的婴儿不知是死是活，只得强忍悲痛，静静地等待小生命的反应，任泪水在脸上肆意流淌。小生命随着母体的复苏也渐渐有了活力，一丝的蠕动给了牛四妮莫大欣慰。

天黑后，高张氏让别的女人回了家，自己和石傻子的嫂子守候着牛四妮。料理后事的男人们也都陆续走了，昨夜的恐怖气氛还笼罩在每个人的心头，人们回到家紧闭门窗以防土匪来袭。石家也插上了大门，高鹏和三个比他大几岁的小伙子陪着石傻子哥俩在北屋守灵。夜深人静，牛四妮的眼睛呆呆地望着屋顶，内心深深地思念着两位老人。高张氏知道她一天没吃饭了，去灶火间熬了一些小米粥，端着碗用勺子喂给她吃。牛四妮摇摇头拒绝了，她无心吃饭。夜半时分，牛四妮的肚子剧烈地疼痛起来，她意识到小生命就要降临了，她终于无法忍受越来越密集的疼痛，呻吟声很快变成了号叫声。高张氏见此情景知道牛四妮就要生了，女人头生就像过鬼门关，没人帮助就会死人，便慌忙跑到北屋喊醒守灵的高鹏，叫他快去把村西的接生婆请来。在这样的氛围下，高鹏心存恐惧，踟蹰中石傻子的哥哥脱去孝衣跟他结伴去。高张氏和牛四妮的妯娌忙到灶火间烧了一锅热水，舀了一瓦盆端到东厢房，俩人又找了几块软布和一把棉花穰子，准备接生用。

高鹏俩人跑到村西，叫了半天门才把接生婆请了来。两个女人给接生婆当下手，牛四妮费了好大劲终于把一个体型硕大的婴儿生了出来。接生婆和俩女人都很吃惊，她们还没见过长得这么大的婴儿。小生命或许是伴随着母体也消耗尽了气力，任由接生婆摆弄而不发出一丝儿叫声。接生婆剪断连接母子的脐带，恭喜道："好福气，生了个长巴巴哩！"牛四妮没有听见接生婆说的话，孩子一从她的身体里分离出来，便沉入了极度疲劳的深渊。这婴儿没有啼哭，会啼哭才正常，接生婆吃力地倒提着小家伙的双腿，一巴掌打在他鲜红的屁股上，还是没有啼哭，又是一巴掌，仍然没有声音。接生婆慌了，她担心自己接生时出现了偏差，孩子发生了意外。她把孩子托在手臂上，在昏暗的油灯光线的照射下，见这小东西微张着嘴，巴眨着两只眼睛，神情跟其他婴儿没有任何异样时才放了心。她接生了二十多年第一次碰上这样的孩子，她把目光转向已昏睡过去的牛四妮，既是对高张氏两个人也是自言自语感慨道："该着这命苦哩女人，嫁了个傻丈夫，又生了个憨小子。"

出事的第三天晌午，乡亲们安葬了石计有老两口。

牛四妮守着始终一声不哭的孩子坐完了月子，她看出来，这孩子长大以后脱不出是个闷葫芦、憨水瓮。闷也好，憨也罢，等长大后能立住门户就沾，千万别像他爹那样是个窝囊废。孩子好歹得有个名字，苦命人就该起个贱名，牛四妮琢磨着什么东西最贱。没有比鸡、猪、猫、狗和牲口拉哩屎贱了，叫鸡屎、牛粪。不对，庄稼人把这当宝贝看待，从地上拾了装在粪筐里给庄稼追肥。对了，粪筐最脏最贱，那就叫粪筐吧。石粪筐，牛四妮算是给孩子起上了名字。

第七章　义兄弟结怨

春夏交替时节，饥荒一天比一天加重，人们都在梦想着还只是禾苗的庄稼能立即长出下锅的米来。人们受够了饿肚子的难熬滋味，断了顿的人家，青壮年汉子外出四处为家里的老幼寻找吃食，一天下来往往连自己的肚子都填不饱。特别是西部山区，饥饿把老人和娃娃都从家里赶了出来，县城、村镇和荒野到处都是乞讨要饭、挖野菜、刮树皮的灾民。

这番景象急煞了县衙里的葛知县。这个瘦小的其貌不扬的贵州毕节人，父亲耗尽了全家的资财，让他花了十余年时间先后参加县、府、院的科举考试，在他接近而立之年时，终于成为生员，完成了葛家几辈人要摆脱低贱命运第一步的使命，成了受亲眷和村人尊敬的秀才。他的好运还在继续，不等他去省城参加乡试，朝廷为了培养一批偏远地区的人才，选拔他为贡生直接进了京城的国子监继续深造了几年。以此具备了踏上官阶的条件，距离实现家人彻底摆脱贫穷的愿望仅一步之遥了。一年多前，朝廷把他派到这个素有“难治之邦”称谓的元龙县任首职，他是怀着为官一任造福一方的满腔热情前来赴任的，决心要当好全县百姓的父母官。上任伊始他遍访各阶层人士，在交谈中他感觉到人们对他这个一县之首缺少应有的敬畏和热情，或多或少漠视他的存在。更让他恼火的是，县衙颁布的各项政令如同石沉大海，激不起同僚、里保和民众的回应。是元龙县民众对法度淡薄，还是政令不严？抑或是心境超然，过惯了无拘无束的日子？他很是疑惑，百思不得其解。有一天，他在翻阅元龙县自大清以来的县衙沿革史料时，发现了一个奇怪现象。大清朝距今的二百五十七年以来，到他这一任计有八十七位知县，人均任期不到三年，顺治、乾隆、嘉庆、道光、咸丰、同治年间均有一年两任最多竟达四任的记载，他的前五任大多为一两年，只有一任干了四年。他终于解开了疑惑，这些知县如同走马灯一般在元龙县一晃而过，又有哪一任会在如此短的时间里能有所作为呢？长此以往“知县”这一官衔在县民的心里便淡化得如同天空的缕缕薄云，遇风即逝。除了那些借助知县的权力以达到私利之目的的攀附者，少有人会把县首当回事。看来元龙县这一“难治之邦”的称谓，不仅包含着旱、涝、蝗、疫频繁轮番侵袭这片土地所造成的自然灾害，更是因为官府的时无作为而导致匪患猖獗的缘故。

葛知县上任之初想多办些学堂，以对民众开愚益智。还想在西部山区和丘陵地带修建一些水利设施，改变那一带完全靠天吃饭的状况，却苦于上一任留下的库银十分微薄，而无能为力。去年春夏干旱造成粮食大幅减产已使他心慌不已，进入秋季从京城溃败下来的义和拳民和封龙山上聚义起事的县民会合在一起，着实让他这个书生害怕不已，应对这样的事情他几无办法。清廷出兵，激战了几日总算剿灭了这股武装，他才松了口气，如若这股势力在自己管辖的地界里泛滥开来，清廷一定会拿他治罪。更让他庆幸的是，八国联军自北南下一路侵犯到了正定和获鹿两县境内，再没有往南开进，事后他知道这是朝廷向洋人妥协的结果，否则自己治下的老百姓将遭遇一场烧杀抢掠的浩劫。但是在他奉朝廷谕旨协助清军围剿拳夫义民时的那几天晚上做的梦，让他至今惴惴不安难以释怀。那几个夜晚他偶有空闲打一会儿盹，但是每一次，那封龙山传说中的飞龙都会闯入他的梦境，令他惊悸不已。那飞龙虽然神形疲惫，毅然奋力化成一位老者，言辞激烈地怒斥他给侵犯中华大地的洋人当帮凶。他每次都冒出一身大汗醒来，待剧烈的心跳平缓下来后，思忖着飞龙的言语，感慨清廷命他围剿拳夫义民的旨令真是荒谬之极，自己所履行的职责也确是在助纣为虐。眼前县境内的遍地灾民又让他把心提到了嗓子眼，昨日有下属不断报来，说一群群饥民讨饭讨到了正在施工的卢汉铁路的工地上，严重阻碍了施工进程。这使他更为惊恐，他深知影响铁路施工的严重后果。这条铁路的开建是以张之洞为代表的推崇西方工业革命的洋务派力行变革的结果，成败备受西方各国和国内朝野关注，如果在他管辖的地界内出了事故，十个葛知县也担不起那份责任。张之洞等几个被洋人的坚船利炮轰开了脑壳的国家重臣，深感大清国力已是江河日下、气息奄奄，徒有一副庞大的身躯，任由西方列强欺凌宰割而无还手之力。他们知道根本原因是西方几百年来崇尚的是自然科学，探究的是万物的内在机理和构成，导致了工业革命的发生。而大清国还在沿袭着一千多年，靠写几篇陈腐的八股文选拔所谓英才的科举制度而不放。在经过惨痛的鸦片战争和甲午战争的失败后，清廷终于把建设铁路作为奠定大清工业基础的先决条件。有了铁路，大清偌大的疆土就可以连通起来，就像是给一个瘫痪了的巨人疏通了经络，就可以带动商业贸易发展，使之成为一条复兴大清之路。光绪二十一年（公元 1895 年）年底，清廷决议兴建北起卢沟桥南接汉口的卢汉铁路，本打算实行“官督商办”，由各省富商集股修建。但对外屈膝对内骄横的清廷气数殆尽，毫无信誉可言，各地富商各怀观望，无人问津，清廷不得已只好举借外债。这条自北向南纵贯大半华夏疆域的铁路，自筑路的消息一经传出，便激起了美、英、法、俄等诸多西方列强的控制欲望。张之洞等忧国之士，认为其他国家胃口太大，而比利时是个小国，于中国无大志，比较让人放心。经过谈判，于光绪二十四年六月（公元 1898 年）清政府最终与比利时人达成了筑路协议，却不知背后由俄、法两国主使。去年夏天这条铁路从北边获鹿县的一个小村石家庄和元龙县的窦于镇一路修来，进入了县境东部平原地带。一年多短暂的为官生涯，就让他真正体会到了在这“难治之邦”做官的艰难，他猜想二百多年来那些如走马灯一般频繁更迭的知县，一定使用了某种手段想方设法离开了这里。他何尝不想离开这里，可是朝廷里没有他依托的靠山，他只能困在这里听天由命。眼前这个棘手的问题就是决定他命运的一道坎，想尽一切办法也要度过这个危机。这天后晌他做出决定，一边放些库粮赈灾，一边发布县令让各村大户在当地开设粥厂，给饥民一口饭吃，不给他们聚众起事的机会，还能把围困铁路工地的饥民化解开来。他当即让主簿刊印赈灾布告并列出全县各村大户的名单，又招来壮、捕、快三班头，命他们明天把手下差役全都派下去到各村张贴布告，并督促各村保长、大户立即开设粥厂赈济灾民。

第二天晌午时分，一个衙役骑着马风尘仆仆地从邻村来到贞村张贴了赈济布告，又先后到段家和高家送达要求开设粥厂的县令。

段士修满口答应，这几日他正处于无比的兴奋之中。他上年囤积的粮食虽然发了霉、生了虫，却仍以高出买入价一倍多的价钱卖出了大部分，赚取了一千多块银圆，他正在盘算着用这笔钱添个二房。举目四望，不要说在贞村，就是方圆数十里的村子都没人能比得上他段士修风光。他感到自己唯一缺憾的事情，就是老婆头两个给他生的是小子，后三个都是闺女。他想就此打住，另纳个妾给他再生几个小子，多一个小子就多一份旺气，就多一份实力，就多一份活着的劲头。在这生子上他不如高冉，他很是不甘。二房已经选好，那是段士修用重金聘了一位相面先生，经过四处寻找，在城南的一户平常人家相中了一个面容姣好且能生子的年方十七的女子。段士修又请媒婆上门提亲，拿高额聘礼定了下来，随即请阴阳先生选定了今年腊月初六作为娶亲的日子。

段士修把开粥厂的事当即交给了田生玉，这小子有眼力见很会办事，深得东家的欢喜。田生玉十分乐意让东家支派自己，让他干越大的事情他越喜欢，以便能充分地表现自己。到段家一年多来，从囤积粮食到高价粜卖，都由他一手操办，为东家赚得了一笔不小的钱财，他自己也得到了五石细米和十块银圆的奖赏，心里好不得意！这跟在高家一年的收益不相上下，另外还能从操办事项和支派人员中获得精神上的满足和快感。今天领到东家让自己筹办粥厂一事，他便寻思着如何既能彰显东家济世救民之举，又能节俭东家的粮食，自己更能再次赢得东家赞赏。他想到了高价粜粮后剩下的那四五十石掺杂着谷糠和沙粒的发了霉的小米，用来赈济灾民岂不正好。田生玉吃过晌午饭就到段家在村子四周的每块地里转悠，希望选一个能尽量避免灾民踩踏庄稼的打麦场设粥厂，顺便把各处的庄稼长势告知东家。他转到村东，远远地看到高家的打麦场上几个人正在忙碌，便怀着强烈的好奇心趋近看个究竟。他看清了高家搭了长长一溜席棚、垒了一排锅灶，熬粥用的小米、玉米面和柴火各拉了一大车，随时可烧火下米。田生玉奇怪，县令刚到，高家动作为什么如此之快？莫非他得到哩消息比段家还早？这倒也是一件值得向东家报告哩事情。

每天看着无数从西边携老带幼过来的灾民到家里来要饭，高冉满脑子想的是他们怎么挨过这青黄不接的季节，身体孱弱的老人和幼儿怎么忍受那无边饥饿哩折磨。他现在更深切地感受到，任何一条来到人世间的生命，面对各种自然灾害和战争的威胁，能够存活下来是多么不易。作为老百姓更是在各种灾难的夹缝中艰难生存。在他的记忆中，各村各户谁家没有在绵延不绝的天灾人祸中折损过人口？自己的祖、父辈和兄弟姐妹就不断命丧在这几十年间的一场场瘟疫和种种自然灾害中。老天还算有眼，留下了他这棵独苗接续高家香火。他不但庆幸自己能够活在这世上，更庆幸他比大多数人生活得无忧，他因此对每条生命心生悲悯和敬畏，要尽其所能去帮助那些遭受苦难之人。眼下饥民遍野的状况正需要他有所作为，昨黑夜他思忖了半宿，谋划好了开粥厂的事宜。他计算着离庄稼长出粮食还有一个多月时间，一天用三石粮食早中晚各熬三锅粥就能够让千八百人喝上三碗粥，这三碗粥就可能让他们继续活下去。去年夏秋两季各类粮食总共打了一百七十余石，是往年的三成。除去种子、家人和长短工的口粮以及牲口饲料外，他决定拿出一百石小米和玉米赈灾。对他来说这已不是个小数目，这意味着他家也要过一段紧日子，孩子们跟着吃些苦，可他心里却得到了宽慰。他思忖的第二个问题，就是该不该和段士修商量一下开粥厂哩事情。他深知对方的为人处世，从来都不轻易向外人施舍一粒米、一文钱，若找他商量此事，十有八九会碰个软钉子。不跟段士修通气，又担心被对方认为自己别有用心，在世人面前树高家哩威望。这个问题反复了无数次，他终于说服了自己，赈灾行善难道还要看别人哩脸色不行？一大早他便招呼几个伙计来到村东打麦场搭粥棚、垒锅灶。晌午时分那个衙役从高家出来在打麦场找到他时，眼前的情景让衙役省去了传达县令的口舌，赞佩地点点头策马离去。

田生玉选中了在村南的打麦场设粥厂，他回去向东家提出了建议，得到同意后，他又对东家疑惑地说，不知为什么高家已经在村东设好了粥厂。这让段士修大为惊讶，高冉哩行动为何如此之快？他琢磨来琢磨去，判断高冉一定是在县令到达之前就已经开始筹划了，他十分不满高冉抢了自己的风头。高家的粥厂后晌开了锅，很快便招引来了一群群饥民，段士修得到这一消息后更是光火，高冉一点儿都不给他留脸面了，这是成心给他段家闹难看哩。他窝着一肚子火吩咐田生玉赶快开设粥厂，明儿一早开锅。

第二天一早，更多的饥民闻风聚集到高家的粥厂来。为了让每一个饥民喝上粥，按粥厂规矩只允许一人一顿喝一碗粥。老陈和黄六引导饥民在粥厂东边空地分男、女、老弱病残排成三列，端着碗按顺序分别到粥厂中间的三个锅灶领取粥食后从西边撤退。饥民们为了多喝上一碗粥，便在高家和段家两个粥厂之间往来穿梭。晌午开锅时，聚集在高家粥厂的饥民熙熙攘攘，而段家粥厂的饥民却少许多。这让时刻关注着高家的田生玉感到奇怪，他不好出面，便派一个伙计去探了个究竟，知道高家煮的粥黏稠，用的是好米，饥民当然不愿意喝段家煮的既稀又牙碜的粥了。

段士修听了田生玉的报告，火气一阵强似一阵，高冉这是真哩要跟段家过不去了。你高冉哩家业一年比一年壮大，心气一年比一年高，就不把俺段家放在眼里啦？你哩家业再大、心气再高也比不过俺段家呀，再说你高家是怎么起的家，全村人谁不知道，你事事都该在俺段家之下才对呀！段士修越想越生气，这股气是不能再忍下去了，他吩咐田生玉送一大车发了霉的小米给高冉，看他如何处置。如若他换成这些小米煮粥算是给段家挽回了点儿面子，如若不然这高冉就是铁了心跟段家过不去。

吃了晌午饭，田生玉硬着头皮赶着马车拉着几布袋小米来到了高家粥厂，找到正在忙碌的高冉，恭敬地说道："老东家！这是俺新东家送给你哩小米，知道来你这喝粥哩灾民多，怕你家哩米不够用。"高冉面露喜悦之色婉拒道："段老弟还想着俺！不用不用，回去给俺兄弟说，俺这小米够用，你们留着用吧！"田生玉恳求道："你不收下，俺回去交不了差。"高冉感激道："那俺就收下！"他和田生玉卸了车，随即吩咐伙计们今儿后晌就用这些米煮粥，以此感念段家哩好意。待一个伙计打开布袋，一股霉味散发出来，看到米里细小的沙粒若隐若现，抓一把递给东家看。呈现在眼前的米让高冉疑惑不解，士修这是卖哩什么关子？这种米也能吃？送到这儿又是什么意思？一个伙计恍然道："俺听到有灾民说咱煮哩粥好喝，怪不得到咱这儿来哩人多，想必段家煮哩是这种米，连灾民都不愿意喝。"高冉明白了段士修的用意，他是怨恨高家用好米煮粥，叫高家和他用一样哩米，看来士修一定恼怒了自己，不然不会采用这种伤感情哩办法。恼就恼吧，高冉感觉受到了莫大的侮辱，对段士修的不满油然而生，甩手把米撒在地上，一句一顿地对伙计们说道："把这些烂米全都撒到地里喂鸟，后晌两个人跟俺到城里再开一个粥厂，叫他眼气去吧！"高冉临时决定把家人的口粮再拿出一些来救济灾民，用山药干填补那部分缺口。伙计们很少见东家发这么大哩火，而且发火的对象是段士修。他们知道两家交情深厚，双方主事的却为这赈灾之事产生了隔阂，从中显出了高冉和段士修的为人高下。高冉余怒未消，扯着一布袋烂米来到地头撒了个精光，把空布袋扔给田生玉。伙计们如法炮制，把另外几布袋小米也都撒到了地里。田生玉见此情景，面露尴尬之色，悄默声地赶车走了。

田生玉回去告知段士修，高冉赌气把送给他的小米全都喂了鸟，又到城里去开粥厂。段士修算彻底看清了高冉跟他赌哩不是气，而是跟他段某走哩不是一条路。好吧，大路朝天各走一边，咱们走着瞧吧，到最后再看谁走哩是阳关道，谁走哩是独木桥或是死路一条，段士修狠狠地想。

在粥厂简单吃了饭，高冉带两个伙计赶两辆骡子车拉着小米、柴火、席棚等物件进了县城。先到一家商铺置了一套锅灶，随后来到城里北边城隍庙前的一片空地上搭起了粥棚垒好了灶台。高冉之所以选在这里开粥厂，因为他知道每天前来给城隍爷烧香磕头祈求平安度过灾年的饥民络绎不绝，自己唯一能做哩是用一碗粥安抚一下他们惶恐哩心。饥民很快把粥厂围得里三层外三层，高冉他们一直忙到了夜半时分才歇息。

劳累了一天，伙计们打地铺沉沉地睡去。高冉则毫无睡意，他对段士修的怨气一直没有消散，便踩着皎洁的月光围着城隍庙散心，不觉思忖起人世间为什么会有贫与富、善与恶的问题来。为什么吃不饱穿不暖哩穷人如此之多？这行善与作恶到底有没有因果？他忽然想起城隍庙前的石牌坊上刻着一副有关善与恶的对联，便走过去探看真迹。明亮的月光照得镌刻在两根石柱上的一副楹联分外耀眼，笔力苍劲的行楷字体用红漆描着，上联是：为善不昌祖辈有余殃殃尽必昌；下联是：作恶不灭祖辈有余德德尽必灭。这就是因果？他悉心体味着这两句古人教化后人的警世箴言。

第八章　杜化吉中圈套

将近三年的时间，杜化吉的豆腐生意在褚五的帮助下销量一年比一年翻倍增长，现在每天得赶着驴车把二十几屉豆腐送到县城和远近各村的饭馆及趸卖点。这几年赚的钱除了扩建豆腐磨房，购置器具、买驴、垒院墙、盖门洞外，还积攒下了一百多块银圆。此外用豆腐渣每年喂养十来头大肥猪，到年底又是一笔不小的进项。这些家业在贞村虽不能和段高两家比，却也能叫很多人羡慕了。杜化吉小两口终于尝到了过上好日子的滋味，整天乐得合不拢嘴，起早贪黑地干也不觉得累。唯一的缺憾就是自家的田地太少，光有钱心里还不踏实，地多了才是根本。杜化吉算计着攒下的钱也够置十来亩好地了，这段日子，他时刻都在打听本村和邻近村子哪户人家要舍田卖地的消息。

这天杜化吉听说牛四妮为了给男人石傻子治病打算卖掉村西一块五亩水浇地，那可是块好地！他晌午送完豆腐回来，顾不上吃饭，兴冲冲来到卖家。想买这块地的有五家，经过几家讨价还价，最终让财力雄厚的段家占了先。杜化吉沮丧地返回家里，黑夜和媳妇平躺在炕上，趁着从窗户透进来的冷冷的中秋月光说着夫妻夜话。

“想置地还得再干两年，这点儿钱咱抗不过段家呀。”杜化吉感慨道。

“想得美，再过两年你就能赶上段家啦？人家看不上的薄地，咱才有指望争抢上。”瑛子悲观地回应道。

“真要是再干十年能置一顷薄地也沾。”杜化吉憧憬道。

“光想当你哩小财主，一男半女都没有，再多的地有什么用，到头来咱俩一蹬腿，置下的地还不成了别人的。”瑛子愁苦道。

杜化吉抱怨道：“都怨你，给你下的种不少，就是不长苗。”

瑛子揶揄道：“下的是秕子，再肥的地也长不出苗来。看你那小东东，就那么点劲儿，两下就缩回去了，能弄出什么鸟来。”

瑛子的话让杜化吉有些羞恼，他知道自己这方面的本事不大，可他容不得女人如此轻贱自己。静默片刻，杜化吉突然翻身，把他扁平的小身板压在了女人凹凸柔软的身子上。这一次杜化吉铆着劲地弄，时间比以往长了点儿，瑛子稍有快感，杜化吉便完了事，急得瑛子翻身把男人压在身下，借助杜化吉的鸡鸡尚有余力快速抽送几下，延续了片刻兴奋，那鸡鸡便松软下来。瑛子扫兴地叹口气翻倒在炕上，强烈的欲火还在心里燃烧却不能得到满足，委屈地流出了眼泪。杜化吉疲惫地喘着粗气，在即将沉入梦境时喃喃道：“再生不出崽儿来，到外边抱养一个。”

此后几个月，杜化吉变着法往女人身体里下种，却仍没有“种子发芽”的迹象。

他死了心，拿定主意要到外边抱养一个孩子，他和女人商量，女人不冷不热地说随你。

过了几天，杜化吉专门为此事把褚五请到家里来。俩人喝着酒，杜化吉哀叹一声，说出了自己想抱养一个孩子的想法，道："哥哥，这么多年俺和瑛子生不出孩子来，没孩子就不像个家，你走的地方多，在别处给俺买一个小小子回来，沾不？"他把褚五当亲哥哥看待，抱养孩子这种事属天大的秘密，不能叫外人知道一点风声，避免孩子长大后一旦跟养父母产生隔阂，便跑回去找亲爹娘。

褚五没想到叫他来是为了这事，奇怪地看着杜化吉质疑道："买一个？不是亲生哩，他会孝顺你？再说你这家业一天比一天大，白白叫外人继承了，不心疼？俺看你还是另想办法吧。"

"有什么办法？"杜化吉低头愁苦着脸说道，"俺媳妇中看不中用，六年了还没怀上个崽儿。"

杜化吉的话触动了褚五的心事，他也苦笑道："六年没怀上孩子就着急啦？你哥哥十年换了仨媳妇一个孩子也没生出来，不沾就接着换媳妇，生不出来不罢休，俺决不要别人家哩孩子。"

杜化吉道："你换媳妇沾，俺可舍不哩换。"

褚五感觉自己说的话有些不妥，便不再言语。

两个人默默地喝着酒，在后嗣的问题上同病相怜。

瑛子在灶火间做饭时听到了两个人的对话，委屈的泪水在眼眶里打转。她端着两大碗葱花面进屋来放在褚五和杜化吉跟前，说道："褚五哥，都怨俺没本事，你就费心给俺找个孩子吧！"说完抹着眼泪转身离去。

两个男人知道他们的话刺伤了瑛子的心，直到吃饱了饭也没再言语。临走时，褚五答应了小两口的请求。

从杜化吉家出来，褚五也思忖起了自己的后路，媳妇总不能这么换下去，多年挣来哩钱都糟在了这上面。仨女人一个崽儿都生不出来，难道俺褚五就这么绝了香火不成？他赶马车回到城里时正值半后晌，临时决定去找阴阳先生黄半仙给断个说道。

褚五赶着车来到西街黄半仙的家，屋里正有两个老妇人求解事情。黄半仙独居在一座老旧的院落里，他的一家老小因各种变故死去，老天爷留下他一人以相面、看风水为生，求他看过的人多数说灵验，因此每天都有从本县和外县前来请他指点迷津、预测吉凶祸福的人。褚五坐等到只剩自己一个人时，把心事诉说给了黄半仙。他许下二百文酬金，希望黄半仙给他找出生不出孩子哩根源又不能让外人知道。

黄半仙已过古稀之年，面容消瘦，胡须稀白，两眼隐藏着不易觉察的诡秘目光。他举目端祥褚五片刻，见他容貌周正，找不出破绽来，起身道："去你家宅院看看。"

褚五把黄半仙拉到坐落在南城墙根下的家，指指道："就是这儿。"

已是黄昏，城墙投下来的巨大阴影完全覆盖了这座宅院，使人感到阴冷和压抑。黄半仙从车上下来，在院门前审视了一番宅子，看出了点端倪，随后走进院门。褚五的女人听到院里有动静从屋里出来，看到是自己的男人和一个古怪的老头，又转身折了回去。只一瞬间，黄半仙就把这女人看出了问题，他问褚五这是你哩女人？褚五说是。他把褚五引到院门外，捋捋稀白的胡须道："根源出在宅子和女人身上。"褚五俯首恭听。

“宅子不该建在南城根下边。你看看，这么高哩城墙，甭说是冬天日头短，就是夏天日头长哩时候，整个院子也见不着一个时辰哩光。宅子阴气太重，这是其一；其二，你女人哩脸色蜡黄，气血不畅，也是阴气太盛。这二阴之气压过了你哩阳气，怎么能生育出孩子来？”

“可有禳治之法？”褚五觉得有道理，急切地问道。

黄半仙点头道：“有是有，就看你哩财力够不够了。”

“需要多少钱财？”褚五追问道。

黄半仙正色道：“盖一处新宅院和娶一个媳妇哩钱。”

褚五暗自叫苦，这可不是一笔小数目，他的心紧缩起来。这些年他做生意赚的钱大部分都花在了休妻娶妻的事上，平时还好吃好喝，没留心攒钱，现有的一点积蓄办其中一件事都不够。

黄半仙继续传教他的拨治法，说道：“房子要盖在日头充足哩地方，媳妇要娶一个面色红润、体格健壮哩女人，阴阳平衡才能生出娃娃。好了，你所求之事俺已经给你破解了，谋事在人，成事在天，就看你哩造化了。”

褚五把黄半仙的话听得一字不漏，他终于明白了自己没有子嗣的根源，从怀中掏出一把面值二十文的铜元数了十枚，递给黄半仙。黄半仙高兴地接过钱，言谢而去。

当夜，褚五一刻没有合眼，他坐在堂屋圈椅上吧嗒着烟袋锅，合计着迁址盖房换女人最低得需要八十多块银圆，他把天上地下寻思了个遍，也没找着钱的出处。借钱，不沾，褚五自我否定，做了这么多年生意，为了八十多块银圆去向亲朋好友伸手，叫人看不起哩。赊账，不沾，赊多赊少最终都是要还哩。蒙骗，褚五心里灵光一闪，这是个办法。蒙骗谁？得找个既有钱又实心眼哩人。褚五把他所认识的人在脑子里过了一遍，目标盯住了杜化吉，这小子有钱又崇拜自己，正好！得给杜化吉设个圈套，褚五冥思苦想了一夜，天亮时狠了狠心终于拿定了主意。对这个卑鄙的计谋，褚五找理由自我安慰：没有俺给他找销路，凭他杜化吉怎么也做不成这么大哩豆腐生意，他哩钱都是俺帮着赚哩，弄到手里花花又何妨，以后再帮他赚回来不就是了。如此想来，褚五对实施那一计谋便心安理得了。

两天后，褚五起了个早赶着马车往贞村驶去，来到杜化吉的家门时太阳才从东边地平线钻出来。他长出一口气以缓和紧张的心情，推一下门，闩着，便叩了几下门上的铁环。院子里杜化吉正在套毛驴车，准备到城里及各村送豆腐，听到敲门声，嘴里问着是谁，脚步急忙走过去开门。褚五在门外应着，杜化吉猜想哥哥来这么早一定有急事，赶紧将门打开，恭敬地把哥哥让进来。褚五庆幸来得正是时候，说道：“兄弟！俺怕你一早出去了一天见不着你，哥哥特意起了个早赶来，有个好事跟你商量一下。”

杜化吉迫不及待地问道：“什么好事？给俺找着孩子啦？”

褚五哪顾得去办那件事，他为了保持杜化吉的好心情，卖个关子道：“一会儿再说孩子哩事，俺今儿来是另有一件要紧事跟你商量。是这样，昨傍黑俺到火车站闲逛，碰到一个开粮栈哩老朋友，他跟俺说他急着用钱，要低价卖些黄豆，一石卖七百文钱，价格比市面上便宜三成，东北产哩，一等豆子，看俺要不要。俺想到了你，做豆腐用量大，囤积一些会节省不少钱。俺怕货叫别人抢了去，特意起早来找你。”褚五一口气把话说完，观察着杜化吉的反映。

这是个好事，杜化吉心里算计着照这个价格一年能节省下四十多块银圆，回应道：“沾，不知道他有多少。”

“一库房，要多少随你。”褚五心里一阵狂喜。

“要一百五十石吧，今儿就去买。”杜化吉把自己积攒下的钱财都核算成了黄豆，踌躇满志地说道。

褚五暗自惊讶地算了一笔账，买一百五十石豆子，得用一百零五块银圆，单凭做豆腐生意三年能攒下这么多钱实属不易，他原以为杜化吉能有个七八十块银圆也就不赖了。他哪里知道，这都是杜化吉里打外磕、精打细算、省吃俭用积累下哩。嗨，别管人家是怎么积攒下哩这些钱了，能蒙骗到手，为自己所用就沾了，建新宅、换媳妇、添孩子要紧，褚五狂喜不已。

杜化吉却浑然不知自己已经钻进了人家设的圈套，不胜感激道：“哥哥！俺全靠你发财哩！”

褚五信誓旦旦道：“哥哥保证你以后发更大哩财！哎呀！”他恍然道，“拉那么多豆子，大车得十来辆，俺得赶紧去找车。”他没想到杜化吉会要这么多豆子，原先思谋好的大车还真不够用。

杜化吉道：“哥哥！今儿生意也不能耽误，俺把钱给了你，你先操持着，送完豆腐俺再去车站找你。”

褚五道：“不着急，找车得一晌工夫，装完车就到后晌了，你半后晌赶到车站也不迟，那个粮栈在铁道西边南头，俺在那等你。”

杜化吉兴奋道：“俺去拿钱！”说着奔进屋，跳上炕，撩起里边的褥子和竹席，掀起几块木板，露出一个大洞，他扑下身子吃力地从里面抱出一个大瓦罐，“哗啦”倾倒在炕上，银圆、铜元和方孔制钱像瀑布一样从瓦罐口里流出来。他一边数着钱，一边给正在梳头的瑛子大致说着买便宜豆子的事情。瑛子早听到了俩人在院里的对话，她赶紧整理好头发，走到门口，叫褚五哥进屋暖和暖和。

褚五走进屋里，看着杜化吉坐在炕上数钱，极力掩饰着内心的兴奋，继续蒙骗道：“抱养孩子哩事，俺前天去黑水河收柿饼、核桃，可巧，见到一户人家，孩子多，女人又要生了，发愁养活不起，想生下来送人。正好，俺说生下来是个小子俺要，那家汉们满口答应，说再过半个月你来吧，不管闺女小子你都抱走。俺说，俺只要小子，是小子俺给你两块银圆，那汉们很是高兴，事儿就这么定下了。”

杜化吉听着褚五带来的另一个好消息，更激起了他的兴奋劲儿，咧嘴笑着。他点好了买豆子的钱，又另拿出两块银圆对褚五说道：“买豆子、要孩子哩钱都给你，费心了哥哥！”自俩人结识以来，杜化吉对褚五是言听计从，他把对方完全视作自己的救世主。前年大旱，黄豆奇缺，要不是褚五各处找货源，他的生意得停歇多半年，他能有今天完全是褚五的功劳，因此他从心里对褚五产生了依赖，褚五几天不来，他心里就感到汎着汎落哩。

而褚五看着杜化吉对自己一副虔诚的样子，内心竟对他产生了强烈的蔑视：这么老实哩人，今天俺不捉弄他，早晚得叫别人捉弄，活该他是这命。起初褚五也是把杜化吉的生意当成自己的生意来做，那是为了互惠互利。但是现在他认为这就是自己哩生意，杜化吉赚哩这些钱就有他大量心血和汗水，他应该占有。他把一堆钱装进随身带的布袋里，再次对杜化吉保证道："放心吧，兄弟，哥哥一定把这两件事办好！"随后跟小两口告别而去。

杜化吉和瑛子热切地把褚五送出了家门。

褚五赶着车一出村南口，心里既窃喜又做贼心虚，挥鞭催马，一溜烟跑回了县城。

小两口折回院里，杜化吉吩咐瑛子把东屋打扫干净盛放豆子，自己忙不迭赶驴车送豆腐去了。

待把一车豆腐送完已过晌午，杜化吉驱着驴车从城西边的一个村子急急地往十里外的火车站赶去，边赶路边就着一块咸菜吃了两个小米面饼子。他恨不得一下子赶到车站，将那批豆子买到手。

所谓火车站，只是在铁道西边盖了几间卧砖房当作票房和候车室。每天从南北向驶来两三列客货混杂的火车，上下旅客不多，从上面装上卸下一些货物后，又喘着粗气，吼叫着驶向下一站。这时候，卢汉铁路北边起点已从卢沟桥向北延伸到了北平城，因此改称为平汉铁路。通车一年多了，居住在铁路两旁村庄的人们，仍然对这力大无比的庞然大物充满了好奇和敬畏。更不用说离铁路很远没有见过火车的人们，被各种夸张的传说所吸引，农闲时每天从早到晚从四面八方赶来看这神奇之物的人络绎不绝。到后半晌，在车站看火车的人散去了不少，但仍有一些人还在巴望着能再有一列火车从眼前隆隆驶过，好再仔细探究一番它的神奇所在。

杜化吉自然也对火车充满了好奇，但他今天的心思全都放在了生意上。来到车站他远远地看到铁道西南头，一座库房前停着一溜骡马拉的大车。走到跟前，见库门紧闭，每辆车除了车把式外，褚五和几个买主坐在各自的车上闷头抽着旱烟，像是在等待着什么。他好生奇怪，叫了一声褚五哥，想问问情况。褚五听见杜化吉的叫声，急忙跳下车迎上去，压低声音解释道："今儿一前晌来买豆子哩人很多，等俺找好车后豆子卖了大半，多亏俺和掌柜哩是老交情，为了给咱留下足够哩量，俺叫掌柜哩躲起来了，等天黑别人走后再给咱开库。"

杜化吉明白了缘由，和褚五耐心地等到了天黑，耗走了另外几辆大车。又过了一会儿，一个五十岁开外身形矮胖的人神秘地出现了，他问褚五："别人都走了？"

褚五道："都走了。"褚五小声告诉杜化吉，这就是粮栈掌柜哩。杜化吉冲此人谦恭地点点头，对方傲慢地没有任何回应。

掌柜的打开库房门，点着几盏马灯，指指里面一囤囤的黄豆，说道："褚老弟，你叫人拿布袋装吧，咱俩记着斤称，要多少装多少，最后算账。"

褚五应道："沾。"立即招来十几个车把式，吩咐他们装满一车再装一车。十几个人快速操作起来，有人撑着布袋，有人用簸箕往布袋里装豆子。杜化吉也加入进去，干得欢哩。

不到一个时辰，一百五十石豆子装满了十几辆大车，褚五跟掌柜的算了账，对杜化吉说道："兄弟，哥哥在前边领路，你在后边压阵，十几里地一会儿就到了。"

杜化吉见一切顺利，很是高兴，说道："咱们快点儿回去，你兄弟媳妇已经备好了酒菜!”

褚五表现出颇高的兴致应道:“好唻,咱哥俩一醉方休!”说完蹦坐在车辕上,挥鞭驱马前行。

腊月初七,半个月亮给天空和大地撒下微弱的光。几十匹骡马拉着十几辆满载的大车,急急行驶在蜿蜒的田间小道上。百多个牲口蹄子和二十几个木质车轮踩踏、碾压坚硬的地面发出浑厚有力的声音,与骡、马的鼻息声和车轴的吱呀声混合在一起,回荡在寒冬寂静的夜空中。赶着驴车在后面紧紧跟随的杜化吉,望着茫茫原野,心里生出阵阵恐惧,他担心这些声音会把打劫的歹人招来,让他血本尽失。他巴不得贞村立刻出现在面前,车队驶进村子才能消除恐慌感。

杜化吉担心的事情偏偏发生了。车队走到一个前不着村后不着店的地段,突然从前面传来一阵嘈杂的喧嚣声,大车一辆挨一辆地停了下来。杜化吉知道遇上了麻烦,立即跳下驴车奔跑过去,老远地他看到褚五正在哀求几个手舞长刀的黑衣蒙面人,同时听到一个不速之客冲车队大声喝令道:“谁反抗谁没命,要命哩赶上车跟俺们走。”杜化吉刚跑到事发地点,就看见一个蒙面人把阻拦他们的褚五打翻在地。其中一个蒙面人向杜化吉扑来,一记重拳擂在他的头上,杜化吉仰面倒地失去了知觉。

不知道过了多长时间,杜化吉从疼痛中醒来。目光所及,四周是茫茫夜色,没有了满载着黄豆的车队,只看到离自己不远处横陈在地上的褚五和自己的驴车,灭顶之灾的绝望再一次把他击昏了过去。

杜化吉又一次醒来时,天已大亮,发现自己躺在了自家的炕上,瑛子哭红了眼守在他身边,屋里站着不少端着饭碗前来探看他的乡亲。靠在椅子上的褚五脸上青一块紫一块,现出痛苦不堪的表情,他已经将昨夜发生的事情给不断前来的乡亲重述了几遍。此时见杜化吉醒来,褚五立刻装出既欣慰又愧疚的样子,对杜化吉说,在出事哩地方他醒来后天快亮了,见老弟还没醒来,便忍着疼痛费尽力气把他抱上驴车一同回来了。杜化吉心事烦乱,对褚五嗯了一声表示感激,便闭上眼睛继续忍受剧烈的头痛。这些乡亲是一大早端着饭碗蹲在街里吃饭,看到狼狈不堪的褚五赶着驴车从东边走来,车里躺着昏迷中的杜化吉,很想知道发生了什么事情,便陆续跟了过来。在乡亲们知道了事情的经过后,纷纷痛骂劫匪的同时,都庆幸人还活着。田生玉也在其中,他用怜悯的表情掩饰着内心的幸灾乐祸,站在炕边体贴地问候了杜化吉一番,但他却嗅到了其中的蹊跷,他断定这褚五和杜化吉俩人以后还会有好戏看。

这两天杜化吉头部的伤痛远不如内心的痛楚给他造成的伤害大,他心疼那一百余块银圆,那是他两口子用三年没日没夜的辛勤劳作换来哩。他清楚,那十几大车豆子肯定是找不回了,三年积攒下哩钱财就像从灶火间里冒出的炊烟那样,飘散得无影无踪了,这个家只剩下了一个空壳子,他又变成了一个穷小子,每每想到这里他的心就缩成一团而痛苦不堪。为什么这么大哩灾祸会降临到自己头上?这是天意还是人祸?他躺在炕上,整日整夜地回想这件事情的每一个细节,试图从中找出答案。

这天前晌,褚五提着点心匣子来看望杜化吉。杜化吉从对方愧疚的言语和难过的表情中,觉察到了一丝狡黠和虚伪,让他终于确定了一个曾经否定了无数次的疑问,他决定把这个疑问探个一清二楚。

这几天的豆腐生意在瑛子的操持下勉强维持，杜化吉出不了门，让一个雇工外出送豆腐，人生地不熟耽误了好多生意。豆子一天比一天少，眼看着接济不上了，杜化吉坐卧不宁，而更叫他焦躁的是他想尽早弄明白这件事的真相。

今天一早，杜化吉叫女人套驴车，瑛子问他干什么？杜化吉说在家憋哩慌，出去散散心。瑛子说是把你脑袋打坏了吧，净说胡话，大雾天出去散什么心。杜化吉不再言语，强忍着阵阵头疼，往头上扣上毡帽，身上穿着棉衣又裹上棉被，从炕上下来，打着软腿向屋外走去。瑛子拧不过，只得把男人扶上了驴车。

杜化吉赶着车，在若隐若现的雾霭中走了一个时辰，才来到了火车站那家粮栈。这种天气生意冷清，看不到做生意的人和车，矮胖子掌柜正悠闲地坐在半开的粮栈仓库门口，守着小火炉喝着茶水。杜化吉头疼得下不来车，尽量把驴车驶近仓库门，用轻弱的声音问道："掌柜哩，黄豆什么价？"

掌柜的抬起头反问道："你是买多还是买少？"

"多少算多，多少算少？"杜化吉继续问道。

"五石以下每石一个银圆，五石以上按九五折结算。"掌柜的回答道。

"一百石哩？"杜化吉提高了声音。

掌柜的用疑问的目光把杜化吉和他坐的驴车打量一番，不屑道："年幼人不懂规矩，说话不着边，少有你这种生意人。"

杜化吉明白掌柜的一是嫌自己谈生意不下车，在挑理儿，再是小看自己没有足够的财力跟他谈大生意，便鼓足气力驳斥道："你卖你哩豆子，俺问俺哩价，两厢谈拢就成交，谈不拢拉倒，还给俺要规矩，你这样哩买卖人才是少有。你还甭小看俺，就你这点儿豆子，俺来二十辆大车都给你包圆。"

掌柜的被杜化吉数落了一番，听这小子口气底火不弱，立刻没了脾气，迟疑片刻道："头一遭碰上这么大哩买家，真心实意买，九折给你。"

"七折沾不？"杜化吉语气坚定地问道。

"你说什么？七折？俺这豆子就是这个价进哩，七折俺要你哩。"掌柜的有些恼怒。

杜化吉感觉快耗尽了说话的气力，放低声音道："掌柜哩，你甭瞒俺，几天前有人就是七折从你这买了一百五十石豆子，这个价你能给他，怎么就不能给俺？"

"哪有这事？"掌柜的奇怪道

"褚五你认识不？"杜化吉提醒道。

掌柜的哪能忘记此事，那天褚五来找他，说借一百五十石豆子用半宿，当夜原数奉还，酬劳是二十块银圆，叮嘱他此事不能对任何人透露。掌柜的很是奇怪褚五的行为，但碍于与他多年的交情，不便多问就答应了。今天有人提起此事，不经意顺口解释道："他哪是买豆子，转了一圈又给送回来了。"话音刚落，掌柜的忽然意识到说漏了嘴，低下头，不再理会杜化吉。

一切都明白了，杜化吉的大脑霎时一片空白，他一下子瘫倒在了驴车上。这驴通晓主人的心思，不用吆喝便掉过头顺原路往回走。

半晌时，雾霭渐消，天空透出缕缕阳光，杜化吉躺在车上仰望着苍穹，混沌的心境也随之清醒起来。他想起了几年前除夕夜高冉叔告诫自己哩话，才知道这做生意是在江湖上跟各种人打交道，可不像春耕秋收务作庄稼那么简单，得多长几个心眼才沾，以防上当受骗。这褚五为什么要骗俺？俺杜化吉可是把他当亲哥哥对待，怎么着他也不该坑害俺啊。杜化吉无论如何想不通自己被这个结拜哥哥蒙骗的理由。

到了晌午，驴车驶进杜家院门。院子里冷冷清清，豆子用完了，今天没有开锅，雇的那个短工没有活干回家去了，只听见院子西南角猪圈里的十来头大肥猪，因半天没有豆腐渣吃，饿得嗷嗷乱叫，甚至要拱翻用石头垒的圈墙冲出来觅食。瑛子刚做好晌午饭，头上裹着红白条相间的粗布手巾，腰间系着深蓝色围裙，手里端着一盆泔水从灶火间出来，要去照应一下那些饥饿的猪，看到男人睁着两只呆呆的眼睛躺在驴车上一动不动，埋怨道："不叫去非得去，冻着了吧，快回屋暖和暖和。"她倒了泔水放下空盆，赶忙搀扶杜化吉下了驴车，扶他往屋里走，开导道："豆子叫土匪劫了找不回了，咱人活着就好，咱没发财哩命，务作几亩地有吃有喝就沾了。"她认命，她认为这是老天不叫她家过好日子。杜化吉一言不发，躺在炕上，眼睛呆呆地望着屋顶，思绪还没从被褚五蒙骗的现实中抽离出来。

第九章　魏三雪夜袭段府

魏三这几年过哩可充实。自从得到了丁黑子给他打的短剑后，他的豪气就像吃了豹子胆一样飞涨。他带着那把短剑不只去了封龙山，沿着此山脉自西北向东南到九泉山、蟠龙山、石榴寨和万花山一路追随绿林好汉。当地的义民和潜逃至此的义和拳夫在官兵的不断追剿下，以这些山为闪转腾挪的藏身之地。三年间，他在这些人中结交下了五个生死兄弟。依次排序，数他年龄最小，可数他识的字最多，讲古书典籍一出接一出，兄长们十分敬佩他，他们之间有人产生隔阂，也由他从中调和，深得几个兄长的喜爱和信赖，都毫不吝啬地把各自的武艺传授给他。他们劫富济贫，行侠仗义，三年的打打杀杀把魏三由一个文质彬彬的书生磨砺成了一个外柔内刚的汉子，这都源于他内心时时燃烧着的复仇欲望。

光绪二十九年（公元 1903 年），腊月二十三，阴历小年。一大早天上就飘起了碎棉絮一样的雪花，藏匿在九泉山上的魏三一伙，原本打算等到天黑都返回各自家去，给日夜惦念着他们的家人捎带些过年的酒肉，第二天再会合于此。但是看到这样的天气，魏三忽然改变了主意，大雪纷飞，夜半三更，门闭人稀，正是潜入段家报仇的好时机。他把想法告诉了几个哥哥，希望得到他们鼎力相助。几个人都知道段家残害他父子的事情，个个激情高涨，一个道：“只是听说段家门进去出不来，倒要去看个究竟！”再一个道：“闹他个天翻地覆！”又一个道：“段家钱财多，咱掠些来过个好年！”另一个道：“得空日了段家哩女人！”一直沉默着的老大道：“咱这是替魏三兄弟报仇，该怎么报仇，叫魏三兄弟给定个规矩。”魏三狠狠地说道：“俺早就想好了，戳瞎段士修两只眼，宰了那狗日哩王虎，看家护院哩谁阻挡杀死谁！”这几个人也都受过恶霸财主的欺凌，被逼无奈才入了绿林，对作恶的财主他们有着同样的仇恨。三十出头的老大深知段家大院戒备森严，不做周密的安排要吃大亏，便叫魏三把段家大院画了个草图，几个人琢磨了一整天，定下了一套行动方案。

贞村的这个小年夜可没有往年热闹，不仅是这场大雪阻断了村人串门的脚步，更是因为越来越猖獗的匪患促使人们在天黑时便都插了门，防范严密的段家也不例外。两年前高冉联合其他九甲重组了巡夜队，维持了半年，恰巧他的三年甲长任期已到，便由别人接替了去，这巡夜队终因缺少一个德高望重、名正言顺的统领者而夭折，贞村重回不设防状态。魏三领着五个人穿行在贞村的街道上，所到之处引起连锁的狗吠声。几个人来到段府，院墙里边的狗咬得更欢，因为它们嗅到了外边几个不速之客身上的杀气。

在段家大门左侧的院墙外，魏三搭挠钩攀上了墙头，纵身一跃跨上了里边的房顶，其他人也都身手敏捷地跟上来。大院各处悬挂着的六角灯笼，在飞雪和雾气的遮挡下发出若隐若现的红光。魏三把看门的几只狼狗吸引了过来，他接过老大递过来的火铳，朝着聚集在一起向自己拼命狂吠的狗群扣动了扳机。枪管喷射出无数个被火药烧红的钢珠，两只狗应声倒地，其余受了伤的狗夹着尾巴发出尖细的哀鸣声向院里逃去。魏三纵身跳进院里，一群看家护院的汉子提着洋枪从里面冲了过来，雾气浓厚，已经站在了大门洞上的一个兄弟，冲着影影绰绰的人群射出一团散弹，撂倒了几个，其他受了伤的也像之前的狗一样惊叫着折身便逃。只有一个人虽受了轻伤，却岿然不动，喝令手下道："谁跑要谁哩命，快回来抵挡土匪。"说着甩手一枪击倒了一个逃跑的手下。这些从各村招募来的平时好勇斗狠的青壮汉子，可没见过如此凶悍的土匪，他们早已惊恐万分，谁还听从头领的命令，不顾一切地逃命去了。魏三听出发号施令者是王虎，他挂着疤痕的左眼角跳动几下，脑海里闪过几年前那个黑夜的血腥场景。报仇的时刻到了，他从怀里拔出短剑，仿佛一只扑食的狸猫纵身奔向正在扭头狂喊手下的仇人。王虎只觉得一阵恶风从脑后袭来，感到不妙，猛回头，见一个人已扑到了跟前，他来不及用手枪自卫，一把锋利的短剑已贯穿了他的胸膛。魏三用力过猛，和王虎一同倒在了雪地上，俩人面对着面，王虎这才看清是乳臭未干的魏三，他无论如何都想不到，今黑夜闯入段家夺了他性命的竟是自己从不放在眼里的魏家三小子。一切都晚了，不等他思量一下自己丧命的前因后果，阎王派来的索命黑白无常便把他拽进了鬼门关。了结了一个心愿，魏三得意地大叫一声，从王虎身上用力拔出短剑，一跃而起，用袄袖擦几下溅在脸上的血污，领着已围拢上来的几个哥哥沿甬道向段士修住的二进院冲去。魏老酒在段家当把式时魏三来过这里几次，他对段家大院很是了解，不仅熟悉门厅回廊之间彼此联通之处，更知道段士修居住在哪个院落。

此时，段家大院正在掀起一阵惊恐的喧嚣声浪，那些没有胆量抵抗的看家护院的汉子只能用枪声和喊声向东家传递信息，他们边跑便喊："土匪来了，快跑啊……"杂乱的枪声和魂飞魄散的喊声，把段家男女老少从睡梦中惊醒，他们很快意识到大难已经临头，慌忙起炕穿衣，以应对这突如其来的灾祸。魏三跑到西边二进院的门前，抬脚狠踹门扇，没能打开，便踩着同伙的肩膀趴上了院墙，恰好看见段士修衣衫不整手里攥着一只小手枪从北屋出来探看情况。他报仇心切，两条胳膊撑起身子就要翻墙进院。在灯笼发出的光线照射下，段士修也看见了出现在墙头上的魏三，他大吃一惊，万万没想到今黑夜袭击他家的是魏老酒的三小子。毫无疑问对方是来报仇哩，魏三一伙既然能冲杀到这里，王虎大概遭遇了不测，那就再没有谁能阻挡住他们了。段士修自感大事不妙，只能靠运气了，便举起手枪瞄准魏三扣动了扳机。魏三反应迅速趴在墙上，子弹擦着他的头顶飞过。段士修趁机退回北屋，他特别惦记着正在坐月子的小老婆和出生二十多天的三小子，迅疾跑进西套间抱起孩子，搀扶着身体虚弱的小老婆来到东套间。大老婆已经把隐藏在炕上的地道口打开，三个人慌慌地钻了进去。为增丁添子，段士修去年娶了二房，今年遂了心愿，多了一个小子，他甭提多高兴了，长子段永福，次子段永禄，加上这个段永寿，福禄寿胜过了高家的鹏鸿鹤，就凭这三个儿子下一辈他段家在贞村还是头一份儿。他还盼望小老婆再给他生个小子，名字已经起好，叫永禧，那样就更圆满了，完全盖过高家了。不曾想他高兴得太早，今黑夜突遇魏三前来报仇，不知道自己和家眷能不能躲过这一劫，他躲在地道里默默祈求老天爷保佑。魏三跳进院里，打开院门让几个哥哥进来，带他们奔向北屋追杀段士修。魏三几个人找遍了屋里所有角落，也没看见段士修的人影，他听说过段家的房屋大都通着地道，想必段士修一定是下地道躲藏了起来。几个哥哥跟魏三有着相同的想法，他们大肆翻腾起来，很快在东套间炕上的被褥下发现了一个用木板掩盖着的洞口。魏三站在洞口朝里喊道："段士修你出来，咱俩好好念叨念叨，把咱两家哩冤仇做个了结，以后好好过你哩日子，不然你永无宁日。"没有回音。魏三从同伙手里要过一杆火铳，伸进洞口搂了一下，里面传来深不可测的回声。魏三决定下去追踪段士修，他从炕头柜上拿起一盏带纱罩的油灯钻进了地道，几个人尾随鱼贯而入。躲在地道深处的段士修听到了魏三的喊声和火铳声，以及他们下地道的脚步声，估摸自己手枪里的几颗子弹对付不了这伙土匪，再说自家人的命金贵，不值哩跟他们拼个你死我活，只有继续逃跑才是上策，他吩咐两个老婆跟他赶快钻出地洞另找地方躲藏。他抱着孩子匍匐着在前边带路，两个女人大气不敢出紧随其后，后边追踪他们的脚步声越来越近，三个人使出超常力量沿着黑暗而狭窄的地道拼命前行。他们穿过很长一段距离，终于在后院树林里的一个偏僻处钻了出来。跑吧，段士修顾不得大老婆，一手抱着孩子一手拽着小老婆逃出了树林，来到一条东西向的小街向西奔去。他的眼睛扫寻着可以藏身的地方，这是一条直筒子街道，目光所及，除了各家门前堆积的麦秸和玉米秸垛，再没有藏身之处，只得继续奔跑。魏三一伙钻出洞口追出树林，在街上茫然地左右张望，不知道段士修跑向了哪边，只好分成两拨分头追击。魏三带一拨向东追去，边追边喊道："段士修，你跑不了，留下两个眼珠，饶你一条命。"段士修和小老婆跑到村西口时，他最担心的事情还是发生了，身后追赶他俩的土匪踩踏积雪的"咯吱"声不绝于耳，这么跑下去一会儿就被抓住，他停下脚步，把孩子递给小老婆，喘着粗气叮嘱道："他们追哩是俺，咱俩在一块谁也别想活命，你抱着孩子到村西土地庙里躲躲，俺把他们引开后去县衙报官，带兵来捉拿他们。"小老婆上气不接下气地应了一声，抱着孩子向村西跑去。段士修回头冲追赶他的人喊道："魏三，咱们乡里乡亲，冤家宜解不宜结，何必这么穷追不舍哩，咱们坐下来好好说道说道沾不?"追他的这拨人里没有魏三，听到前方有人自报他们要追杀的人，兴奋地加快了脚步。当段士修透过大雪和浓雾看到了对方的人形时，便撒腿拼命向南跑去，他利用熟悉的地形很快甩开了追击者，消失在了茫茫雪野中。

段士修的小老婆迈着两只小脚在半尺深的雪地里艰难向西行走，走了一会儿，她约莫着该到土地庙了，却看不见庙宇的一点轮廓，就又向前走了一程，仍是不见任何建筑的影子。襁褓里的孩子被冻得开始啼哭起来，她着了慌，担心在这大雪纷飞的夜里迷失了方向，娘俩会葬身在雪地里，当即改变主意要返回村子，她想就是碰上了土匪，想法跟他们周旋或许也能保住性命，总比在野外等死强。她折转身往回走了一程，估计该到贞村了，却不见一处房舍，又走了一程，眼前还是一片混沌，她害怕了，断定自己一定是迷失了方向。她停下沉重的脚步，思索该怎么应付这样哩处境。此时孩子的啼哭声渐弱，很快没有了声音，她焦急地想喊，希望能招来人搭救她娘儿俩，哪怕把土匪招来，也比她娘俩孤零零地死去强，便咧开嗓子喊起救命来。没用，纷飞的大雪和厚重的雾气阻挡了她的声音，她的喊声渐渐变成了无助的哭声。走吧，朝一个方向一直走下去，不信碰不到一个村子，就是碰上一个麦秸垛钻到里边也能活命。她鼓舞着自己，迈着越来越艰难的步子走着，大雪越来越迷离着她的眼睛，不知走了多远，还是看不见任何可以栖身的地方。她绝望了，力气也没有了，两只小脚冻得没了知觉，一屁股瘫坐进了深深的雪窝里，本能地解开棉衣把孩子紧紧裹在怀里，试图用自己的体温维持孩子的生命。严寒侵蚀着她的身体，一层层地销蚀着她的热量，她预感到自己的生命就要走到尽头了。她一阵悲怆，难道这就是自己哩命？一年前媒婆上她家给她爹娘提亲时说她的命好，要把她嫁给贞村首户段士修，虽说是二房，也是手不拿针线，脚不踩泥土，一辈子叫人伺候，享不尽哩荣华富贵。小女子嫁人要遵从父母之命，爹娘禁不住一百块银圆聘礼的诱惑和跟大户人家攀亲的虚荣心，应允了。她也没有拒绝，顺利地嫁到了段家，过上了做梦都不敢想的富足生活。一年后，她给段士修生了一个梦寐以求的小子，以此受到了段士修的百般宠爱，她感叹自己的命真好，感激媒婆和爹娘成全了这桩姻缘。可是她不知道自己所依存的这个深宅大院潜伏着多少危机，更是做梦都想不到，没过上几天好日子，今黑夜段家突然爆发的危机就殃及自身。她的身体很快没有了知觉，只有大脑尚存一丝意念：俺哩命就这样了结了？这就是俺哩归宿？她真想悲恸地大哭一场，可是这点欲望很快被昏迷断绝了。

雪还在无声地下着。

魏三几个人满村里也没有找到段士修，便又越墙返回死一般沉寂的段家大院，翻箱倒柜搜寻了不少钱财并捡了几支洋枪。折腾了一个多时辰，老大提醒魏三该走了，提防段家人报官遭到围捕。魏三不甘心道："不能便宜了狗日哩。"他来到段士修住的屋里，拿条案上一支摇曳着火苗的红蜡烛，逐一点着了几个窗户上糊的白纸和东、西套间屋的帷幔。屋里很快升腾起了熊熊烈焰，他希望这火向四周蔓延开来，把段家大院都变成灰烬。火焰逼迫魏三一伙出了屋子，堂而皇之地走出庭院，穿过甬道，打开大门，消失在了雪夜里。

段家的大火越烧越旺，窜上夜空的火苗映红了大半个村子，惊起了后院树林里几百只黄金鸟在忽明忽暗的空中乱飞。跳动的火光照进了许多人家的窗户，把早已被疯狂的狗吠声惊醒了的人们催促了起来。人们出屋门登梯子上房探个究竟，见是段家着了火，猜想这可不是一般哩火，一定是仇家或是打家劫舍的强人干哩。一些与段家有瓜葛怨气，甚至心怀不平的人家，都幸灾乐祸地盼望这火烧哩再大点儿；一些与段家有亲缘关系，或平日走得近，甚至有求于对方的人家，想前去救火，却惧怕碰上歹人而不敢迈出家门。被大火惊醒的高冉知道这是不祥之火，他不能袖手旁观，便唤起大儿子高鹏和老陈、黄六抄起水桶前去救火。高张氏担心道："别叫坏人伤着。"高冉道："你不懂，放火是盗匪哩最后一招，这时辰早跑没影了。"

保护着爹躲藏在东边二进院地道里的段士贤，竖着耳朵倾听着地面上的动静，长时间的沉寂后，他听到了阵阵"噼啪"作响的声音，这声音越来越大，判断是土匪走时放了把火，这是大火燃烧时发出的声响。他害怕自家整座宅院变成废墟，便硬着头皮从地道钻了出来，果然看见西边二进院的北屋已陷入了火海之中。段士贤面对突如其来的灾祸不知如何应对，跑到着火的二进院门前急得团团转时，恰遇高冉等人和住在一进院的长工们飞奔而来。高冉提醒惊慌失措的段士贤先召唤家人自救，再去请乡亲们前来帮忙。段士贤有了高冉这个主心骨情绪稳定了许多，到各院呼叫家人去了。高冉十分熟悉段家，东西两个三进院各有一口水井，他把人们分成两拨打水灭火。段士贤把家人从地道里叫了出来还嫌人少，急急地跑到街上大声喊道："乡亲们！俺段家着火了，行行好快来帮忙救火啊，俺全家记着你们哩好！……"真切的哀求声回荡在大街小巷，勾起了众乡亲对段家前辈人的感念，不少人提着水桶从家里出来，奔向段家。丁黑子带着丁不白也来了，他感觉这火烧得蹊跷，一定事出有因，如果只是段士修遭殃，他会一直看着这场火烧下去，可是他担心殃及段家的其他人。

天亮时，雪停了下来，众乡亲刚好帮段家扑灭了大火。几间北屋被烧成了漆黑的空架子，裸露的檩梁和立柱向天空弥漫着潮湿的浓烟，地上满是流淌的水结成的冰碴和人们踩踏的烂泥。众人停下来喘口气，这才有心思打听着火的原因。一群看家护院的汉子，为了让主家减轻处罚他们临阵脱逃的行为，七嘴八舌争抢着叙述起了昨夜发生的事情，除了美化他们如何顽强抵抗土匪外，更是把土匪的神勇描述得活灵活现，还说那伙土匪也怪，不杀他们只杀王虎。这更清晰地印证了高冉和丁黑子的猜想：只有魏三才能干出这种事来。高冉忧虑魏老酒将要面临不测命运。丁黑子则暗自兴奋：好小子魏三，有种！王虎，你个王八蛋，甭怨俺打哩剑快，只怨你给段士修当狗腿子没有好下场！段士修，你为富不仁，这就是报应！

乡亲们也都判断出了那帮土匪的来历，只是没人敢议论。段家人更是理出了事情的因果，但都讳莫如深，极力回避此话题。歇了一会儿，众人大都恢复了体力，高冉提议清理房屋废墟。人们正要散开寻找干活的工具时，十来个骑着快马端着洋枪的县衙捕快出现在了二进院的门外，所有人都停下脚步，把目光投向他们。段士修和其中一个捕快同乘一匹马，他跳下马指着院里烧毁的房屋对捕头说道："土匪杀了人，还放了火，一定不能放过他们。"捕头在一进院看到了人们正给王虎收尸，印证了段士修所反映的情况属实，他咬着牙点点头。昨黑夜段士修冒着大雪几次迷路，用了将近两个时辰，深一脚浅一脚，不知跌了多少个跟头终于摸到了县城西门。此时雪小了一些，他急火火地向城门楼上巡夜的清兵报了姓名、身份和匪情，恳求放他进城报县官捉拿土匪。值守的清兵棚目可不管他是何方财主，见离开启城门的时间尚早，便喝令他在城外耐心等半个多时辰。段士修只得度时如年地在雪地里揣手缩脖转圈跑步，以抵御寒冷，心里却一直惦记着小老婆和孩子的安危，不知道他们现在躲在了哪里，并不时掠过一阵阵对魏三的痛恨。这场灾难和自己遭哩罪都是那小子造成哩，发誓一定要报复魏家。冬天夜长，又遇大雪，三个城门按惯例推迟了开门时间，卯时快过了，才从南城门楼上响起清脆的钟声，随即东西两个城门楼也呼应着响了起来。段士修盼望的这一刻总算到来，不等吊桥完全落下就跳了上去，进了城直奔县衙，向一贯早起准备处理公务的葛知县陈述了匪情。葛知县震怒之余焦急万分，这段家乃一方豪绅，段士修行使着一保之政，贞村百余户的田赋和治安全在他的掌控之下，实在说他就是自己在元龙县官场的一根支柱，为自己支撑着一片天地，他的家遭到土匪的侵害，那是本知县的耻辱，当即派了一班马快前去捉拿乱匪。

捕头厉声喝问正在救火的人们道："乱匪在哪？"

众人纷纷如实回道："早跑了。"

“听说乱匪里有个人叫魏三，还是本村哩？”捕头核实道。

乡亲们沉默不语，他们都没看见是谁闯进段家杀的人放的火，可不敢信口开河。

丁黑子开口道：“没听说魏三是土匪，他一个孩子，怎么能干出这种事？”

丁黑子的话音刚落，从人群中挤过来段士修的大老婆，言辞凿凿地证实道：“是魏三，俺看见他杀人放火了。”她躲在树林里连惊吓带挨冻熬了半夜，恨不得立刻抓住魏三活剥了他。

段士修咬牙切齿道：“跑了和尚跑不了庙，把他爹抓起来顶罪。”

历朝历代沿袭下来的株连罪，小子犯法逃跑，老子顶罪坐牢。

捕头采信了段家人的话，他示意段士修带路，前去缉拿魏三的爹。

段士修领着一班人马去了魏家。

高冉和丁黑子见势不妙跟在后边，他俩担心魏老酒再次受到伤害。众乡亲也都跟来，他们中有人关心魏老酒的命运，有人是为了看热闹。

此时魏老酒正在梦中，他看见三儿一早给他送来了年货，欢喜得他大声叫着三儿的名字，劝说他回来过日子吧，不要想报仇哩事了，平平安安最好。三儿不听话，说此仇不报誓不罢休。一阵重重的踹门声，把魏老酒从梦中惊醒。他家在村子南边，没有听到北边段家闹出的动静。

一干人来到魏家，两个捕快几下子没踹开厚实些的院门，直接翻越矮墙进去，直奔北屋，松垮的薄门被他俩一齐用力撞开。不等魏老酒反应过来，如狸猫般的两个捕快蹿到炕上已把他摁在了被锅里。

“你们是什么人？”魏老酒的头被一个凶煞般的捕快用力摁着，他侧着脸喘着粗气大惑不解地问道。

“县老爷派来哩捕快。”这捕快厉声道。

“抓俺干什么？”魏老酒惊诧道。

“魏三可是你哩小子？”这捕快核实道。

“是。”魏老酒应道。

“魏三杀了段士修家哩人，还放火烧了段家哩房子，罪大恶极，小子跑了老子顶罪。”这捕快说明了事情的原委。

魏老酒一阵昏眩，感到天旋地转：三儿果然是闯祸了，三儿啊三儿，为什么非得报这个仇不可啊！人家有钱有势，咱斗不过人家啊！“哎”魏老酒忍着伤眼的剧痛，一声长叹，费力地说道：“要真是那样，随你们怎么处置吧，俺愿替小子顶罪。”

这捕快见魏老酒认了罪，放开手，同时叫摁着魏老酒下半身的同伴也松手，让罪犯穿上衣裳。魏老酒坐起身摸索着穿戴好衣裤鞋帽后，两个捕快随即将他五花大绑，并把他架出屋门，来到院里，隔着矮墙像扔货物一样把他撂了出去。魏老酒重重地摔在雪地上，发出痛苦的呻吟，喃喃自语道：“哎哟三儿，叫你爹受这罪！”两个捕快双手搭在墙头上纵身越出院外，拽起魏老酒，把捆绑他的绳头拴在捕头的马鞍上。捕头扬起鞭子下令返城。

丁黑子挡在捕头马前仗义执言道：“你们不能只凭段家人一面之词就抓人。”

干这行当几年来，还没人敢拦他的马头，捕头看出这个黑瘦汉子是个倔强脾气，就冲他有这股勇气，且给他个面子，便俯下身问丁黑子道：“你怎么能证明，这杀人放火哩事，不是魏三干哩？”

丁黑子一时语塞。

高冉也走到马头前向捕头恳求道：“好汉！俺们帮你查证此事，等查实了再抓人沾不？老魏眼瞎体衰，经不住折腾。”

捕头回道：“你们现把魏三找来换他爹沾，一会儿也不能耽搁，得赶紧回去给葛知县一个交代。”

看来此事难以通融，高冉又恳求道：“俺赶大车送他一程沾不？”

捕头怒道：“你当他是县太爷啊，还得有人伺候。”脚磕马镫把高冉和丁黑子冲到两边，拽着魏老酒快步离去。

一旁的段士修出了一口恶气，这才忽然想起在土地庙避祸的小媳妇和孩子来，不知道娘儿俩这会儿是什么处境，便急惶惶向村西跑去。

丁黑子和高冉跟在捕快人马后边，把魏老酒送出村南口，看着老伙计一路趔趄几欲摔倒的身影，俩人心疼不已。丁黑子不时双手拍打着两腿，焦灼地哀叹道：“老酒兄弟！没想到连累上你了！”他此时后悔当年不该给魏三打造那把招惹这场祸端的短剑。高冉只是默默地望着魏老酒的背影，他不敢想象魏家父子以后是什么命运。直到氤氲的雪雾模糊了两个人的眼睛，才心情沉重地返回去。

段士修急速跑到土地庙，没看到小老婆的影子，以为娘儿俩返回了家，便跑回去寻找，还是没有，他着了慌，立即召集全家人在村子各处搜寻。找了半晌，仍然不见踪影，他断定小老婆在大雪中迷失了方向，再叫家人到野外去找，他自己骑上一匹马向西边奔去。

段士修的小老婆走失的消息，很快在村子里传得沸沸扬扬，高冉知道后二话没说，叫上高鹏和家里的长工，又分头到野外找人去了。

正在院里闷坐着可怜魏老酒的丁黑子听说后，不禁骂道：“那小媳妇哩爹娘真是瞎了眼，把黄花大闺女嫁给段士修，荣华富贵哩日子没过上，弄不好还无辜搭上两条性命，造孽啊！”他招呼丁不白道：“走，找那娘儿俩去。”

段家人和众乡亲从晌午一直找到夜幕降临，一个个带着失望从远远近近的四面八方回到村里，相互告知一无所获的结果。段士修最后一个回来，活不见人死不见尸，他快要崩溃了，骑着马刚走进大门，便从马背上跌落下来，抑制不住内心的悲痛，瘫倒在地放声大哭起来。他终于实现了拥有三个儿子的愿望，眼看就要变成泡影了。

谁也不会想到，雪夜里小媳妇搂抱着孩子不知不觉走到了西南方向二十里外的一座小山包下，耗尽了气力，昏倒在了雪地里。天色放亮时，一个满脸胡须，面貌淳厚，身上裹着一件破烂不堪黑色棉袍的三十岁上下的汉子，背一个大挎篓，拿一个木叉在给自己的羊群翻找积雪下面的枯草时，触到了白雪覆盖着的小媳妇的身体。汉子感觉到异样，急忙放下挎篓，蹲下身扒开一层厚雪，惊诧地看到一个穿着艳丽衣裳的年轻女子，怀里裹着一个厚厚的襁褓。他用手在女子的鼻孔下试试，已经没有了气息，又小心掀开襁褓上边的盖头，看到里面是一个圆润的小脑袋，娇嫩的鼻翼还在轻微地扇动。他霎时陷入了迷茫，这荒山雪地里怎么会出现这样哩事情？是幻觉？他仰头望望天，稀疏的雪片扑打着他的眼睛，再看看四周，白茫茫一望无际的雪野，还有几只正向这里踅过来的野狗。他惊醒过来，这是真哩。他伸出双臂把母子俩托起来，快步向山包南面奔去。来到一处能避风雪的山坳，坳口挤着三十多只大大小小的黑、白山羊和绵羊，看到主人，它们"咩咩"地叫着围过来，要吃草料。汉子顾不得照应它们，直奔坳里用烂布片子和树枝、玉米秸搭成的窝棚。

窝棚里铺着一层厚厚的枯草，上面有一床破旧的被褥，被褥上坐着一个和汉子年龄相仿，面容枯黄、头发蓬乱的女人。她看到男人抱回来一个衣着艳丽的女子，急忙站起身来探个究竟。男人把怀里的女子放下来，吩咐女人道："快把孩子揽到怀里暖暖，还有点活气儿。"女人这才看到小女子两只胳膊紧紧揽着一个包裹严实的襁褓，便解开自己的棉袄，在男人的帮助下把襁褓从女子僵硬的手臂里抽出来，紧紧地贴在胸前。她掀开襁褓一角，看见一个尚有一丝气息的娇嫩的小模样，惊喜得张着嘴一时合拢不上，再看看面前已经死去的小女子，问男人道："哪来哩？"

汉子尽量把女子僵硬的身体弄平顺些，用棉被从头到脚覆盖起来，似是疑问，似是回应女人道："你这个女子啊，怎么躺在了雪地里？"他抬起头问女人道："孩子可好？"

女人从襁褓的缝隙里窥探一眼，爱怜道："还好！"

汉子靠在支撑窝棚的一根碗口粗的树干上，欣慰地喘口气道："老天有眼，叫俺碰上了这娘儿俩，再晚一会儿就叫野狗吃了。看样子这女子年岁不大，也就十七八，别看穿哩好，穷苦人家出身，手指头粗，干过庄稼活儿哩。"

女人若有所悟道："模样俊哩，准是叫哪个财主看上了，嫁到了大户人家当小老婆。"

汉子怜悯道："家里不是遭了灾祸，就是受了财主哩气，不然谁会大雪天抱着这么小哩孩子出门，大概是夜隔跑出来迷了路，到这荒山野岭给冻死了。"

女人赞同道："你说哩八九不离十。"她又忽然担心道："有人找来可怎么办？"

汉子毋庸置疑道："还给人家。"

女人忧虑道："找这母子哩人，谁知道是好人坏人。"

男人沉思片刻道："找来了再说吧，俺去给羊弄点草，挎篓还在地里扔着哩。"说着起身出了窝棚。

一直到天黑，没有一个人来到这个小山坳寻找母子俩，这让两口子既忐忑又欣喜，忐忑的是不知道该如何安置这死去的女子，欣喜的是这孩子可以据为己有了。女人一整天就这么抱着孩子，窝棚里没有油灯，借着坳口燃烧的一堆用以吓阻野兽的篝火余光，她的眼睛时刻注视着小生命的反应，连男人替换她一会儿都舍不哩。女人的体温彻底驱走了孩子身体里的寒气，小蝌蚪样的鼻翼翕动得越来越均匀，越来越有力，小脸也越发红润起来。男人把羊群圈好后，便满心欢喜地守候在女人身边，一同默默地等待孩子醒来的那一刻。

夫妻俩坐了一整宿，天色大亮时，襁褓中的婴儿睡了一个温暖的长觉，慢慢睁开了眼睛，并且很快从小嘴里发出响亮的啼哭声。女人惊喜得不知所措，目光在孩子和男人之间往来穿梭，终于发出"嘿嘿"的笑声。男人立刻意识到了什么，起身拿一只木碗出了窝棚，片刻返了回来，把一碗飘散着热气的羊奶递给女人。还没笑过瘾的女人，竭力抑制住自己的兴奋，接过木碗全神贯注地喂起了孩子。喝饱了奶的婴儿安静了一会儿，啼哭声又起。女人忽然想到月子里的孩子屎尿多，这是需要换褯子和褥子的信号，一天一夜了不知道襁褓里会是什么样子。她急忙打开来，看到孩子的屁股上粘满黏稠的黄色粪便，吩咐男人快去烧水。汉子用几把柴草很快烧热了半铁盆雪水，帮着女人洗净了孩子屁股上的污物。女人寻不到一块用来替换脏污了的褯子，便拽过被子，扯下一块里子垫在孩子的屁股下，把孩子重新包裹了起来。小家伙很快止住了哭声，沉沉睡去。女人这才感到饥肠辘辘、腰酸背疼，放下熟睡了的孩子，两只胳膊弯到身后，用拳头捶打一通腰背以缓解疲劳，随后拿起一块早已经冰凉的煮山药大口地吃起来，吃着，又禁不住笑出声来。

男人俯身仔细瞧着孩子怜惜道："真招人喜欢！可怜这么点儿就没了娘。唉，看今儿有没有人来找。"

女人着了急，两手合在一起虔诚地祈祷道："观世音菩萨保佑，今儿不叫有人来找，什么时候也不叫来找，不管是好人坏人。这孩子是俺哩，是俺哩，俺这就给你磕头，给你磕一百个头！"女人伸开盘着的腿，跪下，心里想象着观音菩萨的容貌，不住劲地叩起头来。

男人叹口气，忧虑道："要了这孩子，可怎么养活他？"

女人不停地叩着头，是在回答男人的疑问，也是在向菩萨表明心迹道："俺能养活，俺就是要饭也要把孩子养大，菩萨保佑，孩子肯定能长大成人……"不知叩了多少头，也不知祈求了多少遍，直到女人觉得自己的话菩萨一定答应了才停下来，她的脸上早已经挂满了泪水。

男人知道女人的心事，做梦都想有个孩子。十余年来他始终后悔自己不该收留这个从河南逃荒来的女人，更不该和她结为夫妻，他认为这女人嫁给谁都比嫁给自己强。这个为了报恩的女人，死心塌地跟他过着居无定所、食不果腹的流浪日子，使她的体内没有积蓄下足够孕育胎儿的气血和养分，在几次怀胎两个月时便流了产，以致完全丧失了做母亲的能力。他何尝不想有个孩子给自己养老送终，这些年也仅是作为自己的一个梦想罢了，身边有这样一个贴心的女人相依为命，这辈子就心满意足了。他家在西边深山沟里的一个小村里，小时候能吃饱肚子是他的梦想，在他十二三岁时爹娘相继病倒，孝顺的姐姐和哥哥为给爹娘看病耗去了几乎全部家产，最后落了个人财两空，只剩下了一间栖身的破屋。为了生计，哥哥去了山西煤矿当了矿工，遇矿难丧了命。刚二十岁出头的姐姐，过早地被苦难消磨得面容枯槁，失去了女人的味道，却仍有男人想娶她。她没有别的要求，只是一定要带着弟弟出嫁，这里山多地少，完全是靠天吃饭，没有一个男人愿意家里多一张吃饭的嘴。无奈之下，经讨价还价，她同意嫁给一个死了媳妇有几个孩子的小财主，对方以两对山羊和一对绵羊作为筹码达成了交易。姐姐指望这六只羊，能给弟弟带来活路，分别那天，姐弟俩抱头痛哭了一场。自此，他赶着几只羊四处流浪。在他的照料下，羊群繁殖得很快，可以用羊毛和羊奶换一些吃食和生活用品。他一个人顾不过更多的羊，把多出的卖掉，始终保持在二十只左右，直到有了这个女人，添了帮手，羊只才增添了些。这个女人是他在十年前春季的一个后晌，在丘陵地带的一条壕沟里放羊时遇上哩。在沟底，羊群低头啃着嫩草绕开一个躺在地上瘦小的中年汉子和跪在一旁啼哭的年轻女子走过去。他走到这对父女跟前时却不能绕过去，因为他看到汉子已经死去，得帮助这单身女子料理后事，便吆喝住羊群，关切地询问女子事情原委。女子见他是个憨厚人，正需要有人帮忙，立即抑制住哭泣哽咽着述说了她父女俩的遭遇。她的家乡在河南，因闹饥荒，跟着爹出来寻条活路，今儿晌午父女俩从这里路过，要去东边平原讨饭，不料爹突然犯了心口疼病，再加上饥饿，躺在这壕沟里很快就不行了。都是苦命人，他在附近找了块闲地帮女子安葬了死者，又把身上仅有的一块玉米饼子给了她。他赶着羊群向东走了一程，听到身后有脚步声，回头看见那女子跟在后边，他看出来这女子想跟他走，他不想让这女子跟着他受罪，便轰她走开，她不听，亦步亦趋地跟着。他说，你跟着俺活受罪，去找一个能吃上安生饭哩人家吧。她说，俺问你一句，你有没有媳妇？有，俺就走，没有，俺就跟你。他说，有。她说，你没有，俺看出来了，你别哄骗俺，有媳妇不能连鞋也穿不上，以后俺就是你媳妇。他没办法，她如影随形地跟着，天黑后他回到窝棚里睡觉，这女子就守在他身边一直到天亮。过了几天，他慢慢接受了这个女子。他问她叫什么，她说姓程名菊，家里人都叫菊子。他也把自己的姓名告诉了她，姓吴名定。

自从有了这个女人，他重温到了家的感觉，他才知道了什么是男人。现在面对这个可怜的小生命，他感到这是老天对自己残缺命运的补偿。女人的祈愿就是他的祈愿，他对女人说道："叫菩萨保佑咱，再等一天，还是没人来找，这孩子就是咱哩！"女人随即又念念有词地祷告起来。

这一天总算过去了，终于没人找来，两口子兴奋地坐在窝棚里琢磨着眼前的事情。吴定拿定了主意对菊子说道："这女子哩尸首到明儿就停放了三天，不能再等了，入土为安，明儿一大早找个好地方把她葬了，这孩子以后就是咱哩亲骨肉！"

菊子抱着孩子晃悠着身子，高兴地语无伦次道："明儿找一个观音庙烧一炉香，拜谢观音菩萨给咱送来了这个孩子！等孩子懂事了也叫他拜观音！"

吴定提议道："给孩子起个什么名儿？"

菊子道："得起个好名儿！"

吴定脸色阴郁道："孩子随了咱，命也就贱了，好名儿不成人，叫个破碗、狗蛋什么哩就好。你看俺，爹娘给俺起名儿叫'定'，本是好意，叫俺安定哩活着，可是快活到三十了，吃饭不定顿儿，睡觉不定时，以后哩光景更是说不定。"

菊子嗔怪道："谁叫你姓'无'哩，无就是没有。没有就没有，咱什么都不怕，说不定阎王爷哩生死簿上连咱哩名儿都没有，避邪，好姓儿！"

吴定思忖着女人的话，忽然一拍大腿叫道："说哩好！就叫吴常，世事无常，这孩子跟着咱说不定以后会转成什么样命运哩！"

菊子赞同道："吴常就吴常，阎王爷手下有索命哩黑白无常，咱也是个'无'常，小鬼儿跟咱是一家，到哪都会庇护咱，咱能活大年纪哩！"

吴定戏言道："这么说咱孩子命大，以后说不定成个什么人物哩！"

两口子相视哈哈大笑起来。戏言归戏言，有了这孩子，俩人的心里平添了对未来日子的期盼。

第十章　葛知县斗法段财主

寻找了几天还是没有小老婆和心尖宝贝的下落，段士修彻底绝望了。娘儿俩不管是冻死在野地里叫狼或野狗吃了，还是跑到很远的地方被人掠为妻儿，反正是活不见人死不见尸。段士修把一阵恨似一阵的仇恨一层层地叠加在了魏三身上，他发誓不论花多少钱也要敦促葛知县把魏三抓住判处死罪，以解心头之恨。

到了年根，段家还没有一点儿过年的味道，家里遭遇了这么大哩灾祸，谁也没有心思张罗一应事务。段士修的心思全都用在了抓魏三的事情上，他一连几天，前晌都要坐着细篷车，由几个看家护院的汉子拱卫着去县衙讨好葛知县，每次都带着一沓官钞银两票打点衙门各路人等，好让他们帮着卖劲。最令他苦恼的是，葛知县每次都委婉地拒收他的钱财，只是恳切地表示一定全力捉拿凶手，可就是没有结果。今天段士修身心疲惫地把去县衙要办的事情交给了大小子段永福，自己需要好好地歇息几日，更主要的是他想借此机会让孩子早点接触官场，尽快培养起他独当一面哩本领。临走时，段士修叮嘱大小子把给他的银票都送出去，再使使劲看结果如何。快晌午时段永福坐着由几个人护卫的细篷车从县城轻快地赶回来，把车停在一进院，自己跑进西边三进院的堂屋，给爹带来了一个意外惊喜：魏三今儿前晌到县衙自首了，葛知县正在提审他。仰坐在太师椅上的段士修，正目光呆滞地透过风门棂框上贴的窗纸，看着前面被烧毁的房屋废墟的轮廓，幻想着什么时候能抓住魏三以解心头之恨，突闻此消息立刻来了精神。他阴郁的脸上现出一丝冷笑和杀气，起身吩咐段永福这就拉他去县衙拜访葛知县，并问身上还有多少银票。段永福回复说，一张都没来得及送哩。段士修毫不犹豫又到里屋取了一沓银票，带段永福快步赶到一进院，坐上车去了县城。他这次一定要探清楚葛知县打算定魏三何种罪行，要不惜代价促成葛知县判决魏三枭首之罪，唯此才能消除他的心头之恨。只要葛知县按照他的意图判案，将审理后的罪犯和案卷解送至正定府复审，他会再使银两让知府如实上报督抚，之后再上报三法司会审和最后请旨皇帝敕裁，那就只是流程和时间问题了。

大闹了段家大院，魏三很是出了一口气，可事后又有些害怕，害怕爹受到段士修的报复，昨黑夜便从西山回到贞村探望爹。家里没有一点气息，他着了急，跑到邻近的大哥家里去问，刚进屋大哥一巴掌把他扇了出来，哭骂道："你个逆子，快去县衙把爹换回来，爹受你连累叫衙役抓了去，换不回爹来，你就死在外边好了！"大哥又是一脚，魏三重重地仰面摔倒在地上，眼睛直勾勾看着漆黑的夜空。片刻，他爬起来，对大哥说道："俺闯哩祸俺承当，明儿保准叫爹回来！"随即冲出了家门。魏三连夜返回到了山上，把要去县衙投案自首换回爹的想法告诉了几个拜把子哥哥。老大道："你这是丢车保帅，不上算，看能不能想一个万全之策。"老二道："根源在段士修身上，是他告哩官，想法把他抓到山上，逼他叫县衙放人。"老三道："这是个办法，县衙要是不放人，咱就再把段家闹个鸡犬不宁。"魏三摇摇头对哥哥们道："俺不能叫爹再受罪了，明儿一早俺就去县衙，俺就是判了死罪也值了，先感谢哥哥们给俺帮了这么大忙，只是人情俺是还不上了。"说着从怀里拽出短剑交给老大，"做了一场生死兄弟，留个念想，它就是俺，看见它就算是看见俺了。"老大拒绝接剑劝阻道："魏三兄弟，不能去，去了就回不来了。"魏三不容置疑道："就这么定了。"说着把短剑塞到老大的手里。老大无奈，对魏三发誓道："你要是有个三长两短，哥哥们不会放过段士修！"

翌日早晨，魏三跟几个拜把子哥哥挥泪告别，赶往县城。半晌时到了县衙，他向把门的几个皂班衙役报了姓名和来意，衙役们惊讶之余不敢相信眼前这个长得没有出奇之处的年幼人，会是葛知县费尽心思要抓捕的魏三。其中一个反应快的衙役立即拿绳索将魏三五花大绑起来，交给班头处置。

魏三前来自首大大出乎葛知县的意料，他没想到这个十六七岁的生瓜蛋子，竟是一个有担当的血性男儿。不仅如此，尤使葛知县惊讶的是这个小子的面相和眼神分明透着一股书卷气，完全没有惯常的土匪身上具有的放荡不羁和傲慢之俗气，可惜的是这孩子左眼眶外的那道长长的疤痕破坏了他应有的纯净气质。这几天，葛知县已派人到贞村了解了魏家与段家结仇的原委，他很是同情魏家父子的遭遇。现在面对这个被人告发的杀人元凶，他不想升堂开审，想和这个年轻人在大堂上娓娓漫谈一番，探究其心迹。葛知县从来就没有忘记自己也是普通农耕人家出身的子弟，他家虽没有和富豪大户结过怨仇，却深知自古以来平民百姓跟豪强争斗多以失败告终。读了二十几年书，先哲圣贤的教诲他烂熟于心，可是自从进了官场，那些至理名言似乎就失去了效力，为人处世完全身不由己，做了一些违心的、甚至违背道德良心的事情。对于几年前，不顾外敌侵略而受命于朝廷协助官兵清剿封龙山上的拳夫和义民，令他至今愧疚不已，那飞龙威严的面容和怒斥声不期闪回在脑际和耳畔。对于眼前这个案子，他想回归到正义和良知，不受任何干扰地做出自己的判决。他吩咐执棍站堂的两个衙役，撤去扔在魏三面前的夹棍和板子解下其身上的绳子，又挥手让他们退下，只剩下坐在审案左侧做笔录的主簿和站在右侧听令的皂班班头。

魏三做梦也没想到，堂堂的一县之主对自己这个人命在身的毛头小子竟如此的和善。他跪在堂下仰头望着葛知县背后画面明净的"海水朝阳图"和挂在上边的"明镜高悬"牌匾，对这个案子的结果有了一种期待。

葛知县极力淡化贵州口音，努力夹杂着元龙县方言，慢言轻语地问道："你是贞村哩魏三？"

魏三扎下头爽利地回道："俺是魏三，俺投案来了，把俺爹放了吧。"

葛知县吩咐一旁的班头道："把魏老酒带来，证实这是他哩小子魏三，就放了人家。"班头应声而去。

葛知县继续问道："腊月二十三大雪之夜，是你闯入段士修家捅死了王虎，还放火烧了段家几间房子？"

魏三道："是。"

"为什么干杀人放火哩勾当?"葛知县追问道。

"狗日哩段士修，三年前支使王虎把俺爹哩一只眼扎瞎了，俺这眼角也挨了一刀，俺是为了报仇。"魏三抬起头指着自己左眼角的伤疤激动地陈情道。

"段家财大势大，你能斗过人家?"葛知县惊叹于这个少年的胆魄。

魏三轻蔑道："哼，俺已经杀了一个，够本了。要是判了俺死罪，俺还有一班生死弟兄，收拾段士修不在话下。"

葛知县震怒道："一伙打家劫舍哩强盗，官府容不得你们。"

魏三毫不示弱道："强盗也是好强盗，杀富济贫，穷人高兴。"

葛知县提高嗓门道："富人不都是坏人，怕只怕你们这些土匪不问青红皂白，滥杀无辜。"

魏三放缓声音道："这俺知道，俺村哩高财主就是好善乐施之人。俺们杀哩都是为富不仁仗势欺人哩财主，俺村哩段士修就该杀。"

"为什么?"葛知县问道。

魏三愤然道："段士修太霸道，就因为俺爹不给他家当把式，就招来了灾祸。"

这些情况跟此前了解的十分吻合，葛知县对魏三不只产生了同情，隐隐地还生出了爱怜，他喜欢这种有一说一的直筒子脾气。葛知县还有话要问，见魏老酒在班头的引领下迈着小步走进了大堂，想听听他的说辞。

魏老酒听说三小子前来自首，替换自己回家，心里百感交集，进了大堂"扑通"跪倒在地，向葛知县哀求道："葛老爷，叫俺三儿回去吧，俺顶罪!"随即扎下头撞击得青石板地面"咚咚"作响，只几下额头上便渗出了血迹。

魏三跪挪到爹的对面，极力控制住自己的情绪，一边阻止爹的行为，一边劝道："爹！孩儿不孝，叫你受罪了，孩儿做下哩事由孩儿一人承当，你回去吧，下辈子俺还当你哩小子，你要是不回去，俺先碰死在这!"说着也扎下头"咚咚"地撞起了地面。

魏老酒害怕了，他知道三小子说到做到，便直起身板，含泪答应道："爹这就回去，你要向葛老爷多求情，不判死罪就好!"

葛知县目睹这父子之情有些动容，不忍再看下去，便轻轻一拍惊堂木，声音和缓地说道："魏老酒，你放心回去吧，本知县自会公正判案。"他吩咐班头将魏老汉送回家去，说完起身退堂。

魏老酒没想到葛知县说的话如此有情有义，又把头磕得"咚咚"响，嘴里念叨着感激葛老爷的言语。

班头把魏三收监后，派一个衙役借了一辆驴车送走了魏老酒。

刚吃过晌午饭，葛知县正在二堂处理公务，主簿来报，说段士修求见。葛知县正等他前来，以便实施自己的计划。对这个倚强凌弱、欺压百姓的大财主，葛知县开始心生厌恶，不由得搜罗起段士修这两年的诸多不是：自己曾经几次动员县里的大户为修建水渠和筹建学堂捐款捐物，唯有段士修一毛不拔；朝廷严禁豪门大户私建武装，段士修却以防护村子为名，让乡亲们集资购置洋枪自用。就凭这两点，他要借助这个案子榨出段士修一些油水，狠狠教训对方一顿，便让主簿把段士修带来。

这二堂既是知县处理日常公务批阅文件之所，也是调解民事纠纷和接待客人之地，相较肃穆威严的大堂，这里的氛围轻松许多，没有“肃静”“回避”的牌子和站堂助威的衙役，正面墙上那幅“松鹤延年图”展现着大自然之美和人性之向往。不一会儿，段士修在主簿的带领下走进二堂，因为这个案子，他已经多次来到这里拜见葛知县，这次他依旧礼节性地给父母官鞠了一躬并问了一声好。葛知县客气地请段士修隔着案几坐在自己对面的长椅上，等他开口。段士修乜斜一眼主簿，不想让他在场。葛知县看出了段士修的心思，示意自己的幕僚回避一下。主簿出去后，段士修对葛知县强作恭维道：“葛老爷远涉几千里来到俺这穷山恶水哩地方为朝廷尽职，为俺元龙县哩老百姓操碎了心，俺作为一员百姓自是感激不尽！今儿听说那魏三到县衙投案自首了，俺很是惊叹和高兴。惊叹哩是，葛老爷对恶人威力无边，震慑其前来自首；高兴哩是，这一方老百姓少了一个祸害，俺段家也有了报仇雪恨哩盼头。”他从怀里掏出一沓银票，站起身隔着案几双手递给葛知县，压低声音道：“这五百两银票是俺答谢葛老爷哩一点儿心意，望笑纳！”他在说话的同时，心里一直忐忑不安，担心葛知县又一次婉言相拒。

令段士修惊喜的是，葛知县并没有像前几次那样拒绝，竟伸出右手接住了银票，左手把银票捻成扇面，边捻便数，共十张，十年知县的俸禄也没这么多。葛知县欢喜道：“这钱来哩及时，蟠龙山引水工程和十几个村庄建学堂亟需用钱，本知县收下了，俺替父老乡亲感谢你！”

这些银票本是拿来贿赂葛知县的，却不料被这贵州佬挪作他用，段士修压住怒气直截了当地问道：“葛老爷，你想判魏三何罪？”

葛知县早有准备，这才是段士修最关心的问题，他望着对面墙上挂着的“天理国法人情”的匾额，慢悠悠地说道：“年关已到，本知县想过了年再召集你们原被告双方升堂开审。不过，本知县了解了你段家和魏家哩仇怨起因，魏三是给他父子报仇才夜闯贵府杀死王虎，放火烧了房屋。有前因才有后果，如果据此判案，魏三不该死，本知县打算判他五年劳役抵罪，这样判决才合理合法又合情。”

段士修扭头看看那幅匾额，回过头，目光直视着葛知县，终于按捺不住怒火，站起身咆哮道：“魏三何止杀了一个王虎，段某二房刚生了孩子，为了逃避他们追杀，一个弱小女子抱着孩子跑到了雪地里，几天过去了还找不到人，娘儿俩一定是冻死了，这又是两条人命。他罪恶滔天啊，葛老爷！不叫他死，天理何在？国法何在？人情何在？”激愤中，段士修忽然意识到葛知县是否嫌送的银票太少，他平缓一下情绪，诚恳道：“俺再加五百两如何？”说着又从怀里掏出一沓银票，递给葛知县。

葛知县照例接住，故作被打动的姿态，矜持片刻替段士修忧虑道：“要魏三哩小命容易，杀了魏三，他哩一干兄弟会不会罢休？怕就怕你段家以后永无宁日，你要三思。”

段士修冷笑一声道：“段某要是斗不过那伙穷小子，岂不叫全县人耻笑。他们都是草寇，不是惯匪，没有那么强哩心劲，魏三一死，他们也就死心了。”

葛知县揣度着段士修的心思说道：“那就以魏三夜闯民宅杀人放火之恶行，判他枭首之罪。”

段士修兴奋地一掌击在面前的案几上，震得上面的笔架和砚台等物什一阵颤动，对葛知县承诺道："待俺见到魏三哩人头，再给你五百两银票！葛老爷，俺盼着那一天早日到来！"说完起身给葛知县作了一个长长的揖，满心欢喜地告辞而去。

葛知县把段士修送出二堂门，望着他的背影，脸上现出一丝得意的笑容。

魏老酒从县衙回来后，越想越担心三儿会被判处死罪，一天坐卧不宁，一宿不曾合眼。第二天一早，他逼着大小子和二小子带他去县衙找葛知县再给三儿求情时，家门外传来一阵"看前程测吉凶，替人消灾除祸"的吆喝声，引起了他的注意，便叫大小子把先生请来，给三儿测测吉凶。魏老酒向这个由葛知县的心腹装扮的算命先生诉说了三小子的遭遇，算命先生问了魏三的生辰八字，掐算了一会儿，道："有仇家背地里暗算你家孩子，这个仇家财大势大，他逼迫县官要你家三儿哩命。不过，这孩子灾大命也大，他死不了，会有人救他。"魏老酒急切地追问道："什么样哩人？"算命先生道："你在家别出去，近日会有人找上门来。"魏老酒对算命先生的话半信半疑，但他坚信背地里暗算三儿的仇家肯定是段士修，担心三儿这次闯不过生死关。三儿灾大是真，命大可说不准，有人会救他？什么人有那么大哩本事？他弄不懂此中的玄机。他还有话要问，却被算命先生抢过话头道："主家，信俺哩话就给个饭钱，不信就不用问了，钱也不用给，只当俺说了一派胡言。"信，孩子有一线生机就信，魏老酒赶紧叫大小子付钱。先生恭敬地接过几枚铜板，随即离去。

魏老酒在家苦等着能搭救三小子的人上门来找他，每等一刻都是那么心焦，晌午饭都没心思吃。后晌家里突然奔进来五个人，纷纷开口叫他大伯，说和魏三是拜把子兄弟，前来打探魏三的消息。魏老酒心想，难道这就是搭救三儿哩恩人？这帮野性孩子，或许真有那么大哩本事，他满怀希望地把前晌算命先生的话向几个人说了。为首的老大哈哈笑道："卤水点豆腐，一物降一物。这事儿好办，过不了几天俺魏三兄弟就回来了。大伯！你安心过年吧！"说得魏老酒心里轻松了许多，只盼着三儿能平安无事。葛知县知道魏三那伙土匪来去飘忽不定，难以觅到他们的踪迹，但料想他们一定会打探魏三将要面临的判决结果并设法营救，断定魏家是他们必然要去的地方，基于此，他导演了这出戏。

这两天段士修沉浸在葛知县答应要判魏三死罪的快意中，却不料这快意突然被一个晴天霹雳炸得粉碎，整个人的精神都要崩溃了。腊月二十八前晌，家人在大门洞里捡到一封信，拆开来看，吓得魂飞魄散，立即交给段士修。信上写着段士修的二小子段永禄被自称是山大王哩人给绑走了，叫段士修在两日内去县衙把魏三赎出来，否则就结果了段永禄哩命。段士修明白这是魏三的同伙所为，这帮土匪的行动如此诡秘，完全出乎他的预料，看来对手非同一般，须全力应对。段士修怀着一丝侥幸心理命家人四处寻找段永禄，到天黑也没见到人影，这才确信被土匪绑架了。段士修的意志垮了，拿永禄的命抵魏三的命得不偿失啊，三小子没了，再丢个二小子，这无异于要了他的命。罢罢罢，这一回俺段某输给你魏三了。为了保住二小子的命，他不得不低头，来日方长，以后有的是机会报复魏家。段士修强压心中愤懑，第二天一早去县衙向葛知县陈述了原委，又献上五百两银票求葛老爷饶魏三一命。葛知县怒斥了段士修一顿，说你简直是拿本知县当猴耍，前两天诱逼本知县判魏三枭首之罪，今日又央求放他一命，在县衙里说话岂能当儿戏。你段某不把流水哩葛知县当回事也罢，难道还不把这铁打哩县衙放在眼里？直说得段士修满头冒汗，突然“扑通”跪倒在葛知县面前，乞求无论怎样也要救他二小子一命。葛知县沉默片刻，终于开口道：“看在你捐献哩这些钱财上，本知县再答应你一次。”遂让段士修写了一份为解救人质请求县衙放走魏三的诚恳书，段士修当即写了交给葛知县。葛知县看后满意地点点头，小心地收起来，以备不测之需，答应段士修今天就放走魏三，段士修感谢了一番离去。

葛知县为自己一箭双雕的计谋而得意，把段士修给的一千五百两银票交予主簿，让他记在银库的账簿上，又唤来皂班班头把魏三放了。

一切安排妥当后，葛知县苦笑道：“祈盼县境里的苍生都过个平安年吧！不要再生祸端了。”

第十一章　祸事连连

腊月二十九前晌，魏三从县衙的大牢里被放出来，迅急赶回家向爹报了平安。守在家里的两个拜把子哥哥把他接回了九泉山，按照此前的约定，他们把段永禄放回了贞村。

魏老酒对三小子保住了性命万分庆幸，隐约感到这是葛知县使哩计谋，便在堂屋冲着县城方向跪下，双手合十，心里感念着葛知县，一直跪到支撑不住了才罢休。

段士修越琢磨越觉得这是葛知县设的圈套，自己费了那么大工夫不但没能达到目的，还赔进了一千五百两银子，实在太窝囊了。他咽不下这口气，决心报复葛知县，把这个贵州佬赶出元龙县。他编织好对方的罪状，过了大年十五，带足打点的银票去了正定府。他向知府大人递上状纸，诉葛知县如何贪赃枉法，为谋私利索要原告大量钱财，慑于土匪淫威私放命案在身的罪犯。知府大人震惊之余，怒斥段士修诬告朝廷命官是杀头之罪。段士修言之凿凿，恳请知府大人明察暗访，如有不实之处，任凭处置。知府即派人前去元龙县详查。

葛知县没料到段士修会诬告自己，坦然中却有一种不祥之感。他向知府派来的官员亮明，所收一千五百两银票已在银库账簿上登记，并陈述了所谓私放罪犯，实则是段士修为保他二小子的命，央求本知县拿人犯做交易的结果，有段士修写的诚恳书做证。登记在册的银票额数，与段士修状纸上的三千两银子出入很大，无法辨别谁是谁非倒也罢；放走人犯的因由，云遮雾罩，真假难辨，但无论如何也不能放走一个犯了命案的人。最后坐实的只有私放人犯的枉法行为。

知府听了下属的情况报告，感到事态严重，不敢怠慢，即刻上报直隶巡抚，巡抚又上报京城吏部，一直把此案文本递到了光绪皇帝手中。

与此同时，葛知县深感对段士修的诬告不可掉以轻心，应对不好就会身败名裂。他决定向朝廷上书实施自救，首先陈述了此案的全过程，禀告自己三年多来在元龙县任职期间的施政情况和感悟，表明自己对朝廷的一颗赤诚之心和对一方百姓的挚爱之情，并斗胆向朝廷谏言：增加富豪大户的田赋，制约他们不择手段地扩张，铲除他们暗自建立的武装，唯此乡村社会才能安定，大清国的根基才能牢固。他举例大户段士修和贫困户魏老酒两家的结仇因由，忧虑豪强与平民之间的矛盾日益激化，恐引起无法遏制的社会动荡。

光绪帝阅悉了对葛知县贪赃枉法的审查结果，和随后报来的葛知县的上书文本。私放人犯理当严惩，但念葛知县对朝廷的一番真情直谏，和他兴修水利设立学堂有功，罪减一等，革职反省，回归故里，三年后重新起用。葛知县阅完圣旨长叹一声，含泪苦笑，叹自己寒窗十余载，受朝廷恩宠，戴上了这顶七品县官的乌纱帽，有了光宗耀祖的资本。岂料不小心，自己导演的这场戏，不但把自己置换成了主角，还以衍变成自身的悲剧下场而落幕。笑自己处事率性而为，全然忘记了这是风云莫测的官场，忘记了在异地他乡做官，最要紧的是不能得罪当地那些富豪大户。他们可以护官，也可以毁官，他们世代生活在这片土地上，利益根须早已延伸到了社会的各个层面，不知道哪一根就是你的绊马索和绞命绳。自古以来，那些为平民百姓伸张正义的官员，有几个没有付出惨痛的代价？又有几个将慷慨悲壮的事迹流传于后世？大都被历史的尘埃所淹没。他没想流芳百世，通过此事证明自己内心尚保存着一点儿正义感和对弱者的同情心，这就够了，不枉受了圣贤之教诲。

葛知县走了，回家等待漫长的开复之日了。此消息在全县传得沸沸扬扬，魏三在山上听到后不顾一切要去县城探个究竟，果真如此，他的内心会愧疚一辈子——是他牵连了葛知县，让这个好官丢了乌纱帽。哥哥们按住他死活不让他下山，说葛知县好容易放你出来，你不能再自投罗网，那样会辜负了葛知县哩良苦用心。魏三无奈，躺在地上大哭了一场。

这段日子段士修整天地摆酒庆贺，宴请新来的山东籍李知县不说，把县里各路有头脸的人物请了个遍才罢休。他搞倒了葛知县，跟新来的李知县热络起来，感觉自己本事大得不得了，在村人面前趾高气扬，好像把天捅个窟窿都不在话下。他开始琢磨下一步捉拿魏三的计谋，叫魏三抵了命才能安慰他内心失妾丢子的伤痛。

段魏两家的怨仇该做个了断了，不然他们的子孙后代也不能安生。高冉等段士修宴请完了各路人物，约莫着他的心境从亢奋中平静了下来，这天前晌登门说和去了。

段士修早就盼着有人说和，他的心思是先稳住魏三，再择机告官捉拿不迟。他满口应承下高冉的好意，感激高冉为他段家操尽了心，说冤家宜解不宜结，做了几辈子哩乡亲，哪能没完没了，给老酒哥说吧，以前结哩怨仇从今儿一笔勾销了。高冉带着满脸的喜悦，来到魏老酒家，说明了来意，并转告了段士修的话。魏老酒喜不自禁，大睁着左眼双手抱拳像拜菩萨一样冲高冉拜了又拜，嘴里感念道："高冉兄弟！你可真是个活菩萨，光想叫别人好！俺这就派大小子去九泉山把三儿叫回来，尽早了结这桩事，以后再不叫他干打打杀杀哩营生了，在家安心念书、种地，好好过日子！"高冉欢喜道："俺也这么想！庄稼主盼哩就是过平妥日子，家家平妥才是俺哩主意！"他满意地走了，只等着魏三回来把双方叫在一起吃顿和解饭。

当天后晌魏三被大哥从九泉山上叫了回来，他听到此消息后自是高兴不已——爹以后能过上安生日子了！但他又忽生疑虑，问爹道："段士修真能就此罢休？"魏老酒肯定道："有你高冉叔调解，错不了！"魏三信服高冉，释然道："要真是那样，俺就不去西山了，天天守候着爹才好哩！"魏老酒道："爹还指望你重拾学业，以后有出息哩！"

爹的话唤醒了魏三沉睡在心底三年多的愿望，那些经书子集他还没有读够，封龙山的石头上还没有刻上他想刻的字。秀才要考，举人就算了，又不想做官，办个学堂，能当得起先生就沾了，跟一茬又一茬哩孩童们在一块吟诗诵经、欢笑嬉闹，其乐无穷，直到终老，也不失人生一大快事！

魏三沉浸在美好的遐想中，爹的话打断了他的思绪，道："三儿，咱这就去找你高冉叔!"

魏三满口应承，搀扶着爹来到高冉家。高冉派大小子高鹏去把段士修请了来，双方在和解文书上签了字，摁了手印，两家的怨仇就此了结。当即，高冉摆了一桌酒席款待双方，大家欢喜地喝了和解酒，吃了一顿暖心饭。

魏三回到山上，把自己的心愿跟哥哥们说了，哥哥们惊喜之余极力挽留他，他执意要回家。老大劝慰弟兄们道："魏三兄弟终究不是绿林中人，既然和段家怨仇已解，就让他回去念他哩书吧，以后取个功名，俺们脸上也有光。"他又转向魏三道："弟兄们生死一场，情同手足，什么时候想俺们了你就来，有事别忘了几个哥哥!"直说得引起一片呜咽声。魏三给几个哥哥逐个磕头拜谢，挥泪而别。

一眨眼过去了几个月，已是深秋。这天魏三到自家地里收割了两亩玉米，傍晚在灶火间跟爹吃过饭，回到屋里点着油灯伏在地桌上读书直到深夜。爹睡了一觉醒来，见三儿还在看书，催促他累了一天，早点睡吧。魏三始觉时辰已经不早，上炕吹灯。即将进入梦乡时，院里一阵窸窣声把他惊醒。在山上打拼了几年，练就了辨别各种声音的本领，感觉不妙，翻身把藏在炕席下面的短剑抽了出来。他下了炕，要到屋门口探个究竟，恰巧屋门闩被人从外边用尖刀拨开，随即两扇门猛地被撞开，一阵恶风吹到他的身上，这股气势让他感到不速之客不是一般哩贼人，蟊贼不会光顾这样哩穷人家。他知道来者不善，先下手为强，便挺剑刺向闯进屋门的黑衣人。来人以为自己神出鬼没，不会有人察觉他的行动，完全没有料到会有人持一把利剑在迎候着他，"扑哧"一下短剑刺穿了他的胸膛。在微弱的月光下，魏三看到院里又闪过几个黑影，从敏捷的身形上他判断出，这是县衙里的捕快无疑，他猜想这一定是旧案重提，他们是来抓自己哩。魏三炸出一身冷汗，想从他们手里逃脱可不是件容易事，但是绝不能坐以待毙，他鼓起十二分的胆量冲出屋门。刚跑到院里，一张捕兽的大网从天而降，罩在了他的身上，几个黑影迅速向他扑来。情急中，魏三用利剑割开一道口子从网中挣脱了出来，又挥剑划倒了扑到跟前的一个黑影，他意识到自己不是他们哩对手，不能缠斗下去，保住性命是最要紧哩事情。在自己家没人比魏三更便于利用地形，他纵身翻过了土坯院墙，沿着通向村西的曲折街巷拼命奔逃，很快甩掉了追赶他的几个捕快。屋里屋外的动静惊醒了魏老酒，他知道三儿又遇上了劫难，便从炕上爬起来，大声喊叫着三儿，没人回应他，直到这个破败的小院又恢复了死一般的寂静。后半夜他在一分一秒难挨的熬煎中度过，不知道这是三儿的哪路冤家来寻仇，更不知道三儿能不能逃过这一劫。

魏三一口气跑到了西边的九泉山上，天色刚亮。一个拜把子哥哥在巡山时发现他正趴在山坡上大口地喘着粗气，看到他这副狼狈相，知道又是遭了劫难，忙搀扶他进了他们居住的石屋。

哥哥们见魏三这副模样返回来，纷纷问他又遇上了什么事情？魏三躺在地铺上说像是县衙里的捕快。老大愤愤道："查个一清二楚再作计较。"当即派一个兄弟去县衙打探消息。后晌这兄弟从县城回来，正如所料，是段士修暗地操纵县衙谋害魏三。老大对魏三道："段士修不除，你这辈子别想安生，这几天俺们潜伏在段家附近伺机杀了他，以绝后患。"魏三坐起身来劝阻道："不可盲动，要吃大亏哩。上回咱们闹了段家后，他家宅院盖了四个角楼，白天黑夜十几个人轮流巡视，陌生人靠近不得。”老大道：“看来你终究是绿林中人，想在家过耕读日子都不沾。这样也好，咱们弟兄们又能同生死共患难了！哎，只是苦了魏大叔！”魏三无言以对，他何尝不心痛牵挂他又受他牵累的爹，以后想再回家就不那么容易了。等吧，等到自身有了足够大哩本事一定回去报仇。书是不能念了，想考秀才办学堂当教书先生更是没影哩事了，难道落草为寇四处躲避官府就是自己哩宿命？他自问，但不相信，更不甘心。

段士修做梦都没想到魏三会从几个如狼似虎的捕快手中逃脱，他整日整夜地心惊胆战，以后这魏三就是他段家哩讨命鬼了，不知哪一天会给他带来灭顶之灾，院墙四个角楼上日夜不停的有人巡视也不能让他安心。事已至此，舍大钱也要催促李知县尽快捉拿住魏三，除掉这个心头大患。让段士修心神不宁的还有魏三那把利剑，他听说是丁黑子给魏三打哩，就是为了报复他段家。王虎和两个捕快已成了剑下鬼，如果没有那把利剑，这次魏三绝对逃脱不掉。丁黑子处处与俺段家作对，得机会一定要拿他出出气。唯一让段士修称心的是新上任的李知县，此人头脑灵活，因为有葛知县的前车之鉴，他对当地大户除了面子上保持自己的威严外，私下尽力满足他们的意愿。经过几次交往，段士修自信把准了李知县的心脉，把捉拿魏三的希望全都寄托在了他的身上。令段士修欣喜的是，李知县这次派遣的几个捕快吃了哑巴亏，等于挫败了李知县的锐气，以后不用自己再使劲，李知县也会暗下决心捉拿魏三。段士修正在翻建好的二进院北屋正堂的躺椅上胡乱臆想着事情，田生玉来报，说高冉在门外有事要见东家。自魏三大闹段家后，除了段府里的人，没有段士修的准许谁都不能随意进段家大门。就是在翻建被魏三烧毁的房屋期间，施工人员也在逐一核实身份后方可进入段家大院，一直到完工才能出去。提起高冉，段士修气不打一处来，他对几年前高冉接纳了魏老酒当粉坊把式的怨气还没消解，开粥厂给他的难堪又增添了一肚子怒气更让他无处排遣。高冉前来，想必跟魏三的事情有关，倒要看他如何说道这件事情，段士修示意田生玉放他进来。

起初，高冉猜想那天黑夜几个捕快突袭魏家的背后主使就是段士修，这两天又看到县衙到处张贴缉拿魏三的布告，使他坚信无疑了。如果段士修不极力主张，新来的李知县决不会自找麻烦如此大动干戈去接办与他无关的案子。这是段士修在作祟，高冉阴沉着脸走进段士修住的堂屋，直截了当地问道：“士修兄弟，你跟魏三哩事还有完没完？又闹这么大一出事故可怎么收拾？你们两家哩和解酒白喝了？”

段士修没想到高冉如此不给自己脸面，从躺椅上站起来，回敬道：“你嚷嚷什么？魏三入匪窝多年尽人皆知，缉拿魏三那是李知县为了肃清县境内哩土匪，叫老百姓过安生日子，与俺可干？”

高冉看着段士修心神不定的眼睛，压住火气告诫道：“士修，你心里最清楚，魏三可不是省油哩灯，以后你这段家大院就得没白天黑夜哩提防着，你不怕整天提心吊胆哩过日子就这么闹下去，看谁遭罪！依俺看你两家还得想办法和解，你先得有诚意，不然迟早要出大事情。”

“和解？”段士修梗着脖子质问高冉道，“闹到这种地步了，怎么能和解？你以为魏三还会给你面子？你能保证那狗日哩还会相信俺？既然这样了，没什么好怕哩，只好一条道走到黑了，仇家结到底，看最后遭殃哩是谁！俺就不信制不住那穷小子。”

段士修的话说到了这种地步，高冉很是无奈，叹口气道：“好自为之吧。”他不想再和段士修辩论什么，转身向屋外走去。

“且慢。”段士修喝止道，长久积压在他心里的怨气和怒气被高冉警示他的言辞点爆了，他挡在高冉面前怒吼道：“俺段士修堂堂一保之长，用得着你来教训！你会说这是对俺段家好。狗屁！真要是对俺段家好，你就不会把魏老酒留在你高家，你也不会开粥厂时给俺闹难看。你那么做无非是在乡亲们面前显摆你宽厚仁义是不是？你这两件事做哩可是对俺段家不仁不义。段高两家还是名扬在外哩世交，咱俩还是结义兄弟，呸！从此以后俺就不认你这样哩哥哥！”段士修发泄完，不屑地把头扭向一边，退回到自己的躺椅上，闭目养起神来。

高冉耐心地听完段士修的这番话，苦笑一下，心情沉重地走出屋门，对段士修他是越来越感到陌生了。

第十二章　逢凶化吉

一年多来，牛四妮为给男人看疯病欠下了一屁股债，却也不见好转。她背着咿呀学语的儿子石粪筐，家里地里没日没夜地劳作也挣不出填补窟窿的钱，她铁了心要再舍五亩良田，换些钱给男人治病。

牛四妮又要卖地的消息一前晌的工夫就传遍了全村，十几个买家找上门来，每家出的价十至十五块银圆一亩不等。牛四妮待价而沽，这些小买家出的价她都不满意，她在等着最后的大买家。几天后，那些小买家经过几番加价，都没能打动牛四妮的心，便纷纷放弃。段士修支派田生玉找上门来，一口价就让牛四妮满口答应了，她用那五亩良田的地契，换回了段士修一百五十块银圆。牛四妮看着这些银圆，心里盘算着除了还账外，剩下百十块够给男人看病用一阵子了。

在买地上，段士修从不吝啬，他自小懂得“土能生黄金，地能产白玉”的道理，置地多花点儿钱不吃亏，种几年粮食就赚回来了。最重要的是，看着自家的地界在不断扩展，他的心里说不出有多舒坦。

杜化吉的心可不舒坦，因为落下了一费劲儿就头疼的毛病，一年多来他耽误了大半时光，生意没有多少起色，烦躁得他时不时向瑛子发一顿无名火，好几次委屈的瑛子趴在炕上痛哭。高冉知道杜化吉在生意场上受了挫折后，多次拿来钱票救济他，都被杜化吉婉拒。杜化吉暗下心劲儿，一定要凭自己哩本事发起这个家。可恼的是田生玉，有空没空到他家来转一圈，脸上掩饰不住幸灾乐祸的得意，每次都惹得杜化吉想扇他几个耳光。让杜化吉揪心裂肺的是，听到牛四妮又要卖地的消息，招惹得他心里火烧火燎哩，白天无心干活儿，黑夜睡不着觉，头脑里老是缠绕着那一百多块银圆若不是被褚五骗去，他也能和段士修争一争那五亩良田。

每次想起褚五，杜化吉都把报复的念头不露声色地从心底翻腾起来，即是对瑛子也不透露丝毫，默默地在寻找合适的机会。可褚五却浑然不知杜化吉的内心对他的仇恨，骗钱得手后，他不想立刻就建新宅换女人，怕引起杜化吉的怀疑，但是他的欲望开始泛滥，竟迷恋上了瑛子。和自己的女人相比，杜化吉的女人不仅面容可人，而且脾性随和，不像家里的黄脸婆，性情古板，整天没有个笑脸。这种着了魔一样的迷恋，使褚五隔三岔五找理由来杜化吉家，或煞有其事地带来一些生意场上的奇闻趣事与之分享，或带些野味一同品尝，更不忘给瑛子捎些胭脂、手镯、布料等物件。这些举动愈加让杜化吉强烈地感觉到褚五的另一个图谋，也愈加对瑛子每次拿到那些物件时脸上不断叠加的喜悦而恼怒。每次褚五走后，他都要向瑛子发泄一通，说你生贱，以后不能再要人家哩东西。瑛子也越来越不能接受杜化吉的责怪，最近这次委屈道：“俺进你杜家门几年来，没日没夜哩给你干活，没吃上几顿好饭，没穿上一件新衣裳，还净受你哩气，嫁给你算是倒了八辈子霉！”杜化吉争辩道：“吃赖点，穿差点，还不是为了攒俩钱，盖房子置地，以后叫你当财主婆。”瑛子讥讽道：“凭你这穷酸相，命里注定当不了财主。”受到羞辱的杜化吉直想把对褚五骗他钱财的经过和怨恨发泄出来，话到嘴边又咽了回去。在报复褚五前他不能让任何人看出他对褚五的不满，以免坏了自己的计谋。气话说多了，就伤了感情，小两口的心里彼此都产生了隔阂。

这天小两口当了一天闷葫芦，各干各的活，谁也不搭理谁。半后晌时，褚五又兴冲冲地来了，对杜化吉和瑛子说，他找哩那个孕妇生了，是个小子，人家叫咱这两天去抱哩！褚五这回说的是真话，自从他把杜化吉的钱骗到手后，内心隐隐地波动着一丝愧疚甚至罪恶感，他一定要把对方想抱养一个孩子的愿望尽早实现，好找回些心理安慰。经过一天奔波，他在山里找到了一个已经有了四个孩子，打算把近日又生出来的一个小小子送人的贫困人家。杜化吉却不敢轻信他的话，警惕再上他的当，却仍表现出喜悦的样子，停下在锅里翻搅煮豆浆的木铲，问道：“什么时候去？”褚五道：“今儿天晚了，明儿一大早咱就去！”瑛子停住烧火的风箱，从锅里盛出一碗热气腾腾的豆浆递给褚五道：“三九天，冷哩，喝了暖和暖和！”褚五两手接碗，有意碰触瑛子的手。瑛子的心战栗一下，知道他的心思是想和自己有肌肤之亲，她寂寥的心境陡然荡起了涟波。瑛子起初把褚五当成是她家的活财神，除了感激和崇拜外，随着褚五不断地给她买些稀罕东西，她渐渐依恋上了他，觉得这个男人不只是有本事，还有人情味。今天瑛子殷勤地炒了两个菜，烫了一壶酒，要好好款待她敬仰的人。见杜化吉和褚五谈天说地地喝着，她下意识地拿两个男人对比，觉得不论是相貌、身材，还是本事，杜化吉都无法和褚五相比，她对褚五的痴迷在心里肆意蔓延，却不知道自己的男人此时暗藏的心机。杜化吉附和着褚五的话题，也不插话，只是节制着自己的酒量，尽量让褚五多喝，以使自己保持清醒头脑。俩人喝得正酣时，田生玉前来串门，来哩正是时候，杜化吉急忙起身让座。田生玉并不客气，坐下来鼓噪起巧簧之舌劝褚五喝酒。杜化吉有了替手，只管给俩人斟酒，自己有更多时间设想报复褚五的每一个细节。在田生玉的搅闹下，褚五渐渐招架不住，醉态毕现。夜幕垂下来，杜化吉见到了火候，提醒褚五道：“哥哥，明儿还得起早，别喝了。”褚五故作恍然，见瑛子点着了油灯，卷着舌头道：“哎呀，天黑哩真快，俺得回城里啊。”杜化吉笑道：“哥哥喝多了，城门早关了，就在这睡吧，咱俩还得起五更进山接孩子。”褚五摇晃着站起来道：“俺到偏房躺一宿就沾了。”瑛子铺着炕道：“偏房太冷，在这火炕上凑合一宿吧。”褚五醉眼惺忪道：“咱仨在一个炕上，半宿尿泡不方便。”杜化吉道：“自家兄弟不见外。”褚五巴不得睡在这条炕上哩，即使中间隔着杜化吉，也能嗅到瑛子的气息，足以令他心醉，便顺势点头同意。醉意微醺的田生玉感官异常灵敏，他察觉到了杜化吉对褚五、褚五对瑛子微妙的内心情态，他预感这三个人今黑夜可能要上演一出好戏，便怀着强烈的好奇心从杜家出来，待第二天一早再来探看情景。

三个人和衣躺在炕上，瑛子吹灭靠近自己窗台上的油灯，屋里漆黑得什么都看不见，安静的每个人的呼吸都能彼此听见。谁都没有睡意，瑛子知道褚五在想着自己，听着他粗壮的呼吸声，她的心怦怦乱跳。褚五能感觉到瑛子的心跳，知道她此时正心猿意马，他在酒力的作用下虚幻着各种和瑛子亲热的情景。杜化吉故意打着轻微的鼾声，佯装睡着，却悉心探听着从褚五身上发出的每一个细微的声响，提防着他难以预料的企图。

三个人在沉寂中熬过了两个时辰，杜化吉听到褚五开始不停地翻动身子，知道那货按捺不住心里的欲望了，他厌恶地不想再忍受下去，自己也该按照设想好哩计谋行动了，便忽地挺起身子，伸手捅一下褚五，声调柔和地说道："哥哥，该动身了。"褚五打个激灵，道："是，是该动身了。"天其实还早，褚五以为杜化吉抱孩子心切，自己不能再赖在炕上胡思乱想，只得顺从地起身。两个男人下得炕来，杜化吉对瑛子道："俺俩抱孩子去，你插好门闩。"瑛子嗯了一声，她庆幸自己总算可以睡一会儿了。杜化吉拉开屋门和褚五走了出去。

夜色浓厚，天空点缀着稀疏而暗淡的星星，杜化吉在前面领路，出了村西口。走了大约三里路向南拐，来到了一条小河边，眼前是一个用十几块长石条搭建成的窄窄的石桥。杜化吉"哎呀"一声停下脚步道："走哩太急，忘了拿包裹孩子哩被褥。"褚五回应道："人家有被褥，走这么远了，还得返回去。"杜化吉道："孩子换了主家，被褥用新主家哩好。"褚五窃喜，觉得这是天赐良机，便迫不及待道："俺腿脚快，俺去拿被褥，你稍等会儿。"不等杜化吉回应，褚五转身消失在了夜色里。杜化吉冲着褚五远去的方向骂道："果然是个小人。"但这也正是按照他的设想在演进。他看透了褚五的心思，褚五这一返回去必定会发生不堪哩事情，绿帽子自己算是戴上了，他的心像被蝎子蜇了一样火辣辣地疼。他又很快安慰自己：这样也好，报复褚五才心安理得。他小心翼翼走到桥中间蹲下来，两只手左右摁摁面前一块松动的石条，再探看一眼桥下一丈多深的冰面上裸露着的一些形状各异的石头，起身解开掩裆裤，一只手拿着布条腰带，一只手端着老二，把憋了一夜的尿狠狠地撒在那块松动的石条上，尿液瞬间结成了一层薄冰，他提着裤子走到南岸，蹲在河边心里五味杂陈地等着褚五回来。他对临村的这个石桥再熟悉不过了，那块松动的石条曾摔惨了不少从这里经过的生人，有这泡尿作保，褚五一定不会逃过此劫。约莫过了半个时辰，天色稀薄了些，杜化吉远远看见一个人影从田野里急急地斜插过来，他知道那是满足了欲望的褚五。他的眼睛紧盯着褚五越来越近的脚步，恨不得褚五一下子踏到那块石条上，重重地摔下去，脑袋狠狠地磕在石头的棱角上，死不了也变成个废人。褚五的行动完全按照杜化吉的预想进行，他慌慌地跑到了石桥中间，光滑的冰面和突然倾斜的石条同时用力把他抛了出去，随即一声惊叫和一声闷响后，又恢复了平静。杜化吉为自己的计谋得逞而一阵狂喜，他不紧不慢地下到河底，来到仰面躺着的褚五身边，俯身看见褚五的脑袋下已经凝结了一摊黑乎乎的东西，静听着褚五的鼻孔正在喷出急促的气息，他就这么不动声色地凝视着这个曾经让他顶礼膜拜而今却令他彻骨痛恨的人，他期待着褚五生命终了的那一刻快点到来。意识尚清醒的褚五看着杜化吉冷酷的眼睛，此前滞留在他大脑里和瑛子癫狂销魂的情景瞬间被生命的绝望所代替，才知道这个貌似柔弱的小子竟有如此深重哩心机，才明白什么是乐极生悲和因果报应。但是褚五不甘心就这样遭到报复，喘着粗气要挣扎起来反击杜化吉，却是徒劳。随着身体里的血液枯竭，这条壮汉强扭动了几下身躯，发出几声痛苦的呻吟，便气绝而亡。

“老天有眼，总算叫俺出了这口恶气！”杜化吉念叨着起身上了河北岸，快步向家里走去。他推开虚掩着的屋门，炕上被褥一片凌乱，瑛子还在被窝里回味着褚五给予她的快乐，见杜化吉回来很是惊讶，慌乱地问道：“没去山里抱孩子？”杜化吉阴森森地说道：“褚五摔死了，俺回来套车把他哩尸首送回城去。”瑛子裹着被子惊乍地坐起来探问究竟，杜化吉并不搭话，到院子里套上驴车上了街。他希望在街上看见一个起早的乡亲，帮他把褚五从河里抬上来，恰巧碰上了怀着好奇心前来嗅寻奇闻异事的田生玉，便装作悲痛的样子把褚五意外身亡的经过杜撰了一番，要田生玉给他帮忙。田生玉听罢，不禁愕然，不曾想杜化吉和褚五上演的好戏会是如此残酷哩结局，他实在是小看了这小子。这个忙不能不帮，他的兴趣所在是要看看杜化吉谋划这出戏的场景和褚五的死相，便痛快地答应一声，跟在驴车后边去了。来到小石桥，田生玉看到褚五摔死在桥下的情景，他胡乱猜想着杜化吉是用什么办法置褚五于死地哩。无论哪种办法，他因此彻底改变了对杜化吉的看法，这小子不显山不露水手段够狠哩，不过这是杜化吉哩一道坎，就看这小子能不能迈过去了。田生玉怀着幸灾乐祸的心理，跟随杜化吉从河北岸下去，俩人费了九牛二虎之力把褚五的尸首抬到了驴车上。这出戏刚开始，杜化吉等着看以后的事态如何演变哩。

杜化吉把褚五的尸首拉到了城里，刚走近褚五家门，杜化吉就放声大哭起来，一直哭进了院里，把褚五的女人引了出来。她阴沉着脸听完杜化吉哭诉褚五从小石桥上摔死的经过，故作悲痛地干号了几声便没了音儿。她回想着褚五嫌自己不能给他生孩子，平日里遭受他的呵斥和打骂，庆幸现在总算是熬出头了。她找来褚五的几个哥哥料理后事，自己到灵堂里边躲了起来。褚五和哥哥们多年前因分家闹得关系不睦，因此哥哥们对他的死并没过多追问，这让杜化吉长出了一口气。杜化吉默默地忙前忙后，心里却一直惦记着褚五的女人，暗自发誓一定要日她一回，褚五死了也要还他这一报。

第三天晌午安葬了褚五，熬了三天三夜的杜化吉身心疲惫地赶着驴车回到家，只想躺在炕上好好睡上一觉。瑛子正在炕上摆弄着褚五给她买的一块块花布料，心里回想着褚五对自己的好，不禁为褚五的死唉声叹气，见男人回来，试图把那些东西掩藏起来。这一举动让杜化吉看出了女人的心事，引起了他对瑛子的厌恶和愤怒，却极力压抑着，慢声细语地问女人道：“你知道褚五是拿谁哩钱买哩这些花布？”瑛子疑惑地看着男人，无以回答。杜化吉吼道：“这是褚五拿咱哩血汗钱给你买哩。”瑛子更是一脸错愕。杜化吉终于有机会把压在心底的秘密说出来了，他愤然道：“是褚五骗走了咱那一百多块银圆，他拿咱哩钱给你点儿小恩小惠你就感激他了，还给俺戴了绿帽子，少见你这样下贱哩女人！”瑛子的脸挂不住了，被欺骗被玩弄的感觉如两把利刃扎在她的心上，她恍然明白了褚五的死是杜化吉处心积虑报复的结果，她的脸抽搐几下，垂下头坐在炕上心慌意乱地发起呆来。对瑛子宣泄完火气，极度疲乏困倦不可抵挡地袭来，杜化吉上了炕来不及把被子扯到身上，便一头倒下睡去。

瑛子从后晌一直呆坐到天黑，直至深夜，杜化吉还在沉睡，她却没有一丝困意。她心疼两口子几百个日子用无数汗水挣来哩那些钱被褚五一夜之间骗了个精光，怨恨自己贪图小惠一时糊涂丧失了做女人哩贞节，以后真是没脸面对自己哩男人了，更不能睡在一个被窝里做夫妻了，只有死才能彻底逃脱这深渊般哩煎熬。黑暗中，她流着眼泪，想好了死的方式，她把褚五给的几块花布连接在一起，结成长长的布条用来自缢。

杜化吉一直睡到天大亮才醒来，他睁开眼睛坐起来，眼前的情景让他大吃一惊：屋顶的檩条上穿着一圈花布条，瑛子的脖子套在布条里，脸色灰白，伸着长长的舌头，已经没了气息。杜化吉一跃而起把瑛子抱下来，放在炕上，看着女人变了形的面容失声痛哭，后悔自己不该羞辱瑛子，逼死了跟自己过了几年苦日子哩女人。

乡亲们对瑛子的死感到突兀，他们从各种猜测和流言蜚语中，大约知道了她的死因，惋惜、鄙视、同情等诸多议论在村子里蔓延。田生玉仍然怀着好奇心在等着看后面的故事，因为他知道事情还没有了结。最痛苦的自然是杜化吉，他不仅承受着精神之痛，还遭受了瑛子娘家人的一顿暴打，家里也被砸了个稀烂，身心的伤痛令他元气大伤。

安葬了瑛子，杜化吉对以后的日子心灰意冷了，埋藏在心底要继续报复褚五的欲望却越发强烈。

给瑛子烧了五七纸，他从村东北角的坟地径直去了县城。他在城里一个炸馃子的摊位上买了二斤馃子，用草绳捆着，拎着去了褚五家。

褚五的女人看见突然到来的杜化吉不冷不热地说道："寡妇门前是非多，俺怕别人背后戳脊梁骨，你快走吧。"杜化吉道："褚五哥临死时给俺有个交代，叫俺隔三岔五来看看你。"说着把手里拎着的炸馃子放在八仙桌上，扭屁股坐在了主座上。女人好奇地问道："他还说过什么？"杜化吉道："俺哥哥还说，有了合适哩人，叫你往前走一步，别窝屈自己。"女人撇撇嘴道："你哥哥有那么好心？他对俺咋样俺心里清楚。"杜化吉愣怔一下，担心露出破绽，装出悲伤的样子道："常言说，人快死哩时候心就善了，俺哥哥确是这么说哩。"女人这才半信半疑，她对杜化吉的印象是个少言寡语的老实人，大概不会蒙骗自己，心里闪过一丝对褚五的感激之情，嘴里却哀叹道："俺这个二十好几哩黄脸婆，又不能生养孩子，谁要俺哎！"杜化吉禁不住脱口道："俺要。"女人吃惊地看着杜化吉，愠怒道："你家里有女人，这般胡言乱语，不怕俺骂出你去？"杜化吉忽然泪眼婆娑地说道："提起俺家哩女人心里就不得劲儿，前些日子为一点儿家务事跟俺女人发了顿脾气，她心眼小，想不开就上了吊。也是苦命哩人，跟了俺几年，没吃上一顿好饭，没穿过一件好衣裳，也没留下个一男半女，呜呜……"哀号得女人也跟着抹起了眼泪。同病相怜，这女人也是为自己以后的日子发愁。褚五的几个哥哥为抢占这份家业，几次要赶她走，她巴不得有男人要她哩，跟了杜化吉或许是条活路。杜化吉看出女人动了心，擦擦眼泪起身告辞道："嫂子，你思量思量，俺改日再来看你。"女人忙起身挽留道："老远来一趟，吃了饭再走……以后别叫俺嫂子了，叫秋月俺就高兴了！"杜化吉已完全明了了这个女人的心思，他暗自欢喜地坐回原处。秋月脚步轻快地出了屋门，到灶火间做饭去了。一会儿工夫，秋月端了一盘炒鸡蛋和一壶酒放在了杜化吉面前，说道："你先喝着，俺给你擀面条吃。"杜化吉菜没吃几口，一壶酒下了肚，秋月端着一人碗面条进屋时，色胆已充盈了他的大脑，不等秋月把碗放在桌子上，他起身把褚五的女人拽进了怀里，那碗面条扣在了地上。女人没有过多的挣扎，既然已打定主意跟这个男人了就任由他摆布吧。杜化吉将女人撂在炕上疯狂地撕扯她的衣裳，直到一个赤条条的身体仰面呈现在他的面前才歇了口气，随后褪下自己的棉裤，两手分开女人的双腿，把自己硬邦邦的物件狠命地插进了女人的下体，他把能想象出的褚五如何摆布瑛子的招式，全都用在了这个女人身上。他认为对这个女人的蹂躏，就是对褚五的报复。秋月对杜化吉的粗鲁很快生出了反感，她止住呻吟，对压在自己身上正吼叫着奋力操弄的杜化吉不满道："你俩都是一个屌样。"杜化吉听出来，女人讨厌自己这种兽性，讨厌就讨厌，解了恨再说，他的力度不减，直到丢了精，仍强努着老二在女人的身体里抽送。秋月痛苦而愤怒地一脚把他踢开，杜化吉这才提起裤子，看一眼躺在炕上喘着粗气的女人，心满意足地走了。

一时的快感，瞬间化为乌有，万念俱灰的心绪又迅速袭来，日了褚五哩女人又如何，也不会给自己哩日子增添一点儿甜头。杜化吉回到家里，躺在炕上，两眼直愣愣看着屋顶，想着做了几年生意，弄了个人财两空，成了孤零零一个人，这日子还有什么过头。他就这么一天天躺在炕上昏睡，有一顿没一顿地吃一两口饭。田生玉隔三岔五地前来坐一会儿，故意说一些他在段家如何受器重、每天吃香哩喝辣哩、手里零花钱不断、家里日子如何滋润等刺激杜化吉的话，还显摆他两个分别五岁和三岁的小子，如何聪明伶俐，惹得杜化吉整天生闷气。人穷志短，杜化吉连回击对方的言语和底气都没有，只能在心里咒骂田生玉小人得志。

节气到了小满，各家各户开始给小麦浇灌浆水，歇了多半年的闲地也开犁翻土准备播种谷子。杜化吉却还没有心劲顾及地里的活计，这天前晌，他坐在屋门口呆看着院子里已显破败的做豆腐的家什，不知道什么时候这里才能重现热气腾腾哩场景。天空突然传来一阵清脆委婉华丽的鸟叫声，他抬头张望，看见一群黄金鸟从自家上空飞过，热羡得他迅速站起身拔长脖子张望，目光追踪了一瞬鸟群便没了踪影。他做梦都盼望黄金鸟能做窝在自家门前的大槐树上，好给他带来滚滚财源，直到遭遇了这次挫折他才明白那是难以实现哩梦想，却仍然无法禁止内心狂奔的欲望。他沮丧地坐回原处，又发起呆来。此时院门口走来了一个胳膊上挎着包袱的女人吸引了他的目光，他有些慌乱地站起来嗫嚅着问道："你……来干什么？"女人坦然的神情中透着蛮横说道："找你过日子来了。"杜化吉断然道："咱俩成一家，不可能。"女人的眼睛直勾勾看着杜化吉道："你说过要和俺过日子。"杜化吉直言道："俺是为了要你，褚五日了俺哩女人，俺也得日了他哩女人。"女人恍然，苦笑一下道："你们俩哩事，俺不知道也不想知道，俺原先以为你是个对女人讲礼节哩男人，那天你要俺哩时候，俺才知道你也跟褚五一样，都是酒色之徒，都不爱惜俺，俺本不想跟你成一家，冲这肚子里哩孩子，你还就得接纳俺。"杜化吉看着女人微凸的肚子，奇怪道："俺那个女人几年都没怀上孩子，是个骡子，你也没给褚五生个一男半女，也是个骡子，怎么能有孩子？就是有，说不定是哪个男人日哩。"女人讥讽道："看你是个有心眼哩人，怎么连这个理儿都不懂，你家女人和褚五是骡子，咱俩不是。"说着她撩起衣襟把凸起的肚皮露出来给杜化吉看。杜化吉将信将疑道："真是俺哩孩子？"女人拍着肚皮骂道："这是狗日哩孩子。"杜化吉琢磨片刻如梦初醒，急忙闪开身把恼怒的女人接进屋里，他看出来，如果不是自己哩孩子，这性情柔弱哩女人绝不会找上门来。她这一来，说不定是自己哩福分。

今天一早，这女人被褚五的几个哥哥搜身后轰出了家门，她把褚五剩下的几十块银圆藏在棉袄里也被掏了个精光，她庆幸杜化吉让她有了身孕，能够理直气壮地找上门来，才不至于让她流落街头。

杜化吉因为有了女人和肚子里的孩子，慢慢恢复了精气神，和女人过了几天日子，女人里里外外的勤快劲让他对以后哩日子又有了指望，决定重操豆腐生意，便立即着手修理购置被瑛子娘家人砸烂的做豆腐哩家什。他白天不知疲倦地忙碌，黑夜对女人百般温柔，没有了半点粗鲁，嘴里亲昵地叫着女人的名字，感动得女人泪流满面。女人踏下心把自己当成了这个家的主人，从早到晚帮着男人做豆腐、拆洗缝补被褥衣物，不出一个月就把这个家拾掇哩充满了生气。

十月怀胎，到年底秋月生了个大胖小子，杜化吉细瞧孩子的眉眼，果然是自己下哩种。豆腐生意也有了起色，两件喜事让杜化吉欢喜得几天睡不着觉。

孩子满月那天，杜化吉在院里摆了几桌酒席，宴请乡邻和亲朋好友。席间，田生玉妒意十足，想当着众人面羞辱杜化吉一番，便佯装醉酒冲主家喊道："才知道你和褚五是在拉帮套啊，他把你媳妇拉走了，你把他媳妇拉来了，人世间少有这样哩盟兄弟。"杜化吉明白田生玉的心思，他也假借醉酒，高声回应对方道："这是天意，也是俺名字起哩好，'逢凶化吉'。俺给小子也起好名了，叫杜喜田，欢喜田能生玉哩意思。"言毕开心地哈哈大笑起来，食客们也随着主家发出一阵哄笑。田生玉一口气没顺过来，把吃进肚里的酒菜哇哇吐了一地。没羞辱了杜化吉，自己反倒在众人面前被贬损了一番，田生玉暗自发誓：走着瞧，早晚得出这口恶气。

第十三章　老童生投友

农历六月中旬正午的日头照在衣衫遮不住的地方如针扎一样疼，在这烈日暴晒下，一个年约四十岁，穿着被汗水浸透的圆领白短衫免裆黑长裤、面容憔悴、发辫有些灰白的文弱书生，在谷子和高粱交错的田野里，自西南方向吃力地向贞村走来。他前晌从自家所在的一个小山村里出来，走了二十多里山路和丘陵，在这平原地带又吃力地走了十余里，终于来到了目的地，找他两个二十年前的同窗好友。

村人们刚吃过晌午饭，村子的每处树荫下都有仨俩坐着蒲团或小板凳摇着蒲扇纳凉的人，他们在知了稠密的鸣叫下昏昏欲睡。来客在村西的一处树荫下喘息片刻，纳凉的村人中有跟他相熟的热情地打着招呼，他神情恍惚地敷衍几句，径直向段士修家走去。此人对贞村不生，这些年他每参加一次院试都要来找高冉和段士修为他作保。他来到段家高大的门楼下，奇怪大白天门扇怎么关哩这么严实，便敲几下大门上的铜环。有人在里面喝问道："谁哎?"来客喘着粗气回道："俺和士修是同窗，姓姜名义，俺是来投靠他哩。"门里的人知道此人，生硬地回道："在外边等着。"急忙跑到后院报告东家去了。

在二进院的北屋里睡午觉的段士修被看门人叫醒，听说是姜老拧来投靠他，想必是朝廷废除了科举制近一年来，让他这个自小一门心思只为考取功名，读了二十多年死书而没有掌握一技之长的老童生，走投无路上门讨生计来了。段士修回想起自己和高冉、姜老拧二十余年前在县城文庙上庙学的情景，他和高冉用三年时间顺利地通过了县、府、院的考试，成为廪生后，比他俩略年长的姜义，仅过了县试和府试。此后十几年，这个倔强的老童生一直锲而不舍地冲击院试，却始终未被录取。屡考屡败，屡败屡考，每次考试都要来找他和高冉这两个廪生为其作保，他烦不胜烦便当面送其绰号"老拧"，以示讥讽，却不想这绰号竟流传开来。一年多不见了，段士修很想看看现在哩姜老拧是个什么样子，便吩咐看门人把客人领进来。

姜老拧穿行在段家深宅大院，心里不由得又感慨起这人和人真是不能比，人家是名和利全有，自己活了大半辈子却什么都没挣上，苦读了二十多年《四书》《五经》，仍是个童生。这科举已废除，他想考取功名为祖宗争气、让后辈荣耀的梦想算是彻底破灭了。读书这几十年，他把家财也耗了个精光，妻子长年操持农活和家务，积劳成疾，几年前入了土。为了减轻生活压力，一年前他把二八的闺女嫁了人，决定再冲击一次院试，便一头扎进故纸堆，不分昼夜地苦读而无暇顾及七岁的儿子，只得让孩子跟着姐姐过活。不曾想，忽然有一天朝廷传下旨意，为了推行新学，增设自然学科，将育人、取才合为一体，以顺应世界科学发展之潮流，故废除以《四书》《五经》为内容，以八股为作文形式的科举制度。这让姜老拧一下子失去了精神支柱，在家终日萎靡不振，痛苦地苦熬了近一年，便到贞村来寻找精神寄托和赖以生存的活计。

姜老拧走进段士修住的堂屋，段士修着一身凉爽的绸缎衣裤，睡眼惺忪地从东套间迎出来，貌似热切的样子将客人让在八仙桌西边的太师椅上，自己坐在另一侧。他见姜老拧比一年多前苍老了许多，身板更加虚弱，心里很是鄙视他，带着惯常的讥讽口吻道："看样子你还没通过院试。"姜老拧低垂着头，汗颜地应道："是。"段士修居高临下地说道："俺知道你哩文章写哩不赖，就因为你写哩字太拘谨，不在体，入不了阅卷官哩法眼。俺早就劝你先把字写好了再考，你就是不听，怎么样，二十多年的光阴白费了。"姜老拧满脸羞红，虽然听着段士修的挖苦话心里很不是滋味，但不得不承认道："恨只恨俺哩手写不好字。"延续了一千多年的科举考试，逐渐形成了一个不成文的规矩，阅卷官大多以字取人，第一眼看到考生写的是馆阁体，便予圈点，否则，即使文章写得再好也不予理会。姜老拧就吃亏在他结构松散、软弱无力，不在体的字上，导致虚度了半生时光。挨了同窗的一顿数落，姜老拧沉默片刻，努力消除自卑情绪，转入正题道："士修兄弟，不瞒你说，俺走投无路了，到贵府想找个糊口哩差事干。你家生意多，随便给个营生就沾。"段士修思忖片刻，姜老拧不只文章写哩好，账码也算哩清，可他段家不缺这样哩人，倘若随便给他个差事，一年得多消耗几百斤粮食和几块银圆，得不偿失。他拿定主意婉转地回绝道："都说俺家生意多，其实是徒有其名，在老家哩油坊、城里哩粮行和花店，哪样都不好干。不怕你笑话，从前红火哩烧坊，也难以为继了。"姜老拧听出段士修话里的意思，起身冲段士修作个揖，告辞道："士修兄弟，这么热哩天，打扰你睡午觉了。"说完转身离去，心里感叹世态炎凉，人家段士修是大户之主，早没有了当年同窗时的情义，都怪自己找错了门。段士修也不挽留，把姜老拧送出了二进院门，看着他的背影，轻蔑地自言自语道："命里有时终须有，命里无时莫强求。"

姜老拧在段家碰了一鼻子灰，想去高家碰碰运气。他忐忑不安地走在去高冉家的路上，不知道这个昔日同窗好友对他会是什么样哩态度。

姜老拧走到高家的大门口，看到高冉和几个汉子光着膀子，正在门洞里放置的几张躺椅上，轻摇芭蕉扇享受着过道风的凉爽。高冉忽然看见姜老拧走到跟前，急忙从躺椅上站起来，双手握住老同窗的手，欢喜道："一年多不见了，可是消瘦了不少，都不敢认你了，快进家来歇歇!"说着拉着客人往院里走。走到一进院的香椿树下，高冉吩咐正在树荫下看书的三小子高鹤拿个西瓜来给姜大伯吃。高鹤即刻放下书，跑到一进院东边的井台上摇起了辘轳，很快井绳卷上来一个荆条编的筐子，里面放着两个大西瓜，他抱一个小跑着直奔后院。

高冉和姜老拧走进三进院的堂屋刚落座，高鹤就把一盘切好的沙瓤西瓜端在了八仙桌上，叫着大伯先递给姜老拧一块。姜老拧的嗓子早已干得火烧火燎，几口就吞完了一块，顿时感觉周身凉爽。高冉把盘了推过去，说多吃几块。焦渴使姜老拧顾不得客气，一连吃了三块，打了一串饱嗝，把肚子里的暑气放了出来，才有了几分精神。高冉知道姜老拧前来一定有事，便关切地问道："老兄今天顶着酷暑走了几十里路前来，想必遇到了难事？”姜老拧叹口气，沮丧道：“活了大半辈子，一事无成，今儿俺投靠你来了。”高冉一切都明白了，去年九月朝廷废除了科举制，对姜老拧这样的老童生来说，是一个痛不欲生的断梦之秋。他十分同情老同窗的境遇，安慰道：“不要想那烦心事了，说实话，这科举早就该废了。一千多年了，朝廷选士，只凭一篇文章就决定了一个人哩命运，引得读书人围着八股绞尽脑汁写枯燥死板哩文字，除了之乎者也外，大千世界什么都不关心，还自以为有学问。真正哩学问都叫西洋人研究到手了，人家造出铁甲大船和洋枪洋炮到咱哩国土上肆意妄为，割咱哩地杀咱哩人，咱一点招架之力都没有。这大清国就像是从山坡上滚下来哩鸡蛋，不摔个稀烂才怪。咱们哩学科是该变变了，不能守着老祖宗哩东西一成不变，以夷为师未尝不可，国人学到了本领，强大起来不受洋人欺负，能过上安生日子才是目的，你说对不对？”姜老拧也明白这样的道理，只是没人给他念叨，高冉的一席话解开了他心里的疙瘩，频频点头道：“还是高冉兄弟眼界宽，说哩俺心里不腻歪了，俺以后好好讨生计，一定活出个样来！”高冉郑重道：“老哥，你要不嫌弃哩话，帮俺整理账目吧。年前俺在县城开了一个粮行，大小子高鹏也娶了媳妇，叫他小两口照料生意去了，家里正缺个记账哩。闲下咱俩也好谈古论今聊以解闷，一举两得，你看沾不？”姜老拧喜极而泣，哽咽得一时说不出话来，待情绪稍缓，回应道：“俺做梦都想跟你在一块哩！”段士修这一推，高冉这一接，让姜老拧领教了两个昔日同窗老友的为人高低，他为自己当年能结识高冉这样哩人而庆幸。

后晌，高张氏把二进院北屋书房东边一间给姜老拧腾出来，并拾掇了一套新铺盖。来了客人，须得改善一顿，傍晚高张氏用荞麦面和榆树皮面压了一锅饸饹，烙了一大盆葱花饼，供家人和伙计们一同享用。姜老拧好久没吃过这样的美食了，他就着外脆里嫩的烙饼，吃了两大碗用醋蒜点缀提味的饸饹，肚子撑哩慌了才放下碗筷，嘴却还在吧咂着打嗝泛上来的余香。

不觉过了两日，这天前晌高冉向姜老拧交代完账目，打算到村东的几块地里察看墒情。走到前院，看到一个七八岁的机灵小子站在大门口向院里张望，未等高冉开口，小孩子问道：“叔，这可是高家？”高冉回道：“是，你找谁？”小孩子又问：“可有个姜老汉在你家？”高冉对这孩子产生了兴趣，反问道：“你是谁？”小孩子回道：“俺是姜老汉哩小子。”高冉惊喜道：“你叫姜奇对不，听你爹提起过你，快跟俺去见你爹！”高冉早就知道姜老拧育有一儿一女，只是没见过面，今天一见让他很是喜欢，拉着孩子返回家里。

姜老拧已有几个月没看到儿子了，想不到父子俩会在这儿见面，他疼爱地把姜奇揽在怀里，惭愧自己无力抚养孩子，眼里噙着泪花问道：“你怎么找到这儿来了？”姜奇扑闪着两只明澈的眼睛，说他想爹了，一大早从姐姐家出来，回到山里的家见屋门锁着，听邻居说去了贞村，便找了来。高冉道：“正好陪你爹在这儿住两天。”姜奇回绝道：“俺这就把爹接回去，俺这么大了，能养活爹。”姜老拧的嘴角抽搐着，极力控制住自己的情绪，安慰孩子道：“你还小，等过些年再养活爹不迟！”高冉越发喜欢这个有志气的孩子，本该是读书的年龄，不该过早承载生活的重压，他问姜奇道：“小子！想念书不？”这句话触动了姜奇内心的欲望和痛楚，念书，做梦都想，过着寄人篱下的日子，哪有钱念书，他低着头沉默不语。姜老拧叹息道：“唉，都是俺连累了孩子，书都念不起了。”高冉摸着姜奇的头道：“孩子，你来哩正好，过了暑期就把你送到城里学堂念书，跟你三哥高鹤就伴去，那是所新式学校，能学好多东西。”姜奇惊讶地抬起头看着高冉，他一时不敢相信这个现实。姜老拧不好意思承接高冉这份心意，父子俩都投奔在人家门下，这份情可怎么报答?！高冉看出姜老拧的心事，不容置疑道：“就这么定了，不能埋没了这块好玉。”机灵的姜奇“扑通”跪下来，对高冉发誓道：“叔！俺终有报答你哩那一天！”去学堂念书是天大的好事，他无论如何不能错过这次机会。高冉把姜奇拽起来，鼓励道：“好小子，长点志气，你爹和叔盼着你有出息哩！”姜奇仰头注视着高冉的眼睛，使劲点着头。姜老拧看着这场面，激动得只顾擦眼泪，说不出一句话。

第十四章　遗孩择主

秋收后的田野一片肃整，天高气爽，放眼环顾，四周的村庄清晰可见。远远近近的庄稼地里，农人们或泅地，或施肥，或犁地，或耙擦，在为播种小麦做着准备。

夕阳给田野披上了一层淡淡的红妆，一群羊沿着一条小河沟的南岸，低头吃着草自西向东缓缓走来。羊群前边一个五岁的小男孩摇着小鞭，不时回头吆喝一声长着两只硕大弯犄角的绵羊，这只头羊听到催促它的声音就会向前紧走几步，随后又放慢脚步贪恋嘴下肥嫩的绿草。羊群后边跟着两个衣衫褴褛的男女，一个背着锅碗等杂什，一个背着铺盖，他们看着前边的孩子，沧桑的脸上流露出爱怜的笑容。

这正是吴定一家，他们一年四季居无定所，赶着羊群四处流浪，五年来小吴常给这个“家”增添了无尽的乐趣和期盼。

羊群顺着小河沟来到贞村村北，天色渐渐浓重起来，他们走到向南凸出呈弧形的一段河沟时，吴定对菊子说道：“这里避风，就在这儿过一宿吧。”菊子“嗯”一声表示同意。吴定朝走在羊群前边的吴常亲昵地喊道：“不走了，乖!”吴常明白要在这段沟里过夜，他随即把羊群带了下去。吴定搀着菊子下到沟底，俩人分别卸下身上的东西。吴定到河岸上用柴刀砍了几棵小树，撑起一块破烂不堪的布幔，搭成了一个窝棚，在里边铺上两张羊皮，把孩子安顿好，提着羊皮袋往田野找浇地的水井去了。菊子拾了些柴草，刚架好锅，吴定恰好打来了井水，她往锅里下了米，用火镰点燃柴草做起饭来。一会儿工夫，熬好了一锅小米稀饭，菊子从布袋里摸出两个讨要来的小米饼子，让孩子先吃。吴常人小饭量不小，吃了一个饼子，喝了两碗饭，钻到窝棚里睡觉去了。吴定和菊子分吃了另一个饼子和半锅饭，躺在窝棚里左右守护着孩子，忍受着半饥半饱的煎熬。

天蒙蒙亮，吴定和菊子就睁开了眼，两口子默默陪着仍在酣睡中的孩子，直到刺眼的阳光透过布幔的洞隙照射进窝棚里吴常才醒来。吴定和菊子收拾好行装，打算顺着沟底继续往东走，这里的草肥嫩，能给他们的羊提供充足的养料。吴常把羊群吆喝起来，走出不远，突然听到后面有人高声断喝道：“放羊哩，别走。”一家三口回头望去，见两个汉子沿南河岸奔来，跑到羊群前拦住了他们的去路。其中一个冲着吴定大声喝道：“好你个羊倌，把俺东家哩风水宝地给糟蹋了。不能走，等俺东家来了看怎么处置你们。”他吩咐同伴快回去告知东家，同伴撒腿往村里跑去，他站在羊群前面怒目震慑着一家三口人。吴常害怕地退缩在爹娘的身后，吴定和菊子回头看看他们和羊群昨夜住宿的沟底已经变得光秃秃，上面覆盖了一层羊粪蛋，却茫然不知糟蹋了什么风水宝地。此人斜指着河沟北岸十余丈外一大片柏树的西边，厉色道：“那是俺东家哩墓地，这段河沟是一条玉带，正冲着俺东家哩阴宅，庇荫着俺东家哩子孙升官发财。你家哩羊群把玉带给糟蹋了，破坏了风水，这事可闹大了，知道不?”吴定和菊子回头看到那片柏树间隐现着十几个大小坟头，吓了一跳，俩人急忙告饶道：“俺不知道这是你东家哩风水宝地，知道了可不敢从这儿过。”“俺给收拾干净，放俺走吧。”此人断然道：“不沾，等俺东家来了再说。”吴定和菊子惊慌失措地把羊群轰赶上河沟南岸，胆战心惊地等待着主家到来。

此人正是田生玉，今儿清早段士修派他和一个长工来察看这片地的整治情况，以便安排人手种麦。他二人走到此，看到这段河岸上原本茂盛的植被，呈现出一片败象，再看光秃秃的沟底撒落着一层羊粪蛋。惊诧中俩人顺着河沟向东望去，见不远处一群羊正缓缓离去，是他们把段家哩风水宝地糟蹋成了这样子无疑。田生玉清楚，如果放走了肇事者，段士修会把怒气撒在自己身上，而这也恰是向东家讨好的机会，岂能错过?

段家的这处阴宅，是其先人一百多年前请风水先生用罗盘在村子四周勘测了后确定下来的。这块杂草丛生的土丘上，南边是一片凹地，再往南便是这段凸出的弧形的河沟。“聚宝盆”和“玉带”聚拢在一起真乃天作之合，财运官运两全其美，再没有这样好哩风水了。这里又恰恰是一块无人理睬的荒地，段家便以拓荒为名占有了此地。自把祖坟迁到了这里，段家真就一辈强似一辈，成为富甲一方的大户，还出了一个举人两个秀才，入仕的举人在外地任职县丞。待村人们悟出了其中的奥秘，便争先恐后地把自家祖坟往这里迁移，都想借这块宝地让后人行上好运，渐渐地形成了现在这一大片墓地。后来者都自觉地依次向东扩展，好让段家的阴宅占据最西边的高风头。

段士修对下辈人怀有更大的期望，他因此格外看重风水的作用，隔三岔五地便前来修缮一番，不容有任何不洁之物落在墓地周围，以最虔诚的心祈盼得到神灵和祖宗的保佑，荫益子孙后代。那长工跑回来向他告知了墓地风水遭到破坏的情况，正在躺椅上吸水烟的段士修，震怒地摔下水烟壶，腾身跃起，招呼了两个看家护院的汉子直奔村北而去。他气喘吁吁地跑到墓地，看到沟里一片狼藉，把愤恨的目光投射在吴定和菊子身上，没想到自家的风水宝地叫这俩放羊哩男女给破坏了，虽然他不是故意为之，但也不能轻易放他走，得用他的羊当祭品，给土地神和长眠在此的列祖列宗赔个不是。段士修转向田生玉，指着沟底的污物吩咐道：“赶快把这里打扫干净，在南岸摆上供桌，选三只公羊办个祭祀仪式，求各路神家和段家祖宗原谅不肖子孙照顾不周。”田生玉对吴定喝道：“东家发话了，用你三只羊做个补偿，算抵了你哩罪过。”随即示意两个看家护院的汉子挑三只公羊出来。两个壮汉站在河岸上俯视羊群，那只头羊首当其冲，他俩奔过去各抓住头羊的一只犄角用力往外拽，要把它拽到段士修跟前让东家过眼。这羊知道遇上了坏人，发出惊恐的“咩咩”叫声，四只蹄子使尽全力往后蹴，不让对方得逞。吴常则死命抱住头羊的脖子，给它助力不被外人抢走，怎奈他和头羊抵消不了两个壮汉的力量，双方较量了一两个回合，头羊就被拽走了，吴常则被拖倒在地“哇哇”大哭起来。吴定两口子见状急得满头大汗，齐齐跑到段士修面前，“扑通”跪下来哀求主家打他俩一顿抵过，饶了他哩羊。段士修不为所动，催促田生玉快去筹备祭奠用哩东西，田生玉撒腿向村里跑去。此时两个壮汉把头羊拽到了段士修跟前，一齐仰头谄笑着讨主家欢喜，段士修看一眼雄健的头羊满意地点点头。得到了主家的认可，其中一个壮汉旋即从腰间拔出尖刀，用力捅进了头羊的脖颈，手腕狠拧一下再猛地抽出来，一股鲜血喷涌而出，那羊翻倒在地，挣扎几下断了气。两个壮汉脸上挂着得意的表情，又冲进羊群选择猎物去了。段士修倒背着双手眼睛专注地观望着前面的地势，琢磨着摆放供桌的位置，全然不理会身边围着头羊的尸体号哭的吴家人。

这里热闹的场面，很快把在周边地里干活的人们吸引了过来，他们了解了事情的原委后，很是同情放羊的一家三口，却慑于段家的财大势大，没人敢说一句公道话，只是远远地静看事态发展。

田生玉跑回段家，通知了主家所有男人，叫上两个看家护院的把供桌、香炉和玉皇大帝、土地爷及段家列祖列宗的牌位，连同段老爷子用马车拉到了墓地。

在段士修的安排下，供桌放在河沟南岸，正冲着段家的阴宅。把玉皇大帝、土地爷和祖宗牌位分前后次序放在供桌上方，牌位前放着一尊香炉和一个燃烧着红蜡烛的烛台，香炉前摆放着三坛老酒和三只刚割下来的血淋淋的大犄角羊头。

此时看热闹的村人越积越多，为防意外，段家八九个看家护院的汉子手里持着长短洋枪警戒着周围的情况。在人群的外边，吴定一家三口一直瘫坐在被割了头的三只羊的尸体旁号哭。放了二十来年羊，繁衍了无数只，吴定和菊子一只都不肯杀，铺盖用的羊皮也是跟别人交换来哩。今天夫妻俩眼睁睁看着三只长得最健壮的羊被人杀死在了眼前，怎能不难过！吴常啼哭得最伤心，他最喜欢那只头羊，没有一天不跟它在一起玩耍，不知道为什么今天就叫两个凶悍的人拽去割了头。受了惊吓的群羊围拢在三位主人和三个同伴尸首周围，看似是在保护主人，实则是在寻求主人的保护，那三具同伴的尸首让它们的内心充满了恐惧和不安，全都低垂着头，不时发出一声哀鸣。不少富有同情心的村人站在羊群外，陪着吴家人落泪。刚从村里赶来看究竟的丁黑子，打听了缘由后忍不住高声骂道："堂堂哩段大户，跟人家放羊哩过不去，平白无故杀了人家哩羊，给他祖宗丢人哩！造孽啊，烧香磕头神灵也不会保佑他段家！"他穿过羊群，走到吴定身边劝道："兄弟！碰上了这样混账霸道人家算你倒霉，赶着你哩羊群快走吧，躲他们远远哩！"吴定抬起头，用泪光闪闪的眼睛感激地看一眼丁黑子，垂下头继续他的啼哭。丁黑子怎么能知道这个放羊人的心思呢，他是在等着祭祀仪式完毕后，把那三只羊头跟它们的身体合在一起安葬了以后再走。丁黑子不忍心置身于这悲苦的场景，他走出羊群，站在人群后边亮着嗓门继续表达着自己对段家的愤怒之情，他不停地喊道："贞村人哩名声，都叫你段家给败坏了，全村人都跟着你段家丢脸哩……"他高亢的声音回荡在田野上空。

段家三辈男人听着丁黑子的骂声既恨且恼，但在乡亲们面前却又不能发作，只想尽快结束祭祀仪式返回家里躲避这闹心事。他们每人拿着一支香棒，在供桌前站成一排，长者居中，晚辈分列两侧。田生玉主持仪式，他宣布祭祀开始。段老爷子首先前去进香，他颤巍巍地点着香棒，双手恭敬地插进香炉里，随后退回到原位。晚辈依次进香，直到最后一人。段士修念完祭文后，在田生玉的吆喝下，段家男人对着牌位行了三跪九叩之礼。给天地之神和列祖列宗行了大礼、赔了大不是，段家人诚惶诚恐的心才得到了些许安慰，在一群看家护院的汉子簇拥下返回了贞村。围观的乡亲们三三两两地议论着四处散去。

田生玉和一群看家护院的汉子把祭祀用品装在马车上正要往回走，吴定跑过去，哀求他们把那三个羊头留下，好让三只羊留个全尸。吴定的哀求提醒了田生玉，他对身边一个看家护院的嘀咕了几句，这货旋即招呼另一个同伴奔向那三具羊的尸体。吴定看出了他们的意图，快步上前要阻挡住他们。两个壮汉拳打脚踢把吴定打翻在地，径直闯进羊群拽上那三只没了脑袋的羊就走。菊子和吴常追着他们呼天抢地地哀号，却无济于事。远处的丁黑子看到这番情景，一边冲那两个抢掠者大声叫骂，一边追过去企图阻止他们的行为，只追了几步，眼睁睁看着他们拎着羊跳上马车疾驶而去。丁黑子停下脚步，冲远去的马车骂道："狗日哩们，你们早晚遭报应！"他反身去照看被打得鼻青脸肿正吃力地站起来的吴定，又听到不远处菊子发出一声惊叫，扭头见菊子在大声哭喊着躺在她怀里的孩子。吴定和丁黑子一同跑过去，看见孩子面色通红闭着眼睛张着小嘴喘着粗气，俩人摸摸孩子的额头，烫手。孩子受了这场惊吓和一顿号哭，突发高烧昏厥了过去。丁黑子让吴定夫妻俩跟他回村给孩子治病，吴定和菊子担心再遭到段家人欺凌，对丁黑子的提议犹豫不决。丁黑子为了打消两口子的顾虑，豪气冲天地说道："他段家再欺负你们，就是跟俺丁黑子作对，俺一定闹他个天翻地覆！跟俺走吧，孩子哩命要紧。"为了孩子，两口子不得不听从这个古道热肠敢为他们抱打不平人的话，一个抱着孩子，一个背着家当赶着羊群，跟着丁黑子向贞村走去。几十个半大孩子呼前应后地围绕在他们周围看热闹，丁黑子对跑在前边的一个小子喊道："高鸿，别光耍，快回村请先生来给孩子治病。"高鸿乖巧地答应一声撒腿奔向村里。

高鸿没去找看病的先生，而是径直跑回了家，向爹一五一十地述说了在段家墓地发生的事情。今天一大早，高冉正在一进院和长工们选麦种，准备今天播种，听到街上不断有人好奇而兴奋地大声嚷嚷说有人破坏了段家阴宅哩风水，招呼同伴前去看热闹。高冉很想知道事情原委，他抽不开身，叫二小子高鸿去看究竟。高冉听了高鸿的述说，对段家的所作所为气愤不已，十分同情放羊一家人的遭遇，更是担心那个孩子的病情，他让高鸿去把看病先生叫到家来，自己撂下手里的活儿急急地出了家门。在村东口，高冉迎面碰上了身后跟着一群人和一群羊的丁黑子，他的目光在吴定和菊子的脸上扫过，最后落到躺在女人怀里的孩子身上，对丁黑子说道："黑子哥！把他们领家里来吧，高鸿去请先生了。"吴定两口子上下打量着眼前这个面目神态有别于一般庄稼人的汉子，看出来是个财主，认为他跟段士修是一类人而心有余悸。丁黑子看出了吴定两口子的顾虑，忙释疑道："这可是个好人，走吧，不会亏待你们。"两口子相信丁黑子的话，更重要的是给孩子治病要紧，便不再多想，跟着高冉和丁黑子进了村子，去了高家。此时高鸿把村里的老先生请了来，就近在老陈和黄六住的屋里给孩子诊断病情。老先生说是孩子受了惊吓，身体极度虚弱，邪火攻身，扎扎针就好，便从一个木盒里取出针囊，拔出一根根银针扎在孩子的头上、身上和四肢上，把火气和邪气引导出来。不到半个时辰，孩子慢慢睁开了眼睛，感激得吴定和菊子给老先生、丁黑子、高冉和在场的所有人磕头。吴定边磕头边说道："俺没本事报答你们哩大恩大德，留下两只羊给你们吃一顿肉吧，算是俺两口子哩一点心意！"众人硬将两口子搀扶起来。老先生温婉地回绝吴定道："老弟！俺看病，从来不要穷苦人哩报酬！"高冉也宽慰道："谁都有遇上难处哩时候，帮一点儿忙不算什么！"丁黑子愧疚道："报答什么？是俺贞村人对不住你一家子！”这些话减轻了段家人给吴定和菊子造成的精神伤痛，俩人心境平和下来，专注于孩子的身体状况。吴常神志完全清醒过来，两只明亮的眼睛又有了神采，左右转动观察着眼前的情景，似乎明白了发生在自己身上的事情。老先生起了针，说已无大碍，歇息一天就好了，收拾起东西要走。高冉硬塞给老先生一把铜元，和丁黑子、吴定两口子一同把老先生送出了大门，其间两口子眼含热泪不知道说了多少感激的话。往回返时，吴定对高冉说，孩子病好了，不能再麻烦东家了，俺这就走。高冉和丁黑子极力挽留，说孩子病刚好，身体虚弱需要静养，要走明天再走。为了孩子，两口子终于答应下来。

时近晌午，段家大院到处都弥漫着羊肉的香味，田生玉和几个看家护院的汉子在东边三进院的伙房里煮羊肉，他很为自己今天的行为得意，如此肯定会更加赢得东家哩赏识和信任，只要用心，以后还会做出让东家满意哩事情。羊肉煮熟了，田生玉几个人把一盆盆散发着诱人香气的肉块端到院子里两排宽大的石桌上，殷勤地招呼主家老少快来吃。段士修指使大小子段永福抱来了两坛子酒犒赏田生玉和家丁，招呼他们跟自家人坐在一块吃喝。表现最活跃的田生玉，逐个给段家人敬酒，喝到半酣时他的脑海里忽然闪过一个念头，他感觉放羊的小孩子面貌轮廓跟东家有些相仿，五六岁的年龄，假如东家丢失哩婴儿还活着，也是这个岁数，莫非是……？田生玉兴奋地走到段士修身边，把自己的想法附耳告诉了东家。段士修闻听心中一惊，冥冥中感觉机缘巧合就在今天。他将筷子用力拍在石桌上，起身吩咐田生玉跟他前去把放羊哩追回来。田生玉打断几个看家护院的酒兴，叫上他们一同前往。

一班人簇拥着段士修急急地来到了村东口，正要往北拐，田生玉忽然发现地上散落的羊粪蛋和纷乱的羊蹄子印，他辨别出羊群向南街走去，便向主子提议顺着这条痕迹追下去。他们追到了高冉家门口，听到了从一进院里发出的一片平和的“咩咩”的叫声，都奇怪羊群怎么来到了这里，不用猜，放羊哩一家人一定也在里边。段士修推开虚掩着的一扇大门，带着众人闯了进去。圈在院子里的羊看到这些刚残杀了它们同伴的人又出现在面前，惊恐地一阵骚动，为避免遭受伤害而拥挤在一起，同时发出急促而凄厉的叫声，想把屋里的人唤出来寻求庇护。

羊群发出的异样声音，引起了屋里刚吃过晌午饭正坐在靠近门口凳子上跟高冉等人拉家常的吴定的警觉，难道在这儿还会发生什么事情？吴定起身向屋外走去，要看究竟，在屋门口他跟段士修撞了个满怀，见是冤家，他胆怯地退后几步闪在一旁。段士修的心思不在吴定身上，他犀利的目光穿过众人的缝隙，看见那个放羊的女人盘坐在炕上，在高张氏的协助下正悉心给孩子从头到脚做着按摩。段士修推开错愕的人们，疾步冲到炕前，俯身审视孩子的面容，一眼便从孩子的相貌上看出了自己的影子，他抑制住狂喜，故作镇定地柔声询问面前的菊子和身后的吴定道：“这孩子是你两口子亲生哩？”专注照顾孩子的菊子抬头见是欺负他们的人又出现在了眼前，以为前晌哩事情还没了结，来打孩子哩主意了，她惶恐地急忙把吴常抱起来揽在怀里，不容置疑地回道：“是俺俩亲生哩。”段士修耐着性子压低声音质问并威胁道：“怎么跟你俩长哩不一样？给俺说清楚这孩子到底哪来哩，不然你们别想走。”吴定和菊子这才感到真正的麻烦来了，他俩也看出了吴常像是从段士修的模子里拓出来一样，难道这冤家真就是孩子哩亲爹？两口子的心都要从喉咙里跳出来了，紧张得一时找不到令人信服的理由回答对方的质问，只是不约而同地喊道："是俺哩，就是俺哩！"

奇事就这么发生了，屋子里的人全都把吴常跟段士修几年前丢失的那个孩子联想到了一块。高冉恍惚间意识到自己面临着一个棘手的问题，他不知道是该为段士修高兴，还是该替吴定两口子担心难过，他只好静观事态发展，思索着调解双方纠纷的办法。

田生玉挤到吴定面前哄劝道："你先别着急，好好看看这孩子跟俺东家长哩一样不？这是俺东家五年前丢哩那个孩子，快说从哪拾哩，说出来，俺东家不会亏待你。"所有人都静默着等待两口子能够说出孩子的来历。吴定的内心正在翻江倒海，这孩子如若真是段家哩，终究得归还人家，可那比割自己身上哩肉还痛苦，他几次鼓起勇气想说却总是张不开口。菊子抢先恼怒地回击田生玉道："你别胡言乱语，这孩子是俺亲生哩，怎么能跟你东家瓜扯上？"田生玉还想跟菊子理论，段士修摆摆手制止住他，需要自己说出这孩子的由来了，他用忧伤而坚定的语气对吴定和菊子推理道："五年前一个大雪夜，一个年幼女子抱着一个快满月哩小小子，为了躲避土匪追杀，从贞村往西逃跑迷了路，女子遭遇了不测，你们捡了这孩子，是不是？"段士修准确的叙述和推理如一把利斧，句句砍在吴定和菊子的心上，两口子完全没有了招架之力，垂头丧气默然不语。段士修趁势理直气壮地对吴定和菊子喝道："孩子哩身世清楚了，快把孩子还给俺。"说着伸出两条胳膊抓住菊子怀里的孩子要抢过来。菊子惊叫着往炕里躲闪，吴常紧抱住菊子的脖子，撕心裂肺地喊着娘，表达自己对段士修既恨又怕的愤怒。双方一时争夺不下。高张氏看不过段士修的行为，大声劝阻道："士修兄弟，你这么做只会适得其反，孩子反感你，就是抢走也不认可你。"这句话使感情冲动的段士修瞬间冷静下来，他极不情愿地松开手，无奈而又懊恼地喘着粗气，寻思着另外的办法。高冉放低声调动情地说道："养育之恩大于亲生，这夫妇俩是你段士修哩恩人啊！感激还来不及哩，怎么能如此粗暴哩对待人家。"说得段士修羞愧难当，低头不语。田生玉急忙替东家搭腔并暗示道："把恩人请回去，一家人坐下来什么事都能商量。"段士修听出了田生玉话里的意思，这是个好主意，便鼓起勇气分别向菊子和吴定恭敬地赔礼道："士修想念孩子昏了头，不该如此无礼，连同前晌哩事，一块儿给恩人赔不是啦！"说着分别给夫妻俩深深地鞠了一躬，又态度诚恳地邀请道："跟俺回家吧！咱都是孩子哩亲人，商量个两全其美哩办法，沾不？"菊子拧转身子面朝里，以示拒绝段士修的提议。吴定沉默片刻，压抑着内心的痛楚劝慰女人道："孩子找到亲爹了，还给人家天经地义。走，去段家吃顿饭无妨。"田生玉帮腔道："有这么多乡亲当见证人，俺东家亏待不了你两口子，走吧！"高冉对段士修和吴定建议道："你们结成亲戚是最好哩办法，孩子跟谁要遵从孩子哩意愿。不管跟谁，以后常来常往，大人孩子都不会受到伤害，你们说是不是？"段士修忙附和高冉的话对吴定说道："是是，成了亲戚，孩子就是咱两家哩牵挂，以后常走动，你两口子愿意住在俺家也沾！"对方说到这种地步，菊子再没有拒绝的理由，那就去一趟段家，相信这孩子一定会选择跟她。菊子转过身，抱着孩子下了炕。众人簇拥着吴定两口子一直把他俩和羊群送进段家大门才返回去，共同祝愿他们都能得到一个满意哩结果。

回到了自家，段士修吩咐田生玉把羊群圈在后院的树林里好生喂养，领着吴定两口子来到了他居住的二进院，像对待宾客一样把俩人请进了几年前翻盖的北屋，让座倒茶殷勤备至，他终于明白，唯此才有可能把孩子争取过来。吴定和菊子哪见过这样气派的深宅大院和如此奢华的家居摆设，对段士修的殷勤更是无所适从，这一切使俩人的思维陷入了缭乱的旋涡，神情茫然而木讷。吴常的头扎在菊子的怀里，不时偷窥一下屋里进进出出的人，生怕被他们抢了去。他幼小的心田虽不能完全理解大人们的话，却隐约地知道了一点自己的身世，可他只认养育了自己的爹娘，任何人别想把他领走。一家三口度时如年地熬到了天黑，段士修精心布置的一桌丰盛的饭菜，吴定和菊子都没吃出滋味来。

晚饭后，段士修把吴定一家三口安置在北屋的西套间，跟他的东套间相对，以示彼此平等。西套间灯盏明亮，崭新的绸缎被褥让吴定和菊子坐在上面很不自在，疲乏至极的吴常倒头进入了梦乡。两口子心绪烦乱地望着熟睡的孩子，今夜他俩必须做出一个痛苦的决定：是让孩子回到段家过荣华富贵哩日子，还是继续跟着他俩颠沛流离地放羊。就在两口子闷头权衡之时，虚掩的屋门响了几下轻叩，暂时打断了两个人的苦恼，抬头看见段士修推门走了进来，料想到了他的意图，漠然以对。段士修手里提着一个沉甸甸的小白布口袋，走到炕前先俯身爱怜地看了看孩子，随后斜坐在炕沿上，拉家常一般柔声地说道："哥哥，嫂子，这几年你俩受苦受累拉扯孩子，说多么感激哩话也没用，俺用这一百块银圆聊表一下心意，回去后盖几间好房子，置几亩好地，也算有了个好着落。"说着把一袋银圆放在了两口子面前。吴定毫不犹豫地把钱袋子推到炕沿上，不亢不卑地回道："俺不用你报答，你先出去吧，俺俩想好了会给你个答复。"段士修知趣地起身离开，钱袋子留在了炕沿上。两口子又陷入了内心的煎熬，痛苦地纠结驱散了困意，一直权衡到后半夜吴定终于拿定了主意，他对菊子说道："把孩子还给人家吧，孩子跟着咱吃苦受累不说，长大了连个媳妇都娶不上，耽误孩子一辈子。"菊子何尝不是这一想法，男人不过是替她说出了而已，她重重地叹口气算是承接了男人的话。两口子的眼睛不约而同地都转到了孩子的脸上，探下头仔细看着孩子可爱的面庞，要把他深深地刻在心里，这一别不知道何时才能相见。两口子在叹息中熬到了天色发白，吴定提醒菊子该走了，不然孩子醒来就麻烦了。俩人轻轻地从炕上下来，恋恋不舍地看了又看孩子，终于狠狠心蹑手蹑脚地出了西套间，来到东套间轻轻推开屋门。这里的灯盏同样点了一宿，一直和衣而卧的段士修听到动静忽地从炕上窜下来，急切地想知道两口子的最后决定。吴定使劲咽下顶在喉咙口的哽咽，对段士修说道："孩子留给你，领俺去后边把羊赶出来，俺这就走。"段士修极力抑制住兴奋的心情，连声应道："沾沾沾，咱这就去后院赶羊！"他把大老婆叫醒，叮嘱她好好看护西套间里的孩子。大老婆知道这孩子是当家哩心肝宝贝，不敢怠慢，急忙穿衣下炕去了西套间。

段士修领着吴定两口子来到后院的树林里，一群羊见到俩主人兴奋地"咩咩"叫起来。吴定和菊子背上家什，一前一后在段士修的引导下把羊群从树林围墙的北门赶了出来。段士修对两口子说了一些感激的话，没有得到对方任何回应，目送他们沿街巷向东走了几丈远，便迫不及待地返身回去探视他的心肝宝贝去了。

两口子赶着羊群每走一步心里就增加一分痛苦，脚步也就愈加沉重。吴定强忍着悲伤低头默默走着，他不敢跟菊子说一句话，唯恐触动了她此时脆弱的情感，一旦崩溃便不可收拾。跟在男人身后的菊子则一步一回头，希望后边突然出现吴常追赶他们的身影，可每一次回望都让她失望。两口子出了村东口，又走了一程地，菊子终于承受不住内心巨大的悲痛，突然扑倒在地号啕大哭起来。吴定最担心的事情还是发生了，他转身欲安慰女人，蹲在女人身边未及开口自己也抑制不住思念孩子的情感，肩膀剧烈抖动起来，从喉咙里发出伤心欲绝的呜咽声。两口子就这样不知哭了多长时间，引得零星路过的人驻足观看，其中有贞村人知道一些原委，同情地劝慰几句，不起丝毫作用便走开了。此时天色大亮，菊子哭尽了气力，俯卧在地上只顾喘粗气。吴定努力平复心情，哽咽着对女人道："这就是命，走吧，俺还得活下去。"说着伸手要把菊子拽起来。用一场痛哭宣泄了一些内心的伤感情绪，这样的结局她也只能接受了，她渐渐止住哭，歇息了一会儿恢复了点体力，在男人的帮助下站起来，极力排除杂念迈着小步艰难地往前走。又走了一程，菊子强忍着没有回头，可脑海里始终抹不去吴常可爱的面庞，此时她惦念着孩子睡醒了没有，醒来看不见他俩肯定会是一场死去活来哩号哭。她的内心又泛起了痛苦的波澜，身体几乎又要支撑不住了，就在她将要倒下的一瞬间，忽然听到从远处传来了孩子的哭声，一股神奇的力量支撑住了她的身体，打起精神判断声音来源。她以为是幻觉，可那哭声伴随着急促的马蹄声和隆隆的车辇声从贞村方向由远及近，吸引得她转身探看，但见一辆疾驰的马车很快追到了跟前。菊子和吴定看见车厢里哭得没了魂似的吴常在段士修和田生玉的前后抱揽下，上气不接下气地挣扎着，要摆脱他们的束缚。段士修和田生玉狼狈不堪地哄着吴常，可就是哄不住，眼看孩子就要耗尽最后一点气力，急得满头大汗的段士修冲一时不知所措的菊子大声喊道："快过来哄孩子。"两口子明白这是孩子睡醒后找不到他俩便欲死欲活地哭闹，段士修没办法只好追来寻求帮助。看到孩子可怜的样子，两口子心疼不已，很快转换了角色，又把自己当成了孩子的爹娘，甩下背着的家什奔向吴常。意识飘忽的吴常看清了向他伸出双手的娘，他立刻有了精神，兴奋地喊着娘扑到菊子怀里，惊惧的悲恸瞬间变成了委屈的呜咽，他的两只胳膊紧紧箍住菊子的脖子，唯恐再把他丢弃。吴定抚摸着吴常的头和背，拿定主意，无论如何再不离开孩子了。段士修见孩子的情绪渐渐稳定下来，这才松了口气，无奈地对两口子说道："孩子离不开你俩，跟俺回去吧。"他总算明白过来，只有留住这两口子，才能留住孩子。吴定和菊子也清楚，为了不让孩子再遭罪，他们返回段家是唯一的办法，尽管十分不情愿，可毕竟能跟孩子在一块。两口子接受了段士修的哀求，俯身去取扔在地上的家什。田生玉迅速跑过来把一堆东西装在马车上，段士修则殷勤地请菊子上车，被菊子拒绝。跟孩子在一起她浑身充满了力量，她抱着孩子和吴定驱赶着羊群向回走去，段士修亦步亦趋地跟在后边。

一行人来到段家大院门洞前，向里走时，吴常突然反应强烈地紧抱着菊子哭喊道："娘！俺不去他家，走，走。"他拼命拧着身子不让菊子再前进一步，毫无疑问他对段家产生了厌恶和恐惧心理，害怕自己再遭到算计。菊子遵从孩子的意愿，即刻从大门洞退出来。段士修没想到这次遭遇对孩子的精神伤害如此之深，他明白不是一朝一夕就能抚平孩子的心灵创伤，亲骨肉就在眼前而不能团聚，这可如何是好？愁得他无计可施，背着手在孩子身边来回踱着步子，很快乡亲们围了一层又一层看热闹，田生玉和段家人轰之不去，加上羊群发出的叫声，令段士修心烦意乱、六神无主，不知道该怎么收场。恰在此时，高冉从人群中挤进来，他一直惦记着吴定一家三口的状况，便来段家探究竟。眼前的场景让他判断一定是孩子发生了变故，他走到段士修跟前询问情况，段士修哭丧着脸对高冉简要述说了事情的原委。高冉思忖片刻说道："把吴定两口子留下来，你看沾不?"段士修阴郁着脸道："谁知道人家愿意不愿意。"他既嫉妒两口子占据了自己对孩子爱的位置，又担心人家执意要走再也见不到孩子，内心很是纠结。高冉替他做主道："你得准备几间房几亩地，叫人家留下来。"段士修苦恼道："孩子不愿进这家门，两口子又不想沾俺家哩光，这办法不一定能行哩通。"他送给两口子的那袋银圆还在炕头上放着哩。高冉道："那就去俺家住，你别嫉妒。"段士修无奈道："只要每天能看见孩子，俺不嫉妒。"一旁的吴定和菊子都听到了高冉和段士修的对话，他们别无选择，为了孩子能有个好前程只能留下来，可是又不想连累别人。吴定对高冉道："有块空地搭个窝棚圈住羊就沾。"高冉道："你两口子不求段家报答，令高某敬佩！俺高家在村东哩打麦场有几间屋，你们先住下，以后找块闲地盖几间房，在贞村安个家也不赖。"吴定感激道："总是麻烦你！"高冉摆摆手示意不用客气。吴定又对段士修道："等孩子懂了事，知道跟着俺活受罪，去了你段家能享福，俺就走，俺决不会耽误孩子。"段士修无言以对，他心里很不是滋味，不知道孩子还要挨多少困苦哩日子。高冉问段士修道："这个办法沾不沾?"段士修勉强点点头。

高冉当即领吴定一家人向村东打麦场走去，段士修夹杂在看热闹的人群中间一同前往，他悄悄吩咐田生玉派人昼夜看住这两口子，以防带孩子逃跑。

当夜吴定和菊子在打麦场的屋里，在窗户透过的月光下围坐在沉睡的吴常身边，感慨着这两天如梦般的经历，说这孩子终归还是回到了自己哩家。吴定忽然想起孩子哩亲娘还是个野鬼，也该回家了，以后好给吴常一个交代，便向菊子说了自己的想法。菊子可怜那女子，满口答应男人的提议。

第二天一早，吴定对段士修派的看守了他们一夜的两个汉子道："把你们东家叫来，俺有要紧事儿说。"这俩人不敢怠慢，商量了几句，其中一个急忙跑回去向东家传递了吴定的话。段士修很想知道是什么事情，顾不上吃早饭，带几个家人来到村东高家打麦场。不等段士修询问，吴定照直说了要帮段家找回孩子亲娘哩尸骨。段士修大喜，当即叫随从回家拿来好饭食请吴家三口吃了，随后让吴定坐上马车领他们去了当年事发的西山坳。后晌，一班人把吴常亲娘的尸骨起回来，第二天晌午时分隆重安葬在了段家祖坟，了却了吴定两口子和段士修的心愿。段士修内心十分感念吴定，却仍不放松对这一家人的看守。

吴定两口子因此在村人中赢得了厚道名声。

第十五章　孽缘·孝心

入冬半个多月来，高冉忙得不可开交，他大多数时间在城里为大小子高鹏小两口筹备花店。今天他把从南方买来的弹棉花和榨棉籽油的机器调试好后，傍晚返回了贞村，黑夜还要摆酒席酬谢给二小子高鸿说媳妇的媒婆。

对三个小子的前途，高冉已做好了安排。高鹏沉稳干练，适合做生意，城里的粮行和花店就交给他料理，为继续壮大家业聚集钱财；高鸿能吃苦耐劳，培养他将来接自己哩班，把地里活儿操持好，守住高家哩基业；三小子高鹤，心眼活、求知欲强，让他在新式学校安心读书，盼望他将来能成就个答疑解惑受人尊敬哩教书先生。

在孩子的婚姻大事上，高冉较保守，不愿意让他们在不谙世事的年龄就娶妻生子。高鹏到了二十岁才给他办了婚事，跟他同龄的伙伴，在这个岁数都当上几年爹了。前几年给高鸿说媳妇的媒婆络绎不绝，高冉都回绝了，说孩子还小，以后变化太大，不宜过早订婚。这几天，本村的刘婆子找上门来又给高鸿提亲，搅动她的如簧巧舌，说东边邻村程大户家里哩千金，模样俊，针线活也好，两家又是门当户对，成全了俩孩子吧。二小子十九岁了，高冉和高张氏认为到了订婚的年龄，对程家也了解一些，口碑不赖，便应承了下来。刘婆子又到女方家说合，对方很愿意和高家结秦晋之好。这门亲事有了眉目，高冉便约定今黑夜宴请媒婆，以示答谢。

五十多岁的刘婆子，能言善辩自不必说，酒量还大得惊人，高冉两口子一直陪着她喝得都有了醉意，客人才拿捏着说不喝了，要求上饭。昏头涨脑的高张氏，指派高鸿去灶火间煮饺子。对这门亲事，高鸿心里平静如水，没有任何想法，媒妁之言，父母之命，千百年来都是这么过来哩，媳妇长什么样，等到洞房花烛夜掀开盖头时才能知道，是好是歹就是她了。刘婆子喝好了吃饱了，把高张氏送给她的两块红缎子被面欢喜地揣进怀里，站起来言谢了几句，脚步趔趄着往外走。高鸿忙打灯笼给刘婆子引路，高冉和高张氏紧随其后相送。院里白茫茫一片，天上不知何时下起了大雪。高家三人把刘婆子送出大门，互道了平安，折返回三进院。冰凉的雪花扑打在高冉的脸上，使他忽然想起一件事，叫高张氏去拿两条新棉被，说给吴定一家送去。夫妻俩进了堂屋，高张氏从炕上的箱柜里拽出两条被子，用一个包袱裹了，高冉把包袱抡在背上来到院里。等在屋外的高鸿要陪爹一起去，高冉接过孩子手里的灯笼，说一个人方便。两只健壮的善解人意的大黄狗摇着尾巴围着主人转来转去，高冉明白它们的心思，唤上一只踏雪往外走。这是新一茬看家护院的狗，此前的两只已经老去。有一只忠诚而凶猛的狗陪伴爹，高鸿放心。他把爹送出大门，插上门闩，转身去了老陈、黄六住的南屋，等候爹回来。

高冉往村东走了一里多地，来到自家的打麦场，在麦场北边的一座屋前停住脚步。他见西边屋檐下蹲着两个人守着一堆闪着火星的麦秸灰烬取暖，这是段士修派来监视吴定两口子的家丁，便既可怜又可笑地跟俩人说道：“下这么大哩雪，人家不会跑，在这守着挨冻，回家去吧。”他俩哪敢违逆主子的意志，暗自叹气，其中一个撇开话题对高冉感慨道：“吴定真给你面子，俺东家送来哩东西一样都不要，你给哩全都要。”高冉没有回应，来到屋门前，在简陋的门板上轻轻叩两下。里边的吴定回应道：“高冉哥稍等!”高冉在夜里曾经多次造访，吴定通过叩门声就能听出来是谁。少顷，门扇打开，吴定热切地请高冉进来。高冉提着灯笼领着狗走进去，屋里立刻明亮起来。一群羊在屋西边反刍着草料，空气中充斥着羊的咀嚼声和强烈的膻腥味。屋东边地上摊着一层厚厚的麦秸，上面铺着羊皮褥子，已经睡着的吴常身上盖着一条分辨不出底色的被子，菊子和衣裹着另一条同样的被子坐起来迎接高冉。两口子见高冉带着一个大包袱，同声感激道：“光惦记着俺哩!”高冉把灯笼挂在墙上，解开包袱，展开一条色彩鲜艳的被子盖在孩子身上，随后坐到麦秸上，对吴定和菊子说道：“俺有个想法，跟你俩商量一下。依俺看，为了这孩子你俩得落户在贞村，常年过这种没着没落哩日子也不是办法。俺在村南有五六亩闲地，送给你俩务作，还能在地头盖几间房，种地放羊两不误，这样段家也就放心了，就不会每天派人盯着你们了。至于孩子，就看他长大以后是什么性情人了，一边是亲爹，一边是养父母，都是割舍不断哩亲情。这孩子要是有良心，不嫌贫爱富他会孝顺你俩哩。”两口子明白高冉这是变着法照顾他们，想想今后哩日子，没个着落真不行，这是最好哩办法。吴定便应诺道：“沾，那几亩地算俺租你哩，俺好好务作，打了粮食四六分成，俺要四。俺好好把孩子养大，孩子孝顺不孝顺，就看俺哩造化了。”高冉道：“地是送给你哩，打哩粮食俺不要，够你一家喝稀饭就不赖了。孩子五岁了，过年开春，叫孩子去俺家念书。有了识文断字哩本领，长大后做起事来才不难。”喜欢得两口子合不拢嘴，他们对以后的日子又多了一份憧憬。夜已深，高冉跟吴定两口子告辞，挑着灯笼，在大黄狗的陪伴下，踩着厚厚的积雪返回家去。

高鸿观看老陈和黄六下了几盘象棋，约莫过了半个时辰，想着爹该回来了，正在此时，在家看门的这只大黄狗突然狂吠起来，知道门外有了事情，但他知道不会是爹，狗不会咬自己的主人，便迅速出了屋子，探看究竟。老陈和黄六各提着一只灯笼紧跟在后，提醒高鸿小心，怕是盗匪。高鸿制止住狗叫，听见门外一阵窸窣声，借着透过门缝的灯笼光线，他若隐若现看见一个人把一捆玉米秸放在了门檐下。高鸿判断此人不是盗匪，放了心，他打开小门，见此人背靠着墙坐在玉米秸上缩作一团，喝问道：“干什么哩?”此人抬头谦卑地回道：“赶脚哩，天黑遇上了大雪，借这门洞躲一宿，天亮就走。”听口音是西边山里人。老陈举着灯笼，亮光照在此人脸上，满是胡茬，四十岁上下年龄，头上戴着一顶毡帽，穿着一身臃肿的黑粗布棉衣，腰间系着一根粗麻绳。在他身旁，一条扁担搁在两只荆条编的大筐上，筐里各盛着一个鼓鼓囊囊的布袋。高鸿不明此人的底细，天黑雪大，怕招来麻烦，便拒绝道：“你在这儿狗咬哩心慌，走吧，到村西土地庙里躲躲吧。”此人还想央求，高鸿不耐烦道：“快走，快走。”此人犹豫片刻，起身把铺在地上的玉米秸聚拢在一起，抱到距此十余丈远的秸秆堆上，返回来吃力地挑起担子，迈着沉重的脚步走了。老陈和黄六见此情景，本想替此人说几句话，又怕呛了少东家的脸面，只好把涌到嘴边的话又咽了回去。高鸿退回身来，把门插上，仨人回到屋里继续下棋。不一会儿，大黄狗在大门洞又传来欢快的叫声，高鸿断定是爹回来了，迅速提起灯笼跑去迎接。高鸿打开小门出去给爹照路，高冉并没有进门，他看着门外积雪上一些残留的秸秆叶子和踩踏的一片脚印，问道："有人来过这儿?"高鸿如实回道："有个人想在咱门洞下过夜，狗咬哩心慌，也不知道他是干什么哩，俺把他轰走了。"高冉追问道："什么样哩人?"高鸿道："四十岁上下，听口音是山里人，挑着两个筐，里边放着鼓囊囊哩布袋，俺叫他到村西土地庙过夜去了。"高冉判断出此人的身份，他对高鸿说道："山里地赖，打不了多少粮食，山里人大多收些核桃、红枣、晒点柿饼、种山药漏粉条，每年冬天用这些山货到咱这一带平原来换些粮食回去，日子艰辛哩！今天遇上大雪，人家在咱大门洞下过夜，你把人家赶跑，可是不仁不义之举，乡亲们知道了会耻笑咱哩。"高鸿意识到了自己的过错，低头默不作声。高冉语重心长地继续说道："鸿儿啊！谁都有落难哩时候，对穷苦人更应该帮一把，叫人家到家里住一宿又何妨！你爷爷那辈也是穷人，没有当年段家哩扶持，咱家人恐怕到这会儿还是一窝穷棒子。记住一句话，以后见到需要救济哩人不要吝啬钱财，咱不求报答，心里感到宽慰就好。"高鸿点点头道："爹，俺记住了。"高冉问道："人家走多长时间了?"高鸿道："两袋烟工夫。"高冉道："走，把人家找回来。"父子俩在灯笼微弱的光线照射下，辨识着那人的脚印向西找去，大黄狗尾随在后。出了村子，强劲的西北风模糊了地上的一切痕迹，父子俩一直找到村西的土地庙也没看见那个人。高冉驻足在庙门前，望着漫天的飞雪怜悯道："不知道人家在哪儿受罪哩！造孽啊！"高鸿听着，心里一阵阵愧疚。

来年开春，这天吃过早饭，高冉叫住姜老拧坐在地桌旁商量了一件事，说道："俺想在家里办义学，二进院东厢房当课堂，把村里念不起书哩孩子召集来，你当先生，教孩子们识字、算数，让他们掌握点学问，以后好讨生计。"姜老拧兴奋不已，回高冉道："俺早就想当教书先生，梦想要成真了，越早越好！"再没有比教书育人更好的事情了，姜老拧的精神面貌为之一震，身体里注入了十足的活力，瞬间像年轻了十岁，行动迅捷地起身准备教材去了。

当天前晌高冉去了十来户人家，和主家说好了孩子念书的事，其中有牛四妮的小子石粪筐。最后他去了村南，走到他送给吴定的那块地里，见吴定和菊子正在打土坯，准备盖房子。羊群在不远处悠闲地吃着刚长出芽的嫩草，吴常围着羊群跑来跑去，遵照爹娘对他的叮嘱，阻止它们跑到别人家的地里吃麦苗。段士修派来的两个家丁，坐在地头唠着闲嗑，眼睛不时地瞥一眼吴常，只要孩子在，他们回去就能交差。吴定和菊子见高冉来了，忙停下手里的活儿，清理着手上的泥土，想给恩人找个坐的地方。高冉摆摆手拒绝。吴定感激道："俺做梦也想不到，有自己哩家了！"高冉欣慰道："安居才能乐业，把根扎在这儿吧。"两口子笑着点点头。高冉又道："明儿把孩子送到俺家，义学开学了。"两口子既惊喜又面露难色地瞥一眼段士修派来的那两个看守，先得征得他们哩同意。高冉走近两个人道："二位兄弟，吴家在咱村落户了，还有什么不放心哩?孩子去俺家上学丢不了，回去转告你们东家，别叫他瞎操心了。"其中一个道："高冉哥，你别为难俺们了，俺全听东家哩，东家不叫这孩子走远，去你家上义学俺们怕是交不了差。"高冉道："俺这就找你东家去。"转身向村里走去。

自从段士修跟高冉产生隔阂后，这几年除了逢年过节高冉去段家看望段老爷子外，没有任何事由登过段家的门。今天去段家，他做好了遭段士修冷脸的心理准备。

让高冉没想到的是，整日深陷苦恼中的段士修对他前来很感兴趣，猜想大概是有关孩子哩事情，便故作热情地从太师椅上站起身给高冉让座。他知道高冉给了吴定几亩地，为的是让吴家人安定下来，但不知道高冉的义举对他段士修争取孩子有利还是不利，他也因此无法对高冉表现出发自内心的感激之情。高冉并不落座，站在堂屋中央，语气铿锵地对段士修说道："你要是一直派人监视孩子，你就永远别想得到孩子。"段士修未及反应过来，高冉又开口道："俺在家里开办了义学，明天开课，别阻拦孩子念书。"说完转身离去。段士修站着一动不动，低头思忖着高冉说的话。

第二天吃过早饭后，十几个孩子陆续来到高家，最大的十五六岁，最小的六七岁。第一个来的是吴常，他不但是最小的一个，而且是唯一一个由爹娘陪伴来的学生。

夜隔后晌段士修派田生玉把监视吴家的两个家丁撤了回去，吴定知道这是高冉起的作用，高兴孩子有了念书机会。吃了晚饭，两口子给孩子剪了头发、洗了澡，菊子又给孩子修补衣裳、缝制书包到天亮。吃了早饭，临来时两口子给孩子打整了又打整，一路上轮番叮嘱吴常好好用功，以后成个本事人。憨头憨脑的石粪筐在娘的陪伴下也来了，牛四妮盼望孩子通过念书开启些慧能，长大后好自立门户。孩子们在一进院集合完毕，高冉和高鸿各套上一辆马车，姜老拧和孩子们分坐上去，一前一后驶出了大门洞。马车出了村东口，向南拐上城道，孩子们知道去县城，洒下一路兴奋的欢笑。这是高冉和姜老拧昨黑夜商量好的事情，在开学的第一天，领孩子们到县城文庙拜谒先师孔子。

马车从西城墙的嘉惠门进了城，沿着曲折的街道向坐落在县城东南方向的文庙驶去。在距文庙尚有一段距离的地方，高冉吆喝住牲口，叫高鸿守候在这儿，他和姜老拧怀着崇敬的心情领着孩子们来到文庙入口处。左右两侧各立着一座高大的石坊，上面分别雕刻着腾云驾雾的蛟龙和翩跹起舞的凤凰图案。高冉对孩子们介绍道："左边这座叫'腾蛟'，右边那座叫'起凤'，寄望学子们将来能有像蛟龙腾飞、凤凰起舞那样哩精彩人生和文采。"这里庄重的氛围感染着孩子们，他们聚精会神地听着。一行人步上泮池石桥，姜老拧指着下边半圆形的水池，给孩子们解释道："周朝天子修建哩学宫四面环水，而诸侯开办哩学校只能在南面用半水环绕，孔圣人曾受封文宣王，其文庙同诸侯办哩学校规制相同，庙前自然要有半圆形哩水池，也就是泮池。"孩子们半知不解地听着。高冉和姜老拧领着孩子们缓缓前行，在穿过拱形石质的棂星门和戟门时，俩人分别说明了这两个门的深层寓意：棂星就是天文学称呼哩文星，后人以棂星命名文庙大门，向世人宣示，孔子哩教化符合天理，祭孔如祭天，尊孔如尊天，意味着天下文人学士尽汇集在儒学门下；戟门是古代建筑礼仪之门，诸侯人家多在大门两侧放置枪戟仪仗而得名，在文庙前建筑此门，尽显孔子之高贵。走进大成殿，姜老拧让孩子们一字排开站在高大慈祥的孔子塑像前，他和高冉站在前边，颤抖着声音说道："至圣先师孔子，仁义慈爱，是咱们敬仰哩万世师表！咱们念书就是为了学圣人做人处事之道，掌握修身齐家治国之本。来，给圣人三鞠躬！"孩子们仰望着这个长相古怪的老者，听了高冉和姜老拧讲的那些深奥寓意，孩子们半懵半懂，知道了一点儿人们祭拜他的原因，心里生出了些许敬畏感。鞠躬完毕，姜老拧叫孩子们双手合掌，依次倒退出殿门。经过这样一番参拜仪式，孔子的形象在孩子们的心里留下了深刻印记。从县城回去后，姜老拧又给孩子们讲了些孔子的事迹，圣人的美好形象很快在他们幼小的心灵里树立了起来。

初开学这几天，十几个孩子每天前晌在高家二进院的东厢房跟姜老拧学识字和简单的算术。后晌听这个老童生讲解《三字经》《弟子规》和《二十四孝》里面的故事。姜老拧打算用一个月的时间把这些启蒙书籍讲完后，就开始将他研习了几十年的《四书》《五经》里的一些浅显道理灌输给孩子们，让他们成为懂礼仪有教养的人。姜老拧发现孩子们很乐意接受他讲的内容，他的内心得到了极大满足，一扫往日暮气沉沉的精神状态，讲课时声音洪亮有力，走路时脚步轻盈快捷。

高冉每天不止一次来看这些孩子，听着他们跟姜老拧学字时发出的朗朗童声感到很欣慰，盼望这些孩子长大后都能有出息。在课间玩耍时，他很快发现有两个孩子与众不同。一个是吴常，这孩子年龄虽小却有着极强的统治欲和表现欲，他不仅对比他大的伙伴们吆五喝六，还时常捉弄人，活脱脱段士修小时候的影子。另一个是石粪筐，他胆小懦弱，总喜欢躲在一个角落里呆呆地看别人玩耍，任何一个小伙伴都可以把他当玩物一样戏耍一番，而不必担心遭到回击，跟他爹石傻子一个脾性，两脚踢不出一个屁来。高冉担心的是，吴常长大后，会不会像段士修那样尖巧奸猾。他可怜牛四妮，恐怕一辈子要为这个憨小子操持。高冉劝慰自己，这或许是多余哩忧心。

这几天，吴常一个反常举动引起了高冉的注意。每天晌午高家还要管孩子们一顿饭，一人一个白面馍馍和一个小米面饼子，小米稀饭随便吃，吃饱后各自回家，歇息一个时辰再上后晌的课。在三进院，每次吃饭，别的孩子先把好吃的馍馍吞进肚里，再吃饼子。唯有吴常背着书包，嘴里叼着馍馍漫不经心地离开地桌，去看不见人的地方转一圈，回来时用袖口擦着嘴，像是刚吃完的样子，再拿一个饼子狼吞虎咽起来。他不知道吴常在搞什么名堂，很想探个究竟。

今天晌午开饭时，高冉叮嘱每天护送吴常回家的高鸿，留意这孩子的举动。三岁看大，七岁看老，看这孩子是不是也跟段士修一样好耍鬼点子。高鸿一时疏忽，让吴常叼着馍馍从乱哄哄的人堆里消失了片刻，再看见他时，正抹着嘴从粗大的老香椿树后边闪出来，高鸿判断吴常是把馍馍装进了书包里。跟往常一样高鸿把吴常送到了村南，交给脱了一前晌坯正靠在一垛风干的土坯下歇息，还没顾上做饭的吴定和菊子后转身离去。高鸿动了一个心眼，他走出几步后，又悄悄返回来，躲在土坯墙后面，隔着土坯之间的缝隙看到吴常依偎在菊子的怀里，从书包里掏出一个馍馍，掰两半，把一半递到菊子嘴边叫道："娘！吃馍馍！"菊子亲昵道："乖孩子！娘不饿，你吃吧！"吴常道："俺在高冉伯伯家吃饱了！"菊子推辞不过，颤抖着声音道："真是个孝顺孩子！每天拿回个馍馍叫爹娘吃！"她咬了一小口，慢慢地嚼着，品咂着馍馍的香甜，这样的美食从前一年也吃不上几口。吴常把另一半馍馍递给吴定道："爹也吃！"吴定接过馍道："孩子！你一个人吃饱就沾了，再不要往回拿了，叫人家说不是哩。"吴常随口道："一人一个馍馍一个饼子，俺没多拿。"吴定和菊子若有所思，终于明白了孩子的用心，夫妻俩噙着泪水对视一眼，一齐把目光投射在孩子脸上，不约而同道："是个孝子！"

不用往下看了，高鸿回去把看到的情景告诉了爹。高冉惭愧道："歪看这孩子了！"他继而感慨道："吴定两口子好福气！"又叮嘱高鸿道："以后送吴常时多带几个馍馍。"

第十六章　逆　命

麦子正处在拔节的生长期，需要浇一次透水，村西的几口水井不够同时用，需各户排队浇地。靠近牛四妮家地块的那口井，今天黄昏时才轮到她。牛四妮左手牵着一头老黄牛，右肩上扛着一把铁锨，身后跟着刚放学的石粪筐，提前从家里出来，到水井旁等待替换上家。疯疯癫癫的石傻子从早到晚四处乱跑，里里外外的活儿全由牛四妮一人操持，整天累得她腰酸背疼，可是一看到渐渐长大的孩子，她就有了盼头。这些日子，石粪筐每天从高家放学回来，牛四妮就问他又识了几个字、学了哪些东西，憨小子便一五一十地说给娘听。牛四妮感激高冉的同时，为孩子感到欣慰，证实他不是个心智闭塞哩孩子。

牛四妮等了半个时辰，犹如巨大蛋黄的太阳慢慢隐藏到西山后面时，一个卷着裤腿、穿着方口黑布鞋和脚面上沾满了泥泞、手持铁锨的老汉从自家的麦地里走出来。他卸下拉翻斗水车的骡子，跟牛四妮交代几句走了。

牛四妮把老黄牛套在带动翻斗水车运转的横木上，一声吆喝，戴着蒙眼的老黄牛迈着稳健的步子向左周而复始地走起来。水车转轴带动几十个挂在一圈铁链上的一尺长半尺宽的木斗，循环往复地从井里舀满了水被依次提上来，在升到顶端时把水倾倒在木槽里，流向通往麦地的垄沟，牛四妮再用铁锨把水引导到自家地块。

时辰不知不觉到了半夜，跟着娘浇地的石粪筐困意袭来，侧抱着娘的腰身睡着了。还剩一亩地，牛四妮决定浇完再回家，她不时吆喝孩子一声，让他打起精神再坚持一会儿。这一大片麦地里只剩下了娘儿俩，全然不知危险正在一步步向他俩逼近。石粪筐又一次被娘的吆喝声叫醒，他睁开惺忪的眼睛，突然发出惊恐的哭叫声，更紧地抱住娘的腿，浑身瑟瑟发抖。牛四妮知道一定有什么东西吓着了孩子，她的目光离开脚下缓缓流淌的水头扭转脖颈四处搜寻，看到在她身后不远处，在微弱的天光下，有四只像核桃般大小的耀眼绿光在向她母子俩小心地靠近。狼！牛四妮霎时乍出一身冷汗，她小声而严厉地喝令孩子不要啼哭，那样只会唤起狼更加强烈的攻击欲望。她端起铁锨转身对着那四只绿光，以防受到狼的攻击。前几天她听说西山一带的村子饱受狼群祸害，牲畜损失无数，还死伤了不少村民，想不到狼害这么快就到了平原地带，先叫她娘儿俩遇上了这灭顶之灾。在这个时辰和这个地方别指望有人前来搭救，只能靠自己了，牛四妮壮起胆一边挥舞铁锨吓阻狼靠近，一边护着孩子一步步退到水车旁。她瞧准一个机会将铁锨斜插在水车转盘上纵横交错的构件里，抱起孩子抓住铁锨柄登了上去，想在高处与狼周旋。两只狼一左一右寻找着向娘儿俩一同发起进攻的时机，这头老牛忽然让它们改变了主意，牛比人好对付，擒住它能饱餐几天。其中的头狼发出一阵长啸，它要把更多的同伴召集来合力围剿这个庞大的猎物。老黄牛听到狼的叫声，立刻狂躁地剧烈扭动起身躯，企图挣脱身上的绳具逃命。结实的绳索和沉重的水车让它很快知道这么做是徒劳，无奈只好沿着原有的轨迹狂奔起来。水车在老黄牛的蛮力作用下剧烈地晃动，几次要把娘儿俩颠下井里，牛四妮匍匐着身子，两只手分别拼命抓着铁锨柄和孩子的衣领才没有掉下去。两只狼等不及其它同伴到来，先发起了攻击，一前一后扑向猎物，利爪深深地扎进老黄牛的皮肉里，贪婪的嘴巴疯狂地撕咬着猎物的脖颈和臀部。疼痛和疲惫使老黄牛奔跑的速度渐渐慢下来，牛四妮趁机蹲起身，抽出铁锨用铁锨头狠命拍打水车铁架子。震耳的铁器撞击声夹杂着牛四妮发出的尖厉叫声，企图吓退恶狼，却不起一点儿作用，倒发现周围耀眼的绿光越来越多，围着老牛轮番攻击，另有四盏绿光盯着她娘儿俩伺机发起进攻。在星光的辉映下她分明看见几只狼龇着长牙的狰狞面孔从身边闪过，她扭头瞥一眼早已经吓昏过去的孩子，完了，今黑夜娘儿俩哩命就丧在这几张狼嘴里了。令她更加绝望的是，老黄牛终于抵抗不住群狼的围攻，瘫倒在了地上，四只狼一拥而上拼命地撕咬起来。另两只狼得到了攻击娘儿俩的机会，身体向后坐要奋力跃上水车捕获猎物。牛四妮见状站起身挥起铁锨准备最后一搏，两只狼纵身而起扑过去，就在这一瞬间，两只狼的背后闪过一道寒光，它们来不及发出叫声便从半空跌落到了地上。正在撕咬老黄牛的群狼受到了惊吓，丢开猎物惊恐地四处散开。牛四妮诧愕之余，见一个人走过来，看清楚是魏三，但她感觉是在做梦。魏三安慰牛四妮道："婶子别怕！这几只狼好对付。"牛四妮这才回过神来，长出一口气道："大侄子！你这是从天上掉下来哩？可救了俺娘儿俩哩命！"魏三环顾一下又围拢上来的几只狼，催促道："这里不宜久留，快走。"石粪筐此时苏醒过来，牛四妮掩护着孩子从水车上下来，她不忍心丢下遍体鳞伤正在"哞哞"哀嚎的老牛，从水车上解下绳套，使劲把它拉起来，在魏三的护卫下艰难地向村里走去。几只狼见来人夺走了它们的猎物，并不甘心，在头狼的组织下，把魏三当成了攻击对象，前堵、后袭、侧扰，一定要捕获这个坏了它们好事的人。双方相持到村西口，头狼知道机会越来越少，猎物一旦进了村就更不好对付了，它突然向同伴发出一声低吼，三只狼从前后侧三面同时向魏三扑来，以使对手防不胜防，好将他扑倒在地，咬断这个多管闲事人的喉咙。魏三停住脚步，待三只狼就要扑到他的身上时，他把全身之力都灌注在了手里的短剑上，挥舞着迅猛旋转了一圈。剑锋所及三只狼的皮肉霎时绽开了花，躺在地上嗷叫着，剩下那只头狼逃得没了踪影。魏三先把牛四妮娘儿俩送回家，才向自家走去。

牛四妮心疼地把遍体鳞伤痛苦不堪的老黄牛牵进牲口棚里，给它添了些草料，搂着孩子进了屋，插上门，惊魂未定地臆想孩子以后能沾点儿魏三的勇武之气就好了。

连杀了几只恶狼，走在万籁寂静的村里，魏三的内心平添了几分天不怕地不怕的豪情，为明天要做的事情增加了更加充足的底气。来到自家门前，他把短剑伸进两扇门缝之间拨门闩，忽然感到背后一阵风袭来，两只肩膀被什么东西重重地压在了上面，一股令人作呕的腥臭味从脖子后面传进鼻孔，他立刻意识到是那只头狼发起的偷袭。不容多想，他下意识地缩起脖子，将短剑从门缝中抽出，反手一剑捅进了龇着利牙等待他回头企图一口咬断他喉咙的狼嘴里，手腕一抖，搅断了那狼的喉咙。魏三抽回短剑，一股热血喷在他的脖颈和脸上，那狼随即跌到地上呜咽着挣扎一通断了气。魏三用袄袖胡乱擦几下脸颊和脖子上的血污，转身弯腰在狼尸体上蹭去短剑上的血迹，复转身将门拨开，走进院里，又拨开北屋门，惊醒了炕上的爹。魏老酒已经习惯三小子这种回家的方式，便低声叫道："三儿!"魏三应道："爹!"魏老酒紧张地坐起身道："爹挺好，别惦记，坐一会儿快走吧，叫段家人知道可就麻烦了。"魏三不紧不慢地说道："爹！别担心，安心睡觉吧，天还早，俺也睡一会儿，有话明儿再说。"走了半宿夜路疲乏极了，魏三顾不得洗去溅在脸上和发辫上黏糊糊的狼血，摸黑躺在爹的身边呼呼睡去。这几年，魏三每次探望爹都是在黑夜回来，跟爹说会儿话就走，以免被段家人看到去县衙报信捉拿他，让爹也受牵连。今黑夜回来，是他思想了几天才做出的决定，这次一定要跟段士修见个高低，就是死也要死个痛快，不能再这样龌龊地活着了。哥哥们劝他不要一个人下山，要去大伙都去，好给他壮威。魏三劝阻他们，说自己哩事自己担当，不能再连累大伙儿了，有这把剑在身什么都不怕。哥哥们劝他不过，又道："要是段士修敢把你怎么样，俺们就下山去，杀他个鸡犬不留。"魏三道："那就更不必了，真要是有了灾，魏三命该如此，俺也就认了。"傍黑时他执意一个人下山，大伙也没办法，只好给他们供奉的菩萨石像烧香，保佑他平安回来。夜深时魏三走到贞村村西，听到远处的地里有人用铁器拼命敲击呼救的声音，赶过去才看清是一群恶狼在围攻拉水车的牛和一对母子，正好让这把寂寞了几年的剑开了开荤。

魏老酒一觉醒来，窗户发亮，听到三儿还躺在自己身边呼呼沉睡，急忙把他推醒，催促道："快走吧小祖宗，段士修正想抓你哩。"魏三翻身从炕上跳下道："三儿给爹做顿早饭，等爹吃饱了俺再走。"急得魏老酒也下了炕，跟在魏三身后不停地催促。魏三在灶火间，手里忙活着，嘴里岔开爹的话不住地向爹询问村里的一些事情。魏老酒感觉到这次三儿回来不同于以往，沉稳异常，全然不把潜在的危险放在心上，料想这小子一定有什么目的，担心又闹出乱子来。他没心思回答三儿的问话，倒不时地哀求小祖宗，千万别再惹是生非了，叫爹过几天安生日子吧！父子俩就这样各说各话，直到两大碗面圪垯摆在面前才堵住了两张嘴。

父子俩在灶火间吃着饭，听到院门外叽叽喳喳的声音越来越热闹，魏三明白是昨黑夜的事情吸引来了乡亲们。魏老酒却以为三儿回来暴露了行踪，乡亲们是来看稀罕，紧张道："那么多人来咱家干什么？快躲起来，有人给段家通了信可不得了。"魏三轻描淡写道："昨黑夜，俺回来时碰上了几只狼，叫俺给杀了。有一只追到了咱家门口，他们是来看死狼哩。"魏老酒打个冷战问道："咬着你没？"魏三这才感觉脸颊和脖子上紧巴巴地难受，他放下碗筷，从水瓮里拿葫芦瓢舀了一瓢水，另一只手蘸着水搓洗起来，回答爹道："没，有宝剑护着，狼咬不着俺。爹！你在家歇着吧，俺走了!"说着将瓢里的污水泼到院里，随手把瓢撇进水瓮里就往外走，迎面碰上急火火而来的大哥和二哥。大哥在街上听到了人们议论三兄弟昨黑夜闹出的大动静，吃惊之余怕三兄弟再招惹上麻烦，便叫上二兄弟迅即跑来探看情况。见三兄弟泰然自若的样子，两个哥哥着急地催促他快走。魏三亲热地叫着大哥二哥，不紧不慢地走到院门口，见几十个远近的乡亲正围着一只体形硕大、嘴边凝固着一摊黑红血迹的死狼议论，他同样亲热地跟众人打招呼。人们抬头看到几年不见，突然出现在眼前的魏三历练成了一个体格健壮、面部棱角分明、眼睛透着坚毅目光的男子汉，与几年前那个书卷气十足的读书郎判若两人。今天一大早，他们在街上见牛四妮逢人便激动地绘声绘色地述说昨黑夜魏三杀群狼解救她母子俩的情景，大都将信将疑，待他们到那几个地方看见狼的尸首后，怀着对魏三的疑问和好奇聚集到这里寻找答案，不料又看到了更大的一只狼的死尸，他们相信了。当中一人惊讶地问魏三道："真厉害，狼嘴都烂了，怎么弄哩？"魏三并不答话，只是笑，他要保留人们更多的想象空间。又有人好奇地问道："村西口那三只狼都破了肚子，怎么杀哩？"魏三仍是笑。第三个人表情夸张地对众人说道："还有西边麦地里水车旁那两只断了脊梁哩狼，好家伙，一共六只，都是魏三一个人杀哩！"魏三止住笑，转身对跟出来的爹说道："爹！你在家好生等着，三儿一会儿回来给你个惊喜！"说完抬腿向段家走去。他清楚自己在贞村连立足之地都没有，还没资格享受人们对他的赞佩，接下来的事情才是决定他魏三今后能否受人尊崇哩关键。人们预感到魏三这次回来不同寻常，看这架势他还会做出更让人意想不到哩事情，便怀着强烈的好奇心纷纷尾随着他。在路上，大哥和二哥看出来三兄弟这是要去段家，苦苦劝他千万不要自投罗网。魏三置若罔闻，阴沉着脸低垂着头大步向前走。

魏三杀死一群狼的消息，一传十，十传百，很快传遍了全村，一大早也传到了段士修的耳朵里。他很是不屑，不相信魏三一人能杀死六只恶狼，认为这是有人出于某种目的编造哩谣言。但是不断地有家人前来告知他亲眼看见了六只狼的尸首，他才半信半疑。吃完早饭，吸了两泡水烟，招呼了几个看家护院的带着枪要去看个究竟，如果是真事，得想法诋毁魏三又一次在人们心中树立起的英武形象。田生玉提醒他道："提防着点儿那小子，他要是真回来了，恐怕来者不善。"段士修哈哈笑道："他夜里偷偷进村子俺信，大白天还敢待在村里俺不信，就不怕官府抓他？"段士修领着一行人从大门走出来，却迎面碰上了魏三，惊愕得他目瞪口呆，几年不见，魏三真成了一条汉子。魏三见段士修仍是老样子，唯一变化的是对方更多了些颐指气使的做派。魏三先开口道："段东家一大早，这是去哪游玩？"段士修见魏三身后跟着一群乡亲前来，猜想里边一定混杂着他的同伙，否则他绝不会冒着被抓捕的危险找上门来，果然来者不善，他心里不免有些紧张。段士修身边的几个打手虽然对他们的头领王虎几年前死在魏三的剑下仍心有余悸，但为了讨好主子，还是壮胆迅速围住了这个不速之客，看对方有何反应，如果动手，就合力擒拿。魏三轻蔑地扫一眼身前身后的几个汉子，语气平和地对段士修道："你是全县有名哩乡绅，又是一村哩保长，不能如此无礼对待一个去你家串门哩乡亲吧？"说得段士修有些挂不住面子，他侧身闪到一旁，对魏三微笑道："来了就是客，请家里坐！几年不见，咱叔侄俩烫壶酒好好叙叙。"几个打手让开路，魏三迈步走进段家大门，看家护院的迅疾关上门扇，不让其他人进来。魏三穿过门洞，忽然从院里奔出两条狼狗，直向他扑来。另人匪夷所思的是，在它们跑到距魏三一丈远时，突然刹住了脚步，并且缩起脖子夹着尾巴，嘴里发出"吱吱"的恐惧声向后退却。两只狼狗分明从魏三身上嗅到了远比它们凶残得多的近亲者的死亡气息。看家狗的此种表现，让段家所有人不寒而栗，这魏三身上究竟有何种魔力，令两只凶猛的狼狗丧胆？在明媚阳光的照射下，他们看到了魏三藏青色衣衫上的斑斑污迹，那是狼血无疑。段士修这才相信了魏三杀死六只狼的传言，果然不虚，他全身感到一阵寒意。

魏三径直走进段士修的堂屋，不等主人让座，他毫不客气地坐在了八仙桌东边的主座上。一干人面面相觑，不知如何帮东家应对这种局面。段士修自找台阶，只得屈尊坐在西边座椅上，他已经深深感觉到了魏三内心滚动着的强烈的复仇欲望。他提醒自己，今天哩魏三早已不是几年前那个毛头小子了，势力已经坐大，须小心应对，不可有任何闪失，以免招致不可预料哩灾难。现在他才醒悟到，走马灯似的一茬又一茬的县官，是不会为了一个土财主去耗费县衙的人力和财力，更不会真心跟天不怕地不怕可能招来杀身之祸的土匪作对哩。他后悔自己干了这么多年哩亏本买卖，给官府贡献了不少钱财，每一任县官都曾向他承诺一定剿灭魏三这股土匪，可到头来谁也没有兑现，眼看着人家成了气候，再跟人家打交道，只能现实点儿了。段士修吩咐田生玉，上茶，准备酒菜。魏三制止道："不用了，俺来就为了一件事，说完就走。"段士修洗耳恭听。魏三道："魏段两家哩恩怨，一晃快八年了，今天要做个了结……"段士修抢话道："俺早就想把你请回来商量此事，先听你说。"魏三继续说道："一句话，是斗是和，你说了算。"段士修迫不及待道："当然是和，咱们祖辈在贞村和睦相处了几百年，再斗下去，死后没脸见祖宗，后人还笑话咱哩。"他终于决定再不跟魏三斗下去了，他最大的牵挂就是三小子，担心再斗下去，魏三会拿毫无防卫能力的三小子下手，如果那样，他这一生的愿望将化为泡影。三个儿子齐全了，他盼望他们每个人将来都能成为段家宏大基业的顶梁柱，缺一而不能支撑起他心中已经构筑起的大厦。魏三问道："怎么个和法？"段士修略作沉思道："俺摆上几桌酒席，把全村各姓氏大辈叫来，见证咱两家从此化解恩怨，和睦相处，永不翻脸。"魏三摆摆手道："不必如此啰唆，你只要给俺几样东西，就表明你有和好哩诚意了。"段士修大方道："别说几样，就是几十样都沾，你尽管说。"魏三盯视着段士修的眼睛，一字一顿道："把你家那套酿酒哩家什给俺用用。"段士修故作轻松的表情一下子凝重起来，魏三这哪是要东西，分明是在抢他段家哩财路啊！这样的要求他难以答应。魏三看出了段士修的心思，不再言语，只用目光死死地盯着对方，等待答复。段士修权衡着给还是不给，如若给，魏老酒施展起酿酒手艺来，自家卖酒哩生意就算彻底完了；如若不给，魏三决不会善罢甘休，他会用别哩手段惩罚段家，家人仍得不到安宁，从早到晚大门都不敢敞开。给吧，段士修狠狠心做出了抉择，他对魏三道："沾，三天内俺把全套家什给你送去。"魏三起身告辞道："好！三天头上俺接着你。"言毕，魏三起身就走。段士修和一干人紧随其后，把他送到廊檐下，目送这个地煞星消失在了二进院门外。段士修做梦都想不到，自己这个傲气冲天，不把任何人放在眼里的大户之主，竟听任一个曾是自家雇工的儿子的摆布，他气不顺，但又无可奈何。

焦急等在段家大门外的大哥二哥以及乡亲们，见魏三脸上荡漾着喜气走出来，知道谁输谁赢了，他们终于松了一口气，更加敬佩地又跟随着魏三往回走，都想听听双方交锋的经过。魏三感谢乡亲们给自己壮了声威，大声说道："过几天等俺家开了烧坊，魏三请乡亲们都来喝酒，沾不沾？""沾……"人们热烈响应。到了家门口，又聚拢来不少乡亲，丁黑子也在其中，他冲魏三竖起双拇指哈哈大笑道："好本领！你大伯都知道了，看谁以后还敢欺负咱！"魏三感激道："你侄子哩本事，全在这把剑上哩！"他从怀里抽出短剑亮给大家看，剑身折射的阳光忽晃着人们的眼睛，引来一片惊叹，好剑！人们早就知道丁黑子给魏三打了一把锋利的短剑，今天有幸看见，觉得它已经融入了神奇色彩。魏三继续对丁黑子说道："大伯！你送俺这把剑，俺还没礼物给你，权且用这张狼皮报答你吧。"他让大哥找来一根麻绳，二哥帮他把死狼吊在院门旁的一棵树杈上，便用剑麻利地剥下来一张完整的狼皮递给丁黑子。丁黑子高兴地接过去，正好用它给冬天犯哮喘病哩老伴做一条狼皮褥子。魏三又对围在跟前的几个半大小子道："煮一锅狼肉吃去吧。"几个小子乐不可支地从树上解下赤条条沉甸甸的狼尸，抬着飞奔而去。

坐在院门石墩上的魏老酒，不知道三小子来来往往风风火火地闹什么名堂，冲他喊道："三儿，有什么好张扬哩？怕段家人不去告官抓你是不是？"魏三这才想起对爹的承诺，走过来俯下身对爹说道："爹！三儿刚才去段家给你带回来个惊喜，段士修草鸡了，他不但不敢告官，还巴结咱哩。过几天他给咱把整套酿酒用哩家什送来，以后咱家也开烧坊，叫俺俩哥哥给你当帮手，卖哩钱叫你花不完！"魏老酒问三儿道："你不是在说胡话吧？"魏三笑道："不是，这是真事，段士修怕咱了！"魏老酒不相信，疑惑道："人家怎么就怕了咱？"丁黑子听着父子俩的对话，很高兴魏三这么快就把段士修拿捏在手里，对魏老酒道："老弟！俗话说，'马善被人骑，人善被人欺。'俺魏三侄子有胆魄，还有一帮生死弟兄相助，段士修不怕才怪。"魏老酒这才回过味来，欣慰道："以后能过上安生日子了！"丁黑子替魏老酒高兴道："把酒坊开起来，你还能当上财主哩！"这辈子当财主是魏老酒想都不敢想的事情，如能成真，那可是天大哩好事，他忍不住咧嘴轻笑几声。三个人说话的时候，高冉也来到这里，站在他们身后默默听了一会儿，赞赏魏三跟段士修的斗争结果可谓一举三得，不仅教训了段士修，而且促成了段魏两家和解，并为自家争得了权益，他也笑起来。三个人这才发现高冉，纷纷跟他打招呼。这几个人很是投机，碰在一起有说不完的话，魏家父子将高冉和丁黑子请进屋里拉话题。不觉到了晌午，高冉和丁黑子要走，魏家父子哪里肯放，留他俩吃了一顿开心饭。

第三天，段士修派田生玉打头，赶着四辆骡子车来到了魏老酒家，把车上的酒槽、发酵槽、蒸馏槽等一整套酿酒器具卸到了门口。对魏三道："俺东家把酿酒哩家什都给你了。"魏三看着这些东西，对田生玉道："给你东家捎句话，魏段两家从此恩怨了结，他可以敞开大门睡觉了。"田生玉满口应诺着驾车离去。

这两天，魏三和两个哥哥按照爹吩咐的酿酒工艺流程建好了烧坊。在东西两间屋挖了两个酒窖，院子里搭了个竹席棚，把酿酒的器具安置在了里边。魏老酒一件件抚摸着和他相处了二十多年的器具，荒废了八年的酿酒手艺又要拾起来了，这手艺是给自家用哩，酿哩酒也是自家哩，不用再看别人哩脸色做事了，更不用祈求别人多给些工钱了，全都是自己说了算！他第一次感受到了过日子的轻松和快乐。看着爹舒心的样子，魏三拍着自己的胸脯傲然道："还盼什么黄金鸟，有你家三小子，以后享福吧爹！"魏老酒仰脖哈哈笑起来。

魏三帮着爹和俩哥哥筹备好了烧坊回到山上，兄弟们虽然打探了他回家后所发生的一切，却仍围着他问长问短，想知道更多细节。大伙很是钦佩魏三的胆略，魏三更是感激因为背后有这些兄弟壮威，自己才能达到目的。

第十七章　前　夜

郑知县于光绪三十四年（公元 1908 年）夏到元龙县上任。

这个江西上饶人，在光绪二十年（公元 1894 年）举行的殿试中，考取了进士，成为朝廷的储备人才。同年日本国不宣而战和大清国爆发了甲午战争，泱泱大国被撮尔小国打败，震惊了朝野。有识之士极力主张要向曾经的学生日本国学习，开明的光绪帝采纳了这个建议，于是每年选派一批青年才俊到日本学习政宪、法治、民政等制度，归国后用以变革沿袭了两千多年的早已僵化腐朽的封建旧体。郑知县是第一批留学生中的一员，他和许多学子一样，抱着为民族寻找出路的愿望加入留学日本的潮流中。几年后学成回国，朝廷把他们大多散布到直隶各县，从主簿、县丞做起，让他们全面了解社会形态和民众之意，为主一县之政，进而为践行社会之变革积蓄见识和能量。来元龙县之前，他已经在两个县任过县丞，对大清国与日本国在政体、法治和教育等方面存在的巨大差异和差距有了切身的体验。

睁眼看世界的郑知县，发现大清国和日本国在这几十年里所经历的事情不但相似，而且几乎是相向而行，结果却大相径庭。

大清国在 1840 年和 1856 年爆发的两次鸦片战争中均败在西方列强的坚船利炮下，被迫对侵略者和帮凶大量割地赔款，受辱到了无以复加的地步。痛心之余，以曾国藩、李鸿章为代表的洋务派官员，在中西社会状况比较中，发现大清国的经济和科技远远落后于西方，据此以为找到了国家积弱不振的原因，得出“必先富而后强”的结论。于是主张摹习列强的工业技术和商业模式，利用官办、官督商办、官商合办的方法发展近代工业，促进经济发展，以增强国力。1861 年朝廷开始推行洋务政策，经过三十余年的苦心经营，自认为变得强大的洋务派，强国梦却因甲午一战而破灭。

1854 年，同样闭关锁国的日本国被向外扩张的美利坚合众国逼迫开港，随之又被迫与美、英、俄、荷、法等资本主义国家签订一系列不平等条约，由此引起社会矛盾急剧激化，人民与德川幕府封建统治集团进行了长期斗争。1867 年，带有资产阶级倾向的下层武士，推翻了具有二百六十五年历史的德川幕府的封建统治，于 1868 年成立了新的中央政权，改元明治。新执政者痛下决心，决定推行维新变革政策，彻底摒弃此前师法中华封建政体和狭隘僵化的教育体系，转而全面借鉴西方列强的社会架构，学习他们治理国家的理念、方法和科学技术。经过二十多年的奋发图强，日本国悄然变成了强国，不但把追随了一千多年的偶像中华远远抛在了身后，而且回头对其呈现出了咄咄逼人、图谋不轨的姿态，终于在甲午之年给曾经的老师上了惨痛的一课。

郑知县还把大清国的洋务运动和日本国的明治维新进行了全面比较，找出了两者失败和成功的根源在于政体不同。前者只是在封建腐朽制度的躯体上披上了一件用西方技术制作的华丽外衣，而后者则用较先进的君主立宪制代替了落后的幕府封建制。一个专权、腐败、僵化的王朝，怎能与一个民主、廉洁、充满了活力的民族相抗衡。大清国如若再不变革政体，谁都拯救不了这个庞大封建王朝覆灭的命运。学人中的杰出代表康有为、梁启超等人极力推崇维新，试图借鉴日本国的君主立宪制替代大清的封建专制。在开明的光绪帝的支持下，康、梁等人于1898年（戊戌年）6月11日开始变法。但是撼动旧有政体根基谈何容易，慈禧太后岂肯束手放弃她的统治权，那些皇族同样要维护他们的特权，在他们的头脑里，大清国的利益就是他们的利益。于是，历时一百零三天的戊戌变法，在保守派的镇压下失败了。但是更猛烈强劲的革命风暴正在酝酿中，以孙中山为首的革命党人谋求推翻清朝建立共和，要让中华民族得以像凤凰涅槃般地重生，遂成立了以资产阶级为基础的同盟会，其成员在全国广泛传播革命思想，在南方发动了一系列武装起义，一次次动摇着清朝的统治根基。

郑知县来到元龙县上任已四月有余，对县情也有了大致了解，预感在这个时段到此“难治之邦”履职将会发生难以预料的重大事情。目前大清国正处于风雨飘摇之中，各种思潮和力量在激烈地冲突较量，身为朝廷小官吏的他十分清楚自己被动地裹挟在其中，内心虽怀有改造社会之理想，却没有勇气和力量去践行，只好静观时局变化，再做人生抉择。但他提醒自己，毕竟是朝廷命官，眼下恪尽职守、努力维持大清国的机能在这块土地上正常运转是其本分。他同时给自己设定了“既给朝廷卖力又不祸害百姓”的为官原则。

立冬过了十余日，天气渐冷。这天上午郑知县在二堂批阅了几十个诉讼案卷，疲惫加阴冷，让他放下公务，吩咐贴身衙役生上炭炉，便走出二堂去伙房吃饭。在院里他碰上急匆匆而来，手里拿着一件从正定府传递来的特急公文的主簿。他接过公文当即启封阅看，霎时起了一身鸡皮疙瘩，这是光绪皇帝驾崩的讣告。变法壮志未酬的光绪，匆匆走完了三十八年的凄苦岁月，郑知县猜测他或许是宫廷斗争的牺牲品。“老佛爷”占了上风，看来政体依然如故，不会有什么变化了，但这也意味着革命党人掀起的风暴会更加猛烈。他看完讣告，立刻召来皂、壮、快三班头目，吩咐他们带着手下去各村发布国丧文告，并要求在国丧期一百天内，严格按照清制规定查办那些鸣锣唱戏、动用响器、男婚女嫁、穿艳丽服饰、屠宰牲畜等违反禁忌者，给予他们相应的惩处。三班头领命而去。郑知县期盼全县老百姓能够平安度过国丧期，千万不要出乱子，以免在这非常时期被朝廷派出的密探监视到，呈报上去自己被追责。

郑知县在精神高度紧张中平安度过了国丧期的第一天。第二天，万万没想到又传来一个讣告：慈禧太后病逝。这让郑知县惊出了一身冷汗，感到大清的气数已尽，就要有翻天覆地的事情发生了。随后的日子，他每天都在打探京城及各地的信息，关注县内百姓的动态，唯恐错过决断形势的机会。近来同盟会等反清组织活动猖獗，恐和县境内反清势力合流，在这清廷权力真空期发起暴动。如果发生那样的事件，他会见风使舵，绝不会抱着陈腐的愚忠思想成为清廷的殉葬品。

因在国丧期，禁止人们饮酒取乐，县城里的饭馆大都关门歇业，杜化吉的豆腐生意自然也大受影响，梆子都不敢敲，只零星地在本村卖一点儿。闲来无事，杜化吉和女人秋月只好在冬日下哄孩子耍。这几年杜化吉的日子过哩十分满意：满意碰上了秋月这个勤快质朴哩好女人，帮他操持生意和家务；满意三岁多哩儿子杜喜田聪明伶俐招人喜爱，给他们增添了过日子哩乐趣；满意生意越做越红火，赚了一些钱，如愿以偿从别人手里买了五亩水浇地，家业开始出现蒸蒸日上哩势头。只是这三个多月的国丧期耽误做生意，让他好不烦恼。

前几天杜喜田的头顶上长了一块儿疥癣，刺痒难耐，孩子不时摘下瓜皮帽抓挠几下，直到把头皮抓破，脓血渐渐洇湿了周围的头发，板结在一起更是奇痒，便大声哭叫。秋月看到孩子受罪的样子，拿来剪刀剪去那片头发，涂抹上药膏。杜化吉见状撇嘴道："真难看，像是草窝里老鼠窟窿。"找了把剃头刀，将孩子的头发剃了个精光，得意道："这多利索，抹两回药就好了！"孩子感觉头上舒服了许多，高兴地跑到街上耍去了。

杜喜田和几个小伙伴蹲在地上耍泥蛋蛋，头顶上的疥癣又一阵发痒，便摘下瓜皮帽抓挠。几个小伙伴的小辫儿梳得整齐，很是稀罕杜喜田光头的样子，围着他叫道："秃葫芦瓢，秃葫芦瓢。"杜喜田正要把帽子戴到头上，却被一只大手拿走，一个粗壮的声音问道："你是谁家哩孩子？"杜喜田见是两个表情严厉的陌生汉子，怯怯地不敢回答。一个小伙伴讨好道："他爹叫杜化吉。"为首的汉子指着杜喜田哄骗几个孩子道："谁领俺去他家，俺给谁买果果吃。"那个讨好的孩子道："俺领你去。"转身就向杜喜田家跑，两个汉子拽着杜喜田快步跟在后边，其他几个小伙伴远远地尾随着。来到杜家门前，领路的孩子指着门口对两个汉子道："这就是他家。"说完躲在了一边。因耽搁了生意而心急火燎、坐立不安的杜化吉，在院里来回踅着步，见走进来两个一身短打扮头上裹着青巾的衙役，手里还拽着吓得撇着嘴欲哭的杜喜田，很是诧异。不等他开口询问，为首的衙役铁着脸抢先发问道："你是杜化吉？"杜化吉道："是。你们抓俺孩子干什么？"此人亮明身份道："县衙里捕快。"他们两个监管着这一片的几个村子，从临村刚来到贞村就看到了杜喜田的光头。杜化吉疑惑道："孩子做错了什么事？"另一个捕快道："国丧期间禁止剃头，违者严惩。"他指着杜喜田问道："这孩子头是你剃哩？"杜化吉恍然道："俺孩子头上长了块儿癣，剃光了好上药。"为首的捕快道："不管咋样，这头是不能光着，得用黑漆把头抹上。"另一个捕快把随身带的一个小木桶盖打开，从里边拿出一把沾满了黑漆的刷子来。杜化吉见状忙向两个捕快告饶道："俺不懂这规矩，俺不叫孩子出门沾不？"为首的捕快断然道："不沾，大清律岂能当儿戏。"在灶火间准备做饭的秋月听到外边的对话，赶忙用铁铲从锅底上刮下一把灰跑出来，在孩子的头上抹了几下，对两个衙役道："这下沾了吧？"为首的衙役道："不沾，锅底灰一擦就掉，起不到惩戒作用。"说着一把将孩子塞在他的两腿中间使劲夹住，让同伴动手。杜喜田瘦小的身子被这壮汉夹得喘不过气来，从喉咙里发出痛苦的干咳声。杜化吉不顾一切冲上前解救孩子，脸上挨了为首的捕快重重一拳，仰面摔倒在地。他知道来硬的不行，顾不得疼痛，急忙翻起身跪倒在为首的捕快面前祈求道："俺替孩子受惩罚沾不？"对方回道："你是祸首，孩子要涂，你也要涂。"示意同伴快动手。另一个捕快的刷子在杜化吉的头上胡乱涂抹了几下，光秃秃的前额和脑后的发辫上满是黏稠的黑漆，一直流淌到了脸颊和脖颈上，弄得他面目全非。秋月见男人这副惨状，害怕孩子也遭此罪，也急忙跪倒在为首的捕快面前，恳求让她代替孩子受罚。另一个捕快不理会她，径直把刷子落在了杜喜田的头上。为首的捕快这才松开两腿，满头乌黑的杜喜田一头栽倒在地，大口喘着气，那模样像一个刚从地狱钻出来的鬼怪，吓得几个小伙伴掉头就跑。为首的捕快警告杜化吉道："国丧期不许洗去油漆，不然罪加一等。"言毕带着同伴转身出了院子。杜化吉两口子围着躺在地上痛苦挣扎的孩子不知如何施救，急得号啕大哭。

国丧期快度过一个月了，段士修穿着素服却没吃素食，他每天照旧酒肉不离口，只是不像往日那样讲究席面了，大门紧闭也很少出去闲逛了，在这特殊时期以免做出不合清规戒律的行为来而受到惩处。这段日子他不断听到村里有人遭受了各种意想不到的惩罚，今天一大早他忽然生出一个念头，想找丁黑子点儿毛病，叫这个老跟自己作对哩倔棒人吃点儿苦头，以解心中怨恨，便吩咐大小子段永福把家里需要修补的犁、耙、镰刀、薅锄等农具装了一大车，送到丁黑子家。

进入冬季，丁黑子家的院子里一天到晚忙个不停，打铁声不断，为全村各户修补农具。儿子丁不白已娶妻，他传承了爹的手艺，小两口住在东厢房，和老两口其乐融融地生活在一起。对段永福送来的一大车农具，丁黑子头上冒着大汗，一刻不停手里的活儿，叫丁不白清点了数目，让他五天头上来取。段永福回家向爹交差，说丁家生意真好，那些农具五天才能修补好。段士修诡异地笑笑，自言自语道："好，这就是把柄。"把段永福弄得一头雾水，不知道爹的葫芦里装哩什么药，正要询问，爹吩咐他备好笔墨纸砚。见爹神秘兮兮的样子，他不便多问，照办为妥。段士修提笔给郑知县写了一封信，段永福站在一旁看着，终于明白了爹的心机。段士修把丁黑子单调而枯燥的打铁情景，夸张地描写成了铿锵作响的热闹场面，招引了不少村民围观，这严重违反了国丧法规，他制止无效，只好求助郑知县。段士修把写好的信交给段永福，让他吃过晌午饭送去，自己在家等着看热闹，心说好你个丁黑子，这回看你到底有多么大哩脾气，定叫你吃一回眼前亏。

郑知县收到段士修的信，很重视这个乡绅反映的情况，即刻招来姓许的捕头命其核实查处。这段日子，许捕头疲于应付各村的此类案情，心里早已烦不胜烦，办案越来越简单化，便指派一高一矮两个步快去贞村缉拿丁黑子。这两个步快整天没有歇息的时候，刚羁押回来一个案犯，还没喘匀气就又被捕头派了差，没好气来到贞村已是后半晌。俩人找到丁黑子家，在院墙外就听见叮当作响打铁的声音，走进院门看到一个身形健硕硬朗，弓着背，在炉火映照下汗水盈溢着满脸褶皱的中年汉子，左手掌钳，右手挥舞着锤子正聚精会神地锻打着一只通红的犁头。矮个子捕快二话不说走近丁黑子，两手一扬把缉拿犯人的铁链套在了丁黑子的脖子上，用力一拉，勒得丁黑子向后一个趔趄几乎跌倒。正在全神贯注拉风箱控制炉膛火势的丁不白被这突如其来的情景所震惊，他以为是打家劫舍的歹人，忽地抄起身边一把钢钎冲向那步快。高个子步快横空抓住了丁不白的钢钎，喝令他别动。丁黑子攥紧手里的铁锤，怒斥来人道："你们是什么人？竟敢招惹俺丁黑子。"高个子步快喝道："丁黑子，你好大胆，皇帝和太后驾崩，举国志哀，官府命令禁止一切响器，唯独你敢闹这么大哩动静。走，跟俺们到县衙接受惩处。"丁黑子嘿嘿笑道："原来是县里来哩衙役，公事公办俺不怨你们，把铁链给俺摘下来，你说去哪俺就去哪。"丁不白突然发力把钢钎从高个步快手中抽出来，直顶住矮个步快的胸膛，喝令道："把俺爹放开，不然戳你个透心凉。"面对性情刚烈的父子俩，矮个子步快感觉他和同伴没有制伏对方的把握，便松开一只手，铁链的一头从丁黑子的脖子上滑落下来，说道："跟俺们走吧。"丁黑子道："且慢，待俺五天内把接哩活儿干完，再去县衙不迟。俺还正想见见县官，跟他说道说道，给皇上治丧事大，还是老百姓哩生计事大。要是这打铁弄出点儿响声，也跟敲锣打鼓一样治罪，俺看这世道就没有天理了。你们回去吧，俺五日后保证去县衙找你俩，咱们一块去见知县，沾不？"在灶火间做晚饭的丁家婆媳俩，听到动静跑出来，忙向两个步快求情。这俩货本不肯依，但面对毫不畏惧的父子俩又担心用强硬手段行不通，两个人嘀咕几句，决定放弃，编个理由回去向班头交差了事。高个子顺坡下驴道："沾，看丁黑子是个爽快人，一言为定，五天后俺哥儿俩在县衙等你，如若食言罪加一等。"两个步快随即离去。松了一口气的丁家婆媳分别劝各自的男人歇了活儿吧，过了国丧期再干不迟，免哩再招惹是非。丁黑子骂道："皇帝死了不叫敲锣打鼓也罢，不叫打铁俺想不通，这是什么狗屁规矩，俺就不信这邪！"

许捕头听手下叙述了去贞村缉拿丁黑子的情况，心里很是恼火，说这丁黑子何许人也，还想跟知县大人说道，待俺去收拾他。

第二天一大早，丁黑子和丁不白父子俩正在院子里筹算这一天要出多少活儿，从门外突然闯进来六个捕快，三对一直接扑上去把父子俩的头套上布袋，用铁链绞住全身，抬到门外的两匹马上，迅疾蹿上各自的马撤去。在北屋和东屋的婆媳俩，听到院里的动静不妙，放下手里的活儿跑出来，呼天抢地追到院外，眼睁睁看着一队人马消失在了西去的街巷里。待邻居们闻讯赶来，追到村西口，捕快的马队早已不见了踪影。

丁家父子被带到县衙，在班房审讯室先吃了一顿棍棒，身形高大、面容凶狠的许捕头问丁黑子道："还想跟知县大人说道呗？"丁黑子被打得说不出话来，躺在地上恨得咬着牙，只能用两眼怒视着捕头。丁不白凭着年轻体壮，还有一点儿骂人的力气，怎奈声音微弱含糊不清，不知骂的什么言语。许捕头对丁黑子戏谑道："你不是说要跟知县大人说道噢？沾，你先在这歇着，等养足了精神头俺再带你去。"说完吩咐手下将父子俩抬进监牢。

牢室里早已人满为患，他们大都是因为触犯了国丧期间的禁忌被抓，接受惩治。

几天后，魏三回家看望爹，知道了丁家父子因为打铁叫衙役抓进班房遭到毒打的事情。他怒不可遏，要为他最敬重的人报仇。这几年他们这杆子又增添了些人，大小二十几条汉子，在元龙县也是小有名气。正当魏三谋划对县衙捕快采取何种报复手段时，老大十年前跟义和团里熟悉的一个山东汉子老康找到山上，说他已加入同盟会，请求山上的弟兄们配合他在县城发动一次秘密暴动，刺杀几个清廷官员，同时铲除一批为非作歹的班头和衙役，为推翻这个对外软弱无能、割地赔款，对内暴虐百姓、腐败透顶的清王朝制造一点声势。老大召集几个主事的弟兄一同商议此事，他思谋来思谋去，表明自己的态度道："自义和团被清军镇压后，俺就心灰意冷了，不想再干跟朝廷对抗哩事了，咱们斗不过人家。眼下行劫富济贫之事，不过是个权宜之计，也就是为了挣口饭吃。俺打打杀杀过了这些年，想寻个清净，回家过安生日子，你们谁想干就干吧。”魏三劝老大道：“清廷气数将尽，改朝换代不会很远，咱现在积累些资本，以后会有用场。这山上不是咱久留之地，乱世出英雄，咱得千方百计弄个名头，后半辈得体面哩活着。”老大对魏三摇摇头道：“哥哥岁数大了，你还年轻，有想法就好，你带着弟兄们干吧。”魏三谦虚道：“兄弟不才，在座哩哥哥都比魏三强。”有个跟魏三相处最近的人称赞道：“论学识、胆量，咱们这些弟兄数你强，办事公道、为人仗义，俺们信服你！”别人也都附和。魏三推辞不过，便一一给哥哥们作揖答谢，就此接过了这杆子草寇的权杖。他随后和同盟会老康秘密商量暴动方案，魏三按捺不住激动的心情道：“要闹就闹大些，光咱这二十几个人远远不够，趁现在老百姓痛恨清廷，再动员些人一同行动，杀官府个昏天黑地才过瘾！”老康沉稳地说道：“搞偷袭，人在精不在多，二十几人一支队伍足够，行动方便，隐蔽性好，对方在明处，咱在暗处，打他个措手不及。俺已经组织好了另两支队伍，分别在县城、殷村和南佐两个大镇同时暴动，影响不会小，一定能让老百姓感觉到清朝即将覆灭的征兆，叫县官几个月不得安宁。”魏三情绪高涨道：“俺去城里偷袭县衙，保准闹个大动静。”老康高兴地表示赞同，并答应给魏三几支洋枪壮威。定好行动计划后，老康突然神秘地对魏三说道：“这几天夜里多次梦见一条龙，这龙说封龙山就是它家，它在天上呼风唤雨飞腾了几千年，只因这几十年来国衰民弱，它也没有了力气，只能匍匐在地上行走。这龙每次都激励俺一定要为推翻当今腐败无能的清政府出力，替国家寻找一条强盛之路，说得俺热血沸腾，俺老康每次都慷慨激昂地表示，为了中华民族能够走上复兴之路，赴汤蹈火在所不惜！莫非这是天意在昭示俺老康不成？”魏三惊奇地听完老康的述说，羡慕道：“你真荣幸！不是谁都能梦见传说中能降福驱邪哩飞龙，俺做了好多梦都没遇见过。”他话锋一转，信心十足道：“这是飞龙在昭示咱们此次行动一定能成功！”俩人不约而同伸出右手，用力击掌相视而笑。

一个多月来，郑知县每天都要接到十几起因违反国丧禁令，而从各村抓到县衙来的乡民的呈报。班牢里已经人满为患，如此下去，供这些人吃饭都是个问题，而且他还感觉到越积越深的民怨，随时都可能引发暴乱。他便把三班头招来，告诫他们不可再随意抓人，抓来的人要陆续放走，留几个做警示就行了。这个夜晚，他躺在炕上反思自己在国丧期的所为，深感他给自己设定的“既给朝廷卖力又不祸害百姓”的为官原则是多么的幼稚。自己为了执行清廷律令，多少百姓蒙受了莫大的屈辱。他感叹着自己的为官之难和百姓之苦，刚沉入睡梦中，便惊恐地看见一条龙攀附在房梁上，冲他探着头开口道：“郑知县，别怕，俺是封龙山上哩飞龙，有几句话要跟你说。你是个头脑清醒之人，不可逆潮流而动，要顺势而为……”不待飞龙说出后面的话，突然传来一阵枪声把他惊醒。静夜中的枪声如此响彻，他听出来是从县署门口传来的。土枪的沉闷声和洋枪的清脆声混杂在一起十分震撼。他很快判断出这是一股不小的队伍在进攻，枪声由远渐近，百十个兵勇和三班衙役似乎不是他们的对手，正在节节败退。他感觉不妙，迅速起身，一边穿衣一边吩咐贴身衙役出去探究竟。他刚穿戴好衣裳，县丞和主簿前后跑来报告说，一支不明队伍杀了进来，个个骁勇，兵勇和衙役快抵挡不住了，叫他赶快进地道躲避。在这危急关头，郑知县不想做出有损自己形象和尊严的行为来，他强作镇定地喝令属下跟他一同前去反击，逃避只能束手就擒，随即从官服里掏出一支左轮手枪冲出了屋子。

郑知县前来参战，身先士卒的表率大大激发了苦苦抵抗的兵勇和衙役们的斗志，他们凭借着熟悉地形和武器优势，渐渐稳住了阵脚。双方在黑夜中一直激战到天空现出了灰白，进攻方的枪声刹那间沉寂下来，偷袭的队伍忽然不知了去向，县城又恢复了宁静。郑知县认为是天色对暴匪不利，他们明白再打下去要吃亏，便见好就收伺机撤出了战斗。

天亮后，郑知县盘点兵勇和衙役伤亡人数，因遭受突然袭击，损失了十余人，却找不到对方一具尸体。他的惊魂还未安定下来，几个驻扎在殷村和南佐两镇的兵勇狼狈不堪地骑马逃了回来，惊恐万状地各自述说夜半时分受到了一股不明身份武装的袭击。这是些什么人？是土匪？这片地界敢跟官府作对的草寇还没有；是同盟会的人？只知道他们在南方一带闹得正欢，还没听说他们在元龙县有组织；或者是当地民众暴动？他们不会有如此严密的行动计划和勇猛的作战精神。就在郑知县百思不得其解时，有衙役从街上捡来几张传单，上面是同盟会号召民众反清的内容。他倒吸一口冷气，不但真切地嗅到了大清国走向灭亡的气息，而且预感自己的为官生涯或许也走到了尽头。身为朝廷命官，他必须迅速如实地把这几起同盟会组织的暴动事件呈报上去。

几天后，郑知县接到了朝廷旨令，责令他两月内剿灭元龙县境内的同盟会成员和暴动匪徒，安抚百姓的不安情绪，如若有失，必予究责。苦恼中的郑知县忽然想起了那晚飞龙对自己说的话，他理解飞龙劝导自己的一片苦心，可他既没有胆量违抗朝廷的旨意，也无力去完成这一命令，只好做做样子应付差使。半个月过去了，一个同盟会的人员和暴匪都没抓住，他就在这焦虑和矛盾的心境困扰下又苦熬了月余，终于支撑不住病倒了。中风使他由一个眼界开阔、思想复杂的学人加官吏，瞬间变成了一个意识混沌、生活不能自理的废人，这无疑成了他“逃避”被朝廷追责的唯一“途径”和“理由”。

魏三近来可谓春风得意，他在偷袭县衙行动中指挥得当，己方仅有几人负伤，却打死了官府十余个三班衙役和兵勇，既为丁家父子报了仇，同时自己也在这杆子草寇中树立了威望，可谓一举两得。他也随之扩张了欲望，要迅速壮大这支队伍，为在将来社会巨变中挣得一席之地多积累些资本。

第十八章　乱　局

直隶举人张时儒从外县县丞的位置上前来接替上任一年便一病不起的郑知县，苦撑元龙县的乱局。

乱局岂止限于这一小片土地，泱泱神州大地的每一寸山河，都在孕育着改朝换代的力量。光绪帝驾崩次年，由他三岁的侄子爱新觉罗·溥仪继位，改元宣统。小皇帝的父亲载沣，身为监国摄政王，掌握着大清的统治权。面对同盟会要推翻清朝政府汹涌澎湃的革命形势，较识时务的载沣，终于接受朝廷内部维新派强烈要求实行君主立宪渐进改革的呼声，下诏重申预备立宪，要把西方的民主宪政制度移植到大清国这片封建固土上来。其中的重要内容是推行地方自治，还政于民，激发民众参政议政的热情，培养自主意识，推进社会进步，通过政治改良，达到稳固大清国国体的目的。更紧迫一点说，祈盼这一举措能够成为拯救大清国的最后一根稻草。直隶省首先成立了谘议局，各县也都在相继组建议事会和参事会。

张知县眼前的紧要事情就是在全县选举出议员，尽快成立两会，好为他治理县境内繁杂而棘手的事务出谋划策。

参议地方事务，向来是大户和乡绅们的专利及游戏。他们手中掌握着乡村的多数土地和财富，还拥有穷人不具备的学识，乡村的事情还得由他们说了算。选举议员的消息还没有传遍各村，选举人和被选举人的资格以及选举程序更没有公布，张知县及其幕僚便从各乡镇报上来的大户名单中确定了二十余名议事会成员。这些人都是全县有名的乡绅和财主，张知县认为，只有他们才有能力帮助自己治理县务。张知县紧急召集这些议员到县衙开会，从中选举出了正副议长各一名。全县一位颇具名望的士绅当选为正议长，段士修当选为副议长。段士修在竞选中，大谈如何整饬匪患、兴修水利、兴商纳税的设想。这些正是张知县最想干的事情，他对段士修大加赞赏，其他议员顺水推舟自然把票投给了这个得到知县赏识的人。在接下来进行的确定参事会成员的程序中，张知县又从这些议员中指定了四个人，段士修是其中之一。身兼双职的段士修，立即感到自己身价倍增，他为自己今后有资格参议县里的事务而得意，如此就能更好地维护他段家的利益了。

段士修要自筹财力人力成立团练，用以消弭匪患保一方平安的提案，很快就得到了张知县的批复，让他按照自己的设想尽快去办。段士修很为自己的图谋得逞而高兴，这天他把大小子段永福叫到堂屋，分主次落座后，严肃地说道：“现在各种势力正在形成，社会不知道要变成什么样哩，咱要做好应对准备。你今年二十三岁了，成了家还没立业，要有干大事哩胸怀。咱家近期要成立团练，目的是扩充咱段家哩势力，保护家业不受外人侵犯。团丁从周围村子里招募，需要五六十号人，一人一支洋枪。你爹当团总，副团总由你担任，负责操练和巡防，想不想干？”段永福兴奋地站起身回应道：“爹！你放心，这事交给俺，俺一定不辱使命！好好训练团丁！谁要是敢动咱家一草一木，俺决不会轻饶他！”段士修满意地点点头，又叮嘱段永福道：“凡事要多动脑子，遇事不可盲动，更不可冲动，以免给自己造成困局。”段永福踌躇满志道：“团练成立起来，方圆几十里没人是咱段家哩对手，谁敢招惹咱。”段士修提醒道：“对魏三要十分地敬重，那主儿心劲大，不知道以后会闹成什么样哩气候。平时要跟他拉近关系，不给咱添乱就沾。”段永福最清楚爹的心思，爹对魏三是既恨又惧，魏家的烧坊刚开业那几天，他看到爹一连几天食不甘味、卧不安枕，心里的气好久才消解下去。今天爹对他说的话，既是告诫他，更是寄予他希望，要给段家争口气，他宽慰爹道：“别提那小子了，咱家团练好歹挂靠着官府，魏三是一介草寇，他能成什么气候？躲在深山里苟延残喘几年罢了，得了机会咱还得灭了他，不能叫这穷小子盖过了咱段家哩风头。依孩儿判断，咱真正应该忧虑哩是，同盟会正闹哩邪乎，目的是要推翻清朝，建立什么共和，还要平均地权。要是他们成功了，这世道恐怕真就变了，咱段家哩地叫他们拿去平分，咱可就没好日子过了。”段士修很高兴大小子能说出这番话，考虑起大事来了，有出息，以后定能指望上这孩子，便解答儿子的疑虑道：“同盟会就是推翻了清朝政府又怎样，平均地权？远哩不说，近二百多年从李自成到洪秀全哪个不是这么喊哩，谁实现了？还不都是昙花一现完蛋了。放心吧，不论什么人当政，都离不开咱这大户人家。从你爹记事起，县府纳税捐款筹粮，哪一回不是先找咱段家，哪一样不是咱段家出大头。”段永福琢磨着爹的话，频频点头，心里踏实了许多。

没出半个月，段永福便从周围几个村子招募来了五十多名青壮年，其中不乏好勇斗狠和二杆子脾气的主儿。他把这些人和家里原有的看家护院的汉子分成五个小队，从中精心挑选了六个岁数比他小的猛汉子当头目。又去城里请来新军哨官和县衙捕头各一人，操练了队形教了些拳脚，这团练算是成立了起来。

这天前晌，在一进大院，段士修给团丁们训了一番话，大意是要他们尽职尽责为周围几个村子的百姓看护好家园，保一方平安，不叫坏人欺负自家乡亲。这些人都是为了填饱肚子才参加的团练，现在吃着段家的饭，自然要听段团总的话，他们齐声响应表忠心，说段团总指到哪俺们就打到哪。随后段永福也讲了几句，同样得到一片欢呼。段士修很是高兴，当即吩咐跟随在他身边的田生玉晌午备几桌酒席，叫这些团丁大吃大喝一顿。席间，段永福和他任命的几个头目坐在一桌推杯换盏，喝到酣处，他提议要结拜盟兄弟，几个人既惊且喜，纷纷说俺们高攀了。段永福看他们都乐意，便说择个吉日举行结拜仪式，一桌人亢奋得连声称呼他大哥。段永福很享受当老大，邀他们举杯一饮而尽。

两天后，在段士修的堂屋里，由他主持，段永福几个人按年龄排了大小顺序，每人手里端着一碗鸡血酒跪在天地牌位前，嘴里念叨了一番同生死共患难、甘愿为兄弟赴汤蹈火之类的说辞，碗里的酒一半敬了天地，一半喝进了肚里。自此，段家又多了几个忠实的家奴。

团练成立后，段士修心里有了底气，元龙县境内就他所知道的最大的几股土匪力量都比不上自家的势力，他自信没人敢招惹段家了，就是魏三也要惧他三分，他真正可以睡安稳觉了。少了一块心病，段士修心里还有一个顾虑，他决定把自己占据了十余年的保长一职让出去，暂时避开即将到来的乱世，待天下安定后再寻出头良机。眼下时局动荡，他预感到必将有大变局发生，说不准这大清国会是谁哩天下。肩负着稳定社会底层职责的保长，在这变局中定会惹上扯不断的事端，全然不像议长和参事那样隐身在县官身后可进可退洁身自保不用去操办具体事项的清流美职。他想把这保长一职让给高冉，叫这个乐善好施、急公好义哩人去承担纷乱的村事吧。

段士修这天上午到县衙，向张知县陈述了自己要辞去贞村保长的因由，并推荐了高冉为继任者。说，一则，自己当了十余年保长早该让贤了；二则，好腾出时间为知县大人参议好县里事务尽力；三则，高冉处事公道，在村民中颇有声望，会把村事调理哩井井有条。张知县正为紧张的时局忧愁，很想多几个人替他出谋划策，觉得段士修提的建议有道理，遂决定采纳，但没有更多精力走那些费心的程序，便免了召见高冉以观其貌、察其言的过程，当即命主簿书写任免告示并派衙役去贞村张贴。

告示一出，全村人一片哗然，不知道这县衙闹哩是哪一出，没有任何动静就换了保长。不是说段士修不该换，而是不明白张知县为什么免了这个县衙哩红人。高冉当保长村人自然高兴，人们早就盼着这个心悬明月的人为他们主事，但是高段二人不睦的关系村人早就知道，怀疑段士修是不是另有图谋，会不会在背后拿捏高冉。高冉对自己突然被当上保长之事，心里更是懵懂，他纳闷不经村人推举，张知县怎么就知道自己这个不显山不露水哩人了？高冉很快回过味来，断定这是段士修耍哩伎俩，人家已经里里外外安顿好了家务，要把棘手哩村事推给自己处理。高冉同时很懊恼张知县这种武断的做法，不经本人同意就发布了公告，硬把自己放在了“老虎”背上。尽好保长之职可不是简单哩事情，高冉从来就把这一职位看成是维护乡亲利益的首要之责。对下，如何让乡亲们过上安宁平和哩日子，既处理好征粮缴税之事又不损害村人利益，这是个天大哩学问；对上，既要跟县衙打交道，又不阿谀知县和一班官吏，这是个天大哩难事。他认为自己没有那么大哩本事，可内心又有为乡亲们操心出力的强烈愿望。就在高冉踌躇莫展时，丁黑子搀扶着魏老酒和一群乡亲来到了高家。他们听到了张知县任命高冉当保长的消息后，高兴地前来祝贺，盼望他能把村子好好治理一番。刚走进大门洞，丁黑子就大声喊道：“高冉老弟！高冉老弟！……”高冉在三进院堂屋里就听见了丁黑子洪钟一般的声音，他急忙迎出来。在三进院门外双方碰了面，乡亲们冲着高冉纷纷作揖恭贺。高冉把乡亲们请进堂屋，高张氏忙让他们坐在椅子和炕上，并沏茶倒水忙活起来。高冉站在屋中间苦笑道：“天上不掉馅饼，却掉了个保长帽子砸在俺头上，俺这会儿还没回过神儿来哩。”魏老酒夸赞道：“县太爷一定知道你是个公道人，把这顶保长帽子送给你了。”高冉无奈道：“在乱世，这不是个好差事。”一句话点明白了老伙计们的心，丁黑子若有所思道：“这是不是段士修使哩手腕，想捉弄你？”魏老酒道：“那主儿心术不正，得处处提防着他。”高冉道：“咱村里事总得有人打理，既然到了这一步，责无旁贷，俺就干吧。”高冉这么一说，丁黑子忽然来了精神，从圈椅上站起来大声说道：“有事你尽管吩咐，俺们给你跑腿，是该把这村子好好治理治理！你看咱村成什么样了，天一黑就没人家不插门，怕盗匪袭扰。段士修成立了团练，只是护着他段家大院，村里治安一点儿都不管。”高冉道：“当务之急，得有人巡夜，叫乡亲们能睡上安稳觉。”几个人说话间，更多的乡亲们已经陆陆续续挤满了高冉的堂屋，他们对高冉都寄予很大期望。这些年，乡亲们早就厌烦了段士修飞扬跋扈、狡诈虚伪的做派，今天忽然听说高冉要当保长，欣喜之余便想当面唠上几句。乡亲们对高冉的提议很是赞同，纷纷表示道：“高保长，你吩咐就是了，俺们听你哩！”“俺家出个壮劳力！”“俺家还有杆火药枪！”……

乡亲们的信任让高冉更加忐忑不安，他表态道：“乡亲们！实话说在前头，俺没本事干这保长，承蒙乡亲们抬举，俺就尽力干一年，干好了则罢，干不好你们骂俺高冉时，可别连带俺家祖宗，你们说沾不沾？”丁黑子用力拍着高冉的肩膀道：“老弟！就冲你这番话，俺们就认定你了！干吧，乡亲们都当你哩后盾！”

大伙儿也一同响应，高冉觉得心里暖烘烘沉甸甸的。

乡亲们走后已是黄昏，高冉独自静坐在屋里梳理着村里的事情。眼下已是深秋，冬季即将来临，那是匪患最猖獗的季节，当务之急要解决的是村子的治安问题。段士修在筹建团练时，声言是为了防御盗匪，保护乡亲们平安，可是成立一个多月来却不见他们巡夜。今天有必要去询问段士修，如若他没有让团丁巡夜的打算，自己再组织一支队伍，否则重复组建会给乡亲们造成大量人力和财力负担。

他当即来到段家征询此事，段士修痛快地表示道：“团丁刚训练好，这几天就开始巡夜。哥哥放心，兄弟会全力支持你这个保长，也会全力为乡亲们采取保护措施。”话已至此，高冉暂且打消了筹建巡夜队的念头，只盼着团练早一天行动起来。

第十九章　灭绑匪

杜化吉对他父子俩在国丧期间被捕快用黑漆涂头所遭受的屈辱，很快又被长久不能做生意的焦急心情所取代。自他终于度日如年地熬到了开禁的那一天起，便近乎疯狂地投入生意中去。一年来他早出晚归，恨不得立刻就把那三个多月造成的损失弥补回来。

今天，杜化吉前晌赶着驴车去县城给十几家饭馆送完豆腐，晌午赶回来放好钱胡乱吃了几口饭，又赶着驴车去周围的村子卖豆腐。初冬的白昼一天短似一天，刚过晌午不觉间太阳就下了山，他卖完最后一块豆腐，天完全黑下来，便急急地从北边十里外的村子往回赶。一路上他左顾右盼空旷的田野，生怕突然窜出劫匪抢去他这半天辛苦挣来的几百文钱。

杜化吉回到贞村时，各家院门早已上了闩，街上一片冷清寂静，只有西北风吹动残留在树上的叶子发出的嗦嗦声响。他急忙把驴车赶进自家院子插好门，心里才安稳下来。劳累了一天的秋月刚做好饭，在灶火间听见男人回来，高声喊他吃饭。杜化吉卸着驴回应一声，顾不上饥肠辘辘的肚子，先陪着劳累了一天的四条腿伙计在地上打完滚才走进灶火间。女人和孩子坐在地桌旁等着他一块吃饭，他看到地桌上放着一盘大葱炒鸡蛋，质问女人道："这盘炒鸡蛋给谁吃哩？"秋月道："你和孩子。"杜化吉厉声骂道："败家哩东西，给你说过多少遍，留着鸡蛋卖钱，吃到肚里变成粪，把好东西都糟蹋了。"女人把盘子推到孩子跟前，生气道："不知好歹，看你每天这么劳累，叫你吃点儿好东西补补身子倒遭你抱怨，不吃甭吃，都叫孩子吃了。"杜化吉知道女人心疼自己，也就不再接茬，从咸菜瓮里拿出一块腌白萝卜，就着豆渣饼子和小米菜饭狼吞虎咽起来。女人却不依不饶，委屈道："跟你过日子算倒了血霉，吃不上穿不上，一天到晚干不完哩活，还不如这头驴活哩自在。"杜化吉始觉对不住媳妇，他喝一口饭，咽下嘴里的干粮，声音柔和地说道："不省着细着咱能置起那几亩地？又怎么能攒下这一百多块银圆？等咱有了三顷地再吃好哩穿好哩也不迟。"女人撇撇嘴道："三顷地？光凭这卖豆腐生意，三辈子也挣不来。"说得杜化吉停住了嘴，思忖着是这道理，要想置大家业就得像段家和高家那样外边有大生意才沾。那就再多攒些钱，也买些机器开个花店，轧棉花，榨油，招来外边哩大买家装火车皮才能财源滚滚。想到此，杜化吉有了更大的心劲，一天的疲劳顿消。吃完饭，杜化吉把后晌卖豆腐的钱放进炕角下的瓦罐里，秋月把孩子安顿睡下，两口子又到作坊点了几锅豆腐，夜深了才收工，回屋倒在炕上便睡。

夫妻俩在睡梦中被自家的狗儿声狂吠惊醒，但很快就突然断了声音。杜化吉听出了不妙，有人把狗药死了，随之又听到院里"扑通"一声，有人从墙上跳了下来。他一骨碌爬起来，贴着窗户听院里的动静，院门被人打开，随之一阵杂乱的脚步声进了院子，他惊出一身冷汗，颤抖着声音对女人道：“快穿衣裳，坏人进家了，钻到炕洞里千万别出声。”他害怕女人遭到坏人侮辱。秋月浑身哆嗦着道：“叫孩子也钻炕洞。”杜化吉急切道：“俺把孩子藏在别处，你快钻。”杜化吉担心孩子承受不住炕洞里烟熏火燎的气味，弄出响声连累娘儿俩。秋月不得已下了炕，佝偻着身子钻进了炕壁上一尺见方的黑洞里。杜化吉急忙摇醒睡梦中的喜田，低声警告他别出声，到瓮里藏一会儿。孩子感觉到了危险，吓得他浑身瑟瑟发抖。杜化吉用被子把喜田包裹住，抱到西里间屋，放进一口盛着一半谷子的瓮里，上边盖上几块木板，再放上一包棉花。杜化吉刚掩饰好，两扇屋门就被歹人拨弄开了，三个不速客一齐冲入屋子。微弱的天光投射进来，杜化吉看到三把尖刀闪着寒光逼向自己，他不敢反抗，也无力反抗，任由歹人把自己放倒在炕上。其中打头的喝道：“杜化吉，快把钱财拿出来。”杜化吉听这声音陌生，知道这帮盗匪早就盯上了他家，连自己哩名字都打探哩一清二楚。他当然不会把钱交出来，被两个壮汉压在炕上，喘着粗气回道：“好汉……哥哥，今黑夜你们……来哩不是时候，钱都买了豆子，过半月卖了豆腐再来……那时候就有钱了。”打头的放低声音狠狠地说道：“俺们不想杀人，给了钱就走，利索点儿，别惹俺们上火。”杜化吉正想着应付盗匪的办法，从西里间屋突然传来儿子的哭声，四五岁的孩子实在承受不住这份恐惧和在瓮里的憋闷，只好用哭声缓解。打头的歹人撇开杜化吉冲向西里间屋，把米瓮里哇哇大哭的孩子提溜出来夹在胳膊下折回外屋，对杜化吉道：“俺们在村西半道上等你，拿二百块银圆赎孩子，差一块就撕票。”炕洞里的秋月听到外边发生的事情，急切中发出一声尖锐的叫声，把三个歹人吓了一跳。打头的示意两个同伙快撤，害怕孩子的哭声和女人的喊声惊动了四邻，给他们造成麻烦。三个歹人窜出了屋子，唤上把守在院子门口的另两个同伙消失在了夜色中。从炕洞里急急爬出来的秋月，叫杜化吉拿上所有的钱快去赎孩子。杜化吉早已乱了方寸，孩子和银圆他无从取舍，只顾跑到院子里抄起卖豆腐的梆子狠命地敲打、呼喊着抓绑匪。四邻的乡亲被两口子的叫喊声和梆子声惊醒，男人们纷纷抄起铁锹、三齿耙、菜刀、木棍等家什跑来助阵，还有几个乡亲手里提着打兔子火枪奔来。杜化吉见聚拢来十几个人，自己的胆子也壮起来，说几个土匪绑了喜田向村西跑了，他随手抄起一把镢头，领着一群人呼喊着向村西追去。屋里的秋月爬上炕，掀开炕角的被褥，把藏在下面沉甸甸的瓦罐搬出来，抱着下了炕，颠簸着小脚跑出家门，急急地奔向村西，她要用这些钱换回孩子。

一群人追出村西口，远远地听到绑匪向他们喊道：“杜化吉，二百块银圆你一个人送来就沾了，用不着这么多人。”杜化吉停下脚步，扯着嗓子哀求道：“各位好汉，咱们往日无怨近日无仇，放了俺孩子吧！”绑匪不耐烦道：“快拿钱来换人，再拖延俺就撕票啦。”秋月从后边追上来，上气不接下气，把怀里包着的瓦罐递给男人道：“这不够二百块银圆，你去跟人家讨个价，好歹留点余地。”

乡亲们七嘴八舌地给杜化吉出主意，一个道：“先稳住他们，还差多少钱，俺们给你凑。”另一个自告奋勇道：“俺帮你去讨价，一百多块不是不沾。”杜化吉谁的话都没有听进耳朵里，这一瓦罐钱财是他和秋月一千多个日夜干出来哩，就这么一下子送给别人，比割了他身上一块肉都疼。僵持了一会儿，绑匪最后通牒道：“杜化吉，要钱还是要孩子，快拿主意，不然你别后悔。”秋月啼哭着催促男人赶紧把钱给他们送去。此时杜化吉心乱如麻，已经无法做出正确判断，心里只是痛恨这几个绑匪的行径，幻想着这么多人肯定能把他们擒拿住，嘴里禁不住大声喊道：“乡亲们，追，拼他们狗日哩!”他把瓦罐交给秋月，端起镢头扑了过去。主家的孤注一掷，让乡亲们抛弃了所有顾虑，都紧跟在杜化吉后边追去，为了壮声势，所有人都发出尖锐的叫声。人群追出一程，却不见绑匪的身影，也听不到对方的声音，大家感到奇怪，便放缓脚步，四处搜寻绑匪的蛛丝马迹。突然有人惊叫道：“快看，这是谁。”人们聚拢来顺着他的指向，看到路旁一棵歪脖柳树的枝杈上挂着一个孩子。杜化吉跑过去，一眼认出是喜田，他在把孩子从树上抱下来的时候，两手沾满了黏乎乎的东西，孩子的身子软得像面条一样，感觉事情不妙，急切地喊着喜田，摸着孩子的脸，发现已经没了气息，他一屁股瘫坐在地上“呜呜”地啼哭起来。秋月奔过来，看到这番情景，两手一松，沉重的瓦罐掉到地上，“啪”的一声摔得粉碎，银圆和铜钱滚落一地，她尖叫着扑在孩子身上，号啕声响彻在田野上空。孩子死哩可怜，乡亲们也都流下了眼泪。秋月哭了一阵，在乡亲们的劝慰下从孩子身上爬起来，她抓起一把把散落在地上的银圆和铜板砸到站在一边低头呆看着孩子的杜化吉的脸上，边砸边不停地骂道：“舍不哩钱，舍了孩子哩命，俺瞎了眼跟了你这狗日哩……”杜化吉的脸被硬币砸得生疼而一动不动，眼睛直勾勾看着孩子没有了灵气的面庞，后悔已经来不及。一个乡亲提醒道：“回去吧，给孩子料理后事要紧。”乡亲们把溅落到四处的银圆和铜板寻找来，一个乡亲脱下自己的棉袄兜着，两个乡亲搀扶起身体瘫软的秋月，杜化吉抱起孩子的尸首，在大伙的簇拥下返回了村子。

高冉家和杜化吉家相隔较远，半夜闹的动静他没听见，天快亮时才有一个甲长向他报告杜喜田被撕票的消息。他急忙赶到杜化吉家，看着死去的孩子心里痛楚不堪，他自责相信了段士修的话，十几天过去了团练一直没有巡夜。不能指望段士修了，即刻着手组建巡夜队，今黑夜就要派上用场。从杜化吉家出来，高冉一前晌串了大半个村子，找了十几个家里有土枪的壮汉，叫到他家商定了巡夜事宜。吃过晌午饭，高冉又去了杜化吉家，帮助料理孩子的后事。一后晌他都在思索着怎么能抓住那伙儿绑匪，如果抓住了他们一则能为杜家报仇，二则可震慑其他盗匪不敢再到贞村作恶。太阳快落山时，下葬杜喜田的时辰到了，他也想好了抓捕那伙绑匪的人选，同是黑道中人的魏三或许能办成这件事。

按照当地风俗，未成年的孩子死后只能在家停放一天，且不能入祖坟，要葬在祖坟所在地块的边上。乡亲们给杜喜田打了一口小棺材，用牛车拉着来到下葬的地块。秋月一路有气无力地哭喊着孩子的名字，她啼哭了一天一夜，气力消耗殆尽。在棺材放入墓坑的一刹那，一直矜持着的杜化吉突然跪在地上放声大哭，嘴里重复念叨着孩子的名字和悔恨的言语，惹得乡亲们的脸上也都溅满了泪花。

送葬的人群里少不了田生玉，他假装抹两下眼泪，心里却好不得意，说你杜化吉哩命就是不济，这孩子没成年就遭遇了不测。都怨你当初起名叫喜田，还说是田生玉哩田，不以尊者讳就是作孽，老天爷在替俺惩罚你哩。你做生意赚那些钱有什么用，后继无人，再多哩钱也是白搭。你哩命就是没俺好，俺在段家干哩风生水起，还有两个十来岁哩小子，田某后继有人，气死你。

这样的场合从来不缺段士修，尽管他在做事上不为人称道，但是村里每一桩红白喜事他都要现身，以展现自己有着浓厚的乡情。此时他的眼里闪着泪光，像是在自言自语，却是说给在场的乡亲们听：“哎，晚了一天，定好了团丁今儿开始巡夜，不巧就出了事。绑匪也太猖狂，防不胜防啊。”他瞥一眼站在一旁沉思的高冉，心说村里发生了这样哩事情，就看你这个新上任哩保长如何消弭盗匪了。

第二天一早，高冉派二小子高鸿去西北四十里外的九泉山找魏三。这九泉山是元龙县六大名山之一，山上泉水淙淙，井水甘甜，历代生活在此的百姓用石头围砌成寨，用以躲避兵祸。后来被兵匪所占，轮流到现在成了魏三这杆子土匪的窝点。高鸿把杜化吉的儿子被绑匪撕票的事告诉了魏三，说爹叫他想法抓住那伙绑匪交给官府法办。魏三听言，怒火中烧，拍案道：“谁这么大胆，敢到俺村闹事，定要抓住他们给俺乡亲报仇!”他对高鸿道：“回去转告俺高冉叔，请他放心，这事俺魏三责无旁贷，尽快办成。”高鸿从怀里掏出几张官印的银票递给魏三道：“这二百两银子是俺爹哩一点心意，不能叫弟兄们白出力。”魏三嗔怒拒绝道：“自家人，这就见外了。”双方推搡了几个回合，魏三觉得还是收下好，便接过银票，说道：“也罢，重赏之下必有勇夫，抓住那伙绑匪指日可待。”他嘴上这么说，心里可没一点儿把握，这事全靠手下弟兄们了。此时已到晌午，魏三款待了高鸿一顿馍馍肉菜。

饭后，高鸿返回贞村，魏三即刻召集全体弟兄，手里拿着几张银票，说明天派人去城里兑换了银圆，每人分五块。解释说这是俺村高保长哩心意，知道弟兄们辛苦，叫你们买点儿酒喝。弟兄们自然高兴，发出一片感谢声。待大家安静下来，魏三道：“高保长有一件事，请弟兄们帮一下忙。”一个小头目应道：“别说一件事，就是两件三件哥哥尽管吩咐。”魏三道：“前天后半夜有一伙儿人，到俺村绑票不成，杀死了一个四五岁哩孩子。弟兄们打探打探，看是哪伙儿人干哩。谁打探到了，赏谁一百块银圆。”所有人的心都剧烈地颤动一下，谁都想领到那一大笔赏钱，可又纷纷挠头，这案子没有一点儿线索，确定是哪杆子人所为真是不容易。

不料没过两天，一个长得精瘦的弟兄兴冲冲地跑到魏三住的石头屋里，对正在焦急等待消息的大头领道：“那伙绑匪俺打听到了!”魏三见是小贾，迫不及待地追问道：“是哪伙人?”小贾喘口气道：“你听俺慢慢说。事也凑巧，昨个俺去前仙村给俺老舅过生日，酒桌上俺表叔问俺干什么营生哩，俺说给人家打短工哩。表叔说，俺给你介绍个营生吧，钱来哩快，不用下本。俺问什么营生?表叔说他有个发小朋友，可厉害哩，三乡五里没人敢招惹他，专绑有钱人家哩票。他手头正缺一个身轻如燕，能翻墙上房哩人，叫表叔帮他物色一个。俺一听有门，就对表叔说俺没别哩本事，就会爬树上房，问他绑一回票能挣多少钱?表叔说，那就看被绑哩主家能出多少赎金了，一般说每人每次能分十块银圆。俺问有失手哩时候呗?表叔说，很少，除非碰上要钱不要命哩主儿。还说前几天他们就碰上一个，绑了一个孩子，跟主家要二百块银圆，那主儿就是不给，结果撕了票，一文钱没捞着。俺问表叔这杆子头领叫什么名?表叔说，你应该知道，此人方圆几十里如雷贯耳，绰号‘黄鼬’。”魏三恍然道：“原来是他。”魏三又问小贾：“你答应表叔没有?”小贾道：“俺答应过两天回信。”魏三压抑住兴奋的心情，思索一会儿道：“好兄弟，你照俺说哩办，事成后再给你加一百块银圆。”小贾顾虑道：“他们是一伙儿专干绑票营生哩土匪，没有固定住所，抓他们可不太容易。”魏三道：“你只管按计行事。”随即向小贾交代了一番。小贾心里有了数便点头应诺，说保证把事办好，以报答大头领对他哩大恩。这小贾的家离九泉山不远，他上山刚半年，此前常被村里一个村霸欺辱，便逃到九泉山上避难，恰巧碰上了魏三。小贾的遭遇魏三感同身受，决定为小贾抱打不平，便问了那村霸姓甚名谁，带人下山把那村霸暴打了一顿，说以后再敢欺凌弱小，卸你一条胳膊。那村霸跪地求饶，称再不敢作恶了。小贾见魏三这伙人惩恶扬善，好说歹说留在了山上。今天终于有了报答魏头领哩机会，他一定全力以赴。

第二天，小贾又去了前仙村，找到他表叔说自己没有一技之长，干体力活又不沾，为了生计愿意干绑票劫财哩营生。表叔说，那帮人居无定所，找他们很难，你在这儿住几日，等打听到他们哩消息，俺把你推荐给“黄鼬”，看他相上相不上你。小贾在表叔家住了下来，几天后表叔打探到了“黄鼬”的行踪，到邻村见到了这个手辣奸猾的绑匪，向他推荐了小贾。“黄鼬”叫表叔把小贾领来，看看能用不能用。“黄鼬”见到小贾，满意他轻巧的身材，让他爬树、翻墙试试。这些都是小贾的强项，他敏捷的动作令“黄鼬”十分满意，当即决定收下小贾，并给他讲了几条规矩：一是绝对听从他这个掌柜哩号令，二是对任何人不能暴露身份，三是踩点不能有一点差错，四是不能擅自行动吃独食，五是被抓住后不能供出同伙，违反其中一条，轻则砍去两只手，重则处死。小贾对这几条规矩一一点头表示接受。“黄鼬”还叫表叔当担保人，如果小贾坏了他们哩规矩，除了惩治当事人外，还要连带担保人。表叔想不到“黄鼬”用这等手段控制入伙者，他本是给“黄鼬”帮忙，不料却给自己戴上了一具枷锁。后悔来不及了，表叔叮嘱小贾一定要听掌柜哩话，千万不要触犯了规矩。小贾信誓旦旦保证绝不会连累表叔，等他有了钱一定报答表叔哩引荐之恩。

小贾伺候了“黄鼬”几日，深得掌柜的欢心。这天小贾对“黄鼬”献殷勤道：“掌柜哩，俺不能光吃闲饭，出去几天踩个点儿，弄点儿钱，也算是给你哩见面礼，沾不沾？”

“黄鼬”道：“沾，去吧，踩上个大哩，事成了好好奖赏你。”他正想试探小贾的本事。

当天小贾挎着一筐柿饼，扮作一个小商贩下了山，按照魏三的吩咐，煞有其事地到县城和贞村几个村子转了一圈，最后在贞村通往县城的半道上蹲了两天。无数人和大小车辆从他眼前路过，当然包括高家每天往城里送棉包的双套骡子车。小贾猜想“黄鼬”一定派了人秘密跟踪他，他不只是依计行事，还时时注意自己哩行为，让人看不出一点破绽。两天下来，柿饼也卖了个精光。

小贾回到“黄鼬”的住所，神秘地向掌柜报告他踩了个大点。“黄鼬”问道：“踩了哪里点？”小贾道：“贞村。”“黄鼬”一愣，继续问道：“谁家？”小贾道：“第二大户高家。”“黄鼬”轻笑道：“高家深宅大院，又有人把守，你怎么摸清了他家哩底细？”小贾道：“俺转到贞村，看到从一个大门洞出来一辆装满了花包哩大车，俺打听村里人，才知道那是高冉家二小子往县城里送货，每天一趟。俺又在半道上连盯了两天，一点不假。咱绑了他，能捞到大钱哩。”“黄鼬”打量一番小贾，把目光转向那个跟踪监视小贾的喽啰身上，那喽啰点点头，证实小贾踩点的真实性。“黄鼬”夸赞了小贾几句，叫他好好歇息。提起贞村和高冉，“黄鼬”再熟悉不过，记得七八年前那个黑夜，他刚出道不久，手生不知深浅，接连在段家和高家碰了钉子，最后到石家才没有落空。前几天，他再次去了贞村，没想到碰上了个舍命保财哩主儿杜化吉，不得已撕了票，空手而归，他因此几天闷闷不乐。这次小贾踩准了高家，或许能搞上一笔可观哩钱财。他知道高冉性格豁达，舍多少钱也舍不得儿子哩命，那就敲他一千块银圆。“黄鼬”忽然来了精神。

为慎重起见，“黄鼬”起了个大早亲带四个喽啰下了山，前晌在贞村通往县城的道上走了一个来回，在小贾的指点下，他们记住了赶着大车的高鸿的模样，拿定了在这条道上绑架高鸿的主意。当晚他们分散蛰伏在贞村附近，准备第二天行动。小贾连夜跑回九泉山把情况报告给了魏三，这是难得的抓捕绑匪哩机会，魏三带几个人立即下山回村，到高冉家商议应对办法。

翌日，这伙儿惯匪按照约定的时辰，从蛰伏的地方出来，装作赶集的样子，相隔不远走在去往县城的道上。“黄鼬”和一个体格健壮的同伙肩上搭着空口袋走在中间，负责擒拿人质。小贾和其他三人挑着盛满大葱白菜山药冬瓜等蔬菜的担子，负责前后堵截。城道上赶集的人熙熙攘攘，没有人留意这几个不速之客略显紧张的神色。走到半道，他们听到了从后面传来熟悉的骡铃声，待铃声由远及近时，他们躲闪在两侧，放慢脚步等着大车从身边驶过。高鸿赶着双套骡子车，车上捆扎着高高的棉花包，他站在车辕上挥鞭吆喝着牲口，同时居高临下观察着走在前边的人们的举动。高家几年前做棉花加工生意以来，每年这个季节大量收购新棉花，每天由高鸿赶着骡子车往县城自家的花店送货。今天早晨高鸿才知道这车里装的不都是棉包，还有魏三几个人，他心知肚明这是爹和魏三昨夜商定哩计策。爹没给他多说，只嘱咐他在半道上碰到有人围拢来不要惊慌，打个响鞭就行。大车驶上城道，高鸿的眼睛一刻不敢懈怠，观察着每个行路人的异常举动。此时他注意到前面几个人走路姿态和距离保持着一致性，还时不时地扭头观望，便对这几个人提高了警惕。果然，在大车从他们身边驶过时，其中两个汉子突然像猎狗一样向他扑来，情急中他挥鞭甩出一声脆响。车上装的棉包应声分裂开来，从里面跳出魏三和他的五个弟兄，一同扑向正在跟高鸿招架的“黄鼬”二人。“黄鼬”的另三个同伙见状，扔下扁担拔出利刃前来救援。小贾大喊一声抡起扁担拍倒了一个绑匪，另两个见势不妙，转身就逃。此时魏三等人已经把“黄鼬”二人制伏在地，腾出人手去追逃匪。不大一会儿，便把他们悉数抓了回来。魏三将五个绑匪用绳索捆上，拴在大车后边折回贞村，他要遵从高冉的叮嘱，先把这些绑匪在村里游街示众一番。

高冉早就在村南口等候魏三他们了，终于看见他们押着几个人走来，老远一眼就认出谁是“黄鼬”了，待走到跟前问道：“你叫‘黄鼬’？”“黄鼬”上下打量着高冉，反问道：“你是谁？”高冉道：“姓高名冉。”“黄鼬”打个冷战，他又看看一旁的小贾，立刻明白自己中了这几个人设下的圈套，装可怜道：“俺是‘黄鼬’，俺为了养活一家老小才干哩这营生，老哥可放俺一条生路？”高冉厉色道：“你为了获取不义之财滥杀无辜，连几岁哩孩子都不放过，天理岂能饶你！失去孩子哩父母岂能饶你！受了惊吓哩乡亲们岂能饶你！先游街示众，告慰了叫你们残害哩生命，安慰了受到惊扰哩村民后，再把你们送到县衙，按律法治你们哩罪。”魏三在后面厉声呵斥“黄鼬”道：“啰唆什么，快走。”他的几个弟兄牵着“黄鼬”几个人沿着大街小巷一边走一边高声喊道：“乡亲们！快来看啊，杀了咱村小孩哩绑匪抓住了。”所到之处，从每条胡同巷口都涌出来不少男女老少看稀罕，当他们看到魏三跟在后边，认为是他的功劳，纷纷夸赞他是好样哩！给乡亲出了气。魏三一路不厌其烦地解释，说自己不过是按照高冉叔哩计策行事。游街队伍来到村西南杜化吉家门前，正在忙活的秋月听见吆喝说抓住了杀死儿子的绑匪，顺手抄起一个马勺跑了出来，冲着走在前边的“黄鼬”哭喊着扑过去，劈头盖脸击打着仇人。人群里不时伸出手臂和腿来，落在几个绑匪的头上和身上。秋月直到打折了马勺，自己也没有了力气才住了手，在乡亲们的搀扶下回了家。“黄鼬”已是头破血流，哀号着被人拉拽着朝村西北向的街道走去。纳着鞋底的牛四妮凑过来看热闹，“黄鼬”的面孔让她立刻回想起了七八年前那个恐怖的夜晚，公婆就是死在了这个人的尖刀下。她拦住“黄鼬”问道：“认哩俺呗？”“黄鼬”不敢抬头看牛四妮，他清楚又碰上了一个冤家。牛四妮道：“总算是老天有眼，你这个恶人今天落到俺手里了，俺得好好替惨死在你刀下哩公婆报仇！”说着左手抓住“黄鼬”的发辫，右手抡起厚厚的鞋底狠劲地扇起了他的脸。乡亲们这才知道“黄鼬”好几年前就欠下了贞村的血债，看着他被打得狼狈样，人群发出一片叫好声。牛四妮直把“黄鼬”的左脸扇得肿胀得看不清了模样，她的手臂也酸痛得没了力气才停下来，不忘叮嘱魏三道：“大侄子，可不能轻饶他们。”魏三道：“放心吧婶子，俺魏三一定叫乡亲们满意！”围观的乡亲越来越多，游街到段家大门前，段士修和家里一干人站在门洞下，看着几个绑匪的狼狈相和魏三气定神闲的表情，心里很不是滋味。他没想到高冉借用魏三的势力网住了这伙儿行踪诡秘的盗匪，以此会震慑住所有歹人不敢来贞村滋事。破解了治安这道难题，高冉无疑将赢得村人更深哩信赖，打理村事也会顺风顺水，岂料自己让出保长一职反倒成全了人家。眼前鱼贯而过的人群让段士修心烦意乱，他转身返回了院里。

游街的队伍在村里转了一圈回到村南口，高冉还站在那里远眺着覆盖着绿油油麦苗的原野，思索着村里如何征收田赋之事。成立了巡夜队，又抓住了这帮盗匪，足以震慑住其他匪贼，村子的治安可以放心些了。眼下急迫要做哩事情就是理清各户应缴纳的田赋并对外公布，这么多年来应该征收多少上缴多少，除了段士修谁都不清楚，每年一些乡亲都要因此和段士修发生冲突。这一举措，无疑又将得罪段士修，看来他和段士修注定要成为冤家。那倒也无妨，天地良心自有明证，高冉宽慰着自己。面目全非的“黄鼬”转到他面前，“扑通”跪倒在地祈求道：“高冉大叔！你高抬贵手，俺们以后洗心革面，再不干害人哩营生了……”高冉并不理会对方，对魏三道：“乡亲们解了气，咱爷儿俩把他们送到县衙，交给知县处置吧。”魏三道：“叔，这点儿事不劳你大驾，俺送去就是。”他已经想好了处置这几个歹人的办法。高冉道：“那就快去快回，叔准备了一桌酒菜等着犒赏你们哩！”网尽了这伙儿绑匪他心里很是高兴。魏三答应一声和几个弟兄押着“黄鼬”一伙儿向县城走去。

走了一程地，“黄鼬”突然向魏三套近乎道：“好汉尊姓大名？咱们无冤无仇，留俺一命，日后定会报答！”其他绑匪也跟着哀求。魏三一言不发，只顾迈着大步往前走，任由他们说尽好话而无动于衷。小贾紧跟着魏三，神色紧张道：“掌柜哩，可不能放了他们，不然俺表叔哩命就没了。”魏三同样不答话，一直走到潴龙河岸，他突然停下脚步，从怀里掏出短剑，拔出鞘，剑刃闪着寒光抵住“黄鼬”的胸膛。此时正值前半晌，赶集的人正稠，人们见这情景纷纷围过来看热闹。魏三这才高声回应“黄鼬”刚才讨好他的话道：“告诉你，俺叫魏三，贞村哩，你杀死了俺村哩人，咱们就结下了怨仇，留你一命？死在你刀下哩冤魂不答应。‘黄鼬’，实话给你说，把你们送到县衙也是死罪，还得挨一顿拷打，不如俺在这成全了你们。”“黄鼬”一伙儿闻听此言，一个个跪倒在地不住地向魏三磕头求饶。他们很快从魏三冷酷而坚毅的眼神里看到了绝望，“黄鼬”忽然迸发出一股豪气，大声喊道：“魏三，你抓住了俺‘黄鼬’算你有种。痛快点儿，叫老子早点淘生，二十年后俺再找你算账。”魏三笑道：“‘黄鼬’老弟，别怨俺魏三夺了你哩小命，只怨你残害了俺哩乡亲。记住了，下辈子长个心眼儿，这周围几个村子都是俺魏三哩地盘，二十年后再从这路过千万别忘了先给俺打个招呼，不然你还是俺哩剑下鬼。不跟你废话了，上路吧。”言毕，短剑“噗”地捅进了“黄鼬”的心窝。魏三拔出剑来，毫不犹豫，一口气又把其他几个绑匪扎了个透心凉，随后将五具尸体踢下了河岸。魏三脱去溅满了鲜血的蓝色长袍，擦去剑身上的血迹，把蓝袍也扔下了河岸，领一班弟兄向九泉山而去。高冉叔犒赏他们哩好酒以后再喝吧，他不想连累别人。

围观的人们早被这杀人的场面吓得目瞪口呆了，杀人者走后，他们也迅速四散开去，唯恐这案子会牵连上自己，或被鬼魂附体。这几个人因何而死，他们看出了端倪，魏三的名字他们更是记在了心里，留待回去跟家人朋友述说这一惊心动魄的情景吧。

高冉在家备好了酒席，日头错过了晌午，左等右等还不见魏三他们回来，他有些不放心，便叫高鸿沿着城道寻找他们的行踪。不到半个时辰高鸿急急忙忙跑回来，向爹述说了他沿途听到人们有关魏三杀人的各种议论和在潴龙河北河堤上看见那几个绑匪尸首的情景。高冉心里咯噔一下：这小子真真成了一个桀骜不驯哩主儿了，日后不知道成个英雄还是枭雄。

魏三回到山上，按功劳大小奖赏了几个弟兄自不待说。他杀死“黄鼬”一伙儿的消息，很快传遍了全县的老百姓和黑白两道上的人。老百姓感慨，不用这种非常手段，正义难得伸张，邪恶难得铲除，冤仇难得昭雪；黑道上各色人等因此知道了贞村不能侵扰，以免惹祸上身；白道上大小官吏假装充耳不闻这种黑吃黑的杀伐案件，自当没有发生一样，免得自找麻烦。

从此，魏三的名声在社会各阶层叫响了起来。

第二十章 变 局

贞村人过了半年多夜不闭户的安生日子，转眼到了万物生机勃勃的阳历四月。麦秆长到了一尺多高，正处在抽穗时节，庄稼人都蹲在地里用薅锄锄草，好让麦穗得到更多肥力，多收获些粮食。

这天前晌，阳光明媚，和风习习，庄稼人期盼老天爷再赏赐一个半月的风调雨顺，今年将是一个少有哩丰收年。

岂料天有不测风云。午后，西北方向低矮的天空中忽然出现了一头巨大的张牙舞爪的黑色“怪物”，奔腾着向东南袭来。在地里劳作的人们惊恐地抬头张望，没有人见过这种天象，他们以为这是哪路恶神下凡来要兴风作浪，大都害怕自己被捉拿或被吞食下去，便下意识地把身子隐藏在麦田里。少数胆大的人一直盯视着“怪物”的行动轨迹，他们见那“怪物”瞬间把灿烂的太阳吞进了肚里，白昼立刻变成了黑夜，随即狂风大作，电闪雷鸣，天地一片混沌，黄豆粒大的雨滴伴随着核桃般大小的冰雹倾泻而下，砸在了还没有回过味来的人们身上。没有人不惊慌失措，本能地抱头向就近的大树下面跑去，可是跑到跟前才发现大树已变得光秃秃没有了枝叶。找不到可以藏身的地方，人们只能冒着冰雹忍着疼痛往家跑，往往没跑到家就倒在了地上。

约莫半个时辰，风停雨住雹息，太阳在西山头上又露出了娇媚的面容，人们这才从惊恐和疼痛中喘过气来。待在家里的人们走出屋门，呈现在眼前的是一片狼藉，院子里满是被冰雹覆盖着的树木的残枝烂叶。来到村外，人们最担心的事情变成了事实，麦秆全被冰雹砸倒在了泥水里，没有了一点儿收成的可能。这还不算，随后不断传来谁谁叫冰雹砸死的噩耗，谁谁被砸成了重伤的消息。别说是人，出远门无处躲藏的牛马驴骡被砸死的也不乏其数。

老天爷这是怎么了？六七月份才有哩冰雹，怎么四月份就下开了？年长的回想后摇着头说，活了几十年，夏天都没见过这种天气，更别说在春季了，也没听老辈人说过，看来这天象是乱了，要出大事了。有思想的人说，这是上天对腐败无能清廷哩昭示和警告，又感慨说老天爷不公，上苍不该把对统治者哩愤怒发泄在穷苦人身上，应该天谴那些祸国殃民哩皇室贵族和掌权者才对。人们在灾难中不忘自我安慰，把改善命运的希望寄托在老辈人流传下来的“天象乱，大事现”的谶语上，盼望这世界尽快发生翻天覆地哩人事，让穷苦人能尽早过上吃饱穿暖哩好日子。

之后几天，一个神秘的传言散布到了全县，说有人梦见了飞龙，那飞龙在悲悯百姓疾苦之余，参透了这场灾害蕴藏的天机：这分明是清廷气数已尽的最后挣扎，变天为时不远，历经凄风苦雨的华夏或将迎来艳阳高照之日！这传言惹得众生对未来的日子揣上了一丝希冀，生出了几分臆想。

老百姓的希冀和臆想很快被残酷的现实所替代，天下最大的事情就是吃饱肚子，得先顾眼前的大事。麦子叫冰雹毁了，得抢种其他作物以备今冬明春果腹之需。人们抢抓时节翻耕了麦地，在上面种植了谷子、高粱、玉米等作物，焦虑的心情才得到了些许缓解，搁置在心底的那句谶语便又开始萌动。

春夏秋冬，季节在不停地轮换，不觉间到了岁月更替之际，一个天大的消息震荡着乡村的每一个角落：大清朝被革命党人推翻了，由中华民国替代了。改朝换代可是一件大事，封建制变成了共和制，皇帝换成了总统，县衙改称县公署，知县改叫县知事，这些眼花缭乱的变化让老百姓目不暇接，弄不懂它们之间有什么区别，这些事情跟他们又有什么利害关系。很快中华民国临时大总统孙中山在民国元年（1912 年）三月颁布了命令，限二十天内男人剪除发辫，女子放足。这又是一件大事，在男人脑后拖了二百七十多年的辫子，不日就要消失了；束缚了妇女七八百年的裹脚布，也要遭遗弃了。这是老百姓感受最强烈的切身变化，有人恍然，那句谶语或许真哩灵验了。

清廷的张知县被民国的李知事所代替。李知事上任伊始即敦促全县的保长，务必在二十天期限内把各自管辖范围内的男子发辫剪除。梳辫子本不是汉人的生活习性，可笑有些汉人，视脑后的发辫如生命，说是祖宗留下的东西动不得。清朝二百多年的统治，就让他们完全忘记了之前祖宗的生活习俗，忘记了当初满人入关后，强迫汉人“留头不留发，留发不留头”的残酷情景。高冉断想贞村不乏这种迂腐汉子，他清楚辫子毕竟跟随汉人近三百年，头脑里对它的存在已经根深蒂固，在有限的几天内把辫子剪尽是要动一点心思哩。

过了二月二，年味散尽，又一年的劳作就要开始了。高家雇的七个长工和老陈黄六一干人，陆续从邻村各自家里回到了东家。高鹏在县城里照料的生意又要开张了，不日起身前往。姜老拧在高家过的年，只在大年初一起五更坐着高鸿赶的骡子车回小山村到祖坟上给先辈上了供烧了纸，此后一正月准备新学年所要教授的内容，今天十几个孩子就要前来聆听他新年第一堂课了。高冉瞅准今天是个机会，一大早便叫三个小子高鹏、高鸿和高鹤分别去请魏老酒、丁黑子和杜化吉等十余个平时来往密切的乡亲前来吃酒席。高冉在是否请段士修的问题上左右权衡了一番，最终放弃了叫他来的念头，人家是个傲气十足哩人，动员人家剪发有伤人家自尊哩。

半前晌时，被请的人如约陆续到来。别说今天有重要事情，就是平日里推动一些村务，只要高冉倡导，他们都会积极响应。特别是杜化吉，一早他正在套驴车准备出去送豆腐，高鹤前来，径直对他说爹请他去家里铰辫子。他虽心疼耽误了大半天生意，但因是高冉相请而不能推却。自从高冉为他报了绑匪撕票之仇后，对老东家更是敬重，当即给一个雇工交代了一番替他去送豆腐，他随后来到了高家。被请的人知道今天是为了配合高冉开风气之先，虽然他们心里有准备，但是见到高冉还是吃了一惊，之前高冉梳理整洁的发辫没有了，变成了一头毛茸茸的寸发。今日天气晴朗，在高家三进院里摆着四个大方桌。长工和乡亲们混杂着坐满了两桌，另两桌在姜老拧的安排下，十几个孩子围坐在一起，叽叽喳喳很是热闹。此时距离晌午还有一个时辰，有人猜想开席前一定有事项要办。果不其然，高冉站在酒桌间满面春风地开口道："乡亲们！孩子们！开饭前咱们先办点正事。"他停顿一下，指着自己的脑袋问道："你们说，俺这头发好看不好看？"有几个人喊道："好看！"高冉得意道："不光好看，还轻快得劲儿哩！孙中山大总统就是英明，革除清朝弊制，这辫子就是其中之一。洋人穿哩衣服、发式在不断更新，越来越简便、实用，可咱们快三百年了还是这副一成不变哩老古董样子，难怪洋人笑话咱这辫子是猪尾巴，委实丑陋不堪。"高冉话音刚落，杜化吉和丁黑子几乎异口同声地喊道："俺也把辫子铰了。"三年前他两家无端受到大清律的伤害，对大清朝早已恨之入骨，这辫子是清朝的玩意儿，自然令他俩厌恶。魏老酒亦有同感，仰头附和道："俺也铰。"高冉高兴道："好，那咱铰完辫子再开席！"他走进堂屋拿来剪子，先给丁黑子和杜化吉把辫子铰了下来。俩人摸着齐耳的乱发，又想到了一块，都说剃光了才痛快。高家三个小子闻言，分头取来了早就准备好的一盆热水一把剃刀和一块手巾。高冉先后给丁黑子和杜化吉洗了头，用剃刀娴熟地把他俩剩余的头发剃了个精光。俩人立时觉得浑身清爽，又都摸着光头情不自禁感慨痛快！魏老酒仰着脖催促高冉道："老弟！快给俺也剃了，天一暖和快生虱子了。"这三个人的言行引起了其他人的共鸣，他们抓挠着乱麻一般的发辫，纷纷喊着要剃头。高冉一一应道："别着急，谁都落不下。"高鹏弟兄仨配合着爹，把烧好的一锅热水，一盆盆端来让乡亲和长工们洗头。大约一个时辰，十几个脑袋变得油光铮亮，在正午的太阳照射下，反射着耀眼的光。大人堆里只剩下姜老拧没剪发了，高冉看出来老伙计的心思，建议道："你是个教书先生，剃成光头不好看，剪成后掠式发型吧。"姜老拧感激高冉善解人意，高兴地答应道："剪子在你手里，你就看着铰吧！"一袋烟工夫，高冉就给姜老拧修剪完了头发。高张氏拿来镜子，让姜老拧左看右看，一头长短适中的灰发，衬托出了这个读书人的风采，他很是高兴。机灵好动的吴常拽着高冉的长袍嚷嚷着也要铰辫子，惹得其他小伙伴儿围拢过来叽叽喳喳跟着他喊叫，唯独石粪筐一人呆呆地坐在原处一动不动。高冉逐个把孩子们的发辫修剪成了锅盖的式样，个个看上去煞是可爱。因为新奇，孩子们相互摸着对方的发型嬉闹着。此时太阳略向西偏，高鹏弟兄仨适时地把酒菜端上来，并给两桌大人们斟上酒。高冉举杯相邀："弟兄们、孩子们！这顿饭咱吃哩别有一番滋味，头上痛快，心里痛快，咱们吃喝也要痛快，有酒哩都干了这一杯！"大人们高声呼应，把杯里的酒一饮而尽，随即发出一片郎朗的笑声。这场酒直喝得日头碰到了西山顶才散席。

在这几十个剃了头的大人和孩子们的感染下，铰辫子、剃光头风潮几天内席卷了贞村的所有男人。段士修也不例外，身为全县有名的乡绅，他审时度势不能违逆新政权的潮流，但为了区别于乡野村夫的光头粗俗形象，甚或更进一步说万一清朝复辟他又能很快把辫子梳起来，因此他的长辫剪成了齐肩样式，看上去虽不伦不类，却也显现出了他风雅倜傥的一面。辫子是剪了，可他对民国政府的执政纲领之一"平均地权"很是警惕和憎恨。难道他们真哩会把大户人家哩土地没收，分给穷人不成？如果那样，革命党人可就成了他段士修哩死对头，他宁愿清朝政府复辟力量再起，再梳起辫子归顺旧主跟新政权死拼。他宽慰自己，那或许是杞人忧天哩妄想。

田生玉执意模仿东家的做派，头发修剪得跟段士修一模一样，以表明自己跟随主子的不二心意，却不知道自己每天从早到晚恭奉在主子左右，缩肩弓背，长发遮面，委实一副阿谀猥琐之态。

田生玉的做派，招致了他的大小子田从龙的反感。今黑夜田生玉在段家喝了酒，趔趄着回到家里，一屁股坐在堂屋的圈椅上喊田从龙给他倒碗水。田从龙端一碗水递给爹时，把憋了几天的话说了出来，他厌恶道："爹，把你哩头发再铰一截，这样半疯子一样，难看死了。"田生玉抬起惺忪的眼睛训斥田从龙道："孩子家懂什么，东家喜欢什么，你爹就得喜欢什么，这是学问，得空爹好好给你讲讲。"田从龙反驳道："人家是财主，是秀才，头发长了没人笑话，你是什么？说白了你是人家哩长工，你留这样哩头发不好看，乡亲们还笑话你哩。"说得田生玉火冒三丈，借着酒劲骂道："混蛋，你爹怎么在段家当上哩肥差？还不是讨东家喜欢、看东家脸色办事得来哩。在段家挣来哩钱给你哥俩盖房子，以后还给你俩娶媳妇哩，你倒教训起老子来了，给老子滚出去！"田生玉的女人听见父子俩争吵声，急忙过来给男人帮腔道："哪有小子教训老子哩，快给你爹赔个不是。"这个家吃哩穿哩用哩一样不缺，都是男人挣来哩，女人唯恐男人生气，得了病耽误了段家哩事，自家也挣不到钱。田从龙回敬娘道："你不知道，村里人都笑话俺爹哩。"娘道："那是他们羡慕你爹。"田从龙再无话，他也不想惹爹生气。二小子田从虎乖巧地对爹说道："爹，劳累了一天，喝碗水，早点儿睡吧！"田生玉听着二小子体贴的话，脸上绽出笑容，叹道："哥哥还不如弟弟懂事，唉……"说着起身向屋东头的土炕走去，头冲里倒在炕上呼呼睡去。田从龙给爹盖上被子，闷闷地出了北屋，去他和弟弟住的东屋睡觉。来到院里，他听到西屋妹妹痛苦的呻吟声，知道是爹和娘白天给妹妹裹脚造成的疼痛引起哩，他心生怜悯，转身去了西屋。屋里点着一盏油灯，八岁的妹妹田从秀蜷缩在炕角里，看到哥哥进来，呻吟声变成了哭泣声，是在向哥哥求助减轻痛苦的办法。田从龙掀开盖在妹妹腿上的被子，看到两只小脚被长长的黑布条层层包裹得似两个小粽子。他想象着妹妹鲜嫩的脚丫在裹脚布里的惨状，怨恨爹太固执、娘太没主见。这几天高冉三番五次带着县公署的人到各家查看女子放足情况，劝告大人们不能再给女孩子缠足了，把好端端哩孩子硬是缠成一个站立不稳哩残疾人，一千多年哩恶俗该废除了。爹当着高冉他们的面给妹妹放了足，答应以后不再缠，可等他们一走就又给妹妹裹上了。爹不相信沿袭了一千多年的缠足习俗，经这一条放足的法令就能从人们的头脑里清除。脚大的女子只能嫁给穷人，爹还指望闺女长大后能嫁个大户人家风光哩。娘完全随着爹的意愿，每天哄劝妹妹，说忍几年疼，享一辈子福。娘却忘了自己虽是小脚，可并没有嫁进大户人家，还得每天忍受着钻心的脚疼操持家务。田从龙不禁怒从心头起，三下五除二把缠在妹妹脚上的布放了个精光，安慰妹妹道："秀，大哥给你撑腰，以后咱再不裹脚了，今黑夜睡个好觉吧！"田从秀的脚裹了三年多，已经严重变形，没有了裹脚布的束缚，疼痛慢慢消散，她抹抹眼泪高兴地对田从龙说道："大哥真好，俺长大后给你做新衣裳穿！"田从龙回想着妹妹几年来受的罪，眼泪忍不住流下来。

第二天一大早，从西屋里传出田生玉歇斯底里的声音，他责问道："秀儿，谁叫你解了裹脚布，嗯？"田从龙躺在东屋炕上听得真切，吓得妹妹哇哇地哭起来，他胡乱套上衣裤来到西屋，对爹说道："俺解哩。"田生玉转向大小子怒骂道："混账，你就把秀儿给毁啦。快给你妹妹缠上，长成了大脚谁还要你妹妹。"田从龙情绪激烈地回应道：

"现在是民国，政府叫女子放足哩，你再给俺妹妹缠脚，俺就把高冉爷叫来。"田生玉害怕高冉把他给秀儿缠脚的事情报到县府受惩罚，便哄田从龙道："不给你妹妹缠脚了沾不，快去帮你娘烧火做饭。"田从龙不相信爹的话，决然道："俺天天看着妹妹，脚上再缠布条俺还放！"面对倔强的大小子，田生玉无计可施，用手指戳点着田从龙的头狠狠地说道："跟爹对着干，以后有你哩好。"说完，气哼哼地出了西屋。田从龙认为爹不敢再给妹妹缠脚了，妹妹以后不会受罪了，他很是欣慰。至于爹说的气话，田从龙没放在心里，哪有老子跟自己哩孩子过不去哩。他今天帮妹妹解除了肉体痛苦，但还有一件事要继续帮助妹妹，让妹妹成为一个身心健全哩人。他和从虎早就想去高冉家念私塾，爹不叫，怕得罪了段士修。上学堂，爹又不舍得花钱，只叫他们一门心思干地里活，说小户人家识字没用，当不了官也发不了财，最终还得在土里刨食。这几年眼见不少小伙伴在高家念私塾长了不少学问，令他好不羡慕。现在是新社会了，政府连女子都提倡上学，他按捺不住内心的渴望，跟弟弟商量好了偷着去高家识字，把妹妹也一同带上。今天他就势告诉了妹妹，从秀说不出有多高兴。好事成双，放了足，还能念书，她像可爱的小兽一样，欢快地叫着，在炕上打了几个滚，喜悦的情绪瞬间消解了几年来身心遭受的痛苦。

中华民国成立不到一年，所实施的新政确给人一种清新之感，剪辫放足只是表面的东西，内在的变革如兴办学校就是一件关乎民族兴衰的大事，得到有识之士的高度赞许，让人们感受到了国民政府所宣扬的"三民主义"之民生的具体体现，使民众对未来的日子有了些许期盼。

清光绪三十年（1904 年），在元龙县城西南隅开化寺旁边，创办了一所官立高等小学堂。民国元年（1912 年）在此基础上兴建了县立高初级小学校，课程设置较之学堂更加丰富，有国语、算术、公民（修身）、音乐、图画、体育、习字、地理、历史、英语科目，完全摒弃了旧学仅局限于"四书""五经"的学习范畴，旨在培养学生的全面素质。

新式学校的创立，让高冉产生了新的想法，他和姜老拧商量道："咱不能耽误了这些孩子，俺想让他们报考县城里新式学校。他们都是穷人家哩孩子，从学校毕业后，用所学到哩知识或许能改变他们哩命运。"姜老拧扶扶新配的黑框花镜，赞同道："只要你舍哩花钱，俺就舍哩这些孩子，他们都能有出息，咱们才高兴哩！"他想起了自己的孩子姜奇，在县城官立小学堂上了几年学，成绩十分优秀，在高冉的资助下于去年秋天考取了保定第二师范学堂。今年过年回来看他，国内国外的事情无所不谈，见解新颖独特，完全超出了一个十四岁孩子的思想深度，再上几年学不知道能成就个什么样人才哩。高冉道："那咱们现在就筹备这件事，考上哩孩子由俺资助，考不上哩还读咱这私塾，你看怎样？"姜老拧不免有些失落，却欣然道："虽说咱这肚子里学问老了，可不是没用，多教孩子们些经史子集和儒家经典，对他们有好处。"高冉能体味出姜老拧的心态，他是在自我安慰，便感慨道："老兄说哩对！不管新式学校怎么好，用儒家思想启蒙孩子永远是根本。"姜老拧这才露出了开心的笑容。

第二十一章　牛四妮教子

明天，最早在高冉家上私塾的那批孩子中的大多数，就要去县城的新式学校念书了。半月前由官立高级小学堂改建的县立高初级小学校进行了招生考试，这些孩子经过两年多的私塾学习打下了较好基础，大都取得了优异成绩而被录取。高冉和姜老拧很是自豪，却又恋恋不舍，今天前晌他俩给这些孩子开欢送会，同时为新来的孩子开欢迎会。高冉和姜老拧分别对孩子们给予了殷殷的嘱托和深深地期盼，孩子们则纷纷表达了对两位长者的感激之情，吴常更是声情并茂地把二位对他的关爱比作父母之恩。几十个孩子情绪高涨踊跃发言，唯有石粪筐木讷地坐在一边一言不发。热聊了一上午，大人和孩子们仍意犹未尽，到了正午时分，高冉不得不刹住话题，最后叮嘱去县城上学的孩子们，明天一早带着铺盖到他家一进院集合。他不放心的是吴常和石粪筐能否去县城上学，后晌要到这两家探究竟。

在高家吃完晌午饭，孩子们背着用各色布块缝制的书包欢闹着出了高家大门，循着回自家的路径散去。石粪筐最后一个走出高家，他羞怯地溜着墙边低着头向西走，生怕有人过来戏弄他。他已经十一岁了，个子长得比同龄人要粗壮许多，可是性格懦弱得就像刚出壳的小鸡，任由比他年龄小的同伴欺耍。在高家上私塾他总是一人独处，从不跟同伴说话，记住的字和诗文却不比别人少，但对谁都不显露，只是默默地埋在心里。在家里，娘都很少听到他的声音，这可如何是好，憨过了头就成了傻子，牛四妮没少为这孩子发愁。石粪筐没走多远，突然有人挡住了他的去路。他抬头见是吴常，心里一阵胆怯，在高家他经常被对方寻开心，放学后却一东一西各自回家，从没在街上发生过纠缠，今天他不知道为什么对方刻意跑过来挑衅自己。他绕着对方走开，仍被吴常抓住胳膊，并蛮横道："跟俺耍会儿。"石粪筐不想再让他捉弄，便诺诺地回绝道："俺娘等俺回家干活哩。"吴常拽着石粪筐边走边语气强硬道："就耍一会儿，不耍不叫你走。"石粪筐再不敢拒绝，只好跟着吴常走。这一场景引得不远处一个小姑娘"咯咯"地笑起来，石粪筐见是几天前刚到高家念书的田从秀，羞臊得急忙低下头。田从龙把妹妹领到高家念书后，他和弟弟田从虎每天抽空听一会儿课就去忙地里的活，这可乐坏了少年怀春的吴常，他动了一点心思就赢得了少女的芳心。今天吴常想在田从秀面前显摆自己，事先想好了戏耍石粪筐的主意，从高家放学出来后就在西边等着憨小子。

吴常一直把石粪筐拽到了村北的小河沟旁，田从秀远远地跟在后边等着看热闹。吴常眨巴着眼睛对石粪筐说道："咱俩耍过家家，一个人当小子一个人当爹，石头剪子布，谁输了谁当小子，沾不？"石粪筐没有胆量拒绝吴常，只得硬着头皮说沾。吴常喊道："一二，石头、剪子、布。"他比石粪筐出手略慢，只一个回合就决出了输赢。吴常兴奋地叫道："俺当爹，你当小子！"石粪筐看见吴常捣鬼却不敢言语，只得听从对方摆布。吴常要用二十四孝里的故事戏耍石粪筐，他呵斥道："小子，到河里躺在冰上给你爹求一条鲤鱼来。"石粪筐看看沟底里的一层薄冰，面露难色不肯下去。吴常道："小子不听爹哩话就是不孝之子，快给爹跪下。"石粪筐别无选择，只得胆怯地下到了河沟，试探着躺在了初春正在融化的冰面上。吴常站在河岸上看着石粪筐冻得瑟瑟发抖的样子，偷偷发笑，他对卧冰求鲤的故事感到好奇，就设法让这个憨小子演示给自己看。冰水很快透过棉衣浸到了石粪筐的肉体，他无法忍受彻骨的寒冷，挺起上身要站起来，屁股下的冰突然塌陷，他的大半个身子掉进了冰水里。吴常很为自己设计的恶作剧开心，便扭头对站在身旁的田从秀哈哈大笑起来，希望看到她开心的模样。岂料田从秀着急地冲石粪筐喊道："快上来，快上来！"她又责备吴常道："快把人家拽上来。"吴常见田从秀面露怨怒的神色，意识到自己这玩笑开大了，便立刻止住笑，下到河沟里去拉石粪筐。河沟里的水不深，石粪筐不接受吴常的帮助，自己挣扎着爬上岸来，带着浑身的污泥和寒冷撇着嘴向村里走去。吴常担心田从秀生他的气，忙为自己辩解道："谁知道他真躺在冰上了。"田从秀怜悯地望着石粪筐远去的背影，生气地对吴常说道："以后你再对人家使坏，俺就不理你了。"说着噘着嘴走了。吴常紧跟在田从秀身后，连声诚恳地表示以后再不掐巴石粪筐了。

石粪筐走进家门，这副模样惊呆了正坐在屋门口纺线的牛四妮。儿子被别人掐巴她早就习以为常，今天被掐巴成这种惨象还是头一次见到，是谁这么不入眼，把俺弄成这样？她着急地问道："怎么弄了一身泥？"石粪筐见到娘，撇着嘴一声不吭。牛四妮知道这孩子受了别人天大的委屈也不会啼哭，更不会反抗，最多用撇嘴表达自己的愤怒。她恨儿不争厉声喝道："窝囊废，是人都比你强，生养你有什么用，还不如个闷葫芦，摔一下好歹有个响声。"这是牛四妮第一次对孩子发火，往常孩子受了别人欺负，她会把孩子揽在怀里一直哄到入睡，今天她忍无可忍了，追问道："这是谁弄哩？"石粪筐嗫嚅着把吴常戏耍他的经过述说了一遍。牛四妮怒火中烧，这吴常小小年纪欺人太甚，不能就此罢休，得找他家去说道说道，便拽住石粪筐的胳膊气冲冲地出了家门。蹲在墙角揣着手晒太阳的石傻子，知道孩子受了别人掐巴，见娘儿俩出了屋门，站起来趔趄着步子一溜小跑跟了去，他要给女人助威。

娘儿俩来到村南吴常家门前，紧闭的栅栏门挡住了牛四妮急急的脚步，院子里几十头羊见到生人，发出"咩咩"的叫声。气喘吁吁的牛四妮顾不上缓口气便扯开嗓门喊道："吴常他娘，你出来，你家小子掐巴俺粪筐啦，你给评评理儿……"随后赶到的石傻子学着女人的声音也喊叫了一通。这个院子只有三间北屋，东边一间住人，西边两间是羊舍，吴定和菊子正在羊舍里打扫羊粪，听到院外有人喊叫，忙放下手里的活儿快步走出来。见是牛四妮，菊子紧跑几步把栅栏门打开，叫娘儿俩进来。牛四妮站在门外不动，情绪激愤地把吴常掐巴粪筐的经过转述了一遍。菊子看着石粪筐一身的污泥，奔进屋里把躺在炕上躲进被子里的吴常拽了出来，指着石粪筐问道："这是你弄哩？"吴常的眼睛极力躲避石粪筐娘儿俩的目光，怯怯地"嗯"了一声。菊子羞愧难当，她想不到自小聪明乖巧、招人喜爱的吴常能用这种办法掐巴一个憨实哩小伙伴。不教训吴常一顿，不足以安抚石粪筐一家人，菊子抡起巴掌狠狠地不停地打在吴常的屁股上，嘴里咒骂着："混账，叫你使坏心眼，叫你不学好……"直打得吴常痛得哇哇直叫。牛四妮解了心头恨，一句话不说拉着石粪筐转身就走，石傻子像尾巴一样跟在后面。一旁的吴定这才把菊子和吴常分开，他也觉得该教训孩子一顿，好让他记住以后再不能掐巴人。菊子知道自己的巴掌有多重，看着吴常痛苦的样子，她心里一阵酸楚，蹲下去抱住吴常，用手轻揉着被她打肿的屁股，眼里含着泪，脸贴着孩子的脸说道："你和粪筐都是苦命哩孩子，可不能掐巴人家好性子！人家好歹有房有地，是正儿八经哩村民，咱地无一垄房无一间，赶着羊群四处流浪，连不入流哩戏子都不如。要不是活菩萨高冉给咱这块落脚哩地方，咱还不知道吃多少苦哩……"菊子叹口气，狠狠心劝吴常道："娘也想开了，还是找你亲爹去吧，到段家享一辈子荣华富贵，别跟着俺受罪了！"吴常对娘说的前边的话他听，后边的话他不听，他把菊子抱得更紧，惊恐地问道："娘，你不要俺了？"自吴常记事起，他心目中的亲人，只有眼前这两个暑来寒往一口饭一寸线把他抚养大的爹娘，在他知道了自己的身世后，更加深了对养父母的感情，他的内心深处始终把他们视作亲生父母。几年来，吴常对在段家祖坟前经历的那场梦魇仍历历在目，导致对他亲爹段士修的厌恶始终无法消解，不论段士修使用什么手段修补他的心灵创伤，也不能拉近彼此的感情。孩子的一句话，让菊子的眼泪夺眶而出，她哽咽着说道："要！要！一天也不离开俺孩子……"吴定的脸上也挂满了泪水，他把女人搀起来道："以后不许再说伤心话了，孩子知道错了，改了就好，咱一家人就在一块过苦日子！"

菊子拉着吴常正要回屋，高冉推开栅栏走了进来。吴定和菊子慌忙擦去脸上的泪痕，满面笑容地恭请恩人进屋。高冉道："不必了，就一句话，叫孩子去城里念高级小学吧，所有费用俺出。这孩子聪明，说不定以后能成个人物哩。"两口子踯躅着，实在不好意思再接受高冉的资助，又怕耽误了孩子的前程。高冉看出了夫妻俩的心思，替他们拿主意道："俺做主了，明天一早叫孩子去俺家集合。"两口子感激得一时语塞，吴常做梦都想去县城念书，他"扑通"给高冉磕了个头，声音甜美地叫道："大伯，俺念书长了本事一定报答你！"高冉笑道："长了本事先孝敬你爹娘，他们把你养活大可是不容易！"吴常转过头对爹娘道："俺长大后，一定叫你俩过上好日子！"菊子和吴定又有了盼头，笑得合不拢嘴。一转念，菊子的忧虑袭上心头，担心段家阻挠孩子去城里念书。吴定也想到了这个问题，求助地对高冉道："段家八成不叫孩子离开贞村。"高冉道："俺这就去找段士修。"

高冉从吴家出来，径直去了段家。段士修听高冉说把吴常弄到城里念书，思忖片刻，无奈地说道："去吧，念书是根本。这个王八羔子，真有点儿倔劲，给他好吃哩好穿哩就是不要，不领俺这个亲爹哩情，唉！"吴定两口子在贞村落了户，他不再担心见不到孩子，而是忧虑孩子跟他这个亲爹感情越来越淡漠，这是他最大的心事。

高冉不愿意面对段士修遭受心灵折磨的样子，造孽自作自受，他从段家出来，去了牛四妮家。

高冉走进牛四妮家的大门，看见石傻子蹲在墙角晒太阳冲他傻笑，便回以同情的微笑，随即冲屋里喊道："粪筐他娘。"从吴常家回来，牛四妮给石粪筐褪去泥巴粘连在一起的书包和衣裳，把他安置在被窝里，自己也躺在炕上正在消解肚子里的闷气，听到高冉的喊声，急忙起身迎出去。高冉开门见山对牛四妮道："大妹子！叫粪筐去城里念书吧，甭看这孩子少言寡语，心里有数。这两年跟姜老拧也学了些东西，以后会有出息哩！"牛四妮知道高冉的良苦用心，是想开启粪筐愚钝的心智，好改变这不堪哩家境。她叹口气道："这孩子一脚踢不出个屁来，学再多哩东西也没用。"高冉不赞同牛四妮的说法，径直向屋里走去，要当面和孩子聊聊。他跨进屋门看见石粪筐正钻在被窝里呼呼大睡，问牛四妮道："孩子病了？"牛四妮回道："没有，叫吴常弄了一身泥，脱了衣裳暖暖。"高冉瞥一眼堆在炕沿下的泥衣裳，说道："孩子们打架难免。"牛四妮道："他要是有打架哩本事就好了，十一岁了叫一个九岁哩孩子掐巴，连门户都立不住，念书又有什么用。"高冉看出了端倪，问道："是吴常掐巴粪筐了？"牛四妮回道："是，吴常鬼心眼多，粪筐有人家一成本事俺就知足了。"高冉开导道："这孩子性情憨实孤僻，叫他去城里念几年书见见世面，多和小伙伴们一块玩耍，以后会改变哩。"牛四妮婉拒道："不用了，这孩子不光是憨实，还胆小懦弱，俺先好好调教调教他。他要是长了出息便罢，长不了出息，俺也就死心了，守着一个大傻子和一个小窝囊废瞎过吧，怎么不是一辈子唉。"牛四妮不奢求孩子以后有多大出息，能变成一个正常人就是她最大的心愿。高冉理解牛四妮的心情，不再劝说，祈愿道："奇人多憨相，盼着你早一天把这孩子调教好，说不定给你个惊喜哩！"说完转身离去。牛四妮紧跟在后相送，任高冉频频劝回，她连声说着抱歉和感激的话，一直送到了大街上才停住了脚步。

牛四妮返回屋里，坐在炕沿上守候着粪筐醒来。她拿定主意从今天起，就要开始调教这个不争气哩小子。

夜幕降临，屋子里昏暗的勉强能看见眼前的物体，石粪筐打了一个哈欠从睡梦中醒来。牛四妮待他神志完全清醒，劈头问道："吴常掐巴你，你为什么不打他？"石粪筐嗫嚅着轻声回道："俺怕他。"牛四妮道："他个子比你小，力气不如你大，怕他什么？"石粪筐怯怯地回道："不知道。"牛四妮一时无语，沉默片刻，从炕上一侧的橱柜里扯出一身旧棉衣棉裤扔给石粪筐道："穿上，一会儿跟娘出去一趟。"石粪筐有些不解，这么晚了还要去哪儿？往日这个时辰，吃过晚饭后他早早就钻进了被窝里，盼着娘操持完家务活儿后，把他揽在温暖的怀抱里，嘴里噙着娘的乳头甜甜地进入梦乡——即使他已经十一岁了。他仰头望着娘，希望娘能改变主意。牛四妮明白孩子的眼神，但是今儿黑夜他是睡不成觉了，更没有奶吃了，她厉声催促道："快穿上衣裳。"石粪筐迟疑片刻，起身穿好衣裳从炕上蹭下来。牛四妮找来一根绳子，挽了个套递给石粪筐道："走，到村子东北角坟地捉个鬼来，以后谁再掐巴你叫鬼给你当帮手。"石粪筐浑身打个冷战，恐惧地叫道："俺不去。"他能感受到坟地里那种摄人心魄的阴森氛围。牛四妮恨铁不成钢地说道："听老辈人讲，那片坟地有个老坟，里边住着一个恶鬼，每天黑夜出来到村里游荡，专抓胆小哩孩子吃，你这么胆小早晚得叫那恶鬼抓了去。"石粪筐闻言更是惊恐万状，扑到娘的怀里大气都不敢出。牛四妮继续说道："那鬼虽是恶鬼，可是它怕胆子大哩人，谁要是抓住了它，它就听谁使唤。你要是把它抓住了，用绳子牵着它在村里转一圈，以后谁都不敢掐巴你了。"石粪筐对娘的话深信不疑，他既想顺从娘的意愿，又因恐惧而不敢答应。牛四妮感知到了孩子的心理变化，继续说道："咱俩到坟地后，娘藏在草丛里，你拿着绳子站在那座老坟前别动，恶鬼一定会出来抓你，你就学公鸡叫，那鬼就不敢动弹了，你用绳子套住它哩脖子使劲勒，它就跑不了了，娘再过来帮你把它牵回村，听见没？”石粪筐浑身不停地打冷战，他始终没有应答的勇气。得不到孩子的回应，牛四妮有些愠怒，她拽着石粪筐的衣袖往外走，边走边说道：“你不去捉它，它迟早要来捉你。”石粪筐极不情愿地跟着娘来到院门口，娘儿俩正好碰上在外面疯跑了一天的石傻子，牛四妮对男人喊道：“锅里有饭，吃饱了睡你哩觉，俺俩去串个门，明儿一早回来。”石傻子不明白串个门为什么要一黑夜工夫，他很为娘儿俩担心，嘴里发出含混的声音道：“夜里有鬼……”牛四妮不等男人说完把他推进院里，反锁上两扇门，拽着孩子往坟地走去。

娘儿俩来到坟地，在朦胧的夜幕笼罩下，这片密实的柏树林仿佛变成了一座迷宫，摸索着走在里边，地上一簇簇的枯枝败草，时不时把娘儿俩羁绊一下，惊动了栖息在树上的猫头鹰和老鸹，它们发出骇人的叫声，给这坟地更增添了几分恐怖和神秘。牛四妮把石粪筐带到一座前面立着几个高大石碑的坟丘前停下脚步，压低声音说道：“那恶鬼就住在这个坟里面，到半夜就出来抓人，你在这等着，娘藏起来，看见它就照娘说哩办。”不等石粪筐回应，牛四妮一闪身没了踪影。石粪筐早吓得头脑麻木丧失了意识，任凭夜风簌簌、树影婆娑，和各种鸟兽发出的声声怪叫，他手里拿着绳子只是呆呆地站着一动不动。牛四妮躲在不远处的一棵柏树后面，目不转睛地看着孩子，不知道他能不能挺过这一关。

天上的星星由稀变稠，又由稠变稀；夜色由淡变浓，又由浓变淡，时辰就这么一点点地熬过去。直到天色泛白，石粪筐才从麻木中清醒过来。他怀着恐惧的心理看清了眼前的石碑和坟丘，却没有看到那恶鬼的一丝影子。此时从村子里隐约传来雄鸡的鸣叫，疏解了他内心的恐惧，他知道恶鬼不会出来了。他想起了娘，眼睛便四处搜寻，在不远处的一棵树后看见了正在探望着他的娘的面容，疑惑地问道：“娘！恶鬼怎么没出来？”牛四妮听到孩子的问话感到十分欣慰，这孩子没被吓傻，比他爹有出息。她从树后现出身来，走到粪筐跟前，平静地说道：“那恶鬼知道你拿着绳子要捉它，不敢出来了。”石粪筐更加疑惑道：“鬼怕俺？”牛四妮解释道：“那鬼从来都是到村里抓怕它哩人，还从来没碰见过有人到它家门口来捉它，认为你一定是大本事人，吓住它了。”石粪筐道：“没抓住鬼，咱牵着什么在村里转？”牛四妮转而问石粪筐道：“你还怕不怕鬼？”石粪筐迟疑片刻道：“不怕。”在坟地经历了这一夜，他感觉自己真的有了不怕鬼的胆量。牛四妮道：“你连鬼都不怕，你还怕谁？咱也就不用捉鬼给自己壮胆儿了。”石粪筐琢磨着娘的话，明白了其中的道理，对娘说道：“俺谁都不怕了，谁再掐巴俺，俺就打谁。”牛四妮的脸上露出了笑容，拉着石粪筐转身向坟地外面走去。娘儿俩回到家天还没大亮，熬了一夜困倦袭来，娘儿俩倒在炕上睡去。

一觉睡到晌午娘儿俩才醒来，牛四妮做了些饭一家人吃了，她对石粪筐道：“走，跟娘去地里一趟。”石粪筐问道：“干什么活儿？”牛四妮道：“你只管跟娘走。”石粪筐又看到了昨黑夜娘发狠的神情，他猜想娘又要用什么办法教训自己，不敢再问，跟着娘出了家门。石傻子呆呆地望着两儿俩，他没见娘儿俩什么时候回来，却又见娘儿俩出去了，不知道这是怎么回事，便好奇地跟在后边。

娘儿俩来到村西麦地里的水井旁，牛四妮问石粪筐道：“还记哩那年春天咱在这浇地，几只狼围攻咱哩事呗？”那个惊心动魄的夜晚石粪筐一辈子都不会忘记，他点点头。牛四妮道：“要不是魏三，咱娘儿俩早叫狼吃了。”提起魏三，石粪筐内心无比崇敬，他看着娘，等着听有关魏三的故事。牛四妮的情绪有些亢奋，继续说道：“那一夜，魏三杀死了六只狼，段士修从此就怕了他！”石粪筐猜出了娘的用意，只是不知道这水井里有什么可怕哩东西让自己练胆。牛四妮指着湿滑的井壁道：“杀六只狼你办不到，从里边抓两条长虫出来应该不难。下去吧，娘在上边等着你。”石粪筐毛骨悚然，他这才意识到这口老井里藏着不少长虫，俯身看着井壁上青砖脱落处形成的一个个洞穴，要抓住它们只能把手伸进去，那可是比黑夜站在坟地还要恐惧哩事情。石粪筐犹豫着，牛四妮俯身抓住水车斗链，下到了井的半腰，仰头召唤道：“娘陪着你，快下来。”石粪筐没有了退路，战战兢兢地也抓着斗链下了井，和娘挤在一处。牛四妮一只手抓着斗链，一只手指着一个洞穴道：“把手伸进去掏长虫。”石粪筐迟迟不敢伸手，牛四妮岂能不怕，但是为了孩子，她壮着胆把一只手伸进了洞穴，很快从里边拽出了一条鸡蛋般粗细、三尺多长身上长着黄色斑纹的长虫。冬眠期刚过，这条长虫已经苏醒，它被突如其来的打扰所激怒，迅疾进行反击，一口咬住了牛四妮的手腕。石粪筐惊叫一声，牛四妮镇定道：“别怕，掐住它哩脖子弄死它。”她疼得出了一身冷汗。不能叫它咬着娘，石粪筐鼓足勇气，一只手使劲掐住了长虫的脖子，那三尺多长的身躯在娘儿俩的手臂上拼命缠绕挣扎，不一会儿便停止了扭动，嘴也放开了牛四妮的手腕。牛四妮夸赞道：“好小子！你也抓一条。”说着把死长虫挂在了石粪筐的脖子上。石粪筐心有余悸地看着娘流血的手腕，不敢再贸然下手。牛四妮鼓励道：“这长虫没毒，咬一口跟纳鞋底针扎一样。”石粪筐再无理由犹豫，颤抖着把手伸进了另一个洞穴，一条同样大小的长虫被他拽了出来。这条长虫反身想咬石粪筐，被牛四妮一把攥住了它的脖子，长虫挣扎一会儿，便不再动弹。石粪筐脖子上挂着两条长虫，牛四妮满意了，说道：“上去吧。”

娘儿俩从井里攀爬上来，吓呆了守在上边的石傻子，他盯着石粪筐脖子上的两条长虫，以为是活哩，既想帮孩子解围，又惧怕碰到那东西，着急地哇哇大叫：“长虫，长虫……”牛四妮喝道：“喊叫什么，两条长虫就把你吓成这样了，还不如个孩子。”石傻子立即没了声音，默默地跟在娘儿俩后边往回走。一家三口走在街上，这般情景让大人孩子看到他们既吃惊又好奇地围过来观看，不知道这一家人演哩是哪一出。人们不可思议石粪筐脖子上挂着两条长虫，这憨小子中了什么魔法胆子变这么大了？

回到家，牛四妮把石粪筐脖子上的两条长虫拽下来，扔进猪圈里，问道：“还有什么可怕哩？”石粪筐回道：“什么都不怕了。”牛四妮看出孩子说的是真心话，她的脸上露出了欣慰的笑容。她指着院子西边牛圈里的一头几天前刚买回来的黄色小公牛，对石粪筐道：“过几年你能把它摔倒，谁都不敢惹你了。”石粪筐思索着几年后这头牛犊长成了一副硕大的身躯，怎么样才能把它摔倒。“能不能？”牛四妮催问道。“能。”石粪筐知道娘又给他出了一道难题，但他已经想好了破解的办法。牛四妮憧憬道：“到了那一天，你就真成一条汉子了，能立住门户了，娘也就安心了！”石粪筐越来越深切地体会到了娘对自己哩良苦用心，他暗下心劲要让娘早一天安心。自此，石粪筐每天跟小公牛摔上几跤，力量在逐日增长。

第二十二章　冤家奇遇结良缘

高冉把十几个孩子送到了县城的高初级小学。正逢学校招聘教师，他便让三小子高鹤参加应聘，令他高兴的是如愿以偿，高鹤成为一名高级班的国文教师。大小子高鹏在县城做生意，家里丢下二小子高鸿帮他料理家务，这是高冉对三个小子最理想的安排。

日子过得真快，转眼到了年根。近日让高冉烦心的是高鸿的婚姻之事，几年前订好的姻缘早就该举行婚礼了，可是高鸿就是不答应结婚，一直推迟到了现在，急得女方家一次次找媒婆说事。快进腊月了，这些日子媒婆每天都要到高家来催婚，希望能在年前把新媳妇娶过门，如果错过了腊月又得等一年。面对媒婆一次次的催逼，高冉两口子无以应对。两口子几次问高鸿为什么不答应结婚？得到的答复是他去女方村里偷看过那闺女，打扮哩花枝招展一看就不顺眼，肯定不是个过日子哩人。高冉开导他道："父母之命，媒妁之言，自古以来都是如此。不顺眼不要紧，看多了就顺眼了，不会过日子可以教她。"高鸿执拗道："俺不愿意娶一个花瓶在家里当摆设。"高冉两口子虽然觉得孩子说哩有道理，可也不能轻易退了这门亲事，那就拖些日子再劝劝高鸿，希望他能改变主意。

过了腊月初八就有了年味，每个人的心情应该一天比一天高兴才对，可高冉两口子今天一早起来，又为如何应对媒婆犯了愁。高张氏道："孩子实在不愿意，就退了婚吧。"高冉反驳道："这不是过家家，说成就成，说散就散。这门亲事定下几年了，现在退了婚叫外人怎么看咱，人家闺女更叫外人猜疑，还怎么再找婆家。"高张氏愁得哀叹一声道："总这么耗着也不是办法呀，你看咱老二整天无精打采哩，都快成傻子了。往常一大早就起来操持家务，这些天不叫不起，一直睡到晌午。"高冉道："他心里麻烦，叫他出去散散心，到山里用麦子换些红枣、核桃、柿子饼回来，快过年了，给乡亲们准备点儿年货。"说着到二进院叫高鸿去了。山区的土匪和劫道的虽多，但有魏三这个响当当的护身符，高冉不担心孩子会发生意外。

高鸿被爹从睡梦中叫醒，听了爹的吩咐，嗯了一声算是回答。他正想出去散散心，迅速起身穿衣，到灶火间就着咸菜吃了一张烙饼喝了一大碗小米粥，用搌布裹上两张烙饼揣进怀里，来到一进院套上一匹骡子车，再赶到三进院库房装上十布袋麦子，随后蹿上左辕驾车出了大门洞。他始终闷着头不说一句话，娘在后边大声叮嘱他早点儿回来，也没有回应。

高鸿赶着骡子车一路向西，走过二十余里的平原和起伏的丘陵地带，又爬行了十余里的山坡道，进入了一个名叫黑水河的小山村，开始大声吆喝起生意来。山里长不成麦子，每年山里人都要用干鲜果品和山鸡、狍子等野味到东边平原的村子里换些细粮，以备过年能吃上一两顿白面馍馍和饺子。进了腊月，这样互通有无的生意开始红火起来，村里的老婆婆和娘们儿有的㧟着一篮子红枣，有的端着一簸箕柿饼或核桃，到高鸿的车前来交易。一斤换一斤，讨价还价必不可少，有时还争得面红耳赤，高鸿在这种情景下，暂时忘记了苦恼。这一带出产的大红袍柿子，果大蒂小、晶莹透亮、皮薄肉厚、甘甜醇香，鲜果和柿饼享有盛名。红枣同样品质上乘，北京城、天津卫的众多商家每年都要前来大量收购。到这个时候各家各户的存货所剩不多，过了晌午才换去了一半麦子。高鸿感到饥饿，从怀里掏出用搌布裹着的烙饼，就着一位大娘送来的一碗热水吃了个饱。他看天色还早，赶着车又向西驶去，十五里外佃户营村的核桃个大、仁满、口感香绵，很有名气，不妨换些来。

一路向上的山道崎岖，半个多时辰，高鸿来到了藏在深山里这个民风更加淳朴的小山村。生意很好，车上的麦子眼看就要换完，天色突变，不一会儿飘下了大片大片的雪花。高鸿停了生意，急忙把车上的东西捆扎好，要往回赶。一位大娘知道他离家远，劝他道："看样子这是一场大雪，来势猛，走不了多远就看不清道了，留一宿吧，明天等雪停了再回去。"高鸿不为所动，言谢了大娘，坐上车辕，挥鞭而去。雪越下越大，伴着西北风很快就迷离了眼睛，模糊了山路与沟壑的界限。高鸿没遇到过这种天气，又是下坡路，他不免有些紧张，从车辕上跳下来，到前边牵着大青骡子，仔细辨认着道路，压着步子往下走。没走出几里地，稠密的雪片和蒸腾起的烟雾使高鸿完全丧失了对道路和沟壑的分辨能力。就在他开始后悔没有听从大娘劝告的一瞬间，他和骡子已经走到了沟壑边缘，又向前迈出的一步，人和牲口同时踏空，来不及反应，他俩和承载着重物的大车一同滚落到了沟底。高鸿摔晕了过去，躺在沟里一动不动。大青骡子被一车货压着，奋力挣扎了几下站不起身来，只好半跪半卧着本能地打着响鼻，盼望有人听到前来营救。

这种天气少有行人，不知过了多长时间，在风雪中自东向西蜿蜒的山路上移动着两个汉子的身影，他们挑着沉重的担子艰难地登着山坡。两个人走到这一路段，从沟壑里传来的大青骡子的响鼻声引起了他们的注意，意识到出了事故，便一同循着声音找来。他们站在沟沿看到了瘫在一丈多深处的骡子和大车，两个人急忙搁下担子，年长的判断道："一定还有人。"年轻的道："俺下去看看。"他们自幼生活在这片山区，虽然大雪覆盖了一切，也能感知到每一段山路和每一条沟壑的情状。这山沟陡峭，年轻人抓着沟壁上的灌木枝条小心翼翼地下到沟底，看见了已被大雪覆盖了半个身子面朝下的高鸿，他上前搬动一下，见没有动静，便急切地向上喊道："胡兴叔，有个人死过去了。"被称为胡兴的长者，迅疾攀下沟底，半蹲着抬起高鸿的上身，摸了摸他的手腕，对年轻人道："还有脉，小郝，咱俩弄不上他去，你快回村叫几个人来帮忙。"年轻人即刻攀上沟壑，向五里外的佃户营跑去。

胡兴蹲得腿发酸，干脆坐下来，解开自己的棉袄把高鸿揽在怀里，一只手拂去他脸上的雪，这面孔好熟悉！胡兴的大脑略一搜寻，不免心中一惊，这不是那年大雪夜在贞村一个大户人家门洞下把自己轰走哩孩子吗？是他！胡兴又看到从大车上散落出来的干果，不明白这个大户人家的孩子怎么也像他们穷苦人一样外出做生意？不管怎样，胡兴庆幸遇见了这个小冤家，要是没人管，非冻死这孩子不可。约莫半个时辰，天黑下来，那年轻人叫来了三个乡亲前来救援，几支火把照亮了事故现场。胡兴对几个乡亲说道：“俺认识他，是贞村哩。几十里地，今儿是回不去了，先把人和牲口弄到咱村，天亮了再来收拾大车和东西。”大伙儿费了一番劲，终于把高鸿和骡子从沟里救了上来，一路上几个人轮流背着高鸿牵着一瘸一拐的骡子回了村。

胡兴把仍处于昏迷中的高鸿安置在自家的火炕上，冻结在棉衣上的冰雪开始融化，在老伴儿的帮助下胡兴给他脱去浸满了雪水的衣裤，盖上两层棉被，坐在炕头给他捏起了头，盼望这孩子能早点儿醒来。十七岁的女儿胡玲，拿着高鸿的一身棉衣到灶火间烘烤去了。

石头垒的房屋，虽然低矮却暖意融融。过了一个时辰，高鸿从昏迷中醒来，待他意识到自己躺在一户人家的炕上时，才回想起自己曾经跌落到了山沟里。是谁救了俺？谁在给俺捏头？高鸿忍着身上的疼痛侧转过身子，看到了坐在他头前的胡兴。好熟悉的面孔，高鸿的记忆里很快浮现出了几年前的风雪之夜在自家大门口被他轰走的那个人的模样。天啊！高鸿的脑袋仿佛受到了一股巨大力量的撞击，瞬间丧失了意识。胡兴见高鸿能转动身子，知道这孩子没伤着筋骨，一直揪着的心才放下来，轻声唤道：“孩子，别着急，明儿一早就送你回去！”高鸿渐渐恢复了意识，任凭胡兴说给他什么样哩安慰话，他的眼睛一下都不敢睁开，他惭愧得没有一丝勇气面对这个救命恩人。胡玲和娘很为高鸿醒来欢喜，他们也算是老相识了，今天后晌娘儿俩还用一筐核桃换了一斗麦子。娘儿俩赶紧给高鸿煮了一碗姜汤，外加两个荷包蛋端来，让他吃下去暖暖身子。胡兴从老伴儿手里接过碗，唤高鸿转过身来吃点东西。高鸿始终侧躺着一动不动，泪水忍不住从眼眶里涌了出来。胡兴明白高鸿的心思，幽默地劝他道：“老伙计，别想以前哩事了，今儿咱爷儿俩能相遇是上天给咱哩缘分，应该高兴才是！来，吃了荷包蛋，喝碗汤，好好睡一觉，等有了空闲咱爷儿俩再唠！”高鸿哪还有心情吃东西，他终于抑制不住内心纠结的情感，呜呜地哭出声来，声音由小到大，以至到了失控的地步。胡玲娘儿俩不明白这是为什么，正要哄高鸿，却发现胡兴的脸上也挂满了泪水。胡兴没给娘儿俩提起过几年前那件事情，娘儿俩却看出了这俩爷们儿之间一定发生过故事，又不便询问，只好默默地感受着他们营造出的这种怆然的氛围。高鸿直到泪水流得眼睛发涩，胸膛抽搐得耗尽了气力才恢复了平静，沉沉地陷入了自责和惭愧的深渊里。

这一夜对于高鸿来说实在难熬，内心的痛楚一刻没有停歇，临近天明实在扛不住困意才睡了一会儿。胡兴为了照料高鸿，和衣在炕上眯瞪了几个时段。窗户渐渐发亮，胡兴下得炕来，去娘俩住的西套间叮嘱老伴儿多做几个人哩饭，随后踩着厚厚的积雪到夜隔帮忙的那几个乡亲家请人去了，他想早点儿把这孩子送回去，不知人家一家人正急成什么样哩。

胡玲比娘早起一步，先到灶火间做饭去了。高鸿的棉衣棉裤还搭在灶火台上，经过一夜高温烘烤已经干透，她抱着进了屋要给他放在身边，却看见高鸿正光着上身在寻找什么，羞臊得她急忙把衣裤扔到炕上跑了出去。刚才高鸿醒来，见窗户发白，意识到该起来赶路了，便挣扎着坐起身找自己的衣裳，不料有人从背后扔给了他，待他回头看时，一个年轻女子的背影闪出了屋门。他穿上棉衣，很是煊暖，知道是用火熥了一宿，他体味着这一家人细致入微的关照，心里掀起了阵阵热浪。

胡兴叫的小郝那几个乡亲陆续到来，他们按照胡兴的交代各自带来了一头黄牛、一只毛驴和两张铁锨及绳索。老伴儿和闺女已做熟了饭，胡兴把几个乡亲安置在灶火间的地桌上吃饭，他盛了一大海碗小米山药饭，又放了些炒白菜，剥了两个鸡蛋压在上边，端着进了屋。见高鸿正两手扶着炕沿悠着劲儿活动筋骨，关切地问道："孩子，摔坏了没?"高鸿看见救命恩人，忍着身上皮肉的疼痛"扑通"跪在地上道："大叔！你不怨恨俺，还搭救了俺哩性命，叫俺怎么报答你！"胡兴道："傻孩子，快起来，不叫提那事了，吃了饭早点儿回去，家人着急哩。"高鸿站起来，双手接过胡兴手里的碗和筷子，坐在炕上"呼噜呼噜"地吃起来，他也很想早点儿回家，好让家人放心，更想让爹酬谢恩人。

高鸿吃饱饭，挪着步子把碗筷送回灶火间。大伙儿已吃完饭，准备送高鸿回家，胡兴叫老伴儿拿了一条棉被铺在毛驴背上，让高鸿骑上去。高鸿不肯，说道："俺能走。"胡兴道："摔这一下可不能大意，不能多走路，得静养几天，听大叔哩话没错。"说着把高鸿抱上了驴背。高鸿对送他的娘儿俩感激道："大婶，妹子，以后俺会常来看你们！"他的目光在胡玲的身上多停留了一会儿，这闺女长得耐看，透着山里人的朴素大方气质，高鸿的心里荡起了一波涟漪。胡兴牵着驴走在前边，四个乡亲，一个牵着牛，一个牵着拐了腿的大青骡子，两个扛着铁锨和绳索跟在后面。

雪已经停了，火红的太阳从东边天际缓缓升起，照得白雪皑皑的起伏的山峦分外妖娆。觅食的各种鸟儿在丛林间跳跃飞翔，它们美妙动听的歌声回荡在山谷，让人心旷神怡。远近的山岗上，不时看见端着火枪领着黄狗寻找兔子踪迹的猎手。眼前的美景纾缓着高鸿惴惴不安的心，他对这里的一切很快生出了眷恋的情感。胡兴几个人虽然生于斯长于斯，对这雪景并不鲜见，却仍然陶醉其中，不时地哼唱几句小调表达愉快的心情。行走在深深的积雪中，他们并没有感到疲劳，不一会儿便来到了出事地点。

大车覆盖在积雪下面，仅能看出轮廓。两个乡亲用铁锨清理了一段沟坡，五个人配合着黄牛把大车从沟底拉拽了上来，试了试车体无大碍，便把黄牛套上。几个人又下到沟里把散落在沟底的干果收拾到车上。胡兴把高鸿从毛驴背上扶下来，将被子铺在车厢里，把高鸿搀扶到上面，又把骡子拴在大车后边，对几个乡亲道："你们回去吧，俺一个人送他回去就沾了。"他不想让乡亲们来回走七八十里山路，累死个人。四个乡亲又帮胡兴把大车各处查看了一番，嘱咐胡兴早点儿回来，便牵着毛驴拿着铁锨绳索往回返，高鸿向他们一一言谢道别。

胡兴引着牛车向山下走去。走了一段路，在一个弯曲处高鸿看到下面有两个人正深一脚浅一脚艰难地往上赶，他认出来是爹和黄六，知道是为寻找他而来，便大声喊了一声爹。主仆俩停下脚步仰头看到了坐在大车上的高鸿，立刻加快了脚步。昨天突如其来的一场大雪，让高冉一家人十分牵挂高鸿的处境，盼望他能早点儿回来。一直等到了天黑，高冉看看院子里半尺厚的雪，心里焦急不安起来，担心高鸿走不惯山道发生意外，并且山里常有野兽、土匪出没，便背上长刀提上火枪，叫黄六打着灯笼向山上寻来。寻到大半夜，俩人实在没有了力气，在黑水河村外的一座庙里歇息了半宿。天一亮俩人继续沿山路寻找，意想不到的是在这儿碰见了高鸿，看这架势昨夜一定是出了事故，被好心人搭救，人家还一路护送回来。高鸿迫不及待从车上下来迎向爹，放开嗓门简短地述说了事故经过，指着胡兴说这是救命恩人。高冉扔下火枪奔向胡兴紧紧握住对方的手，激动道："救命恩人！俺怎么感谢你！"胡兴平淡地回道："感谢什么，谁看见了也会帮忙。"高冉先做了自我介绍，随即郑重地问胡兴道："请问恩人尊姓大名？"胡兴谦恭幽默地回道："不敢称恩人，姓胡名兴，兴旺哩兴，爹娘指望俺能过上兴旺日子哩。"高冉祝愿道："好人有好报，一定能过上兴旺日子！"胡兴笑道："知足常乐吧，山里人有口饭吃就算是好日子了，兴旺谈不上。"一旁的黄六提醒高冉道："回去再慢慢唠吧。"高冉这才回过神来，诚恳地对胡兴道："老弟，跟哥哥回贞村吧，到俺家咱哥俩好好唠唠！"胡兴道："是得早点儿回去，家里人还着急哩。"

几个人一路唠着家常，晌午时走到了贞村。牛车驶进高家大门洞，高张氏早在一进院踅来踅去没着没落地等着了，看到几个人都平安回来，一屁股坐在雪地上长出一口气道："老天爷哎！可是保佑他们了！"高冉情绪亢奋地催促道："救咱小子哩胡兴老弟来了，还不赶快做饭去！"高张氏欢喜地应道："这就去这就去！"急忙站起来拍拍屁股上的雪屑向后院疾步走去。高冉拽着胡兴的衣袖道："快到屋里歇歇！"胡兴解着牛套婉拒道："不了，高大哥！天短，道又不好走，卸了车赶快回去啊！"高冉哪里肯放他走，劝道："怎么也得吃了晌午饭再走！"胡兴从怀里掏出两个米面饼子道："饿不着。"说着牵着牛就走。高冉拉下脸道："兄弟！俺高家哩饭吃了肚子疼，是不？"主家的话说到了这种地步，胡兴只好收住脚步道："那就给你添麻烦了！"高冉接过胡兴手里的缰绳埋怨道："光急着走，这牛还饿着肚子哩。"他把牛牵到牲口棚，掐了些精细草料和豆饼放在牛面前的石槽里。这牛早已饥饿，扎下头贪婪地吃起来。

高张氏可着家里的好东西做了几个荤素搭配的菜，烫了一壶老酒，端到八仙桌上。高冉把胡兴让在上座，给贵客斟上酒道："没刻意招待你，家常便饭，吃饱喝好！"作陪的老陈、黄六和姜老拧也都殷勤地让着菜。高鸿坐在下手，内心的纠结早已掩盖了肉体的疼痛，闷着头一言不发。胡兴第一次在大户家里做客，虽然主家真情相待，却也感觉不自在，眼前的酒菜虽好，也不如在自家吃饼子就咸菜舒坦。他喝了三盅酒，吃了几口菜，就催着上饭。高冉看出来，胡兴是个有主见的庄稼人，主随客便，来日方长，便叫高鸿去灶火间催饭。一会儿工夫高张氏端着两大碗腌肉打卤面进了屋，放在胡兴面前热切地说道："天冷，兄弟！多吃点儿！"胡兴把一只碗推到桌子中间道："这么大碗，一碗就够了。"抄起筷子大口吃起来。肉卤面真香，胡兴难得吃上一顿这样哩美食，如果不是做客，别说两碗，三碗也不在话下。一碗面进肚，胡兴摸摸嘴道："真饱！"他站起身抱拳向高冉等人道别。众人起身相送，在灶火间里呆坐着的高鸿听到动静急忙走了出来，跟在众人后边。高冉攥着胡兴的手，恋恋不舍道："你常年往城里跑生意，渴了饿了到家来歇歇脚，遇到不好天就在这住上一宿，自当是串亲戚，咱哥俩也能见面唠唠话！"胡兴满口应道："一定！一定！"跟在后边的高鸿，听着爹和恩人的对话，心里的隐痛更甚。送走了恩人，高鸿勉强走进他在二进院的屋子，一头倒在炕上，陷入了难以自拔的悔恨和自责中。

自回到家，高鸿就躺在炕上不吃不喝、不言不语，一会儿睁开眼睛呆望着屋顶，一会儿又闭上眼睛暗自流泪。高冉和高张氏起初以为孩子受到了惊吓，歇息两天或许就好了。偏偏这几天媒婆天天上门来催婚，高鸿尚在病中，不便和孩子商议此事，令老两口不胜其烦，不得已告知媒婆说孩子病了，没心荒考虑婚事，过几日再给准信。

第三天高鸿精神状况仍不见好转，高冉和高张氏焦急起来，忙把村里的先生请来给孩子诊病。先生根据高鸿的症状开了个方子，高冉当即到城里抓了几服药，高张氏熬了一碗端到孩子的炕头，等他醒来喝下去。在这间隙两口子又为这桩婚事发起了愁，不免抱怨孩子脾气太犟，不听大人哩话，事已至此该如何收场？高鸿醒来听到了爹娘的愁言烦语，惹得他的心绪更加烦乱，有气无力地咆哮道："不愿意就是不愿意，谁说也不沾。"两口子面面相觑，高冉下决心道："强扭哩瓜不甜，断了这门亲吧。俺去女方家赔不是，不能叫人家闺女难堪，就说咱家小子摔坏了身子，不知道什么时候能养好哩，别耽误了闺女哩婚姻大事，另结良缘吧。"高张氏担心道："这话传出去对咱孩子不好，怕以后没人给咱提亲。"高冉道："走一步说一步吧，以后哩事谁也料不到。"他又问高鸿道："这么办沾不沾？可不能后悔。"高鸿决绝道："不后悔。"两口子总算放下了一个心事。高张氏端着药碗对高鸿道："孩子，喝了这碗药，快把身体调理好，要不这个年也过不好。"高鸿扭头瞥一眼那碗散发着浓烈苦味的汤药，拒绝道："俺没病。"先生给他诊病时他还在睡梦中，突然出现在眼前的汤药让他十分反感。高张氏道："不喝药也沾，打起精神来娘就放心了。"高冉看出来这孩子得的是心病，心里像背负着沉重的负担，便问高鸿道："孩子，你心里到底有什么事，说出来，爹帮你解解。"高鸿鼓足勇气裹着被子坐起来，扎着头轻声说道："那年冬天在咱家大门洞下避雪，叫俺轰走哩那个人就是胡大叔。"话没说完，眼泪已挂满了脸颊。原来如此，高冉和高张氏的心受到了强烈震撼，两口子无比感佩胡兴不计前嫌哩情怀，同时替高鸿当年的轻浮行为而羞愧。但令他俩欣慰的是，高鸿终于体味到了一点儿世事的不测和做人的真谛。高冉拍拍高鸿的头安慰道："别难过了，记住这教训，做人哩眼光要宽泛点儿长远点儿，对人不能刻薄，遇到落难哩人能尽多大力帮助就尽多大力。过几天跟爹一块去佃户营答谢你胡大叔，要一辈子感激人家！"高张氏唏嘘不已道："这么好哩人，是得好好答谢人家！"当年那个大雪夜高冉对高张氏述说了发生在家门口的事情，没想到人家以德报怨搭救了小冤家。高鸿对爹娘说的话频频点头应着，卸去了心事，他的精神很快恢复了正常。此后几天，高鸿身体上的疼痛也渐渐消失。

腊月二十早晨，高冉将五大布袋麦子、两坛老酒、一扇猪肉装在马车上，和高鸿一同前去佃户营，要酬谢恩人胡兴。天气大好，路上的积雪化了不少，虽然有些泥泞，却挡不住这匹健硕的枣红马快捷有力的步伐，多半晌时就到了目的地。父子俩从车上下来，走到胡兴的家门口，高鸿一眼就看见了院子里的胡玲，她正蹲在一块青石旁用木棒锤打一匹刚浆洗了的蓝白条纹粗布。她的一举一动充满了少女的美感，竟使高鸿心跳加快，一股热流冲上头顶，脸红到了脖子根。胡玲显然听到了门外的动静，她抬起头看见了高鸿，急忙迎出来，面露些许羞赧地问道："身子养好了？"高鸿回道："好了，陪俺爹看胡大叔来了。"胡玲对高冉道："大伯，你们先到屋里歇歇，俺爹和俺娘到各家收干果去了，俺去把他们找来。"胡玲快步走下一段斜坡，拐进了一条小街里。这小山村坡陡道窄，各家都是窄门小院，门前空地有限，父子俩将马车停靠在一边，把车上的东西搬进院子里，站在门口等着主家回来。

不大一会儿，胡兴一家三口从下坡处风风火火地赶了来。胡兴拉住高冉的手道："贵客盈门，喜事一桩，快进屋暖和暖和！"走进院子胡兴看到了客人带来的东西，停下步子风趣道："老哥！还怕俺这小村人管不起饭，自带伙食来了？"高冉指着高鸿道："当爹哩教子无方，犬子无德，那年大雪夜这小子冒犯了你，你却以德报怨救了他，惭愧！惭愧！今天特意来给你赔不是！"言毕高冉深深地向胡兴鞠了一躬。胡兴慌忙阻止道："折煞俺了，旧事不能再提了！"一旁的高鸿早羞愧得无地自容。胡玲和娘这才知道了俩爷们儿之间曾经发生过的事情。胡兴岔开话题道："也好，这些东西俺都留下，过年有馍馍肉菜吃了！"他吩咐老伴儿准备酒菜，又对闺女说去把小郝那几个帮忙哩乡亲叫来。胡兴把高冉父子请进低矮的石屋，屋里家什简陋，地上放着一张地桌和几只小板凳，挨着炕有一具立柜，仅此而已。胡兴道："高大哥，小户人家没多少家什，也没那么多规矩，随便坐吧。"高冉坐在就近的一只小板凳上，感慨道："俺小时候家境和你家没两样，今天坐在这儿好像回到从前哩家了！"一句话让胡兴和高冉没有了距离。仨人围坐在一起唠着家常，陆续等来了四个年轻人。每来一个人，高家父子都站起来恭敬地致意，胡兴都做一番彼此介绍，高冉对这些恩人都深深地鞠躬殷殷地言谢。几个乡亲对高冉这个贞村的大户，今天特意送来麦子小米和酒肉让大伙儿过个好年，自是一片感激之声，浓情厚意的气氛充盈着整个屋子。一会儿工夫，胡玲和娘把酒菜端了上来，菜是炖野兔肉、大葱炒豆腐、辣椒炒白菜、凉拌山野菜各一盘，还有一盆猪肉炖干菜粉条，酒是一坛子山药干烧酒。胡兴给高冉斟上一盅酒道："老哥！俺这小户人家不比你高家，不知这几样家常菜合不合你口味。"高冉知道这酒菜是胡家可着劲儿置办哩，真诚地说道："咱都是庄稼主，都是吃家常饭长大哩，数这样哩饭菜吃着有滋味！"胡兴对乡亲们感慨道："咱见过一些财主，仗势欺人哩有，傲气哩也不少，像高大哥这样能跟俺说到一块哩还是头一回碰到。来咱们敬贵客一盅！"虽然只是短暂的相处，乡亲们也都感觉出高冉是一个坦诚之人，他们举起酒盅和高冉一饮而尽。随后高冉向每个人回敬了一盅。大伙儿你来我往，喝得很是酣畅。高冉醉意渐浓，对胡兴道："老弟，今儿到此为止吧，以后来日方长。乡亲们有走到贞村哩时候，一定去家里歇歇脚，好歹有饭吃有房住。"胡兴又劝了高冉几盅才叫胡玲上饭。烙饼、小米稀饭就咸菜，大伙儿吃了个饱。高冉欲起身告辞，胡兴按住他道："你先等等。"又对几个乡亲道："把俺高大哥送来哩年货分成五份，一人一份。咱没别哩东西回礼，山上哩土产在平原是稀罕物件，一人给俺高大哥装一袋来。"四个年轻人痛快地说沾，跟着胡兴出了屋门。胡兴去灶火间拿菜刀把一扇猪肉割成了五块，分发给几个乡亲，又让他们各扛一布袋麦子走。不大一会儿，四个年轻人陆续折回来，把自家的各种土产装满了布袋放到门外的马车上。高冉赶出院门，好说歹说不收这些东西，留着让乡亲们换些钱过年。胡兴扛着自家的一布袋土产出来，一定要高冉把这些东西带回贞村分给乡亲们。高家父子终是推让不过胡兴等人，只得接受。父子俩和乡亲们道了别，高冉仰卧在车厢布袋上不时感慨不虚此行，结交了几个实实在在哩庄稼人。高鸿赶着车，一路上脑海里不时闪现着胡玲的面孔。

有了念想，高鸿的心里就像猫抓的一样难耐，琢磨着什么时候能再去佃户营一趟，打听一下胡玲是不是有了婆家，要是有了也就断了那份想念，要是没有得找媒人给自己提亲。他想好了，大年初三去佃户营给胡兴拜年。

无安的牵挂，使人度日如年。高鸿终于熬到了大年初三，吃早饭时他极力控制住狂跳的心，用平淡的语气对爹娘道："过年哩，该去佃户营给胡叔拜个年。"高冉赞许道："去吧，这个礼不能少。"高张氏埋怨道："不早说，好准备些东西带去。"高鸿道："拿五坛子酒和五篮子馍馍就沾了，每家转转。"高冉道："沾，给你爹带个好。"高张氏叮嘱道："早去早回，别喝酒。"高鸿心情欢快地应了。

高鸿赶着马车又来到了佃户营，他一手抱着酒坛子，一手提着篮子，走进了胡兴家院子，挑门帘进了堂屋，来到东套间，看见胡兴两口子正和一个婆子坐在炕沿上表情严肃地说着什么。屋里人见有人进来，急忙住了嘴。高鸿放下东西，冲着胡兴两口子道："叔！婶！俺给你俩拜个年！"说着，对着两口子磕了个头。胡兴和老伴儿见是高鸿，既惊且喜地赶紧过来扶起他，并给他让座。高鸿道："不了，还有几家没去哩。"胡兴道："你没去过那几家，叫玲带你去，转完了回来吃饭。"胡玲在西套间听到爹的话，走出来，满面愁容地看一眼高鸿，示意他跟自己走。胡玲在前面领路，高鸿赶着车跟在后面，憋不住问道："妹子，看你一家人不高兴，大过年哩，有什么腻歪事？"胡玲心里圪搅哩麻烦，迟迟开口道："前些日子媒人给俺说了个本村哩婆家，俺愿意，俺爹娘不愿意，说几辈子在这山沟里受穷，不能再叫下辈人还受穷。俺怕爹娘着急，就遂了他俩哩意愿。这两天媒人又给俺找了个平原上哩人家，有二十几亩水浇地，不穷也不富，俺爹娘愿意。俺托人打听出来，那小子一只眼瞎，俺死活不愿意，爹娘也拿不定主意了。今儿媒人找上门劝说俺来了，俺躲在里屋就是不出来，幸亏你来了，给俺解了围。"高鸿的心一阵狂喜，却同病相怜地感慨道："妹子，这婚姻之事是一个人一辈子最大哩事，千万不能轻率，不愿意就是不愿意，谁说也不沾。"胡玲回过头说道："看来你跟俺有一样哩经历。"高鸿如实相告道："三年前有人给俺说了个亲，俺死活不愿意，年前刚做了了结。"胡玲看到高鸿的目光在死死地盯视着自己，急忙扭过头去。串了四个门，胡玲再没敢正眼看高鸿一眼。

晌午高鸿在胡家吃了饭，辞别了一家人，急急地回到家。他把爹娘叫到一块，直截了当道："爹，娘，俺看上胡叔家哩闺女胡玲了，快给俺准备一份彩礼，明儿去佃户营，叫郝大哥给俺当媒人。"高张氏惊讶二小子这么快就看上了胡家的闺女，问道："她怎么个好？"高冉赞赏道："那闺女是不赖，勤快大方，模样也耐看，只是不知道人家愿意不愿意，试探试探也沾。"

第二天，高张氏准备了一包袱绸缎和二十块银圆当彩礼，高鸿赶着马车出了大门洞，这是他在二十多天内四上佃户营。他先到小郝家，说明了来意，小郝很是喜欢高鸿，当即表示愿意当这个媒人，便提着包袱去了胡家。胡兴一家三口被这突如其来的事情弄得不知所措，自家是一个只有十亩山坡地哩穷苦人家，高家是有几百亩良田哩富贵大户，门不当户不对，不妥不妥。胡兴断然拒绝道："这高家是个好人家，高鸿也是个好孩子，可终究两家差别太大，怕以后咱家闺女受气哩。"小郝道："沾不沾你得拿定主意，可别错过了这个良缘。"胡兴思忖道："容俺想两天，这彩礼先拿回去。"小郝道："彩礼先放在这儿，俺等你两天。"小郝回家把胡兴的话告诉了高鸿，高鸿怀着忐忑不安的心回了贞村。高冉听了高鸿的述说，对二小子道："看来有门，明天爹去一趟。"

第二天，高冉骑着马去了佃户营，见了胡兴开门见山问道："老弟！想好了呗？"胡兴直言道："你家是财主，俺家是穷人，门户不对，怕人家笑话哩。"高冉激将道："俺看你是参不透世事哩人，什么贫穷富贵，风水轮流转，十年河东十年河西，说不定什么时候俺高家得受你胡家接济哩。"胡兴无语。高冉又说道："咱得尊重孩子们哩意愿，只要他们愿意咱就不要多操心了。"胡兴两口子瞥一眼正在低头摆弄辫子的胡玲，看见她脸颊红润，嘴角挂着羞臊的微笑，知道闺女愿意，便没了托词。这门亲，算是定下了。

办喜事宜趁早，高家打破常规，迎新人不必按旧俗一定要在年前。在高冉的张罗下，高胡两家在春暖花开的时节商定了一个吉日，给高鸿和胡玲举行了简朴而热闹的婚礼。

高鸿遂了人生最大的心愿，从此神清气爽，浑身上下充满了过日子的劲头，不知疲倦地伺候地里的作物和家里的生意。胡玲同样尽心地孝敬公婆、操持家务，脸上一天到晚带着欢喜的笑容。

第二十三章　兵痞·蝗虫

中华民国成立九年了，元龙县的老百姓始终在动荡的岁月中过着艰辛的日子。现在他们又身处军阀混战的危险境地，时刻担心着战火和兵患殃及生命毁坏家园。

回想1912年1月1日，中华民国成立和孙中山就任临时大总统仅仅两个半月后，袁世凯一方面指挥北洋军队以进攻相威胁要推翻中华民国，另一方面向孙总统承诺如果让位予他，他便逼迫清帝退位。孙中山岂是被恐吓利诱的人，但此时恰逢南京临时政府外交和财政陷入了困境，政府职能举步维艰。逸仙权衡利弊后被迫向心怀叵测的容庵妥协，将临时大总统的名号相让。后来当了三年多大总统的袁世凯，终于按捺不住要实现当皇帝的美梦，遂于1915年12月宣布推翻中华民国，恢复君主制度，自封“中华帝国皇帝”。他的倒行逆施遭到了全国人民的反对，半年后在风起云涌的讨袁军事行动和口诛笔伐中死去。失去首领的北洋军阀分裂成了直、皖、奉三个派系，各派系在列强的操纵下，为各自的私利开始了连年混战。这些年在军阀们的纷争中，华夏始终形成不了一个像样的国体。黎元洪、冯国璋、段祺瑞、徐世昌、曹锟，外加张作霖，这些军阀早把孙中山的共和抛在了脑后，而他们又没有治国方略和政治主张，只想着用民族利益换取西方列强的扶持，扩充自家实力好争抢地盘，妄想攫取总统宝座，以便将洋洋大国变成自家的私有财产。众军阀明争暗斗，朝合夕叛，乱哄哄你方唱罢我登场，把本是遍体鳞伤的东方巨龙折腾得更是奄奄一息。这正是列强所希望看到的局面，他们好更肆意欺凌中国人民、瓜分华夏疆土。

时光回转到民国九年（1920年）。皖系军阀段祺瑞，凭借着强大的军事实力把持着北洋政府大权。这年六月，他下令直系头领曹锟和吴佩孚去南方讨伐孙中山的护法军，以达到一石两鸟的目的。曹锟识破了段祺瑞的诡计，为了自保他被迫和奉系军阀张作霖联合在了一起，要与皖系一决雌雄。七月中旬直皖两系军队在北平东、南两个方向开辟了战场，为了争夺平汉铁路这一重要战略通道，南边涿州、高碑店、琉璃河一带是双方的主战场。根据战争发展态势，张作霖派奉军第六混成旅鲍德山部，从东北方向斜插西南，日夜兼程直奔元龙县，在石头城周围驻扎了下来，扼守住南北铁路通道，切断了皖系军队企图南下之路。

5000多人的队伍，还有一百多台骡马拉的辎重大车和大炮，浩浩荡荡，一路腾起滚滚尘埃来到元龙县。近几十年这里的老百姓还没见过如此大规模的部队，看这架势想必要打大仗了。县城方圆十余里村庄的人们很是担心在这一带燃起战火，殃及身家性命和家园。无人不知军阀部队军纪涣散，害怕受到无端伤害，白天大都待在家里，胆子大的也是小心谨慎到地里干农活，很少有人再到县城赶集做生意。夜晚一家人更是坐到半宿，一旦听到枪炮声好赶快钻到地窨子里躲避。

鲍德山的人马安顿下来后，最迫切的军务是要尽快补充供5000多人和几百头骡马果腹的粮食和饲料。因国家政局长期混乱无序，县公署的行政职能早已名存实亡，设在县公署左侧的粮库也已荒废多年，没有储备一粒粮食。城里十几家粮行待交易的粮食也有限，仅够5000人马几天的消耗。王知事便谄媚地向鲍德山进言，建议他向周围村子的大户筹措粮食，并提供了一份各村财主的名单，同时派一干小吏相助。十余支筹粮小队很快行动起来，每队由二十多名荷枪实弹的士兵，押着十余辆大车驶向各村。

鲍德山的部队甫一到达县城，段士修就料到他们很快便会找上门来，他也早已做好了应对这些和土匪无二的军人的对策。这几年，段士修过得悠哉游哉，民国三年（1914年）虽然撤销了县参议两会，他的副议长和参事职务不复存在，为此苦闷了些日子。可没过两年县里又成立了商会，因他家内有千亩良田，外有万贯生意，在全县是有名的财主，便被众商家推举为会长，时常被王知事请为座上宾，出面为官府筹集一些钱财，当然他段家也没少受到王知事的关照。

这次王知事为了讨好鲍德山，名单上第一个就是他段士修，保准能筹措到不少粮食。县公署指派的一名小吏，一早领着一支筹粮队气势汹汹地来到段家大门前。不待叫门，已经看到这队兵痞的两个把守大门的团丁毕恭毕敬地把门扇打开，迎接他们进来。这不仅是段士修提前交代好的，更是两个团丁面对经历过无数次生死的兵痞心里发怵的本能表现。得到信儿的段士修从后院一路小跑而来，田生玉紧跟在后边。县吏恭敬地将段士修介绍给了领队的连长，段士修对这个军官笑脸相迎道："长官，请到陋室一坐，喝杯茶水解解暑。"这连长是一个东北大汉，长着一张铁板一样僵硬的脸，面无表情地说道："段会长，茶水就不用喝了，把你家的粮食装满这些大车本连长就满意了。别怕，公平交易，一文钱不少给你。"段士修已经领教了他们的"公平交易"，自家在县城粮行存放的一万多斤粮食早被他们用一摞在东北地区流通的金融票券换走了。他明白这些千里之外而来的大兵没有人情观念，心比当地土匪还狠，不给是不行哩，一旦惹恼了他们，抢了粮食不要紧，伤了人可就亏大了。再给狗日哩们一些粮食吧，权且遇到了灾年，少收了几成粮食罢了。段士修自我安慰着，急忙带一队人马来到自家储藏粮食的后院。田生玉打开一扇粮仓门，里面满是用竹席围起来的一个个粗大的盛着今年收获的麦子的粮墩。段士修对铁板脸乞求道："长官，贵军在城里兴顺粮行收购哩一万斤麦子就是俺家哩，其余哩粮食都在这了，你装满五车，给俺剩下全家人一年哩活命粮就沾了，段某不胜感激！"铁板脸见段士修还算爽快，应允道："就照你说的办，过秤吧。"段士修悬着的心放下了一半，自作豪爽道："不用称了，装满五大车为止。"他庆幸自己早有准备，把七成粮食藏在了地窨里，否则说不定这狗日哩们会把十几辆车都装满了拉走。田生玉叫来几个长工，在铁板脸的指挥下把麦子装进这些兵痞带来的几十条比庄稼人用的大得多的布袋里，直到摞满了五辆大车。铁板脸并不罢休，又叫长工装了些小米、玉米和豆类才满意。段士修心疼地估摸了一下重量，足足一万二千斤有余。铁板脸从身上的挎包里拿出一摞纸币点了一番递过来，段士修迟疑着接住，看也不看攥在手里，知道又是东北地区的金融票券。铁板脸得了好处不忘卖乖，说道："放心吧，以后这地盘就由我们奉军管辖了，市面上都得用这钱。”段士修知道这是一摞废纸，却不敢表露出一丝不悦，强忍着愤怒把一队人马送出了大门。在大门口，县吏向段士修打听了高冉家的方位后，领一队人马去了。待他们走远，段士修将手里的票券撕得粉碎扔到半空，痛骂道：“狗日哩，叫老子白白折损了一百多亩麦子！”当他想到高家也要遭受同样的损失时，心里略微得到了些宽慰。

这队人马从北街穿过一条南北巷道腾起一路尘土来到南街，在高家大门洞前和从东边赶着马车回来的高冉碰了个正着。日近晌午，天气酷热，汗水湿透了高冉身上的白布衫，他刚从玉米地里锄了一大车杂草回来，看见面前这一队人马，明白了事由。高冉厌恶至极，旱灾、涝灾、雹灾、蝗灾他都经历过，看来这兵灾也是躲不过了。自古以来，庄稼人就怕本地驻扎军队，他们有了吃穿，庄稼人就得挨饿受冻，这是一条不变的铁律。几千年的无数战争，却没听说过哪支军队给庄稼人分粮食发衣衫，都是搜刮民脂民膏的货色。春秋无义战，今天的军阀混战更是没有一点心系国运兴衰和百姓生死的大义情怀。高冉粗略算了一笔账，奉军的5000多人马，不要说长期驻扎，就是待上一个月，也得消耗二十几万斤粮食，全县不知道有多少人要因此饿肚子。高冉漠视他们的存在，吆喝牲口把大车往大门洞赶。县吏向铁板脸使个眼色，铁板脸心领神会上前拽住高冉的马缰绳问道：“你就是高家掌柜的？”高冉冷冷地回道：“是。”铁板脸道：“本连长奉命来贞村筹措些粮食，刚从段会长家装了一万多斤，你家也得出同样的数目。”高冉道：“段家是全县数得着哩大户，俺高家不能跟他比。再说前几天你们已经把俺家在县城粮行里六千多斤粮食都拉走了，家里除了口粮和种子没多少了。”铁板脸恼怒道：“我知道你是这村的保长，你出不起，就叫你的村民出，今天我就要从你这里拉走一万斤麦子。不给，我手下的士兵可不是摆设。”县吏趁机凑到高冉耳边低声劝道：“高保长，早知道你为人耿直，今天可千万别碰硬，好汉不吃眼前亏，破财免灾，如数给了他们粮食为妥。”高冉前思后想，再找不到一点办法，无奈地把怒气强压在肚子里，对闻讯而来的高张氏和高鸿吩咐道：“带他们装粮食去吧。”母子俩极不情愿地领五辆大车来到后院，打开库房门，眼睁睁看着一袋袋麦子和一些杂粮装上了兵痞的大车。老陈和黄六几个长工也跟来，面对库房里所剩不多的粮食和一群荷枪实弹的兵痞，他们愤怒而不敢言，只好忍着气可惜大伙白辛劳了一年。

装满了五大车粮食，铁板脸故技重演，拿一摞票券递给高冉道：“等我们奉军掌握了天下，这票子能盖房置地，好好放着吧。”高冉睨视道：“还是你存着吧，等你当上大将军好盖官邸用。”铁板脸听不出这是讥讽他的话，脸上难得一见露出一丝笑意道：“这话我爱听，要早说，本连长少收你几百斤粮食。”高冉忽然可怜起铁板脸来：堂堂一条汉子，恃强凌弱坑骗人还不算，连好赖话也听不出来，跟这种缺肝少肺哩兵痞生不着闲气，再者说这小子不定哪天就变成了炮灰。唉，高冉叹口气平缓下心境，从铁板脸手里接过票券，随意翻看着正反两面花花绿绿的图案，心里念叨：给长工们卷旱烟吧。此时晌午错了，县吏感到了饥饿，想早点到杜化吉家饱餐一顿，便提醒铁板脸还有一家没去。铁板脸想起了县吏给他推荐的美食，问高冉道：“听说你村有一户人家豆腐做的好吃，住在哪？”这事不能配合他，高冉摇摇头道：“没听说过。”县吏接话道：“咱到街上打听吧。”铁板脸知道高冉是在维护村民的利益，骂道：“不说老子也能找到。”随即气昂昂地带队离去。高冉望着他们的背影担心道："化吉又要遭殃了。"

来到街上，县吏向一个半大孩子打听了杜化吉家所在的方位，领着人马找去。在县公署任职几年，他吃惯了杜化吉送去的豆腐，知道是贞村人做哩。今天在来贞村的路上，他向铁板脸献殷勤提起了此事，说弄一车豆腐回去，改善一下弟兄们哩伙食。铁板脸也喜欢吃豆腐，县吏的一句话勾起了他的食欲，很是高兴这个主意，给了对方一个笑脸。县吏知道做豆腐的人家都用豆渣养猪，这样喂出来的猪肉质鲜美，建议铁板脸留两辆车，一辆拉豆腐，一辆拉猪，叫弟兄们尽情享几顿口福岂不美哉。县吏还对铁板脸谝示，说俺这地方哩猪，肚子长哩像荷包，叫荷包猪又叫香猪，肉可好吃哩。把铁板脸馋得不行，说今天一定要饱餐一顿。

一队人马三拐两拐，来到了杜化吉家。杜化吉刚赶着驴车去县城和各村送豆腐回来，正光着上身坐在院里拿芭蕉扇子扇着。雇的两个帮工围着一口大缸，一个人端着一瓢卤水点着豆腐，另一个人用粗木棍在里面搅和着。秋月在灶火间做着午饭，她身边依偎着一个三四岁的男孩，取名叫杜壮田。秋月的腰身又变粗了，再有几个月这个家又要添一口人。这几年的生意不赖，赚了些钱，置了十来亩地，家里有粮，外边有买卖，两口子终于过上了舒心日子。杜化吉听见外边的响动，看到一群当兵的端着枪拥进来，吃惊不知道发生了什么事，惊吓得院子西南角猪圈里的十几头半大猪哼哼着互相钻挤躲藏。两个雇工和秋月也都停下手里的活静观事态。杜化吉看清楚这些兵和几天前驻扎在县城里的兵一样穿戴，跟他们又没怨仇，怎么跑到家里来了？他奇怪地问道："你们干什么哩？"县吏在公署见过杜化吉，他声色俱厉道："长官想吃你家的豆腐，有多少要多少，快搬出来。"杜化吉明白了他们的来意，不敢得罪他们，假装殷勤道："伏天里，不敢多做，每天前半夜做好，一大早出去卖，这会儿家里没现成豆腐了，要想吃，明儿一早俺给长官送去，沾不？"县吏不相信杜化吉的话，他各处搜寻了一遍，只有缸里刚点的豆腐脑，豆腐是吃不成了，他懊恼地扭头瞥一眼猪圈里的一群猪，对铁板脸道："长官，动手吧。"铁板脸对士兵下令道："把猪都给我绑走。"一群士兵像炸了窝的马蜂，从各处找来绳子，跳进猪圈两个擒一个，将猪的四条腿绑在一起，用木棍抬上来。绳子不够，有的兵痞就把自己的绑腿缠下来，绑到猪腿上。十几头猪撕心裂肺的号叫声充满了整个院落。杜化吉急红了眼，冲上前去奋力阻止他们的行为。秋月怕男人惹恼了这些兵痞招致不测，在后边抱住男人的腰往回拽他。这十几头猪的价钱能买一亩好地哩，杜化吉哪还顾得了其他，很是恼怒女人对自己的干扰，他腰身用力一甩把秋月摔倒在地，不顾一切地扑到一头刚从猪圈抬上来的猪身上，把两个抬猪的兵痞压了个趔趄。其中一个兵痞恼怒地抡起枪托砸在了杜化吉的后背上，杜化吉扑倒在地，失去了知觉。秋月跑过来揽起杜化吉的上身，眼里含着泪痛骂道："你个狗日哩，又是舍命不舍财，还没教训，砸死你才好哩。"这阵势，吓得孩子站在原地哇哇大哭。两个雇工怕惹上祸端，悄没声地躲了出去。不放心杜家的高冉带着高鸿前来，面对兵痞的强盗行为谁也无能为力。救人要紧，父子俩让秋月抱上孩子去他家暂避，高鸿背上杜化吉到村里的先生家救治去了。高冉的雅量终于控制不住火气，他愤怒地朝坐在板凳上扇扇子的铁板脸吼道："你们这是什么军队，比土匪还无耻，大白天明抢不说还打人，人不灭你们天灭！"骂得铁板脸性起，扔下蒲扇去掏腰间的手枪。县吏急忙把高冉推出院门，劝他快走，好汉不吃眼前亏。县吏还念点乡情，不能闹出人命，特别是像高冉这样有名望哩乡绅。高冉知道跟这些兵痞讨不回公道，气哼哼地走了。没人添乱了，躺在地上的猪也停止了号叫，四邻都躲起来了，周围死一般的寂静。县吏叫两个士兵杀了一头猪，在豆腐坊煮起肉来。吃肉没酒是最大的憾事，县吏垂涎魏家的酒，但他忌惮魏三，只好到各家搜要了些散酒来，和兵痞们大吃大喝了一顿。

后半晌，这队人马满载着十大车粮食和两大车猪，“吱吱呀呀”地出了村南口。十几个兵痞醉态百出，斜挎着枪，嘴里哼唱着各种淫荡小调，跟在车队后边向县城走去。道路两侧是高粱、玉米、谷子、棉花等各种作物，高低错落，眼前时而狭窄时而开阔。走到潴龙河时，两边没了庄稼，河岸和斜坡上长满了树木和青草。这是一条节令河，夏秋两季，除了几场大雨河水涨溢外，平日细流潺潺，河堤及两岸青草肥美，是放羊的好去处。东边有一群羊在坡堤上悠然地吃草，立刻引起了兵痞们的欲望，他们撒欢跑过去抓羊。三个放羊人坐在距羊群不远的树荫下歇息，听到一片狂呼乱喊声，扭头看到一伙儿当兵的奔到羊群里，一人擒着一只羊，往停在大道上的车队拉拽。放羊人中一个十六七岁的小伙子，见此情景从树荫下冲出来，追上一个正在拉拽头羊的兵痞，和他奋力抢夺起来。另两个年近半百的男女，担心孩子吃亏，疾步追来，大声喊道：“吴常，放开手，把羊给他。”吴常哪听得进爹娘的呼喊，和那兵痞厮打在一起。县吏上前帮那兵痞将吴常打翻在地，嘴里骂道：“兔崽子，胆子倒不小，敢跟鲍旅长哩人作对，小心一枪崩了你。”一边说着一边和那兵痞各拽着头羊的一只犄角来到载猪的大车旁，那兵痞一枪托砸在羊头上，县吏用力将昏死过去的羊扔到车上。坐在地上的吴常目睹了这一情景，愤怒地起身要去跟那兵痞和县吏拼命，被跑过来的爹娘死命拉住，惊惧道：“孩子，可不敢招惹他们，随他们去吧。”吴常极不甘心地喘着粗气，瞪着愤怒的眼睛，看着一队人马过了石桥，恨自己没本事保护自家羊群。吴常在城里念了三年书，高级小学毕业后，可怜爹娘日子清苦，回到村帮大人种庄稼、放羊。这几年日子渐渐好起来，羊群繁殖到了一百多只，每年卖几十只，所得的钱供一家三口开销。没想到，今天叫这群兵痞一下子抢去了十几只羊，损失惨重，一家人心疼不已。

驻扎在县城的军阀部队到处横征暴敛的消息很快传到了九泉山上，魏三担心自家也遭受到祸害，立即带两个弟兄下山回家探视。他家倒平安无事，但当听到一个县吏领着一队兵痞对高冉、杜化吉和吴定家犯下的强取豪夺行径后，气愤不过，于是谋划了一个报复计策。

第二天前晌，魏三和两个弟兄去县公署找到那个县吏，向他亮明了身份，限他今明两天务必除掉那个跟他一同到贞村祸害乡里的军官，如果延迟，就拿他顶罪。这县吏在胆战心惊中接受了魏三的要求，他明白不答应或办不成的后果。这军阀部队像流水一样说不定哪天就要开拔，魏三可是赶不跑哩坐地虎，孰轻孰重他十分清楚。

当天黑夜，这县吏鼓足百倍的勇气邀请铁板脸到一个饭馆吃了一顿具有元龙县地方特色的饭菜，当天黑夜带着家眷设法逃出了县城。第二天一早，从铁板脸的驻地传出连长和两个卫兵死亡的消息。留在城里的魏三确认无误后，憋在心里的气才算消解，返回了九泉山。但是他仍为自己无力保护乡亲们而懊恼，梦想有一天他魏三能拥有一支令任何人胆寒的强大的武装力量，谁都不敢侵犯他的地盘。

直皖大战，以皖系军阀失败告终。奉军鲍德山的混成旅，在元龙县城驻扎了一个多月，搜刮了百姓的无数粮食和钱财，就像来时一样裹着烟尘撤走了。

祸不单行，人祸刚过，惊魂未定的老百姓，又遭遇了一场无可挽救的天灾。九月的天空，秋高气爽，湛蓝的天幕上，飘浮着片片棉絮一样的白云。午后在庄稼地里锄草、浇水的人们，忽然听到从南边天际处传来低沉的“嗡嗡”声，由远及近，很快变成了巨大的声响，充塞得耳朵失去了听觉。人们在惊恐和惶惑中仰头张望，看见伴随声音而来的是一片望不到边际的乌云，瞬间把天空遮挡了起来，如黑夜骤然降临，不见一丝光亮。在人们判断这是什么天气时，乌云竟垂直降落下来，“噗塌塌”砸得庄稼生响，他们的头上和身上也被撞击得生疼。待人们定睛看时，才知道是蝗虫来袭。自古以来老百姓就认定它们既是地狱中魔鬼的使者，也是炼狱间恶人的幽灵，毫无疑问都是庄稼人谈之色变并痛恨的孽障。它们落在庄稼和人们的身上竟有一尺多厚，压得高粱、玉米、谷子等作物枝干发出“噼啪”折断的声响和它们噬咬庄稼“沙沙”的声音在大地上回荡。农人挥动双臂奋力驱赶蝗虫，试图保护庄稼。想不到庄稼没有受到保护，自身却被蝗虫啃咬得疼痛难忍。只一袋烟的工夫，蝗虫再找不到可以啃噬的东西，它们播撒下一层卵子又腾起一片乌云向北卷去。灿烂的阳光重新照射大地，只是没有了先前的绿色生机。

曾经历过蝗灾的年长者都没见过今天的惨象，原本一人多高的青纱帐，瞬间变成了一望无际的原野。被蝗虫噬咬的人们，浑身血肉模糊，连头发都被啃了个精光。再放眼望去，远远近近，各种树木，枝断叶净。在潴龙河北岸放羊的吴定，不单自己被咬得血肉模糊，百余只羊都变成了没毛的怪物。

好一场蝗灾，把庄稼主对秋收的渴望，只一会儿的工夫就变成了绝望。没了秋粮，庄稼主心里发慌，夏季收的那点粮食被鲍德山的部队掠去了不少，缴了田赋后所剩无几，冬春两季就等着挨饿吧。时令已到阴历七月底，再种植任何粮食作物都已经太晚，只能抢种些白菜等菜蔬应急，晒成干菜在缺粮时掺和着麦麸、谷糠做成菜团子充饥。

到了阴历八月下旬，庄稼主收了抢种的菜蔬，腾出地来播种冬小麦。地少人多的人家，就又得租种财主家的地，以便多收获点儿糊口的粮食。高冉把往年业佃五五分成改成四六分成出租土地，高家的地毕竟有限，抢租不到高家地的乡亲们更多的还得租种段家的地。这几天，登门找段士修的佃户不少。因为夏天被鲍德山的部队要走了两万斤麦子，段士修想通过租地挽回一些损失，便把往年租额的五五分成改成了六四分成，不论丰歉，业六佃四。对于这样苛刻的条件，佃户们争辩不成，只得咬牙接受，谁叫自己人穷志短哩。

第二十四章　田生玉嫁女

田生玉这些年活得滋润，鞍前马后地给段士修卖力，很讨东家欢心，因此不断地得到一些粮食、布匹和大洋奖赏。逢大灾年，一家人的肚子也没受屈，这让田生玉的心里生出了些许感慨，时不时地在炕头和饭桌上念叨给两个小子听，说一个人辛苦种庄稼做生意，不如投靠一个大财主吃穿来哩方便。他拿杜化吉当例子，说那主苦干了二十年出头，不知道遭了多少罪，还不如咱家过哩好。他叫俩小子多长个心眼，见了段士修嘴甜点儿，说不定人家看上你，叫你去段家打点生意，吃穿不愁，哪还用整天瞎想黄金鸟到自家来落户哩。

今天早晨，一家五口在灶火间围着地桌吃饭，田生玉又重复起了他的感慨。这让大小子田从龙心生忧虑，提醒道："爹，你整天谝示段士修对你好，那货阴险哩很，小心坑害你。魏老酒对段家有汗马功劳，结果怎么样。"田生玉的兴致受到了重挫，夹菜的筷子停在半空，沉下脸回怼道："魏老酒怎么能跟你爹比，那主倔棒脾气，不吃亏才怪哩。"田从龙并不罢休，戗茬道："那也不能低三下四哩，俺都看不惯，别说乡亲们了。"田生玉感到为父的尊严受到了侮辱，勃然大怒，把筷子拍在地桌上大骂田从龙道："你懂个屁，你爹不把人家伺候好，有你这饭吃？"闺女田从秀插话道："爹！俺大哥说哩在理儿。"田生玉扭头训斥田从秀道："闺女家，没你说话哩权利。"吓得田从秀缩起了脖子，只顾低头吃饭。田从虎安慰田生玉道："爹，别生气，他们那么说是嫉妒你。"田生玉喜欢听二小子说的话，把欣赏的目光投向田从虎道："乖孩子，以后听爹哩话，保准叫你吃不了亏。"田生玉的女人抱怨道："你怎么巴结段士修俺不管，先把从龙哩彩礼钱凑齐了再说。大小子都二十多了，媳妇还没娶回来，人家闺女等了三年了，再等就黄了。从虎也等着哩，唉，急死俺了！"田生玉瞥一眼田从龙道："小子都不顺着爹，媳妇过了门更不会把老子当回事了，等小子懂事了再娶也不晚。"他是想逼大小子给自己说句好听话，消消心里的不痛快，他何尝不想早一天当上爷爷。至于给女方彩礼的钱，现在手头虽有缺口，可他早已成竹在胸，很快就会从段家得到一笔大钱。怎么样得到这笔钱，这事还不好开口，等再过几天他就对女人提及此事。田从龙听出爹话里的意思，他很是反感，假借到灶火间盛饭，起身离去。田生玉望着大小子倔强的背影，心里的不快更盛，嘟囔道："不怕你不向老子低头。"

入冬后久违的一场大雪，覆盖了田野上的一切，却露出了一些小兽的足印。这正是提枪引狗打兔子、撒粟张网捕鸟雀的绝佳时机。田生玉和几个家丁陪着段士修在雪野里忙活了一前晌，连枪打带狗捉一共收获了五只野兔。回到村后，段士修给了田生玉一只，作为奖赏。

田生玉高兴地拎着兔子回了家。田从虎正在院子里用木棍支着一个箩筐，箩筐下面撒着一把小米，手里牵着一根绳子远远地躲在东屋门后扣麻雀耍，一前晌扣住了两只。见爹回来，他兴奋地迎上去，接过野兔，热切地叫道："爹！天冷哩，快到屋里暖暖！"田生玉道："虎儿！把兔子剥了，给咱爷儿俩弄个下酒菜。"此时田从龙从外边拾了一捆枯树枝，背着跨进院门，他把柴火放在灶火间，准备生火做饭。田生玉在屋里喊道："先把兔子煮了。"田从龙不吱声，一锅水烧开了，兔子也剥好了，他和田从虎一块往锅里配好了佐料，连同那两只麻雀一块煮了起来。田生玉烫好了一壶酒，坐在屋里的方桌旁又喊道："虎儿！煮好了端来，陪爹喝两盅。"又转向坐在炕上帮娘纺线的田从秀道："闺女！一会儿过来吃两块肉。"田从龙装作没听见，只顾拉着风箱，肚子里的气一层层地涨着。兔肉煮了一会儿，田从虎用筷子夹一块尝了尝，熟了，便用笊篱捞到一个黑瓷盆里，招呼哥哥一块去屋里吃，端着进了屋。田从龙表面不为所动，说你和爹先吃吧，庄稼主平日吃点儿肉简直是奢望，他早馋得流开口水了。在炕上纺线的娘和从秀，不见从龙来吃肉，便停下手里的活儿，下了炕来到灶火间。娘对准备贴米面饼子的田从龙道："娘做饭，快去屋里吃肉。"田从龙仍是不动，等着爹招呼他一声才去。娘知道爷儿俩心里别着劲儿，劝从龙道："小子跟老子闹别扭，叫外人笑话哩，跟你爹喝两盅就解了。"田从秀用力把大哥拽进了屋里，兄妹俩挨着坐在方桌旁的一条长凳上。从秀心里跟大哥最亲近，她拿筷子从盆里挑一块好肉递给大哥，以报答大哥多年来对自己的关爱，自己捡一块骨头啃起来。田从龙噘着嘴，慢慢嚼着肉。田生玉瞥他一眼喝下一盅酒，动情地问田从虎道："可知道爹为什么给你起名叫从虎？"田从虎摇摇头不知所以然。田生玉自问自答道："老虎是百兽之王，猴子、野猪、松鼠那些小动物就得顺从巴结老虎，不然都得叫老虎吃了。大树底下好乘凉，也是这个道理。你爹就是指望你以后跟个有钱有势哩人家干事，舔屁股溜沟子也好，低三下四也罢，随他们说去，咱能沾光就好。这就是你爹信奉哩处世之道，要不今儿咱能吃上这兔子肉？"田从虎长这么大才知道，爹给自己起的名字有如此深哩寓意，他殷勤地给爹斟上一盅酒，并捏起酒盅递到爹的嘴边。田生玉用满意的目光看一眼二小子，随即喝下这盅酒，转向大小子说道："你哩名字'从龙'也是这意思。咱这地方人都敬仰封龙山传说中哩飞龙，爹也是指望你能借风使力，有飞黄腾达哩那一天，好让十里八乡都高看咱田家人。"田从龙今天才知道自己竟然寄托着爹对田家未来的殷切期盼，他心里的憋屈瞬间化为乌有，激动地拿起酒嗉也给爹斟上一盅，双手捧起来递给爹。田生玉能感觉到大小子内心的活动，他高兴地接过酒盅一饮而尽。气氛立刻变得融洽起来，田生玉感到时机成熟，便把女人喊到屋里，要对一家人说出憋在肚子里许久的话。他郑重地说道："跟你们说一件要紧事。"他不免有些心虚，又喝下一盅酒，鼓足勇气继续说道："少东家段永福哩媳妇生了仨闺女，就是不生小子。段永福想纳妾，俺琢磨着咱从秀挺合适，改天找个媒人去段家提提亲，想法促成这门亲事。"一家人都吃惊他这个怪异的想法，孩子娘断然反对道："不沾，当娘哩不能叫闺女给人家做小老婆。再说段永福比咱秀大十好几岁，不般配。"田生玉嗤之以鼻道："女人头发长见识短。攀上了这门亲戚，咱闺女享不尽哩荣华富贵。要是生了小子，就是段士修哩长孙，以后那可是当掌柜哩主，打着灯笼都找不着哩好事，你还不愿意。”一番话说得女人没了主意。田从龙刚才对爹产生的好感，瞬间变成了厌恶甚至憎恨，他极力压制住怒气说道：“爹，你想过没，要是俺妹妹给人家生不出小子怎么办？”田生玉胸有成竹道：“你爹早算过卦了，你妹妹头一胎就是个带把哩。”田从秀既羞且恼地对爹说道：“俺不当小老婆，就是嫁到穷人家，俺也不进段家门。”她的心里早已经有了吴常。田生玉知道闺女的心事，他经常看见从秀和吴常在一起耍的情景，从俩人的表情举止中早就露出了端倪。今天他要彻底断绝从秀对吴常的念想，讥讽且鄙视地说道：“世上真有傻人，有福门不进去享受，甘愿待在穷窟窿里过苦日子。说哩就是吴常，这小子认吴定当爹一辈子也娶不上媳妇，谁要把闺女嫁给他谁算是瞎了眼。”一家人都知道从秀心里装着吴常，只是平日里没人提起，既然今天爹挑起了这个话题，田从虎便帮腔道：“俺妹妹长哩圆盘大脸，樱桃小口，是个富贵命，到富贵人家做小老婆也比在穷人家当大哩过苦日子强。”田从龙训斥弟弟道：“你懂个屁，小老婆生哩孩子，对亲娘不能叫娘叫姨，对大老婆才叫娘，在家里没一点地位，说一句话走一步道都得看大老婆哩脸色，整天受不完哩气，哪有什么富贵可享。”田生玉道：“那也比嫁给一个庄稼主强，一辈子不用风吹日晒下地干活。再说了，光段家给哩彩礼就够你弟兄俩娶媳妇用了。”此话不说还好，爹的话一出口，田从龙更是恼怒，他决绝道：“俺宁可不娶媳妇，也不能叫妹妹去段家当小老婆！”田生玉拍案而起，冲田从龙怒吼道：“这家谁做主？老子说了算。这事就这么定了，谁再反对谁当老子，爹给你当小子！”话已至此，田从龙再不言语，心里怀着对爹的怨愤，气哼哼地起身离去。田从秀委屈地趴在桌上哭起来，娘拍着闺女的后背安慰道：“自古以来都是父母给孩子定姻缘，况且你个闺女家，哪能自己找婆家，叫人笑话哩。”田从秀明白自己拧不过爹，或许她命里注定不会跟吴常有缘分，她哭得伤心至极，娘伴着她流起了眼泪。田生玉掩饰着兴奋的心情，在闺女的哭声中一盅接一盅地喝着酒，他在微醺中想象着跟段家攀上亲后的风光情景。

田生玉去城里买了一块绸子被面，找到本村一个媒婆，求人家去段家给闺女捏合亲事，急不可待地把从秀的生辰告诉了媒婆。

第二天一早，媒婆到段士修家说亲来了。段士修既感到突兀，又体味到在情理之中。他了解田生玉的心思，是想让田家人都沾他段家哩光，只要能给自己生出孙子，沾就沾吧。话说回来，从秀那闺女长哩也真不赖，能配上他家小子。段士修把大小子叫来，征求他的意见，永福也喜欢从秀，点头表示同意。段士修随即派人请来阴阳先生，合了永福和从秀的生辰八字，没有冲克，便应下了这门亲事。后晌段士修把田生玉叫来，商量了娶亲的事宜。东家提议，因不是正室，不能动用大礼，择个吉日叫永福去把从秀领回来，摆几桌酒席就算过门了。田生玉没有任何异议，满口答应，只要能把闺女送进段家门，怎么样都沾。当晚田生玉在段家喝了定亲酒，接了彩礼，村子都沉睡了，他才回到家。

屋里点着一盏油灯，孩子娘在炕上纺着棉花，坐在炕沿的田从龙一直在劝说着蜷缩在炕角的妹妹，不叫她答应这门亲事。田从秀心里乱作一团，不知该听爹的话，还是该听大哥的话，愁苦得她不住地唉声叹气。田从虎蹲在方桌旁的高凳上扎着头一语不发，他也二十出头了，也着急娶媳妇哩，没钱做梦去吧。他听见爹回来的脚步声，忙起身迎上去问道："亲事定了没？"一壶酒烧得田生玉兴奋异常，他坐在椅子上把段士修答应成亲的事和定下的娶亲程序给全家人重复了无数遍。说着从怀里掏出一个红绸包，放在桌子上打开来，现出一堆大洋，谝示道："这是段家给咱哩彩礼，五十块大洋，咱取回俩媳妇来都绰绰有余，闺女小子都沾光，多好哩事啊！秀儿，爹就你一个闺女，为了你能过上好日子，爹可是费尽了心机！这下好了，再过半个月你就掉进蜜罐里了，爹也就放心了！"田从虎急切地对妹妹说道："秀儿，别错拿主意了，听爹哩话没错。"田从龙实在憋不住心里的怒火，冲爹和兄弟发泄道："你俩先别把事儿想哩那么好，说是跟段家结了亲，人家也不把咱当回事，细棚车都不来一辆，叫俺妹子走着去他家，哪有这样娶亲哩？俺看出来了，段士修不过是指望俺妹子给他家延续香火罢了，要是生不出小子，段家肯定不要俺妹子，一脚就踢出来了。要是生了小子，孩子大了也不能认俺妹子这个亲娘，永福哩大老婆才是亲娘，俺妹子得委屈一辈子。这些你们不是不知道，干什么硬把秀儿往火坑里推？"田生玉嘲笑大小子道："鼠目寸光，大老婆比秀儿年长十几岁，她死了，咱秀儿不就扶正了。再说了，没这些钱怎么给你娶媳妇？"田从龙吼叫道："爹，俺再给你说一遍，俺宁可打光棍，也不用这钱娶媳妇！"说完撩起棉门帘出了北屋，回到他和从虎住的东屋去了。田生玉站起身挺着脖子朝屋外喊道："少给你爹来这一套，甭拿打光棍吓唬老子，别忘了，老子有俩小子，缺了你田家断不了根！"女人停下手里的活儿，劝男人道："他爹，你再想想，咱秀儿去段家好是不好。"田生玉余怒未消，冲女人吼道："娘们儿家少插嘴，明儿去给你闺女准备嫁妆。"一甩手，将几块大洋扔到了炕上。女人看着身边光闪闪的大洋，再不吱声。

第二十五章　殊　路

腊月里给大小子永福纳了小妾，段士修的心思就都放在了吴常身上。这孩子十九岁了，个子长得魁梧，比他还高，模样就不用说了，父子俩简直是一个模子刻出来哩，喜欢得他不行。遗憾的是三小子没住在他段家，更没随他的段姓，否则早娶上媳妇了。可怜三小子命不好，落在了一个穷得叮当响的人家。为了宽慰自己，老爹两年前去世后，段士修特意搬到了三进院居住，腾出二进院，分别让大小子永福住北屋，二小子永禄占东厢房，西厢房留给三小子永寿（吴常），哪怕他不来住，也要预备着，当爹的心里还好受些。这些年，他没少找过吴常，用尽各种手段试图把孩子的心引诱回来，可是都不灵。今天，他拿定主意，再找吴常交一次心，如果仍不回心转意，自当没这孩子了。正月初二前晌，他派田生玉去把三小子叫来。这个差事田生玉虽然不愿意接受，却没有勇气推辞，答应下后，疑虑重重地走出了段家大门。他担心吴常来到段家，如果碰上从秀恐引起意想不到哩麻烦。

吴常在羊圈里正和爹娘用干草喂羊，看到田生玉前来，他厌恶地低下头假装没看见，扭过身子忙着自己的活儿。他憎恨这个把自己的心上人送进段家当小老婆哩人，虽然嫁给的是他的同胞哥哥，也难以消去心中的怨愤。在田从秀被大哥领走时，他远远地跟在后边，望着心上人不情愿的背影，他心如刀绞，强把泪水吞进肚里。他一连几天神情恍惚，痛苦得吃不下饭睡不着觉。爹娘不知道他的心事，以为孩子病了，悉心照料了几天，见渐渐好起来才放了心。田生玉站在吴常身后，小心地叫道：“少东家，大东家叫俺捎信给你，他想见见你。”吴常听着别扭，诘问道：“谁是少东家？”田生玉故作谄媚道：“除了你，还有谁？”吴定和菊子虽然听着也不顺耳，但细想想确是那个理儿，这孩子是段家哩亲骨肉，原本是少东家身份。吴常口气生硬地纠正道：“以后叫俺吴常，再叫少东家，别怪俺说话难听。”田生玉当即改口道：“吴常，你亲爹想你了，叫你回去一趟哩。”他希望吴常予以拒绝，如此便避免了麻烦。吴常仍不为所动，吴定开口道：“去吧孩子，给你爹拜个年。”菊子也通情达理地劝道：“过年哩，该回家团聚团聚，顺便吃几顿好饭再长长个头。”吴常本来担心爹娘不高兴，不想去段家，爹娘这么一说，他的感情深处忽然生发出了浓浓的血缘亲情，再有就是对田从秀的思念之情，想趁此机会能看上心上人一眼。让田生玉腻歪的是，吴常答应回去。说走就走，吴常安慰爹娘说吃了晌午饭就回来。田生玉内心一路忐忑着，跟在吴常后边返回段家。

十四年来，这是吴常第二次来到段家。在田生玉的引领下，吴常跨进三进院的堂屋门时，坐在太师椅上的段士修不敢相信三小子回来了，他呆愣片刻才反应过来这不是虚幻，便一跃而起，疾步上前搂抱住孩子，泪光闪闪道："可想死爹了！家里就缺你一个人！你回来咱家就圆满了！今天咱父子俩好好叙叨叙叨！"吴常受到了感染，激动道："爹！俺先给你拜个年。"段士修更是惊喜万分，这孩子懂事了，拾回头了，他松开手臂，看着吴常实实在在地冲自己磕了个头。十几年来做梦都在幻想的情景，就发生在眼前。段士修急忙把吴常搀起来，扶他坐在自己的椅子上，拽过另一把椅子，和孩子面对面坐着，两只手抚摸着爱子瘦削的脸颊，颤抖着声音道："爹就知道你早晚得认段家哩门，你吃了这么多年哩苦，爹一定给你补偿回来！"闻讯前来的段永福和段永禄，围在三弟左右，只顾高兴地笑。吴常站起来叫了两声哥哥，惹得段士修更是心花怒放，他继续说道："你们弟兄仨总算团圆了！三儿！爹想让你改名，不叫吴常了，叫段永寿！你还在娘肚里，爹就给你起了这个名！"吴常道："爹，名字不能改，俺还叫吴常，人常说养育之恩大于亲生，俺生下来没满月就吃吴家哩饭穿吴家哩衣，命里注定就是吴家哩人。"段士修像是挨了一记闷棍，张口结舌，半天才缓过劲来，叹息一声，不得不接受现实，自我安慰道："有情有义哩小子，吴常就吴常吧，姓名仅是一个人哩记号而已，只要认俺是你亲爹就沾！"吴常肯定道："认，以后俺每年都来给你拜年！"段士修深感欣慰，他双手把吴常的一只手捧在自己的胸前亲昵道："乖孩子！爹有一件事求你，你得答应爹！"吴常能感受到爹对他的深厚感情，应道："爹！你只管说！"段士修叹口气道："孩子！到成家哩年龄了，爹想请媒人给你说个媳妇，房子都给你准备好了，成了家，爹就放心了！"吴常犹豫片刻道："这事，俺得回去跟俺爹娘商量商量。"他明白亲爹是想通过这种方法把自己的心收拢回来，他担心那样会伤了养父母哩心。段士修脸色立刻阴沉下来，愠怒道："这事你必须依爹，跟他们商量有什么用，他们能给你娶上媳妇？你想想，谁愿意把闺女嫁给一个连下九流都不如哩放羊倌。"吴常把手从段士修的双手里抽出来，安慰爹道："爹！你别着急，俺能娶个什么样哩媳妇，命里早注定了，费心思也没用。"他瞪一眼站在门口的田生玉，是这个趋炎附势的人夺走了自己的心上人。吴常又看看身旁的大哥，只因为他身居豪门，便可以随意纳妾，置同胞兄弟于痛苦之中。吴常的脑海里映现出了田从秀的面容，他开始魂不守舍，目光飘忽起来，妄想着从不断前来看他的段家人中出现田从秀的身影。田生玉看出了吴常的心思，他心慌挠瓤，害怕两个人碰上面，那会造成不可收拾哩尴尬局面，于她父女俩无疑是一场灾难，他暗自祷告吴常快点离开段家。吴常也忽然意识到了这个问题，见一面从秀又如何？不但改变不了现实，还会使双方更加痛苦。最要紧的是段家人会看出他俩哩关系，给从秀以后哩日子带来不利影响。赶快回去吧，吴常提醒自己，他收回飘忽不定的目光，对段士修说道："爹，俺该回去了，羊等着喂哩，过几天再来看你。"段士修哪里肯依，他本是要留三小子住上几天，没想到孩子立马要走，实在不沾吃顿饭再走也勉强说得过去，怎么能待一下就走，看来这孩子还是没把段家放在心里。段士修和俩小子极力挽留也无济于事，吴常满怀伤感，在爹无奈的陪伴下走出了段家大院。跟在东家身后的田生玉，这才松了口气。吴常哪里知道，当田从秀听到他来到段家的消息后，急忙躲进自己卧房的纱帐里暗自悲伤抹泪。

吴常回到家，吴定和菊子诧异孩子这么早就返回来了，连晌午饭都不吃，再看他黯然神伤的样子，猜想在段家一定遇到了麻烦事。老两口赶忙围过来询问在段家的情景，吴常坐在北屋门墩上低头不语。老两口猜想起原因来，菊子皱着眉头道：“咱穷人家到了大户人家，看什么都眼馋，吃哩穿哩住哩，都不是咱穷人家敢想哩。像咱这样哩人家，孩子成亲更是个难事，没人给咱说媳妇。”吴定蹲在地上扎着头和女人想的是同一个问题，他终于想开了，抬起头劝女人道：“别光发愁了，叫孩子走吧，跟着咱有什么好？耽误孩子一辈子。”这是个明理，菊子对吴常道：“孩子！你回段家吧，俺什么时候想你了，过去看你一眼解解馋……”菊子哽咽的声音让吴常抬起头来，他看见娘布满了皱纹的脸上挂满了泪水，站起来用衣袖给娘擦拭道：“娘！你跟爹别瞎想了，俺一辈子守着你俩，就是娶不上媳妇俺也不去段家。”他把思念从秀的苦楚说给了爹娘。可怜的孩子，菊子抱住吴常，号啕大哭起来。吴定背过身去，泪水早把脸弄得一塌糊涂。

一正月，菊子脸上挤着笑容到各家串门，求娘们儿们给吴常说个媳妇。菊子陪着笑脸，耐着性子听不少娘们儿对她说一些不中听哩话。有的说，这吴常也是傻，有蜜罐他不抱，非得捡黄连啃，自找苦吃。有的说，菊子你也不想想，人家一听说你家是放羊哩，谁肯把闺女嫁过来。还有的说，段士修为富不仁，老天爷叫他三小子一辈子受磨难，就是娶个媳妇也不是好媳妇。自然，也有一些好听的话安慰她：什么是好媳妇，不管俊丑，能过日子，能生儿育女就是好媳妇，吴常这孩子，头脑精明，孝顺老人，缺不了个女人。

光急着给孩子找媳妇，房子还没准备好哩。吴定和菊子商量着把当羊舍的西边那间北屋腾出来，他俩住，把东边这间现住的北屋收拾干净，当新房，另给羊群垒一间西偏房。房子有了着落，两口子怀着一丝希望，盼着有人来提亲。

盼了几个月，树叶挂满了树枝，天气渐渐热了，这天后晌有个娘们儿终于报来了一个好信儿，说她娘家有户人家，想给闺女找个老实本分哩庄稼主，能干活儿就沾，不嫌家穷，不要彩礼，有吃有穿就沾。菊子问道：“那闺女可是不呆不傻？没残疾？”媒人怪嗔道：“看你说哩，那闺女长相平常，勤劳能干心眼好，操持家务没哩跑，还肯定孝敬公婆，你就等好吧！”听得菊子心里开了花。正好吴定父子俩放羊回来，菊子征询俩人的意见，吴常先开口道：“娘愿意俺就愿意。”吴定高兴道：“你娘儿俩愿意就沾！”菊子随即跟媒人商定，用十只成年羊当彩礼，算是定下了这门亲事。

菊子娶儿媳妇心切，几次催促媒人给女方捎话早点办喜事的心愿。穷人家不讲那么多繁缛礼节，媒人来回替双方传递了两次话，在麦收前择了个吉日便定下了成亲的日子。

距喜事不到一个月菊子卖了几只羊，买了两个花好月圆的绸子被面和一些做被褥用的粗布棉絮等物，用了几天时间静心缝制了两套铺盖，只等着把新媳妇迎进家门。

婚期说到就到，后天就是迎亲的日子。吴定一大早去村里告知几家往来密切的乡亲，他第一个去的是高家。高冉听说吴常要娶妻很是高兴，他询问了置办情况，许下了新郎官骑的红马和新娘子坐的花轿车，以及旗鼓、伞、仗等由他筹办，并叫高鸿到时前去撺忙。吴定自是感激不尽，他走后，高冉叫高张氏蒸两锅馍馍，明天一大早给吴定家送过去。在高家已经当了几年媳妇的胡玲，赶紧去灶火间和面去了。高鸿这门亲事真没求错，胡玲孝敬老人，勤快能干，成了高张氏的左右手。高张氏高兴得不得了，把媳妇当亲闺女看待，娘儿俩一天到晚有说不完的心里话。自打娶了胡玲，高鸿过日子的心劲大哩很，整天里里外外地忙活，掏足了劲操持这个家。

吴定又去了魏家、杜家、丁家、石家等十几户人家，最后去的段家。他起初犹豫孩子的婚事说给不说给段士修，他转念想，不管给孩子娶一个什么样哩媳妇，总是应该让人家知道哩，哪怕受到段士修哩阻挠和谩骂也不能缺了这个理。吴定没料到，段士修对吴常成亲的事异常高兴，当即给了十块大洋，让吴定给孩子置办些东西。吴定走后，段士修哀叹一声：这孩子终究还是人家哩！

吴定回去把段士修给的十块大洋转交给吴常，说这是你亲爹给哩，你留着吧。吴常不接，说置办酒席用吧。吴定说办酒席哩钱有了着落，这钱给你媳妇花吧。吴常拧不过爹，只好接住。吴定后晌牵着两只肥硕的公羊到城里赶了个晚集，换了些酒肉回来，置办不起丰盛的酒宴，好歹也得熬一大锅肉菜招待亲朋。

娶亲前一天，男方给女方送去了盛着米、面、馃子、挂面的“食箩礼”，女方送来了一些嫁妆，一切准备妥当，只等着明天把新媳妇娶回来入洞房。

第二天一大早，吴常胸前斜挎着用红绸缎结成的大红花骑着一匹红马居前，大青骡子拉的花轿车随后，在几个迎亲青壮汉子的陪伴下，前往北边距此十余里的一个村子接新娘去了。

快到晌午时，娶亲的队伍在火铳的爆响和欢快的唢呐声中返回了贞村。走到村南吴家小院门前，吴常翻身下马，等着头上盖着红布的新媳妇在两个伴娘的搀扶下从花轿车里出来，一同走进了院门。一群半大小子叽叽喳喳地立刻把他们围在了中间，低头探脑想看看新媳妇的模样。在这对新人向洞房走去时，一个顽皮的小子突然钻到前面，伸手把新媳妇头上的红布扯了下来，惊讶地高声喊道：“大麻子，新媳妇是个大麻子。”吴常扭头看到了一张令他意想不到的脸，这女人的脸上布满了黄豆般大小的黑坑，看了着实让人难受。他原本勃发荡漾的春心骤然变得拳簇瑟缩，长这么大，他没见过这么丑的人。所有看到这张脸的乡亲，都下意识地发出惊讶声，热烈喜庆的氛围，瞬间消散。新媳妇强烈地感受到人们把她当成怪物一样看待，自卑和羞辱让她把头深深地扎在胸前，极力回避着无数好奇的目光。吴定和菊子吃惊之余，很是后悔没见见这闺女就答应了这门亲事，看吴常凝重的脸色是极不情愿，可这生米已经做成了熟饭，后悔已经来不及了。老两口在懵里懵懂、心烦意乱中，接受了一对新人的敬拜。

难熬的婚礼终于结束，太阳也总算落了山，吴家小院又恢复了平静。夜晚本是闹洞房的好时辰，却没有一个半大小子前来凑趣，新房里只有吴常和媳妇一言不发地坐在炕沿上想着心事。这就是命，吴常安慰自己，好赖是个女人，能生儿育女就沾。新媳妇见吴常长得派面好，知道自己配不上人家，不知道人家愿不愿意跟自己过日子，她的心七上八下地不安生。俩人就这么枯坐在炕沿上，谁也不理谁，放在窗台上的灯盏即将耗干油，灯头奋力跳窜挣扎着，想要在最后时刻把两个人的身影摇在一起，却总是不成功。新媳妇忍不住开了口，悲戚道：“俺姊妹多，从小俺爹娘就不把俺当回事，给俺起名叫余子。小时候四邻五舍都说俺长哩好看，五岁那年出麻疹，没人管落了一脸麻子，成了这个样子。俺知道你嫌弃俺，你要是不愿意，休了俺就是，别委屈了你。”油灯尽了最后的努力熄灭了，屋里充满了黑暗，吴常感受到了媳妇的孤苦无助，怜悯之情淡化了他内心的厌恶，却就是喜欢不上来，轻声应道：“什么也别说了，这是咱俩哩命，睡觉吧。”一对新人相隔几尺远躺在炕上，再没了言语。窗户外，菊子贴着窗棂探听炕上的动静，不知不觉天麻麻亮了也没有听到她想听到的声音。完了，小子看不上人家，这可怎么是好？菊子脚步忙乱地回到屋里，对躺在炕上的吴定说了她听洞房的情景。吴定也是一宿没合眼，担心这门亲事坑了两个孩子，嘴里却宽慰女人道：“别瞎想了，看惯了就喜欢了。熬了一宿，快眯瞪一会吧。”菊子后悔道：“说媒哩瞒着咱，早知道咱可不娶这闺女。”吴定躺不住了，坐起来叹息道：“唉，咱这样哩人家，有人给提亲就不赖了，感激人家才对。”老两口面对面坐在炕上，愁苦这小两口能不能过下去。

没几天，吴定和菊子就喜欢上了这个丑媳妇。余子眼里有活，手脚勤快，不用谁支派，每天打扫庭院、生火做饭、收拾羊圈，把家里的大小事情料理得很是妥当。她的嘴还甜，爹、娘，整天叫得吴定和菊子心里美滋滋哩。

麦收开始了，吴定老两口高兴又多了个帮手。三亩麦子，从收割、打场、晾晒，直到把麦粒装进布袋里，往年七八天的活儿，今年四五天就干完了。余子割麦子、拉碌碡轧场、扬麦，动作敏捷有力，哪一样都是她干的最多。这样哩媳妇真是少见，过日子没哩说！爹娘待见，吴常并不喜欢，他对余子只有敬重之心，却无论如何滋生不出男女之情。白天小两口在干活时没少说话，可一到黑夜俩人就没了言语，躺在炕上只怨夜长。

吴常不想再这样熬下去了，他拿定了主意，家里有余子照料，他可以放心到外面找一个长活，不用每天回家忍受痛苦的煎熬。第二天，吴常到火车站东西两侧设立的多家商贸处找营生，晌午了也没谈成一家。他肚子饿，身上没有钱，又不愿意返回家去，便想到了在城里开粮行花店的高鹏，去他那蹭一顿饭吃。

高鹏在县城西街开的义兴昌粮行兼花店，因经营的商品成色好价格公道，前来交易的顾客盈门，生意很是红火。吴常站在粮行的店铺外看得眼热，突发奇想，在这里寻个差事岂不更好！待顾客渐渐稀少时，吴常走进了店门，对正在柜台里记账的一个三十多岁的老成汉子叫道：“高鹏哥！”那汉子抬起头，见是吴常，忙起身迎道：“吴常兄弟真是稀客！晌午了，吃饭没？”吴常不好意思地笑道：“俺就是来找你吃饭哩。”高鹏道：“来哩巧，走，看你嫂子给咱做哩什么饭。”他喊店里的两个小伙计一块来吃饭，领着吴常进了院子。这套带院子的店铺是高冉二十年前买下的，为的是等孩子长大后拓展自家的生意，经营十余年来赚了不少钱。灶火间里，高鹏的女人正在用铁铲从铁锅上往红陶瓷盆里铲贴熟的小米面饼子，诱人的香气直钻心肺，吴常的口水都要流出来了，他叫了声嫂子，二话不说，从盆里拿起一个，两只手倒着嘴里嘻哈着吃起来。女人见来了乡亲，欢喜得不得了，劝阻吴常放下饼子，要给他烙饼炒鸡蛋。吴常急忙摆手，嘴里边吃边嘟囔着不让嫂子费事。高鹏也对女人说，吴常不是外人，别另待他。高鹏递给吴常一个板凳，叫他坐下慢慢吃。吴常就着一骨碌白萝卜咸菜，一口气吃了四个焦脆香嫩的贴饼子，又喝了两碗醋蒜凉粉。这样的饭太好吃了，他打着饱嗝请求高鹏道：“哥哥！俺想在你这儿当伙计，沾不？”高鹏怜悯吴常不堪的身世和在情感上遭受的挫折，粮行和花店本不需要再添伙计，他却痛快地答应道：“店里生意忙，正想招人，你不嫌挣钱少就沾！”吴常知道这是高鹏在照顾自己，感激道：“不管挣钱多少，一天管三顿饭就沾！”高鹏嘱咐道：“后晌回一趟家，跟俺吴定叔、婶子和你媳妇说一声，他们要是同意，你明天就来当伙计。”吴常高兴地应下。

吴常在粮行干了一后晌活儿，等日头落山快关闭城门时才往贞村赶。回到家，他给爹娘和媳妇说从明儿起在高鹏手下当伙计，还说不定什么时候回一趟家，叫他们不用惦念。爹娘明白孩子到城里当伙计的目的，他们不便阻拦，尊重孩子的意愿，没有多余的话，只是叮嘱他在外边不要惹是生非，心里却为孩子感到委屈。余子更没话，她知道吴常是为了躲避自己。

当夜，吴常和余子像往常一样躺在炕上静默了一宿。天麻麻亮吴常便起身去县城，他走出屋子时，小心地给余子关好门。

十余年的光阴，石粪筐在娘的调教下，由一个胆小懦弱的小子，变成了内心无所畏惧、体格异常强壮的大汉。他和自家那头公牛在地里摔跤的情景，早已成了村人争相围观的景致。这头自小和石粪筐一起长大的公牛跟主人结下了深厚的感情，可是在与对方角力时，它从不示弱，一定要和好伙伴分出个胜负。在无数次的较量中，双方互有胜负，当公牛把石粪筐抵翻时，人们发出一声哄笑。但是当石粪筐将公牛奋力扳倒在地时，人们发出的是一片惊讶和叹服的欢呼声。全村再没有第二个能有如此大力气的人，村人开始敬畏石粪筐。牛四妮乐在心里，孩子终于有立足门户的本事了！她满足了，下一步就是给孩子娶个媳妇，安安生生地过日子。因为石粪筐出了名，找到家里提亲的人不少，可这憨小子一个也不愿意，急得娘整天骂他也无济于事。岂料石粪筐另有打算，他近来听说魏三已被县公署陈知事招安，委任这个土匪头子当新成立的县保卫团的副团总，负责镇守县城一带，以防盗匪骚扰。他想去魏三手下做个差事，一是仰慕魏三的威名，跟着人家脸上有光；二是想替魏三出力，报答人家十几年前的救命之恩。如果娶了媳妇，就多了累赘，不能全身心地干事了。牛四妮听了孩子说的心里话想想也对，孩子跟着魏三不会有差池，当团丁保一方百姓平安，娘也感到自豪，以后孩子有了声望，好闺女任咱挑！

这些日子，魏三当县保卫团副团总一事，在县里引起了轩然大波。各界人士不理解陈知事此一任命，便议论纷纷，说堂堂哩一县之主，为什么要放下身段去巴结一个躲在深山里的土匪头子？魏三虽说行侠仗义，可终究不是白道上哩人。段士修更是跑到县公署向陈知事激愤地陈述，说叫一个打家劫舍哩人守护一方平安，岂不是滑天下之大稽？现在盗匪本就猖獗，这不是助纣为虐吗？魏三不趁机作乱才怪。陈知事不为所动，他自有用魏三的道理。从福建闽侯县到元龙县任职一年多来，县境内匪案频发，尤其县城里的大小绑匪窃贼更是数不胜数，老百姓怨声载道，他了解后知道这是多年难以治理的痼疾，前几任知事根本无心也无力整饬社会治安，任匪患泛滥。他还时常听到人们骂“陈知事也是个白吃干饭，干不成事哩混世魔头。”懊恼、羞愧之余，他渐渐领悟到这是老百姓对自己的期盼，遂决定下力气消除县城周围的匪患，好转变人们对自己的看法。但这谈何容易，他手里仅有十几个只会呵斥老百姓的警察，靠他们可实现不了这一愿望，便想组建一支官方和民间合办的治安队伍。他首先想到了县城里的赵大财主，因为其深受土匪和窃贼的劫掠、骚扰，多次找到他恳请县署强化防匪防盗职能，便派人把赵大财主叫来商议此事。赵大财主痛快地答应由其联系城里的几大商户出钱资助，陈知事许诺，如若事情办妥，推举其担任团总。在招募团丁和遴选带兵的副团总问题上，陈知事又动起了脑筋。统揽全县近年的治安状况，他发现了一个奇怪现象，唯独贞村没有发生过昼抢夜盗之事。他知道段士修养的团练只为自家所用，全然不去维护地方治安，那又是什么力量庇护着这方百姓呢？他深入了解到，是一个叫魏三的人令各路土匪不敢侵扰贞村。魏三何许人也？一打听不要紧，二十年来魏三的诸多故事，像一团扯不开的麻绳一般缠绕进了他的心里。感慨之余，他突发奇想，何不请魏三帮自己治理匪患。他能体味出魏三的心境，如若给这个草寇封个官家名号，对方一定会接受，采取以匪制匪的办法或许对强化地方治安会起到意想不到的效果。

陈知事派的说客费了一番周折才找到了魏三，把县知事要委任他当保卫团副团总的决定说出口时，魏三把这个消息当成了笑话和一个圈套。他正想训斥来人时，转念沉思了片刻，问道："陈知事是只请俺一人去，还是连俺这帮弟兄都请去？"来人爽快地回道："陈知事就是想让弟兄们都下山加入保卫团。"魏三又问道："谁当团总？"来人道："是城里赵大财主，他出钱给你们发薪饷，为哩就是给自家买个平安。"魏三明白了成立保卫团的原委，对来人道："回去告诉陈知事，魏三愿意当副团总，随时下山受命。"来人为自己能如此轻松地取得圆满结果而得意，高兴地回去了。魏三的二掌柜惊诧道："哥哥！咱可别学宋江，受了朝廷招安，上当受骗，把梁山哩弟兄都给害死了。"魏三轻松地笑道："起初俺也有这顾虑，可细一想，多虑了。咱和陈知事没有怨仇，他何必要害咱？再说这北洋政府，一年两载换一个总统，县知事也像走马灯一样调来换去，他们根本没有治理地方哩长远打算，只顾眼前能安稳当几天官就沾。陈知事成立保卫团就是这个目的，想利用赵大财主哩钱和咱哩人，给他创造一个舒适哩执政环境。赵大财主求了平安，咱也正了名，如此一举三得，各方都有利，何乐而不为？话说回来，就是陈知事想害咱，他手下那几十号人不一定是咱哩对手。哥哥是这么考虑，咱趁这乱世要想方设法从暗处走到明处，跟官府挂上钩，趁机扩大队伍，有了官职和人马咱们在这世面上就让人高看了。等咱成了气候，官府得看咱哩脸色行事，到那时弟兄们也就修成正果了，这正是个绝佳哩机会，决不能放过。"魏三的一席话说得二掌柜和其他弟兄频频点头，纷纷赞同道："哥哥！还是你有韬略，俺们都听你哩，你指哪，俺们就打哪！"

第二天，魏三率几个弟兄去县城面见了陈知事和赵大财主，他们受到了热情款待，并按他们的全部人数送给了几十套团丁穿的皂衣皂鞋。陈知事为解除魏三的疑心，让他自己选择驻扎的地方。魏三也是深切地感受到了陈知事的真诚，他当然要在城里驻扎，便在东西南三个城门附近选了三套院落，把五十多个弟兄分成了三个小队，分别把守三个城门，他和一小队弟兄镇守南门。

自此，魏三成了陈知事和赵大财主的座上宾，三天一大宴两天一小宴，渐渐地彼此之间成了无话不说的朋友。魏三暗自高兴，这或许是自己哩命运向好哩一个转折点。

石粪筐几天前就和娘定好了，今天去县城找魏三。清早，牛四妮熬了一锅小米稠饭，炒了一盘鸡蛋，呼喊了几声在院里无所事事转悠的石傻子和一大早下到院子西南角的猪圈起粪的石粪筐吃饭。得到父子俩的回应后，她转身去屋里给孩子拾掇铺盖和换洗的衣裳去了。石粪筐把最后几叉粪起完，只穿着短裤大汗淋淋地从猪圈上来，从水缸里舀一盆水洗去身上的污物，穿上搭在梯子上的衣裤，到灶火间风卷残云般吃饱肚子后来到北屋。他见娘正站在炕沿前给自己打包袱结，望着娘日渐衰老的背影，他的心一阵酸楚。二十多年，娘为他操碎了心，就是希望他能有出息，今天他作为一个男人就要走出家门闯荡了，这是娘最期待的时刻。长这么大，他一天都没离开过娘，此时对娘的依恋愈加强烈，他想要对娘表达这份情感，便神圣地向娘走去。娘听到他的脚步声转过身来，用满怀留恋和期许的目光看着儿子。他感受到了娘复杂的心情，走到娘跟前双膝跪下来，两手抱住娘单薄的腰身，将头埋在娘的怀里，他要给娘以宽慰。娘粗糙的双手轻柔如涓涓细流抚摸着他丰满的脸庞，瞬间把深厚而汹涌的母爱渗透到了他的心里。这样的爱意让他生出了恍若时光倒流回到了童年的感觉，便下意识地撩开娘的衣襟，将娘干瘪的乳头噙在嘴里吸吮起来，他感觉唯有如此才能充分表达自己对娘无尽的爱。这种母子间最本初的情感表达方式让牛四妮心醉，她理解孩子第一次离开娘的心情，那就让他尽情地吸吮吧！石粪筐的大嘴在娘的两只乳头之间转换了多次，直到他把从小到大享受到的母爱重新装满了记忆，才满足地松开嘴，站起身背上包袱跟娘道别。娘对儿说着各种叮嘱的话走出屋门。石粪筐朝吃饱饭坐在灶火间门口发呆的爹走过去，牛四妮冲男人喊道："别傻坐着了，你家小子到城里干事去啊，送他一程。"石傻子听懂了女人的话，憨笑着站起身。石粪筐紧紧地拥抱住爹，双手拍打着爹的后背，嘴唇贴着爹的耳朵柔声说着让他多保重的话。石傻子用高兴和不舍的"啊啊"声回应孩子。

一家三口走到村南口，石粪筐坚持让爹娘止步，他朝前走，几步一回头看一眼爹娘，直到爹娘的身影完全消失在了视线里，才放开步子向县城走去。

在县城安顿好的魏三，今天兴致颇高地要到集市上转转。他带着一个随从走到院门时，看见石粪筐正在向把门的警卫打听自己，便叫了粪筐一声。石粪筐看到魏三兴奋道："叔！俺投奔你来了，要俺不？"魏三上下打量着高大粗壮的石粪筐，疑问道："你这个好劳力，不帮着娘种地，怎么喜欢干这打打杀杀哩营生了？"石粪筐崇敬道："俺娘叫俺报答你哩救命之恩，俺做梦都想跟你干事哩！"魏三心里热乎乎的，应道："早就听说你力气大，把公牛都能撂倒，当个团丁是大才小用。既然你愿意跟随叔，那就收下你了！"石粪筐高兴地"扑通"给魏三磕了个响头，信誓旦旦道："叔！只要你一句话，上刀山下火海俺石粪筐万死不辞！"魏三大喜过望道："好！以后你就跟在叔哩身边！放下包袱，跟叔赶个集去！"突然得到这样一条大汉，是魏三做梦都想不到哩好事。石粪筐如愿以偿，把包袱扔进门里，兴奋地跟着魏三走了。

第二十六章　更名宴

魏三在县城待了不到一个月，此前不断发生的匪患，很快便销声匿迹了。盗匪们知道魏三心狠手辣，犯到他手里不会有好结果。再者，他们明白魏三由黑道摇身变成白道，是基于自身的利益使然，并非纯粹为了给官府卖力，既然如此，也就别再给人家添乱了，同是一个道上哩人，说不定什么时候碰面哩。陈知事和赵大财主这才领教了魏三在黑道上的威力，他们更是敬重有加，将魏三视为宝物一般小心伺候着，唯恐惹他不高兴。但是有一个人对魏三很不以为然，认为他跟其他匪徒相较，不过是个读了几年书有一点儿学问的土匪而已，陈知事和赵大财主真是瞎了眼把他捧在手里。这个人就是城区警察所的许奎警长，他出身于晚清一个没落的官宦家庭，他爹都死去了几十年，而他的头脑里却还残存着比别人高贵一等的思想，认为这世上谁都不如他。他也确实长得不赖，身材魁梧，面容俊朗，也读得一些书，还练得几套拳脚，穿上一身威严的警服，走到哪里都显露出一副强势之态。此前他是县城里的一颗明珠，不料现在被魏三夺走了光芒，他内心的嫉妒和不屑在每次见到魏三时都明显地表露出来。魏三对许奎的心理体察得一清二楚，但他都以平和的心态对待这个自负的坐地虎，不跟他一般见识。魏三的淡定，反而引起了许奎更强烈的嫉恨，心里盘算着，得机会把他轰出县城。对许奎的傲慢，魏三内心也不是没有起伏，他下意识地和许奎进行了对比：论身世，人家上辈做过官，自家几辈子是穷苦人；论身材相貌，自己不如对方，没办法，这是爹娘给哩；论学识和拳脚功夫，没有交过锋，难说谁高谁低；还有什么可比哩？对了，名字不如人家起哩好，人家哩“奎”是天上哩星宿，自己哩“三”只是表示兄弟排行顺序。怪不得许奎蔑视自己，几方面一比较，他魏三明显不如人家。他琢磨来琢磨去，别哩无法改变，自己哩名字必须改，人家是天上哩星宿，想要压住对方，就得是天上哩英雄，那就叫“天雄”！魏三很为这个名字得意。当天他对石粪筐说，自己要改名字了，以后不能再叫他三叔了，要叫他天雄叔。石粪筐赞赏道：“这名儿好，带劲儿！”魏三道：“不妨你也改改名字，‘粪筐’既土气又难听。”石粪筐为难道：“那叫什么好？”魏三寻思片刻道：“叫石敢当，做一个敢作敢当哩男人。”石粪筐高兴道：“这名字也带劲儿，俺喜欢！”魏三道：“改名字不是一件小事，得在村里摆一场更名宴，有乡亲们见证，这新名才能叫起来。”石粪筐又为难道：“那得花多少钱？俺可摆不起更名宴。”魏三笑道：“宴席由你叔摆，你只管跟叔一块改名就沾了。”

魏三将自己的生日，阴历十月初五定为改名之日。提前两天，他回家开始筹备宴席。杀了三头猪，定了几十只方中村卤的烧鸡，从殷村买了百十斤熟驴肉，都是元龙县的名吃，又准备了些素菜，酒有现成哩，一切准备停当。

十月初五一大早，在魏三的家门前垒起了两个锅灶，沿着大街摆上了几十张方桌和百十条长凳，七八个厨子围着锅台忙碌着，前来捧场的乡亲们陆续地从各处聚集来。

魏三和石粪筐头戴黑色礼帽，身穿蓝色长袍，脚蹬皮鞋，站在街上跟乡亲们热切地打着招呼。

魏老酒坐在靠近自家门口的一张桌旁，眼睛看不清面前的情景，听着热闹的喧嚣声就很高兴，这三小子终有出头之日了！

牛四妮更是乐得合不拢嘴，前前后后照应着乡亲们落座，期盼着憨小子改了名字会有更大哩出息！

魏三老远看到丁黑子微弯着腰走来，他急忙迎上前去，把老人领到爹的身边坐下，两个老伙计默契地把各自的手伸出来握在一起。丁黑子对魏老酒道："三儿有种，这几年咱村没了匪患，乡亲们都念他好哩！"魏三拍拍插在腰间的短剑道："大伯！都是你哩功劳。"丁黑子发出自豪的笑声，他转向魏三身边的石粪筐夸赞道："这也是个有志气哩孩子，跟着魏团总好好干吧！"石粪筐豪气十足地应道："俺是三叔哩左右手，他叫俺往哪打，俺就往哪打，都得叫恶人怕咱。"丁黑子兴奋道："沾！沾！俺就喜欢有血性哩年轻人。你俩人名字改哩好，魏天雄，天上哩英雄，石敢当，敢作敢当，有气魄！"一直无言的魏老酒对魏三道："这要是一场婚宴该多好，三十好几了还没成家，你丁不白哥家哩小子都能替大人干活了，你什么时候娶了妻，爹就安心了。"魏三能感受到爹的迫切心情，答应道："过上安稳日子了成家还不容易，只要有人给说媒，用不了几天三儿就能把媳妇娶回来。"在一旁忙碌的牛四妮听到魏三的话，转过身来问道："大兄弟，俺给你做媒沾不？"魏三高兴道："沾，沾，粪筐也到了成家年龄了，等俺俩都说上了媳妇，也在同一天娶亲，跟今儿一样一块摆喜宴！"丁黑子对牛四妮道："要是不嫌弃，粪筐哩媳妇俺给说！"牛四妮拍着腿感激道："黑子叔！俺巴不得哩！"丁黑子道："那好，咱们一言为定。"几个人发出一片欢快的笑声。笑声散去，丁黑子问魏三道："听说你把县官也请了来？"魏三说是。丁黑子来了兴趣，道："那俺得好好看看，一辈子没见过县官，看他跟咱长哩一样不。"魏三笑道："这好说，你坐在这张主桌上就能看清楚陈知事长哩什么样。"魏三把丁黑子引到不远处的一张桌子的座位上。

受魏三特邀前来的高冉，远远地站在一处桌椅间望着魏三和石粪筐，虽然相距数十丈远，却能感觉到他俩身上散发出的强悍气息。特别是魏三，心灵曾经遭受过几次刻骨的创伤，他的内心藏着一股永不低头、永不服输的劲头，这是一种强大的心劲，这种心劲注定将牵引着他的生命行走在充满艰险的道路上。在高冉出神地猜测着魏三儿种可能的命运时，魏三看到了他，快步走来把他拉到主桌上和丁黑子坐在一起。

此时，段士修风风火火地走来，他强装笑脸双手握住魏三的手道："魏团总！恭喜你成了县城和咱村哩守护神，庇护着千家万户哩百姓安居乐业。'天雄'这名字改哩好，凭这名字你一定能成就大事业！"魏三本来想给段士修不冷不热的脸，但经他如此一番恭维，脸上禁不住露出了笑容，也把他让在了主桌上。

坐着驴车从封龙山脚下赶来的武老先生，在小儿子的陪伴下从大街西边驶来。魏三看到了救命恩人，急忙迎上前去，将老先生从驴车上扶下来，亲热地叫道："干爹！路上可冷?”老先生精神矍铄，在温暖阳光的照射下脸庞泛着红润，高兴地应道：“不冷！有你这份孝心，全身热乎乎哩！”魏三要把干爹安置在主桌上，被武先生婉拒，走到另一张桌挨着魏老酒坐下，老哥俩亲热地叙起了话。

大街东边忽然传来一阵喧哗，人们看见一个身材魁梧的人，着一身黑色警服，威风凛凛地骑着一匹白色高头大马，率领七八个背着长枪的警察，左右护卫着两辆马拉的装饰华美的轿子车走来。此人正是城区警察所的所长许奎，今天他特意护卫着陈知事和赵大财主来给魏三的更名仪式“捧场”。摆放在大街上的桌子板凳妨碍了轿子车通行，许警长翻身下马，示意几个警察把轿车里的人请出来。身披西式蓝呢大氅的陈知事和一袭紫缎长袍的赵大财主，一前一后从警察挑起的门帘下钻出来。魏三和石粪筐小跑着迎上去，问候了他们一番，随即在前面开道把他们引进来。许奎亦步亦趋地陪伴着陈知事，后边跟着拄着文明杖的赵大财主，警察护卫在两侧。村里人很少见到这样的阵势，争先恐后围拢来观看。魏三把客人请到主桌，安排陈知事坐在上首，赵大财主和许奎分列东西两侧，在高冉和段士修的上位落座，他们彼此相熟，见面热切地寒暄着。位居下首的丁黑子第一次和县里最大的官面对面坐在一起，不免有些新奇，目不转睛地看着陈知事，想看出对方哪长得跟平常人不一样哩地方，相了半天面也没看出特别之处，禁不住自言自语道：“脱光衣裳跟俺没什么两样。”许奎听到了丁黑子的话，目光鄙夷地瞥一眼这个其貌不扬的黑老汉，跟这样一个说话不着调的庄稼汉坐在一起，心里很是不快。

请的宾客都已到齐，乡亲们也已经坐满了几十张桌子，日头走到了正午，更名仪式的时辰到了。这样的仪式须由村里德高望重之人主持，魏三请的是高冉。高冉站起身来，清清嗓子，大声宣布魏三和石粪筐俩人的更名仪式开始。他将一张大红纸高高举起，将上面写的俩人的籍贯、出生年月日、原名和所改的名字以及改名日期，郑重地念给所有在场的人，以示证明。念完后，高冉对魏天雄和石敢当说了几句勉励和期许的话，他本来还有一些警醒的话要说，却忽然改变主意不想让这喜庆气氛冷场，以后得了机会再说吧。他离开座位将大红纸贴在魏天雄家的院墙上，返回后将发言权交给了陈知事。陈知事和赵大财主又分别对魏天雄说了一堆溢美之词，更名仪式就此结束。高冉随即亮开嗓门吆喝厨灶上的伙计上酒菜，同时招呼乡亲们吃好喝好。

整条街迅速沸腾起来，酒和菜的香味伴随着乡亲们兴奋的喧嚣声，飘荡在贞村上空。

今天最高兴的无疑是魏天雄和石敢当，从此以后他俩算是有了堂堂正正的大名了。但是他俩未必意识到，如此强势的名字，无形中将会影响到自己的心智，如果把握不好最终会改变他们的命运。在这风云万变的社会背景下，高冉尤其替桀骜不驯的魏天雄担忧。

段士修对魏三改名，心里除了惊惧还有懊丧。惊惧魏天雄的势力日益强大，为自己不能再主导贞村的事务而懊丧。

丁黑子当然高兴，他自豪魏天雄的威名有自己倾注哩一份心血！

赵大财主不仅替魏天雄高兴，更对他感激，有他坐镇县城，自己守着万贯家财可以睡囫囵觉了，得好好地供奉这个活门神才是！

陈知事明白，魏三改名是自己成就的结果，如若不是自己请这个土匪头子下山当保卫团的副团总，他哪能有今天这番风光。话又说回来，这魏三果然名不虚传，给他这个知事挡了不少麻烦，这就够了，应该向他祝贺！

唯一对魏三心生不忿的是许奎，他本来就对这个土匪头子担任县保卫团的副团总嗤之以鼻，嫉恨对方不但在世面上抢占了他的风头，而且顶替了他在陈知事心里的重要位置。不料这小子仍不知足，还改了一个天大哩名字。以后谁恭维魏天雄不管，反正自己是不会给这个土鳖好脸色看哩。

石敢当拿着酒壶站在主桌旁，殷勤地给每个人斟着酒。魏天雄挨着丁黑子坐在下首，招呼大家喝了三巡酒，气氛便活跃起来。

高冉、段士修对陈知事、赵大财主和许奎没有过多客套，直奔喝酒话题，邀客人频频举盅。这张酒席上只有丁黑子和三位客人不相识，他尴尬地附和着高冉、段士修和魏天雄陪着客人喝了一盅又一盅。

魏天雄看在眼里，插个空隙，将丁黑子介绍给来宾道："这是俺丁黑子大伯，远近闻名哩铁匠，俺这把短剑就是老人家打哩！"说着，他从腰间取出短剑亮给大家看。

陈知事接过短剑，将剑身拔出鞘左右端详，剑锋折射的阳光刺得他睁不开眼睛，由衷地夸赞道："好剑！"他听说过魏天雄有一把刺杀过群狼捅死过绑匪的锋利无比的短剑，今天一见果然名不虚传，没想到竟是面前这个不起眼的黑老头打造的，他对丁黑子敬佩地点点头。陈知事把目光转向魏天雄问道："这把剑叫什么名字？"魏天雄摇摇头道："没有名字。"陈知事遗憾道："好剑不能没有名字，有了名字就有了灵魂，才有摄人心魄之气。"魏天雄恍然，点头称是，略作沉思道："就叫天雄剑吧！"陈知事断喝道："好名字！有气魄！以后肯定能保着你成大事业！"

段士修的目光极力躲避着这把短剑，他本就对它心有余悸，又加上了个令他胆寒的名字，虽厌恶至极，却也只能做出一副泰然自若的样子。许奎和段士修有着相同的心理。

陈知事将短剑还给魏天雄，端起一盅酒起身对丁黑子道："老前辈，是你打造的这把剑给魏副团总长了胆魄，今天借此机会敬你一杯酒！"赵大财主见状也站起身来，一同相敬。丁黑子活了大半辈子，从没有受到过如此礼遇，性情忽然高涨，站起身端起酒盅道："多谢你提携俺魏三侄子，应该敬你才是！"言毕，仰脖一饮而尽。先喝为敬，陈知事和赵大财主自认为失了礼，喝下这盅酒后，重新敬了丁黑子一盅。

许奎当然也不能"无礼"，他端着酒盅站起来对丁黑子慢条斯理地说道："前辈，十几年不见，身体还是那么硬朗，不愧是打铁哩。今儿有幸和你坐在一起很是高兴，晚辈敬你一盅。"他忽然回忆起了十几年前自己在县衙当捕头时，前去贞村缉拿违反了国丧法规的打铁匠并在监牢拷打的就是此人。

"你俩十几年前就打过交道？"魏天雄好奇地问道。一个打铁哩村夫，怎么能跟在县衙里当差的许奎熟悉哩？其他人也都对他俩之间的关系产生了兴趣，目光在俩人的脸上来回扫寻，希望其中一人能回答他们的疑问。

丁黑子疑惑地望着许奎，好像在哪见过他。许奎对丁黑子诡异地笑道："先喝了这盅酒再告诉你。"俩人一饮而尽。许奎开口道："还记哩光绪帝驾崩，服丧期间捕快把你抓到县衙挨打那回事呗？"丁黑子闻听此言，已经淡忘的屈辱立刻浮现在脑海里，那个带领捕快抓他打他的捕头不就是眼前这个人吗，他咬牙切齿道："记哩，一辈子也忘不了！狗日哩皇帝死了，老子打铁都犯法，白白挨了你一顿毒打。"在这个场合丁黑子强忍着怒气，不使发泄出来。魏天雄十分恼怒许奎故意挑事，乜斜他一眼，示意他不要破坏宴席气氛。许奎觉察到了丁魏二人对他产生的怨愤，并不收敛，仍然以居高临下的姿态对丁黑子调笑道："当年俺是奉命行事，还望前辈包涵。"

众人知道了丁黑子和许奎之间的过往，酒席上的气氛立刻尴尬起来。短暂的沉寂，高冉开口道："现在是民国，清朝哩事就不要提了，来来来，喝酒喝酒!"大伙纷纷响应，只有丁黑子还沉浸在愤怒的心境里，喘着粗气，情绪难以平静。

许奎瞥一眼淡然静气的高冉和故作姿态的段士修，他看谁都不顺眼。当了多年的衙吏，除了比他地位高的官员以外，他从不把任何人放在眼里，他心里陡然冒出来一个念头，要给这场酒宴制造出另一种热闹气氛，给魏天雄心里添堵。他便装出醉酒的样子，像得了鸡瘟一般，低着头耷拉着眼皮，吐字含混地对丁黑子道："前辈，看出来你是个性情中人，脾气耿直，一定得罪过人，不然当年不会有人给县太爷写信告你。"丁黑子恍若如梦，不解道："谁告俺，告俺什么?"

许奎道："十几年前你村里一个大户，给知县写信告你打铁叮当响，犯了大清律国丧期间不能有响器发声哩规矩，知县这才派俺前去抓你。"丁黑子猛然惊醒，追问道："这是真哩?"许奎卷着大舌头道："骗你是爬灰头。"这是乡村最厉害的骂人用语，"爬灰头"乃公爹和儿媳通奸之谓也。许奎如此发誓自咒，丁黑子信了，他断定是段士修告的密，便把目光转向段士修，质问道："可是你告哩?"段士修佯装镇定摇头否认道："俺是有身份哩人，怎么会干那种缺德事。"许奎斜视着段士修讥笑道："段东家财势大心胸可不大，敢做不敢当。"段士修被激怒了，他心里发虚，气势却不弱，站起身斥责许奎道："你胡言乱语、信口开河，哪还有一点警官风范，俺段某不齿与你坐在一起，告辞!"言毕，转身离去。丁黑子迅疾起身，上前拦住段士修道："慢着，说清楚再走，到底是不是你告哩?"段士修不敢承当，嘴却硬道："不是，就不是。"俩人的争吵惹得乡亲们停下手里的筷子，伸长脖子朝这边张望。高冉等人极力劝慰丁黑子别搅了这喜庆气氛，丁黑子一时性起揪住段士修的脖领，问不出个结果不罢休。此时，丁不白急急穿过人群赶过来劝阻道："爹！别跟他一般见识，俺魏三兄弟哩更名宴要紧。"丁黑子犹豫片刻，推搡开段士修道："以后再跟你计较。"段士修何曾受过这样的侮辱，本想发作，又顾忌自己人单势薄，恐遭到更大的羞辱，便强咽下这口气转身离去。在远处的段永福看到这般情景怒气冲冲地前来要给爹出头，被段士修迎上去抓住他的手腕使劲往回拽。好汉不吃眼前亏，今天这个场合他父子俩占不了上风，走为上。段永福顺应了爹的意志，跟着爹无奈地回去了。这父子俩暗自哀叹，因为魏三这个冤家，他段家的威风在一步步消退。丁黑子冲着段士修的后影骂道："狗日哩，以后有你好看哩!"高冉把丁黑子拽回到座位上，劝道："黑子哥！事情过去多年了，别再计较了，以后他不敢再欺负咱了。"丁黑子始觉自己扰乱了宴席很是不妥，对客人抱歉道："俺不该当场跟那货较真，让大伙难堪了!"魏天雄窝着段士修的火气宽慰丁黑子道："叫他走吧，走了咱喝哩更痛快。"

陈知事和赵大财主被这一通闹，已无心再坐下去，起身向主家告辞。魏天雄挽留二位吃了饭再走，陈知事不满地瞥一眼“醉态”十足的始作俑者许奎道：“都喝成这样了，早点儿把他弄回去醒醒酒。”许奎装醉，在手下搀扶起他时，脸上禁不住露出一丝得意的笑容。魏天雄看清了许奎的用心，他想通过搅乱宴席给自己来个下马威。骄横惯了的许奎，连财势双全的段士修都不怕得罪，自然也就不把平民出身的魏天雄放在眼里了。

魏天雄把陈知事一班人送走，心事重重地坐回到酒席上。这场更名宴，他心气颇高，本想借此抒发一番今后干大事哩豪情，不料让许奎给搅了场，看来这家伙成心是要和他魏天雄做对头了，自己以后在县城哩日子一定不会平静。一旁的高冉看出了魏天雄的心事，嘱咐他道：“许奎今天搅场是嫉妒你受陈知事宠信，他担心你以后势力越来越强大没了他哩地位，他言行有些失态也能理解。那主在县衙混迹多年，不是个省油哩灯，你做事要小心，遇事要冷静，不可轻易动肝火。和为贵，忍为上。”魏天雄频频点头称是，其实他心里早已有了应对许奎的底数。站在魏天雄身后的石敢当大声说道：“许奎敢欺负咱，先叫他领教一下俺石敢当哩厉害。”石敢当这番话让魏天雄的心情很快好起来，酒性复又高涨，露出笑脸对高冉、丁黑子以及邻座的乡亲们道：“这场酒咱得接着喝，喝他个一醉方休！”他又敬了高冉和丁黑子几盅，起身对石敢当说道：“走，敬乡亲们去！”魏天雄和石敢当离开后，丁黑子又骂起了段士修，高冉忙用酒哄道：“喝酒喝酒，别再想烦心事了。”

魏天雄先来到武先生落座的酒桌前，向干爹敬了三盅酒，又敬了同桌人一盅，便一桌一桌的敬下去。石敢当跟在魏天雄身后，借着当桌的酒一盅一盅地给他斟着。魏天雄越喝越兴奋，直到把日头喝到了西山顶上还不想散场。

第二十七章　梦　想

当保卫团副团总这些日子，魏天雄才知道了什么叫悠闲自得。吃喝拉撒有人伺候着，出门有保镖给自己壮着威风，三天两头陈知事和赵大财主宴请自己一回，他充分体味到了受人尊崇和被人欺凌是两种怎样强烈的感受。但是这样过于平淡的日子，他又感到难挨，每天从日头升起到落入西山都是在百无聊赖中度过。今天清早，他打了一通拳，吃过早饭后忽然生发出了想研习书法的冲动。正值春暖花开时节，魏天雄打开门窗，明媚的阳光和清新的空气立即布满了整个厅堂。魏天雄找出赵孟頫的行楷摹本，石敢当帮他备好文房四宝，便端坐在宽大的办公桌前认真地临摹起来。石敢当站在一旁认真地观摩，从书写者的运笔中就能学到不少写字的技巧。他跟随魏天雄将近一年来没少长学问，平日里魏天雄给他讲了不少古时候侠肝义胆的人物和典故，滋润着他的心灵，吸引着他也喜欢上了读书。凭借幼年时在高家念私塾识得一些字，他也能将书里的内容看个明白，自然从心底更增添了一层对魏天雄的敬佩之情。在这样温暖而安宁的环境里，魏天雄又重温到了他少年时的梦想：在学堂里当一名受人敬仰哩教书先生，课堂之外，研读自己喜欢哩经史子集，那是一种多么惬意哩事情！现在也不赖，历经了几番磨难后，能过上这样一种生活也是祖上积德哩结果。魏天雄的心思并没有完全放在临摹字帖上，思绪不断地跳跃到过去的岁月里一个个难忘的节点上。

院门外站岗的哨兵跑进来冲断了魏天雄的思绪，报告说有一个自称是魏副团总老朋友的人求见。老朋友很多，不知道是哪一个，魏天雄漫不经心示意哨兵放他进来。一转眼工夫，从外边走进来一个年近半百，身着灰色长袍，头顶黑呢礼帽，手提一件磨损严重皮箱的商人，他的脸上刻着坚毅和沧桑，不禁让人肃然起敬。魏天雄看到此人，立即放下手中的毛笔，起身迎上去，惊讶地叫道："老康！康大哥！怎么是你?!"他握住来人的手，将其让在椅子上，继续问道："你这是从哪来?"十五年前同盟会成员老康与自己密谋在县衙暴动的事又浮现在了眼前。老康勉强露出一丝疲惫的笑容，说道："十几年前的生意没有做好，今天前来想跟你再合作一回。"魏天雄猜到了老康的来意，很是钦佩他的顽强意志，想必这十五年老康都是在为他所信仰的事业奔波。十五年来，同盟会在孙中山的领导下，推翻了封建帝制，成立了共和政体的中华民国，同盟会也改组成了国民党，可是国家政权却被北洋军阀劫持了，由各系军阀在连年混战中轮番把持着。民不聊生，国力日渐衰微，西方列强在加紧吞噬东方巨龙的肌体。魏天雄看出老康今天来一定是有大事相商，见有陌生人在场不便说出口，他吩咐石敢当道："放你一天假，出去耍耍，天黑前回来就沾了。"石敢当曾经听魏天雄夸耀过他和老康联手反清暴动的义举，这次来一定又是为了密谋大事，便庄重地退出了厅堂。

今天正好是县城大集，城里城外赶集的人挤满了每条街道。石敢当漫无目的地沿街转悠，他对各种生意都感兴趣，不时在某个摊位前驻足观看买卖双方讨价还价的情景。转了半个时辰，不知不觉来到了西街，这里粮行较多，大车小辆拉进拉出地交易着各种粮食。他知道段家和高家都在这里有生意，便想去高家粮行转转，想跟乡亲们叙叙话。

来到高家义兴昌粮行门前，石敢当看到几个人正扛着粮食口袋往一辆双套骡子车上装，怕耽误人家生意，临时改变了主意，决定得空再来。他正要离去，一个人冲他喊道："敢当哥！"他回头望去，见是刚往大车上放了一袋粮食的吴常。他早就听说吴常在这当伙计，几年没有见过面了，对方已经发生了很大变化，面皮黑了些，体格粗实了些，神态更成熟了些。不等石敢当回应，吴常又叫道："还站着干什么，快帮着装车。"一句话提醒了石敢当，他跟着吴常来到粮行仓库，一百多斤的粮食口袋，他两只胳膊各夹一袋轻松地就装到了车上。

打发走了这个买粮的客户，吴常把石敢当领进店面里屋和正在算账的高鹏见了面，三个人自然十分高兴。特别是吴常，回想起年少时欺耍人家的情景很是感到羞愧，只好用热情弥补内心的亏欠。吴常上下打量着石敢当，赞佩道："你力大如牛，又当了魏副团总哩保镖，看以后谁还敢欺负你！"他知道这一切都是源于自己的恶作剧，促使牛四妮用狠招调教憨小子转变了性情，从这方面讲，自己还算有功于这主儿哩。吴常的夸赞，令石敢当很不自在，不好意思道："吴常兄弟！俺没什么了不起，以后你还叫俺粪筐就好。"吴常道："不能再叫粪筐了，敢作敢当，还是这名好！"高鹏提醒吴常道："别光干说，打壶酒来边喝边唠。"说着递给吴常两块大洋。吴常恍然道："敢当哥！你先歇着，兄弟买些酒菜来。"转身跑了出去。石敢当并不推让，继续和高鹏叙着话，他对高家人在感情上就有一种亲近感，在这里也是无拘无束。高鹏受家风的熏陶，对受苦人常怀着一颗悲悯之心，石敢当凄苦的身世更是令他疼爱有加，看到这小兄弟有了大出息自然高兴不已。

吴常很快买回来一堆肉食和一坛子魏家酿的老酒摆放在桌子上，拿来碗筷，三个人吃喝起来。高鹏年近四十，比他俩年长十七八岁，沉稳持重，有长者风范，喝了几口酒便和两个小兄弟告辞退出了屋子，到店面照料生意去了。石敢当和吴常彼此称兄道弟举碗相敬，随着酒越喝越多，称呼的亲热劲也就愈加深厚，亲哥哥亲兄弟地叫着，真诚的巴不得将自己的心肝掏出来亮给对方。吴常又倒满一碗酒，站起身来道："敢当哥！从今往后你就是俺吴常哩亲哥哥，到死不变！"说完扑通跪在石敢当面前，仰脖将一碗酒喝了下去。石敢当不敢怠慢，端着酒碗面对吴常也跪下来，同样一饮而尽，两个人彼此亮亮碗底相视哈哈大笑。

酒喝够了，石敢当要回去，吴常执意要送他，俩人搀扶着一直走到南街。石敢当对吴常道："哥哥到家了，你该回去了，哥哥送你回去。"吴常拒绝不过，石敢当又把吴常送回了粮行。高鹏见状，哭笑不得，知道俩人喝多了，便费力地将他们分开，唤来媳妇把吴常拽进屋里睡觉，自己要把石敢当送回去。石敢当执意不让，在俩人拉扯间，一个人走过来对高鹏说他是魏副团总的朋友，在保卫团团部见过这位兄弟，他正要去找魏副团总，顺便跟这兄弟一块回去。石敢当见来人是老康，大着舌头亲热地叫了一声康老板。高鹏见俩人相熟放了心，看着老康扶着石敢当消失在了人流里。

老康开诚布公地和魏天雄交谈了一上午，分析了国内国际目前的政局走向，阐述了孙中山联俄联共扶助农工的新三民主义思想内涵，坚信国民党一定能够打倒军阀夺取政权统一全国，力邀魏天雄加入党内来，共谋未来发展之大计。他没有想到的是魏天雄完全没有了上次合作的激情，态度含糊其词，很令他失望。他明白魏天雄是舍不得现在安宁的日子，等待局势发展有了眉目后再做决定。但是他要在保卫团里发展国民党党员的决心不能就此罢休，魏天雄不接受，那就另找目标。他相中了石敢当，前晌在团部只看了石敢当几眼，那副诚实憨态样就给他留下了深刻印象，他知道这种人只要认准一个理，就不会轻易放弃。晌午魏天雄准备的丰盛饭菜他都没有心思吃，只想着如何接触上那个憨小子。饭后他假借赶个晚集，从团部出来，到街上专心寻找石敢当，可巧在西街碰上了。

醉意中，石敢当忽然意识到是老康在搀扶着自己往回走，诚惶诚恐道："你和俺魏副团总是老朋友，俺怎么敢叫你搀扶着。"说着挣脱开老康支撑着他身体的臂膀。老康特意夹杂着元龙县口音道："见外了，咱们不是外人，别说现在相互照应一下，以后还要一块干大事业哩。"这句话让石敢当一下子清醒了许多，说道："你和俺魏副团总都是干大事哩人，俺石敢当佩服你们，以后俺也跟着你们干！"老康心里一阵惊喜，把石敢当领到一个饭馆里，先给他醒醒酒，再跟他谈正事。石敢当见是饭馆，兴奋道："康大哥，小弟今天敬你一碗。"老康把石敢当引进里间屋坐下，给了店家几枚铜元，要了两大碗醋汤，对石敢当道："老弟，今天不喝酒，等不远哩将来咱们的革命事业成功了再举杯庆贺。你把这两碗醋汤喝了醒醒酒，老哥有事给你说。"石敢当听出了这话里的神圣意味，不敢怠慢将两大碗醋汤"咕咚咕咚"喝进了肚里，不一会儿酒劲明显减弱，眼睛也有了神采，痴痴地望着老康等待他的话。此时已是后半晌，饭馆里只有他们两个顾客，老康仍习惯性地压低声音道："十几年来各系军阀无休止地争斗，把国家搞得民不聊生国力衰微，外敌环伺虎视眈眈想吃掉我们，作为中华民族一分子决不能袖手旁观，要舍生忘死拯救国家！目前南方革命力量在不断壮大，国家政权早晚由国民党掌握。年轻人一定要有理想信念，孙中山先生提出的民族、民权、民生三民主义就是中华民族复兴哩良药和最终目标。打倒帝国主义，致力于民族独立，主张国内各族人民一律平等；人人享有民主选举，言论自由之权利；平均地权，人人有生活之来源。这就是我们中华民族哩希望所在。"石敢当听得着了迷，这样哩主义真好！他目不转睛地看着老康，希望他再多讲些新鲜东西。老康见到了火候，从怀里拿出一本小册子递给石敢当道："这上面写哩比我讲哩透彻，有空慢慢看，它会让你长心智。"石敢当把小册子小心地放进内衣兜里，询问道："俺这就算跟你是一家人了？"老康反问道："你愿意不愿意跟我们是一家人？"石敢当道："当然愿意！"老康严肃地注视石敢当片刻，语调深沉地说道："好！咱俩把这张表填上。"说着又从怀里掏出一支钢笔和一张折叠整齐的纸打开给石敢当看。石敢当见是一张《中国国民党党员登记表》，老康边询问他，边按表格从右至左所列栏目认真填写上入党人的姓名、年龄、籍贯、简历等内容。老康在"介绍人"一栏写上了自己的名字康成，边写边说介绍人不能少于二人，以后上边还会填上别哩介绍人，虽然他们不认识你，我会向他们推介。非常时期，入党程序十分简单。最后老康让石敢当在表格左边“入党人”处签上了自己的姓名，并在上面摁上了红手印。老康随后把表收起来，装入原处，郑重地说道：“石敢当同志！从此咱们哩命运就要和中国国民党哩命运联系在一起了，党荣我荣，党损我损，切记！”石敢当的豪情被点燃起来，发誓道：“为了国家民族独立，俺石敢当赴汤蹈火在所不辞！”老康也受到了感染，内心激动不已，却极力保持住镇定，神秘而骄傲地说道：“封龙山传说中哩飞龙都盼着中华民族能早日寻找到一条复兴之路哩，那飞龙几次闯进我的梦里，激励我遇到困难不要气馁，一定要为民族战斗到底！我明白这是这片土地对我的召唤，我老康为了理想信念，至死不渝！石敢当同志，让我们一起奋斗吧！”两个人的双手紧紧地握在一起。激情过后，石敢当敬佩地注视着老康说道：“你是个了不起哩人物！俺知道一般人可梦不到那飞龙。”老康意味深长地说道：“我可算不上什么人物，只要给国家出力，你也会梦见飞龙。”石敢当憧憬道：“俺盼着哩，等梦见了飞龙俺得好好跟他唠唠，穷苦人什么时候才能过上不愁吃穿哩安生日子！”老康欣慰地笑笑，这孩子有大情怀，自己算是找对人了。话说到深处，他从腰间摘下一个玉佩双手捧给石敢当，郑重地说道：“这是我十几岁在江南生活时母亲给哩，慈母期盼这块玉佩保佑我长大后能过上富足平安哩生活，三十多年了一直陪伴着我度过了一个又一个生死劫难。这是我最珍爱哩宝物，今天把它送给你，叫它陪伴着你干革命，直到中华民族摆脱苦难那一天！”石敢当仔细端详着玉佩，这是一块玲珑剔透的白玉，花瓶样的玉体，上面雕刻者两只啄食的鹌鹑，寓意富贵平安。他明白老康的良苦用心，是在借这块玉佩激励自己，便动情地向老康保证道：“放心吧康大叔！俺石敢当一定会像这白玉一样表里如一，言而有信！”老康赞佩道：“这才是君子风范！”他又叮嘱石敢当道：“君子无故，玉不去身，你要好好保管好玉佩，即使我不在元龙县，有这块玉佩作为信物，其他同志也能联系上你。再有，今天哩事情不要对任何人说，一定要严守秘密。”石敢当严肃地点点头。

随后老康叫了两碗腌肉打卤面和石敢当吃了，各自怀着一份满意之情依依不舍地分了手。

这天前晌，从元龙县高初级小学调到师范讲习所当教员的高鹤，领来的一个客人给了高鹏一个惊喜，没想到是多年不见的姜奇。姜奇中等个子，清癯的脸上透着一股坚韧不发的气质，白色衬衣扎在深蓝色西裤里，平添了几分倜傥。俩人相见分外亲热，因为有父辈间的情义，彼此都把对方当亲兄弟看待，姜奇称呼高鹏为大哥、高鹤为三哥。高鹏关切地询问姜奇的近况，姜奇便简述了自己几年来的经历。五年前他从保定第二师范学校毕业后，因学习成绩优异，留校当了几年教员，思乡心切今年夏天回到元龙县。去贞村看望爹和高冉叔时，两位长辈问起他今后的打算，他说就想当教员。高冉说县教育局正在招聘公务人员，不要错过机会，有了职业再成个家，二十七八了，你爹着急当爷爷哩。他在高家住了一宿，第二天一大早便前往县城应聘。丰富的学识帮助他顺利地过了关，教育局长很欣赏他，让他担任督学一职。安顿下来后，他便利用放假时间到县城各处熟悉情况，在元龙县师范讲习所他见到了当教员的高鹤，俩人商定今天前来看望高鹏。

姜奇自然隐瞒了他的真实身份和回到家乡的真正目的。他在保定第二师范学堂学习期间，受五四运动熏陶，接受了进步思想，秘密加入了中国共产党组织。这次回来是组织派他在元龙县成立党支部的。回来没几天，他便与刚到东关小学任教的中共党员魏哲甫接上了头，俩人成立了特别党支部，并积极发展新党员。魏哲甫比姜奇小几岁，性情刚烈，今年初他还是元龙县师范讲习所的学生时，因不满县城盐店老板哄抬盐价，便以学生自治会主席的名义，带领一群学生把那家盐店砸了个稀烂，民众无不叫好。

虽然姜奇多年生活在大城市，可是乡音未改，还是一口浓重的元龙县的味道，令高鹏十分钦佩。高鹏听完姜奇的述说，拍着他的肩膀道："又多了个好兄弟！得空找你大哥来耍，好酒好菜招待你。"姜奇不客气道："以后少麻烦不了你，今儿晌午饭就在你这吃。"高鹏心里赞许姜奇是个爽快人，便叫他稍候片刻，自己到街上买酒菜去了。家里有现成的腌肉和韭菜，高鹏媳妇赶紧和面调馅要包饺子，一儿一女两个十几岁的孩子给娘当着帮手，姜奇和高鹤也参与进来，等高鹏买酒菜回来，饺子就要包完。

时近晌午，生意冷清下来，高鹏把吴常和几个伙计从柜台喊到堂屋喝酒。姜奇和吴常多年前在高冉家曾经见过几面，也算是老朋友，彼此问候了几句。大伙儿一边喝着酒一边好奇地向姜奇打听外面的事情，姜奇自然转到了他想说的话题上。他说当前中国面临着深重哩内忧外患，如果再这么乱下去，亡国灭种哩天大灾难迟早会降临到在座每个人哩头上，到那时老百姓谁都逃不脱被外国人欺凌奴役哩命运。众人听得张口结舌，高鹏着急地问道："那可怎么办？"姜奇道："就看咱们中国人能不能提早觉醒，能不能团结起来自强自立了。"高鹤想缓解一下紧张气氛，轻描淡写道："但愿是杞人忧天，咱中国地盘这么大人口这么多，哪能轻易就叫洋人灭了咱。"姜奇放下筷子，对高鹤摇摇头，痛心疾首地反驳道："别忘了六十多年前，英法联军区区两万余人从海上长驱直入，几天工夫就占领了北京，烧杀抢掠无恶不作，把世界瑰宝圆明园烧成了废墟。二十五年前，八国联军只有三万多人，一股脑就打败了几十万清军，义和团更是伤亡惨重，吓得慈禧带着光绪帝跑到西安避难去了。自鸦片战争以来，咱们每一次战败，列强都要逼迫清廷签署丧权辱国哩条约，割地赔银，国家积弱积贫，几万万民众生活在屈辱中。软弱啊！无能啊！如果咱们再抱着麻痹思想，那就离亡国灭种更近了！"说到激愤处，姜奇的两只拳头擂在方桌上，把盛满饭菜的碗碟都震了起来。姜奇的演讲让高鹤脸红心跳，自感惭愧。吴常的心更是被深深地刺痛，他忽地站起来怒喝道："狗日哩！要是洋人再来欺负咱，咱就跟他们拼了！"姜奇被吴常的血性所感染，他眼前一亮，这不就是自己要找哩人吗！以后得跟这小子多交往，说不定会成为自己哩好帮手。这顿饭还得要吃好，姜奇的情绪平和下来，脸上露出赞赏的笑容，手掌轻拍着吴常坐的凳子道："兄弟！坐下，有你这样哩年轻人咱中国就有希望。来，哥哥敬你一盅！"性情相投，吴常也喜欢上了姜奇，他主动连碰了三盅，仍觉意犹未尽还要再喝，被姜奇劝住道："来日方长，以后有喝酒哩机会。"酒桌气氛又恢复了常态，大家吃着喝着说着，心里感受着姜奇忧国忧民的思想，看出来他有一股子干大事的劲头，猜想他一定不是个一般人。

那天在高家粮行见面后，姜奇对吴常的印象太深了，这几天他一直琢磨着如何让这小伙子加入自己的组织里来，便去贞村找高冉叔闲谈，有意识地打听吴常的情况，才知道吴常有着令他唏嘘不已的身世。

今天上午各学校放了暑假，姜奇有了充分的精力和时间投入建立党组织工作中来，他想起了吴常，要尽快将其发展成党员。姜奇在教育局食堂吃了午饭，从南街来到西街义兴昌粮行，希望有机会跟吴常单独接触。晌午时段生意稀少，粮行店面冷清，只有一个伙计值守，正趴在柜台上昏昏欲睡，姜奇的到来让他抬起头，露出笑脸打了声招呼。姜奇问道："吴常哩？"伙计的头往后院一扬道："在里边，准备回家看爹娘去。"正说着，吴常背着高鹏给的一口袋白面从院里出来。俩人碰面，彼此热切地招呼了一声。姜奇道："俺也要去贞村，正好同路。"吴常高兴道："有人就伴不寂寞。"俩人并肩向西城门走去，路过一家点心摊时，姜奇买了三盒桃酥、槽子糕，用麻绳捆扎在一起掂着。

火热的太阳烘烤着大地，也烘烤着边走边唠着家常的姜奇和吴常。俩人汗流浃背走出八里地来到了潴龙河南岸，茂密的柳树和槐树营造出了一片清凉之地。姜奇提议歇歇脚再走，俩人放下所带的东西，各自靠着一棵大树坐下来。午后路上少有行人，树林里无数知了的鼓噪声让这河畔更显寂静。姜奇望着清澈的波光粼粼的河水继续唠嗑道："俺知道你是个孝子，为了逃婚才到城里谋生，二老一辈子吃了不少苦，多孝敬才是。"吴常低头惭愧道："以后俺该多回家看望爹娘！"姜奇思维跳跃着说道："俺敬佩你不嫌贫爱富哩品格，俺还知道你哩身世，要是生活在段家，你就会过上衣食无忧哩日子，还会娶一个好看哩媳妇。"吴常扭头看着姜奇，诘问道："你说这些干什么？说俺吴家不好？"姜奇的目光从河面上收回来转向吴常，摇摇头道："不是你吴家不好，是这世道不好。这世道是有权人和有钱人哩天下，穷苦百姓只能受人欺压，窝囊地活着。"吴常淡淡地笑道："你这话还不是白说，几千年来都是这样。俺到吴家是上天安排哩，叫俺回段家俺还不愿意哩。"姜奇开导道："不要相信命运是上天安排哩，命运全掌握在自己手里，你想要改变就有可能改变，关键是你要有改变命运哩强烈愿望。"吴常似有所悟，问道："愿望是有，怎么才能改变？只要能叫俺爹娘过上好日子，俺上刀山下火海都愿意！"姜奇见火候已到，站起身来郑重地说道："中国共产党就是为穷人奋斗哩党，你加入进来就增添了一份推翻旧世界哩力量，创造一个没有人压迫人、人人平等哩新世界，到那时，你爹娘就能过上好日子了！"吴常对姜奇描绘的奋斗前景激动不已，他也站起身来请求道："姜奇哥！俺愿意加入进来，跟你一块干！"姜奇兴奋地握住吴常的手道："兄弟！从现在开始你哩命运已经发生变化了，咱们共同奋斗吧！"吴常激动得一时语塞，用力连连点头以回应姜奇。目的已经达到，姜奇笑容满面示意继续赶路，俩人带上各自的东西，过了石桥继续往北走。吴常对未来的憧憬所生发的各种问题一个接着一个询问姜奇，姜奇都一一给予解答。俩人在亢奋的情绪中不知不觉又走了几程地，来到了贞村地界。一座简陋的房舍在半人高的玉米和谷子等作物的掩映下清晰可见。姜奇去吴常家看望了两位老人，走时留下了一盒点心。他随后去了高家，将两盒点心孝敬了爹和高冉夫妇。

当天后晌姜奇和吴常返回了县城，在东关小学魏哲甫的宿舍里，吴常秘密宣誓加入了中国共产党。姜奇高兴特别党支部又多了一份力量，他当即提议研究组织教育界的同仁和学生成立"上海五卅惨案后援会"，要在近日举行声势浩大的集会游行，声讨日、英帝国主义在上海枪杀中国纱厂工人和学生的暴行，声援上海工人和学生罢工、罢课、罢市的反帝爱国运动。吴常的任务是在集会游行的前一天晚上，在县城的主要街道张贴宣传标语。

按原计划，这两天姜奇和魏哲甫到县境各学校联络学生，成立了“上海五卅惨案后援会”。第三天是县城的大集，正值人流如梭之际，姜奇和魏哲甫带领几百名群情激奋的师生，手举标语高呼口号，行进在县城的几条主要街道上。每到一个街口，姜奇就会示意队伍停下来，他站在高处开始对民众进行一番激昂的演讲。他的演讲神采飞扬，内容除了上海五卅惨案，还讲了几个帝国主义国家在中国其他城市的胡作非为，激起了无数人的爱国热情，在民众中产生了广泛影响。吴常通过这次行动，感受到了共产党组织的强大力量，更坚定了自己的信仰。

第二十八章　劫来不休

元龙县自古就不是个清静的地方，皆因地处南北交通要道，更有石头构筑的城郭，历来成为兵家必争之地。自平汉铁路贯境后，各系军阀更是频繁光顾，想凭借坚固的城池和便利的交通在这里扎下营盘，再伺机扩充势力。

民国十三年（1924年）十月，正值第二次直奉战争，双方主力在山海关一带连日激战。时任直系陆海军大元帅的吴佩孚，因个人恩怨欲置属下第三军总司令冯玉祥于死地，对其部队进行了险恶作战部署。冯玉祥获悉遭暗算的阴谋后，伺机从古北口、密云前线秘密回师，驻扎在北京南苑。趁直系后方空虚，率部倒戈，星夜进入北京，囚禁了贿选总统曹锟，撤销了吴佩孚的军政职务，推翻了直系军阀把持的北洋政府。随即废除帝号，把念念不忘复辟的溥仪驱逐出宫，存在了十三年的小朝廷宣告结束。北京政变后，冯玉祥将自己的“西北军”改编为“中华民国国民军”，为了壮大实力又收编了一些成分复杂的队伍，他的国民军很快扩充成了三个军，自任总司令兼第一军军长。嫡系一军驻守在京城，二、三军则南下占领了河北、河南大部，这两个军各有一股部队驻扎在元龙县。初来乍到，这些官兵还有点纪律性，没过几日就现了原形，开始四处骚扰祸害百姓了。

在元龙县驻扎了一年多的国民军第二军某部几百名官兵，今天早晨在野外训练结束后，早有预谋地分成了几支队伍，向周围的几个村子奔去。时值隆冬，年末岁尾，他们认为这个时节做生意的赚了利润，种地的粜卖了粮食，每家都会有些积蓄，正是敛财的好时机。其中一股几十人的队伍来到了贞村，端着枪像一群灰狼一般四散开去寻找猎物。大户当然是他们竞相追逐的目标，段士修家的深宅大院招引来了十几个兵痞。段家门楼上站岗放哨的家丁见状，急忙敲锣给正在一进院空地上练拳脚的三十几个同伴报信，与此同时段家的几条狼狗听到召唤的锣声凶猛地扑出来，狂吠着企图吓阻住走到大门口的不速之客，不料被对方射出的几颗子弹结果了它们的性命。

听到锣声和枪声，几十个家丁迅疾抄起靠在墙根的洋枪，和闯进来的兵痞对峙了起来。打头的排长脑袋右侧一块巴掌大的伤痕引人注目，整只耳朵在一次战斗中被弹片削没了，那是他打仗死里逃生的见证，也是他在人们面前炫耀的资本。他挥舞着手枪对家丁们怒喝道：“都把枪放下，老子奉令前来执行公务，收缴民间枪支，维护地方治安，谁敢违抗，格杀勿论。”

段永福光着上身练得浑身冒着热气迎上前来，上下打量一番面前的军官诘问道：“长官，俺这枪本是用来维护地方治安哩，都收走了，土匪趁机祸害百姓怎么办？”这一年多来，兵痞们时常到段家索要财物，段永福早已不耐烦了，他不想对这种行为继续忍气吞声，吩咐全体家丁，兵痞们再来敲竹杠杀一杀他们哩威风，好让他们以后收敛些。今天算是遇上了。

没耳朵军官骂道："少他娘给老子说这些，国民军就是老百姓的保护神，土匪都叫俺们消灭了，你们还防什么匪？快把枪放下，惹火了本排长你们后悔都来不及。"

段永福可不怕对方的威胁，冷笑道："逼急了本少东家，你们谁也别想站着出去。"

双方剑拔弩张，大有一触即发之势，忽听身后有人喊道："永福，不得无礼。"刚才段士修听到枪声，在田生玉的陪伴下拄着拐杖从后院赶了来，他老远就嗅出了火药味，担心大小子的火爆脾气惹出事端，急忙喝止。他走到没耳朵军官面前笑容可掬道："长官到鄙舍有何见教？缺粮还是缺钱？没多有少，段某尽力犒劳弟兄们。"

这排长是个西北汉子，穷苦人出身，为了吃饱肚子十几岁就狠狠心撇下爹娘跑出来当了兵，在硝烟里又出生入死了十几年，早把性子磨砺得比火药桶还爆烈。尤其是见到财主，他的心里自然就生出强烈的报复欲，恨不得把对方家里的钱财一股脑搜刮净。他从小就认为，天下的粮食和钱财都叫财主们占了，才有这么多穷人，从财主家索要东西天经地义。他看出来面前这个老财主是个要面子的主儿，如果把段家的枪都收缴走，对这老财主来说无疑是一个莫大的耻辱，会成为村人的笑柄，因此这老财主一定会舍财保面子，便蔑视地对段士修道："本官是奉命前来收缴你家枪支的，不是来要你家钱财的，快叫他们把枪放下，如若不从，我一声令下就会荡平这个院子。"

田生玉揣摩透了老东家的心思，他壮着胆子插话道："长官，就当你把这些枪收缴了，俺再用大洋赎回来沾不？"

段士修借坡下驴，举起右手伸出中间三个手指道："长官！这个数如何？"三百块大洋足够买三十支长枪了。

排长怒斥道："你是在打发叫花子不成？这点儿钱够干什么用？"

这小子胃口不小，段永福的火气又升腾起来，趋前一步要和对方理论，被段士修一个凶狠的目光制止住，气恼他不该跟这些不要命的兵痞做对。段士修收回三根手指，伸出拇指和小指道："长官！这个数满意吧！"

此时又一股兵痞涌进来，给了这排长足够的底气和理由，他开价道："老东家，我违反一次军纪，枪可以不收，可全连一百二十号人，少说也得一人给十块大洋才说的过去，我保证弟兄们再不来打扰。"

段永福气愤不过这排长打着连长的旗号敲诈他家钱财，又要发怒，再次被爹的目光制止住。段士修明白，钱给不够，这没耳朵排长决不会罢休，便扭头吩咐田生玉道："快去取一千二百块大洋来。"田生玉倒吸一口冷气，东家真舍哩，这些钱够买几十亩好地了。他招呼几个家丁一同去了后院，不一会几个人抬来两木箱大洋放在了兵痞们面前。

段士修道："长官，点点吧。"排长瞥一眼两箱大洋，得意道："量你也不敢糊弄我。弟兄们，抬上箱子，走。"一群兵痞争抢着抬起箱子退出了段家大门。

段永福这才把憋在肚子里的气发泄出来，咒骂道："讹诈俺段家哩钱财，叫他们不得好死！"段士修安慰大小子道："舍些钱财，保个平安，自古以来谁敢招惹兵痞，惹急了他们，要吃大亏哩。”他岂不痛恨那些兵痞，可是又有什么用。只要拿不走他段家哩地，给怎么都沾。

另一股兵痞已经把高冉家翻了个底朝天，如愿以偿地在高冉住的屋里找到了五百多块大洋和一堆铜元。他们闯进来时就呵斥高冉把家里的所有枪支都交出来，高冉不想与他们纠缠，叫老陈和黄六把仅有的两杆打兔子枪提了来交给他们。打头的班长说家里一定还藏着洋枪，高冉说没了，小头目说那就搜，不相信这么大财主就两杆土枪，便命令十几个手下到屋里搜寻。他们径直翻找可能存放钱财的地方，终于找到了这几百块银圆。在小头目把找到的钱财用包袱包好，背在身上后对高冉道：“我看见你家还藏着几条快枪，算了不要了，用这些钱顶了，不然治你个私藏枪支罪更不上算。”兵痞们从三进院往外走时，愤怒的高鸿要上去阻拦。高冉拉住二小子安抚道：“他们只要不杀人不放火，钱随他们拿去。这些兵也都是穷苦人出身，得机会弄几个钱花花情有可原，说不定哪一天就死在战场上哩。”高鸿道：“怕再闹几次兵，就把咱家抢光了。”高冉忧虑道：“怕只怕今天不知道有多少乡亲遭殃哩。”唉……这民国政权你争我夺哩，什么时候才是个头唉？他在心里问自己。他盼望着今儿黑夜做个梦，能梦见那通晓古今之变哩飞龙给自己个答案。

几个兵痞来到魏老酒家，对坐在堂屋门口晒太阳的魏老酒说是来搜枪，不等主家明白怎么回事，就蹿到屋里翻腾起来。魏老酒本来有眼疾，六旬多的人耳朵也变钝了，以为几个兵痞是县公署派来行使公务哩，便大声吆喝俩小子快来接待客人。大小子和二小子正在西偏房摆放刚封好的酒坛子，听到爹的喊声，跑出来问客人在哪？魏老酒说在屋里，俩小子喜冲冲地进了堂屋，眼前的情景让他俩很是疑惑。几个兵痞把土坯炕都快掀平了，也没有找到一块铜板。哥俩见是当兵的，就知道他们是来干什么哩。老大套近乎道：“弟兄们！大水冲了龙王庙，咱们是一家人，俺兄弟魏三……魏天雄在城里当保卫团副团总，你们一定认识。”几个兵痞无一人回应，只顾翻箱倒柜找钱财。哥俩见势头不对，急忙上前阻止，被几个兵痞借机擒住，逼问现大洋藏在何处。哥俩说没钱，便立刻挨了一顿拳头，其中一个骂道：“什么魏天雄副团总，对我们来说一文钱不值。”这么一通折腾，魏老酒总算听出了缘由，知道是驻扎在城里的大兵跑来要钱哩。舍财保平安，他站起身喊道：“都住手。”拄着拐棍走到窗户台旁，举起拐棍在上面用力一扫，掉下一个沉甸甸的红木匣，说道：“钱都在里面，拿去吧。”几十块大洋和几百个铜子“哗啦啦”撒了一地，几个兵痞扑过去争抢起来，他们只恨自己的手慢，瞬间就抢了个精光，心满意足地走了。这一匣子钱是近几天卖酒积攒起来哩，有魏天雄这个响当当的名字罩着，他魏家黑夜就敢大开着门睡觉，几十块大洋就敢随便放在明面上，却不料今天碰上了煞星。

三个兵痞在杜化吉家北屋翻腾出了一包用大红绸缎层层包裹着的大洋，三个人争吵着撕扯着出了院门。秋月左右揽着六岁的小子杜壮田和三岁的闺女杜玉田，躲在豆腐坊里，浑身早吓出了一身冷汗，直到听不见兵痞的声音才走了出来。菩萨保佑，总算没伤着人！她领着孩子在院子里定了定神，看见北屋凌乱不堪，进屋收拾去了。此时杜化吉急急忙忙进了家门，他是一大早赶着驴车出去卖豆腐，在邻村看到一伙伙军人闯进各家抢掠，就担心贞村是不是也在遭劫，便拨转驴车往回赶。他一进村，鸡飞狗跳的情景就感到不妙，进了家门，往日忙碌的院子一片寂静，透过屋门见女人正在收拾被掀翻的桌椅板凳，他的心“咯噔”一下，不祥之感袭来。他冲进屋里，看到炕上一片狼藉，几步蹿上去，见藏钱的炕洞里空无一物。他绝望了，辛苦了几年的血汗钱又没了，他一屁股瘫坐在炕上，大口喘着粗气，目光呆痴地盯视着炕洞。那一百多块大洋原本打算过些日子再置几亩地，今天一下子成了泡影。杜化吉怒瞪着女人吼道：“你怎么连家门都看不住？”秋月忙着手里的活儿，看也不看男人回道：“谁像你，要钱不要命哩东西。”杜化吉不知道如何排泄心里的痛楚，从炕上跳下来，在原地转了几圈，抬手给了自己一个大耳光，骂道：“杜化吉，你就是个穷命鬼，你一辈子别想好过！”随后蹲在地上“呜呜”地哭起来，吓得两个孩子也撇起了嘴。秋月恼怒地抡起胳膊又扇了男人另一张脸，骂道：“没出息，啼哭能把钱要回来？连个女人都不如，快去把锅里哩豆浆烧开。”杜化吉不理会女人的话，扎着头目光呆痴地想着心事，两张肿胀的脸抽搐着，不是因为疼痛，是痛惜那些被盗掠去的钱做出的心理反应。此时忽然有一群黄金鸟从院子上空鸣叫着掠过，他仰起头若有所思，迅速起身跑进北屋端出一升小米，爬梯子上了北屋房顶，将小米撒在上面，要把黄金鸟吸引过来。秋月注视着男人这一怪异的举动，明白了他的心思，放开嗓门讥讽道：“你就是把几瓮小米都喂了鸟，人家也不在你这光屋秃院做窝。下来吧，干点正经事。”杜化吉从房上下来，却并不去豆腐坊干活，依旧站在院里抬头仰望天空。在他的盼望下，那一群黄金鸟很快折返了回来，并且按照他的意愿全都落在了自家屋顶上，立刻爆豆般啄食的声音响成一片。就在杜化吉满心欢喜之际，那群鸟很快吃光了小米，振翅鸣叫着离去，他的脸立刻变换成了失望之色。一直注视着男人的秋月用更加尖锐的话讥骂道：“你这个混账，想钱想疯了，那鸟能给你叼来大洋不成？快去干活哩，耽误了明儿哩生意，又得损失些钱。”女人这么一说，杜化吉挪着步子走进了豆腐坊，却仍在想着心事，他铆劲做梦要见见飞龙，问问它，杜家到底还有没有财运？

两个兵痞闯进丁黑子家，其中一个体格魁梧的对正在打铁的丁黑子和丁不白父子大声说道：“弟兄们奉命到每家每户搜枪，行点儿方便，不然闹出乱子你们可得兜着。”丁黑子停住手里的活儿，问道：“搜枪干什么？”两个兵痞也不搭话，径直往北屋走去。丁黑子知道他们另有图谋，喝道：“慢着，你们不经主家允许擅闯民宅，不像好人，给俺滚出去。”两个兵痞走南闯北多年，还从没碰见过一介乡野村夫敢如此斥责他们，小个子兵痞恼怒地返回身冲丁黑子而来，丁不白见势不好，迅速挡在爹的前面。那兵痞二话不说，端起刺刀朝丁不白的胸脯戳去，丁不白左手一推刀身，刀尖划开了他的右臂棉袖，鲜血很快洇红了白棉絮。愤怒的丁黑子顺手抄起铁锤要砸小个子兵痞，大个子兵痞已经迂回到了他的一侧，不等丁黑子的铁锤下落，大个子兵痞举起抢托砸在了老人头上，丁黑子应声倒地昏死了过去。丁不白怒火中烧，闪过一个念头，想跟这两个兵痞拼命，他的头脑很快清醒，那样只会招致更大哩灾祸，便强压住怒火，急忙抢救爹去了。丁不白的娘和媳妇正在里屋炕上给丁家第三辈男人丁铁蛋缝制棉衣，听到院里的打闹声急忙出来探看，见此惨状哭喊着奔过去，尖着嗓子喊救命。丁不白找一根绳子绑在自己的伤口处止住血，忍着疼痛抢救爹。兵痞搅得全村人心惶惶的，有邻居听到了丁家婆媳的呼救声，自身都难保，哪还有心思去管别人家的事情。两个兵痞若无其事地到屋里翻箱倒柜，找到了几块大洋和十几吊铜板，没有得到预期的收获骂骂咧咧地走了。此时丁黑子十二岁的独孙丁铁蛋一大早赶着驴车去县城卖铁器回来，正赶上这一幕血淋淋的场面。他年龄虽小，却用大人一样的口吻急切地询问了家里发生的事情，把愤怒强压在心底，立即拉上爷爷和爹，带着卖铁器得来的几吊制钱，朝西北方向二十多里外的北龙池村驶去，他相信武先生能治好爷爷和爹的伤。丁铁蛋的三个姐姐都已出嫁，繁重的家务让他早熟，他已能像模像样地处理一些事情了。天傍黑时，丁家父子头上和胳膊上各缠着绷带，乘着丁铁蛋赶的驴车回到了贞村。一路上丁黑子忍着剧烈头痛，昏沉沉躺在车上，冥想这世道什么时候才能太平、公道。他不知道，各路神家可知道？无论是如来佛祖还是玉皇大帝，观音菩萨还是太上老君，从来都没遇见过，怎么能求问出个结果？听说飞龙也通灵人间，可他活了大半辈子还没梦见过那圣物哩模样。唉，全都是神话传说，他们哪能管着人间哩事，老百姓就这么凑合着活吧。

这几十个兵痞一天时间几乎把贞村所有人家串了个遍，搜抢了无数大洋和铜元，满意而归。这些钱财没一人上缴，权且充了他们一年的军饷，谁叫上面克扣了他们的卖命钱哩。

自国民军驻扎县城以来，魏天雄受尽了窝囊气，驻军先是把他的保卫团轰出了城外，随后免了陈知事的官，赵大财主的家遭到了洗劫。魏天雄顾忌双方实力悬殊而忍气吞声，他预判时局动荡国民军不会长久待在这里，说不定哪天就会开拔，便和弟兄们回到九泉山，耐心等待返回县城的机会。可是当他听说一群兵痞跑到贞村祸害了乡亲们一番后，他不能再忍了，这口气不出，以后就没脸面对乡亲们了。他进行了一番周密安排，先派人调查清楚了祸害贞村的是哪支队伍，又摸准了他们驻扎的地点和周围的地形，然后和石敢当回了一趟贞村，对自家人说了报复驻军的计划，把两家人都带到了九泉山上。

一切准备停当，第二天后晌，魏天雄领三十几个弟兄下了山，来到车站附近的一家饭馆里大鱼大肉吃喝了一顿，只吃到夜幕降临才罢休。从饭馆出来，找了一家大车店歇息。一直睡到夜半时分，魏天雄叫醒弟兄们，出了大车店，月光微弱，寒气逼人，他们直奔城东边的铁屯村，把一处大院落团团围住。两个弟兄趁着夜色翻进院墙，刺死了两个正处于极度困乏状态的哨兵，打开院门，魏天雄手持短剑第一个冲了进去，弟兄们人手一把匕首紧随其后。

这些兵来到元龙县，就像进了自家的菜园子一样随心所欲，这里没有与他们争夺地盘的各路军阀部队，当地的保卫团早被他们驱离，警察所那十几个“黑狗子”，在许奎的主动配合下早就成了他们的帮手。因此，他们把这里当成了休养之地。住在这个院子里的那个没耳朵排长和他几十个弟兄做梦都没想到，死神已经降临到了他们头上。魏天雄跑到堂屋台阶上，抬脚把门踹开。睡在大通铺的一排士兵被惊醒，蒙眬中知道事情不妙，纷纷起身应对。前边几个人袒露的胸口正好迎接了魏天雄袭来的利刃，随着一声声惨叫，一个个赶赴了黄泉。后面有反抗的被接踵而至的利刃结果了性命。睡在里屋的没耳朵排长，正在慌忙穿衣，一把短剑捅进了他的后心。与此同时，东西厢房里也发出声声惨叫。顷刻之间，几十条性命便从人间坠入了阴曹。

出了恶气，解了恨，魏天雄率弟兄们连夜上了九泉山。

第二天一早，国民军就发现了这桩惊天血案，在许奎的协查下，很快确定了凶手。国民军即刻派一个连的兵力去贞村捉拿魏天雄和他的家人，却扑了空，连他的警卫石敢当的家也空无一人。许奎判断魏天雄无非是在九泉山上藏着，这是个机会，让国民军剿灭他也就遂了自己的心愿。许奎将自己的判断告知了负责缉拿凶手的连长，百十个官兵正要上九泉山清剿魏天雄，却接到了上司要他们做好战斗准备的命令。

过了腊月初八，老百姓开始杀猪磨面做豆腐，年味一天浓似一天。人们想不到，一场突如其来的军阀大战，破坏了他们过年的喜庆心情。

晋军首领阎锡山和直系军阀吴佩孚为推翻冯玉祥执掌的北京政权，基于暂时的利益联合在了一起。这个寒冷的深夜，晋军派阎治堂旅和吴佩孚的队伍从北边开进元龙县，偷袭了国民军的部队。国民军二、三军本就是纪律涣散的乌合之众，在强大敌人的攻击下，很快便溃不成军，退出了元龙县地界。在双方交手的战场，战火摧毁了许多民宅，有的村人在懵懂中就丢掉了性命。

国民军走了，晋军阎治堂的部队驻扎在了元龙县北边的村庄，他们同样是军饷短缺，同样搜抢了老百姓一遍。这些军阀部队，所到之处无不把老百姓痛苦地折腾一番。

魏天雄一听到国民军溃败的消息，就率众下了九泉山。魏家人和石家人回到贞村各操其业不提。说这魏天雄领弟兄们返回县城，才知道器重他的陈知事已经被新来的刘知事接替了。陈知事已于昨天带着家眷返回原籍。昼夜只交替了几个轮次，魏天雄就体味到了沧海桑田之感。感慨过后，他求见了山西人刘知事一面，说他还想回来担当保卫县城之责。没承想遭到了刘知事婉拒，说县公署经费短缺，养不起你们那么多人，有警察负责治安就行了，什么时候召见你再来。遭到拒绝的魏天雄虽心生不悦，但不想低三下四地祈求刘知事，来日方长，便带着弟兄们又回到了九泉山。他断定，这是许奎在背后捣哩鬼，那小子一定对刘知事下了一番功夫，取得了新任县官的信任，城里的事情大都由他出谋划策。事实确实如此，刘知事听信了许奎污蔑魏天雄和赵大财主联手架空他的前任，说魏天雄多次干涉县公署事务，是个心存不轨、黑白通吃、不讲信义、惹是生非的主儿，从而达到了刘知事不予起用魏天雄的目的。排挤走了冤家对头，许奎好不得意，他趁机扩充了警员，具有了独霸县城的实力和底气，以及接受大户人家请求其提供保护的资本，他内心生发出了被人敬仰的自豪感和借机发财的邪念。

赵大财主听说刘知事拒绝魏天雄率领手下进城，便找上门向刘知事陈述魏天雄在维护治安方面所起到的重要作用，进而说魏天雄可以辅佐他在元龙县安稳度过任期。刘知事依然不为所动，赵大财主无奈地跟刘知事告辞，哀叹一声，独自喃喃，说这县城又要乱了。

第二十九章　空劳心机

近来田生玉遇到麻烦事了。他寄希望能够傍上段家这棵大树的女儿田从秀病了，而且病得不轻。自从田从秀进了段家门，段永福为了让这个小老婆头胎能给他生个小子，听人介绍，到外村买了一个据称十分灵验的药方，用草药调理就能决定生儿还是生女。两个月后，田从秀怀了孕，便每天煎服这方草药，到七个月时生了个早产儿，果然是个带把哩，可惜婴儿身体孱弱没几天便夭折了。但是段永福信服了这个药方，半年后，田从秀又怀了孕，段永福每天早晚看着小妾喝下两碗难以下咽的黑褐色汤汁。田从秀的肚子在一天天长大，她的全身也在一天天膨胀，五个月后已经难以行动，只能躺在炕上，而且浑身憋涨得难受，不住地发出痛苦的呻吟。段家请来老中医，看了症状，把了脉，说是中了邪毒，五脏六腑功能已经紊乱，病入膏肓难以治愈，吃些药延缓些日子吧。见势不妙，段永福和爹商量了一番，拿定主意要把田从秀劝回娘家，不能让她死在段家，以免留下晦气，影响到整个家族。

段士修寻了个恰当的时机，在他住的三进院的堂屋里对愁眉苦脸的田生玉哀叹道："大侄子！哎！莫非命里注定从秀不该成为段家人？老天爷不长眼，不长眼啊……"段士修抹抹眼泪，哽咽着继续说道："大侄子！事已至此，俺段家不能亏待了从秀，给你五十块大洋买些好吃好穿哩，回家和她娘多就几天伴儿吧！"田生玉听出了老东家的意思，但他不能接受，闺女虽不是坐着花轿进哩段家，可也是全村人公认的段永福哩二房呀，况且她肚子里还怀着段家哩骨肉。他哀求道："老东家！看在俺二十多年鞍前马后伺候你哩面子上，让从秀入了段家祖坟吧！她在阴间当你段家哩使唤丫头都沾！"段士修正要继续劝说田生玉时，段永福从前院急急忙忙走了进来，他对田生玉说道："快去看看从秀吧，她嚷着要见娘哩。"田生玉快步出了三进院堂屋，直奔二进院，在北屋门口就听到闺女悲切地有气无力地哀嚎道："娘！娘！俺想你……"田生玉的眼泪扑簌簌流下来，他跑进北屋的西套间抱住闺女的头安慰道："叫你娘看你来沾不？"他是怕从秀回到家有个三长两短，再回不来段家。从秀看见爹，声音更加悲切："……想娘……想娘！回家……回家！……"她一刻都不想待在段家了，自从进了段家门没有一个人对她正眼相看，尤其是段永福的大老婆，每次看见她都狠狠地剜她一眼，有时还指桑骂槐地说几句难听话。她明白自己在段家没有地位，指望着能生养一个小子才有可能改变自己哩处境，段永福每天让自己喝一碗难闻哩汤药，说是为了生小子，为了这个愿望她每次都强忍着喝下去，期盼着能早一天实现母以子贵哩梦想，可万万没想到竟喝出了一身病，小小的年纪已经站在了黄泉路口。她不恨爹，爹也是想叫自己过上好日子，她现在唯一想的就是跟娘就几天伴儿，死也要死在娘怀里。段士修父子俩也跟了来，老东家催促田生玉道："还等什么？快遂了孩子哩心愿吧，赶快把孩子送回去。"段永福趁机转身套大车去了。田生玉知道段士修的心思，他本不想把闺女送回去，却又不忍违背了孩子的意愿，他内心纠结着还是把闺女送回了家。

亲娘抱着全身肿胀得不成人样的闺女忍不住失声痛哭，她抬起头责骂呆站在一旁的田生玉道："都是你硬把闺女嫁给段家，小老婆没当成，害了一身病，还要丢性命！"站在炕前的田从虎替爹辩护道："娘，俺爹也是好心，嫁给段家是想叫俺妹子过上好日子，怪就怪俺妹子命不好，前辈子没修下这个福分。"爹一年前先给他娶了媳妇，他更要讨爹的喜欢了。此时已有身孕的田从虎的媳妇正坐在西厢房靠近窗户的炕头上，冷漠地听着北屋里传来的争吵声。蹲在屋地上双手抱头在为妹妹伤心哭泣的田从龙，忍无可忍地蹿起身来，冲兄弟田从虎吼道："滚出去，到了这会儿还不说正话！"他又对爹愤恨道："俺早说过，段士修阴险，不叫俺妹妹进他家门，你不听，俺妹妹病成这样，叫他一脚踢出来了，俺恨死你了！"田生玉本就羞愧难当，大小子的话直刺他的心窝，令他不寒而栗，他阴沉着脸，恼怒的目光斜视着田从龙，一字一顿道："你有种，看老子给你说哩话灵验不灵验。"田从龙已经品尝到了悖逆爹的意愿而结成的苦果，但他对此嗤之以鼻，决不低头，愤怒地哼了一声出了屋子，快步向县城奔去，他要找一个能治好妹妹病的先生来。

田从龙找来的先生也没能看好妹妹的病，从段家回来第二天夜里从秀就死在了娘的怀里。临死前她仰望着娘哭肿了的双眼，痛苦的一句话也说不出，她又扭头看看坐在炕沿愁眉不展的爹，想安慰爹几句而不能，对两个哥哥，特别是疼爱她的大哥更是有许多话要说，却只能窝在心里。她还想到了吴常，知道他的婚姻很不如意，为他感到委屈。就这样，田从秀带着对亲人的不舍含着泪水闭上了眼睛。

田从秀临死前的后晌，还发生了一段令人气愤而痛苦的插曲。娘见从秀一会儿清楚一会儿糊涂哩，怕时日无多，便叫男人考虑孩子的后事。一句话提醒了田生玉，他怕从秀死在娘家，得赶快把她送回段家，活着是段家人，死了是段家鬼，段家才是她哩归宿。便对女人说，赶快把闺女送回段家。女人哪肯，啼哭着说闺女回到段家死哩更快。田生玉着急地跺着脚骂女人说你知道个屁，哪有嫁出去哩闺女死在娘家哩，那样闺女就成了没主哩鬼了。女人不再阻拦，只顾抱着孩子"呜呜"地啼哭。从龙和从虎也觉得爹说的有道理，便用小车拉着妹妹，跟着爹来到了段家大门前。段家大门紧闭，小门也闩着，田生玉抬手拍了两下门上的铜环，里边有人问道："谁呀？"田生玉理直气壮道："田生玉。"里边又问道："干什么？"田生玉不耐烦道："两天不见就不认识俺啦？快开门。"里边急忙赔礼道："是生玉哥啊！对不住，老东家和少东家出门了，吩咐俺们大门紧闭，谁都不许进，等他们回来了再开禁。"田生玉心里咯噔一下，感到事情不妙，麻烦事真要来了，他顺势问道："老东家和少东家去哪了？"里边回道："听说到山西五台山给你家闺女求菩萨去了。"田生玉心里责备自己把段家人想歪了，他热切地对里边说道："多亏了老东家和少东家求菩萨，俺闺女在娘家住了两天，病快好了，回家来了，喜来兄弟！快开门。"平日里，田生玉对这个名叫喜来的看家护院的小子很是傲慢，从来没把人家当回事，今天他却用讨好的语气跟对方说话。人家却不吃他那套，坚决地回应道："老东家叮嘱了，他不在家大小门一下也不能开，谁也不许进来，俺们不敢违抗。"田生玉的心瞬间跌入了冰窟窿里，他意识到这是老东家玩的把戏，既然有段士修的吩咐，这门一定是不给开了，急得他原地团团转。驾着小拉车的田从龙忍不住喊道："段士修，段永福，俺妹妹怀过你段家哩骨肉，不能太绝情了吧！"门里回道："回去吧，别在这耗工夫了。"田从虎也帮着哥哥呼喊，门里再无人应答。父子三人的喊叫声引来了街上的乡亲们，他们都知道事情的原委，远远地看着，低声议论着对这件事情的看法。这样的场面是田生玉最不愿意看到的，他极力掩饰着难堪的表情，对田从龙道："回家再想别哩办法吧。"田从龙也不愿意让人们围观妹妹，憋着一肚子气，低头拉着小车返回了家。田从秀当夜就断了气，田生玉半夜一路哀号着又来到段家大门前，要给段家人报丧，仍是吃了个闭门羹。无论他如何喊叫，里边只传来狗的狂吠，听不到一点人的声音。他彻底绝望了，只好在娘家给闺女布置了灵堂，顾不了有违祖宗规矩哩事了。

田从秀去世的消息很快传遍了全村，乡亲们连夜到田家吊唁，他们可怜田从秀之余，愤恨段家的绝情无义。杜化吉经历过丧子的切肤之痛，他以思念杜喜田的心情前来吊唁田从秀，看着躺在炕上被白布覆盖着的消失了的年轻生命，难掩悲痛之情，泪流满面。田生玉却认为这是杜化吉来看他的笑话，假慈悲，心里不免对人家生出怨恨。

父母在世，小辈的尸首不宜久放，第二天正午时分出殡。因是嫁出去的闺女，按祖辈传下的习俗不能入田家祖坟，便把从秀埋在了村子墓地东边一片乱岗荒地里。

在城里的吴常听到这个噩耗后，震惊之余，躲到僻静处痛哭了一场。

几天后的一个傍晚，一直在家深藏不露的段士修派段永福来到田家，说他和爹今天从五台山一回来就听说从秀病故了，特来安慰亲家人。不等田生玉鼓足勇气说完将从秀的尸骨移到段家祖坟的话，段永福抹了几下眼泪，丢下十块大洋就走。愤怒的田从龙拦住段永福要和他摆摆理，被田生玉阻挡住，段永福趁机快步离去。田生玉不敢得罪段家，他还想回段家继续做事。他在段家待了二十多年，段家早已成为他的寄生体，一旦离开，将没有适合他生存的地方。

给闺女烧了头七纸，田生玉叮嘱俩小子照顾好娘，说完就要去段家。大病了一场的女人，在两个小子的精细照料下，身体渐好，有说话的气力了，躺在炕上喊住走到屋门口的男人，恳求道："他爹，咱不给段家干了沾不？"田生玉回过身来，柔声反问道："你说给谁家干去？俺能去谁家？谁家要俺？你就好好调养身子吧，别操闲心了。"女人哑口无言。田生玉出了屋门，走到院里，田从龙从屋里追了出来，截住爹的去路，他不愿意在屋里和爹争吵，怕影响娘养病。他跟爹商量道："爹，咱干点正经营生沾不？看人家化吉叔，靠卖豆腐置了十几亩地，家里有吃有穿，你非得给段家当腿子不成？"小子又教训开爹了，田生玉强压住火气道："你不知道杜化吉遭了多么大罪，二十多年才积攒下那么点儿家业。咱家地虽不如他家多，可也不缺吃穿，全是凭你爹给段家做事挣来哩。该给你成家了，爹挣些钱给你盖上房娶上媳妇就不去段家干了。"田从龙倔强道："你非得去段家干事，俺盖房娶媳妇决不花你挣哩钱。"一句话激怒了田生玉，他指着田从龙的鼻子咬着牙根说道："沾，有志气，咱走着瞧，以后求着你爹再说。"随即一掌将田从龙推了个趔趄，夺路而去。田从龙朝远去的爹狠狠地追上一句道："你就在段家干吧，早晚有你吃大亏哩时候。”田生玉停下脚步，回过头来怒斥田从龙道：“你个逆子，敢咒你爹，以后有你哩好！”说完用力一甩齐耳长发走了。

田生玉惴惴不安地来到段家，从敞开的大门径直来到段士修居住的三进院，小心翼翼地走进堂屋，给正拄着拐在屋地上踱步琢磨事情的老东家深深地鞠了一躬，轻声叫道：“士修叔！俺来了。”段士修抬起头，见是田生玉，略作迟疑地回道：“哦，是生玉啊，快坐下，你看，叔正在发愁哩，没你这个帮手，这些日子不知道怎么过哩。”段士修摸透了田生玉的脾性，知道他舍不得离开段家。田生玉听到老东家对自己的夸奖，有些受宠若惊，立刻冲淡了烙在他心底的失女之痛和对段家的不满，想表白几句，被段士修制止道：“不要再提不愉快哩事了，一切都是上天安排哩，咱们小民无力抗争，活好自个就沾了。”田生玉频频点头。主仆二人表面上又恢复了从前的关系，可心里都感觉结了个疙瘩。

第三十章　愁肠人拜俗师

田生玉对田从龙的记恨很快就显现了出来。这些日子，给田从龙说媒的婆子几次找到田生玉催婚，得到的答复都是“办婚事哩钱还没筹齐，等等再说吧”，直至激怒了女方，断绝了这门亲事。这不是他的本意，他手里攥着钱只等大小子向他服软，不出半月就能把媳妇娶进门，他因此更加恼恨田从龙。过了月余，田从虎媳妇给他生了个孙子，他便把所有的笑脸都给了二小子三口子。不仅如此，田生玉还整天对大小子黑唬着脸，很快便冷漠了田从龙的心，他一刻都不愿意待在家里，光想着外出远游以消解苦闷，只为了照料染病卧榻的娘，才没有成行。

正月里，娘的身体恢复得能够自理了，唯一牵挂田从龙的心事没有了，他憋着一口气，想出去找个挣钱的门路，攒下成亲的钱，自己托人说个媳妇给爹看。他本想在贞村找个营生，思来想去，他所痛恨的段家不能去，他也不能去高家吃爹的回头草，杜家的豆腐坊也早排满了雇工，再有那些地多的人家只是在农忙时雇几个帮工而已，看来只能到外村讨活计去了。他每天一大早揣上两个小米面饼子和一块咸菜，脖子缩在棉袄里，两手揣在衣袖中，顶着寒冷的西北风在各村转悠，寻找高门大院人家，希望能揽个长活儿。一连出去了几天，都是空落而归。

今天，田从龙在火车站没找到活计，往东越过铁道，漫无目的又往南走了一段路来到了一个叫小孔村的村庄。他穿行在街巷里，忽然从前方院落里传来一段既是在呐喊又是在哀叹的丝弦唱腔，吸引了他的脚步。倾耳静听，那包含沧桑的声音唱道：

苍天哎　你是造化俺哩爹……
大地哎　你是滋养俺哩娘……
爹哎　你不公平
你造化了众生
却为何有人富贵有人贫贱
叫俺在苦日子里遭熬煎……
娘哎　你有偏心
你滋养着天下人
却为何不干活哩财主吃哩是佳肴穿哩是绸缎
偏叫俺庄稼人食不果腹衣不保暖
……

每一句唱词用真声唱字，声音火爆热烈、慷慨奔放，最后一个字声调陡然挑高，激昂悠扬，假声拖腔，委婉抒情。这唱腔穿透了田从龙的肺腑，令他产生了共鸣，这唱词仿佛是在抒发他的心境，便生出来要见见这个吼唱者的强烈愿望。他循着声音来到了一个简陋的院门前，透过半掩的门板，看到院子里一个六旬出头灰白头发的长者站在井台上，一边往上摇着辘轳一边唱着自编的词。田从龙惊奇，那高亢委婉的音腔是从这个干瘦的老头的胸腔里发出来哩。田从龙长这么大，也听过不少人唱丝弦，可就是没有这个老人唱哩入心。

一木桶水摇上来，唱词也告一段落，老人弯着腰把水桶提到用茅草搭成的灶火间里，准备生火做饭。田从龙痴痴地站在门外，脑海里回荡着刚才的音调和唱词不肯离去。老人瞥见了站立在门外的田从龙，以为他是要饭哩，走过去把他拽进门道："饭快熟了，正好一块吃。"田从龙这才回过神来，回道："大伯，俺不是要饭哩，俺是听你丝弦唱哩好，迷住了。"老人恍然道："哦，老汉是瞎喝咧。"田从龙道："俺听着心里得劲！"老人高兴地笑道："哈哈……老汉今天遇到知音啦！就凭这，你就得吃老汉一顿饭！"说着拉住田从龙就往北屋走。田从龙本就喜欢老人的唱词和唱腔，再见老人如此热情，迅速消除了陌生感，跟着老人走进了低矮的北屋。老人把田从龙让在一张用粗糙的木板割成的板凳上，说道："先吃饭，吃饱了肚子咱爷儿俩再聊丝弦哩事。"说着到灶火间忙活去了。屋里和外边一样寒冷，走了一前晌既累又饿，田从龙的身子有些瑟瑟发抖。两袋烟的工夫，老人端着尖尖一大碗热气腾腾的小米煮山药饭和一小碗红辣椒炒白菜帮，放在一张陈旧的方桌上，对田从龙道："吃吧孩子！天冷，吃了暖和暖和！"田从龙顾虑老人做的饭少，自己吃了老人就得饿肚子，他把饭推给老人，从怀里掏出两个饼子道："大伯你吃！俺这饼子就着你哩菜就沾了。"老人道："孩子你尽管吃，熬哩稀饭，续半瓢水就够咱俩吃了。"说着折返身出了屋子。不一会儿，老人又端着一大碗饭进来，饭稀了许多。田从龙明白老人先给他捞了一碗稠饭，心里感动不已，便递给老人一个饼子道："俩饼子俺吃不了，正好一人一个。"老人推让不过，只好接住。

吃着饭，俩人唠起了话，老人问田从龙是哪个村哩？到这村干什么？田从龙说是贞村哩，出来找营生。老人感慨说走这么远哩道，这村里营生也不好找。田从龙说后晌再到别哩村转转。老人又问他可会唱戏？喜欢丝弦哪出戏？田从龙说一句都不会唱，听见你唱才喜欢上了。老人释然道："喜欢归喜欢，可不要痴迷。"田从龙不解地问道："为什么？"老人吃完了饭，放下筷子感慨道："一旦痴迷上了，你干什么都没心思了，白天黑夜都想着唱戏哩事。你大伯年轻时痴迷到了连家里营生都不顾了，跟着戏班出去唱戏，从此成了让人瞧不起哩戏子，最后连个老婆都没讨上。老了，戏也唱不成了，只好孤零零一个人回家，守着爹娘留下哩几亩地熬日子。"田从龙也放下碗筷，用一只手背抹抹嘴疑惑地看着老人，不理解他说的道理。老人看出来田从龙是个涉世不深的孩子，解释道："唱戏，自古视为不入流哩贱技，唱戏哩人就是贱人，说戏子无情就是这意思。世上人分九等，唱戏哩属最下等之人，和娼妓并列在一起，靠卖唱讨口饭吃，居无定所，四处漂泊，再穷哩人家也不肯把闺女嫁给戏子，唉！"老人一声叹息，接着说道："都怨俺小时候不听大人哩话，一辈子落了个空，真是愧对俺袁家祖宗！可话又说回来，唱戏也给俺带来了很多快乐，每当心里烦恼时，放开嗓子喝咧几句就舒坦了。"

田从龙深有感触道："大伯！你教俺几段吧，苦恼时唱两段就解了。"年轻人这么一说，老人来了精神，捋捋三寸长的白胡子将自己几十年来对丝弦的感悟娓娓介绍道："丝弦是咱庄稼人哩小调，唱腔简单一听就会，和唱腔华丽委婉哩二黄不同，二黄好比是富人家哩俊公子，丝弦是咱村野哩憨小子，人家模样英俊，咱长哩憨实，说话也直白。穷小子风里来雨里去，苦难早把性子磨砺得跟石头一样粗糙了，哪有闲情像二黄那样咿咿呀呀哼哼哈哈地唱，咱想唱就咧开嗓子现编词，不管是在井台上，还是瓜棚柳荫下，或是田野小河边，心里想什么就唱什么，直到把憋在肚子里哩苦楚和委屈都唱出来为止。"

老人的一番话，让田从龙对丝弦有了深刻的理解，对这剧种不知不觉生发出了迷恋之情，便向老人恳求道："大伯！你教俺几出戏吧，光唱咧几句小调不过瘾。"老人摆摆手道："会唱小调就沾了，学戏干什么？像大伯一样耽误一辈子？"田从龙理解老人怕自己痴迷耽误了营生，解释道："农闲时唱个红白事挣俩小钱，接济一下生活。"老人思忖片刻道："你一定要学，得把你爹娘叫来，他们要是赞同你学戏，老汉再教不迟。"田从龙面露悲苦道："俺娘有病出不了门，俺爹不待见俺，心里早没俺了。"老人疑问道："爹为什么不待见你？不孝顺？"提到伤心事，田从龙的眼圈骤然红了起来，便向老人诉说了自己的家事。老人哀叹一声，很是同情这个年轻人。田从龙趁机"扑通"跪在老人面前，乞求道："大伯！你就教俺唱戏吧，俺这就拜你为师！"接下来的三个响头彻底打动了老人，他扶起田从龙道："看你是个心眼实诚哩孩子，铁了心要学戏，大伯也不能憋屈了你，你只要不后悔就沾。"田从龙道："大伯！学会唱戏俺又多了条活路，高兴还来不及哩！"老人激动的眼里闪着泪花，兴致勃勃道："大伯肚子里藏着几十出戏不怕埋进坟里了！来，孩子！大伯这就教你！不过，你可要记住，虽说丝弦是土生土长哩戏，真要能把乡亲们熟悉不过哩腔调唱出彩来，可不是一件容易事，非用心练不能。"田从龙频频点头，他铆劲要把老人的本事学过来。

此后几个月，田从龙每天跟着老人学戏到天黑再返回贞村，第二天起大早到灶火间拿几个饼子，急急忙忙往二十多里外的小孔村赶。这么上心，家人以为他在外村找到了活计，问他，不说。

老人把他最拿手的《李天保吊孝》《文王访贤》《杨家将》《白罗衫》《生死牌》《花烛泪》等十几出戏里的小生和老生唱段，悉心传授给田从龙。不学不知道，学了十几出戏，真叫田从龙长见识。每出戏的故事情节和人物情怀，让他体味出了各种不同的命运。他还体味到，这些戏无不以悲壮为基调，正义与邪恶的生死较量，往往要付出惨痛代价，从古到今莫不如此。有了这些感悟，他的唱腔里就糅进了激愤、悲怆和哀叹的意味。老人听来赞赏不已，说没想到你真是个唱戏哩料，甭看半路出家，不出两年定会唱红元龙县这块地界。老人便把自己用了几十年的几套行头和板胡、曲笛、笙等几种乐器，悉数送给了田从龙，说你出徒了，不用来了，可以凭唱戏出去谋生了。田从龙决定伺候老人一段日子再去讨生活。

用了半个月时间，田从龙给袁大伯修补房屋、拾掇农具、春耕播种。其间任凭老人轰赶而不走，直到他自己感觉得到了些心理安慰，才叩谢了师傅，满心欢喜地背着行头提着乐器回到了贞村。正值后半晌，在他气喘吁吁刚走进院门时，碰见了忙完段家事务，回家来拿铁锹要去自家地里浇麦子的爹。田生玉吃惊地上下打量了一番田从龙，指着他身上唱戏的行头问道："这是什么？"田从龙回道："唱戏用哩。"田生玉把铁锹戳在地上，皱着眉头质问道："唱戏？唱什么戏？"田从龙知道遇上麻烦了，躲闪着爹往院里走着，胆战心惊地回道："丝弦。"田生玉横起铁锹拦住田从龙道："站住。你每天一大早拿几个饼子出去，是学唱戏去了？"田从龙干脆回答道："是。"田生玉勃然大怒，一铁锹拍在田从龙的肩膀上，骂道："老子以为你每天出去找正经活儿干，想不到成了个是人不如哩戏子。把东西都给老子扔出去，不然就别进这个家门。"田从龙被拍倒在地上，忍着疼痛争辩道："你看不起唱戏哩人，怎么还喜欢看戏？"田生玉举起铁锹铲向掉在地上的板胡，田从龙扑过去护住，脊背上重重地挨了一下子，幸亏隔着厚厚的行头才没有伤到皮肉，但是这却让田从龙伤透了心。家里是不能待了，他吃力地爬起来，背着行头抱着乐器啼哭着跑出了院门。听到院里发出不祥的声音，在北屋里的娘下了炕扶着墙挪到门口，看到狼狈而逃的田从龙的背影，有气无力地呼喊在西厢房厮守着媳妇和孩子的田从虎，叫他快去把哥哥追回来。田从虎听到娘的喊声从屋里出来，被爹又呵斥了回去："谁敢叫他回来，他这是给老祖宗败兴哩！"女人被男人喊得瘫坐在了地上。

田从龙跑出了村南口，在一尺多高的麦田里呜咽着走了一程，他停下来长出几口气，纾解一下浑身的疲劳和满腹的委屈。天色暗下来，他想着去哪里挨过这一夜，家是不能回了，更不能再返回袁大伯家去，老人已经为自己竭尽全力了。他环顾四周搜寻着可以栖身的地方，村东一座模糊的房屋映入了他的视野，那是高家打麦场上的屋子，里边堆满了麦秸，权且住在那里躲避风雨。这打麦场每年只忙碌一个来月，屋子是供收麦人歇息和短暂存放麦子农具的地方，平日里少有人涉足，二十年前吴定一家人在那住过多半年。田从龙一声叹息，想不到这个闲置的房子，曾经是吴定一家人哩临时住所，现在成了自己哩避难所。已是黄昏，他走进屋子的脚步，惊动了栖息在里边的一群麻雀，"扑啦啦"一齐向外飞逃跟他撞了个满怀，面额被几只麻雀的尖喙都碰出了血。鸟的粪便已经把屋子熏染得臭味四溢，他把落满鸟粪的麦秸掀掉一层扔到外边，在干净的地方仰面躺下来，想这屋子在麦收前还能住上一个来月。栖身之处有了，要紧哩是天亮后得去找饭吃，他现在唯一能想到的办法就是去县城打场子唱戏，挣几个铜板用以糊口。极度的疲乏，让他很快睡去。

天刚蒙蒙亮，田从龙就被屋外无数只麻雀叽叽喳喳的叫声吵醒，想着自己从今天开始就要靠唱戏维持生计了，哀叹自己哩命运跟这群鸟没什么两样，得到处觅食才能活命。特别是头一次在众人面前亮相，要铆足了劲把戏唱好，他闭目躺着把所学的戏在脑海里一段段地过了一遍，感觉有了把握才起身挑了一套小生穿的戏服和一把板胡，将其他行头和乐器藏在麦秸堆里向县城走去。

这个时辰路上行人不多，偶尔碰见一个背着挎篓拾粪的老头，再有就是田野里一群群觅食的喜鹊、鹁鸪等鸟类。田从龙边走边想，到了县城在哪儿选场子，唱哪几段戏。但有一个问题困扰着他，一个人穿着戏服单拉独唱无从表演是否有人买账。在他构思着表演形式时，已经走进了前边的村子。当他走过一条胡同口没几丈远，很快从胡同里边跑出来一个身披孝服的汉子喊住了他。此人热情地招呼田从龙道："找不到地方了是吧？怎么就你一个人？"田从龙回转身愣怔一下，立刻明白这是丧家把自己当作如约前来唱丧戏哩人了。这倒是个难得哩机会，他便顺坡下驴道："俺先打个前站，伙计们一会儿就到。"穿孝衣人满意地应着，把他带到了胡同深处的丧家。

田从龙从丧家不大不小的宅院看出来，这家是个小财主，舍不得花大价钱请能唱整出戏哩大戏班，一会儿来哩这个戏班不过是几个能唱折子戏哩人。心里有了底，他就很从容地在主家宅院前选了一块较高地势作为场子，拿铁锹平整了一番，随后坐在主家提供的板凳上郑重其事地开始调校板胡弓弦，以消磨时间等着那几个人到来。

一会儿工夫，丧家请的戏班五个人如约而至。他们看到田从龙的架势，以为也是丧家请来哩，五个人头碰在一起商量要另选一个场子。田从龙见状走过去，对这五个人道："哥哥们！田某把场子打好了，唱戏哩都是一家人，一块儿唱吧！"年近五旬的班主接受了田从龙的示好，他看出来只有田从龙一个人，这小子一定有难处，否则不会一个人前来打场子，便爽快地应道："沾！咱们就来个珠联璧合，好好唱几出戏，叫主家满意了多给咱几个钱。"便和田从龙商定了唱段，先唱《李天保吊孝》哭灵那段。这戏说的是明末清初，河南有一个姓张的大户，此人爱财如命，嫌贫爱富，一心想高攀大富豪李家，于是他把未成年的女儿凤姐许配给同样年幼的李家公子李天保。谁料李家遇到天灾人祸，家业尽毁，李天保无奈寄居舅舅家。几年后李天保和张凤姐都已长大，眼见约定的婚期已到，张大户嫌李天保贫穷，要断绝这门亲事，便谎称凤姐得暴病身亡，派人向李天保报丧。不料李天保闻此噩耗后，悲痛欲绝，立即前来张府为未婚妻吊孝。田从龙化好妆，穿上戏服，锣鼓胡琴一响起，吸引来了一层层的村民，他调动全部情感唱了起来：

适才小郎禀我知
灵棚祭礼已备齐
泣不成声难言语
满腹惆怅诉与谁
世上的男女成双对
李天保我少年丧了妻
……

一句句凄切悲恸的唱词，很快把人们带到了戏里。一段唱完，片刻的寂静，人们恢复一下心绪，继而发出一片叫好声："好！好！再来一段……"人们听出了田从龙的唱功了得，还想过戏瘾。田从龙就势又唱了一段《生死牌》中黄伯贤对女儿黄秀兰的一段唱。明朝严嵩奸党贺总兵纵子行凶，强抢王玉环为妾，其子不慎落水而死。严嵩逼迫知县黄伯贤将王玉环问斩。黄伯贤知道玉环受冤，玉环父亲又是自己的救命恩人，决定放走玉环。黄伯贤的女儿黄秀兰和义女秋萍，为替父解难争愿舍身代玉环而死，三人争执不下，决定在黑房中摸"生死牌"。秀兰摸得，黄伯贤忍痛将女儿绑缚刑场。面对此情此景，黄伯贤唱道：

我儿……

听儿言好似箭穿心上
字字血声声泪我好不悲伤
儿啊儿
我的儿自幼不幸娘亲丧
父女俩相依为命苦度时光
……
实指望百年后儿为父披麻安葬
谁料想平地风波又起祸殃
我的儿大义挺身亲替死
父又喜又悲痛断肝肠
黄花女十六岁刀下把命丧
亲生父却变成索命的无常
这才是黄叶未落青叶落
为父我心头上万分凄凉
……

这段唱完，又是一阵热烈的叫好声："再来一段，再来一段……"田从龙没想到第一次在众人面前唱戏就受到如此热捧，情绪大涨，一连气又唱了三个戏的段子，人们见他已是满头大汗，方才罢休。田从龙气喘吁吁地退下歇息去了，戏班的台柱子绰号"唱满天"接着出场展示了两段。不比不知道，同台一比较，人们听着远不如前者唱得带劲，就喊叫田从龙再登场。今天该他露脸，虽然累些，田从龙的心里也是美滋滋的，在众人的要求下，他一个人唱到了正晌午出殡时辰，丧事主管前来告知班主不用唱了，特别夸赞田从龙唱哩卖劲，主家很满意，多奖赏一吊铜钱。班主高兴地接过了四吊钱，按惯例每人分了三百文，田从龙自然也有一份。班主在递给田从龙钱的时候，问他愿意不愿意跟他们一块儿唱戏。田从龙心中暗喜，却故作矜持道："凭你有容人之量，俺田从龙愿意加入你哩戏班。"别人纷纷附和班主的意愿，说以后有了田老弟，每次能多得几百文钱，值！

田从龙自此跟着这个戏班，每天到各村唱庙会和红白事，没庙会和红白事时就到县城和几个大村镇的集市上唱摊戏也能挣几个钱。吃饭算是有了着落，他很知足。

第三十一章　田从龙与李乐乐

转眼又到了岁尾，这天戏班来到县城西边不远处的龙正村唱庙会，在一个三尺高的土台子上田从龙头一个出场，又是吸引了大批村民捧场。在他一连唱了几段之后，气氛达到了高潮，一浪高过一浪的叫好声把一个年轻女子从人群里激发了出来。她落落大方地走到台上，对刚唱完一段的田从龙夸赞道："唱哩真不赖！你下去歇会儿，俺来一段。"这女子二十岁出头，长得挺耐看，她扭头问身后操持乐器的几个人道："会乐乐腔曲子呗？"操着板胡的班主应道："会，你要唱哪段？"女子道："《罗裙记》兄妹相会那段。"班主很钦佩这女子的勇气，敢在大庭广众之下唱戏，真是难得一见，倒要看看她能唱成什么样，便拉板胡起了调门。这乐乐腔又名罗罗腔，和丝弦一样都是从民间小调衍变而来，属近亲，曲调相仿，只是唱腔较丝弦轻柔，没有后边的假声拖音，在元龙县流传了一百多年，口口相传，会唱的人日渐稀少，也仅在龙正村附近还有人唱。这女子随着曲子开始唱起来，她一人唱哥哥梁子玉和妹妹梁赛金两个角色，声音转换得天衣无缝，只用耳听以为是两个人在唱。不单听戏的人叫好，就连拉着板胡的班主都不时地喊出一声声好来。田从龙更是看傻了眼，想不到这女子竟有如此娴熟哩演唱技艺。她是哪里人？一个女子为什么要学唱戏？又是谁教哩她？田从龙对她产生了强烈的好奇心。这村里的人都知道她叫李慧兰，是李拐子家的"疯"闺女，性格泼辣，是出了名的假小子，从小跟爹学唱乐乐腔，在她爹死后自己改名叫李乐乐，用以明志一辈子唱乐乐腔戏，以传承她爹最大的心愿。今天她出来逛庙会，田从龙唱的两段丝弦戏勾起了她的戏瘾，便想借这个场子唱一段乐乐戏解解馋。《罗裙记》说的是梁子玉和梁赛金兄妹，从小家遭不幸，手足分离，十年后梁子玉得中八府巡按，回家祭祖路遇李家老店，通过做一碗龙须素面兄妹相认。兄妹相会这段有七八十句唱词，表达了深厚的兄妹之情，李乐乐一气唱下来，感人肺腑，听者无不动容，待她唱完最后一句，人们抹着眼泪叫好声响成一片。此时日头走到了头顶，到了吃晌午饭的时辰，听戏的人们忘记了饥饿，冲李乐乐大声喊着再来一段。李乐乐爽快地应道："沾，再唱一段《何文秀私访》。"田从龙猜想这女子又要一人扮何文秀和王兰英两个角色，他突发奇想，两个剧种唱一出戏如何？说不定更吸引人哩，便从后边走到台前对李乐乐道："咱唱狱中相见那段，俺唱丝弦何文秀，你唱乐乐腔王兰英沾不？"李乐乐惊喜道："好主意！沾！"班主也来了兴致，对两个人道："你俩只管唱，俺们保证配好丝弦和乐乐腔哩曲调。"两个人便一句丝弦一句乐乐腔地唱了起来，乐器也不断地变换着曲调。这两个剧种唱一出戏还没人听过，刚柔相济，相得益彰，给人耳目一新之感，很快招引来了更多的好奇者。这个戏演的是明嘉靖年间，恶霸张堂，依仗干爹严嵩权势，横行霸道。书生何文秀偕妻王兰英赴杭州，途中与张堂邂逅。张堂欲霸占王兰英，便设计圈套，诱使忠厚老实的何文秀坠入套中，张堂趁机调戏王兰英，逼奸不成，恼羞成怒，便制造冤狱，陷害何文秀。夫妻二人在狱中相见倾诉衷肠，田从龙和李乐乐如诉如泣地唱完，人们发出震耳欲聋的叫好声，还要求再来一段。班主起身对众人抱歉道："日头偏西了，吃饱饭再接着唱。"他顺手拿起一个笸箩向人们讨要赏钱，人群中伸出稠稠密密的胳膊朝笸箩里放了些钱，渐渐散去。

李乐乐过足了戏瘾，冲戏班的每一个人鞠了躬，转身跑出了场子。田从龙留恋的目光，一直追随着女子消失在了攒动的人流里。

班主点了笸箩里的钱，高兴地对大伙道："今天晌午改善一顿，馃子烧饼管够。"大伙一阵欢呼，只有一个人蹲在地上闷闷不乐，他就是戏班此前的台柱子"唱满天"。今天他连登场的机会都没有，名号和风头完全被田从龙压在了下边，照此下去，这戏班就没他的地位了，他打定主意不能再叫这小子待下去了。他见班主提着篮子去买饭食，急忙起身跟在后边，走出几十步去，俩人淹没在了熙攘的人流里。"唱满天"唤住班主道："哥哥！俺有句话憋了好几天，非得给你说说不沾。"班主问道："兄弟！什么大事叫你这么费心？""唱满天"道："兄弟觉着，田从龙不能再跟着咱这戏班唱下去了。""为什么？"班主不解地问道。"唱满天"道："这小子名头越来越响，再唱下去，人家出了大名，你这个班主都镇不住了，咱这戏班就得人家说了算。他毕竟是外人，不像咱，除了堂兄弟就是乡亲，一个外心眼哩人都没有，人家跟咱可就不一样了，不如趁早甩了他。"班主思忖片刻犹豫道："有道理，不过那样做怕对不住人家。""唱满天"道："哥哥！就你菩萨心肠收留了他，换个别人谁会收留一个不知底细哩人唉。人心隔肚皮，谁知道他是个什么样哩人，咱还是提早防备为好。"班主没了主意，惆怅道："这可怎么办？""唱满天"道："兄弟自有办法，哥哥得多破费几个钱，买一坛子酒和二斤猪头肉回去。"班主猜出了"唱满天"葫芦里装的什么药，毕竟是没出五服的自家兄弟，不好驳面子，就照他的主意办吧。

一会儿工夫，两个人提着一篮子馃子、烧饼、猪头肉和一坛子酒回来了。"唱满天"招呼伙计们道："哥哥犒劳犒劳咱们，特意买了些酒肉回来，天气冷喝点儿酒暖和暖和。"看到酒肉，伙计们兴奋地围过来。"唱满天"把草纸包着的二斤猪头肉摊在地上，又抱着酒坛子给每个人倒上一碗，有人迫不及待地端起碗就要喝，"唱满天"制止道："慢着，今天这第一碗酒先敬田老弟。人家入咱这戏班大半年了，一场比一场卖劲，帮咱赚哩钱也越来越多，数他功劳大，大伙说是不是？""唱满天"说的是实话，大伙都认可，纷纷回应道："是，应该敬田老弟。"田从龙有些受宠若惊，急忙摆手道："不敢当不敢当，卖劲是应该哩，就是为了报答哥哥们接纳俺，不然俺还到处游逛哩。来，俺敬哥哥们一口，俺酒量小，一喝就醉，后晌还唱戏哩，就一口。"说完"咕咚"喝了一大口。班主看着田从龙，心里产生了矛盾，从情感上真舍不得甩掉他，可"唱满天"的话也不是没有道理，唉，听天由命吧，不管后晌哩事了，自己先喝醉了再说，仰脖一碗酒进了肚。"唱满天"见状，劝田从龙道："你看大哥都喝了一碗，你不能只喝一口，再来一口。"田从龙架不住几句劝，出于对班主的敬意，便强迫自己把多半碗酒喝了下去。"好样哩！""唱满天"夸赞道，他又撺掇别人跟田从龙喝。几个人你一口他一口地让田从龙喝下去了第二碗酒。田从龙没有酒量，大脑很快就丧失了意识，身体不由自主地扑倒在了地上。“唱满天”的脸上划过一丝得意的微笑，他提醒伙计们别喝酒了快吃饭，收拾家伙走人。伙计们都看出了“唱满天”的心思，班主醉意漠然的态度，使他们立刻将田从龙从心里排挤了出去。“唱满天”和两个伙计将田从龙连同他的乐器行头扔到不远处墙根下堆放着的玉米秸上走了。

日头渐渐偏西，赶庙会的人越来越稀，田从龙还躺在玉米秸上沉睡。李乐乐从这里路过，见不少人在围观什么，便走近探看，惊讶这个前晌跟她唱戏的小子怎么一个人醉倒在这里了？他的伙计们去哪了？李乐乐四下张望，不见那班唱戏的人影，猜想是出了变故。这么冷哩天气，醉卧在地上会冻死人哩，李乐乐俯下身把田从龙摇醒，待他慢慢恢复过意识来问道：“怎么就你一个人在这？”田从龙坐起身子扭头左右寻找他的伙计们，目光所及，除了围观他的一圈人外，看不到一个熟悉的身影。他知道自己被甩了，这是为什么？他一时搞不清楚。酒力加上着急使他一阵昏眩，身子又要倒下去时，李乐乐在背后扶住他问道：“你是哪个村哩？”田从龙含混不清地回道：“……贞村哩。”这里到贞村有十几里地，他自己走回去看来是不可能，李乐乐便大声对田从龙道：“你在这等会儿，叫俺哥哥赶车送你回去。”她把田从龙拖到几步外的玉米秸上躺下，自己快步往家跑去。

一会儿工夫，李乐乐和赶着毛驴车的哥哥来到了田从龙跟前，兄妹俩要抬他上车，田从龙在兄妹俩的搀扶下硬撑着站起来，说自己能走，弯下身两手吃力地拎起乐器和行头向前没走两步就栽倒在地上。兄妹俩趁势把田从龙抬到车上并放上他的物什，哥哥安慰他道：“兄弟，别过意不去，谁都有难处哩时候，好好躺着，一会儿就到家了。”毛驴车“嘚嘚”驶去，李乐乐跟在后面来到村东口方停下脚步，直到听不见清脆的驴蹄声才折回家去。

卧在车厢里的田从龙在昏头涨脑中一路呜咽着，他恼恨自己命运不济，刚捧热的饭碗转眼就没了。

李乐乐回到家到东厢房和嫂子纳了一个多时辰的鞋底，一直等哥哥送人返回来才有了困意，打个哈欠，放下手里的活儿要回北屋陪娘睡觉。哥哥说的一句话让她困意顿消，说送那小子到了贞村西口，那主好歹不叫往村子里走，叫他绕着村子来到村东一处打麦场上，从车上下来就钻进了场院屋里，好像和家人有怨气。李乐乐心里咯噔一下，强烈的同情心和好奇心让她拿定主意第二天前去探个究竟。

天麻麻亮，李乐乐就出了家门，走了不到一个时辰，来到了贞村村东，看到了旷野上孤零零的一座房屋。她走过去，站在门口向里张望，一眼就看到了蜷缩在麦秸堆里仍在昏睡中的田从龙，乐器和行头堆在他身边。她不忍心惊动他，坐在麦秸堆上等着他醒来。灿烂的阳光穿过屋门投射在田从龙的脸上，仿佛一只无形的手在轻柔地抚摸着他，慢慢把他唤醒来。他睁开眼，吃惊地看到坐在身旁的是昨天和他唱戏的女子，像是在做梦，却真切地听清了女子的问话：“头还疼不？”田从龙急忙坐起来，忍着头疼，不胜感激道：“你兄妹俩救了俺还不算，你还跑这么远来看俺！”他能回忆起兄妹二人照料他的情景。李乐乐看着田从龙无助的眼神怜悯道：“俺听哥哥说，你住在打麦场上，俺放心不下，来看看你。”田从龙勉强现出一丝微笑道：“俺挺好，你快回去吧！”李乐乐从怀里掏出两个小米饼子和一块白萝卜咸菜，递给田从龙道："吃了再说。"田从龙昨天晌午光喝了一肚子酒，现在真感到饿了，他接过饼子咸菜惭愧道："俺没本事，不能报答你兄妹俩哩恩情，不知道以后有没有机会。"说完低下头极力掩饰涌出的泪水。李乐乐不耐烦道："俺不愿意听这样哩话，快把饼子吃了，俺有话问你。"田从龙不再言语，就着腌菜狼吞虎咽地吃下了两个饼子。李乐乐问道："你为什么住在这里？"田从龙沉默无语。李乐乐追问道："为什么？"田从龙仍是无语。李乐乐终于耐不住性子提高了嗓门道："哑巴啊？"田从龙这才抬起头，看一眼李乐乐，哀怨道："不说也罢，说了伤心。"李乐乐来了倔劲，道："俺就得听你说说，到底怎么回事。"田从龙叹息一声，将自己如何一步步走到今天这步田地，原原本本地诉说了一遍。李乐乐听完，感慨这小子哩遭遇竟跟她爹有些相似，她的思绪追忆起了往事。

她爹从小就痴迷乐乐腔，十几岁就跟着村里的戏班到处跑，没心思念书，气得爷爷大为光火，软硬兼施都不能拉回爹的心。爷爷见爹荒废了学业，考取功名的愿望落了空，便把希望寄托在了未来的孙辈身上，劝说爹在家好好种地，积攒点儿钱财娶媳妇成个家，等生了小子好供养他们继续考功名，也给李家祖宗争点儿脸面。岂料，爹就是收不回心来，跟戏班出去十天半月不回家。爷爷见爹照此下去当了戏子不但不好成家，即便成了家，子孙三代也丧失了考功名哩资格，爷爷的希望就彻底灭绝了。这个心事日夜熬煎着爷爷，在爹十七岁那年从外边唱戏回来的一天夜里，爷爷终于做出了一个谁都意想不到哩决定，他用木棍打断了爹的一条腿，爹从此失去了外出唱戏哩能力，只好憋着一肚子气，按照爷爷哩设定娶了媳妇生育了儿女。哥哥从小在爷爷的严厉管教下上私塾念圣书，长大后耗了九年的时光也未能考上生员，却把家底耗了个精光，爷爷的心力也已耗尽，在长吁短叹中闭上了眼睛。没有了爷爷的约束，爹的乐乐腔情结又发了芽，不管忙闲，在家里还是在外边，曲调不离口，人们都说他魔怔了。这种家庭氛围，使她受到了深深哩熏陶，对乐乐腔也痴迷起来，潜移默化中学会了十几出戏。爹看出了她学戏哩苗头，提醒她不要像爹一样深陷其中不能自拔，再说女子唱戏叫人笑话，也不好找婆家，劝她收收心，在家学做些针线活儿，给媒婆留个好看法，人家才有心为你说婆家。爹却没想到，闺女早已经传承了他年轻时哩精神衣钵，对乐乐腔痴迷到了废寝忘食哩地步，每有戏班到村里来，她都寻空到场子上酣畅淋漓地唱上一段。这种比男人还泼辣哩做派，在乡亲们眼里跟那些看见生人就羞臊脸红的村姑相比，真个是个"疯"闺女，没人敢给她说婆家哩。爹郁闷的心情愈加沉重，不仅是为闺女哩婚姻大事，也是为他痴迷了一辈子哩乐乐腔唱的人越来越少了。他本想把自己肚子里的东西传授给小子，小子却不感兴趣，不想让闺女唱戏，闺女却成了村里仅有的几个乐乐腔哩传承者。阴阳倒置，不成体统，可他又没有办法。几十年的腿疾，给爹的身体造成了很大哩损害，前年在他弥留之际，流着眼泪说这辈子最大哩遗憾就是没能从事自己最喜欢哩事情。她守在爹的病榻旁安慰爹不要苦闷，她一定会把爹喜欢哩乐乐腔传唱下去。料理完爹的后事，她请来本家哩几个大辈，说从今天起自己不再叫李慧兰了，改名叫李乐乐。众人都明白她哩心思，嘴里附和说沾，心里却想这闺女以后说不定会做出什么事来哩。

李乐乐收回思绪，对眼前的难题很快有了主意，开口道："你爹不叫回家，先去俺家住着，总不能在这过一冬。想唱戏好办，他们不让你入伙，俺跟你合伙，咱俩打场子不愁赚不到钱。”田从龙使劲摇摇头道：“不沾不沾，一个闺女家平白无故领回一个男人，乡亲们戳断你脊梁骨哩。”李乐乐不以为意道：“叫他们笑话去吧，说不定把咱俩笑成一对夫妻哩。”田从龙的目光躲闪着李乐乐，有些羞怯地说道：“扯远了，你能看上俺这样哩人？没家没业哩。”李乐乐认真道：“咱俩以后在一块唱戏，日久生情，说不准就成了夫妻。”直说得田从龙低下头更不敢看李乐乐，天上掉馅饼哩事他真不敢想。李乐乐讥笑道：“一个大男人家，臊猫子，没出息，快拿主意，去不去俺家？”田从龙把头扎得更低，回绝道：“不去。”李乐乐道：“不去俺家，就回你家，你爹总得让小子回家过年吧。”这句话提醒了田从龙，出来这么多天，该回家看看娘，不知道她身体怎么样了。此时天空中忽然传来几声二踢脚的爆响引起了田从龙的警觉，他听出声音是从贞村上空传过来哩，一种不祥之感袭来，急忙起身跑到打麦场上向西瞭望，看到村子东南上空飘散着几簇二踢脚爆炸后的灰色硝烟，他的心骤然紧缩起来，他家正是在那个方位，莫非这炮声跟娘有关？他神色慌张地对站在身旁的李乐乐说道：“怕是俺家出事了，俺得回去看看，你也回家吧。”说完，忘记了头疼，更不顾了那些乐器和行头，撩起腿向贞村跑去。李乐乐很挂心田从龙家的事，跟在后边追去。

离家越近，不祥的气息就越浓，田从龙跑到家门口看见挂在门右侧的一掉白纸，知道娘走了，他直奔到设在北屋的灵堂，扑在娘的遗体上放声大哭。攒忙的乡亲们好说歹说劝起他来，他泪眼模糊地在灵堂前找到正趴在地上痛哭的兄弟田从虎，问娘怎么走哩这么快？刚穿上孝衣的田从虎控制不住自己悲伤的情绪，无法回答哥哥的问话。站立在一旁的田生玉骂道：“你个不孝子，不走正道，是你把你娘气死了。”田从龙明白全是因为妹妹的死和他父子间的矛盾重创了娘的身心，娘的死也有自己哩罪过，后悔不该逆着爹哩意愿，闹得父子疏离了亲情，让娘跟着着急，他愧对娘，只好把对娘的思念和忏悔用号啕大哭表达出来。

尾随而来的李乐乐给了田从龙一个措手不及，更给了在场所有人一个不解和惊讶。李乐乐气喘吁吁地来到灵堂，对着亡者的灵位磕了个头，起身来到正在穿孝衣的田从龙身旁，劝慰他人死不能复活不要过度悲伤。田从龙感激不尽，说你一个闺女家既不沾亲又不带故跪拜灵堂怕给你带来不吉利。李乐乐埋怨道：“人有一面之交，就得尽情谊之道，不要把俺当外人。”田从龙催促她回家，他已经承受不住家人和乡亲们投向他俩的异样目光了。李乐乐好像没听见田从龙的话，也不在乎人们望着她窃窃私语的诡异目光，神情淡然肃穆地陪着田从龙跪在一旁守灵。此时从外边传来一阵密集的锣鼓点和一个男声悲戚的丝弦唱段，她忍不住起身看唱丧戏去了。早就憋不住的田生玉迫不及待地问田从龙道：“她是谁？”田从龙支支吾吾地回答不上来，他不知道该如何说明他们的关系。田生玉疑问道：“是你在外边找了个媳妇？”田从龙否认道：“不是。”田生玉反问道：“不是？不是怎么还给你娘磕头？”田从龙解释道：“人家是龙正村哩，前天俺在那唱戏认识哩……”田生玉敏感地截断儿子的话道：“她也是唱戏哩？”田从龙继续解释道：“是这么回事……”他正要把跟李乐乐相识的经过说给爹听，外边唱丧戏的男声忽然换成了女声，田生玉的注意力转到了外边，他侧耳倾听了几句，疑惑地问道：“这是谁唱哩？”田从龙心里埋怨李乐乐不该在这显摆自己，这事怕是不好收场了，但他故作镇定道：“不知道。”“不知道？”田生玉转身出了屋子，到外边去看个究竟。

李乐乐这一唱，不只引起了田生玉的注意，周围的乡亲们都好奇地聚拢了过来。少有人唱乐乐腔，更少见是个大闺女在演唱，人们感到新奇，小声议论道："这闺女是哪村哩？""好像是龙正村人，俺在庙会上见过她，戏唱哩不赖，听人们叫她'疯闺女'。""怎么到咱村来了？""田从龙领来哩。""听说田从龙也加入了戏班，到处唱戏。""要不他俩怎么能到一块。""田生玉好攀大户，心高，田从龙找个这样哩媳妇，他能同意？""嗨，他家净出幺蛾子事，从秀能去段家当小老婆，从龙就不能娶戏子了？俺看这事不稀罕。"有人发觉田生玉站在后边正在听他们议论，给大伙使了个眼色，人们立刻鸦雀无声了。田生玉心里的怒火一股高过一股，气冲冲地返回灵堂朝跪在地上埋头守灵的田从龙吼道："你自个唱戏不算，还把个女戏子领回来，丢人败兴，快叫她滚哩走！"田从龙抬起头想把结识李乐乐的经过说给爹听，让爹知道人家是个重情重义哩闺女。他的话还没说出口，跪在田从龙身边的田从虎直起身扭头责怪哥哥道："什么样哩女人不能找，非得找一个戏子不沾？咱娘活着也不让你。"田生玉见田从龙还跪着不动，一脚踹在他的后背上，骂道："混账，还磨蹭什么，快去。"积压在田从龙心里的愤怒一下子爆发出来，他腾地站起身来，带着哭腔冲爹怒斥道："都是你把俺娘气死了，不是你硬要把俺妹妹送给段家，她娘儿俩现在还活着哩，娘啊……秀啊……"田从龙悲愤地呼喊着，他的话字字戳在田生玉内心的痛处。田生玉羞恼不已，浑身颤抖着用手指着田从龙一字一顿道："好你个大胆逆子，敢当着众乡亲哩面指责老子……好吧，从今以后咱俩没有父子情分了，你也不是俺田家人了，脱了孝衣走吧！"田从龙没想到爹会如此决绝，他的犟劲也达到了顶点，抽泣着回道："等把俺娘送走，再也不回这个家了！""你这会儿就给俺走。"田生玉上去撕扯田从龙身上的孝衣。田从虎觉得爹过分了，起身要把爹劝开，不料脸上重重地挨了一巴掌，便不敢再有任何举动，呆呆地站在一旁。田从龙并不躲闪，任爹疯狂地撕扯自己身上的孝衣。在屋外撺忙的和前来吊孝的乡亲们看到田家父子闹翻了脸，纷纷前来劝解。杜化吉走在最前边，他深切地感受过丧妻之痛，对田生玉女人的死心生悲悯，便撇下到了年关忙得不可开交的豆腐坊前来吊孝，正好碰上了父子俩起冲突，他劝田生玉道："天大哩事，也等把丧事办完再说。"田生玉生硬地回道："没你哩事，少插话。"他还是认为杜化吉是怀着看他笑话的心态假心假意劝他哩。热脸贴上了冷屁股，杜化吉气恼道："当俺愿意管你家闲淡事哩，你父子俩好与歹，关俺屁事，真是狗咬吕洞宾不识好人心，倒耽误了俺哩生意。"他鄙视一眼田生玉，往逝者灵前放了一沓烧纸，鞠了三躬转身走了。段永福自以为代表段家是来给田家撑脸面的，他颐指气使地呵斥田从龙道："快给你爹赔不是，好歹他是你老子，怎么着也是你不对。"田从龙对段家人早已厌恶至极，对段永福的话不予理睬，气得对方甩袖子退出了灵堂。其他乡亲的劝说无济于事，田生玉一股气把田从龙身上的孝衣撕了个干净，喘着粗气说了句："你不是田家人了，走吧。"田从龙呆立着一动不动，田生玉怒喝道："还不快滚。"伸出两只胳膊用力把田从龙往门外推。惹得田从龙再一次愤怒地吼道："给俺娘守灵你管不着，你死了求俺守灵都不来。"他跨前几步又跪在了灵位前。田生玉不肯就此罢休，他扑过去拳头雨点般落在田从龙的头上和身上，咒骂道："快滚走，不走就打死你！"他留的齐耳长发，随着剧烈的肢体动作疯狂地飞舞着。勘察墓穴回来的高冉见田家父子俩的矛盾到了不可调和的地步，这么闹下去没个完，他抓住田生玉的胳膊，劝田从龙道："孩子，你先去俺家躲躲，俺们劝劝你爹，你明天再回来。"田生玉不敢违逆高冉，立刻安静了下来。田从龙遵从高冉的话，他冲着娘的灵位磕了三个响头，起身冲出了屋子，在院里正碰上疾步而来的李乐乐。刚才李乐乐唱得正带劲，田从虎怒气冲冲地挤进看戏的人群，对她喊道："别唱了，为了你，俺爹和俺哥哥闹翻了，快走吧。"李乐乐闻听此言，急忙出了场子，向院里走来，想帮父子俩化解冲突，刚进了院子就碰上了面容不像个人样的田从龙。不待她问话，田从龙拉起她的手就往外走。

田从龙一直把李乐乐拉到村西口，俩人停下脚步，田从龙泪流满面地对李乐乐道："你回家吧，以后别来找俺了，就是为了你，俺爹把俺扫地出门了。"李乐乐问道："你爹把俺当成你哩媳妇了？"田从龙应道："是。"李乐乐扯着田从龙的胳膊道："走，回去俺替你说明。"田从龙道："别费劲了，他不会听你说哩，以后咱俩不来往了或许就没事了。"李乐乐沉默片刻，心里不得不接受田从龙的提议，她仍关心地问道："这几天你怎么过？"田从龙道："这两天高冉爷劝劝俺爹，后天出殡俺再回去，爹叫俺穿孝衣了这事就算过了。"李乐乐痛悔道："都怨俺太冒失，俺不该跟你回家，更不该唱戏，连累你了，俺在贞村没能落下个好名声，唉！"李乐乐的眼泪快流出来了，她转过身去掩饰自己难过的心情，对田从龙告别道："俺走了，你多保重！"随即斜插着麦地向西南方向走去。田从龙泪水模糊了眼睛，目送李乐乐消失在田野里。

田从龙没去高家，到村东打麦场的小屋里躺了两天两夜。第三天是娘出殡的日子，近晌午他饿着肚子走进了家门。此时的家里笼罩着浓重的悲伤气氛，田从龙想，在这个时候爹或许生发了慈悲心肠，念父子之情会宽恕了他，让他送娘最后一程。却不料田生玉对他的到来反应的激烈程度比两天前还厉害，像见了仇人一般，并不搭话，随手抄起一根棍子劈头盖脸地打过来。众人急忙拦阻，将田从龙救出了院子。高冉把田从龙拉到一边，说道："这两天不知费了多少口舌劝你爹，看来他是铁了心不叫你进家门了，你到俺家先住些日子，俺们还得劝他，总归是父子，哪能真断了父子关系。"田从龙感激道："高冉爷！不给你添麻烦了，俺想好出路了，给俺娘出了殡，就去投奔教俺唱戏哩袁大伯，俺唱戏也能混口饭吃。"这倒是条出路，高冉从怀里掏出一把大洋和铜元，对田从龙道："带上这点儿钱，不能空着手见你袁大伯。"田从龙推辞不要，高冉硬塞进了他的怀里。田从龙颤抖着声音道："高冉爷！你哩好俺记一辈子！"说完转身离去。

田从龙到村东打麦场上的屋里，背上行头拿上乐器，来到村东北方向的那片坟地，怀着悲痛的心情，围着给娘挖好了的墓坑转了几圈，他等着跟娘做了最后道别后，去小孔村找袁大伯。此时从村里传来出殡放的二踢脚的声音，为了避免招来意想不到的事端，让娘顺顺当当地下葬，他退出墓地很远，向村口张望，等着送殡队伍的出现。

没一会儿，一队打着白幡、穿着孝衣、抬着棺材的人流出现在了村口。人们的面孔越来越清晰，哭丧的声音也越来越真切，特别是那具若隐若现的红漆棺材，惹得田从龙一股悲凉的情绪袭来，激发起了想跟娘倾诉衷肠的欲望。他等到队伍走近墓地，判断娘能听到自己的声音了，刚要开口大声说出心里话，话语到了嘴边，却忽然感觉唯有用丝弦唱腔才能表达出自己哩情感。他把板胡抄在手里拉起来，随着那高亢激越悲怆的曲调，他放开嗓子深情哀婉地唱道：

娘哎　俺是你那不孝子
活着不能让你享天伦
死了没能给你穿孝衣
怨只怨你那不孝子鬼迷心窍学了唱戏
惹哩俺爹生了气
定要把俺赶出田家门
娘哎　九泉之下你别着急
俺每年都要给你来上坟
多烧些纸钱买吃穿
决不叫你在阴间还受苦难和委屈

他唱完这段，已有不少送葬的乡亲被他吸引过来围观。出殡的队伍走进了墓地，田从龙透过人群缝隙看见兄弟田从虎被两个人架着扎着头在拼命号啕，鼻子下吊着一串透明的黏稠污物。这个角色本该是他，现在他只能当个看客。八个人吃力地抬着红漆棺材在他眼前闪过，深深地刺痛着他的心，娘一会儿就要随它进入阴间了，那是另一个世界，不知道道路是否平坦，他得先和黑白无常通个话，哀求它俩在去见阎王爷哩道上不要亏待了娘。他唱道：

大鬼哥二鬼哥
俺娘病哩时候多
路上叫她慢慢走慢慢挪
别叫她受折磨
饥了就吃面渴了就喝汤
野鬼追来就叫她往旗幡底下藏
照顾好了娘 俺到庙里给你俩进供烧香
……

凄婉的腔调，伴着送葬人悲痛的哭号和二踢脚凌厉的爆响回荡在田野上。他直唱到棺材入了墓穴、起了坟丘、上面插满了用白纸条糊在秸秆上的旗幡，冲着坟堆跪倒在地，放声大哭。出殡的人们都围拢过来，大都同情地议论着，不少人向田生玉说情把田从龙叫回家，均遭到了断然拒绝，并且恼怒地轰赶他们快离开这里。高冉试图再劝一次田生玉，不等他开口，田生玉扭头往回走，田从虎紧跟在爹的后边。这事难管，乡亲们无奈地陆续散去，高冉望着啼哭得没了力气趴在地上进入昏睡状态的田从龙也没了主意。此时，一个女子从西边斜插着麦地快步走来，脚下腾起簇簇尘土。高冉见是李乐乐，感慨这女子对田从龙不离不弃的一片痴情，她来哩正是时候。回到家的李乐乐不放心田从龙，今天前晌从龙正村赶来，循着炮声找到了这里，眼前的情景果然如她所料。她急切地紧跑几步，来到田从龙跟前，俯下身要叫他，被高冉制止住，说道："他哭累了，让他缓缓劲。"李乐乐心疼地望着沉睡中的田从龙，高冉向她述说着这对父子间不可调和的矛盾，最后忧虑田从龙的去处。李乐乐对高冉表示道：“大爷是个好心肠人，不用担心他哩去处，天无绝人之路，有俺李乐乐在一切都不是事。等他醒来，俺把他带回龙正村，筹办个戏班谋生。大爷你请回吧！”这两天她考虑好了自己的终身大事，决定这辈子跟田从龙在一起。高冉相信李乐乐的话，向她表达了敬意和祝愿离去。

田从龙在阳光的照射下暖暖地睡了一个时辰，体力恢复了些，天气转凉时醒来。在他起身的一瞬间，见一个女子站在自己面前，他揉揉眼，不敢相信是李乐乐，一时说不出话来。李乐乐平静地说道：“俺在这陪了你好长时间了，田家是不容你了，跟俺走吧，总有咱活命哩路。”不容田从龙多想，李乐乐拽上他的胳膊就走。田从龙道：“你等等。”李乐乐催促道：“再不走，天就黑了。”田从龙婉拒道：“咱俩哩事，俺心里没有一点谱，你嫁给俺，怕是要受一辈子苦。再说，俺这样哩人，你家人也不会喜欢。”李乐乐道：“俺给娘和哥哥嫂子说了咱俩哩事了，那天他们见过你唱戏，都说唱哩不赖，不反对咱俩在一块。再说，咱俩唱戏能挣钱，家里有几亩地能糊口，受不了苦。”田从龙不想再纠缠下去，断然拒绝道：“你别瞎想了，你愿意俺不愿意。俺这就去小孔村找袁大伯哩，老人家需要有人照顾。”李乐乐明白田从龙不是不喜欢自己，而是心存顾虑，怕跟着他没好日子过，便坚决道：“俺跟定你了，你去哪俺跟你到哪！”田从龙无奈地静默片刻道：“沾，俺跟你回去。”他想先把李乐乐哄住，把她送回家自己再得空溜走。

傍黑时分，俩人到了李乐乐家。见到田从龙，老娘和哥嫂不冷不热地跟他寒暄了几句，就回各自屋里不再露面了。他们不情愿乐乐找一个这样哩女婿，既然乐乐把人家领回了家，也就只好睁一只眼闭一只眼，顺其自然吧。田从龙看出了一家人的心思，并不是李乐乐说哩那样，是李乐乐把他哄骗了来。他把行头和乐器挂在院里的一棵枣树上，草草地吃了李乐乐做的饭，对李乐乐说瞌睡了，李乐乐就把他领到西厢房，给了他两条被子。他返身到院里从枣树上取下自己的东西放回屋里，倒在炕上呼呼睡去。李乐乐安顿好田从龙，回到北屋挨娘躺在炕上，憧憬着以后俩人热热闹闹唱戏哩日子。

田从龙睡到半夜醒来，他睁开眼，屋里一团漆黑，外边一片寂静，这正是溜走的好时机，便轻轻地下了炕，蹑手蹑脚拉开屋门带上行头和乐器出了李家。他一路小跑向东奔去，庆幸终于摆脱了李乐乐。

走出十几里地，忽然看到前边有几盏隐隐约约的灯光，他知道快到铁路线了，以为是巡路工人的马灯，便继续往前走。没等他走近灯光，影影绰绰地看到一排排帐篷横在眼前，他奇怪哪来哩这么多巡路工？他又往前走了几步，忽听有人厉声喝道：“站住，再走就开枪了。”随即听到拉枪栓的咔嚓声，吓得他站住一动不动，他判断是碰上扎营的军队了。

这帐篷里住的果然是军人，是冯玉祥的部队。自北京政变后，冯玉祥树大招风，受到了各系军阀的围攻，经历了几次军事失败和人生挫折，他决心与北洋军阀彻底决裂，于民国十五年（1926 年）九月在绥远五原（今属内蒙古）誓师，宣布嫡系国民军一军全体将士加入中国国民党，参加国民革命。民国十六年（1927 年）四月，冯玉祥接受武汉国民政府任命，将部队改编成国民革命军第二集团军，就任总司令，加入北伐行列。旋即率领部队自甘肃、陕西入河南，开始讨伐奉军。奉军一路向北溃败，冯玉祥的部队乘胜追击，其中一个团的兵力驻扎在了元龙县，抽调一个营的兵力保护铁道安全，控制住运输线。今天冯玉祥从河南坐火车北上经过这里，沿线两侧戒备森严，不许任何人穿越铁路。两个巡逻的士兵跑过来，一个枪口对着他，另一个把他携带的戏服和乐器以及全身检查了一遍，没发现可疑东西。一个士兵问他，黑夜出来干什么？他说去铁道东串亲戚。又问他带这些东西干什么？他说唱戏。两个士兵觉得他形迹可疑，便把他当密探和刺客对待，将他押到连部所在的帐篷里，交给长官处置。值班的连长见田从龙身上披挂着戏服，两只胳膊夹抱着几种乐器，不知道他这是意欲何为。用手枪指着他，要他说实话，黑夜到这来干什么，说瞎话就崩了他。田从龙吓得乱了方寸，前言不搭后语地说了一通。连长断定这是个神志不正常的半疯子，就喝令他离铁道远点儿，不要再靠近这里。

田从龙从军帐出来，天已渐亮，他想离这股军人远点或许能找到过铁路的空隙，便向南走，被沿线每一处站岗的士兵都喝令离开。他壮着胆子问一个士兵，什么时候才叫过？士兵说不知道。田从龙猜想一定有大人物经过这里，这岗哨早晚会撤，干脆找个地方歇息，便在路基下找了个凹处，薅了些干草卧在上边。

太阳升起来，暖暖的阳光照在田从龙的身上，没一会儿便进入了梦乡。不知睡了多久，忽然有一只手把他拽醒，他睁眼看见是李乐乐站在面前，正怒视着自己。他以为是在做梦，揉揉眼，看得真真切切，低下头极力躲避李乐乐犀利的目光，心里感慨这女子有一股子倔劲，这次怕是摆脱不了她了。

李乐乐天亮醒来，做好早饭，到西厢房去叫田从龙，发现人去屋空，就跑到贞村村东打麦场上的屋里去找，没看见人影，断定他去铁道东的小孔村找袁大伯了，便急急地一路找来，也是被站岗的士兵呵斥着走到这里，听到田从龙的鼾声，才找到了他。此时，一列绿皮火车自南向北隆隆驶过，俩人看到站岗的士兵随即从路基上撤了下来。李乐乐平静一下情绪，弯腰将几套戏服搭在肩上，催促道："歇够了就走。"田从龙以为是叫自己回她家，表现出不情愿的样子，把头转向一边，不予回应。李乐乐看出了他的心思，说道："不是回俺家，是去袁大伯家。"田从龙抬起头来，疑问道："你也去？"李乐乐坚定道："去。"田从龙死了心，再没有拒绝李乐乐的理由和勇气了，说道："俺得给娘守孝三年，三年后咱再成亲，等哩急不？"李乐乐道："俺等你三年，也算是咱俩一块尽孝。"田从龙激动地攥住李乐乐的两只手，久久地陶醉在感情的旋涡里。李乐乐绯红着脸抽回手道："走吧。"俩人收拾起东西，穿过铁路，往小孔村的方向走去。

正在院子里杀鸡，准备过年的袁老汉，看到田从龙领着一个女子进来惊喜万分，急忙照应俩人进屋坐在炕上。不等老人询问，田从龙便将离开这里后的遭遇详细述说了一番，最后说自己无路可走了只好再来投靠袁大伯。老人感叹田从龙的境遇和李乐乐的痴情，转悲为喜道："来了好！都说俺这辈子是没孩子哩命，今儿一下有了两个给俺养老送终哩人，这是俺天大哩福分和造化！"田从龙一扫多日来的苦闷，为以后的日子打算道："大伯！俺有个想法，咱成立个戏班，丝弦、乐乐腔一块唱，唱出点儿名堂来，以后不愁过不好日子！"老人欢喜道："就照你说哩办，俺老汉枯木逢春，又有活头了！"

第三十二章　以匪治匪

冯玉祥的军队控制了河南河北两省大部地区，随即在各级政权委任了官员。民国十七年（1928 年）四月，他开政改之先河，将县公署改为县政府，县知事改称县长；警察所改为公安局，所长改称局长。元龙县政府的县长之职，由他的安徽巢县同乡梅华发担任。

梅华发是个向往世界大同的读书人，人长得慈眉善目，戴着一副圆框黑边眼镜，平添了几分儒雅气质。此前他在冯玉祥的手下做了十余年的文官，对治理县务没有一点经验，只是随部队每到一个地方，和当地县署人员有过一些接触，对县务有一层肤浅的认知。上任伊始，他就战战兢兢，不知道在这县长任上能遇到什么样的事情。在他向几个本地官吏了解了元龙县的历史文脉和当前的境况后，内心更增添了深深的忧虑。特别是那飞龙的传说，当他听到历任县官中不乏因做了违背天理民意的事情而在梦里遇见飞龙遭斥骂的故事后，便对这片土地产生了隐隐的敬畏感。他提醒自己一定要小心为官，千万不要得罪百姓，避免被那飞龙责骂。去年初春，奉军岳兆麟部和晋军在元龙县西部山区一带摆开战场，双方对峙了三个多月，给当地老百姓造成了不小灾难，耽误了春耕，数万人陷入了生活困境，乞讨、偷盗现象兴起。更令他不安的事情是，去年四月国民党军警在上海大肆屠杀抓捕共产党员后，原本并肩北伐的兄弟党，一夜之间变成了不共戴天的仇敌。共产党的秘密组织像撒落在草原的火种，随时都有燃起烈焰的可能。如果说这是远虑之事，那么县境内不断发生的打家劫舍的匪情就是他的近忧。特别是这县城里，自魏天雄走后原有的惯匪盗贼沉渣泛起，再加上不择手段觅食的饥民，折腾得三关四街百姓夜夜不得安生，每天上县府诉苦告状的络绎不绝。他同情饥民，却没有粮食可以赈济。他痛恨无恶不作的惯匪盗贼，一口答应百姓下力气整治，便唤来公安局局长许奎，责令他十日内务必迅速平定匪患和窃贼。

许奎对梅华发内心轻蔑表面恭维道：“梅县长！不瞒你说，这元龙县从来就是盗匪猖獗，谁拿他们都没办法。俺给你出个主意，把县府大门关上，谁诉苦告状都不见，自当没发生过那些事，俺派人把你保护好就沾了。”许奎断定这个县长和他前几任一样，在这个职位上顶多一年半载就得走人，能敷衍就敷衍。

梅华发通过与许奎的几次接触，看出这是个混世魔王，靠他维持县城的秩序完全没有指望。既然许奎不行，那就另请高明，他想撤换许奎，可一时找不到合适之人代替，便向当地的几位官吏乡绅征询人选。几个人都给他推荐几年前担任过县保卫团副团总的魏天雄，说他在时县城夜不闭户，狗叫声都很少听见。其中赵大财主更是不遗余力地推崇魏天雄，说只有他才能整肃治安。梅县长拿定主意不妨一试，便又把许奎叫来，故意问道："你可知道魏天雄？"许奎不屑地回道："怎么不知道，四年多前他跟国民军二军作对，为了躲避追杀，跑到九泉山干打家劫舍哩老本行去了。"梅华发道："本县长想见他一面，劳你把他请来。"许奎心里一颤，揣摩着梅县长要见魏天雄的目的，是起用他还是要捉拿他？不妨试探一下，说道："他可是你们哩仇人，当年他杀了你们国民军二军几十个官兵。"梅华发说道："二军军纪涣散，他们一定是招惹人家了或是祸害老百姓了。"许奎判断梅县长这是要起用魏天雄，他的妒意涌上心头，迟疑片刻回道："卑职尽力去请，不过魏天雄城府极深，怕是怀疑县长大人要捉拿他，不肯下山。"梅华发道："本县长是真心实意请他，你把我的话捎给他，看他如何回复。"梅华发最后考验一回看能否支派动这个警察局长。许奎知道县长的用意，"毕恭毕敬"地满口答应，转身悻悻而去。

许奎回到公安局，坐在高背椅上，想着魏天雄真要是回来后，这县城上空可就没有他姓许哩光环了。如果人家再把那些窃匪罩住，这县城可就又变成姓魏哩地盘了。自陈知事卸任后，随着政权在各系军阀手中轮换，在不到五年的时间里许奎又经历了六任知事，哪一任都把县公署大院的警卫工作和到各乡镇收缴田赋税捐的任务交给他负责。只要自身安全，这些知事任凭外边乱成一锅粥；只要能把钱财粮食搜刮上来，一切就万事大吉了。真乃铁打的许警长，流水的县知事。这几年许奎趁机私吞了大量款项并扩充了人员，县城的地盘完全变成了他姓许哩天下，逍遥自在，当为不为，为所欲为。许奎感觉这梅县长和那几个知事有很大哩不同，如果拖延不办，担心得罪了新官，将第一把火烧在自己头上，毕竟人家有军队做后盾，又掌握着全县哩司法权，撤换警察局局长还不算个难事。那就照办，可他一想起魏天雄的样子，心里就生出一种莫名的恐惧和不安。他决定不上九泉山面见魏天雄，把话说给魏家人，他们会转告魏天雄，魏天雄下不下山那就与自己无关了。

许奎想好了主意，第二天前晌带着两个警卫骑着马来到了贞村，在魏家门口看见了头上裹着白粗布毛巾，坐在板凳上晒太阳的魏老酒。许奎下得马来，高嗓门唤道："大叔，俺和你家天雄在城里打过伙计，叫许奎。今天来替梅县长捎个口信，你老再转告天雄，县长请他下山到城里干老本行哩，越快越好。"魏老酒的右耳朵朝着许奎，似懂不懂地问道："你说什么？"许奎重复了一遍，魏老酒听清楚了，他半信半疑地问道："这是真哩？"许奎道："真哩。"魏老酒高兴地点点头道："俺三儿又有出头之日了！"魏老酒感激许奎送来这么好哩消息，他站起身，请许奎到屋里坐。许奎推辞，上马离去。

年近七旬的魏老酒脊背开始弯曲，手里拄着拐，眼睛虽不好使，仍迈着疾步来到院里，把正在烧坊里忙碌的大小子和二小子喊来，给他们详述了许奎的话。俩小子高兴之余，疑虑是圈套。大小子道："去找高冉叔商量商量。"二小子赞同道："咱这就去。"哥儿俩转身要走，被魏老酒拦住道："别耽误干活，还是爹去吧。"手里的拐棍探着路，向高冉家走去。

高冉自接过段十修的保长一职后，二十余年来一直受乡亲们拥戴。基层政权沿革到今天，他由贞村的保长改称为村长，始终敢为村民请命。今天他听了魏老酒的话，也不敢断定梅县长的真实用意，决定去县政府向梅县长探个实底，便立即赶着骡子车去了县城。

高冉初次和梅县长谋面，就给他留下了深刻印象，从言谈举止中，他判断出这是个胸襟磊落之人。梅县长把请魏天雄下山的目的，和盘亮给了高冉。高冉衷心谢过梅县长，晌午错的时候返回了贞村，直接到魏老酒家，把好消息告知了老伙计。魏老酒颤抖着声音把两个小子喊来，叫俩人套上车拉他去九泉山把三儿接回来。高冉对魏老酒道："老哥！有现成哩车拉你岂不方便。"魏老酒不愿意再劳驾高冉，拒绝道："你晌午饭都没吃，身子骨呛不住，快回家歇歇吧！"高冉道："正好空着肚，把三儿他们接回来后，咱们好好喝一壶！别耽搁了，快上车！"魏老酒不得已，在俩小子的搀扶下坐上高冉的骡子车去了西山。

傍晚时分，老伙计俩把魏天雄一干人从九泉山接回到了贞村。魏老酒的两个儿媳和闻讯赶来的牛四妮，早准备好了几桌酒席，大伙儿痛快地吃喝起来。席上魏老酒父子四人和牛四妮母子二人对高冉自是感激了一番，高冉对魏天雄也是叮嘱再三，叫他不要轻易伤害盗匪的性命，他们干那营生往往也是不得已，为了讨口饭吃。魏天雄点头应诺，一定不滥杀无辜，他还暗下心劲，一定好好把握住这次机会，先站稳脚跟，再图谋壮大自己哩势力，成为元龙县一个能为民伸张正义哩人物。

众人酒酣之际，丁黑子和丁不白父子俩听到信儿也赶来了。四年前父子俩被国民军的士兵打伤后，全仗着武先生的医术高超，身体恢复得很好。丁黑子的脚刚跨进魏家的门槛就扯开高嗓门喊道："三儿！几年不见，快叫大伯看看！"魏天雄听到他的声音，立刻跑出来相迎。丁黑子拽着魏天雄的手激动道："好孩子！越长越有出息！你就是俺们哩保护神，有你在俺们谁都不怕！"魏天雄拍拍挂在腰间的短剑夸耀道："全凭有它哩！"高冉和魏老酒也从屋里迎了出来，他们齐声相让，把丁黑子父子俩请进了屋。

出门饺子回家面，灶间里几个女人各有分工，欢笑声不影响她们干活，很快便擀好了面条打好了肉卤，只等着下锅。牛四妮的笑声最亮，她家哩憨小子又要到县城做事了，当娘哩脸上有光不说，以后就有心惶考虑给儿娶媳妇哩事了，连抱孙子哩想法都有了！

酒席上，高冉和魏天雄等人商定好了这支队伍去县城的时间和方式。

第二天高冉特意打整了一番，头戴一顶蓝色礼帽，身穿一领灰色长袍，脚蹬一双黑帮白底布鞋，在家里吃了早饭，便徒步来到魏家，领上魏天雄几十号人去了县城。高冉六十出头的人，如果不看岁月留在他脸上的痕迹及颌下一把灰色的胡须，单看他有力的步伐以为正值壮年。他和魏天雄走在队伍的前头，身后的两列纵队步伐还算整齐有力，一路上吸引了过往百姓的目光，不知道这群穿着杂乱衣裳，身上佩带着刀枪的人是什么队伍。土匪不敢如此招摇，民团不具备他们的彪悍气质。有人认出来说是魏天雄哩保卫团，听说几年前他们屠杀了国民军二军哩兵痞后躲到了山上，不知为何今天如此高调现了身。

走在第一排的石敢当，一路上想着：现在打倒北洋军阀了，国民党掌握了国家政权，可三民主义还没实现，国家还在遭受帝国主义列强哩欺凌，民族还没独立，人与人还不平等，还没有自由，地权更没平均，还有很多人吃不饱穿不暖，革命之路到底还有多长？联俄、联共、扶助农工哩新三民主义思想已没人再继承，孙中山去世后，蒋介石不再联共而开始清共。难道国民党容不得异党存在，不要民主，独霸天下不成？他有许多问题不明白，便想起了老康，很想听听他哩教诲和见解，可不知道他现在在哪儿。自上次分别后，一晃三年多过去了，其间再也没有听到过老康的音讯。但石敢当牢记着自己的誓言，一定会为民族、民权和民生而奋斗，就像老康送给自己哩那块玉佩一样永世不渝。石敢当还想起了老康说以后会有人找他，可是这个人一直没有出现，他也没有为党做过任何事情。老康还叮嘱他不要暴露自己的身份，他一直都守口如瓶，连娘都不知道。石敢当猜想，这次被国民党政府县长召回，或许是个不错哩开端。

队伍走近西城门，高冉对魏天雄说道："把守城门哩士兵，见这么多人带着刀枪，一定不叫进去。你们在这等着，俺去告知梅县长，叫他把咱们迎进城里。"魏大雄说沾，示意弟兄们放松一下歇息一会儿，目送高冉走进了城门。

不到一点钟的时间，从西城门里快步走出来三个人。魏天雄远远地认出来一个是高冉，一个是身着黑色警服的许奎，中间那个穿一身蓝色中山装年轻些的人想必就是梅县长了。出于对梅县长的尊敬，魏天雄带队迎了上去。双方还相距几丈远，梅县长满面笑容朝魏天雄伸出了两只手。这一个小动作令魏天雄感动不已，他疾步上前和梅县长的手紧紧握在一起。梅县长热情地说道："久闻大名，今天终于相见，甚感荣幸，快请到县府慢叙！"魏天雄惶恐道："不敢不敢，天雄一介草民，受梅县长如此礼遇，惭愧至极！"高冉道："都不用客气，有缘相见是你俩哩福分。"许奎做个顺水人情道："魏老弟，俺早就盼着你回来，过太平日子有望了。"他料到魏天雄回来的可能性较大，但是当这个人真的站在面前时又感到突兀，他是真不愿意看到魏天雄重返县城。魏天雄自豪地把弟兄们一个个介绍给梅县长，最后信心十足地说道："有俺这班弟兄在城里，贼匪就不敢来了。"梅县长高兴道："那是一定，走，喝着接风酒再慢叙！"魏天雄婉拒道："今天不喝酒，等哪天城里安生了再喝不迟。"梅县长赞佩地笑道："好！那就等着喝安生酒吧！不过这官位先给你封上，就叫保安团的魏团长。"魏天雄谦虚道："这官封大了，几十个人哩队伍，就叫保安队吧，'魏队长'听起来也不小。"梅县长笑笑，表示赞同，随即引一干人进了嘉惠门。

吃过晌午饭，梅县长听取魏天雄的意见，把弟兄们分成四个小队，东西南三个城门附近各驻扎一个小队，另一小队随他守护县政府。魏天雄当即给手下布置了夜晚的行动，要全体出动出其不意抓几个盗贼，震慑住他们的嚣张气焰。

当夜，县城三关四街居民区的狗叫声似乎比往日还疯狂，人们在惊悚中熬到了天亮。一大早，人们从家门出来，纷纷打听谁家招了贼，狗咬哩好厉害。打听来打听去，都说自家没有招贼。在人们奇怪之时，县政府派出的几个公务人员在街上四处贴通告，上面写着今天前晌要在县府谯楼前公审昨夜抓住的几个盗贼。人们更加好奇，想知道是谁干哩好事，那盗贼长哩什么模样，便纷纷向县府聚集。

一队身着黄色服装的保安队员，端着长枪威风凛凛地站在十几个被五花大绑的狼狈不堪的盗匪后面。盗匪的前边扔着几只长短火枪和各种利刃，这是从他们身上缴获的作案凶器。几个穿着黑色制服的警察，在前面站成半圈状挡着越聚越多的民众，防止他们情绪激愤发生不测。梅县长、魏队长和许局长站在圈里，高大威猛的石敢当右手扶着腰间的手枪站在他们身后，给三个人壮着威风。见围观的人不少了，梅县长情绪激动地说道："乡亲们！昨黑夜保安队魏队长的弟兄们抓住了这些祸害咱们的盗匪，现在开始审判他们，大伙儿说该对他们怎么处置？"民众见魏天雄又回来了，感觉有了倚靠，情绪高亢起来，有人喊道："魏队长，卸他们一人一条胳膊，叫他们干坏事。"还有人叫道："处死他们。"魏队长冲民众摆摆手，待他们安静下来，以商量的口吻说道："这几年乡亲们受了土匪和蟊贼哩不少祸害，抓住哩这些人只是一小部分，他们当中有人为了生计不得已才干这营生，咱们宽恕他们一次沾不沾？"一个年长者反对道："不沾，太便宜他们了，好歹得给他们留个记性。"魏队长既是回应年长者，也是告诫被抓的人，说道："以前不管他们干了多少坏事，这次一概既往不咎，从今以后再抓住盗匪，不管罪责大小，一律严惩不贷。"他命令手下放了这伙人。十几个盗匪被解下身上的绳索后，纷纷给魏天雄行下跪礼，嘴里说着感激不尽的话。他们对魏天雄的名字如雷贯耳，要是知道他又回来了，无论如何不来找麻烦。魏天雄对他们不耐烦道："还不快走，乡亲们不待见你们。"十几个人动作迅捷得像狸猫一般从人缝中钻了出去。

梅县长兴奋地对乡亲们说道："你们放心吧，有魏队长在，没人敢骚扰咱们了！"大伙对魏天雄发出一片感激声，渐渐散去。许奎尴尬地站在那里，往日的威风荡然无存，他对魏天雄的嫉妒心绪淹没了自尊。

当天夜晚，四五个胆大妄为怀着侥幸心理的盗匪在县城依旧打家劫舍，岂料被埋伏在街头巷尾的保安队员逮个正着。天亮后，把他们押在县府谯楼前的十字路口，魏队长向围观的民众宣布了他们的罪状后，就地枪毙。

魏天雄这一放一杀的做法，很快传遍了江湖，另有打算在县城图谋不轨的人莫不以此为戒，县城的夜晚自此又安静了下来。

第三十三章　姜奇初露峥嵘

梅县长刚过几天安生日子，接踵而至的麻烦事便搅扰得他又不得安宁。

麦收前后，元龙县师范讲习所的师生接连在县城进行游行示威活动，呼口号，撒传单，宣讲民族、民权、民生为内容的三民主义，以唤起民众觉醒，团结起来，对外反抗帝国主义的军事侵略和经济掠夺，对内打倒一切军阀，还政于民，减少苛捐杂税，让老百姓得以休养生息。这样的诉求，表面看来无可厚非，但是却给人一种锋芒毕露之感。稍有政治头脑的人就能感觉到，这明明是对最高统治者抛弃三民主义的谴责和批判。梅县长隐隐地觉察到领导学潮的很可能是共产党人，想借宣传三民主义之名，树立起他们在民众心目中的威信，趁机发展壮大自己的组织。说起共产党，其主张和三民主义有着异曲同工之妙，都是致力于中华民族的独立自强，让人民能够过上富足生活。可为什么国民党就容不下共产党呢？梅县长就这个问题在他当年参加五四运动时进行过思考，他从历史中得到了答案。几千年来，中国社会发展的土壤里从来就没有萌生过两个不同政见者讲民主图共荣的思想胚芽，从来都是一家之天下，当政者绝不容许他人染指自己占据的江山。中华民国已走过了十七个风雨岁月，民主自由之词，对当政者而言只是用来粉饰他们脸蛋的胭脂而已。因此梅县长十分同情那些被蒋介石借清党之名杀害的共产党人。革命尚未成功，兄弟相煎太急！梅县长对学潮领导者十分感兴趣，便决定见此人一面，一则提醒他不要闹得太凶，以免招致灾祸；二则和这个有胆识有理想的人交个朋友，也是人生一大快事。他派人打探，知道了学潮的组织者是没有谋过面的师范讲习所的教师姜奇，还知道了姜奇在三年前以个人名义加入了国民党组织。不巧，一天前讲习所刚放暑假，大部分师生都已回家，派去的人没能找到姜奇。恰在这个时候，国民党河北省政府传来指令，命他缉拿学潮领导人。原来触角无所不在的国民党情报人员，从学潮中嗅到了共产党发展壮大的气息，将信息反馈给了上司。梅县长就此事整日坐卧不安，冥思苦想如何交这个差。

挨过了两个多月，缉拿学潮领导人之事还无法交差，省政府又把两个重似千斤的差事压在了梅县长的肩上，让他喘不过气来。这两件事，一件是预征明年一年和后年前半年的钱粮：共收正银四万二千两，小麦、谷子等主粮八千五百石；另一件是强制民众购买三年期，年息为八厘的公债一百五十万元。这些钱粮用以充当驻扎在省内军队的薪饷和弥补省政府财政赤字。梅县长明白，这两项苛政犹如架在老百姓脖子上的两把钢刀，即使按摊丁入亩法如数征缴上来，全县十三万人口中多数人到明年开春青黄不接时就没得吃了，可以预想哀鸿遍野的惨状将会呈现。他还预料到，这两项财税政策将会遭到民众的坚决抵制，但是又不得不推行，结果如何，只好听天由命了。

果不其然，预征钱粮令和购买公债令一经发布，全县民声鼎沸，怒气冲天。靠几亩地活命的老百姓，算算一年的收成，缴完钱粮就只能喝半年西北风了。就是大户人家也对此项政策心怀不满，明奉暗抗。半个月过去了，全县没有征收上来多少钱粮。省政府的督办令一道道地下达，提醒各县县长可以动用武力征缴。梅县长对上司的命令既无奈又可笑，那些高高在上的官员，哪里能够体会到百姓的疾苦和心劲，他现在担心的已不是能不能征收上钱粮来，而是害怕引起民众暴乱，造成持续不断的社会动荡。他的担心不是空穴来风，他已经听到有几个县的民众结伙冲击县政府，官民发生了冲突，双方均有伤亡的消息。他因此不敢有丝毫懈怠，每天从早到晚都在提心吊胆地关注着下边的动静。

这样的局面，对姜奇来说是一个发展基层组织、扩大共产党影响的好机会。近日他便按照中共顺直省委的指示精神，把工作重点转向了发动民众，反抗国民党政府横征暴敛的活动上来。他和任元龙县通俗农民讲习所（俗称民教馆）馆长的魏哲甫秘密商定，利用俩人教师和馆长的身份，深入到学生和农民家去，发动广大民众参与“反预征钱粮和八厘公债”斗争。决定在农历九月初九那天，组织起数千人的队伍到县政府示威，逼迫县长收回成命。姜奇把发动贞村民众的工作交给了吴常，他是想借机锻炼一番这小子，以后当堪大用。

这天，吴常在高家粮行忙了大半天，傍晚时向高鹏请假，说回家帮爹娘种两天麦子。高鹏一口答应，叫吴常背半布袋麦种回去，这是除了工钱之外的赠予，吴常推辞不过只得照办。

吴常行走在回家的路上，放眼望去，秋收后的大地一片素净。田野上的农人有的在执锹引水洇地，有的在驱使着各种牲口拉着耙、擦、耧等农具或平整着土地或播种着麦子。这番景象在绚烂的夕阳映照下，恰似一幅美丽的风景画。今年风调雨顺，没闹灾害，夏秋两季收成不赖，可是农人都被预征粮款之事困扰得没有了半点儿丰收的喜悦。

走进贞村地界时太阳落了山，但是天际火红的余晖仍映照着大地。吴常远远看到自家单独院落前的地块里，爹站在擦子上正驱使着从高冉家借的一头黄牛平地，娘和媳妇余子用铁锹在平整过的地块挑水沟、分垄，准备播种。他斜插着地界快步走过去，把背着的半布袋麦子放在地边，迎上去要接替爹。吴定看到吴常自是高兴，拒绝道：“就剩一趟，别费事了！”吴常便跑到娘跟前要铁锹，也被娘疼爱地拒绝道：“走了十几里，歇歇吧！”他又去拿媳妇手里的铁锹，余子照例不给他，背过身去嗫嚅着声音道：“俺不累。”她对吴常早已没有了夫妻之想念，只把他当作时来时往的家庭一员而已。吴常则努力把余子当成亲姐姐看待，试图把夫妻之名分转变成姐弟之亲情，他几次想叫出口却没有勇气，只好站在一边忍受着内心的愧疚。

天黑下来时，这五亩地算是平整好了，就等着明天播种了，一家四口收拾好农具，赶着牛，走进近在眼前的家里。吴常把半布袋麦种靠在北屋墙上，菊子问道：“又是你高鹏哥给哩？”吴常回道：“是麦种，叫咱种地用哩。”吴定感激道：“今年咱家麦子收成不赖，不缺麦种，高家人光想着咱哩！”吴常愤愤道：“收成不赖有什么用，咱打哩那点儿粮食还不够县上征收哩。”菊子忧虑地问吴常道：“县上今年果真要多征收半年哩钱粮？”吴常道：“那还有错。”菊子愁苦道：“准备挨半年饿吧。”吴定感知到了可怕的结果，不安道：“这可如何是好？”吴常道：“爹、娘，要想不挨饿，咱们就得和县长斗，叫他撤销征收钱粮哩命令。”菊子惊慌道：“可不敢说这话，咱老百姓怎么能斗过拿捏着咱小命哩县太爷？”吴定也叮嘱吴常道：“孩子，咱可不招惹事，没粮食，吃糠咽菜也能活。”吴常道：“俺们早定好了，九月九那天，全县老百姓都去找县长说理，爹、娘，咱们也要去。”菊子抬手去摸吴常的额头，问道：“烧糊涂了不是？”吴常弯下腰让娘把自己的头摸了又摸，笑道：“娘！儿子没发烧吧？俺说哩都是真话，只要全县老百姓联合起来跟官府斗，大伙儿才有饭吃……”菊子打断吴常的话，压低声音严厉地说道：“不叫说了，外人听见可不行。”菊子和吴定都感到，吴常在县城这几年，说话做派变哩不像个庄稼人了，得好好训导他，在外边可不能招惹是非。吴常为了躲避爹娘的唠叨，转身到羊圈喂羊去了。吴定见孩子不耐烦的样子，暂且搁下这个话题，给牛拌饲料去了。菊子内心焦虑地哀叹一声和余子下灶火间做饭去了，婆媳俩贴了一锅饼子煮了些杂面。吃饭时，娘不放心吴常，叮嘱他道：“咱是庄稼主，以前多么苦哩日子都过来了，能吃上口饭就知足了，世面上打打杀杀哩事咱可不掺和，听见没？”爹也忍不住插嘴道：“谁有本事谁去跟官府闹吧，反正咱不。”吴常没想到自家人先让他碰了个钉子，但他理解爹娘的心思，不便跟老人多做解释，嘴上顺从道：“知道了，你们放心吧。”当夜吴常和余子睡在一条炕上，依旧平静地挨到了天亮。

第二天一早，一家人在灶火间就着咸菜吃着饼子喝着小米稀饭，吴定对吴常道：“吃了饭早点回城里吧，好好给人家当伙计，地里活不用你操心。”吴常道：“回来就是帮家里种麦子哩。”吴定道：“要是那样，有你这个好劳力，爹一会儿把黄牛还给你高冉大伯家，让给别人家用。”吴常道：“爹，俺给送回去。”说着紧吃几口饭，扔下碗筷，去院里解下黄牛牵着出了院子，正好去寻求高冉对反预征钱粮和购买八厘公债行动的支持。

吴常来到高家大门前，将黄牛拴在右边的一个石墩上，走进了门洞。每逢农忙季节，高冉就会把自家的一头黄牛拴在门外，供缺少牲口的乡亲使用。吴常来到高冉住的三进院子时，一家人和七八个长工刚吃完饭，大伙正围坐在饭桌前听高鸿安排一天的活儿。高冉见吴常到来，亲热地把他叫进屋里，问候他在粮行干活累不累？生意如何？吴常回道：“生意不赖，干活不累，就是担心今年打哩粮食都叫官府收去，以后哩生意恐怕不好做。”吴常的话正说到了高冉心里的痛处，前几天乡里转来国民党省政府关于预征钱粮、发行八厘公债的公文，敦促他立即开展工作。他寝食不安地想着应对官府的办法，逆来顺受是不行，他曾经想组织村民代表到县府陈情百姓之苦，请求减免预征钱粮和购买八厘公债的数量，好让百姓得以休养生息，却又顾及他们人微言轻，在如此重大的事情上县长不会把几介草民的话当回事。吴常看出了高冉的心思，神秘地说道：“大伯！俺听说好多村子已经动员起来，准备在九月初九那天去县城向官府示威，要求废除预征钱粮哩苛政。咱村要是能动员起几百号人，和外村人会合在一起，成千上万、浩浩荡荡哩民众把县府包围起来，县长不敢不答应咱们。”高冉闻听此言心中豁然开朗，这是个好办法，只是各村哩民众能不能组织到一起，他仍有疑虑，问道：“这事可有根据？”吴常笑道：“组织这次示威行动哩是个大本事人，你认识他。”高冉好奇地问道：

"是谁?"吴常卖关子道:"到时候你就知道了。"高冉感觉到了这件事情背后隐藏着一股巨大的力量,吴常也裹挟其中,莫非他们就是传言中的共产党分子?他郑重地问吴常道:"你加入了共产党组织?"吴常装出疑惑的样子道:"共产党是什么?"高冉从吴常诡异的眼神中看出了端倪,没想到这小子干起大事业来了,他期许道:"不管什么组织,只要对老百姓好俺就拥护。"吴常知道已经无法掩饰自己的身份,心照不宣道:"大伯!这事咱就定好了,今儿黑夜俺再多串联些人参与。"高冉赞同地点点头,叮嘱道:"最好自愿,不要勉强。"吴常应着离去。得到高冉的支持,吴常对自己的动员工作更增强了信心。

吴常返回家里,爹早已准备好了耧车、麦种,等得有些着急,怪嗔道:"送个牛这么难?"他是在提醒孩子别干不相关哩事。吴常赔着笑脸道:"好多天不见俺高冉大伯了,多说了些话。"吴定吩咐道:"今天抓紧把麦子种完,羊憋在圈里几天了,明儿务必赶到地里放放。"吴常安慰爹道:"放心吧!哪样事都耽误不了。"菊子和余子婆媳俩抬着耧车,吴定和吴常父子俩各背着一大口袋麦种,出了栅栏门。到了地里,吴常在前边用绳子拉着耧车,余子在后边扶着把,爹在一旁抱着布袋不时地往耧车的漏斗里续着麦种,娘在播过种子的垄上挪着密实的小步封压暄土。吴常拉得起劲,天气虽凉,汗水却仍是很快浸湿了他身上穿的夹衣。

晌午,一家人回家简单吃了饭。稍做歇息,吴常就催促快点播种剩下的二亩地,他迫不及待想一下子把活儿干完,好早点儿去完成他的使命。娘心疼吴常,叫他不要着急慢慢干,天黑能播种完。吴常耐着性子又歇了一会儿,起身向地里走去,爹娘和余子也只得跟过去。

日头悬在西山顶两丈高时,一家人播种完了麦子,收拾好农具,回了家。吴常放下耧车,给娘说黑呀吃饭不要等他,就走出了家门。他从村东南开始往西挨户串联,有的主家还在地里忙活没能见面,见了面的主家听了他的鼓动后,胆小怕事的便予以回绝,性情燥劲的则给了他满意的答复。

不知不觉夜已深,村人到了闭门睡觉的时辰,吴常串了小半个村子,决定明天继续串联,便往家返。他回想今天成果不小,百十人决定参加示威行动。其中,给了他最大鼓舞的是魏老酒,说明儿就给三小子捎信,叫他帮着全县乡亲们向官府申诉疾苦,在这件事上不能听官府支派,平平安安叫乡亲们有来有回。吴常可没想到不问世事只顾一门心思做生意赚钱的杜化吉,竟强烈要求参加去县城示威哩行动。杜化吉的心思是,要是把粮食都征了走,他哩豆腐生意可就做不成了。

夜半时分吴常回到家,看到爹娘的窗户还闪着微弱的灯光,知道二老在等他,便推门进去。他安慰坐在炕上的二老道:"爹!娘!俺串了几个门,没事,不用担心,早点儿睡吧。"菊子无奈地提醒道:"孩子长大了,有自个主意了,爹娘管不了了,在外边干什么事俺们也不知道,可一定要对住天地良心。"吴定接话道:"爹看出来了,你不是一般哩孩子,只要是为了老百姓干事俺们支持。"吴常忽然精神大振,说道:"这个世道太不公平,俺们早晚给老百姓创造一个公道世界。"菊子赶忙制止道:"别说了,余子给你在锅里留着饭,吃饱了跟你媳妇睡觉去。"盼望儿媳妇的肚子大起来是她梦寐以求的事情。吴常这才感到饿,从晌午到现在还没吃一点东西,便到灶火间狼吞虎咽起来。

第二天，放羊的活儿就用不着吴常了。吃过早饭后，吴定和菊子老两口赶着羊群去了潴龙河岸，吴常又进了村子继续搞串联。他先去的田生玉家，给闲散的田从虎说明了意图，得到的答复是跟他爹商量后再说。他来到丁黑子家，正在打铁的丁家祖孙三人见吴常有事要和他们商量，便放下手里的活儿。听完吴常请他们参加去县城示威的话后，丁黑子情绪激动地表示他爷儿仨一定去找县长说理，问问那姓梅哩还叫不叫老百姓活了。丁黑子大骂了一通官府，以发泄心里的怒气。

吴常的情绪无疑受到了丁黑子的感染，在接下来的串联中，他的话语中充满了激愤。前晌，又增加了百十个要去县府示威的乡亲。

晌午吴常回家吃了饭，后晌继续他的工作。他穿梭在各家各户的时候，段永福串了几条街费了好大劲才找到他，面无表情地说道："爹叫你回家一趟。"吴常问道："什么事？"段永福硬生生地回道："你煽动乡亲到县城示威哩事。"正要去找爹说这件事，吴常跟着大哥去了段家。

段士修听说吴常串联村民向县府示威的消息，是田生玉告诉他的。田生玉晌午回家吃饭时田从虎把吴常的话学给了他，他感到这是又一次讨好东家的机会，立即返回段家向主子陈述了此事。这两年，段士修春风得意，事事顺心。凭借着自家雄厚的财力，当上了元龙县商会会长，用手中的权力在县域内巩固了段家的商业地位，再后来到石门市攀附商会人物，把花店和粮行开到了这个日益繁华的新兴城市，买卖越做越大，赚哩钱也越来越多。他回头想想自己当年舍弃保长一职，把村里那些烂摊子事甩给高冉哩决定是多么富有远见。别哩不提，仅眼下预征钱粮之事就够高冉焦心劳神了，哪还顾得拓展自家哩生意。现在段士修以好奇心，静观高冉如何应对预征钱粮这个棘手哩事情。却不料令他吃惊的是，串联民众抵制省政府这一政策的鼓动者是吴常，这孩子受了谁哩蛊惑，竟有如此胆量干这种掉脑袋之事，便立即叫大小子去把三小子找来，一定要劝阻他哩行为。

吴常随段永福走进段家大门，穿过长长的甬道，来到段士修居住的西三进院堂屋。看到已过花甲之年的爹，穿着一身宽松的便服坐在圈椅上，左手把着一支红铜水烟袋壶"咕噜咕噜"地抽着，他想叫一声爹，可就是张不开嘴。血脉所系，从心理上他已经认了这个亲爹，从情感上却还没有完全接受。半年不见，段士修看到吴常又多了几分男人厚重的气质，他打心眼里喜欢，可惜不能天天守候在一起。今天他流露不出欢喜的表情，忧虑布满了他的面容，他像对待贵客一样叫吴常坐在客座上，郑重地问道："听说你在村里串联乡亲们，准备九月初九那天到城里向县府示威？"吴常理直气壮地回应道："是，咱家也该去几个人，预征钱粮咱家缴哩最多。"段士修何尝不知道这个道理，他可不愿意多交一粒粮食，他巴不得别人把县府闹个底朝天才好哩，但就是不能让自己哩孩子去闯那个祸，便严肃地告诫吴常道："咱家人谁也不能去，你更不能去，聚众抗缴官府钱粮历朝历代都是杀头之罪。咱段家有哩是粮食，吴家没粮食你尽管来拿，何必替别人家操心。"吴常反驳道："官府不叫老百姓活了，大家聚集起来抗争乃天经地义！决不能坐等饿死！"段士修惊诧地问道："听这口气，你一定是加入了某个组织。给爹说，是什么人教唆你这么干哩？"吴常猛然意识到自己说的话有些过头，在这里待着已没有任何意义，便起身告辞道："既然你们不参加示威，俺就不费口舌了。"转身离去。

段士修追着他着急地喊道：“小祖宗唉！急死你亲爹了！”追到屋门口被段永福拦住，劝道：“爹，叫他走，碰一回墙就知道头疼哩滋味了。”段士修没理会大小子说的话，急得一时不知所措，冷静片刻后吩咐段永福道：“快去套车，爹要去见梅县长，叫他关闭城门禁止示威哩老百姓进城。”他的目的是要保护吴常，想用此办法化解吴常被官府抓捕的可能。段永福理解爹的心思，提醒他道：“费那劲哩，把吴常扣在家里几天不就得了。”段士修恍然道：“好主意，快去把他抓来。”段永福喊来几个家丁，风风火火地出了门，找遍了村子也没看到吴常的影子。段永福垂头丧气地回家向爹交差，段士修一句话没说，起身奔到一进院，套上一辆马车，要去县城见梅县长。

九月初九这天很快到来，一大早从四面八方、远远近近的村子里涌向县城的老百姓格外多。县城的三个城门敞开着，段永福赶着骡子车拉着段士修夹在乡亲们中间来到了西城门。父子俩本是来看热闹的，看看在关闭了城门的情况下，吴常他们究竟如何带领老百姓向官府游行示威。让俩人大吃一惊的是，城门敞开着，一簇簇的人群畅快地进了城。段士修尤其不明白梅县长用哩是哪一计，他清楚地记得在他向梅县长透露了消息，并提出关闭城门的建议后，梅县长是频频点头哩。或许是梅县长另施计谋，引人入城，抓捕带头闹事者不成？这一想法让他惊恐不已，吴常可是被抓捕哩对象之一。为行动方便他叫段永福把骡子车存放到西关村的一家大车店里，俩人徒步进了城，在人潮里急切地向县政府走去，一路上他并没有发现保安队和警察有什么异样，这反而加重了他内心的不安。

民众在组织者的引导下，穿过谯楼，聚集到县政府前的广场上，这里很快成了人山人海。姜奇站在县政府门前开始激情演讲，他陈述完预征钱粮这一苛政将会给老百姓造成民不聊生的惨状后，群情激奋，人声沸腾。姜奇、魏哲甫、吴常等人随之带领大家高呼“取消预征钱粮”的口号。上万人的声音气势磅礴，震耳欲聋，把站在大门前端着枪企图阻挡人群冲击县政府的百十个保安队的队员和公安局的警察震撼得心惊胆战。魏天雄和许奎各怀心事地站在一起，静观事态发展。

魏天雄几天前听到大哥捎来爹的口信，告诫他初九这天千万不要对示威哩老百姓不敬。魏天雄也十分反对预征钱粮政策，赞同乡亲们向官府表达心声哩行为，今天一大早他把队伍布置到政府门前，叮嘱手下人做做样子就沾了，切不可伤害老百姓。

许奎整天待在城里，事先并没有听到乡下在筹备示威活动的消息，今天他吃过早饭，从设在县政府大门前东侧的公安局出来，到街上闲逛时看到赶集的人较往日格外多，而且似乎都在向这里集中，便警觉起来。一会儿工夫，聚集来的老百姓把县政府前的空地挤了个严严实实，他才感到事态的严重性，立即返回去集合全体警察出来，摆出架势要强制驱赶民众。随即而来的魏天雄提醒他动用武力要慎重，以免激怒了老百姓而造成不可收拾哩局面。面对潮水般的民众，许奎明白仅凭自己这几十号人想压制住成千上万的人实在是不自量力，只好命令手下不要采取驱赶行动。许奎把注意力转移到了示威领导者姜奇身上，他对这个言辞犀利、无所畏惧的人太熟悉了，闹完学潮又闹农运，说不定哪天官府给自己下达抓捕他哩命令，那就先把他重点盯防起来，随时可以缉拿，以免错过立功受赏哩机会。

呼喊口号的声浪一浪推着一浪，魏天雄贴着许奎的耳朵大声喊着，让他去请示梅县长如何处置这一局面。这一严重事态应该去向县长汇报，许奎转身向县府跑去。恰巧县府紧闭的大门开启，梅县长的秘书从里边走出来，和许奎打了个照面，秘书叫他选几名民众代表进来和县长面谈。许奎即刻返回去和魏天雄商议，魏天雄料到梅县长有了解决这一事件的办法和决心，只是不知道采用强硬手段还是妥协方式。他走到正在带头高喊要县长出来答应民众呼声的姜奇身边，示意有话要说。姜奇见是魏天雄，便停止呼喊，倾听对方要说的话。姜奇事先听吴常汇报说魏天雄会配合他们的示威行动，心里早有了几分信任和好感。魏天雄把梅县长邀请几位代表前去谈判的话转述给了姜奇，这是个机会，不能错过。魏哲甫、吴常等人都想去，姜奇说自己去就沾了，他是担心梅县长有诈连累了别人。魏天雄钦佩姜奇的胆量，说本队长陪你去，他对梅县长到底用什么方式解决这个问题很感兴趣，同时也为了防备姜奇在遭到不测时能出面调解，便带着石敢当随姜奇走进了县府大门。

在梅县长秘书的引导下，三个人走过长长的院落和幽深的厅廊，来到了县长办公居住的宅院。即便在这僻静之地，仍能听到民众一阵阵浑厚的口号声。几个人走进正堂，梅县长从宽大的办公桌后面起身相迎。在魏天雄的介绍下，梅县长惊讶地看着姜奇，原来这就是那个闹学潮的领导者，此前派人寻他不着，今天竟主动来到了自己面前，彼此年龄相仿，都是读书人，难怪自己与之有着近似的社会理念。姜奇在一些场合见过梅县长，对他的印象并不坏，或许涉足官场时日不长，他的身上还没有形成让人深恶痛绝装腔作势的官僚作风。梅县长以朋友的身份先开了口，说道："姜老师！梅某与你神交已久，今日幸得相见，十分高兴，请坐！"姜奇不卑不亢地拒绝道："不必客套，还是请梅县长抓紧时间写一份中止预征钱粮的手令吧，上万名父老乡亲正在期盼着哩。"话题一开，姜奇内心的激情便无法控制，他力陈老百姓经年累月劳作的艰辛和几十种苛捐杂税残酷压榨农民的境况，真乃民不堪命！梅县长也是从农耕之家走出来的孩子，他家虽较殷实，却没少目睹贫苦农民饥饿无食、寒冷无衣、染疴无药，叫天天不应叫地地不灵而家破人亡的凄惨场景。梅县长不是铁石心肠之人，他的心里始终存着对老百姓的悲悯之情，否则的话他会采纳段士修的主意，将城门紧闭拒老百姓于城外，或是动用武力镇压。他需要今天万众齐呼的场面，民心不可违，如此就有足够的理由按照自己的意志处理预征钱粮这个事情了。他郑重地坐在办公桌前，拿起毛笔，在公文笺上写下了"即日起元龙县境内中止执行省政府有关预征钱粮之规定，按原定田赋缴纳钱粮。八厘公债自愿购买，不强制。仰各乡一体遵从"。在后边署上他的姓名、年月日，盖上公章，吩咐身旁的秘书，即刻把此文传达到各乡镇。秘书接过手令而去。梅县长又照原文书写了一份递给姜奇，姜奇敬佩道："谢谢梅县长体察民情！全县老百姓会记着你哩！"他能体会到梅县长内心的压力，虽然已有不少县预征钱粮的失败先例，却也是担着违抗省政府之命的咎责。梅县长怀着复杂的心情回道："交了你这样一个朋友值得，后会有期！"俩人握过手，姜奇旋即大步离去。魏天雄和石敢当对梅县长更增加了一份敬意，他俩给梅县长鞠了一躬，也疾步走了出去。

姜奇拿着梅县长的手令，兴冲冲地回到示威的人潮前，高举起右手示意民众安静。声浪很快从前往后一层层地退下去，姜奇放声给焦急期盼的民众念了一遍，人群立刻爆发出劲风刮过林海般的欢呼声，前边的人们兴奋地拥向姜奇等人，把他们高高地抛向空中，以表达心中的感激和喜悦之情，同时为自己能参加到这一行动中而自豪。后边的人们见状，也不想放过宣泄的机会，纷纷挤过来分享一份快乐。喧闹了一阵，姜奇艰难地落到地上，呼吁大家回家去，不要耽搁了营生，人们这才依依不舍地离开。

通过组织这次示威活动，姜奇和魏哲甫收获不菲，为他们下一步在各村发展党支部确定了人选。吴常看到了民众的力量，坚定了他追求公平正义的信念。

段士修父子俩一直盯到吴常跟着姜奇几个人消失在人群里才离开，他俩看准了姜奇这伙人是共产党无疑，吴常毫无疑问也加入了他们的组织。段士修懊恼地骂道："怎么出了这么个孽种!"他十分了解共产党的宗旨，最叫他痛恨的就是"打倒地主分田地"这一条，他听说在南方闹哩正欢，看这架势北方早晚也得闹起来，这还了得。段永福看出了爹的心思，劝慰道："别着急爹，他们成不了气候，恐怕今天这次示威，省政府就不会放过他们。"段士修道："爹看也是，只是怕你兄弟受到伤害。"段永福道："别担心，还是那句话，碰了南墙就回头了。"段士修痛恨道："要抓就先抓领头哩，那小子看着面熟。"段永福道："他是姜老拧哩小子，叫姜奇。"段士修恍然并讥讽道："跟他爹一样，也是一条道走到黑哩主儿。"不知不觉父子俩来到了自家在东街开的粮行花店门面前，俩人要在这吃过晌午饭再回去。

第三十四章　伤别离

因未对抵制预征钱粮的民众实施武力镇压就擅自中止了国民党省政府的政令，三天后的上午，梅县长受到了突然而至的省督察的严厉批评，并责令他协助省党部和省政府派遣来的秘密警察抓捕带头闹事的共产党分子姜奇。如能将功补过，这个县长的宝座还由他来坐，否则予以严厉追责。预征钱粮这一苛政，在一些县也遭遇了失败，国民党省党部和省政府知道这是共产党分子组织民众抵制的结果，便决定派遣秘密警察到那些县抓捕组织者。恰在这个当头，中共顺直省委负责人变节投靠了国民党，将部分基层骨干党员名单交代了出去，姜奇赫然在列。国民党省党部和省政府如获至宝，将这些人列为重点抓捕对象，并迅速开展行动。

梅县长又面临一个棘手的问题，他思考后打定主意，自己决不会协助秘密警察抓捕姜奇。这不仅由于他和姜奇因一面之交，心中产生了惺惺相惜之情，更是因为觉得姜奇是在践行着正义和良知，这样的人是不能受到伤害的。省督察和秘密警察当即要他提供有关姜奇的家庭住址和工作场所。家庭住址他不知道，工作场所是不能告诉他们的，说不定姜奇现在就在师范讲习所呢，如果告诉他们，姜奇就很危险了。梅县长装作浑然无知的样子道："不瞒你们说，梅某来的时间短，对姜奇的情况还不了解，不过县保安队魏队长能给你们提供帮助，他掌握的情况多些。"梅县长当即派秘书去把魏天雄请来。

魏天雄听了县府秘书转述梅县长的话，立刻明白了这是梅县长在提醒他保护好姜奇。他很想看看省督察和秘密警察长什么模样，便带着石敢当去了县政府。走进梅县长的办公室，魏天雄看到一个身穿黑色制服的中年人和两个头戴深蓝礼帽和一袭深蓝风衣一高一矮的年轻人，他礼节性地向三个人微笑着点头示意。对方没有一人回礼，都用轻蔑的眼神看着魏天雄，他们没把这个乡巴佬放在眼里。不待梅县长彼此介绍，省督察用命令的口吻对魏天雄说道："今天你协助他俩务必把姜奇抓住，如有闪失严惩不贷。"魏天雄的脸色骤然大变，他可受不了这样的呵斥，本想发作，梅县长急忙替魏天雄掩护道："魏队长没见过大官，别吓唬他。"他又对魏天雄道："魏队长！今天辛苦你一趟，抓住姜奇重重有赏。"魏天雄从梅县长的语气和目光里真切地明白了他的良苦用心，爽快地应道："请梅县长放心！俺魏某一定抓住姜奇前来领赏。"他和石敢当领着两个秘密警察走出了县长办公室。

走到院子里，魏天雄吩咐石敢当道："姜奇到处活动，城里要是找不到他，还得去几个村子找，今天恐怕要走远道，你去雇一辆大车来，免得这两位兄弟受劳顿之苦，俺们在谯楼下等你。"石敢当明白魏队长的意思，十万火急，他答应一声，撩开腿跑去。

姜奇行踪不定，他要去高家义兴昌粮行将秘密警察抓人的消息告诉吴常，吴常容易找到姜奇，叫姜奇赶紧躲藏起来。

魏天雄和两个秘密警察走出县政府大门，见身着警服的许奎两手插着裤兜站在大门东侧的公安局门前悠闲地看街景。魏天雄担心节外生枝，想迅速带两个人走开，却不料那个大个子秘密警察径直朝许奎走过去，从怀里掏出一个证件让许奎看了看，上面标识着他的警官身份。许奎立即从裤兜里抽出双手，打个敬礼，恭敬道："长官！有何吩咐？"大个子警察不满道："共产党分子闹得这么猖獗，你还有心思在这儿观风景。知道姜奇不？"许奎谄媚地回道："知道！"大个子警察命令道："那就快去捉拿他，抓住赏五百块大洋。"看来自己没走眼，姜奇果然是共产党在元龙县哩领导人，这可是个不容错过哩机会，抓住他得到数目不菲哩大洋不说，还有升迁哩机会，何乐而不为！许奎兴奋得立即返回警局，召集手下人布置抓捕姜奇的任务。大个子警察打心眼里瞧不起土包子出身的县保安队的人，哪怕他是队长，认为他们没有基本的军事素养，而看待许奎这个同行，内心便生出一种天然的亲近和信任感。魏天雄想不到出了这么大意外，不能耽误时间，得抢在许奎前面找到姜奇让他躲藏起来，便催促两个秘密警察道："咱别等马车了，先到师范讲习所搜搜，那是姜奇哩老窝。"大个子秘密警察顺应道："那就快走。"他对魏天雄处置紧急情况的能力有些不放心，带好路就行，关键时刻由他们上。

魏天雄带两个人来到地处南街的师范讲习所，逐一地查看了几间办公室和教室，没有姜奇的身影，问了几个学生都说不知道。魏天雄想到了姜奇可能去了民教馆魏哲甫处，便领两个人折向西北隅。来到一座四合院，走进北屋，魏天雄见姜奇果然在此。姜奇到这儿来是和魏哲甫商量对新发展的党员进行培训事宜，刚才吴常急匆匆找到这里，把秘密警察抓捕他的消息转告给了他。姜奇收拾好文件正要出门躲避，不想魏天雄带着两个陌生人闯了进来。魏天雄在反对预征钱粮示威活动中的默契配合，让姜奇了解到这是个心怀大义之人，不知道今天他会做出什么举动。姜奇三人内心虽然紧张，却都表现出镇定的神情，做好了搏斗准备。吴常靠近一条长凳，必要时当作还击的武器。两个秘密警察的手握着风衣兜里的手枪，可随时掏出来射击。在这紧张的气氛中，姜奇轻松地问道："魏队长前来，有何贵干？"魏天雄的目光把屋子搜寻一遍，严肃地问道："姜奇来过没有？"三个人立刻明白了魏天雄的意思，齐声回道："没有没有。"魏天雄装出不相信的样子，把院子里的各个屋子查看了一番，临走时对三个人说道："看到姜奇，立即报告，举报者重重有赏，窝藏者严惩不贷。"三个人频频点头，姜奇回应道："这么好哩事一定不会错过。"魏天雄领两个秘密警察出了院子，魏哲甫和吴常催促姜奇赶快离开县城，到乡下躲避几天。姜奇迅速将新党员名单烧毁，他也提醒魏哲甫和吴常保护好自己，随后不慌不忙地走出了民教馆。魏哲甫和吴常不放心，跟在姜奇后面，要把他护送出城外。

魏天雄领两个秘密警察离开民教馆一段距离，对两个人道："城东南角哩文庙也是姜奇经常活动哩地方，咱们去那看看。"两个人对元龙县城一无所知，只能听从魏天雄的指挥，便跟着他走去。魏天雄担心许奎闹出事情来，打算在城内转悠一阵子，即使姜奇遭遇突发情况也来得及处置。仨人走不多远，石敢当赶着从高家粮行借来的一辆骡子车迎面而来，他也是先去的师范讲习所，而后找到了这里。魏天雄请两个秘密警察坐在车厢上，他自己坐在车辕右侧，叫石敢当赶车到文庙去寻找姜奇。大车正在掉头，魏天雄看到从南边熙来攘往的人丛中跑过来两个许奎的手下人，关心地问道："姜奇找到没有？"其中一个收住脚步，喘着粗气恭敬地回道："魏队长！讲习所没有，俺俩去民教馆看看。"魏天雄道："俺们刚从民教馆出来，别浪费时间了，你们去别哩地方找找。"俩人应着又商量了几句，撒腿拐向了另一条街。魏天雄支走了许奎的人，才松了口气。

大车沿西大街向南走去，来到南大街路口，待向东拐弯时，听到后边有人喊道："魏队长，等一等。"听声音魏天雄知道发生了紧急情况，他回头看见吴常急急跑来，心里咯噔一下，料到姜奇出事了，不等石敢当喝住牲口他跳下车快步折返回去。俩人碰了面，吴常担心车上的秘密警察听到，对魏天雄耳语道："姜奇出城西门时，叫把守在城门口哩几个警察给抓住了，已经押往公安局了。"魏天雄的大脑在高速运转，寻找着应对这一突发事件的对策。如果处置不当，别说姜奇的性命不保，恐怕自己也要引火烧身。他很快拿定了主意，一不做二不休，只能如此了。他装出听到的是好消息，兴奋得冲十步开外的石敢当喊道："转过车来，原路返回，受奖立功哩机会到了！"石敢当不明白队长这是耍的什么把戏，迟疑中两个秘密警察早从车上跳下来，快步走到魏天雄跟前，急切地问道："姜奇在哪里？"魏天雄道："民教馆。"他指指吴常，"这位小兄弟看见姜奇到民教馆去了，赶紧跑来报告。"大个子警察迫不及待道："还等什么，快去抓捕他。"魏天雄摆摆手道："心急吃不了热豆腐，一切听本队长安排。"吴常从魏天雄的言语里听出了点儿眉目，知道快有好戏看了，便催促石敢当道："敢当哥！快把车赶过来。"石敢当回过味来，把大车掉转头，驾车追撵疾步前行的魏天雄等人。

返回到民教馆，进了院门，魏天雄问吴常道："姜奇在哪个屋？"吴常道："北屋。"他猜想魏天雄是想在这里结果了两个秘密警察，把他们引到屋里再下手，便率先向屋里跑去。两个秘密警察立功心切，拔出手枪紧随其后。魏天雄需要的就是这种场面，他右手从腰间拔出短剑追了上去，后面的小个子警察被扎了个透心凉，嗯了一声，一头扑倒在地没了气息。跑在前面的大个子警察听到后面有不祥的声音，待收住脚步回头看时，锐利的剑锋已捌进了他的脖颈。跑到屋门口的吴常正要伸手去拉风门，听到身后"扑通""扑通"倒地的声音，他回头看到两个秘密警察已经命归西天，他没想到魏天雄的手脚如此麻利，敬佩得伸出大拇指。石敢当夸耀地问吴常道："怎么样？俺们队长厉害吧！"魏天雄吩咐他道："别显摆了，快去抱些玉米秸来。"吴常和石敢当明白魏天雄的意思，迅速跑出院门，没一会儿工夫抱回来两大捆。魏天雄叫俩人将两具尸体用玉米秸裹好抬到车上，他找来铁锹把鲜血洇湿的土壤挖走换了新土踩平，随后让石敢当赶车去公安局。路上，魏天雄将他想好的下一步行动指点给了吴常和石敢当，要他俩见机行事。

大车径直闯进了公安局的院里，站岗的警察见是魏天雄，敬畏地给他行礼。魏天雄吩咐石敢当去县政府把那位省政府督察官叫来，他随即来到许奎的办公室，见许奎正得意地来回踱着步，想象着接受上司奖赏的情景。看到魏天雄前来，许奎口气轻浮地问道："省府派来哩官员在哪？姜奇叫许某给抓住了！"魏天雄冷笑道："好样哩，等着领赏吧。走，省府官员在外边等着你哩。"许奎感觉出了魏天雄笑声中隐含的讥讽意味，但他认为那是对方嫉妒自己哩表现，心气愈加高傲，身子一摇一晃地跟着魏天雄来到了院落。他看着装满了玉米秸的大车，不解地问道："这是干什么？省府官员在哪？"魏天雄道："问那么多干什么，一会儿就都知道了。"话音刚落，石敢当领着那位督察官走进了公安局的大门，魏天雄对许奎道："省府官员来了，带俺们去看看姜奇吧。"看到省府官员，许奎陡增了精神，跑过去献殷勤道："抓那姜奇可真不容易，三四个人才擒住了他。"督察官赞赏道："回到省府本官给你请功，走，先去看看那个共产党分子。"许奎在前边带路，几个人跟着向公安局后院走去，吴常赶着大车紧随在后。督察官忽然意识到那两个秘密警察应该跟他们在一起，问魏天雄道："我的同伴在哪里?"魏天雄回道："他俩在后边，一会儿就现身。"督察官听出话中有话，开始怀疑大车里隐藏着什么秘密，回转身要查看车厢，被魏天雄劝阻道："别着急，一会儿叫你看。"魏天雄的左胳膊挽住督察官的右胳膊，几乎是挟持着对方往前走。督察官知道大事不好，他自己已经没有能力反抗，他想向许奎求助，扭头看时，仅有的一线希望也彻底破灭，本就魁梧的许奎被更加彪悍的石敢当压制着而自顾不暇。他预料到了两个同伴命有不测，只是不知道其间究竟发生了什么事故。不容他多想，已经来到了后院囚禁姜奇的屋前。魏天雄对督察官和许奎道："你俩不是想知道大车上装哩什么东西噢?现在到揭底哩时候了。"吴常随即把玉米秸撩开，将两具尸体从车后边拽了下来。督察官和许奎，连同看守囚室的警察都大吃一惊。魏天雄对督察官道："你哩同伴本不该死，只是他俩见俺放过了姜奇，而许奎又抓住了姜奇，俺不杀他俩，俺就没命了。现在你既然知道了这个秘密，你也不能活，怨就怨你今天碰到了俺魏天雄。"督察官惊恐万状，来不及求饶，魏天雄的短剑就刺穿了他的心脏。许奎这才意识到因为自己贪功，招惹了这么大哩祸端，省政府派来哩人死在了公安局这可如何处置?上边追究下来，自己就是浑身长满了嘴也说不清，他紧张得即使在这深秋季节也出了满头大汗，两眼呆望着魏天雄，希望这始作俑者能给他出出主意。魏天雄不动声色地对许奎道："都怨你不长心眼，胆敢插手俺老魏哩事务。"许奎闻听此言，心惊肉跳，不知道魏天雄会如何教训他，直待魏天雄把短剑上的血迹在督察官的身上蹭去，插进刀鞘，才松了口气。魏天雄继续说道："既然如此，咱们得演一出苦肉计，就说是一群不明身份哩人大闹公安局，从这里劫走了姜奇。"魏天雄的话音刚落，石敢当一个背胯将许奎重重地摔在了地上。吓得看守囚室的警察扔下长枪拔腿就跑，吴常挡住了他的去路，防止他出去报信。这个警察只好战战兢兢背过脸去，不时地扭头偷看一眼躺在地上痛苦呻吟的许奎。魏天雄伏下身子问许奎道："记住俺说哩话了没?"他把对许奎积压在心里的怒气一股脑地发泄了出来。许奎有生以来可没受过这样的屈辱，自从到县衙当差起，近三十年来早已形成了人们对他笑脸相迎的心理定式，这奇耻大辱无论如何不能接受。他挣扎着起来要和魏天雄拼命，岂料站立未稳，石敢当又一个背胯将他扔出了两米开外。这下子许奎的身躯像散了架一样动弹不得，呻吟声也变得小了。魏天雄凑过去又一次问道："记住俺说哩话了没?"许奎凭着仅存的一丝心劲儿，知道今天不说软话是过不了这一关了，闭着眼用微弱的声音回道："记住了。"魏天雄直起身，和蔼地对在一旁瑟瑟发抖的看守囚室的警察说道："兄弟！把门打开。"这个警察急忙过去将囚室门打开，吴常进去解下姜奇身上的绳索，催促他快走。俩人从囚室走出来，姜奇冲魏天雄和石敢当抱拳相谢道："十分感激你们哩搭救之恩，咱们后会有期！"他在囚室里听到了外边发生的一切。魏天雄摆摆手道："咱们还是半个乡亲哩，你爹在俺村当先生教出了不少孩子，俺对老爷子既羡慕又敬佩，那是俺小时候哩梦想，可惜再也实现不了了。俺对你也很钦佩，敢为民请命，有改造社会哩抱负，不像俺，只是个混世哩地头蛇。”姜奇道：“俺早就仰慕你，能文能武，或许以后咱们有机会共事。”俩人惺惺相惜，话越说越长，吴常又催促姜奇道：“这儿不是久留之地，以后你俩找时间好好谈。”魏天雄道：“走，俺和敢当送你俩出去。”吴常让姜奇坐上大车，吆喝牲口走在前边，魏天雄和石敢当殿后，出了公安局，一直把他俩送出了西城门，才返回县政府向梅县长汇报去了。

梅县长起初听到姜奇被抓的消息后，很为他感到悲伤，意味着一个忧国忧民的栋梁之材就要殒命了。在督察官被石敢当叫走后，他独自一人呆坐在办公室，脑子一片混沌，理不出应对这一局面的办法。不到一个小时，魏天雄和石敢当风风火火而来。魏天雄将姜奇在公安局被一群不明身份的人劫走、督察官和两个秘密警察在搏斗中以身殉职的经过述说了一遍。梅县长震惊之余，很快品味出这一事件的情节完全是魏天雄的杜撰，他就是始作俑者。既然事态发生了如此巨大的转变，查明事实真相已经没有任何意义，梅县长明白自己需要做的事情就是如何应对上司的质询，他思来想去没有更好的办法，只得借用魏天雄杜撰的情节，既合情又合理，还能为自己推脱一些责任。随之梅县长做出了一个决定：借这次事件主动引咎辞职，回安徽巢县老家过悠闲自得的耕读生活。他做出这一决定的原因，主要是意识到自己的左派思想和行为不适宜在党内右派主政的政治殿堂前再晃动身影了。另一个重要原因，他越来越感到提携自己的老乡冯玉祥与蒋介石的关系由暗斗即将变为兵戎相见的明争。他深知，就以冯将军的直露脾性怎么能斗得过心机深厚的蒋介石呢，老乡一败涂地，他这个县长恐怕也不会有好下场，不如趁早自找台阶下为妥。

梅县长辞职的消息最早只有几个人知道，魏天雄是其中之一，痛惜之余他带石敢当到县府与之话别。魏天雄感激梅县长对自己的赏识和信任，使他重新拥有了在世人面前的尊严和荣耀，他动容的表情和动情的话语令梅县长唏嘘不已。梅县长同样感激魏天雄给予自己的鼎力帮助，钦佩他的过人胆识，叮嘱他在乱世中一定要谨慎处事。

石敢当的心情也不平静，他钟情于梅县长所具有的民生情怀，这不禁又使他想起了老康。一直以来，石敢当常常回味老康给他讲的三民主义，就他所处的地位和所见所闻，相较于有些高深的“民族”和“民权”而言，民生问题使他有着最痛切的体验。令他困惑的是，现在国民党掌握着政权，可是为什么眼下老百姓哩日子跟三民主义所描绘的理想中的民生却越来越遥远？能体察民情的梅县长就此一别，恐怕也和老康一样就再难见面了。以后还有谁能让自己看到梦想中哩民生之希望？难道那仅仅是梦想？他的心不禁怅然而迷茫。

梅华发带着家眷和幕僚乘火车向南驶去，他的目光透过车窗眺望着被寒冬肃杀的原野和村庄，心里却在盘点着自己这一年来履行县长之职的功过是非。当铿锵的车轮驶出元龙县地界的一刹那，他忽然庆幸那飞龙没有闯入过自己的梦境，这或许说明那神圣之物对自己为官的认可。火车驶离元龙县越远，他越坚信自己没有在那方百姓心中留下恶名，将来可以无愧地回忆这段经历了。

梅县长走后，姜奇和吴常才得到了消息，伤感之余，俩人只好努力在心底留存下此君的形象了。

第三十五章　岁月无度

姜奇在逃过一劫后，并没有惧怕国民党特务的抓捕，来年一月他和魏哲甫、吴常一班人又一次发动群众与当政者进行反“割头税”斗争。经过巧妙的斗争又取得了一场胜利，维护了贫苦农民的利益。之后，六月初他和魏哲甫遵照上级指示精神，利用蒋冯阎中原大战期间造成的地方行政混乱之际，成立了由百余名共产党员为成员的暴动委员会，目的是建立自己的政权，但首要任务需要做好暴动前的舆论准备工作，等待命令和各地党组织一致开展宣传行动。这天姜奇接到行动命令后，趁着漆黑的夜晚率领元龙县百余名暴动委员会成员将“打倒国民党”“红军万岁”的标语贴遍了县城和四个大镇的街道。一夜之间，中原以北广大地区的县镇被这股风潮所席卷，这阵势让各地民众感受到了共产党无处不在，却引起了国民党当政者的警觉，没想到暗伏的共产党组织如此之多，如野草一般泛滥成灾。组织此次行动的共产党有关领导，没想到这一盲动冒险行为会给自身造成很大损失。中原大战以蒋介石胜利告终，国民党军警迅速而严格执行蒋介石的戡乱政策抓捕了大批共产党人，意志薄弱的党员逃遁得无影无踪，信仰坚定者丧失了开展工作的机会和活动空间，只好蛰伏起来等待时机。至此，中原以北广大地区的共产党基层组织处于了瘫痪状态。覆巢之下安有完卵，元龙县的共产党组织当然未能幸免。

姜奇在十分痛苦中进行了反思，敌强我弱，首先要保护好自己才能壮大自己，这种过早暴露实力的幼稚病只能自毁前程。南方的形势发展更加让姜奇焦躁不安，处于风雨飘摇之中的苏维埃政权，在反击国民党军队第五次“围剿”失败后陷入了生死存亡的境地。加之日本侵占了东北，姜奇同时在为共产党和中华民族的命运担忧，作为一名普通党员他只能在苦闷和焦虑中期盼形势出现转机。他为了安抚自己无助的灵魂，便到各村联络党员，试图从鼓舞别人的行动和言语中获得精神依托。

这些天，姜奇自东向西串了十几个村子。今天来到地处丘陵和山区交汇处的南佐镇找到几个党员，给情绪消沉的同志们鼓了劲。吃过晌午饭后，他继续往西走，要把深山里有党员的几个村子都转上一遍。正值深秋，山里的气候已有寒意，他裹紧夹袄，沿着蜿蜒的坡路往上走。路上往来的各色人等引不起他的注意，山鸡、鹁鸪和许多叫不上名的鸟雀动听的鸣叫声也唤不醒他的沉思。精神压抑和内心迷茫给他的身体陡增了疲惫。此时他见右侧路边沟沿上有一块大石头，便走过去面朝北边的大山坐下来歇脚。天色虽有些灰暗，但对面山上开始泛黄的植被清晰可见，他下意识地仰起头观望山势，一条伏龙正高昂着头冲着东北方向呈欲飞之状：哦，封龙山！他的精神为之一振，目光落在那雄伟的龙首峰上，期盼它能够立刻拥有神奇之力而一飞冲天。可是他明白，这是自己哩臆想，飞龙在天，那是只在盛世才会出现哩景象。曾经辉煌了几千年的华夏，近百年来深陷外辱内乱的泥潭而苦苦挣扎，几万万人民究竟何时才能重新屹立于强盛民族之林？他的思绪在亘古的时空中肆意漫游，试图寻找这个问题的答案。在他深邃目光的凝视下，那龙首竟然真的有了活力，左右摇摆几下，带动身躯从山峦中纵贯而出，顺着山坡翩然来到他的面前，朝他颔首致意。他立刻敬畏地站起身，内心激动不已，能给予自己答案的圣者不就在眼前吗？他对飞龙无限崇敬地征询道："至尊哩飞龙！你见证了这片土地无数次风云变幻，你可知道她哩未来怎么样？"飞龙明白这个书生问话里所包含的深意，它瞬间幻化成老者的形象赞赏地看着姜奇，情绪高昂地回答道："有你们这些寻求民族复兴哩仁人志士，这片土地一定能重现生机！俺飞龙先得感激你们，是你们让这陈腐死寂哩大地有了一些新气象，俺哩躯体也因此增添了些许力量！"老者的语调陡然激越起来："你们投身哩是前所未有之事业，求索之路何其艰难，但凭百折不挠，临大节而不可夺之精神，伟业功成可待！遥想我中华强盛威武之时，四海为之倾倒！那时俺飞腾于天地之间，是多么自豪和骄傲！俺盼望着盛世能早日重现！年轻人，不要彷徨，继续奋斗吧！这片土地将会铭记你们！"言毕，老者向姜奇深深地鞠了一躬，化成飞龙折身隐没在了山峦里。姜奇悄然从冥冥中回到现实，他已是泪流满面，抱拳朝龙首峰深情地拜了几拜，感谢那神物对自己的启迪。他内心的苦闷和迷茫荡然无存，转身继续赶路，腿脚感觉轻快了许多。

这两年吴常遵从姜奇的嘱咐，在高家义兴昌做事小心谨慎，多留意各方消息，等待组织召唤，他的性格因此变得沉静而敏感。百无聊赖的吴常，这天后晌突然被姜奇派来的人从义兴昌粮行叫走。俩人出了南城门，走了一程地来到槐阳河北岸。正值仲夏，岸柳荫荫，河水滢滢，蝉鸣不绝于耳。在一个僻静处，吴常远远看见一个头戴草帽，身披白色短衫的人坐在岸边专心垂钓，他看出来那是姜奇，一定有重要事情约谈，便快步前去。带路人隐匿到一边，给他俩警戒。

姜奇听到身后的脚步声，扭头对吴常招呼道："快坐到这儿来！"吴常明显听出姜奇的声音满含着兴奋，预感一定有好消息要转告自己。吴常坐在领导身边，姜奇放下钓鱼竿，抑制不住激动的心情说道："红军长征到了陕北，上级党组织派人来了，让咱们做好各项准备，迎接即将到来哩残酷军事斗争。民国十九年（1930 年）日本军队占领东北后，倭寇蓄谋发动全面侵华战争，他们不断运兵入关，现在哩北平城已是东、西、北三面受敌。为了准备抗战，国民政府正在各地组建壮丁队，元龙县也不例外，咱们目前有一件重要事情要做，就是要趁机加入，为以后建立自己哩队伍打下基础。你近期哩主要任务就是赶快到贞村，物色可靠哩青壮年报名参加壮丁队，人越多越好。"吴常听得热血沸腾，应道："俺这就回村找人！"

吴常返回义兴昌粮行向高鹏请假，说回家帮爹娘干两天地里活。高鹏见吴常较此前静默的神情发生了突变，眼睛里闪动着兴奋的光芒，猜想这主儿一定又有重要事情要做了。吴常虽没有对高鹏透露过一点儿自己加入共产党组织的话，但是高鹏已经从他几年前带头反抗政府"预征粮款和购买八厘公债"的示威中看出了端倪。再之后吴常参与解救姜奇的行动，组织民众反"割头税"运动，使高鹏彻底看清了这小子的身份。这件事吴常不说，高鹏也只好装聋作哑，他一直担心因吴常是自家的雇工而受到执政当局的追究，所幸的是那样的事情没有发生，但是不保证以后不会发生，他便提醒吴常道："兄弟！世道太乱，咱们都该小心处事，全家人都盼着过平安日子哩。"吴常理解高鹏的心情，他本想等自己加入壮丁队后再向高鹏辞别粮行的工作，看来现在就该把事情挑明了。他对高鹏说道："哥哥！县政府正在组建壮丁队，准备抗击倭寇，兄弟想吃那碗饭，今天正好跟哥哥打个招呼，过几天兄弟就不来了，你和嫂子多保重，以后俺一定会报答你这么多年对俺哩好！"原来如此，高鹏惭愧之余对吴常动情道："兄弟！哥哥敬佩你是个血性汉子，哥哥不该这么短见，以后有用着哥哥哩时候只管说话！"吴常也动了真情，毕竟两个人在一起十余年时间，说分别就分别，不知道以后的形势发展会多么残酷，还能不能像现在这样轻松交谈。两个人不约而同地紧紧拥抱在一起，深深感受着各自真挚的情感，好久才分开。

发展壮丁队队员，吴常首先想到的是丁不白的儿子丁铁蛋，这个黑小子秉承了他爷爷和爹的耿直脾性，二十出头的小伙子，已然成了贞村又一个好打不平之人。不管在本村还是外村，只要看到有人欺负弱小者，他都会出手相助，脸上身上经常挂着伤痕。爷爷和爹每次都对他这样的行为大加赞赏，鼓励他练好拳脚，逮住恶人就不能放手。这样的汉子打起仗来一定是把好手，但是吴常顾忌丁家三辈单传，不忍心叫铁蛋去干脑袋朝夕不保哩活儿，有个闪失对丁家没法交代。可巧铁蛋媳妇生的头两胎延续了上两辈的规律全都是闺女，为丁家延续香火的任务还没有完成，这更加重了吴常的心理负担。可是吴常又想，如果让铁蛋错过这次机会，恐怕会遭丁家祖孙三人哩抱怨。吴常思忖来思忖去，最终拿定了主意，决定去丁家一趟。当天半后晌吴常来到丁铁蛋家，院子里七十多岁的丁黑子正站在孙子身旁帮他打铁，丁不白在全神贯注地拉着风箱控制着火候。院子里还有几个乡亲，有的是来定制菜刀等炊具，有的是等着取回修补好的农具。吴常站在乡亲们中间一同观看祖孙三人打铁的技艺，心里忽然冒出要得到魏天雄那样一把剑的想法。天渐渐黯淡下来，院子里的人也逐渐散去，只剩下了吴常一人在想着心事。丁不白早就注意到了垂手默默站立着的吴常，看他不是来添活儿哩，倒像是有什么心事要说，便开口道："吴常兄弟！有事尽管提，别拿捏。"吴常的思绪还在纠缠着魏天雄那把威风凛凛的短剑，顺口回道："俺想要把剑，跟魏天雄哩一样。"丁黑子抬起头看看吴常问道："魏天雄拿它是为了惩治恶人，你要它干什么?"吴常道："杀日本人。日本军队驻扎在北平周围，距咱这儿只有几百里，说不定哪天就到了咱家门口，咱得提前防备。"丁黑子吃惊道："这话当真?"丁不白和丁铁蛋父子俩都停下手里的活儿，惊讶地看着吴常，希望能辨别出这个消息的真假。吴常严肃道："千真万确，县政府正在组建抗日队伍。"丁黑子气愤道："以前听说日本人占了咱国哩东北三省，没想到他们得寸进尺，逼到咱家门口了。欺人太甚，打他们狗日哩！可惜俺老了，倒退二十年俺一定参加抗日队伍。"他把目光转向儿子和孙子继续说道："虽说当兵危险，咱祖孙三代又都是单传，按理不该当兵，可是为了保护咱哩家园，铁蛋一定要去！"吴常感知到了丁黑子的矛盾心理，他不免有些愧疚。丁不白激动地问吴常道："俺去当兵沾不?"吴常笑着拒绝道："人家只要三十岁以下哩，你都五十多了。"丁不白遗憾地叹口气，他是想替铁蛋当兵，好给丁家留个根，既然不能，他只好表示道："日本人一来咱就没好日子过了，决不能叫倭人奴役咱，俺支持铁蛋当兵！”其实他的内心也十分矛盾，在生儿育女方面，他完全继承了爹的衣钵，前边三个都是闺女，好不容易盼来了个小子，放他去当兵，心里还真舍不哩，但是国难当头，不得不做此选择。丁铁蛋能体会到爷爷和爹复杂的情感，他把手里的锤子狠狠地砸在铁毡上，表态道：“爷爷！爹！你俩放心，俺一定不给咱丁家丢脸！俺倒想见识一下日本人哩能耐，杀他七个八个解解气再说。”吴常摇摇头道：“日本军队是虎狼之师，咱们国家积贫积弱，打败他们可不容易。”丁黑子急不可待地问吴常道：“先别说这些，在哪组建抗日队伍？铁蛋这就去报名。”吴常敬佩且惊喜道：“大伯！明天一早俺俩一块去县政府报名。”吴常转向丁铁蛋，戏谑道：“可舍哩老婆孩子热炕头？”小两口恩爱难舍难分，加入了队伍可就不能长相厮守了，丁铁蛋自我激励道：“守着老婆孩子当不上英雄，坐在热炕头上更杀不了敌人，男儿此时不上沙场，更待何时！”丁黑子夸赞孙子道：“好小子！没白在高家私塾上了几年学，说话有出息了！”丁不白安慰儿子道：“有俺们护着家，放心去吧！”丁黑子又对吴常道：“大伯看出来你不是一般哩人，你就带着铁蛋干吧，大伯一定给你打一把好剑，遂了你哩心愿！”吴常欣喜而郑重地鞠躬谢过丁黑子，跟丁家人告别，又去找下一个目标了。

几天工夫，吴常在贞村和周围几个村子动员了十几个年轻人加入了壮丁队。

魏天雄和石敢当几年前都娶了媳妇添了小子，完成了人生中的一件大事，也了结了魏老酒和牛四妮的最大心愿。俩人娶的媳妇都是庄稼主的闺女，孝敬老人、勤俭持家是她们的本分。

有了女人在身边悉心照料和招人喜爱的幼子每天绕膝耍闹，让魏天雄体味到了什么是天伦之乐，他常想这样过一辈子也不失为一种人生之幸。

石敢当的媳妇在家和娘任劳任怨地打理内外家务，两个女人把地里的庄稼和家里的鸡鸭伺候得比谁家都好，三四岁的孩子憨态可掬，成了一家人的开心果，石家院子里从早到晚都荡漾着笑声。在这样的氛围中，疯子石成的病情竟有明显好转，平时能有意识地干些活儿，对孙子更是表现出跟常人一样的亲昵情感，这无疑给一家人增添了一份欣慰。

魏天雄舒心的日子很快就被深深的烦恼所笼罩。

近日县政府将保安队、公安局及各村的壮丁队改编成了五百余人的保安团，准备抗击侵华日军。县长李印民自任团长，他任命公安局长许奎为副团长，魏天雄为一大队队长。如此人事安排让魏天雄大为光火和疑惑，论他和许奎的能力以及各自队伍的实力，怎么也不该让许奎高出自己一头啊。加之平日里他和李县长的关系处得不错，怎么着也得是他当副团长啊。他渐渐明白，嫉贤妒能的李县长是担心自己镇不住他这个强势人物而刻意降低他的职位。这使魏天雄的内心滋生了对李县长的强烈不满甚至敌意，来日方长，以后有哩是打交道机会。石敢当更是愤愤不平，整天骂李县长瞎了狗眼，有能人不用却重用了一个混世魔头。魏天雄劝他沉住气，他们不会久居人下，他相信机会总会到来，叫石敢当多探听外边哩消息。

虽然许奎成了魏天雄的上司，但他不敢对其发号施令。几年前受到魏天雄的那顿教训，已在他的心里留下了难以消除的恐惧阴影，有时和魏天雄打个照面，都没有正视对方的勇气。李县长决定任命他担任副团长一职前找他谈过话，他既兴奋又顾虑，这个职位可以让他在世人面前风光无限，又害怕魏天雄给自己制造麻烦，让他无法收场。他是个权力欲极强的人，不会轻易放弃这一机会，权衡来权衡去，决定对魏天雄给予十二分的敬重，任由对方自由行动而不受管束。虽然如此，他仍小心提防着魏天雄，说不准这主哪会儿不高兴就又会给自己一顿教训，因此他的内心也是备受煎熬。

进入盛夏，天气闷热得即使坐在树荫下都浑身冒汗。农人们为了多收获点儿粮食，忍受着粗粝的谷子叶和玉米叶划拉他们的肌肤而造成的痛苦，钻在憋闷的庄稼地里锄草、浇水。市面上的生意人为了多卖一文钱也要忍受炽热阳光的侵袭，无精打采地坚守着摊位。

冬练三九夏练三伏，在保安团其他大队躲在住所避暑的时候，魏天雄带领本大队正在县城外的东校场和全体官兵一起刻苦训练。每当傍晚，结束一天训练的哨声响过后，全副武装的一百多号人像从河水里捞出来一样，衣服紧裹着身体瘫倒在满是尘土的地上。不等休息片刻，整队的哨声又骤然响起，百十号人迅速从地上挺起，排列成一支整齐的队伍返回城里的住所。

这天后晌，队伍在快步返回县城途中时，赶上了一群背着行李卷刚下了火车的乘客。走在队伍最前列的石敢当听到了乘客们忧心忡忡的议论，说日本人要是打到这儿来，还能躲到哪去。石敢当闻听此言警觉地压住脚步询问其中一个中年汉子发生了什么事？这汉子惊魂未定地告诉石敢当说，他们常年在北平一带做生意，夜隔日本军队在卢沟桥向中国军队突然发起了进攻，他们是冒死辗转从那里逃出来回家避难哩。这可是个惊天大事，石敢当闪出队列，跑向在队尾压阵的魏天雄，向他报告了自己刚才听到的消息。魏天雄也从其他旅客口里听到了这一消息，他已经从震惊中平静下来，对石敢当道：“沉住气，回去再做打算。”

回到队部魏天雄将在路上想好的主意告诉了石敢当，说日本军队来势凶猛，国军恐难抵挡，咱们哩保安团就更不用说，抵抗只能是鸡蛋碰石头哩结果，到时候咱们还上九泉山，保存实力，择机再打倭寇。乱世出英雄，咱们大有施展本领哩机会。石敢当听着有道理，频频点头称是。

第三十六章　鬼子来了

这些日子每天都有关于日本军队由北向南进犯的消息，一次次加重着人们的恐惧感，虽然有国民党军队节节顽强阻击，但仍抵挡不住装备精良的日军一步步南下。

担负平汉铁路北段抵抗日寇职责的是国民革命军第二十集团军第三十二军，几万名将士在军长商震的指挥下英勇无比，从北平到元龙县六百华里的路程硬是让日军花费了三个月时间，仅此就使日本陆军大臣杉山扬言三个月灭亡中国的狂言变成了笑话。

农历九月初，正是收割玉米、高粱、大豆等作物和播种冬麦的时节，田野里一片繁忙，农人们想抢在日本人到来之前把地里的活儿干完。就在这个节骨眼上，日本人占领了石门市的消息传遍了元龙县的每个村庄，听说日本鬼子所到之处烧杀奸掠无恶不作，惊吓得老百姓无心务作地里的活儿，在家里准备吃的穿的随时动身逃难。

浓烈的战争气息弥漫着天空和大地。国民党元龙县政府县长兼县保安团团长李印民早已经做好了南逃的准备，当他听到日本人占领了石门的消息后，便偷偷摸摸地携带家眷和钱财，乘着两辆细棚车弃全县十三万老百姓和这座闻名遐迩的石头城于不顾，落荒而逃。

魏天雄在鄙视李县长的同时，自己也做好了带弟兄们去九泉山另谋出路的准备。石敢当向魏天雄建言，是否配合三十二军一同阻击日寇，被魏天雄否决，解释说咱们还没有这个实力，留得青山在不愁没柴烧，打日寇是早晚哩事。随即向石敢当下令，召集全队人马当夜向九泉山开拔。

中共元龙县委秘密发展的加入国民党县保安团的二十余名队员，在姜奇的安排下也悄悄地撤离了县城，汇集到了地处西北山区的南佐镇，那是中共元龙县委和县抗日民主政府所在地。

在这样的危急时刻，许奎始终处在惊恐不安之中，思忖着自己该作何打算。他从三条道中选择了一条：抗击日本人，他没有那个胆量，也没有那个实力；跑到西山当山大王，他吃不了那个苦，也没那份情趣；如果待在城里迎接日本人的到来，投靠这个说不定能吞并了中国哩东洋强国，或许能风光一世。拿定了主意，许奎便严加看管剩下的二百多号人，不允许他们逃跑，好作为自己的本钱向日本人讨好。他对魏天雄的出走，给予了不屑和嘲笑，心说等着瞧，看谁笑到最后。

老百姓怕什么什么就到。这天前晌，国军大队人马自北向南快速撤退，一路上腾起的烟尘引起了沿途村庄老百姓的恐慌，这是兵败的迹象。人们刚吃过晌午饭，就隐隐约约听到从北边天空传来飞机的轰鸣声和密集的枪炮声，知道是日寇打过来了。各村各户像炸了马蜂窝似的，哭爹叫娘、呼儿唤女地乱作一团准备逃向山区。很快，村人有的拉着小车或赶着大车，上边坐着老人和孩子，有的牵着牲口驮着老人和被褥，更多的是男女老少背着铺盖卷相互搀扶着，慌慌张张，急急忙忙，顺着通往西山的大道、田间小径、河沟，逃命而去。

日寇飞机配合着他们的地面部队俯冲扫射轰炸且战且退的一股国军，双方交战的枪炮声越来越清晰，还没逃远的村人感觉子弹和炸弹仿佛就要落在自己的身上。落在最后面的村人甚至看到了从北边撤退下来的许多国军官兵，边跑边转身向追击他们的日寇射击。

原来日军第一方面军十四师团分东西两路沿平汉铁路南犯，国民革命军第三十二军也兵分两路针锋相对阻击敌人。进入元龙县境，国军西路的一个团在北沙河与日军激战了一上午，企图阻挡敌人一天，给主力部队争取更多撤退时间，以便在河南安阳部署一次大型阻击战。因为北沙河地势较开阔，不利于阻击敌人，这个团在损失了一个营的兵力后，其余两个营果断向南撤退，要在潴龙河完成军长商震交给他们的艰巨任务。

五百多名国军士兵在一群群逃难的人流中穿过，紧追而至的日寇密集的子弹眼看着击倒了不少士兵和老百姓，把一部分村人又压了回去，他们只好惊恐万状地返回家找地方躲藏起来。

从北沙河艰难地跑了二十余里地来到猪龙河畔的国军士兵，以陡峭的河岸和茂密的树木作掩护，与紧随而至的日军追击部队展开了惨烈战斗。双方兵力敌众我寡，武器装备敌强我弱，五百多名弟兄就是凭着同仇敌忾的气势和视死如归的精神以及有利地形，同倭寇从当天后晌一直激战到了次日拂晓。双方均付出了惨重代价，国军两个营的官兵仅剩下了一个排的兵力。他们已经完成了任务，本该撤出战斗，向南追赶自己的部队，可是他们没有做此选择，杀红了眼的弟兄们，只求多消灭几个倭寇为国尽忠。三十多个铁血汉子用他们的顽强意志和无畏的勇气，一次次给敌人造成意想不到的伤亡，直到拼完最后一个人！

在晨雾和弥漫的硝烟中日军清剿了战场，气急败坏的日军用刺刀又在阵亡的国军士兵身上发泄了一通，才听从号令集结起来。日军十四师团师团长，把竹泽联队留在了元龙县，命令他迅速占领县城，把这个坚固的石头城构筑成他们后方有力的支撑点，师团主力则继续南下追击国民革命军第三十二军。

竹泽大佐领命，率队奔袭到县城，将城池包围了起来。四周架起了几十门野炮、山炮和小钢炮，上百挺轻重机枪瞄准城墙垛口，3000 多如狼似虎的士兵做好了攻城的准备。在南侵路线中，日军早把这座三百多年的石头城进行了重点标注，他们深知它易守难攻，如果有军队死守将会给他们造成极大伤亡。

蹲守在南城门外的联队长竹泽即将下达开炮命令时，意想不到的情景出现了：紧闭的城门突然打开，一名身材高大着绿黄色军官制服的人两只胳膊高高举起，右手摇着一面白旗谄笑着走出来，身后跟着两纵穿着土黄色军服的徒手士兵，队伍分列迎恩门两侧，恭候日军进城。

竹泽担心有诈，派翻译官前去探问，判断对方是不是在耍空城计。翻译官很快返回，向竹泽报告说，举白旗的军官是县保安团的许奎副团长，城里的国民党要员早都逃走了，能战斗的只有他们这二百多号人，现在都放下了武器出城迎接皇军进城。竹泽听后相信大半，但仍小心谨慎，先派一个中队进城试探虚实。一会儿工夫，城墙上出现了一杆太阳旗和日本军旗，旋即一群日本兵拥到了城墙垛口处，兴奋地向城下的同伙欢呼。竹泽终于放了心，即刻对一个大队长下达进城命令，一千多日军从南门鱼贯而入，东西两个城门楼上很快也插上了日本国太阳旗和军旗。

如此轻易地占领了这座异常坚固的石头城，令日本兵骄横之气大涨，他们把中国军人的顽强抵抗行为看作是对大日本皇军的蔑视和亵渎。他们对中国军人的恨无从发泄，只好转嫁到手无寸铁的老百姓身上。在日本军国主义狂热分子的意识中，愚昧、落后、贫穷的中国人，根本没有资格占有如此广袤富饶的国土，更不应该反对他们在这里建立王道乐土和大东亚共荣圈。因此他们对生活在这片土地上的中国人既妒又恨，这成了他们享受肆意践踏蹂躏中国人为乐趣的理由。占领了县城这个牢固的据点算是稳住了阵脚，竹泽便把另两个大队兵力分散到了周围的村庄，叫他们搜查清剿可能躲藏着的中国军队溃兵、伤员以及地方抗日武装，同时借机让部下放松一下连日激战而疲惫的身心。

潴龙河战斗结束后，贞村也和周围其他村子一样平静了许多，没能逃出村子的人们正在庆幸家人平安的时候，却想不到罪恶之神正在向他们降临。

杜壮田领着媳妇和七岁的儿子先一步跑到了西部山区，晚走了一会儿的杜化吉和秋月两口子左右保护着十五岁的老生女杜玉田，跑到村西口时被日寇的子弹压了回来。三个人在自家地窨子里藏到了第二天早晨，听不到外边任何声响，以为平安无事了，并且在饥饿的驱赶下壮着胆子爬了上来。秋月和女儿去东侧的灶火间做饭，杜化吉到西侧的豆腐坊继续烧他昨天避难时还没烧开的一锅豆浆，他打算战火平息后照常做他的生意。娘儿俩的饭还没做熟，杜化吉的一锅豆浆刚烧开，两个倭寇端着上着刺刀的三八步枪杀气腾腾地闯了进来。来不及躲藏，惊吓得秋月娘儿俩蜷缩在灶火间的墙角瑟瑟发抖。看到了女人，两个倭寇如饿极了的豺狼，将步枪斜挎到身后兴奋地扑向猎物。两个倭寇将娘儿俩分开，一人擒住一个欲行不轨。娘儿俩拼死反抗哭叫更激发了禽兽的欲望，他们狰狞地笑着，凶狠地撕扯着娘儿俩的衣裳。看到两个倭寇的罪恶行径，杜化吉怒火冲天，但他明白自己敌不过对方，硬拼可能更糟，他慌不择物，凭着本能赤手奔向欺凌女儿的倭寇，要把这畜生推开。这倭寇对突然前来阻挠他的弱小老头恼怒至极，决定先教训对方一顿，暂且放开杜玉田，左右两拳狠狠地砸在杜化吉的头上。看到杜化吉昏倒在地，这倭寇转身寻找他的猎物。杜玉田趁刚才的空隙双手捂着裸露的正在发育的前胸跑出了灶火间，倭寇紧追不舍。杜玉田虽然惊恐万状，但她的信念十分坚定，就是死也不能叫恶人糟蹋了自己哩女儿身。跑到院里她看见豆腐坊有一锅蒸腾着热气的豆浆，不顾一切地冲了过去。就在倭寇追赶上正要伸手抓她时，她一头扎进了滚烫的锅里。可怜正值豆蔻年华的闺女在锅里挣扎了一会儿便没了动静。眼看着到手的花姑娘变成了一具尸体，这畜生懊丧地走出豆腐坊返回灶火间，看到同伴正在疯狂地侵犯年近六旬的秋月，如此野蛮行径打开了他灵魂深处灭绝人伦之门，在同伴发泄完兽欲后，他继续对这个比他的母亲年龄还大的妇人又进行了一番疯狂的侵害。秋月在遭受了两个“豺狼”蹂躏后，不知道在地上躺了多长时间才恢复了意识，她一心想着女儿的安危，挣扎着爬起来，一手提着裤子，一手扶着墙走出灶火间。她不顾躺在门口昏死过去了的男人，在院子里、屋里四处寻找女儿的踪影。她走进豆腐坊，终于在豆浆锅里看到了已经被烫得面目全非的杜玉田。她判断女儿是为了避免遭受日本兵哩侵害自己跳了进去，好闺女！秋月在赞叹女儿的同时，为自身受到的玷污而羞愤难当，以后再没脸活在世上了。她把玉田从锅里拽出来平放在地上，找到一瓢卤水喝了下去，和女儿躺在一起，眼里流着泪，嘴里悲戚道："闺女！等等娘，咱娘儿俩一块儿走！"

杜化吉苏醒过来后，他找到的是娘儿俩不堪入目的冰凉尸首，后悔早知道这结果，不如跟倭寇拼个鱼死网破。愤悔交加中他大叫一声，仰面倒地，又昏死了过去。

丁黑子和丁不白父子一定要看看日本人长哩什么样，父子二人催促丁铁蛋他娘赶着牛车拉上家里妇孺去了西山，他俩在家一如既往地忙着打铁生意。听到日本兵进村的消息后就立即做好了反击准备，俩人各拿一把长柄菜刀站在院子里等着倭寇前来。他们没等来日本兵，却突然传来东邻家女人声嘶力竭的号叫声和孩子的啼哭声，知道是受到了畜生的侵犯。年过七旬的丁黑子怒不可遏，提着菜刀，驼着背迈步就要前去解救乡亲，被丁不白拦住道："爹！你守着家，俺去去就来。"说着掂着菜刀冲出了家门。

跨进邻居家的院门，丁不白一眼就看见在北屋里，两个日本兵一个正在撕扯年轻女人的衣裤，一个端着长枪在一旁淫笑着欣赏同伙的行为，两三岁的男孩看着娘被陌生人欺负惊吓得大哭。丁不白纵身跃入屋门，持枪的日本兵听到动静转过身挺枪来刺袭击他的人。丁不白眼看要吃亏，把手里的菜刀奋力掷了出去，日本兵躲闪不及，菜刀深深地镶入了他的脑门儿，由此产生的巨大冲力将这个日本兵推到了堂屋的方桌上，来不及惨叫就没了性命。刚把女人的裤子撕扯下来的另一个日本兵，看到这情景惊恐地从地上爬起来，准备应对这突如其来的变故，丁不白打铁的拳头已经落在了他的头上。日本兵轰然倒地，在昏迷中被丁不白用他的刺刀洞穿了他的胸膛。丁不白这才看见男主家在搏斗中已经被日本兵刺死在了炕沿下，女主家回过神来刚要放声大哭，被丁不白制止住，提醒她保命要紧，快抱孩子到他家躲避，要是再有日本兵进来，一家人都得死。女主家忍住悲痛，捂住孩子的嘴，抱着跑去了丁家。丁不白到院里的麦秸垛搂了两抱麦秸进屋掩盖住男主家的尸首，蹿上墙头返回了家。丁不白对爹描述了自己杀死两个日本兵的经过，最后得意地说倭寇不过如此，引得丁黑子发出一声轻蔑的笑。

为了找寻在村外疯癫的石傻子，夜隔牛四妮一家耽误了跑出村子去西山避难的时机，今儿前晌听到日本兵进村后，牛四妮急忙将儿媳妇和小孙子安顿在西厢房的地窨子里躲藏起来，自己在上边应对可能发生的各种情况。

怕什么就来什么，两个日本兵端着枪闯进石家，着实把牛四妮吓得不轻。她担心的不是自己，而是藏在地窨子里的儿媳和孙子，要是娘儿俩受到伤害，她下辈子也不会安心。可是令牛四妮奇怪的是，她透过北屋的窗户看到年龄一大一小两个日本兵并没有立即冲进屋来，十八九岁的小兵捂着肚子眼睛在四处搜寻着什么。他的目光终于在东边的灶火间停了下来，随即嬉笑着对年长他十来岁的老兵嘟噜了几句话，解着腰带跑进了灶火间。那老兵给同伴儿站着岗，不时地瞄一眼同伴儿在灶火间的龌龊行为，脸上频频现出恶心的表情，他终于无法忍受，撇下同伴儿进了北屋。牛四妮想躲藏起来，发现这日本兵对她视若无睹，注意力都集中在了中堂条案上的两只精美的祖辈传下来的瓷瓶。这日本兵凑到瓷瓶跟前端在手里仔细审视了一番，惊喜异常，两只胳膊各抱起一只就出了屋门。牛四妮长出了一口气，谢天谢地，这两只瓶子虽然珍贵，却比不上家人哩性命。那个在灶火间的小兵不知道在踅摸什么东西，只要不祸害人，他就是把整个锅台搬走也无妨。她趴着窗户透过窗纸窟窿向外张望，看到抱着瓷瓶的日本兵在经过灶火间时，兴奋地扭头朝里边的同伴儿咕噜了几句，便跑出了院门。牛四妮生出了好奇心，灶火间的日本兵到底在干什么？她从屋里出来，走到灶火间门口一股恶臭扑鼻而来，看见日本小兵正蹲在锅台上手拿一块展布在擦屁股。牛四妮算是知道了这世上真有往锅里拉屎哩恶人，她冲小兵怒骂道："混账，畜生不如，你爹娘就是这么教你哩？"这日本兵见是一个面容枯槁的老妇人，系上裤子从锅台上跳下来，提着枪走到牛四妮跟前连说带比画要她去找梳着辫子的人来。牛四妮知道遇上了一个坏透了的小倭寇，她强压怒火摆摆手，表示家里没有那样哩人。日本兵不相信，端着枪到每间屋里四处寻找起来。

牛四妮尾随着日本兵来到西厢房，靠西墙戳着两排鼓囊囊的粮食布袋和几样木制农具。看不见要找的花姑娘，这小鬼子便用刺刀乱捅粮食布袋以发泄怒气。从几个布袋的破损处"哗哗"流淌出来橙黄的小米，瞬间堆积成了几个小丘，其中一丘小米顺着掩藏在布袋后面的地窨子口的缝隙"唰唰"往下渗漏。小鬼子发现了秘密，他一脚踢开疲软的布袋，用刺刀挑开封盖地窨子口的木板，眼前呈现出一个黑暗的洞穴。牛四妮最担心的事情出现了，小鬼子拉开枪栓朝里边放了一枪。惊心动魄的枪声，把躲藏在窨子里的孩子吓得大哭，小鬼子判断出里面一定有年轻女子，便把刺刀对着牛四妮，嘴里叽里咕噜说着什么。牛四妮明白这是让她把里面的人叫出来，如果执意不按照小鬼子的话去做，小鬼子再朝地窨子里开枪说不定就会伤着藏在里面的母子俩。她着急地思忖着对付小鬼子的办法，此时石傻子出现在了屋门口给了她一线希望，万不得已和小鬼子拼命时，男人或许能帮上手。潴龙河畔的枪声平静下来后，躲在家里的石傻子憋不住要出去逛悠，牛四妮劝他不要出去，说碰上日本兵会遭殃。石傻子的倔劲谁都阻拦不住，牛四妮知道男人的病情，长时间憋着疯病就会发作，只好叮嘱男人看见日本兵赶紧躲藏。石傻子应诺后出了家门，在村子里闲逛时忽然看见好多日本兵出现在大街小巷，他们横冲直撞见门就进，不断听到从各家传来女人惊天动地的号叫声和孩子撕心裂肺的啼哭声，以及男人和日本兵的搏斗声。他才知道这些日本兵是一伙儿强盗，很担心自家人的安危，便径直跑了回来，刚进家门就听到了西屋里的枪声。他急切地跑进西屋，看到自己的女人正在和一个日本兵对峙。这小鬼子见牛四妮不听从自己的命令，恼怒地从腰上摘下一枚手雷，冲她大声地嘟噜了几句，随即冲地窨子口做出投掷状。小鬼子的威逼，急得牛四妮满头大汗，她双手合掌哀求对方不要往地窨子里扔手雷。小鬼子已经不耐烦，猛地拉下了手雷导火索，抬手就要往里扔。没有别的办法，只能拼了，牛四妮不顾一切地撞向小鬼子，那家伙向后倒退了几步，被凌乱的农具绊倒在地，正摔到了石傻子跟前，冒着白烟滋滋响的手雷还攥在他的手里。小鬼子被卡在农具上，他奋力挣扎着要站起来，企图在最后时刻将手雷扔进窨子洞口，牛四妮站在地窨子口前，要挡住飞过来的手雷。这一切石傻子看得清楚，他知道手雷在牛四妮身上爆炸的后果。今天的情景让他的记忆瞬间返回到了三十多年前的那个黑夜，一伙儿土匪祸害了他一家人，那个悲惨的阴影一直在他心里挥之不去，每每想起他就会歇斯底里大喊大叫一阵。今天绝不能再叫家人受到伤害，就在小鬼子站起来的一刹那，石傻子大喊大叫着猛地扑上去，把对方压在了身下。随即一声闷响，血肉四溅，石傻子和那小鬼子的胸膛都被炸开了花。男人的死，让牛四妮悲痛万分，也因男人这样的死法，让牛四妮第一次对他刮目相看敬佩不已。现在不是伤心哩时候，她让自己迅速冷静下来，想着处置眼前这副惨状的办法。躲在地窨子里的儿媳妇，听着屋里的动静，判断上边发生了大事情，便小心地从地窨子口探出头来，当看见公爹的尸首时，禁不住哭出了声。牛四妮回头训斥她道："别添乱了，快下去看好孩子，娘在上边挡灾。"她担心再来日本兵谁也活不成，保住儿媳妇和孙子哩命要紧。儿媳妇不敢违逆婆婆的意志，乖乖地退了下去。牛四妮重新遮蔽好地窨子口，翻出几条空粮食布袋先把男人的遗体掩盖好，再用一条布袋把小鬼子的尸首塞进去，拼力把他拖到院门口，探出头见街上没有日本鬼子，便将布袋拖进了大门外边一侧的麦秸垛里。她返回去，又将枪支埋进猪圈里，用灶火灰吸附清除了各处的血迹，尽量不显露出这里发生过血案，以免引起新的灾祸。一切处理停当，她这才泪眼婆娑地挨着男人坐下来，等日本兵撤走后再料理后事。

吴定家的一群羊招引来了几个日本兵。连日打仗，今天终于有机会好好享享口福了，几个日本兵兴奋地喊叫着在羊圈里追逐他们看上的羊，逮住后拽出来就地用刺刀屠杀。刚开始还能听到羊群发出的一片惊恐而凄惨的哀叫声，渐渐地随着十余只小羊和健硕的公羊被宰杀，其余的羊恐惧地拥挤在一起瑟瑟发抖。整个院子充满了血腥气，满地都是被剥了皮的羊的尸首。

吴定奋力阻止日本兵滥杀他心爱的羊，遭到了一顿暴打，昏倒在了羊群里。夜隔菊子和余子婆媳俩在高冉的劝说下跟着高鸿去山里避难了，吴定固执地留下来照看这群羊。待他苏醒过来时，发现院里乌烟瘴气，且又来了不少日本兵，他们手里抓着一块块煮熟或烤熟的羊肉在狼吞虎咽。他不忍看下去，又无力反抗，只好把头扎在地上痛哭。

魏老酒家里同样是一片狼藉，喝醉了酒的日本兵把酒坊砸了个稀烂。留守在家里的男人们忍无可忍进行了反抗，结果魏天雄的两个哥哥都身负重伤，同时招致了一场大火，将整个家烧了个精光。侥幸没受到伤害的魏老酒，拄着拐杖站在自家破败不堪的房前，老泪纵横。活了七十多年，他的家第一次遭受这么大哩损失。

高家大院此时只有高冉、老陈、黄六和姜老拧待在家里。在听到日本人打过来的枪炮声时，高冉到各户催促乡亲们快去山里躲避，并让一些山里没有亲戚的人家跟着高鸿和胡玲去佃户营住些日子，待局势平妥后再回来。临走时，高张氏把蒸好的几锅馍馍分给几十个乡亲们以备充饥。

高冉知道日本人对待中国人的无礼和残暴，近百年来变本加厉。那个曾经以华为师几千年的狭小岛国，现在它的军人以征服者的姿态踏上了中国领土，在暴发户心态作祟下，这群野蛮人不会对主人表现出丝毫尊重，他们完全以一个占领者和奴役者的身份彰显着作为帝国军人的优越感和使命感，在他们的意识里中国人没有资格和他们对视，更没有权力进行反抗，唯一的只有听命于他们，任由他们摆布。

侵略者的这种卑劣心态和无耻行径，高冉今天算是真切地见识了。日军少佐大队长石冢率领一小队士兵慕名来到高家，他对高冉面对气势汹汹的入侵者表现出异乎寻常的镇定而惊讶，在他指挥部下把高家搜寻了一遍后，才明白了这个乡绅的心田原来滋润着丰沛的甘霖。二进院北屋的书房里琳琅满目的中华历代典籍，让他感知到了主人内心蕴藏着巨大力量。仁者无敌，临危而不惧，临渊而不怯，这让石冢的锐气大为受挫。他像是受到了侮辱一般，痛恨这满屋的书籍，下令统统烧掉。熊熊燃烧的火焰，炙烤着高冉的心，老陈、黄六和姜老拧要冲进书房抢出一些书，被高冉制止，冷笑道："日本人不过如此，心胸狭窄，浅薄无道，终究成不了气候。"一名汉奸翻译在一旁给石冢传递着高冉说的话。石冢反唇相讥道："你们中国先人写这些书有什么用？让你们这些后人越读越愚昧越无能越贫穷，全都是狗屎！"高冉轻蔑道："好你个无知粗鲁哩武夫，我泱泱中华典籍同样滋养着你们大和民族哩精神，渗透在日本社会哩方方面面，是你们国体哩灵魂。就说你们哩年号吧，一千多年来二百多个年号，皆取之于我古代典籍。"昭和"，出自《尚书》尧典"百姓昭明，协和万邦"，寓意你们哩天皇要像我华夏始祖尧帝那样，做个有大德之人，教化日本民众跟天下众生友善和睦相处。可你们数典忘祖，发动侵略战争，戕害你们宗师哩子孙，可悲可恨哪！"高冉说的这些内容，石冢此前知道一点，但是今天才算是透彻地明白了中华文化是日本文化的母体，这让他羞愧交加，进而恼羞成怒，他真想举刀劈死这个一时让他惶惶不安自感被矮化的老者。他转念又想，与其让这满腹经纶的中国人痛快地死，不如让其遭受无休止的精神折磨更符合自己的心意。他两眼怒视高冉片刻，极力压住心中汹涌的火气，转身命令部下将高家仓库里储存的几万斤麦子、小米和玉米悉数运走。五挂大车、十几匹骡马和粮食一起被日本兵掠了去。这还不算，石冢命令部下将高家仅剩的一头老黄牛牵到后院，当着高冉的面宰杀了。懂得长官心思的几个日本兵又抬来两板大车厢，将剥了皮掏了五脏的牛扣在中间，用柴火引着烧烤起了全牛。三个老伙计无法看下去，劝东家离开，高冉摆摆手，对着熊熊火焰闭目默默忏悔，说道："一辈子辛勤耕作哩老黄牛，俺没让你去山里避难，对不住你，下辈子咱俩换换，俺高冉给你当牛做马，任你使唤！"随后诅咒道："东洋人贪婪成性，野蛮无耻，必遭灭亡！"

石冢看着高冉痛苦的样子，不禁发出一阵得意的狂笑。

高冉厌恶石冢的丑态，唤上三个老伙计来到一进院空荡荡的牲口棚，坐在饮水槽上喘息。他们的心里装满了对日本侵略者的愤恨。

一会儿工夫，石冢用指挥刀挑着一大块烧熟的牛肉在两个卫兵和翻译的陪伴下走了过来。石冢将牛肉递到高冉面前挑衅道："吃一块吧，没想到你家的牛肉很香！"高冉理也不理石冢，将目光投向在水井旁觅水喝的一群家雀，看着它们跳来蹦去欢快的样子，心头涌上一阵酸楚，唉！没想到自己和乡亲们连这些小鸟哩快乐都享受不到。

石冢觉察到高冉的内心起了波澜，掀起的一定是痛苦的巨浪，那就再给他加大几分。石冢将手里的牛肉放在高冉四人前边满是草料碎屑的地上，施舍而又挑逗地说道："别舍不得吃这点肉，吃完了再给你们送来。"随即又发出一阵得意的狂笑。高冉四人将头扭向一边，理也不理这倭贼。石冢恼怒地正要发作，忽然从大门外跑来一个日本兵，向他报告说发现了一个更大的人家，钱多粮多，村田中队长在等候处置。这是个好消息，石冢正需要粮款，他决定暂且放过高冉四人，以后再做计较，迅速召集好队伍，跟着那个士兵去了段家。

石冢走后，四个老伙计低头看着这块散发着煳焦味的牛肉，老泪禁不住涌满了眼眶。没想到黄土埋到脖子哩人了，凭空遭受了这样一场奇耻大辱。

村田中队长领着一队士兵进入段士修家后，一眼就看出这是一个少有的大户，判断一定会有意料不到的收获。果不其然，手下很快从各处搜出了不少金银财宝和大批粮食，村田喜不自禁，但他不敢自作主张，派个士兵报告给了石冢。

本已是惊弓之鸟的段士修，见日军更大的军官前来，诚惶诚恐，害怕哪样考虑不周便会招致杀身之祸。在日军从卢沟桥南侵时，段士修就做好了日军踏入家门的准备。先将家里的团练解散，藏匿枪支，让团丁们各自回家，等待召唤；再将家里的财宝分为大小两份，大的一份秘密埋到地下，剩下小部分藏在家人各自住的屋里；同时也藏够了供全家人消费一年的粮食，另一部分在后院的粮仓里放着。在日本人打到元龙县前，段士修就把家里的女眷和孩子们安置到了山里亲戚家，只留下几个男人应对事态。对爹的前三种做法段永福颇为不满，说不能解散团练，必要时还能保护家人和财产；把财宝都藏起来，一点儿都不能叫日本人搜去；再多藏些粮食，不能便宜了日本人。段士修训斥他不懂事理，逐一反驳他，说留着团练容易引起日本人猜疑，弄不好会招致杀身之祸，再者说靠他们保护段家？几十万国军都不是日本人哩对手，咱这点人岂不是鸡蛋碰石头；散些财宝给日本人，吃小亏保大本；粮食够吃就行，给日本人一些好处，咱终究吃不了亏，只要保住咱这个家，以后什么都会有。段永福想想，还是爹考虑哩周全。今天日本兵闯进家门后得到了一些他们满意的东西，因此没有造成大的破坏。段士修和哥哥段士贤领着家里几个小子恭敬地面对日本兵，人身也没受到伤害。

石冢对段士修毕恭毕敬的样子很高兴，伸出大拇指夸赞道："良民地，有绅士风度，皇军喜欢你这样地人，以后多多给皇军出力，共建王道乐土!"段士修频频点头，谦恭道："鄙人无才无能，一个乡下土财主而已，不敢说能给皇军出什么力，只要家里有，请皇军尽管取用!"心里却在骂日本人是王八蛋，这一下子就折损了他段家几千块大洋几万斤粮食。石冢对段士修的慷慨又是一通褒奖："朋友！朋友!"问段士修尊姓大名，段士修哈着腰轻声细语地道出了姓名。看到大队长都对这个财主客气，其他日本兵对段士修的家人也都表现出礼貌来，面带笑容地跟他们交流装运粮食的话题。日本人这一装相，段士修竟然有了一种荣耀之感，他不无得意地欣赏自己的策略，既保护了家园不被侵犯，又赢得了日本军官哩友谊，哪怕这种友谊是虚情假意。

田生玉一家人行动迅速，在日本兵到来之前，已经去往山里的亲戚家了。这全仗田生玉有一副灵敏的头脑，他在段家看到段士修未雨绸缪地在做安排，自己也跟着做好了盘算，把一个空家丢在了村里，随便日本人怎么折腾去吧。

半天下来日本兵把贞村折腾得面目全非，十几个村民被打死，几十个妇女遭侮辱，掠走了上百头牲口和猪羊，烧毁房屋几十间。

日本兵一直闹到晌午方撤兵，石冢集合疲惫不堪的部队时发现少了几个士兵，派手下去找。一个多小时后士兵们抬着几具尸体回来，面对一副副惨状，石冢和他的部下都感到惊惧，平民百姓的反抗尚且如此惨烈，他们以后将长期在这片土地上统治，不知道自己的命运会是怎样的结局。

在九泉山的石敢当第二天一大早接到一个乡亲前来报丧，听完爹死的经过后，他痛苦之余很钦佩爹的壮举。魏天雄要和石敢当一同回贞村筹办丧事，同时看看自家的状况如何。

回到村子后，魏天雄和石敢当为乡亲们遭受的日本人的祸害而愤怒，料理完丧事后，俩人一拍即合，要给乡亲们报仇。

日本人在元龙县巩固了军事占领后，竹泽大佐留下石冢大队驻守，率主力部队向南执行新的作战任务去了。

魏天雄兵分两路，分别在县城内和火车站偷袭日本人的两处营地，打死打伤了十余名鬼子。敌人还没从懵懂中清醒过来，又一轮偷袭令小鬼子风声鹤唳，如临大敌。在加强防范的同时，石冢要迅速查清这是一股什么武装，他把许奎传来，叫他在两天之内打探清楚袭击皇军的是什么人。许奎一阵狂喜，看来魏天雄的大限将至，嘲笑他不识时务，跟日本人作对决没有好下场。他当即回答说是一股土匪干哩，头领叫魏天雄，此人胆大狡诈凶狠，像这样偷袭皇军营地哩事情只有他才能干出来。石冢闻听，对这个土匪头子产生了兴趣，让许奎将魏天雄的底细全部交代给他。许奎便把魏天雄的经历详细地述说了一遍，听得石冢连连点头，弄得许奎不知道石冢对魏天雄的态度是赞佩还是痛恨。石冢让许奎走时，叮嘱他多留意魏天雄的消息，有机会把他请来喝几杯清酒。这使许奎揣摩到了石冢的一点儿心思，立刻忐忑不安起来，不承想魏天雄已经在石冢的心里占据了重要位置。

这几天石冢对自己带领部下在几个村子实施的暴行进行了反思：那样做无助于皇军的长期统治，只会造成更多的对手，皇军对付的是中国的武装军人，而不是这些手无寸铁的平民百姓。便下令属下不得再到村庄里骚扰村民，同时实施一项以华治华的计划，就是拉拢收买一批在各阶层有影响的人物，叫他们替皇军管理、制约中国人。魏天雄是他重点拉拢的对象。

没有了日本兵的骚扰，村子里渐渐有了活气。跑到山里避难的乡亲们，不管是投靠在亲戚家的，还是在山沟里风餐露宿的，无论是穷人还是财主，无不牵挂着家园，便试探着陆续返回了村子。

第三十七章　风云乱

国共两党经过艰难谈判，终于建立了抗日统一战线，表面上实现了第二次合作，内心却打着各自的算盘。特别是共产党，为了求得生存发展，必须在抗战中有所作为，力图在敌占区建立起自己的根据地。

地处太行山东缘的平山、井陉、获鹿、元龙和赞皇五县山区，是一道阻挡日军西犯的天然屏障和军事要塞，谁控制住了这片区域，谁就能在冀西中部站稳脚跟。因此元龙县抗日民主政府设在了县境西北部山区的南佐镇，上级任命姜奇为县长。在八路军一二九师骑兵团夏团长和刘政委的协助下成立了元龙抗日游击支队，以四十余名共产党员和进步青年为基础，陆续收编了几个土匪抗日武装，队伍发展到二百余人。与此同时，在一二九师派出的其他人员帮助下，县境内如雨后春笋般地建立了十多支抗日游击队，人数达千人之多，共产党的抗日力量初步组织了起来。

国民党何尝不明白共产党的策略，担心今天的合作伙伴借机发展壮大起来，明天就变成了竞争对手，早晚跟自己争天下，因此在这一带己党也必须有更强大的力量存在。以国民党中央军校政训班毕业生、复兴社成员侯如墉为首，将高邑、赞皇、元龙、赵县、栾城、井陉及获鹿七个县的保安大队、壮丁队和部分土匪武装组建起了“国民政府军事委员会别动总队华北游击第十三支队”。支队司令部设在元龙县西南部山区的西台城村，侯如墉任支队司令，队伍号称万人，势力波及七个县区，无论人数和实力足以压过共产党在这片区域的军事力量。

另一支实力更加强大的国民党武装“河北民军”，以保定陆军学校第五期步兵科出身的张荫梧为总指挥，在他多年经营下，特别是抗战爆发以来，他大力收罗各县的地方武装，队伍很快扩展到数万人，势力范围囊括冀中、冀西、冀南十余县。他的副手河北民军第二军区司令乔明礼，率六千余人驻扎在元龙县西部山区的胡家庄和时家庄一带，与南边的侯如墉相距二十华里。两者遥相呼应，遇事可以彼此照应。

日军竹泽联队在元龙县驻扎了月余。其间，他第一件事就是成立了维持会，任命从保定追随他来的唐荣荫为会长。由唐荣荫挑头，组织本籍人士帮日军搜集情报、征收粮食、筹建伪政府。在竹泽临走前，建立起了管理职能完备的伪元龙县政府，政府首长仍沿用日本的称呼，叫作县知事。这样的称谓，给人一种时光倒流的感觉，民国初年至民国十七年（1928 年）的县首脑曾经如此叫法。县知事由外县人伍星三担任。

帮下属石冢少佐稳定了局势后，竹泽率领两千多兵力向南佐镇进发，企图一举两得，既消灭新生的民主抗日政权，又打开通向山西的缺口，与山西的日军形成合力，占领太行山东麓区域，挤压八路军的根据地，图谋得逞后再向南开拔。八路军一二九师三八五旅七六九团官兵在县抗日游击队的有力配合下，对竹泽给予了迎头痛击。竹泽第一次领教了共产党军队的厉害，从对方兵力部署最薄弱的地方都未能突破防线，他只好丢下百十具尸体，退回到平原沿平汉铁路向南开进。

石冢明白，仅靠自己一个大队的兵力，难以有效控制元龙县广袤的平原地带，他首先把铁路沿线的几十个村庄，作为防范抗日队伍的重点。铁路线就是生命线，石冢把确保铁路安全作为军务头等大事，他以许奎原有人马为班底，又招揽了几百号人，成立了一支五百余人的保安团，任命许奎为团长，协助日军对铁路沿线三十多个村庄进行统治。又组建了一支二百余人的警务局，负责县城及重要村镇的治安。

石冢并不满足，他怀疑许奎的军事素养，还想另外建立一支协助日军作战的具有真正战斗力的队伍，他将目标锁定在了魏天雄的身上。虽然他知道魏天雄的家人曾经受到日军的伤害，但是他相信中国人的私欲心太重，施以重利诱惑不怕他不归顺自己。他将这一重任交付给了跟魏天雄共过事的许奎。

石冢大队部设在了城内中街“德义兴”花店里，而不是设在威严幽深的县衙大院，是因为他害怕沾染上中国历代官僚遗留在里面的令人窒息的腐朽气。进城第一天，石冢就坐着挎斗摩托车沿街寻找办公和居住之地，当转到中街时，他一眼就看上了“德义兴”花店所处城中心的地理位置和优雅的建筑风格以及宽阔的院落，跟随他的几个日本宪兵当即命令花店里的店员腾出地方。这是赵大财主的家产，在得到店伙计火急火燎的报告后，赵大财主不加犹豫地答复赶快给日本人腾出地方。他痛恨日本人自不必说，认为在强敌面前只能做这一种选择。

许奎被招进石冢大队部，在他听完石冢交代给自己的任务后，又接过一封石冢写给魏天雄的信，才彻底明白了这个东洋鬼子的用心。他首先想到的是如若魏天雄投靠了日本人，这个老冤家将成为日本人最炙手可热哩人物，他又得居人之下过窝囊日子了。许奎躬身从石冢大队部走出来，憋在心里的愤怒瞬间爆发出来，见四下无人，咬牙低声痛骂道：“石冢，老子死心塌地跟着你干，你还要另请那混账魏天雄。”

骂归骂，许奎一刻不敢怠慢。第二天一大早他和一个警卫都穿了一袭蓝色棉袍，梳了三七开的分头，打扮成读书人的模样，带着一只藤条编的沉甸甸的书箱，坐着一头黑毛驴拉的小厢车往九泉山走去。

魏天雄为自己不到二百人的队伍起名“西山抗日游击队”，自封司令，下设三个中队。今天他正在九泉山深处的秘密驻地和石敢当及三个中队长商议下一步偷袭日本兵营的计划，忽有山下传递信息的弟兄跑来向他报告说，许奎前来拜访。魏天雄有些奇怪，这个惧怕他老魏哩人怎么有情趣跑几十里路程找上门来了？他判断许奎一定肩负着日本人的使命，那就叫客人上山来说说吧。传递信息的弟兄跑下山去，将魏司令叫许奎上山的命令告知了把守山口的一个小队长。小队长将许奎二人搜了身和箱子，把他们随身带的两支手枪扣下，并用黑布蒙住两个人的眼睛在几个弟兄的引导下上了山。

西山游击队司令部是用石头砌成的几间小屋，带路的弟兄只将许奎领进魏天雄的屋里，给他解下蒙眼后离开。此时屋里只有魏天雄和石敢当两个人，三个中队长布置行动计划去了。面对老相识，魏天雄坐在圈椅上并不起身，也不让座，只是轻蔑地审视了许奎片刻，继而一阵哈哈大笑，笑得许奎心神不宁、尴尬至极，自己寻了个长条板凳坐下来，才算稳住了一点儿心神。魏天雄止住笑，问许奎道：“许团长，是日本人派你来哩？”

许奎恭敬地回道：“石家大队长派许某给你捎了一封信。”随即从怀里取出一个信封双手递给魏天雄。他又将书箱打开，拿去上边的一层书，亮出了一堆明晃晃的银圆，说道：“有不长眼哩日本兵打了魏司令家人还砸了烧坊，这是石家大队长赔偿给你家哩钱。”

魏天雄拆开信，很快浏览了一遍，给他印象深刻的是，石家写得一手好汉字。信的意思是说，首先向魏司令的家人被皇军误伤而深表歉意，今后魏家人将受到皇军的保护和款待，再不会发生不愉快的事情。接着奉承了他一通，说久闻魏司令的大名，经过这两次偷袭皇军的行动，使他领教了魏司令的厉害，真是百闻不如一见，有勇气有谋略，正是他所钦佩的军人所应具备的素养，希望双方能成为朋友。若能见上一面，当荣幸之至，如能加入皇军的队伍，更是求之不得的喜事，将会把魏司令的名字及事迹载入本大队的战史而被永久纪念。本队长殷切盼望魏司令的佳音！

魏天雄不动声色地把信撕了个粉碎，扬手撒在了地上，问许奎道：“日本人知道魏某哩事情真不少，这些可都是你哩功劳？”

许奎慌忙辩解道：“兄弟哪有那个胆量，日本人哩情报人员可不是吃素哩，对你这样大名鼎鼎哩人物早就研究透了。”

魏天雄又问道：“日本人待你如何？”

许奎知道魏天雄已经用行动拒绝了石家的邀请，但他不明白魏天雄为什么还要问这样哩问题，他老实说道：“待俺不赖，吃香哩喝辣哩，比给大清朝和北洋军阀、民国政府当差强多了。”

魏天雄又问道：“只为这你就愿意给日本人当走狗？”

许奎不自然地辩解道：“从大清到民国再到日军统治，一介小民不过是为了讨碗饭吃活个小命罢了，哪还顾得了其他。”

魏天雄再问道：“你就不怕你这汉奸哩恶名，殃及子孙后代？”

正值冬季，许奎被问得满头大汗，他壮着胆回道：“说不定日本人统治咱们几十年几百年哩，子孙后代也得听人家哩，到那时候是不是汉奸还难说。”

站在魏天雄身后的石敢当不等许奎的话音落地，恼怒地一拍桌子，斥责道：“许奎，你盼着中国人灭种是不？”许奎早被石敢当摔怕了，落下了心理恐惧症，听到这声怒喝吓得他面如土灰，再不敢作声。

时近晌午，魏天雄下逐客令道：“今天不留你吃饭了，回去告诉石家，就说俺老魏有机会和他见面。顺便给你一句忠告，不要把日本人当成亲娘，不要残害自己哩同胞，否则你会死无葬身之地！”

许奎受了一顿侮辱巴不得快点离开这里，他起身分别向魏天雄和石敢当鞠了一躬，转身要走，被魏天雄喝住道：“带上你哩箱子。”许奎返身提上箱子正要和同伴出屋门，带他们上山的几个弟兄进来蒙住俩人的眼睛沿原路送下山去。

没有完成石家交给自己说服魏天雄归顺日本人的使命，许奎是既怕又喜且恼，怕的是石冢因此看不起自己而不被重用，喜的是可以断定魏天雄决不会投靠日本人而不必担心抢占了自己的风头，恼的是魏天雄一点儿客气话都不给自己。回去得好好向石冢说魏天雄一堆坏话，好让这日本人痛恨对方，寻机消灭了这个不识好歹哩东西。两个人坐着驴车走在回去的路上，肚子饿得咕噜叫，赶车的警卫愤愤不平地抱怨道："魏天雄也太瞧不起人了，好歹在县城共过事，连顿饭都不管。"许奎坐在车帮上无精打采地昏昏欲睡，他忽然暗自笑起来，既是回答同伴也是宣泄情绪道："这年头，三年河东三年河西，三年后说不定他魏天雄是在河东笑还是在河西哭哩。"

拒绝石冢容易，难的是究竟选择侯如墉还是姜奇，是魏天雄这些日子最难以决断的头疼问题。在许奎来之前，侯如墉和姜奇就已经派人来向他游说过，想让他加入各自的队伍，他一时拿不定主意。

今天吴常受姜奇之托，第二次上九泉山敦促魏天雄就是否加入共产党领导的游击队作出最终表态。吴常在元龙县抗日民主政府的职务是锄奸科科长，这属于秘密工作，当然他的身份也对外保密。

听说吴常又来了，魏天雄心有旁骛却不能怠慢，依旧吩咐备酒席。魏天雄对手下早有交代，吴常可以自由进出山口。吴常独自一人上山，走到魏天雄的石屋，主人和石敢当早在屋门外迎候。俩人将他请进屋里，魏天雄热情让座。吴常接受姜奇熏陶多年，内心秉持着坚定的信念，又经过一些风雨的洗礼，早已锤炼成了一条响当当的汉子，在魏天雄和石敢当面前丝毫不逊两个人的气概。吴常并不客气，坐下后反客为主，从温酒器里拿起酒嗉按年龄大小顺序斟满三盅酒，唤道："天雄哥，敢当哥，姜县长日夜繁忙，不能亲见二位，特让小弟表示歉意。来，干一杯！"仨人一饮而尽。吴常开门见山问道："天雄哥，考虑了几日，今后作何打算？"

魏天雄拿过酒嗉先给吴常斟上，抱歉道："兄弟！哥哥给你赔个不是。对加入县抗日民主政府游击队一事，哥哥真还没考虑好。不是嫌官小，让俺担任副大队长是对俺哩器重。说句实话，俺不习惯受人约束，喜欢自作主张、独立行动。不过，游击队需要俺们配合打日本，天雄一定责无旁贷。"今天魏天雄终于拿定了主意，放弃投靠共产党的念头。就目前来说，共产党实力太弱，在敌后严酷的境况下恐难生存下来，即使生存下来也不会有大作为，不论现在还是将来投靠国民党为上上策。

吴常听出了魏天雄话里的坚决态度，他失望至极、懊恼至极，人各有志，这种事情又不能强求。再坐下去已没有任何意义，吴常起身要告辞，魏天雄见状急忙相拦，石敢当也站起来劝阻吃了饭再走。吴常微笑着对魏天雄道："老哥，兄弟祝你以后顺风顺水！"言毕，转身离去。魏天雄和石敢当送出屋门，看着吴常消失在了蜿蜒山道间才返回屋里。俩人面面相觑，心里不免为伤了吴常的面子而有些惴惴不安。魏天雄既是安慰石敢当也是安慰自己道："没办法，两者只能选其一。来，坐下，咱俩接着喝。"

两个人刚端起酒盅，山下又传来消息，说是有位杨先生带着礼物前来拜访。魏天雄思忖着今天对他来讲或许是一个重要日子，他无心再喝酒，放下酒盅，对传递消息的弟兄道："快请杨先生上山！"

这位杨先生其实是侯如墉身边的参谋，前几日已经来过九泉山和魏天雄谈了收编之事，魏天雄一时拿不定主意，今天来，杨参谋是势在必得。

崎岖狭窄的山道上，杨参谋在前，一干随从牵着几匹驮着许多物资的骡子紧随其后，在半山腰和往下走的吴常碰到了一起。杨参谋没太在意吴常，把他当成了魏天雄手下的干将。而吴常对这位不速之客倍加警觉，虽然对方是商人打扮，却透着一股睿智军人的特有气质。吴常又从他疲惫的步伐中看出，这是赶了远道而来。再从骡子驮着的木箱判断，他们是侯如墉派来的人无疑。魏天雄情归何处，今天或许就见分晓了。道分两岔，往左还是往右随他去吧。吴常让一步道，待杨参谋一行错身过去后继续向山下走去。

日头正值前半晌，杨参谋一行从地处元龙县西南边的西台城村，到西北边的九泉山，四十多里山路，算来天不亮就得出发，仅这一点儿就让魏天雄感动。待杨参谋把五匹骡子驮来的二十多支步枪、两千发子弹和三百块大洋，还有六布袋细箩白面送给他时，他内心更是激动不已。但他丝毫不表露出来，对这一切伴着淡淡的微笑说了一句不疼不痒的客气话。

魏天雄把杨参谋引进自己的屋里，其他客人由石敢当领进旁的屋里歇息去了。魏天雄和杨参谋分主宾落座。面对一桌剩菜，魏天雄实话实说道："不好意思！刚才共产党姜县长派人来商量了一件事，天气冷，弄了几个菜边喝边谈，此人刚走。"

杨参谋这才想起了在半山腰上碰到的那个擦肩而过的汉子，他警觉地探问道："姜奇有何打算？"

魏天雄面露忧烦之色道："不瞒你说，也是来谈收编之事哩。你们两家相争，俺老魏谁都得罪不起，真是难以取舍，这可如何是好？！"

杨参谋是南方人，为了跟魏天雄拉近感情，他有意用元龙县口音与之交流，追问道："他们给了你多少礼物？许了你什么官职？"

魏天雄淡然道："你还不了解某家，本人对这些都看哩很轻，俺看重哩是能不能带弟兄们奔个好前程。"

杨参谋从随身皮包里取出一张任命书递给魏天雄。魏天雄接过来，看到上面用正楷书写着任命自己为"国民政府军事委员会别动总队华北游击第十三支队第四团团长"字样，落款是十三支队司令侯如墉。

魏天雄笑问道："这些都是虚妄之名，它能带给俺弟兄们什么好处？"

杨参谋情绪有些激动，提高嗓门回答魏天雄道："什么好处？！你哩弟兄们如果加入到了十三支队，就意味着成了国民革命军哩一员，活着由国家供养，尊为国之重器。假若有一天为抗日战死沙场，会被国民政府追认为革命烈士，国人将视其为民族英雄，世代受人敬仰。这是无数男儿想得到都得不到哩名节，你说能有什么好处哩？！"

魏天雄完全被杨参谋的话所感染，他猛地拍一下大腿，喝道："说哩好！就冲这番话，俺魏天雄愿意加入国民革命军，接受侯司令调遣！"

杨参谋大悦，兴奋地冲出屋门呼喊同伴。在隔壁和石敢当闲聊的几个人，听到长官召唤的声音，急忙跑了出来。杨参谋吩咐他们将带来的好菜都拿出来。一会儿工夫，几个人从带来的木制食盒里亮出了一道道各种肉食，把魏天雄屋里的桌子摆得满满当当。

魏天雄也高兴地唤石敢当去抱两坛子自家酿的高粱老酒来招待客人。杨参谋听到石敢当的名字，心中一惊，这或许就是老康托付自己要找的人？他上次来九泉山找魏天雄，仅限于两个人密谈，没有接触其他任何人。待石敢当抱着两只酒坛子进来，杨参谋急不可耐地问道："你就叫石敢当?"石敢当奇怪地看着杨参谋，反问道："你怎么知道俺?"杨参谋郑重道："俺和老康是志同道合哩战友和朋友，十余年前他让俺当你哩入党介绍人，在你哩党员登记表上补签上了俺哩名字。"原来如此，石敢当的情感立刻跟杨参谋之间没有了距离，和老康一样都成了自己的尊崇之人。"老康"这个名号在石敢当的心里封存了十几年，他时常惦念导师现在是怎样一种状况，便急切地问杨参谋道："老康在哪?他现在怎么样?"同时下意识地把贴在胸前的玉佩从脖子上摘下来，眼睛里闪动着渴望的光芒继续说道："早该让这玉佩物归原主了!"提起老康，杨参谋心情忽然低落下来，回答石敢当道："老康在北伐战争中牺牲了!俺俩在一起共事多年，感情深厚，后来因为执行不同任务分开了。十一年前俺俩在北伐战场重逢，他说在元龙县结识了一位很好哩小同志，忠厚可靠，双方以一块玉佩当信物，彼此发誓立志要为三民主义奋斗，他叫俺当你哩入党介绍人，俺答应了。他很想再见到你，可惜这个愿望不能实现了!老康叮嘱俺，如有机会见到你，一定要代他向你问好……"杨参谋话没说完，见石敢当眼圈红了起来，再无心说下去了。石敢当凝视着手心里的玉佩，信物犹在，主人已逝，老康向他传播的三民主义未竟，国土又遭日寇践踏，国破人亡，怎不叫人伤感!

这一幕魏天雄看在眼里，回想起当年老康曾经动员他加入国民党一事，才知道自己没被说服，身边最亲近的人倒成了三民主义哩忠实信徒。这么多年来，石敢当一字不曾跟魏天雄提起老康和三民主义的话题。魏天雄钦佩在大事上能信守诺言保守秘密并且有情有义哩人，没看走眼，石敢当果然就是这样哩人!魏天雄的情绪也受到了感染，他劝慰石敢当道："别伤心了，老康走了，咱们还有自己哩事情要干。这不，杨参谋就是为了请咱们加入国民革命军才来哩。"杨参谋接过魏天雄的话继续说道："老康人走了，但他的精神还在!三民主义永远是咱们追求哩理想!目前情况下，打走日本人，解救中华民族于水深火热之中是第一重要哩事情，这本身就是民族主义体现，你说对吧!"石敢当点点头，默默地把玉佩又挂回到了胸前。因为杨参谋和老康是挚友，石敢当自然对他尊敬有加，心里也把他视为知己。

成了一家人，魏天雄和杨参谋把各自的人混合在一起，激情高涨地推杯换盏称兄道弟，气氛好不热烈。

过了几日，魏天雄接到侯如墉的命令，命他把队伍开到西台城驻扎，因由是为了壮大十三支队的实力，更重要的是遇有军事行动便于统一部署。他约莫猜疑到这是侯如墉的调虎离山之计，防止他游离于人家的控制范围之外而成为独立王国。军令如山，他丝毫不耽搁，立即率领一百多个弟兄下了九泉山，向南翻山越岭而去。一路上，魏天雄不断警醒自己，从此以后就不同于以往当小打小闹哩山大王那么随意自在了，身处大江湖、大险恶，关系到大命运、大生死，需要大勇气和大智慧才能生存下去。心机深厚的侯如墉同时派了一支自己的嫡系队伍占据了九泉山，他得意自己的势力范围又扩大了不少。魏天雄到达西台城后，侯如墉发放给他们的灰色军服左臂臂章中间用蓝颜色印着一个柿子般大小的"固"字，因侯如墉字子固，乃昭示侯之部队。

国共两党在元龙县的军事格局已然成型，力量对比悬殊。在双方合作中，国民党的十三支队与河北民军对待八路军和抗日民主政府，往往盛气凌人、独断专行，时常闹出些矛盾。第二个抗日年初，日军进犯南佐镇，八路军一二九师的一个团在县游击队的配合下，奋勇击退了日军的进攻。整个战斗持续一天，而十三支队与河北民军佯装不知，袖手旁观不施援手。如此表现，令共产党方面异常气愤。

为了真正建立起一种政令畅通行动一致的合作关系，共产党方面提议召开一次军政会议，制定出一套完整的行为准则。经双方协商，会址定在了南佐镇西边十余里的黑水河村。共产党方面出席会议的有八路军一二九师政委邓小平，冀西民训处特派员、冀西游击队司令杨秀峰，八路军游击支队司令桂赣生，元龙县抗日民主政府县长姜奇。国民党方面由十三支队司令侯如墉带队，其中有河北民军第二军区司令乔明礼，魏天雄也参加了会议。会议就维护抗日民族统一战线形成了几项决议，成立了元龙县抗日动员分配委员会，侯如墉的十三支队负责双方军政所需的粮、款、柴、草的统一征集、分配工作。

在双方人员步入会场时，姜奇和魏天雄碰到了一起，俩人的目光相视瞬间，彼此都生出一种既熟知又陌生，既亲近又疏远的感觉。魏天雄似有亏欠，先开口道：“姜县长！咱们以后少不了合作。”姜奇真诚地回应道：“但愿合作愉快！”

第三十八章　老儒生拒当伪保长

元龙县境内的国共军队在西部山区筑起了一道易守难攻的防线，准备迎接随之而来的残酷的军事斗争。

石冢大队长同时在他占领的平原上加强设防，在每个村庄之间都建起一座炮楼，每座炮楼都用铁丝网和壕沟护卫，里面住着十几个日伪军。白天敌人站在炮楼上四处瞭望，黑夜探照灯不停地来回照射，如果有人不经允许路过，就会遭到从炮楼上飞来的子弹的射杀。铁路两侧，管控更是严格。县境东部平原，完全被日军分割成网格状控制起来，为他们下一步实施残暴统治打下了基础。

在贞村村东修建炮楼时，日军强行征占百十名民工和大批砖石木料，干了月余竖起了一座统辖周围几个炮楼的中心据点。村子沿街房屋的墙上，随处可见用白灰刷着“建设大东亚共荣圈”“日中亲善共存共荣”等日军的各种宣传标语。在伪军的簇拥下，日军每天从据点里出来，凶神恶煞地到村子里巡视一遍，造成村民极大的心理恐慌。这仅是外在的统治形式，侵略者要让中国人当傀儡，在每个村子建立起他们行之有效的基层政权，才是内在目的。作为拥有一千多人的大村，贞村毋庸置疑成为石冢重点对待的村子。贞村安定，周围的村子也就安定。

今天，石冢由许奎和县知事伍星三陪同，在一小分队日军和保安团一个中队伪军的护卫下来到贞村，要任命一个伪保长。高冉是许奎推荐给石冢的第一人选。许奎谄媚石冢，说高冉当了近三十年哩保长，现在是贞村哩村长，叫他给皇军当保长是顺理成章哩事情，只要这个在村民心目中享有极高威望哩乡贤肯给皇军卖力，贞村就能成为皇军治下哩模范村。听了许奎的建言，石冢的心就凉了一半，他回想起自己曾经侮辱高冉的情景，今天又要请对方担任贞村的保长为皇军出力，这岂不是自己要从给自己挖的坑里跳出去？结局如何他难以预料，他想象不到高冉会以一种怎样的态度对待他这个“老朋友”，他决定再会会这个乡绅。

正值年根，往年这个时候整个村子都热闹起来了，在街面上呈现着一处处杀猪的场景，围观者不分老幼享受着一种难得的喜庆气氛，各家各户的女人们在家里忙着蒸馍馍做豆腐。东洋鬼子到来后冲淡了人们过年的心惶，为了避免和鬼子发生事端，即使在白天，每家每户都是大门紧闭。高家也不例外，今天一家人吃过早饭，高张氏就召集女眷和孩了们窝在屋里纺棉花、做针线，高鸿在账房里整理账目，高冉和姜老拧、老陈、黄六穿着老棉袄在一进院坐着板凳靠着墙根闭目养神晒日头。今儿的日头暖和，几个老伙计闲聊着不时打着瞌睡，家里的两条大黄狗突然狂叫起来惊醒了他们，随即听到大门被用力敲击的声音。老陈和黄六站起身要去看个究竟，被高冉制止，他从敲门的声音中判断出，来者不善。高冉亲去把大门一侧的小门打开，看到的是他最痛恨的人，随手要把门关上，被眼疾手快的许奎顶住，笑道："高村长，登门就是客，这个理儿你最懂。石冢太君有话要跟你商量，不能把客人挡在门外吧。"高冉硬邦邦地怼道："俺高家不允许豺狼进门。"许奎伸手去捂高冉的嘴，压低声音道："可不敢骂太君，死了死了地有。"高冉更加强硬道："侵略者早就该死。"许奎想不到高冉敢当面辱骂石冢，他回头观察主子的反映，看到石冢听完翻译官的解说后并不恼怒，而是面露笑容回应高冉道："中国有句古话，叫作不打不相识。咱们这是第二次见面，算是老朋友了，我为第一次伤害了你的感情和尊严表示歉意！"许奎急忙闪在一旁，石冢冲高冉深深地鞠了一躬。高冉厌恶地说道："俺们中国有个'农夫与蛇'哩寓言故事，蛇终归是蛇，不能对蛇抱有幻想，不然就会被它所害。"石冢又道："我还记得中国一句老话，就是'放下屠刀立地成佛'，我就是那个佛。"高冉冷笑道："江山易改本性难移，狗到死改不了吃屎。"石冢闻听面露愠色，许奎急忙帮腔道："高乡绅，你别不识抬举，石冢太君今天来是请你担任贞村哩保长，答应了太君，不但你一家人平安，全村人也跟你沾光，何乐而不为。"高冉义正辞言道："堂堂中国人，岂能和蛇蝎豺狼走狗同流合污！你们走吧，高某不待见你们。"话音未落，趁许奎不注意，用力关上门，上了闩。三个老伙伴围在高冉身后一直替他捏着把汗，见东家拒绝了石冢而没有招致报复才长出了一口气。

吃了闭门羹又受了一通侮辱，石冢恼怒异常，要在往日他会一刀结果了这个不识时务的老头，但是今天他顾忌高冉在村人心目中的极高威望，只能把怒气憋在肚里。最难受的是许奎，因为是他出的主意，既没有达到目的，又伤害了石冢的尊严，心里惶恐不安，便劝慰石冢道："太君！别生气，高冉不识时务，以后俺替你出这口恶气，叫他高家不得安宁。太君！还有一个人能胜任保长一职，俺这就领太君去见他。"

许奎领着一行人来到了段士修家，早有看家护院的跑去告知了东家。段士修和哥哥段士贤以及俩小子段永福、段永禄急急忙忙迎了出来，两老两少四个男人鞠着躬将石冢等人请进了大门，又脚不离地的在前引路，直接来到段士修居住的堂屋。主家将石冢让在主座上，其余人各寻座位坐下来，田生玉忙前忙后地给各位倒着茶水递着香烟。

石冢对段士修这个"老朋友"印象很好，认定他是皇军的顺民，又是贞村的首户，由他担任保长是再合适不过的人了。不等许奎说话，他先开了口，按照中国人的习惯寒暄道："老朋友！几个月不见气色更好了！"段士修听完翻译官的解说，恭维道："这都是皇军带来哩惠风，以后还会更好！"石冢满意地点点头道："为皇军出力，保你段家年年五谷丰登、财源滚滚！"

段士修感觉石冢的话不同寻常，一定为了某种目的而来，他警觉地回应道："段某不才，守着这点儿家业有吃有喝就满足了。"

石冢道："你不应该满足，不只要守好自己的家业，还得给皇军干一番事业，这才是你的圆满人生。"

段士修的心提到了嗓子眼，不知道石冢要给自己安排什么差事，不再言语，等着对方说话。

许奎接过话茬，对段士修道："石冢太君请你担任贞村哩保长。"

段士修一愣神，继而哑然失笑道："俺当是什么大事哩，这村不是有现成哩村长奥，叫他当保长就是了。"

许奎愤愤道："高村长不识抬举，以后走着瞧。"

段士修诘问许奎道："人家不干，你就领石冢太君找老朽来了？老朽三十年前就扔了那差事了，年过七十奔死哩人了，再让俺重拾旧业，没有那份精力喽。再者说，俺哩大小子给皇军当着乡长，俺在儿子手下当保长，也不成体统啊。"

石冢听段士修说的话不是没有道理，问道："哪个是你哩乡长儿子？"

段永福站起来应道："俺就是。"

石冢问伍星三道："你可认得他？"伍星三来元龙县没几天，对下属还对不上号，便翻开随身带的组织机构花名册找到相应的名字，核对道："你叫段永福？"

段永福回道："正是本人。"

当初为段永福给日本人当伪乡长一事，段士修颇费了一番脑筋。如若同意永福在伪政府任职，怕背负个汉奸名声，遭世人唾骂；如若拒绝委任，又担心日本人报复，不是家人性命难保就是家业遭受损失。权衡之下，还是保人身和家业平安为重，这是一家之根本，国破了，家不能再亡，任世人唾骂去吧，顾不了许多了。但是伪保长一职是绝不能当哩，伪县长派下差事来，伪乡长可以推给伪保长去办，伪保长可就没哩推诿了，只能给日本人出头。尝若以后赶走了日本人，清算汉奸时，伪乡长还能找伪保长当替罪羊，干了实事哩伪保长可就推脱不掉了，必定要受到惩处。可是日本人哩面子是不能呛哩，他灵机一动想好了对策，对石冢道："请太君放心！贞村能人多，老朽再给你推荐一个人选，一定能胜任。"

石冢问道："此人在哪里？"

段士修道："就在眼前。"他指指正在提壶给石冢续茶水的田生玉。田生玉并未察觉东家所指，仍专心致志于自己手里的活儿。

石冢上下打量一番这个年近六旬留着一头灰白长发身体却硬朗的老汉，疑问道："一个仆人能当保长？"

段士修夸赞田生玉道："他在俺段家干了大半辈子，脑子灵活，一直给俺当差，手脚又勤快，这份家业有他不小哩功劳。当保长对他来说不在话下，即便有了棘手哩事情俺会帮他，保准叫太君满意！"

石冢点点头，就看田生玉什么态度了。

田生玉听着他们的对话，像是在梦里，面对石冢逼人的眼神，他才恍然清醒，提着茶壶的手颤抖着，茶水沥溂了一片，慌不择言地对石冢和段士修拒绝道："太君！东家！不沾不沾，俺可当不了保长。"

段士修沉下脸道："别嚷嚷了，叫你当你就当，无非就是帮着皇军维持治安、征收粮款柴草这些事，有石冢太君给你做后台，东家给你当帮手，有什么干不了哩？"

田生玉明白段士修的心思，把汉奸哩帽子让给别人去戴，不安好心。可是在人家屋檐下，不愿干也得干，他只好硬着头皮答应下来。

时近晌午，段士修置办了几桌丰盛的酒席招待石冢一伙人。

第三十九章　剑胆与情幻

进入第二个抗日年份的冬季，为了跟敌人针锋相对开展军事斗争，抗日民主县政府派出十几个同志到敌占区建立自己的情报网，以便随时掌握敌人的动态。

姜奇特意指派吴常负责从县城到贞村这片他所熟悉的区域设立情报站工作，吴常决定先从敌情紧急的县城向外扩展。他凭借与高鹏多年建立的深厚感情和颇高信任度，首先将义兴昌粮行设为情报站。民族大义当先，高鹏听吴常一说，当即表示同意，他让吴常放心，一定做好情报收发交换工作。一连几天吴常冒险奔波在城北敌占区的几个村子里，寻找合适的情报人员。白天他要想方设法躲避倭寇设在各村口的盘查点，以防有认识他的伪保安团人员惹出麻烦。没有良民证和可疑的人立刻就被抓到县城日本宪兵队拷打审问，虽然他有良民证，可经不起仔细盘查。他的良民证是田生玉冒着风险给办哩。日本人占领了这片土地后，即对每家每户的常住人口进行登记，吴常因是抗日民主县政府里小有名气的人物，不在登记范围，自然无法制作良民证，这给他在敌占区开展工作带来了不便。办理良民证，得有本村保长担保才行，他找到当了伪保长的田生玉要求务必给他弄一张。田生玉这下遇到了难题，他哭丧着脸对吴常说这比登天还难，吴常不容回绝地逼视着他说就是登天也要办成此事。伪保长这个汉奸身份，本就让田生玉害怕吴常这个锄奸科科长拿他开刀，看这架势如果办不成此事吴常一定不会放过自己，他便勉强答应下来。田生玉冥思苦想了几天后，将吴常化名“吴山”补充进了贞村的户籍中，鼓足勇气拿着吴常的照片去县城伪政府警务局办证，用几包香烟换取了办证警察的好感，未加仔细审查便过了关。田生玉从警务局出来后冒了一身冷汗。即使有了良民证，黑夜走在村子里也要提防各村伪保长布的眼线，他们发现可疑人就会立即向日本人通风报信，实施抓捕行动，否则将会受到日寇的严惩。在敌人如此严密的控制下，吴常付出了极大的艰辛，终于把这一大片区域除贞村外的十几个村子都设立了情报站。

今天傍晚，吴常等到南边邻村各个路口盘查过往行人的日伪军撤回炮楼后才从村北口出来，凭借熟悉的地形躲开敌人的监测网来到贞村。吴常径直走进丁黑子家。如果说，在其他村子选择情报站人员时，他动了一番脑筋，费了一些口舌，经历了不少波折，而在贞村他会毫不犹豫地确定下丁黑子和丁不白父子俩。

丁黑子老两口、丁不白夫妻俩，还有丁铁蛋的媳妇和他俩的两个小闺女，借着微弱的天光正在灶火间围着地桌吃饭。见吴常前来，大人们纷纷起身让饭。吴常也不客套，拽过一只小板凳坐下，拿起一个小米面饼子就着白菜帮炒辣椒大口吃起来。丁黑子挂念孙子，问丁铁蛋在游击队哩表现。吴常咽下一口饼子，夸赞道：“打仗勇敢哩！日军进犯南佐时，游击队配合八路军进行了反击，铁蛋冒着枪林弹雨袭击敌人，打死了几个鬼子，还缴获了几支枪，受到了姜县长哩表扬！”一家人都为孩子感到自豪，啧啧称赞。丁黑子感叹道：“孩子有出息！”丁不白嘱咐吴常道：“叫他别惦记家里，安心打小鬼子。”吴常也受到了鼓舞，口气坚决地说道：“请你们放心，俺们一定多消灭鬼子！”丁黑子忽然想起一件事，对吴常说道：“大伯有一样东西送给你！”随即撂下碗筷，弯着腰去屋里拿来了一件用红布包裹着的一尺多长的东西递给吴常。吴常一眼就看出这是什么，惊喜得一跃而起，双手从丁黑子手里接过来，兴奋道：“大伯！这可是宝物！这把剑会给俺增添百倍哩胆量！”说着掀开红布把短剑从牛皮套中抽出来，一只手轻轻地在闪着寒光的剑身上拂过，左看右看，爱不释手。丁黑子明知故问道：“喜欢不喜欢！?”吴常连声回道：“喜欢喜欢！”丁黑子又道：“大伯敬佩你跟着姜县长出生入死，给咱老百姓干事，用这把剑犒赏你！”丁不白夸耀道：“这把剑是俺帮着你大伯用了一个多月工夫打造成哩，比魏天雄那把还好！”丁黑子解释道：“给他打那把剑是为了报私仇，给你打这把剑是为了杀鬼子，自然不一样。以后不打这玩意儿了，打不动了。”吴常听着丁家父子说的话感动不已，他能想象到这把剑凝聚着老人多少心血和汗水！他把短剑小心地插进剑鞘揣进怀里，双膝跪下来，要给老人行三拜九叩之礼。丁黑子急忙揽住他的胳膊道：“大侄子，不必多礼，快起来！你大伯老了，没力气打小日本了，你用这把剑多杀几个鬼子，就算是报答了！”吴常站起身坚定地说道：“大伯你放心！俺一定叫这把剑喝够小鬼子哩血，还有那些帮着日本人欺负咱中国人哩汉奸。”丁黑子叮嘱吴常道：“杀了几个鬼子、汉奸，可要告诉你大伯，叫老汉也乐和乐和！”老太婆截住老头子的话道：“饭菜都凉了，吃饱了再说。”丁不白媳妇拿葫芦瓢给几只碗里添上小米稀饭，催促大家道：“快趁热吃吧。”三个老少爷们儿暂时无话，坐下来埋头吃饱了饭。吴常对丁黑子和丁不白道：“大伯！哥哥！俺有事要跟你俩商量。”丁不白预感到有重要事情，对吴常道：“走，屋里说。”丢下三个女主家在灶火间拾掇碗筷。三个人来到北屋，丁不白点上油灯，义不容辞地说道：“兄弟！只要俺们能帮上忙，你尽管吩咐。”吴常挨着丁黑子坐在炕沿上，压低声音说道：“姜县长派俺在这片村子建立情报站，负责传递抗日民主县政府和地下工作者之间往来哩指示和情报，同时还要掌握敌人哩一些动态，俺看咱村在你家设个站最合适，不知道大伯和哥哥愿不愿意。”丁黑子一拳杵在吴常的胸脯上，怪嗔道：“你个兔崽子，这事还用征求你大伯哩意见?!”丁不白表态道：“叫姜县长放心，俺父子俩保证把情报传递好！”吴常揉揉有些疼痛的胸脯，依旧严肃地说道：“俺信任你俩，也得把话说完，一旦县政府批准了这个情报站，你俩哩身份可就不同于常人了，吃苦受累是小事，脑袋可就挂在裤腰上了，不知道哪会儿就丢了性命。”丁黑子面露不悦道：“大侄子，俺丁家人什么时候怕过死?”丁不白急忙打圆场道：“爹！吴常兄弟哩意思不是说咱怕死，是说干这份工作危险性大，责任更大。”吴常微笑道：“大伯！恕你大侄子不会说话，咱丁家男人个个都是铮铮硬汉，天不怕地不怕，更不怕那小鬼子，你说是吧！”说得丁黑子脸上露出了喜色，哈哈大笑道：“这话俺喜欢听，为了打小日本，俺丁家人赴汤蹈火在所不惜！”吴常和丁不白被老人的豪情所感染，跟着笑起来。

吴常满心欢喜地从丁家出来，天色变得漆黑，只看到从村东鬼子的炮楼上四处扫射的探照灯光在夜空划出一条条白带。身处日军的铁蹄下，村子寂静异常，每家每户吃过晚饭早早插上了门闩。吴常一人走在街上，偶尔听到一两声狗叫声，更增添了几分阴沉之气。即使闹土匪的时候也没有这种令人窒息的气氛，什么时候能把日本人赶走，结束这苦难岁月，乡亲们做梦都想哩。

吴常走到村南口时，不知从哪里闪出两个人影对他喝道："站住，大黑天出村子干什么？"一道手电筒的光柱射在吴常的脸上。吴常知道这是日本人在每个村子组织的巡夜队设立的岗哨，天黑后对每个进出村子的人进行盘查。他停下脚步等两个人走到跟前回道："一个村哩都不认识啦？俺是吴常，串了个门，回家睡觉。"巡夜的是两个十七八岁的年轻人，吴常这些年在家待的少，两个年轻人没见过吴常几次面，却对他耳熟能详，知道他是抗日民主县政府的干将，很惊讶他敢只身来到敌占区。俩人截住吴常正在嘀咕是把他交给保长还是放他走时，恰巧田生玉带着两个巡夜队员到此查岗。田生玉见是吴常，吃惊的同时低声训斥两个年轻人道："不认识你吴山叔了？以后不许再盘查他，今儿黑夜哩事儿谁也不许说出去。"两个年轻人低声应着懵懂地退在一边，他们不知道吴常为什么又叫吴山。田生玉十分清楚自身的尴尬处境，既不敢得罪日本人，也不能得罪共产党，要给自己留条道，这天下不定以后谁说了算哩，所以装傻是最好哩自我保护方法。他对吴常恭敬地说道："大侄子！别见怪，孩子们不懂事。天这么晚了，早点儿回家吧！"吴常平静地面对着这一切，倒要看看在自己村里能不能过了这一关。他对田生玉的处事表示认可，言谢了一句继续向家走去。

吴常来到自家院前，他知道院门插着，纵身一跃攀上土坯墙头，翻身进了院子，蹑手蹑脚走到爹娘住的北屋东边那两间门前，轻轻敲了几下。从里面传来一个老汉的声音，问道："谁呀？"吴常回道："爹！是俺。"屋里立即传来一阵窸窸窣窣起身穿衣裳和火镰打火点灯的声音。屋门很快打开，在微弱的灯光映照下吴定和菊子一齐站在吴常面前，招呼他快进屋暖和暖和。吴常刚进屋，娘的两只手早伸到了他的脸上。菊子抚摸着儿子冰凉的面颊，声音颤抖着问道："一走就是一个多月，整天叫娘担惊受怕，什么时候才能过上安心日子唉？"吴常一阵心酸，他也抚摸着娘满是褶皱的脸，安慰道："娘！不用替儿担心，俺会照料自个，等打走了日本鬼子咱就能过上安心日子了。"菊子哀叹道："不知道哪年哪月哩！"吴常坚定地说道："俺们一定能把小日本打跑，你和爹就等着俺们哩好消息吧！"他把话题转到爹的身上，问爹近来身体可好？吴定告诉他道："吃了几十副草药受伤哩腰显好，还是吃不上劲，放羊沾，地里活是不能干了。"吴常从怀里掏出一大包东西，对爹说道："儿又给你抓了几副药，接着喝，慢慢调养会好哩。"吴定接过药，嘴里叨念着吴常真是个孝顺孩子。

吴常见了爹娘，缓解了一些拳拳思念之情，向两位老人告辞道："爹！娘！俺还得连夜赶回去，过些日子再来看你们。"说完转身就要走，菊子喝住他道："等等。"吴常一愣，听出娘的话里对自己有深深的不满之意，他转过身询问道："娘！还有什么话要给儿说？"菊子沉静片刻，指指一条板凳道："你坐下来，娘给你说件事。"吴常从来没见过娘对自己这样一副怨气十足的表情，他一时摸不着头脑，只好乖乖地坐在凳子上听娘训话。菊子好大一会儿才开了口，她似乎是在努力平复内心起伏的情感，责备吴常道："你几十天才回来一趟，连你媳妇哩面儿也不见一下。余子进咱家门十几年了，你不喜欢人家，一次都没跟人家同过房，人家心里有苦说不出，憋屈了这么多年，对你一句怨言都没说过，尽心尽力孝敬俺老俩，你就是个铁石心肠哩人，也该感激人家啊……”菊子哽咽得一时说不下去，舒缓了一下情绪继续说道：“吴常，你可不能毁人家一辈子，30多岁哩人了连个孩子都没有，以后谁给人家养老？谁给你延续香火？今黑夜不叫走，只要跟你媳妇同了房，什么时候走都沾，听见了呗？”吴常一直低头不语，在娘的逼问下，他抬起头诡辩道：“娘！这兵荒马乱哩生孩子是个拖累，孩子也跟着遭罪，还是不要为好。”坐在炕沿上的吴定不便插话，只顾听老伴儿训斥孩子。菊子反驳道：“照你这么说，凡是打鬼子哩人都不能要孩子，那咱中国岂不自己就灭亡了。”驳斥得吴常哑口无言，却也不表示顺从娘的意愿。菊子知道吴常的倔强劲又上来了，这股劲就是九头牛都拉不回来，她只有一个办法了，如果再不行，她也就死心了。菊子颤抖着声音说道：“吴常，从小到大，娘没为难过你一次，你也没让娘着过急，就这件事是娘哩一块心病，你要是不遂了娘哩心愿，娘死不瞑目……”这句话震动了吴常，他看到娘在用衣袖擦拭眼泪。从小到大，在他的记忆中每当自己受到委屈时，娘才会流出心疼的泪水。今天娘的眼泪是因为自己的忤逆行为而流，他感受到娘是真的伤心了，便“扑通”跪倒在地，向娘祈求道：“娘！儿子不孝，别生畜生哩气了，儿子一定给你添个孙子，俺这就去媳妇屋里。”吴定对还在擦拭眼泪的老伴儿道：“行了行了，孩子答应你了，快叫孩子起来。”菊子破涕为笑，过去将吴常搀扶起来。此时吴常的泪水却溢满了眼眶，他不是为自己感到委屈，而是被娘的良苦用心所感动。

吴常从爹娘屋里出来，走到余子住的西间屋前，在窗户下轻轻敲醒了媳妇，叫她开门。余子听出是吴常的声音，灯都来不及点，急忙穿上衣裳，下炕开门。虽然她和吴常只是名义上的夫妻，心里早已没有了任何念想，却也不想让男人在屋外多挨一会儿冻。吴常跨进门，屋里伸手不见五指。余子淡淡地说道：“点上灯吧。”吴常同样淡淡地回道：“不用。”他返身把门插好。余子轻车熟路，先上了炕，替吴常铺好被子，再脱衣钻进了自己的被窝。吴常摸索到了炕上，盘腿闭目静坐着，他需要先排除掉隐藏在内心的一段私情，再努力培育出对自己老婆的激情。

近段时间，黄丽那婀娜的身姿、顾盼多情的眸子，每当夜深人静时就会闪现在吴常的脑海里，尽管俩人已经痛苦地了断了那份突如其来而又刻骨铭心的感情。今年初，冀西民训处组织了十几个战地工作团，派到各县协助抗日民主县政府开展工作，团员们按照分工，建立农、工、青、妇救国会等群众抗日团体。派驻到元龙县的战地工作团，有个叫黄丽的女同志，芳龄二十五，模样长得甜美，看似性情文弱，做事却干练泼辣，她组织根据地妇女红红火火地开展抗日工作，深受老百姓喜爱，多次受到上级表扬。她原是冀中平原一个大户人家的小姐，因誓死不接受爹娘给她定下的娃娃亲，一定要自己找一个如意郎君，几年前逃婚出来参加了革命。由于身处险恶的斗争环境，居无定所，她一直没有机会结识心仪的男人。没承想，来到元龙县短短几个月，她和吴常就经历了一段跌宕起伏的感情波澜。吴常第一次接触黄丽，就被她那如皓月般圆润的脸庞，似黄莺样甜美的声音迷住了，他的潜意识里竟有了非分之想。但是很快他就掐断了那种欲望，他提醒自己，一个有家室且年长人家十岁哩男人，生出这种想法简直荒唐下流。此后再遇见黄丽，他便强装清高，对之视若无睹，任凭心旌摇曳。黄丽从不缺少追求者，以她的标准，非铮铮男儿打动不了她的心扉，她一直在暗暗地寻找着自己的真爱，对向自己表达爱慕而不中意者她都用沉默予以回绝。吴常硬朗的面容、坚毅的表情和风尘仆仆的身影，给她留下了深刻印象，她对这个男人产生了兴趣。她从多方面打探清楚了吴常的身世和家庭状况，感慨跟自己的命运是多么相似，心头不禁涌上同病相怜的情愫，进而认为彼此一定有共同语言，亲近感油然而生。她开始利用一切机会主动接触吴常，这使吴常既惊喜且忐忑，只两次交谈，两颗火辣辣的心就碰撞在了一起。最近的这次，吴常更是被黄丽的美貌和柔情激发出了强烈的情欲，几乎把持不住自己，就在他将要冲破禁区的一刹那，他幡然醒悟，他告诫自己这么做是对黄丽最大哩伤害，也对不起养育了自己哩爹娘和替自己尽孝哩余子。他很快冷静下来，不得不痛苦地向黄丽坦陈心迹，请她原谅自己哩鲁莽无礼，告知对方他们哩亲密关系应该到此为止。黄丽在委屈中也渐渐清醒过来，在滂沱的泪水中接受了吴常的劝慰。俩人自此恢复了正常的同志关系，但在吴常的心里却刻下了对方永远无法抹去的音容。

今黑夜，面对自己的老婆，黄丽的影子依然无法从他的潜意识中隐退，无论怎么努力，他的注意力也集中不到余子身上，更无从激起性爱的欲望。他开始幻想戏曲里的才子佳人之间两情相悦时的交欢情景，想借此驱散黄丽的影子，再把那种情景转移到余子身上，但却是徒劳。余子对吴常的冷漠早已习以为常，男人个把月在家里住上一宿，俩人有时说上一两句话，有时一句话都没有，就悄没声地走了，今黑夜一定又是照旧，她连跟对方说话的兴趣都没有便自顾自地睡去了。吴常脑海里的才子佳人形象没有树立起来，黄丽的面容反倒愈加清晰，他的激情瞬间勃发起来，遗憾上次跟他同病相怜之人没能完成肌肤之亲，那就在今夜的梦里实现吧。他迅速脱去衣裳，一把将余子的被子撩开扑到了她的身上。余子在睡梦中喘不过气来，以为是狐狸压身，发出一声惊叫，在吴常听来这声音似是从黄丽的嘴里发出，更加刺激了他的欲望，他的嘴和双手在“黄丽”丰满的胸脯上狂乱地吸吮、揉搓，终于唤醒了余子的意识，知道这是吴常在眷顾自己。她没有更多的心思去想男人为什么突然喜欢上了自己，她的情欲很快被吴常激发起来，手忙脚乱地迎合着男人的动作。在吴常的器官进入到她的身体里时，她情不自禁地叫出声来，做了三十多年的女人，今晚才第一次尝到了妙不可言的性爱滋味。吴常随着“黄丽”一声浪过一声的叫声，他的劲头也就更足，余子美妙的感觉也就愈加强烈，她腾云驾雾般的叫声让吴常的激情直冲尖峰，他嘴里一连声地喊道：“俺喜欢你，俺喜欢你……”吴常的精力倾泻而下，仿佛瞬间坠入了爱的深渊，他的喊声戛然而止，余子的叫声尚有些尾音缓缓逝去。吴常大汗淋漓地从“黄丽”身上滚落下来，仿佛完成了一次神圣而艰苦的战斗，心情愉悦却身体疲惫地喘着粗气。余子的情欲在慢慢消退，有了这次经历也不枉做了一回女人，她带着满足和愉悦沉入了梦境。吴常躺在炕上歇息片刻，黄丽的面容这才从他的脑海里渐渐隐去，他起身穿好衣裳，带上手枪和短剑下了炕，轻手轻脚地出了屋门，用短剑拨上门闩，纵身翻出了墙外，连夜向南佐镇赶去。

睡在隔壁屋里的菊子和吴定，真切地听到了吴常和余子发出的声音。吴定哀叹一声道：“难为吴常了！”菊子更是发出一声长叹道：“可怜这闺女！”

第二天一早，菊子去灶火间做饭，看见儿媳先她一步正拿葫芦瓢往锅里淘水，她留意观察余子的脸上泛着一丝掩饰不住的喜悦，心里感到了从未有过的宽慰。

第四十章　高冉受辱分家

时光流转到了深秋，这是一个丰收在望的秋天，老天爷要给庄稼人一个好收成。今年没有自然灾害，地里的玉米、高粱、大豆等农作物可着劲地长，庄稼主看着自己的庄稼喜不自禁地露出了笑脸，就等十余天成熟后收割了。

可是庄稼人喜欢得太早了，驻元龙县日军在加紧实施向西推进战略，企图进一步压缩抗日根据地的地盘。他们从北到南，沿正庄、殷村、北白楼等几个村子新建了几座炮楼和据点，沿途的庄稼被毁无数。

日军计划对山区的抗日武装发动一次秋季进攻，需要和伪军进行一次联合作战演习，石冢吩咐许奎选一个地方作为演习场地。许奎自然想到了高冉的庄稼地，自他受到高冉的辱骂后，时刻都在琢磨着如何报复这个不识时务哩财主。许奎打听了高家地块所处位置后，这天前晌把日军和自己的人马带到了贞村村南的一块一百多亩的玉米地里。在石冢的指挥下，日伪军以青纱帐为实体，先后进行了迂回包抄、穿插突袭和冲锋抢夺阵地的演练。这一大片庄稼，在几十匹战马和几百名日伪军的践踏下，一前晌的时间被夷为平地。高冉和他的几个老伙计，还遭受了倭寇一场痛不欲生的侮辱。

演习前，日伪军刚到高家地头时，高鸿正和七八个长短工在玉米地里锄草，忽闻身后传来一片秸秆“噼啪”折断的声响，他回头看时，一群荷枪实弹的日伪军正向地里奔袭。他不知道日伪军闯进来干什么，但是明白叫他们撞上就不会有好结果，便急忙招呼伙计们趴在垄沟里躲藏。等这股日伪军从身边跑过去，他们还来不及从地上爬起来，就又听到左右两边传来日伪军的喊叫声、战马的嘶鸣声以及庄稼倒伏的声音。高鸿意识到待在地里迟早会被战马和日伪军踩踏而死，便招呼伙计们找空子跑出去。

高鸿刚跑出来，就被在地头站岗的一个鬼子抓个正着。这鬼子嘴里叽里呱啦地说着，一只手比画着向他要什么东西。高鸿听不懂，这鬼子就冲远处骑着大洋马观看演习的石冢敬着军礼大声报告了一通，石冢很感兴趣地向这鬼子招招手，示意他把人带过来。高鸿正想要质问日本军官，为什么糟蹋他家哩庄稼，便气哼哼地在这鬼子的刺刀押解下向石冢走去。

高鸿看清是石冢和许奎一伙儿，明白狗日哩们是在报复他高家，心里打了个冷战，看来这些王八蛋不会轻易放过自己。

许奎认出高鸿来，居高临下，神气十足地问道：“高家二少爷，不在家好好待着，跑到这儿干什么来了？”

高鸿愤怒道：“这是俺家哩地，想来就来。俺倒问问你们，跑俺地里瞎折腾什么？”

许奎瞪眼道："什么你家哩地，这是石冢太君哩地盘，他才是这块地哩主人。"

高鸿怒不可遏骂道："许奎，你真是一条日本人哩走狗，别太得意，早晚有人收拾你！"

许奎冷笑道："今天俺先收拾你一回再说，拿出你哩良民证给俺看看。"许奎为了报复高家，早就建议石冢不能给高家人发良民证，连高家的长工都不给发放。石冢夸赞说这是个好主意，困住高家人，不让他们有行动自由。

高鸿蔑视道："俺不知道什么叫'良民证'。"

许奎呵斥道："本团长告诉你，有皇军发哩良民证就说明你是皇军哩良民，在皇军哩地盘上可以畅通无阻。没有良民证，就不许你走出村子半步，违反者就要受到惩罚，先打你二十皮鞭再说。"

石冢骑在高头大马上，笑眯眯地看着两个中国人在争吵，还不时地瞭望一下演练情况。

这时又有几个高家的伙计被在地头站岗的日本兵抓了来，许奎转向他们问道："你们都在高家干活？"

老实巴交的庄稼人可不敢招惹日本人和这二鬼子，都如实地回答是。

许奎又问道："有没有良民证？"

打短工的说有，扛长活的说没有。

许奎咋着嘴讥讽高家的长工道："啧啧啧，看看，这就是给高家扛活儿哩好处，连个良民证都没有。一会儿把你们带到城里去，先接受一番皇军哩良民教化再说。"到了日本人手里哪能有好，吓得几个长工不行，其中一个求饶道："俺们有什么不是，请长官指出来，可千万别把俺们带到城里去。"

许奎沉下脸道："只要你们当场保证以后不给高家干活儿，本团长就能保证皇军不抓你们，以后还能发给良民证。"

几个人也不顾及高鸿在场，纷纷保证以后不再给高家当伙计。许奎挥挥手道："你们走吧。"几个人小心地迈着脚步走出一段距离，回头看看鬼子和二鬼子没把他们当回事，悬着的心落了地，不约而同地撒腿就跑，迎头碰上疾步赶来的老东家和老陈、黄六、姜老拧四人，他们低头装作没看见，加快脚步从四个老头儿身边闪过去。

先前几个躲过鬼子岗哨跑回高家的长工，将日伪军在玉米地里操练的情景告知了老东家。高冉闻之，痛心至极，民以食为天，日伪军随意糟蹋庄稼，真是忤逆天理、丧尽天良，急踹踹就要前去看个究竟。老陈、黄六和姜老拧劝他别去，恐有不测。高冉不听，三个老伙计只好陪他一同前往。高冉反阻止三人不要跟他去，特别是姜老拧，顾忌到跟姜奇的关系，担心招致不测。姜老拧不在乎说，混账们还不知道俺是谁，别躲，越躲越坏事。终是没劝住，四个年过七旬的白胡子老头相互搀携着来到了地里。此时，一百多亩的玉米地已经被踩踏得面目全非，绝大多数秸秆已经匍匐在地，日伪军的演练还在继续，叫喊声和踩踏秸秆发出的"咔嚓"声混合在一起，惹得高冉怒气勃发，冲着地里的日伪军喊道："你们为什么要糟蹋庄稼？快滚出来……"没人应答他，他的喊声却把石冢和许奎的目光吸引了过来。两个人看到高冉兴奋异常，庆幸老天给他们提供了这么好的见面机会，他们得好好跟这个远近闻名的乡绅交谈一番。许奎冲高冉喊道：

“高老头，有什么事过来跟石冢太君说。”高冉的昏花老眼这才看见在远处东边地头一群日伪军簇拥着骑在高头大马上的石冢和许奎，心里明白了一切，骂道：“肆意报复哩小人！”碰上这两个恶魔，高冉自认倒霉，对三个老伙计说道：“咱们回去吧，跟这些畜生没理可讲。”三个老伙计眼看着一百多亩庄稼绝收了，痛心不已，纷纷咒骂石冢和许奎必遭报应。

四个老人返身往回走，石冢和许奎策马奔来，挡住了他们的去路，紧随而至的一群日伪军将四位老人团团围住。

高鸿见势不妙，急忙跑过来，挤进圈里，试图用一己之力保护四位长辈不受伤害。他的这一徒劳举动，遭到了石冢和许奎的嘲笑。石冢对高鸿道：“别怕，本大队长不会伤害你的父亲，我们还有话要谈。”他转向高冉道：“高老先生！近来可吃得香、睡得好？”高冉满脸怒容地回道：“有豺狼侵袭家园，怎能吃哩香、睡哩好。”一句话噎得石冢变了脸色，上次的交锋记忆犹新，今天不敢再用言语挑衅高冉了，他阴沉着脸，命令许奎教训这个老头儿一顿。

许奎唯一的办法就是行使自己蛮横无理的招数，他对四位老人说道：“你们想回去沾，拿出良民证就放你们走。”

高冉怒骂许奎道：“贼子！元龙县这方水土怎么养活了你这个败类！”

许奎奸笑道：“高老先生，全县人都知道你是个大儒，可没想到你连个良民都不是，岂不让全县人为你蒙羞。”说完发出一阵狂笑。

姜老拧回击道：“自古以来，每当暗无天日哩时候，就会小人得志，君子受辱。”

许奎没见过姜老拧，不知道他是何方人士，只从相貌和打扮来看，一眼就看出来是个读书人，这老头竟敢放肆丑摆自己，便命令手下将他绑起来。两个伪军上前就要往姜老拧脖子上套绳索，被高冉喝止道：“住手！你们还是年轻后生，得给自己留条后路。干了多少坏事，老天爷和飞龙都给你们记着哩，遭雷劈龙抓哩时候，求谁都没用。”两个伪军听得此话，心生恐惧连连后退。他俩跟全县老百姓一样，从小听大人讲，做坏事哩恶人都会遭雷劈龙抓，为了混口饭吃才当这皇协军，还是少做缺德事为好。

许奎穿着皮靴的右脚从马蹬上抽出来，飞腿踢在一个伪军的背上，骂道：“几句话就把你俩吓唬住了？谁见过老天爷和飞龙？那都是神话传说。抗拒命令枪毙了你们。”

两个伪军不得已又拥上前来绑姜老拧，高冉父子和老陈、黄六一齐挡在伪军面前，阻止他们行动。

高冉郑重地警告许奎道：“许某你听着，你要是敬畏老天爷和飞龙，你还算是个有良知哩人，否则，你就是一具行尸走肉。”他抬起右手，用食指戳点着许奎一字一顿激动地说道：“你再执迷不悟下去，遭报应是早晚哩事！你这身臭皮囊定会死无葬身之地！不信咱走着瞧！”他转向两个伪军道：“绑俺好了，是俺连累了老伙计。”说着伸长脖子等伪军动手。高鸿、姜老拧、老陈、黄六哪里肯依，又把高冉围在中间阻挡住伪军。

石冢在翻译的解说下，一直在听高冉训斥这两个伪军和许奎的话。日本文化一脉相承于中华文化，他不但听懂了其中的意味，而且对那飞龙产生了浓厚兴趣。自石冢踏上这片土地一年多来，这是他听到飞龙的名字最震撼的一次，便很想知道这方百姓为什么如此崇拜从那神话中虚幻出来的东西。他傲慢地询问高冉道：“你们信奉那飞龙有什么好处？它能改变你们劣等民族的命运？”高冉也斜石冢一眼，气势豪迈地回道：“遥想那巨龙在宇宙间飞腾了几千年，她哩子孙也跟着辉煌了几千年，她是俺们哩精神图腾！只不过百年来龙体染疴，她哩子孙也随之沦落。假以时日，巨龙复腾飞于天，汉唐之盛景定会重现，俺们作为她哩子孙也定会扬眉吐气！到那时，你们这些倭奴还得向俺堂堂中华拜贺！”高冉的回答，让石冢气恼不已，不待他发作，高冉又开口道：“哪像你们倭人，把个活人奉为天皇，无论年龄大小，你们都是那货哩子民，非儿即孙，何等下作。飞龙为俺们保佑、降福，你们哩天皇却对别国发动侵略战争，让你们当炮灰，可悲可叹！”高冉说完，轻蔑地把头扭向一边，不再理会石冢。又遭受了这乡绅的一次羞辱，石冢有些承受不住，他右手攥紧指挥刀柄，直想抽出来砍死高冉，但转念一想，他要用其人之道还治其人之身，羞辱对方一番比一刀砍死他解气，便命令许奎治治这几个不顺遂皇军意志的刁民。

许奎对高冉几个人道：“看你们都很仗义，本团长也不为难你们，只要你们五个人中有一个说出表示效忠皇军哩话，就放你们走，不然把你们都带到城里蹲半个月大牢。”

石冢欣赏地对许奎点点头，他又加重语气对高冉五个人道：“许团长的话不是戏言，快说吧。”

五个人清楚这些王八蛋什么样哩事都能做出来，可那数典忘祖哩混账话千万说不得，五个人把愤怒憋在肚里，紧闭双唇，任这些王八蛋随便处置。

此时日伪军的演练已经结束，几百号人分列两个方队站在平坦的玉米地里，远远地看着他们的长官在和几个老百姓交谈着什么。渐渐地他们看出来，双方在斗法，便怀着好奇心等着输赢结果。

双方在僵持着，高冉五个人觉得每一秒钟都是那么漫长。很快他们的心都有所动摇，都想把别人解救出去，都在琢磨着对日本人说一句什么样哩妥协话合适，可都找不到。

决不能让四位老人遭受牢狱之灾，高鸿拿定了主意。都是年过七旬哩老人，无论谁被抓进监牢，别说上刑，没吃少喝，待不上几天恐怕就不行了。那就自己对日本人说一句“效忠”哩话吧，身为晚辈，这样哩话也只有自己能说，那份屈辱也只能自己来承担。高鸿的嘴唇蠕动几下，终于鼓足勇气开了口，他抬起头对石冢说道：“太君，俺高鸿愿为皇军效劳，以后有机会俺一定给皇军出力。”

石冢和许奎痛快地哈哈大笑起来，身边的日伪军也跟着一阵狂笑。远处的日伪军看出了双方的输赢，立刻为己方的胜利发出一阵欢呼。

四位老人震惊之余，虽然理解高鸿的良苦用心，却都感觉像是自己受到了屈辱而垂头丧气。

石冢见目的已经达到，挥挥马鞭，几个日伪军闪开一道缺口，四位老人相互搀扶着走在前边，高鸿低头跟在后边。

一路上，高鸿不停地在啼哭，再没有这样的屈辱让他无地自容了。高冉哽咽道：“这就是做亡国奴哩滋味，受尽人家哩欺凌，咱中国老百姓什么时候才能像个人一样活着唉……”姜老拧流着眼泪安慰大伙儿道：“日本鬼子早晚得叫咱们打回东洋去。”他想到儿子姜奇心里就有了底气。老陈擦着眼泪愤愤道：“王八蛋们笑去吧，早晚有他们哭爹喊娘哩时候。”黄六强咽下一口气道：“咱人没吃亏就好，都要铆劲活到日本人逃跑哩那一天，看他们能猖狂到几时。”

回到家，高冉躺在炕上闭着眼想心事，晌午和晚饭都没心思吃。高张氏守着当家哩说了无数劝慰的话也无济于事，愁苦得她也没了心思吃饭，陪着一起挨饿。直到第二天一早，高冉终于把思谋的事情定了下来，他这才开口要饭吃，惊喜得高张氏步态像个年轻妇人一样跑到灶火间做饭去了。

吃完饭，高冉把心事告诉了老伴儿道：“咱们都老了，再加上这兵荒马乱哩，没心慌管这个家了，把家业分给三个小子，叫他们各立门户独自过日子去吧，过好过歹就凭他们哩本事和运气了。”高张氏吃惊之余低眉耷眼地回道：“你既然想好了就按你说哩办吧。”高冉当即写了一封信，到杜化吉家让每天去县城卖豆腐的杜壮田将信捎给高鹏，叫大小子通知三小子高鹤得空一块回来商量分家哩事情。

高鹏和高鹤第二天前晌先后见到爹的信，哥俩对爹分家的决定感到很突兀，猜想家里一定发生了什么大事情促使爹这么做。哥俩不约而同要即刻回去，高鹤把文房四宝店交由媳妇打理，跟着大哥到自家粮行，套上骡子车向贞村赶去。

高鹤开文房四宝店是被逼无奈的选择，日军宣抚班班长大野平马暗地里把持着县城几所学校的管理权，他强行废除了中国的历史课教材，威逼利诱教员按照他们编纂的内容对学生进行奴化教育。高鹤绝不充当贻害子孙的黑手，他以养病为由向校长递交了辞职书，要自谋生计。他现在没有后顾之忧，两个闺女已经出嫁，唯一的儿子高瑞也娶了媳妇在家种地，踅摸一个生意挣点钱够他和老伴儿不饿肚子就行了。他在文庙附近租了一间门市，以经营文房四宝和古玩字画为主。开张一年多来生意清淡，收入微薄，不够他和老伴儿的开销，便钻研起了相面算卦之术。挂起招牌后，陆续的有人请他预测吉凶祸福和命运好歹。他哪里会算卦，全是根据对方提供的各种信息进行分析判断，连蒙带猜地下个结论，竟也能算个七八分准，渐渐成了县城颇有名气的半仙。凭这点伎俩，挣的钱足够他和老伴儿吃喝了。

哥俩出城时，把守城门的日伪军验了两个人的良民证才予放行。哥俩的良民证来之不易，因为许奎和石冢作祟，县警务局拒绝给高鹏和高鹤发放。这可急坏了俩人，他们需要经常出入县城，没有良民证就只能困在原地不能行动，哥俩使了些钱才打通了日伪办证人员的关节。

骡子车在经过自家玉米地时，眼前呈现的惨景让哥俩感知到了一些爹要分家的原因，他们更关心这是谁干哩生孩子不长屁眼哩事。晌午时分哥俩赶回了家，俩人急火火走进三进院子，跨进堂屋门，高鹏见到爹的第一句话就问庄稼是谁糟蹋哩？高冉道：“还能有谁，石冢和许奎对咱高家实施哩报复。”哥俩气愤难平，正要发作，被爹制止住，说事情已经过去了，就不要提了，你俩再气个好歹咱更不上算。

一家人简单地吃了晌午饭，高冉把家里的成年男女招进堂屋，又让三小子高鹤把姜老拧、老陈、黄六还有两位邻居叫来，给分家当见中人。

高家的孙辈也都娶妻成了家，二十几个人挤满了屋子，不时有年轻母亲怀里的婴儿发出一两声哭叫，更衬托出大人们的严肃。高冉环视一遍在座的人，开口道："再好哩宴席终有散场哩时候，再和睦哩家庭也有分开哩那一天。高家前辈得益于段家哩扶持和自身哩勤劳，几十年来积攒下了这份不大不小哩家业，今天在俺高冉手里就要分成三份了。今儿前晌，俺到祖坟告知了先人，他们哩不肖子孙要分家哩事情，求先人不要怪罪俺高冉，这是不得已而为之。俺老了，不能再牵累孩子们了，黄土埋到了脖子梗，在入土前把这件大事办了也就歇心了。高鹏、高鸿、高鹤，你们弟兄仨听着，那三百多亩地和这座三进院子，还有十来头牲口、几十件农具，爹都给你们分成了三份，采取抓阄哩方法各取一份。家里那点积蓄在你姜大伯管哩账本上记着，也分成三份。把城里和石门开哩粮行花店折成价，谁经营谁拿钱买，这份钱作为俺和你娘还有你们这三位长辈哩养老钱。沾不？"

三个小子齐声应道："沾！"

高冉道："那就开始吧。"

姜老拧把用宣纸做的九个阄按照土地、院落和牲口农具分类放在八仙桌上。高鹏叫两个兄弟先抓，高鸿又尽让高鹤先拿，高鹤推让不过随便从三个阄堆里各拿了一个，看也不看直接递给姜老拧。姜老拧逐一展开来，当众念一遍上面写的地块方位亩数和院落位置间数以及牲口农具数量。九个阄抓完，高冉问城里和石门哩粮行花店谁接，高鸿和高鹤一致推让给高鹏，说大哥经营了多年，把准了生意场上哩风云变幻，还是他接为好。两个兄弟言之在理，高鹏不再谦让，欣然接受。

财产已经分好，姜老拧戴上老花镜，铺开宣纸拿起毛笔，神情像参加科举考试一样全神贯注地写了三份分契，分别让立契人高冉，承受人高鹏、高鸿、高鹤，见中人老陈、黄六和两个邻居在上面签了字摁了手印，这个家就算分完了。那三百多亩地和十几头牲口几十个农具不必细说划到了谁的名下，只说这座三进大宅院从一进院往里依次归属了高鹤、高鸿和高鹏。

弟兄仨人手一份分契，都小心翼翼地叠好揣进了怀里。高鹏有些惆怅地对大伙说道："雨水流进井里分不清彼此，财产名义上是分开了，可咱们还是一家人，不到万不得已俺们弟兄仨不再另起炉灶，仍照现在这样起居劳作，挣哩钱大家花，打哩粮食大家吃，你们说沾不沾？"

高冉回应道："那是你们弟兄哩事，你们定吧。"

高鸿和高鹤完全同意大哥的提议，异口同声地赞同道："沾！沾！就照大哥说哩办！"

高冉又叮嘱三个小子道："这世道不太平，贫富贵贱也许就在朝夕之间，但记住一条，无论在什么时候都不能干昧良心哩事情，谁有难处就要伸手帮一把。现在国家有难，不要吝啬人财物力，帮着抗日队伍赶走了小日本，咱们才能活出个人样来，你们都记住了？"

三个小子齐声应道："记住了！"

时辰已到后半晌，高冉对两位乡邻和三个老伙计道："你们帮了俺大忙，俺备了一壶薄酒略表心意！"当即示意家人上酒菜。高张氏年事已高，只管坐在炕上接受晚辈伺候。胡玲招呼儿、侄媳妇们起身出了屋，一会儿工夫几个女人把一壶酒和几个荤素搭配的菜摆在了八仙桌上。高家三个小子将酒盅筷子摆放在每个人面前，并斟上酒。高冉端坐在正席上，叮嘱大家吃好喝好。

酒过三巡，老陈对高冉说道："老哥！俺这辈子跟你就了几十年伴儿，吃好哩、穿好哩，家人也跟着沾光，俺全家人都记着你哩好！俺和黄六兄弟琢磨着，这个家分了以后，俺们也该回去了，你说沾不？"黄六也附和道："老了，是该回去了！"

高冉理解两个老伙计说的话，人家伺候了自己几十年，是该回去跟家人团聚了。他伤感道："唉！你俩一走，俺真受不了……可话说回来，俺不能太自私了，你俩把大半辈子光阴留在了俺高家，跟家人团聚哩时候不多，是该享受天伦之乐了……"高冉哽咽着说不下去了，用手巾擦一擦湿润的眼睛，稳稳情绪对晚辈们说道："这两位老人就是你们哩亲人，俺们百年后，你们后辈人要常走动。"高家的儿孙纷纷应和。

姜老拧也十分留恋这份情感，动情地说道："你俩要是走了，俺哩心气也就少了！"

高冉和姜老拧的话把老陈和黄六的眼泪说了出来，他俩低着头、闭着眼，想抑制住泪水，却还是流满了脸上纵横交错的褶皱。

老陈和黄六当天要走，被高冉强留了一宿。当晚高冉和姜老拧挤在老陈和黄六睡的炕上，黑着灯叙了一夜话，直到天亮才迷糊了一会儿。

前晌胡玲伺候四位老人吃了饭，高鹏和高鹤套上大车装了满满一车粮食把老陈和黄六先后送回了邻村，并留了些钱。随后哥俩赶着空车，怀着惆怅的心绪返回了县城。

第四十一章　吴常段府叙情

今年秋季，段家粮食大丰收，高兴得段士修决定借机好好庆祝一番自己的七十大寿。

自高冉分了家后，段士修内心的喜悦就一直没有消散过，他笑话高冉毕竟没有那种成就大家业哩鸿福之运。没有了家底，高冉恐怕以后也就不会再行急公好义、乐善好施之举了吧？另外，他还嘲笑高冉因为不识时务而给全家人造成了艰难哩生活状况。唉！段士修感叹备受村人敬仰哩高冉竟落得如此天地，这就是命，命里注定高家就该没落，段家就该富贵。

暂且不想高冉了，还是把自己哩寿辰办好要紧。段士修唯一遗憾自己的七十大寿是在日本人的眼皮底下操办，为了避免招惹麻烦，他仅限于自家人参加，就是嫁到外村的闺女们也早给她们捎过话去，不让前来。

九月初五这天，从大门紧闭的院外看，段家跟往常没什么两样，但是院内却充盈着一派浓浓的喜气。一大早，段家三十多个成年男女和二十几个长工，杀猪宰羊的、披红挂彩的、打扫庭院的、抬桌搬椅的，各司其职筹办寿宴，小孩子们则在硕大而曲回的庭院里玩着捉迷藏的游戏。

段士修和他哥哥段士贤都穿着崭新的蓝绸缎对襟小袄、紫花色裤子和圆口黑面白底布鞋，稀疏的白发梳理得光亮整齐，端坐在西侧三进院子的厅堂上。段士贤是个本分老实人，几十年来任由兄弟把持这个日益庞大的家族，而毫无怨言。厅堂里摆着两张八仙桌和十几把靠背椅，厅堂外的院子里摆放着五张方桌和几十个短凳。

时辰近晌午，段家人按男女辈分，分坐在厅堂里和厅堂外。忙完各自事情的长工们被安排在院子里专有的桌凳上。所有的桌子都摆上了段家自酿的高粱酒和碟筷，只等着上菜开席。

主桌上，除了段士修老哥俩外，还有他们各自的两个儿子。段士修看着永福、永禄和两个侄子，内心很是得意。得意自己两个儿子的心劲和本事都远非两个侄子所能比，这给他今天要对晚辈们发表的嘱训增添了内容。这样的场合，段士修自然想到了吴常，如果今天有他坐在这里，那会是最圆满哩事情了。

六道凉菜已经上齐，就在段士修站起身来要发表嘱训的时候，一个来段家没多长时日的看守大门的汉子跑来，疑惑地向东家报告说，外边有个叫吴常哩人，说是你哩小子，非要进来不可。段士修闻听，立刻满脸开花，今天真是个大吉之日，求之不得哩事情竟然发生了！他推开座椅，三步并作两步向外奔去。段永福迟疑片刻，招呼几个兄弟跟了出去。自从知道吴常追寻了共产党，段永福从心里就开始排斥这个亲兄弟，他猜想今天吴常一定是怀着某种目的而来，果真如此正好利用这个机会训导他一番。

段士修气喘吁吁地刚跑到大门洞，就急不可待地呼唤道："吴常！永寿！"他不知道该叫哪个名字才对才好。段士修把小门打开，眼前果然是他日思夜想哩亲骨肉。吴常叫了一声爹，高兴得段士修不知所措，他一把将吴常拽进门里，上下打量几遍，那模样神态活脱脱就是当年哩自己，只是比自己多了一种刚毅气质，更招他喜爱，今天无论如何要跟孩子好好唠唠心里话！他对吴常道："小子！爹盼了你几十年，你总算认段家门了！"吴常道："什么都能割断，唯有血缘割不断，小子前来给爹祝寿，也算是尽一份孝心！"说得段士修含着泪哈哈大笑起来。吴常跟赶来的四个哥哥分别亲切地打了招呼，搀扶着爹的胳膊向院里走去。

今天吴常来给爹祝寿，是他早就决定的事情。随着年龄的增长，他的亲情愈加浓厚，他能深切地体味到爹对自己的殷殷之情，他也确实觉得该对爹尽一份孝心了。人生七十古来稀，爹的这个寿辰是一定要参加哩，他特意向姜县长请了假从南佐镇一路风尘赶来，顺便借此机会了解一些敌占区的情况。走进寿宴厅堂，吴常按辈分面对着爹坐在下座位置。

因为吴常的到来，段士修精气神更足，他站立在主桌座位前，面对厅堂内外的家人和长工们说道："开席前，俺有几句话要说。第一句是，感谢全家人和伙计们给俺段士修操办这七十寿辰酒席！第二句是，段家作为全县有名哩大户传承近二百年了，到俺这辈达到了鼎盛，这是祖辈在天之灵哩庇荫，也是在座哩每个人付出心血和汗水哩结果。俺期盼这个家能够长久哩繁荣下去，使段家哩子孙后代永泽富贵！家大才能业大，业大才能延续繁荣之景象！在此，俺告诫段家每个人，这个家永远不能分，现在由俺掌管，等俺百年后，就由永福当家。俺说这话，不是出于私心，大家都能看到，在他们那辈人里，永福是最有本事哩人，只有他才能撑起这个家。第三句话是，这里哩一砖一瓦，一草一木，都关乎着段家每个人哩荣辱，如果有人胆敢侵犯掠夺咱段家哩财产，每个人都要挺身保护，就是粉身碎骨也值哩。话又说回来，当家人要懂得用各种手段维护好自家哩利益，哪怕受点委屈也好，尤其是在这非常时期，更要忍辱负重。这些话晚辈人都要记在心里，如有不驯，俺死不瞑目！你们都听见没有？"

段家晚辈无不敬畏段士修的威严神情和暴戾脾性，没人敢不响应他的话，纷纷回道："听见了！"

段永福和段永禄当然喜欢爹的这番嘱训，明摆着爹是在给他哥俩执掌这个家搭桥铺路。段士贤和两个儿子心里明显不高兴，看来以后这个家就没有他们这股人说话权利了，父子仨阴沉着脸一言不发。段士修的一番话，让吴常深刻了解了爹的意识形态，知道爹是一个典型封建领主似哩人物，这可是跟自己信仰哩共产主义格格不入。如若爹不改变他哩思想，将来说不定自己哩组织会把革命刀子架在他脖子上。

得到了众人的回应，段士修严肃的表情现出了笑容，继续说道："最后一句话，今天所有人都要吃好喝好，开席！"随即厅堂内外一片欢腾，向段士修敬酒的声音此起彼伏。酒过三巡，菜过五味，宴席的气氛开始放肆起来，男人们时高时低、时急时缓的划拳声回荡在段家大院上空。

段士修在接受了晚辈们的轮番敬酒后已有些醉意，他的注意力一直集中在吴常的身上，他有好多话要跟孩子说，田生玉领着长工们前来敬酒，他干脆挥手予以拒绝。他召唤吴常道："小子！爹要跟你说几句话，不知道你愿听不愿听！"

吴常敬过了爹和大伯以及哥哥们每人一盅酒后，脸色红润，对爹如此客气的话语，令他很是不安，急忙承接道："爹！有话尽管说，吴常哪敢不听！"

段士修苦口婆心道："好小子！爹劝你一句，回家来吧，爹给你留着一份家业哩！有了安身立命之本，就不要再出去胡闹了。爹活了七十年，算是看明白了，什么都是虚哩，只有土地是实实在在哩，有了地就有了一切。现在是日本人哩天下，跟着共产党干事，闹不好连性命都得搭上，还株连家人。回来帮着你几个哥哥专心操持家务，爹也就放心了。沾不沾？"

吴常回道："爹！一个人哩命运不可强求，一个人哩信念也不会轻易改变。一条道走到底，结果是好是坏是福是祸，谁都预料不到，在这件事上，爹不必为吴常操心。"

段永福有些不耐烦爹的劝导，既然不是一条道上哩人，就不要强求，强求哩事难遂人愿。对吴常他愈加没有好感，这小子自小跟外姓人长大，内心怎么会忠诚于段家？不回来也罢，回来还要撇走他一份家业哩。他抱怨道："爹，今天是给你庆大寿，多说些喜庆哩话，少说点儿烦人哩事情。"

段士修不满地瞪大小子一眼，道："你三弟难得跟爹坐在一块，什么话都能说，什么话都该说。"

段永福讨了个没趣，尴尬地坐了片刻，起身离开了座位，找地方歇着去了。段永禄和两个堂兄弟跟吴常也没有什么感情，见大哥走了，他们也陆续悄无声地离开了。段士贤没心思听这父子俩谈话，他喝了几盅酒，困意袭来，两手扶着桌子站起身，迈着小步回自己住的院子睡觉去了。这张酒席上只剩下了段士修和吴常。

段士修醉眼惺忪地看着吴常，深情地唤道："儿啊！再陪爹喝几盅，叫爹解解多年哩思念之苦！"说着，颤巍巍的手拿起酒嗉就要给自己斟酒。吴常急忙站起来伸过胳膊按住段士修手里的酒嗉劝道："爹！今天喝哩不少了，改日俺好好陪你喝。"段士修不允，眼里噙着泪花道："爹看见你高兴，今天不醉不罢休，倒酒！"吴常不忍违逆爹的意志，给爹斟满一盅，也给自己倒上，父子俩一饮而尽。吴常随即招呼女眷给爹上一碗长寿面，吃了好叫他休息，却被爹制止道："酒还没喝好，不吃饭。三儿，坐下，爹有话要说。"吴常挪过身子坐在爹的右边。段士修抓住吴常的手问道："三儿，爹对不住你，叫你受苦了，怨恨爹不？"吴常道："不怨恨，这是命，俺命该如此。"段士修的泪水流下来，吴常用自己的衣袖替他拭去。段士修又问道："三儿，爹叫你一声永寿答应不？"吴常道："答应。"段士修深情地叫道："永寿吾儿！"吴常甜美地应道："唉！"段士修控制不住自己的感情，"呜呜"地啼哭起来。吴常一只手擦着爹的泪水，另一只手擦着自己的眼睛道："爹！别伤心了，以后俺会常来看你！"段士修哽咽片刻道："那就好！在外边遇上难事，回家来找爹，爹竭尽全力给你办，知道不？"吴常应道："知道！"

段士修释放了压抑已久的情感，心里无比畅快，拿起酒嗉又倒了一盅酒，端起来正要喝，从三进院门口兴冲冲走来几个穿黄军装的人。其中一个大个子军官高声叫道：

“恭贺段东家七十大寿!”人们将目光都集中在了此人身上，见是伪县保安团团长许奎，惊讶他怎么来到了这里。这个日本人的红人可不敢得罪，高家哩遭遇就是教训，段士修急忙放下酒盅，起身迎出厅堂，热切地唤道：“贵客光临，有失远迎，快请上座!”吴常起身到一墙之隔的西里间屋暂时回避一会儿，他想从许奎的谈话中得知一些有价值的东西。

许奎和四个卫兵跨进厅堂门，其中一个卫兵将一盒点心放在酒桌上。段士修客气道：“许团长破费了!”许奎道：“一点心意，不成敬意!”段士修请许奎等人落座，喊来家人再上些酒菜，把永福叫来陪酒。许奎抱歉道：“俺早想着你今天过生日哩，只因石冢太君召集本团长和伍知事商议事情到晌午才结束，俺就匆匆骑马赶了来。”

段士修感激道：“一路劳顿，快喝几盅酒解解乏!”他分别给许奎和四个卫兵斟上酒，举杯相敬。

段永福被家人找了来，见到许奎热情了几句，坐下招待起客人来。他清楚许奎前来给爹祝寿的意图，就是趁机索些钱财回去，这两年年年如此。

许奎喝下几盅酒，话匣子就打开了，对段士修道：“皇军近期计划再增些兵，继续向西推进，北起封龙山、中经南佐镇、南至武庄村，建第二道封锁线。过几天就开始筹集粮款，像你家这样哩大户是少出不了哩。”他故意卖个关子，将话题截住，撕一个鸡大腿嚼起来。

段士修关心地问道：“这次怎么个筹集法？要筹集多少？”

许奎咽下嘴里的肉，夸耀自己杜撰的情节道：“幸亏本团长和石冢太君据理力争，说县里几个大户，平时给皇军出了不少粮款，这次得叫穷棒子们多出点儿。石冢太君接纳了许某哩建议，把按亩筹集法，改为了按人头筹集。你算算，如此一来，你段家得节省多少粮款。”

段士修知道许奎的话里掺着假，仍表示“感谢”道：“许老弟！你心里光想着哥哥哩，来喝酒!”

许奎虚伪道：“哥哥哩事就是许某哩事，咱不操心谁操心？”

段永福对许奎的话厌恶得反胃，差点儿把吃进去的酒菜呕吐出来，却装出恳切的样子道：“以后还得请许团长多多照应!”

许奎拍拍胸脯对段永福道：“有许某在，放心当你哩乡长，没人敢拿捏你。”

段永福又是一番敬酒。

在一旁忙碌的田生玉留心听完许奎和段家父子的对话，暗自叫苦：刚收了下半年哩田赋，又要征粮款，这回不叫乡亲们骂死才怪，收不上来还得挨乡长哩训斥和日本人哩逼迫，这保长真他娘不是人干哩活儿！都是段士修这老家伙使哩坏，把俺推到了这个吃力不讨好哩位置上。但他仍对段士修献殷勤道：“东家！你歇歇，俺敬许团长几盅。”他向许奎谄媚道：“许团长，你是俺心目中真正哩好汉，这么大哩官还能跟俺这样哩小保长喝酒，俺很敬仰你!”田生玉的话叫许奎很舒服，他俩一连端了六盅酒。

吃喝到后半晌，许奎酒力不支，摇晃着身子站起来要走，忽然指着四个卫兵明示段家父子道：“弟兄们都仰慕你家财气大，也想沾点儿光，日后好有照应。”

段士修道：“俺早有准备，就等你们来哩。”他吩咐段永福去拿些钱票来。段永福心里骂许奎不是东西，吃饱了肚子不算，还要把兜装满，他不情愿地找负责保管钱款的二兄弟永禄去了。

许奎并不罢休，还想给段士修留下一个尾巴，待日后再来换些钱财，便神秘地问道：“老哥！听说南佐镇共产党县政府里，有个叫吴常哩人是你家三小子？”

段士修心头一震，反问道：“你听谁说哩？”

许奎道：“装糊涂不是，十几年前他跟随姜奇领导民众反预征粮款时就已经是共产党哩干将了。看长哩多像你，这事你再清楚不过了。”段士修极力辩解道：“他自小在吴家长大，在外边干哩什么事情，段某哪能知道。”许奎安慰道：“别着急老哥，这是许某下边哩弟兄搜集上来哩情报，俺一直压着不让日本人知道，否则后果难料啊。”

段士修装出无奈的样子道：“俺和吴常只有血缘关系，没有实际来往，就是日本人知道了又怎样。”

许奎诡异地看着段士修道：“真哩没有来往？谁会相信？日本人知道后能饶过你？”段士修心虚得额头上冒出汗来，祈求道：“这事还得许团长多多包涵！”许奎道：“没问题，只要把几个弟兄哩嘴堵上，只管睡你哩安稳觉。这次就不用了，过两天你给俺准备五百块大洋，俺设法给你消灾。”段士修急忙答应道：“沾沾，今天拿都沾。”他害怕日本人拿吴常跟自己说事，那可就麻烦了。他探望一眼屋外，希望永福早点儿回来，再去取五百大洋来。

许奎正在为自己设计的讹诈把戏得逞而得意时，从西里间屋走出一个人吓了他一跳，恍惚间以为是自己看花了眼，待此人开口说话时才确认这就是他刚刚念叨的吴常。

吴常在里屋把许奎说的话听了个一清二楚，判断出了日军近期的动向，一会儿要尽早赶回去向姜县长报告情况。在他继续听到许奎糊弄爹的话后，便忍无可忍走了出来，今天要杀杀这个王八蛋哩气焰。段士修本能地上前遮挡吴常，吴常若无其事地摆摆手，绕开爹走到许奎面前，说道：“许团长，别为难俺爹，想花钱可以，有了机会俺给你送去，何止五百大洋，叫你一辈子花不消。”

许奎听出吴常话里有话，再看这劲头真有一股子共产党哩味道，这主儿可是姜奇哩得力干将，得小心应对。他内心不免有些慌乱，努力稳定住情绪，硬中带软地说道：“果然是条汉子，敢在许某面前亮真容。看在你爹哩面子上，许某给你一句忠言，识时务者为俊杰，不要跟着共产党跑了，共产党实力太弱成不了气候，要是一意孤行，段家恐怕要毁在你手里。”

段士修趁势劝吴常道：“可得听人劝，现在回头还不晚。”

吴常气恼爹面对强人丧失了骨气，因而不理会爹的话，他的目光一直盯视着这个心甘情愿给日本人充当走狗的汉奸，他一字一顿地说道：“许团长，俺也给你一句忠告，你以后再死心塌地帮着日本人欺负中国人，俺叫你死无葬身之地。不信，咱就骑驴看唱本。”

段士修害怕惹恼了许奎给家里招来麻烦，急忙捂住吴常的嘴，把他推出了厅堂。正好段永福拿着一摞钱票进来，段士修接过来，塞进许奎衣兜里道：“俺三小子说哩话多有冒犯，可千万别往心里去，咱们还是好朋友！”

许奎故作愤怒道：“段士修，咱走着瞧，你家三小子早晚得叫本团长收拾了。”说完带手下人气冲冲地往外走。

段士修以为许奎真动了肝火，拄着拐棍在后面疾步跟着，嘴里不住地赔不是，一直把许奎送出了大门外，直到看不见他们才喘着粗气折回来。他劈头盖脸地抱怨了吴常一顿，说你这是在给家里闯祸，得罪了许奎，以后咱还怎么过?!

吴常仍不理会爹说的话，咬着牙说道："早晚结果了这混账的性命!"随之向爹告辞而去。吴常清楚许奎这个吃里扒外哩货，目的是诈些钱财，万不得已他不会跟段家撕破脸，再有就是那货不敢跟自己成为死对头，那样对他没有一点儿好处。段士修看着消失在院子里的吴常，长叹一口气道："吴常啊吴常，难道你真是索命哩小鬼不成？索不去别人哩命，也得索走你爹哩老命。唉!"

段永福看出了许奎和吴常发生了冲突，他既抱怨又愤恨地对爹说道："这是你最亲哩小子，咱段家眼看要毁在他手里了。许奎报复高家多狠，报复起咱家来受哩损失更大，这可如何是好？以后不能叫吴常再进这个家门了。"

段士修越想越怕，对大小子道："别说了，赶快带六百块大洋给许奎送去。"

没别哩办法，段永福为难地又去找二兄弟要钱去了。段永禄因为舍不得给许奎大洋，才出了些纸票应付，再叫他拿出硬邦邦的六百块大洋，比割他身上的肉都疼。段士修和段永福何尝不是如此感觉，但为了保平安，割肉就割肉吧。

段永福差点跟二兄弟闹翻了脸才要出了六百块大洋，他背着口袋吃力地跑到一进院，从牲口棚解下一匹马，蹿上去追赶许奎去了。段永福快跑到县城时才追上了那货。面对这一口袋大洋，许奎很为自己敲诈成功了段家而暗自得意，他故作矜持地予以拒绝，推让了三两回合才予接受，策马离去时他给了段永福一个笑脸以示解了怨气。他实在不想成为吴常的锄奸目标。

吴常从段家出来，回到村南的家，看望了爹娘和媳妇。余子到了临产期，娘整天咧着嘴笑，一刻不离儿媳左右，生怕有个闪失。爹每天捋些羊奶给儿媳喝，盼着给他生个大胖孙子。余子感受着肚子里的小生命，喜悦之情让她变得好看了许多。

看到家里温暖的情景，吴常一扫从段家出来时的繁杂心绪，告别了家人，向南佐镇赶去。

第四十二章　杜化吉疯癫

元龙县伪政府关于征收粮款的布告贴遍了敌占区的各个村子，按人头征收，规定每人缴四十斤麦子或五十斤小米，也可把粮食折合成现金缴付。征收的粮款，用以日寇进犯抗日根据地的物资消耗。

今年麦收和秋收后，伪政府已经征收过田赋，这是第三次，大大加重了老百姓的负担。庄稼人像挨宰的羔羊无力反抗，只能把怒火憋在肚子里自己消受。伪县长、伪乡长直至伪保长，都清楚这次征收粮款是一个不容易完成哩任务。

今天前晌，伪保长田生玉带着村里几个伪甲长，到几家殷实户派了五辆大车，在两名日本兵和四个伪军的护佑下来到了杜化吉家。当伪保长两年多来，田生玉每次征收赋税，头一户总是杜化吉家。在他眼里，杜化吉最好拿捏，全家人没有一个火暴脾性，连一个稍有点儿权势和名气哩亲戚都没有。再则，他嫉妒杜家哩土地和钱财比他田家多了不少，正好借此机会刮那吝啬鬼一层皮，给自己解解气。虽说杜化吉吝啬得要命，可每次在他的软硬兼施下，本着破财免灾的想法，杜化吉都能如数缴付粮款。老伴儿和闺女的惨死，给杜化吉的精神以极大的打击，到现在也没有完全从悲痛中解脱出来。亲人一个个离去，才使杜化吉感到生命比钱财珍贵，祈盼家人不再遭遇不幸是他最大哩心愿。

儿子杜壮田一大早赶着驴车到县城送豆腐去了，杜化吉正在和两个帮工及儿媳妇各自忙着做豆腐的一道道工序。看到田生玉这副架势，杜化吉心里“咯噔”一下：“万人嫌”又来了，不是催粮就是要钱，这伪保长就不会干招人待见哩事。他装作没看见田生玉一伙人，继续操持手里的活儿。杜壮田的媳妇看到日本兵，慌忙拉着十来岁的儿子跑进东屋躲了起来。两个雇工也扔下手里的活儿，溜出了杜家。

田生玉见杜化吉不理不睬的样子，呵斥道：“本保长你可以不搭理，皇军在此还不赶快鞠躬。”

杜化吉仍无动于衷，蹲在笸箩前专心挑拣混杂在黄豆里的石子儿。田生玉知道杜化吉上了倔脾气，来硬哩不沾，哄着才行，他走到杜化吉的跟前小声说道：“不鞠躬也沾，给一百六十斤麦子或是二百斤小米，俺们就不打扰你了。”

杜化吉还是一声不吭，田生玉继续耐心地解释道：“兄弟，这次征粮布告你一定看了，皇军要哩急，不给肯定是不沾，你家也不缺那点儿粮食，如数交了咱们都顺当，不然惹皇军动了怒谁都不好看。”

杜化吉停下手里的活儿，忍无可忍质问田生玉道：“你每次都是第一个到俺家来，是看俺杜化吉好脾气，专挑软柿子捏是不是？”

俩人自小在一块玩耍，漫讽轻骂惯了，见面不逗两句就觉得心里痒痒。田生玉自从当了伪保长，内心有了一种居高临下的感觉，把自己视为贞村一尊不大不小的主儿，说话渐渐有了腔调，行为作派也有了身架，和杜化吉碰了面不再主动斗嘴，而是显出一副拒人千里之外的庄重神情。今天对杜化吉质问他的话，心里已经没有了承受力，脸上也挂不住了矜持，呵斥道："杜化吉，本保长岂是你随便侮辱哩？今儿在皇军面前不跟你计较，过后再说，有你好看哩。"

杜化吉不急不躁道："有理说理，你喊什么？俺是不明白，为什么叫俺出这么多麦子。"

田生玉对杜化吉轻慢他的态度，感觉自己失了尊严，继续高声道："你是揣着明白装糊涂是不？布告上白纸黑字写着，按人头征收，每人四十斤麦子或五十斤小米，这就是根据。"

杜化吉也提高了嗓门争辩道："田保长，俺家一共四口人，三个大人一个孩子，自古以来按人头征田赋也是只算成年劳力，你把不能干活哩孩子都算上了，这不是掐巴人是什么？"

田生玉哑口无言，他还真忽略了这一点儿，叫杜化吉占了理。田生玉的思维在高速运转找理由扭转被动局面时，已经等得不耐烦的两个日本兵，端着上了刺刀的三八大盖枪气汹汹地走过来，冲他乱喊了几句。他听出意思是叫他不要啰唆，快装上粮食走人。他害怕日本人动怒，弄不好会伤害到自己，便着急地警告杜化吉道："你真他娘哩不长眼，没见皇军发火了？非得吃一顿眼前亏不拉倒，是不？快给俺装粮食去。"

杜化吉恨透了日本兵，是他们害死了自己哩两个亲人，看见他们就想拼命，哪还有一点儿心思给这些恶魔捐粮食，他对田生玉道："你怕日本人，俺可不怕，谁给他们粮食吃，谁遭雷劈。"

田生玉气恼杜化吉一点儿面子不给自己，便对几个伪军和伪甲长道："弟兄们、乡亲们！委屈你们一下，主家不配合咱们，咱自己动手，到屋里弄两布袋麦子来。"几个伪军和伪甲长分别进了北屋和东厢房找粮食去了。

送豆腐回来的杜壮田，赶着驴车进了院门，看到家里这番情景，他明白田生玉又来征收粮食了，没好气地对着毛驴指桑骂槐道："你这畜生，没日子能喂饱你，吃哩再多，也顶不了半个骡子。"

田生玉听出这小子的话分明是说给自己听哩，正要骂杜壮田一通，几个伪军失望地从屋里出来，说没看见一粒粮食。田生玉知道杜化吉把粮食藏哩严实，外人不会轻易找到，头一炮都没打响，重挫了他当保长的面子和征收粮款的信心，羞恼得让他失去了理智，声嘶力竭地喊道："杜化吉，算你父子俩厉害，一个不给俺面子，一个辱骂俺，给俺闹这么大难看。既然这样，就别怪俺不顾乡亲情面了，咱们公事公办，你不愿意出粮食也沾，叫你家小子去给皇军充几天劳役，这笔账就算结了。"田生玉转向四个伪军道："今儿不征收粮食了，把这小子绑上叫皇军带走，明儿再征收粮食，看谁敢不交。"

四个伪军一拥而上动起手来，杜壮田奋力反抗，杜化吉不顾一切地上前给儿子当帮手。父子俩终究不是他们的对手，瘦小干瘪的杜化吉被重重地推倒在地，摔得昏头涨脑，老胳膊老腿一时动弹不得，只顾痛苦地呻吟。杜壮田被绑了个结实，扔在了等在门外的一辆骡子车上。两个日本兵对叉着腰在一旁观看双方打斗的田生玉欣赏地竖起大拇指，嘴里呜里哇啦地说着，意思是：对不听话的中国人就该这样教训。

在屋里躲藏着的杜壮田的媳妇，听到院里的打闹声，透过窗户看到这番场面，急忙跑出去向田生玉求情道："生玉伯！行行好，放了孩子他爹吧，俺给你找出麦子来，要多少随便装，沾不?"

田生玉跟着大车往院外走，挺着胸，头也不回地说道："田保长可不是好拿捏哩，惹俺动了肝火，谁也别安生。"

杜壮田的媳妇在田生玉后边追了一段路，见救不下男人，只好低泣着返回了家。杜化吉刚缓过劲吃力地从地上爬起来，儿媳抱怨他道："都说你是舍命不舍财哩主儿，俺以前不信，今儿算是见识了。壮田叫他们抓走，不知道受什么样罪哩，要是有个三长两短，俺也不活了！"随即号啕大哭起来。杜化吉想想后果很是害怕，生了三个孩子只剩下了这一个，真要有个闪失……他不敢往下想了，怨恨自己又犯了一次浑，抬起手狠狠扇了自己一个耳光，颤抖着声音咒骂自己道："你个老混蛋，为了一百多斤麦子就叫人家把小子弄走了，快去赎回来！他是这个家哩顶梁柱，没了他这个家可就散了！"杜化吉喘着粗气跑出家门，追田生玉去了，心里想着见到田生玉自己不要这张老脸也要好好给那混账赔不是，只要把孩子要回来怎么都沾。

杜化吉跑到街上没有看见田生玉，有乡亲告诉他，田生玉一帮人赶着大车去了村东。他猜想一定是把壮田抓进了炮楼，便来到炮楼的壕沟外咧着嗓子喊道："皇军、田保长、老总，俺给你们粮食，快放了俺小子吧！"恰巧儿媳妇赶着驴车拉着两大布袋麦子找到这里，啼哭着逼公爹想法把她男人换回来。协助田生玉征收粮食的那几个日伪军，已经返回了炮楼，他们站在炮楼顶上看着杜化吉和他儿媳妇跪在地上捣蒜似的朝他们磕头哀求，那既滑稽又可怜的样子引得他们哈哈大笑。开够了心后，一个伪军冲下边翁媳俩喊道："别喊叫了，烦死人了，放不放人田保长说了算，他领几个甲长进城了，到城里找他去吧。"翁媳俩不敢相信这伪军的话，犹豫间，在远处看这般情景的乡亲们中有人大声证实田生玉和几个人的确赶着大车向南去了。杜化吉一个激灵站起身，叫儿媳回家看好孩子，他急忙赶车往县城找田生玉去了。

进入冬季，日头一天比一天短，杜化吉到了城里转了几圈也没看见田生玉的影子，快关城门时，他只好向回返。

回到贞村天完全黑下来，杜化吉猜想田生玉或许回来了，便径直去了田家。待他撩起北屋门帘，果然见田生玉正坐在方桌旁守着一盘肉食独自饮酒。

前晌，田生玉一伙儿从杜家出来，放走了其余车辆，赶着拉着杜壮田的骡子车出了村东口。日伪军把杜壮田从大车上拽下来带进了炮楼，田生玉提议和几个甲长赶车去县城逛集市散散心。几个人在城里吃喝了一顿，天傍黑才回来，田生玉就着在饭馆剩下的酒肉又喝了起来，同时琢磨着第二天继续征收粮款的事情。现在他面对杜化吉仍耿耿于怀，他就是要给这不识相哩人一点儿颜色看看，警示一下乡亲们，乖乖如数缴粮。他担心收不上粮款，向日本人交不了差而招致灾祸。后晌他之所以没有继续征收粮款，就是等杜壮田被日本人抓走充劳役的消息传遍全村，恐吓拒交粮款的乡亲，为自己完成这档子差事营造有利氛围，杜壮田就是那只儆"猴"哩"鸡"。杜化吉的到来，田生玉不感到意外，知道他一定会找上门来求情，那就给他个面子。田生玉拿腔作势地说道："你来哩正好，坐下来陪哥哥喝两盅。"说着，拿一只酒盅斟满酒放在对面。

杜化吉哪有心思喝酒，站在田生玉面前央求道："田保长！快把俺壮田放了吧，粮食给你带来了，沾不？"

田生玉咂咂嘴道："你看看这叫什么事，早知如此何必当初。这世道，你叫哥哥过去，哥哥也叫你过去，别着劲有什么好？放心吧，明儿俺去找日本人求求情，叫他们放了壮田。"

得到田生玉的保证，杜化吉感激地冲他鞠了一躬，退出了屋门。回到家，向儿媳述说了田生玉的话，安慰儿媳也是宽慰自己道："别着急，壮田明天就回来了。"这一夜，杜化吉心情焦躁得一下不曾合眼。

一天过去了，杜壮田没回来。两天过去了，还没回来。杜化吉着急了，当天黑夜他又来到田生玉家催促。这回田生玉可没有了上次的从容和爽快，他支吾着似乎想隐瞒什么。

杜化吉感觉事情不妙，追问道："俺壮田到底在哪？"

田生玉后悔那天一时冲动抓走了杜壮田，他以为是在当地给鬼子服苦役，哪曾想日本人将一批抓来的青壮年要用轮船运到东洋去，用来缓解因征兵而导致日本国内劳动力短缺的状况。杜壮田这一去是死是活都难以预料，更不知道什么时候能回来了。这个消息可不敢透露给杜化吉，他要是知道了不跟自己拼命才怪，先瞒他一段时间再说。田生玉哄骗杜化吉道："化吉兄弟！俺告诉你一个确切消息，大侄子到西边给日本人垒炮楼去了，大概一个多月才能回来。不用担心，保证饿不着冻不着。"

杜化吉哭着问道："一个多月真能回来？"

田生玉肯定地点点头。

杜化吉相信了他，怀揣着希望回到了自家，把田生玉的话如实转告给了儿媳。事已至此，再没别哩办法，只能一天天等吧。

在遥远而痛苦的期盼中度过了三十多天，这期间杜化吉勉强维持着家里的生意，他每天赶着驴车外出送豆腐，时刻留意着路上的行人中是否有壮田的身影，每天都让他败兴而归。到了深冬时节，仍不见壮田回来，寒冷的天气让杜化吉和儿媳沉不住气了，他们从各处听到越来越多的有关本县几百个青壮年被偷运到日本当劳工的消息。杜化吉将信将疑地到田生玉家对证此事，田生玉装作不知情的样子，劝杜化吉不要相信毫无根据哩传言，但他又编不让杜壮田相信的话来。杜化吉判断出田生玉一直在欺骗自己，愤怒地骂道："田生玉，壮田真要是给抓到日本当劳工，你八辈祖宗！以后你甭想安生！"田生玉虚张声势地回骂了几句，并为自己进行了辩解，却显得苍白无力。

俩人的争吵声，招来了滋养得瓷实的田从虎，他二话不说拧起杜化吉的细小胳膊将其推出了家门，插上院门，任杜化吉在门外肆意叫骂。

杜化吉直把嗓子叫骂得发不出声音来，才喘着粗气回了家。他不敢面对儿媳，回到北屋倒在炕上只顾暗自悲伤。

杜壮田被抓到日本当劳工的消息很快得到了证实，杜化吉的心仿佛掉进了无底深渊，他对以后的日子陷入了绝望。他明白，儿媳妇是不会守着公爹过日子哩，她要走一定会带上小孙子杜长顺，如此一来这个家就只剩下他一个孤零零哩小老头了。

杜化吉最害怕的事情终于发生了。这天后晌，儿媳妇含泪向他说出了意料之中的话，她要带着孩子回娘家去。杜化吉说不出阻拦的话，他理解儿媳妇的苦楚，便含泪把小孙子揽在怀里亲了又亲。在娘儿俩走出家门的一瞬间，杜化吉突然仰面倒在地上，失去了知觉。

寒冷把杜化吉冻醒，此时深更半夜，他爬起来环顾四周黑漆漆冷清清的院子，想到以后再看不到一个亲人了，他的脑子一片空白，大叫一声走出了院子，来到田生玉家门口凄厉地喊道："田生玉，还俺哩小子……"这鬼哭狼嚎般的喊声把田生玉从睡梦中惊醒，继而吓出一身身冷汗，他把头缩进被子里也不能完全遮挡住那叫魂一样的声音。他意识到自己以后不会有安生日子过了。

从此，贞村出现了一个疯癫的小老头。白天只要田生玉走在街上，杜化吉不知道从哪飘忽而至，像影子一样跟在他身后不住声地喊叫同一句话："田生玉，还俺哩小子……"黑夜又如幽灵一般在田家门前屋后重复着那追魂摄魄的声音。乡亲们无不哀叹杜化吉遭遇了又一个灾难，私下责骂田生玉真是造孽。

"报应啊！"恻隐之心时常让田生玉责备自己，他绝没想到会是这样一种结果，后悔叫日本人抓走杜壮田。

第四十三章　田从龙缢戏台

更烦心的事等着田生玉哩。

日本人侵略这片土地三年多了，他们在军事上暂时稳住了脚跟，依稀看到了长期统治下去的希望，他们因此更加渴望能够得到老百姓的好感和认同，实行宣抚策略成了他们当下的重要统治手段。

驻元龙县日军第二十一宣抚班班长大野平马，要实施他新的宣抚计划了。之前，他组织日军宣抚班成员和中国一些亲日分子，在县城和几个大村镇的集市上，进行中日亲善、大东亚共荣等内容的演讲，随后对老百姓开展诊治疾病、剃头理发、发放糖果等活动，企图用小恩小惠拉拢蒙骗一些善良无知的中国人做他们的顺民。大野平马新的宣抚计划，是要在农历年前利用当地有名的戏班搞几台中日戏曲歌伎会演，借此把他的教化安抚活动推向高潮，让老百姓加深对他们的感情。他把贞村设为一个宣抚地点，将伪乡长段永福以及田生玉等周围几个村子的伪保长召集到县城开了一个筹备会。这个说得一口较流利中国话的日本人，给他们提出了三项要求：一是从今天算起要他们在三天内选址并搭起一个戏台，第四天开始演出，前后晌各一场，连演两天；二是组织起县里有名的戏班并动员各自村子的老百姓前去观看演出；三是所需一切费用自行解决。段永福进行了现场分工：作为乡长他负总责；田生玉负责组织戏班，因为他哩小子田从龙已然成了全县唱丝弦戏哩头角；其他几个保长负责搭建戏台。最后，大野平马说了一句让他们都胆战心惊的话：谁若耽搁了演出，宪兵队伺候。

找戏班相对搭建戏台来说省钱省力，田生玉明白这是段永福在照顾自己，但他心里有说不出的苦衷，要是找名戏班离不开他哩冤家小子。把从龙请来，这可比他到各户征收粮款还难。两个月前，在他付出了伤害杜家、得罪乡亲们的巨大代价后，总算给日本人凑够了粮款，交了差。可他内心却生出了沉重的孤独感，总感觉所有的乡亲都在背后咒骂他指责他，使他对骨肉亲情忽然有了浓烈的依恋欲望，他很想利用这次机会主动去跟大小子修好，但又顾虑重重。他听说大小子每年在大年初一、清明节和农历十月一那天，一大早到坟上给他娘烧纸，可就是不回家，他能强烈地感知到大小子对自己哩痛恨之情。

这几年田从龙和李乐乐在袁师傅的悉心调教下，唱念做打无所不精。夫妻俩为人也好，戏班在不断壮大，由只能演折子戏的小戏班逐渐发展成了能演整出戏的大戏班。一年很少有空闲的时候，红白事应接不暇，田从龙成了全县最有名的戏班班主，身份也不同于唱小戏的戏子那般让人瞧不起，着实蜕变成了让人敬重的人物。这让田生玉的心里很不是滋味，不知道该为孩子高兴，还是该为自己当年断绝父子关系的行为后悔。他思谋来思谋去，决定不去找田从龙，他认为彼此之间早已没有了那层父子情，自己更是没有了那个脸面，只能去找别哩戏班了。

头两天他打听了几个戏班，费了很大劲找到班主后，不是因为冬季红白事多没有空闲，就是听说是配合日本人唱戏当即遭到断然拒绝。因为他从来就对唱戏的行当怀有鄙视和偏见心理，他在恳求班主时，总有一种下作的感觉，但即便如此，折腾了两天也没能谈成一个戏班。不得已，他想到了本村几个平日里喜欢唱戏哩人，虽然他们没有名气，可也能唱咧几个段子，便连夜找上门去，却都因他的为人而被婉拒。他明白自从把杜壮田抓走、强征乡亲们的粮款后，村人都不拿正眼看他，背地里说他是汉奸、走狗，他心里总有一种负罪感，不敢再强求乡亲们去做给日本人壮脸哩事情。这两天急得他寝食难安，眼看只剩一天时间了，这可如何是好？他当夜熬了一宿黑灯眼。

第二天一早，田生玉正坐在炕上发呆，田从虎走进北屋，劝道："爹，别发愁了，找俺哥哥去吧，只有他能帮你。"昨黑夜他见爹很晚回来，满脸愁容地倒在炕上，叫爹吃饭也不应，只是唉声叹气，不时听到爹哀怨摊上了这么一份差事。他知道爹找戏班碰了壁，当即劝爹去找哥哥，爹不予理会，过了一夜，便又来劝爹。田生玉昨一整夜就为此事发愁拿不定主意，面露难色道："你爹把你哥哥赶出了家门，怎么还有脸去求人家。"田从虎道："再怎么断绝关系你也是他爹，你给他多说几句好话，不信他不帮这个忙。俺陪你去，给他下跪都沾。"琢磨了一宿也只有这一个办法，田生玉勉强点点头。

父子俩吃了早饭，田生玉坐着田从虎赶的自家的牛车刚拐上大街，幽灵一般的杜化吉疯癫着挡住了大车的去路，他声嘶力竭地叫喊着要田生玉还他儿子杜壮田。田从虎把鞭子交给爹，跳下车辕上前抓住杜化吉的两只肩胛把小老头提溜在一边。等爹赶着车走出去老远，田从虎才松开杜化吉，他紧跑一段路蹿上车辕，接过爹手里的鞭子猛甩几下，牛犊子奔跑起来，大车颠簸着向东驶去。杜化吉被远远地甩在后边，仍在不停地叫喊。

前半晌时，父子俩来到小孔村，向村人打听田从龙，顺利地找到了袁家。在小孔村，田从龙的名字比他师傅还要响亮。现在的袁家在田从龙和李乐乐的拾掇下，早已没有了当年破败的痕迹，房屋干净整洁、院落井然有序，成了十几个唱戏人员的聚集地，到处充盈着热闹红火的气息。此时家里只有袁老汉一人在暖暖的冬日下修补戏服，其他人一大早就分成几个班被邀请到外村唱戏去了。袁老汉见两个陌生人走进来，以为是请戏哩，急忙放下手里的活儿起身热情地往屋里相让。

田生玉的眼睛只顾浏览这个家的每一处细节，没有及时承接主人的礼让，田从虎急忙接礼道："大伯！俺是贞村哩，田从龙可住在这？"

袁老汉道："是，他到外村唱戏去了，请戏给俺说也沾。"

田从虎故作谦卑地自我介绍道："俺是田从龙哩亲兄弟，这是俺爹，俺父子俩就是来请戏哩！"

听说是田从龙的爹和兄弟，袁老汉表现出无比惊喜和热情，快步走到北屋门口，双手掀起棉门帘请父子俩进屋。袁老汉知道田从龙和他爹结下的怨恨，这么多年没有来往，今天突然造访一定是因了什么缘由。不管父子俩断绝了多少年哩关系，毕竟是血脉相连，田从龙哩爹就是他袁家哩贵客，他又是让座又是倒水地安顿好客人，出院门唤了个邻家小子，吩咐他去距此七八里的李村把田从龙叫回来，自己则到几里外的宋曹村买酒菜去了。

田生玉今天算是见到了传说中收留田从龙并教他唱戏的袁老汉，心里感慨大小子命里藏着福气，遇上了一个菩萨一样哩贵人。十几年过去了，当年不讨自己喜欢，被他赶出家门的田从龙现在可成了个风光人物，比他田生玉和田从虎活哩滋润多了。自以为处事精明的他遇到了麻烦，万万没想到找上门求小冤家来了，不知道那小冤家还认不认他这个爹，肯不肯赏他爹一个脸面。

在田生玉的思绪无限蔓延的时候，袁老汉买回了一些酒菜，摆放在桌子上，斟满几盅酒道："田老弟！品品俺宋曹镇酿哩酒，比你贞村魏家酿哩不赖！"田生玉收回思绪，急忙言谢，端起酒盅呷了一口，赞道："好酒！"但他不敢多喝，担心面对田从龙时乱了方寸。

不到一个时辰，田从龙和李乐乐带着一个十来岁的男孩儿和一个七八岁的女孩儿挑帘进了屋，果然看到是爹和兄弟找了来。邻家小子在李村过白事的一家门前找到田从龙时，说他爹和兄弟找了来，他心里十分诧异，断绝了十余年哩父子情，今天找上门来究竟为何？不管怎样有师傅催促要尽快赶回去，他向主家说明了情况，和李乐乐各加唱了一段，给戏班的其他伙计做了交代，便领着孩子返回了小孔村。十几年不见，他看到爹苍老了许多，神情忧郁，灰白的头发蓬乱地盖在头上，没有了往昔的机灵劲，看出爹的日子过哩不是很舒心。

田生玉脸上堆着不自然的笑容迎上去，逐一打量着面前的一家四口人，从他们光鲜的面庞上就判断出日子过哩有滋有味，特别是两个孩子自小就长出了一副英俊漂亮模样，十分招人喜爱，如果守在身边一定是他哩开心果，可惜当爷哩没有那个缘分。唉！都是自己当年种下哩苦果。虽然对一家四口怀着满腔的愧疚之情，可他仍要按照来时在路上想好哩话哄骗田从龙一回，好让自己渡过难关。说是哄骗，其实不过是按照日本人哩意愿唱几天戏而已，田从龙或许不会介意。在强盗的铁蹄下，谁又能逃脱任人摆布哩命运？田生玉的自我宽慰增加了他开口的勇气，他站起身真切地对大小子说道："从龙！这些年爹对不住你，叫你受委屈了……"他声音哽咽得说不下去了。

田从虎帮腔道："这些年咱爹天天想你哩，后悔不该赶走你。"

田从龙站在原地默不作声，他一时不适应这猝然发生的情感，不知道该如何应对。

袁老汉理解田从龙的处境，他把父子俩拉到方桌前坐下，劝道："江湖上有句话，叫作'渡尽劫波兄弟在，相逢一笑泯恩仇'，外人都能如此大度，何况是骨肉相连哩父子！来来来，你俩喝一盅酒，恩怨就此化解，俺也算见证了一次人间哩喜事！"他双手分别端起盅酒递给父子二人。

田生玉接过酒盅仰脖喝了下去。爹已经给自己赔了不是，作为儿子不能再有任何怨恨，田从龙抬手把十余年来的委屈和苦楚咽进了肚里。

袁老汉又把李乐乐和俩孩子安置在桌前，宽慰道："今天你们一家人算是团聚了，都叙叙离别之情！"

田生玉给自己斟满一盅酒，对李乐乐道："家里给你们留着一间房，想什么时候回去住爹都欢迎！"李乐乐满口答应说沾，高兴得田生玉将盅里的酒一饮而尽。他又斟满酒，含着眼泪对孙子孙女道："爷爷欠你们哩太多，到死都不能弥补，只求你俩别记恨爷爷就好！"说完又喝下去一盅。

懂了一些事理的孙子开口道："爷爷！俺不恨你，只要你不嫌弃俺爹娘唱戏就沾。"他自小就多次听过爹和娘说起从前哩事情，知道他一家人为什么落户到了这里。

田生玉急忙表示道："不嫌弃不嫌弃！爷爷还要请你爹娘回咱村唱戏哩！"

孙子指着袁老汉对田生玉道："你也不能嫌弃俺叫他爷爷，俺把他当亲爷爷！俺哩名字就是袁爷爷给起哩！"

田生玉极力掩饰住尴尬道："不嫌弃！你这个爷爷功劳大，俺感激不尽！"

袁老汉插话道："见笑了，俺给孙子起名叫田圃，孙女叫田雨，庄稼主盼哩就是禾苗茁壮、风调雨顺！"

田生玉由衷地说道："好名字！老哥！小弟敬你一盅！"他斟满双方的酒盅，无比感激地先喝了下去。

田从虎见时机成熟，对田从龙道："哥哥！今儿俺和爹来小孔村，就是想续上咱们哩骨肉情，再是想让你明天回村唱两天戏。你唱红了元龙县，乡亲们羡慕哩很，都巴望着你回村唱几出哩！正好借着唱戏哩机会叫全村人都知道咱又成了一家亲，以后他们也就不会再笑话咱了，一举两得，你说沾不？"

田从龙的心里荡漾着浓浓的亲情和乡情，他何尝不想回村给乡亲们好好唱上几天戏。离开贞村十余年，多少次从村边路过，看见他熟悉的一草一木和乡亲们在田间劳作的身影都令他思念不已，只是爹给他造成的伤害让他无法释怀，不愿再惹起伤心事，每次都是绕道而过。今天终于消除了父子间的隔阂，他可以高高兴兴堂堂正正地回村去了，便爽快地答应道："只是这两天戏订哩很满，过几日沾不？"

田生玉和田从虎面露窘态，内心焦虑地正在思忖如何劝说田从龙改变他的日程安排。袁老汉给他们解了困，对田从龙道："孩子！跟你爹回去吧，你哩戏份俺来演，正好练练嗓子。"

田生玉急忙给袁老汉作揖道："老哥是个活菩萨！活菩萨！"

田从龙也感激道："大伯！这些年你老人家光为俺劳神费力了！"

袁老汉责怪道："哪里话，没有你，你大伯这后半辈子还不知道怎么过哩！一家人不说两家话，来，喝酒！"

欢快的气氛充盈着整个屋子，田从龙对田生玉道："爹！俺准备好行头，明儿一早回去，人手不够，大戏唱不成，俺和乐乐给乡亲们唱几段折子戏，沾不？"

田生玉连声应道："沾沾沾！"只要田从龙肯回去唱几段，就是最大哩幸运，就能交差了。

事情定好后，田家父子傍黑时回到家。田生玉躺在炕上心里始终忐忑不安，担心田从龙改变主意不回来怎么办？就是回来，等他知道是配合日本人搞宣抚哩真相后拒绝登台怎么办？田生玉在时断时续的睡梦中度过了一夜，天刚麻麻亮就起了炕，临出院门时朝田从虎住的西厢房喊道："该起来了，别忘了多做几碗饭。"

西屋里田从虎的媳妇不情愿地应道："知道了。"这个女人吃惯了独食，担心哥嫂回来撇她的家财。

田生玉出了家门，来到村东口迎候田从龙。在村北一块官地的打麦场上已经搭好了戏台，就等他请的人来唱戏了。

该出日头的时辰，东方还没有一丝亮光，田生玉抬头望望天空，阴沉沉的像是孕育着一场大雪。他的心情和天气一样灰暗，迎接了田从龙，还要招呼乡亲们去村北看戏，这头一场戏能不能唱好，他心里一点底都没有。约莫等了半个多时辰，一辆枣红马拉的车从雾气中钻出，向贞村款款驶来。车上坐着四个围裹严实的人，田生玉祷告老天爷一定是田从龙一家四口，他快步迎上去，待走近看清果然是他期盼的人，心里的一块石头落了地。

田从龙看到爹，从马车上跳下来，怪嗔道："爹！俺不是不知道家，这么冷哩天你还跑这么远接俺干咳!?"

田生玉激动道："俺不冷，你一家四口赶二十里路才是真冷，快回家吃饭暖和暖和!"

田从龙把爹扶上马车，向村里驶去。到了家门口，一家人从车上下来，田生玉在前引路进了院子。灶火间里田从虎正和媳妇做饭，见哥嫂到来，田从虎矜持着招呼了一声，在媳妇面前他不敢对哥嫂表现出亲热来。田从虎的媳妇并不搭理哥嫂，使着性子把风箱拉得"咕哒咕哒"山响。

田生玉撩开北屋棉门帘让田从龙一家人进屋暖暖身子歇息一会儿，李乐乐赶紧承接公爹的殷勤领着两个孩子迈步进了屋。田从龙却站在院子里各处寻找十几年来家里的变化，回想当年发生在这座院子里的故事，不禁感慨曾经温情热闹的一个家，死哩死走哩走，变成现在这样暮气沉沉、冷冷清清哩样子。他希望自己的归来，能给这个家增添点儿活力和乐趣。

一直撩着帘子的田生玉看出了田从龙的心事，他也默默祈祷这个家以后不要再有生离死别的事情发生了。

田从虎端着两大碗小米山药饭从灶火间出来，招呼哥哥进屋去吃。田从龙这才注意到爹一直在撩着门帘等着自己进屋，他急忙接过兄弟手里的两碗饭，一边往屋里走，一边叫爹也来吃。田生玉站在屋门口道："你们慢慢吃，俺出去办点儿事，等俺回来咱一块去村北戏台。"田从龙两口子急忙应着，扒着门帘目送爹出了院门。田从虎又端来两碗饭和一盘白菜炒辣椒，放在桌子上，招呼哥嫂和侄子侄女趁热吃。

田生玉到几个伪甲长家，吩咐他们吃过早饭后就去招呼乡亲们拿着板凳到村北戏台集合，赶在大野平马到来前安排好各自分管的事项。

田生玉返回家时，天虽然仍阴沉着，但时辰已经不早。田从龙一家人吃饱了饭，正在屋里对着镜子化妆。儿子和儿媳的风采令他惊讶不已，便默默地站在一旁欣赏，直到两口子化好妆后开口道："不早了，咱们走吧。"

田从龙和李乐乐穿戴好行头领着俩孩子跟爹出了院门口，俩人又从大车上各提一只装着乐器和布景的木箱，两个孩子拿着零碎东西向村北走去。在街上不断有看见这一家四口的乡亲惊喜地和他们打招呼，并且探问要唱什么戏？田从龙和李乐乐都热切地一一答复，同时心里铆着劲要好好为乡亲们唱上几出。

来到村北的打麦场，人们看到坐北朝南搭建着一个宽大的木质戏台，戏台两侧悬挂着一副红底黄字的对联，内容是：日中亲善大联欢，戏台盛会颂共荣。周围几个村子被动员来的人们正陆续地向这里会拢。

田从龙和李乐乐吃惊得面面相觑，田从龙询问田生玉道："爹，在这唱戏？

田生玉惴惴不安地回道："是。"

田从龙继续问道："日本人也参加？"

田生玉听出了田从龙的不满情绪，他担心前功尽弃，急忙解释道："是这样，从龙，日本人逼着咱几个村搞宣抚，你爹担任咱村哩保长，不照办就过不了这个坎……"

不等田生玉把话说完，李乐乐气愤道："怪不哩你突然去小孔村找俺们，原来是给日本人帮忙。"

田从龙愠怒道："爹，这戏俺们不能唱。乐乐，咱这就回去。"两口子领着孩子转身要走。急得田生玉抓住田从龙的两只胳膊哀求道："小祖宗唉，事已至此，你就遂了爹这次愿吧，不然爹怎么向日本人交代？"

田从龙怒斥道："爹，你把俺四口子一大早顶着大雾诳回来，就是为了给日本人唱戏？乡亲们怎么看俺和乐乐？你不要脸，俺还要脸哩，今天哩戏就是不能唱！"

田生玉啼哭着哀求道："从龙，这也不是你爹愿意做哩事，谁能拧过日本人哩大腿？在人家哩铁蹄下，咱只能忍气吞声过一天是一天，爹给你下跪沾不！"田生玉说着"扑通"跪倒在地，田从龙理也不理，提着箱子和娘儿仨快步向回走去。就要走出打麦场时，一家人被一支上了刺刀的长枪挡住了去路，维持秩序的日本兵威严地示意他们退回去。田从龙和李乐乐这才注意到，百十个日本兵和伪军已经在打麦场四周站起了岗，只许人进来不许人出去。日本兵见他们是唱戏的，就更不让出去了，田从龙比画着说自己忘了带唱戏的家什也不行。正在交涉间，穿着一身灰色西服，外披一件黑呢大氅的大野平马，带着几个妆扮艳丽的日本男女歌舞伎演员走了过来，左右伴着两个卫兵，后面跟着狐假虎威的许奎和亦步亦趋的段永福，还有诚惶诚恐的田生玉。大野平马在远处早就看到了田生玉父子俩发生的冲突，他过来微笑着把几个歌舞伎演员介绍给田从龙道："你们是同行，朋友地好，舞台上精彩演出地有！"

田从龙看也不看大野平马一眼，拿定主意就是不上台唱戏。

许奎威胁田从龙道："你是田生玉哩大小子是不？你要使性子不唱戏，本官就把你两口子带到皇军宪兵队灌辣椒水，叫你俩再也唱不成戏。"他又转向田生玉训斥道："这几天你都干什么了？只找了你家两个孩子来唱戏，要是耽误了皇军哩宣抚计划，没你哩好。"

田生玉没心惶回答许奎的问话，因为害怕，他浑身哆嗦着，更悲切地哀求田从龙道："小祖宗唉，叫爹多活几天吧！"

段永福也劝道："从龙兄弟，既然来了就唱两段吧，吃不了亏。"

田从龙明白今天要是呛了日本人的脸面，自己一家人是走不脱哩。他思忖片刻，狠狠心拿定了一个主意，对李乐乐道："看在爹哩面子上，咱就唱几段吧。"

李乐乐从男人的口气和眼神中感觉出了不祥之兆，疑惑地问道："唱？"

田从龙决然道："唱。"提上木箱大步向戏台走去，李乐乐紧追在后面，想问清楚他到底是怎么个意思。田生玉只顾自己紧张，没觉察出田从龙的内心已经发生了巨大变化，以为大小子脑袋开了窍，他的心情随之松弛了些，对大野平马道："这小子脾气各拧，叫太君一开导总算想通了。"大野平马不管田从龙是什么脾气，只要唱戏就行，他带着一班人跟了过去。许奎看出了田从龙的情绪变化，边走边说道："这小子还有点儿小脾气，不好好唱，看许某怎么收拾你。"

此时天空忽然飘起了大朵大朵的雪花，田从龙从西边绕到戏台后边，走进用紫色土布围成的演员候场处，打开装布景的箱子，从里边抽出一根绳索，塞进自己的袖口里，对紧跟其后负责演出事宜的段永福说他要第一个登台。段永福自然同意，说沾。田从龙又跟李乐乐和两个孩子说道："拉《李天保吊孝》哭灵那段曲子。"李乐乐有话要问男人，不等她开口，田从龙踩着木质台阶上了戏台。李乐乐和俩孩子紧随其后，来到分隔前后台的帷幕东边，拽过几只给演奏者准备的板凳，拂去上面的一层雪坐下来，娘儿仨从装着乐器的箱子里分别拿出一把板胡、曲笛和笙准备伴奏。在迷蒙的雪景中，站在帷幕边缘的田从龙望着台下嘈杂的黑压压的人群，强烈的羞辱感袭上心头，如果没有纷飞大雪的遮挡，他不知道有没有勇气面对乡亲们。台下的人们透过雪花看到一个打着粉脸的人站在了台上，以为戏就要开场了，嘈杂的声音立刻小了许多。

大野平马催促段永福到台上讲几句开场白，段永福极不情愿地上了戏台，开口道："乡亲们！今天大家汇集到这里观看中国戏曲和日本歌舞伎表演，为哩是促进两国民间交流，增进彼此友谊，为建设大东亚共荣圈添彩。下面请丝弦名角田从龙唱几段戏，鼓掌！"他带头拍起手，下面响起稀稀拉拉的掌声，远没有预期的热烈，他尴尬地走下了戏台。

大野平马向几个歌舞伎演员交代了几句，要他们上台后尽情表演，随后示意许奎和段永福陪他到台前看戏。三个人走到最前一排事先准备好的几把圈椅上坐下来，两个卫兵站在大野平马身后为他警戒。筹备了几天的宣抚演出就要开场，令大野平马遗憾的是今天的大雪影响了演出和观看效果。

田生玉早没有了精神头，两手揣在袖筒里，脖子缩在衣领中，闭着眼站在后台只盼着田从龙早点儿唱完从戏台上下来。

李乐乐拉起了板胡，一双儿女分别吹响了曲笛和笙。一段激昂、悲怆的音律扩散开来，这是李天保上灵堂悼念亡妻的过门曲。田从龙的情绪不用酝酿，他的内心早已似奔腾的大河跌宕起伏，随着曲调现编词唱起来：

俺哩乡亲们啊
咱们老百姓哩苦难诉不尽
叫俺田从龙先把苦来诉
今天老爹把俺逼上台
心肝欲碎痛伤悲
欲哭无泪难言语
怨一声爹你好不知耻

让儿帮着强盗把百姓欺
将儿弄哩人不人来鬼不鬼
今后还怎么叫儿在世间存
这灵棚祭礼已备齐
今天儿把命来还给你
从此咱俩一刀两断
你不是俺爹来　俺不是你儿

李乐乐听着田从龙的唱词，明白他是向乡亲们倾诉不甘被爹所逼给日本人唱戏的心声，她的板胡拉得更加带劲。田从龙的唱腔时而激愤时而哀婉，动作时而剧烈时而沉缓，把积压在胸中对日寇和爹的愤恨一股脑地倾诉出来。

看戏的乡亲们没有听到他们熟悉的唱段，灌进耳朵里的却是田从龙临时改编的词，有的人听明白了这个名角上台唱戏的无奈和委屈。他们还想往下听，演唱却戛然而止，刚才还能透过稠密的雪花和浓厚的雾气看到田从龙且唱且蹈的身影，现在只有板胡、曲笛和笙的曲调在空中飘荡。

雪越下越大，几米外的景物都无法看清。

田从龙去意已决，他退到戏台深处，趁着迷离的雪雾将袄袖里的绳子抽出来，搭在一人多高用以悬挂布景的横木上，挽上套，两手拔着绳圈将头伸了进去，身子一歪，绳圈死死地勒住了他的脖子。唯有此，才能终结自己站在这个戏台上哩耻辱，才能向世人表明自己哩心志，才能给爹一个彻底哩交代。

还在尽情拉板胡的李乐乐听不到了田从龙的声音，她忽然意识到了男人最后几句唱词的含义，不祥之感袭上心头，旋即扔下板胡向前跑去。在戏台中央她看到了吊在横木下的一具直挺挺的身躯，她惊叫一声，试图把男人解救下来，怎奈自己身薄体弱而无能为力，便大声喊道："快来人哪，田从龙上吊了！"

李乐乐尖锐的喊声具有极强的穿透力，戏台前的人们立刻不安起来。让田生玉最担心的事情还是发生了，刚才田从龙的一段唱他听得清清楚楚，想不到大小子对他的怨恨如此刻骨，不采用这种极端方式不足以表达对他的决绝。他在惊恐和羞愧的双重折磨下冲上戏台，循着李乐乐的喊声跑到出事的地方，帮着李乐乐把田从龙解救了下来。

李乐乐怀抱着田从龙的头，感觉不到男人的一丝气息，便扯开嗓门呼喊道："田从龙你不能走，咱俩哩日子还没过够哩……！黑无常，白无常，你哥俩别勾错了魂儿，俺男人没干过伤天害理哩事，你们要是把他拉到阴曹地府，俺李乐乐变成恶鬼去找你俩拼命……！"

凄厉的声音震荡着乡亲们的心，大雪弥漫，戏台近处的人仅能看见台上的人影晃动，判断一定是出了人命，恐怖立刻笼罩了他们。田从虎了解哥哥的脾性，知道哥哥采取了极端手段终止了演唱，他更明白哥哥这一举动会招致日本人哩不满，接下来可能会发生更难预料哩事情。得帮哥哥一把，他明白自己哩行为很可能引祸上身，但一奶同胞之亲情让他抛弃了内心的恐惧，他灵机一动，转身向后边的人群大声喊道："闹鬼啦，快跑吧，再不跑鬼魂要附体啦。"他要造成混乱场面，帮助爹和哥哥掩饰这被动局面。

这声喊增添了人们更强烈的恐怖，台下黑压压的人群开始骚动起来，他们慌不择路地四处奔逃。人们大都听说过在野外不见日头唱鬼戏或哭丧戏，往往能把鬼魂招来，引得唱戏的人上吊，看来今天应验了。有几个日伪军试图鸣枪警示人们平静下来，却适得其反，人们更是不顾一切地要尽快离开这令人惊悚的地方，在打麦场四周站岗的日伪军被洪水一般的民众冲击得七零八落。

坐在戏台前的大野平马，对这突发的混乱场面没有丝毫办法，他本人也被人群冲撞得东倒西歪，连给手下发号施令平息骚乱的机会都没有，只能任凭这场宣抚活动在肆意的大雪和混乱的场景中结束。如此荒诞的宣抚结果完全出乎他的预料，他把造成这样的局面归咎到了田生玉父子身上，一个是没有找对唱戏的人，一个是没有唱戏的意愿。他想知道田家父子现在是什么状况，待人们散去后便带着随从上了戏台。大野平马来到戏台中央，看到田生玉正围着田从龙一家四口急得转磨磨，李乐乐怀抱着田从龙在大声呼唤他的名字，俩孩子则悲伤地哭叫着爹。大雪已经把田从龙一家人覆盖得完全变成了雪人。见大野平马到来，吓得田生玉立即停下了脚步，张口结舌不知道说什么话才能作出交代。

此时田从虎也跑上戏台看望哥哥，他见大野平马一伙儿在此，便闪在一旁静观对方有何企图。

许奎抢先发难道："田生玉，这都是你干哩好事，坏了皇军哩宣抚活动，拿你哩老命都抵不上。"他又向大野平马建言道："把这父子俩弄到宪兵队过过刑，给太君解解气。"

段永福对田家父子忽生恻隐之心，田生玉毕竟在自家当了几十年哩差，两家还曾经有过一段姻缘关系，他对许奎的落井下石心生不满，拐着弯替田家父子说话道："田保长，不是抱怨你，知道从龙有心事何不提早说一声，咱好另请人唱戏。你看今天闹哩多不给太君面子，幸好大野太君有气度，不跟你们一般见识，否则可轻饶不了你们。"

大野平马对许奎和段永福俩人说的话权衡了一番，拿定了处置这件事情的主意。他看看呆若木鸡的田生玉和仍在昏迷中的田从龙，说道："人跟我过不去，老天也跟我作对，看来不该今天搞宣抚，你们走吧。"说完转身离去。他的心里不是没有怒火，不是不想惩治田家父子，他顾忌的是田从龙在当地也算是个名人，如果加害于他，以后再搞宣抚活动就会在老百姓心中大打折扣。另外，他对田从龙的气节钦佩有加，从中感受到了这个古老而衰弱的民族其情怀深处却蕴藏着无形而巨大的抗拒外敌的力量，令他胆寒。

此时戏台上除了田家人外，所有人都走得精光，打麦场恢复了寂静。"从龙！从龙！""爹！爹！""哥，你不能走！""儿啊！爹给你赔不是沾不！"……黑白无常丝毫不理会一家人的哭喊，一心要履行好职责，哥俩各举着一个招魂牌引导着田从龙的魂灵一直往前走。家人的哭喊唤起了这魂灵浓烈的亲情，想停下来，似有一股无形的力量牵引着而不能自主，只好一步一回头观照着悲痛欲绝的家人和静躺在戏台上的自己的肉体，迈进鬼门关，向奈何桥走去。过了桥，喝了孟婆汤，前世的一切记忆和亲情可就荡然无存了，这是田从龙的魂灵最痛苦之处。就在这魂灵绝望时，一条龙突然从天而降挡在了奈何桥头，喝止两个小鬼道："放开他，没听见一家老小在哀号？"黑白无常见是飞龙，十分敬畏地停下脚步，纷纷辩解道："看他哩劲头确是不想活了。""俺哥俩是在成全他。"飞龙训斥道："混账！人家是被倭寇所逼，乃不屈大义之所为，这汉子不该死，你们应该护佑好他才是。还等什么？快放了人家。"两个小鬼知道，飞龙是翱翔于天地间的神圣之物，即是他们的头儿阎王，也要让飞龙七分。哥俩乖巧地点头应诺，收起招魂牌，左右拱卫着魂灵往回返。他们一同走出了鬼门关，黑白无常向飞龙讨好地深深作了个揖，便没了踪影。魂灵十分感激飞龙让自己还了阳，双膝跪地对飞龙说道："俺以后定要写一段戏词传扬你哩大德！"飞龙摇摇头催促他道："快回去吧，一家人都急死了！"那飞龙倏忽便没了踪影。魂灵返回到自己的皮囊里，一家人见田从龙慢慢睁开了眼睛，都惊喜得泪水夺眶而出。

田从龙很快恢复了意识，他不理会爹的轻声呼唤，气息虚弱地对李乐乐道："咱该回去了。"

李乐乐明白男人是要回小孔村，便对田从虎道："你去把马车赶来。"

田从虎深深体会到了哥哥受到的委屈，并且为哥哥做出的惊人之举所感动，只要能遂哥哥哩意愿哪怕赴汤蹈火在所不辞！他飞也似的向家跑去。一会儿工夫田从虎赶着马车返了回来，他上得戏台对田从龙道："哥哥！咱们回家。"他抱起哥哥向台下走去。李乐乐娘儿仨紧跑几步先下了戏台，把车厢里的积雪清理掉，露出铺在上边的棉褥子。田从虎将哥哥放在车厢里，对嫂子道："先回家暖暖身子，等雪停了再走吧！"

李乐乐把两只木箱放在车上，脱下身上的棉袍给田从龙盖上，回田从虎道："兄弟，你回家吧，俺们走了。"田从虎知道他们要回小孔村，他没有阻拦的勇气，只好看着嫂子和侄子侄女上了车，嫂子拿起鞭子轻甩一下，马车顺着来时的路驶去。

田生玉想说几句挽留的话，却说不出口，只是望着远去的马车发呆。

大雪依然下得紧，马车很快消失在了田生玉和田从虎的视野里。满腹惆怅的父子俩，默默无语地回了家。

田生玉一连两天不吃不喝，只是躺在炕上发呆想心事，吓得田从虎整天陪在爹的身边劝吃劝喝，同时防备他想不开发生意外。

第三天上午，田生玉忽然翻身从炕上下来，披散着花白的长发就往外走。田从虎紧跟在后，连声问爹干什么去，没有得到一句答复。田生玉径直来到大街上，在老何的剃头摊位上坐下来，指指自己的脑袋对老何道："把这头烦恼丝给俺剃了。"

剃头匠老何眨巴着眼睛奇怪道："田保长，你留了一辈子头发，怎么舍哩剃了？俺记着当年你是照着段士修发型剪哩，东家还留着，你剃了不妥吧。"

田生玉不耐烦道："叫你剃你就剃，少给俺提段家人，俺以后不伺候了。"他拿定主意从今天起不再给段家干事了，段士修一次次拿自己当猴耍，要哩他已经是家破人亡了，真后悔当初不该辞了高家转投到段家。哎！这世上要有后悔药就好了。

老何自然知道田段两家的恩怨，他不紧不慢地用一盆热水给田生玉洗完头发，右手捏着剃刀一边剃着头一边感慨道："为人不当差，当差不自在，何况是靠人家吃饭，不受人家指使才怪。俺这一辈子没什么本事，只会这一个手艺，不管是贫富贵贱，俺从来不求别人剃头，都是别人来找俺。凭这手艺能挣一口饭吃，很是快活！"

田生玉听着老何的话心里很不是滋味，在段家混了几十年连个剃头匠都不如。他默不作声直到剃完头，两只手摸摸光亮的脑袋，感到从未有过的轻快，起身将一张面值一元的鬼子票放在凳子上就走。

老何叫道：“田保长！给张什么票子都沾，就是不待见这鬼钱，给俺换一张。”

田生玉背着手，头也不回地说道：“在日本人管辖哩地界哪有别哩票子。以后别叫俺保长，日本人哩差事俺也不干了。”这话是说给老何的，更是说给自己的。他心里倔强道：就是不给日本人干这保长了，人不人鬼不鬼哩，把亲小子都快坑死了。

一直陪伴着爹的田从虎，这才明白了爹在炕上躺了几天几夜的所思所想。

田生玉为了疏远段家，不给日本人当保长，自此装出一副少言寡语精神恍惚的样子整天在村外漫无目的地瞎转悠。段士修父子和日本人见田生玉这副德行，真的认为他受了刺激变得呆傻了，便不再把他当回事。

可是杜化吉并不放过田生玉，说不定什么时候找到他就哭喊着要他还儿子杜壮田，田生玉只能用装疯卖傻的办法应付杜化吉。乡亲们经常看见这两个曾经的好伙伴现在的冤家，碰在一起相互指责谩骂甚至扭打成一团儿的情景。此后很长一段时间，俩人成了村人一个看热闹的景致。

第四十四章　抗外防内

抗战以来的第四个年关将至。前三个年关日本鬼子都要组织优势兵力对中共元龙县抗日根据地进行一次大规模扫荡，恐怕今年也不会例外。

鬼子选择这个时候开展军事行动，主要基于三个因素。一是人们既要忙于过年又要备战，在这个时间段扫荡可以给对手造成巨大的精神压力和苦恼，导致对方顾此失彼而达到事半功倍的效果；二是在最寒冷的季节进行突袭行动，对手往往应对迟缓而极易遭受打击；三是能够在扫荡中收获大量的肉食和粮食。

为防范鬼子扫荡，姜奇召开抗日民主县政府会议，制定了一系列应对措施，其中一条就是和侯如墉、张荫梧共同商定了反扫荡作战计划。虽然侯如墉、张荫梧的手下一段时间以来针对抗日民主政府人员制造了几起摩擦事件，姜奇仍然对这两位司令在民族大义上抱有一丝幻想，认为他们还不至于为了一党私利而阳奉阴违公开耍两面派手法。纵观抗战以来，侯如墉的十三支队和张荫梧、乔明礼的河北民军，镇守在元龙县西南部山区，很大程度上起到了防范日本军队西进的屏障作用，虽有几次主动出击消灭鬼子的战绩，但其主要目的是以“溶共、防共、限共、反共”进行军事部署。

现实很快打破了姜奇的幻想。腊月二十三凌晨，三十余名抗日民主县政府工作人员和三百多名县大队队员正在睡梦中，突然被值勤哨兵的报警枪声所惊醒。姜奇很快组织起队伍，对进犯的敌人进行还击，同时给侯如墉和张荫梧部发去求援电报。这次扫荡规模比历次都大，石冢亲自出马，出动了五百多名日伪军，在熟悉地形的许奎带领下，选择这块兵力薄弱的地盘作为攻击重点，企图一举消灭抗日民主县政府领导机构和武装。双方交战距离很近，在枪炮声中，姜奇不时听到许奎劝他投降给他封官许愿的喊话，回击许奎的是更加猛烈的火力。战斗打得异常激烈，一直到天亮，还不见侯如墉和张荫梧的增援部队。在牺牲了百十名同志后，姜奇感到再坚持下去要吃大亏，为了保存实力，自己率县大队一个中队殿后，掩护大家往南撤退。许奎率两个中队日伪军追击了一程，害怕中了埋伏，便退了回去。

占领了共产党抗日民主县政府所在地，尽管付出了伤亡百十人的代价，石冢仍然感到是一次令人鼓舞的胜利。据此他们就可以继续往南推进，不日即可消灭盘踞在那里的国民党军队，进而占领整个元龙县镜，得以完成上司交给他的使命。忘乎所以的石冢在一群日伪军的护卫下，站在南佐镇的一处高岗上，仰望着西北方向不远处的封龙山，不屑而傲慢地高声说道：“当地人都敬仰这座山，还把山上传说中的飞龙奉若神明，皇军一来，这一切就都归大日本天皇所有了。飞龙也不例外，自然也就成了天皇陛下的子民。他如果还想拥有飞龙的名号和呼风唤雨的本领，就得跪求天皇的册封和恩赐。”石家随即狂妄地“哈哈”大笑起来，笑声未落，突然响起一声清脆的枪声，一颗子弹从这几个倭人耳畔呼啸而过，石冢应声倒地。几个日军在惊骇中把龇牙咧嘴痛苦呻吟的石冢搀扶坐起来，发现他留着短发的后脑勺模糊了一片血迹。身旁的军医迅速进行救治，是那颗子弹带走了石冢的一块头皮。这里很危险，给石冢包扎好伤口，他们迅速撤离到设在抗日民主县政府院里的指挥所。这一枪是一名潜伏下来的游击队员在暗处寻得机会打哩，他懊悔打偏了一点儿。晌午原本要在指挥所举行一场由石冢主持的庆功宴会，还要嘉奖立了头功的许奎，现在不得不取消了。石冢侧躺在姜奇睡的炕上，闭目休养，渐渐沉入梦乡。两扇屋门被一股狂风猛烈推开，石冢感到不妙，忍着阵阵头痛坐起身，但见一条龙闪电般而入，落在他的面前，用威严的目光盯视着他。石冢惊恐不已，他猛地抽出放在身边的战刀做好搏杀准备。飞龙正色道：“倭贼，你这无耻狂妄之徒，俺飞龙不允许你们在这片土地上胡作非为胡言乱语，堂堂华夏岂容你们侮辱！回头看看你们倭国，从服饰到建筑，从文字到礼仪，哪一样不是师从我华夏而得。趁祖师爷打了几天瞌睡，你们这些卑鄙小丑，便恶胆包天，行欺师灭祖之手段，妄想把这锦绣河山据为己有，俺飞龙不答应，俺哩子孙更不答应！你们现在不过是逞一时之强，你们彻底失败就在明日，后天看我华夏如何重新屹立于世界之巅……”石冢早听得恼羞成怒，他霍地挺起身双手举起战刀劈向飞龙。飞龙抬起右爪击在石冢的手腕上，战刀飞了出去，飞龙紧随一爪将他仰面打翻在地，顺势将龙爪用力压在石冢的胸脯上。石冢憋得喘不过气来，歇斯底里吼叫着奋力挣扎着。几个下属急忙围拢过来，把石冢从梦中叫醒，关切地询问怎么回事？并为他们的长官擦去满头汗水。石冢坐起身惊魂未定大口喘着粗气，脑袋涨疼得低着头不予回答，他不想把梦里的情景告诉下属，摆摆手示意他们走开。石冢歇息片刻，重新躺下闭目休息，那飞龙又威严地出现在了面前，吓得他又睁开眼坐起身，飞龙便没了踪影。如此反复数次，弄得他精神高度紧张，不敢再躺下，他实在支撑不住了，便命令手下将其送回县城，离开这里或许会好些。他这才明白当地人信奉飞龙并非迷信，并且怀疑这是自己冒犯了飞龙的结果。

姜奇率领殿后的队伍在接近侯如墉防区时，与前面等候他们的队伍会合。利用短暂的喘息时间，姜奇和几位干部商量队伍的驻扎地，侯如墉的地盘是不能去哩。通过这次阻击战，大家都看清了这个摩擦专家真反共假抗日的嘴脸，如果被他们控制住，说不定还会发生像皖南事变一样哩悲剧。元龙县境内是没有立足之地了，姜奇决定绕过侯如墉的地盘，到赞皇县休整几日，那里的崇山峻岭是抗日根据地的纵深地带。就在此时，去前方侦察情况的丁铁蛋急急忙忙地跑了回来，向姜奇报告说在他走进南边的一条山谷时，有人故意从山上推下了一块石头给咱们报信，那里一定埋伏着侯如墉哩队伍。果不其然，姜奇即刻命令队伍向西翻过几道山梁，再向南进入赞皇县境。一路上人们猜测那推石头的人是谁，吴常断定无非是魏天雄和石敢当，姜奇赞同地点点头，说十三支队里没有几个人认识丁铁蛋，大概也只有他二人。如果真是他俩，那侯如墉是不会轻易放过他们哩，大家为魏天雄和石敢当担忧着。

侯如墉果真给姜奇设着埋伏，他早就想一举消灭元龙县抗日民主政府武装。当姜奇发来的求援电报把他从睡梦中惊醒时，判定这是个可遇不可求的绝好机会，料定姜奇的人马抵挡不住兵力和武器占据绝对优势的日伪军，撤退的道路只有这一条最便捷。他和张荫梧不但不派兵前去南佐镇救援，反而命令魏天雄的第四团在山谷里打埋伏。幸亏石敢当看到了前来探路的丁铁蛋，故意从山坡上推下去一块石头，暴露了他们的企图，才避免了一场悲剧发生。

侯如墉和一批效忠蒋介石的黄埔军校学生，一同创立了复兴社。他们仿效意大利的“黑衫军”和纳粹德国的“褐衫军”，蓝衣黄裤是他们的标志服，所以又称“蓝衣社”。蒋介石把希特勒“一个领袖、一个民族、一个国家”的独裁理念奉为统治圭臬，衍变成自己的“一个主义、一个政党、一个领袖”的政治口号和统治体系。“一个主义”就是三民主义，“一个政党”就是国民党，“一个领袖”就是蒋介石。这一理念深入“蓝衣社”成员的精神骨髓，除此之外他们对其他主义、政党和领袖都嗤之以鼻。他们的使命就是铲除异己，在中国的地盘上只能按照他们的意志进行统治。侯如墉眼看共产党的实力经过几年抗战在敌后发展壮大起来，他怎能不眼红心跳。就元龙县境内的共产党组织和抗日队伍来说，大有星火燎原之势，如不予以消灭，很快将和他的十三支队平起平坐，到那时这块地盘谁说了算就由不得他了。

今天真是天赐良机，他早早在自己的办公室备下了酒席，只等消灭姜奇队伍的喜讯传来以示庆贺。利用这段时间侯如墉和杨参谋正在商讨下一步如何应对日寇扫荡的军事部署，督战官和魏天雄争吵着来到了办公室屋门口。侯司令精心设下的埋伏被魏天雄的手下暴露后，督战官恼怒之极，他本有先斩后奏的权力，但因为魏天雄对石敢当的袒护而不敢下手，只好来向司令报告，寻求支持。一路上，魏天雄将责任全都揽在自己身上，软硬兼施劝说督战官不要把事情闹大，否则对谁都不好。督战官哪里肯依，一定要由侯司令定夺。

侯如墉听到他们的争吵声，预感到这次伏击行动发生了意外，不等俩人喊报告，他拉下脸冲门外喊道：“进来。”两个人一同挤进屋门，石敢当紧跟在魏天雄身后以防不测。督战官连敬礼都来不及打，急踹踹向司令报告魏天雄的警卫连长石敢当暴露了埋伏，让姜奇的队伍绕道逃走了。侯如墉闻听勃然大怒，命令督战官立即将石敢当处决。他随即怒视着魏天雄拍桌子大骂道：“一群上不了台面的土包子！魏团长，本司令以为你是个善于带兵打仗的土匪头子，原来是个连手下都调教不好的土包子头。你的警卫连长石敢当坏了本司令的大事，你说怎么处置吧?”

魏天雄看着面前这个一年四季都穿着蓝上衣黄裤子，始终以蓝衣社成员为骄傲的侯如墉，今天才真正领教了这老家伙的阴险，他是想借自己哩手消灭姜奇哩队伍，把自己变成共产党哩死对头，以断绝自己哩后路，好死心塌地为他卖命。幸亏石敢当眼睛好使在山崖上认出了丁铁蛋，给对方报了信。石敢当做哩对，替自己送了姜奇一个天大哩人情，多个朋友多条道，看共产党发展形势说不准这天下以后是谁哩。眼下必须力保石敢当，否则他怕是活不过晌午。魏天雄稳住神儿，坚定地对侯如墉说道：“侯司令，处决魏某好了，是俺命令石敢当往山下仍哩石头。”

侯如墉吃惊地问道：“是你？岂有此理，不知道违反军纪的后果吗?”

魏天雄辩解道：“前来探路哩那个小子是俺至亲哩人，俺不能不帮啊!”

侯如墉怒喝道：“混账！你是个军人，就是亲爹前来探路也不能暴露军情。”

对侯如墉的侮辱，魏天雄面露愠色，毫不客气地回击道：“侯司令，你是中华民族复兴社成员，是党国哩精英，怎么说出话来连个乡野村夫都不如？”

一旁的杨参谋知道两个人的脾气是针尖对麦芒，担心话不投机发生冲突，便急忙插话调节一下紧张的气氛，提示道：“魏团长！不要那么大火气，给司令说明那小子跟你到底什么关系，如果确是至亲，不忍心伤害他也是人之常情。”他又对侯如墉道：“司令！咱们不能因为这点小事闹得将帅不和，损害了咱们的长远利益。”

侯如墉本要向身旁的警卫发令，把这个胆敢冲撞自己的下属抓起来，杨参谋的一番话强压住了他的火气，只等魏天雄向自己说明事情的原委，给他点儿恩泽，好让这个天不怕地不怕的土匪头子感激自己，为日后更好地利用他打个基础。

魏天雄来时就做好了最坏的打算，如果侯如墉真的要拿石敢当和自己开刀，他就会把侯如墉的办公室变成一座坟墓，让这个自以为是傲慢无礼的所谓党国精英身首异处。他理解杨参谋的用心，缓解紧张气氛总比发生冲突好，便借势从怀里抽出短剑，横在侯如墉的眼前道：“那个小子哩爷爷三十多年前给俺老魏打了这把短剑，自从有了这把剑，俺老魏再没碰见过一个敢欺负俺哩人，它就是俺老魏哩胆和魂。俺从此发誓，一定要报答这一家人，今天碰巧是个机会。”

雪亮的剑身晃得侯如墉眨巴几下眼睛，心里不禁生出一丝恐惧，如若逼急了这悍匪说不准会闹出什么事端，他便顺水推舟地夸赞道：“好剑！魏团长，你真是侠肝义胆，有恩图报才是真英豪！我十三支队为有你这样一员大将感到自豪！今天的不愉快到此为止，从今往后咱们齐心协力，为党国事业鞠躬尽瘁死而后已！来来来，请坐！没功劳还有苦劳，本司令特意摆了桌酒席犒劳大家，今天咱们喝个痛快！”

魏天雄见侯如墉放下了身段，也谦逊道：“司令修养深厚，天雄多有不敬，还望司令多多包涵！”心里却骂侯如墉是个阴阳两面哩家伙，日后更得提防着他才是，随即坐在就近的一把椅子上。侯如墉为魏天雄这句恭维的话露出了笑脸，他示意石敢当坐下一块喝酒。石敢当阴沉着脸毫无表情，一动不动地守卫在魏天雄身后。魏天雄替石敢当说了几句感谢侯司令的话，拿起酒嗉佯装殷勤地给对方的酒盅斟上酒。

杨参谋为自己化解了一场尖锐矛盾长舒了一口气，但是更深一层的担忧让他难以安心：十三支队如果继续对共产党制造事端的话会酿成不堪设想的后果。他这个参谋说的话，侯如墉有时候听有时候不听，不高兴的时候还会训斥他一顿。但他不把个人荣辱放在心里，该直谏还是要直谏，十三支队的命运若真到了无法挽回的地步，他也只能听天由命了。几个人各戴着一副假面具，口是心非地呼兄唤弟相互敬着酒。

石敢当并不为自己躲过了一劫而庆幸，他一直被困惑所苦恼，不明白侯如墉为什么不去打日本鬼子，而一定要和共产党作对，以后再有这样哩军事行动，他还会挺身而出制止兄弟间的相互残杀，哪怕被军法处置。对魏天雄又一次救了自己一命，他无法表达内心的感激之情，告诫自己即使赴汤蹈火也要听从魏团长的召唤。他现在担心的是姜奇、丁铁蛋和吴常他们的安危，现在是不是到了安全地带。特别是吴常，弟兄俩几年不曾见面了，想哩他夜里常常睡不着觉，决定择日走出这憋闷得要死的西台城去找兄弟好好叙叙离别之情。

姜奇他们在临近晌午时赶到了赞皇县尖山，受到了当地抗日民主县政府的热情接待。吃过午饭，全体人员休整了一后晌，晚饭后，姜奇立即召集所属干部在他住的石屋里开会，研究面对当前严峻形势要采取的对敌斗争策略。这里不是久留之地，目前八路军正规部队背负着重大作战任务，暂时无暇顾及地方抗日政府，只能自己想办法克服困难创造条件开展对敌斗争。大家广开思路和言路，最后形成了两项决议：首要任务是和敌人开展巧妙的针锋相对的军事斗争，制定了“敌进我进，向敌后之敌后进军”的方针，趁敌占区后方兵力空虚，出其不意对日军的封锁沟、公路、铁路和炮楼进行大破袭，打乱敌人的军事部署和扫荡行动；再就是尽快铲除一批给日寇充当鹰犬的汉奸，尤其像许奎这样的铁杆汉奸，早一天除掉他们，就能早一天赢得对敌斗争的主动权。会议最后，由姜奇布置了详尽的大破袭和锄奸的行动计划，特别将铲除许奎的任务交给了吴常。

明确了下一步行动计划，姜奇和同志们在亢奋中度过了一个难眠之夜。

第二天一大早，姜奇和赞皇县抗日民主政府县长辞别后，指示同志们按照原定计划化整为零，扮成老百姓返回元龙县境内先潜伏起来，等到天黑再集合成几个分队开展破袭行动。大家领命而去。

当天夜里，平汉铁路元龙段就发生了一起日寇军车脱轨事故，两座炮楼被烧，三道封锁沟被封堵成了几段死沟，十余条连接日军据点的公路被拦腰截断。

被噩梦困扰了两天的石冢本就惊魂未定，又不断传来这些震惊的消息，让他更加惶恐不安，身边须有几人陪伴才稍感安心。他努力平复下狂乱的心绪，决定加强防范。他知道自身的力量不够，就下令沦陷区的各乡伪乡长和各村伪保长派人看护铁路和公路，对不尽职者严加惩处，甚至枪毙。这些手段不但没能平息破袭战，反而愈演愈烈，一连几个夜晚发生的破袭事件渐次增多，严重扰乱了石冢的军事部署和日伪军的行动。驻扎在县城和南佐镇以及各据点的日伪军把更多精力投入到了如何应对那些来无影去无踪的游击对手身上，从而拖拽住了敌人继续向山区扩大地盘的步伐。焦头烂额的石冢算是领教了这些飞龙子孙顽强不屈的战斗精神，他似乎也感知到了那飞龙所预言的他们倭人的命运。

伴随着破袭战的深入开展，抗日民主县政府的锄奸队，铲除了一批给日寇出谋划策、通风报信的汉奸，让石冢丧失了十几个得力帮手，大大缓解了对敌斗争的被动局面，形势渐渐变得对自己有利起来。欣慰之余，姜奇感到遗憾的是铁杆汉奸许奎还在兴风作浪，如果将他铲除，就等于打断了驻扎在南佐镇的日寇的一条腿，使他们难以在此长期立足。

与此同时，石冢也早已把给他们带来灾难的姜奇列为暗杀的头号人物，到处张贴布告悬赏五百块大洋要他的人头，姜奇因此也是身处险境。在如此紧张的态势下，许奎也没放弃博取日本主子赏识的机会，他派出手下四处打探姜奇的消息，企图捉拿或杀死元龙县这位共产党头号人物，再立个头功。

第四十五章 锄 奸

吴常这些日子常常责骂自己无能。自领命除掉许奎后，吴常根据掌握的情报确定许奎一直在南佐镇，这个铁杆汉奸给安图长期固守在这里的日军担任着社情民舆顾问的角色。他本想用暗杀的方式除掉许奎，先到周边几个村子向情报员布置了任务，让他们第一时间报告许奎的行踪，他自己装扮成货郎的样子在南佐镇的街巷四处游走，希望能寻找到许奎的踪迹。可四五天过去了，连对方的音讯和影子都没看见。眼看县大队的同志们在敌占区带领乡亲们取得了破袭战的辉煌战绩，锄奸队的战友也立下了不少功劳，唯独自己仍在为找寻许奎的踪影而奔忙。吴常知道刺杀身为伪保安团团长的许奎是个艰巨任务，因为这货深居简出，并有重重警卫为其提供保护而难以接近。再者，许奎就是出行也极其隐秘，无法确定他的行动路线和落脚地。越是这样难以把握并充满风险的行动，就越能激发吴常的豪情斗志，他给自己立下了军令状：三日之内一定结果了许奎，否则自断一根手指以示耻辱。他决定换一种行动方式，利用伪保安团近日发布的张贴在各村悬赏缉拿姜奇的布告，把许奎引诱出来干掉他。

这天晌午，吴常正要去南佐镇西边的一个村子找情报员布置行动计划时，东边殷村的情报员费了一番周折火急火燎地找到他，向他报告说许奎一大早坐着卡车从殷村路过，停留了一会儿，让手下买了些咸驴肉和缸炉烧饼朝县城方向去了。情报员还说虽然许奎穿着便装，礼帽压着半块脸，他还是认了出来。吴常没料到那货诡秘地溜下了山，既然他去了县城，一定还会回来，在半道上截击是个好办法。吴常选准了在殷村南边的故城村设埋伏，那是县城通往南佐镇的必经之地，并且有一段段的古城墙可作为掩体，十分便于行动。决定后，吴常立即动身向故城赶去。

这故城村是两千多年前汉高祖置元龙县时，将县治设在了此地，后把常山郡也设于此，郡治在此达四百年之久。三国时期盖世英雄赵云，冠名“常山赵子龙”而流芳千古，千百年来常山和赵子龙便成为人们心目中地名和人名的最佳组合，也无形中蕴育了这块土地上人民的勇武之气。西晋时常山郡治迁往真定，隋朝年间，县治也从这里迁到了槐河之北即现在的县城所在地。繁华了七百多年的城郭从此开始衰落，后历经一千四百年的风雨侵蚀只剩下了现在一段段残破的城墙。散落在田野里的汉代砖瓦，昭示着这片土地曾经有过的辉煌。

吴常爬到一处南北走向的两丈高的土城墙上隐蔽在枯黄的草丛中，土城墙东边不远处是一条蜿蜒的一丈多宽的土路，他的目光投向道路南头，盼望着许奎乘坐的汽车尽快出现在视野里。他做好了战斗准备，只要看到许奎的面容，就有把握将对方一枪击毙。

一个时辰过去，他终于看见南边道路上腾起一股烟尘，隐约可听到汽车的引擎声，他扳开驳壳枪的机头随时准备射击。满载着物资的卡车颠簸着吃力地爬了过来，吴常透过驾驶室的玻璃窗没有看见许奎的面容，只有三个鬼子坐在里面，车厢上另有两个鬼子架着一挺歪把子机枪和两个伸着步枪做射击状的伪军爬在遮盖着物资的帆布上警戒着周围可能出现的情况。吴常为自己的错误判断而懊恼，他有些失望，但眼前鬼子的这辆军车又很快令他兴奋起来，毁掉它再打死几个鬼子也不枉耽误了半天时间。卡车驶到了吴常的眼皮底下，他扣动了扳机，驾驶汽车的鬼子应声栽倒在方向盘上，汽车骤然停下来，把车厢上的日伪军重重地甩下来两个，留在上面的两个日伪军来不及反应就被飞来的两颗子弹结果了性命。驾驶室里的两个鬼子急忙下车和掉下来的两个日伪军躲在车后向吴常还击。一方居高临下，另一方依仗车身做掩体，彼此都处于易守难攻的位置，双方攻防一时呈胶着状态。吴常有些着急，他知道距北三里外的殷村据点里的鬼子听到枪声会很快前来增援，那样他就不得不放弃战斗了。就在吴常寻找破敌之法时，突然从东边传来几声枪响，与他对峙的四个日伪军应声倒地，他好生奇怪，是谁帮了这么大哩忙？他挺起身子朝东边原野张望，石敢当的身影映入了他的眼帘，他一阵狂喜，站起身冲石敢当喊了一声。石敢当顺着吴常的声音看见了想念已久的好兄弟，惊喜得大声回应着向吴常奔来。吴常顾不得土墙陡峭，纵身翻滚下去迎接石敢当。吴常刚站起身，石敢当已跑到了他的跟前，一把将吴常抱在了怀里。俩人相拥在一起，互相捶打着对方的后背，“兄弟！”“哥哥！”地叫个不停，哥儿俩谁都没想到能在这儿相遇。

眼前刚结束战斗的场景很快使俩人冷静下来，在打扫战场时，吴常发现一个伪军尚在苟延残喘，便蹲下问他许奎在哪？那伪军回答说在南佐镇。吴常又问不是去了县城？伪军说那是别人装扮成许奎哩样子。吴常明白这是许奎为了保护自己，用障眼法转移要暗杀他的人的视线。吴常不禁骂道：“王八蛋，差点儿骗了俺。”他正要救治这伪军，眼见气绝而亡。

哥儿俩爬上车厢，扯开帆布，看到车厢里满载着枪支弹药和一些军需物资，不禁感慨这么多好东西要是会开汽车拉走才好哩，拉不走搬几箱也沾。石敢当撬开一个木箱，里面装满了手雷。吴常也撬开一箱，是三八大盖步枪用的子弹。俩人心照不宣，各扛着一箱弹药正要下车，远远看见北边七八个日伪军正向这里跑来。吴常兴奋道：“来哩正好！”石敢当也道：“炸死这帮王八蛋！”哥儿俩心有灵犀，又各自抓了几个手雷跳下汽车，爬上土城墙等着敌人到来。

驻扎在殷村据点里的日伪军，听到这边的枪声后立即前来增援。他们气喘吁吁地来到汽车跟前，不等看清眼前的惨状，石敢当和吴常将几颗手雷投到了车厢上。一阵惊天巨响，土城墙都颤抖了起来，继而一团灰白色浓烟腾空而起，遮挡住了一片天空。待炸起的尘土落定后，呈现在石敢当和吴常眼前的是一幅他们从没见过的壮观场面，满地都是汽车残片和木屑铁片，以及血肉模糊的残肢断臂。这下可是过足了瘾，哥儿俩相视哈哈大笑，只有“嗡嗡”的耳鸣声，却听不到对方的声音，耳朵一时震聋了。俩人互使眼色，赶快撤，这里一会儿就会聚集来大批敌人，那时就不好逃脱了。他俩爬起来，抖去满身的尘土，各自扛着一箱战利品一溜烟跑下土城墙，向西奔去。

前天石敢当实在憋不住对老娘妻儿和吴常的思念，向魏天雄请了三天假，换上便装带着一支驳壳枪从西台城回了家，厮守了老娘和妻儿两天，其间去看望了魏老酒和高冉等长辈。不论是老娘还是各位乡亲，都十分关心他们杀了多少鬼子，这让石敢当的心里很不是滋味，编瞎话搪塞了过去，他因此很想找到吴常纾解心中的郁闷之气。今天一大早他到吴家和段家打探吴常的消息，均失望而归。前晌他又在村子里偷偷打听有关抗日民主县政府动员民众开展破袭战的事情，希望能从中判断出吴常的踪迹。参加过和没参加过破袭战的乡亲警惕性都很高，绝不透露一点消息，无奈之下，他想去南佐镇转一转，那里是抗日民主县政府的老根据地，为了反击敌人，吴常很可能在那一片活动，如有可能自己捎带消灭几个鬼子过过瘾也不枉此行。后晌他告别了老娘和妻儿，出了村西口向西北方向的南佐镇走去。临近故城村，听到了一阵枪响，猜想可能是抗日武装和鬼子干了起来，便循着枪声跑去，看见了几个日伪军正凭借着一辆卡车向对面土城墙上射击，他顺手结果了几个敌人，出乎预料在这儿遇见了吴常。

夜幕垂下来，哥儿俩在一个山坳处收住了脚步，疲惫地躺在地上。歇息了一会儿，石敢当感觉耳鸣渐渐消失，开口道："真过瘾，天天这么干才好哩!"吴常的听力也已经恢复，遗憾道："可惜许奎没在车上。"石敢当听出了吴常的心事，问道："要干掉他?"吴常既是回答石敢当也是自言自语道："还有两天时间，除不掉许奎，俺吴常太无能了。"石敢当听出来这是吴常要亟待完成的任务，他请的三天假时间已到，本该今天黑夜返回西台城村，可是听吴常这么一说，横下心暂不回去了，跟吴常干完了这件事再说。他劝吴常道："兄弟！别着急，想方设法也要干掉许奎这个狗日哩。"有石敢当就伴儿，吴常的心里踏实了些，毕竟两个人的主意更多些力量更大些。弟兄俩不顾饥寒，连夜商量起了除掉许奎的办法。

许奎近来既兴奋又紧张。兴奋的是，因为他在这次大扫荡中发挥了急先锋的作用，而受到了石冢的奖赏；紧张的是，他虽然身居层层保护之中，却仍感觉到周围充满了杀气，整天处于惶恐不安之中。更令他紧张的是，三天前石冢给他下达了一道死命令，限他十天之内务必将姜奇抓获或杀死，除去这个给皇军造成重大人员伤亡的中共元龙县政府的一号人物。成功给予重赏，失败则撤掉他保安团团长职务。许奎知道奖赏与惩罚对他意味着什么，荣辱两重天啊，他因此备感压力，命令手下到各村张贴缉拿姜奇的布告，许诺凡提供准确情报者奖大洋五百块，抓获、杀死者奖大洋一千块。他又派大批保安队员分散潜伏到各村寻找姜奇的踪迹，发现后即实施抓捕行动。

许奎相信重赏之下必有勇夫，他在焦虑中等待发现或是抓获、杀死姜奇的消息传来。几天过去他不但没有听到好消息，却在这天后晌接到了在故城发生炸毁日军弹药车人员伤亡惨重的报告。石冢随即在电话里对他进行了一顿严厉的责骂，并催促他尽快完成任务。这无疑又给他增添了巨大压力，当天躺在炕上一夜没有合眼，抓姜奇的劲头已经用足，能不能成功只好听天由命了。第二天熬到晌午，依然没有他想得到的消息，算计着尚有三天决定自己命运的期限就要到了，内心十分焦躁，随便吃了几口午饭便靠在沙发上发起呆来。困意袭来，就在他昏昏欲睡时，突然有个中队长疾步前来报告，看那兴奋劲像是有了喜事，许奎打起精神听手下述说，刚才从山里牛家庄来了一个村民，看见姜奇领着几个人正在他村的一户人家开会。许奎闻听精神大振，终于有姜奇的消息了，他刚要命令副官组织人马随自己前去捉拿姜奇，却很快冷静下来，担心此消息有诈，叫中队长把那个村民带来。那村民就在门外，中队长喊他进来，许奎用咄咄逼人的目光审视着这个三十多岁的忠厚汉子，脸色陡然大变，站起身右手“啪”地拍在桌子上怒喝道：“好你个刁民，胆敢欺骗本团长，拉出去枪毙。”

那汉子“吓”得浑身哆嗦一下，知道这是许奎在诈自己，委屈道：“不相信算了，干吗要枪毙俺？俺冲着五百块大洋冒死来给你通风报信，你倒不识趣。早知道是这个结果，天打五雷轰俺也不来。”

许奎犀利的眼睛一直盯视着汉子，问道：“你怎么认出来是姜奇？”

汉子道：“在你们把他们从南佐镇赶跑前，姜奇常到各村转悠，连孩子都认识他。”

许奎又问道：“他们几个人？”

汉子道：“四五个人。”

许奎知道姜奇的队伍已经化整为零，只有四五个人跟着他可信。通过观察汉子的表情许奎确定是真情报，便对汉子道：“你给俺们带路，事成之后奖你五百块大洋，要是耍花招一枪崩了你。”

那汉子爽直应道：“沾。”

许奎命令团副通知警卫班全都换上便服骑上马跟他去抓姜奇，这次行动一定要成功。通过这次扫荡，牛家庄也在日伪军的控制范围内，那里还有兵力驻扎，许奎认为己方的人马对付姜奇几个人万无一失。

准备就绪，许奎让报信汉子和一个伪军同乘一匹马打头，便信心十足地率领一队人马向西北方向奔去。他们爬行了十几里山坡，来到一块较平坦的地方时，报信汉子翻身下马，跑到许奎跟前指指山坡下一个二十几户的小村庄道：“许团长，这就是牛家庄。”又指指其中的一个院落说，那就是姜奇开会哩地方。

许奎对这一带非常熟悉，他派团副去前边的一个山头，叫驻扎在那里的十余个日伪军赶快过来配合他们行动，随后命令这些士兵下马听他布置围捕战术。这些伪军此时都被眼前的一棵巨树所吸引，忍不住仰头张望。这树似乎已成精，仿佛摄走了他们的魂魄一般，令他们一时精神恍惚，竟忘记了自己是在执行生死攸关的战斗任务，对许奎的命令反应异常迟钝。但见这棵千年白果树，直径足有磨盘般粗细，非四五个成人不能合抱。枝干高耸入云，落尽了叶子的树冠其繁密的枝杈投下的阴影犹如一张硕大的天网罩在大地上和他们的身上。这棵树的雄伟气势，令所有仰视它的人感到自卑和渺小。特别是在这冬日寒风的吹拂和如血残阳的映衬下，一股无可名状的恐惧袭上每个伪军的心头。

许奎对心有旁骛的士兵怒斥道：“别看了，耽误了大事，都枪崩了你们。”话音未落，从树后和右边普济寺里分别闪出两个人来，其中一个对许奎笑道：“许团长，吴某在此等候你多时了。”

许奎见是这俩人，大吃一惊，千提防万小心还是中了人家哩计。许奎的几个警卫本能地举枪反抗，立刻被石敢当射出的子弹撂倒，震慑得其他人一动不动地站在那里。

石敢当右手端着驳壳枪，左手握着在故城战斗中收获的王八撸子从大树下走过来，命令他们都放下武器。从有些破败的普济寺门前走来的吴常问候许奎道：“许团长，别来无恙？”

心慌意乱的许奎无心回应吴常，先瞥了一眼那报信的汉子，正站在一旁冲他得意地笑。王八蛋，戏演哩还真像，一个老百姓就把俺老许糊弄了，今天看来凶多吉少，许奎心里痛悔不已。但他必须面对这个现实，便强装笑脸套近乎道："二位兄弟！好些日子不见了，在这儿碰上真是幸会！都是为了混口饭吃，有让哥哥帮忙哩事情尽管吩咐！"

吴常走近许奎，把驳壳枪插在腰上，轻松地说道："有一件事情需要你配合。"

许奎恳切地回应道："不管什么事情许某一定尽全力而为。"

吴常从怀里抽出短剑，郑重道："俺说过，你会死无葬身之地，就是今天，就在这个山沟。别让俺费事，叫俺安生取了你哩性命。"

许奎的脸剧烈地抽搐一下骤然变得没有了血色，仍故作镇定道："俺想帮着你们对付日本人。"

吴常淡然地笑道："叫俺利利索索杀了你，就算是你帮着俺们对付日本人了。站着别动，这把剑锋利无比，不会叫你痛苦。"他说着将剑从剑鞘中抽出来，剑锋在夕阳的照射下，闪着血样的寒光。

许奎的脸又一阵抽搐，瘫下腰哀求吴常道："兄弟！俺和你亲爹私交甚厚，你段家没少得到俺老许哩关照。况且咱俩素无冤仇，你今天放俺一马，俺老许从此念经信佛，尽行善事，也算是你对俺哩教化。"

吴常轻蔑地笑道："别跟俺低三下四套近乎，你往常欺负同胞哩时候神气劲哪去了？你作恶多端，早该想到有今天。"说着左手揪住许奎的脖领就要动手。

许奎见状急忙冲着普济寺"扑通"跪倒在地，祷告道："菩萨保佑！菩萨饶命！俺许奎如有余生，定会不遗余力募捐善款修建寺院，叫更多哩老百姓接受你哩慧光！快快显灵大慈大悲哩观音菩萨！"一边说着一边"咚咚咚"地叩着响头，他是想借此感动吴常。

吴常嘲笑道："许团长，别光顾着磕头，抬头看看寺院门上哩对联写着什么。"

许奎在惊恐中定一下神抬起头看去，但见上下联分别写着：善者不拜菩萨也保佑，恶人虽叩神家亦不容；横批：天地自知。这是附近的老百姓自编的对联，以表达他们心中的善恶之情。许奎浑身打个冷战，知道菩萨不会显灵，自己也不会得到吴常的饶恕，大限已到，但他欲做最后的挣扎，突然一跃而起扑向吴常。吴常就势把剑深深地刺进了他的胸膛，同时用力顶着许奎沉重的身体，咬牙切齿地对他说道："你铁了心帮着日本人欺负杀害自己哩同胞，神灵不容你，这棵千年古树也不容你，俺这把剑更不容你。就是死了，你哩灵魂在地狱还要受到阎王哩无情审判，小鬼还会折磨你哩躯体，你哩后辈人都会为你感到耻辱。"

这些话许奎听得真真切切，他知道自己犯下的累累罪恶天理难容，恐惧一阵阵冲击着他的灵魂，他不仅对死亡感到害怕，同时为自己的灵魂无处安放而绝望。最令他惊悸的是，飞龙突然出现在了他的面前。他自知犯下的罪孽为飞龙所不容，因而平日有意识地抗拒飞龙的形象在脑海中出现，却无论如何想不到那飞龙偏偏在今天这个节骨眼现了身。飞龙轻蔑地看一眼即将离开阳间的许奎，高声喊道："黑白无常，你哥儿俩快出来！"话音刚落，黑白无常骤然而至，恭敬地听候飞龙指教。飞龙催促道："快把这货领走。"刚才黑白无常已经盯上了这个满身是血即将断气的家伙，遵照飞龙的命令，那就让他早走一会儿吧。哥儿俩举起招魂牌将许奎的魂灵从他的肉体中勾引出来，在前边引导着跨进了鬼门关。飞龙跟在它们后边走在黄泉路上，又高声喊道："阎王哥！对不起，小弟要行越俎代庖之事了。"瞬间阎王穿着威严的判官服出现在了飞龙面前，神情谦卑地等待老友吩咐。飞龙指着许奎的魂灵请求道："这货恶性不化，无可救药，该打入十八层地狱，此事不用你费力了，由小弟办了吧。"阎王点点头表示赞同，他知道这货是飞龙痛恨的恶人，静静地站在一旁看好友如何处置。此时黑白无常正把许奎的魂灵引上奈何桥，这桥下翻腾着忘川河血黄色的水，腥风扑面，里面虫蛇遍布，作恶多端的人从桥上走过会不由自主地跌落下去进入阴间，经阎王审判后，根据罪孽大小再打入相应层级的地狱。当许奎罪恶的魂灵走到桥中间时，飞龙使出浑身之力打出一个霹雷，将其狠狠地击落到了河里。那魂灵眼睁睁看着自己被虫蛇噬咬着，他痛苦而徒劳地挣扎着，凄厉地号叫着穿过河底，在深渊中持续下坠，许久才触到了地面。这里阴森昏暗，臭气难挨，到处爬满了蛆虫蛇蝎。许奎的魂灵知道这就是十八层地狱，自己很快就会变成其中一员而永世不得投胎为人。他这才幡然悔悟，但为时已晚。吴常将许奎仿佛抽掉了筋骨一样的皮囊用力推出去，顺势拔出短剑，一股污血从那皮囊里喷出，随即重重地仰面倒在地上，砸起一片浮土。吴常将短剑上的血迹在许奎的皮囊上蹭几下，转向那些早已吓得魂飞魄散的伪军道："这就是当汉奸哩下场，你们以后谁再帮着日本人欺负咱中国人，跟他是一样哩结果。"

十几个伪军急忙告饶，其中一个道："哥哥！留俺一条命，以后就是要饭吃也不干这营生了。"

吴常挥挥手道："但愿你们从今天起改邪归正，回去吧。"

十几个人小心翼翼地沿着来时的路走出一段距离后，撒腿就跑，他们想早点离开这里以免再生出变故。

忽然，从上坡处跑来一个提着土枪的村民，称呼那个把许奎骗来的汉子王村长，说驻扎在前边山头上哩日伪军正向这儿赶来。吴常简单布置了伏击战术，几个人迅速散开。不大一会儿，那伪军团副骑着马，领着两个日本兵和八九个皇协军跑到了这里。不等他们反应过来眼前的惨景，突然从两边射出一阵子弹，全都结果了他们。

吴常等人从隐蔽处现了身，开心地笑着。吴常和石敢当都把赞赏的目光投向王村长。石敢当伸出大拇指道："没有你引蛇出洞，今天演不成这出好戏！"

原来这汉子是牛家庄由抗日民主县政府任命的村长，昨天吴常和石敢当想了一个计谋，连夜赶到牛家庄找到王村长布置了引诱许奎的圈套。王村长看着地上躺着的一堆尸首，缓解一下紧张的情绪长出一口气道："第一次执行这样哩任务，光怕出差错。"

吴常道："时辰不早了，咱们也撤吧。王村长，这些枪和马匹送给你们，把村里民兵武装起来，狠狠打鬼子。"

王村长高兴地仰脖冲四周喊道："乡亲们，快出来，吴科长有重礼送给咱们！"

王村长的话音刚落，迅速从各处聚拢来七八个手里提着火铳的青壮年汉子，这是王村长布下的岗哨，既能给石敢当和吴常当帮手，也能警戒前来增援的敌人。王村长指着地上的尸体对汉子们道："搜去他们身上哩东西，把他们扔到山沟里喂狼。"

这些汉子打扫了战场，身上背着枪手里牵着马，兴奋地不得了。

吴常要赶快下山，将除掉许奎的消息报告给姜县长。石敢当也要迅速赶回西台城，他已经超了一天假，违反了军纪。俩人跟王村长及乡亲们一一道别，随即沿着来时的山路走去。除掉了许奎，哥俩的心情格外舒畅，一路上有说有笑，走到通往西台城的一个岔道口俩人依依惜别。石敢当道："兄弟！什么时候咱再能一起痛快杀敌才好哩！"吴常道："但愿还有机会!"俩人紧紧地拥抱在一起久久才分开，石敢当依依不舍一步一回头地相望，吴常直到看不见对方了才转身赶路。

石敢当回到西台城，向魏团长报了到，如实将未按时归队的原因进行了说明，特别把吴常用短剑刺死许奎的情景描述得绘声绘色。魏天雄首先对石敢当的行为大加赞赏，说如果自己碰上这样哩机会也一定不会放过。随后问了村里和家里情况，知道没出大的变故放了心。唯一引起他关注的是吴常手里的短剑，他向石敢当详细询问那把剑哩尺寸大小、剑鞘用哩材料等细节。石敢当说跟你哩一模一样，也是丁黑子哩手艺。这让魏天雄心里生出一股被人占据上风的酸酸的醋意，他暗自抱怨丁黑子为什么又给吴常打了一把和他这把相同哩剑。偏偏吴常用那把剑杀死了日本人哩得力干将许奎，以后全县哩老百姓岂不把吴常视为英雄看待。如此，不仅他哩剑不再是独一无二，吴常还折了他哩锋芒，他很想有机会跟吴常比比剑。

第四十六章　两面保长

这两个多月，抗日民主县政府和县游击大队在姜奇一班人的领导下，克服各种困难，通过坚持不懈的敌后斗争，使日伪军疲于应付，四顾不暇，让敌人付出了重大伤亡后终于收缩兵力退出了西部山区，那里又成了抗日根据地。日军因此对平原占领区的民众，实行了更加严密的封锁和残酷的统治。

正值开春青黄不接时节，日本人明白贫瘠的山区没有多少粮食能让生活在那里的人们度过饥荒，他们企图控制住每一粒流向山区的粮食，困死那里的抗日队伍和民众。日军因此进一步强化了保甲连坐制，对擅自去往山区的人，把相连的人家不论妇孺一律射杀。

面对敌人的全面封锁，抗日民主县政府采取了一系列应对措施，其中最重要的一条就是在各村原有情报站的基础上，把各村的伪保长乃至各乡伪乡长都动员过来，发展成为两面乡、保长为己所用，从源头上斩断日军的神经线。这一艰巨任务自然又落到了吴常等人身上，吴常首先把贞村作为他的第一个工作目标。

贞村的伪保长自田生玉撒手不干后至今空缺，怎奈段永福在日军的逼迫下找了十几个人，软硬兼施，所有人都死活不接这一遭村人痛恨的汉奸差事。吴常将全村适合当两面保长的人权衡了无数遍，最后把目标落在了高鸿身上，觉得他最可靠。吴常将这一想法汇报给了姜奇，得到肯定的答复，只是担心人家愿不愿意接这个忍辱负重哩差事。姜奇深知高冉洁身自好的性情，或许反对让高鸿蹚这潭浑水，以免玷污了高家的名声。吴常的心里也没有一点儿谱，他做好了吃闭门羹的准备。

这个漆黑的夜晚，吴常爬过几层纵横交错的铁丝网和封锁沟，躲过几道鬼子炮楼上的探照灯，历尽艰险溜进了贞村。村子里寂静得很，曾经各家守夜狗的吠叫声，自从姜奇他们深入敌后开展大破袭以来，便很快销声匿迹了。在抗日民主县政府人员的动员下，各村养狗的人家大都慷慨地将狗杀死，避免破袭队员夜间行动时引起狗叫而让敌人察觉。因高家的深宅大院便于隐藏，抗日民主县政府将高家设为堡垒户，秘密会议、情报交换常在此进行。高家的狗也是最先宰杀的，高冉含泪把家里忠诚的两个成员埋在了自家的祖坟旁。

夜渐深，吴常来到高家大门前，敲了几下门板。接替老陈、黄六看门的高鸿正在灯下看书，每天要到黎明才睡觉，这成了他的习惯，为的是随时准备接待姜奇他们的人。这会儿他听到暗号声知道又有人来了，急忙出来开门，将吴常迎进屋。眼前的吴常几乎让高鸿认不出来，见他一身臃肿肮脏的黑粗布棉衣棉裤，腰间和两个裤脚绑着麻绳，头发蓬松，连鬓胡须遮掩着脸颊，完全是一个穷困潦倒农人的模样。这是吴常特意的打扮，以躲避日伪军的密探对他的抓捕。在吴常领导的锄奸队杀死了许奎等几个铁杆汉奸后，等于捅瞎斩断了石冢的一只眼睛和一只手，愤怒和痛苦的石冢将吴常列为二号重要人物进行通缉。

俩人坐在椅子上，吴常抱歉道："高鸿哥！又得打扰你了，有件事要连夜跟你商量。"

高鸿见吴常的表情异常严肃，猜想此事非同小可，便好奇地问道："什么事？"

吴常道："根据对敌斗争需要，想让你当咱村哩伪保长，名义上是给日本人做事，暗地里为咱抗日民主政府出力。"

高鸿用奇怪的眼神审视吴常片刻，责怪道："吴常兄弟，全村一千多口人，你找谁不沾，干嘛偏找俺干这营生？嫌俺头上少一顶汉奸帽子是不是？虽说暗地里是干抗日哩事，可乡亲们不知道底细呀，以后俺还怎么当人？辱没了老祖宗不说，还要连累后人哩。说实在话，俺高鸿为了抗日把脑袋塞到裤裆当夜壶都沾，唯独这事不答应，你还是另请高明吧！"高鸿越说越激动，站起身，就差对吴常下逐客令了。

吴常料到会是这样一种情景，他理解高鸿的心情，耐心地解释道："二哥！你兄弟把全村人捋了一遍，权衡来权衡去，当两面保长你是最好哩人选。乡亲们不知道底细，姜县长可是为你记着功哩！受些委屈，等打败了小日本，政府会给你正名哩！那时候乡亲们还得钦佩你大德大义哩品格！"

高鸿思忖片刻，态度缓和了许多，回道："这事非同小可，得跟老爹商量一下。"

吴常赞同道："俺也是这么想哩，天不早了，明儿再跟老人说吧。"

高鸿道："早说晚说都得说，走，看老人什么意见，他说沾就沾，说不沾，你就另找别人。"

吴常跟着高鸿来到二进院书房。书案上点着一盏油灯，高冉和姜老拧正坐在书案两侧谈论时局，探讨国人何时才能打败日本人的问题。前段日子两位老人都为姜奇他们开展的破袭战而深受鼓舞，期盼着照这样干下去日本人早晚会完蛋。两个老伙计多年来每天晚上都要在这里谈古论今，直到过足了瘾才回各屋睡觉。几年前石冢把书房烧毁后，高冉又进行了翻盖，购买了不少书填充在里面，因此这里依然充盈着浓浓的书香气息。

高鸿将吴常动员他当伪保长的事说给了爹，让爹替他拿主意。这倒把一向遇事头脑清晰果决的高冉难住了，他的忧虑比高鸿还深。先不要说以后姜县长会给孩子正名，即是这几年汉奸哩恶名他高家都背负不起。但他又不能拒绝吴常，这毕竟也是为抗日出力的一种方式，如何是好？高冉左右为难，一时陷入了沉思。姜老拧也在为老伙计发愁，思来想去找不出一个万全之策，只是唉声叹气。高冉忽然开口道："你俩出去吧，让俺好好想想。"高鸿和吴常轻手轻脚地从书房退出来，站在院子里静候。姜老拧默默地陪着高冉坐着，他帮不上腔，只能一起经受着内心的煎熬。

漫长而痛苦的等待，吴常甚至生出了放弃的念头，情同此心，他十分理解高冉要做出这一决定是如何艰难。

高鸿有些按捺不住了，他不忍心年迈的爹为这件事情急出病来，他来回踅着步子，几次想对吴常表达自己断然拒绝的意愿。

书房里终于有了动静，传来高冉和姜老拧沉重的脚步声。吴常和高鸿判断老人已经拿定了主意，是要出来向他俩表明心迹，俩人急忙奔向屋里。

高冉走到屋门口停下脚步，对迎进来的吴常和高鸿声调低沉而坚定地说道："俺想通了，只要对打鬼子有利，高家受些委屈值哩！高鸿，从现在起你就听姜县长和吴常哩指派，他们叫你干什么就干什么，听见没？"

高鸿点点头，如释重负，激动地说道："爹！有你一句话俺心里就踏实了！你放心吧，俺不会给高家丢脸！"

吴常感激得不知道说什么好，"扑通"跪在高冉面前道："大伯！受侄儿一拜！"说着两手撑地磕了三个响头。

高冉连连摆手道："不值哩，不值哩，快起来，你们整天出生入死打鬼子，受拜哩应该是你们！"

吴常站起身，对高鸿道："二哥！明天一早俺就去找俺永福大哥，叫他把你哩名字上报给日本人，村里事务都要做好两手准备，有重大事情俺或者是县政府交通员会提前通知你。"

高鸿道："放心吧！哥哥尽全力去做！"一旦横下心来，他把所有的顾虑都抛到了脑后。

一旁的姜老拧动情地说道："有你们这样轻生死重大义哩人，何愁打不走小日本！"他的心里同时在为儿子姜奇感到自豪。

夜已深，每个人都装着满满的心绪回到各自屋里睡觉去了。吴常不便再回家，和高鸿返回到一进院就伴睡在一处。

天亮后吴常等不及在高家吃早饭就去了段家。段家的大门紧闭，吴常用力拍打大门，看家护院的问是谁，吴常对着门缝道："开门就知道了。"里边的人听出是吴常的声音，急忙打开小门。吴常刚走进门洞，两条体形肥硕的狼狗呼啸着从院子里扑过来，冲着他狂吠，企图阻止这个叫花子走进家里。吴常心里责怪哥哥段永福没能按照他的主张把狗都处理掉，留下这两条狗还在制造喧嚣。他径直往里走，其中一条狗见吓不住来人，止住了叫声，龇着牙纵身扑向这个不速之客。吴常早有准备，迅疾从怀里拔出短剑刺进了狼狗嘴里，随即用力一甩把狗抛出了一丈远，骂道："势利眼哩东西。"另一条狗吓得夹起尾巴跑了回去。

这瞬间的一幕，看家护院的来不及制止就已经发生了，他摊着两只手着急地对吴常道："这可怎么向老少东家交代？"

吴常把短剑插进怀里轻描淡写地说道："别操闲心，与你无关。"随即大步向院里走去。原本蹲在院落里端着海碗拿着小米饼子吃饭的十几个长工看到了这一幕，早已惊讶地站起身，张着嘴看着吴常向后院走去。

吴常来到后院，看到几个亲嫂和堂嫂厨里厨外照应着一家大小坐着小板凳围着几个地桌吃饭，分别叫了她们一声。她们有的听出来是吴常，却诧异地看着他，不知道为什么这身打扮？段永福媳妇没听出是吴常，以为是要饭吃的闯进了家里，抢先厉声呵斥他滚出去。吴常连叫几声嫂子，这女人才听出来是谁，吃惊道："吴常噢！"在场人大都恍然明白这身打扮是为了欺骗日伪密探的眼睛，纷纷给吴常让座让饭。

吴常对大嫂开玩笑道："咱家哩狗势利眼，直冲俺咬，你也嫌俺是个叫花子，张口就骂人!"说得大嫂一阵脸红，所有人哈哈大笑起来。

几个半大小子围拢过来，他们十分钦佩吴常，同时担心他的安危，有许多话想跟他说，七嘴八舌地询问他各种问题。吴常感激几个侄子的关心，截住他们的话道："别耽误你们吃饭，有空咱们慢慢聊。"随即向北屋走去。

段士修和段士贤老弟兄俩正在屋里的八仙桌上用餐，由段永福和几个弟兄左右伺候着。院子里的情景屋里的人都看得清楚。段士修见是日思夜想的三小子回来了，丢下筷子起身就要往外走。段永福急忙起身阻拦道："爹！安生吃你哩饭，他回来说不定又会给家里添什么麻烦哩。"

段士修心疼道："看你兄弟这副模样，不知道受了多少罪哩!"

段士贤不屑道："他那是伪装，日本人正在通缉他，大白天还敢出来，不要命啦。"

段永福愤愤道："他自找哩，有好日子不过，非得跟着共产党跑。"

说话间吴常跨进了屋门，向大伯、爹和几个哥哥都问了好，说今天从这路过，顺道看看家人。先跑进屋里的那条狗，看见吴常吓得钻到桌子底下发出"吱吱"的叫声。段永福看出了问题，那两条狗整天在一块，现在忽然少了一只，且表现出惧怕吴常的样子，让他判断出了另一条狗的不测。吴常右手和衣袖上粘着的丝丝血迹，印证了他的判断，他怒气冲天，劈头质问吴常道："你回来干什么？想吃咱家哩狗肉了不是？段家早晚得背了你哩兴。"

吴常一边坐下来拿起馍馍大口嚼着，一边轻声回道："别着急，一会儿有事要跟你这个伪乡长商量。"段永福追问什么事情，吴常不再理会他，只顾狼吞虎咽吃饭。

在座的几个亲、堂兄弟见状不便在这里久待，紧吃几口饭纷纷离去。段士贤更不想知道他们之间要谈论的事情，用手巾擦拭一下粘着饭渍的嘴和胡须，拄着拐杖出了屋门回自己住的院子去了。段士修耐心地等着吴常吃完饭，很想知道他要和永福商议什么事情。

吴常咽下最后一口馍馍，见爹还没有走的意思，他对段永福道："哥哥！去你屋里说吧。"

段士修的脸色掠过一缕不悦，对吴常道："跟你哥哥商量什么见不得人哩事要避讳爹，怕爹坏你哩好事不成？"

吴常想想这事瞒不住爹，让他知道未必是坏事，便起身将屋门关上，坐回到原处，压低声音严肃地对段永福道："咱村正缺个伪保长，你这两天把高鸿报上去，俺已经说通了高家父子，你应该知道这么做是为了什么。"

吴常的话让段士修父子俩很是吃惊，不难想象高家父子接受这样的差事该是下了多么大哩决心，内心又是经受了怎样哩煎熬。这份勇气令人钦佩，又令人不寒而栗。好一会儿段永福才回过神来，长出一口气道："不管他是几面保长，总算是有人接这份差事了，俺也能为咱村哩事省心了。只是高家在石冢心目中是个宁为玉碎不为瓦全哩主儿，怕石冢怀疑高鸿当保长哩动机。"

段士修出主意道："这好办，就说高鸿是个识时务哩人，跟他老古板哩爹不一样。况且他们父子分了家，高鸿想过平妥顺当日子，经你多次动员他才开了窍，这么解释俺想能过关。”

段永福点点头，却仍顾虑道：“就怕他闹出大事来，牵连上咱。”

段士修笑道：“你以为咱村没人当保长就不会出事了？出了事全得由你这个乡长兜着，有了保长就能把事都推到他身上，何乐而不为！”他很高兴高鸿当保长，如此，高家就和他段家在这段历史中没有了洁污之分。

不用再多想了，分明是对自家有利哩事情。段永福转向吴常和颜悦色道：“俺前晌就去城里办此事。兄弟你放心，这个秘密大哥到死都不会说出去。”

事已谈妥，吴常开口道：“爹！大哥！这是个良心事，丑话说在前头，谁要是走歪了心思坑害了高家，不但俺不答应，抗日民主县政府更不答应，你们都记在心里。”他担心爹和大哥在这件事上的阴暗心理，提早警告他们几句。

段永福斥责吴常道：“这事不用你多嘴，谁也不会拿身家性命闹着耍，你只管小心做事，别给家里招惹灾祸就沾了。”

段士修替吴常说话道：“你兄弟哩意思是，凡事留条后路，以后说不准是谁说了算哩。”

段永福再无话。

吴常完成了贞村的任务，跟爹和大哥告辞后离开段家，他很想拐到村南回家看看爹娘和妻儿，又担心引起麻烦，便强忍思念之情，脚步向北拐，到邻村开展工作去了。

第四十七章　舍命护子

高鸿的伪保长一职在段永福的推荐下，经伪县政府审查上报石家大队部后很快批复下来。他们的心思是，贞村终于有保长了，只要此人能按照他们的命令行事就行。

高鸿去伪村公所上任的第一天，全村就炸开了锅，纷纷议论高家这是怎么了？几十年哩名节从今天起就算终结了不成？有人判断这是高家为了生计向日本人妥协哩结果，也有人猜想这件事背后一定还有其他不可言明哩隐情。但是不论怎么判断猜想，村人都在看着高鸿怎么当这个保长，如何应付日本人，又如何对待乡亲们。多数人替高鸿担心，弄不好不是在乡亲们心目中身败名裂，就是会受到日本人哩伤害，这简直是在吃刀尖上的肉，需小心再小心。高鸿就是怀揣着这样的心情，首先把村子的一些重要事情梳理了一遍，诸如给伪县政府征收税赋、派青壮年劳力协助日伪军巡视铁路、逐家挨户地宣传举报藏匿共产党分子的奖惩政策等事项，随后在爹的参谋下拿出了办理这些事项的方法。把应付日本人的事情安排好后，高鸿心中有了执行抗日民主县政府任务的底数，因为这些事情都在他的掌控之下，面上既可以应对日本人，暗里又可以帮助自己人。

近日日伪军下大力气抓捕暗杀姜奇和吴常的风声越来越紧，高鸿敏锐地意识到敌人很可能要采取狠毒招数引诱姜奇和吴常，他事先对自家和吴家人制定了一些防范敌人上门突袭抓人质的措施。

果不其然，这天前晌一辆日本军用卡车不期而至停在伪村公所旁，从车上跳下来五六个彪悍的便衣。其中两个人看守着汽车，其他人跟头目进了伪村公所办公室。为首的向正在给几个甲长布置夜间巡查任务的高鸿问道："你就是高保长？"

高鸿应道："是。"

头目亮出一个证件，和蔼地自我介绍道："俺们是县警务局哩，来你村找几个人，希望你协助一下。"

高鸿晃一眼警官证，发现这个警官故意用手指遮挡住证件上的名字。他看出了对方的心思，是不愿意暴露自己哩姓名。这是个做事情留有余地哩人，他心里有了底数，问道："你要找谁？"

伪警官道："听说你家有个教书先生，学问很深，想把他请到城里给俺们哩孩子授课。"

高鸿立即明白了他们的意图，装出惋惜的表情道："这位警官！你们要是早来一个月就好了，俺家哩教书先生回他村安度晚年去了。"

伪警官狡黠地笑道："怕是舍不哩叫俺们带走吧？何不领俺们去你家看个虚实，若是真没有俺们也就死心了。”

高鸿痛快地应道：“沾！沾！”说着领几个人往自家走去。

来到高家大门前，大小门都插得严实，为的就是防止外人随便进入。高鸿使劲叩几下门环，一个长工从门房里出来，透过门缝看见了高鸿和他身后的几个人，知道有麻烦了，边开门边回头喊道：“老伙计，主家来客人了，多打几只鸟晌午给客人添一道菜。”高鸿和几个伪警察从小门鱼贯而入，来到院子见另一个长工正举着一杆土枪瞄准栖息在老槐树上的一群鹁鸪扣动了扳机，“咕咚”一声沉闷的枪响，一团铁砂喷射而出，“扑棱棱”从树上掉下四五只鸟来。这长工指着地上仍在挣扎的鹁鸪对高鸿道：“客人来哩真巧，这几只正好炖一锅。”心里却在祷告姜老拧能够听到枪声，赶快躲藏起来。

高鸿为了拖延时间，弯腰拾着地上的鹁鸪对伪警官说道：“教书先生早走了，不信问问俺家哩长工。”

两个长工纷纷证实，教书先生一个月前就走了。

几个伪警察将信将疑，先从一进院搜起，进到各个房屋连牲口圈和草料房都不放过，折腾了一番一无所获又扑向了二进院。高鸿两手提着鹁鸪从容地跟在后边。

二进院的东厢房作为姜老拧的授课场所，自日本鬼子来后就停了课程而变得冷冷清清，平日里高冉和姜老拧只在书房看书聊天，也已经毫无生气。

此时高冉戴着老花镜独自坐在书房看书，对闯进来的几个不速之客视若无睹，任他们在房间里四处翻腾而不动声色，内心却异常紧张，直到他们徒劳地走出屋门时，方松了一口气，对他们投去蔑视的一瞥。

四个伪警察在二进院又白忙活了一顿，他们把最后的希望放在了三进院。

坐在堂屋炕上的高张氏，揽着她七八岁的重孙子，在儿媳胡玲和孙媳的护卫下，屏息静气地忍受着四个家伙翻箱倒柜的折腾。累得满头大汗的伪警官想从这个孩子口中得到一点儿姜老拧的信息，便凑过来堆着笑脸问道：“小弟弟！在你家住哩那个老头儿去哪了？说出来给你糖吃。”说着从衣兜里掏出一把糖果递给高鸿的孙子。

这孩子已经懂得了事理，不假思索地回答道：“俺家哩教书先生早走了，不知道去哪了，俺还想找他回来教俺念书哩。”

伪警官望着天真无邪的孩子，再无话可问。

一直陪伴着他们的高鸿终于开口道：“没有你们要找哩人吧。”

伪警官忽然沉下脸，对高鸿说道：“实话给你说，在你家教书哩那老头是共产党县长姜奇哩爹，他到底藏在哪儿快告诉俺们，要是搜出来，按窝藏要犯论处，治你全家人重罪。”

高鸿装出懵懂而吃惊的样子道：“住在俺家哩那老头儿是共产党姜奇哩爹？他和俺爹是年少时哩同窗好友，住在俺家这么多年只听说他唯一哩小子在外地教书，却不曾想原来是共产党干部，怪不哩在俺当上保长时间不长他就神不知鬼不觉走了，想必是他对俺不放心，怕俺告密抓他。”

伪警官虽对高鸿的话半信半疑，但经过仔细搜查确没发现那老头儿的一点蛛丝马迹。这也正是他想要的结果，如果真的发现了姜奇的爹还真是个棘手事情，若把老头儿交给日本人他就跟共产党结下了怨仇，自己说不定哪天也会像许奎一样被抛尸荒野。还是留一条后路吧，折腾这一顿也好，回去可以理直气壮地对石冢和伍县长有个交代，即使高家以后再出现问题也跟他无关。他也不想得罪高家，便面露笑容地对高鸿道：“高保长别生气，这次行动伍县长是迫于石冢大队长哩压力，俺们是奉伍县长哩命令行事。谁都不容易，以后咱们还要相互照应，你说是不？”

过了这一关高鸿松了口气，他故作讨好地说道：“你们这一来洗清了对俺高家私通八路哩嫌疑，高兴还来不及，哪能生气哩，以后有用得着本保长哩事尽管吩咐！”

伪警官随口对高鸿道：“带俺们去吴常家一趟吧。”

高鸿知道他们是要抓吴常的爹娘当人质，不想去却也不能拒绝，先把他们引出去再说，好让藏在书房下面秘密地道里的姜大伯尽快出来换换新鲜空气。那地道是重修书房时高冉父子偷偷挖哩，料定会有用处。姜奇在领导破袭战时曾经在里面躲过敌人的搜捕，今天又派上了用场。高鸿痛快地应道：“走！”在他和几个伪警察出了自家大门来到街上后，突然停下脚步现出为难的表情道：“不知道你们要去吴常哩哪个家。”

伪警官道：“两个都去看看。”他已经了解了吴常的身世。但是提起吴常，伪警官的心里就不寒而栗，如果跟这个共产党哩锄奸科长作了对头，自己想必比许奎死哩还难看。可是如果不执行任务，石冢和伍县长一定不会答应，他只能硬着头皮先把这个过程走下来，从中权衡利弊，再决定抓谁作人质为上策。

高鸿想了想，决定还是先去段家。他将几个人领到距段家还有一段距离时停下了脚步，指着段家大门对伪警官道：“那就是段家，俺不便陪你去，在这等你们一会儿。”

伪警官理解高鸿的心情，带着手下向段家走去。

伪警官敲开段家小门，对看家护院的亮明了身份，说要见掌柜哩。看家护院的急忙跑到西侧的二进院向段永福报告了情况。段士修年事已高，把家里的日常事务交给了大小子管理。段永福想知道警察到他家有何贵干，对这样的人不可怠慢，便快步迎了出来。

在一进院，伪警官见是段乡长前来接待表示了谢意。段永福一边往里请客人，一边询问他们的来意。伪警官道：“石冢太君和伍县长派俺们几个前来，是请吴常哩家人到城里做客，有要事相商。”

段永福立刻明白了话中的含意，心里不禁生出了对吴常的怒气，这次是真哩要连累家人了。他决然地对伪警官说道：“吴常不是俺段家哩人，你找错门了。”

伪警官没料到段永福会是如此态度，疑惑道：“吴常不是你哩亲兄弟？”

段永福道：“他从小就跟外人姓吴了，与段家没有一点儿关系，你到村南吴家找他爹娘去吧。”

伪警官道：“段乡长！吴常是不是你家人得老爷子说了算，你带俺去见见老爷子，他说是就是，说不是就不是，俺们回去也好向石冢太君和伍县长有个交代。”

段永福想想，对伪警官道：“见老爷子沾，就是别给俺段家添事。”

伪警官点点头，段永福领着他们去了三进院。

段士修正仰在院子里的躺椅上闭目养神晒日头，听到杂乱的脚步声，睁开眼看见段永福领着几个陌生人走到了跟前，正要询问，段永福将这几个人的身份和来意作了说明。段士修意识到这件事情的重要性和复杂性，如若承认吴常和段家哩血缘关系，可能招来祸患；如若不承认，在情感上对吴常有一种亏欠感。就在他为难时，段永福提醒道："爹！吴常从来就不是咱段家人，是不？"

段士修下意识地点点头，装出无奈和痛苦的样子道："自小就断了缘分。"

有了段士修这句话，伪警官对手下道："都听见了，段家和吴常早就没有关系了，咱们找吴常他养父母去。老爷子！段乡长！打扰你们了！"说完带着手下转身离去，他已经权衡好了，不能得罪有钱有势哩段家，把吴常贫穷哩养父母交给日本人才是上策。段永福把几个人送到大门外，边走边告诉了伪警官吴家所在方位。

高鸿见伪警察们空手从段家出来，一团团的乱麻堵在他的心口，吴定和菊子无疑成了他们哩猎物，他不能带他们去抓那对善良哩老人，他决定硬着头皮暂且阻止他们的行动，便安慰伪警官道："兄弟！看来事情办哩不顺当，别着急，快晌午了，回村公所歇歇脚，俺去置办些酒菜，好好犒劳犒劳弟兄们。"

伪警官摆摆手道："等办完事俺请你喝酒，你领俺们去吴家一趟。"

高鸿犹豫道："那老两口年事已高，咱们如此兴师动众怕是不仁不义吧。"

伪警官道："俺明白你哩心思，乡里乡亲不愿得罪人，何况是吴常哩爹娘。你放心，俺们不会为难老人，你不愿意带俺们去吴家也好，俺们自行前往。"他同时吩咐一个手下把停在伪村公所的汽车叫来。随后一挥手，领着几个人疾步向村南走去。

高鸿望着他们远去的背影，担心会做出什么出格哩事情来，便紧追过去。

几个伪警察来到吴常家，他们走进低矮的土坯墙院门时，银白头发满脸褶皱佝偻着身子的菊子正在和儿媳妇余子用铁拢子梳理羊毛，三岁的吴非在一旁要尿泥。菊子睁着昏花的眼睛努力辨认着面前的几个人，她一个都不认识，便停下手里的活儿警惕地问道："你们找谁？"

伪警官反问道："你是吴常他娘？"

菊子回道："是！"不管面对什么人，提起吴常她就感到无比自豪，全然忘记了高鸿叮嘱过她一家人，面对生人千万不要承认跟吴常的关系，以免惹祸上身。

伪警官道："伍县长想见见你，跟俺们去城里一趟吧。"

菊子从对方诡异的问话中听出了不祥之兆，这才想起高鸿曾经几次叮嘱她及家人要时刻提防日伪人员哩不轨行动，看来今天是碰上了，但她异常镇定，讥讽道："俺只听说过有个姜县长，从哪又冒出了个伍县长？"

伪警官面露笑脸说道："你说哩那个姜县长只知道在山沟里躲藏，俺说哩这个伍县长光明正大在城里主持一县之政，是全县人哩父母官，人家请你去是你哩福分。"

菊子耻笑道："在日本人手下当官就是狗官，受了他哩召见会折寿哩，俺可不去。"

余子见情形不好，抱起在一旁玩耍的孩子企图钻出几个伪警察的包围圈却被他们拦住，伪警官摆摆手示意手下放行。他看出来这是吴常的媳妇和孩子，但他不想把事情做绝，放走娘儿俩尚能减轻一点儿他内心的压力和恐惧。

余子抱着孩子急忙跑出家门，要找人搭救婆婆，在门口正碰上赶来的高鸿，哭求道："高鸿哥！快救救俺娘！"

高鸿一时忘记了自己的身份，疾步走进院子，来到伪警官身旁劝道："长官！你哩目的是抓吴常，把老太婆带走又有什么用？不如放长线钓大鱼，吴常是个孝子，他时常来看望爹娘，在这儿设下埋伏等吴常一出现就抓住他岂不更好。”

此时汽车的轰鸣声由远及近，在院门外戛然停住，伪警官并不理会高鸿的说词，他想早点儿离开这里，有一个人质在手就可以回去交差了。他一个手势，两个手下一左一右将菊子从地上架了起来向外走去。任凭菊子大声叫骂，两个伪警察把菊子架到车厢上，其余人迅速跳上车，汽车在狭窄的田间土道上颠簸着飞快驶去。余子抱着孩子拼命地哭喊着娘在后边追赶。

高鸿望着一路向南腾起的尘土，怜悯而绝望地长叹一口气。

余子徒劳地追出去一程地，披着一身尘土大声哭叫着又折了回来，对呆愣着的高鸿乞求道：“高鸿哥！你得想法救救俺娘啊！”

高鸿能有什么办法，他只能安慰余子道：“他们把大娘抓走当人质是为了引诱吴常，轻易不会伤害大娘。这个警官手下留情没把你娘儿俩一块抓走，现在要紧哩是你娘儿俩和吴定叔先躲起来，等狗日哩再把你们抓去当人质就麻烦了。”

余子哭道：“救不回俺娘俺哪也不去。”

高鸿想不出一点儿办法，只好蹲在地上皱着眉发愁。

心急火燎六神无主的余子看见爹从东边坡道上赶着羊群回来了，她害怕爹知道老伴儿被抓走后经受不住打击而出现意外，便强止住哭声。

小满正是草木生长旺盛的时节，放羊成了吴定每天的营生，一大早赶着羊群出去，晌午回来吃饭，后晌再出去放到日头落山。一群羊在他的呵护下个个长哩膘肥体壮。头上裹着白手巾满脸花白胡须的吴定快乐地哼着丝弦曲调走到家门口，看到余子悲伤的表情预料到家里出了大事情，下意识地问道：“你娘哩?”

余子忍不住啼哭起来，给爹诉说了伪警察把娘抓走的经过。吴定闻言脸色大变，扔下羊鞭就往县城方向疾走，他要去把老伴儿找回来。高鸿急忙站起身赶上前阻挡住他道：“吴定叔！你去了只能再送给人家一个人质，咱们先听听动静再做打算。”

吴定是个清楚人，听从了高鸿的劝说。高鸿又劝老人到他家住几天，被老人拒绝，要守在家里等候老伴儿的消息。余子怕连累到孩子，把吴非送到了娘家，天黑时又返回贞村照顾爹。

抓到了吴常他娘，石冢和伪县长如获至宝，遗憾的是没把姜奇的爹抓来。这也就够了，俩人希望用这个诱饵把吴常甚至姜奇这两条大鱼钓住，除掉他们的心头大患。最不济，如能引诱来一股解救人质的土八路消灭之，也不失为一件快事。伪县长当即派手下到各村镇张贴布告，告知民众明日起一连三天在县城游街示众跟皇军作对的吴常的娘，敬请观之。

在沦陷区开展工作的吴常很快看到了这个布告，他既震惊又愤怒，十分担心娘的安危，当即赶回南佐镇，找到姜奇说自己要去县城搭救老娘。这个消息姜奇在第一时间就得到了，对敌人的阴谋他了然于胸，他同时就如何搭救老人设想了几个方案，但很快又否决了。就目前的形势和己方的实力而言，哪种方案都不可行。抗日民主县政府当前面临着双重的军事压力，除了正面的日伪军外，还有背后侯如墉的十三支队。这段时期以来，侯如墉见姜奇的队伍在一步步壮大，地盘在一片片扩展，他心里很不是滋味，推测用不了几年元龙县地界就由共产党主导了，他派出一批杀手先后暗杀了七八位抗日民主县政府和区政府的干部，并对共产党领导下的抗日游击队采取了几次围歼行动。因此抗日民主县政府又要分出一部分精力和兵力防备十三支队搞偷袭，没有再多的人员去顾及其他了。姜奇理解吴常的心情，知道他的脑海里正翻卷着风暴，为了娘他赴汤蹈火毫不犹豫，必须让他冷静下来。姜奇对吴常的想法给予了否定，说日伪军早就设好了圈套，你一个人无论如何救不出老娘，贸然行动弄不好还会把自己搭进去，坚决不能去。

吴常捶胸顿足痛哭流涕道："就是死也要跟娘死在一起！"说着硬要往县城去。

姜奇何尝不着急痛苦，他见劝不住吴常，就命令两个警卫员强行把吴常关在一间屋里，日夜看守。同时派丁铁蛋去县城打探敌人明天的动态，再研究相应对策。

第二天是县城的集日，到前半晌每条街道上就塞满了从各村聚拢来的人，有的是来赶集，有的是专程来看传说中炸死一车鬼子、刺死伪保安团团长许奎的吴常他娘到底是个什么样哩老太太。

左边是一队身着黑色警服掂着警棍的伪警察，右侧是一列穿着土黄色服装端着长枪的伪军，中间由两个日本兵挺着上了刺刀的三八步枪押解着五花大绑的菊子，从西街到南街一路喧嚣着走来。沿途布满了日伪军便衣，做好了应对突发事件的准备。一个穿着黑制服头戴黑呢礼帽的伪县政府官员走在菊子前边，走一段路就重复喊道："乡亲们！你们都看到了，这就是破坏日中亲善哩罪魁祸首土八路干部吴常他娘。她哩小子吴常犯下了杀害皇军哩滔天罪行，她窝藏包庇罪犯就是共犯，理应处死，念她年逾七旬，皇军开恩，给她一次机会，只要交出她哩小子就立马放她回家……"这伪官员喊得嗓子有些嘶哑，清清嗓子继续道："吴常，有种出来救你娘，甘愿叫你娘游街示众是不是，你这个不孝逆子。"

菊子被这伪县政府官员喊叫得怒火中烧，她随着喊道："乡亲们！俺小子吴常有种，打鬼子杀汉奸，是个顶天立地哩汉子！俺能有这样一个小子是祖辈积下哩大德！吴常，你听着，娘不用你救，娘活到这个岁数值了，千万别中了他们哩圈套……"

民众对伪政府官员的喊话没有回应，对老太太的慷慨陈词却报以热烈的欢呼声。这让伪县政府官员颜面尽失，他恼羞成怒地命令身旁一个伪军用绳索把菊子的嘴堵起来，才得以继续自己的喊叫。

从南街转到东街时菊子停下了脚步，她有话喊不出，只能发出"呜呜"的声音，她不能再忍受这般羞辱，更不能让坏人的阴谋得逞。她拿定了主意，自己哩生命一结束这场闹剧也就散场了。她看准了脚下一块翘起的青石板，突然扑下身子把前额冲着青石板的棱角狠狠撞去。一声闷响，菊子瘫倒在地昏死了过去。这猝然发生的事故，给这伪县政府官员一路歇斯底里的叫喊画上了句号，把这场兴师动众的游街示众变得毫无意义，更叫石家费尽心机设计捕获吴常的圈套落了空。日伪人员验证老太太不会有生还的可能，便决定游行示众就此结束，撇下菊子撤走了各自人马。沿街的民众为这老太太的刚烈性情唏嘘不已，一大群好心人围拢到菊子身边实施救治，其中有一直跟随着的高家三兄弟、丁铁蛋和一群贞村的乡亲们。

丁铁蛋在高家兄弟和乡亲们的帮助下背着菊子向东街一位坐堂先生家跑去，菊子突然回光返照，嘴里喃喃念叨着家人的名字，老伴吴定、儿子吴常、儿媳妇余子、小孙子吴非，还有那群羊，她不停地念叨着就渐渐断了气。再去找先生已是徒劳，最好早点把老人送回家去处理后事。大伙儿守护着老人的遗体，高鹏迅速回自家粮行赶了一辆骡子车来，用一块白布把老人蒙上拉回了贞村。

老伴游街示众的消息没能瞒住吴定，今天一大早他死活要去县城，余子苦劝不成只好把爹锁在了屋里。余子不时地透过门缝安慰老人几句，说乡亲们去了不少，能照料娘。时近晌午，在余子搜肠刮肚变换着言语安慰爹时，院外一阵嘈杂，她跑出去看见乡亲们正从大车上往下抬一具盖着白布的尸首，立刻预感到了不妙，便挤过去，掀开白布一角看到娘的额头上凝结着一大片黑紫血迹，这血迹和逝者蜡黄的脸色形成了鲜明对比。她伸手抚摸着娘的脸，已经冰凉，再也看不到往日娘对她疼爱的笑容，她扑到娘的身上放声大哭起来。几个乡亲强拉开她，把老人抬进院里。一个乡亲将屋门上挂着的锁摘下来，高家兄弟和丁铁蛋几个人抬着老人进了屋。早已迫不及待的吴定看见和他厮守了几十年的老伴变成了一具直挺挺的尸体，恍若隔世，这是怎么回事？便逐个询问护送老伴回来的乡亲们。高鹏含着眼泪把游行的经过说给了吴定和余子，劝他们人死不能复生，不要过度悲伤，料理后事要紧。吴定赞佩老伴的气节，呜咽着说死哩好。

菊子的灵堂在众人忙碌下很快设立了起来。高家兄弟本想动用自家的材料给老人设一个像样的灵堂，被吴定制止了，说闹排场他老伴不会安心。几个人只好就地取材，卸下吴家一扇屋门权当灵床，扯一块白粗布当挽幛，往一盏黑釉碗里倒上棉籽油就是长明灯，用小米面捏成几个寿桃在火上烧个半熟就是供品，这是一个再简单不过的灵堂。

菊子在县城碰死的消息很快传遍了全村，乡亲们无不为之动容，纷纷赶到吴家哀悼。高冉拄着拐杖领着全家人来了，他含着泪在灵堂前行了三鞠躬礼后，把位置让给了自家的女人们。高张氏和儿媳胡玲跪在灵前烧了一沓黄表纸，想着这个女人的慈善心肠和她苦难的一生悲从心起，分别拉着哀婉的长音哭喊道："大妹子唉！老姐姐想你哩……""婶子唉！你不该死啊……"引得守灵的余子又是一顿号啕大哭，所有在场的人也都眼泪汪汪。在先来一步吊孝的牛四妮等妇人们的拉劝下，高张氏、胡玲和余子的哭声才渐渐停下来。牛四妮早已经给这个她认为比自己的命还苦的女人号啕了一场。

高冉用手巾拭去眼里的泪水，吩咐一旁的高鸿把家里给自己准备的松木板拉来割一口好棺材。

高鸿转身要走，坐在灵堂一旁的吴定叫住他道："大侄子！不用费那事，用羊圈里几张隔板就沾了。"

高冉疑惑道："又脏又臭，这是为什么？"

吴定道："你兄弟媳妇喜欢那上面哩羊膻气味。"

高冉明白了其中的意味，不再坚持自己的主意。

高鸿到羊圈里看了看，那一排薄薄的槐木板是为母羊隔出一块地方产仔哩，他返回到灵堂问吴定道："叔！不想滋生小羊了？"

吴定不回答高鸿的问话，却叮嘱他道："大侄子！那木料不小，把棺材割成四尺宽。"

高鸿对为什么要割那么大哩棺材没有多想，只认为那是吴定叔让相濡以沫了几十年的老伴在另一个世界住哩舒适一些，便应道："叔你放心，就照你说哩办！"当即请木匠去了。

高冉坐在吴定身边，陪着他守了一会儿灵，不时说几句宽心的话。吴定点头应着，反倒劝高冉早点回去歇息。见吴定心境平和下来，高冉又叮嘱了几句保重的话，两手用力撑着拐杖站起来，揣着沉重的心情回家去了。

段士修也知道了菊子的死，这个贫穷的老妇人甘愿为了她哩养子献出生命，相对于自己面对利害却不敢承认亲生骨肉，以后还有何脸面面对吴常？吴常又会用何种眼光看待自己？他不堪审视藏在自己心底的自私和懦弱。对吴常他感到愧疚，对菊子他更是羞愧得无地自容。他想去吴家吊唁菊子，又没有面对死者和生者的勇气，他的灵魂遭受着一阵阵痛苦折磨。他想用钱财弥补自己良心的亏欠、抚慰痛苦的灵魂，便吩咐段永福拿一百块大洋和一匹白洋布去吴家吊孝。原本比爹还吝啬的段永福此时也没有了怨言，顺从地照办。

吴定对段永福送来的钱财婉拒道："乡亲们谁家哩东西俺也没收，你送这么大礼俺更不能要，来了鞠个躬俺就感激不尽了。"

段永福无奈地抱着一包钱和一匹白洋布，对着菊子的灵位行了三鞠躬礼回去了。

丁黑子佝偻着身子拿来了几十根他刚打的铆钉给了割棺材的木匠，他在灵位前鞠了躬便大骂日伪军这帮狗日哩，掐巴一个老妇人，吴常早晚找他们报仇。

提起吴常，丁铁蛋心里就一阵酸楚，本该由孝子跪守在老娘的灵位前，可是近日不能告知他这个消息，因为他发现在吴家附近有几个鬼祟的陌生人监视着前来吊孝的人，吴常一现身就会遭遇不测。

荒废了豆腐生意，仍然疯癫的杜化吉披头散发地围着吴家的房子转圈，嘴里悲戚地喊道："嫂子啊！你快变成厉鬼抓住那小鬼子，把他们扔进油锅炸了，替俺也报报怨仇。俺家杜壮田活不见人死不见尸，狠狠拷问那小鬼子把俺家小子弄到哪了……"

因为杜化吉在吴家附近游荡，田生玉不敢前来吊孝，害怕被在他看来比厉鬼还厉害的老冤家缠上，叫他一天不得安生，只好远远地躲在村南口的一棵树下，派田从虎前去行礼。

魏老酒的大小子和二小子，一人搀扶着爹，一人抱着两坛子酒来到吴家，父子三人在灵位前鞠了躬。

吴定急忙迎上前去叫魏老酒坐下歇息，感激道："老哥！你身子骨不好，还走这么远哩道！"

魏老酒擦拭几下眼泪，对吴定道："不来心里难受，来了更难受……老弟！多保重，给你两坛子酒，闲暇时喝点解解闷儿。"

吴定没有拒绝魏老酒送来的礼物，他喜欢喝酒，平日喝的是自酿的山药干酒。魏家的高粱老酒他也喝过，那是吴常在高家粮行当伙计时给他买哩，他认为太奢侈就不叫吴常再花那个钱了。那坛子酒他细斟慢饮喝了十来年才见了底，到今天有七八年没品尝过那样甘洌醇厚哩好酒了，他时常在梦里酌饮。今天魏老酒送来了好酒，便由衷地谢道："有了这两坛子酒，俺吴定就知足了！"

吴定的话让魏老酒感到欣慰，他却不知道吴定已经做出了一个惊人的决定。

天黑下来，吊孝的人陆续散去，高鸿指定几个年轻人陪着吴家人守灵，自己也回家歇息去了。这两天身心疲惫，几乎让他迈不动步子了。

夜深人静，吴定默默地守坐在老伴的灵床边，回想着四十多年前和老伴相遇那天起，她就一直跟着自己过着清贫日子。其间搭救了一个小生命，拉扯大了给他们带来无限乐趣的吴常，娶了儿媳妇添了小孙子，不知道耗费了她多少心血！今天她就这样走了，几十年来他俩不曾分开过一天，她一走把他的魂儿也带走了。自己剩一具空壳还有什么可留恋哩，跟老伴一块走吧，他再一次叮嘱自己。

夜半时分，一切都安静下来，披麻戴孝坐在灵前的余子困意袭来，她挺足精神刚要再次催促爹去炕上睡觉，吴定却先开口道："余子，没有儿媳妇夜里守灵哩规矩，睡觉去吧，明儿还有好多事等着你操持哩，爹和这几个年幼人守着就沾了。"

爹说哩在理，里里外外事情都需要她操心，余子起身回自己的屋里睡觉去了。吴定又对几个年轻人道："你们也回家睡觉去吧，俺看见你大娘哩魂儿直在屋里转悠，像是有话要跟俺说。"几个年轻人闻听头皮发紧，浑身打冷战，相互使个眼色起身蹑手蹑脚溜出了屋门。

灵堂里只剩下了老夫妻俩，吴定把一个酒坛子抱到灵床前，又拿一只海碗来，席地而坐。他打开酒坛子的封口，把酒倒上满满一碗，对躺在灵床上的菊子说道："吴常他娘！你走慢点等等俺，咱就伴儿去见阎王爷。咱这辈子没干过一点儿坏事，阎王爷不会亏待咱，求阎王爷早点儿把咱俩再投到人间，下辈子还做夫妻，沾不？不用你说，俺知道你愿意！阴曹地府冷，你陪俺喝点儿酒暖和暖和再赶路。来，你先喝！"吴定将半碗酒洒在灵床前，剩下半碗他一口气喝了下去，不禁叫道："好酒！"他又连倒了两碗，照例一半祭洒在灵床前一半喝进了肚里。三半海碗酒下肚，他很快有了飘飘欲仙的感觉，仿佛走在一条看不到尽头铺满鲜花的大道上。走啊走，不知道走了多久，在大道两旁出现了吴常重重叠叠的面容，他呼唤道："儿啊！爹娘这辈子对不住你，叫你吃苦受委屈啦，下辈子可不叫你到俺吴家来了，回你段家享福去吧！听见没？"他听不到回答，只见吴常摇摇头便渐渐消失了。不一会儿大道两旁出现了余子和小孙子的面容，他又呼唤道："闺女唉！俺吴家对不住你，叫你憋屈了这么多年，爹和娘先给你赔不是，保佑你下辈子找个喜欢你疼爱你哩男人，说什么也不能将就自己了！你给俺吴家续了香火，你就是俺吴家哩大恩人！闺女！还有一件事交代给你，爹走后，你没空管那群羊，就把它们送给好人家，它们不遭罪爹就安心了。"余子摇摇头又点点头。他抚摸着小孙子的头说道："吴非！爷爷哩心肝！最不放心哩就是你，不知道以后你是什么样哩命运。唉！盼着你能过上好日子哩！不说了，越说越挂念！"他继续往前走，吴非难过地撇着嘴向爷爷挥挥手。一群羊进入了吴定的视野，这是他朝夕相处的好伙伴，一天不见就想哩慌，他俯下身对它们说道："伙计们！俺要走了，你们要听余子哩话，俺都交代给她了，叫你们去哪就去哪，别瞎跑，听见没？"几十只羊全都仰着头，眼睛流露着忧郁和诧异的目光望着他。吴定恋恋不舍地继续往前走，他终于看见了背对着自己走在前边的菊子，他加快脚步追上去，右手一把抓住了菊子的左手。菊子试图挣脱开，吴定死死地抓住不放，菊子愠怒地斥责他道："俺早晚在阎王殿等你，你不该这么早来，快回去，家里还有孩子和羊群要你照料哩。"吴定像孩子一样乞求道："叫俺跟你去吧，俺一天都离不开你！"菊子正要轰赶吴定，他们身边突然出现了一条龙，老两口惊恐而诧异地看着这神物。飞龙表情慈祥地自我介绍道："别怕，俺是飞龙。俺早就知道你俩做了一辈子好夫妻，谁也离不开谁，一个刚离开了阳间，一个就铁了心追来，俺很是感动，前在送你们一程！”老夫妻惊讶地注视着飞龙，他俩无数次听说过飞龙是祥瑞之物，谁遇见谁吉利，可是身为底层哩小百姓，俩人一辈子做梦都不敢奢望能遇见那神物，岂料这神物的心里早就装着他们这对糟糠夫妻哩。吴定和菊子激动地给飞龙行跪拜之礼，飞龙伸出一只爪，将老夫妻一一搀扶起来，说道：“阴间就在前边，你俩有什么话要对阎王说，俺叫他遂了你俩哩心愿。”吴定道：“愿阎王爷把俺俩还投胎为人，下辈子还当夫妻！俺就这一个心愿！”菊子道：“俺也是！”飞龙应诺道：“这好办！”他随即唤来了阎王，对阎王说了老夫妻俩前辈子的恩爱和下辈子的愿望。阎王说这好办，只要不喝孟婆汤，忘不了自己哩前世，再将俩人哩魂灵投胎到一个村子就沾了，二十年后又是一对情投意合患难与共哩夫妻。阎王说完把黑白无常唤来，叫他俩一路上照顾好这对老夫妻，进鬼门关、过奈何桥、喝孟婆汤都免了，直接带二老去阎王殿。哥儿俩毕恭毕敬地齐声应诺。白无常在阎王爷和飞龙面前讨巧道：“俺哥儿俩平日喜欢到阳间巡游打探人世间哩稀奇古怪和善恶之事，早就知道这对品性善良哩糟糠老夫妻！放心吧二位爷，俺俩会好生伺候！再说了，老夫妻哩儿子也叫‘吴常’，跟俺们同名，算是阴阳两界哩兄弟吧！俺们对吴常杀倭寇锄汉奸十分敬佩！冲这俺们也不敢怠慢二老！”黑无常对夫妻俩卖乖道：“俺们昨后晌就预见到了你夫妻俩一定会共赴黄泉，俺早把你俩哩名字登记在生死簿上了，好让阎王爷将你俩早日转投人世，早日再结良缘！”几个神鬼的言语说得菊子不再轰赶吴定了，夫妻俩相互搀扶着，感激地向这几个神鬼深深地鞠了一躬。白无常提醒道：“别耽搁工夫了，咱们走吧！”夫妻俩跟着两个小鬼走到了铺满鲜花的大道尽头，直接进入了森严肃穆的阎王殿。

余子在自己的屋里和衣睡了不到一个时辰，因为惦念着年老的爹，便克制着极度的困意从炕上下来回到灵堂。一股浓烈的酒气扑鼻而来，见灵堂里只有爹一个人，正盘腿坐在娘的灵床旁嘴里在不停地念叨着什么。她走过去听爹说完那一通话，心里忽然生出一种不祥的感觉，她轻声唤道：“爹！”没有回应，又唤一声，还是不应。她俯下身看到爹的眼睛已经闭上，脸色蜡黄没有了一丝生机，伸出右手放在爹的脑门上感到爹的体温在迅速散去。爹也走了！余子的泪水像水帘一样从眼里淌下来，她这才明白爹刚才的那一通话是对生者的牵挂和嘱托，明白了叫高鸿把棺材割宽大点的用意。她极力抑制着自己不哭出声来，费力地摘下另一扇门板，和娘的灵床并排放在一起，使出全身力气将爹安置在上面，在灵位前的香炉里多插了几根香，对着灵位重重地磕了三个头，默默地守候着两位老人。

天蒙蒙亮时料理丧事的乡亲们陆续来到吴家，见是这样一番情景也都明白了七八分，人们深深感叹之余，心情更增添了一层哀婉。第三天晌午，乡亲们把老两口安葬在了吴家的房后。余子在整个葬礼过程中哭得死去活来，她为失去慈祥如亲生父母的公婆而悲痛欲绝。乡亲们无不为这对老夫妻至死相守的真情所感动，特别是高冉老两口、魏老酒、丁黑子和牛四妮他们那辈人都满面泪痕地为菊子和吴定送行。姜老拧藏在高家不能出来，只能暗自为之悲痛。内心最受煎熬的是段士修，老两口的葬礼他找不到任何不来参加的理由，当出殡的二踢脚响起时，他在两个小子的陪伴下来到村南吴家院子东边的一块野地。透过送葬的人们闪动的缝隙，他远远地看着正在起堆的坟丘，扪心自责，自己不配当吴常哩亲爹，在做人方面自己没法和菊子吴定相比，不知道以后该如何面对吴常。他拄着拐杖一直等到送葬的人们散去，才走近插满了白幡的坟前给菊子和吴定深深地鞠了三个躬。

几十年前高家租给吴家的这块地，高冉早已经把地契改成了吴定的名字，老两口算是有了一处属于自己的归属之地。

爹娘死的消息在半个月后，才由丁铁蛋经姜奇同意告诉了吴常。因为日伪军的探子一直想利用孝子上坟烧纸的这段日子抓捕吴常，十几天来他们只看到余子到坟上烧了头七和二七纸，从没看见他们要抓的人的身影，蹲守的目的落了空便撤了回去。遵照姜奇的指示，丁铁蛋和高鸿经过周密安排，决定让吴常今黑夜回家祭奠爹娘，另外筹措些粮款。吴常是在看守他的小屋里吃过晌午饭后得到这个消息哩，他如雷轰顶痛不欲生，号啕大哭。这些日子他每时每刻都在为娘担忧，最害怕发生哩事情还是发生了。他知道爹和娘哩感情，娘走了，爹也就没有活下去哩心劲了。姜奇和丁铁蛋陪着吴常一块哭到天黑，最后在姜奇的苦苦劝慰下才停了下来，要吴常留点儿气力，除了赶夜路，还有筹措粮款的任务要完成。

漆黑的夜幕中，吴常在姜奇和丁铁蛋的陪伴下，从南佐镇一路艰辛地越过敌人多道封锁线回到贞村。在高鸿的接应下几个人来到安葬两位老人的墓地，眼前的情景让他们惊呆了，一群羊悄无声息地团团围着坟头在给主人守墓。高鸿说十几天来这群羊白天在坟地周围吃些草，日头落山后就围拢在这里，余子赶它们回家不成，也就随它们了。丁铁蛋和高鸿在坟地两边放哨，吴常和姜奇挤进羊群在坟前跪下来，因为怕暴露目标不能烧纸，吴常压低声音先给爹娘赔不是道："爹！娘！儿子不孝，没能见上你们一面，也没给你们守灵，过了这么多天才来看你们，原谅畜生不如哩儿吧！俺知道你们也想儿了，今黑夜儿和姜县长陪着你俩说说话。"姜奇随即叫着大叔大婶，说了些哀悼的话。吴常的思绪从他记事起开始，跟爹娘在一起的情景一幕幕闪现在他的脑海里，眼泪伴随着哽咽的声音一段段地向爹娘追述着往日的时光。姜奇听着吴常一家人的经历，心绪随之跌宕起伏着。吴常跟爹娘似乎有说不完的话，直到他的嗓音沙哑得发不出声来才住了嘴。

此时天色泛白，丁铁蛋走过来提醒该起身了。吴常跟爹娘告别道："爹！娘！你们安歇吧，俺们走了，下次再来一定带回好消息叫你们高兴高兴！"他正在谋划刺杀日军头目和伪县长的事情，待成功后再来给爹娘报喜。他和姜奇站起来转身要走，看见余子不知道什么时候站在了他们身后。每天一大早余子都要来照看羊群，并且围着坟头转上几圈给爹娘说上几句话。吴常看到余子本就坑洼不平的脸，经历了这出家庭悲剧更憔悴了许多，变成了一个与年龄极不相符的苍老的妇人。吴常有太多的话要对余子说，却不知道从哪儿说起，他想起了大半年不见的孩子，殷切地问道："吴非可好？"

余子淡淡地回道："在他姥娘家哩，不用你操心，俺会给你养大孩子。"这么多年夫妻，他俩只发生过一次交媾，余子后来才知道那是吴常为了满足爹娘哩愿望所为，因此她内心对吴常的夫妻情分早就像干涸的土地那样没有了丝毫滋润感觉，孩子是维系俩人关系的唯一纽带。

吴常提醒她道："你也回娘家住去吧，说不定王八蛋们什么时候来家报复，把羊群也带走。”

余子理解吴常的心思，可她舍不得这个家，更舍不得让爹娘孤零零地待在荒郊野地里，便说道：“俺走了没人陪爹娘说话，俩老人会孤独哩！”

姜奇等人都被余子的孝道所感动，吴常的心里更是热辣辣的，他劝慰道：“你和孩子要有个三长两短，爹娘会痛苦哩，走吧！”

余子思忖片刻，不再说什么。吴常知道她想通了，向余子道了声别和姜奇几个人出了墓地。

走进村子，吴常和姜奇等人分开，分别向段家和高家走去，他们各有任务去完成。

吴常叫开段家大门，来到段士修住的三进院堂屋门前，见房门紧闭料想爹还没起炕，就站在门外等候。住在二进院的段永福听到护院的报告说吴常来了，便迅疾前来，他猜测吴常这个时候来一定是为了给山里的共产党筹集粮款，他担心爹经不住吴常的煽动而给家里造成重大损失。哥俩相见谁都不想先开口，心里的隔阂让他俩谁看谁都别扭，就这样默默地等到爹起了炕开了门。

段士修对吴常突然回到家既惊且忧，惊的是没想到吴常胆敢冒着被日伪特务抓捕的危险回来，忧的是吴常对他这个明哲保身的亲爹是怎样一种态度。天色大亮，段士修一眼就从吴常红肿的眼睛和沾满泥土的双膝判断出他是刚从吴家坟地前来，羞愧之情涌上心头，深深地哀叹一声，急忙把他让进屋里坐下，说道：“有什么事尽管说，爹全都依你！”他知道吴常无事不登家门，这次一定是给抗日民主县政府筹集钱粮的目的来哩，他想借此机会弥补一些对吴常在亲情和道义上的亏欠。

吴常明白爹的心思，开门见山道：“爹！抗日县政府特派俺来借咱家些粮款救急，小米麦子各三千斤、大洋一千块，借期一年，姜县长给打了借条。”说着从怀里掏出一张折叠整齐的信笺递给爹。段士修答应说沾，同时接过姜奇的亲笔信瞟了一眼，上面还盖着抗日民主县政府的大印，他到条案上拿取灯点燃信笺，说用不着这么啰唆。

段永福急得直跺脚，抱怨爹道：“这可不是小数目啊！”

段士修不理会段永福，问吴常道：“什么时候来取？”

吴常道：“后天。”

段士修痛快道：“沾。”

段永福对吴常气不打一处来，借机发泄道：“日本人封锁哩紧，看你怎么运出去。各村都在搞联防，要是有人给日本人通了消息，家人受到牵连，你就是段家哩罪人！”

吴常淡然道：“既然能进来，就能出去。”他意犹未尽，从怀里抽出明晃晃的短剑道：“谁敢给日本人通风报信，这把剑可不认人！”

段永福觉得吴常的气势压过了自己，脸色骤变，想和吴常争个高低。段士修看出了他的意图，断喝道：“永福，这件事爹决定了谁都不能再反对，天塌下来有爹顶着，你去准备那些粮款吧。”

段永福悻悻离去。

吴常看出来爹想通过这件事弥补对自己亲情的亏欠，他为爹的良苦用心所感动，给爹深深地鞠了一躬，告辞而去。他还要串村去筹措更多的粮款，得以保证县政府和游击队度过这青黄不接的时节。

姜奇去高家同样是筹借粮款，并且和高鸿商定往山里运送粮食的办法，顺便看望一下爹。

侯如墉把持着全县抗日动员分配委员会粮款柴草的分配大权，在粮款分配上处处刁难抗日民主县政府，致使县政府工作人员和县游击大队几百号人员常常吃不饱饭，经费异常短缺。为了维护抗日民族统一战线大局，姜奇不愿和侯如墉闹僵，只得自筹粮款。

爹是姜奇最大的牵挂。没有高家的庇护，爹就没有安身之所，因此姜奇对高家怀有无尽的感激之情。高家人将姜老拧和姜奇当成是自家人，尤其对姜奇为了抗日可以舍弃一切的精神钦佩有加。姜老拧难得一见姜奇，心里有无数话要说，养儿为防老，他不但沾不上儿子哩光，却因为儿子哩身份自己连正常人哩日子都过不上，整天躲躲藏藏连累高家人。他最关心的是儿子哩终身大事，问姜奇有对事哩女人了没？姜奇闪烁其词，不说有也不说没有，只说以后会有。姜奇半年前发现黄丽喜欢上了自己，好几次向他发出表情和语言的暗示。他也很喜欢黄丽，却有意表现得无动于衷，极力回避这份感情，一是自己比人家大十几岁，觉得配不上人家，再是严峻的敌我斗争态势，无暇顾及儿女情长。但是黄丽并不罢休，前几天给他写了一封情书，倾诉了对他的爱慕之情，表明了非英雄豪杰和侠肝义胆之人不嫁的心愿。他内心激情澎湃笔触却温婉冷静地回复了一封信，没有明确答应和拒绝，只说到了合适的时候再定。他钦佩黄丽用一年多的时间抚平了和吴常的情感创伤后，选定新目标再次发起进攻的勇气。他同情并且理解吴常和黄丽发生的短暂而刻骨的恋情，怜悯这俩人之间情感纠结造成的苦楚，没想到这苦楚挨到了自己身上。姜老拧也只能感叹有什么办法哩，盼着姜奇他们早点把日本人打跑了再成家吧。高冉、姜老拧和姜奇在三进院的堂屋里叙了一番亲情，俩老人知道姜奇另有重要事情要和高鸿商量，便依依不舍地走开了。

姜奇向高鸿提出了借些粮款的请求，因为弟兄仨分了家，高鸿当即答应将自家产的粮食留下种子和口粮外全部无偿捐献，再向大哥高鹏和三弟高鹤借些，更有积极抗战哩乡亲们，筹措麦子小米五千斤不在话下。高鸿的诚恳让姜奇感动不已，他根据高家的实际情况说了几个数：小米、麦子各一千斤、大洋五百块，多给不要。高鸿见姜奇的态度坚决，便不再坚持自己报的比这多的数量，答应了下来。随后俩人制定了周密的运粮计划。

前半晌时，姜奇和丁铁蛋吃了点儿东西，又匆忙去别的村子筹措粮款去了。

第四十八章　魏天雄投日

两天后的一个夜晚，在姜奇的指挥下，县大队分成两部分，一部分队伍包围了从南佐镇通向贞村这片区域的几个日伪军据点，为另一部分队伍深入各村拉运抗日民主县政府筹措的粮款打开了一条通道。在各村秘密建立起来的“两面”基层政权发挥了关键作用，涉及的伪乡保长积极配合，提前备好了拉运粮食的大车，在佯攻据点的枪声中将三万多斤粮食和一万余块大洋运回了抗日民主县政府驻地。

暂时解决了吃饭问题，但是更严峻的问题困扰着姜奇他们。侯如墉和张荫梧眼见抗日民主县政府的力量在不断壮大，便频频派出特务到共产党的抗日根据地进行暗杀活动，从县政府到区政府干部再到各村村长，被他们杀害了十几个。发展到后来，侯如墉和张荫梧甚至派出大股部队袭击共产党抗日队伍，造成了很大伤亡。根据地的军民无不义愤填膺，纷纷到抗日民主县政府请愿，请求打击对方的嚣张气焰。否则，不用说抗日，单就对付这些摩擦分子就会将自己的力量消耗殆尽。姜奇清楚己方的军事实力远在对方之下，不能硬碰硬，但也不能让他们得寸进尺胡作非为，办法只有一个，那就是寻求得到八路军的支援。又熬过了一个艰难困苦的年关，姜奇便向驻扎在西部山区的一二九师三八五旅写了封求援信。

三八五旅旅长陈锡联何尝不知道侯如墉和张荫梧的所作所为，早就想教训他们一顿了，只因对日寇作战紧张而无暇顾及。现在战事稍缓，正是解决这一问题的好时机，陈旅长把各地方政府反映的问题向师部做了汇报，并拿出了反击方案，很快得到了师部的批复，要求他沉重打击侯如墉的十三支队和张荫梧的河北民军。这两支队伍均号称万人之众，实际主力部队合计约一万两千人，有一定的战斗力，要歼灭他们需费些脑筋。三八五旅承担着重大的对日作战任务，不可能投入全部兵力进行反击，陈锡联决定抽调七六九团来完成这个艰巨任务。抗战初期七六九团在陈锡联任团长时率部夜袭阳明堡日军机场，炸毁了日军二十四架飞机，从此名声大振，此后这个团参加了许多著名战役，均战无不克，日军闻之丧胆。

团长郑国仲接受任务后，经过侦察，摸清了侯如墉和张荫梧的军力部署，制定了速战速决的突袭作战计划。这个黑夜七六九团兵分三路，一路奔向胡家庄，直捣张荫梧的河北民军总部；第二路突袭驻扎在时家庄的河北民军第二军区乔明礼的司令部；第三路向西台城村进发，负责消灭侯如墉的十三支队指挥部。三个村庄地处元龙县西南部山区，自北向南一字排开，共二十华里，便于各个击破。七六九团的三个营自西向东居高临下，仿佛三把利剑向三个目标刺去。

只说刺向西台城的这把剑。全营指战员在第一道防线受到了十三支队承担防卫任务的第三团的阻击。养尊处优、骄横惯了的十三支队官兵哪里见过如此勇猛的对手，许多人还没弄清突袭者是谁就丢了性命。第一道防线很快被八路军一连的战士撕开，为二连和三连打开了进攻的缺口，三百多名战士就像三百多把匕首刺向第二道防线。

侯如墉在睡梦中被第三团团长打来的急骤的电话铃声惊醒，他听取了军情报告后急忙穿衣起床指挥迎战。侯如墉没想到在对日作战异常紧张的情况下，八路军会调出兵力来对付自己，看来共产党是下决心要消灭十三支队了。在这个节骨眼上，侯如墉首先想到的是保存自己的实力，决定把负责第二道防线的魏天雄的第四团顶上去，能顶住八路军的进攻最好，顶不住借机削弱了这个桀骜不驯家伙的实力也不失为一招妙棋，看他以后还有什么资本狂傲，到那时只能任由本司令摆布了。侯如墉即刻打电话命令魏天雄率领第四团迅速出击消灭来犯之敌，最后特意夸赞了魏团长一句，说他有勇有谋，定能力挽狂澜。随后侯如墉调集其他几个团前来保卫总部，以确保自己的安全。

第四团驻扎在西台城西边的一个小山村里，魏天雄放下电话愤然骂道："狗日哩，又算计到老子头上了。"如果是日军他会拼死抵抗，八路军与他无冤无仇，两厢残杀对谁都不好。

五里外第一道防线刚一传来枪声，就把石敢当从隔壁房间催到了魏团长的屋里，魏天雄放下电话想听听石敢当对当前军情的处置方法。石敢当愤然道："侯如墉这个老小子搞摩擦把八路军招来了，咱们不能替他挡灾，做做样子给人家让开一条道，叫八路军好好教训一顿姓侯哩。"在魏天雄的极力推举下，现在石敢当已是他的副官，有了官职石敢当愈加想带兵打仗，但在侯如墉治下憋屈的只想发疯，每每想起自己和吴常炸鬼子汽车杀汉奸许奎的经历就热血沸腾，总盼望能有机会跟日本人拼杀一番。他看不惯侯如墉的做派，不理解这个复兴社分子肚里装着满腹军事理论和战略战术，为什么不用来打鬼子，却一门心思只想对付共产党。想想战死在抗日前线哩无数国民党将士，这侯如墉也太不是东西了，今黑夜叫八路军打死他才好哩！

魏天雄十分赞同石敢当的话，吩咐他道："派一个连前去迎战，给弟兄们说，叫他们到前边放一阵乱枪就撤回来，俺们得保存实力。"

石敢当领命而去，来到驻扎在团部西边的一个营里抽调了一个连，向官兵们交代了几句便率领队伍迎着八路军进攻的方向跑去。跑出村西口，石敢当和官兵们朝天空胡乱放了一阵枪，正要返回，不料想八路军如此神速，在朦胧的夜色下仰头看见一支队伍沿着崎岖的山路向这里冲下来。对方显然也发现了他们，立刻一阵流星雨般的子弹飞过来倾泻在他们身上，一个个栽倒在地。石敢当眼看着自己的队伍吃了大亏，急切地向进攻的八路军拼命喊道："八路军弟兄们！别打了，俺们不想跟你们作对……"他试图用喊声阻止住对方的冲锋，其实他的声音早淹没在了爆豆般的枪声中。忽然一颗子弹击中了他的左肩，他一个趔趄几乎跌倒，恰在此时被一个人从身后将他拽到一棵大树后面，厉声斥责他道："不要命啦，谁会听你喊话，这儿不能待了，快撤。"石敢当见是魏天雄，只好忍着枪伤的剧痛和魏团长一起召唤己方残兵向回逃跑。回到团部，魏天雄把家眷安置在两辆马车上，和石敢当带上自己的嫡系队伍向东逃去。

拱卫着十三支队总部的几个团的官兵，见实力强劲的第四团都抵挡不住八路军的进攻，他们立刻乱作一团，各自逃命去了。待侯如墉发现自己快成光杆司令的时候，这才知道他苦心经营的十三支队原来是一群乌合之众。他仰天长叹一声，自己的司令头衔到今天算是结束了，他在一队卫兵的保护下从司令部急急忙忙奔出来，慌慌向南逃去。

深谋远虑的杨参谋对侯如墉的逃跑行为嗤之以鼻，早知今日何必当初。作为侯司令的主要幕僚，他极力主张通过和日本鬼子打仗锤炼十三支队的战斗力，等真正到了和共产党争夺天下的时候才能有大显身手的实力，而不是像现在这样明目张胆地对共产党的基层工作人员采取暗杀行动。即便采取了这种卑劣手段，一定要时刻防备八路军的报复。这两点意见侯如墉都不采纳，自以为十三支队无论是人数还是装备远在八路军之上，对方无论如何都不敢把他侯司令怎么样。果然不出自己所料，八路军说来就来，打得十三支队溃不成军。杨参谋心里很不服气，他想见识一下对手到底有多强，便率领警卫连要给来敌设个埋伏，拼个绝处逢生。杨参谋正在西台城街道布置阵形，魏天雄和石敢当领着家眷和部下如洪水倾泻地般冲过来。看到杨参谋这副要力挽狂澜于既倒的架势，魏天雄刹住脚步，喘着粗气喊道："书呆子，这不是你用计谋哩时候，快跟俺们跑吧。"平日里俩人的关系相处得不错，魏天雄不忍心好友就这样毫无价值地丢掉性命。杨参谋并不理会魏天雄，仍在专注地排兵布阵，但是他的士兵看到黑压压逃跑的第四团的官兵，心里早慌乱一团，趁机混进了撤退的人流。杨参谋很快发现自己的士兵越来越少，举起手枪朝天空连放了三枪，以发泄懊恼情绪。此时八路军射来的子弹如镰刀割高粱一般将跑在后面的士兵一个个撂倒，石敢当不容杨参谋犹豫，右胳膊夹住他的腰身就快步向东跑。石敢当一直把杨参谋当成是老康的影子，更因为在对待抗日问题上俩人具有相同的观点，他自然不能看着杨参谋等死。

这个营全体指战员乘胜追击，打死打伤十三支队官兵不计其数，天亮时将西台城完全占领。

另两个营突袭张荫梧和乔明礼的战斗也同样顺利，河北民军同样是一群乌合之众，遭受了同样的沉重打击，他们设在胡家庄和时家庄的老巢同样被彻底摧毁。

自此，侯如墉、张荫梧和乔明礼的势力被清除出了元龙县境，他们跑到南部地区另寻立足之地去了。各自号称一万多人的十三支队和河北民军从此不复存在，一些散兵游勇也都各奔前程销声匿迹了。

魏天雄他们跑出西台城往东不知道多远，天亮时在一座陌生的山下停了下来。至此一个团的兵力死的死伤的伤跑的跑，剩下不足一百人，各个筋疲力尽躺在山坡上苟延残喘。受了轻伤的士兵发出痛苦的呻吟，伤势较重的士兵一倒下就昏迷了过去，没有受伤的士兵如惊弓之鸟，听到风吹草动便警觉地抬起头观察一番周围的动静。魏天雄的老婆和一对十几岁的儿女更是疲乏至极，不顾草丛里长满着蒺藜倒头便睡。

石敢当受的伤较重，失血过多，一停下来就没了知觉。在他夹着杨参谋跑了几十步后，体力渐渐不支步子踉跄起来。杨参谋从石敢当的手臂里挣脱出来，才发现他受了伤，转由杨参谋搀扶着这条壮汉在摆脱了八路军的追击后才给他进行了包扎。魏天雄和杨参谋等人对石敢当进行了一番救治，使他慢慢地苏醒过来，虽然处于昏昏欲睡的状态，但他仍竭尽心力回想着这场突如其来的战事。这都是侯如墉造成哩灾祸，害死了这么多无辜哩生命，说不定以后自己也会沾上这个"摩擦专家"哩耻辱。早知今日，当初他一定会拼命阻止魏天雄投靠在侯如墉哩帐下，事已至此后悔已没用，他心里焦虑以后哩路该怎么走。

现在最痛苦的莫过于魏天雄，他清点了跑出来的这百十号弟兄，大多是他从九泉山带来的老班底，但还有三十几个人不在其列，经在场的弟兄们相互证实，确认他们相继在逃跑途中被追击的八路军打死了。魏天雄当即跪在地上号啕大哭，逐个叫着那三十多个弟兄的名字说自己对不住他们，一定会为他们报仇。这些跟随了他十几年甚至二十几年的弟兄，从此阴阳两隔再不能相见，他的情感真是不堪承受其重，他的心里因此埋下了对八路军的仇恨。

魏天雄的哭声和悼念死去弟兄们的言语，立刻驱散了一片痛苦的呻吟和沉重的瞌睡，百十号弟兄们打起精神纷纷围拢过来安慰他。如此一来魏天雄的哭声更加悲痛，感染得所有人都淌出了眼泪，他们对魏天雄愈加敬佩。杨参谋感动之余，十分赞赏魏天雄的带兵之道。

哭过之后，魏天雄需要解决一个紧迫而严峻的问题，今后他将何去何从？这个问题同样萦绕在杨参谋的脑际，他和魏天雄不谋而合凑在一起商讨了起来。他给魏天雄摆出了三条道供其选择：第一条是跟共产党的抗日民主县政府合作开展游击战，借机壮大自己的实力，等待时机再图大业；第二条是随他去南方加入国民革命军正规军，在正面战场抗击日寇，也许能有大的发展；第三条是占山为王，自己打天下，根据形势变化再选择投靠目标。魏天雄沉默不语，他首先否定了第一条道，当初拒绝了姜奇邀他加入县抗日游击大队的诚意，今天他更不愿意以失败者的姿态寻求与对方合作，恐怕人家也瞧不起自己这种下贱行为。第二条道他更不采纳，他绝不会离开这块土地去他乡谋求立身之所，这方土地维系着他的家族命运、他的生命历程和他的情感寄托，逃离了家乡他的根也就断了，也就没有活着的意义了。第三条也行不通，凭这点儿人马单打独斗不是长久之计，经不起大风大浪，早晚被某一方吃掉。

杨参谋看出来魏天雄不接受自己的这些建议，问他可有更好的道要走？魏天雄只是低着头阴沉着脸不予回答。杨参谋心里咯噔一下：难道魏天雄要走一条邪路不成？他不敢往下想。

魏天雄此时正思谋着要走一条惊世骇俗之路，他想投奔日本人。在他看来这是唯一可走哩道，虽然要冒极大哩风险，还要被世人骂作汉奸，但他认为，财在险中求事在险中谋。他根据太平洋战争美国渐占上风的形势判断，日本人多面作战早晚要失败。如果暂时在日本人手下苟且偷生，其间帮着日本人消灭八路军，既给死去哩弟兄们报了仇，也为今后重返国民党阵营积累资本。等到日寇投降之日就是自己发威之时，他可以趁机一举解除驻扎在县城日本人哩武装，向国民政府邀功。这个想法必须要告知杨参谋，为哩是以后能有人替他洗去汉奸罪名做证，更重要哩是将来能帮他沟通国民政府。魏天雄主意已决，抬起头站起身将杨参谋引到偏僻处，说出了自己的计谋。

杨参谋很为魏天雄的胆略震惊，提醒他道："这步棋太凶险，走赢的概率太小，稍有闪失会身败名裂遗臭万年。"

魏天雄咬着牙道："纵使身败名裂遗臭万年也在所不惜，就这么定了！"

杨参谋仍不无忧虑道："只是实施起来难度太大。"

魏天雄道："就等你帮俺出妙计了!"

俩人开动脑筋商定下了一套详尽的行动计划。

时至半晌，太阳升到了半空，饥饿让所有人都焦躁起来，不安的情绪在这百十号人中蔓延开来，有几个人嚷嚷着要去寻找食物而引起一片骚动，不少人响应要一同前去。魏天雄和杨参谋从偏僻处走过来，安慰大家不要着急，一会儿叫大伙吃香哩喝辣哩。许多人的目光环望一圈草木葱茏的山谷，以为是打些山鸡、兔子等野物。那能够几个人吃？有人气馁道："这山里没有多少活物。"魏天雄告诉大家道："美食在鬼子炮楼里，就看咱们有没有本事拿到手了。"在大伙惊愕的目光中，杨参谋把他们分成了两支队伍，分别交代了作战任务和战术要领。弟兄们有了精气神，在山里吃了几年干饭没干什么正事，昨黑夜又遭遇了八路军哩突袭，心里本就憋着窝囊气无处发泄，魏团长决定打鬼子炮楼令每个人都热血沸腾，纷纷响应。

魏天雄和杨参谋领着队伍又向东走了一段山路停下来，前边就是丘陵地带，靠近了日伪军最前沿的一道封锁线。他们隐蔽在山峦的密林中，魏天雄派一个弟兄侦察了一番情况，和杨参谋选定了两个距离较近的据点作为攻击目标，同时部署了详细的作战计划。魏天雄和杨参谋各带一支队伍分别负责攻打南北两个据点，两支队伍直奔各自的目标而去。

魏天雄这支队伍在距目标二里开外的一片荆棘丛生的山坳里停了下来，他从队伍里点出十几个弟兄带着他们径直向据点走去，其他弟兄隐蔽起来等待时机对据点发起进攻。

五月初的天气渐热，一行人敞开上衣提着长短枪装出神情沮丧的样子走近了壕沟和铁丝网护卫着的鬼子炮楼。在炮楼顶上巡视四周情况的两个日伪军看到这群人的灰色军服左臂臂章中间都印着一个蓝色的"固"字，知道是十三支队的人，警觉地把枪口对准了他们。走在最前面的魏天雄停下脚步，冲炮楼上的日伪军大声喊道："不要怕，井水不犯河水，俺们只是从这里路过一下，请你们把枪口抬高点儿行个方便。"

十三支队和日军没有大的怨仇，对方的敌意不是太强。跑楼上的日本兵向伪军嘀咕了几句，伪军随即高声答复道："皇军说了，没有通行证就是天王老子都不能放行，赶快退回去，别找麻烦。"

魏天雄装出可怜的样子乞求道："这位兄弟！俺是贞村哩魏天雄，本想带着这班弟兄在十三支队混口饭吃，不料昨黑夜遭到了八路军哩偷袭，俺们好不容易逃出来，想回老家休整些日子，再寻机找八路报仇。咱们都是一条道上哩人，请你向皇军求求情，帮俺们渡过这个难关，说不定以后咱们还会在一个锅里抡马勺哩!"

那个伪军向日本兵嘀咕了一阵，日本兵旋即下了炮楼向军曹报告了情况。鬼子军曹登上炮楼顶观望了一会儿魏天雄他们，对跟在身后的伪军说了几句话。伪军冲下喊道："皇军说了，放你们过去可以，条件是把枪都扔在地上。"

不跟狗日哩废话了，魏天雄低声向身后的士兵发出行动命令，随后朝炮楼上愤怒地喊道："狗日哩们听着，不给老子面子，老子就给你们点儿颜色看看。"话音未落，隐蔽在人群里的一个枪手扣动了扳机，炮楼顶上的那个伪军应声倒下，另两个日军惊恐地缩下了身子。听到枪声，炮楼里的日伪军立即还击，魏天雄他们早有防备，以脚下起伏的丘陵当掩体，匍匐着向封锁沟迂回靠近，并不时举枪射击。见炮楼上射出的子弹阻挡不住这伙人，军曹从炮楼上下来，组织起二十多个日伪军从据点里冲出来，企图消灭这伙胆敢向他挑衅的十三支队的溃兵。这个军曹虽然没有和十三支队交过手，但他从心里蔑视这支由乌七八糟的武装组成的所谓抗日队伍。军曹的狂妄举动，正中魏天雄下怀，他指挥手下且战且退，不知不觉把对方引到了山里。

埋伏在荆棘丛中的另一部分士兵迅速出击，攻打只由十余个日伪军把守的据点。炮楼里的几挺机关枪扫射得再疯狂，也经不住三十多杆枪点对点地还击，一会儿工夫炮楼安静了下来。先有几个士兵匍匐着靠近据点，直到踏上了封锁沟上的吊桥冲进了炮楼，其余士兵才蜂拥而上。炮楼里的四个鬼子一死三伤，已经丧失战斗力；八个伪军死伤大半，剩下两个完好的见大势已去便自行放弃了抵抗。他们按照团长吩咐，优先给三个受伤的日本兵进行了包扎。

追进了山，军曹才意识到上了当，想退回去已经来不及，被魏天雄包围在了一个山坳里。魏天雄命令手下：打死伪军，活捉鬼子。一阵枪响过后，大多数伪军被射杀，剩下的伪军见势不妙急忙举手投降。在付出了几个弟兄的生命代价后，魏天雄率手下将包括军曹在内打光了子弹的四个日本兵团团围住，命令他们投降。军曹跪下来，双手反握战刀，命令手下跟他一同切腹自杀。三个鬼子从三八枪上摘下刺刀的一刹那，魏天雄大喝一声，十几个手下一拥而上，经过短暂的搏斗，将四个鬼子擒拿住。军曹和一个鬼子受了点轻伤，魏天雄的五个人却伤得不轻。

这边激烈的枪声传到了北边的据点，一队日伪军奉命前来增援，不料半路上被杨参谋打了个埋伏，仍是只打伪军不打鬼子，丢下了十几具尸首又退缩了回去，再不敢出来半步。

魏天雄和杨参谋领着队伍会合在南边这个据点里，派人去把还在山里焦急等待他们消息的家属和石敢当接了来，用据点里囤积着的各种食品尽情款待大家。石敢当为这次胜利兴奋不已，认为以后有打鬼子哩机会了！如果不是因为有伤在身，他会狂舞一番。魏天雄不忘关照做了俘虏的鬼子兵，给他们医治伤口，希望尽快好起来，还有使命要完成哩。

龟缩在北边据点的日本兵在探明了袭击者是遭八路军夜袭溃逃到此的十三支队第四团团长魏天雄后，即刻跑到县城向木田中队长作了报告。

一个月前，木田奉命从邻县来到元龙县接替患了精神分裂症的石冢，行使统治这片占领区的职责。

石冢起初和无数患有妄想症的倭人怀揣着一样的梦想，自以为大日本皇军能迅速成为这片辽阔土地的新主人，可是进行了近五年的侵略战争让他们的美梦正在变成噩梦。他近来更加关注这场战争的态势，无论在哪片土地上，日军每一次失利，都让这个狂热军国主义分子变得焦躁不安。特别是飞龙在梦里对他的警示，和他遭受的一连串军事打击，这些切身感受让他开始怀疑大日本帝国到底有没有能力吞并这个古老的泱泱大国。他不得不认真深入地回望两国历史，得出令他自己极不情愿承认的结论：渊源深厚的中华大智慧，绝非狭隘浅薄的日本小聪明所能比。近代以来中国由盛变衰，是因为统治阶层出了问题。当前境况正在发生改变，这个民族当中一批具有高瞻远瞩、雄才大略者正在唤醒沉睡的民众并有效地组织起来跟外来强敌抗争，按照目前的战争进程，日本终将是失败者。这一结论摧毁了他的狂妄自信，对未来的绝望和恐惧，使他时常歇斯底里发一顿无名火，且伴有自残行为。经医生鉴定，他的病情很严重，已经无法行使职责，上司决定将其送回本国接受治疗，从邻县抽调来木村中队支撑局面，他的大队则被调往战事吃紧的前线去了。

木田当然知道石冢患精神分裂症的原因，统领三个中队的大队长都不能安稳地待在这片土地上，以他一个中队的兵力又怎么可能压住阵脚。他虽然有为天皇流尽最后一滴血的决心和意志，但是拥有强大的军力才是最重要的。目前己方在各条战线上的兵力都严重短缺，自己要想与元龙县日益增长的抗日力量相抗衡，只能靠扩大皇协军的队伍来实现。他因此高度重视国民党溃兵制造的这一突发事件，想弄清楚逃命中的魏天雄为什么还有心劲攻打他的据点。这件事情一定不同寻常，木田决定会会这个人物，待了解了对方的真实意图再采取相应对策，便带着一个小分队十几个日本兵和一个中队百多人的皇协军出了西城门。

魏天雄等人在据点里美美地吃了一顿午饭，他安排好轮流站岗值勤人员后，便和杨参谋在炮楼下的一间小屋里商量下一步的行动计划。后半晌时，一个在炮楼上站岗的士兵忽然来报，说一个日本军官率领一百多个日伪军，带着几门山炮包围了据点。魏天雄和杨参谋疾步冲出屋子，爬到炮楼顶上四处观望，果然看见影影绰绰的日伪军在他们的机枪射程之外将据点围了起来。两个人又分别用望远镜搜寻了一遍，确认在东边骑着一匹白色高头大马的鬼子军官就是木田。魏天雄戏谑道："这王八蛋亲自出马了。"杨参谋道："人家配合得不错，下边的戏就看你怎么演了。"魏天雄得意地哼起了自己改编的京剧空城计唱段："俺正在城楼观山景，耳听得城外乱纷纷，却原来是木田发来地兵……"不待他唱完，杨参谋提醒道："木田派人来了。"魏天雄继续唱道："……等候那木田到此谈那谈谈心……"一个伪军军官骑着一匹雪花灰洋马从东边款款而来，魏天雄扫一眼此人，接着哼唱他的戏。洋马驮着伪军军官到了壕沟前停下来，魏天雄也唱完了最后一句，他认得来人，此人跟随许奎多年，现在由他接替了许奎哩职位，便俯身戏谑道："朱团长，你哩胆子不小，敢单枪匹马闯入俺魏天雄哩地界。"

在往这儿赶的路上，伪保安团朱团长就想好了两种结果，一种是用武力夺回据点，另一种是把这一股溃兵招为己有。如果是第一种结果，他们将付出巨大代价，那不是他想要的；争取达到第二种结果，他不但保存了实力，保安团的队伍还会增添不少力量。到底怎样，还要看魏天雄哩态度。他想极力促成魏天雄投靠日本人这件事，如此以后再清剿抗日队伍时就有人替他打头阵了，不至于让姜奇和吴常把他定为铁杆汉奸而锄之。来到这儿布置好了包围圈，他用望远镜看见了炮楼上魏天雄的身影，果然是这老小子兴哩风浪。木田也有两手准备，在他命令手下将四门山炮对准这座炮楼后，派朱团长前去打探魏天雄的意图。朱团长虽然和魏天雄没有深交却也相熟，从对方的口吻里他听出了老友相逢的愉悦心情，便仰起头回应道："魏老兄！小弟知道你想找个地方歇歇脚，可是你一马平川哩地方不去，偏偏喜欢这坑洼不平哩丘陵地带。"

魏天雄诉苦道："你哥哥想去好地方，是把守这个据点哩日本军曹不行方便，俺们只好夺了炮楼歇脚。木田狗日哩又带兵挡住了俺们哩道，想去一马平川哩地方是不可能了。"

朱团长听明白了魏天雄的话外音，他顺势说道："小弟去给木田太君说说，或许会网开一面，可是木田太君最想知道皇军哩伤亡情况。”

魏天雄道：“俺们是仁义之师，交火时尽量避免日军伤亡。”

杨参谋见机插话道：“日军是一死五伤，先把他们交给你带走。对不起了朱团长，你手下人死伤不少。”杨参谋转身吩咐身边一个卫兵，下去把所有被俘的日伪军交给朱团长。

不大一会儿，几个士兵押解着一队相互搀扶的日伪军从炮楼下的一间平房里走出来，最后是抬着一具鬼子尸体的担架。朱团长急忙从马上下来迎接，同时向远处的木田招招手，请求派人前来接应受伤的士兵。这场景木田在望远镜里看得真切，他立即派十几个士兵前去。朱团长和这些日伪军返回去后，向木田详述了他和魏天雄的交涉情况。木田又向受伤的军曹询问了双方发生冲突的经过，他基本明白了魏天雄的意图，就是想投靠他。不管是真心还是假意，只要魏天雄投靠了自己就有办法控制他，让他和共产党成为死敌，将其牢牢捆绑在绞杀共产党的战车上为皇军卖命。因为在太平洋和东南亚开辟了新战场，日本国内兵员几近枯竭，只得从中国战场抽调兵力，为弥补这部分兵员空缺，日军千方百计招揽当地武装为己所用。对魏天雄这股力量木田不会轻易放手，他正要派朱团长再去和魏天雄交涉，手下执行官不无担忧地提醒道：“魏天雄投靠皇军怕是另有图谋，小心引狼入室。”木田狡黠地笑道：“魏天雄是一条丧家狗，在外游荡说不定会咬我们，招纳了他为我所用，叫他专咬跟皇军为敌的八路军，何乐而不为？他即使另有图谋，我们严加防范，不给他配备重武器，又能奈我何？”执行官领悟了木田的深意，竖起拇指表示钦佩。木田扭头吩咐了朱团长几句，朱团长骑马又来到炮楼下，对魏天雄喊道：“魏老兄！你想找个歇脚哩地方，木田太君替你找好了，就怕你不敢去。”

魏天雄哈哈大笑道：“元龙县这块地界是咱祖辈生养休憩哩地方，没有哪不敢去哩。”

朱团长明说道：“木田太君在县城给你腾了块地方，你敢不敢去？”

魏天雄心头一震，知道这是木田在考验自己，如果不是心怀大计，断不敢冒灭顶之灾深入敌穴。他毫不犹豫地回道：“快叫木田回去准备一下，叫他明天一早在南城门外列队欢迎俺老魏。”

朱团长没想到魏天雄如此果断，佩服他有胆量的同时，感觉到了这个悍匪的无奈和投奔日本人的决心，立即回应道：“老兄稍候，小弟去去就来！”拨转马头跑了回去。

木田听了朱团长的汇报，心中大悦，下令即刻返回县城，筹备迎接魏天雄的事宜。

魏天雄在炮楼顶上看着远处的日伪军集合在了一起，踏出一道烟尘远去。他的心忽然悬在了半空，不知道弟兄们是不是愿意顶着汉奸的恶名追随自己。他快步走下炮楼，将士兵召集起来，神情凝重地开口道：“弟兄们！鉴于目前严峻形势，俺做出了一个权宜决定，就是带领大家投靠日本人。投靠时间或许三五年，或许更长，一直到日本人垮台那天为止。不愿意跟俺走哩决不强求，这会儿就可以离开，咱们永远是兄弟。愿意跟俺走哩，请把臂章扯下来，明天一早跟俺进县城。俺老魏保证，以后有咱们哩好日子过！”说着他先把自己左臂上佩戴的国民党十三支队的臂章扯下来扔到地上。这个决定多数人刚才通过魏天雄和朱团长的对话已经听到了，有的震惊，有的不以为然。震惊的四五十个人没想到魏天雄竟然冒天下之大不韪，自己当汉奸不说把他们也都变成汉奸，这个恶名无论如何不能戴在自己头上，他们面色铁青，心里打着退堂鼓。不以为然的另一半人拿定主意，魏天雄去哪他们就去哪，只要有饭吃就沾，况且魏天雄把他们当亲兄弟对待，不能撇下人家另寻生路，再说魏天雄都不怕当汉奸，咱们又何惧，世事无常，说不定以后会变成什么样哩。这部分人宽慰着自己，纷纷将臂章扯下来扔在地上。

杨参谋在一旁敲着边鼓道："大丈夫要能伸能屈，我坚信以后咱们会有苦尽甘来的时候。"他不能把话说得太过明了，点到即止。

这无疑又给铁了心追随魏天雄的几十个人的心理增添了安慰，他们情绪高涨起来，一个善拍马屁的士兵对魏天雄表忠心道："魏团长！你没亏待过俺们，你去哪俺们就跟到哪！怎么也是一辈子，憋屈过一年，不如痛痛快快地活一天！"这句话得到了几十个有相同想法者的附和。

魏天雄欣慰道："弟兄们这片真情，令老魏感激不尽，俺一定叫弟兄们活出个样来！"言罢，他深深地给大伙鞠了一躬。他又对那几十个打退堂鼓的士兵说道："你们愿意走，俺老魏不挽留，只是觉得跟了俺这么多年吃了不少苦，耽误了不少年华，临走还没有多少盘缠给你们，叫俺给你们磕个头，赔个不是吧！"说着双膝跪在了地上。

魏天雄这一举动感动得这些弟兄热泪盈眶，他们纷纷上前搀扶魏天雄，义气豪情早冲淡了心里的顾忌，七嘴八舌地反悔道："哥哥快起来，俺们不走，死也不离开你！"

在众人的搀扶下，魏天雄站起身，和他们抱作一团痛哭起来。

杨参谋劝解道："好了好了，有时间再倾诉兄弟情义，现在要紧的是准备明天一早进城的事情。"

魏天雄首先控制住自己的情绪，再一次对弟兄们表明心迹道："咱们先忍辱负重几年，元龙县这地盘早晚是咱们哩！"

头领有这样的决心和气魄，每个人的内心都平静下来，魏天雄的一声解散，他们各归其位而去。魏天雄和杨参谋走进小屋，俩人的目光投向侧卧在墙角地铺上的石敢当身上。魏天雄走过去询问石敢当身体恢复哩如何，这是他十分牵挂的事情。他看到的却是石敢当死灰一样的脸色，与之前判若两人，便着急地俯下身询问伤情。石敢当挣扎着坐起来，阴沉着脸问魏天雄道："团长，你真要投靠日本人？"

魏天雄明白了石敢当是因为忧郁的心情影响了气色，便放了心。他看看屋里只有杨参谋在场，对石敢当解释道："这是权宜之计，俺判断日本人过不了几年就得完蛋，那时候咱们翻手为云，打日本人一个措手不及，抢占了元龙县城，迎接国军归来，这地盘就由咱们掌握。忍辱几年，以后尽享好日子，何乐而不为！"

石敢当决然道："俺不去县城。"

魏天雄没想到石敢当会反对自己的决定，这个憨小子跟随自己二十余年来，没有一件事情不是绝对服从的，看来这件事石敢当一时难以接受，自己说服不了，那就让杨参谋开导开导。魏天雄给杨参谋递个眼色，杨参谋心领神会，坐在石敢当身边，正要开口，石敢当却先愤然道："加入十三支队白白耽误了几年，一个鬼子没打不说，到头来还要投靠日本人，你们不怕老百姓骂汉奸，俺怕！"

石敢当的态度让杨参谋打消了开导他的念头，只是安慰道："别光想投靠日本人的事，先去县城把伤养好再说。"

石敢当质询魏天雄道："团长，咱就没有别哩道可走？非得蹚那狗屎堆不行？"

魏天雄知道石敢当的憨劲一上来，谁都改变不了他的主意，便摆出威严的架势道："县城一定要去，等你养好了伤再另做打算。"

石敢当身心俱疲，没气力再呛魏天雄的面子，平躺下身子两只眼睛呆呆地望着屋顶，大脑一片空白。

魏天雄的心里也不是滋味，他担心石敢当会做出意想不到的举动来。

当夜魏天雄和杨参谋守着石敢当就投靠日本人一事，连解释带劝慰费了不少口舌，可就是得不到石敢当的任何反应。魏天雄为此一夜不曾合眼，就怕石敢当不再跟随自己。杨参谋看出石敢当坚决不会跟随魏天雄投靠日本人，自己也不会长时间待在这里，他得回南方去，在抗日前线施展自己的才干，他已经替石敢当想好了去向。

第二天早晨，魏天雄派人把据点里的两辆骡子车收拾好，准备让石敢当和十来个有伤病的士兵坐着去县城。吃早饭时，魏天雄首先嘱咐石敢当坐骡子车，却被石敢当婉拒，说自己休养了一天，体力恢复足够支撑自己走到县城。魏天雄心情不悦地把其他有伤疾的弟兄和自己的女人及一对年幼的儿女安置在了骡子车上。在他集合起队伍正要向县城开拔时，听到东边的壕沟外有人高声喊魏团长。魏天雄循声望去，看见保安团朱团长从马背上跳下来向他招手致意，后边的两个日本兵也翻身下了马，他们身后还有两匹马驮着四大包货物。魏天雄明白这是木田派他们来接应自己，便示意把守吊桥的士兵放下绳索。

朱团长带头走过吊桥，恭敬道："县保安团刚扩编为保安联队，下辖两个大队，兄弟任第一大队队长，木田太君任命哥哥为第二大队队长，特派兄弟前来迎接！"说着双手将木田和伪县长联合签发的任命状递给魏天雄。保安联队队长由伪县长担任，共七百余人，大队长算是个不小的职位。魏天雄没想到木田对自己如此用心，他内心竟泛起一丝感动，回应道："谢谢木田太君哩器重，本队长已经集合好队伍，这就出发！"

朱大队长指着两匹马驮着的货物，恭敬地对魏天雄说道："木田太君还送给你们一人一套军服，换上就走。"

两个日本兵把马背上驮的东西解下来打开，呈现给魏天雄。魏天雄招呼弟兄们道："赶快换上军服。"士兵们排着队依次从两个日本兵手里接过军装、军帽，到一边脱下身上的灰色军服军帽，换上黄绿色军服军帽，还有两条崭新的绑腿布，和一双黄色翻毛皮鞋。

石敢当对这身黄绿色军服厌恶至极，但是为了不在这个节骨眼上给魏天雄添麻烦勉强穿到了身上。

这支队伍再集合起来时，魏天雄感到了惊讶，不知道是心理作用还是实质上已经发生了变化，他感到每个人都是一副汉奸相。他内心生出深深的罪恶感和恐惧感，如果事态走向不是按照他想象哩那样发展，这些弟兄们的命运都将不堪设想，他将成为这百十个弟兄哩罪人。魏天雄不禁冒出一身冷汗，他努力控制着颤抖的心，对朱大队长道："出发吧。"

朱大队长将驮运军服的一匹黑马的缰绳交给魏天雄道："这马是木田太君送给你哩。"朱大队长又将另一匹红马交给杨参谋道："这是给你哩。"他只要把这支队伍带到县城就算完成了任务。

魏天雄和杨参谋对视一下，欣然接受了这份礼物。俩人整了整马鞍，翻身骑上去，带着队伍跟着朱大队长向县城走去，两个日本兵骑着马在队后压阵。

队伍向东走了一个半时辰来到了县城南门，木田带着翻译官、伪县长兼保安联队队长伍星三和伪警务局局长在城门外迎接。离着十几丈远，朱大队长跳下马，小跑着来到木田跟前，指着刚从马上下来的魏天雄点头哈腰地说道："太君！在下把魏天雄和他哩队伍领来了，加上他哩家眷一共一百零二人一个不少，请您验视!"

木田高兴地夸赞了朱大队长几句，便带着他的随从满面笑容地迎上前去，双手握住魏天雄的手，表示衷心欢迎他加入建设大东亚共荣的事业中来。魏天雄回应了几句效忠大日本天皇和皇军的话，在木田的引领下带队伍进了城门。从魏天雄恳切的话语和平和的表情中，木田感觉到了对方投奔他的诚意。但不管怎样，他对这个历练颇深的惯匪与军人的混合体高度戒备。他将魏天雄的人马安置在了城中心，处于自己人马的包围之中，如有不测可立即围而歼之。

魏天雄看出了木田的用心，他心里狠狠地骂道：王八蛋，时机一到有你好受哩！

晌午木田给魏天雄举行了一场由各界人士参加的隆重欢迎宴会，魏天雄和杨参谋一同赴会。魏天雄本想带上二十几年来如影随形的石敢当，但顾忌到他的伤势和心情，便没有唤他。宴会开始前木田对大家宣布了魏天雄担任保安联队第二大队队长的职务，言辞中对他跟大日本皇军的合作寄托了厚望。魏天雄逢场作戏，用恳切的态度讲了几句，表示要和大日本皇军对付共同的敌人，为建设大东亚共荣圈不惜赴汤蹈火。

宴会在凝重的气氛中结束，魏天雄带着酒意回到城中一座四合院的住处。石敢当已经站在院子里等候多时，此时他已经脱去了那身黄绿色军服，着一身闲暇穿的白粗布衬衣和藏青色绾裆裤。魏天雄见状豁然明白了石敢当等他的目的，酒劲顿时大减，像对待宾客一样把石敢当让进屋里，并请落座。

石敢当不理会魏天雄的殷勤，站着问道："魏团长，你真哩要给日本人干事?"

魏天雄找不到更有说服力的词语给他这个最贴心的人作解释了，在烦躁和慌乱中脱口说道："真哩。"

石敢当死了心，他静默片刻平复一下起伏的情绪说道："俺一个憨小子不明白你哩心机，俺没本事再跟随你了，明天一早俺就回家去，今黑夜先来给你打个招呼。"他是一会儿都不想在这里待着。

魏天雄站在石敢当面前，久久凝视着这个跟随了自己二十多年、始终崇拜自己的憨小子，现在竟说出这样一番话来，令他猝不及防伤心不已。这终归是个性格耿直哩憨人，不懂得什么叫韬光养晦，看来再解释也没用，也罢，随他去吧，总有一天他还会找上门来。魏天雄缓缓地点头道："走吧，俺也想开了，世上少有一条道走到底哩伙伴，更没有完全志同道合哩两个人，只是你得答应俺一个条件，把伤养好再走。"

石敢当再一次感受到了魏天雄的深厚情谊，他至死不会忘记魏天雄对自己的大恩大德，这个要求他不能拒绝，应了一声，向魏天雄深深地鞠了一躬，转身要走，被杨参谋唤住。杨参谋欣赏地对石敢当道："有志气！不想在这受委屈跟我走好了，到抗日前线过过瘾，生死由命，你要是能活着回来也算是光宗耀祖的事情。"

石敢当闻听来了精神，追问道："什么时候走？"

杨参谋道："你养好伤就走。"

魏天雄对石敢当道："殊途同归，盼着咱们有重逢哩那一天！"

十余天后，杨参谋和石敢当定好了去南方的日子。出发这天前晌，俩人装扮成生意人来和魏天雄道别。伤感的气氛笼罩着三个人，彼此感到前途未卜，不知道以后各自会是怎样的命运，还有没有再见面的机会。特别是石敢当，在离别的时刻他才真切地感受到愧对魏天雄，要不是魏天雄他和娘早已葬身狼腹，这样的救命之恩无论怎样都不能忘记。但是在投靠日本人这件事上他不能随波逐流，不管魏天雄抱着什么样哩目的。魏天雄更是舍不得石敢当离开自己，他这一走少了一个臂膀不说，再找不到一个贴心人了。没有办法，俩人只好用眼泪倾诉着内心起伏的情感。魏天雄不便陪送二人，只在屋里目送他们出了院子，他随即在花名册上将杨参谋和石敢当的名字划销，批注二人私逃。自己带来的人员出走，他必须要向木田和伍县长上报，以表明自己的诚实。

杨参谋和石敢当出了西城门，沿着向北的城道走去，石敢当要回家与老娘见上一面。走进贞村，石敢当极力躲避着乡亲们，把礼帽压得很低，害怕有人认出来询问他们投奔日本人的事情。几天来，魏天雄率领队伍投靠倭寇的消息早已传遍了全县的每一个角落。无地自容的耻辱还是让石敢当碰上了几次，不断有乡亲认出他询问此事，他都停下脚步极力为自己辩解，说他已经离开魏天雄了，不想谈论别人哩事情。虽然为自己进行了辩解，但他始终感到背后有无数双怀疑和蔑视的目光在盯视着自己，他因此深感耻辱和不安。在他走进家门，和日益苍老的娘四目相望时，庆幸自己告别了魏天雄，否则连见娘哩脸面和勇气都没有了。

石敢当领杨参谋走进家门时，看到老娘和媳妇正在院里拆洗盖了冬春两季的被褥，十来岁的儿子石成在西墙根踩着高板凳给几棵长得半墙多高的丝瓜和豆角秧往枯树枝搭的棚架上牵引。半年多彼此没见面，石敢当突然出现在眼前让久违的亲情瞬间爆发开来，牛四妮婆媳俩扔下手里的活儿迎了上去，石成惊喜地跳下板凳扑向爹，一家人团团围在一起问长问短，羡慕得杨参谋歪着头频频咂着嘴。叙了一番亲情后，牛四妮忽然阴下脸问石敢当投奔日本人的事，石敢当急切而耐心地做了一番解释，告诉娘自己已经离开了魏天雄，这是要跟杨参谋去南方抗日前线打鬼子，临走前特意来家一趟。牛四妮这才放了心，但是对孩子去南方的决定她心有不舍，这一去能不能活着回来神鬼都不知道，但又不能阻拦，只好叮嘱儿子要照顾好自己。在这浓烈的亲情感染下，杨参谋建议石敢当在家过一宿，明天再动身不迟。石敢当摇摇头道："定好哩行程不能耽搁，和家人都见了一面，咱这就走吧。"他何尝不想在家住上一宿，跟娘唠唠话、抚摸吸吮一会儿娘干瘪的乳房，跟媳妇、孩子亲热一番，弥补一点儿亏欠已久的母子情、夫妻情和父子情。但因为有外人相随，碍于情面不能那样做，只好把浓烈的亲情压在心底，期盼一家人再相逢的那一天早日到来。

牛四妮领着儿媳和孙子把一步一回头的石敢当和杨参谋送出了村西一程地，又目送俩人的身影消失在一尺多高麦田的氤氲中，两行浊泪才从深陷的眼窝里流出来。她怜悯自己的憨儿此时的心里装满了与家人离别的惆怅和牵挂之情。

第四十九章　刺杀伪县长

投靠日本人不过半月，魏天雄体会到了什么叫度日如年。石敢当离他而去，让他感到异常孤独，他还找不出一个可以替代石敢当的人陪伴在自己左右，这是其一；其二，今天前晌木田和伍星三登门来给他下命令，要他明天对抗日民主县政府辖区内游击队长期驻扎的几个村庄进行一次突袭行动，这又给他尚未消散的孤独心绪增添了苦恼。木田和伍星三一致提议由他担任突袭总指挥，魏天雄认为这种行动不是不能进行，而是还不到时机。在他的意识中，木田怎么也得先给自己这个大队长赋予真正权力后再去带兵打仗，而不是把他当作玩偶使用，如此才能体现出自己的尊严和权威。他自然明白这是木田和伍星三要自己证明对他们忠诚与否的投名状，如果突袭行动达到了消灭共产党游击队的目的，他们才会相信并重用自己；如果失利，自己投靠他们的后果可想而知，既不被日伪信任又得罪了共产党，他魏天雄就没有一点儿立足之地了。这是一招阴险毒辣的计策，魏天雄独自坐在办公室里思虑到了天黑，也没能寻找到破解的办法。老婆前来催促了两次，叫他去饭厅吃饭他都没心思理会。这时一个卫兵来报，说是有一个叫丁铁蛋哩汉子在院门外非见魏大队长不可。魏天雄内心打个激灵，丁铁蛋如果是以抗日民主县政府人员哩身份找上门来，想必有重要事情相谈。他也正想了解一些外边的信息，或许对解决自己面临的困境有帮助，便从椅子上站起身吩咐道：“那是俺哩乡亲，快请进来。”

不一会儿丁铁蛋一头短发、身穿白色粗布短衫、藏青色粗布缩裆裤和一双同样颜色布料的圆口千层底鞋，一副地道的农人模样走进了魏天雄的办公室。魏天雄在屋门口迎候着，见丁铁蛋一身壮硕的身材和一双灵动的眼睛，由衷地夸赞道：“大侄子，几年不见越发出落得一表人才了，快请坐！”

丁铁蛋一点儿不客气，坐在里面的椅子上说道：“天雄叔！俺赶集晚了出不去城，到你这住一宿。”

魏天雄满口应道：“沾沾，正好陪你叔说说话！”

此时，魏天雄的老婆又来催吃饭，看见来了乡亲自是欢喜，折回饭厅又做了几个下酒菜。

饭厅里，魏天雄和丁铁蛋各自琢磨着探问对方的话题。三杯酒下肚，丁铁蛋先开口问道：“叔！听说你投靠了日本人，乡亲们和姜县长都不理解你哩行为，小侄今天来就是问问你哩真实目的。”他这次进城是姜奇派来的，考虑到魏天雄和他丁家非同一般的关系，让他探寻清楚魏天雄投靠日本人的真正用意，看看有没有合作抗日的意愿。再就是他还承载着吴常嘱托的打探木田和伍星三日常活动情况的任务，准备对这两个日伪头目实施暗杀。

魏天雄最忌讳的就是丁铁蛋这样的问话，如果是别人他会训斥对方一顿，但这是对他有大恩的丁黑子的孙子提的问题，他不能拒绝，又不能袒露真情，只好闪烁其词道："谁也不愿意给日本人当走狗，韬光养晦而已，有机会还愿意跟姜县长合作。"木田和伍星三命他两天后带队伍杀向抗日根据地的情景浮现出来，他能想象到那样一个事件一旦发生，他魏天雄就会成为千夫所指的汉奸，这个困局让他说这番话时的苦闷和焦虑心情在脸上一闪而过。

丁铁蛋没有听出魏天雄的明确态度，却看到了他细微的表情变化，知道对方在日伪势力的掌控下一定有难言之隐，便顺势说道："叔！在木田和伍星三手下心气儿可顺？侄子担心依你哩脾气，恐怕在人家屋檐下不小心就会碰破你哩头。"

丁铁蛋这句话说到了魏天雄的痛处，他抬手喝下一盅酒，脸色骤变，呼出一口粗气情不自禁地骂道："狗日哩们！"

丁铁蛋确信魏天雄是受了木田和伍星三的气，他也喝下一盅酒，面露杀气地问道："叔！哪个王八蛋活腻歪了？说给侄子，想叫他当日死就不能让他隔日活。"

魏天雄抬眼看着丁铁蛋，心里忽然闪过一个念头：借刀杀人。他把两只酒盅斟满，端起自己的那只跟丁铁蛋碰盅道："干！"俩人一饮而尽。他压低声音继续说道："铁蛋！叔跟你说句明白话，叔不让你白来一趟，好歹送你个礼物，也好回去向姜县长交代。叔知道你们最想杀哩人是木田，可是他防守严密无法接近，这个目标暂且放弃。第二个你们最想除掉哩就是伍星三，对不对？"

丁铁蛋见魏天雄敞开了话题，频频点头道："是，是。"这些日子他在城里打探木田和伍星三的行踪没有得到任何消息。木田没有重大事情不会走出军营半步，伍星三也是深居简出，要刺杀他们难如登天。

魏天雄道："杀姓伍哩容易些，有一个机会你们一定要抓住，否则他成了惊弓之鸟就更难捕杀了。"

丁铁蛋急切地问道："什么样哩机会？"今天终于有所收获，令他兴奋不已。

魏天雄专注地看着丁铁蛋道："明天吃过早饭，他要到这儿来给俺们训话，从县衙到这儿哩路上应该有机会。"

丁铁蛋如获至宝，感激道："叔！事成之后咱再喝庆功酒！"起身要走。魏天雄不再挽留，把他送出屋门。

送走了丁铁蛋，魏天雄苦闷和焦虑的心情渐渐舒缓开来，取而代之的是兴奋和紧张的心绪。他期盼丁铁蛋们的行动能够成功，伍星三一死木田就会把注意力转移到加强城内治安和缉拿凶手方面来，突袭抗日根据地的计划就会无限期推迟或取消。更重要的是联队队长哩头衔空缺，说不定就会落到自己头上，如果真是那样一石两鸟哩结果是他求之不得哩。当晚魏天雄度过了真幻莫测的一夜。

伪县长伍星三对魏天雄前来投靠日本人是既惶恐又嫉妒，他久闻魏天雄的大名，深知这不是一个省油哩灯，以这个在黑白两道上混了大半辈子哩江湖老手，说不定哪天就会抢去自己在木田心目中哩地位和保安联队队长职位。几天前他想出了让魏天雄领兵去西山袭击抗日根据地的计策，不论袭击成功与否魏天雄都会成为共产党哩死敌和被追杀哩人物，自己则将安枕无忧。如果魏天雄损失惨重，他就变成了一把钝锉了锋芒哩钢刀，任自己玩弄于股掌之上而不必再担心被其所伤。这个两全其美的计策得到了木田的赞许，定于今天前响实施。按照事先定好的行动计划，伍星三要去魏天雄队伍的驻扎地做战前动员。伍星三吃过早饭，心情畅快地坐在马拉的雕花轿车里，在十几个卫兵的簇拥下，从县衙出来向南街驶去。

伍星三坐在轿子里，把窗帘掀开一条缝向外张望，他不是为了看街景，而是为了满足县太爷巡视黎民百姓的虚荣心，但他又不敢把窗帘全部撩开，害怕敌手对其行刺，许奎的死经常让他噩梦连连。给日本人当走狗五年多来，为了保全身家性命，他竭尽所能讨好主子，犯下了不少为虎作伥、残害同胞的罪行。他因此最担心日本在这场旷日持久的战争中败下阵来，他清楚那一天的到来就意味着他末日的降临，他为此每天都要为日军祈祷胜利。他认为现在去给魏天雄的队伍做战前动员就是最好哩祈祷。

今天是个集日，街上行人熙熙攘攘，在伍星三尽情享受自己的虚荣心时，突然一声枪响，拉轿子车的马一头栽倒在地，轿子车随之前倾将伍星三栽了出来。不等四周的卫兵反应过来，从街道两侧射出的子弹点杀了大半卫兵，幸存的几个卫兵见势不妙混入慌不择路的人群里跑了。伍星三知道大事不好，顾不上摔得头破血流，爬起身就往人流里钻，却不知背后有一把利剑对准了他，就在他钻入人群的一刹那，这把利剑刺穿了他的心脏。

伍星三遇刺身亡的消息很快传到了木田和魏天雄那里。特别是魏天雄，今天一早他就等待这个消息，丁铁蛋果然让他如愿以偿。兴奋之余，他立刻带领已经集合起来等候伍县长训话的队伍，到出事地点抢救伤者并维持乱成一锅粥的县城秩序去了。

魏天雄刚到事发现场，一辆卡车载着几个日本宪兵队员也赶了来，还有几十个伪警察，和他们一同把伤亡者抬上车送往医院。

在听到下属报告这一突发事件的木田迅速下令封锁了县城的三个城门，他恼羞成怒命令城内的所有日伪军和伪警察严密搜查刺杀了他这一得力干将的凶手。

魏天雄煞有其事地指挥手下搜查了一天，夜幕降临拖着疲惫的身子走进住所的院门时，身心立刻感到了轻松。但是在他跨进厅堂门时，看到的两个人让他着实吃了一惊，吴常和丁铁蛋正从椅子上站起来迎候他。他立刻吩咐贴身的警卫把院门插上，没有他的准许，谁叫门都不能开。魏天雄又把门窗关上，责怪两个不速之客道：“你俩怎么到俺这儿躲避来了？”

吴常面带笑容地反问道：“不来你这儿躲避去哪躲避？全县城只有你这儿最安全。”到这儿来藏身是他的主意，除了安全外，他还想借此机会争取魏天雄跟自己合作。

丁铁蛋早按捺不住兴奋的心情，向魏天雄眉飞色舞地描述起他俩刺杀伍星三的经过。

魏天雄静默着，像是在耐心地听丁铁蛋的叙述，其实他的思绪早已转到了吴常身上。通过勘察刺杀现场他已经明了了这两个人的整个行动过程，他赞佩俩人的身手，特别对伍星三背上的伤口印象深刻，他看出来那是被一把和自己一样的短剑所刺，是吴常所为无疑。自从吴常刺杀了许奎，他就想鉴赏一番吴常的那把短剑，和自己的这把比比长短优劣，今天是个绝好哩机会。不等丁铁蛋把话说完，魏天雄问吴常道：“早就听说黑子大伯也给你打了一把好剑，杀死许奎哩场面俺没见，今天刺死伍星三哩伤口俺可是看了个一清二楚，好剑！能否让哥哥品鉴品鉴？”他张开两只手迎向吴常。

吴常慷慨地从腰间抽出短剑递给魏天雄，道：“跟你那把剑是亲兄弟，正好让哥俩见见面，比比模样一样不一样。”

魏天雄接过短剑，从皮鞘中抽出剑身，上下左右仔细地欣赏起来，恍若就是自己的那把剑。疑惑间，他将自己的那把短剑从左胯上抽出来，两只剑在手，电灯光投射在剑身上反射出两道耀眼的光芒。经过一番仔细的甄别，吴常这把剑的做工更精良些。魏天雄的心情阴沉下来，他嫉妒吴常那把剑抢了自己这把剑哩锋芒，内心强烈地埋怨丁黑子不该给吴常打造一把比他还好哩剑。更让他无法接受的是吴常的威名已经盖过了当年哩自己，他能够感觉到从吴常身上散发出来咄咄逼人的杀气，这小子或许是将来自己要面对哩终极对手。他不想让这种不良思绪继续蔓延下去，把吴常的剑还给对方，将自己的剑插回鞘里，不情愿地夸赞道：“是一把好剑。”

吴常借题发挥道：“但愿这两把剑能一起杀鬼子。”

魏天雄尴尬地敷衍道：“一定能。”

吴常直截了当地问道：“魏队长，你投靠日本人到底有什么图谋？是真给日本人卖命还是另有打算？”

又得回答这个烦心问题了，魏天雄耐着性子表白道：“猪向前拱，鸡往后刨，各有觅食哩道。俺魏某绝不是那种数典忘祖哩人，不要质问俺为什么投靠日本人，更不要胁迫俺一定得跟你们干什么事情，今天这个事件不是合作哩很好嘛。”

魏天雄的话感染了丁铁蛋，对吴常说道：“魏队长是身在曹营心在汉，以后保准还会跟咱们合作。”他扭头转向魏天雄，“你说是不是！”

有人替自己帮腔，魏天雄顺坡下驴频频点头称是。

吴常再无话，心想对魏天雄的疑虑或许是多余。他忽然注意到石敢当没陪伴在魏天雄身边，关切地问道：“怎么不见俺敢当哥？”哥俩联手刺杀许奎距今半年有余，很是想念。

魏天雄苦笑一声道：“人各有志，你那憨哥哥跟着杨参谋去南方抗日前线了。”

吴常了解石敢当的性情，钦佩他做出的决定，只是担心他的安危，心想，不知道什么时候才能见到敢当哥哩。

吴常和丁铁蛋在魏天雄的住所躲避了一夜，第二天前晌设法出了县城。

第五十章　魏天雄造惨案

伍星三被刺身亡，魏天雄没高兴几天叫他头疼的事就摆在了眼前。对伍星三的死，木田痛心不已，好似自己失去了一条臂膀。伍星三身兼伪县长、伪保安联队队长和伪联庄会会长三职，曾经帮助石冢统治这块地界立下了汗马功劳。木田本指望这个死心塌地效忠皇军的中国人继续辅佐自己，却不料突遭不测，他发誓不惜代价也要抓到行刺者。经过审讯那几个从事发现场逃跑的卫兵所提供的情况分析，判断是两个人制造了这起案件。曾经参与给许奎验尸的保安联队军医，从伍星三脊背上的剑伤可以肯定和刺杀许奎的是同一个人，那就是吴常。木田动员城内全部兵力和警力搜城两天，结果连凶手的人影也没见着，又派人到贞村搜捕也扑了空，吴常的家已是荒草一片。木田深入分析认为有内鬼与吴常联手，因为外人不会对伍星三那天的出行时间掌握得如此准确，他首先怀疑魏天雄，这个世故老手很可能为了占据保安联队队长的职位和共产党暗中合作。他派人把魏天雄传唤到自己的办公室，要通过当面测试，判断这个人是不是幕后线人。

这天上午木田派了自己的翻译官到魏天雄的住所找到他，说木田太君有要事相商，请他前去。魏天雄的头脑里闪过了几个木田请他的原因和目的，首先想到怀疑他参与了刺杀伍星三的行动，他表现出平静的心态和绝对服从的姿态跟着翻译官来到了中街原先石冢住的“德义兴”花店院门前。进门时翻译官让他交出身上佩戴的所有兵器，包括短剑。魏天雄已经有充分的心理准备，毫不犹豫地摘下腰间右侧佩戴的手枪和左侧挂着的短剑交给了门口的警卫。他随翻译官走进院子，在木田的办公室门前翻译官用日语喊了报告，里面传来木田允许进来的应答声。翻译官拉开风门领魏天雄走了进去，俩人一同给木田鞠了个九十度躬。木田满面笑容地从宽大的办公桌后走出来跟魏天雄握手，示意他坐在一旁的沙发上。魏天雄恭敬地点头表示谢意，退后几步坐下来。木田随即坐在魏天雄的身边，关切地问道：“这几天辛苦了，今天中午本队长特设宴款待魏大队长！”

魏天雄装出受宠若惊的样子连连摆手道：“不辛苦不辛苦，可怜伍县长死哩惨，在下无能，没能帮太君搜查出凶手，实在惭愧，唉……”他发出一声哀婉而无奈的长叹。

木田也发出一声叹息，道：“这就是你们中国人……不，中国人所说的‘命’，伍县长命该如此，谁都没有办法。今天请你来还有一个事情要告诉你，本队长决定任命你当保安联队队长，明天就上任。”

魏天雄闻听，腾地从沙发上站起来，连声拒绝道：“不沾不沾，天雄不才，挑不起这副重担，再者说无功不受封，俺魏天雄还没给皇军出过一把力流过一滴汗，等俺立了功再封不迟。”

木田站起身拍着魏天雄的肩膀道："那好，我给你立功的机会，继续实施袭击共产党根据地的计划，等你凯旋给你举行庆功会，把保安联队队长的头衔封给你，咱们一言为定。"魏天雄硬着头皮果决地回答道："一言为定。"他心里暗自叫苦，看来汉奸的罪名也快封到自己头上了。魏天雄明白最后的考验就看他在突袭共产党根据地的行动中表现如何了，这件事回去可得好好思量一番。

魏天雄的镇定和坦然自若消解了木田的些许疑心，如果魏天雄在下一步的军事行动中也令他满意，失去了一条臂膀，又得到了一员悍将，也能聊以自慰。木田当即和魏天雄商定明天上午对西部封锁线以外的几个村庄进行突袭，扫荡驻扎在那里时常给他们的据点制造麻烦的游击队和民兵武装。

魏天雄从木田的中队部回到自己的住所，仰面坐在椅子上煞费脑筋思想着明天的行动要采取何种手段，是适可而止还是死缠烂打。不论采取何种手段，经此一战从此算是和共产党成了死对头，他魏天雄将成为姜奇哩敌人，成为吴常和丁铁蛋下一个暗杀哩对象。回想起自己十几年前曾经配合姜奇、吴常对付军阀政府特务的经历，几年前率领弟兄们袭击鬼子的情景，魏天雄哀叹不已，世事变迁，到了今天敌友颠倒，自己也即将变成鬼了。现在已经没有改变这一切的办法了，既然自己选择了这条路，那就顺其自然吧，早晚要跟共产党对决，那就把翻脸哩界限划在明天吧。拿定了主意，魏天雄挺直身子，右手从左侧拔出短剑在左手腕上狠狠扎了个口子，眼睛盯视着一股鲜血仿佛一条蚯蚓顺着胳膊爬下来。他以此明示自己坚定的信念，但同时又痛恨自己这无奈的选择。

第二天吃过早饭，魏天雄召集起全副武装的队伍，给他们简短有力地讲了几句战前动员的话，说今天这次行动是去打共产党哩队伍，是去给咱们死去哩弟兄报仇，千万不要手下留情，你不打死对方，对方就会打死你，消灭了对手活着回来才是本事。几句话煽动起了每一个人的激情，在副大队长的带领下一百多人齐声高呼"杀、杀、杀"。一片豪壮的喊声给魏天雄增添了信心，他发出开拔命令，伪军登上三辆卡车在前开路，一小分队日本兵乘着最后一辆车压阵。这是木田的安排，由一名日军小队长督战，如果发现魏天雄图谋不轨可就地正法。魏天雄当然知道木田的用意，心里骂道：有你落在老子手里哩那一天。

车队出了西城门，向西北方向驶去。不到半个时辰来到了一片丘陵地带，日伪军下了车，列队跨过前边的封锁沟。这里就是抗日民主县政府控制的地盘，再往前翻过一道山梁是几个散落在山沟里的村庄，这里是防护南佐镇南部的前沿屏障，各村都驻守着一支二三十人的游击队和民兵武装负责抵御进犯的日伪军。他们为防止敌人夜间偷袭，每天黑夜一部分人员都要到各处关卡设岗值勤，天亮后再由另一部分人员替换休息。这一情况魏天雄了解得一清二楚，他想利用白天对方麻痹大意搞一次突袭，他叫停队伍按照事先战斗部署把一百多人分成三个分队，借助茂密的植被作掩护向三个村子包抄过去，只要突破了民兵的前沿哨卡，就可以长驱直入奔袭各个村庄了。

魏天雄带着一个分队在日军的协同下向区政府驻地苏村迂回挺进。

今天天气晴朗，刚过了清晨太阳就火辣辣的，照得裸露的赤色山岩和翠绿的草木泛着刺眼的亮光。在起伏的山脊上和低洼的山口处，站岗放哨的民兵不会想到光天化日之下会有敌人进犯，他们多少放松了警惕，没能全神贯注观察可能随时出现的敌情。当有人发现时已经措手不及，双方发生了短暂的交火，日伪军轻易地突破了哨卡，向苏村奔去。消灭区政府人员和区民兵小队是他们的目的，这样可以对其他抗日民主区政府起到威慑作用。

山上的枪声传到了村子里，值了一夜岗，有的民兵刚入睡就被急如暴雨的锣声敲醒，仓皇起身迎敌。不少青壮年村民也迅速行动起来，抄起自家的粪叉、锄头、镰刀等家什跑出来汇入民兵队伍中，准备接受区小队队长分派给他们战斗任务。

双方主力很快交上了火，日伪军装备精良，区小队的民兵和村民只是利用熟悉的地形勉强和对手周旋，渐渐地完全处于被动挨打的地步。战斗不到一个时辰，区小队的民兵和村民伤亡惨重，在即将遭受灭顶之灾的危急时刻，从南佐镇驰援而来的县独立营一个连的兵力投入了战斗，局势渐渐发生变化，日伪军有些顶不住了。魏天雄不愿意自己的队伍受到重创，急忙跑到仍在疯狂指挥士兵和对手激战的日军小队长身边，大声呼喊赶快撤退。鬼子小队长评估这次袭击基本达到了目的，又见自己的士兵被撂倒了几个，知道再打下去不会有好结果，便下令撤退。日伪军扔下了二十几具尸体和几个重伤员，在晌午时逃回了县城。区政府人员和区小队民兵以及村民更是付出了伤亡四十多人的惨痛代价，有的日伪军丧尽天良，所到之处对老人和孩子大开杀戒，有几家因此惨遭灭门。

苏村惨案由区政府迅速上报到抗日民主县政府，跟魏天雄打过交道的姜奇愤怒和痛心之余，想不到这个曾经给他留下良好形象一身正气的汉子转眼间变成了恶徒和自己哩对手。他咬着牙说道："好吧，魏天雄，咱们后会有期。"

这桩惨案的消息很快在根据地和敌占区传播开来，尤其在敌占区，日军为了宣扬他们的武力，灭抗日县政府的威风，后晌派出一辆广播汽车到各村宣传突袭苏村取得的战果。震惊后的人们最想知道是谁领着日伪军制造了这起惨案。贞村人知道是魏天雄后更是如闻霹雳，他们二十多年来引以为骄傲的好汉，竟成了遭世人唾骂的汉奸走狗。魏家人更是感到撕心裂肺的耻辱，仿佛那场惨案就是他们亲手制造的而无地自容。魏老酒恍若天塌地陷了一般，当时就昏死了过去，待家人把他急救过来，头脑清醒了些后，挣扎着要从炕上下来去县城找那个孽子算账。家人极力劝说，怎奈魏老酒怒火冲顶，什么样哩话都不能让他冷静下来。老人气得浑身颤抖，看这架势，如果不顺从他就会要了他的老命。魏老酒的大小子和二小子只好答应爹，赶骡子车送他去县城见三小子。

此时天色已晚，一家人不放心，几个儿孙跟在骡子车后边陪同魏老酒去县城，万一有个闪失也好应急。等他们来到西城门时，吊桥已经收起，城门已经关闭，赶车的大小子借机劝爹说进不了城，明天再来吧。一路上躺在车上喘着粗气的魏老酒，忽然坐起身来亮开嗓门大声喊道："叫那狗日哩出来，见不到他，俺就死在这儿，叫他收尸！"

在城门楼上站岗的一个伪军伸出头冲魏家人喝令赶快离开，不然就开枪了。随即传来拉枪栓的声音。魏家长子急忙呼喊道："兄弟！别开枪，俺是魏天雄哩大哥，老爹有要紧事见他，麻烦打开城门放俺们进去。"

听说是魏天雄的家人，这个伪军不敢怠慢，转身进门楼向领班的伪军小队长做了汇报。这小队长也不敢怠慢，走到一处垛口探出半截身子向下询问来人姓名。魏老酒憋足了气，厉声回道："他爹魏老酒。"

伪军小队长透过暮色观察了坐在骡子车上的魏老酒一番，判断不会有诈，得迅速向上司报告这一情况，他朝下喊道："你们等一会儿。"转身回到门楼里给保安联队队部拨打了电话。

此时的魏天雄正在木田的住所接受宴请。通过这次袭击共产党的区政府，木田消除了对魏天雄的最后一点怀疑，他看出了这个带着书卷气的头发有些灰白的男人敢打仗能打仗，正是他急切需要的人。他认为更重要的一点，这一仗断绝了魏天雄的所有退路，成为了中国人的汉奸，只能死心塌地给大日本皇军卖命。基于这两点，木田特意在宴会开席前代表汪伪河北省党部派来接替伍星三县长职务的王倜，当着三桌军政要员及地方乡绅商贾等来宾，任命魏天雄为保安联队队长。木田设这场宴会的目的，一是给新上任的伪县长王倜接风洗尘，二是为魏天雄庆功封官，后者是他的真正目的，因为他对新县长的底细还不了解，不敢把兵权交付给他。

魏天雄对升任保安联队队长一职心满意足，这说明木田完全相信了自己。对新县长王倜，魏天雄并没放在心上，没有实权的县长顶多也就是个傀儡。再者他从王倜不善言谈，有些木讷的面相来看，这不是个多事哩人，甚至就是一个摆设。

可是魏天雄错了，这王倜是共产党打入汪伪国民党河北省党部的地下党员。伍星三死后，中共地下党组织通过各种复杂关系从东北派他到元龙县担任伪县长一职，主要任务就是掌握元龙县日伪军的军事情报，并且和当地抗日民主县政府建立起工作关系，及时将敌情转给上级组织，以使在对敌军事斗争中掌握主动。三十岁出头的王倜面对宴席上都比他年纪大的人表现出极其谦逊的姿态，宴会开席前只表述了几句如何尽职尽责的话，便很少再开口，两眼只是细心地观察在座的每一个人的表现，从中判断他们的性格特点以利于今后采用不同的方法和他们交往。木田和魏天雄是他观察的重点，他要尽快和这两个人建立起密切关系，好深入开展工作。

宴会在酒酣耳热中进行，保安联队队部一个值班参谋从外边疾步走进宴会厅，伏到魏天雄的耳旁说了几句话。魏天雄满脸的喜悦顿时消失，扭头对站在木田身后的翻译官说了几句，后者又给木田哇啦了一阵，木田对魏天雄点点头，批准了他的请求。魏天雄起身离开宴席，急急向外走去。

魏天雄带着两个警卫来到西城门的城墙上，在暮色中看到他一年多不曾相见的老爹，在两个哥哥和侄子们的簇拥下坐在骡子车上正仰头向上张望。他知道爹的眼睛看不到自己的面容，即使和爹面对面，映入老人眼帘的也仅是一副自己的面部轮廓。每次和爹相见，爹都会用双手仔细抚摸自己的面孔，上次感受爹慈爱的抚摸，还是一年前自己历经艰辛躲过日伪军的严密封锁，从西台城回到贞村的那个黑夜。今天这个黑夜他不用躲避任何人，可是近在眼前的爹却让他无法靠近。他不能擅自打开城门，没有紧急公务任何人不能破坏这条军纪，即便自己是保安联队队长也不能破例。他只能愧疚而深情地喊道："爹！"他明白爹到县城找自己的目的，已经做好了挨骂的准备。

魏老酒听见了三小子从城墙上传来的声音，不听则已，一听到那个熟悉的叫声就仿佛往沸腾的油锅里泼进了一瓢冷水，激起剧烈反应。他拼出全身的力气吼道："魏三，你个畜生，把你养大成人，没走几天好道，就变成了东洋鬼子哩走狗！爹真是瞎了眼，后悔当初没把你掐死在尿盆里！你杀死了那么多乡亲，罪大恶极，天理不容！今天爹就看着你头朝下从城墙上栽下来，给那些死去哩乡亲偿命!”老人吼到最后声音渐渐弱下来，但仍能感觉到他还在拼命嘶吼。

儿孙们有的劝慰老人不能再生气，身子骨要紧，有的劝说魏天雄赶快出来给老人赔不是。魏天雄见爹生这么大气岂能不着急，他没有别的办法，只能隔空给爹说些好话，他张口刚叫出一声爹，就被老人重新聚集起来的力量打断。魏老酒拉着长音颤抖着吼道：“畜生……你不偿命……爹替你偿命……你死了……不能叫你进魏家哩祖坟……”老人一挺身从大车上栽倒在地，儿孙们急忙扶起老人，已是奄奄一息。儿孙们的号啕声骤起，魏天雄知道爹不行了，他“啊”的一声发出骇人的哭声，两手撑着垛口就要栽下城墙，两个卫兵眼疾手快将他死死拽住，任他呼天抢地地挣扎。

魏老酒在儿孙们的哭声中断了气，他的大小子冲城墙上喊道：“三儿，你把咱爹气死了……”嘶哑的没了声音，只好赶着骡子车拉着爹的尸首，在家人们的哀号声中向北驶进了黑色的天幕。

爹的死对魏天雄是一个沉重打击，给日本人当鹰犬落了个汉奸的恶名不算，把老爹气死了还要再加个逆子的臭名。汉奸的恶名留待以后或许有对日寇反戈一击的机会能够慢慢消解，逆子的臭名恐怕无论如何也消除不了了，这是令他最痛苦的一件事。没有任何办法能减轻这份痛苦，他只能在爹的灵前赎罪请求爹哩在天之灵饶恕自己，哪怕冒着遭遇刺杀哩危险也在所不惧。

魏天雄在城墙上号啕了一阵后，红肿着眼睛去向木田请丧假。城外发生的事情已经有情报人员向木田作了汇报，木田赞赏魏天雄恪守军纪的职业精神，不仅准许了他的丧假，还特批他可以带一小队士兵连夜出城奔丧。悲痛中的魏天雄对木田的关照竟生出了一丝感激之情，他向木田郑重地鞠了一躬离去。

魏天雄在几十个便衣士兵的簇拥下，骑着马一路回想着爹为他吃苦受罪的一幕幕往事，在他跨进家门的一刹那，积蓄已久的情感瞬间爆发，号啕恸哭起来。他跪在爹的灵牌前只管哭，没人前去劝慰，家人对他痛恨，乡亲们对他不屑一顾，不得已他的两个贴身警卫才把他从地上拽起来。一个乡亲把孝衣扔在他的身上。他的两个哥哥分列在灵桌两旁跪着，对他视若无睹。他明显地感觉到乡亲们都在用异样的眼光看自己，跟他说话的态度都生疏了许多，从前对他钦佩热切的话语荡然无存。他很知趣，明白如果不是在丧事期间乡亲们都会避他而不及。

丁黑子的到来打破了这肃穆而平静的氛围，让魏天雄在乡亲们眼皮底下尽失颜面，更使他在部下面前没有了一点尊严。丁黑子听到魏老酒身亡的消息急忙赶了来，他为最要好的老伙计去世伤心不已。当他知道这是魏天雄造的孽，愤怒的几乎控制不住自己的情绪。在他走进灵堂看到魏天雄时，心中的怒火更加旺盛地燃烧起来，他上前一把揪住魏天雄的胸口怒斥道：“你个不忠不孝哩贼子，还有脸给你爹披麻戴孝……”说着另一只手一把将魏天雄头上裹着的孝帽捋了下来，扔到了一旁。这还不算，丁黑子两只手一边奋力撕扯着魏天雄身上的孝衣一边继续骂道：“你个狼心狗肺，本指望你当一辈子英雄好汉，想不到一宿就变成了日本人哩走狗……”魏天雄并不躲闪，任丁黑子把他身上的孝衣扯个精光。他知道遇见丁黑子准会是这样一种场景，那就让自己哩恩人尽情发泄吧。他的两个警卫想制止丁黑子的行为，被他厉声呵斥住，不要说撕扯掉他身上的孝衣，就是再扇他几巴掌也不能对自己仰慕哩老人不敬。丁黑子并不罢休，他看到了挂在魏天雄腰间的那把短剑，伸手要抢过去。魏天雄两只手死死地抱住不放，这是他的灵魂，丢了什么也不能丢了这件东西。丁黑子跟魏天雄争夺起来，喊道："还俺哩剑，你不配戴它。"打了一辈子铁的丁黑子，虽然年近八旬却还有一把子力气，俩人争夺一时难见分晓。灵堂里的年轻人都知道丁黑子的燥劲脾气，没人敢上前劝阻，幸好高冉走了进来，看到眼前的情景，过去劝慰丁黑子道："老哥！咱不动那么大肝火，老天爷不会放过一个恶人，叫老酒哥安生一会儿吧。"高冉本来还想说些厉害的话，可是他一想到自己的二小子高鸿正在给日本人当保长，在不知道底细的乡亲们面前他心里还是缺少底气，整个人感觉矮了别人半截。丁黑子对高鸿担当两面保长一事心知肚明，他能体会到高家父子内心遭受的痛苦煎熬，暗自钦佩父子俩忍辱担道义的勇气。他听从高冉的劝说，一把将魏天雄推了个趔趄，喘着粗气道："今天饶你一回，日后再找你算账。"说完气哼哼地走出了灵堂。

高冉不想看到魏天雄的模样，叹着气拄着拐杖也从灵堂里走了出来，哀叹魏老酒到了老朽之年却遭受了来自他最疼爱的人的致命伤害，命运真就这么捉弄人不成？或许真的验证了自己在二十多年前魏天雄擅自杀死"黄鼬"于河滩上时，曾经担心他会变成一个肆意妄为的人吗？如果是，这魏天雄以后哩命运更是难以料想。唉，年老了，没心劲再为这个不安分哩后生动肝火了，将来是人是鬼随他去吧。

站在院子里的段士修探看到了灵堂里的情景，他布满褶皱的嘴角掠过一丝得意和讥讽，心说魏天雄你这个冤家，投靠了日本人玷污了你魏家人不说，还连累这倔棒丁老头为你生气上火，这是你当初跟俺段家作对哩报应，看你以后在贞村还有没有耀武扬威哩本钱。

魏天雄刚才受到的羞辱还不够，又一个惊魂时刻接踵而至。子夜时分灵堂里只剩下了魏天雄弟兄三人，令他意想不到的是，吴常如幽灵一般闪进了灵堂，让他从极度疲乏中惊醒过来。他担心来者不善，下意识地摸了摸挂在腰间的短剑以防不测。他身后的两个警卫，看到这个面带杀气的汉子也警觉地握住了藏在衣兜里的手枪。

这两天吴常和丁铁蛋奉姜县长之命在县城想方设法要跟新来的"伪县长"王倜接上头，俩人用了几种方式都没能跟王倜取得联系。为保险起见，他们要当面跟王倜确认双方身份，并确定联系方式和传递情报地点。在敌人戒备严密的情况下，要完成这一任务谈何容易。今天早晨眼见魏天雄带领一百多个日伪军乘卡车出了县城，却干着急不知道他们此行的目的。晌午时，他俩看见卡车又把魏天雄的队伍拉了回来。后晌，日军派出一辆广播车，到处宣传这次突袭苏村的战果，他才知道发生了这次惨案。不料天黑后又发生了魏老酒碰死的悲剧，再后来他俩打探到刚被木田封为伪保安联队队长的魏天雄连夜回家奔丧。吴常决定今黑夜也回贞村，趁给魏老酒守灵的机会理理思路，另寻联系王倜的办法，再就是会会魏天雄，如果话不投机就当场刺死他，以报苏村惨案之仇。夜深人静后，他趁城墙上巡逻的日伪军困顿之时，顺着绳索溜出了城外。走近魏家时吴常看到四周密密麻麻布满了陌生人，知道魏天雄就在家里，他的血脉偾张，按了按揣在怀里的短剑就向魏家走。两个陌生人拦住了吴常的去路，询问他什么人，来干什么。吴常借着夜光看看这俩便衣，正要动怒，被蹲守在一旁的魏家人前来解了围，说是他家哩亲戚，俩便衣这才放行。吴常疾步走进灵堂，他在魏老酒灵位前磕了三个头，往香炉里续了一炷香，挨着魏天雄坐下来，盯视着对方的眼睛讥讽道："魏队长，几天不见，日本人这么快就把你扶正了，可喜可贺。"

魏天雄躲闪开吴常犀利的目光，装出泰然处之的样子不接对方的话茬。

吴常并不罢休，狠狠地说道："俺这把剑杀死了许奎和伍星三，说不定下一个杀死哩就是你。"

这句话让魏天雄受到了刺激，这样的话都是他说给别人听，还不曾有人敢对他这么说。他把带着怒火的目光转向吴常，心里蠢蠢欲动着要杀死这个胆敢冒犯自己的年轻后生的念头。四目相对，撞击出的电石火花随时有把俩人引爆的可能。魏天雄的大哥觉察出了这俩人相持下去的可怕后果，呵斥道："等老人入了土，你们再厮杀也不晚。"

大哥的呵斥使俩人冷静了许多，四目断开，纷纷低下头不再言语。吴常意识到在这样的场合逞一时之快是对逝者的大不敬，惩治这个汉奸不在乎一时一地，以后有哩是机会，他起身离开了这里。魏天雄也不想让血溅爹的灵堂的事情发生，"忍耐、等待"是他反复告诫自己的心语。只要手中握有兵权就有东山再起哩机会，就能重树威严，哪怕被人骂作汉奸也无所谓，好歹比做一个遭世人漠视、被人欺凌哩庸人要强哩多。这是他最大的精神安慰。

魏天雄盘着腿守灵到了夜半时分，万籁俱寂，困意汹涌袭来，他的脑袋扎在胸前进入了梦境。他看见爹蹒跚着向他走来，他浑身打个冷战，以为爹对他又会是一顿臭骂。却不料，爹站在他面前哀伤地开口道："三儿，爹才见了阎王爷，求他把爹还投胎到魏家，阎王爷说爹是个好人，答应了爹哩要求。爹还求阎王爷，在你百年后把你也投胎到魏家，咱俩还当父子。阎王爷说，那就看你家三小子在人世间哩造化了，他要是积德行善就能投胎到人间，当汉奸干坏事就得下地狱。俺赶紧赶来求你，千万别干坏事了，快赎你哩罪孽，下辈子你还当俺哩小子，咱父子俩重来一回，下辈子再不能走这辈子哩道了，咱俩就是都当个任人欺负哩老实人过一辈子，俺也心甘情愿，也不招惹是非了，你也别逞勇斗狠了，当个教书先生，绝不会是今天这个结果，你说沾不？"魏天雄回味自己这大半辈子，酸甜苦辣咸，五味杂陈，一言难尽，功过是非，无以分辨，最让他感到亏欠的是对爹的孝敬还不够，便满口答应道："沾！爹你放心，俺下辈子一定还当你哩小子，任你怎么调教都沾！"魏老酒露出满意的笑容转身离去。魏天雄望着爹的身影消失在了远处，在泪水涟涟中，飞龙映入了他的眼帘，他不知道这是何种境况，第一次见到这圣物不免一阵心悸，惊悚地望着飞龙。飞龙对他正色道："魏三，这是你爹让俺托给你哩梦，老人家哩话可都记下了？"魏天雄诚惶诚恐应道："记下了！记下了！"飞龙道："那就好。"随即便没了踪影。魏天雄一个激灵醒来，愣怔片刻，右手抹一把额头上冒出的冷汗，对着爹的灵位跪下，反复回想着刚才的梦境。

第五十一章　卧　底

魏天雄在家披麻戴孝守灵两天两夜，他请了几处大戏，料理完了爹的后事带着手下返回了城里。令他懊恼的是，这两天不只是广播车在城乡宣传他在苏村的战绩，宣抚班更将他如何效忠大日本皇军，为日中亲善努力建设大东亚共荣的事迹编成故事刊登在小报上广为散发。全县的男女老少无人不知他魏天雄已经变成了一个认贼为友、气死老子不忠不孝的铁杆汉奸。他告诫自己为了日后的前程暂且忍耐，但是坚决不能再干戕害同胞哩事了，不然在九泉之下的爹的灵魂也不会安息。他因此多次向官兵训话，决不能欺负老百姓，违反者将受到严惩。他想重塑自己的形象。

魏天雄经过这一系列表现，让木田完全相信了他，叫他从南街封闭的四合院搬到了中街县署门前的谯楼上办公，那原本是保安联队队部所在地。这可是个好去处，站在高高的谯楼上可以尽览县城全貌，不禁油然而生操控全城芸芸众生命运的狂野欲望。

这天是县城大集，魏天雄想到集市上体察一下民情，顺便散散心。为了不引起人们的注意，他特意着便装混杂在几个同样装束的卫兵中间。一路走着，他不时隐约听到路旁的行人议论着有关自己的种种传闻，其中就有老爹被他气死的言论，很多是咒骂他的话。这些议论他尽量不往心里放，以后会让老百姓知道他魏天雄是个什么样哩人。但是他对老百姓议论自己的士兵一些不良行为的话却很在意，当他走到一个卖蟠桃的年近七旬老汉的摊位前时，听到老人愤怒地自言自语道："不愧是魏天雄手下哩兵，净祸害老百姓，个个都该遭雷劈。"

魏天雄停下脚步，问老汉道："老哥！哪个王八蛋欺负咱了？"

老汉见魏天雄长得仪表堂堂，眉宇间透着一股硬气，像是个行侠仗义的人，便回道："还有谁，魏天雄手下哩兵呗。"

魏天雄追问道："他哩兵怎么你了？"

老汉愤然道："白吃了蟠桃不算，还想打人。"

魏天雄吃惊道："有这样哩事？"他不相信真有人敢漠视他的训话。

老汉道："俺这么大年纪糊弄你不成？就是那个小子。"他用手指指不远处正在和一个卖香烟的摊主纠缠的士兵。

魏天雄派一个卫兵把那个士兵叫了过来，这士兵二十几岁的年龄长着一脸的顽皮相，走到魏天雄跟前诚惶诚恐地打了个立正，敬礼道："魏长官！有何吩咐？"

魏天雄见这士兵不是自己带来的嫡系人员，心里略感安慰，但他不会放过这件事情，面带愠色地问道："你吃了这个老人哩蟠桃不给钱还想打人，是不是？"

士兵意识到自己违反了魏队长对他们的训诫，害怕受到惩处，怀着侥幸心理否认道："没这回事，今儿俺就没吃过桃。"

魏天雄命令士兵道："背过身来。"

这士兵不知道长官的意图，胆战心惊地转过身。魏天雄突然出掌击打在士兵的后背上，这士兵一个趔趄向前跨出几步，"哇啦"从嘴里吐出一团东西。魏天雄走前几步看去，是一摊嚼碎的新鲜桃肉，质问士兵道："你吐哩是什么？"

这士兵知道漏了馅，急忙跪下求饶道："魏长官手下留情，小哩以后再不敢糊弄你了。"

魏天雄勃然大怒，骂道："好你个胆大包天，糊弄本官事小，违反军纪事大，今天饶不过你。"说着已将短剑拔出了鞘，话音刚落，剑身已刺入了这个士兵的胸膛。这士兵没出几口气就丢了性命，魏天雄拔出短剑，对早已目瞪口呆的老汉说道："老哥！放心做你哩生意，俺魏天雄手下哩人谁再敢白吃白拿，这就是下场。"

此时围观的人里三层外三层，把眼前发生的惊心一幕看得清清楚楚，他们都被魏天雄的举动所震撼，没想到这日本人哩走狗对老百姓还有怜悯仁慈之心。老汉更没想到替他讨公道哩这个汉子就是魏天雄，可这种惩治方法也太残忍了，眼看着一条年轻的生命眨眼间就阴阳两隔，变成了鬼魂。他揪心地走到年轻人的尸首旁，俯下身用手把死者大瞪着的眼睛闭合上，痛心疾首道："孩子！是大爷害了你，不该跟你计较那几个蟠桃……"老人声音哽咽得说不下去了。

魏天雄吩咐身边的人把这个年轻人当阵亡的士兵安葬，拿些钱抚恤其家人，随后带着手下人走了，心里想着看谁还敢坏俺魏天雄哩名声。

魏天雄转回到谯楼还未坐安稳，就听到从下面传来一阵熟悉的叫骂声，心中一惊，知道麻烦事又来了。他循声走到谯楼南面，倚俯着凭栏向下看去，但见丁黑子正一边大骂一边冲撞着两个阻拦他走近谯楼的哨兵。两个哨兵越来越没有了耐心，推搡丁黑子的劲头越来越大，魏天雄担心丁黑子有个好歹给自己造成更大的麻烦，便厉声呵斥两个哨兵不得无礼，随即转身跑下谯楼，急忙上前搀扶住丁黑子，恭敬地劝慰老人，有什么话请上楼说，他不想让这么多人看自己哩笑话。丁黑子对魏天雄的讨好并不买账，仍然亮着嗓子喊道："俺不去你那贼窝，快把短剑还给俺，从此以后咱俩再没恩怨。"今天一大早，丁黑子就从贞村来到县城找魏天雄，他要把短剑要回去，断绝与那贼子哩关系，转了多半晌才打听到了这里。

魏天雄的心隐隐作痛，从懂事起他就把丁黑子当成心目中最敬仰的人，自从得到这把短剑他平添了面对一切困难的勇气和力量，对这位老人更是心存无限崇敬之情。他也知道老人对他此前的作为是何等的赞赏，还经常在人前夸耀自己打了一把除暴安良哩好剑。今天老人撕破脸前来要剑，让他一时难以承受这巨大的情感重负，心里难受得直想号啕大哭一场。但是剑不能还给老人，因为这把剑已经和他的命运及生命融合在了一起。他试图用好话堵住老人的嘴，但是没用，老人的倔强脾气是不达目的决不罢休。丁黑子一直在不泄劲地骂着："……魏三，你个贼子，你白改了天雄哩名字，你连老鼠都不如，你给日本人当走狗不得好死，早晚叫吴常铁蛋杀了你……"眼看着围观的人越来越多，令堂堂保安联队队长的脸面无处搁放，这可如何是好，急得魏天雄出了满头大汗。

就在这节骨眼上，王倜身着一身黑色中山装从人群中挤了出来，走到丁黑子跟前，态度和蔼、声调低缓地劝慰道：“大爷！有事跟我说，我帮你解决！”魏天雄搬到这几天来，王倜几乎每天都要前来串门闲坐一会儿，俩人很快拉近了关系，为今后开展工作创造了条件。这会儿他又带两个幕僚来找魏天雄闲坐，刚走出县署门口就看见谯楼下围着一群人，听见有人在里边大声叫骂魏天雄，便穿过人墙看到一位老人正指着魏天雄的鼻子咒骂，当他听到吴常的名字时，令他心头一震。他虽然到元龙县的时间不长，但是对“吴常”这个名字已经非常深刻，伪县政府里不止一个职员给他提起过前任伍县长是被抗日民主县政府的吴常暗杀哩，提醒他多加防范。这几天他为探听到一丝抗日民主县政府人员的信息而兴奋不已，但是苦于抓不住线索而寝食难安，不曾想在这儿遇上了机会。看来这位老人一定跟吴常有关系，顺着这条线索一定还能联系上姜奇，他抑制住激动的心情前来调解老人和魏天雄的冲突。

丁黑子扭头上下打量着穿着一身笔挺黑色中山装说着一口东北口音的王倜，质问道：“你是谁？”

王倜微笑着回道：“本人姓王名倜，是魏队长的朋友，我能帮助你什么？”

丁黑子判断王倜一定是伪县政府里面的官员，蔑视地怒骂道：“蛇鼠一窝，没一个好东西，也是个汉奸，你能帮什么好忙？滚哩走！”

王倜一下子就喜欢上了这位脾气耿直的老人，正要继续和老人攀谈，围观的人群忽然惊恐地四散开去。一队巡逻的日本宪兵气势汹汹地来到了跟前，带队的伍长见是一个肤色漆黑、躬肩弯腰，身体却十分硬朗的老汉在和魏队长、王县长纠缠，断定不是良民，抬起穿着皮靴的脚就要踹丁黑子的腰。魏天雄冲伍长喝止道：“放肆。”王倜同时把老人挡在了身后。日军伍长不解地看看两个人，魏天雄比画着解释道：“家里事，不用你们管。”示意他们走开。

丁黑子看到日本兵，激起了更大的怒火，一把将王倜推开冲着宪兵伍长大骂道：“小鬼子，你禽兽不如！魏三，拿剑来，叫俺杀死这些王八羔子……”

本想要带队走开的宪兵伍长，看到丁黑子在怒骂自己，面目狰狞地从肩上摘下三八步枪，挺起刺刀就要刺丁黑子，这个骄横惯了的日军宪兵何曾受过中国人的辱骂。宪兵本部驻扎在东街李大户的二层青砖楼里，从那里经过的中国人，必须给站岗的日军宪兵行鞠躬礼，否则就会遭到毒打，甚至被刺死。这几天伍长还没有开杀戒，面前这个老头正好成全了他。就在这一霎间，魏天雄挡在丁黑子面前，目光威严地逼视着日军伍长，迫使他不得不收回了枪。这伍长知道魏天雄是木田中队长的红人，也知道魏天雄不好惹，自然惧他三分。王倜担心这家伙兽性发作闹出大乱子来，便用熟练的日语哄劝他看在魏队长的面子上放过这个老人，不然对谁都不好。宪兵伍长努力压了压心头的怒气，背起步枪带队走了。

此时王倜已经有了主意，他低声劝慰丁黑子道：“大爷！城里不是闹事的地方，太危险了，赶快回家吧，要剑的事包在我身上，过几天你来县署找我，把剑还给你老人家。”

丁黑子并不罢休，喘着粗气怒视着魏天雄想冲他再吼两嗓子，这才感到自己没有了足够的气力，蹲在地上残喘起来。魏天雄见状吩咐手下找一辆大车把老人送回去，丁黑子拼着力气嘶哑着声音拒绝道："贼子，不用你管。"魏天雄的两个卫兵见紧张的气氛缓和下来，簇拥着他们的上司上了谯楼。

有气无力的丁黑子望着魏天雄的背影拍着自己的大腿伤感地叹息道："唉！瞎了老汉一片苦心……"到了正晌午，怒火攻心和烈日暴晒让丁黑子神志恍惚起来，不由自主地晕倒在了地上。

王倜急忙叫一个幕僚去找先生，他和另一个幕僚把丁黑子抬到阴凉处，用手扇着凉风给老人降温。

被卫兵护送到谯楼上的魏天雄不放心下边的丁黑子，走到凭栏处探看到了老人昏倒在地的情景，急切返身又下得楼来，拇指掐住老人的人中穴位实施抢救。

一会儿工夫丁黑子苏醒过来，王倜的幕僚也叫来了先生，给他把了脉，说无大碍，就是因为心火太盛，再加上天气炎热，消消体内的火气就好了。

不知何时，伪警务局局长闻讯带着几个手下，从设在县署大门外东侧的警务局赶来，给王县长助阵，也给魏队长送个人情。丁黑子见一群汉奸围着自己，又想张口开骂，却已心有余而力不足，只得躺在地上，任由他们摆布。

魏天雄叫人拿来了湿毛巾敷在丁黑子的额头上去火降温，王倜派幕僚雇来了一辆马车把他抬上去，吩咐憨厚的赶车人将老人送到贞村。

马车没走出几丈远，丁不白赶着驴车急急火火地找到了这里。丁黑子一大早出了家门，到了半晌家人也没看见老人的身影，猜想是去了县城。这几天家人听到他无数次念叨要去找魏天雄讨回短剑，怕他到了县城惹祸上身，丁不白急忙套上驴车前来寻找。转了大半个县城，终于在这儿看见爹躺在别人的大车上，便疾步前去探看爹的情况，见爹已经清醒并无大碍，悬着的心才落了地。魏天雄见丁不白到来，怯懦地转身离去，他已经没有勇气面对同样给他铸剑付出了许多心血和汗水的兄长。

王倜远远地看着年近六旬的丁不白吃力地将老人从马车上抱起往驴车上放，心里一阵酸楚。他想上前帮忙而不能，要尽量表现出伪县长的官僚做派，便带着两个幕僚和警务局长尾随魏天雄上了谯楼。

丁不白临赶车走时不忘发泄心中对魏天雄的怒气，冲着谯楼高声喊道："魏三，你听着，给日本人干事，早晚有你哩好！"

魏天雄站在谯楼上偷看着丁家父子离去，心里很不是滋味，转过身来想消解心中的郁闷，看见王倜，对他的及时解围表示感谢。王倜连连摆手，说本是一家人不用谢。王倜的谦逊，使魏天雄对这个后生陡增了几分敬重和喜爱，完全没有上一任县长伍星三的傲气凌人和官僚做派。王倜年纪虽轻，可毕竟是县长身份，严格来讲自己这个保安联队队长得由人家调遣，对人家不可慢待。魏天雄吩咐手下置办了一桌酒席，有伪警务局局长作陪，仨人无拘无束、海阔天空地交谈起来。一壶酒喝完，魏天雄和王倜就彼此把对方视为了知己。王倜很为进一步拉近了与魏天雄的关系而欣慰，更令他欣慰的是能联系上姜奇有了点儿眉目，他期盼丁老汉能领悟自己的话并尽快办妥此事。

回到家丁黑子喝了两碗绿豆汤又睡了一后晌，到日头落山时渐渐恢复了精气神。他躺在炕上下意识地回想着前晌到县城向魏天雄讨要短剑的经过，看来那贼子不想退还短剑，可他一定要讨回来，便开始琢磨下次的讨要办法。他忽然想起了王倜对自己说的话，要剑哩事包在王倜身上，莫非这个人真能从魏三手里要回短剑？是糊弄自己还是真话？他对此将信将疑。他越琢磨越觉得王倜说的那句话不同一般，隐隐感到话里有话。他联想到这些天孙子丁铁蛋跟着吴常到县城设法联系共产党秘密情报员而不成，莫非那伪县长就是他们要找哩人？丁黑子兴奋地让丁不白第二天去县城找丁铁蛋征询此事。

隐藏在县城的吴常和丁铁蛋正要实施另一种联系王倜的方法，丁不白风风火火找来向他俩叙述了老人在城里和伪县长王倜见面的经过，问他俩王倜是不是地下情报人员。吴常和丁铁蛋欣喜若狂，想不到困扰了他们多日的难题让八十多岁哩老人给解了，俩人异口同声地表示得好好感谢老人！事不宜迟，几个人即刻返回贞村和老人商议如何跟王倜建立起工作关系之事。

听了吴常的说明，丁黑子才知道王倜原来是中共河北省委安插在汪伪政府的地下工作者，来到元龙县是为了给抗日民主县政府提供日伪军情报哩。老人立刻来了精神，和两个晚辈商定了与王倜接头的办法。

第二天一早，丁黑子带着吴常写给王倜的一张小纸条去了县城。他径直来到县署，站在大门口冲里高声喊道："王县长，你出来，俺丁黑子找你来了，你答应俺哩事办了没？"

在门口站岗的两个伪警察急忙跑过来轰赶这个又来招惹事端的老头儿，丁黑子怒骂他们道："黑狗子，别对俺耍威风，有本事打鬼子去。"俩伪警察知道老头儿是魏队长亲近哩人，不敢对他动手，只要不闯大门就任他叫喊。

丁黑子的喊叫首先惊动了谯楼上的魏天雄，他走到北面的凭栏处偷偷地向下探看，老人弯曲而瘦弱的身躯因声嘶力竭的喊叫在剧烈地颤抖，他的心也随之颤抖着，不忍再看下去，返回办公室坐在椅子上低头发呆。他深感愧对老人。

丁黑子不停的叫喊声招来了一群老百姓围观，两个伪警察不知道如何处置这样的局面，商量了几句，其中一个跑进警务局向局长汇报去了。警务局长不敢怠慢，领着几个下属赶了过来，面对丁黑子的气势他也处理不了这个棘手的事情，只好去请示王倜。

王倜听说丁黑子来了，预感到他期盼的事情有了结果，心里异常兴奋，脸上却表现出无奈的样子，对警务局局长苦笑道："这倔老头儿，真把我的话当成事了，我哪有剑还他？走，劝劝他去，谁叫他是魏队长的乡亲。"他领着一班人来到了县署门口。

丁黑子看到王倜，疾步走上前去吼道："还俺哩剑。"

王倜摊开双手笑道："大爷！你太着急了，得容我个时间……"

不等王倜说完，丁黑子怒道："兔崽子，敢糊弄俺丁黑子，今天有你好看哩！"说着伸出右手抓住了王倜的胸口，另一只手攥起拳头就朝王倜的脸上杵去。王倜急忙用手挡住，两个人的手就纠缠在了一起。警务局局长和几个下属赶紧上前劝解，丁黑子趁机将攥在手里的一个小纸球塞进了王倜的手心。俩人被分开，警务局长和手下护着王倜返回了县署大院。丁黑子在两个伪警察的控制下只能望着王倜的背影破口大骂。两个伪警察看着王倜消失在了县署大院深处才放开了丁黑子，丁黑子又骂了一通，累得没了力气，站在那里只顾喘粗气。此时丁不白赶着驴车找了来，费了好大劲才把爹劝到车上离去。

魏天雄坐在谯楼上听着下面发生的一切，知道丁黑子离开了，他忐忑的心才平缓了些，不知道什么时候还会经受一番如此痛苦哩折磨。

在警务局长几个人的护送下，王倜装出气恼和惊魂未定的样子回到县署后院自己的住处，他对几个人说要休息一会儿。支走别人后，他把放进裤兜里的小纸团拿了出来，展开来看，上面写着他跟吴常的联系方式和传递情报的地点等内容，看完后立即将纸条用火柴点燃。来到元龙县这些日子，王倜承受着巨大的精神压力，现在跟自己的同志接上了头他才稍微感到了一点儿轻松。在他感激这位性情似火、刚直不阿老人的同时，如何在敌伪人员中发展情报人员让他颇费脑筋。他只身来到元龙县，遇到问题没有同志跟他商量，这需要他目光精准，决断缜密谨慎，稍有闪失便会造成重大损失。他经过多方观察选中了警务局的一名年轻警官，此人或许能够成为这条情报链上的一环。

丁黑子坐着丁不白赶的驴车出了县城，父子俩的心情格外疏朗，为完成了一件大事而自豪。特别是丁黑子像个年少轻狂的孩子，两只胳膊在空中肆意挥舞着，用丝弦曲调吼道：

老汉俺今年八十二
一辈子不敬神来不怕鬼
更不草鸡那狗日哩小日本
有朝一日俺上战场
杀他个片甲不留鬼哭狼嚎
俺好开心……

这一通儿唱，引得路上来往行人纷纷驻足观看这个老顽童。

第五十二章　忠孝两难全

这段日子王倜最开心，他苦心发展的情报链已经开始运转，并且取得了很好的效果。前几天日伪军偷袭抗日民主县政府机关的一次行动，因姜奇及时得到情报而给予了迎头痛击，敌人伤亡惨重逃回了县城。情报链的最后一环，就是那个到贞村抓菊子的年轻警官给连接上的。王倜第一次见到他就发现此人精神恍惚萎靡不振，内心好像背负着沉重的压力，判断此人一定遭受了很深的精神创伤，便对他产生了兴趣。王倜以了解元龙县警情和治安状况为名，把他叫到了县长办公室。在几次深入的交谈中，王倜完全了解了藏在他心底的秘密。知道这个姓杨的警官一方面在为自己今后的出路发愁，不想就这样充当日本人的鹰犬，而担心遭到现世清算，被后人唾弃；另一方面当他看到吴常的老娘磕死在石板地上时，他感到了恐惧和痛苦，他不是惧怕吴常神不知鬼不觉就会结果了自己哩性命，而是老太太的死震动了他的灵魂。他感觉自己不仅是日本人的帮凶还是一个彻头彻尾的刽子手，这是他当伪警察几年来犯下的第一笔血债，债主是一个不会招惹任何人的慈善的老太太，他为此而心神不宁。时机已经成熟，王倜给杨警官亮了底牌，安慰他不必恐惧和痛苦，只要加入抗日队伍中来不仅现在就能获得精神解脱，而且还会被后人所崇敬。杨警官判断出了这个王县长的真实身份，他压抑的心情忽然轻松了许多，当即向王倜表明心迹，愿意走另一条虽然充满了危险但却能够安抚灵魂的道路。王倜欣然接受了这个年轻人，他能感觉出这种性格的人一旦认准个理，就会义无反顾地走下去。情报链迅速向伪军内部得到了延伸，杨警官跟与他同病相怜的盟兄弟，担任保安联队第一大队朱大队长挂上了钩。杨警官把得来的军事情报以巡视治安的方式，悠闲自得地送到义兴昌粮行高鹏的手里。

这次行动受挫，木田和魏天雄怀疑有人泄露了情报，问题很可能就出在保安联队内部。俩人分析查找了一番，怀疑上了几个提前知道这次行动的人，除了他俩之外，魏天雄的作战参谋和两个大队长都有嫌疑，便立即把他们唤来进行质询。朱大队长的镇定自若没能让木田和魏天雄发现破绽，俩人想到了动用刑具逼供，但考虑到当前正是用人之际，担心造成众叛亲离的局面而自毁长城，便放弃了这个想法。于是决定对县城进行一次大搜查，希望能够发现中共元龙县委设在县城的情报机构和人员，只要能抓住他们一个人就能挖出藏在内部的奸细。

搜捕行动迅速展开，木田和魏天雄调动城内的全部日伪军开始了挨家挨户的拉网式搜查，无论是对证据确凿者还是疑犯一律抓进宪兵队。木田为了防止魏天雄徇私舞弊，保安联队在日军的监督下行动，一天下来抓了二十多人，当晚在日军宪兵队里过堂审讯。令魏天雄震惊的是，高鹏夫妻俩，连同三个伙计都被抓了进来。他手下的一个士兵从高家义兴昌粮行里搜出了两大木箱积攒起来的尚未送出去的几十种西药，这明显不是买来自用的。这士兵还从木箱的夹缝里发现了一张小纸条，上面写着最近一段时间日伪军在各据点的兵力部署情况。立功心切的伪军士兵，当即告知了督察他们行动的日本兵。证据确凿，木田把高鹏作为重点审讯对象，亲临现场，威逼利诱加严刑逼供，让他交代上线和下线是谁，如果说出实情就可放回他夫妻俩，否则统统杀掉。高鹏决不拿王倜和杨警官俩人的生命换取他夫妻俩的性命，他决不做背信弃义哩事情，任凭日本宪兵用尽各种酷刑而宁死不屈。木田便把目标放到了高鹏媳妇的身上，怎奈这个年过半百的妇人也是一副铮铮铁骨，在日本宪兵的魔爪下几次死去活来而不透露半点实情。盛怒之下，木田掏出手枪将高鹏夫妻俩打死在刑讯室里，被宪兵扔到了街上。三个伙计什么都不知道，被枉打了一顿，带着浑身的鲜血和伤痛惶惶而逃。

高鹏夫妇的惨死，又在魏天雄的心里加重了罪责感。高家对他魏家不薄，他不能就这样让高鹏夫妇的尸首暴尸街头，吩咐身边的一个弟兄把高鹤找来给他哥嫂收尸。

高鹤夫妇听到大哥大嫂被日本人杀害的消息后，号哭了几声，急忙找了一辆牛车将两具尸首从宪兵队门前拉了回来。悲痛之余，高鹤媳妇去寿衣店买了两套寿衣回来给哥嫂穿上，等待天亮送回贞村。

第二天一大早，城门开启，高鹤夫妻俩赶着牛车，车上盖着白布遮掩着哥嫂的尸首出了西城门，向北拐上城道颠簸着往贞村走去。坐在右车辕位置的妇人，一路上回头呼唤着哥嫂回家，不使他们的魂丢失在原野。

牛车走进贞村，这番情景吸引了不少乡亲，他们纷纷围拢来询问高鹤，车上哩死人是谁。高鹤哽咽着如实相告，乡亲们闻之无不震惊，他们前后簇拥着牛车来到高家门前，几个乡亲用力拍打关闭的大门，并呼喊快开门。高鸿从小门出来，见这番情景吃惊地问三弟出了什么事。高鹤突然号啕起来，无法言语，乡亲们七嘴八舌地转述了实情。高鸿慌忙掀开牛车上的白布，看见哥嫂肿得不成样子的面容使他几乎昏厥过去。乡亲们打开一扇大门，帮高鹤把牛车赶到一进院。高鹤媳妇守着哥嫂，高鸿弟兄俩哭着到后院见爹娘去了。不一会儿，高冉老两口和姜老拧在儿媳妇胡玲及几个孙辈的搀扶下急急地来到牛车旁。高冉掀开白布一角，只看了一眼就浑身颤抖泪流满面。高张氏直接扑在车厢上呼天抢地地大哭，晚辈们霎时发出一片悲恸声。几个老婆儿费力地把高张氏劝开，搀扶到后院去了。高冉擦拭一下眼泪，对着孩子的遗体说道："你俩都是好样哩，没给高家丢脸，为国尽忠就是给爹娘尽哩大孝，爹满意，放心走吧！"他何尝不希望能跟所有的儿孙在一起享受天伦之乐。他吩咐乡亲们把灵堂设在一进院的堂屋里。

在高冉的决意下，出去报丧的几个乡亲，仅把高鹏在石门市开花店的小子和嫁到外村的两个闺女叫了来。其他亲戚一概不叫，吹拉弹唱一律不请，兵荒马乱哩丧事能简则简。

得到消息的吴常和丁铁蛋赶了来，他俩代表姜奇给逝者深深地三鞠躬，沉痛悼念为抗日民主县政府情报工作做出了特殊贡献的高鹏夫妇。特别是吴常，在义兴昌当伙计的几年间，高鹏夫妇亲如兄弟般地对待他的情景一幕幕在脑海里闪现，令他悲痛不已。

前来吊唁的乡亲们络绎不绝，源于高家积下的厚德。

因为家里尚有父母健在，灵堂设了一天，第二天把高鹏夫妇安葬在了高家祖坟。

白发人送黑发人，办完丧事后高冉老两口经不住如此沉重打击，在炕上躺了半个多月才恢复了些元气，但是生活起居必须得有人伺候才行。

面对高家这种境况，姜老拧动了回老家聊度余生的心思。他不忍心再连累高家了，以他这种特殊身份，整天躲藏在高家，一家老小为他承担着窝藏共产党干部家属的风险，说不定哪天就会给高家人带来灭顶之灾。走，趁现在还有力气赶路，他拿定了主意。

在这个月色清亮的后半夜，人们都在睡梦中，姜老拧把一封写给高冉的告别信放在自己寝室的桌子上，右肩上挎着裹着两身秋冬穿的衣裳的包袱，拄着拐杖走到一进院，打开大门上的小门走了出去。在他转身带上门时，恋恋不舍地说道："高冉老弟！落叶总得归根，俺姜老拧回家去了！别怪哥哥不辞而别，免得咱们再伤心一场，你和家人多保重吧！"他何尝不留恋这里，在高家的这些年度过了他一生中最长的快乐时光，体现出了他最大的人生价值，不枉在这世上活了一回。天上的月亮好像理解他此时的心情，为了不让他孤单，在他身后投出一条长长的影子，寸步不离地陪伴着他出了村西口，向西南方向走去。

这段时期，抗日队伍不断开展破袭活动，鬼子构筑的封锁线已被冲击得支离破碎，许多地段敌占区和根据地的百姓可以自由往来。姜老拧一路上还算顺利，天大亮时走出了敌占区，回到了他六年不曾回过的小村庄。在日本鬼子的铁蹄踏上这片土地之前，每年的大年初一和清明节，姜老拧在高冉的安排下都要坐着骡子车回家来，到祖坟祭奠父母和祖先。之后形势所迫，姜老拧再没能回来过。六年的时光已经把他整个人销蚀了许多，容貌和身形枯槁得像一根风干了的老丝瓜。在各自家门口端着碗吃饭的乡亲们看到他都吃惊不小，既为他的衰老也为他孤身一人突然的归来。今天既不是清明节，也不是大年初一，难道他有了大哩变故？乡亲们的疑虑丝毫没减少对姜老拧的热情，男男女女老老少少围上来将饭碗递给他。人们本就同情他这辈子的遭际，更因为他的儿子姜奇出生入死投身抗日的缘故，对他又增添了一份敬重。走了大半夜，姜老拧又累又饿，他接过跟前的碗筷和一个饼子蹲在地上大口吃起来，饭食进肚他很是对乡亲们的热情感到惭愧，一辈子没能给乡亲们做点儿事情，到了落叶归根的时候这种负疚感更甚。他决定用生命最后一段时光为家乡的孩子们尽一丝绵薄之力，让他们多识几个字多念几首诗，才不枉乡亲们对他的热情。

姜老拧吃饱肚子，对乡亲们说这次回来不走了，在他家的两间屋里开办私塾，不论大人孩子谁想识字尽管来。乡亲们当然高兴，这小村子地处偏远，村里没几个识字的人，孩子们要想识字还得跑到邻村的学堂交学费才能念书，有人就对姜老拧说你只管教书，俺们供你吃穿。姜老拧感动得流下了眼泪。

乡亲们用一天时间替姜老拧修补好了破败的房屋和院落，其间高鸿受爹委托赶来探望他，见一切安排妥当便放了心，丢下一些钱返了回去。姜老拧能想象到高冉看到他写的告别信时的心情，哎！两个性情相投的同窗好友，在朝夕相处了近四十年后，还是别离了，恐怕再没有相见的机会了，那就让记忆变成永恒吧！

姜老拧开了半年私塾，每天教十几个孩子念书识字倒也快乐，吃穿不愁，全由学生家里供应，嫁到外村的闺女也隔三岔五地带些东西前来看望他。只是到了夜晚，孤身一人守着摇曳的青灯感到了寂寞，禁不住怀念起和高冉在一起谈古论今的岁月来。特别到了冬季，俩人在书房里一聊聊到深夜，真是莫大的享受！但是现在身边没有一个知音，他只好一人裹着棉袍坐在油灯旁靠回忆往事打发寒冷的长夜。

到了三九天姜老拧瘦弱的身体终于抵抗不住彻骨的严寒病倒了，而且一病不起，他感觉怕是过不了这个年。到了年根，闺女带着吃食从外村赶来看他，见爹这种状况，决定留下来守候在老人身边以防不测。姜老拧自知时日不多，不时地叫着姜奇的名字。父子俩一年多没见面了，他太想念儿子了，老人想在弥留之际看上儿子一眼也就瞑目了。一定要满足老人的心愿，大年三十前晌，女儿和乡亲们商量把姜奇从南佐镇叫来，便挑选了一个腿快的小伙子去办这件事。小伙子手里抓了两个山药面饼子就上了路，一路翻山越岭，汗水湿透了棉衣，将近两个时辰才赶到了南佐镇。这里对外来人员防范严密，在南佐镇外围关卡站岗的两个民兵，听这小伙子急切地把要见姜奇的事由说了一遍后，不敢轻信他的话，十分警觉地对他搜了身，没发现任何危险物品。再看这小子是个憨厚朴实的山里人，不像是坏人，他们又怕耽误了事情，其中一个民兵跑去向他们的连长作了汇报。

民兵连长急忙赶来，又对小伙子盘问了一番，确信无诈，便带着他来到姜奇办公的四合院。此时院子里正有七八个穿着破旧棉衣情绪激动的村民，对着姜奇七嘴八舌地控诉站在一旁的冯财主，冯财主不时言辞激烈地回击攻击他的乡民。民兵连长知道姜县长在调解双方的矛盾，他不管这些，领着小伙子挤进人群打断了他们的争吵声，对姜奇耳语了几句。姜奇面色骤变，却很快恢复了平静，对前来报信的小老乡表示了感谢，说等处理完了眼下这件事情就回去，又吩咐民兵连长给小老乡弄点饭吃。

民兵连长和小伙子退出了人群，小院立即又恢复了喧嚣。镇上这几户贫苦村民刚才去冯财主家借过年的粮食，冯财主以他们尚未偿还上次借的粮食为由而拒绝再借。双方僵持不下，先后到村公所和区公所也没能调解下来，只好来到县政府让姜县长给他们评判。姜奇听双方的述说知道了事情的原委，这十几户村民多年来一直靠租冯财主的地维持生计，自抗战以来为了建立抗日民主联合阵线，激发广大农民的抗战热情，在不损害地主根本利益的基础上，抗日民主县政府领导根据地的民众开展“减租减息”运动，实行“二五减租”“对半减租”和“统一累进税”制度，大大减轻了农民负担，广大民众成了抗日民主县政府的坚强后盾和堡垒。开明地主也能接受这样的政策，与抗战前听闻共产党要用暴风骤雨般的手段没收他们土地的传言相比，这无疑是和风细雨。冯财主就是一个识大体的人，每年为抗日民主县政府捐献一些粮款，深得姜县长赞赏。但是在这样一种看似平和的表象下，一些贫苦农民的心里却积蓄着一股愤恨这种雇佣关系的力量。他们做梦都想着能够成为其所耕种的土地的主人，而不想这样被继续雇佣下去。他们想不通，凭什么大伙儿都给他冯家积累财富？几个人商量着在年前给冯财主制造点儿麻烦，以发泄心里积压的怨恨。他们曾经在今年春夏之交青黄不接时节，串联起所有和冯家隶属雇佣关系的乡亲向东家借了些粮食，秋后未能按双方当初借一还一的约定偿还。今年夏秋两季收成不赖，冯财主断定他们家里本不缺粮食，今天又来借粮，他自然不给。

姜奇知道乡亲们是在向冯财主叫板，冯财主不愿意借给他们粮食也无可厚非，他转身对身后的秘书说道："从政府机关食堂匀出一些粮食，先让乡亲们过了这个年。"

一个年过五旬满脸胡须的村民，头上裹着一条污秽的看不出底色的破手巾，棉袄棉裤多处露着棉絮，冲姜奇说道："姜县长！你哩好意俺们领了，俺们是向冯财主要粮食，条件不高，每户五斗麦子五斗小米，不给，他就别想过好这个年！"他是村里那个绰号叫"鬼难缠"的人，点子多，这两次借粮都是由他出面组织的，他的话极具蛊惑性，这几个乡亲都以他的马首是瞻，为了家人能多吃上几天饱饭也都附和他说的话。

冯财主委屈道："你们狮子大开口，莫非想吃了俺不成？"

"鬼难缠"回应冯财主道："吃就吃，俺以前也不是没吃过你冯家大户，既然说到这儿，那俺们就从明儿正月初一开始去你家吃饭，一直吃到二月二为止，你也就不用出那五斗麦子和五斗小米了。"他回身对乡亲们道："说好了就这么办，明儿一早大伙儿都去冯财主家吃饭，今天咱们就不麻烦姜县长了，老少爷们，走！"他对姜奇不旗帜鲜明地站在他们这边心怀不满，斜视姜奇一眼转身就走。

提起吃大户，姜奇十几年前曾到各村发动贫苦民众去财主家要粮、吃饭，掀起了一场又一场"春荒借粮"和"雇工增资"斗争，唤醒了部分民众反抗地主压迫、剥削的意识，从中发展了一些党员，建立了几个农村党支部，为以后开展一系列工作打下了组织基础。但是在抗战期间，"吃大户"的行为不符合共产党建立抗日民族统一战线政策，必须加以制止。他虽然知道这个村民是在滋事，但他用平和的语调叫住"鬼难缠"对其解释道："这位兄弟，听俺说两句。不论地多地少，是穷人还是富人，现在咱们是一家人，因为咱们面对哩是相同哩命运，都面临着中华民族生死存亡哩险恶境地。不能窝里斗了，所有人都要一致对外，打跑小日本咱们才能活下去。既然是一家人咱们就得互敬互谅，不能强吃强占，你说是不?!"他又转向群众道："你们谁家要是吃不上饭，政府包揽，全家老小尽管到机关食堂来吃，一日三餐管饱，乡亲们说沾不沾?!"姜奇的一番话说得"鬼难缠"没了声音。乡亲们见"鬼难缠"没有反应，他们也沉默着不予表态，几个区、村两级干部纷纷给姜奇帮腔说这是好办法。

冯财主很是为姜奇秉持公道而感动，他当即表示向机关食堂捐赠麦子和小米各五石、生猪两头，供乡亲们过年食用。

"鬼难缠"对冯财主的捐赠不屑一顾，但也不好再纠缠下去，只好对姜奇表示道："感谢姜县长！俺们过年也能吃上馍馍肉菜了，大伙给你拜个早年！"乡亲们附和着"鬼难缠"对姜奇拱拱手，嘴里发出一片"拜年"的声音。

姜奇朝大伙儿摆摆手道："快回家准备过年哩东西去吧！"

心里又冒出了一个道道的"鬼难缠"，领着满意的乡亲们散去。此时天色黑下来，姜奇到隔壁的院子告知从外县派来的县委宋书记自己要连夜回家看望处在弥留之际的老爹。宋书记闻之同样心急如焚，对伙计说你尽管去看望老人，有紧急事情会派人叫你，让姜奇多带几个警卫同往。姜奇拒绝了，在过年的节骨眼上县委县政府更需要人员加强保卫工作，防范日伪军的偷袭。天色不早，姜奇叫上一个警卫员，在熟悉道路的小老乡的带领下急急忙忙向家里赶去。

除夕的夜幕降下来，三个人疾走在崎岖的山路上，他们的腿脚不时被坚硬的石头碰得生疼，开辟荆棘的手时常被尖刺扎破划伤，奔波了两个多时辰，总算到了家。身体的极度疲劳和疼痛没能减缓姜奇的脚步，他趔趄着身子跑进院门，听到从北屋里传来姐姐的悲泣声，知道事情不好。他冲进屋里看到几个乡亲正在炕上给爹穿寿衣，窗台上的油灯跳动着微弱的光，照在爹干瘦蜡黄的躯体上。一个耗费了前半生光阴追求功名而一无所得的老童生，一个在后半生的岁月里和同窗挚友尝遍了悲欢离合滋味的私塾先生，就这样没能看上常年奔波在外的儿子一面，带着遗憾走了。此时姜奇为自己多年来没能让爹享受一天父子间的天伦之乐而愧疚，没能及时赶回来尽一点儿子的孝道而痛悔不已。他悲恸地喊一声爹，对着已经穿好寿衣安放在炕上的爹的遗体"扑通"跪倒在地，额头"咚咚"地撞击着冰冷的地面放声大哭。

严酷的战争环境不容姜奇给爹守灵三天，入土为安，在他的力主下，打破正月初一不能出殡的风俗，晌午时分将爹安葬在了姜家祖坟里。葬礼也极其简单，兵荒马乱的没给外村的亲戚报丧，在乡亲们的操持下，安葬好爹后姜奇跪在爹的坟前磕了三个头，嘴里念叨着请求爹原谅自己这个不孝之子不能守孝三天，更不能给爹烧头七纸，等打跑了日本鬼子再来补偿吧。倾诉完后，他又给乡亲们磕了个头表示了谢意，安慰了悲痛中的老姐姐几句话后，领着警卫员急急地返回南佐镇，他心里牵挂着方方面面的事情。

姜奇疲惫不堪地回到县政府机关，先和宋书记碰了头。宋书记惊讶他回来这么早，姜奇简单说明了几句便回到自己的办公室向秘书询问了一些事情。在他问到那几户老乡的过年情况时，听到了令人震惊的消息：大年三十晚上，那几户贫穷人家没来政府机关食堂吃饭，而是在"鬼难缠"的鼓动下去了冯财主家大吃大喝了一顿。这还不算，趁着酒劲他们还打砸了一番，吓唬冯家人四处躲避，冯财主受了重伤。听完这个消息，丧父之痛的绵绵心绪还未缓解，一袭沉重的忧虑又压在了心头。他感到在部分贫苦农民心中滋生着对富裕人家的仇恨心结，两个阶层之间的对立矛盾，正在形成一股激荡的气流，假以时机便会刮起席卷一切的风暴。

第五十三章　高鹤卖地

姜老拧去世的消息五六天后才由吴常和丁铁蛋传回贞村，高冉闻之悲痛自不必说，凡是自家的孩子跟姜老拧念过书的村人无不感念斯人。难以平复悲痛心情的高冉从炕上强撑起病体让二小子套车拉自己前去祭奠老友，被高鸿制止，说一则爹哩身体虚弱经不住路途颠簸，再则面对老友哩坟头少不了一场痛哭只会使病体雪上加霜，三则一个伪保长赶着大车进出日伪封锁线恐招致意想不到哩麻烦。高鸿说的言之有理，高冉改变了主意说让高鹤替自己去，祭奠了老友他的心才会安生些。这是个可行办法，高鸿带着爹给的纸钱到城里将爹的嘱托告诉了三弟。

高鹤同样把姜老拧的死看成是自家的一个成员撒手归西，他一定尽快完成爹的嘱托。第二天他来到姜老拧的村子，在一个乡亲带领下把爹的思念留在了坟上。

这几天伤感的情绪一直萦绕在高鹤的心头挥之不去，回想几十年来发生在亲人和乡亲们身上的那些悲欢离合与生生死死的事情，感慨人的命运真是如梦幻一般。特别是在这动荡的年代，谁都不可预料自己的命运会走向何方。尽管他给别人相面算卦时说的头头是道，并且赢得了一点名声，但是他对自己今后的命运却是一片迷茫。他暗自嘲笑，以自己哩昏聩，怎么能够昭示别人哩命运？他又自我解嘲，唉！没办法，混碗饭吃而已。正月里的生意冷清，今天后晌他就坐在店铺里眼睛呆呆地凝视着一个地方，思绪却天马行空般到处奔跑。此时一个头戴黑色瓜皮帽身穿灰色棉袍的三十岁上下的生意人挑门帘走进来，把他从无际的虚幻中拽回到现实。有客人来高鹤很高兴，他急忙起身让座，从对方心事重重的表情上判断此人是来算卦哩。

客人先开口问道："算个卦几个子儿？"

高鹤道："算完了再给，觉着满意就给两个铜子，不满意就别给。"待客人坐定，高鹤语调轻柔地询问对方欲求解何事？

客人心事重重地开口道："你给断断俺冯家以后是吉是凶，家境到底会落个什么样哩结果。"

这倒是个新鲜问题，头一回遇到求解家庭命运哩案例，高鹤打足精神正襟危坐询问年轻人家在哪里？发生了什么事情？

客人便将事情的原委诉说给了高鹤。原来此人是南佐镇冯财主的小子，在城里经营中药铺多年。自抗战以来县城和南佐镇成了侵略与反侵略两个敌对阵营的中心，在敌占区和抗日根据地之间来往一次着实不容易，这个年他就没回去和家人团聚。日本人对他的药铺控制得极严，防止药品落到抗日队伍的手里，生意一年不如一年，赚的钱还不够一家四口的开销，靠吃老本勉强度日，他为此整天郁郁寡欢。今天前晌烦闷得他到街上散心，碰到本村一个做烟土生意的乡亲，攀谈中这个乡亲无意中说出了年三十晚上，“鬼难缠”带着几个人去他家大闹了一番的情景，他爹还受了伤。听到这个消息，在他本就压抑的心理上又增添了一层忧虑，难道这个家有了劫数？便下意识地来到这里问问吉凶。

高鹤听完客人的叙述，心里咯噔一下，这个卦可怎么算？他如何能知晓一个家族未来的兴盛与衰落？他的精神高度集中，搜寻着破解这个问题的办法。有了！他的精神为之一振，自古以来，芸芸众生的命运无不由天下大势所推动，一个家族的兴衰更是如此。这就对了，顺着这个思路走下去就能找到这个问题的答案，但是他仍故弄玄虚地询问冯家掌柜的生辰八字，手里翻腾着一本破旧的阴阳八卦书，眼睛专注地在上面扫视，像是在寻找与之相对应的卦爻，大脑却在紧张地搜集整理着自己所了解的一点儿现实状况和古今之变。他预感随着太平洋战争胜利的天平向美军倾斜，中国战场上的力量对比也正在向正义一方增长，日本侵略者的末日似乎到了尽头。驱除了外敌，国共两党为了争夺统治权一定会再起干戈。自古以来，谋国者无不把土地视为争夺天下的利器，不管是三民主义还是新民主主义，平均地权、耕者有其田是两者共同的理想追求，只是看谁用什么方法、实行哩早晚和彻底与否而已。为了争取广大民众对本党哩支持，无论谁推行土地革命，地主都是首当其冲的被革命对象，只是不知道革命采用哩方式是和风细雨还是暴风骤雨。但是不管哪种方式，地主哩财产大概都逃脱不掉分给穷人哩结局，根据形势发展，那种情势早晚会到来。想到这里，高鹤不禁打个冷战，这一卦岂不是也算到了自己身上！凭分家时划到自己名下哩那一百余亩土地，革命者就足以将自己归入被革命的阵营中去。高鹤合上书，抬起头，对客人摆摆手道：“这是个凶卦，俺一文钱不要，回去吧。俺想嘱咐你哩是，别再计较生意上哩事了，是赚是赔随其自然最好。人世间最叫人伤心嗟呀哩事情就是，操劳牵挂了一辈子，到头来却落得个白茫茫一片真干净哩结果。”

客人听得目瞪口呆，想着自家这两辈人没做过伤天害理哩事情，老天爷为何如此不长眼，非要把灾难降临在他冯家不可？他愣怔片刻惊恐地问道：“可有解法？”

高鹤道：“社会潮流浩浩荡荡，顺之者昌逆之者亡，灾难降临前，放弃就是解法。”

客人半懵半懂高鹤说的话，他忽然后悔到这儿来算卦，灵验不灵验放一边，对方说哩那些不祥之词让他十分反感。放弃？说哩轻巧，他冯家哩财富浸润着几辈人哩心血，无论如何不能放弃。他转念一想，都说此人算卦灵验，今天看来像是在胡诌，但愿如此，得赶快离开这晦气哩地方。他从棉袍里掏出一个铜元一句话不说放在桌子上像逃避瘟疫般快步跨出屋门，边走边用两只手狠劲地拍打全身，唯恐把这屋里的晦气带到自家药铺去。

高鹤看出客人对他这番谶语既惊惧又反感，叹息一声自言自语道：“信不信由你，到时候后悔可就来不及了。”

高鹤相信自己的判断，他不想后悔，更不想灾难降临时才被迫放弃生不带来死不带去的身外之物，在他深思熟虑了几天后决定回贞村了却这桩心事。

今天一早他临走时对老伴说回家去做一笔大买卖，过两天给你带一大笔钱回来。老伴不把他的话当回事，自从他开始给人算卦后就觉得男人变哩神神道道了，只是叮嘱他路上小心，早点回来。

高鹤步行回到家里，在一进院看见自己的儿子高途正和侄子高瑞在给一群从牲口圈里牵出来晒太阳的牛马骡驴喂水，他叫俩孩子一会儿到爷爷屋里来一趟，有事要说。俩小子从高鹤严肃的表情上看出来一定有大事，便急忙拾掇手里的活儿。高鹤又去二进院告知了二哥，随后来到三进院的堂屋拜见了依偎在炕上的爹娘，说要跟全家人商量一件事情。高冉直起身问什么事情，高鹤并不回答，他坐在炕沿上等二哥和两个晚辈到来后，开口道："当下税赋繁重，粮食价格波动很大，种地没什么赚头，俺想把俺名下哩八十亩地换成现钱，投资古董字画生意。"

高鹤的话让屋里的人都吃了一惊，怀疑他是在说胡话。

高鸿揶揄地问道："三弟，不是过年喝酒喝糊涂了吧？"

高鹤郑重地回道："身处乱世，哪还有心思喝酒。"

高鸿惊醒过来，三弟说的话不是戏言，他恼怒道："你这是舍本逐末，土地是磐石，钱财是流水，土地能代代相传，钱财花一个少一个，活了大半辈子怎么连这个道理都不懂？再说了，这地是咱祖辈挣来哩家业，说是分家分给你了，可也不能随便卖掉啊。快把你哩混账话收回去，这地不能卖。"

高冉嗅出了一点儿三小子要卖地的原因，心平气和地问他道："卖地变现倒腾古董字画，这不是你哩真实目的，你把实话说出来叫爹听听。"

高鹤佩服爹看问题的目光如此锐利，他不能再扯谎了，哀叹一声说道："日本人目前在太平洋战场上节节败退，俺判断他们在咱这地界不会待太长时间了，以后国共两党纷争起来，说不准谁掌握天下。俺就是担心到了平均地权哩那一天，咱们就成了革命哩对象，怕就怕地没了人也跟着遭罪，不如趁早把地卖掉，换一些现钱藏起来妥当。"

高冉沉思片刻说道："你推测哩不是没道理，可是这地一旦卖出去，再想买回来就难了，弄不好落个倾家荡产哩结果，还是不卖为好。"

高鸿质问道："三弟，俺看你是给别人算卦不过瘾，给老天爷也算了一卦是不是？笑话，天下之事怎么会按照你哩预想演变，真是杞人忧天，你听到元龙县有谁为这事把地卖了？"

高鹤淡淡地笑道："二哥，你不必着急，俺是不是杞人忧天，以后会有答案，信不信由你。"

高鸿用力拍一下桌子斥责高鹤道："你别讲这些了，反正俺不同意卖地，你问问爹和俩孩子同意不同意。世人皆昏你独醒，以为自己真是个半仙哩！"

高途和高瑞不便插嘴长辈间的争吵，目光转向高冉，希望爷爷给下个决断。

高冉一直在思考着高鹤预测未来可能发生的土地革命是否真的会发生，他说哩虽然不无道理，但那种暴风骤雨式哩变革仅是一种可能，现在就做出卖地哩选择不但是赌博行为，更背负着败家子哩恶名。如果社会进程不是他所料想哩那种形态，卖地行为将成为乡亲们耻笑他哩话柄而流传下去，会给高家哩声誉再蒙上一层不洁之尘。假若土地多哩人家真成了革命哩对象又会怎样呢？没收土地？杀头？株连子孙？几千年哩历史不知道轮回上演了多少场不堪回首哩悲剧，谁又敢肯定以后政权更替不会再上演一幕惨烈剧情呢。如此想来，高冉无法做出决断，他劝慰高鸿道："依爹说你们分了家，你三弟有权处置人家哩财产，当哥哥哩就别管那么多了，'福兮祸所附，祸兮福所倚'，世事变幻难以预料，你兄弟不呆不傻，人家想好哩事就随人家意愿吧，剩下二十亩地饿不着就沾了，别替人家操心了。"

高鸿想不到爹会说这样一番超脱的话，既然如此他也就不再坚持自己的主张了，便转头对高鹤说道："肥水不流外人田，那就把地卖给俺，说个价吧。"

高鹤道："二哥！恕兄弟得罪你了，俺多少钱也不卖给你，怎么能把灾祸转嫁到哥哥身上哩！再说，俺还想劝你也把地卖了哩！"

高鸿被呛得满脸通红，气恼得一时说不出话来，喘息片刻指着高鹤的鼻子说道："你个败家哩东西，以后吃不上饭别来找俺。"说完起身离去。

长子高鹏死后，心力交瘁的高张氏不愿意家里再发生不顺心哩事情，她盘腿坐在炕上喘着粗气规劝高鹤道："不卖地沾不？走一步看一步，见苗头不好再卖也不迟。"

高冉怪嗔老伴儿道："少操点儿心吧，咱还能活几年，随他们折腾去吧。"说完闭上眼睛养起神来，心里却乱作一团。

家里没有反对他的人了，高鹤叮嘱高途和高瑞不要对外人透露刚才家人争吵哩内容，便来到二进院书房写了一张卖地的告示。他拿出去贴在了村公所临街的墙上，立刻引来了一群乡亲前来围看。不识字的人伸长脖子盯着告示，耳朵却专注地听着识字的人在念上面的内容。人们都为高鹤卖地感到奇怪，越奇怪消息就传得越快，到了晌午就传遍了整个村子。对高鹤要卖八十亩地的事情不少人只能眼红心热而已，不曾动过要归为己有的念头，因为他们没有足够的钱财去做这笔交易。全村只有段家人火急火燎地围在一起商量做成这笔生意的策略，他们谁都不知道高鹤卖地的用意，顾虑有诈而迟迟下不了决心，却又担心高鹤改变卖地的主意而错失扩大家业的良机。段士修和段永福父子俩商量了一会儿，最终拿定主意要把这八十亩地抓到手。顾不上吃晌午饭，段永福便派儿子段恒印去把高鹤叫来，谈这笔生意。

因为高鹤执意卖地，全家人有意无意地冷淡了他，吃晌午饭时他端着饭碗独自一人来到书房躲避尴尬。段恒印找到这里，冲高鹤叫了声叔，说他爷、他爹想问问卖地哩事。高鹤心中一阵狂喜，这唯一哩买家果然找上门来了，他紧扒拉几口饭，把空碗放在书桌上就跟着对方走了。

高鹤跟着段恒印来到段家，走进段士修住的三进院的堂屋，老东家和少东家急忙起身相迎、让座。高鹤并不客气，因为祖辈的亲密关系，他小时候没少来这里玩耍，虽然后来爹和段士修之间产生了隔阂，但是两家疏远的情绪并没有在自己脸上表现出来，他极亲热地冲段士修叫了一声叔，对段永福叫了一声哥，随便地坐在一只椅子上等待买主开口。

段士修仰坐在太师椅上，手上端着水烟袋"咕噜噜"地吸了两口，问高鹤道："大侄子，听说你要卖地？"

高鹤回道："是。"

段士修又问道："缺钱花了？"

高鹤道："不是，是想筹集些钱倒卖些古董字画，比种地强多了。"

段士修将信将疑，还想再问，被急不可耐的段永福抢过话头问道：“多少钱一亩?”他心里抱怨爹管人家卖地什么目的哩，一个要卖一个想买直接谈价钱就沾了。

高鹤道：“你知道俺哩地是好地，一口价，一亩三十个大洋，不要纸币。”

价钱不低也不高，段永福企图讨个好价，道：“家里哩大洋不充足，每亩降五个大洋俺就成交。”

高鹤道：“一块大洋不能少，凑不够写个欠条，半年以内补上就沾了。过几个月那块地打哩麦子都归你，占大便宜了。”

看高鹤没留讨价还价的余地，段永福把目光投向段士修，征求老子的意见。段士修抬一下手，表示同意，他心里计算着买了这些地自家有十三多顷地了，在全县更是数得着哩大户了，他为此而陶醉。

价钱谈好，段永福一刻都不想耽误，对高鹤说道：“咱这就去丈量地块。”高鹤说沾，跟着对方出了段家大门。段永福到左邻右舍叫了两个中人一同前往。

双方来到村南高鹤家封冻的麦地，用步弓丈量出了要交易的亩数，在这八十亩地的四个角揳了界牌。这可是一块肥沃哩土地，段永福兴奋地催促高鹤回去签契约，高鹤说沾，几个人便往回走。进了村，高鹤对段永福说回家叫上俩人来帮忙，大洋太多一个人搬不动。段永福说快去快回，高鹤哼一声算是应答，他蔑视段永福贪得无厌哩品性，心说这块地以后说不定是谁家哩。

不一会儿高鹤领着高途和高瑞来到了段家，两个年轻人手里各提着一条盛粮食的粗布口袋，用来装大洋。段永福请来了村里的一个土秀才，双方直奔主题，俩人配合着秀才撰好了两份买卖契约。两箱大洋很快由段家人抬了来，段永福打开箱盖对高鹤说这是两千块大洋，让他清点。高鹤看着两箱子白花花的大洋，心里一阵惆怅：唉！祖辈辛苦挣来哩八十亩地一会儿就变成别人家哩了。他没有清点这些大洋的心思，对段永福道：“不用了，想是一块也少不了。”示意儿子和侄子装钱，两箱子大洋“哗啦啦”一会儿就流进了两条口袋里。高鹤、段永福以及两个中人在两份买卖契约上签了字，摁了手印，段永福又给高鹤写了个欠四百块大洋的字据。

交易完成，高鹤跟段士修父子告辞，跟在吃力地扛着钱袋子的高途和高瑞后边出了段家。

回到家，高鹤留下百十块大洋，把其余大洋藏到了书房地下的密窖里，留待以后见机处置。

添置了八十亩好地的段家，当晚庆贺了一番。酒席上段士修老夫聊发少年狂，借着酒劲高兴得像个孩子似的抒发了一通在他有生之年再添置几百亩好地的愿望。段永福更是得意忘形地把高家贬损了一番，讥讽高家人没有大富大贵之命，三个小子有两个已是人财两失，只有老二看来还像个守业哩主儿，可也成不了大气候，贞村在可预见哩将来不会再出现一个能够跟他段家争抢土地哩人家了。

当天黑夜高家在一片寂静中度过，其实所有人的内心都不平静，乱如麻的思绪缠绕着每个人，谁都理不出以后的日子还要经过多少个关节。

自家的地少了，不用高途待在家里帮着他二伯伺候庄稼了，高鹤要把儿子一家都带到城里。第二天一早，高鹤叫儿子高途套上驴车，自己把两块百十斤重的石头搬到车上，上面盖些旧棉被，营造出一副神秘样子，等着大街上乡亲们端着碗出来吃饭时父子俩赶车出去亮相，给人们一种向外转移钱财的假象。二嫂胡玲做好了早饭，找到二进院来喊高鹤一家人吃饭。高鹤跟孩子们到三进院灶火间吃完饭后向爹娘、二哥二嫂道了别，叫上儿孙就往外走，身后是爹娘和二嫂的叮嘱话语，唯独二哥回应的是从鼻子里发出的气愤声音。

高途媳妇和一对年幼的子女坐在驴车上，高鹤父子俩一前一后跟着车出了大门洞。道路两旁端着粗瓷大碗吃饭的乡亲们正在热烈地议论着什么，走近来高鹤一家人听到的都是有关他家卖地的话题，人们对高鹤这一行为惊讶而不解。驴车发出的声响吸引了乡亲们的目光，见是高鹤一家子更引起了人们的好奇，个个伸长脖子探看车上装着什么东西，当看见旧棉被掩盖着一堆东西时，纷纷猜想可能是高鹤卖地所得哩钱财，便不约而同站起身睁大眼睛盯视着那堆神秘之物。高鹤故意装出小心谨慎的样子跟乡亲们打招呼，牵着驴缰绳加快脚步出了村东口向南拐去。

走到卖给段家的那块地时，高鹤不禁勒住缰绳驻足放眼远眺这片曾经供养了他高家几代人的良田，心里翻腾着对这块土地的感激、愧疚和恋恋不舍之情。

此时从后边疾驶来一辆双套马车，腾起一路尘土由远及近，高鹤回过神要把驴车赶到路边给马车让路，却听到驾着马车的人冲他喊道："高鹤叔，别看了，再看也不姓高了。"

高鹤扭头看去，见段恒印坐在驾车辕上正朝自己得意扬扬地笑。好一个轻狂哩小子，莫非这孩子身上也沾染上了他爷和他爹一样哩骄戾之气不成？今天非得教训他一顿不可。高鹤不再让路，吆喝一声驴，自己迈开四平八稳的步子走在城道的正中间，段恒印的马车只好放慢速度局促地跟在后边。

段恒印耐不住性子叫道："叔，俺城里还有急事，让一下吧。"他的马车上装着几桶棉籽油，这是要送到他家在城里开的粮行去卖。

高鹤高声回道："侄儿，你叔车上载着贵重东西走不快，你在后边正好给俺押车。"

段恒印这才意识到自己刚才说的话冒犯了高鹤，想赔不是又张不开口，便试图从麦地里绕过去。

高鹤料到了他的企图，阻止道："侄儿，你这就不讲规矩了，走歪门邪道不怕把车陷到地里？好好跟在后边，叔有话对你说。"

段恒印很想知道高鹤要说什么话，只好平静下来等待对方开口。

高鹤琢磨好了要训斥段恒印的话，忽然觉得自己卖地哩行为有把祸患转嫁给段家之虞，进而有可能给段家人带来天大哩麻烦，他忽然可怜起对世事尚处懵懂中的段恒印来，便转了话头，边走边语重心长地说道："恒印侄子，叔有句逆耳之言，不知你愿听不愿听？"

段恒印见高鹤的话语如此郑重，心生疑惑地问道："难道侄儿犯了什么大错不成？"

高鹤脸上露出一丝讥讽的笑容，心说这小子自小被家族繁华表象所迷惑，连天有不测风云哩忧患意识都没有。可怜啊！他同情起这孩子来，点拨道："你没有错，是你待哩那个家错了，你应该走出来，自食其力，你哩前途才会是一片光明。"

段恒印听得云遮雾罩，他知道高鹤能掐会算，莫非人家把准了自己哩命脉不成？他想问个明白，不等他开口，高鹤又对他说道："仔细琢磨去吧，实在想不通了再来找叔。"说着把驴车赶到了右侧，跟在后边的高途也闪到一边，给段恒印让出道来。

段恒印一挥鞭，马车载着他的沉思渐渐远去。

一路上高途始终低着头一言不发，高鹤明白儿子心里一直在为自己卖了这八十亩地而闷闷不乐，便借机劝道："甭看段家人这会儿风光得意，早晚有他们哭鼻子哩时候。别苦恼了，咱家哩好日子在后头哩！"

高途对爹的妄言半信半疑，爹是一家之主，家里事情由爹做主，爹说怎么办就怎么办。

父子俩在西城门外日本兵设的关卡接受了几个日伪军的盘查，他们对车上装着几床旧棉被和两块大石头感到匪夷所思，没有危害，便放了行。

回到租的店铺，老伴关切地问高鹤道："买卖做哩咋样？赚了多少钱？"随即看了看驴车上的一堆破棉被和两块大石头，撇撇嘴道："这就是你赚回来哩东西？"

高鹤神秘地说道："那是幌子，赚哩钱在这哩！"说着从怀里掏出和段永福签的土地买卖契约在老伴眼前晃了晃，"这是凭据，两千多块大洋哩！俺已经把钱藏在了家里！"

老伴不识字，确信男人真的赚了大钱，高兴道："这么多钱，够咱全家人吃一辈子哩！"

一旁的高途没好气道："娘！俺爹哄你哩，他把咱家八十亩好地卖给了段家，两千多块大洋是用地换来哩。"

老伴盯视着男人正要质问，高鹤露着笑脸急忙赔不是道："怕你受惊吓，事前没敢给你说，前几天俺给咱家掐算了掐算，这几年会有灾难降临，卖掉八十亩地可以消灾免祸，俺就回去把事情办了。"

老伴对男人说的话将信将疑，事已至此再抱怨也没有用，只好祈愿道："以后别叫一家人跟你过穷日子就沾了。"

高鹤道："不怕过穷日子，就怕过胆战心惊哩日子。"话说到此，他灵机一动对老伴和儿子道："咱后辈人不能再过这土里刨食哩庄稼日子了，俺想把卖地哩钱派些用场，叫高途带着媳妇孩子去大城市闯荡，长些立世哩本领，将来在城市里当个职员或做个生意，总比待在这风不调雨不顺哩乡村强。"

爹的一句话唤起了高途对大城市的向往，他兴奋地应道："石门和保定算不上大城市，去就去北平，俺两口子做生意，叫俩孩子一直上到大学，非闹出个名堂不可，说定了这几天就走！"

高鹤见儿子如此积极，当即决定道："沾，就去北平！叫你娘准备好铺盖，过几天爹送你去。"

娘叮嘱高途道："要去俺也不拦着，娘有句话你得记住，大城市花花绿绿哩，诱惑多，只管一门心思做事，可不能长坏毛病，听见没？"

高途用力点头应道："听见了！等小子有了本事，把爹娘都接过去，叫你们也过上都市生活。"说得爹娘咧着嘴笑起来。

一家人决定下了一件大事正在高兴中，挑帘进来一个十六七岁的少年，打断了高鹤一家人的话题。他们见是魏天雄的独子魏小虎，立刻警觉起来，不知道这小子有什么事。自从魏天雄投靠了日本人，高鹤便叮嘱家人千万不要跟这个汉奸以及他身边哩人员来往，以免招上与他同流合污哩恶名。

魏小虎看到高鹤一家人对自己表现出拒人于千里之外的冷漠态度，他知道这都是爹哩“功劳”，他本就阴郁的脸上更增添了一层愁苦，祈求似的冲高鹤叫道：“叔！俺这阵子心里苦闷，感到前途渺茫，找你来给俺算算前程指条明道。”

高鹤见这孩子可怜巴巴的样子，立刻变换了脸色，温和地说道：“侄儿！坐下慢慢说，叔帮你解解。”

魏小虎坐在高鹤对面，说道：“自从俺爹给日本人干事以来，亲朋好友和乡亲们都不跟俺家来往了，俺孤独哩很，这是一；俺爹嫌俺娘再没给他生个小子，非要娶个二房，家里整天吵架，心烦哩很，这是二；俺受爹连累不知道自己以后会是什么样哩命运，害怕哩很，这是三。这三个问题叫俺整天吃不香睡不稳。”

又是个可怜虫。古话说“少年不知愁滋味”，那是因为“只是未到愁苦时”，看来这孩子已经对自己未来哩命运有所思考。高鹤对他油然而生同情怜悯之心，提议道：“小虎侄子，恕俺直言，你只有一条道儿可走。”他故意卖个关子，截住了后边的话。

魏小虎急切地问道：“哪条道儿？”

高鹤加重语气道：“跟你爹彻底断绝关系，另立门户，自己掌握命运，才能躲避祸端，快活自在。”

魏小虎闻听此言浑身打个冷战，这一招既绝又狠，只是他没有跟爹断绝关系哩勇气，懦懦地站起来，对高鹤说回去好好琢磨琢磨，心情更加沉重地走了。

老伴埋怨高鹤道：“你这哪是给人家消解忧愁，反倒增添了苦恼。”

高鹤反驳道：“小虎能不能消解忧愁，就看他哩心智能不能开窍，有没有跟他爹决裂哩勇气了。”嘴上这么说，心里却在惦记着段恒印和魏小虎这两个无辜的孩子，经他指点后能不能完成自我救赎的灵魂蜕变。

第五十四章　孩之殇

活了大半辈子，魏天雄第一次品尝到了多重欢喜和愁苦交织在一起的复杂滋味。

这第一重的欢喜和愁苦是，由他人做媒，前些日子如愿把县城赵大财主的孙女娶进门做了自己的二房。他和赵大户是多年的老相识，彼此往来密切，在一次参加赵府的家宴时，他对一个出入厅堂的年轻美貌女子多看了几眼，而引起了老东家的注意。赵大财主正想跟魏天雄攀上亲戚，好依靠他这棵大树为自家撑起一片遮风挡雨的绿荫，这次终于看准了机会，便委托县商会的一个副会长给孙女牵上了红线。魏天雄心仪这种在大户人家的环境中滋养出来的女子，较之出身耕作人家的大老婆的粗犷性情，小老婆的委婉细腻情愫令他迷恋不已。新婚头半月，他把料理公务之外的全部时间都用在了和这个小女子厮守上，除了享受鱼水之欢外，就是盼望小老婆能早日给自己生出一个儿子。这无疑引起了在同一个院子里独守正房的大老婆的醋意，家里很快掀起了一场接一场的冲突，搅扰得他不得安宁，整日愁眉苦脸。因为有儿子小虎的保护，他不敢对大老婆做出过分的举动，只好强咽下自酿的苦酒。

第二重的欢喜和愁苦是，当前侵略与反侵略的战争形态日益朝着有利于正义一方转换。日军多面作战，美军在太平洋战场上令其损失惨重，滇缅战场激战正酣，日本国内兵源枯竭，再难以派出更多兵力投向中国战场，仅靠现有兵员勉强支撑战局，而且随着日军每天的伤亡消耗，很难再实施大规模作战计划。这是魏天雄乐意看到的，他盼望着日军溃败的那一天早日到来，好借机向世人展露自己痛恨倭寇的真实面目。但随之而来的问题是，日军为了补充兵员开始大肆抓捕沦陷区的青壮年男子替他们充当炮灰。元龙县的情况莫不如此，木田已经命令王倜以县政府名义发布征兵布告，在日军统辖范围内凡十八岁至三十岁男子均有义务服兵役，需要招募五百个兵员，要求全体乡保长立即行动起来开展征兵工作。并责令保安联队和警务局配合基层政权在五日内完成此项任务，逾期未能如数完成的乡保长以私通八路论处。这些兵员经过训练后都要编列进保安联队，魏天雄担心会从贞村抓来兵员，他不敢想象把乡亲派上战场阵亡的情景，如此他魏天雄无疑就成了贞村哩罪人，永远得不到村人宽恕了。他还敏锐地预感到扩充兵员后，木田一定会和姜奇大战一场，就像被追赶的恶狗在没有退路的情况下，对狩猎者给予孤注一掷的反扑一样。在目前的形势下他需要清除掉一切欢喜和愁苦的心绪，提起百倍精神应对可能突发的各种不测事件。

段永福今天前晌接到征兵的任务后不敢怠慢，立即指派几个办事员把自己管辖的九个村的伪保、甲长及联保主任召集到伪乡公所。对他们重申了伪县政府的布告内容，把派给本乡的七十个兵员指标按人口比例分摊到了九个村的伪保长头上，由伪甲长和联保主任协助，要求务必提前完成征兵任务，如若耽搁别怪他不讲乡情，他会如实上报办事不力者。段永福最后让大家表态，几十个伪保甲长和联保主任坐在一排排长凳上揣着手低头不语，把一个个戴着黑色瓜皮帽或裹着白头巾的脑袋亮给段永福。其中一个后生实在憋不住抬起头愤愤道："眼下正是春耕时节，把青壮年都抓走了，剩下孤儿寡母哩还怎么种地？"段永福冷笑一声，慢条斯理道："你给俺说这些有什么用，要说找日本人说去。你要是可怜别人，就别怕自己遭殃。就这么回事，你看着办吧。"说得这后生又低下了头。段永福见没人再有反应，提高嗓门道："散会。"人们像是深秋打了霜的老豆角，佝偻着身子默默散去。

高鸿没把征兵的事放在心里，尽管给他分摊了十个兵员指标，他绝不会干乡亲们痛恨的勾当，能挺过去最好，挺不过去再说，要紧的是这两天得把剩下的四十亩地耕完。前晌伪乡公所的办事员通知他开会，在村东找到他时，他正赶着骡子扶着犁和四个伙计们翻地、擦地，在办事员的催促下他才极不情愿地撂下了活儿。他从伪乡公所开会回到家已偏正午，见干了一前晌活儿的伙计们刚吃过饭，在一进院唠着闲嗑晒着太阳等他回来出工。他便让伙计们稍等，快步到三进院灶火间胡乱吃了些剩饭折了回来，和伙计们套上牲口拉着犁和擦子出了大门洞。

一连两天高鸿都在忙着地里的活儿，而无心顾及招兵事宜。没有伪保长亲临督战，伪甲长们谁也不会主动开展招兵工作，谁也不希望高鸿腾出时间来领着他们走街串户抓壮丁，那样肯定会得罪一些乡亲。

但是段永福却沉不住气了，不单是贞村，其他几个村子也都拖延不办，他担心给日本人交不了差会招致不测，便想利用伪县政府派来协助他招兵的两个保安队员和一个伪警察抓一些壮丁交上去。这三个兵警每天一早从县城来到贞村，在伪乡公所里抽烟喝水唠闲篇，晌午还要管饭，没有酒菜就不高兴，段永福心想就用这几个王八蛋替自己干事算了。第三天晌午，段永福把他们请到家里，摆了一桌丰盛的酒宴。开席前段永福发给了他们每人一摞鬼子票，另外暗里给了负责仨人行动的伪警察两块大洋，说是答谢他们这几天哩辛苦费，并许诺这两天每招一个兵奖给每人五块大洋，听得三个兵警心花怒放。宴席进行到酒酣耳热之际，段永福向三个兵警说明了自己的想法。在酒精的作用下，三个兵警纷纷显示自己是个仗义豪爽的汉子，表示一定按照段乡长哩意愿办事，既能交了日本人哩差，还不能让乡亲们背后戳段乡长哩脊梁骨。

酒足饭饱后，段永福领着三个兵警来到了高鸿家。

高鸿和伙计们在三进院刚吃过晌午饭，头上裹上白粗布手巾正要去前院套牲口到地里种谷子，见段永福带着三个兵警前来，知道是为了招兵的事情，不等对方开口，他先对段永福说道："己所不欲勿施于人，叫你家恒印去当皇协军你愿意不愿意？"呛得段永福一时语塞。高鸿又对伪军和伪警察露出笑脸道："俺正要去地里种谷子哩，弟兄们老远来了，请屋里坐，喝碗水歇歇脚再走不迟。"

段永福气恼地回绝道："哪还有闲情喝水歇脚，招不上兵员，等着日本人拿你治罪吧。这本该是你干哩活儿，你高鸿怕得罪乡亲，俺段永福就不怕？不跟你废话了，走，征兵去。"他向三个兵警挥挥手转身离去。段永福的这番话，既是想让高鸿感念自己，也是为了让三个兵警知道高鸿不作为，假使日本人在这件事上追究责任，他也好有个推脱。再者，有抗日民主县政府在背后给高鸿撑腰，段永福不敢硬逼这个两面保长，只好自己上阵。

走出高家大门时段永福对三个兵警嘀咕了几句，随后自己回了乡公所。

三个兵警又往西走了一段路，来到了田生玉家。因为害怕家里的人被抓去当皇协军，这几天多数人家昼夜插着院门，以防抓丁的人进来。三个兵警见院门紧闭，一边大声吆喝主家开门，一边用脚狠劲踹门板。喊声和撞击声惊心动魄，别说是主家就是四邻都被惊得魂飞魄散。三个人轮番上阵，这两扇薄门眼看就要被连轴踹开，主家不得已从里面惊慌失措地回应道："别踹啦，俺给你们开门。"开门人是田生玉，面对三个气喘吁吁的兵警，他故作惊讶地问道："哎呀，不知道是三位老总，到寒舍来有何贵干？"一个伪军厉声道："把你家孩子叫出来，跟俺们走。"田生玉明知故问道："跟你们去哪？"另一个伪军道："跟俺们一样扛枪打仗。"田生玉道："俺家没年轻人，最小哩也四十多岁了。"伪警察示意同伴别耗费时间了，便一把将田生玉推翻在地径直进了屋。

三个兵警在屋里翻箱倒柜地搜寻，田从虎的女人护着年幼的闺女躲在炕角瑟瑟发抖，生怕受到伤害。田从虎站在屋中间壮着胆问三个兵警道："老总，你们想要什么？俺给找。"伪警察呵斥道："快把你家小子交出来。"

田从虎强作镇定道："俺家没小子，你们找错人家了。"刚才一听到砸门声他和爹就赶紧把儿子田英俊藏了起来。田家父子明白，孩子虽然年仅十六岁，不在当兵哩年龄范围，抓丁哩可不给你核实岁数，只要是大半小子就能充数。三个兵警在屋里四处搜寻开来，伪警察掀起堂屋西边的门帘进了储藏室，在存放粮食的瓮里发现了田英俊，像抓猴子一样把他提溜了出来。田英俊惊恐的叫喊声把一家人吓得浑身打战，要是叫他们把孩子抓走就很难回来了。田从虎冲进储藏室"扑通"跪在伪警察跟前啼哭着央求道："老总，孩子还没成年，饶过他吧！"孩子娘撇下闺女也跑过去跪下撕心裂肺地求情。在堂屋东边的寝室里翻腾的两个伪军，听到从西边传来的叫喊声急忙跑过去给同伙儿帮忙，他俩把田从虎夫妇推搡到一边，用随身携带的绳索绑了号啕大哭的田英俊个结结实实，前拉后推地出了屋门。正坐在院里缓解疼痛的田生玉，看见孙子在三个兵警的押解下往外走，情急中猛地站起身阻挡他们的去路。伪警察挥起手掌又一次把他推倒在地，同时截住从屋里追出来的田从虎两口子，掏出手枪威胁道："再追，崩了你们。"两口子被吓唬住了，呆呆地站立着不敢挪动半步，连哭喊的声音都小了许多，生怕惹怒了伪警察冲他们开枪。排除了干扰，伪警察转身追赶同伙儿去了。

躺在地上的田生玉怎能眼睁睁看着孙子就这么叫兵警绑走，他不满意田从虎的猥琐表现，呵斥小子快把自己搀扶起来，嘴里发着誓，就是追到县城也要把孙子要回来。田从虎架着一瘸一拐的爹追到大街上，远远看见孩子单薄的身躯在两个伪军的挟持下大声哭叫着一步一回头向东挪着步子，希望家人能出来搭救他。孩子总算看到了爹和爷爷急切追赶的身影，同时听到了爷爷悲怆的呼喊救命的声音，两只脚拼命地跐着地以减缓前行速度，等着爷爷和爹赶过来解救自己。这一番情景让站在伪乡公所屋里的段永福透过窗户看了个一清二楚，他觉得此时该现身了，便装出一副闻声而至的急切样子从门口跑出来，大声断喝住三个兵警，质问道："谁叫你们随便抓人了？他还是个孩子，赶快放开。"

不等三个兵警回应，田家父子追了上来，田生玉看见段永福仿佛遇上了救星，气喘吁吁地哀求道：“段乡长做证，这孩子还不满十六岁，不到当兵哩年龄，可不能叫他们抓走。”

一个伪军对段永福和田生玉道：“为了吃口饭，当年俺不到十五岁就进了保安团，照样和大人一样扛枪打仗。再者说，岁数大小，还不是随口一说。”

另一个伪军给同伴帮腔道：“俺们是在执行命令，想要放人，去县城找木田太君求情，王县长、魏队长也沾，他们说放俺们就放，除此之外，谁说也没用。”

两个伪军的强硬态度让田生玉感到了绝望，他老泪纵横地哭道：“你们一定要把孩子抓走，叫老汉先碰死在这儿！”话音未落，他转身就冲路边的一块青石撞去，田从虎急忙追上去用力拽着爹才没有发生意外。

段永福装出惊恐的样子对三个兵警道：“这可如何是好，总不能眼看着出人命吧。”

一直静观事态发展的伪警察对田生玉道：“看在段乡长哩面子上，俺们冒着被革职哩风险替你变通一下，你父子俩带着俺们去别人家抓五个人就放了你哩孙子，沾不沾？”

田生玉思忖片刻，不得不接受这一条件，宁可跟几户乡亲结下怨仇也得保住自己哩孙子。他同时又想到了一个办法，带着哭腔对儿子说道：“从虎，你先领着几位老总办事，俺这就去县城找魏队长，凭这张老脸求他别在咱村抓丁了，咱多几家仇人以后还怎么在这村里待呀。”田从虎答应一声，田生玉扎一扎裤腰带，迈着老腿急急地向县城奔去。他怀疑这是段永福因为自己几年前跟段家决裂而设计的一场惩罚他父子俩哩双簧，心里不禁充满了对段永福的仇恨。

段永福望着这个当年愤然离开他家的老奴仆，为自己终于成功地实施了一次报复行为而得意。

田英俊暂且被关在了伪乡公所里。田从虎在三个兵警的催促下，领着他们到一户人家抓丁去了。

田生玉的光头上冒着热气奔走到半路上，看见叫花子一样的杜化吉领着七八个蓬头垢面、衣不遮体、瘦弱不堪的流浪孩子从东边的田野里斜插过来，他没心思去想这个疯癫的人又在搞什么怪事，继续往前赶路。但是忽然一个念头涌上心头，田生玉停下脚步转身望着上了城道背向而行的杜化吉和一群乞丐，这不是现成哩兵员吗？七八个孩子足够换回自己哩孙子了，不用他和儿子田从虎再费周折了！他兴奋得差点叫出声来，便蹑手蹑脚地远远跟在后面，一路跟到了贞村，眼看着一群孩子进了杜化吉家破败的院门才转身离去，寻找那三个兵警去了。

自从六年前儿子被抓到日本当劳工，儿媳带着孙子回了娘家后，杜化吉日夜想念儿子和孙子。儿子远在东洋他看不到，孙子就住在东边十几里外的姥娘家，头几年他隔三岔五地到儿媳的娘家看孙子，后来儿媳又嫁到了邻村，孙子也跟了去，他再去看孙子就不方便了。儿媳的新婆家不让他进门，几次把他打出村子，这两年他连孙子的影子都见不着了，思念像汹涌的洪水一般冲击着他的精神堤岸，随时都有崩溃的可能。前几天他冒着甘愿挨打的风险又去看了一趟孙子，却听到孙子也被日本人抓了劳役去了南方战场，给鬼子搬运军用物资。他不相信这是真哩，便每天围着那个村子转悠，盼望能看见孙子的身影，每天都是失望而归。今天他又去了那个村子，明知道又会是一场空，可他就是禁不住心中的妄想。他转到村外一个废弃的砖窑附近时，看见从窑洞里钻出了七八个蓬头垢面衣衫褴褛瘦骨嶙峋的男孩子，年龄在十二三岁到十五六岁之间，是一群乞丐。这些孩子正处于精力旺盛的年龄，但是他们没有多余的体力打闹玩耍，都蔫头耷脑地靠在砖窑的斜坡上晒着太阳，好获取一点维持生命的热量。孙子也就是这么大年龄，从这群孩子身上杜化吉看到了自己孙子的影子。他担心孙子在炮火连天的战场上是不是能存活下来，如果活着是不是也像这群孩子一样吃不饱穿不暖。被日本人奴役哪能有好罪受，杜化吉越想越觉得孙子的遭遇跟这群孩子没什么两样，看到他们仿佛就像看到了孙子。他走近孩子们，知道他们今天还饿着肚子，让他们跟自己走，有好东西叫他们吃饱。这些孩子看出杜化吉是个善良老人，听说有东西吃个个都强打起精神，跟在他身后来到了贞村。一路上杜化吉和他们唠话，知道他们有的是死了爹娘没了依靠，有的是家里孩子多养活不起出来讨活路，听得杜化吉一路唏嘘不已。

田生玉走街串巷，从村子的西南角一直找到了东北角，终于听到了从一户人家传出来呼天抢地的声音。他循声跑进这家院门，看见三个兵警正在屋里捆绑一个二十多岁的汉子，汉子的媳妇一边拼命号叫一边奋力阻挡着他们的行动，一个牙牙学语的幼儿面对着眼前混乱的情景吓得放声大哭。田从虎缩在院子的一个角落不忍直视。田生玉见状高声喊道："三位老总快住手!"

三个兵警对突然出现的田生玉和他激动的断喝所疑惑，不知道有什么急事，纷纷停住手望着他。伪警察直起身询问道："什么事这么急?"

田生玉喘着粗气咧着嘴笑道："别在这费劲了，有八个现成哩小伙子等着你们哩。"

伪警察来了兴趣追问道："在哪?"

田生玉道："快跟俺走。"

伪警察正色道："糊弄俺们可饶不了你。"

田生玉道："糊弄你们，把俺孙子带走。"

伪警察这才相信了田生玉的话，对两个同伙道："走，跟他看看去。"

两个伪军从汉子身上解下绳索，其中一个踢上一脚骂道："算你小子有命。"他们跟着田生玉出了院子。田从虎不知道爹用了什么妙计，紧跟在他们后边。

这家惊魂未定的年轻夫妻见一群人散去，急忙跑去重新把院门插上。

田生玉领着兵警走进杜化吉家的院门，院子里散落着废弃了多年做豆腐的家什，杜化吉正蹲在灶火间门口杀鸡，他的身边已经有几只放了血的母鸡躺在地上蹬腿。这是怎么一种情况?田生玉好生纳闷，一辈子吝啬，一年到头连个鸡蛋都舍不哩吃的杜化吉，这是要招待什么样的贵客?

听到杂乱的脚步声，杜化吉抬头看见是田生玉父子领着三个兵警闯进了家门，他感到事情不妙，后悔没把院门插上，放进了这几个图谋不轨哩人。他下意识地站起瘦弱的身子，企图遮挡住这群不速之客通往北屋的视线，不让他们看见里边的几个孩子。但是几个不速之客已经看到了北屋里晃动的人影，三个兵警快步冲进屋里，见一群年幼乞丐瞪着惊恐而冷漠的眼睛看着他们。三个兵警互递一下眼色，彼此点点头，表示这几个孩子虽然年幼体弱，也只能如此了，经过训练把他们带到战场上能冲锋敢开枪就沾了。两个伪军扯开绳索，伪警察命令孩子们道："都抓住绳子，跟俺们走，给你们找个有吃有喝哩地方。谁要是不听话，就叫你们吃枪子。"这些孩子知道拿枪哩人不好惹，不敢不顺从他们，纷纷伸出手抓住绳子。

杜化吉拦在门口，用粘满鸡毛的双手合掌哀求三个兵警道："老总！这都是俺哩孙子，高抬贵手，别抓走他们！"

伪警察不耐烦道："你这个疯老头说哩全是疯话，俺看你是个人贩子，拐卖人口要治你哩罪。赶快闪开，叫俺们把这些孩子解救回去。"说着一掌将杜化吉推倒在地，示意两个同伙押解这群孩子快走。

杜化吉知道要把孩子们抓去当皇协军，这一走孩子们说不准哪天就没了命，他"扑通"跪在伪警察面前，祷告道："老总，行行好，饶了这些苦命哩孩子吧！老汉给你磕头了！"随即前额着地像鸡啄米一样连磕了几个响头。在他抬头看伪警察的反应时，却发现两个伪军已经押着八个孩子出了屋门。杜化吉从地上爬起来，疯也似的跑上前去，抓住走在最前边的孩子啼哭道："孙子啊！听爷哩话，不能跟他们走，他们拉你们去当皇协军给日本人卖命，说不定哪天就丢了性命……"

想不到杜化吉的这一通话竟说到两个皇协军心里去了，想想自己哩身世，岂不是也跟这几个要饭哩孩子一样可怜，干这人不人鬼不鬼哩营生，说不定哪天就会抛尸荒野死无葬身之地。在前边带路的伪军停下脚步，回头对杜化吉说道："老人家！你说哩对，俺们这些给日本人卖命哩人，不定哪会儿就成了炮灰，死了都没人给收尸。唉，命苦啊！"另一个伪军同病相怜，跟同伴不约而同用衣袖抹起了眼泪。

伪警察心里也一阵酸楚，他也料到了自己的下场，但是并没有表现出来，仍然是一副铁石心肠的威严表情，呵斥两个同伴道："既然吃了这碗饭，就不要三心二意，军令如山，违抗者只能自取灭亡。快走，把人送到城里再感叹命运吧。"

前边的伪军哽咽着对杜化吉说道："老人家！对不住了，俺们得执行命令。"说完喝令孩子们快走。八个孩子全都感激地看着杜化吉，长这么大没有几个人把他们当回事，只这一晌哩工夫他们就留恋上了这个老人。一个懂事的孩子含泪向杜化吉告别道："爷爷！俺们走了，你保重，有空俺来看你！"其他孩子也都哀婉地"爷爷爷爷……"叫成一片。

杜化吉听着孩子们有气无力的声音，他最重要的一件事还没有完成，祈求伪警察道："老总，你们非要把孩子们带走俺也拦不住，可有一件事你得应允俺。"

伪警察问道："什么事？"

杜化吉道："叫孩子们吃顿饭再走。"

伪警察扭头看看杜化吉刚宰杀的几只鸡，嘴里沁出了馋水，答应道："沾，别耽搁工夫长了。"

杜化吉扭头愤怒地瞥一眼极力躲避他的田生玉，这又是他干哩好事，恨不得跟他大闹一场，可是现在没有心惶，只好怀着对孩子们的悲悯心情忙活去了。

这样的气氛田生玉也受到了感染，他无颜面对慈悲为怀的杜化吉和被自己坑害的八个孩子，得赶紧离开这里，便凑到伪警察身边低声说道："事儿给你办了，放了俺孙子吧。"

伪警察支派一个伪军去伪乡公所放人，田生玉父子心花怒放地尾随而去。那伪军怕吃不上肉，一路小跑到伪乡公所放了田生玉的孙子，又迅疾跑回来，见鸡肉刚下锅，便挤到坐在北屋门槛上的两个同伙中间晒着太阳等着吃美食。

杜化吉煮了一锅鸡肉，香飘四溢，他却没有一点嗅觉，悲苦情绪占据了他的全部身心。他趁坐在屋门槛上晒太阳的兵警打盹，急忙把煮好的肉一碗一碗地递到孩子们手里，催着他们快吃。三个兵警很快听见了孩子们大嚼鸡肉的声音，立刻没了困意争跑到灶火间抢吃锅里的肉。这些孩子从小到大没吃过一顿这么好的东西，饥饿使他们狼吞虎咽甚至把骨头都嚼进了肚里。伪警察经常在城里市面上向卖熟肉哩摊主索要些东西吃，两个伪军可没有那样的胆量，害怕受到魏天雄的严惩。今天在乡村能遇到这么诱人的美味，这俩伪军自然不会放过，很快把锅里的肉抢了个精光。肚里的馋虫还在诱惑着三个兵警的食欲，想去吃孩子们碗里的肉，又嫌他们肮脏只好作罢，没好气地骂了几句，但实在抵抗不住美味的诱惑，只好把锅里的鸡汤喝了个精光。三个兵警意犹未尽，在灶火间又翻腾了一阵，除了主家早饭剩下的几个米面饼子外，再没有好吃哩下肚才罢休，随即喝令还在啃骨头的孩子们牵着绳子跟他们出发。

年龄最大的乞丐头儿，示意同伴们不要理会兵警的吆喝，先感谢让他们吃了一顿美食的爷爷再走。这孩子头领着同伴对站在院里独自悲伤的杜化吉叫道："爷爷！俺们给你磕头了，俺们到死也忘不了你叫俺们吃了一顿肉！"说着几个孩子随着他"扑通"跪倒在地，连磕了三个响头。

杜化吉一直在看着孩子们吃肉，从他们身上幻化出了孙子的影子，孙子也能吃上肉该多好！孩子们的言语和举动把他从虚幻中拉回来，他急忙一个个把孩子们搀扶起来，哽咽着声音道："哪天你们来，爷爷还给你们炖肉吃！"他忽然意识到这些孩子不知道还能不能回来，禁不住"呜呜"地哭出声来，孩子们跟着老人哭成了一片。

两个伪军趁这空当用绳子绑住每个孩子的胳膊，把他们串成一列纵队，强押着出了院门。

杜化吉泪眼婆娑地跟在后边，将孩子们一直送出村南口。直到一行人消失在视线外，他折转身去了田生玉家，跟这个冤家对头又是一场大闹。

第五十五章　割恩・续义

魏天雄在木田的监督下，将从敌占区抓来的五百多名年龄从十几到四十多岁不等的“壮丁”进行了编排，组成了保安联队第三大队。老乡观念浓厚的魏天雄特意把从邻村抓来的三个半乡子安排到后勤当了火头军，避免了他们冲锋陷阵的危险。最主要的是那八个讨饭的孩子充当了分给贞村的兵员指标，让魏天雄松了些心。这五百多个兵员里，有一百多个是从各处抓来的乞丐，在一天三顿饱饭的诱惑下，他们的纪律性最强，训练最刻苦，魏天雄特意把他们组成了一支突击队，在关键的时候派他们上阵。

二十多天后的一个黑夜，魏天雄率领从三个大队抽调的五百余人的兵力，在一小队日军的协助下，对南佐镇又一次发动了突然袭击，再次企图一举歼灭抗日民主县政府武装力量。为了保密，这次行动是当天后晌木田把魏天雄招到他的指挥部，秘密制定的作战计划，把伪县长王倜都排除在外。自木田让王伪县长签发征兵布告之日起，王倜就猜到了木田的用意，保安联队扩编后，他就每天高度观察日伪军的动静，提醒朱大队长和杨警官两个内线时刻探听日伪军的军事行动，并及时将消息传递给抗日民主县政府的情报员。高鹏夫妇被害后，姜奇派了两个情报员在城里以开饭馆作掩护，设立了电台情报站，能够更迅速地将重要情报发到他的手里。这次行动前一个小时，魏天雄把作战计划告诉了朱大队长在内的三个大队长，叫他们从各自大队抽调一个中队集合好队伍准时出发。朱大队长利用一个短暂的间隙，到不远处的饭馆将今晚日伪军的行动计划传递给了抗日民主县政府的情报员。姜奇接到紧急电报后，立刻部署县独立营在南佐镇东南方向设下了埋伏，日伪军进入伏击圈后，第一波射击给敌人造成了重大伤亡。魏天雄恼怒这次行动又让姜奇提前做好了给他们以迎头痛击的准备，这让他坚信自己的队伍里一定隐藏着共产党的线人，回去后一定彻查，不论是谁严惩不贷。眼下他顾不得多想这件事情，必须迅速实施反包围战术。在穿梭的弹雨中他没有丝毫胆怯，冷静沉着指挥队伍且战且退，兵分两路向对方背后包抄。他铆足了劲要把这一仗打出自己的威风，以雪此前几次失败之耻，让姜奇也领教领教他魏天雄的厉害。姜奇识破了魏天雄的计策，他将计就计，也兵分两路，针锋相对。魏天雄双手端着德国造驳壳枪率兵卒冲在前面，不时地击倒一个阻击他的独立营战士，而回击他的子弹“嗖嗖”地从身边飞过，其中一颗子弹钻进了他的右大腿，他向前跑了两步，随即“扑通”跪倒在地。魏天雄的警卫见联队长负了伤，急忙围上来抢救，被他大声呵斥不要管他，快向外突击。双方激战到黎明时分，日伪军损失惨重，魏天雄不得不放弃反包围战术，腿伤更是让他决定退出战场，现在最要紧的是活命。他指挥剩余的三分之一兵力从北边冲出了包围圈，这里山高林密、沟壑纵横，不利于追击者作战。伏击敌人的目的已经达到，姜奇指挥部队打扫了战场，返回了南佐镇。

此时天已放亮，伤亡惨重的日军集合起二十多人，日军小队长要求魏天雄为其提供保护撤回县城，却遭到婉拒。魏天雄说先去北龙池村找他干爹治了腿伤再回去，日军小队长奈何不了这个拥兵自重的联队长，只得自带残兵胆战心惊地逃了回去。魏天雄的腿伤疼痛难忍，他不听朱大队长的劝说回县城治疗，执意要到距此不远的武先生家处理伤口，他认定只有干爹才能治好他的伤。再者，几年没见干爹了，他心里一直牵挂着，今天是个机会。几个警卫用担架抬着他，在一百五十多个伪军的护卫下来到了老郎中的家。

武先生虽年逾九旬，却惯常起得很早，洗了脸，在院子里活动一番身体，吃了早饭，便准备迎接一天到晚络绎不绝前来求诊抓药的患者。魏天雄不想惊扰到老人，只让一个贴身警卫搀扶着自己一瘸一拐地走进了院门。

太阳升起了一丈多高，灿烂的光芒把用红石头垒成的小院照得清新透亮。魏天雄看到年过六旬的干哥武山，站在房檐下帮着房顶上的几个儿孙用箩筐往上提草药晾晒，他亲热地叫了一声哥哥。

武山直起腰定睛看了魏天雄片刻，态度不冷不热道："是魏三兄弟，你这是……？"彼此已是几年不见，武山看到两个人都是一身皇协军打扮，满脸疑惑。他知道魏三在县城当了保安联队长，给日本人干活，没想到现在就站在眼前，想必昨夜听到的隐约的枪声跟他们有关。魏天雄问干爹可好，武山指指北屋说爹哩身子骨硬朗，正在忙活。魏天雄整整衣冠，在警卫的搀扶下走进北屋，见精神矍铄的武郎中戴着老花镜正在伏案专注地研读一本线装的古代医学著作。不等魏天雄开口叫干爹，武先生听到陌生的脚步声，抬头观看，待他看清来人，原本表情平和的脸霎时阴沉下来。魏天雄忍着伤痛，趔趄着腿走到老人跟前"扑通"跪倒在地，崇敬地唤道："干爹！天雄不孝，几年没来看你，今天傻小子给你老人家赔罪了！"说着从警卫手里接过红绸缎包着的一百块大洋，举过头顶放在了老人面前的桌子上。武郎中把一包大洋推到桌下，"哗啦啦"洒落一地，冷漠地说道："俺没你这个干儿，焉能收这份礼，拿去吧。"魏天雄知道老人是痛恨自己干起了汉奸勾当，他想向老人表白自己的心迹，又顾忌警卫在场一些话不便说出口，只好信誓旦旦道："干爹！总有一天俺会让你老人家看到另一个天雄……"老郎中打断对方的话道："别耽误俺看书，快走吧。"魏天雄的额头上霎时冒出了汗珠，不是因为腿上的伤痛，而是因为老人的话刺痛了他的心。警卫没有了耐心，插话道："老人家，俺们联队长腿上受了伤，求你给治治，另有奖赏。"老郎中瞥一眼魏天雄大腿上血水洇湿了的绷带，质问道："昨黑夜又帮着小日本打抗日队伍了？"魏天雄低着头，无以回答。武郎中愤慨道："四十多年前，俺救治了一个崇尚仁德哩孩子，没想到后来变成了一个十恶不赦哩奸贼！俺老汉今天若再救他一回，天理难容！"老人的每一个字仿佛一枚枚钢针扎在魏天雄的心窝里，令他的面颊挂满了汗珠。魏天雄正要哀求，老人双手从身上穿的藏青色夹袄上奋力撕扯下一块布来，扔在他的身上道："从今往后，俺没有你这个干儿，滚出去！"魏天雄如雷轰顶，内心的痛楚和腿上的伤痛一齐袭来，他"啊"地大叫一声，仰面翻倒在地昏死了过去。警卫俯下身托起魏天雄的脑袋焦急地呼唤道："魏联队长！魏联队长！”老郎中喝止道：“别在俺家喊他，这儿不是你们哩兵营，快叫你哩同伙把他抬走。”警卫放下魏天雄，起身正要出去叫人，看见武山已经把等在院门外的朱大队长和几个卫兵招呼了来。武山一直在屋外倾听屋里的动静，以便随时给爹提供帮助。

几个伪军看到他们的联队长昏迷不醒的样子，担心发生意外而受到连累，便一同跪下请求老郎中救人。老人行医一辈子，不知道解除了多少人的病痛，救活了多少濒临死亡的人。他一辈子秉持对待病人不分贵贱高低、不论仇人亲人，只要进了家门就一视同仁的信念，只是今天面对这个汉奸他没有了主意。是救他一命，让他心生悔意，弃暗投明，还是看着他的生命消亡？老郎中的内心犹豫、挣扎了一番，最终拿定了主意。他望着躺在地上气若游丝的魏天雄，厌恶地对朱大队长道：“你们都出去。”朱大队长装出极不情愿的样子跟几个卫兵出了屋门。老人吩咐武山道：“把他身上哩‘狗皮’扒下来。”他不想给穿着汉奸军服的人治病。武山明白爹的心思，俯下身很快把魏天雄身上的军服脱得只剩了一条短裤，他随即把魏天雄仰面抱到炕上，并用十几根银针从头到脚扎在魏天雄的身上，用以稳定伤者的生命体征。老人用剪子豁开缠在魏天雄伤腿上的绷带，一汪黑紫色的血水从伤口处冒出来。老人两手捏了捏伤口四周，断定没有伤到骨头，同时感觉到了镶在肉里的异物所处的位置，便点燃半碗烧酒，一边用镊子夹着一把细长的割惯了烂疮的小刀在火上炙烤消毒，一边用目光示意儿子按住魏天雄的伤腿。老人的右手捏着消好毒的刀，把刀尖慢慢探进伤口，碰触到了异物后，轻轻往上一挑，一颗粘着血丝的黄色弹头从伤口处拱了出来，“吧嗒”一声掉在了地上。老人迅疾将一包消炎生肌的药粉撒在伤口上，拿一块白粗纱布包裹起来。此时魏天雄渐渐恢复了意识，呈现在他眼前的是老人正在给他包扎伤口的情景。这完全出乎意料的结果让魏天雄激动不已，他努力张开嘴道：“老人家！你又救了俺一命，就是你跟俺断绝了关系，俺也至死不忘你哩大恩大德！”老人冷冷地说道：“老夫只是给了你一口气，唯有你才能救自己哩命，你要好自为之，这儿不留你，快走吧。”武山起了魏天雄身上的银针，到门口喊来几个卫兵，给他们的联队长穿上军服，放在担架上。魏天雄想要对老人表达最后的感激之情，挣扎着撑起身子冲老人喊道：“武先生！俺魏三结识了你，三生有幸！后会有期！”他希望老人能回馈他一丝目光，老人给予他的却是心无旁骛继续研读医书的专注神情，他感知到老人已经把他忘得干干净净，他的大脑霎时变得一片空白，挺身倒在担架上又一次失去了知觉。

魏天雄被手下紧急送到县城，在保安联队医疗室，军医给他打了一针才苏醒过来。他躺在病床上为自己这次突袭行动大败而懊恼不已，正思忖着如何向木田交代的时候，忽见那货带着礼品在两个卫兵和翻译官的簇拥下前来探望他。木田站在病床前仔细查看了魏天雄的腿伤，并详细询问了受伤经过，之后对他安慰赞扬了一番，夸奖他身先士卒作战勇敢，是皇军的忠实朋友，一定要给他记功。其实木田的心里对魏天雄屡战屡败很不满意，不论什么原因，没有达到目的就是失职。木田明白，魏天雄不能完成的任务，别人更无法完成，在目前缺兵少将的情况下笼络住此人为上策。魏天雄面露愧疚地向木田汇报了此次偷袭失败的原因，是因为共产党县政府提前得到了情报打了他们哩伏击，自己队伍里一定有内鬼，发誓一定要尽快把奸细挖出来，为伤亡哩官兵报仇。木田说他已经知道了这一情况，先稳住军心，现在抓人怕引起部队混乱，待你养好伤再行动不迟。木田临走时再次叮嘱魏天雄要安心疗养，不要有精神负担。魏天雄感激地表示伤好后一定再为皇军冲锋陷阵，心里却骂道：“狗日哩木田，老子为了苟且偷生，背着汉奸哩骂名出战，还差点儿丢了老命，总有一天叫你领教领教俺老魏哩手段。”

木田前脚走，王倜后脚领着两个幕僚也来探望魏天雄。昨夜日伪军大队人马静悄悄地出了西城门，向南佐镇奔袭而去，王倜在听到一个贴心幕僚的报告后心就一直悬在半空，为没能提早得到这次行动情报而自责，为抗日民主县政府的安危担忧，便立刻派这幕僚去情报站传递信息，才知道朱大队长和杨警官已经完成此任务。欣慰之余，王倜仍一宿不曾合眼，不知道姜奇他们打伏击的战果如何。天亮后，他心神不宁地坐在办公室等待着从南佐镇传来的消息。前晌惨败而归的日军让他放了些心，晌午时负了伤的魏天雄在一百多个伪军的护卫下一副狼狈不堪的样子，让他断定姜奇设的埋伏重创了敌人，他放下了一半心，另一半却为朱大队长和杨警官的处境担忧。他料到魏天雄一定察觉了这次行动泄了密，一定会排查为抗日民主县政府做内线的人，而且很容易就会锁定较早知道这次行动的朱大队长。如果情报链的这一环出了问题，整个系统将会遭到破坏，因此需要尽快和魏天雄接触，以便及时掌握排查动向。王倜坐在魏天雄的床前，给他说了一堆轻柔细语的关心和体贴的话，这些话每一句都让魏天雄感觉舒坦。为了不影响伤者休息，王倜起身告辞，魏天雄依依不舍地恳求他再坐一会儿。这正中王倜的下怀，便答应魏天雄以后每天都找他来说会儿话，魏天雄高兴地连声说好，王倜才走出了医疗室。

王倜走后，百无聊赖的魏天雄让手下把他送回家养伤，好静下心来纾解因为武先生和他断绝干亲关系而淤积在心里的烦恼和苦闷。

这几天魏天雄的大小老婆知趣地没有再滋事吵闹，彼此默契地在床前伺候男人。魏小虎昼夜守候在爹的身边，这让他几年来第一次重温到了家的味道，他希望这种安生日子能够长久地延续下去。魏天雄的思绪却是翻江倒海般难以平静，他一是在分析判断谁是隐藏在自己身边的共产党内线，二是在冥思苦想如何应对下一步可能出现的各种情况。国共日伪风云际会，错综复杂的形势使他明白，几方斗不到最后一刻，就难以料定自己的命运会是怎样哩结局。

今天后晌，突然出现的一个人暂时打断了魏天雄繁杂而苦闷的心绪，贴身警卫进屋向他报告说是石敢当在院外要见魏队长。魏天雄听到石敢当这个久违的名字心头一震立刻来了精神，吩咐警卫快请客人进来！他敏锐地判断出，石敢当从千里之外找上门来一定有重大事情相商，他很想了解一些外边的形势，以便制定自己下一步的行动策略。一身生意人打扮的石敢当走进了魏天雄的卧室，主人已经从炕上下来迎候他了。魏天雄并没有因为石敢当当年愤然离自己而去而对他心生芥蒂，毕竟这憨小子当自己哩左膀右臂二十多年，对他的感情已渗入了骨髓。几年来他时常挂念石敢当的安危，今天突然见到故人自然兴奋不已。魏天雄上下打量着老伙计，从对方浸透着风霜的面容和刚健的体格上看出了石敢当这几年辗转曲折的经历。魏天雄拖着伤腿上前双手使劲抓住石敢当两只粗壮的胳膊，激动地说道：“敢当兄弟，可算见到你了，这几年想死哥哥了，快坐下歇歇！”

石敢当并不落座，他同样打量着魏天雄，见对方的面容较之几年前明显苍老憔悴了许多，心想老魏这几年哩日子也不好过。特别是看到魏天雄那条伤腿，猜想这是不是给小日本当帮凶留下哩纪念？是不是真变成了日本人哩走狗？这些疑问让石敢当不知道该怎么称呼魏天雄，无论是以私人关系叫大哥，还是以曾经的上下级层面称团长、队长，他都不情愿叫出口，便一时语塞。

魏天雄看出了石敢当的心结，暗想这憨小子还在对自己抱有成见，便岔开对方的思绪道："兄弟，别着急，有话慢慢唠！"说着，拉他一起坐在沙发上。

石敢当原以为自己当年决然离开魏天雄，今天登门求见对方，人家多少会表现出疏远和冷漠之态，不料让他感受到的却是对方真切的热情，这让他多少消融了些心里的障碍，开口道："是有话要跟你唠唠。"他左右看看伺候在魏天雄身边的两个女人和魏小虎，欲言又止。

魏天雄叫三个人出去回避一会儿，屋里只有他和石敢当时，便迫不及待地问道："什么事儿这么神秘？"

石敢当压低声音郑重地问魏天雄道："你是愿意国军回来，还是想继续跟着日本人干？"他想先试探一下对方的态度，再决定是否向对方传递藏在他脑袋里的重大军事计划。

魏天雄听出了话外音，毫不犹豫地肯定道："当然愿意国军回来了，俺老魏早就想找机会洗刷身上哩汉奸罪名了，需要俺老魏干什么快说。"

石敢当能感觉到这是魏天雄的心里话，便开门见山道："国际反法西斯战争进入了最后阶段，德国和意大利军队已经土崩瓦解，小日本眼看就要完蛋，国军正在做大反攻哩准备，第一战区胡宗南长官要先在重要城镇建立起内线，到时里应外合打小日本一个措手不及，杨参谋派俺前来找你就是这个目的。"

魏天雄兴奋道："俺老魏就等着那一天哩！回去告诉杨参谋，这个功俺老魏立定了，元龙县城里的鬼子俺全包了！"他颇为自己当年富有远见的决定而得意。

石敢当完成了此行的任务心里轻快了许多，也同样兴奋地对魏天雄道："到那时候俺还回来，跟着你再打一回鬼子！"俩人相视而笑，恍若又恢复了从前心有灵犀的感觉。

魏天雄止住笑，好奇地说道："稀里糊涂接受了你哩任务，哥哥还不知道你这几年是怎么过哩。"

石敢当也收住笑，对魏天雄述说起了他和杨参谋这几年的经历。

那天俩人离开贞村后，杨参谋带着石敢当一路向南，历经几十天跋涉穿过日军的层层封锁线，在河南林县找到了已经投奔了国民党二十四集团军总司令庞炳勋的侯如墉，才算有了落脚之地。石敢当有些失望，他厌恶一心跟共产党搞摩擦消极抗日的侯如墉，便央求杨参谋把他推荐到了庞炳勋的嫡系部队第四十军当了一名士兵，因为他听说这个瘸子将军曾经在河北沧县以及山东台儿庄阻击日军的战斗中威震敌胆立下了赫赫战功，而对其崇拜之极。他加入四十军后在中原地区参加了一些对日伪军的大小战斗，和日本人面对面厮杀了几回，记不清死在他手里有多少鬼子，虽然负了几次伤却觉得十分过瘾。因屡立战功，他官升至连长。民国三十二年（1943 年）四月，日军集结五万多精兵要对共产党抗日根据地太行山发起扫荡，日军需从庞炳勋的防地打开连接太行山区的通道。懈怠的庞炳勋不但没能有效指挥部队痛击日军，而且他的三个军的防线很快被对方冲垮，自身还陷于危险境地，趁夜色他带领司令部人员紧急突围，天亮后却发现自己仍未逃出日军的包围圈。早已投降日军的东陵大盗孙殿英得知消息后，知道这是一次讨好日本人的机会，便派人找到庞炳勋劝其投降日军。在走投无路的情况下，昔日的抗战英雄庞炳勋由孙殿英陪同，半推半就投到了日本人的怀抱。溃败后变成了散兵游勇的四十军的官兵听说主帅都投降了小鬼子，他们大多灰心丧气各奔前程去了。石敢当激愤之余，只好去找跟着侯如墉退避到了深山里的杨参谋。老奸巨猾的侯如墉在日军刚发起扫荡时就带着自己的人马向太行山深处撤退，只要保住家底到哪都有吃饭的本钱，这是他的生存哲学。经过短暂的休整，侯如墉带着部队投奔了第一战区长官胡宗南，随即被扩编为第二十七纵队，侯如墉任司令员。为了保存实力，侯如墉惜兵如命，千方百计躲避战事，石敢当别无去处，暂时在他的队伍里混了些日子。没有了打鬼子的机会憋得石敢当坐卧不宁，他听说国军在湖南省的长沙和衡阳与日本人打得惨烈就热血沸腾，几次要去那里参战都被杨参谋软硬兼施劝阻住，说不能逞匹夫之勇，留一条命以后干大事。石敢当不相信自己能干成什么大事，更不相信会有什么大事需要自己去做，他认为这不过是杨参谋为了爱惜自己使哩花招而已。没人引荐他去前线，便只好留在杨参谋身边当了一段时间上尉传令兵。在百无聊赖的时光中，忽然有一天杨参谋把他叫到密室，对他布置了这项重要任务。杨参谋特别强调说这是胡宗南长官深谋远虑的计划，一定要完成好，大功告成后，不但执行者能得到封赏，他这个幕后参与者也会沾光。

魏天雄听完石敢当的叙述，感慨机缘巧合让他们得以重逢，并且消除了俩人之间的隔阂。两个人商定了联系方式，石敢当怕在这里久留引起事端，便起身告辞，魏天雄极力挽留不住，拖着伤腿含着眼泪把他送出了院门。

红彤彤的夕阳急不可耐地要亲吻起伏的山峦，石敢当赶在城门关闭前走出了西城门，踏着铺撒在地上的绚烂余晖向南走去，赶回部队复命。此时他的心在思念着老母和妻儿，分别几年了，不知道他们现在是怎样一种状况。为了严格遵守不能开小差的军纪，他只好忍受这沉重的相思之苦。

一连几天后晌，王倜处理完公务后，都会如约来到魏天雄的家里跟他海阔天空地闲谈。今天俩人在闲谈中，魏天雄忽然转换了话题，有些恼怒道："王县长，不瞒你说，保安队里出了共产党哩线人，连续几次行动都中了姜奇哩埋伏，俺老魏思谋了几天，不外乎就是最先得到行动消息哩几个大队长当中哩人干哩。俺现在有了精神头，明天就把三个大队长隔离起来审查，看到底是谁敢在俺老魏脚下使绊，害哩俺差点儿见了阎王爷，查出来非千刀万剐了他不可！"

王倜虽料到魏天雄迟早会提起这件事情，可一旦说出来还是让他吃了一惊，便神态故作平静，略作沉思道："老魏，我以为现在不易对下属搞大的动作，这几个大队长都有自己的嫡系人马，牵一发而动全身，铲除一人影响一片，恐引起兵变，你现在最重要的是首先保证自己的根基不动摇。目前，无论从国际和国内形势看，日军已是强弩之末，说不定哪天就会成为人人喊打的过街老鼠，这需要你有足够的实力应对变局，等局势稳妥后再清除共产党的内线也不迟，你说是不？"

魏天雄思忖片刻，觉得王倜的话很有道理，频频点头，暂时打消了抓内鬼的主意。

王倜接着说道："以后，咱尽量不跟共产党的武装发生冲突，不能白白给日本人充当炮灰，特别是你，大伙儿还指望你以后给俺们当保护神哩！"

魏天雄被恭维得露出得意的笑容道："王县长如此看哩起哥哥，哥哥定当不负厚望！"

王倜暂时为地下情报组织的安全松了一口气，他和魏天雄又闲聊了一会儿告辞回了县衙。

木田却一直惦记着抓内鬼的事，待魏天雄的伤势好转后，他上门催促赶快采取行动。魏天雄用投鼠忌器的道理对木田点拨了一番，木田认真思考后不但打消了抓人的念头，而且顿悟，竭力维持住现状，是自己得以苟延残喘的最好选择。

第五十六章　魏天雄困日寇

昼夜轮替，阴阳转换，中华民族全面抗战进入了第八个年头。国共两党军队和全国人民经过艰苦卓绝的奋战，敌我双方实力发生了逆转，在日军侵占的国土上，到处掀起了向侵略者发起大反攻的风暴。元龙县境内的日军，兵员枯竭，全都退守到了县城和平汉铁路沿线，许多据点仅靠伪军驻守。抗日民主县政府适时组织县独立营、各区民兵等武装开展春季大反攻，首先以摧毁日军多年精心构筑的三道封锁线为突破点，不分昼夜四面出击，烧炮楼、克据点，很快打破了敌人的封锁。随即六、七月间，太行一分区司令员秦基伟和政委冷楚带领十团、三十一团和二分区三十团，在元龙县和赞皇县独立营以及高邑县大队等地方武装的配合下，于元龙县和获鹿县境内进行了“元获”战役，清除了敌人在两县山区的所有据点，大片国土得以收复。继而进行了平汉线大破击，元龙县境内残留的日伪军被迫龟缩进了县城做最后的顽抗。只因这石头城过于坚固，易守难攻，要啃下这块硬骨头，就己方的武器装备，即使付出惨重代价也难以奏效，秦基伟和冷楚充分权衡后，只好作罢。他俩做梦都想攻下这座城池，深知其依存着重要的军事价值，如果占据了这座坚不可摧的石城，不仅能扼守住石门的日军向南逃窜的道路，并且将会对盘踞在南、北、东三面的几个县城里的敌人带来巨大的心理震慑。更重要的是在可以预见的国共再度发生的纷争中，为能控制冀西南这片重要的战略区域占得先机。秦基伟和冷楚转战南北，去过不少地方，这是第一次见到完全用石头垒砌的雄伟城郭，心向往之而近它不得，只能远远地望城兴叹，不得已带领军队转向了其他战场。

在当前关系全局的战略转折期，第一战区司令胡宗南已经启动了收复所辖区域内重要城镇的行动计划，地处冀西南的石门市和元龙县城自然位列其中。

退守在县城内的魏天雄通过石敢当打通的联络渠道，很快接收到了不久前在晋冀豫交界的林县秘密成立的“国民党军第一战区先遣军”司令部派人送来的一张委任状和一纸军令函。先遣军司令侯如墉任命他为“先遣军第七旅旅长”，命令他务必保存实力、枕戈待旦、密切监视日军行动、做好随时包围控制日军的准备。魏天雄努力抑制住内心的狂喜将委任状和军令函收起来，自言自语道：“俺早盼着这一天了，只是没想到俺老魏又归这只老猴子管了，以后再给俺耍手腕可就不灵了。”嘴上虽然漫不经心地说，心里却感到沉甸甸的，他提醒自己先把旅长的头衔放在一边，这道军令可不能怠慢。他明白这是自己能否实现蜕变的重要机遇，万万马虎不得，如果立下一功，不但能得到嘉奖，而且还能摘去头上的汉奸帽子。更重要的是自己又成了元龙县说一不二、人人敬畏哩土皇帝，曾经灰头土脸哩面子又可以光彩照人了。他悄没声地把自己掌控的兵力以点带面布置到了日军驻地周围，以便随时应对突发情况。

面对日益不利的局势，木田深陷惶恐不安的情绪之中，他感觉大日本帝国军旗上的太阳光辉每天都在黯淡下去，葬送他们生命的汪洋大海每天都在汹涌澎湃。更令他恐慌的是原有三个小队的兵力，其中一个被上司抽调到了局势更加吃紧的石门市，手下仅有的两个小队根本无法支撑即将到来的生死较量。魏天雄进行的隐蔽的兵力调动，木田敏锐地察觉到了，他猜不透这个老油滑子的意图，想询问又怕碰个软钉子。他最担心魏天雄在关键时刻反戈一击，与城外的抗日队伍里应外合，那可就是他的噩梦了。他因此高度警觉起来，命令手下官兵时刻警惕任何风吹草动，同时跟魏天雄每天保持密切联系，以便从他言行的微妙变化中判断对方的心理活动。但是魏天雄每天展示给他的形象始终如一没有任何变化，对他始终毕恭毕敬，并且这两天及时向他汇报兵力不断调换部署情况，解释说是为了让士兵时刻保持高昂的战斗状态。魏天雄还经常把效忠皇军的话挂在嘴边，说自己跟木田太君共事有几年了，能感觉到待他不薄，士为知己者死，自己已经背上了汉奸哩骂名，没有了回头路，那就一条道走到黑，跟木田太君共患难。如此信誓旦旦的豪情壮语，木田仍然半信半疑，他知道魏天雄是一个经历过大风大浪的人，城府颇深，难以把握其内心的真实想法，因而他不能丝毫放松警惕。他认为保安联队不能给自己提供可靠的安全保障，便想到了警务局那一百多号警察。那些黑狗子全在王倜的控制之下，他了解到王倜跟警务局长和几个警官私下结成了盟兄弟，王倜是老大，那几个警官唯老大的马首是瞻，所以只要拉拢住了王倜，也就掌控住了所有的警察。他自信有把握控制住这股力量，他以为自己已经十分了解这个书生气十足的傀儡县长的脾性了，忠于职守、乖巧听话、江湖义气、缺少城府和雄心，这些品质正合他意，只要在王倜身上多投入些感情，再使些金钱，让其为自己关键时候出把力不是难事。他的付出，得到了理想的回报，王倜不仅对他表达殷切的忠心，而且还当着警务局长和几位警官的面把警务局的实际管理权交给了他，并叮嘱几个盟兄弟为皇军尽忠至死不渝，警官们也都表达了“耿耿忠心”。至此，木田不安的心绪才得到了一丝缓解。

进入三伏天，空气潮湿闷热得令人窒息。这样的天气容易使人烦躁，而魏天雄却静下心来待在谯楼上的保安联队队部里，专心收听重庆国民政府的广播电台播送的时事新闻，希望能从中了解一些战局走向。七月下旬的一天，他忽然听到一名声音浑厚的男播音员正在宣读《中美英三国敦令日本投降之波茨坦公告》内容，他认真地听完后，知道这是反法西斯同盟国向日本发出的最后通牒，据此判断日本的战争机器已经开到了穷途末路的境地，秋后的蚂蚱蹦跶不了几天了。

八月上旬，几个震惊世界的消息接踵而至：六日，美国轰炸机向日本广岛市投掷了一颗原子弹，强大的冲击波抹平了这座城市；两天后，苏联向日本宣战，出兵东北清剿日本关东军；又过了一天，美国第二颗原子弹在日本长崎市上空爆炸，第二座城市变成了废墟。这一连串的消息让魏天雄目瞪口呆，最让他吃惊的是原子弹的巨大威力，他不知道那是一种什么样哩秘密武器，看来对摧毁日军的意志发挥了很大作用，小日本的末日真的到了。还等什么，赶快动手吧，先抢个头功，魏天雄提醒自己，他立即派人把三个大队长叫来，向他们下达了行动计划，说咱们没有重武器，不能打进攻战，只能打围困战，先包围住各兵营里哩日军，切断他们与外界哩联系，鬼子突围就用机枪扫射，同时清剿在城墙上巡逻和路口站岗哩零星日军。如此一来，小鬼子就成了咱们哩瓮中之鳖了。魏天雄并对他们晓以利害，说这次行动如果成功，就能洗去咱们身上哩汉奸罪名；如果失败，咱们都会命丧黄泉，成为后人唾骂哩对象。魏天雄宣布了同时动手的时间，最后狠狠地叮嘱大家，谁若临阵逃脱，或是偷奸耍滑，别怪魏某哩利剑不认人。这是一次绝好的自我救赎哩机会，三个大队长情绪亢奋，信誓旦旦地表示一定完成任务。魏天雄提着一支德国造冲锋枪，率领三名手下气势汹汹地下了谯楼，第一大队由他直接指挥，第二大队朱队长和第三大队谷队长直奔各自的兵营而去。按照魏天雄的部署，二、三两个大队的行动范围以县衙到南城门为中线，分为东西两块区域，负责消灭各自区域内的日军。魏天雄在谯楼下集合了第一大队的人马，这是他的嫡系队伍，他要带队前往驻扎在中街“德义兴”花店里的“大日本元龙县守备队”队部，把木田和他的主力人马包围起来。队伍来到街上，从东边若隐若现地传来大喇叭播放着一男一女宣扬日中亲善、建设大东亚共荣圈等内容的声音，这是新民会在日军的操控下利用广播车沿街即兴向民众开展奴化宣传和教育的安抚活动。魏天雄觉得好笑，末日都到了，木田还在蛊惑人心。近来这样的宣传活动连续不断，最近几天更是从早到晚没有停歇的时候，新民会派出的几个宣传员虽然轮流广播却也疲劳得快吃不消了。魏天雄明白这是木田为了掩饰自己内心的绝望而故意做出的虚张声势之举，便命令手下把广播车劫过来，另有用途。一名中队长点了一个班的士兵迅速前往。不一会儿，一辆用卡车改装成的厢式广播车在保安联队队员的押解下开了过来。中队长向魏天雄报告说押车哩两个日本兵因为反抗叫他们打死了，司机和两个宣传员都是中国人，都表示愿意听从魏联队长哩命令。魏天雄说用车上哩喇叭给木田喊话，叫他投降。

保安联队第一大队的一百多名士兵，在魏天雄的指挥下迅速包围了木田的指挥部，几挺机关枪架设在了“德义兴”院落四周的房顶上以防日军突围。这一切做得极隐蔽，等日军有所察觉，他们已成了瓮中之鳖。近来一连串毁灭性的消息几乎让木田的精神崩溃，此时他正呆坐在椅子上为帝国命运深深地忧虑，听到被魏天雄包围的消息，他的屁股仿佛突然挨了针刺一般，腾地站立起来，抓起挂在墙上的指挥刀便向外冲。来到院子里，他听到从广播车上的喇叭里传来一个女人用日语播报的魏天雄以“国民党军第一战区先遣军第七旅”旅长的名义劝其投降的声音，这令他大吃一惊，没想到这老土匪，心机隐藏得如此之深，把他完全蒙骗住了。木田恼怒地抽出指挥刀要组织兵力实施突围，但这个决定很快被自己否决了，他清楚那是徒劳，目前大和民族正处在生死存亡之关头，日本本土都难以自保，在一个县城里突围又有什么意义，结果只会给神社里多增加几十个亡灵牌位。动用武力实属下策，保护好下属的生命才是上策，木田把指挥刀插入刀鞘，命令手下加强防守，绝不能让魏天雄的人冲进来。他想调动城里的其他日军和伪警察前来解围，便返回到屋里拨打电话，才知道电线已被掐断，气恼得他将话筒扔在了地上。他断定别处的日军也一定被围困了起来，警察更指望不上了，只好安慰自己暂且死守在这里静观事态发展再采取对策。

让木田猜对了，王倜得知魏天雄对日军采取了包围行动后，立即招来警务局长，协商决定配合保安联队围困日军的行动。一百多名警察的加入，更增强了魏天雄将日军围困到底的信心，只要木田一天不投降，就这么一直跟他耗下去，直到把小鬼子耗干为止。

一连几天，广播车隔两个小时就对被包围的日军用日语喊一通话，轮番宣传中美苏三国军队对日作战的胜利消息，每一次都对日本兵的心理防线造成巨大冲击。

八月十五日午后，日本天皇裕仁宣读的《停战诏书》通过电台传遍了全世界，他表示接受《波茨坦公告》所列的各项条款，向中美英俄同盟国宣布无条件投降。这一令人振奋的消息所到之处，惊喜得民众一传十，十传百，神州大地无不呈现一派欢欣鼓舞的景象。元龙县也到处响起庆贺的鞭炮声，人们压抑了多年的激情在这一刻完全爆发了出来。

兴奋中的魏天雄，让侯如墉发来的电报冷静了下来，他要立即采取下一步行动。侯司令指示他即刻率兵围困住日军，等待受降的命令。魏天雄冷笑一声自言自语道："老子等你发布命令围困日本鬼子，豆腐都馊了。"他扔下电报，带两个警卫登上正在向日军进行宣传的广播车，打断男女播音员的声音，拿起话筒郑重地向木田喊起话来，说他奉国民党第一战区先遣军司令侯如墉之命，行使先遣军第七旅旅长哩职责接受日军驻元龙县守备队投降，让木田出来面谈受降事宜，限三十分钟内予以答复，若顺应大势，放下武器，可保其生命安全，若不识时务，负隅顽抗，将让侵略者死无葬身之地。

在被围困的这几天里，木田日夜都在思考着他和属下如何面对即将到来的命运的抉择。经过反复思考他有所醒悟，期盼这场异想天开的害人又害己的战争早日结束。在他听完裕仁天皇发表的《停战诏书》后，一直忐忑不安的心境，终于平静了下来。别无选择，能够保证给自己和属下留一份军人的尊严，平安回到故乡与家人团聚成了他唯一的愿望。魏天雄的喊话给了木田开展对话的机会，他想先稳住这个老匪，避免发生不测事件，等冈村宁次总司令发布了相关命令再缴械不迟，便派一名精通中国话的参谋代表自己前去交涉。

日军参谋特意做出一副威严的样子走出高度戒备的院子，来到氛围同样紧张的院外找到魏天雄。这参谋打心眼里瞧不起土匪出身的魏天雄，他虽为败军之兵，却丝毫不影响表现自己的傲慢，便轻蔑地上下打量一番仍穿着保安联队军服的魏天雄，不屑地说道："你有何资格命令皇军缴械？"

魏天雄忍住性子，把随身带着的侯如墉签署的委任状亮给对方看。日军参谋瞥了一眼讥讽道："前几天还在给皇军卖命的魏联队长，怎么摇身一变成了国民党军的旅长了，不是冒牌的吧？"

魏天雄终于按捺不住内心汹涌的怒火，抡起巴掌重重地扇在了日军参谋的脸上，把他打了个趔趄，面露杀气地呵斥道："木田哩架子太大了，他不来也罢，怎么还派了个不懂事哩混账东西，回去叫你家主子出来，俺要当面跟他谈，拖延时间别怪本旅长不留情面。"

日军参谋目光所及，街道、路口、房顶满是指向他们驻地的各种枪口，知道激怒了魏天雄的可怕结果，不敢再纠缠下去，捂着火辣辣疼痛的脸狼狈地退回了本部。

木田见他的参谋一副惨状返回来，听完汇报，意识到不跟魏天雄见面是不行的，当即带了两个幕僚和四个卫兵徒手出了院子。见到被一队全副武装的士兵拱卫着的威风凛凛的魏天雄，木田疾步上前恭敬地伸出双手。

魏天雄礼节性地跟对方握了握手，把委任状展开来给他看了看，重复道："本旅长奉国民党军第一战区先遣军司令侯如墉哩命令，特来接受日军驻元龙县守备队全体官兵投降，你还有什么话要说?”

木田故作镇定地说道：“本人须遵照‘日本中国派遣军’总司令冈村宁次的命令行事，目前尚未接到总部发来的关于停战后如何行动的任何电文，只能等待。”

魏天雄气势逼人道：“还等什么，你们天皇投降诏书都播出了，谁还敢阻挡你们缴械。快命令你哩士兵放下武器，列队出来投降。”

木田见双方无法谈拢，欲退回本部，对魏天雄道：“魏旅长，本人回去静候总部的电报，接到命令再启谈判。”说完，不等对方答复转身就走。

魏天雄哪肯错过这样一次擒获木田的好机会，他用力一挥手，一队士兵如饿虎扑食一般冲了上去。这些都是魏天雄的得力干将，双方只经过了一番短暂的搏斗，木田和他的手下便被全部擒拿住。魏天雄走到由两个手下反锁着胳膊的木田面前，得意地笑道：“你这就是不识时务了，让俺哩弟兄们费点儿劲你才听话。”他随即命令手下道：“把这几个龟孙子都给俺绑了。”一小队士兵用事先准备好的绳索，要将木田等人捆绑起来。木田奋力挣扎，用半生不熟的中国话冲魏天雄喊道：“中日战争已经结束，你不能这样对待我们，请给我们大日本军人一点儿尊严!”

魏天雄站在木田跟前，冷笑一声激动地说道：“尊严?你们日本军人到中国地盘上烧杀抢掠，老百姓哩尊严在哪里?元龙县这块地界本是俺老魏呼风唤雨哩地方，为了保存实力俺忍辱负重背着汉奸哩骂名给你们当走狗，俺哩尊严又在哪里?今天俺就是叫你们小日本尝尝被欺辱哩滋味!”他吩咐正在捆绑这几个日本兵的弟兄们，拉上小鬼子游街示众。

木田闻言，心里不寒而栗，他能想象到沿街的老百姓会怎样对待他们，如果遭受那样的侮辱毋宁结束自己的生命。他明白这是魏天雄在逼迫自己召集下属列队投降的筹码，权衡片刻，决定还是顺从魏天雄的意志为好，便神情沮丧地说道：“魏旅长，放开我们，我答应你的要求。”

魏天雄见木田要向自己妥协，示意手下给他松了绑，把木田带到广播车上，让他给院内的日军喊话。事已至此，再拖延下去已没有任何意义，木田拿起话筒规劝下属为了保存大和民族今后繁荣之力量，请诸君——国家的栋梁之材，屈一时之尊，放下武器，列队接受国民党军第一战区先遣军第七旅的收管。这番话木田连说了三遍后，对魏天雄道：“贵军可以行动了。”为了防备不测，魏天雄用木田做人质，带着自己的警卫队走进了日军守备队的院门。眼前果然有一支卸去了武装神情沮丧的日军排成一列纵队站在院子里，在他们面前有序地码放着各种武器。魏天雄的脸上掩饰不住得意之色，他当即命令跟在身边的军需官将日军交出的武器清点入库，又命令手下的一个中队长负责给这一队缴了械的日军登记完后，押解到县衙的牢房里。在这当口，突然从日军的队列里闪出一个士兵径直向魏天雄冲来，在他靠近目标时猛然亮出藏在衣袖里的一把刺刀。魏天雄身边的一个警卫迅疾迎上去一脚踢飞了这个小鬼子手里的凶器，紧接着一个连环脚将对方踢翻在地，另几个卫兵一拥而上把这个图谋不轨的日本兵绑了个结实，听候处置。

魏天雄走到要刺杀他的日本士兵跟前，盯视着对方宁死不屈的眼睛，夸赞道：“有种!这才叫士兵哩尊严，死也不投降，那好，俺老魏成全你。”说着从腰间拔出短剑，朝着日本兵的心窝猛地捅了进去。为了防止鲜血喷射到自己身上，魏天雄慢慢把剑身从这日本兵的身上抽出来。这个士兵全身仿佛被抽去了筋骨，愤怒的目光在魏天雄的脸上停留了最后一瞬，脑袋无力地垂落到了胸前，两条腿随即瘫软了下去。

木田眼看着自己的一名士兵命丧黄泉，焦急得大声提醒其他士兵不要再做无谓的牺牲，反抗只会招致更快的死亡和更大的羞辱，这才打消了队列里另外几个不甘心投降也想冒险的士兵的念头。

至此，木田算是彻底服输了，他任魏天雄的手下清缴自己的人马，最后几十个人包括他在内被捆绑着押往县衙牢房。他这才深切地感悟到，龙的土地是永远不会被外敌所征服的。他来元龙县两年多，飞龙的形象虽然没有在他的梦里出现过，但却一直萦绕在他的心里。他知道这神物乃是华夏民族代代相传的精神图腾和源源不绝的生命所系，在沉睡了一百多年后不但已经苏醒，而且正在孕育着腾飞之力量，他因此心生敬畏。

魏天雄派人很快把日军守备队队部的所有东西从“德义兴”花店清理了出去。物归原主，魏天雄又派人去告知赵家人前来接收花店，以了却赵大财主两个月前临终时交代给他的遗愿。

时近黄昏，魏天雄一直陪着比他的年龄还小的岳丈在“德义兴”花店里巡视每间房屋的状况，并建议如何修缮遭到日本人改动的地方。自从娶了人家的闺女，魏天雄就不把自己当外人了。这时，在谯楼司令部值班的一名收发电报人员，一路疾跑将侯如墉发来的又一封紧急电报递给了魏天雄。侯如墉命令他即刻与城内日军交涉受降事宜，同时把伪警察队伍也招纳过来壮大实力，严防共产党的队伍抢夺县城，对顽固不化的伪政府人员以汉奸论处，当抓则抓当杀则杀。这封电报提醒了魏天雄，此前他的全部精力都用在了围困日军的事情上，现在他首先想起了伪县长王倜，这王倜是他第一个应该考虑的是杀是抓还是要争取过来的人。不到一年的时间他似乎与这个操着辽宁沈阳口音的人建立起了私人间的亲密关系，却时常隐隐地感觉这个年轻人的心境犹如一潭深墨色的秋水，神秘莫测一眼望不到底，而且做事沉稳老练底气十足，与其三十多岁的年龄极不相符，如果没有深厚的学养和坚实的背景不可能有此种表现。王倜到底是个什么样哩人，这个问题在日寇统治时期他不太在意，但是现在他忽然意识到了这个问题的严重性，因为这座城池从今天开始就由自己掌管了，身边哩人是敌是友必须弄个一清二楚，并尽快排除所有异己分子，他决定今天就将王倜的底细探个明白。

魏天雄派手下在县衙牢房里找到了王倜，他正在指挥伪警察协助保安队员关押日军。王倜听说魏天雄找他知道有要事，立即对警务局局长交代了几句，带着两个信赖的随从来到了县衙门前的谯楼上。走进魏天雄的办公室，王倜见他正襟危坐在宽大的办公桌后边，犀利的目光投射在自己的脸上，仿佛在审视一个陌生人，全然没有了往日的热情。这样的架势让王倜一时摸不着头脑，他坐在魏天雄对面的一把椅子上，不等对方开口先伸出大拇指夸赞道：“魏旅长厉害！鬼子兵都叫你降服了！”

魏天雄冷笑一声道：“王老弟，你这一句恭维话就把俺魏某吹呼哩不知所以然了。今天咱俩谁也别要虚哩，都说点实话沾不沾？”

王倜听出魏天雄话里的意思，看来他是对自己有了疑心，需小心应对，便笑着回道：“兄弟从来不跟哥哥开玩笑，我说的都是实话。”

魏天雄正色道："你到底是什么身份？告诉本旅长。如果是汪伪那边哩人，魏某可就要公事公办了，以你伪县长哩官职应按汉奸论处，先抓起来等待以后接受审判。如果是共产党哩卧底，那也不客气，谁叫俺跟共产党有仇哩。"

王倜完全明白了魏天雄的心思，他是要弄清楚自己的真实身份，那好，借此机会也把对方的真实思想探个究竟，为今后开展工作找准行动基点。王倜委婉而诙谐地说道："咱俩做事的目的可能不相同，但是采取的手段是一样的，你猜猜看。"

魏天雄蹙着眉一时理不清王倜云遮雾罩般的话语，面露不悦道："别跟俺老魏耍弯弯肠子。"

王倜解释道："你为了占据这块地盘投靠了日本人，我为了赶走日本人到元龙县当了伪县长，咱俩不同的目的，用的却是相同的曲线手段，你说是不。"

王倜的这一番话让魏天雄震惊不已，他俯过身去问道："这么说来，你是共产党不假？"

王倜悠然地反问道："像不像？"

魏天雄点点头道："像，装扮成伪县长把俺老魏都蒙蔽住了。今天你终于露出了真面目，俺老魏总算知道了这几回跟共产党较量失败哩原因。说吧，你安插在俺老魏队伍里眼线都是谁？"

王倜坦荡道："情报是我传出去的，拿我是问好了。"

魏天雄笑道："你不说也不要紧，俺早晚会查个水落石出，不管是谁，只要有负于俺老魏决不轻饶。"

王倜轻蔑道："我始终认为你是个心怀大义的汉子，没想到不过是个小肚鸡肠之辈。给抗日民主县政府传递情报的人是为了消灭日寇汉奸，是行民族大义之举，你却要报一己私仇，可悲可恨！"

魏天雄被奚落得恼羞成怒，起身一掌击在桌子上，吼道："你这个背后给俺搞阴谋诡计哩共产党分子，俺老魏一定不会放过你！"

王倜镇定自若地向魏天雄摆摆手示意他冷静下来，说道："咱们不要争吵了，你要明白你现在的身份是国民党军官，国共联手抗战打跑了小日本，现在两党仍是合作状态，你要是把我王倜抓起来或者杀害，其行为跟侵略者没什么两样，你看着办吧。"

魏天雄猛然意识到对自己现在的身份认知还没有完全转变过来，他尴尬地苦笑一下，气焰顿时消失大半。

王倜继续说道："兄弟阋于墙，赶走了外敌，当前国共两党首要任务是创造一个和平环境，搞好国家建设和民生工作，这是头等大事，而不是再相互倾轧，你说是不？"

魏天雄沉思片刻，忽然瞪着眼睛回答王倜道："和平？简直是异想天开，哪个朝代不是由一家统治？国共两家不决出个雌雄能有和平？搞建设？谁去建设？给谁建设？打，一定要打，这天下究竟是谁哩，等打出个子丑寅卯来再说其他。"魏天雄的内心此时正在憧憬着通过战争才有可能使自己成为统领一方之人物的梦想，从而一扫年少时受到的屈辱和之后在坎坷经历中遭受的身心痛苦，尽情享受权力和地位带来的荣耀和受人尊崇的自豪感。

不必再交谈下去了，王倜已经看到了魏天雄的灵魂深处，这是个危险而可怕的人物，今后一定要对他多加防范。走吧，王倜站起身向魏天雄告辞道：“咱们既然谈不到一块，就不要勉强，各走各的路，只要彼此还视为朋友就好。你多保重，小弟今天领了老兄不抓不杀的一份人情。”说完转身就走。

面对王倜的凛然浩气和坦荡胸怀，魏天雄的内心一时丧失了抓捕对方的勇气，下意识地起身相送。他把王倜送出屋门，转身回到座椅上陷入了沉思。少顷，他举起右拳狠劲砸在桌面上，最终决定明天抓捕王倜和自己手下几个军官，彻底铲除异己。

王倜下得谯楼，迅速回到县衙里的办公室，仰靠在沙发上闭目沉思。他强烈地预感到魏天雄铲除异己的决心很快就会付诸行动，他设想了各种对付魏天雄的办法，其中包括动员朱杨二人发动兵变取而代之，或联手姜奇里应外合消灭这悍匪，但都被自己否定。一是朱杨的实力不济，不足以撼动对手，孤注一掷很可能输个精光；二是没有充足的时间运筹大行动，况且这是自己的一厢情愿，姜奇手里没有重型武器攻打县城无异于以卵击石。只有一种方案可行，那就是尽快撤出县城。他已经完成了党组织交给他在抗战期间的任务，新的局势已不容他继续待下去。他立即起身开始行动，毁灭掉所有可能造成不良后果的文字材料，随即打电话通知已经按国军编制更改了官职名称的朱团长和杨警官，叫他们赶快告知家属准备出城，去南佐镇投奔共产党。他要趁魏天雄还没腾出手来搞清洗，把这两个有功之人和其家人解救出去，同时得以保护两个以开饭馆作掩护的地下电台情报员。朱杨二人早有投奔共产党的打算，他俩和王倜在电话里商定了今晚的行动计划。

午夜时分，城里万籁寂静，王倜和朱杨二人以及他们十几个心腹，着便装骑着战马护卫着坐在几辆马车上的家眷来到了东城门。今晚朱团长手下的士兵在此值守，但是他们仍高度警惕，食指扣着手枪扳机，随时准备应对不测情况。值班的士兵见是他们团长带队要出城，哪敢询问，一切唯命是从，一队人马很顺利地穿过城门过了吊桥。月色如水，王倜他们沿着两侧长满玉米、高粱等庄稼的乡间小道朝西北方向疾走。一路上，在细腻的秋虫鸣叫和浑重的车马声的伴奏下，所有人都静默着，但是每个人都心潮起伏，奔向一个全新的天地，没人不激动。

第二天一早魏天雄得到王倜和朱杨二人携家眷带心腹出城的消息，如梦方醒，才知道了谁是共产党的眼线。他懊恼自己一时疏忽，没有及早动手，没有严把城门，让与他为敌的人溜之大吉了。

第五十七章　乡　愁

日军投降后在沦陷区留下的权力真空，唤起了合作了八年的国共两党争抢地盘的强烈欲望，双方迅速调兵遣将不遗余力地开始行动。在这场明争暗抢中，共产党明显处于不利局面，侵华日军总司令冈村宁次电令各地日军只向国民党军队缴械，而拒绝向共产党军队投降。因此，由日军控制的大中城市以及许多县城已经移交或准备移交给国民党军队，一些易于攻破的小县城被共产党的军队抢到了手。驻扎在石门市的日军拒不向近在咫尺的共产党八路军交出城防，而是等待从河南省北部沿平汉铁路北上的国民党军第一战区先遣军侯如墉的部队前来举行受降仪式。一路上侯部遭遇了无数次共产党地方武装的袭击阻拦，一万多人的队伍时而乘坐火车时而徒步行军缓慢地向前挪进，二百多公里的路程走了半个多月其先头部队才进入了元龙县地界，却又遭遇了伏击。

这次伏击是吴常奉姜奇之命，从各村抽调的民兵提前到达车站北边的一处空旷地段，扒掉了十几节铁轨，毁坏了一大段路基，只等国民党先遣军的火车窝陷在这里，以延缓侯部进入石门的速度，推迟国民党在冀西南的军事部署，给已方主力部队攻占周围的县城创造条件。一路上侯如墉总结出了一些应付共产党部队骚扰的经验，首先派出一个团当开路先锋，主要任务一是修复被毁坏的铁路，二是平复沿线的骚扰。在先头部队即将进入元龙县地界时，侯如墉电令魏天雄一定要给予配合，保证铁路畅通。

这段日子，魏天雄的队伍迅速扩大，高邑、赞皇、赵县、临城等县城先后被八路军攻占，这几个县的保安团残部纷纷投奔到了元龙县城，向魏天雄祈求接纳。魏天雄明白这些人如果有其他出路绝不会委身于他，既然来了就都是死心塌地要跟共产党作对的人，这正是他所需要哩，便欣然接收，他的队伍迅速增加到了一千五百多人。昨晚子夜时分他接到侯如墉发来的电报，命令他立即派兵接应就要进入元龙县境的先头部队，并一同维护好其管辖内的铁路安全。他不敢怠慢，迅速派出一个营出了东城门沿铁路向南而去，他要好好表现一番，把握好这次立功升迁的机会。在朦胧的天色下两股部队会合在了一起，经双方协商很快变成两列纵队，顺着轨道两侧的路基向北折返。过了元龙县城十几里后，他们发现有段铁轨和路基被毁坏，立即组织抢修。就在此时，埋伏在路基两侧青纱帐里的民兵，在吴常的指挥下发起了袭击。一时枪声大作，在前边开道的国民党兵纷纷中弹从路基上滚落下来，幸免于难者在惊魂中匍匐下身子向两边的青纱帐还击。紧接着在爆豆般的枪声中隐约传来一个人急切而焦灼的呼喊：“都是自家人，别开枪，别开枪……”这声音引起了吴常的注意，他停止射击，很快听出是石敢当的声音，循声望去，看见从轨道西侧南边路基上一个高大的身影正在用力挥舞着胳膊向北奔跑，拼命呼喊双方停火。交织成一张火网的子弹在石敢当身边飞窜，与此同时他的两个警卫从身后将其扑倒在地，但仍能听到他的喊声。吴常惊出一身冷汗，站起身大声喝令己方人员停止射击。身边的队员不解，问为什么？吴常焦急地回道："那是俺哥哥！"在双方头领的制止下，路基上的国民党兵和铁道西边的民兵停止了射击，铁道东边的民兵也很快了解了情况收起了枪支。夜晚又恢复了平静。石敢当现在的身份是先锋团的一名营长，这是侯如墉成立先锋团时杨参谋推举的结果。三个营的营长都是对沿途某一地界的人文和地理情况谙熟的人，就是要依靠俺们给先遣军打开这条通向石门的道路。由连长攫升为营长，石敢当的内心没有生出一丝虚妄之感，他一心想着一夜之间赶到石门解除小鬼子哩武装，早一天过上太平日子。一路上遭受的无数次袭击令他愤怒之极，他不理解小日本投降没几天，国共就放弃了合作，不顾一切地争抢起了地盘。两党真哩就不共戴天吗？进入元龙县地界他自然成了领头羊，双脚一踏上这片土地，他的心情就激动万分，无论看到什么都觉得亲切无比，听到乡音就像是见到了亲人，所以他冒着随时被击毙的危险制止双方交火，不想叫任何人受到伤害。不等枪声完全停歇，就听到从铁道西边的青纱帐里传来一声急切的呼喊："敢当哥！"随着声音，吴常敏捷地窜上路基，奔向石敢当。

石敢当也听出了吴常的声音，他从两个警卫的身下挺起身来，在朦胧的夜色中兄弟俩情不自禁地拥抱在一起。一晃三年多不见面了，哥儿俩的激动心情无以言表，只是用力拍打着对方的后背，颤抖着声音分别叫着"哥哥！""兄弟！"

吴常的人马"呼啦啦"从两边的青纱帐里钻出来奔上了路基，和石敢当的士兵混杂在一起，将两个人团团围住，心里品咂着眼前呈现的意想不到的情景。兄弟俩尽情享受着相逢的喜悦，彼此都有许多话要给对方说。石敢当急切地向吴常打听了老娘和妻儿的情况，知道平安后，倍感欣慰。吴常关心地询问了石敢当这些年的经历，为其英勇抗战的精神所感动。吴常道："哥哥！正好借此机会回家看看，老娘和妻儿都想死你了！"石敢当道："俺很想回去，可军务在身，多有不便。"吴常环顾一眼包围着他俩的双方人员，伸手抓住石敢当的一只胳膊，拨开人群，把他拉到西侧路基下。石敢当的两个卫兵紧随其后，被吴常喝止住，说哥俩叙几句私话，让他们暂时回避一下。石敢当转身对手下挥挥手，支走了卫兵，他能猜想到吴常要对自己说的话，这些话确实不能让手下听见。吴常把石敢当拉到青纱帐边上停下脚步，手却还攥着石敢当的胳膊说道："哥哥！别跟国民党干了，你信奉了几十年哩三民主义，到今天一样都没实现。共产党推行哩土地革命是争夺天下哩法宝，占国民大多数哩农民为了能得到土地会舍命跟共产党干，你能想象到将来天下会是谁哩。"

石敢当沉思着，在为自己的信仰感到迷茫。康先生教导他的三民主义在他心里蕴藏期盼了二十多年，所谓中华民族独立自主、全民共享平等人权和平均地权之民生，眼看着和平的一缕曙光很快要被内战的乌云遮掩，民不聊生的景象还看不到尽头，实现三民主义仍然十分遥远。他不禁哀叹一声道："两党纷争国无宁日，但愿为了民族利益都能坐下来共商国事，一同建设国家。"

吴常道："就个人来说，你现在必须做出选择。"

石敢当道："俺还没想那么多，眼前最要紧哩事情，是赶快带领部队进入石门接受日军投降。”

触及这个话题，吴常对石敢当道：“哥哥！你能不能推迟几天进入石门？向你哩上司打个报告，说路基毁坏严重，需要抢修几天。”

石敢当明白吴常的企图，作为军人各自都在执行上级命令，他不能答应吴常的要求，反问道：“两党争抢地盘，难道比从外敌手里接管城市还重要吗？”

吴常没想到石敢当能说出这种震慑人心的话来，他自感羞愧而无言以对，在延缓国民党先遣军北上的问题上他不想再有所作为了，便转换话头道：“哥哥！趁抢修路基哩空当回家看看吧！这里你放心，不会有麻烦。”

石敢当响应吴常的话道：“是该回去看看！”他不知道以后再回家来还要等多久。

吴常道：“兄弟陪你回去，你穿这身国民党军服恐怕进不了村子。”

石敢当应允一声，大步冲上路基来到抢修路基现场，对正在指挥干活的副营长说回家探望一下老娘，村子距此不远，一个时辰就能回来。俩人共事虽然时间不长，可副营长对石敢当的宽厚为人十分钦佩，刚才的这场遭际更增添了他对石敢当的几分敬重，看来石营长到处都有生死相交的朋友，便满口答应说你去吧，路上小心。副营长说着从兜里掏出一沓里面裹着几枚大洋的纸币，他知道国民政府发行的法币在共产党控制区是废纸，便将大洋从纸币中取出塞给石敢当。石敢当推辞不过，只好接了。

此时吴常已经把自己的队伍召集在了一起，对他们说今天哩任务完成了，立即回各自村里做好防范敌特工作。其中有人不解，嘴里嘟囔着说国民党兵就在眼前为什么不打？吴常对大家解释说，国民党先遣军去石门受降日本鬼子是大事，咱们兄弟之间大打出手会叫小日本笑话中国人窝里斗。这么一说，没人再言语，在吴常的口令下，百十号人按村属分成几个小队，顺着庄稼地的几条窄小路径很快消失得无影无踪。

石敢当在吴常的陪伴下一路上叙着话来到了贞村东口，不知从哪里突然闪出两个持长枪的十八九岁的年轻人，对他俩进行盘查。这几个年轻人自然认得吴常，对国民党军官模样的石敢当却有些陌生。吴常告诉他们说，这是咱村人，叫石敢当，在南边打鬼子多年，今黑夜路过这里，回家看看。吴常这么一说，两个年轻人透过夜色伸着脖子辨认了几眼，脑海里立即浮现出了小时候见过的石敢当的模样。他们自小崇敬这条憨厚刚直的汉子，魏天雄投靠日本人后听说他去了南边打鬼子，几年听不到他的音信，今黑夜回来想必也是经历了千辛万苦。两个年轻人不想再耽搁他的时间，闪身让开路请石敢当早点回家。石敢当却不着急，他询问两个小伙子是谁家哩孩子。一个回答是丁铁蛋哩小子叫丁棒棒，另一个说他爹叫田从虎。石敢当感叹光阴过哩真快，一代人又成长了起来，便分别向两个小伙子打听了他们的老爷爷丁黑子爷爷丁不白和田生玉的身体状况，知道都还硬朗很是欣慰，特别是对八十有五的丁黑子，为老人仍没有放下打铁的手艺而惊讶。丁黑子疾恶如仇的品格，几十年来影响着石敢当的性情，是他无比敬仰的长者，他嘱咐丁家小子转告自己对老人哩问候，丁铁蛋的独子满口答应。还没走进村子，石敢当就已经浸润在了浓浓的乡情里。

跟两个年轻人告别后，哥俩沿着村里的东西大街向西走去，他俩的脚步声一路上不时引来几声稚嫩的狗叫声。日本投降后，这里很快就成了解放区，被抗日武装动员剿杀了狗的人家，迫不及待到山里讨要来狗仔又喂养了起来。小狗的叫声虽然稚嫩，却恢复了村庄的一些生机和活力。

俩人来到村子西北角石家门前，院门插着，石敢当不愿叫门以免惊醒左邻右舍的乡亲，他在吴常的协助下纵身翻过七尺多高的墙头进了院子。

石敢当打开院门让吴常进来，吴常说他在门外等着，催促石敢当赶紧去见家人，他怕自己在场造成不便。石敢当走到娘住的北屋门前弯起右手食指轻叩几下，里边立即传来一个老妇人警觉的问询声。石敢当的嘴贴着门缝回应道："娘！是你儿敢当！"他的耳朵贴着门缝倾听屋里的反应，没有回音，他又说了一遍，终于听到老人兴奋的声音："敢当回来了?!"之后是一阵起身穿衣时发出的窸窣声和下得炕来急切的脚步声。房门未开，老人就迫不及待地唤道："敢当！敢当！"石敢当在门外连声应着。屋门打开，在泛白的天光下，石敢当看到年近七旬的娘比几年前苍老了许多。他跨进门把瘦弱的娘揽在怀里，两只大手轻轻抚摸着娘弯曲的脊背，嘴里不停地叫着娘，泪水模糊了双眼。

牛四妮的脸贴在儿子宽厚的胸前，真切地感受着儿子有力的心跳，她反复提醒自己这不是在做梦，因为她在梦里无数次经历了这样的场景，醒来都落了空。她仰头望着石敢当的脸埋怨道："儿啊！你可把娘想死了！一走几载一次都不回来看看，是死是活连个音信都没有！日本人投降了，这回可不走了?"这些年里无论是白天黑夜，只要听到枪声牛四妮的心就悬在了半空，禁不住就会联想到儿子的安危。今黑夜从东边铁路那边传来一阵爆豆般的枪声又让她失眠了，坐在炕上双手合掌无数次地向菩萨祷告，保佑儿子平安，早日回家团圆。她从没有奢望过石敢当在部队里升官发财，一家人能在一起过日子就是她最大的愿望。刚才石敢当的叫门声让她半信半疑，以为又是在做梦，现在才从臆念中清醒过来，儿子是千真万确哩回来了！

娘的话让石敢当伤感之极，他用衣袖擦去自己满脸的泪水，随后把娘扶在方桌旁的圈椅上，便双膝跪在娘的面前，向娘陈述道："孩儿这些年在外边打鬼子，没给娘丢脸！这次是去石门接受鬼子投降路过，顺便回家看望娘，办完公务孩儿就回家来伺候娘，再不去当兵打仗了，好好过咱哩安生日子！"

石敢当的这句承诺，让老人立刻焕发出了精神，舒心地笑起来，却不胜感慨道："那可是好！这些年俺们孤儿寡母哩真不容易，一家老小就缺你这个顶梁柱哩！快去东厢房看看你媳妇和孩子，再不见面孩子都不认识你了。"石敢当仍跪在娘的面前一动不动，他对妻儿的思念不可谓不强烈，但是他还没有表达够对娘的爱。他的目光久久地注视着娘堆满了褶皱的脸，在儿子眼里那是一朵盛开的美丽的菊花。

娘知道儿子对自己又产生了依恋之情，接下来又会像婴儿一样贪婪地吸吮自己的乳房，把儿对母亲的炙热情感通过蠕动的嘴唇和舌尖从乳头一直传递到心里，同时化解娘这几年对儿的思念。几十年来牛四妮已经习惯了儿子这种对母亲感情的表达方式，她撩开衣襟，呈现出两个干瘪下垂的乳房等待儿子抚摸、吸吮。石敢当的两只手庄重地捧起娘的一只乳房，张开嘴正要把黑色的乳头噙在嘴里时，忽听屋门"咣当"一声响阻止了他的动作。他回头看见一个身材单薄颀长的十五六岁的小子，仅穿着一条藏青色粗布短裤斜靠在门扇上好奇地看着眼前的一幕。石敢当见是自己的儿子石成，面对孩子他难免有些尴尬，急忙站起身，走过去两手扳住儿子的肩膀仔细端详着，既欣喜又愧疚道："成儿，爹对不起你，长这么大，爹没有为你付出一点儿心血，爹以后会好好补偿！"

石成冷漠地低着头，并不回应爹说的话。他跟娘在东厢房睡觉，爹呼叫奶奶的声音传入了他敏锐的耳朵里，难道是爹回来了？好奇心驱使他翻身下炕跑过来看个究竟。眼前的情景让他难以理解，他不明白爹四十多岁的人了为什么还留恋奶奶的乳房，他把爹当成了一个怪异而且没有出息的人。还因为他跟爹在一起的时间少得可怜，情感上很是生疏，使他没有勇气喊出“爹”来。

牛四妮看出了孙子的心思，她不想让孙子心里留下对爹的不好印象，便合上衣襟从椅子上站起身，走过来给孙子解释道：“你爹是个孝子，几十年来但凡出门前和从外边回来，都要在奶奶怀里撒撒娇。你爹在奶奶眼里，岁数再大也是孩子，就像你在你爹眼里一样。你爹疼爱你，他巴不得你也跟他撒回娇哩，快叫一声爹！”

奶奶的话让石成多少消除了些对爹的成见，也多少拉近了他跟爹在情感上的距离，低着头鼓足勇气叫了一声爹。高兴得石敢当把儿子紧紧地抱在怀里。

牛四妮对石敢当道：“都怨你常年在外，孩子快不认你这个爹了！”

石敢当抱着儿子，享受着父子间难得的亲情，下决心道：“回来，执行完这次任务一定回来！”

此时石敢当的媳妇也站在了屋门口，刚才儿子的动作惊醒了她，她继而听到了男人说话的声音，便匆忙穿衣出来。夫妻久别相见，彼此的目光都有些闪烁，女人是因为面对男人这身威武的军官打扮出于妇道人家的羞臊和卑微心理，石敢当则是因为对媳妇没有尽到丈夫的职责而愧疚。

牛四妮看在眼里，笑着示意儿子道：“有话快回屋里给媳妇说说！”

石敢当有许多话想跟媳妇说，他跨出北屋门槛，走到媳妇跟前，看到媳妇的脸被风吹日晒得紫红而粗糙，来不及梳理的蓬乱的头发显现着根根银丝。他知道这是长年艰苦劳作的结果，心疼地对媳妇说道：“受累了！”

媳妇没有应答男人的问候，她用轻柔的包含着炙热情感的话语说道：“赶夜路肯定饿了，俺去给你做饭！”转身就往灶火间走。

石敢当拒绝道：“不用了，俺这就回去，队伍急着往石门赶哩。”说着从上衣兜里掏出几枚大洋和一把铜元递到媳妇粗粝的手里，对媳妇说有他营副哩几块大洋。媳妇让男人代她向营副表示感谢，随即担忧道：“你在外边这些年，俺黑夜常做噩梦，梦见枪子儿像蝗虫一样在你身边飞来飞去，有几回还打中了你，把俺吓醒后就再也睡不着觉了。小日本投降了，咱不当兵了沾不？”

石敢当安慰媳妇道：“梦是反梦，越是噩梦越平安，你看俺这不是好好哩？俺刚给娘和孩子说过了，这次去石门执行完任务，就脱下军装回家种地。”

此时，天色又亮了许多，到了庄稼人赶早去地里锄草的时辰了，门外传来邻居跟吴常打招呼的声音提醒了石敢当。石敢当对家人道：“娘！你们多保重！时间紧迫，俺得赶紧走。”边说边往外挪动身子，一家人亦步亦趋相送。等在门口的吴常借此机会和大娘、嫂子唠了几句话，被石敢当催促着走了。老人和儿媳跟到大街上，望着石敢当疾步远去的背影，心里默念着老天爷保佑她哩儿子和男人早日平安回来。石成望着爹远去的背影，忽然感觉到了一丝离别的惆怅滋味。

吴常和石敢当一路说着话，不知不觉就走出了五里多地，前边铁路上抢修工作看上去已经接近尾声。石敢当停下脚步，对吴常道：“兄弟！回去吧。说好了，哥哥执行完任务就回来，哪边哩兵也不当了，就是守着家人过日子。盼了二十多年三民主义，刚打跑了日本人，民族还没独立，国共又要打起来了，民权民生更不用说，不知道什么时候才能实现哩，哎！”他的话里明显带着对理想中的世界遥不可及的悲观情绪。一路上俩人就今后的局势探讨了一番，以目前的形势发展，在可预见的未来，石敢当感知到了内战再起的可怕情景，他由此向吴常表达了自己的心声。

吴常对自己的信仰依然坚定，他劝石敢当改弦易辙而不成，只好作罢。有一点儿令他稍感欣慰的是，石敢当已经决定不久就会弃国军而回归田园，或许能避免他们兵戎相见的悲剧发生。

兄弟俩分别时紧紧地拥抱在一起，彼此期盼着再相逢的那一天。但是他俩都明白，军情波诡云谲，局势变化谁都不可预料，个人命运完全不由自己，这一分别不知何时才能相聚。想到此，哥儿俩的心情格外沉重，眼里闪着泪花，依依惜别。

第五十八章　回　家

冀西南抗战时期的沦陷区，自日军投降后的两三个月的时间里，在国共双方的明争暗抢下，很快划出了各自的势力范围。西部山区的几个县城及广大农村成了共产党的天下，东部平原上的几个县城及村庄由国民党军队控制，中间有个模糊地带，较长一段时间内你来我往的没有定数，贞村就处在这个地带。目前国共名义上还在合作期间，特别是两党领袖正在重庆进行和平谈判，双方军队都处于克制状态，没有发生较大冲突。被日寇残酷统治已久、多年处于惊恐状态下的老百姓，终于可以生活在没有炮楼和封锁沟没有战火侵扰的环境中了，深切地体会到了呼吸和平自由的空气是多么舒心畅快，盼望这种日子永远延续下去。

人们的喜悦心情激发起了他们的生活动力，各村的传统庙会和集市又恢复了起来，这给民间的戏曲杂耍技艺提供了广阔的表演舞台，田从龙的戏班自然也有了大展身手的机会。凭借“元龙红”的名号，他的戏班一个多月来，每天从早到晚奔波于各个村子之间，在这个村子刚唱了一天戏，傍晚就驾着三辆骡马车赶往下一个村子。所到之处，周围的村子就像过年一样喜庆热闹，男女老少的丝弦迷拥挤在戏台前不吃不喝也要过一天戏瘾。如此盛况，每天戏班的收益自然不菲。

高兴之余，田从龙忽然生出了几重伤感。他首先想起了一年前因病去世的恩师袁大伯，如果老人家还健在，面对壮观的演出场面该多么欢喜！这都是他多年心血的体现。明天是袁大伯的祭日，田从龙决定停演一天，戏班全体人员回小孔村，到恩师的坟前告慰一番，让老人家的在天之灵一同分享这份和平自由及生意红火的快乐！另一重伤感是他想起了贞村的父老乡亲。唱了这些年戏，别说本县的村子，就是周围县的许多村子他都去唱过，唯独还没给贞村的乡亲们完整地唱过一出戏。几年前全家人被爹哄骗到贞村帮日本人搞宣抚，在风雪中的那段悲壮演唱情景又浮现在眼前，他至今为自己当时的举动感到自豪，誓死不当日寇的玩偶被他视作一生的荣耀。现在日本人滚出中国了，条件成熟了，他决定后天就去贞村给乡亲们奉献几出精彩剧目，荡气回肠地唱上一天。

第二天，田从龙带着戏班全体人员在恩师的墓碑前追思、告慰了一番，心里才感到了一点儿安慰。当天后晌，他带着戏班，赶着三辆大车去了贞村。

走进贞村地界，田从龙便不时被正在道路两侧田野里收秋的乡亲认出来，惊喜地跟他打着招呼，并询问他是不是回家唱戏来了。乡亲们得到满意的答复后，无不欣喜若狂。一个二十岁出头的后生干脆撂下手里的活，不顾大人的呵斥从地里跑过来跟着戏班往村里走。这个后生自小痴迷丝弦，平日里也好哼上几句，今天遇上了全县最有名的戏班，他自然不肯错过接触这些名角的机会。在他眼里，坐在骡子车上的十来个演员的一举一动、一颦一笑都能带给他愉悦的享受。

赶着头一辆马车的田从龙，招呼这后生坐到车上来，想通过他了解村里的一些情况。俩人一问一答，田从龙知道了贞村近期也已经废除了日伪统治时的保甲制，实行了村长制。经过村民选举，丁不白担任了村长一职，负责处理全村的行政事务。田从龙为贞村选出了这样一个正直公道的村干部而高兴。

刚走进村子，戏班很快就吸引了众多乡亲，男女老幼，前堵后拥要把戏班的所有成员看个够。有不少乡亲大声喊着田从龙的名字，请求他给乡亲们唱一出大戏。田从龙感受着浓浓的乡情，激动地回应，明天给乡亲们唱三出大戏！此言一出，引起一片欢呼声。

这后生在前边开道，把戏班领进了位于大街中段的村公所院子里。他见田从龙在乡亲们的包围圈中应对各种问话，唯恐让别人抢了先，撒腿跑到北屋的村长办公室，见乡政府派来的一名干部在跟丁不白几个村干部商量选举村民代表成立农会的事情，便急不可待地插话向丁不白报告了田从龙已经回村，明天要给乡亲们唱戏的消息。这可是意想不到哩好事，乡、村干部们很是高兴，可以借机召开成立农会动员大会。丁不白透过糊在窗户上的黄裱纸隐约可以看到院里的人越聚越多，声音越来越嘈杂，便向乡干部提议暂停没商量完哩事情，先去接待远道而来哩田从龙，大家纷纷响应。丁不白被乡亲们选举为村长已有月余，起初他不想挑这副担子，惶恐自己的能力不够，怕辜负了乡亲们哩期望。当晚丁黑子给了他信心，说有史以来即是当个村官也不那么容易，不外乎都是有钱有势哩人。现在咱平民百姓也能当家作主了，这是天大哩好事，做梦都想不到哩！干！一定要干！只要公公正正、认认真真、勤勤恳恳哩干，就能当好这个村长，咱丁家上下几辈人都光彩哩！说得丁不白热血沸腾，当即就给爹保证决不让乡亲们失望！

丁不白和乡、村干部们来到院子，挤进乡亲们的包围圈对田从龙一班人表示热烈欢迎，随后把他们领进村公所会议室坐在长凳上歇息。会议室里挤满了乡亲，进不去的便把屋门和两个窗户堵了个严严实实，有人干脆把门窗上糊的纸全都捅开，脸贴着窗棂往里窥探，他们不想漏过这些演员们的一举一动和一颦一笑。

田从龙把戏班要给乡亲们奉献几出大戏的想法说给了丁不白，自然得到了丁不白的赞同和支持。双方确定演出地点时，家里有打麦场的人们都争着提供场地，屋里屋外喊成一片。田从龙决定还是在村北的那个打麦场演出，他要在原地为乡亲们好好哩唱上一天。搭戏台的劳力不用找，聚集在这儿的所有乡亲都是劳力。太阳还没落山，说干就干，丁不白派副村长领着田从龙一班人和乡亲们出了村公所的院子。人群簇拥着田从龙为首的戏班成员，后边跟着装载着搭建戏台材料的骡子车向村北走去。

在向北拐的一个岔口，人群迎面碰上了从村西玉米地锄草回来的田生玉和田从虎父子俩，田从龙装作视而不见，加快脚步转向北去的巷子。田生玉父子俩自然看到了被众人簇拥着的田从龙，判断出他带着戏班回村唱戏来了，这是去村北的打麦场搭建戏台。田生玉思忖片刻，对站在一旁也在思考问题的田从虎道：“走，咱也去当个帮手。”田从虎回过神来，跟着爹尾随在骡子车后边走去。他明白爹的心思，爹常教诲他“识时务者为俊杰”，还常给他分析社会形势，对他说现在是共产党统领着这一片地盘，看来短期内形势不会有大哩变化，以共产党推行哩社会变革方略，符合大多数贫苦农民利益，得民心者得天下，整个国家很有可能都要姓共。进而给他分析，以他田家缺地少房哩状况，正是共产党依靠哩对象，加入共产党阵营是绝好哩机会，土地革命一旦成功，他田家不愁没有房子和土地。因此，爹叫他不要错过任何一次向共产党靠拢哩机会。两个月前，村里在发展民兵组织的时候，脑袋开了窍的田从虎替十七岁的儿子田英俊报了名，加入了民兵连。前些日子，县乡两级政府在清查伪职人员时，因为田生玉几年前当过一段伪保长，对他进行了传唤。他一把鼻涕一把泪地诉说那都是段士修和段永福父子逼迫哩，表述自己在当保长期间，绝没干过帮日本人残害同胞哩事，为了保命只给鬼子征收过粮食。有宽厚和善的丁不白做证，田生玉总算过了这一关，却也让他受了一场惊吓。这几天村里要成立农会的消息让田家父子又动起了脑筋，得想办法在农会里谋一个职位，以保证在村子里有他田家人发言哩权利。想来想去父子俩苦于寻找不到能够引起村民注意的表现机会而沮丧，田从龙的出现让俩人陡增了精神，不约而同地生出了非分之想：借用田从龙哩名气，抬升他父子俩哩声望。特别是田生玉，已经暗暗地打定主意：这次田从龙回来，无论如何要把他留在贞村，好为自己所用。

在乡亲们的参与下，坐北朝南的戏台很快搭建了起来。田生玉和田从虎像是给自家干活一样卖力，跑前跑后的没有一刻停歇。完工后，田从龙在戏台上查看各部件衔接的是否牢固，田生玉领着田从虎来到他跟前。田生玉壮着胆子叫了一声从龙，得到的是大小子对他的漠视。田生玉并不甘心，又试着请求田从龙带着媳妇和孩子回家去住，回应他的是同样的态度。田生玉难堪之极，脸面不知往哪放。田从虎急忙给爹找台阶下，说哥哥一门心思在布置戏台哩，顾不哩跟你说话，等唱完戏再请哥哥回家不迟，说着拽着爹下了戏台。几年过去了，田生玉没想到大小子对自己的愤恨仍然如此之深，但是他已经下定决心，不但要把田从龙哩人留下来，还要把他哩心也笼络过来。

当晚，戏台变成了全村人快乐的中心，趁着明亮的月色，打麦场上聚满了人，从戏迷们嘴里发出的咿咿呀呀的丝弦小调飘满了上空，每个人都在憧憬着第二天的演出。直到夜半时分，多数人才渐渐散去。但是仍有不少人为了占据看戏的有利位置，守着板凳一直坐到了天亮。

第二天一早打麦场就挤满了人，人流还在从四面八方向这里汇集，周围村子的人们听到消息后也急匆匆赶了来。

高鸿神情抑郁地站在人群边缘，呆滞的目光漫无目的地在戏台上游弋。他和乡亲们一样终于盼到了日本人投降，高兴了没几天，随着解放区形势的发展，他的内心平添了几分忧虑。其一，西部山区先行开展的土地改革，那种从肉体上消灭地主的偏激做法令他胆战心惊，不知道土改到了这里会是什么样，如果仍延续山区哩做法，他高家人就都变成了人人可以诛杀哩罪人；其二，目前清查、惩处汉奸和伪职人员哩运动在不断深入，他当伪保长的原委虽然有姜奇和吴常二人作保，但世事难测，自古以来忠奸真假难辨蒙冤受屈哩人常有，说不定哪天那段经历就会成为自己引火烧身哩火种。生死事小，名誉事大，辱没了高家的节操是他最忧虑和恐惧哩事情。他只能自我安慰，以他高家几辈人积德行善铸就哩声望，这些忧虑或许是多余。但愿如此，他时常默默地向上天祈祷。夜隔傍晚他听说田从龙回来了，要在村北打麦场唱一天大戏，今天一早便出来散心，舒缓一下烦乱的心绪，也顺便打听一些各方面的消息，好回去给躺在病榻上的爹知晓。

比高鸿更焦躁、惊恐的是段永福，他站在村北口，远远地观望着打麦场上黑压压的一片人群，看看共产党是否利用这种场合搞政策宣传活动。他最关注的就是土改风暴何时刮到这里，如若自家哩土地和财产受到侵犯，他会毫不犹豫组织武装进行反击，这一想法得到了他爹的高度赞同，让他提早做好招兵买马哩准备。

杜化吉来到戏台后边，他要亲眼确认田从龙是否真的回来了。如果是，他要抱着田从龙大哭一场，可怜这孩子被他爹赶出了家门，今天总算是回来了，其实他想借此发泄一番对失散儿孙的思念之情。在几个化了妆的男戏角当中，他认出了一袭老生打扮的田从龙，嚎着嗓子喊道："大侄子，你可回来了!"伸出两只脏兮兮的手就抱住了对方。杜化吉的这一举动，让田从龙摸不着头脑，看老人疯癫的样子，猜想一定是受到了某种灾难的打击，却全然不知这是老人家跟他爹之间的恩怨所致。田从龙知道杜化吉跟爹是发小，父辈几十年哩交情，他把杜化吉视为尊敬的长者，今天看见老人如此落魄，令他十分心酸，双手紧紧搂着老人瘦小的身躯，亲昵地叫着叔，他想让自己真挚的情感温暖老人的心。多年感受不到这种温情了，引得杜化吉突然放声大哭。一直给戏班提供服务的副村长告诉田从龙，说杜化吉成了孤寡老人，他是在想念被日本人抓走哩儿子和孙子。田从龙悲悯地哀叹一声，劝老人别伤心，日本人投降了，社会安定了，儿子和孙子早晚都能回来。这是杜化吉日夜盼望的结果，日本人都投降一个多月了，连儿孙哩一点音讯都没有，还不知要等到何时。他哭了一阵，也消解不了心里的苦闷，怕耽搁演出，两手松开田从龙独自啜泣着走了。田从龙叮嘱自己，演完戏后一定去看望老人家。

魏天雄的两个哥哥及家人欢天喜地地坐在靠近戏台的人群里等着开场的乐器响起，他们早就和魏天雄撇清了关系，心胸豁亮地享受着这平和的生活。他们唯一担心的是侄儿魏小虎可能受到魏天雄的牵连，造成不幸哩命运。

余子背着六岁的儿子吴非在人群中穿梭，寻找着能看到戏台的缝隙。鬼子投降后，她从娘家回来，带着孩子过着清苦但舒坦的日子。吴常有时回来看看娘儿俩，丢下点儿钱，又匆匆离去。她对吴常的心已死，有孩子做伴，什么都不去想了。

牛四妮和儿媳、孙子都没有心思去看戏，他们待在家里焦虑地盼着石敢当从石门早点儿回来，脱去国民党军服当个老百姓是一家人最大哩愿望。由于是国民党兵的家属，他们已经被民主县政府清查小组警告了几次，如果石敢当在规定的期限内再不从石门投诚回来，一家人的行动将受到限制。与石家人同样焦急的吴常，专门为此事往牛四妮家跑了几趟，却找不到任何解决问题的办法。他清楚谁都进入不了层层设防的石门去找石敢当，即是找到了谁也别想把一个国民党军官从这座城市里带走，只能听天由命了。

昨黑夜戏班全体人员分成几拨，到几个村干部家住了一宿，田从龙一家四口被丁不白请回了家。第二天他们在各家吃了早饭后，和村干部们一同来到村公所，集合在一起带上行头乐器去往村北打麦场。路上田从龙对丁不白说明道："今儿给乡亲们铆劲唱三出戏，明儿一早就走，正月再来给乡亲们唱。"丁不白挽留道："不走了，沾不?"田从龙默然，横亘在心里的那堵墙让他无法做此选择。丁不白知晓田从龙的心境，他不再追问，打定主意要把"元龙红"留在贞村。

演员们在戏台幕后打粉化妆，伴奏师在认真地调试乐器。丁不白和几个村干部忙前忙后地维持着台下秩序，田生玉和田从虎以主家的姿态，轰赶一群坐卧在戏台前沿上的半大小子，避免演出受到干扰。

秋高气爽，人们感觉今天的太阳格外明亮。开戏的时间已到，田从龙一袭老生打扮从大幕后面闪出来，对着台下黑压压的观众深深地鞠了一躬，开口道："田从龙不才，在外边跟袁师傅学了几年戏，今天要在乡亲们面前献丑了！那年俺被骗回来帮着日本人搞宣抚，俺就是死也不能遂了他们哩愿。这次特意回来给乡亲们痛痛快快地唱上一天！首先声明，这是义演，戏班一文钱不收，总共唱三出戏，前晌是《寇准背靴》，后晌是《五女拜寿》，黑夜再加一场《扯伞》，沾不沾？"

台下数千人发出滚雷般的声音："沾……"这三出戏是田从龙精心选择的，他知道乡亲们最喜欢看善恶分明、忠奸斗法、义薄云天、忍辱尽忠的大开大合的故事情节，和醇厚善良的君子与刁蛮势利的小人在大起大落的命运中受到的因果报应，以及青年男女因彼此的美好心灵而明示终身的爱情故事。

大幕开启前，村长丁不白站在了戏台上，他借这个难得的机会给乡亲们宣读了元龙县民主政府关于各村成立农会的决定和农会章程，详细说明了村民加入农会的条件和选举农会代表的办法，同时宣布了报名加入农会的日期和地点。历朝历代被统治者视为贱民的穷苦农民，从此不但有了能够表达自己意愿的渠道，还有了参与管理村务的权力，这怎不令人振奋！村民的拥护声一浪高过一浪。这一重大的动员任务就在须臾之间完成了，丁不白心里十分感激田从龙给他创造了这么好哩机会。

大戏开场，田从龙、李乐乐夫妇和儿子分别扮演为国分忧、寻访忠良的寇准，忠心爱国、申明大义的佘太君和蒙冤贬谪、出征抗敌的杨六郎。一家三口使出全部本领将三个大义凛然精忠报国的人物形象演绎得淋漓尽致。他们的精气神激发了其他演员的劲头，每个人都把自己的看家本领拿出来展示给观众。随着情节推进，不时赢得台下一阵阵叫好声。高亢激越、婉转悠扬的丝弦唱腔和乐乐腔回荡在田野上空。

这出戏演了一个多时辰，直到正午十分才落下帷幕。人们在赞叹声中四散开来，急忙赶往家里吃饭，争取能早点返回来看后晌的演出。不少在贞村有亲戚的外村人，省去了许多劳顿，怀着既看了戏又串了亲戚的双重喜悦走进了村子。

吃了午饭的人们很快又汇集到了戏台前。下午的一出《五女拜寿》，田从龙和李乐乐分别扮演贫寒不羡富贵、胸怀大志的三女婿邹应龙，委屈不计前愆、恪尽孝道的三女儿杨三春。戏里的几对闺婿在父母的命运发生转折时所表现出的天壤之别，把人们看得心潮起伏，唏嘘不已，感叹兴衰荣辱瞬间变幻的无常人生，和善恶孝忤只在危难时刻见真情的不测人性。

最后一处戏《扯伞》在晚上开演，田从龙饰演在躲避战乱途中寻找被逃难的人流冲散了妹妹的秀才蒋世隆，李乐乐扮装同样原因寻找走失了母亲的妙龄少女王瑞兰。一样的遭遇让一对有情人超越了男女授受不亲的界限，在雨中共撑一把伞携手而行，一同寻找两个亲人去了。诙谐、幽默的表演逗得观众发出轻快的笑声。明天就是中秋节，天空银盘似的月亮毫不吝啬地把清澈明亮的月光泼洒在戏台上，给这出感人至深的爱情戏增添了一层浪漫和温馨。

整整一天，乡亲们都沉浸在欢乐的气氛中，过了一天戏瘾仍觉意犹未尽，恋恋不舍地散去，不时地回头张望一眼在马灯的照射下正在拆卸布景的戏台，不知什么时候才能再像今天这样饱享眼福和耳福。

当夜，戏班人员仍分别到村干部家睡觉。田从龙一家四口住在丁家的西屋，唱了一天戏，一家人的身体疲惫之极，但因为遂了给乡亲们演出的心愿，内心却感到从未有过的畅快，卸了装便香甜地睡去。

田从龙一早醒来，他计划着先去杜化吉家看望老人，回来吃了早饭再和戏班一同前往定了戏的村子演出。他出得屋门，看见丁不白正面对自己坐在院里的长凳上。他叫了声哥，说去看望一下化吉叔。丁不白不搭他的话头，站起身开口道：“哥哥在院里等候你多时了，有件事想跟你说说。”田从龙问什么事，丁不白道：“你回咱村来吧，别在外村待着了，俺给说和你们父子间哩矛盾。”田从龙还没反应过来这个问题，此时传来几声敲院门的声音，他便走过去打开门扇，看见爹和兄弟二人站在门口，知道他们来的目的是什么，无非也是劝自己留在贞村，便排斥地把头扭向一边。

路上走哩急，田生玉喘着粗气祈求大小子道：“从龙！爹一宿没睡着觉，只等天亮来找你商量，咱不走了沾不？爹以前错怪你了，给你赔不是，爹收回断绝父子关系哩混账话！家里房子已经给你收拾好了，村西哩地也有你一份，只要你回来，这个家就交给你支派，沾不？”

丁不白插话道：“房子不成问题，咱村公所还有几间闲屋，正好给戏班其他人住。”

田生玉这段话使田从龙坚硬的心有所软化，但他没有表露出来。田从虎有些恼怒道：“哥哥！爹都说到这份上了，你还不答应，难道逼咱爹跪下求你不成!?”

丁不白走过来劝田从龙道：“不趁年轻亲近故土，等你老了变成了枯叶才飘落回来，你会后悔哩!”这句话深深地撬动了田从龙寂寥的心，他低头沉思着。

院子里激昂的对话声把李乐乐和一对儿女吵醒了，娘儿仨听出来是田家父子和丁村长在极力劝说田从龙回归贞村的话题，麻利地穿好衣服从屋里出来，默不作声地站在一旁，只待一家之主为她娘儿几个做出最终归宿的决定。

在北屋睡觉的丁黑子也被院子里的说话声扰醒，他披着夹袄，弓着背，迈着碎步走出来。昨天老人过足了戏瘾，他一边看戏一边在想，要是田从龙留在贞村该有多好！晚上看完戏回到家，他本想向田从龙提出此要求，但看到一家人疲乏的样子，便决定第二天再说。当夜跟儿子不白通了气儿，父子俩的想法完全一致，无论如何不能放走这个让全县百姓倾羡哩人物。丁黑子来到田从龙面前，伸出两只老槐树皮一样的手，紧紧攥住对方两个相对纤嫩的手腕说道：“大侄子！你大伯一辈子没求过人，今天破例求你一回，回家来吧！你一家子在外村住着，叫全县人笑话咱贞村人鼠目寸光、小肚鸡肠、嫉贤妒能，这么好一个宝贝都看不到、叫不回、留不住，羞煞死俺们了!”

丁黑子的这一番话进一步触动了田从龙的心，同时也让田生玉和田从虎面露羞赧之色。田从龙何尝不想回来，只因当年爹的绝情让他没有了回旋余地，今天有了爹的回心转意，和乡亲们哩盛情挽留，特别是在他心目中德高望重的丁黑子大伯如此煞费苦心地挽留自己，再不答应就太不知天高地厚了。他的两只手反握住老人的手腕，用力点头道：“大伯！俺听你哩，俺先回小孔村处理一些事情，过几天就回来!”他回去最要紧的事，是把恩师的牌位请回来，以便能够天天守候在老人身边。

一旁的李乐乐和一对儿女为一家人不再寄居他乡而高兴，脸上露出灿烂的笑容。

丁黑子的右手从田从龙的手掌里挣脱出来，攥成拳头使劲擂在田从龙的肩膀上，笑道：“这才是好孩子！”他又转向暗自高兴的田生玉，拉下脸说道：“大兄弟，不是老哥骂你，这些年你干哩一些事儿真不地道，从龙这么好哩孩子，叫你给赶出了家门，心愧不心愧？再回头看看，你伺候了段家那么多年，你得到了什么？闺女病死了，老婆气死了，人家还逼你当了几年伪保长，帮鬼子搞宣抚，还差点把从龙逼死。现在明白了吧，人家一直把你当猴耍，记住了，以后可不能再干舔屁股溜沟子哩傻事了，乡亲们看不起你哩！”

丁黑子的话说得田生玉无地自容，扎着头，连连摆手道：“黑子哥，嘴下留情，羞煞俺了！不过这些事也叫俺看透了段士修和段永福哩虚伪狡诈狠毒，俺田家以后跟着共产党哩民主政府干革命，革除段家这样哩毒瘤！”田生玉的情绪忽然高涨起来，问丁不白道：“俺和从虎都想加入农会，准备给咱村出把子力气，沾不？”

丁不白赞同道：“沾！只要大伙都有这股热情，咱村哩各项事务一定能搞好！不过最要紧哩事情你得先把从龙一家人安顿好。”

田生玉急忙接住话茬道：“这事俺早就想好了，眼下先住家里旧房子，俺家前院还有一块空地，正好能盖几间房，整个戏班住都没问题。”他转向田从龙道：“那块空地由你支配，长哩几棵大树当梁作檩你看着用，盖什么样哩房子也由你说了算！”

田从龙知道爹是在讨好自己，在极力弥补他们父子之间的裂痕，他心中的块垒虽然仍未完全化解，但这毕竟是生养了自己十多年哩亲生父亲，再深哩积怨也要有个了结。他的脸上露出一丝笑容，轻轻点点头算是承接了爹的心意。

在灶火间门口择洗着青菜，准备做早饭的丁不白的媳妇，静听着他们的谈话，知道田家父子和解后替一家人感到高兴，便颠着小脚疾步走过来，对田家人道：“你们一家人在俺家团圆，俺丁家也沾了喜气！今儿正好是八月十五，谁都不能走，晌午在俺家喝了团圆酒才沾哩！”丁黑子和丁不白也随声附和，说把戏班人都叫来，好好感谢大家让乡亲们过足了戏瘾！好意难违，盛情难却，田生玉点头应诺，田从龙和田从虎哥儿俩也都感激地连声言谢。此时大家的心情都很舒畅，田从龙心里还惦念着一件事，便向众人说去看望化吉叔，一会儿就回来。

田从龙来到村子西南角杜化吉的家，推开虚掩的院门，眼前破败不堪的景象让他吃惊不小，做豆腐用的家什残缺不全地散落在院子里，没有鸡飞狗跳的热闹情景，住在屋檐下的几窝燕子也都飞回了南方，家里唯一的活物是在院子东南角牲口棚里卧着的一头驴。这是杜家从前用来送豆腐的老伙计，这几年主人无心照料它，不知道等上几天才能吃上一点儿草料，瘦得皮包骨，整天微睁着眼睛，耷拉着耳朵，勉强维持着生命。田从龙知道杜化吉是个勤快人，想必是家里遭遇了巨大变故才会衰落到如此地步。他温柔地喊一声化吉叔，没人回应，便来到北屋门口，目光透过两扇破旧的半开的门，探看到杜化吉和衣斜躺在炕上还在睡梦中。他推门扇的“吱咛”声惊醒了主家，杜化吉睁开惺忪的眼睛，抬头看见是田从龙站在屋门口，才有了点儿精神，从炕上下来让座。杜化吉过了几年孤苦伶仃的日子，慵懒得到了黑夜连插院门和屋门的心慌都没有，更不要说料理家务了。屋里一片狼藉，田从龙拽过一条落满灰尘的长凳，找一把笤帚扫了几下，扶老人跟自己坐在一块，他很想知道这些年杜家的变故，就询问起老人的家事来。悲痛的往事一股脑涌上杜化吉的心头，细说给田从龙听。听得田从龙不住劲地掉眼泪，特别是当他听说杜壮田是在他爹担任伪保长催粮时叫日本人抓走哩，恐怕是凶多吉少，他替爹感到了罪孽，他安慰老人说老天保佑好人，壮田兄弟一定能平安回来。他说这话时自己都感到像是在哄骗老人，他越发感到尴尬，对老人又说了几句保重的话，还说以后会常来看望老人，便决定离开。他从衣兜里掏出一摞既有国民党发行的法币也有共产党使用的冀南票，塞进老人的手里。这两种钱币，对处在国统区和解放区交界地带的人们来说，购买东西更灵便一些。杜化吉正要起身感谢，田从龙已经转身离去。

这段日子杜化吉在田从龙的资助下生活有了些起色，可是精神始终处于浑浑噩噩的状态中，无论白天还是黑夜都在梦想着儿子杜壮田和孙子杜长顺突然出现在眼前。这一梦想他已经做了几年，从春天燕来，到秋天燕去，日复一日却总是给他失望。他十分羡慕住在屋檐下的几窝燕子，春夏时节五六只老燕子穿梭一般飞来飞去，不辞辛劳地从外边叼来虫子喂食雏燕，叽叽喳喳亲昵的叫声时常勾起他对儿子和孙子的思念，期盼他们一家人什么时候也能像这些燕子一样快快乐乐、热热闹闹、平平淡淡地过日子就好了。再不去羡慕时常从自家院子上空成群结队鸣叫着飞过去的黄金鸟了，发家的妄想早已经变成了泡影。可是跟家人团聚的念想也渐渐变成了绝望，令他痛苦不堪，他开始相信这或许就是自己命运哩最终结局。他想到了死，一死百了，死了就没有了日子的负累和对亲人的思念，一切都归于沉寂了。

杜化吉想在这个初冬的夜晚用上吊的方式结束自己的生命，后晌他闷了一小锅小米饭，要在临死前吃个大饱，带着一肚子饭食去见阎王，在地狱就不用祈求其他鬼魂的施舍了。天黑下来时他把一小锅米饭吃了个干净，肚子撑得疼痛难忍无法站立，就挪到炕上躺下来消食，等到能站立在板凳上时，再往房梁上套绳索。迷迷糊糊中，他不知不觉进入了梦乡。

夜半时分，一阵杂乱的声音惊醒了杜化吉，借着屋门外微弱的天光，他看到一个人影跌跌撞撞地进得屋来，急切地呼唤着“爹、爹……”杜化吉听出这是儿子杜壮田的声音，他断定这又是在梦中的幻觉，这样的情景已经无数次地欺骗了他，便起身想从梦中清醒过来，去完成自己生命的最后约定。但是那人影的呼唤声一声比一声悲戚，一声比一声清晰。这确是儿子在呼唤自己！杜化吉忍不住兴奋地应答了一声。人影随即循声向他扑来，嘴里发出动人心魄的喊声：“爹！俺是你儿杜壮田！”杜壮田一把紧紧抱住了坐在炕沿上的杜化吉，纵情地痛哭起来。杜化吉真切地感受到了他所熟悉的气息，这是儿子杜壮田无疑，这绝不是在做梦，他压抑着汹涌的情感说道：“壮田壮田！先别啼哭，点着灯叫爹好好看看！”杜壮田止住哭泣，两只胳膊松开爹，从他熟悉的窗台上摸到了一个灯盏，等爹用火镰和火石擦着的一撮草绒点亮了屋子。呈现在杜化吉面前的是一个蓬头垢面、面黄肌瘦、破衣烂衫的杜壮田。这就是一个叫花子，他疑惑地问道：“你是壮田?”杜壮田应道：“俺不是壮田是谁?!”杜化吉确认无疑，抱住儿子的腰身撕心裂肺地号啕起来，嘴里含糊不清地说着想念儿子的话语，惹得杜壮田又是一顿大哭。

父子俩哭累了，喘着粗气停歇下来，杜化吉最想知道的是儿子这些年到了哪里。爹的问话让杜壮田又陷入了痛苦之中，他努力把惊悸的心绪平缓下来，向爹诉说了自己不堪回首的经历。

杜壮田被倭寇抓走后，和从各地汇集来的几千名劳工一起坐火车到了山东，再改乘轮船走了几天几夜海路到了日本。上了岸后，一船人又被分成了几部分，在鬼子兵的押解下被几处矿山和矿井来的日本人领了走。杜壮田他们到了北海道的一处矿井挖煤，没日没夜地干活，一天只有几个窝窝头充饥。最难熬的是漫长而奇冷的冬天，白天衣不遮体，晚上被不覆身，冻伤和冻死的人与日俱增。不仅如此，他们还时常遭受日本人的欺凌和殴打，生病得不到医治，几年下来殒命他乡的劳工不计其数。杜壮田命大，总算熬到了日本投降，却落了一身伤病，两只脚被冻去了一半脚趾，变成了瘸子。不久美军把他们从矿上解救了出来，坐船返回到了中国。在旅顺港，国民党军队又一个个对他们进行了体检，身体无大碍的就拉去当了兵，杜壮田因为身有残疾放了他，从东北辗转多日，一路乞讨终于回到了家。

杜化吉叹喂说俺小子命大，没把命丢在外边就是万幸。杜壮田见家里只有爹一个人，便问媳妇和孩子去了哪里。杜化吉长出一口气，把娘儿俩的遭遇说给了儿子。坐在炕沿上的杜壮田着急地一下子蹦到地上，说这就去找孩子，媳妇嫁了人可以不要，孩子就是到了天边也要找回来。杜化吉喊住他说着急归着急，等天亮了再去找不迟。当夜父子俩唠了一宿话。

第二天父子俩早早起来，杜壮田翻找出自己从前的旧棉衣代替了身上的破烂衣裳，他到灶火间蒸了一锅小米饼子，拿给爹吃，杜化吉说昨黑夜吃哩小米糊糊还能顶到晌午哩。杜壮田便自己就着咸菜吃饱了肚子，又扰了一筛子草料喂了瘦弱不堪的驴，和爹相互搀扶着出了家门。临走时，杜化吉往怀里揣了几个饼子，做好了天黑才回来的准备。

父子俩来到大街上，找剃头匠老何给杜壮田拾掇一下脑袋。乡亲们认出了杜壮田，既惊讶又好奇地从各处围拢来，问他这几年在外边哩经历。杜壮田见乡亲们如此关心自己，心里热乎乎的，便向他们讲述了自己在日本遭受哩苦难。乡亲们无不痛恨日本人对待中国人的无情和残忍，十分同情杜壮田遭遇的不幸，纷纷向他表示有需要帮助哩事情尽管说话，父子俩频频点头言谢。

在街上摆摊的剃头匠老何看出了父子俩外出的目的，把杜壮田拉到自己的剃头挑子前让他坐下，说道："知道你去找孩子，人不人鬼不鬼哩，还吓着孩子哩，剃了头刮了胡子再去不迟。"杜壮田做梦都想着剔除这一头滋生了满头虱子的肮脏头发，便闭目尽情享受老何娴熟的剃头技艺。不一会儿，杜壮田呈现出一副光亮的容颜，看上去格外精神。杜化吉忙拿出一张纸币递给老何，以酬谢对方，遭到了老何的嗔怪，只好收回来。

杜家父子谢过老何，向东没走出多远，迎面碰上了赶着马车带着戏班要去外村唱戏的田从龙。戏班已经从小孔村搬到了贞村，暂住在村公所里。田家正在加紧盖房，田从龙把盖房的事情全都交给了兄弟田从虎，他一天不落地外出演戏。田从龙犀利的目光，首先认出了杜壮田，他勒住缰绳跳下车既惊且喜地问道："你是壮田兄弟不是？"

杜化吉替儿子应答道："是壮田，托你哩吉言，他昨黑夜回来哩！"

杜壮田对着红光满面、意气风发的田从龙，钦佩且感激地说道："从龙哥！你救济俺爹哩事，俺爹给俺说了，俺记着你哩好，俺盼你越唱名声越大，戏班生意越来越好!”昨黑夜他听爹述说了田生玉和田从龙父子与他杜家的过往，他钦佩田从龙的人品和才艺，感激人家对爹的照料，这些因素减少了他对田生玉的怨恨。

田从龙见杜家父子得以相聚真是由衷地高兴，又从父子俩的行装上看出这是要出村子，他进而判断一定是去寻找孩子杜长顺，如果祖孙三代能够团聚那才是天大哩喜事，他问道：“你俩这是去找长顺不是?”

父子俩齐声应道：“是!”

田从龙分明从父子俩的眼神里看到了寻找孩子的急迫心情，他的情绪也立刻受到了感染，这祖孙三代的不幸遭遇跟他爹有直接哩关系，他要尽能力所及地帮助杜家，替爹减轻罪责，他自己的内心也好得到一丝安慰。他示意坐在车上的人都下来，对杜化吉道：“叔！你俩腿脚不方便，赶车去吧!”

杜化吉回绝道：“唱戏要紧，别耽误了你们赶场子，俺俩走着就沾了。”说着拉杜壮田一瘸一拐地走去。

田从龙把空马车掉转头赶上杜家父子，将鞭子递给杜化吉道：“叔！家里还有车，这辆车你尽管用，不然侄子没心惶唱戏。”

话说到这份上，杜化吉不能再拒绝，接过鞭子对儿子道：“上车。”父子俩跨上车，杜化吉一摇鞭子，马车“嘚嘚”而去。父子俩回望着田从龙，把感激的目光投射在他的身上。

父子俩赶着马车先后到城东的两个村子，长顺的姥娘家和长顺娘的新婆家都没能打探到孩子的消息。在第二个村子，杜壮田见到了曾经属于自己的媳妇，现在又为别的男人生了孩子。俩人相见，悲伤自不必说，谁都想不到曾经恩爱的两口子会是这样一种结局。谁都不怨，怨就怨这悲惨哩世事太捉弄人。俩人躲在一个僻静处都想说说心里话，可不等张口就抽噎得不能自制。杜壮田断断续续地勉强拼成一句话，道：“长顺回来了，一定捎个信给他，他爹想他哩!”女人也费力地说道：“长顺想爹都快想疯了，就是回来了也是先去找你!”一旁的杜化吉听着两个人的对话，忍不住号啕大哭起来，引得村人围拢来看稀罕。杜壮田怕给女人招致麻烦，呜咽着把爹扶到马车上离去。

绝望的心情溢满了父子俩的心头，这事再清楚不过，日本人投降快三个月了，如果孩子还活着，无论在哪他都应该回来了。父子俩又漫无目的地到各村转到了天黑，才不甘心地回到了贞村。唱戏回来的田从龙先到杜家询问找寻孩子的结果，听到失望的消息后，他除了安慰的话也没有别的办法，临走时只说马车就留给他们用，直到找到孩子为止。

一连几天杜家父子赶着马车在城东的几个村子转悠，盼望能看到他们熟悉的面孔突然出现在视野里。但是每天都是怀着希望而去，揣着失望而归，父子俩的精神几乎到了崩溃的边缘，头脑里每每闪过孩子或许早已变成了日本鬼子的陪葬品的念头时，浑身便不寒而栗，感觉以后的日子永远都黑暗下去了。

这样找下去也不是办法，总得过日子。天气在一天天变冷，杜化吉胡乱播种收获的夏秋两季粮食，不够父子俩度过今冬明春，解决这个问题最简单的方法就是去别人家刨过的山药地里翻找遗留在土里的山药。父子俩每人背一个挎篓，拿一把铁锹，每天在村子周围的地里挖掘。每一锹下去，都盼望着能挖出一大块山药来，却大多是一无所有。

一天下来父子俩总共挖不够半篓，且都是细小或残破的山药，仅够俩人吃两顿。山药越挖越少，挖到能填饱一次肚子的数量成了父子俩每天的奢望。

田从龙隔三岔五地来到杜家，家里有人没人地放一些钱票就走。他替爹赎罪的这种方式，给杜家父子造成了心理负担。冤家有主，总不能老让不相干哩人承担那份责任。田从龙又一次来送钱票时，父子俩堵住了他，除了说不尽的感激话语，又费尽口舌让田从龙把钱票带了回去。

找不到杜长顺，杜化吉父子的日子过得越来越没有指望，心境犹如一潭长满了青苔的死水，泛不起一丝波纹。

忽然有一天，从天而降的喜事把父子俩死水一般的心境激起了冲天巨浪：杜长顺回来了！日夜思念的人，倏地出现在眼前不仅有巨大的喜悦，还有深切的悲伤。今天晌午父子俩从地里刨山药回来，走进家门就看见穿一身破烂国民党军服的杜长顺站在院里东张西望，他在努力寻找记忆中家的模样。祖孙三人目光接触的一瞬间，喜悦和悲伤便交织在一起，形成一股血缘亲情的洪流，刹那冲破了感情的闸门，不顾一切相拥在一起放声痛哭。好长时间待祖孙三人的情绪平静下来后，杜化吉和杜壮田一左一右簇拥着杜长顺进了屋，坐在炕沿上询问孩子这些年离别后的遭遇。

杜长顺诉说他被日本兵抓到了南方战场，把他编入了后勤保障部队，负责往前线运送食品和弹药，每天面临着死亡的威胁，同时遭受着歧视待遇，挨打受气是家常便饭。好不容易熬到了日本投降，国民党军队把他当成了日军俘虏，差一点让他坐船到东洋。在他百般求诉下，国民党军队才辨明了他的身份，转而又把他编入了战斗序列，和共产党军队抢占起了地盘。他早就厌烦了枪炮声，抓住了一次机会，从驻扎的营地跑了回来。一路上风餐露宿，总算回到了家。听爷爷和爹述说了他俩各自的遭遇，杜长顺唏嘘之余，庆幸一家人终于团聚了。

当晚田从龙得到杜长顺回来的消息后，高兴地赶到杜家与街坊四邻的乡亲分享了这份喜悦，并承诺唱一出戏庆贺一番。

这是杜化吉梦想中的结局，终于变成了现实，令他兴奋的当天黑夜一宿不曾合眼。日子有了指望，他的精气神大涨，复兴家业的雄心一阵强似一阵，豆腐坊要开，荒芜了多年的二十亩地需要整治，一堆活儿在等着他干哩。天刚麻麻亮，他就爬起身叫醒熟睡中的杜壮田，找工具修理破损的豆腐坊家什，曾经疯癫颓废的样貌一扫而光，完全忘记了自己已经六十有六的年纪，要带领儿孙再大干一场。

第五十九章　放浪之人

这个冬天高鹤窝在县城里，通过各种渠道一直在关注西边老解放区的消息，了解到许多租种地主土地的佃户，已经不满足于自抗战以来实行的减租减息政策中制定的业佃三七分成比例，而是要争取“耕者有其田”的权益，拒绝向地主缴纳粮食。双方矛盾日益尖锐，很快发展成了势不两立的紧张关系。十几年前曾经跟随姜奇开展抗租抗捐运动的有见识的农民，知道减租减息政策只是为了团结全民力量共同抵御外来侵略的权宜策略，最终目的还是要剥夺地主的土地，分给广大农民。现在日寇已经投降，国内的阶级矛盾显现了出来，土地是其中最迫切需要解决的问题，共产党政府还会重新推行土地革命。因而有觉悟的农民便自发地组织起广大佃户对地主开展各种形式的斗争，其中就有暗算、打伤地主的事情发生。这些事情传到高鹤的耳朵里，让他浮想联翩，没有了过年的心情，更没有了给别人看相算命指点迷津的兴致。他从早到晚仰靠在躺椅上闭目寻思着如何处置掉藏在老家地窖里的那些钱财的方式，给一家人创造一个安心稳妥的未来，可一直没有想出满意的办法。

今天是正月十五，前半晌高鹤婉拒了几个慕名前来算卦的主顾，百无聊赖地仰靠在躺椅上，听着不远处开化寺塔上的风铃发出的时紧时慢清脆的撞击声昏昏欲睡。时近晌午魏小虎和段恒印每人骑着一辆日本产的僧帽牌自行车找了来，邀请高鹤到东街一家饭馆吃饭。俩后生鉴于目前的时局，借此让高鹤预测一下他们今后的命运走向。特别是魏小虎，对他爹的所作所为很是担忧。目前魏天雄的队伍已经扩展到了四千多人，而且还在源源不断地接收着从已经解放了的几个县城溃逃至此的国民党保安团和土匪成员。这支成分复杂的队伍，已被改编为国民党河北保安第五团，魏天雄任团长。春节前，魏天雄为了向上司邀功请赏，同时展示保安团的战斗力，率部两千多人夜袭中共元龙县委、县政府驻地南佐镇，又制造了一起惨案，杀死了四十余名中共干部，伤者百余人，兵痞、土匪出身的部下蹂躏了许多妇女，还抢掠了大量财务。没几天，在另一个村子又制造了一起惨案。这激起了中共太行军区领导的极大愤慨，遂调太行一分区和二分区三个团及冀南独立营，对元龙县城形成了包围之势，要铲除这颗毒瘤。怎奈在实地勘查了城池之后，自知是在拿鸡蛋碰石头，况且国共刚签订了停战协定，姑且忍下这口恶气，留待以后再做计较，旋即撤走了军队。魏小虎知道爹欠下的血债，共产党总有一天是要他偿还哩，身为晚辈，内心充满了对其家庭命运的担忧和恐惧。而身为大户家的后代，段恒印与魏小虎有着相似的心结，他们所依附的组织和阶级都是共产党的对头。高鹤了解两个年幼人的心事，便欣然答应，给别人指点迷津的同时，自己也清醒一下头脑。他从盛放被褥的箱柜底部抓两把大洋放在棉衣兜里，给正在做饭的老伴招呼了一声说晌午不在家吃饭了，便和两个年幼人上了街。

高鹤跨坐在魏小虎骑得飞快的自行车后座上，后边紧跟着段恒印，凹凸不平的石板路面颠簸得自行车发出热闹的响声，吸引得两侧的路人向他们投来好奇的目光。这让高鹤忽然有了一个想法，何不也买辆这物件耍耍。日本人投降前，伪军和伪警察的便衣队有几十辆这物件，魏小虎和段恒印骑的就是其中两辆。这物件都是有权势和有钱哩主才耍得上，骑着它所到之处自觉高人一头。他高家有财力爹也不让买这招致乡亲们侧目的东西，现在年老体衰自顾不暇的爹不会再管这些事了，买，一定要买，骑上它也过过瘾！

他们在东街一个三间门面的饭馆前停下来，两个年幼人支上车子，赶紧为高鹤掀起棉门帘。高鹤被旁边的一辆八成新擦得锃光瓦亮的自行车所吸引，俯下身仔细观看，见是英国产的三枪牌自行车，比僧帽车还精致，就产生了买这种车子的冲动。魏小虎看出了高鹤的心思，说道："叔！喜欢车子好说，把俺这辆送给你。"高鹤直起身摆摆手道："不稀罕东洋货，骑就骑英国车子。"段恒印道："三枪牌车子得到石门去买。"高鹤遗憾道："那就以后再说吧。"他见两个孩子一直在给自己撩着门帘，急忙迈步进去。

饭馆里摆着六张方桌和几十个方凳，这的饭菜别有风味，平日生意不赖。正月里家家都备有年货，到饭馆吃喝的人不多，今天正月十五是家人团聚的日子，外出吃饭的人更是稀少，这家饭馆算上高鹤他们只开了两桌。另一桌围坐着七八个富户和商人模样的人，正在小声谈论时局。

魏小虎和段恒印点了一桌子好菜和一小坛宋曹镇产的上等烧酒，他们想好好宴请高鹤一顿。要在从前高鹤会斥责他们的败家子行为，但是今天他无动于衷，因为他对钱财又有了新看法，在他看来无论谁哩钱财早晚都会化为乌有，现在挥霍掉不失为明智之举，况且他决定要结算这桌酒菜哩钱。两个后生分坐在高鹤左右，一个提着锡质酒嗉，一个捏着牛眼大的白瓷酒盅，斟满酒后恭敬地捧给他们的人生导师。高鹤并不客气，连干了三盅，脸色泛起了红润。魏小虎和段恒印见状，打开了话题，请高鹤指点他们的家庭和本人如何应对这激荡哩时局。高鹤十分赞赏两个年幼人具有强烈哩忧患意识，这就对了，只要他们听从自己哩话就好。他刚才也听到了邻桌酒席上的几个富户和生意人正在小声议论，周围县城已经被共产党的军队占领，不知道元龙县这座孤城魏天雄能不能守住，如果失守他们会面临什么样哩命运，以及如何保全财产等敏感而相同的话题。高鹤咽下一口猪头肉，放开嗓音对两个后生说道："你们魏段两家哩兴衰俺管不了，你俩哩命运俺倒是能点拨一二，只要你们听话就沾。"说完又一连自斟自饮了三盅。两个年幼人虔诚地点头道："俺们听你哩话，你尽管说！"高鹤酒量不大，六盅酒下肚大脑开始兴奋起来，有些醉意的眼睛扫视着左右两个后生，不觉得又提高了嗓门，继续说道："不要跟随你们哩父辈，魏段两家哩祸福都是他们造就哩，就由他们去承担；不要贪恋家里哩钱财，那不是你们创造哩，你们无权享用。从今天开始，脱离开你们哩家，自食其力，挣哩钱够温饱就沾，多余哩不仅全是粪土，还是招惹灾祸哩引子。这些你们能不能做到？"

魏小虎和段恒印交流一下目光，他们觉得高鹤的话说哩有道理，一时却又没有那种超然的心态和勇气表示能做到。可是要说做不到，那又何必请人家给他们点拨应该走哩道路呢？不能让长者失望，魏小虎鼓足勇气回答道："叔，俺能做到，从今天起俺就脱离开大人，自食其力！"段恒印犹豫片刻，附和着魏小虎的话道："俺也能。"

高鹤大叫道："好！都是有出息哩孩子！"高兴得他又连饮三盅。

邻桌的几个食客都停下筷子和酒盅，目光全都投在了高鹤的身上。他们把他当成了一个满嘴虚言妄语的怪物。其中一个头戴礼帽身穿长袍，年龄四十岁左右的商人眯缝着小眼睛问道："这位大哥，听你说哩这么轻巧，把钱财视为粪土，你有多少资本口吐狂言？"

高鹤扭过头看一眼讥讽他的人，反讽道："俺好歹是个读书人，自幼崇尚魏晋文人哩旷达不羁之风，早就把金钱地位视若天上哩浮云，哪像你们经商之人，一文一毫都算到了骨髓里。看你坐哩位置，想必是由你做东，亲朋好友聚会，却连一个像样哩菜都舍不哩上。"他随即把店家喊来，点了一只清炖山鸡、一盘红烧狍子肉两道大菜送给邻桌。

小眼睛商人惊愕之余，站起身连连摆手拒绝，随即又殷殷地称谢，碰上了便宜事可不能轻易放过，他喜不自禁，端起酒盅向高鹤表示敬意，其他人也一同附和着，双方一连端了三盅方罢。今天前晌这商人的一帮朋友去他家串门子，一是互探解放区的消息，二是商讨今后的局势和对策。时近晌午大伙儿没有走的意思，他只得把他们带到饭馆。他平时吃惯了别人，今天由他请客心里老大不乐意，点了六个质次价低的菜，要了三斤山药干酒招待朋友，挨了众人一阵嘲笑，他却无动于衷。高鹤送的这两个大菜，给他长了不少脸面，心里欢喜不已。

高鹤在两个年幼人的伺候下，又吃喝了一会儿，感觉不能再承受酒力，便要了三碗面条当主食。高鹤吃饱后起身摇晃着脚步前去柜台结账，魏小虎和段恒印如脱兔一般抢上去，把各自手里的一摞法币拍在店家面前。高鹤卷着舌头训斥他们道："你俩小子，不要充大胖子，一边去。"两个年轻人知趣地拿上钱闪在了一边。高鹤斜靠着柜台眯缝着眼指着两桌酒菜对掌柜的说账都由他结，说着从棉袍里抓出一把大洋放在了店家面前。店家笑着对高鹤道："你喝多了，一块大洋都花不完，把多余哩都拿回去。"高鹤道："饭菜不赖，俺觉着值。"说完趔趄着脚步就往外走。店家留下一块大洋捧起多余的追出去。另一桌人也已经酒足饭饱，边往外走边看着柜台结账的情景，窃笑今天见识了两个大傻瓜。小眼睛商人拦住店家道："你真是个死心眼，他愿意给，你就要呗。"店家这才停住了脚步，既兴奋又忐忑地返了回去，羡慕得一干人直想流口水。对于日益贬值的法币而言，现大洋可是用来压箱底的硬通货。

高鹤来到饭馆外边，指着那辆三枪牌自行车，询问陆续走出来的几个人，这车子是谁哩？小眼睛商人说是他哩。高鹤又问在哪买哩？对方说年上在石门买哩，还说现在石门封了市怕是买不成了。高鹤满脸的失落，试探着问对方卖不卖这辆车子？小眼睛说，那是他心爱哩东西，去哪都得骑着，不卖。高鹤无奈地叹口气，便和魏小虎、段恒印道别，有空再耍，他摇晃着身子向来时的路走去。两个年幼人挡住他，执意要把他送回去，高鹤感到头晕只好跨坐在魏小虎的车后座上。魏小虎担心骑车颠簸，怕高鹤呕吐，便推着车子走。

没走出几丈远，小眼睛冲高鹤喊道：“你打算出多少钱？”他忽然意识到，碰上这个把钱不当回事哩主，或许是一个发财哩机会。高鹤听到喊声，立刻来了精神，从车子上下来，转身反问道：“你打算多少钱卖？”小眼睛见有门，思忖了片刻张口道：“五十块大洋。”高鹤应道：“俺再给你加十块，不许反悔。”他掏掏棉袍又道：“俺兜里钱不够，走，推上车子跟俺去家里拿。”

所有人都惊呆了，卖家要价本就高得出奇，买家却又自己涨了价，今天算是见识了是嘛是荡子。魏小虎和段恒印着急地提醒高鹤说，这样哩价钱能买十个三枪车子了。高鹤不理会俩年幼人的话，催促小眼睛跟他走。小眼睛没想到今天的财运真好，卖一辆二手车子能得到十倍哩收益，他还从来没做过如此高利润哩生意！兴奋之余，故作矜持道：“俺还真舍不哩卖这车子。”他的同伴们羡慕地咂着响嘴，纷纷骂他烧包，得了便宜卖乖。

一干人跟着高鹤到了家，都想亲眼见证一下这闻所未闻哩稀罕事。魏小虎和段恒印不敢多说话，默默地跟在高鹤后边，知道他不是因为喝多了酒才干出荒唐事来，一定是深思熟虑另有所图，只是现在还看不出端倪。

那间不大的看相算卦的门脸里挤满了人，老伴听到嘈杂声，从里屋出来，见高鹤醉醺醺的样子，还带来了一群陌生人，以为他在外边喝醉了酒惹了事端，不安地询问他这是怎么回事？高鹤淡淡地回道：“在饭馆吃饭，交了几个朋友，还谈成了一笔生意，回来取钱。”老伴问什么生意？高鹤说买了一辆自行车。老伴问多少钱，高鹤说不贵，六十块大洋。惊愕得老伴倒吸一口气，问什么样哩车子这么贵？高鹤有些不耐烦，说甭问那么多，快去拿钱。老伴生气地站着不动，高鹤径直去里屋的衣柜掏出装钱的口袋，数了六十块大洋，用一块布裹上出来递给卖家，说你点点。小眼睛接过布包颠了几颠，感知了一下重量并听到里面的响声，说差不了不用点，门外哩车子归你了。交易已成，不宜久留，小眼睛心里狂喜着跟高鹤道了一声别，迅速离去。

高鹤出门目送他们走远后，高兴地围着车子左看右看，哄劝跟在身后生气的老伴道：“天暖和了俺骑车子驮你出去兜风看风景，带劲哩！”老伴伤心道：“像你这么弄，几天就把家当完了。”高鹤道：“当完了才好哩，总比留着招引灾祸好。”老伴虽然听过高鹤对可能到来的社会变革的分析判断，担心他们也像山里的财主那样遭遇不测，但这一问题对一个一门心思操持家务的妇女来说，显得那么遥远。男人既然坚持按照他的意愿行事，她也阻止不住，他们家以后会变成什么样，只能听天由命了。

高鹤得到了心仪的物件，就想尽情地玩耍一番，可他还驾驭不了两个滚动的轱辘。城里的街道人来人往又凹凸不平，不是学习摆弄这物件的地方，他就向魏小虎和段恒印提议去南关村的打麦场教他骑车，魏小虎欣然接受老师的要求。虽然城墙外三关的村子也在保安团的严密把守下，但要出入城门须有魏天雄团部签发的证件才能放行，以魏公子的身份，负责把守城门的军官还没有胆量阻挡，三个人推着各自的车子出了南城门。

在南关村宽阔平坦的打麦场上，魏小虎和段恒印把各自的自行车放在场边上，俩人一左一右给高鹤扶着车后座，指导着他如何掌控车子。高鹤本就不会骑自行车，晌午喝的酒劲头正足，车把歪歪斜斜就是不听使唤，骑行不了几步就翻倒在地。高鹤觉得魏小虎和段恒印在后边护驾很是别扭，叫他俩松开手自己摸索着骑行，摔了几跤后渐渐摸准了车子的脾性，一个人蹬车绕场转起圈来，而且越骑越快，引得魏小虎和段恒印尖声叫好，他们随即也骑上车子跟高鹤互相追逐起来。飞驰的感觉给他们带来了快乐，大呼小叫的声音在打麦场上空盘旋。这三个疯子一样的人，很快招引来了南关村不少孩子和闲着没事的大人，他们站在场外看谁骑哩更快。围观者给他们增添了强烈的表现欲，老夫聊发少年狂，高鹤更是来了精神，他忽然改变了方向，斜插着向放在场院中间的几个碌碡冲去，左闪右晃围着几个碌碡耍起了花样。另两辆车子紧随其后，三辆车子如拧麻花般往来穿梭让人眼花缭乱，围观者的叫好声一浪高过一浪。高鹤毕竟是新手，而且身子不如两个年幼人灵活轻便，在转了几圈后，一个弯道没能控制好平衡，连人带车侧滑了出去，倒在了地上，看的人们发出一阵惊叫。魏小虎和段恒印急忙刹住车子，跑过去查看高鹤是否受了伤。高鹤从地上站起身，说不碍事接着耍。魏小虎提议回去吧，再摔个好歹。高鹤说要就要个痛快，扶起车子又跨了上去，围观的人们又发出一阵叫好声。高鹤决定既不转大圈，也不绕碌碡了，他突发奇想要骑车从碌碡上飞越过去。说来就来，他选中了一个碌碡，把车子骑到远处，掉转头来冲碌碡飞快骑过去，车子到了碌碡跟前，他的身子往上一纵，双手猛提车把，企图让前轱辘跟着起来，却没能成功，一下子撞到了碌碡上，人飞过碌碡重重地摔在地上。这下可吓坏了魏小虎和段恒印，俩人奔跑过去，看见高鹤的面部着地，冻得坚硬的地面把他的脸和鼻子擦掉了一层皮，鲜血粘着黄土把高鹤修饰得面目全非。远处围观的村民都跑过来看这古怪人，高鹤的滑稽样，让人们忍俊不禁笑起来，议论此人不是疯子就是耍酒疯，不然不会做出如此荒唐的行为。魏小虎和段恒印搀扶起高鹤，问他有无大碍。这一摔，高鹤的酒劲下去了不少，舒展一番肢体，嘴上说没伤着筋骨，腿脚却明显不听使唤，表情更是流露出痛苦的样子。魏小虎提议回城里找军医看看，高鹤感觉到自己摔哩不轻，只好答应。三个人跨上车子，两个年幼人一左一右，护着高鹤缓慢地向回骑行，身后传来村民们阵阵笑声。

高鹤在家养了半个月伤，身上的疼痛消失了，脸上结的痂也脱落了。这天吃过早饭后，他让老伴多穿些衣裳，说是骑车子驮她到城外兜风。老伴认为高鹤在逗自己耍，大冬天兜什么风，说不定他又有什么歪门邪道哩想法，见他在炕上紧锣密鼓地收拾着两个人的被褥和棉衣，似乎看出了男人的动机，问他是不是回贞村去。高鹤道：“算你有脑子，不能再待在城里了，赶快走，共产党哩军队一围城咱就出不去了，家里还有要紧事等着干哩。”这几天魏小虎陪老师养伤，不断地透露一些从他爹的嘴里听来的军情。昨天后晌高鹤听说共产党的三支队伍正在向元龙县集结，估计是为攻打县城而来，他昨黑夜便做出了这一决定。老伴过来帮高鹤捆扎包袱，提议找辆大车把箱柜都拉回去。高鹤拒绝道：“不要那些累赘，早晚也得成了人家哩。”

老两口刚扎好两个大包袱，魏小虎和段恒印像往日一样不约而至。看到这番情景，俩年幼人知道老两口不想在城里待了，这一走可就不能跟高鹤在一块儿耍了，便闷闷不乐地站在一旁发愁。此前高鹤洒脱豁达的言谈举止深深地影响了两个孩子，使他们内心减少了许多烦恼，对以后的日子增添了几分明朗的心境，高鹤这一走，他俩跟丢了魂儿似的不知所措。高鹤看出了俩孩子的心思，忍不住劝道：“你们也该考虑后路了，这县城不是你们待哩地方，早走比晚走好，不如这会儿做出选择。”魏小虎道：“俺爹不叫俺回村，怕叫共军抓去当人质。”段恒印也说道：“俺爹说现在村里正在搞减租减息，很乱，捎信来也不叫俺回去。”高鹤哭笑道：“你们哩爹，一个是声名远播哩枭雄，一个是方圆百里哩大财主，可都是糊涂人，非要让孩子给自己陪葬不可?”说得两个年幼人浑身直打冷战。他们多少了解些时局，高鹤的话绝不是危言耸听，说不定那可怕哩预言真就会降临到自己身上。让他俩做出关乎自身命运的抉择，确实难为了十六七岁的孩子。魏小虎沉思片刻，终于鼓足勇气道：“俺也回村去，自食其力，活着踏实。”段恒印犹豫之际，完全被魏小虎的决定所左右，顺口说道：“咱一块回去，倒要看看村里是什么情况。”高鹤满意地对两个年幼人点点头道：“有主见才叫有出息，你俩赶紧准备去，咱们一块走。”两个年幼人答应一声迅速离去。

不到半个时辰，魏小虎和段恒印骑着车子返了回来，车子后座上各驮着一个木质箱包，里面是他们的个人生活用品。两个人把高鹤老两口的几个包袱捆绑在自己的车子上在前领路，高鹤的车子驮着老伴在后，从西城门出了城。虽然有魏小虎的面子，几个把守城门的官兵仍不敢大意，检查了包袱和箱包才予放行。三辆车子沿着通向北边的城道颠簸着驶去。

回到家，高鹤两口子顾不得其他，先去三进院的堂屋看望了年逾八旬的爹娘。面对身体日益衰弱的老人，高鹤后悔没能早些日子回来尽孝。高冉和高张氏在高鸿和胡玲夫妻俩的悉心照料下，尚有余力应付日常生活。对高鹤夫妻俩回家淘生计的决定，俩老人表示赞同，说眼下时局未定，在县城待着说不定会是什么结果哩，一家人团聚在一起比什么都好!

拜见了老人，高鹤两口子才去西厢房收拾屋子。二哥对高鹤此前冷漠的态度丝毫没有改变，对他回家来没有任何反应。晌午，一家人围着地桌吃饭时，高鹤憋不住对全家人说了他判断一定要发生的土地革命将会给他高家造成的影响，提议尽快处置掉家里的二百多亩土地时，被高鸿当头一顿斥责：“你哩地你做主，卖就卖了，别人哩地不用你操心。回家来没事找事，吃饱了撑哩!”

高鹤的女人用膝盖用力顶一下自己的男人，埋怨他多嘴。

胡玲责备自己的男人火气太大，同样忧虑道：“三弟哩担忧不是没道理，是该好好合计合计。”

妯娌俩既担心弟兄俩闹翻了脸，又为高家前程担惊受怕。

高冉颤巍巍地说道：“这事你们弟兄俩商量着办，俺和你娘没几天活头了，以后哩事不操心了。”

高张氏没有心惶思考这个问题，只顾叹气。

高鸿坚决地说道：“这个家俺说了算，一分地不能卖，革命真革到了咱头上再说，不能风还没刮来，自己先吓倒了。”

高冉、高鸿父子已经就如何应对减租减息，以及可能随之而来的土地革命进行过商讨。减租减息政策父子俩积极响应，平时对家里长短工的救济也正是这种政策的体现。就土地革命风暴来袭，高冉提出了两个应对办法：一是像高鹤一样留下吃饭哩土地，多余哩都抛售出去；二是无偿捐给人民政府，提早除去心头之患。高鸿反复权衡后否决了爹的主意，他有充分的理由保留家里的土地。这些土地是他高家几辈人胼手胝足挣来哩，没偷谁没抢谁，谁都不怕。再说高家没做过对不起乡亲们哩事情，没人会借机报复。更进一步说，高家给共产党做过一些贡献，彼此就算是够不上同志关系，最起码也是朋友，这方面哩事情姜奇可以作证。高鸿当即把这些理由又说了一遍，几个女眷才放宽了些心。

挨了二哥的一顿训斥，高鹤便不再作声，吃饱饭撂下碗筷就出去了。他来到村公所，见到刚从段家回来的丁不白，说自家哩地种不过来，想向公家捐十五亩地。今天前晌，丁不白带着几个村干部、农会代表去段士修家敦促执行减租减息政策，两个时辰的工夫也没能说动段家父子，他只得硬性向主家宣布其出租土地所收获哩粮食由业佃五五分成改为三七分成，借出哩款项由月息三分降为一分，随后便不再理会暴跳如雷的段家父子，领着一班人走了。丁不白知道段家父子是因为痛恨共产党在贞村占得先机发动起了广大农民，成立了农会而气急败坏；是因为懊恼国民党军队不来占领贞村给他撑腰，自家又没有实力抵制共产党政策而暴跳如雷。现在面对高鹤捐地的决定，丁不白先是一愣，继而明白了对方的心思，感慨道："段家死活连减租减息都不答应，你倒想开了，连仅有哩那点地都不要了。你可考虑好了，捐出去可就要不回来了。"高鹤淡然道："剩下那几亩地就够俺俩吃喝了，多余哩早晚都是大家哩，晚捐不如早捐。"丁不白暗自钦佩高鹤这一聪明和远见之举，便欣然同意，当即派村公所会计拿上弓步跟着高鹤丈量土地去了。

在村南丈量好了要捐出去的土地，高鹤和村会计回到村公所，俩人共拟了捐让土地契约，高鹤在上面签了字摁了手印，身上像是卸去了一块石头，感觉轻快了些。可他的心里仍不踏实，藏在书房地窖里的一千多块银圆仍是他的一个心病，他从村公所往家走的路上寻思着处置的办法。此时天近黄昏，不少人在街里的水井旁排队打水，另有不少人用扁担挑着盛满水的木桶吱吱呀呀颤颤巍巍地往家走。高鹤忽然想起明天是二月二，龙抬头的日子是不能从井里打水哩，以免碰了龙头破了吉日，因此各家需提前备足当天的生活用水。二月二也是贞村的传统庙会，各剧种的戏班和各种民间杂耍会来助兴，周围村子的人们会蜂拥前来赶庙会。高鹤灵光一闪，这种人山人海的热闹场合正好是了结自己心事哩机会，他很是欢喜。

高鹤快走到家时，忽听段恒印在身后叫他叔，他回头看见段恒印和魏小虎朝他走来。到了跟前，段恒印满脸愁苦地说道："俺在家待着心烦，出来找你和小虎散散心。"高鹤知道段恒印心烦的原因，劝他道："别受你爷和你爹哩影响，他们不懂舍与得哩道理，纠缠那么点儿租子和利息不放，太小气。明天跟叔一块赶庙会，叔有一出精彩戏，叫你俩开开心！"段恒印好奇地问道："什么戏？"高鹤卖关子道："明天就知道了。"他把话题转到魏小虎身上，问道："家里安顿好了？"魏小虎一脸的欢喜回高鹤道："安顿好了！俺大伯二伯都为俺离开爹高兴！"高鹤欣慰道："那就好！明天一早跟恒印找叔来，需要你俩出把力，咱好好闹闹庙会！"魏小虎答应着，心里猜想着高鹤又要闹出什么样哩稀罕事来。高鹤继续说道："跟叔家里去，今黑夜先犒劳犒劳你俩！"两个年幼人怀着好奇心，跟着高鹤去了家里。当晚，两个孩子随高家人吃了一顿家常便饭，高鹤跟他俩闲聊了一会儿，只字不提闹庙会的事情，吊足了俩人的胃口。

第二天一早，魏小虎和段恒印顾不上吃早饭便来到高家找高鹤。俩人走进三进院子，见高家人在灶火间围着地桌吃饭，极恭敬地逐个向长辈们问了好，唯独不见高鹤两口子。高鸿知道俩年幼人来找高鹤，不等他们开口询问，说道："在书房里哩。"俩人哎了一声，去了二进院。书房里，连饭都顾不上吃的高鹤正在给一只盛满了白花花大洋的藤制行李箱上锁。一大早他把藏在地窖里剩下的一口袋大洋和段家后来还给他的四百块大洋都扛了上来，分别装到两只行李箱以便携带。老伴在一旁着急地抱怨道："也不给孩子多留些钱，在北平花钱道多哩。"高鹤锁上箱子，站起身反驳道："高途带走哩一千块大洋足够用了，再说通往北平哩铁路国共军队各把持着几段，票车早就停运了，莫非叫俺这年过半百哩人步行给他送钱去？恐怕在半道上就叫土匪抢了。"老伴无奈地叹口气，可怜身处异地的孩子无法得到家人的资助。

高鹤见魏小虎和段恒印到来，对他俩说道："来哩正好，咱们这就去赶庙会，你俩把这两个箱子搬到院里小拉车上。"魏小虎和段恒印吃力地各提起一只箱子，心照不宣地彼此做个鬼脸，知道又有好戏看了，只是不知道高鹤如何表演。俩人把箱子放在院子里的小拉车上，一人攥着一个车把，怀着强烈的好奇心，拉着小车兴冲冲地出了高家来到街上，高鹤押着车跟在后边。

街上的人已经熙熙攘攘，从各村赶来做小生意的摊主和各种杂耍以及草台班子的艺人，早已抢占了重要地段，摆开架势开始招揽顾客。高鹤嘱咐俩年幼人道："哪人最多去哪。"魏小虎道："唱戏哩地方人最多。"段恒印进一步说道："田从龙哩戏台前人最多。"高鹤道："那就去田从龙唱戏哩地方。"他们仨人常年在县城居住，早就知道田从龙是唱红了全县的名角，可是还从没看过他的演出，很想知道戏台前会是怎样一种景象。高鹤询问了一个乡亲，知道了田从龙唱戏的地方。

三个人走在通往村北的路上，见前去看戏的人挤满了道路，不禁感叹田从龙强大的吸引力。远处打麦场上的情景更令三个人惊讶，五彩缤纷的戏台前，密匝匝的一大片人早站满了整个场地，各村的人还在从四面八方向那里汇集。高鹤自言自语道："田从龙果然名不虚传，今天俺高鹤跟你比试一番，看看到底谁哩吸引力大。"距离打麦场还有相当一段距离，高鹤示意两个年幼人停下来，说看戏不如听戏，咱们就在这听他一出戏。两个年幼人使劲儿琢磨着高鹤的心思，猜想他在这儿到底要干什么。

没一会儿，从戏台上传来一阵悠扬激越的丝弦曲调。大戏开场了，唱的是一出传统剧目《赶女婿》，演绎的是周朝年间的故事。镇国大将军黄甫君被奸臣戈承福所害，黄妻和其子黄天寿从家中逃出，投奔到天寿的岳父苏章家避难。苏章感念黄甫君对国家的忠贞与功德，冒着遭株连的风险收留了母子二人，并将女儿苏玲许配给了黄天寿。天寿和苏玲成亲后，二人在花园游玩，无意中发生了争执，苏玲骂天寿是叛臣之后，天寿受到屈辱愤而离去，向母亲诉说了原委，母子二人感到寄人篱下不是长久存身之法，遂离开苏府，另寻生存之所。苏章夫妻闻讯后惊骇不已，责备了女儿一番后，急忙带上女儿出府追赶，苏家三人向黄家母子坦陈了愧疚之心，解除了误会，两家重归于好。这样一出先悲后喜的剧目，是田从龙特意给杜化吉祖孙三人开的专场，一是借此替爹向杜家表示忏悔之意，二是祝贺杜家祖孙三人得以团圆。田从龙特意把杜家祖孙三人安排在戏台下最好的位置看戏，他更是嘱咐戏班其他演员使出最大力气演好这出戏。

高鹤十分熟悉这出戏的故事，他和两个年幼人坐在小拉车上，埋头静听每个人物的唱词和故事进展。这是他第一次听田从龙演唱，确实名不虚传，田从龙把黄天寿的情感表现得淋漓尽致。他如果不是另有意图，一定会沉醉其中，尽情享受每一个人物的每一句唱腔，他的注意力大多集中在了故事情节的进展上。在他听到黄天寿和母亲怀着屈辱的心情悄然离开苏家，苏氏夫妇闻讯带着女儿前去追赶这一关节时，突然起身，吩咐魏小虎和段恒印架起小拉车，他跨上车厢，打开藤箱盖，露出满箱白花花的大洋，一手抓起一把朝天空奋力抛洒，每抛洒一下就对着十几丈外正在全神贯注看戏的人群高声吆喝一句：

二月二龙抬头啦
贞村过庙会啦
乡亲们看大戏啦
高鹤来助兴啦
撒下大洋敬百姓啦
百姓苦百姓难啊
过了今天愁明天啊
这点大洋无大用啊
送给乡亲们买点油盐和酱醋啊
……

高鹤的吆喝声转移了临近看戏者的目光，他们回头看见一个身着蓝色棉袍书生模样的中年汉子站在小拉车上正奋力挥舞着手臂，在阳光的映衬下，一个个耀眼的东西从他的手里飞撒出去，在空中划出一道道明亮的弧线，落在远处的麦地里。他们听清了高鹤的吆喝声，不相信此人抛洒的就是大洋，除非是个疯子。但是强烈的好奇心驱使他们想探个究竟，便有几个人迎着飞落的东西狂奔而去。这几个人在一簇簇返青的麦苗中和一行行麦垄间，分明看见了一块块泛着迷人光泽的大洋。是在做梦？没人敢相信这是真实的存在，随之大洋砸落在他们头上的疼痛，让每个人清醒过来，这是他们做梦都想要哩东西，亮晶晶的就在眼前。他们浑身的血液瞬间冲到了头顶，满眼尽是白星点点，一时间不知道先往哪里下手，迷乱中抓在手里的大洋，手指颤抖得又难以把大洋装进口袋里。高鹤在不断地吆喝着新词，大洋在不停地被抛上天空，看戏的人们一层层地发现身后从天而降的钱财，惊愕中一片片地奔过来加入争抢大洋的人群里。这股风潮很快传染到了戏台前，几千名戏迷顿时乱作一团，所有人的注意力都转向身后，并且迅速向这里涌来。戏台前稀稀落落地剩下了一些行动不便的老人和杜家祖孙三人，他们回头看着远处疯狂的情景，虽然眼热心跳，可是力不从心，也只能做个旁观者。杜家祖孙三人观望了一会儿后，在杜化吉的干预下，儿子杜壮田和孙子杜长顺强按住躁动的心转向戏台继续看演出。杜化吉知道这场戏是田从龙特意演给他们祖孙三人哩，无论如何不能离开这里。再者他十分鄙夷挥霍钱财哩人，更不屑去争抢那些被抛弃的大洋，他认为不是用汗水挣来哩钱就不是好钱。可是更多的人喜欢这种轻易获取钱财的方式，无数人把高鹤围了个水泄不通，男的女的穷的富的全都伸长脖子把目光集中在他的手臂上，他的手臂挥向哪里，哪里就发出一阵狂风掠过森林般的呼啸声，这声音完全掩盖了戏台上高亢的丝弦声。高鹤站在小拉车上，俯视着面前少数头戴黑色瓜皮帽和礼帽的财主及商人，和多数头上裹着白手巾的贫苦汉子，还有打扮光艳、穿着质朴的不同身份的女人们，随着他的手起手落，所有人的脑袋在仰俯之间目光追寻着每一块飞翔在空中和落在地上的大洋。拥挤的人群此起彼伏，仿佛激荡不已的大海令人目眩。深陷人海中的魏小虎和段恒印，前者架着车把，竭力保持小拉车的平衡，后者保护着盛放现大洋的箱子，防止有人哄抢，他们领略着高鹤挥金如土的风采，和狂放的表演，两颗健壮的心脏都有些承受不住如此强烈的冲击了。高鹤一鼓作气把两只箱子里的大洋抛洒了个精光才满头大汗地停歇下来，他对仍在期待着自己能再有惊人之举的人们喊道："看戏去吧，钱都撒完了！"随即把空箱子举过头顶，亮给人们看。一无所获的人不肯离去，就是抢到了大洋的人也不肯散去。尤其是外村人，很想知道这到底是什么样一个人，有人询问出了他的身世还不算，还想继续探寻他为什么干这种只有疯子和傻子才能做出来哩事情。这个问题贞村人也回答不了，他们都为高鹤突兀的行为所疑惑，莫非他真哩变成疯傻之人了？人们各自怀着兴奋和遗憾的心情返回戏台前，继续看戏。忽有一个头上裹着白毛巾的中年汉子来到高鹤跟前，哀怨道："高鹤兄弟，你把俺这块麦苗踩踏哩不成样子了，怎么说？"高鹤早有准备，从怀里掏出一把大洋递给这乡亲道："这些钱补偿你哩麦苗，还有这辆小拉车也给你。"这乡亲刚才没有抢到银圆本就不悦，又看到自家的麦苗惨遭践踏，自然来找高鹤讨说法，见对方回报了这么多钱财，拽上小拉车心满意足地走了。

彻底了结了心事，高鹤如释重负地长出一口气，掏出手帕擦去额头和脸颊上的汗珠，对同样劳累的魏小虎和段恒印说道："走，咱们看戏去，解解乏。"两个年幼人对高鹤散尽家财的豪举钦佩不已，他们的心里已经树立了高鹤坦然应对命运转折的洒脱形象，已然成为他们的精神导师。俩人亦步亦趋跟着高鹤挤到戏台下边，开始欣赏台上的精彩演出。

这出《赶女婿》大戏唱完，还不到正午时分，田从龙临时决定加演一出折子戏，再一次回报杜家祖孙三人。刚才高鹤在打麦场外尽情撒钱的情景，他在戏台上候场时看得清清楚楚，他不理解高鹤的所为，对高鹤的搅场很是不满。现在正在演唱的他看见高鹤就在台下，下意识的一个愤怒的甩袖冲向高鹤，恨不得一下子打到他的脸上。高鹤感觉到了田从龙的心思，他自知理亏，却丝毫不影响他欣赏演出的丰富表情，每一个唱段过后，他都会第一个发出叫好声。等到这出折子戏的最后一句唱完，他起劲地鼓掌叫了一阵好，随即让魏小虎和段恒印把他撅上台。台下的观众见是高鹤，以为他又要做出什么样哩惊人之举，立刻变得鸦雀无声。面对台下无数双期待的眼睛，高鹤亮开嗓子喊道："田班主给咱唱了一晌午戏，唱哩好啊！大伙可不要吝啬手里那几文钱呀！俺高鹤给你们鞠躬啦！"他知道这种开放式的演出肯掏钱的人不会太多，唱一天戏挣不了多少钱，担心再经他这么一折腾又会流失不少钱票，因此他要极力鼓动大家把钱掏出来。不少人认可高鹤的鼓动，得到他好处的人更是积极响应，一层层的人潮涌到戏台前，把多多少少的各种纸币、铜元甚至大洋放到三个一字排开的红木箱里。田从龙冲人们不住地作揖言谢，高鹤在一旁帮着腔。在人们散尽时，三个红木箱装满了钱币，高鹤悄没声地跳下戏台领魏小虎和段恒印走了。他边走边戏谑地问两个年幼人，这个庙会哪里最热闹。魏小虎感慨道："村北打麦场上最热闹。"段恒印补充道："你把'元龙红'赢了，就等于把整个庙会都赢了。”高鹤发出一阵无可奈何的苦笑，心头涌上一股无以言状的酸楚。

戏台上的田从龙看看比往日多出许多的钱币，目光追随着远去的高鹤，脸上现出一副哭笑不得的表情，心里琢磨不透这放浪之人的行为，对高鹤的抱怨也减少了些。

自此，高鹤撒钱赢庙会的放浪行为，被当作笑话迅速传遍了全县，几十年后仍是人们茶余饭后的经典谈资。

第六十章　老冤家结盟

元龙县境内的国共军事力量经过几个回合的较量，各自控制的地盘暂时固定了下来。共产党的力量依然占据着西部山区和丘陵地带；国民党的势力范围缩小了些，主要把持着铁路两侧及以东的平原地区。夹在两者中间的平原地带成为双方你来我往的游击区，贞村就处在这片区域。

西部山区的土地改革，于抗战胜利的次年七月间在太行一地委“翻身工作队”的协助下全面开展。为了激起贫苦农民对地主的仇恨，工作队在各村农会组织之外，又把全村最贫穷的村民组成了“贫雇团”，开展诉苦运动。“贫雇团”成员和农会代表把财主们从他们的家里揪出来，置于村民大会的包围圈中。工作队员动情地启发村民，让他们诉说是如何遭受财主们剥削和欺压哩。村民仇恨的火焰被点燃起来后，那些平日里为富不仁、仗势欺人的财主当场就遭到了辱骂和痛打。

调动起了贫雇农的积极性，接下来的没收土地和浮财便有了声势。对那些胆敢反抗的财主和身背血债的恶霸地主，给予了处决。这场运动以烈火燎原之势摧毁了旧有的土地制度，实现了农民自古以来“耕者有其田”的终极梦想，极大地激发了贫苦农民对共产党的感激之情和跟着共产党干革命的决心。

但是随着土改运动的深入，工作组和“贫雇团”里有着极端思想的人，开始采取极端方式对待地主，一幅幅可怕的情景在各村不断上演。有的地主在寒冬腊月，被贫雇团成员用绳索拴着双脚，倒拖在马后像拉爬犁一样在两寸高的玉米茬地里狂奔，人到哪里皮肉和鲜血就涂撒在哪里，直到整个人变成了一具惨不忍睹的尸骨才停下来；还有被翻身户捆绑在大树上的财主，任由仇家一刀刀凌迟，直到痛苦的哀号声断了气息方弃刀而歇。这还不算，分完了财主家的浮财，又挖掘开财主家的祖坟寻找财宝。这么闹腾，吓得大小财主惶惶不可终日，恨不得两肋生翅逃出山区。侥幸跑出去的财主大都投奔到了县城，被半路抓回来的财主可就惨了，丢了性命不说，同样得到一个尸首不全的下场。

这样的事情也在南佐镇发生着，姜奇看在眼里急在心中，他知道这种没有人性的极端做法不但严重损害了共产党的形象，而且把整个有产阶级全都逼到了国民党阵营中去，将会给今后的军事斗争造成极大困难。

今天上午，姜奇正和县委县政府的同事在他的办公室研究如何迅速掌握游击区军事主导权的问题，他的秘书进来报告说，几个土改工作队员和贫雇团的人把冯财主从家里拉到大街上要点天灯。压抑在姜奇心底的怒火终于爆发了，冯财主是他向土改工作队洪队长点名要保护的对象，他判断这次行动如果没有洪队长的批准，任何人都不敢动手。

姜奇撇下会议，叫上两个警卫员火速前去阻止土改工作队和贫雇团人员的野蛮行为。离着很远他就听见一群男女老少呼天抢地的号啕声，他知道事情不妙，加快脚步跑到事发地点时，看见躺在地上的冯财主裸露的肚子已经被利刃开了膛，殷红的鲜血和苍白的肚皮在烈日的照射下强烈刺激着他的感官。更令他作呕的是两个贫雇团的人，一个两手撑着冯财主的肚皮，另一个双手伸在肚子里边正往外掏死者的内脏，嘴里还念念有词道："叫俺看看你肚子里到底吃了多少好东西。"撑着肚皮的那个附和道："吃剩哩鸡骨头也得装一大车。"一群痛不欲生的冯家人被土改工作队和贫雇团的人阻挡在外围，只能眼睁睁看着自己的亲人任人宰割侮辱。姜奇认出来掏死者内脏的汉子，就是外号叫"鬼难缠"的人，他愤怒地吼道："住手！简直无法无天！"同时掏出驳壳枪向天空连放三枪，震慑住了那两个双手沾满鲜血的残忍的村民。他们退缩在一边惊魂不定地注视着暴怒的姜县长，害怕他手里的枪指向自己。土改工作队和贫雇团的另外几个人也都胆战心惊地提防着姜县长的举动。他们已经十分熟悉姜奇平日里温文尔雅的形象，刚才的雷霆之怒让他们见识了姜县长另外深藏不露的一面。姜奇嘴唇颤抖着吩咐两个警卫员帮冯财主的家人把尸首抬回去，他疾步奔向土改工作队的住处。

这是一套从一户财主家没收来的三进宅院，姜奇满头大汗跨进第一道门就高声喊叫洪队长，一直到了三进院，才看见一个戴着眼镜、留着分头、身形消瘦的书生模样的三十多岁的人，手里慢条斯理地摇着芭蕉扇从堂屋走出来，不紧不慢地问姜奇发生了什么事情。

姜奇极力控制住自己的情绪，质问他是谁派人杀死了冯财主。

洪队长这个出身于城市小职员家庭的知识分子，在学生时代目睹了父亲遭受到权贵的欺压后，便秉持着非白即黑的世界观参加了革命，决心要为建立一个单一的无产阶级社会而奋斗。因他有些文采，便一直在太行军区直属机关写材料，长期脱离底层民众，他的思维渐趋僵化，和无形中感染上的一点官气结合在一起，使他滋生了傲慢心态，并且通过表情直接反映了出来。土改运动一来，他认为实现人生抱负的机会到了，便自告奋勇到土改一线工作。他带土改工作队来到元龙县，自恃肩负着解放区的第一要务，在行事做派上有时连县委书记和县长都不放在眼里，在部署工作中独断专行，很少跟姜奇他们沟通，具体实施中更是抛开村干部和农会代表，由工作队组织的贫雇团打头阵。他对姜奇的话不屑一顾地笑笑，拉开腔调回应杀死冯财主是他的决定，说只有消灭了南佐镇的所有财主，这儿的土改才算完成了第一步，才能进行第二步，平分地主的土地。

姜奇反感地摇摇头道："洪队长，冯财主是咱们哩朋友，在抗战期间人家给咱们捐粮捐款帮了不少忙，咱干下这过河拆桥哩勾当，良心何在啊?!"

洪队长摆出一副理论家的姿态教训姜奇道："姜县长，你这是严重的右倾思想，你完全站在了阶级敌人的立场上看问题。他冯财主跟咱们做朋友不过是出于保护自身利益的目的罢了，我们无产阶级的革命对象就是他们这些有产阶级的地主富豪，只有消灭他们的肉体，才能彻底铲除剥削阶级。"

自土改工作队进驻南佐镇近两个月来，姜奇对洪队长这样的言论已经听过好几次了，每听一次心里都不禁打个冷战，他恼怒得浑身颤抖，驳斥道："无产阶级革命目的是消灭剥削制度而不是消灭剥削者的肉体，只有那些阻挡革命进程的敌人才是消灭的对象，像冯财主这样顺应革命潮流哩人，我们怎么能随便把人家当敌人杀死呢?!”

洪队长颇为自负而且极其傲慢地插话道：“姜县长，请不要给我论述革命问题，这方面理论我比你懂得多。革命是什么？革命就是无产阶级对资产阶级实施的暴力行为，难道你还敢推翻革命导师的理论？”

姜奇痛苦地摇摇头道：“洪老弟！你在城市长大，你读哩革命理论书籍可能比我多，见哩世面可能比我广，你是怀着一腔热血走出城市到农村来开展革命工作哩。但是你还没有深入接触农民，你不懂农民，更不了解农民哩思想来源和文化根基。像冯财主这样哩财主不乏仁义之心济世之道，我们不应该简单哩把农民按照贫富标准割裂成两个阶级，更不应该把富人都当成革命哩对象赶尽杀绝……”

洪队长又一次打断姜奇的话，情绪激动地吼道：“老姜同志，你这是在替敌人辩护。据我所知所有的根据地都在轰轰烈烈地斗地主分田地，还很少听说过有你这样阻挠土改工作的干部。土改是激发广大农民跟着我党闹革命的手段和目的，只有把财主们都消灭掉才能消除农民担心遭报复的后顾之忧。你胆敢逆潮流而动，就不怕受党纪处分？”

姜奇已经忍无可忍，怒斥道：“洪队长，请你不要用党纪吓唬我姜某，你还没有那个资格！你滥杀无辜，才是给我们党哩事业造成损害哩乱纪行为！你不加区别滥杀解放区地主，将导致县境内所有地主对我党产生恐惧和敌对心理，我们今后哩工作将会面临意想不到哩困难，我坚决反对你这种粗暴式哩土改！”

俩人经过一番激烈的交锋，谁也说服不了谁，彼此只好用坚硬的目光盯视着对方，都希望对方屈服于自己的意志。在前院办公的土改队的一位老同志听到俩人的争吵声，跑过来打破了这短暂的却令人窒息的僵持。老同志从头到尾听了俩人争吵的内容，他内心里赞同姜奇的思想，却又不敢得罪风头正劲的洪队长，只好劝俩人进屋坐下谈。这句话提醒了姜奇，他对洪队长道：“我看咱俩争不出个长短来，不如把工作队和县委县政府的同志召集在一起开个民主讨论会，讨论土改工作到底应该怎么开展，最后形成一个决议，谁也不能凌驾于集体意志之上。”洪队长踌躇满志地表示赞同。姜奇和洪队长又确定了开会的时间、地点以及与会人员后，便返回县委县政府的驻所，通知参加会议的人员去了。

中午一时，十几名与会人员准时会集在洪队长的办公室。人员构成，土改工作队和县委县政府各半，这是姜奇的主意，目的是在双方人数均等的情况下，看谁的观点能争取到多数人的支持。会议开始后，姜奇和洪队长自然又是一番激烈的辩论，但最终因为县委书记和姜奇的思想高度一致，县委县政府的其他同志都坚定地站在了姜奇一边。再加上土改工作队的两位同志也觉得对待地主的手段太过残忍，委婉地表达了土改工作应该改进的观点。如此一来，洪队长成了少数派，在他极不情愿的情况下，会议形成了一个决议，主要内容是：土改工作队在今后的工作中，不能撇开县委县政府独自进行，更不能纵容贫雇团为所欲为，即使对民愤极大的恶霸地主，也要由县民主政府司法科逮捕、审讯、判决，任何人不得动用私刑，不得挖掘地主家的祖坟，不得擅自抢占浮财等条款。纠正土改工作中偏激行为的决议通过了，可是洪队长的心里从此结下了对姜奇的不满甚至怨恨心绪。

纠偏决议在一段时间内起到了一定的积极作用，但是随着频繁、复杂的军事斗争形势发展，这一决议没有能够很好地贯彻执行，在新老解放区的土改工作中仍不断发生骇人听闻的事件。

解放军太行一分区部队、元龙县独立营和驻石门市的国民党第三军、魏天雄的保安团，自民国三十五年（1946 年）初至民国三十六年（1947 年）夏，一年半时间经过大小几十场战斗，解放军在冀西南军事形态上占据了主导地位，只剩下了石门市和元龙县城及周边几个村庄仍由国民党军队控制。因为受山区根据地土改运动中偏激行为的影响，解放军部队所到之处，无不引起当地大小财主们的惊恐，携家带口争相逃往县城，以躲避杀身之祸。他们知道共产党的军队一到，随之而来的就是土改队，斗地主分田地的风暴会将他们席卷而起，摔得粉身碎骨，传闻中那一幅幅可怕的情景就会在他们身上重现。

贞村的情况也不例外，当解放军的部队将要到来的风声，今天一大早在村里传开时，立刻造成了全村十几户大小财主家的混乱，大车小辆只要能带走的东西悉数装在上边，争先恐后逃向县城，要在那里躲过劫难。最混乱的是段家，人多东西杂，除了段家三十几口男女老幼外，还有团练的几十个团丁，里里外外地在往十几挂大车上装吃的粮食、穿的衣裳、铺盖的被褥、做饭的锅灶等东西，当然还有大量金银首饰和银圆票券地契等装在几个皮箱里。段永福腰间插着匣子枪在段士修住的屋里焦急地催促爹跟他们一块去县城，二小子段永禄在一旁帮着腔。

年老固执的段士修拄着拐棍坐在堂屋的圈椅上就是不走，决绝地说道："哪也不去，至死守着咱家哩房子和土地。你爹一走，这些家产就算是拱手让给了共产党。再说，即使躲到了县城，房子和地都没了，苟且活着还不如死了好。你们走吧，给爹丢下一点儿粮食一套锅碗和一个做饭哩人就沾了，俺不相信共产党能把一个老头子怎么样。"

陪伴在爷爷左右的段恒印不想回到县城，接话道："俺给爷爷做饭。"

段永福瞪着眼训斥儿子道："滚一边去！"随即变了一副恭敬的面孔开导老人道："爹！你这么大年纪经不起折腾了，土改队别说打你，光挨批斗也会要了你哩老命。留得青山在不愁没柴烧，只要人在，房子地丢了咱还能夺回来。城关哩董大财主正在招兵买马，要成立县自卫总队，也叫还乡团，就是准备把共产党分给穷人哩房子和土地再夺回来。咱家几十个团丁连人带枪也加入进去，谁要是分了咱家哩房子和地，俺就带队伍杀回来，那时候可就不讲乡亲情分了。"

段士修仍不为所动，眼看到了晌午，事情紧迫，再加上天热气燥，急得段永福满头大汗在屋里打转。突然出现的一个人，引燃了段永福憋在心里的怒火，他冲来人劈头骂道："你还有脸回来，你追随哩共产党，逼哩咱段家走投无路了！"

现在身为元龙县民主政府公安局局长的吴常，半年来一直奔波在土改工作第一线，为各地土改顺利进行提供保障，抓捕、铲除那些对抗、暗杀土改工作人员和农民土改积极分子的地主武装头目。根据他掌握的形势发展动态，知道贞村即将开展土改运动。为了开导家人，今天前晌他抽出时间特意从北边十几里外的村子骑着一辆自行车风尘仆仆赶来，劝说家人顺应共产党哩社会变革大势，不要逃避甚至对抗土改运动。孰料他来得正是时候，看到家里一团乱糟糟的样子，便直奔爹的住处而来。大哥对他的一顿训斥，反倒让他急切的心情冷静了下来，他脱下白汗衫用随身带的手巾擦去头上和前胸后背的汗水，上下打量一番段永福，问道："大哥！共产党哩部队就要开过来了，随后就要开展打倒地主分田地哩土改运动，你有什么打算？"

吴常不知道，在他来之前丁不白刚从这里无功而返。面对村里财主们的逃遁风潮，范区长指示各村村长动用村里的民兵阻止财主们掠走浮财。丁不白不想干绝情绝义哩事情，如果采取强硬措施，段永福仗着有几十个家丁一定不会束手就范，双方动起手来可能造成人员死伤不说，那就真成了势不两立的对头了。他和几个村干部分了工，深入几个财主家开展安抚劝阻工作。丁不白首先来到段家，安抚段士修父子俩不要害怕土改，有姜县长把关不会发生过激行为。他的话对段士修起了些作用，表示不会逃走，段永福却无动于衷，任他好说歹说也没能打消对方的主意，只好作罢，急忙去了下一个财主家。

段永福气哼哼地回道："先到城里避开这锋芒，随后成立还乡团择机反攻回来。共产党分房子分地，痴心妄想！"

吴常轻蔑地笑道："大哥，别怪兄弟说话胳膊肘往外拐，方圆千里只有石门市和元龙县城这两个点儿由国民党军队占领，解放军哩重兵已经把它们包围了起来，没有多少时日就都到了共产党手里。兄弟劝告你，别存任何幻想了，把房子和土地主动交给县民主政府，争得一个宽大处理哩机会，尚能保咱一家老小活命，如果都跑到县城躲避，解放军攻城哩炮弹可没长眼。"

弟兄俩正辩论间，段家人不约而同地聚集过来，从俩人的话语中各自分析判断着走与留的利弊。站在门外的段永禄插话道："叫俺看，吴常兄弟说哩有道理，还是留在家里好。"

段永福的目光愤怒地投向段永禄，吼道："你懂个屁，留在家里，土改队一来，先拿你这个大财主哩公子开刀。"吓得段永禄缩回了脖子，其他人也都面露恐惧之色。

段士贤已过世，他这一股的后辈们在段家更是处于弱势地位，平日里说话没有分量，在这样关系重大的时刻他们自知说的话不会起任何作用，各个噤若寒蝉，任由段永福决定这个家族的命运。

段永福见家人都围拢来，腔调一转鼓劲道："国民党军队数倍于解放军，又是美式装备，解放军绝不是对手。依俺看用不了多少日子，国军就会把共军消灭掉。全家人暂且到县城躲避些日子，等国军打过来，这房子地还是咱段家哩。赶快收拾东西，到了城里再吃晌午饭。"

家人大都信服了段永福的话，纷纷散去，忙碌各自的事情去了。吴常追出屋门大声召唤家人，希望大伙能听听他阐述当前的局势，但是已没人顾得上理会他，便折回来语气凝重地对段永福道："大哥，看来你是想跟共产党对抗到底了，兄弟今天郑重警告你，不要一意孤行，不要成为段家哩罪人！"

段士修焦急地劝慰两个儿子道："你们俩可不能相煎太急，伤害了谁，爹也难受！"

段永福道："爹！俺俩是身不由己，以后会出现什么情况谁也预料不到，你就别费那份心了，眼下要紧哩是赶快离开这里。"

段士修对段永福道："吴常哩一番苦心爹领了，爹铁了心留在家里，哪也不去。"说着起身从八仙桌上拿起一封没写收件人姓名的信交给段永福，叮嘱他进了城再看。段永福知道里面一定藏着重要事情，接过来会心地点点头，郑重地装进上衣兜。

吴常猜想这封信一定是写给跟段家利益休戚相关的重要人物哩，他分析除了魏天雄不会是第二个人，据此可以断定爹对即将到来的土改风暴决不会善罢甘休，便意味深长地说道：“但愿里面装哩是锦囊妙计。”

段士修扫一眼吴常，不禁暗自感慨，生了三个小子，谁料想自已最疼爱哩这一个反倒成了心头之痛，成了革他段家命哩人。他的脸上露出一丝苦笑，回应道：“你爹能有什么锦囊妙计，无非是为了这个家，赔着这张老脸忍辱祈求人家给咱提供保护罢了。”

吴常不想涉及这个话题，避免给爹造成痛苦，安慰道：“爹留在家里是明智选择，别哩不敢说，俺能保证爹哩人身安全，总比躲到县城挨炮弹好。”

段恒印趁机表示道：“俺三叔说哩对，俺就在家照顾爷爷，不到城里担惊受怕。”

段士修抓住孙子的手，欣慰道：“有孙子陪伴就知足了！”

段永福无奈地叹口气，对段士修道：“爹！永福不孝，愿老天保佑你爷孙俩，盼这场灾祸早点儿过去，一家人早日团聚！”说完他弯腰拎起两只箱子，催永禄掂上另外几只箱子。哥儿俩跑了两趟，才把装着钱财的箱子掂完。最后一趟时，吴常望着段永福的背影，高声喊道：“大哥，你这一走，怕是再也回不到这个家了！”

段永福无心理会吴常，径直而去。

事已至此，吴常哀叹一声，叮嘱侄子段恒印照料好爷爷，遇上难事去找村长丁不白。他连晌午饭也顾不上吃，喝了一碗水，穿上汗衫，告别了爹，推上车子出了家门。他还有一件要紧哩事情去办，告诉牛四妮她儿子石敢当哩下落。

自前年九月份，石敢当随国民党第一战区先遣军司令侯如墉进入石门市受降日军以来，一直杳无音信。吴常跟牛四妮一家人怀着同样的思念之情，经常打探石敢当的消息。几个月后，从石门传来消息，胡宗南派遣嫡系第三军军长罗立戎替代了侯如墉在石门市的地位，让侯如墉带领他的部分军队到北边的正定县把守城池。吴常不知道石敢当是留在了石门，还是跟着侯如墉去了正定。前些日子，在太行军区部队攻打正定城的时候，他很为石敢当的生死担忧，便连夜骑马跑去打探石敢当的音讯。攻下城后，吴常询问了几个军官俘虏，了解到石敢当所在的营并没随侯如墉来到正定，他紧张的心情才算松弛了些。

牛四妮一家人对吴常带回来的消息，只得到一时的宽心，随之而起的忧愁重新袭上心头。石敢当的命运会是一种什么样哩结局，谁都预料不到。

丁不白从段家出来后，径直到了高家，对高家人同样是一番安慰和劝阻。面对即将到来的土改风潮，高家人唯一有些紧张的是高鸿，按照他家占有土地的总量和人均亩数，他都是名副其实哩地主，是土改哩对象。目睹村里蜂拥而逃的大小财主，他心里没有底数，正在向爹讨教是跑还是留的问题时，丁不白来了，只听高冉淡然说道：“跑什么，共产党土改哩目的不就是用革命手段把天下哩土地分给农民，实现耕者有其田哩理想社会吗！俺看不赖，等土改队来了主动把地献出去，谁还会把咱怎么样。如此也算是给咱高家积了大德，这样哩好事何乐而不为！”高冉清楚目前的形势，县城早晚是解放军哩囊中之物，逃跑是死路一条，泰然处之或许能找到绝处逢生哩机会。丁不白敬佩地向高冉问了一声好，再没必要说多余的话便告辞而去。爹的超然大度并没有完全消除高鸿的疑虑，他认为想象中的事情总会与实际有不小哩差距。

丁不白风风火火地来到杜化吉家，看见杜家爷儿仨正在按照各自的分工专注地制作豆腐。杜家的豆腐生意在祖孙三人夙兴夜寐的操持下，很快就恢复了原先的局面。今天晌午杜壮田跛着脚赶着毛驴车从外边卖豆腐回来，刚进院就心神不宁地对爹说各村哩财主为了逃避土改争相往城里跑的情景，问爹咱家怎么应对。杜化吉端着瓢正在往瓮里的豆浆点卤水，他停住手，奇怪地看着杜壮田，嘲笑道："觉着家里有了二十多亩地把自己当成财主了？也不怕人家笑话。段士修的一根汗毛都比你哩大腿粗，那才叫财主。别胡思乱想了，吃完饭干你哩活去。"杜壮田羞红着脸躲进灶火间去了，他用极短的时间填饱肚子出来，吃力地推起石磨磨开了豆子。

丁不白看见这幅忙碌的劳作场景，钦佩杜家人一心想过上好日子埋头做事哩执着劲头，他不想打扰人家悄没声地走了。心里为杜家祈祷着千万不要受到土改冲击，其实他对土改的尺度没有一点底数，心里也是忐忑不安。

窝在县城里的魏天雄，对从四面八方蜂拥而至的大小财主们给予了热情接纳，因为他们带来了大批的粮食和金钱，加上之前汇集到这里的各县的保安团和还乡团等武装人员，可以说是人财两旺，为他今后能够长期固守这座石头城又增添了力量。近来他的心气颇高，感觉自己成为这座城池的主宰者，谁都在向他谄媚讨好。前一阵子，侯如墉快要被解放军赶出正定县城时，曾向他发来一个恳求到元龙县城避难的电报，他当即给予了回绝，以泄当年在其手下长期遭受不公正待遇之怨恨，让这个老奸巨猾的家伙成为一个走投无路的丧家之犬才好哩。更令他自豪的是，四月份，解放军晋察冀军区四纵队在太行一分区和冀南十分区部队的配合下攻打县城，他指挥保安团凭借着坚固的城墙进行顽强反击，使解放军未能占得便宜，不得已撤离。国民党元龙县县长张雪庵和县党部书记长刘丙谦以此把魏天雄奉若他们的保护神，对他迎前趋后、毕恭毕敬。

最给魏天雄长志气的事情发生在今天后晌。段永福带着家人和财物逃进县城安顿在自家的粮行和花店后，便迫不及待地拆开了爹交给他的信。里面叠着两张用严谨的行楷字体书写的信纸，一张是爹对他的嘱托，另一张是爹写给魏天雄的。他逐字看完后明白了爹的良苦用心，便遵照爹的吩咐提着一箱大洋并附着那封信前来拜见魏团长。

保安团的团部仍然设在县衙门前的谯楼上，魏天雄正站在南窗前貌似居高临下地俯瞰县城，实则在想着如何整顿城内的各路人马，以及安抚人心惶惶的老百姓和各怀心事的财主们，把他们的力量凝聚在一起才能把这座城池打造成坚不可摧的堡垒。还有一件事让他牵肠挂肚，那就是他的独子魏小虎返回贞村后，大半年一直没有音信，思念之情日甚一日，后悔当初没有强行管制住儿子，不知今后还有没有相见哩机会，他的内心为此常常泛起痛苦的波澜。但是现在面对愈加紧张的局势，他忽然为儿子感到欣慰，这或许是一条活路，看共产党的劲头说不定会把自己哩巢穴倾覆。段永福的到来打断了他的思路，几十年来他对段家的怨恨始终无法从心里彻底消除。眼下虽然有一箱大洋作为见面礼，可他仍对段永福十分冷淡，收下了这份大礼也没给对方一丝笑容。段永福无心计较魏天雄对他的蔑视，依然堆着笑脸，恭敬地用双手把爹写的信递给对方。魏天雄漫不经心地打开来看了一遍，他浑身霎时起了一层鸡皮疙瘩，段士修对他穷尽奉承赞美之辞，把他吹捧为元龙县城哩保护神和富贵人家哩救世主，尽显奴颜婢膝之态，最后向他提出和段永福结拜的乞求，好同心同德共同对付共产党。段士修之心昭然若揭，目的是为了借助他的力量保护段家的利益。魏天雄轻蔑地冷笑一声，心说这老家伙当年欺凌他魏家哩骄横之气哪去了，今日没有一点尊严巴结俺魏某，堂堂哩保安团长岂能与这般势利小人为伍。他正要下逐客令时，脑子忽然转念一想，蹦出一个主意：这倒是个整合各方力量哩办法。他那阴冷的表情迅速转换成可亲的笑脸，感慨道："时光变幻、命运辗转，想不到俺魏天雄哩命运和段家哩命运连在了一起。既然这是天意，那就顺应了吧！"

段永福忐忑的心立刻平缓了下来，他担心魏天雄不会消解对他段家哩仇恨，会断然拒绝这一乞求，没想到魏天雄如此大度爽快地答应下来，感动得他"扑通"跪倒在地，仰脖望着魏天雄叫道："哥哥在上，受小弟一拜！"

魏天雄急忙阻止他道："起来起来，还不到磕头哩时候，喜结金兰是一件大事，怎么着也得举行个仪式。"

段永福尴尬地站起来，听候魏天雄的吩咐。

魏天雄继续说道："人心齐泰山移，趁此机会咱俩何不多结拜些弟兄。这件事你来筹备，把各县投奔来哩保安团头领和众大户们都笼络上，后天前晌在关帝庙举行结拜仪式。如何？"

段永福满口应诺道："好主意，小弟这就去办！"立即恭敬地退了出去。

两天后结拜仪式如期举行。段永福笼络上了二十多人，加上魏天雄保安团里原有的十来个把兄弟，关帝庙的大堂前三十多名各色人等按照年龄大小一字排开，每个人的脸上都流露着激昂的情绪。他们做梦都想跟魏天雄攀上关系，人家给了这么好哩机会哪能不激动。魏天雄和段永福位居老大和老二，这是段永福的特意安排，他把年龄超过他俩的人都排除在外，为给自己今后行使权力创造条件。

魏天雄请来张雪庵和刘丙谦作为结拜的见证人和主持人，张雪庵面对这样的阵势，羡慕不已，同时担心自己有被孤立之虞，便临时动意，向魏天雄提出也要加入其中的愿望。魏天雄慨然应诺，无论怎样自己都是老大，多一个人就多给他添一份威风。张雪庵报了出生年月日和时辰，他排在十几名之后。

刘丙谦对张雪庵这种没有节操的行为嗤之以鼻，这简直是在糟践国民党县长哩名声。他转而又想，这些人结盟无非是为了联合起来对付共产党，他们肯为党国赴汤蹈火是自己求之不得哩事情，何乐而不为！他随即热情高涨地主持了这场结拜仪式，指挥着三十多人向关公塑像行了三叩九拜之礼。之后魏天雄进行了激情澎湃的演讲，他首先高屋建瓴般地分析了国共军队的力量对比，说用美式武器全副武装起来哩八百万国军，绝对不是扛着土枪土炮哩百十万共军所能对付哩，只要咱们同心协力守住这座石城，就能等到国军打回来哩那一天，到那时这天空和这土地还都是咱们哩。随后又讲了目前最要紧哩是有钱出钱有力出力，把这座城池里里外外构筑成固若金汤般哩堡垒，任共军千军万马围攻而奈何不得。魏天雄的最后一句话是铿锵有力的号召："让我们一起战斗吧！"

所有人的血液都沸腾起来，他们在段永福的带领下发出一阵高过一阵的呐喊："战斗战斗战斗……"

第六十一章　斗地主

山区的土改基本完成，洪队长带着工作队来到了贞村，要在这里大干一场。事先他对新解放区的村庄进行了摸底，了解到贞村的段家是全县数得上的大户，另外还有不少富户，这样的土改目标令他兴奋不已。在贞村驻扎下来后，听说段、高两个大户的当家人都没有逃走，更让他热血沸腾，激发了他内心强烈的斗争欲望，迅速召集村干部和农会代表在村公所开会，部署开展土改工作。在山区经过了一年多的工作历练，他自认为算得上是一个斫轮老手了，讲话时的腔调和姿态显得踌躇满志、举重若轻、不容置疑。他首先号召村干部和农会代表每人发展几个村里最贫穷的人成立贫雇团，给他们讲解土改的目的是没收地主的土地分给像他们这样的贫苦农民，调动起他们的土改热情，让他们协助土改工作队开展全村的土地调查和土地评级工作。然后根据对土地拥有者的调查情况，给其评定阶级成分。下一步就是对被划为地主、富农的人进行批斗，控诉他们犯下的累累罪行，对罪大恶极的地主给予处决，把他们的浮财和土地分给贫雇农。

前半程的土地调查、评级和划分阶级成分工作进行得较为顺利。

拥有一千四百多亩土地和一座大宅园，外边还有许多买卖的段家，毋庸置疑是全村最大的地主。

高家的情况有点儿复杂，父子三人分别有了新的身份，源于几年前的分家。高冉名下没有一分土地一间房屋被划为贫农；高鸿有一百余亩土地，并且务作着哥哥高鹏留下的那一份，雇着五六个长工，还有一套院落，自然被划为地主；高鹤几年前卖掉土地，半年前又散尽钱财的豪举尽人皆知，但是老两口凭着剩下的十亩地和一套院被划分为富裕中农，也就是上中农。

杜化吉奋斗了几十年置下了二十余亩地，外加有些盈利的豆腐生意，经常会雇几个短工料理庄稼和生意，被划为富农。

魏天雄的两个哥哥在开酒坊时积攒下的钱财添了几亩地，比全村人均三亩九分地略多，被划为中农。

丁黑子家的十余亩薄地出产不了多少粮食，靠打铁手艺赚点儿钱贴补生活费用，遇有不好年景也得勒紧腰带方能渡过难关，贫农无疑。

生性脑瓜活泛的田生玉守着前辈留给他的十来亩地，大半辈子靠给财主家当差挣巧粮食过活，几十年没有添置一分地。田从龙一家人回来后更是人多地少，自然也是贫农。

吴常家的五亩地是高家给哩，爹娘去世后，羊群也送了人，吴常在外闹革命，丑媳妇余子独自务作庄稼抚养着孩子，平日里走街串巷找些针线活挣点零花钱，家里一贫如洗，被划为雇农。

石敢当因为是国民党军官，他的家人被划入反动派阵营，绝不会成为土改的受益者，牛四妮婆媳俩以及孩子的行动都要受到严格限制。

全村划分出了五户大小地主，十一户富农，三十八户上中农、中农和下中农，一百二十一户贫雇农。段家的土地接近全村土地的三成，人均五十六亩，几乎是全村人均的十五倍。

在土地调查和评级工作中，作为农会代表的田生玉领着田从虎起早贪黑、忙前跑后出了大力气，得到了洪队长的表扬和器重。接下来是清查登记地主家的浮财、挖掘寻找埋藏在地下的财宝工作，洪队长鉴于田生玉不辞辛劳的精神和熟悉每户地主家的情况，就指派他协助工作队梁副队长完成这项工作。田生玉暗自高兴，一定要利用好这样哩机会，他仿佛看到了田家有了出头之日的那一天。他把清查、挖掘浮财的目标定在了财富积累了几代人的段家大院，想象着那里一定埋藏着不少财宝。

这天前晌，田生玉从贫雇团里挑选出了十几个性情生硬的青壮年，把他们召集到村公所，说明了今天要干哩事情。洪队长随后给他们进行了一番阶级教育，说段家那么多的土地、钱财和房屋，一分地、一文钱、一砖一瓦都昭示着剥削者的罪恶，都凝聚着被剥削者的血汗。他进而解释剥削者就是段家所有的人，被剥削者就是所有给段家扛活的长短工、租种段家土地和借段家高利贷的穷人们。这次行动就是要把凝结着贫苦农民血汗的财宝挖出来，还给穷人。这些穷人本就对为富不仁的段家怀着深切的嫉妒和仇视心理，接受了一番教育后心里亮堂了许多，横下心一定要把属于他们哩财宝挖出来。

田生玉和十几个拿着铁锹、锄头的汉子怀着愤恨和幸灾乐祸的心情气昂昂地走在前边，六名土改工作队成员和三名背着步枪的民兵紧跟在后向段家走去。

来到段家空旷寂静的大门洞里，田生玉压住阵脚，让十几个汉子脱下无袖短褂交给他堆放在一起，说天热干活不得劲，实则他是担心有人将财宝裹挟在衣衫里私藏起来。土改工作队梁副队长将十几个贫雇团成员分成六个小组，每组由一名工作队队员担任组长，负责每个院落的浮财清查工作。田生玉声言自己镇守大门，说是防止段家人带着财宝从这里逃跑，实则是他没有勇气面对段士修，害怕老东家当着工作队人员的面骂他个狗血喷头。如此这般把别人推到前边，自己隐身于后，既能达到充当土改积极分子得以捞取各种好处的目的，又能很好地遮蔽自己不至招来段永福还乡团的报复。所以这次行动，他把平日形影不离的二小子田从虎撇在了一边。

梁副队长指挥着各小组人员进入了六个套院，按照各自分工开始了清查、挖掘工作。段永福逃往县城时家具大多没能带走，所有值钱的东西早已席卷而空，人们在几十间房屋里翻箱倒柜搜了个遍也没找到一块财宝，便在屋里和院子里认为可能埋藏着财宝的地方挥起锄头、铁锹大挖起来。急得段士修一手拄着拐杖、一手在孙子段恒印的搀扶下连喊带骂地穿走在坑洼不平的院落之间，试图阻止这种行为。段恒印极力劝慰爷爷不要生气，说各村都是这样，谁也阻止不了，叫他们挖去吧，无非是个徒劳。段士修不理会孙子的话，只是不住劲地骂，他容不得这帮穷鬼在他家的宅院里肆意妄为。汉子们回击他的是更大声的斥责，说这里一切早不姓段了，成了俺们穷人哩财产，俺们愿意怎样就怎样。梁副队长循着段士修的骂声从别处跑来，奉劝这个老财主如实交出财宝，否则就是挖地三尺也要找出来。人们不认为段家的财宝全都转移到了县城，在这个全县有名的大宅院里一定还藏着不少宝贝。结果出乎预料，梁副队长转遍了每一进院落，十几条汉子大汗淋漓地把段家挖了个底朝天也没有找到一块值钱的东西。大失所望的梁副队长只好指挥大伙把全部家具搬到长工住的前院来，和堆放在这里的各种农具一同登记保管，留待日后分给贫苦人家。

坐在大门洞阴凉处惬意地享受着过道风的田生玉，看到人们无精打采地从各宅院往外搬运家具，知道一无所获。他不甘心，便等着梁副队长走出来，站起身迎上去提高嗓门道："没找到段家哩钱财，他家哩招财树可不能放过。再者阳宅里找不到财宝，阴宅里肯定有。段家几辈子大户，陪葬哩好东西肯定不少。"他的话所有人都听到了，十几个贫雇团的汉子恍然大悟，情绪又立即高涨起来，其中一人喊道："走！先砍了段家哩'招财树'去！"一群人很快在段家和邻家找来几把大锯，呼喊着跑到段家后院的树林里，一棵棵地锯起来。锯齿和树干剧烈摩擦发出的声音，以及传导到树冠的强烈振动，惊动了栖息在树上的一大群黄金鸟，它们发出惊恐的鸣叫声，振翅盘旋在树林上空，向下俯瞰，想知道发生了什么变故。很快一棵接一棵的大树倒下，倾覆了它们的巢穴，它们惊恐的"啾啾"声变成了愤怒的"喳喳"声，企图俯冲下来驱赶这群不速之客，以保护它们跌落在地上的雏鸟。但是一片片坠落的枝干阻挡了它们，让它们无功而返，只好眼看着年复一年在这里安居的高大茂密的树林，须臾间变得空空荡荡，哀鸣着极不情愿地飞向了别处。

站在坑坑洼洼的院子里，再没有力气跟这帮穷汉子喘气的段士修，痛苦地仰望着自家生长了几辈子的"招财树"一棵棵倒下，心疼得他只有捶胸叹气。当树林和黄金鸟在他目力所及的天空彻底消失后，他绝望地一屁股坐在了身后的土堆上，这是否预示着他段家的财富和地位从此也都变得没了踪影？他像孩子一样，边咒骂这些穷棒子边号啕痛哭眼前的灾祸。

清除了段家的精神依托，大伙心里感到十分畅快，他们在大门洞下喜笑颜开地歇了一会儿，田生玉就鼓动汉子们去段家的祖坟看看到底埋着多少好物件。梁副队长觉得这也是个获取地主浮财的渠道，便让田生玉带人去挖。田生玉的头脑此时已经完全处于沉迷状态，一心要报复段家：挖了段家哩祖坟，泄了段家哩底气，铲断支撑段家富贵哩气脉，以后叫段家子子孙孙变成穷人！田生玉高声招呼一群汉子去了段家墓地，梁副队长好奇地跟在后边。自土改以来梁副队长一直紧密配合洪队长工作，他的思想近乎被洪队长同化，对种种过激行为已经变得麻木不仁。

段士修眼睁睁看着家里突兀的变故而无力阻止，又因长时间的咒骂哭泣早已耗尽了气力，只能坐在土堆上垂头喘息。段恒印却在密切监视这帮人的举动，当听到几个人说要去挖他家祖坟时，本是酷热的天气却让他感到了阵阵寒意。谁能阻止他们哩行动？他想到了吴常叔叮嘱他哩话，便撒腿向村公所跑去。

丁不白和全体村干部在范区长的参与下，正在村公所的办公室里围坐着一条长桌听取洪队长关于深入推进土改工作部署，叫他们近期召开一次批斗地主大会，发动广大村民揭发地主是如何欺压剥削他们的，为下一步平分地主的浮财和土地做好思想准备。洪队长正讲得投入，段恒印不顾一切地闯进来，上气不接下气地央求丁不白快去阻止挖他家祖坟哩行为。这可是件大事情，丁不白从板凳上站起身想向洪队长请示前去制止这种天理不容的野蛮行径。丁不白话未出口，洪队长先愠怒地问道：“这是哪个财主家哩孩子？搅扰开会。”丁不白回道：“段士修哩孙子。”洪队长本想训斥一顿这个冲断了他讲话的地主崽子，转而一想正好给他提供了一个开批判会的机会，为村干部们做个现场演示，他的目光转向段恒印道：“你家是几辈子的大财主，想必坟墓里埋了不少陪葬财宝，那都是穷苦人的血汗啊！挖出来还给穷人天经地义，有什么大惊小怪的。你来得正好，你也是喝穷苦人的血汗长大的，名副其实的地主阶级分子，先给大伙儿说说你的祖辈是怎么剥削压榨贫雇农的，交代得好就放你回去，交代不好就把你扣下。”段恒印茫然且惊惧地看着洪队长，不知道如何应对这难堪的局面，只好把求助的目光投向丁不白。丁不白很不赞同洪队长对挖掘段家祖坟发表的言论和拿一个孩子兴师问罪的做法，洪队长完全是从极端的阶级立场做出的想当然的结论，完全不了解段家祖辈人的操守和风范，自己很有必要对他解释一番，便开口道：“洪队长！段士修和他儿子段永福做事不端、为富不仁，可是段家上几辈都是扶弱济贫、惠及乡里哩财主，到如今乡亲们还念人家好哩……”洪队长听得不耐烦，打断丁不白的话，驳斥道：“丁村长，你的阶级立场和是非观有问题，你要知道地主分子作为一个阶级都是革命的对象，没有好坏之分，他们都是靠剥削压榨穷人的劳动积累起来的财富，不管他们表面多么伪善，本质都是吸血鬼，都是要打倒的对象。所以说，段家的祖坟应该挖，挖了又何妨。我赞同！”洪队长越说越激动，随后一拳砸在面前的桌子上，震得所有在场人的心都簌簌而颤。丁不白知道洪队长是想用这种气势震慑住自己，但他不为所动，抬脚向外走去，完全不理会洪队长的存在，边走边说道：“决不允许这种伤天害理哩事情在贞村发生！”段恒印像是得到了救星一般紧跟在丁不白身后。丁不白的傲然举动让洪队长丧失了威严，他还从没遇到过性情如此刚烈的村干部，便冲到屋门口，向走到院子里的丁不白大声断喝道：“站住，不许你如此无礼。”企图阻止其前往。范区长和村干部们也都喊着丁不白的名字，希望他冷静下来，不要让洪队长下不来台。他们知道洪队长的地位权力丝毫不亚于姜县长，担心丁不白冒犯了洪队长会给他造成不利后果。但是丁不白全然不理会身后呼喊他的声音，只顾疾步前行。洪队长一挥手，对满脸错愕的区、村干部们道：“走，倒要看看丁不白有多大本事。”

出了村公所院子，丁不白和段恒印一路飞跑来到村子的东北方向，远远看见一群光着膀子的人正在一片茂密的柏树和杂草的掩映间挥舞着铁锹往四处扬土，那正是段家的祖坟所在地。丁不白边跑边大声喝道：“住手！”正在起劲挖坟的人们停下手里的铁锹，脑袋齐刷刷转过来向这里张望。见是村长丁不白，他们面露胆怯，目光投向坐在旁边一个坟头上纳凉的田生玉和梁副队长，希望他俩给出决断。田生玉鼓动道：“别理他，快干活，谁挖出财宝谁有份。”强烈的发财欲望又驱使汉子们挖起来。丁不白和段恒印跑到跟前，见这些人已经把两座毗邻的老坟挖出了两个大坑，两个被推翻的石赑屃和几段石碑歪斜在土堆里。丁不白怒斥他们道：“死了百十年哩人跟你们有什么冤仇？把先人哩尸骨挖出来你们就不怕遭报应？这干哩可是断子绝孙哩勾当！快把坟填上，不然先人哩灵魂就会附在你们身上，叫你们不得好死！”挖坟的汉子们被丁不白的话吓得赶忙住了手，惊恐地从墓坑里爬出来躲到远处，用双手从头到脚用力拍打着自己，唯恐被他们冒犯的死者的灵魂依附在身上。丁不白不理会在一旁的田生玉和梁副队长，知道他们在这件事上一个是始作俑者一个是支持者，他见挖墓的汉子们惊惧地站着并不动手填坟，便冲过去从土堆上拽过两把铁锹，递给段恒印一把，呼呼地往墓坑里铲土。不远处树顶上的一群乌鸦被丁不白的吼声所惊扰，发出一阵阵凄厉而悲怆的“呱呱”声，给阴气深重的墓地更增添了几分瘆人氛围。

丁不白的斥责，让田生玉沉迷的心忽然惊醒过来，他能想象到拥有地主武装的段永福对他施行报复的可怕后果。况且还有吴常那层关系，这挖哩也是吴常哩祖坟，如果吴常知道这一行为是他田生玉哩主谋，不知道会多么憎恨他。人家是县民主政府公安局局长，千万不能得罪，说不定以后会吃大亏哩。他慌忙走过来，对茫然不知所措的汉子们催促道：“丁村长不叫挖了，还不快走。”他极力躲避丁不白，害怕遭到丁不白的怒斥和质问，便第一个走出墓地，独自向回返去。梁副队长也始觉挖坟的行为的确有些过分，紧追田生玉而去。十几个汉子唯恐落在后边，争抢着往外撤。出了段家墓地田生玉和梁副队长俩人正与赶来的洪队长一班人碰了面，田生玉装出委屈的样子抢先把丁不白阻止挖坟的事情汇报给了洪队长和范区长，最后说挖坟哩乡亲都叫丁不白吓唬住了，今天是挖不成了，不如改日再来。

洪队长看一眼从坟地蔫头耷脑走出来的一帮贫雇农，失望地摇摇头，想不到他们的意志会如此轻易地被击垮。他又把目光投向正在墓地里和段恒印挥锹填坟的丁不白，冷笑一声，转过头对田生玉吩咐道：“从今天起贞村哩土改工作由你挑头，明天上午开场批斗地主大会，怕乡亲们有顾虑不愿意参加，你想法把乡亲们召集起来。会上你要带头揭发地主哩罪行，把乡亲们对地主哩仇恨都激发起来。”

田生玉连连点头应承道：“这事好办，会场就定在村北打麦场，明儿半前晌全村人肯定到齐!”他明白这是要让自己顶替丁不白的角色，心里暗自高兴。他趁机又把在段家挖浮财一无所获的情况向洪队长和范区长作了汇报。他想借助丁不白因为没有采取有力措施防止段家浮财流失的工作失误再烧一把火，让洪队长和范区长迁怒于这个违抗上级命令我行我素胆大包天的铁匠，好尽快达到自己的目的。

田生玉提起此事，洪队长和范区长果然面露不悦之色，他俩不理解丁不白的行为，心里对丁不白很是不满，看来贞村村长需要换人了。范区长拍拍田生玉的肩膀道：“老哥！明天就看你哩本事了!”田生玉分明感到了范区长是在对自己进行一次考验，信心十足道：“洪队长、范区长放心，明天哩批斗大会一定能开好!”因为心情愉悦，田生玉步子轻快地带着大伙儿向高冉家走去。

清查高家的浮财，田生玉没有多少顾虑，那是因为高冉是个思想开明旷达、性情温良谦恭之人，不会逆大势而为；高鸿也识大体，不会生出事端，不然他早就逃到了城里；高鹤就更不用说了，提前把自己哩家财散尽真是有先见之明，是个聪明人。果不其然，高家父子三人对他们前来清查浮财极尽配合，连书房里的秘密地窖都主动打开来让大家查看，避免了被挖地三尺的麻烦。高家父子看着家里的钱财和大部分生产生活用具被工作队和贫雇团人员收缴走，心里尽管隐隐作痛，却为没有受到责难留住了些颜面而庆幸，但仍然对土改进程中不可预料的事情心怀不安。

从高家出来，田生玉连晌午饭都顾不得吃，带领大伙一鼓作气又清查了剩下的几家小地主的浮财，到了日头落山的时候向洪队长圆满地交了差，才心满意足地回了家。他先来到田从龙住的前院，对正在教一对儿女和本村爱好丝弦的一个姑娘和两个小伙儿练功的大小子说道：“洪队长叫你明天前晌给乡亲们唱出戏，没收了段家不少浮财，特意庆贺一下。”

田从龙满口答应，有些日子没登台了，憋哩难受，早就想找机会尽情唱一回了。自新解放区开展土改以来，戏班的伙计都慌着回自村参与分地主的浮财、房屋和土地去了，田从龙和李乐乐正好把时间和精力放在了教孩子们唱戏上面。今天洪队长给了他们唱戏的机会，不但田从龙高兴，在灶火间正往锅上贴饼子的李乐乐听到后粘着满手的玉米面跑了过来，问田生玉道：“爹！人手不够，唱几出折子戏沾不沾？”

田生玉欢喜道：“沾！沾！随便唱！”他抬手摸摸长得比自己还高的孙子和矮半头的孙女的脸继续说道：“有孩子们助阵这戏就唱好了！在这节骨眼上卖卖劲，分浮财、分房子分地时俺吃不了亏！”他这是说给田从龙一家人听的，也是自我欣慰的话。他希望通过这次千载难逢的土改能让全家人过上好日子，眼看这个目标正在朝着自己的谋划一步步接近，便背着手嘴里哼着丝弦的曲调，得意地摇着头向后院走去。

田从龙和李乐乐完全没有为在土改中得到好处而唱戏的想法，纯粹就是怀着让乡亲们好好过一回戏瘾的愿望，连夜准备了《小二姐做梦》《挡马》等几出不同风格的折子戏。

第二天清晨，田从龙一家四口早早吃过饭，和本村三个正在学艺的男女青年化好妆，穿戴好行头，套上马车，装上布景道具和板胡、笛子、笙等乐器还有几只高板凳出了家门向村北走去。一路上吸引了乡亲们惊喜的目光，不用田生玉将“元龙红”唱戏的消息散播，乡亲们一传十、十传百，很快就传遍了全村。村北的打麦场又成了一个吸引力强大的磁场，如流的人群自动汇集而来。一年多前田从龙在这里酬谢乡亲们的演出，用土堆起的戏台依然如故，人们还好好留着让他唱戏哩。

洪队长和范区长布置好了开批斗大会的各项工作，在村干部和田生玉父子的陪伴下来到了打麦场，边走田生玉边向两位领导表白自己是如何把乡亲们召集来哩。看到眼前热闹的场面，两位干部不约而同地把赞许的目光投在田生玉的脸上。洪队长感慨道：“早就听说唱丝弦的‘元龙红’能引得万人空巷，果然不是虚言！”范区长对田生玉道：“有这么个儿子是你哩福分啊！”田生玉禁不住露出自豪的笑容，嘴上却谦虚道：“犬子不才，会哼几段小戏而已，不知怎的乡亲们都迷恋他！”洪队长道：“等土改结束后，再请田班主唱几台大戏，好好庆祝一番！”田生玉连连点头道：“一定一定！”一路上洪队长、范区长和田生玉谈笑风生，明显冷落了跟在他们身后的丁不白。对此丁不白有所觉察，他明白其中的缘由，却很不以为然。一班人挤到戏台前，见一切就绪，洪队长对田生玉说道：“开始吧。”田生玉让田从虎把他搬上戏台，走到正坐在幕后西侧专心致志地对唱词的田从龙和李乐乐跟前说道：“洪队长叫你们开戏哩。”说完又退回了台下。

田从龙从幕后走到台前，对乡亲们说今天只准备了几出小戏不成敬意，等戏班齐全了再给乡亲们唱大戏，随即报了几个折子戏名，台下发出一阵叫好声。田从龙见识过乡亲们对他和戏班的迷恋，对着台下深深地鞠了一躬，转身返回幕后对妻儿们说，一定要卖劲儿报答乡亲们哩厚爱，示意操持乐器的儿子和几个弟子给即将出场的演员来个起腔。随着一段喜庆的器乐响起，李乐乐扮装成一个俊俏的大闺女形象从幕帘西侧迈着轻盈的脚步闪出来，边唱边欢快地扭着腰肢到了戏台中间。这是一折《小二姐做梦》，描写的是一户普通庄稼人的姑娘小二姐整天盼望婚姻生活，这天在家愁闷瞌睡起来，睡梦中见一花轿来到家门娶亲，高高兴兴地出了嫁。来到婆家，拜了天地，入了洞房，正当兴致高涨的时候，忽然醒来，原来是一场甜美的梦。这出喜剧只有一个人物，靠大段的唱词表现小二姐少女怀春的内心世界，李乐乐用元龙县独有的乐乐腔全身心地投入表演，诙谐幽默的唱词不断引发出台下一阵阵笑声。

不知不觉这段小戏在一片欢笑声中结束，就在人们期待下一出折子戏开场时，田生玉受洪队长的指派又一次爬到了戏台上，对着乡亲们喊道："下面进行的是批斗地主大会，乡亲们不要走，批斗会结束后再接着唱戏。"他冲着戏台的东侧大喊一声："把万恶哩地主分子押上来！"话音刚落，人们伸长脖子目光齐刷刷地投向戏台的东侧，看见一队背着长枪的民兵押解着七八个人走上了戏台。年近八旬满头白发的段士修拄着拐杖颤巍巍地走在最前边，紧随其后的是高鸿，最后一个是杜化吉，他是田生玉给民兵特别交代揪来陪斗的富农分子。田生玉今天终于有机会在大庭广众之下羞辱一番曾经让他羡慕嫉妒恨并且谩骂纠缠了他几年，给他造成内心巨大痛苦的杜化吉了。田从龙和李乐乐准备演出《挡马》，被这突如其来的变故惊讶得张口结舌。夫妻俩很快明白过来，原来这是爹又一次在利用他们，他们虽知道土改是当前的头等大事，而批斗地主是土改的重要组成部分，但仍无法忍受被隐瞒捉弄的滋味。田从龙的双手在脸上愤怒地胡乱摩擦几下，化了妆的容颜立刻变得面目全非，气哼哼地对妻儿和徒弟们说道："走！"一家人和三个弟子七手八脚卸了布景，从北边下了戏台。挂布景的地方很快换成了用两根粗壮的竹竿展示的巨大的白粗布制作的横幅，上边用黑墨汁书写着"批斗恶霸地主大会"几个大字，台下千余目瞪口呆的乡亲们好久才看明白戏台上发生的情景，随之而起嘈杂的议论声迅速淹没了田生玉的声音。

田生玉面对台下全村的乡亲不免有些心慌，他预料不到自己带头揭发地主们的罪恶能不能引起人们的共鸣，能不能激发别人对地主的仇恨，能不能进而掀起斗争高潮让洪队长满意。那就看自己哩本事了，他鼓起勇气对着段士修声嘶力竭地喊道："段士修，你这个恶霸，俺田生玉一家可叫你害惨啦！"

台下的乡亲们被田生玉霹雳似的一声喊所震惊，从他们嘴里发出的嘈杂的声音很快消散在了湛蓝的天空中，所有人都把好奇的目光集中在了这个段家曾经的红人身上，竖起耳朵静听他如何控诉曾经极力巴结的主子。段士修双手拄着拐杖，低头闭目等待着田生玉对自己的揭发，他很想知道这个曾经对自己胁肩谄笑、卑躬屈膝的奴才现在又要变成怎样一副嘴脸。

田生玉很快酝酿出从前段士修施加给他的屈辱情绪来，手指着他的老东家悲愤地说道："段士修，你比吸血鬼还贪婪，比蛇蝎还狠毒！俺田某给你家当了大半辈子长工，得到了什么？没置下一分地，没盖上一间房，每年只给几布袋陈谷子烂糠。俺给你段家卖力气无数，本该有好回报，可都叫你给剥削了。这还不算，你为了多生孙子，把俺家闺女从秀哄骗进你家，给你哩大小子段永福当小老婆。可怜俺那亲闺女，在你家受尽了歧视和虐待，不到一年就害了一场大病，不治身亡……"田生玉说到"真情"处，禁不住"呜呜"地啼哭起来。惹得台下许多不明真相的乡亲们也都抹起了眼泪。段士修忍不住睁开眼睛把头扭向田生玉，想驳斥他的说词，却立刻遭到了对方更猛烈的痛斥。田生玉哽咽着声音继续控诉道：“段士修，你家大小子段永福跟你一样歹毒，他不但给日本人当伪乡长，还逼迫俺给鬼子当伪保长，把汉奸哩帽子硬戴在俺头上，逼着俺给日本人当帮凶。段永福还逼着俺家从龙给日本人唱戏，逼得俺家从龙差点吊死。乡亲们！这段家父子一个是恶霸地主一个是汉奸，是不是该打倒他们？”田生玉的控诉有真有假，乡亲们无法分清哪是真哪是假，但他们都知道段士修和段永福是心狠手辣、为富不仁的财主，尤其是那些租种着段家土地的贫雇农，当年收获的粮食业佃双方五五分成，再缴纳些土地税后所剩无几。他们虽多次向段士修父子提出提高佃户的分成比例而遭到回绝，为了多挣口饭吃，人们只能忍气吞声遵循老规矩，因此他们对段家父子早就怨气在胸恨之入骨。今天遇上能出一口恶气的批斗大会哪能错过，人们群情激奋杂乱地高声呼应道：“打倒恶霸地主段士修，打倒汉奸段永福，把段家哩土地和房子都分给穷人……”这当中站在最前边的田从虎喊哩最起劲，来的时候田生玉提醒他要配合爹在台上批斗地主，要带头呼喊口号。田从虎特意站在洪队长和范区长身边，极力表现自己。

田生玉的控诉和乡亲们的声讨激怒了段士修，他举起拐杖冲着田生玉骂道：“你这个攀附权贵、落井下石、狗眼看人低哩势利小人，你颠倒黑白蛊惑人心，敢跟俺段士修过不去，没你好果子吃！”台下的段恒印着急得直跺脚，他担心年老体弱的爷爷控制不住情绪昏倒在台上，没有别的办法，只盼着批斗大会早点结束。年幼人的想法总是那么天真简单，段恒印哪里知道他段家几十年间和多少乡亲结下了冤仇，对他的祖父辈心存怨恨的人哪能放过这一发泄的机会。魏天雄的大哥和二哥对田生玉的控诉产生了共鸣，几十年前那个黑夜他们的爹魏老酒和三兄弟魏三惨遭段家戕害的情景浮现在眼前，现在面对段士修张狂的样子，老哥俩不能再沉默了，俩人一齐上了土台，来到段士修跟前。老大先开口道：“今儿个俺们就是跟你过不去，不批斗你批斗谁？你仗势欺人，在村里称王称霸惯了，谁不如你哩意，你就报复谁。就因为俺爹不愿意在你家干活，你就派打手行凶，用刀子把俺爹哩眼给扎瞎了。共产党哩土改政策好哩很，就是要打倒像你这样哩恶霸地主，分光你家哩财产，再不能叫你们翻身！”老二想说的话，老大都替他说了，但他也不想放过表达自己心愿的机会，振臂高呼道：“打倒恶霸地主段士修！”乡亲们对魏家人颇有好感，不用说心地善良、老实巴交的魏老酒和这两个儿子，就是对投靠过日本人现在又当了国民党保安团团长的三小子也没有招致多少乡亲很深的厌恶。因为魏天雄的乡土观念很重，无论他身居何种职位，都不曾冒犯乡亲，这一点令全村的老百姓无不钦佩。所以魏家老哥俩得到了台下不少人颇有声势的附和，震撼得段士修浑身瑟瑟发抖，他完全丧失了跟众人对抗的心劲和勇气，低头沉默着，否则只会招来更猛烈的回击。

魏家老哥俩出了一口恶气，心情舒畅地返回到了台下。田生玉则继续主持批判会，段士修到此为止，他把下一个目标放在了高鸿身上。批判高鸿他没有什么说词，搜肠刮肚才找到了一个牵强的由头，他平和的语调中暗含着讥讽说道：“高鸿，你可是个要脸面哩人，俺当初不明白，你为什么给日本人当保长？俺是叫段士修和段永福逼哩没办法，到后来俺死活不给日本人干了。没人逼你，你倒痛快哩继任了伪保长一职。后来俺明白了，你是为了保护自家哩财产才讨好日本人哩。乡亲们！这就是地主高鸿当汉奸哩嘴脸，为了自家利益什么丑恶事都干，你们说该不该打倒他？”

田生玉的话仿佛一把尖刀扎进了高鸿的心窝，他没想到田生玉会如此恶毒地污蔑和侮辱自己，他最怕的就是有人说自己是汉奸。今天田生玉当着全村人的面把汉奸的帽子扣在了自己头上，这是最不能容忍哩事情。不等乡亲们作出回应，他对田生玉暴怒地吼道："田生玉，不许你胡说八道!"他转向台下的乡亲们，两只手使劲抓着自己的胸膛，声嘶力竭地为自己辩护道："父老乡亲！俺不是汉奸，伪保长是姜县长和吴常叫俺当哩，为哩是配合抗日民主县政府开展对敌斗争……"

"这事俺知道。"丁不白纵身上了土台，对乡亲们高声说道："日本投降后，各村在清算汉奸特务时，姜县长特意写来了一封信，说明了高鸿当伪保长是他和吴常哩决定，这事村干部和一些乡亲早就知道。今天借此机会，俺当着全村父老乡亲哩面给高鸿做个证人，高鸿不是汉奸，是个忍辱负重为抗战出力哩好人!"丁不白铿锵的话语立刻激起了此前不明真相的人们的热烈反响，人群中发出一片恍然大悟的惊讶声，随之议论声四起，批判高鸿的紧张氛围瞬间消散得无影无踪。丁不白见状跳下土台回到自己的位置，但看后边的批判会怎么进行，如果再出现偏差他还会挺身而出。

丁不白的这一举动让洪队长十分不满，脸上虽然若无其事的样子，心里却拿定了要范区长撤换这个处处让他堵心的村长的主意。范区长似乎看出了洪队长的心理活动，他表示道："丁不白不适合再当村长了。"洪队长没有表情的脸上掠过一丝不易察觉的笑意，这个批判会没必要显示出他的存在，他需要的是冷静观察，之后再按自己的意志行事。

丁不白的话让田生玉猛然惊醒过来，他明白以姜县长和高家的渊源，不能再批斗高鸿了，否则会招致更多的麻烦。他的情绪迅速从尴尬的境地中转换过来，把批斗的火力投射到了下一个地主分子身上。他认准了后边这几个地主富农分子，没有一个是有背景哩人，可以放开胆子肆意批斗他们。只是这几个小财主，没有让乡亲们切齿的故事，因而始终掀不起批斗的高潮来，台下的人们大多分散了注意力，"嗡嗡"的说话声笼罩了整个会场。田生玉也感到索然无味，声讨地主的激情减弱了许多。批斗的火力最后落到了杜化吉的身上，这让田生玉一下子又来了精神，他提高嗓门自问自答道："乡亲们！你们说，咱村谁最抠门？杜化吉呗，他简直就是个没人性哩守财奴，大小子叫土匪绑了票都舍不哩花钱赎回来，谁见过这么铁石心肠哩人，只有地主和富农才是这样哩人。乡亲们，他还有更见不得人哩事。"田生玉故意卖个关子，停顿片刻，目光扫视一遍台下的乡亲们，他从一双双专注的眼神里知道调动起了人们的好奇心，继续说道："不少乡亲知道，四十多年前杜化吉刚做豆腐生意时赔了本，他怀疑是他哩一个结拜兄弟和他哩女人有了奸情，合伙骗了他。那年冬天一个早晨，不知道杜化吉用了什么手段，把他那个身高体壮哩拜把子哥哥摔死在了村西南石桥下，这还不算完，第二天杜化吉又把自己哩女人逼上了吊。乡亲们说，这样既抠门又歹毒哩人，能对他家雇哩短工使好心眼？光叫人家干活，不叫人家吃饱饭，这样哩富农跟地主又有什么两样，也该把他打倒。打倒杜化吉!"田生玉随后振臂高呼一声，希望能引起乡亲们的响应。杜化吉一辈子勤劳，抠门是抠门，可是没和乡亲们结下任何冤仇，相反杜家人凄惨的遭遇令人十分同情，因此乡亲们没人理会田生玉的喊叫，都在交头接耳地感慨着杜化吉这几十年的坎坷命运，只有田从虎尖啸的声音在会场上空回荡。

杜化吉一直低着头，缩着瘦小干瘪的身躯，听田生玉历数自己的罪状，他愤怒得几次想抬起头痛骂一通这个得势便张狂的冤家，想再跟他大闹一场，却担心儿子和孙子因此受到牵连，便把头扎哩更低，强压住胸中怒火。

批斗者和被批斗者没有了唇枪舌剑的交锋，没有了乡亲们的激情参与，批斗会一时陷入了沉闷。田生玉尴尬地站在台上，不知道该怎样将这场批斗会继续进行下去。

就在田生玉不知所措之际，年老的丁黑子弓着背从戏台西侧沿着斜坡走了上来，站在他的跟前，颤抖着声音意味深长地对他说道："大侄子，可不能光顾着批斗别人，摸摸良心问问自个有没有罪过。咱们全村人，谁什么样，乡亲们都清楚，还用你在这一个一个数落。就说你吧，那年你当伪保长给鬼子征粮对老实人逞威风，叫鬼子把不愿意交粮哩杜化吉打了一顿，还把人家哩小子杜壮田抓到东洋当劳工，差点成了外乡鬼。你怎么不数落数落自己造哩孽，净数落别人哩罪过？数落坏人应该，怕就怕把好人当坏人数落可就违背天理了，你说是不是？"丁黑子的话犹如根根钢针扎在田生玉的心上，汗珠很快布满了他的脸颊，他不敢表现出丝毫不满，否则将招致丁黑子更激烈的言辞。丁黑子经年累月地打铁，落下了一身病痛，早上听说田从龙要在村北唱戏，便弓着背来到了打麦场，站着劳累，便坐靠在戏台西侧的一个麦秸垛下听了一折戏。他在等着下一折戏开场，听到的却是田生玉要开批斗地主大会的声音。他侧耳耐心听完田生玉说的每一句话，除控诉段士修的言辞外，对其他人的斥责越听越不顺耳，他本想息事宁人地沉默下去，最后还是没能控制住自己，走上前来对田生玉进行了一通狠批。这让台下的洪队长沉不住气了，便问身旁的田从虎台上的老头何许人也？田从虎瞥一眼身旁的丁不白，把嘴凑到洪队长的耳边小声说道："这是丁村长哩老爹丁黑子，脾气古怪，没人敢招惹他。"田从虎的心里十分痛恨这黑老头儿当着全村人哩面数落他爹不是。

洪队长闻听脸色陡变，下意识地瞪一眼丁不白，心里怨恨这丁家父子联手跟他作梗，他正要发作，忽见丁不白纵身跳上了戏台。丁不白感知到了洪队长对自己和爹的不满，他也明白这样的局面应该由他出面收场，他来到爹的跟前小声提醒道："爹，这是批斗地主大会，你把人家贫农说哩下不来台多不好，快下去吧。"

丁黑子却亮开嗓门回应儿子道："你爹可不管是地主还是贫农，谁好谁坏你爹心里有数。"丁黑子见田生玉蔫头耷脑的样子，放缓语气安慰他道："尝到了受辱哩滋味就好，以后不能再羞辱别人了，沾不沾？"田生玉红着脸小声嗯了一声，表示接受丁黑子的告诫。丁黑子继而把目光投向双手拄着拐闭眼生闷气的段士修身上，正要开口痛骂他几句，但是看到他刚经历了一番批斗，一副苟延残喘的可怜相，忽生恻隐之心，长叹一口气道："老天爷没瞎眼，善有善报，恶有恶报，这话不假啊！"说完在儿子的搀扶下顺原路走了下去。站在台上的田生玉心神已乱，意识到批斗大会无法再进行下去了，便努力恢复正常思维，赶快结束这场让他身心俱疲的批斗会，语无伦次地对乡亲们说道："今天哩批斗大会……散会。"

正值伏天，时近晌午，台下的人们早已经大汗淋漓，对这批斗会没有了耐心，一听到散会的声音，他们仿佛是一群炸了窝的马蜂，轰然地向村里快步走去，尽快逃避开这毒辣的日头。满肚子怒气的洪队长和范区长裹胁在人流里，一路上俩人决定了由田生玉替换丁不白的村长职务。田生玉和田从虎在后边听到了他们的对话，田生玉刚遭受了一顿羞辱，内心瞬间被巨大的惊喜所充斥，如果不是因为年老身体笨拙，忘形得几乎要蹦起来。田从虎兴奋得脸有些变形，向前紧跨一步对洪队长和范区长谄笑道：“有事尽管吩咐，俺给你们跑腿！”洪队长和范区长看田从虎一眼，“嗯”了一声。田从虎受宠若惊得像兔子一样往前蹦了两蹦。

田家父子陪两位领导回到村公所坐在屋里歇息，丁不白把爹送回了家又折了回来，范区长当即告知了他撤换村长的决定。丁不白早有预感，他平静地表示接受，向田生玉交代了一些村务便返回了家。

丁不白对坐在老槐树下摇着芭蕉扇纳凉的爹说了这件事，丁黑子不屑地说道：“不当也罢，免得烦心。”树上的知了肆无忌惮的鼓噪声给人增添了几分烦躁。丁不白愤愤道：“不分好人坏人一律批斗，没有道理，姜县长一定反对他们这么干。”丁不白的女人和儿媳蒸了一锅焦黄的小米面贴饼子，炪了半瓦盆凉粉，浇上醋蒜，倒上沁凉的井水，放在院里树荫下的地桌上，招呼父子俩道：“快吃碗凉粉去去火，别为这事着急。”丁黑子盛上一碗，喝了一大口醋蒜汤，全身立刻感到了一丝凉爽。嘴里嚼着爽滑劲道的凉粉，惬意地连声说了几个好。但是这诱人的美食，并没有引起丁不白的食欲，他坐在板凳上忧虑道：“不当村长算不了什么，今天批斗会没开好，俺看洪队长不会就此罢休，怕就怕他们以后再整出别哩事来伤害好人。”丁黑子也有同感，一边吃着凉粉一边嘱咐丁不白道：“你多留意点儿动静，看见过分哩事一定要阻止他们，不行就去找姜县长。”提起姜奇，丁不白有了主心骨，这才盛上一碗凉粉吃了起来。

田生玉父子俩一前一后从村公所出来，双手都背在身后，得意地摇晃着脑袋，脸上露着喜气，脚步轻快地走进家门，迎面碰上了一脸怒气的田从龙。田从龙劈头斥责和质问田生玉道：“爹，你又哄骗了俺一回，拿你小子哩名气给你当招牌是不是？斗地主也罢，可不能昧着良心胡说一气啊！伤害了高鸿、杜化吉这样哩好人，对咱有什么好处？这是最后一次，从今往后你别再想叫田从龙给你唱戏了！”说完径直向前院走去。田生玉被小子数落了一通，不但不生气，相反却表现出一副扬扬自得的神情，冲田从龙喊道：“你懂个屁，这是老子哩本事，凭这本事老子当上村长了，下一步分财主家土地时，你还得沾你爹哩光。甭不依好，惹老子生气，没你哩好。”田从虎劝爹道：“别跟他计较，死脑筋不开窍，叫他吃一回亏就知道后悔了。”田从虎的媳妇正和三个孩子在院里吃饭，听说公爹当上了村长，即刻放下碗筷，忙不迭去灶火间盛了一碗小米面糊糊端给公爹吃，她讨好有权的公爹，希望以后能沾大光哩。田生玉瞥一眼热腾腾的糊糊，训斥儿媳妇道：“光为了省事，大热天谁家做这种饭？俺想吃凉饸饹，快去做。”说完拽上一只板凳到院门洞下享受过道风去了。儿媳妇的脸立刻阴沉下来，压饸饹可不是简单的活。田从虎也为爹的这一要求深感不满，但是为讨得爹的欢心，在以后跟哥哥分家时能得到爹的偏心，受点累也值哩，便催促媳妇快去和荞麦面，自己走出院门到邻家借压饸饹用的饸饹床去了。看着田从虎两口子为自己忙碌的身影，田生玉感到了行使权力的快感。

批斗会散场后，段士修由孙子段恒印搀扶着，在两个民兵的押解下回到了他曾经的家。两个民兵径直把祖孙俩带到一进院长工住的两间陈设简陋的屋里，已经有人把他爷儿俩的生活用品堆放在了屋地上，其中一个民兵警告他俩平日在这屋里待着不要随便走出大门。待两个民兵走后，段士修让孙子搀扶着他走遍了段家的每一个院落，这才发现，除了一进院那两间屋外，所有房屋的门上都贴了封条上了锁。段士修意识到这些房屋不日就会分给贫农，他气恼得难以自持，用拐棍使劲戳着地面大骂共产党是土匪，想夺俺段家哩财产，没门！他此时在期盼着段永福率领还乡团早日杀回贞村，杀死土改工作队成员和土改积极分子，给他出口气。段恒印惊恐地劝爷爷小点儿声，别叫外人听见，不然又得增加一条罪状。前晌的批斗大会他一直担心爷爷扛不住如此激烈的场面而出现意外，他后悔听信了高鹤的蛊惑从县城回到村里，更后悔当初没劝爷爷一块逃往县城，以致陷入了这囹圄般的境地。又饥又渴的难耐让段恒印不容多想与肚子无关的事情，他把疲惫至极的爷爷安顿在屋里的炕上歇息，便到往常用来饮牲口的井里摇上一桶水，淘了一碗小米和绿豆，找了几块土坯支上锅，点了把柴火熬起了饭，他这才又有空闲胡思乱想起来。他想念起了魏小虎，俩人有些日子没见面了，知道魏小虎因为他爹的原因害怕被当作敌特嫌疑，老老实实在家里躲着，不敢轻易抛头露面。不能向好伙伴倾诉自己的苦闷和烦恼，他想尽快回到县城，早一天结束这难熬的日子，至于以后的形势变化，他顾不了那么多了。

高鸿在家人的陪伴下回到了家。一路上高鸿心情沉重地低头一言不发，陪伴在他左右的妻子胡玲以及两个儿子和领着孩子的儿媳全都沉默着。汉奸的污名尚未洗清，地主的帽子又压在了头上，不知以后哩日子会是怎样一种状况。他们都感到前途迷茫，内心无比地痛苦。只有高鹤不时地开导哥哥几句，说放宽心，世上没有跨不过哩坎、蹚不过哩河，好人终有好报等一类老套话。高鹤也确实没有更好的话安慰哥哥，他说这些话时，完全没有因为自己散尽钱财被划为中农的先见之明而应有的轻松和得意的心情，他的内心一直在为哥哥一家人焦虑不安。

高鸿听着高鹤劝慰自己的话，心里感激之余，不但完全理解了三弟当年玩世不恭的行为，而且钦佩三弟颇有远见。事已至此，后悔已是枉然，只能硬着头皮往前走吧，就是碰个头破血流也要撑下去。

今天早晨高家人听到田从龙要在村北唱戏的消息后，一家老少没有一个人想去看戏，都想在家里多待一会儿，说不定哪天这些房屋就成了别人家哩财产。可是没料到，当一家人围坐在地桌前要吃早饭时，一个土改工作队队员和两个扛枪的民兵来到了家里，要押解高鸿去开批斗会，同时限高家人一天时间，都到三进院来住，腾出前两进院子交给贫雇团接管。这让全家人一时诧异，家人迅速把唱戏和批斗会联系在了一起，预料到批斗会的声势不会小，都担心高鸿受到伤害，纷纷尾随前往，唯独没把这个消息告诉在炕上的爹娘，不想让这烦心事伤害老人本就虚弱的身体。高鹤临出门时，叮嘱老伴留在家里照料两位老人。

高鹤的老伴做好了晌午饭，一锅飘着葱花、芫荽和香油调和在一起散发着诱人味道的杂面和一瓦盆烙饼，还炒了鸡蛋、腌肉两大盘子菜。她先给公婆往屋里端了饭菜，随后在院里的香椿树下摆上地桌板凳碗筷，又端来饭菜，招呼刚从批判会场上回来的一家人过来吃。为做这顿饭，前晌她权衡了好一会儿，终于狠了狠心，按这套饭食操持了起来。这样的饭菜家人只有在农忙时才有机会和长短工们一块享用，她预料这可能是一家人在这个院子里吃哩最后一顿饭，今天不犒劳家人还待何时？家人都看出了她做这顿饭的用意，不但没能勾起食欲，反倒引起了每个人内心的酸楚，围坐在一起，眼盯着饭菜，没一个人动手。

屋里的高冉觉察出了今天家里不同以往的气氛，他从中预感到了即将到来的变故，端着饭碗迈着碎步走出来，老太太跟在后边。晚辈们见此情景急忙起身把两位老人接到院子里坐下来。高冉笑着对晚辈们说道：“这么好哩饭，舍不哩吃是不是？别想不开，人活一世，哪能不经些风雨，这点儿变故算不了什么。咱高家走财运这些年，没亏待过乡亲们，没做过辱没祖宗哩事情，凭这点咱就该心安理得地活着。不要怕，有几亩地吃饭、几间房子住就沾了，把多余哩都还给乡亲们。吃饱饭，你们都搬过来，把前边的房子主动给乡亲们腾出来，这个小院能挤下咱一家人，咱还吃一锅饭。其实乡亲们心里有数，以后亏待不了咱。”老人在安慰家人的同时也是在自我安慰，他的一席话确实打动了全家人，减轻了他们心里的苦闷，纷纷拿起筷子吃起来。

杜化吉在孙子杜长顺的搀扶下回到了家，两只脚一迈进家门，他就立刻抛开了在批斗会上遭受田生玉侮辱的心结，把注意力全部转移到了两大缸豆浆上。早晨他刚点了卤水，还没来得及凝固成豆腐脑，就被民兵叫走陪斗去了，他担心这么闷热哩天气，那两缸豆腐脑怕是已经发酸变质。他快步走里豆腐坊，两只大缸用高粱茎扎成的圆排排遮盖着缸口，他挥手轰去聚集在上面的一群苍蝇，逐个掀开看了一眼，发现缸里泛起了一层白沫。完了，全坏了，今天哩豆腐做不成了，他沮丧地哀叹一声，摊着双手着急地向身边的孙子求助道：“顺儿，你说这可怎么办？一天哩生意没了，少赚十几块钱哩。”杜长顺对爷爷这种一心发家，虽被世事捉弄得自身难保，却仍然痴迷不悟的劲头感到既可怜又好笑，他诙谐地劝说道：“爷爷！大伏天，老天爷怕咱热着，叫咱歇歇哩！”杜化吉苦笑道：“孩子，这是给你挣娶媳妇钱哩，耽误一天爷爷心疼啊！”爷儿俩说话间，一大早赶着毛驴车串村卖豆腐的杜壮田回来了。他在院子里卸驴时听到了祖孙俩的对话，跛着脚走过来插话道：“依俺看这生意不做也罢，把咱划成富农，多余哩财产还得没收，咱三辈人起早贪黑辛辛苦苦其实是在给别人赚钱。”今天他在各村听到的都是要开批斗会揭发地主富农罪行的消息，刚才他回到村里又听到乡亲们在街上议论前晌批斗会的情景，其中就有他爹陪斗的内容。看来这富农快跟地主画上等号了，也属于清算对象，这令他十分丧气甚至胆战心惊。他清醒地意识到，自家哩豆腐生意再做下去不但没有好处，还会招来更大哩麻烦，便产生了说服爹放弃继续干下去的念头。待他走进家门，恰巧接上了爹和儿子哩对话。杜壮田的有感而发，让杜化吉有所醒悟，他呆呆地低头思忖片刻，痴迷的心此时似乎清醒了些，内心深处却仍残存着一丝不甘，抬起头征询儿子道：“这生意真哩不能干了？”杜壮田决然地回道：“不能干了。”杜化吉怔怔地盯视杜壮田一会儿，忽然浑身颤抖着笑起来，继而变成了哭声，他转身从地上搬起一块压豆腐用的石头，嘴里喊道：“不干了！不干了！”用力将石头砸向近旁的一口大缸。“咣当”一声沉重的闷响，缸体破裂，里边的豆腐脑“哗”地奔泻在他的身上和地上，把他身后的儿子和孙子也溅了一身。杜化吉并不罢休，搬起石头又砸向了另一口大缸。瞬间，整个豆腐坊原本黑漆漆的地面变成了一片白色。眼前白茫茫的景象刺痛了杜化吉的心，奋斗了大半辈子也没能实现他发家哩梦想，看来以后不会再有机会了，他绝望地蹲下身子双臂抱头像孩子一样“呜呜”地啼哭起来。杜壮田和杜长顺父子俩深知老人的心思，他俩感同身受着老人内心的痛楚，四行眼泪陪伴着老人苦涩的泪水长流不止。

第六十二章　还乡团报复

贞村的土改在按部就班地进行着，财主家的土地、房屋和牲口、农具等浮财都平分给了贫苦农民。分享到土改果实的农民无不欢天喜地，千百年“均田地”的梦想，有幸在他们身上得以实现，他们感觉苦日子终于熬到了头，好日子总算到了，男男女女老老少少的脸上从早到晚都挂着笑容。

但有一人在欢喜之余，却心怀不安。丁不白家也分到了段家几亩地，他仿佛看到段永福凶狠的眼睛在盯视着分了段家财产的每一户人家，预感到一场残酷的报复行动就要开始。他的村长职务被免的同时，他兼任的村武委会主任一职也随之易人，由副村长负责民兵训练和防范敌特工作。这一预感让丁不白担心整个村子只顾沉浸在欢乐的氛围中，而产生麻痹轻敌思想，说不定何时就会遭遇不测。他抛却满腹的委屈，一连找到仍驻守在贞村指导土改工作的洪队长和范区长，以及接替他职务的正副村长，向他们说明了自己的忧虑，得到的却是对方嘲笑他自作多情和自以为是的不齿态度。丁不白并不罢休，他直接找到那些分了段家财产的乡亲们，提醒他们时刻警惕段永福回来报复。

在贫苦农民沉浸在平分地主财产的喜悦中时，一个血雨腥风的夜晚突然降临了。段永福趁这个雷电交加的雨夜，率领一百多名还乡团兵勇，借助半人多高青纱帐的掩护从县城摸到了贞村。在村南口放哨的民兵发现了敌情，立即开枪报警。枪声很快召集起村里的民兵进行反击，枕戈待旦的丁不白提着步枪冲到交火最激烈的地方阻击敌人。

段永福此次袭击贞村，事前做好了充分的准备。他派人查准了土改工作队驻地和土改积极分子名单以及分享了他家财产和土地的人家，他向魏天雄请求希望能得到保安团的兵力支援，一举消灭那些令他切齿的穷棒子。魏天雄断然拒绝了他，如果去偷袭别的村子尚可考虑，但决不会去杀戮曾经为自己而骄傲的乡亲。其实魏天雄已经谋划好了由他和张雪庵县长率兵偷袭远处几个大村镇的计划，目的是掠些粮食囤积起来，以备长期坚守县城所需。窝边草吃不得，他是宁愿听远处人骂祖宗，也不愿听近乡人说不是。段永福知道魏天雄有着浓厚的乡情，没有充分的理由是不会让他带兵回村的，便找了个借口，说是去贞村把老爹救出来，快叫穷棒子给斗死了。魏天雄没有理由拒绝段永福这一请求，只好叮嘱他不要闹大动静。段永福选择了这样一个便于行动的夜晚，亲率由他段家看家护院的打手做班底的人马杀回了贞村。一冲进村子他就把魏团长叮嘱他的话抛到了脑后，回来了就要杀个痛快，且不管远亲还是近邻，只要是损害了他段家利益哩人，一律格杀勿论。这股还乡团人马相较贞村的民兵，不仅人数占优而且武器精良，再加上段副团长的慷慨奖赏，他们个个勇猛异常，很快便冲垮了民兵的防线，冲杀进了村子里。那些段家的打手十分熟悉每户人家的情况，按照事先分工，他们分散开来向各自的目标奔去。

田生玉是段永福要杀死的几个重点人物之一，一个段家打手带着一个帮手翻墙进了田家院子。俩人手里端着驳壳枪闯进田家把各个屋里搜了个遍也没看到一个人影，他们知道田家人已经躲藏起来，地窖或地窨子是最好的去处，两个杀手把北屋作为重点寻找起洞口来。田生玉一家人果然藏在北屋的地窨子里。从村南传来的枪声惊醒了精神始终处于高度戒备中的田生玉，他断定是段永福率领的还乡团杀了回来，他也明白自己是被报复的人之一，惊恐中他惦记着田从虎一家几口人的安危，冒雨跑到院里分别拍打一阵东西厢房的门，招呼大人和孩子快到北屋的地窨子里躲起来，他却没有胆量再耽误一点儿时间跑到前院去照料田从龙一家人。修了几十年用来防匪的地窨子，今天又一次派上了用场。藏在地窨子里，每个人都能听到还乡团的两个杀手在屋里翻腾的声音，每个人的心都蹦到了嗓子眼，不知道今天能不能躲过这场劫难。

住在前院的田从龙听到村南传来的枪声由远及近，他的第一反应就是想到爹的安危。他断定这是段永福杀了回来，他爹在土改中哩表现料想段永福不会不知道，爹是段家哩仇人无疑，这个雷雨之夜看来凶多吉少。他让李乐乐和两个孩子插好屋门，当他穿行在通向后院的甬道时，听见“咚咚”两声有人跳墙进了院子。在甬道口，借着闪电他看见两个黑影穿过雨幕冲进了敞着门的北屋，看样子爹和从虎一家人已经躲藏起来。他站在甬道口，思忖着应付这一局面的对策。不一会儿，他看见两个杀手从北屋出来，到东西厢房搜寻了一遍，又返回了北屋，看来找不到人他们不会罢休。田从龙紧张得几乎要窒息，他担心地窨子很快就会被发现，一家人随时都会命丧在他们的枪口下。他站到院里仰脖连声喊道：“快来人，堵住他们，别让狗日哩还乡团跑了……”他试图用自己的喊声既能把屋里的两个杀手吸引出来，又能让附近的民兵听到前来解救家人。他的喊声惊吓住了两个杀手，他们害怕被包围，便放弃了搜寻田生玉的念头窜出了北屋，撞上了仍在院里呼唤援兵的田从龙。其中一个杀手是段家的团丁，他在电闪雷鸣中认出了田从龙，心中大喜，这可是唱红了全县哩名人，怪不哩嗓音如此洪亮，找不到田生玉也罢，把他引以为豪的大小子杀了，也算是替主家报了仇、立了功。这杀手把枪口对准田从龙的胸口正要搂动扳机，灵机一动改变了主意，枪口向下一滑，“啪啪”两颗子弹射进了田从龙的两条大腿里。田从龙惨叫一声，“扑通”栽倒在地。这杀手狞笑道：“田生玉，你躲哩好，你家小子替你受了惩处，废了他哩腿，看‘元龙红’以后还能不能上台唱戏。他是为了救你，心里受煎熬吧。”这杀手一挥手，示意同伙赶快撤退，他预感到这里不能久留，打开院门，两个黑影消失在了急骤的雨幕里。田从龙的呼叫声唤来了李乐乐，她跑过来听到男人痛苦的呻吟声，俯下身看见男人坐在雨水里两只手各抓着一条大腿，知道伤得不轻，要把男人搀扶起来却不能，只好用尽力气将男人背起来。恰巧田生玉和田从虎从北屋出来，看见了这一情景，急忙过来帮忙，仨人一同把田从龙抬到了北屋的炕上。

面对大小子的伤情，田生玉心怀愧疚，他明白这完全是为了保护他和二小子一家人受哩伤。躲在地窨子里，他对两个杀手进屋翻箱倒柜发出的声音听得一清二楚，还听到了田从龙引开两个杀手的喊声。当他判断杀手已撤走时，才和二小子从地窨子里钻出来。大小子奋不顾身相救，算是保住了他一家人的命，他一边帮着李乐乐和田从虎给田从龙包扎腿伤，一边流着眼泪说着感激的话。田从龙把头扭在一边，咬着牙忍着疼痛一声不吭，他用这种冷漠的方式对待爹的自作多情，他不会原谅爹在土改中的所作所为，那是招致这场灾祸的根源之一。

李乐乐见田从龙的伤口暂时止住了血，安慰了男人几句，转身快步出了屋子，她要把村里最好的先生找来给男人治疗。救人要紧，李乐乐哪里还顾得整个村子正处在极度危险之中，田家父子急切地喊她回来，也没能阻挡住她的脚步。最担心的是田从龙，他挺起上身，恨不得一下子从屋里蹿出去把女人拦回来，怎奈两条腿不听使唤，急得他“哇哇”大叫。

李乐乐奔跑在通往村中心的街巷里，丝毫不惧随处发生的民兵和土改工作队抗击还乡团的激烈战斗，任凭双方互射的子弹在身边“嗖嗖”乱飞，只是一门心思快点见到村里最好的先生，把他请到家里给男人治疗伤口。她跑到这个先生家院里时，才发现这儿比自家还乱。从屋里传出的一家男女老少的哀号声，令她震惊不已，竟是先生本人遭遇了不测，被还乡团的杀手夺去了性命。她返身退出院子，向北边另一个先生家奔去。

此时还乡团部分杀手已经完成了各自的任务，按照预定计划开始撤退，另一部分未能得逞的杀手，在丁不白组织的民兵和土改工作队的奋力反击下，有的身亡，有的负了伤仓皇而逃。段永福率领手下把他爹段士修和儿子段恒印从家里解救了出来，达到了此次行动的主要目的，这才心满意足地下令向县城撤退的命令。这个雷雨之夜贞村乱成了一锅粥，几十户贫苦人家遭到了还乡团的报复，每家都有人员伤亡，民兵和县土改工作队共牺牲了十几个人，当然还乡团也丢下了二十多具尸首。

李乐乐奔波到了天亮，在雨水抽打下活像个落汤鸡，却也没能把村里几个忙碌的先生请到家里一个，在她绝望时庆幸遇到了从区政府赶来的卫生队，哭求他们前去给田从龙进行了手术治疗。田从龙的两条大腿骨被子弹击碎，以后能不能再上台演出，只能听天由命了。

段永福的疯狂报复，让洪队长愤怒之极，这无疑是地主阶级向无产阶级发动的进攻，他担心这次事件会使贫雇农对地主势力产生恐惧心理，害怕乾坤再翻转过来，进而影响到广大农民对土改的信心。对村里的地主富农来说，会让他们产生复辟的幻想，垂死的心又蠢蠢欲动起来，壮起胆子配合城里的保安团和还乡团择机对人民政权发动反攻。这些担忧让洪队长下定了决心，要把地主富农变天的妄想彻底湮灭掉，同时打消广大贫雇农心里的顾虑，这需要拿一条地主分子的性命昭之于众，他略作权衡选定了高鸿。段士修被段永福抢到县城后，高鸿自然成了留在村里最大的地主分子，再加上他曾经当过伪保长的经历，杀了他合情合理。洪队长进一步自我解释杀高鸿的理由，高鸿虽然是由姜奇和吴常直接发展的两面保长，可谁敢说他没给日伪军传递过情报，哪怕一次就是汉奸，这就够了。还有一个隐藏在洪队长心底一定要杀高鸿的由头，就是借机报复对姜县长的私愤之仇。在他带土改工作队来贞村时，姜奇特意向他介绍了村里的情况，尤其是高鸿，嘱咐他不要伤害这个对共产党忠实的朋友。来贞村后，他了解到姜奇的老爹在高家生活了几十年，这不免使他相信姜奇对自己的嘱咐一定掺杂着庇护高鸿的私情成分，如此，杀高鸿更不必有顾虑了。为防止走漏风声，洪队长只和范区长商量，定下了枪决高鸿的行动方案，另外从周围村子找几个地主和富农分子陪绑，通过这次行动，一定要让广大贫雇农树立起捍卫土改成果的信心和决心。

这天早晨，高家人正在院里围着地桌吃早饭，忽然闯进了几个荷枪实弹的区小队民兵，问出了谁叫高鸿，不由分说，上去将高鸿五花大绑起来，全然不理会惊恐万状的一家人像祈求菩萨一样追问他们抓人的缘由，押着高鸿出了大门。一家人从几个民兵的眼神里看出了杀气，知道事态不好，急得团团转，却想不出解救高鸿的办法。高鹤极力保持冷静对家人说道："只有姜县长能救二哥，俺这就去南佐镇，你们看好二哥，千万不要出事。"说完去屋里推出那辆三枪自行车，骑上急火火而去。胡玲和家里的其他人紧追出去，她就是豁出命也要保护高鸿不受到伤害。身体羸弱的高冉和高张氏拄着拐杖，吃力地迈着步子跟在后边。

几个民兵押着高鸿走在大街上，跟另外几个被抓来陪绑的小地主和富农分子会合在一起，一个区干部在前面边走边左右摇摆着脑袋朝两边的宅院高声喊道："乡亲们！地主哩还乡团报复咱们穷人分了他们哩财产，今天咱们就彻底斗垮这些地主富农分子，叫他们再没有翻身哩机会。今天有好戏看，乡亲们可不要错过啊。"所到之处，男女老少端着饭碗从胡同和门洞里涌出来，探看究竟要发生什么样哩事情。

押解着地主富农分子的队伍，游走在每条街道上，跟随在后边看热闹的乡亲们像滚雪球似的越积越多，缓慢地向前蠕动。队伍来到南街田生玉家附近，嘈杂的声音把田生玉吸引了出来。他的眼睛透过人流的缝隙，看见了高鸿被五花大绑的狼狈相和押解他的民兵脸上飞扬的杀气，吓得他急忙退缩了回去。他看出来，这次行动洪队长没有让他参与是因为要干一件人命关天哩大事，担心他到了紧要关口退缩。他庆幸自己没有掺和此事，否则事到临头他真不知道该如何处置。今天这出戏就看他们怎么收场吧！田生玉怀着好奇和幸灾乐祸的心态回到家静候消息。

人群来到北街，在院子里打铁的丁黑子、丁不白和丁棒棒祖辈三人听到外边热闹的声音，知道村子里又发生大事情了，便停下手里的活儿来到街上，朝着密密麻麻的人群走去。丁不白挤进人群，看见由区小队的民兵押解着高鸿和几个地主富农游街的阵势不同寻常，直觉告诉他高鸿今天凶多吉少。为了弄清原委，他上前询问在前边开道的区干部。彼此打过交道关系不赖，区干部并不避讳，边走边直言告诉了丁不白，洪队长要处决高鸿。丁不白大吃一惊，拦住区干部道："人命关天哩事，可不能这么轻率啊！高鸿是个好人，你们这么干，俺丁不白不答应。"人群停了下来，跟随在高鸿左右的胡玲及家人见到丁不白仿佛遇上了救星，围过来哭叫着恳求他设法救人。高鸿确切知道了自己将要面临生命的终结，从他的胸膛里爆发出一声骇人的号叫，随即奋力挣脱捆绑在身上的绳索，扯开喉咙喊道："老天爷你睁开眼看看蒙受冤屈哩高鸿吧，他不该死啊！"他徒劳地挣脱着绳索，一遍遍地呼喊着，很快引起了乡亲们的骚动。区干部后悔将实情告诉了丁不白，严肃地告诫他道："这是洪队长督办哩事情，你可不能胡来，要犯大错误哩！"随之而来的丁黑子对区干部道："谁也不能随便杀人，俺老汉活了八十多岁，没听说过不经审判就处决人哩事情，何况高鸿不是犯人，赶快放人，不然把俺老汉也一块枪毙！"区干部担心场面失控，忙转身吩咐一个民兵快去请洪队长来处理这个局面。丁不白想到了高鸿哩命只有姜县长才能保住，他给爹说自己去南佐镇一趟，要爹保护好高鸿。胡玲说高鹤已经骑车子去了，该回来了，丁家父子稍稍松了口气。

双方就这么僵持着，都在盼着各自的救兵快点到来。乡亲们围得里三层外三层在看热闹，对这样的事情他们大多感到茫然，弄不清哪方对哪方错。两袋烟的工夫，那个区小队的民兵领着洪队长和范区长一干人从驻所急急地赶了过来。几个民兵打开一条通道，让他们走到事件的中心，洪队长满脸怒容地上下打量一番丁家父子，自知不能对老人不逊，便将目光落在了丁不白的身上，呵斥道："又是你丁不白，你长着几个脑袋敢跟地主站在一条线上？撤了你的村长职务，还不觉醒？快让开，否则把你也绑起来！"丁不白不为所动道："要处决高鸿，得先开个审判会，宣布了罪名再执行也不晚，哪能枪毙一个人这么简单。"丁黑子走到洪队长面前，挥动着两条像老槐树枝干一样粗粝的胳膊吼道："看谁敢随便绑人，共产党最讲理，俺看你不像共产党！"洪队长第一次听别人如此评价自己，他怒火中烧，却不想在这个老人身上耽误时间，只得吞下怒气低声指示范区长给区小队民兵下令将高鸿押到村西枪决。胡玲和家人听到了洪队长的话，不等范区长下令，她"扑通"跪倒在洪队长跟前，呼天抢地给男人求情，她的几个孩子和高鹤的老伴随即也跪下来哀求。形体枯槁的高张氏急火攻心，一屁股瘫坐在地上，眼睛看着洪队长，张着嘴想说什么却发不出声音来。高冉顾不了老伴，他用拐杖努力支撑着虚弱的身体往前挪了几步，拼尽全力冲洪队长哀求道："洪队长，你能不能等到……见姜县长一面……再枪决高鸿。"他估摸着高鹤去南佐镇快一个时辰了，如果顺利，姜县长就要到了。高冉哪里想到，洪队长一听到姜县长的名号，令他不安起来，他明白一定是有人前去请这个跟自己格格不入的人了，此人一来，事情就麻烦了，必须赶在他来之前解决了高鸿。洪队长丝毫不理会高冉的哀求，催促范区长给民兵下令速速把高鸿押到村西处决。范区长下令后，几个民兵拨开人群打开一条通道，两个民兵押着高鸿就往外走。丁不白冲上去挥拳将两个押解高鸿的民兵打翻在地，在前面开道的几个民兵见状，回过身来和丁不白厮打起来。丁黑子上前相助也无济于事，力量相差悬殊的丁不白很快被几个民兵擒拿住。两个民兵拎着高鸿趁机冲出人群，向村西奔去。高家人哭叫着，在混乱的人群中拼命追赶。只剩下高冉老两口在原地心急火燎却又无可奈何地望着腾起的一团尘土，不知道儿子哩命是否像这尘土一样很快就会消失。

高鸿被两个民兵拎到了村西口，这里有一个蓄洪的水濠，里边存有半濠雨水。紧随在高鸿身后的洪队长对陪伴着他的范区长说就在水濠边执行枪决。范区长向前紧赶几步追上挟持着高鸿疾走的两个民兵，吩咐他们在水濠边解决。两个民兵把高鸿架到水濠边，后脚赶来的几个民兵摘下肩上的步枪一阵"哗啦"声将子弹上了膛。高鸿绝望了，只好用震天的吼声表达自己生命最后一刻的愤怒。伴随着他的怒吼，是一串清脆的枪响，他认定子弹射向了自己的后脑壳，惊惧得浑身缩作一团，下意识地闭上了眼睛，以为自己就这样死了，可是他没有感觉到疼痛，自己还稳稳地站立着没有倒下去，而且大脑依然清醒。他奇怪地睁开眼，回头看见洪队长、范区长和要枪毙他的几个民兵，以及紧随而来的家人和乡亲们，所有的目光都惊讶地投向了西边。他好奇地也把目光转向了西边，只见尘土飞扬处，三个人骑着三匹快马举着手枪疾驰而来，打头的人冲这边高声断喝道："快把枪放下，不许滥杀无辜！"几个端枪的民兵，看清楚来人是姜县长，心里不免紧张，急忙把枪收了起来。姜奇的浅灰色衣衫被汗水打得透湿，跟在他身后的吴常和丁铁蛋，沉重的脸上挂满了被汗水沾附着的尘土，更衬托出刚毅和威武的气质。三弟请哩救星终于来了！高鸿两腿一软，“扑通”瘫坐在了地上。

刚才那一串枪声，正是姜奇他们放哩。高鹤拼命蹬着自行车赶到南佐镇，在县政府见到正处理一堆事务的姜县长，简要陈述了哥哥正面临着生命危险。姜奇当即放下手头工作，带上吴常和丁铁蛋跨上马全速奔来。跑在最前边的姜奇，临近村西口时看到了那千钧一发的惊险场景，及时阻止了一场悲剧的发生。姜奇把驳壳枪插在腰间，甩蹬下马，径直来到高鸿跟前，俯下身子解去绑在他身上的绳索，随后用犀利的目光在洪队长、范区长和民兵们的脸上来回扫视了几遍，指着高鸿慷慨激昂地说道：“他不是汉奸，抗战期间是我姜奇和吴常动员他当哩伪保长，为哩是配合抗日民主县政府更好地开展对敌斗争工作。他是咱们哩朋友加同志！现在他哩阶级成分是地主，但他不是恶霸，从来没有欺压过百姓，手上更没有血债，乡亲们可以做证，怎么说，也够不上死罪。如果谁一定要结果了高鸿哩性命，那就先把姜奇杀死给高鸿垫背！你们谁有说法?”姜奇的一番话，令范区长感到了巨大压力，站在姜奇左右两边的吴常和丁铁蛋以及挣脱了束缚的丁不白，威风凛凛的英武之气，逼迫得他不敢对视他们的目光，心神不宁地在思忖着如何尽快离开这里。洪队长却不买姜奇的账，他回击道：“你为了保护一个地主分子，不惜跟自己的同志闹翻，这是路线问题，你要犯错误的!”姜奇没必要再跟这个思想激进而偏执的人进行辩论，许多事例证明，粗浅的阶级观念已经在他的头脑中根深蒂固，自己的说辞动摇不了他的意识形态，只能用决然的态度回敬他。姜奇和洪队长的目光强硬地碰撞在一起，谁都不想示弱。姜奇语气坚定地开口道：“洪队长，你在土改中做了大量工作，大家有目共睹，但是我要坚决纠正你滥杀地主哩做法。如果你认为我这是对地主阶级犯了妥协和投降主义错误，那你就向上级反映我姜某哩问题吧，一切后果姜某全部承当!”姜奇深深地知道，在党内各级干部中不乏和洪队长思想一致的人，自己说的这些话是要担很大政治风险哩，但他顾不了那些了，今天一定要让对方屈服于自己。姜奇义无反顾的劲头震慑住了洪队长，他知道姜奇在民众中拥有极高的威望，在这样的场合跟对方斗气，只会自取其辱。走为上，他一挥手，怀着一腔怨愤，带着他的同事挤出人群走了。范区长和一干区小队的民兵正要趁机离去，被姜奇叫住，严厉地批评了他们一顿，最后指示范区长要把全部精力放在严防保安团和还乡团偷袭杀害各级干部和土改积极分子以及抢掠粮食工作上来。范区长认识到自己的工作偏离了正轨，害怕受到处分，紧张得身子微微颤抖，对姜县长的批评和指示频频点头表示接受。最后姜县长又安慰了范区长几句，让他不要有顾虑，专心公正地开展工作。范区长感动不已，含着泪向姜县长保证一定不辜负领导哩期望，随后一声口令，带着几个区小队民兵撤去。

此时，高鹤拼命蹬着车子满头大汗地追到了这里，撂下车子急急地挤进人群，见二哥和家人正在热泪盈眶地围着姜奇说着感激的话，知道已经渡过危机，狂跳的心才平缓下来，他也向姜县长感谢对哥哥的救命之恩。姜奇努力平缓下一家人的激动心情后，特意安抚鼓励高鸿，不要有思想负担，要坚强地生活下去，以后不论遇到什么情况，他还会全力以赴给予帮助，最后向高鸿深深地表达了自己因让其出任伪保长而给其造成身心痛苦的愧意。姜奇要走，高、丁两家人和乡亲们将他团团围住，一定要他吃了晌午饭再走。姜奇趁此机会详细询问了村里的土改情况，很高兴大多数人家都分得了土地和浮财，便鼓励乡亲们好好种地，多打粮食，支援解放军早日打下石门市和元龙县城，早一天过上安生日子。

丁铁蛋借此空闲跟爷爷、爹和儿子叙着家常，他几个月没回家了，十分想念家人，叮嘱爷爷多保重。奶奶几年前走后，爷爷是他最大的牵挂。爷爷用力拍着干瘦的胸脯笑道："别惦记，结实哩！"他又问了娘可好？爹告诉他很好，这让他可以全身心投入工作中去。儿子丁棒棒告诉他，媳妇再有三个多月就生了。他很欣慰，丁家又将添一辈人。丁黑子最后叮嘱他安心跟着姜县长好好工作，等解放了元龙县城一家人团聚在一起过太平日子。丁铁蛋高兴地频频点头。

吴常正用焦急的目光在人群里搜寻自己的丑妻余子，他想念的不是媳妇，而是已有半载不见的幼子吴非。他没有搜寻到媳妇那张麻子脸，却在几层人的后边和牛四妮浑浊、迷茫、焦灼的目光碰在了一起。牛四妮看见吴常就像是遇见了亲人，她干瘪的嘴张了几张，从嘈杂的人声中吴常判断出这是老人在呼喊自己，便挤过去，倾听老人要对自己说什么。牛四妮抓住吴常的手仓皇地问道："你敢当哥到底在哪？帮大娘找到他，不叫他给国民党当兵了，回家好好过日子。"一句话问得吴常不安起来，他理解老人的心情，因为儿子在国民党军队服役，她一家人被打入了另册，不但土改成果没有她家的份儿，还时常受到区公所来人的质询和村里民兵的监视。如果能把石敢当找回来，脱离了国民党军，问题就迎刃而解了。老人最信任吴常，不单是他跟儿子好哩像亲兄弟，还因为他身为县公安局局长，这样哩事只有他才能办到。今天终于见到了吴常，一定要把这件心事托付给他。吴常郑重地点头应道："大娘！俺一定想办法把敢当哥找回来！"听到这话，老人满脸的皱褶好似舒展了一些。

姜奇和乡亲们叙完话，唤上吴常和丁铁蛋骑上马依依不舍地往回返。在目前县境内紧张的军事斗争态势下，县民主政府还有许多重要事情等待他们处理。

逃过了一场劫难，高家人心怀余悸地随着乡亲们走回村子，忽有走在前面的乡亲急急地折回来给高家人报信说，快去看看老太太，怕是不行了。高家人这才意识到两位老人所受的惊吓远甚于他们，八旬高龄的老人怎能经得住这番打击。一家人紧跑一段路，见大街上高冉坐在地上怀抱着气若游丝的老伴儿正悲切地恳求她不要走。后辈们围过来，更加凄怆地呼唤也无济于事，辛劳了一辈子的老太太身体里仅存的一点气息已无力支撑自己的生命之重，无神的眼睛环视了一圈亲人权作告别，驾鹤西游去了。高家后辈顿时号啕起来，高鸿更是哭得死去活来，他认为娘的死完全是他造成哩。

第六十三章　阴阳两隔

这个秋天，石敢当成了吴常最大的牵挂。随着天气日渐变冷，吴常的心也越发焦躁起来。他知道石敢当仍在石门市驻防，随着解放军晋察冀野战军于十月下旬在清风店全歼从石门引诱出的国民党第三军主力后，市内仅有第三军的三十二师及地方保安团组成的警备部队两万四千余人守卫，这座新兴城市已然成为解放军的囊中之物，随时会收复之。石敢当的性命就系于此，他怎能不着急！两年多前，石敢当作为国民党先遣军的一员赶往石门市受降日军，与他率领的民兵在元龙县铁路段上交火，弟兄俩短暂的重逢又依依惜别后，他就一直关注着石敢当的处境。几个月前牛四妮让他找回石敢当的嘱托，成了他心中最沉重的精神债务，他每天都在想方设法早日遂了老人哩心愿，可这是多么难以办到哩事情啊！侯如墉在石门与国民党各派力量钩心斗角了八个月，最终被蒋介石的嫡系第三军军长罗历戎排挤到了正定、新乐、定县、望都一带，让其驻防那几个县城和警备那一段铁路。这期间吴常通过各种渠道打探石敢当的消息，他很快知道，借机扩张势力的罗历戎决不会让侯如墉带走其全部人马，只让对方领着三个团的兵力离开了石门，留下来的大部分兵力作为第三军的补充力量编入了警备部队，这当中就包括石敢当所在的营。

清风店战役甫一结束，解放军晋察冀野战军第三、四纵队和冀中、冀晋军区各两个独立旅，对石门实施了四面包围，同时命令各县民主政府组织动员了支前民兵和民工近十万人、担架一万多副、骡马车四千余辆。吴常为了尽早找到石敢当，在他的多次请求下，姜县长终于批准他以支前民兵的身份参加解放石门的战役。姜奇知道吴常和石敢当之间有着亲兄弟般的情谊，他赞赏石敢当一以贯之的憨厚善良和趋义避恶的品格，理解一位老母亲每日每夜在怎样思念着她的独子，否则他决不会让担负着县政府重要职责的吴常置身于枪林弹雨中去寻找一个国民党下级军官，并且他还要承担政治风险。因为保护地主高鸿，洪队长已经将他告到了太行第一地委，上级党组织对他进行了审查，等待给出政治结论。他一度深感压力，他深知在土改这一重大而敏感的问题上，像他这样大力度地纠偏，弄不好会葬送自己哩政治生命，甚至丢掉性命。他反思自己的行为，坚信自己没有错，为了搭救一个好人，别说毁了自己哩政治生命，就是丢掉性命也在所不惜，对于高鸿是这样，石敢当亦是如此。

吴常被分配到给晋察冀野战军第三纵队运送粮食的大车队，负责押运工作。他穿一身黑粗布棉衣棉裤，头上裹着一块白手巾，完全是一个中年农民的模样，跟着支前队伍来到石门市西南方向停歇待命。民工们在土改中都分得了土地、房屋、牲口、农具等财物，他们要用实际行动感谢共产党，因此支前热情十分高涨，不少人主动报名参加支前队伍，许多人还无偿提供粮食、牲口和车辆。

说起这石门市，因地处平汉铁路和正太铁路的交汇处，四通八达的交通带动了商业迅猛发展，四十余年的光阴就由石家庄和休门两个小村庄扩展成了华北平原上的一座重要城市。与许多古老的县城不同，石门市虽没有城墙用以设防，但在日军占领时期，构筑了三道完备的环形防御核心体系：第一道是宽六米深八米的外市沟，第二道是宽深均为五米的内市沟，第三道是遍布市内房屋、街道的明碉暗堡。三道防线筑有六千多个工事，国民党军队又在内外市沟之间铺设了环城铁路，配上装甲列车，用以机动支援作战。国民党兵还占据着外市沟周边的村庄，也是一道不易拿下的壁垒。这样的防御体系可谓固若金汤，进攻者若想取胜绝非易事。解放军晋察冀军区调集了野战军第三、第四两个纵队，分别担负西南和东北方向的主攻任务，形成挤压式的对角攻势；冀晋军区独立第一、第二旅和冀中军区独立第七、第八旅，分别从西北和东南方向实施辅助突击。

公元一九四七年十一月六日，这个秋季的最后一天，石门战役打响了。经过一天激烈的战斗，解放军消灭了石门周边外围村庄的国民党守军，占领了地处西北的飞机场，解除了对手空中火力支援的后顾之忧；炮兵击中了市内的发电厂，切断了内外市沟之间的电网电源，为发起总攻扫除了一大障碍。八日，第四纵队攻克了国民党兵的制高点云盘山，至此清除了石门市外围的所有据点。配合作战的民兵和民工暂时没有派上大用场，只等着向外市沟防线发起突击的那一刻再发挥作用。

解放军休整了一天，蓄足了发起总攻的力量，于九日十六时，攻城部队各大炮群同时发出排山倒海般的吼声，一枚枚炮弹在外市沟的防御工事上炸开了花，只用了一个小时的工夫就摧毁了这道防线。匍匐在战壕里的解放军战士随着发起突击的号声一跃而起，从四面八方冲向敌阵，支前的民兵和民工扛着弹药抬着担架紧跟在战士们后边。负责防御外市沟的国民党兵，大都是由地方保安团改编的警备部队，战斗素养本就不高，在猛烈的炮火轰击下侥幸存活下来的士兵，已被炮弹爆炸产生的巨大冲击波震得五脏六腑都不能安宁，哪还顾得上迎战，逃窜和投降占了多数。解放军付出了极小的代价，就攻下了外市沟和环城铁路，旋即准备向内市沟发起突击。

解放军各部队打扫完战场天色已深，战士们一部分对内市沟的敌人加强警戒防止对手反击，一部分抓紧时间休整准备发起新一轮攻击。天空中闪烁着无数微弱的星光，仿佛无数双眼睛俯瞰着硝烟弥漫的大地。在弹坑遍布、尸首横陈的外市沟正北面的阵地上，有一个人借着星光在急切地寻找着什么，那是吴常。攻打外市沟的战斗结束后，大车队跟随着作战部队推进到外市沟附近，等待部队后勤人员接收粮食，吴常迫不及待地利用这个间隙寻找起石敢当来。他从一个被俘的国民党军官嘴里得知，石敢当所在的警备团负责北外市沟一带的防御，他便从西南方向沿着壕沟跑到了那里。在几个俘虏收容点，吴常没有看见石敢当鹤立鸡群的身影，他头皮一阵发紧，一股不祥之感袭上心头，便奔到弹坑累累的阵地上，逐个询问正在清理国民党兵尸体准备集中掩埋的民兵和民工有没有看见一个大个子敌军官。他几乎问遍了这一大片阵地上的所有人，得到的都是令他仍存一丝希望的回答。难道石敢当突围了不成？如果真是那样，算是老天开眼菩萨护佑！吴常紧张的心情忽然轻松了下来，想再寻找一遍这片阵地，如果还没看到石敢当的身影，那就证明他还活着，今夜可以睡个踏实觉了。他轻松而随意地走着，脚下突然被一个东西重重地绊了一下摔倒在地。他爬起来，回头看见把他绊倒的是一双露在土堆外边穿着翻毛皮鞋的大脚，此人的整个身躯被炮弹炸起的泥土所掩埋。看着那双大脚，吴常心里“咯噔”一下，不祥之感又袭上心头，他扑上去，奋力扒开覆盖在这具尸体上的土层，露出了一个硕大的身躯。他的心更是一阵狂跳，用手拂去此人脸上的土，头抵上去，看清了，眼前分明是没有了生命迹象的石敢当。吴常凝视石敢当僵硬的面容片刻，他试图告诉自己这是虚幻，这不是真实哩情景！但寒冷的夜风吹到脸上让他接受了这最坏的结局。他努力让自己狂跳的心平缓下来，伸出两只胳膊用力抬起石敢当的上身，坐在地上把分别了两年多的哥哥揽在怀里。人就在眼前，却彼此天人两隔，不能相互倾诉两年来的兄弟离别之情。他悲伤的情感仿佛决堤的洪水倾泻而下，浑身剧烈颤抖着，真想放声大哭一场。但此时此地不容他发泄自己的情绪，否则会招来打扫战场人员，那样可就麻烦了，不但要核实死者的身份，还要就地掩埋遗体。他强忍住悲痛，灵机一动，决定先把哥哥埋起来，找辆车拉回去。他迅速把石敢当身上满是血污的国民党军服外套和皮鞋脱下来，扔进旁边一个弹坑里用土埋上。他脱下自己的棉衣盖在石敢当的光头和胸脯上再用土把他覆盖住，一旁做了标记，确认了地形，便撒腿往回跑。

吴常一气跑了二十里地，回到大车队所在的外市沟西南角，见有的大车已经卸完货正陆续往回返，他疾步赶上就近的一辆双套骡子车，“扑通”给车把式跪下来，气喘吁吁地乞求道：“乡亲！用你哩大车……去北边……把俺哥哥哩尸首……拉回家……沾不?”年轻厚道的车把式认出了这是帮他们押运粮食的民兵，他承受不起别人对自己行如此大礼，诚惶诚恐地应道：“都是老乡，沾、沾，快起来，上车。”他以为死者是一个被流弹击中的支前民兵，赶忙把吴常拽起来。吴常坐上车把大车一直引到掩埋石敢当的地方，他跳下车刨开死者身上的土，在朦胧的夜色中，石敢当看上去完全就是一个正在沉睡的农夫。俩人吃力地把石敢当抬到车上，吴常怕一路风寒侵蚀到哥哥，把自己的棉衣盖在哥哥身上不算，再用车上的几条麻袋包裹严实，剩下一条披在自己身上，对车把式说道：“兄弟，麻烦你了，绕了不少远儿！”善良的车把式热情地回道：“本乡本土哩，都是一家人。”往这赶的路上，车把式已经听吴常介绍了他哥俩是贞村哩，跟自己的村子虽然相距较远，但同属一县，自感乡情格外浓厚。车把式拧屁股上了车辕，他催促吴常坐在副辕上，挥起鞭子在空中旋出个轻响，拉鞘和驾辕的两匹骡子同时扬蹄向南疾走。吴常低着头默默无语，石敢当的死让他的心冰冷到了极点，身体却感觉不到寒冷。他不知道回到村后自己该如何面对石敢当的老娘和妻儿，更不敢想象老娘和妻儿看到石敢当的尸体后会是怎样一种情景。

半个多时辰，这辆车接续上了最后返程的一部分大车，十几辆骡马车沿着田间蜿蜒的小道在夜幕下颠簸着前行。车把式们亲历了解放石门这一重大战役前半程的两场战斗，惊心动魄的枪炮声和交战双方横陈战场的尸体，让他们淡漠了死者的阵营归属，只是惊悸地感到一个个鲜活的生命瞬间就离开了这个世界，跟他们的爹娘、妻儿、兄弟姐妹变成了阴阳两隔。空气中持续弥漫着刺鼻的硝烟，凝重的战争气息让这些车把式们没有跟前后相邻的同伴闲聊的心情，偶尔有人说话的声音，也是探问一下已经走了多少里地，现在处于什么位置，离元龙县还有多远等盼望早点回到家之类极简短的问答，再就是他们吆喝牲口快走的声音。这些声音在几十匹骡马发出的“秃噜秃噜”的响鼻声和“嘚嘚”的踏蹄声，以及木质车体发出的“咣当、吱呀”的混杂声衬托下，给笼罩着整个车队的凝重氛围更增添了几分沉闷。

一路上吴常的思绪总是绕不开石敢当，他又在想象着哥哥这两年被困在石门，不知道生出了多少次要回家哩欲望、设想了多少种逃回家哩办法，不知道思念了多少回亲人，这些浓烈而焦灼的情感不知道多么痛苦地折磨着思乡人……

两年多前，石敢当完成接受驻石门日军投降的任务后，他盼望着战争的硝烟就此散去，得以早日回家过他梦寐以求的庄稼日子。他向侯如墉递交了解甲归田的报告，被退了回来。令石敢当苦恼的是，侯如墉不仅用情感和物质相利诱，还用“三民主义”开导他，让他排除杂念，为实现孙总理未竟的事业而奋斗。这一招真灵，重新点燃了隐藏在石敢当心灵深处的理想之火，使他回家的欲望被萌动的激情所替代。侯如墉是个虔诚的“三民主义”信奉者，抗战时他通过杨参谋了解到石敢当跟他怀有同样的信仰，控制这样一个性情憨厚、思想专一的人，对他这个老牌的复兴社分子来说是一件易如反掌的事情。石敢当明白，侯如墉拉拢自己为的是保住他的势力，好跟胡宗南派来的三十八军军长罗历戎分庭抗礼，因此无论如何不能缺少自己这个冲锋陷阵哩猛将。更重要的是侯如墉担心放走一个军官而引起连锁反应，造成思乡心切哩手下官兵军心涣散，削弱自己哩实力。在复苏的理想召唤下，石敢当暂且安下了心，在军营里继续忠实地履行自己的职责。

可是没多久，罗历戎假借胡宗南的命令把侯如墉和他的一小部分人马调出了石门市，让侯如墉执行石门以北正定、新乐和定州一带的防御任务。包括石敢当所在的战斗力较强的几个团被罗历戎留在石门改编成了警备部队，至此罗历戎控制了整个石门市，为他独揽军政大权创造了条件。石敢当还是当他的营长，还在继续怀揣着他的理想。他身处国军军营，耳闻目睹各级官员大都在为一己之私投机钻营，全然没有为国家民族奋斗之精神。两年来发生在身边的几件事情，让他逐渐消弭了对国民党的信任，对“三民主义”能否实现也产生了怀疑和动摇。罗历戎控制了石门后，随即垄断了煤炭市场，以发展生产、惠及民生为由，从山西运来大批煤炭，高价出售给工厂企业和市民，从中赚取巨额利润，中饱私囊。惹得军中同僚眼红心急，暗地四处传播罗军长的不义行径，造成军心浮动。官员贪欲日盛，下属和士兵怨气愈强。上行下效，不久荒唐滑稽的事情发生在了石门行署专员高挺秀身上。他借行使保管军需职权之便，竟然在光天化日之下，打开仓库门用汽车偷窃五千多匹白布，倒手卖给不良商人，将公款占为己有。这一罪恶行径被发现后，报章舆论沸沸扬扬，鉴于社会压力，军事法庭将其判处死刑。富有正义感的官兵和民众在等待着高挺秀被执行枪决的那一天，却不料罪犯的家人神通广大，花巨款买通了北平的高官，下令把罪犯押解到北平处决。岂料几个月后，在北平的大街上，一名记者惊愕地发现，传得全城尽人皆知的死刑犯居然恢复了自由身，悠然地在家人的陪伴下逛庙会。该记者在报纸上披露后，这个消息仅是引起了人们一声无奈的叹息而已，很快就像一阵轻风拂柳般地没有声息了，因为身居大都市的北平民众已经对此类事件多有耳闻，变得麻木了。但是此消息反馈到石门，却引起了不小的震动，不要说民众，就是有良知的国民党军政人员都感到愤慨，真是没有了天理！中下级军官和士兵们更是怒火中烧，却不敢放肆发泄，只得把对贪官的怒火变成对国民党的绝望和怨气。国民党统治石门这两年最苦的是老百姓，物价飞涨，货币持续贬值，做点小本生意，还时常遭到兵痞、流氓的敲诈勒索。有对当政者发泄不满的人，多会受到军警、特务的拘捕审查，甚至惨遭杀害。整个城市乌烟瘴气、民不聊生。石敢当内心闪耀的理想之火，被污秽的现实泯灭了，他判断腐败堕落的国民党政权已经丧失了实现“三民主义”远大理想的心力，没有能够托付起中华民族复兴的力量了。攻打石门的战火在日益逼近，他几次想脱去这身军服，扮作平民溜出石门，怎奈壕沟深电网密，根本无法逾越，外出的关卡盘查严格，没有特别通行证，谁都别想出去。焦躁不安又心灰意冷的石敢当就盼着解放军的大炮响起，把他从这囹圄般的军营里解救出去。他已经想好了，到那时他会静候解放军的进攻，束手就擒当个俘虏，再设法回家。

战役打响前的后晌，石敢当仰靠在堑壕里，又思念起了老娘和妻儿。他哪里想到，此时老娘也正斜躺在炕上思念着他。体恤民情的飞龙，感知到了娘儿俩强烈的相互思念的情愫，他怜悯饱受苦难又思儿心切的牛四妮，同情理想破灭又离别家园的石敢当，便给母子俩相互托梦，在贞村东口相见。岂料当母子俩惊喜地远远看见彼此，兴奋地呼唤着“娘!”“儿!”扑向对方时，解放军第一波轰击外市沟防线的炮弹铺天盖地砸下来，其中一枚把石敢当掀出了堑壕，纷飞的弹片击中了他的身体，也击碎了他与亲人团聚的梦想。

大车队驶进了元龙县界后，不断有一两辆大车拐向通往各自村子狭窄而蜿蜒的乡间小路上。天蒙蒙亮时，载着石敢当的大车绕小道来到了贞村西北口的一条街巷。这条街离石敢当的家最近，吴常跳下车低着头走在前边领道，他唯恐碰见早起的乡亲跟他搭讪，更担心有人看到躺在大车里的石敢当的尸体，他此时的心情已经极度悲痛，任何一点刺激，都会引发他一场不可收拾的号啕大哭。每向石敢当家走近一步，他的这种情感就加重一分。所幸的是各家的院门紧闭，没有遇见一个乡亲。已经走近石敢当的家门了，吴常想了一路也没想好见到石敢当的老娘开口要说的话，不说也罢，这样哩结果说什么都得让人肝肠寸断。石敢当的家门到了，吴常鼓起勇气抬起头前去敲门，眼前的情景惊呆了他，他看见石敢当的老娘牛四妮穿着一身黑粗布棉衣，扎着裤管，踮着小脚，站在门口瞪着昏花的老眼在看着他们。老人显然从这幅情境中看出了端倪，她心里一惊，迈着弯曲的老腿疾步迎出来。吴常丢开披着的麻袋，紧跑几步，双手搀扶住老人，想说什么嘴唇却颤抖得说不出口，只好“扑通”跪倒在老人面前，低头哽咽。他愧对老人，他答应给老人把儿子找回来，回来的却是一具冰凉的尸体。牛四妮摇晃几下身子，极力镇定下来，语调沉重而迟缓地对吴常说道：“别哭了，快起来扶大娘去看看你哥哥!”这两天牛四妮听说解放军要攻打石门，她的心就一直悬着，在为儿子的性命担忧，白天精神恍惚，夜里睡不着觉，幻觉中枪炮声一直在她的耳畔鸣响，令她寝食难安。夜隔黄昏时分，飞龙托给她的梦让她看见了儿子，母子俩就要相拥在一起时，突然的一声巨响，眼前变得一无所有。诧异中，她从梦中醒来，不祥之感袭上心头，便从炕上下来，快步来到村东口，浑浊的眼睛四下搜寻，梦中的情景历历在目，就是看不到儿子的身影，直到天黑才返回家里。这一夜她在炕上辗转反侧，天麻麻亮时，又一阵闹心袭来，起身出了屋子，在门口看到的竟是这样的结局。吴常极力控制住自己的情绪，站起身扶着老人走到大车旁。牛四妮感激地对车把式说道："受累了大侄子！走这么远哩道！"车把式完全被眼前的情景所感染，唏嘘着回应道："都是庄稼主，谁不帮谁唉！"牛四妮这才伸出两只手把蒙在石敢当头上的麻袋掀开，凝视了片刻盖上，对车把式说道："大侄子！麻烦你再给搭个手，把人抬进家里。"车把式连连点头应道："沾沾！"吴常深深地被牛四妮忍受着巨大的丧子之痛，却仍能镇定地应对眼前的事情所折服。他立刻打起精神和车把式吃力地把身体僵硬的石敢当从车厢里抬出来，跟着牛四妮走进了院门，又进了北屋，将逝者头西脚东横放在炕上。车把式要走，吴常从怀里掏出几张冀南票往他手里塞，车把式甩手道："乡里乡亲，用不着这礼！"说着快步出了屋门。牛四妮和吴常急忙跟出去，不住劲地道谢，一直把车把式送出了院门，看着大车走远了，正要返回家时，几个早起的邻居围了来，他们感到了这不祥的气息，又看到牛四妮和吴常悲痛的表情后，料想一定是石敢当凶多吉少。两个热心肠的乡亲关切地询问出了什么事？害怕和反动家庭扯上关系的乡亲，装作浑然不知的样子走开了。这俩不怕是非惹身的乡亲，跟着牛四妮和吴常进了院门。此时，石敢当的媳妇和儿子石成从东厢房拧着衣扣急急走了出来，刚才院里杂乱的脚步声惊醒了娘儿俩，知道灾难降临到了家里。牛四妮声音哽咽着对儿媳说道："你男人在北屋哩！"又对孙子说道："快看看你爹去！"娘儿俩突然爆发出骇人的哭号声，疯也似的跑进了北屋。屋里光线昏暗，当娘儿俩看见炕上躺着一具熟悉的身躯时，哭号声更加悲怆。媳妇不顾一切地扑倒在男人身上，可着嗓子地动山摇般呼唤道："他爹唉……你说你回来跟俺娘儿们好好过庄稼日子……俺娘儿们盼了两年多把你盼回来……哪知道你绝情绝意撇下俺娘儿们走了……俺也不想活了……"随即挺起身子将头对准炕沿就要碰下去。站在一旁同样悲伤的石成，眼疾手快一把抱住了娘的腰身。女人并不罢休，奋力挣脱儿子的束缚要给男人殉情，吴常和几个乡亲上前帮忙，才控制住了她的挣扎。牛四妮不满儿媳妇的表现，对她既生气又心疼，语调柔缓而决然地责怪道："石成他娘，你这是干什么？嫌死了一个不够，想再搭上一个不成？就冲咱这孩子，也得使劲活下去！俺这老婆子都不想死，哪能轮着你！乡亲们给咱攒忙来了，赶紧料理你男人哩后事才是正事。快去端盆水来，给你男人擦洗擦洗。"媳妇这才意识到婆婆心里的痛楚并不比她轻，自己的哭声只会更加刺痛老人的心，她渐渐消弱了哭声，只是抽噎依然剧烈，扶着炕沿喘息片刻，遵照婆婆的吩咐走出屋门到灶火间烧水去了。牛四妮没心惶脱鞋，费力地爬到炕上，在儿子身躯内侧跪坐下来，她揭去覆盖在儿子头上和身上的棉衣和麻袋片，嘴里轻唤着儿子的名字，双手来回在儿子脸上身上摩挲，仿佛在安抚受到了惊吓的孩子。石家人的情绪平缓了些后，吴常和几个乡亲布置起了灵堂。

不大一会儿，石敢当媳妇两手端着一个冒着热气的红瓦盆，胳膊上搭着一块白粗布手巾进了屋，给男人擦洗用。此时，吴常给逝者点燃的一盏长明灯，摆放在了炕前的供桌上，昏暗的屋子顿时亮堂了许多。牛四妮欠身接过儿媳妇递过来的瓦盆和手巾，把手巾在热水里浸湿了，拧去多余的水分，开始轻轻地擦拭儿子头皮上和脸上的污垢。边擦拭边轻唤道："儿啊！回家来了，这一脸土，娘给你擦洗擦洗！你走哩时候说很快会回来，和一家人过安稳日子！你娘、你媳妇、你儿子天天盼想着你，这一盼就是两年多，可盼来哩是这样一种结局，唉……"牛四妮发出一声悲戚的长叹。她对石敢当的倾诉吸引了屋里所有的人，他们不约而同放下手里的活儿围过来，肃立在炕前感受一个母亲对儿子的大爱之情。牛四妮歇一口气，继续对儿子倾诉道："娘知道你想念家人，知道你肚子里藏着好多话要给家人说！不用你说了，俺们知道你要说什么，知道你惦记着家人，放心吧，日子再难也要过下去，俺们一定把你哩小子抚养大！石成可比你小时候有出息，不憨不呆，有心眼有胆量，不用大人费心调教……"牛四妮的脑海里一帧帧地浮现出当年她教化石敢当的情景。但是老人的思维很快转回到了现实，伤感随即而来，心情忧郁地叹息道："唉……可怜你家小子受你连累，变成了反动派哩后代！咱石家经历了几十年哩苦难，现在又让你哩小子接续上了，不知道以后他会是什么样哩命运！"牛四妮忽然后悔自己说了这些让石敢当的灵魂不得安宁的话，忙宽慰儿子道："娘不该抱怨你，你放心走吧！咱石家人没干过伤天害理哩事，老天爷有眼，不会断了石家这根独苗，再贫瘠哩土地上野草也能存活下来！"牛四妮给儿子擦洗完了头和脸，准备擦洗脖子，她掀开儿子的衣领，看见儿子脖子上缠绕着一根红绳，她知道不管红绳换了多少根，上边一定拴着二十多年前引导儿子参加国民革命的康先生赠送的那块玉佩。那是儿子心里一件神圣的信物，她想再好好看看，便小心地抽出来。一块红枣大小的晶莹剔透的玉佩呈现在了眼前，她感到比记忆中的轮廓小了不少，用手一摸才知道，这块玉佩断折了一半，断面划手，折断哩时间还不长。牛四妮心里一惊，听人说玉是有灵性哩东西，往往和佩戴它哩主人命运息息相关，这断玉已经预示了儿子哩命运。牛四妮无奈地叹口气，郑重地把残破的玉佩放回到儿子的胸口上，让这清清白白哩玉永远陪伴着儿子吧！

牛四妮给儿子擦洗完，接过吴常递过来的一块白布，展开来正要覆盖在儿子的身上，心里总感觉对儿子还有亏欠没有补偿。她停住手寻思片刻，忽然想起一件事，放下白布，右手伸到自己的左腋下，从上往下解开掩襟棉袄的疙瘩扣，掀开棉袄，露出了一对空布袋样的干瘪乳房。她倾下身子，双手托着左乳，把黑枣样的奶头塞进儿子紧闭着的嘴唇里，说道："儿啊！你从小到大离不开娘哩奶，你走哩那天想吃上一口也没能如愿，娘今天给你补上！别害羞，吃吧！在场哩都是亲人，没人笑话你……"牛四妮的嘴唇颤抖得说不下去了，从她浑浊的眼里流出的泪水，仿佛乳汁一般滴落在石敢当的嘴唇上。牛四妮努力平复一下情绪，继续说道："儿啊！就把泪水当奶吃吧，咱哩命苦，一辈子没尝过几回甜头，吃苦是咱哩本分，这辈子吃多了苦，下辈子就不觉哩苦了！"围观者无不动容，却都极力控制着自己的情绪，不使发出呜咽声和哭声，以免打扰老娘对爱子传递这份静谧而浓厚的亲情。片刻工夫，牛四妮觉得弥补上了对儿子的亏欠，她慢慢地将乳头从儿子的嘴唇里移开，拿起那块白粗布，展开来轻轻覆盖在儿子的身上、头上。她抹去眼里的泪水，抬起头平静地对又放声哭泣的儿媳和孙子说道："咱老百姓一出生就掉进了苦海，死了就解脱了，到天堂享福去了。别光顾着啼哭，快照应窜忙哩乡亲们。"她说着绕到儿子的脚头起下了炕，给儿子准备寿衣去了。

石敢当的死很快传遍了全村，村长田生玉敏感地意识到这件事情不能置之不理，他迅速到区政府向区长进行了汇报，得到的指示是：一不准放炮，二不准村干部和中共党员帮忙，三不准出殡时大声哭叫。田生玉从区政府回来后，立即召集村干部传达了区长的指示。他来到石家，在灵堂上将区长的话告知了牛四妮婆媳二人，却对里里外外忙碌的吴常和丁不白装作视而不见，悄悄地走了，因为他不敢招惹手中有权的公安局局长和脾气火暴的丁家人。

牛四妮怕连累身为共产党员的吴常和丁不白，劝他们回去，遭到拒绝。吴常道："人死了还分什么党派，入土为安事大。"丁不白道："总归是乡亲，哪能一点儿人情不讲。"牛四妮只得作罢。

吴常、丁不白和一些热心肠的乡亲，不事张扬却紧锣密鼓地当天给死者打了墓、割了棺材，第二天正午时分帮牛四妮婆媳俩悄无声息地安葬了石敢当。

第六十四章　石城破

攻打石门的解放军部队，于民国三十六年（1947 年）立冬那一天攻破了外市沟防线后，又经过四天激战全部拿下了这座城市。自此，方圆几百里只剩下了元龙县一座孤城仍由国民党部队占据。解放军部队稍作休整，晋察冀军区司令员聂荣臻对攻打元龙县城作出了兵力部署：任命冀中军区副司令周彪为攻打元龙县城战役总指挥，其属下的独立第七旅、第八旅为参战主力部队。周彪当即率领队伍来到石门以南五十华里处的元龙县城，会同此前已经包围了石头城的太行一分区三十五团及元龙、高邑、获鹿三县的独立营，将这座城池团团围住。另有参加解放石门的支前民兵和民工两万四千余人在部队外围待命。

周彪已经大致了解到攻克元龙县城要远比攻打石门困难得多，他吸取四月份晋察冀军区四纵求胜心切，实施两次强攻付出惨痛代价并导致失利的教训，务必消除速决思想，先做好充分准备再打。这天上午，他首先把元龙县政府主要领导和情报人员以及民间各方人士，请到设在县城东边铁屯村一座宅院里的攻城总指挥部，听取他们对县城整体防御工事的情况介绍。这座建成于明万历年间的石头城，周长三千零七十二米、高十一点五米、根基阔九米、顶宽六米，采用西山上的红石垒砌内外城墙，中间用三合土夯实。城墙顶部用铁轨和枕木构筑环城堑壕，每隔三十米设一座地堡，地堡之间为陈兵掩体；城墙四角各有一个大碉堡，架设着迫击炮和轻重机枪；城墙半腰，从里往外挖通了几百个向外射击的掩体，由此形成了三层密集火力网。城墙下是宽深均六米的护城河，称为内壕，河外岸设有六百多个地堡。东、西、南三个城门外分别是东关、西关、南关三个村子，三个村口均筑有九米高的炮楼，俯视着几华里范围内的一切往来人员。三关外边又是一条深宽均六米的壕沟，称为外壕，把外部世界隔离开来。外壕前沿设有铁丝网、地雷区。内壕和外壕之间由十余条交通沟连接，其间工事密布，重兵把守。这元龙县城真乃城墙坚固、壕沟幽险、明碉暗堡遍布，易守难攻，恰如在民间流传了几百年的童谣所云："铜获鹿，铁井陉，生铁铸就元龙城。"这还不算，魏天雄为了减少易被突破的城门，把东城门用石头封堵了个结结实实，只留下南城门和西城门可以进出。

在周彪二十多年的军旅生涯中，这是他遇到的最难攻破的一座城池，再加上狡诈多谋且骁勇异常的魏天雄，率领着由各县逃亡到此的土匪和保安团成员组成的七千多亡命之徒，从何处下手成了他颇费脑筋的问题。他现在最想知道的是魏天雄面对重兵围城的态势是怎样一种心境，是惊慌还是镇定，是杂念丛生还是冥顽不化，如果能了解到对手这些心理，就可以判断出其战斗意志和决心，进而制定出相应的战术。他询问在座的各方人士，谁能够进入城里面见魏天雄，探知对方对当前形势的态度和心情，如能劝其投降，则是意料之外的惊喜。大家思忖片刻纷纷摇头，这样的人可是不好找，既要跟魏天雄有深厚的交情，又得有足够的胆量深入虎穴。就在周彪感到失望时，一直在沉思的姜奇开口道："有一个人选，不妨试试。"周彪问道："谁？"姜奇并不直接回答，卖个关子说道："此人跟魏天雄既是乡亲，又有着纠缠不清哩个人恩怨，他们之间哩交谈一定是真性情流露。不过，这要冒很大哩危险。"说完把目光投向坐在自己身边的吴常。吴常正在低头思考着自己与魏天雄见面的可能性，听姜县长不点名地提到他，无形中激发了他内心的豪情，抬起头对周彪表示道："周副司令，信任俺吴常，俺就去试试！"周彪大喜，右手掌用力"啪"地拍在桌子上，起身走到吴常跟前，激赏道："那你就去探一次虎穴吧！但要小心，别叫恶虎伤着！"吴常微笑着点点头，以示对首长的信任和关心的谢意，同时表明自己定能完成任务的信心。

吃过晌午饭，稍事歇息，吴常把腰间的短剑和手枪交给姜奇，要动身前往县城，他明白带着这两样东西进不了城门。姜奇将吴常挚爱的两件冷热兵器带在自己身上，陪吴常走出铁屯村南。眼前是一片略显枯黄的麦田，俩人沿着麦田里的小道向西走去。他俩绕过已被封死了的东城门，来到南关村南口，吴常停下脚步，请姜奇回去，再往前走就能和驻守南关的国民党保安团接上头了，很危险。姜奇驻足目送吴常继续前行，他为吴常接受了这一任务既感到欣慰又有几分担忧，与困兽犹斗的人打交道，不知道会发生什么事情。其实，吴常也为姜奇近来的处境担忧。前段日子，太行地委就土改队洪队长状告姜奇庇护地主分子一事进行调查，因为迫在眼前的攻城战役，暂时中止了此项工作。姜奇心里虽不无压力，却坦然处之，把全部精力都投入了攻打县城的各项工作中。

吴常来到南关村外壕沟的吊桥前，不等他对炮楼上几个保安团的哨兵喊话，对方的一排枪口已经瞄准他并大声喝问什么人，来干什么？吴常仰头语调平和地回道："本人是元龙县民主政府公安局局长吴常，来找俺贞村哩老乡魏团长叙旧。"几个哨兵久闻吴常的大名，只是没见过真人，不知道来者是真是假。带班的哨兵班长见吴常穿一身洗得发白的八路军服，浑身透着一股威严和英武之气，大概不是假哩，便疑惑道："你要真是吴常，岂不是自投罗网来了？"吴常不耐烦道："少废话，快去叫你们团长出来迎接。"几个哨兵聚在一起嘀咕几句，觉得此人大有来头，哨兵班长迅速下了炮楼，跑到一个地堡里向他的排长报告了此事。排长拿捏不准，又向连长作了汇报。连长认得吴常，如果真是他来找魏团长一定不能耽搁，他快步来到吊桥前，看见果然是吴常，急忙折返身向他们营长报告去了。

吴常沿着外壕沟，低着头背着手来回踱着步耐心地等着，忽听吊桥"嘎吱吱"响了起来，他停下脚步，转身抬头看见硕大的木质吊桥在几根鸡蛋粗的绳索拉拽下，平缓地放了下来。一名营长在几个卫兵的簇拥下站在吊桥的另一头，堆着笑脸向吴常招手道："吴局长，俺们魏团长在南城门迎候着你哩，快请进！"吴常迈步踏上吊桥过了壕沟，来到对岸，一个卫兵上前拍打了一遍他的全身，确认没有携带任何武器，随即闪在一旁。吴常在他们的陪伴下穿过南关村，远远看见魏天雄在一队卫兵的簇拥下，站在护城河外向这边眺望。当他看见吴常时，急急地迎上来，老远就伸出双手，热切地说道："吴常兄弟！几年不见，哥哥很想跟你唠唠！"吴常也以同样的姿态把双手伸出来，和魏天雄的手握在一起，他分明感到对方有意传递给他巨大力量，便意味深长地说道：“没想到老哥年逾花甲哩人了，劲头不减当年啊。”魏天雄松开吴常的手，充满自信地哈哈大笑道：“你哥哥这是老当益壮，雄心不减当年，这副身板还能撑起一点儿事情。走，到哥哥团部叙谈！”说着挽起吴常的胳膊，向迎恩门走去。

从魏天雄充满豪情的短短几句话中，吴常已经感觉到了对方孤注一掷顽抗到底的意志和决心，看来自己这趟县城之行，很可能不会得到任何成果。他的心情有些沉重，却露出轻松的表情随着魏天雄踏上了吊桥。他留意观察敌情，仰头看见城门楼和城墙上架着一挺挺威严的轻重机枪，晃动着一颗颗戴着大檐帽的人头和一杆杆闪着光亮的枪头，肃杀之气令人窒息。

走进城门，在通往县衙的路上俩人边走边唠，魏天雄憋不住向吴常询问他魏家人哩情况。虽然他的两个哥哥声称跟他断绝了兄弟关系，可是血脉是割不断哩。吴常向他介绍了两个哥哥家通过土改分得了几亩地，日子过哩安心，并特意向他提到他的儿子魏小虎也自食其力地生活着。魏天雄感到欣慰，长出一口气，心里最大的牵挂算是有了着落。他忽然打听起了石敢当的情况，这一话题让吴常的情绪瞬间跌到了低谷，十几天前的悲痛又涌上了心头，一时语塞。魏天雄见吴常的脸色骤变，猜想石敢当命有不测，他停下脚步，两手抓住吴常的胳膊，急急追问结果。吴常缓过神来，将石敢当在石门战役中阵亡的经过简单述说了一遍。魏天雄的眼睛泛红，泪水在眼眶里打转，他低头沉默着，追忆石敢当跟随他的二十多年间共同经历的往事。在那些岁月里，因为有石敢当，他感觉自己多出了一副臂膀和一颗雄心，无论遇到什么样哩敌手他都能应对自如。跟石敢当离别这些年来，他的心里时常泛起失落的情绪，虽然身边不乏死心塌地跟随自己哩人，却难以弥补石敢当在他心中留下的空缺，他的脑海里经常会不经意地闪现出石敢当跟他在一起的情景。他喜欢石敢当的憨厚和直率品性，他曾经想象过，如果不是因为诡谲的时代风云改变了他们的命运轨迹，他俩或许会成为一对要好哩脾气相投的乡野村夫。如今石敢当已身葬黄土，怎不令他伤感！他哀叹一声，领着吴常继续前行，一路上他不再言语，在努力消解内心的悲伤。

吴常跟着魏天雄走进县署前谯楼下的门洞，转身拾级而上。魏天雄把这谯楼视为自己的风水宝地，日本人统治时期他在这里顺风顺水，后来的事态完全按照自己的意愿发展。在当前解放军围城的紧张态势下，他依然对这座谯楼抱有能让他逢凶化吉的强烈信念。他经常站在楼上凭栏远眺，无形中生出了一种龙潜深潭、虎踞高山的感觉。俩人上得谯楼，走进魏天雄的办公室。魏天雄明白这座孤城对吴常来说一切都是透明的，没有什么军事秘密可隐瞒，把吴常带到这里正是为了展现他魏某坚守城池的自信和血战到底的决心。

魏天雄热情地请客人坐在办公桌一侧的沙发上，吴常随便拉过一把朱红色靠椅隔着办公桌坐在他的对面。一个侍卫端上两杯茶水放在俩人面前退了出去，两个警卫站在门口全神注视着吴常的一举一动，以确保他们团长的安全。

吴常端起茶杯呷了一口茶水，正要言归正传，办公桌上的电话机铃声骤然响起。魏天雄拿起话筒，听到传来的是国民党政府县长张雪庵的声音。对方首先用极尽谄媚的话恭维了魏天雄一番，说他是全城三万多军民的救星，只有他能够力挽狂澜，扶大厦于将倾，也只有他有资格集党政军大权于一身，率领全城军民抗击共军。张雪庵铺垫完一番好话后，旋即表示愿把自己居住的象征着权力和地位的院落呈让出来，请魏团长入住，坐镇县署，统率军民，众志成城，拒共军于城外。

魏天雄耐着性子听完张雪庵的话，嘴角现出一丝讥笑。他听出了对方的心事，共事两年多来，他已十分了解此人心里装的那点儿小九九。每遇大事，张雪庵根深蒂固的迷信思想就会活跃起来，今天上午他请了城里一个声名显赫的阴阳先生给他卜了一卦，告诉了他面临的命运。说解放军将县城围哩水泄不通，这县署就恰似偏处一隅哩监牢，而他栖身在县署大院最深处哩这套院落就是监牢里的囚笼，他身为一县之长自然就是那囚首，晦气袭来，他是首当其冲哩倒霉者，建议他搬出这里，找一个地位相当哩人物替换他才能逢凶化吉。他寻思来寻思去，决定把这座院子让给县城真正的主宰者魏天雄。魏天雄鄙视这种精神脆弱的官员，平日里常把“为党国大业赴汤蹈火在所不惜”之类的话挂在嘴边，而一旦遇到生死关头，心里早把党国二字抛到九霄云外，只顾逃命去了。在解放军攻打石门前，县党部书记长刘炳谦预料到大难即将临头，找理由溜出了城外。这张县长虽比刘书记长在面对生死考验时所表现出的精神力量强一些，可仍然不能令他满意。他半嗔半怒地回道：“张县长，大兵压境，你我应该把全部心思都放在抵抗共军一事上才对。妄想纷纷，心无定力，只会自乱阵脚。现在需要你做哩事情就是安抚好城内哩老百姓，不要叫他们生乱，好让本团长集中精力对付共军。城内百姓如有不测事件发生，扰乱了军务，你知道应该承担什么样哩责任。”

电话里的张雪庵被魏天雄训斥得一时哑口无言，片刻用诚恳的语调回应道：“雪庵定会心无旁骛，跟随魏团长共赴艰难，至死方休！”他终于醒悟过来，身处此种境地，不要再有任何幻想，是生是死命里早已注定，放手一搏或许还能绝处逢生。

魏天雄很满意张雪庵的表态，因为他听出了对方真切的心声，充满激情地赞扬道：“你值哩尊敬！”随即用力扣下了话筒。他的这些言语和姿态，也正是呈现给吴常看哩。

吴常一直冷眼旁观着魏天雄，仔细听着他的每一句话，这些话里清晰地表明了对方要顽抗到底的意志。非要走一条死路不成？吴常换成一副凝重的表情，质问魏天雄道：“你还想叫多少人发生跟石敢当一样哩悲剧？老娘失去了儿子，妻子成了寡妇，孩子没了爹！”魏天雄语气淡淡地回复道：“两军对垒，你死我活，哪还顾哩上考虑那么多事情。”吴常的目光直视着魏天雄道：“你只要放下武器，就能避免相互残杀，就能保全无数人哩性命和无数个家庭，共产党会不计前嫌，给你记上一功。”魏天雄笑道：“俺不求立功，但求成仁。俺跟共产党这几年结下哩仇太深，即使现在归顺了，以后也会遭到秋后算账，且会毁了俺一世哩英名，成为后人哩谈资笑料，这种赔本哩买卖，俺绝对不干。再者说，以俺现在哩身份，好歹有成千上万人拥戴，在这地界里没人敢不尊重俺。俺说了算，俺就是大王。俺若是抛弃了这个身份，就什么都不是了，还要沦为共产党哩阶下囚。所以，宁愿当下战死，不受日后屈辱，这就是俺哩态度。”吴常讥笑道：“你别忘了，自古以来就是‘胜者王侯败者寇’，一个失败者，哪里还有英名可言，以后恐怕是留下个贼寇哩名声罢了。”魏天雄不以为然道：“共产党不过是在华北和东北两地逞强而已，料它撼不动兵多地广、装备精良哩国军，到底谁是王侯谁是寇，咱俩谁说了都不算，以后见。”解放军占领石门后，国民党军队的飞机每天下午从保定和北平方向飞来两个批次轰炸驻扎在石门的解放军兵营、发电厂、纺纱厂等重要目标。轰炸前飞机每次都要越过石门上空向南飞行一段距离再突然折返回去投弹以取得奇效，身处元龙县城可以清晰地看到听到飞机的轮廓和声音，这给魏天雄增加了不少信心，壮了不少胆量。吴常强烈地感受到魏天雄是铁了心要跟解放军抗争到底，再规劝下去已经毫无意义，便起身告辞道："对你来说怕是没有以后了，这会儿先做你哩美梦吧，醒来时别后悔就好。"魏天雄起身阻拦道："且慢，哥哥还有话要问你。"吴常站立着等待对方开口。魏天雄低头沉默着，他不是在沉思吴常刚才说的话，他早已把身后事抛到了脑后，而是这句话引起了他对往昔的追忆。他感慨自己几十年大起大落的命运轨迹就像是穿行在梦境一般，这梦总是要有一个终结，也要有一个交代，其中的迷蒙他要弄个明白。他的眼睛盯视着吴常缓缓地开口道："四十多年前那个大雪夜，俺为了给爹报仇，带几个人偷袭了你段家。你娘怕伤害到你，抱着襁褓里的你跑到了村外，冻死在了雪地里。你哩命运从此改变，被吴定搭救，成了一个放羊娃，吃了几十年哩苦。假如当年你爹不欺负俺魏家父子，就不会发生俺在大雪夜报仇之事，你娘也就不会死，你也就不会改变身世，到今天你在段家已经享受了半辈子哩荣华富贵，或许现在跟你大哥一块加入了抗击土改运动哩还乡团，眼下正盘踞在县城抵抗共产党军队哩，俺现在或许以教书先生哩身份正端着茶壶坐看解放军如何攻破这石头城哩。祸福相依，俺很想知道，你到底是恨俺，还是感激俺？"吴常平静地回道："那个大雪之夜发生哩事，是你跟俺爹之间哩恩怨，与俺无关。至于后来哩命运变故，是俺吴常哩造化，与你无关。这么说来，俺既不恨你，也不感激你。你既然想知道俺对你哩看法，俺就多说几句。少年时俺十分崇拜你哩英雄气概，自从你投靠了日本人那天起，直到今天，你在俺心里一直就是一个魔鬼，这就是你在俺心里的形象。"魏天雄对吴常给予自己的评价虽心生不悦，却丝毫没表露出来，依旧展示出一副身处危境而泰然自若的静气，他其实也为吴常不亢不卑的大气所钦佩，不禁惺惺相惜地伤感道："这或许是咱哥俩最后一次叙谈了，哥哥心里一直有两个愿望。一个就是咱俩能坐在一起把酒论道一番，谈论古往今来哩英雄豪杰，当是人生一大快事，再就是很想比试一下咱俩哩剑哪个更锋利。常言道'文无第一武无第二'，把酒论道分不出高下，剑锋相对总能决出胜负。可惜这样哩机会不会有了！"吴常能体味到魏天雄这些话里蕴含的复杂心境，当他预感到自己即将走到人生尽头的时候，是在感怀和留恋过去激荡的岁月，是在期盼有一种神奇的力量助他扭转危局，是在借助比剑自我激励战斗豪情，是在嫉妒吴常那把剑夺去了他这把剑哩锋芒。吴常语气平和地反问道："把盏坐而论道谈古论今，议论那些远去哩英雄豪杰，不过是为了消解心中哩苦闷和疑惑，抒发内心哩激情罢了。你既然有这样哩心结，趁着现在哩形势，早该自省幡然悔悟了，喝了醉酒再天马行空地讲那些不着边际哩话又有何用？"魏天雄低头沉思着吴常的话。吴常站起身提高嗓门继续说道："要说比试谁哩剑锋利，今天就是机会，可惜你没胆量叫俺把剑带来，不然你哩兵也不会搜俺哩身。其实不用比试，俺告诉你，能杀死主人哩剑是最锋利哩剑。"言毕，吴常抬腿就往外走。魏天雄沉思着吴常这些包含隐喻的话，对客人的不辞而别反应迟钝，并没有相送。吴常走到门口，从楼下急急跑上来的一个哨兵差点跟他相撞。吴常知道哨兵有紧急军情向魏天雄报告，他闪在一旁，想听听报告的内容。那哨兵站在门口对着魏天雄敬了个军礼，报告说自卫团段副团长有重要情况汇报。魏天雄的思绪立刻转回到现实，命令哨兵快叫段副团长上来，他迫切想知道是什么重要情况。

吴常听说大哥要来，很想看看他现在是怎样一种状况，并借此机会再规劝他一番，便站立在门口等着。魏天雄并不嫌弃吴常滞步不走，他很想知道哥俩见面，是叙一番情，还是吵一回架，这些都值得珍藏在心里，或许以后再没有机会了。

不一会儿段永福急火火地上得楼来，看见吴常惊讶不已，不解地问道："你怎么在这儿?"吴常铿锵有力地回道："劝你们放弃抵抗，好给自己和家人留一条活路!"段永福怒目圆睁盯视着吴常，他此时心里窝着一肚子气，要向魏天雄汇报他打探到保安团里有些人意志不坚定想弃城逃跑哩情况，哪曾想吴常竟到这儿劝降来了，真是岂有此理!他怒不可遏地大声吼道："段家哩房子和地都叫共产党分光了，祖坟都差点叫共产党给刨了，爹也挨了批斗，要不是俺拼死把爹抢到城里来，爹哩老命早就没了，你还有脸劝俺们投降!你去问问躲在城里哩财主们，谁愿意跟你回去?"吴常被大哥骂得怒火中烧，用右手食指戳点着段永福的鼻子回击道："再不回头，段家人都要跟你倒霉哩!到头来，你不光是共产党哩敌人，也成了段家哩罪人!何去何从，你自己选择吧!"段永福绝然道："别呱呱了，俺跟共产党不共戴天，就是死也要死在城里!"吴常对大哥也已经彻底绝望，他不想再说什么，只瞪着两眼怒视着大哥，强压心头火，语气生硬地说道："带俺去看看爹。"他担心爹能不能安然度过这场不可避免的战事。段永福用同样的腔调回绝道："爹不想见你这个逆子，快走吧!"吴常气得喘着粗气，直想挥拳砸在大哥既顽固又狰狞的脸上，他忍了几忍，咬牙切齿道："等着俺给你收尸吧!"说完转身出了屋门。这句话激怒了段永福，他跟出去要和吴常理论，被魏天雄制止道："好歹是亲兄弟，动手叫外人笑话。"他是想急切听取段永福的情况汇报。段永福骂骂咧咧地返回了屋里，魏天雄出得屋门冲正在下楼梯的吴常喊道："吴常兄弟，军情紧急，恕不远送，哥哥派人送你出城，咱们后会有期。"魏天雄的一个警卫紧追上吴常，陪伴在他身后。吴常头也不抬，话也不回，心情沉重地下了谯楼，径直走出南城门。在返回的路上，他的头脑里不断闪现着整个县城被连天炮火轰击的惨状。

吴常在南关村村口跟一直在这里等他回来的姜奇碰上头，脸色阴沉地详细汇报了面见魏天雄的情况。这是最坏哩结果，姜奇同样心情沉重，攻打这座石城不知道要付出多少生命代价哩!俩人默默地来到攻城总指挥部，吴常又向周彪等人作了详细汇报。周彪皱着眉头道："我周某这十几年打了数不清哩恶仗，摧城拔寨也有几十个，从没遇见过魏天雄这种临危不乱、意志坚强、镇定自若哩对手，看来不认真对待是要吃大亏哩。"他召集各部队指挥员对此前制定的作战计划重新进行了研究调整：先消灭城外的敌人，给魏天雄来个下马威。再摆成铁桶阵围困住县城，调集重炮轰击城墙，给敌人造成强大的心理压力，消磨他们的抵抗意志。待城墙炸开之时，也就是魏天雄和他的保安团灭亡之日。

谯楼上段永福既神秘又愤怒地向魏天雄汇报了他多方打探到的确切消息：有几个中高层军官叫解放军哩气势吓怕了，对能不能坚守住城池产生了动摇，他们已经串联起来，今黑夜要带领亲信溜出城外。魏天雄脸色骤变，问段永福可知道他们哩姓名?段永福点着头说知道，随口说出了他们的名字。魏天雄也有这种预感，重兵压境、生死攸关之际，一定会有临阵逃脱哩事情发生。几天前他特意让段永福探听兵营里的异常情况，果不其然，表面看似平静的兵营，暗里却有人在酝酿一场变局，涉事者竟有他的副手和几个营长。这几个人是周围各县被解放军消灭的保安团中漏网的大小头目，他们投奔到此，魏天雄慷慨地予以接纳，并且为了团结这些人，魏天雄分别给他们封了大小不等的官，还跟他们结拜了兄弟，共同宣誓“人在城在，与城池共存亡”。没想到解放军的炮弹还没飞过来，他们就撑不住了。这些人如果逃跑得逞，将造成军心涣散，给城防带来极大隐患。一定要尽快除掉他们，魏天雄对段永福附耳低语几句，部署了处置这些动摇分子的行动方案。段永福频频点头，领命而去。

夜幕降临，魏天雄把营以上军官和县警察局以及县自卫团等所有武装队伍的骨干二十多人悉数召集到他的办公室。他正襟危坐在办公桌里边的椅子上，犀利的目光从一字排开站立在他面前的每个人的脸上扫过，他分明看出了那几个动摇分子内心的惶恐。其余的军官感到了异样的气氛，在疑惑地猜想着魏团长这是要开什么会？寂静中，魏天雄突然怒吼道：“你们谁要逃跑？”那几个有心事的人不禁打个冷战。不容他们做出反应，段永福听到魏天雄发出的抓埔令，率领一干人从隐蔽处一闪而出，径直扑上去，瞬间把一个团副和三个营长像对付待宰的鸡一样，将四个人的胳膊反扣在背上，使其弯着腰面对着魏天雄。副团长用力挣扎着，装出不解的表情向魏天雄求助道：“大哥，这是为何？俺誓死跟着你抗击共军，‘人在城在，与城池共存亡’，咱一块发哩誓俺不会忘，俺无论如何没想过逃跑，一定是有人陷害兄弟，望哥哥明察。”三个营长也慌乱地表白道：“冤枉啊，团长，俺们可不是贪生怕死哩人。”“陷害俺哩人不得好死。”其余的十几个人这才明白魏团长今天召集他们开会的目的，是要惩治这几个动摇分子。他们迅速闪在一边，把四个人孤立在魏天雄面前。

魏天雄从办公桌后边走过来，凑到四个人跟前，俯下身逐个柔声说道：“你们知道，俺喜欢敢作敢当哩男人，不待见你们这种口是心非说一套做一套哩虚伪小人。既然你们不承认，俺也不多问了，俺不想把时间浪费在你们身上，话跟你们挑明，想出城好办，本团长成全你们。”说着，他从腰间拔出明晃晃的短剑。四个人的脸在屋顶上悬挂的一盏马灯的照射下，呈现着吓人的蜡黄色，在这寒冷的季节，他们额头上竟挂满了汗珠。魏天雄持剑站在副团长面前，剑尖对准他的心口用力捅了进去。副团长从喉咙里发出一个沉闷而短促的声音，两只眼睛骤然睁大，呆呆地瞪着魏天雄，目光里有对魏天雄的愤怒、有对自己命运的哀怜、有求生的欲望、有绝望的忧伤、更有暴露了潜逃计划的懊悔，他的眼神慢慢衰弱，脑袋无力地耷拉下来。魏天雄始终用坚硬而冰冷的表情面对着企图背叛自己的副手，他看错了这个在危难时刻带着一班人马投奔他来的临县的保安团团长，痛悔自己被对方的信誓旦旦和甜言蜜语所迷惑，委任对方担任了一人之下万人之上的要职，却不料在紧要关头这家伙想要逃跑，杀死这种人心里不会有亏欠。魏天雄缓缓地把剑从对方的心窝里拔出来，以防鲜血喷射到自己身上。副团长的身子立刻变成了一摊烂泥，从两个擒拿他的人手中滑落到了地上。魏天雄攥着滴着血的短剑面对着三个营长，毫不理会他们跪在地上悲啼求饶的可怜相，用相同的手法结果了他们的性命。魏天雄在最后一具尸体上蹭去短剑上的血渍，转身对其余目睹了这一血腥场面的下属温和地说道：“他们想出城好办，魏某成全他们，一会儿把他们扔到城墙外边去。谁还想出城，别偷偷摸摸哩，只要说出来，魏某亲手给你打开城门，决不为难，欢迎光明正大地投奔自己哩前程。”魏天雄诚恳的话语，柔中带刚，让所有人既感动又畏惧，心里哪还敢生出杂念，纷纷打起精神，铿锵有力地发誓，跟着魏团长血战到底，死而无憾。魏天雄满意地点点头，继续说道：“他们四个人背后，还有不少同伙，魏某已经掌握哩很清楚。本团长特任命自卫团段副团长为保安团副团长，今夜由他带兵清剿。如果涉及各位手下哩人，不要包庇，协助段副团长执行任务，违抗者，格杀勿论。”十几个人齐声响应。段永福尚没有被委以重任的思想准备，而且一下子拥有了一人之下万人之上的权利，他一时受宠若惊不知所措。他知道魏天雄的良苦用心，把自己推举到这个位置，是将他当成最有力的支柱替魏天雄支撑眼前的危局。仅此就足够让他感动了，他对魏天雄发誓道：“永福不才，这条命尚可一用，为了抵抗共产党，死不足惜！”魏天雄满意段永福的表态，当即把自己腰间的勃朗宁手枪和皮套摘下来递给他。段永福郑重地双手接过，不再客套，转身给十几个营长和警察局局长、自卫团头目下令，即刻返回各自营部，看好自己哩兵，不要放出一点风声，听候他下达清除动摇分子哩行动命令。

当晚，在段永福的强力行动下，枪毙了一百多个预谋潜逃的下级军官和士兵，把他们的尸首都抛到了城墙外边的壕沟里。这一行动震慑了保安团、警察局和自卫团的全体官兵，即使有逃跑念头的人也不敢流露出来。段永福通过这次行动，迅速树立了威严，成了魏天雄名副其实的得力干将。魏天雄也因此增强了固守城池的信心。

城外的解放军官兵在农历十一清亮的月光中看到了敌人从城墙上往外大量抛尸的情景，震惊之余他们判断出这是魏天雄在搞内部整肃，从中看出了魏天雄的心狠手辣和顽抗到底的决心。周彪决定，那就趁势给他来个下马威，实施第一步作战计划。

翌日黄昏，集结在东、西、南三关的解放军部队在三十余门火炮的轰击下，开始了攻关战斗。战斗异常激烈，双方的争夺战和肉搏战一直打到第二天拂晓，均付出了很大的伤亡，守敌终因寡不敌众丢弃了三关，残余官兵退缩进了城里。这一仗实实地让参战的解放军官兵领教了这支由各县保安团汇集成的国民党非正规军强悍的战斗力，验证了匪首魏天雄绝非等闲之辈的传说，下一阶段战斗会更加困难。

参战部队打扫完战场，进行了休整。傍晚，经周彪向上级请示，调来的华东野战军一个榴弹炮营和晋察冀军区一个野炮营，乘火车来到了元龙车站。连夜把三十多门重炮围着东、西、南三面城墙安置好了炮位，只等着开炮的命令。

第二天上午，增援来的加上原有的共七十余门大炮，围着县城突然发出震耳欲聋的怒吼，一发发炮弹从炮膛中呼啸着飞出砸向城墙。准备攻城的官兵没有看到他们预料中出现墙体坍塌的情景，而是看到威力巨大的炮弹撞击在墙壁上，只在红石上炸出星星白点，就是落在墙垛里爆炸的炮弹也没有达到预期的效果。射出了几百发炮弹，城墙皮毛未损，岿然不动。不能这样无谓地消耗宝贵的炮弹了，身临前线指挥的周彪当即下令，停止炮击。看来攻打元龙城比之前预想的困难大得多，这第二步作战计划遭到了挫折，必须改弦更张才行。战役指挥部商讨应对办法，最后决定用挖坑道爆破的办法炸开城墙，这是唯一可行的办法。周彪向上级汇报了攻城遇到的困难和要采取的破城办法，晋察冀军区迅速调来第三纵队的一个工兵营挖爆破坑道。

挖坑道离城墙太远了要耗费大量的人力和时间，离近了，开口又不能让城墙上的敌人看见，以免他们用火力阻挡，并且判断出坑道的走向而采取截断措施。这是个两难的选择，工兵营几个经验丰富的坑道爆破老手，在勘察了地势后，决定在距离城墙一百米左右的地方，借助攻打三关时形成的残垣断壁作掩护，分别在三个城门外和东北角、东南角，五处开挖。动工时间选在夜晚。

一切准备就绪，攻城总指挥下达了作业命令，工兵们开始了紧张而小心的施工，战士们尽量降低挖掘工具发出的声响，避免让城墙上的敌人发现。但是皎洁的月光还是暴露了他们的行动。执行东、西、南三面城墙警戒任务的保安团哨兵，很快察觉到城外不远处隐蔽的几个地方，聚集着一群人拿着各种工具在悄无声息地挖地道，他们知道大炮奈何不了城墙，只有挖地道才是唯一破城的办法。发现情况的哨兵不敢怠慢，迅速报告给上司，经过层层汇报，消息很快传到了魏天雄这里，他当即下令用迫击炮和手榴弹轰炸共军施工哩地方。解放军早有几手防备，狙击手专打露出城墙的脑袋，并用迫击炮毫不迟疑地给予反击。双方就这样你来我往斗到了天亮。

大半夜的时间，解放军的工兵在敌方的干扰下仍挖出了九个或垂直或斜坡式的主辅地道口。

解放军挖坑道这一招是魏天雄最担心的，如果顺利的话不出五天就能到达城墙根下，在下边安放上炸药，这城墙就保不住了，必须想办法破解此招。在连夜召开的紧急会议上，最后确定了两个反制方案，一是从城内往外挖地道，抢先横向截断对方的地道；二是在城墙上干扰对方施工，减缓他们挖地道的速度。天刚亮两路人马就开始实施这两个方案，魏天雄亲临督导从城里往外挖地道工程，同时在四面墙根下埋了不少水瓮、瓦罐之类能传导地下声响的器具，用以监听判断对方挖掘地道的方位。段永福在城墙上负责干扰对方施工，除了向解放军施工的地点发射迫击炮弹和投掷手榴弹外，还使了一个歪招。他派手下去街巷抓来了十几个明妓暗娼，把她们分成几个组威逼利诱带到城墙上，强迫她们从城墙垛口处探出半个身子，冲着解放军的施工人员用极富挑逗的言语和动作耍起了活宝。在各施工点隐蔽作业的年轻工兵，忍不住停下手里的活，从隐蔽处探出头来朝城墙上观看。女人对他们来说既陌生又神秘，而且极具吸引力，浪声嗲气的声音和浓妆艳抹的脸蛋以及轻佻的动作身段，惹得他们浑身燥热，眼睛直勾勾看不够，连担任警戒任务的狙击手也被她们闹得分了心。各施工点跟班作业的都是年长一些的干部，对敌人使的这招既可恨又可笑，他们对年轻的战士有的大声斥责几句，有的骂他们没出息，有的讥讽他们怎就喜欢这样不要脸的女人。这些话总算让年轻人把头缩了回去，狙击手也集中起了精神专注于城墙上可能出现的敌情。有战士提议，开枪打死这些捣乱的女人，被首长否定，对付这样的女人没有任何办法，不能用枪消灭她们，她们也是穷苦人，更是弱者，只能由着她们喊叫耍闹，等到她们没了力气，也就拉倒了。

女人们轮番喊闹了一个多时辰，嗓子沙哑地发不出声音来，精疲力竭地停止了挑逗，一个个从垛口退缩了回去。这一歪招就此终结。段永福想再用迫击炮和手榴弹干扰地面作业，已经无济于事，终归阻挡不住地下坑道在一寸一寸地向城墙延伸。

魏天雄监工拦截解放军挖地道的工程也在加紧掘进，同时焦灼的心情在他和官兵们的心里泛滥，如果没有外来支援，就这么耗下去总有撑不住的那一天。魏天雄的焦灼比任何人都强烈，他只是内紧外松不表露出来罢了，心里却在担心国民党保定绥靖公署是否遗忘了他们，任凭他们孤零零地在这方圆几百里的赤色包围圈中遭受煎熬。城内的老百姓也感到了越来越压抑的气氛，不安的情绪在日益增长。各界有头有脸的人士不断找到魏天雄打探目前局势变化，均被魏天雄认真而耐心且充满信心的说辞打发了回去。哄骗一次两次可以，若是三次就不会有人相信他的话了，那时候城内民众的情绪恐怕就难以控制了。魏天雄便给保定绥靖公署发电报请求派军队前来解围，得到的回复是几句安慰和责令他坚持的话。懊恼之余他又越级向国民党北平行辕发电报寻求解困，却杳无音信。他也明白，目前北平和保定的局势也很紧张，国军不会为了解救一个保安团而冒巨大风险。就在魏天雄苦恼之际，他得到了一个天大的好消息。这天上午，忽然接到一封保定绥靖公署发来的电报，告知他北京行辕向南京国军总部汇报了元龙县城面临的军事态势，蒋委员长惊讶于在华北冀西南遍布赤色的地区尚有一座石头城，还由一支国军的杂牌队伍坚守着。感动之余，决定把这支队伍当作一把插在共军腹地的尖刀使用，在必要时起到搅动冀西南乱局的作用。为此，蒋委员长特责令北平行辕并通过保定绥靖公署将他签署的一封给魏天雄的委任状及一批战备物资尽快空投到元龙县城，空投时间是今天下午，要他注意接受。他一时怀疑这封电报的真实性，如果说空投些战备物资尚可相信，但要说以国民政府军事委员会委员长之尊，给他这个乡野村夫出身的杂牌保安团团长签发委任状，就让人匪夷所思了。但他又不得不怀揣着强烈的好奇心，盼望着后晌飞机空投那一刻的到来。

按照预定计划，后晌魏天雄在国民党政府县长张雪庵的陪同下，前后簇拥着一个班的卫兵，深入街巷体恤安抚百姓，每户发放点儿钱票，随即讲几句国军一定能打败共军一类的话。民众的反应很冷漠，不管是国军还是共军统治，他们不愿意再起战火，不愿意再经历生灵涂炭、生离死别的恐惧。魏天雄在跟老百姓说话时因为有心事而不时走神，所说的话往往语焉不详、词不达意，甚至前言不搭后语，让听者不知所云。他的心思大都放在了飞机空投一事上面，两只耳朵在高度探听着空中传来的轰鸣声，但是那种声音却始终没有出现，以至于他怀疑自己的耳朵听力出了问题，便不时抬头瞭望一下天空，希望能够看见飞机的身影，而每次都令他失望。就在他烦躁不安时，忽然一阵细微的“嗡嗡”声传入他的耳朵，声音渐渐由弱变强，不一会儿就变成了连片的轰鸣。魏天雄立刻终止了对老百姓的安抚活动，带着手下快步来到一块视野开阔的地方，所有人都仰头专注着北边的天空。约莫一袋烟的工夫，四架飞机编队出现在了天际，它们吃力而缓慢地向南飞来。这样的场景半个多月来对老百姓已经习以为常，他们以为又是国民党的飞机在执行轰炸共产党在石门的军事和经济设施任务，都没太在意。可是飞机的轰鸣声越来越响，飞的距离越来越近，县城周围的老百姓感到新奇，不禁抬头探望天空，看到四架飞机后边又出现了四架，它们似乎忘记了折返，以相同的姿态向县城飞来，这就更让不明就里的老百姓感到蹊跷。往日他们看到的机群都是在目力所及的地方折返回石门再向轰炸目标投放炸弹，今天不同，飞行不但越飞越近而且高度越来越低。前四架飞机在临近县城时，突然像羊拉屎一样从机腹里连续不断掉下一串东西，随着惯性呈四条线斜飘下来，全都准确无误地落在了城里。后边的四架飞机也同样抛下来不少东西，也都落在了城里的不同地方。没有人注意飞机的返航情况，所有人的注意力都集中到了从飞机上投下来的东西。老百姓双手揣进棉袄袖筒里围观从天而降的一个个硕大的包裹，没人敢据为己有，他们知道这是军需品，是魏天雄哩东西，如果染指会招致灾祸。

保安团的士兵迅速把空投的物资集中到了谯楼东侧警察局一间宽敞的屋里，在魏天雄的监督下一包包打开，按照类别把枪支弹药、罐头食品、药品、钱币等分列开来。这些物资都是魏天雄急需的，但他更想得到另外一样东西。军需官和几个卫兵仔细找寻了一番之后，终于在装着一支精美的勃朗宁手枪的黑皮箱里看到了一个宽幅牛皮纸信封。封皮正中收信人栏用毛笔楷体竖写着“魏司令天雄启”字样，左侧下款是印刷的红色楷体“国民政府笺”字样。一个警卫双手郑重地把这封信交给魏天雄，收信人同样郑重地双手接过，他端详着“司令”二字，心脏骤然加快了跳动，便小心翼翼地开启了信口，抽出对折的委任状，打开来，但见在黄框里从右向左自上而下用毛笔书写着几行楷书：

国民政府军事委员会任职令

兹任魏天雄为河北省石门市剿匪总司令兼石门市市长此令

委员长　蒋中正

后边是任命年月日和蒋中正及国民政府军事委员会的两方印章。

魏天雄如临梦境，他努力警醒一下自己：这是事实！他的心脏跳动得更快，两只手微微颤抖起来。他做梦都不会想到，一方是中华民国的最高统帅，另一方是深陷共军包围中的杂牌军保安团团长，一个居庙堂之高，一个处江湖之远，两者未曾谋面互不相识，竟在这非常时期通过一纸委任状把彼此联系在了一起。魏天雄认为这是蒋委员长对他在石门这方土地上所应承担的使命的托付，他为此而感到无比自豪和荣耀，有这一纸委任状他这辈子就满足了，死而无憾了！魏天雄把委任状递给张雪庵，后者双手接过来看了一遍，暗自叫苦不迭，心说这分明是蒋介石给魏天雄的催命状，这下好了，魏司令更会义无反顾地跟共产党干到底了，自己裹挟在其中更难以逃脱了。但他装出激动的样子遮掩住自己的忧虑，把委任状大声念了一遍，让在场的每个人都知道从现在起魏团长已经变成了魏司令。这点谄媚还不算，他向魏天雄表示要让全城的人都尽快知道这个喜讯，好鼓舞起每个人的斗志，这就去组织人员上街宣传。说完张雪庵将委任状双手还给魏天雄，领着自己的两个幕僚走了。

张雪庵的恭维让魏天雄很受用，叫老百姓都知道，蒋委员长的这一任命使他成了这片土地在名誉和地位上没有能超越自己哩人了。但他很快从忘乎所以的精神状态中挣脱出来，他意识到自己戴着蒋委员长送给的“高帽”绝不会轻松，需要给党国承担起一份责任并为之赴汤蹈火才能相称。这是一场交易，但他乐意是交易的一方，哪怕自己落个粉身碎骨的结局也心甘情愿在所不惜。极度兴奋后的心情往往是怅然、失落和沮丧，这几种情绪很快袭上了魏天雄的心头，他的心情瞬间变得沉重而压抑，眼前越来越紧迫的困局需要他彻底抛弃任何虚妄之念想，全身心地投入应对才有一线自救的希望。他命令军需官除钱币外其他物资全部入库，将这两大箱铸有蒋中正头像的银圆和三大口袋法币悉数平均发放给所有官兵。

在太阳落下西山时，张雪庵组织的宣传队，用缴获的日本人的广播车在几条大街上来回广播了几遍蒋委员长颁发给魏天雄的委任状内容，全城尽人皆知，让一些人看到了一点儿摆脱目前困境的希望。官兵们手里握着刚发放的银圆或纸币，心里多少生出了些对蒋委员长和魏司令的感念，增长了准备血战到底的激情。

城外，解放军掘进坑道的速度在加快，每个坑道口都有几架用纺车改造成的风扇，由几十个士兵轮流昼夜不停地往坑道里摇扇送氧，一筐筐的土从坑道里传递出来，堆成了一座座小山。一个昼夜掘进十几米，照这个进度不出几日就挖到了城墙的地基下边，乐观的情绪充斥着整个部队，很少有人会想到对手已经采取了针锋相对的防范措施。挖到第五天时有几个坑道先后和保安团挖的地道相贯通，随即遭到了对方投掷的石灰、辣椒面和施放的烟雾、毒气的袭击。作业的工兵反应迅速，强忍着难挨的痛苦，迅速用土封堵住来袭的毒物。事先在坑道侧翼设置的通气孔发挥了很大的作用，大部分毒物排出了坑道，但还是熏倒了十几个工兵。

看来对方探测己方的坑道位置异常准确，再这么挖下去一定还回遭遇不测，必须改变挖掘方式，首先降低声音，让对方探听不到作业方位；再是避开对方的地道，继续深挖，从壕沟下面抵达城墙根，不动声色地完成爆破准备工作。经过战术调整和工兵短暂的休整，又开始了坑道挖掘。为了不被对方测听到主坑道的施工声音，工兵用圆铲和刺刀一层层地刮土，延伸和拓宽坑道。用几条辅助坑道发出的声音，把对方吸引过来。这一招果然奏效，双方围绕辅助坑道开始了斗法，给主坑道施工创造了安全环境。为了能精准地将爆破点设置在城墙的地基下边，工兵营营长请炮兵用炮镜测量出精确数据提供给施工的工兵。

城内的保安团和城外的解放军，围绕着几条贯通的地道施展攻防的戏码无疑给城内的财主们和老百姓造成了恐慌。每个人都清楚，这样相持的局面不会持续长久，百密一疏，不知何时这座坚固的城池就会被解放军炸开几道口子，攻城的部队和密集的炮火就会迅猛地从四面八方铺天盖地而来。炮弹不长眼，生与死就在须臾间，逃跑不可能，躲到地下是唯一保命的办法。不管穷富，每家每户的男人们都在大动土木，挖掘、加固地窨子，好让一家人有个避难之所。女人们则一锅接一锅地蒸馍、烙饼、贴饼子，以备不时之需。老百姓除了躲避攻城部队的炮火，还要防备守城官兵的侵扰。古往今来，有太多的事例证明，面对重兵围困的强大压力，守军中的绝望官兵往往会做出疯狂举动，侵犯女人是最普遍的事情，所以大多数人家都是大门紧闭，严禁女人抛头露面。如此一来，城里的大街小巷难得看见女人的身影，就是男人出来办事，都是匆忙的脚步。县城延续了几百年的逢农历三、五、八、十的集市自行消失了，整座县城笼罩在高度紧张的氛围中，压抑得人们透不过气来。

守城的保安团士兵，承受着更大的精神压力，因为战事一开，他们首当其冲要面对猛烈的炮火轰击和惨烈的厮杀。不是伤亡就是被俘，以后不会有好日子过了。人生在世，及时行乐，身处这样的关口更应如此，有少数胆大妄为之徒，完全把魏天雄给他们定下的严禁骚扰城内百姓的警示抛到了脑后，偷偷干起了罪恶勾当。他们已经玩腻了明妓暗娼，良家妇女成了他们猎艳的目标。这几个夜晚，不断有鬼祟的黑影翻墙进院寻找目标。大财主家他们不敢去，财多势大怕惹火烧身，去的都是位卑势弱的寻常百姓家。

因为每家每户都有防范，虽没有士兵得逞，却搅得人心惶惶。今天一大早又有主家通过各种渠道把受到士兵侵扰的情况报告给了魏天雄。这让魏天雄大为光火，眼下正是需要全体军民众志成城抵御共军之际，此种行为扰乱军心民心，为军纪民意所不容，他下令严查夜闯民宅之徒，格杀勿论。命令刚传达下去，忽有谯楼下的警卫来报，说有尼姑庵的一群尼姑在楼下哭啼着要见魏司令，魏天雄大惑不解，问因何事？警卫报告说昨夜有士兵进入尼姑庵奸淫了一个姑子。魏天雄闻听大怒，即刻下楼接见前来报案的尼姑。魏天雄信佛，出家人在他的心目中神圣而高洁，他们能够抛开人世间的恩怨和纷扰，到一方净土寻求一份修身养性的宁静之所是他曾经有过的愿望。可是他做不到，凝结在他心里的恩怨太多太强烈，他无法抛弃掉，缘于此，他敬佩和羡慕那些出家的男人，从此断绝了尘世间的仇恨和苦恼。而这些剃度为尼的女人更是经历了不堪的命运才横下心，斩断种种欲望，静心修行已实现她们永恒的幸福。可是自己的士兵竟在这种圣洁之地侵犯了虔诚信佛的女人，佛祖和老百姓都会把罪责加在他魏天雄的头上，自己死后的灵魂无法得到超度是他最害怕的事情。他把尼姑们恭敬地请到谯楼北边东侧警察局的一间屋里，传来警察局长一同倾听受到侵犯的姑子诉说昨夜发生的事情，并询问了作案者的一些特征，掌握了破案线索。魏天雄给保安团军法处处长和警察局长下了死命令，必须当天破案，同时向受害者保证一定严惩凶手。得到安慰的受害者啼哭着向魏天雄表示了感谢，和同伴们返回了坐落在东街的尼姑庵。

奸污尼姑的士兵前半晌时就被排查了出来，军法处处长和警察局长带一干人押着该士兵到尼姑庵指认了作案现场，并经遭受侵害的尼姑进行了确认。案件就此告破，军法处处长向魏司令请示如何处置这个士兵。愤怒的魏天雄本想用自己的剑结果了他的性命，但是基于目前紧张的局势，那种残忍的场面会给官兵们的心理造成更大的压抑，枪毙是最好的办法。军法处向全体官兵通报了该士兵所犯罪行后，正午时分，在谯楼西侧的十字路口，在众多老百姓和军警的围观下，作奸犯科的士兵被五花大绑执行了枪决。

这一安抚百姓、警示官兵的举动，对缓解城里紧张而压抑的氛围起到了一些作用，街面上的人渐多起来，只是行色依然匆匆。

挖坑道的解放军工兵突然停止了施工，让与之斗法了几天的保安团一时摸不着头脑。但很快就有官兵反应过来，知道上了对手的当，解放军采取的是明修栈道暗度陈仓的计谋，用几条假坑道迷惑了他们，真正用来爆破的坑道或许已经挖好，让城墙冲天而起的大爆炸随时可能发生。对隐藏在地下看不见听不到更摸不着的对手，心里自然就生出了恐惧，而且愈来愈强烈。保安团的官兵如此，时刻关注局势发展的财主们和平民百姓同样如此。整个县城又充斥起令人窒息的空气来，逼迫得人们的精神几近处于崩溃边缘。

夜幕降临，终于有人承受不住内心无法释放的压抑，产生了不顾一切赶快逃出城外的强烈欲望。这种欲望，守城的官兵有，大小财主有，平民百姓也有，他们没有心思再去顾虑出逃时的风险和逃出城外被解放军抓住后可能遭遇的不测，他们认定了一点儿，就是摔死饿死冻死在城外，也比憋死炸死闷死在城里强。他们开始行动了，要逃跑的人找机会上得城墙，趁巡逻的士兵不留神，把提前准备好的绳索套在城垛上，一抹身便溜出了城外。巡逻的士兵对此种情景装作视而不见，其实他们已经被逃跑者用金钱贿赂了，只是对没有财力的平民百姓严加禁止。

这一现象很快被夜半到城墙上巡视的段永福发现，在东城墙上他用手枪击毙了两个偷逃者后，立即派人去向魏天雄报告，自己带着几个卫兵沿着城墙快步巡查，阻止再有人逃跑。当他巡查到北城墙时，在朦胧的月光下，远远看见一个人正探出身子往外侧城垛上缠绕绳子，此人的身影像极了他的二弟段永禄，他虽然不相信那是二弟，但出于慎重没有贸然开枪。他紧跑几步来到此人跟前，令他大吃一惊，此人果然是二弟，恼怒得他一把将段永禄拽到城墙内侧，压低声音喝问道："不在家伺候爹，半夜三更到这干什么？快回去！"段永禄用恍惚而冷漠的眼睛看着段永福，似乎与他没有任何亲情关系，默不作声。自解放军重兵围城以来，段永福还没有回过家，以为二弟每天仍旧炕前椅后地围着爹转，没想到在城墙上碰上了他，看这架势也是想逃出城外，岂有此理。段永福哪能知晓段永禄的心理，自从夏天从贞村逃到城里，半年的时间他和家人一直就在这座戒备森严的城池里待着，再也享受不到炎热时到潴龙河里耍水摸鱼捞虾、秋凉时去西山摘石榴吃柿子、冬日里扛着土枪领着黄狗在野地里追撵野兔的乐趣了，日复一日重复着枯燥而单调的生活，烦闷的心绪与日俱增。更加令人不安的是，本就重兵压城城欲摧的解放军，要用地下爆破方式炸开这座城池，惊天动地的爆炸随时都有可能发生，这无疑给段永禄的心理又增添了一份紧张和恐惧，压迫得他快要疯了。今天黑夜是一家人第三天下到地窨子里睡觉，二十多口子挤在一起，原本宽敞的地方变得十分狭小。家人在一盏跳动的昏暗的油灯照射下陆续进入梦乡，段永禄仰面躺在铺上却无法入睡，两只眼睛呆呆地望着低矮的顶壁上晃动的灯影，漫无目的地胡思乱想着，过这种日子简直和老鼠没什么区别，解放军哩一个炮弹落下来这地窨子就变成了埋葬他们哩坟墓。他越想越害怕，顶壁上晃动的灯影迷乱了他的心智，仿佛地窨子马上就要坍塌下来似的，他必须离开这里，逃出这座密不透风哩城池。他翻身起来，没跟家人告别就登着木梯出了地窨子，在院里找了一根绳索就出了家门，来到距离最近的北城墙，沿着城坡盘道走上了墙顶。负责把守这一段城墙的一个连长认得段永禄，他不敢阻拦段副司令的亲兄弟，任由这个不速之客独来独往。段永禄对哥哥的训斥既厌恶又惊恐，他害怕再回到憋闷的地窨子里，便奋力挣脱开束缚他的手，连垂吊在垛口外边的绳索都顾不得去抓，一头栽了下去。外城墙下随即传来沉闷的跌落声和一声惨叫，便又恢复了平静。段永福料到二弟凶多吉少，心里既痛恨且怜惜，静默片刻，最后鄙夷地自言自语道："胆小如鼠，没叫共军打死倒给吓死了，活该！"

段永福带着手下继续往前巡查，不时听到远处城墙上传来果决而清脆的枪声，他判断这是有人在对付偷逃者，除了魏天雄不会有人如此决断。这激起了他更强烈的杀心，目力所及，但凡看到行为鬼祟的人不问二话便举枪射杀。在城墙的西北角，段永福迎面碰上了双手各握着一只闪着亮光的勃朗宁手枪的气势汹汹大步走来的魏天雄，几个卫兵碎步小跑着紧随其后。刚才魏天雄听完段永福派去的人报告情况后，旋即抓起蒋委员长赠予的手枪就下了谯楼，他刚登上东城墙就看见有人在南边的一个垛口外牵着绳子正往下坠，甩手一枪结果了那人的性命。他沿着东城墙走过南城墙和西城墙，不时地遇上一个或几个逃跑者，除了平民外，不乏士兵和各级军官，都成了他的枪下鬼。段永福气恼道："没想到这么多人逃跑，站岗放哨哩都叫买通了，俺去调些兵来，把住各城墙梯口，一个人不叫上来。”魏天雄否决道：“叫那些该死哩人都来吧，咱手里的枪有哩是子弹，把那些累赘都清除掉才好哩。”这话给段永福增添了劲头，他挺挺胸呼应道：“好主意！俺就在城墙上转一宿，不管是谁，只要逃跑就要了他哩小命。”魏天雄不再言语，抬脚拐向北城墙向东走去，段永福顺着西城墙向南而去。

这一宿城墙上的枪声不断，直到天亮才停息下来。城墙下到处可见逃跑者横七竖八的尸首，一摊摊冻结的黑红的血液在初升的太阳照射下泛着阴森的光。一个个企图逃出这座城池精神崩溃的生命，就这样毫无尊严地暴尸野外。魏天雄命令段永福把昨夜站岗收受偷逃者贿赂的官兵，一律格杀勿论。他随即开始巡视各处的防御工事，对严守岗位的官兵不吝赞扬之词，并承诺给予奖赏。官兵们都知道他们的司令昨夜在城墙上干的事情，对魏天雄敬畏之余，意识到没有了任何退路，只有铁了心拼死一搏尚有一线活命的机会，他们纷纷向魏天雄发誓流尽最后一滴血与城池共存亡。魏天雄巡视完全部防御工事到了晌午时分，他疲惫地回到谯楼上，就着一只烧鸡喝了一嗉烧酒，眼前的紧张局势一触即发，不容他有任何倦怠，和衣躺在沙发上抓紧时间歇息片刻。他忽然急切想做个梦，渴望梦见那飞龙询问这场战事的胜负和自己命运哩结局。他很快沉入梦乡，并且梦想成真，飞龙出现在了面前，惊喜中他顶礼膜拜双膝跪倒在地，仰望着飞龙说出了求解的问题。飞龙斜视着他，并不答话，把头向右一甩便消失了。魏天雄看出来飞龙对他有了成见，用这种蔑视的态度对待他。但他仍有所悟，顺着飞龙甩头的方向走去，不一会儿来到了槐河北岸，远远地看见在一棵古老的槐树下安卧着一头红褐色石头样的雄健的巨牛。他意识到自己遇上了那只传说了千年的神奇而祥瑞的卧牛，便无比兴奋地快步走过去，想看看它的真容。自他懂事时就知道谁梦到这只卧牛，谁就会有好运降临，他以为这是上天在自己深陷绝境时对他的眷顾，借这只神牛之力帮助他摆脱困境。就在他走到卧牛跟前，准备给神牛行三叩九拜之礼时，卧牛突然以雷霆万钧之势愤怒地站立起来，瞪着两个铃铛大的眼睛盯视他片刻，随即仰起脖张开嘴从喉咙里发出一声摄人心魄的长哞，挺着两只巨大而锋利的牛角向他狂奔而来，吓得他转身就跑。他真切地意识到传说中的那只卧牛不但现了形，而且还灵魂附了体，可是他不明白能给人带来好运的神牛为何要置他于死地？他从惊吓和疑惑中醒来，出了一身冷汗，起身坐在沙发上心神不宁地喘息着，琢磨着梦的意境。他终于恍然大悟：这神牛是这座城池哩化身和灵魂，解放军在城墙下的坑道中一定安置好了炸药，神牛知道了自己的身躯距它粉身碎骨的时刻不远了，这是在警醒他赶快投降解放军，避免城毁人亡哩惨剧发生。莫非卧牛城真哩保不住了？城外异常宁静的氛围让他嗅到了一场惊心动魄的战斗即将打响的气息。他的内心焦躁不安起来，他不是因为怕死，他是怕一旦炸毁了城池，不只得罪了神牛，连城隍爷也要怪罪他，如此他便不会得到冥冥中神力的庇护。得赶快给神牛和城隍爷上供，祈求神家助力他的部队不但要抵挡住解放军的攻击，直至能够扭转乾坤，彻底消灭这部分解放军。有朝一日假使他能以石门市市长的身份行使权力，一定为这神牛铸一尊雄伟哩铜像，并将城隍庙修缮一新。这梦给他的警醒让他生出了一丝绝处逢生的幻想，他立即派人去筹办供品，随后给县长张雪庵打了电话，叫对方一同去给城隍爷和神牛上供。魏天雄认为，祈求阴界的县官庇护，必须有与之地位相对应的阳间的县官对其表达敬意才行，这是不可缺少的礼节。同时，有他这个地位更高的石门市市长前往祭拜，或许能感动城隍爷。

张雪庵这些天深陷苦恼和心神不宁之中，整天待在县衙里发愁。他心里明白这县城终究是要落到共产党手里，便提早思谋应对这种情况的准备，以能保住自己和家人的性命。他拿定主意，要顺势而为，决不能再跟着魏天雄和共产党死拼了，能降则降，一家老小断不能毁在自己手里。可是解放军攻破城池后，人家又如何能饶恕自己这个双手沾满了共产党人鲜血的仇敌呢？在他感到迷茫之时，魏天雄的电话让他恍若看到了一丝希望，自己无力回天，或许城隍爷能在冥冥之中施展魔力给他一家人提供保护。他迅速带着几个幕僚从县衙出来，在谯楼下与一袭便装的魏天雄等人会合，前去坐落在城池西北的城隍庙进贡拜神。

街上异常冷清，除了匆忙行走的官兵外，看不见一个老百姓的身影。城隍庙前更是一片清净，没有了往日人们前来烧香求神熙来攘往的热闹景象。人们似乎嗅到了战火迫近的气息，都躲在家里听天由命。魏天雄走在前面，来到城隍庙前的石牌坊下，他不由自主地停住了脚步，抬头仰望着俗话说的“鬼门关”。人们世代信奉亡者的灵魂手持盖有阎王爷和城隍爷印章的路引，到“鬼门关”接受阴司的检查无讹后，方能入关，方能投胎转世，否则只能变成孤魂野鬼四处游荡。因此无论穷人还是富人时常带着自己最虔诚的感情走过此门，进入城隍庙给阎王爷和城隍爷烧香磕头，为自己的来世提前打通关隘是他们的目的之一，以提早获得心灵的满足和安慰。俺魏天雄今天过这“鬼门关”是在为来世做准备吗？他在心里反问自己。他无以回答这个问题，是与不是，都不是他想要的答案。他的目光扫过刻在石牌坊两侧立柱上的一副楹联：为善不昌，祖辈有余殃，殃尽必昌；作恶不灭，祖辈有余德，德尽必灭。这副他年少时就熟稔不过的对联，时至今日他都理不清自己这辈子做的那些纠缠在一起的善事和恶事，与他现在的命运是怎样复杂的因果关系，不知道他的人生结局到底是归于上联还是下联的表述。此时此刻站在这里，每个人的心事各不相同，但都超不出生与死的范畴。魏天雄此时的心情急迫，没时间细思量那些问题，他将目光从石牌坊上收回，率众人迈步走过“鬼门关”。一行人进得城隍庙大门，穿过连接三进院的廊庑，偶见一两个年轻道士，均是神情惊慌、脸色凝重，都在忙着收拾各自的东西，准备逃避随时可能降临的战火。一干军政要员走入大殿，昏暗中看见一个老道士盘坐在城隍爷高大塑像下面右侧的蒲团上，神态自若、心无旁骛地在闭目念经，骤然袭来的一阵杂乱的脚步声也没能扰乱他专注的心境，他已经完全屏蔽掉了纷扰的世事而一心修道。塑像下边的供案上跳动着几支香烛，使得大殿显得更加幽静。魏天雄对这个老道士气定神闲的定力肃然起敬，他不想打扰老人家修行，更不想破坏这份幽静，只用眼神和手势指挥手下把三个猪头、三坛酒和三包点心放在供案上。随后他和张雪庵先后就着烛火各点上一束香，俩人错着一个身位双手捧着，面对威严而慈祥的城隍爷塑像深深地三鞠躬，后边的一排人随着他俩一同行礼。魏天雄和张雪庵把手里的香插在香炉里，退后几步，仍按先后之位对着城隍爷塑像直着腰板跪下来，眼睛凝视着神像的面容，双手合十，嘴里念念有词地颂扬城隍爷和卧牛神明，祈求两位神家帮助他们保卫住城池，不叫解放军攻打下来，如果应验，他们日后定会大兴土木修缮城隍庙并为卧牛塑一尊巨像。俩人说完诚恳的话语，正要行九叩之礼时，大地突然剧烈地颤抖起来，把所有人都掀翻在地。大殿摇晃着，城隍爷的塑像前仰后合几乎要从高台上掉下来，支撑大殿的梁柱和框架发出“嘎吱嘎吱”的声响。大地颤抖未停，随之传来“轰隆隆”一阵巨响，震得每个人都魂飞魄散。整个过程大约持续了眨十几下眼皮的工夫，对魏天雄而言仿佛陷入了漫长的恐惧、焦急和痛苦的隧道之中。他知道这是解放军坑道爆破发挥的威力，城墙再坚固或许已经被炸开了几道缺口，解放军的攻城部队或许已经蜂拥而入。他极力想从地上爬起来，冲出大殿去应对这突如其来的情况而不能。在他连摔了几跤后，大地终于平复下来，他也终于站稳了脚跟，对仍未从东倒西歪、头晕目眩中完全清醒过来的下属歇斯底里地吼道：“共军动手了，赶快迎敌。”话音未落，他从腰间发出手枪第一个冲了出去，手下人紧随其后跑出了殿门。大殿里恢复了原来的宁静，老道士用他功力高深的定力，抵抗住了这猝然的爆炸对其身体和内心的影响，始终盘坐在蒲团上，继续他的修行。

魏天雄来到院里，看到原本清朗的天空，现在已经被县城四周升腾起的几道巨龙样的黄色烟柱所遮蔽而变得昏暗。烟柱仍在向上翻腾，而裹挟在里面的无数石块和几百具在城墙上防守的官兵的尸首则纷纷往下跌落。弥漫开的烟尘掩盖住了如血残阳的光芒，空气中充斥着浓重的土腥气和硝烟的味道。他惊讶于解放军坑道爆破的威力，却不知道这是用几十具棺材装了三十吨黑色炸药，分别安放在西城门南侧、南城门、城墙东南角、东城门北侧和城墙东北角下的五处坑道里爆炸后的结果。他清晰地听到了攻城的解放军战士从炸开的城墙缺口处排山倒海般冲杀进来的呐喊声。战斗开始了，他抖擞精神率领自己的卫兵向枪声最密集的西门南侧的方向跑去。张雪庵趁机溜回了县衙，照料家人去了。

双方的攻防战打得异常激烈，攻城的解放军官兵尽管在战前动员时被告知，这些守城的由各县保安团和土匪组成的地方武装大都是亡命之徒，具有顽强的战斗意志，千万不可轻敌，每个人都是以打恶仗的思想准备投入战斗的。但是一交锋，对手还是让他们大吃一惊，这支非正规部队远比跟他们打过仗的国民党正规军要强悍，他们在五个缺口处就跟守军展开了激烈的战斗。城墙上和城墙里面的守军凭借着居高临下和隐蔽的碉堡，用猛烈的火力阻挡着解放军攻城部队进入城池。进攻者每前进一步都要付出极大的代价，在后面运送弹药、救助伤员的支前民兵和民夫，也有不少伤亡。保安团的官兵都明白他们如果失败将会是怎样的后果，置之死地而后生的信念激发了每个人最大的潜能，他们疯狂地反击，一次次让解放军的进攻部队受阻。

魏天雄冒着弹雨跑遍了五处爆破口，每到一处他都投入激烈的战斗中，受到鼓舞的部下各个勇气倍增，把生死完全抛到了脑后而殊死抵抗解放军的进攻，再加上从遍布街道的暗堡中射出的子弹，有效地阻挡着进攻者的推进速度。解放军采取抽丝剥茧的办法一个一个地清除守敌的火力点，一步步向纵深推进。天黑下来时，解放军才清除了城墙上的三道火力网以及墙内的暗堡，大批部队涌进了城里，双方随之展开了巷战。

时间缓慢地把战斗带入了深夜，但是战斗愈加激烈，各种枪声和手榴弹的爆炸声，以及双方的喊杀声交汇在一起，充斥着整座城池。朦胧的夜色中交织着无数条子弹的飞行轨迹，闪烁着一团团手榴弹爆炸的光亮。

段永福起初指挥着保安团一个营的兵力在南城门与解放军的一支部队周旋，他的人马大量伤亡后身边只剩下了一个连的士兵，不得已边反击边向城内撤退。令他恐惧的是追剿他的这支解放军部队，认定他是保安团的头领，紧紧咬住他不放，破墙贯院，进攻异常凶猛，照此下去他很快就会成为对方的俘虏。而更令他恐惧的是，他段家在县城的祖业，眼看就要落入共产党之手，这万贯家产连同他几十年来为之付出的所有心血全都成了为他人做嫁衣的“功劳”。决不能让共产党轻易拿去，拼死也要保护自家哩财产，段永福指挥剩下的一个排的兵力迅速向身后不远处的东街的家撤去，他要在那里跟解放军进行最后决战。段永福命令手下跟着他撤退，凭借着他对这带地形的熟悉，带领手下钻小巷甩开了追剿部队一段距离。他们气喘吁吁跑到段家，发现大门紧闭，便搭人梯翻进高大的院墙进得院里。硕大的院落寂静无声，段家几十口人早就躲进了几个地窨子里。段永福这伙人还没喘匀气，就听到外边传来解放军追剿队伍浑重的脚步声。在下玄月的微光映照下，墙头上很快出现了几个解放军战士的身影，双方激战又起，段永福的手下人很快死了大半，剩下的人弹药将尽，已没有心思继续抵抗下去，便各寻退路，四散逃去。段永福此时成了光杆司令，他贴在一个墙角打出最后一颗子弹后，不甘心却无奈地溜到了他爹这股人居住的后院，要藏身于西耳房下面的地窨子里。在他掀动覆盖地窨子洞口的石板时，吓坏了藏在里边的几十个家人，以为是解放军发现了地窨口，他们在黑暗中紧靠在一起，屏息静气不敢发出一点儿动静。段永福在钻进洞口时低声自报了姓名，家人才松了口气，纷纷用细微的声音，七嘴八舌地询问外边哩情况。段士修担心嘈杂的声音乱了大家的方寸，低声呵斥道：“都别出声，听永福说。”地窨子里立刻安静下来。段永福顺着声音摸到爹的身边坐在地铺上，两只手攥住爹的一只手绝望地低泣道：“完了，咱家彻底完了……”一家人不禁发出一阵末世降临的唏嘘。段士修沉默片刻，忧虑地对段永福说道：“共产党不会把俺们怎么样，他们在乎哩是你，你得想法逃出去。”段永福嗯了一声，即刻动手“嗦嗦”地脱下身上穿的保安团的整套军服，家人在黑暗中给他凑齐了一套老棉衣和鞋袜穿上，装扮成一个农人的模样，等待混出城外的时机。段士修确认大势已去，不幸验证了飞龙在梦里说给他的话。几天前他渴望多日，终于梦见了那神物，拜求飞龙预测段家的前程，飞龙既可怜又可悲地讥笑他道：“逆大势而为，将一无所获。”这句话让他的痛苦日甚一日，现在精神几乎要崩溃了。

解放军很快占领了这个院子，他们把所有的房屋搜寻了一遍，地面上没有发现抵抗者，大部分官兵继续向北挺进追剿逃跑的敌人，留下一个班的兵力负责清剿可能隐藏起来的残敌。

魏天雄指挥的两个保安团在解放军东、西、南三面部队的挤压下，龟缩在了城池北边的一方区域内，仍在顽强抵抗。但在数倍于己的解放军兵力攻击面前，他们的抵抗仅是延缓一会儿彻底失败的时间而已。随着解放军三面兵力不断向内推进，保安团设在谯楼上的指挥部被占领了，县衙也很快失守了。这样的局面再抵抗下去不但徒劳无益，而且很快就会陷入重重包围之中，魏天雄决定从北城墙突围出去，只要留得一条性命，日后不愁没有翻盘哩机会。他命令身边的两个营长继续指挥部队抵抗解放军的三面进攻，自己抽身率领十几个卫兵迅速向北逃遁。他们绕过城隍庙，穿过一座高大的石牌坊，沿着通往北城墙的盘道拼命向上奔跑。

魏天雄气喘吁吁上了城墙，在卫兵的簇拥下穿过建在城墙上的真武庙前的甬道向东北角跑去，他想从被解放军炸开的缺口处逃走。跑到那里却看见自己的部队正在跟解放军的围城部队激战，从城下飞来的密集子弹和手榴弹，一层层一片片地把他的士兵撂倒。周彪制定了东西南三面进攻、北面围堵的攻城战术，为的是给敌人留一条突围之路，以减弱守敌抵抗的意志。这个战术发挥了瓦解守敌的很大效力，不想战死的保安团官兵都跑过来要从这里逃出去，可是在城外围堵的解放军部队不会给他们逃跑的机会，一阵迎头痛击把他们打得晕头转向。看来这条路走不通，魏天雄带领卫兵折回到真武庙，另寻突围办法。

这真武庙由三间北屋和东、西各一间耳房组成，庙里供奉着道家“北极镇天真武玄天大帝”塑像。县城无北门，在北城墙正中筑建此庙，弥补了城池缺少北极玄武一象，有了镇守北方的神灵，与东、西、南三个城门上的门楼组成东青龙、西白虎、南朱雀、北玄武的四象，加上城内的城隍庙，形成了金木水火土阴阳五行。所有这些建筑和其包含的寓意，都是先人挖空心思，为了给所属县邑的子孙后代降福避祸的良苦用心。真武庙前有两座木坊，上边挂着两块雕刻着“河阳胜概”“芳径通玄”的匾额，与盘道下边石坊上题刻的“徐步天衢”“别有天地”“天台仙境”匾额，其意境上下呼应，融为一体。庙的周围遍植树木，曲径清幽。沿盘道拾级而上意为通向北极之境，久而久之，民众便把真武庙称之为“小北天”。历代文人骚客都喜好登临此处，站在全城的最高处凭高远眺、咏诗抒怀。这里也是魏天雄自小挂念于心的地方，在县城这些年他多次前来追远思今、回味自己的一生。他更是对这些牌匾上的题刻情有独钟，每次前来都会在每一块牌匾前驻足仰视片刻，琢磨题刻所表达的幽深含义，而每一次都会有新的感悟。现在他以穷寇的身份仓皇逃奔到这里，再没有从前那种“徐步天衢”的闲散步履和心态去感受这“别有天地”的“天台仙境”了。不仅如此，“河阳胜概”也将告别于他，他再没有机会于清晨游走在城墙之上，去领略辽阔的田野、参差的村落，和一轮朝阳放射出的灿烂无比的光芒，斜照在波光粼粼的槐河之水以及河之北的这座雄伟的石城上的美景了。唯一眷顾他的或许只有“芳径通玄”，那是在他的生命即将终结的瞬间，他的灵魂游荡在花间小径上，花的芬芳引诱着他的灵魂到达命理之玄门。上天堂还是下地狱，就由他这辈子的善恶之业缘去决定了。

不等急得团团转的魏天雄想出逃脱的办法，解放军的部队已经消灭并俘虏了大多数负隅顽抗的保安团残敌，把真武庙围了个水泄不通。此时的枪声和手榴弹的爆炸声稀落了下来，躲藏在庙的北屋里的魏天雄听到外边一个熟悉的声音喊道：“魏天雄，你走投无路了，赶快投降吧。放下武器或许还有一条活路，继续顽抗只有死路一条。”魏天雄听出那是吴常的声音，一路逃来怪不得总感觉身后有一股如影随形哩神兵在穷追不舍，原来是自己哩苦主一直在跟踪着他，有这样一个对手看来今天是逃不脱了。他忽然命令十余个端着盒子炮透过门窗向外打枪的卫兵停止射击。卫兵连长一边射击一边不解地问道：“为什么？拼一个赚一个。”魏天雄解释道：“魏某认命了，某家大限已到，俺不想叫弟兄们赔死，你们放下武器投降吧，留一条命和家人团聚，好让魏某积一点儿阳德，不至于死后受恶鬼哩折磨。”此时，他也在想着自己的家人，他现在很赞赏儿子魏小虎当初走的那条路，那是一条活路，他的结发妻子因此有了依靠，他不放心的是小老婆和幼小的女儿，娘儿俩以后靠什么生活，这是他最牵肠挂肚的问题。想到此，悲从心头起，不禁为娘儿俩的命运叹息一声。卫兵们听出了他的心事，他们明白魏司令留下来是要杀身成仁，想起魏司令平日待他们不薄，决不能把魏司令一人搁在这里，纷纷表示，死也要死在一起。魏天雄发火道：“混账！俺也想活着，可俺是他们最想抓到哩人，是他们要审判哩对象，俺活不了几天。你们不一样，你们是小喽啰，只要顺从他们，会留你们一条命。识时务者为俊杰，快出去吧，只要俺不笑话你们没人笑话你们，家人惦念着你们哩，走吧！”魏天雄这番话打动了卫兵们的心，再不走真就违逆了司令的好意，便都停止了射击，把目光投向警卫连长，等他拿主意。警卫连长跟随了魏天雄这些年，很是钦佩他爱严相济的带兵之道，司令的话说到了这份上，恭敬不如从命，他首先把枪扔在了地上，卫兵们也跟着效仿。警卫连长带头给魏天雄跪了下来，其他人也都跪下来，跟他们的司令做最后的道别。警卫连长感激涕零道：“魏司令哩大义俺们终生不忘，如能活着出去，俺们都会给你烧纸钱！”魏天雄催促道：“别娘娘们们哩，快起来，出去。”他转向窗口冲外喊道：“狗日哩吴常听着，你别亏待了俺哩弟兄们，他们这就出去，好生接应着。”他拉开庙门把十几个眼含泪水的卫兵请了出去。

吴常、王营长、丁铁蛋和一队解放军战士立刻拥了上去，几只手电筒依次在十几个投降者的脸上扫过，这些都是年轻的面孔，没看见魏天雄那张老脸。吴常率先冲进庙门，王营长和丁铁蛋及一群战士紧跟其后，在手电筒的照射下，他们看见魏天雄面对着披发跣足、按剑而立的威武的真武大帝塑像，双手握着短剑竖立在眼前正念念有词，对闯进来的人丝毫不予理会，专心地祈求道：“真武大帝在上，俺魏天雄今天借你哩庙堂了却此生，冒犯了，万望宽恕！”他又对着短剑深情地说道：“老伙计，多少人死在你哩利刃下，没想到今天轮到俺老魏了，痛快点儿，拜托你了！”吴常知道走投无路的魏天雄要以自裁的方式终结自己的性命，他接受的任务是协助冀中军区独七旅第二十团一营王营长活捉这个悍匪，这是个注定无法完成的任务，他太了解魏天雄的脾性了，宁死也不能让敌方抓了俘虏。但他还是心怀侥幸，迅速拔出腰间的短剑，企图用迅雷不及掩耳之势击落对方手里的剑。就在吴常跨步上前挥起手臂的瞬间，魏天雄的两只手腕猛地向内翻转，把整个剑身送入了自己的胸膛。这把天雄剑结果了多少人的性命，多少人曾为之胆寒，那是魏天雄的骄傲。今天魏天雄终于亲身体验到了它的锋利和无情，它不会因为所刺杀的是主人而收敛一丝锋芒。魏天雄为他心爱的剑赞叹道：“好快哩剑！”随之袭来的剧痛，让他一屁股跌坐在地上，他的胸脯急剧起伏着，大口喘着粗气，脸上一阵痛苦地抽搐，扭头斜眼仰视着吴常，傲气十足地说道：“魏某……曲曲折折……轰轰烈烈一生，落得今天……这样哩结果，也算是因果报应。”他的情绪忽然一沉，泪水溢满了眼眶，低下头哽咽着说道：“当了几十年……混世英雄，可是……没过上几天有尊严哩日子。亦正亦邪、亦白亦黑，俺都分不清自己哩面目……是俊是丑，也不知道后世……落个什么样哩名声……”他缓缓抬起头，声音衰微地哀求吴常道：“兄弟，麻烦你……把哥哥这具……臭皮囊……弄回贞村，埋在魏家祖坟里……灵魂好有个归宿和依托……”此情此景，吴常百感交集，他无法拒绝这个曾经让他敬佩又让他痛恨的人的诉求，人之将死其情也怜，他郑重地承诺道：“你安心走吧！”得到了满意答复的魏天雄，心里却仍有不甘，回想自己这一生唯一的遗憾，是没能在封龙山的石头上刻上儿时最想刻的“佛心”和“圣迹”四字。他最大的期盼就是阎王爷把他再投胎到魏家，好遂了爹哩心愿，下辈子还跟魏老酒做父子。不容魏天雄继续生感慨，他的细若游丝的生命之弦砰然断开，头一歪，身子仰面重重地倒在地上，没了气息。

王营长憎恨而惋惜地说道：“没能活捉这个悍匪，好让人民审判他，便宜他了。”

吴常极力掩饰住自己复杂的心情，故作愧疚地对王营长道：“吴常失职了，没能协助你完成首长交给哩任务，战斗结束后请求姜县长给俺处分。”

王营长安慰道：“这不是你哩错，魏天雄一定是害怕接受人民哩审判，只好自裁了之，这也是他应得哩下场。”吴常点点头表示赞同。

王营长顾不得再扯闲篇，立刻派人去向团长报告悍匪魏天雄自杀的消息。团长听到士兵前来报告匪首魏天雄自杀身亡的报告，这个重要军情必须立即向旅长上报。旅长得到消息，又即刻向战役总指挥周彪作了汇报。过了一会儿，冀中军区副司令周彪带着几个战役指挥部的同志，在独七旅旅长和第二十团团长以及元龙县民主政府县长姜奇的陪同下，裹挟着一团硝烟风风火火赶来，给魏天雄的尸首验明正身。姜奇惋惜与痛恨的情绪交织在一起，面对着这个曾搭救过自己后来又跟共产党势不两立的人，对众人肯定道：“这是魏天雄无疑。”他弯下腰伸手轻轻抹上魏天雄微睁的眼帘，感慨道：“这辈子折腾够了，也该歇歇了……”他心里还有许多话要对魏天雄说，却找不到恰当的词语，只好起身给众人让开视线，好叫每个人都看清这个悍匪的面容。一个战地记者瞄着照相机从几个角度给尸首拍了照。吴常和丁铁蛋在首长们的注视下对死者进行了搜身，从其内衣口袋里搜出了那张蒋介石的委任状。吴常展开来递给周彪。周副司令一只手拿着，看完上面的字迹后交给身边的助手，目光凝视着这个让他殚精竭虑了半个月之久的对手片刻，说道：“是个难得的将才，可惜走错了路。”他转身跟姜奇交代几句，魏天雄的尸体由地方处理，随即率领部下离去。

姜奇知道吴常还有许多事情要办，便把魏天雄的尸体交由丁铁蛋负责运回贞村安葬，最后说道：“人都该有个归宿。”他带领县政府几位同志，到街巷了解老百姓战后的情况去了。

吴常帮着丁铁蛋整理魏天雄的尸体，他把魏天雄的双手费力地从短剑柄上分开，右手攥住剑柄，小心地从魏天雄的胸膛里拔出来，伤口处缓慢涌出一股黏稠的血浆，浸湿了一片军服。他在魏天雄的尸体上蹭去剑身上的血污，借着灰白的天光，举到眼前仔细反复看了几遍这把曾经令他神往的短剑，剑型与神韵跟自己的那把毫无二致，只是这把剑多了一些沧桑岁月的痕迹。他把剑递给丁铁蛋，嘱咐道：“回去还给你爷爷，老人家为要回这把剑，动了一场大肝火。”心里不禁感慨这把剑的命运。丁铁蛋接过来意味深长地说道：“魏三死了，又物归原主了。”吴常对交织着他复杂情感的死者说道：“在这等着吧，今天俺和铁蛋早晚把你送回家去。”

吴常还要跟王营长去搜寻残敌，他让丁铁蛋在此看守魏天雄的尸体，等他回来一起回贞村，随即和王营长等人下了城墙。他们的后续任务，就是搜寻国民党县政府要员和保安团重要头目的下落。

吴常和王营长带着一个排的战士来到县衙门口，正碰上十几个解放军战士押解着一群打扮成伙夫、杂役模样的人从大门走出来。吴常警觉地凑上前去，一眼就认出了混杂在其中的杂役打扮的张雪庵，他故作惊讶地问道：“张县长，今天如何变成了这副模样？”那“杂役”浑身打个冷战，但很快镇定下来，装作与己无关的样子继续走着。负责押解任务的某连连长立刻叫停了行走的队伍。在搜查县衙时，他们对这些穿着老百姓服装而神情却反差极大的人十分怀疑其真实身份，要带回去审问。现在听到有人叫“张县长”的称谓，一下子来了精神，那连长问吴常道：“你认识张雪庵?”吴常笑道：“打了这么多年交道，‘老朋友’了。”在吴常的指点下，连长立即命令两个士兵把张雪庵从人群里拽出来，专门看护这条“大鱼”。

身份已经暴露，自感不会有好结果的张雪庵忽然灵光一现，事已至此，不如坦然面对命运的安排，唯此才能展现自己身为国民党县长的风度和尊严。他大声感慨道：“两党相争，本属同源，你死我活，兵戎相见，人间悲剧，不断上演，何时罢休，拜问苍天。自古，胜者王侯，败者贼寇，张某落到这步田地，心有不甘啊！家人也要受俺连累，痛心啊！老天若有眼，保佑他们平安吧!”他抒发完内心的感慨，平添了几分悲壮，将目光投向灰白的天空，内心却在反思着自己这辈子的所作所为，寻找着遭此报应的根源。

吴常对张雪庵的感慨若有所思，石敢当的悲剧令他铭刻于心，这场战斗不知道又造成了多少家庭哩痛苦。

连长对吴常感激道：“你帮俺们抓住了这条‘大鱼’，谢谢你!”说着给吴常敬了一个军礼。此时他认出了稍远处的王营长，急忙上前敬了个礼。王营长也认出来对方是本团兄弟营的一个连长，便询问了他县衙里的一些情况，知道那里已经没有落网之鱼，和吴常商量了几句，决定另辟蹊径“捕鱼”。王营长久经战事，对敌我阵营人员的伤亡以及所带来的后果已经麻木，赢得战斗胜利是他唯一的目的和精神需求。连长跟吴常、王营长告辞，带领一队人向东拐去。

王营长对吴常说保安司令魏天雄自裁了，国民党县长张雪庵也叫兄弟营给抓住了，这都不是咱们的功劳，另一个重要人物段永福还没着落，把他抓住也算咱们立了一功。攻城前团长给他们通报了敌方的几个主要人物，要求对他们活要见人、死要见尸。吴常对王营长的提议，表示赞同，心里确实在惦记着大哥的生死，这也是寻找大哥的一个绝好机会。但他同时更惦记着家人的状况，不由得带着队伍向段家走去。

一路上吴常和王营长不断向迎面押解来的保安团官兵询问段永福的下落，得到的回答都是不知道。吴常料想以大哥的倔强脾性或许是战死了，打扫战场时才能找到，看望亲人的欲望让他决定回家去，便带着队伍来到东街的段家门前，对王营长说这是段永福哩家，可能藏在里面，不妨进去看看。王营长极感兴趣地满口答应，随吴常走进大门洞。

之前已经有几个士兵在这个院落翻箱倒柜地搜寻了几遍，没发现隐蔽性极好的地窖子口。吴常见家里异常安静，知道一家老小还躲藏在地下。再藏下去已经毫无意义，必须尽快让家人面对现实。他走进后院西厢房的屋里，温情地呼唤道：“爹！俺是吴常，别藏了，你和家人都出来吧，解放军不伤害无辜百姓。”二十多年前，吴常在高家粮店当伙计时，段士修把他叫到这个家吃过几顿饭，无意中听到家人说西厢房的地窖子里储藏着不少粮食，这让他首先想到家人可能就藏在那里，但他不知道窖子口在什么方位。

王营长疑惑地看着吴常，他弄不明白吴常在呼唤谁，跟这家人是什么关系。

吴常连喊了几遍，从房屋地下终于传来轻微的瓮声瓮气的回声，很快由小到大，像是几个人在下面争吵。王营长和他的士兵兴奋起来，“大鱼”或许就在里面，他们做好准备随时下去抓捕。每个人都在倾耳静听地面下争吵愈加激烈的声音，忽然，西北墙角处传来掀动石板的声响，人们循声看去，从铺散在那的几张苇席下钻出一个十六七岁的小伙子。吴常见是侄子段恒印，急忙赶过去问他道：“家人都在里边？”段恒印喘着粗气回道：“都在里边。”在地窨子里听到吴常的呼唤，快憋疯了的段恒印不顾一切要出来，他爹段永福极力阻止，进而爆发了激烈争吵。吴常俯身在地窨子二尺见方的洞口处，朝里边轻声唤道：“都出来吧，憋了几天该透透气了！”里面一阵窸窣，不一会儿段士修在家人的托举下，踩着木梯出现在了洞口，吴常和段恒印把他搀扶上来。后边陆续的男女老少上来了一堆人，大口吸着清新空气，仿佛从地狱回到了人间那样畅快的感觉，但当看到几个解放军官兵在场，不免有些紧张。吴常安慰家人道：“别怕，解放军抓哩是坏人，咱们是老百姓。”家人这才缓解了一些紧张的心情。吴常来到坐在板凳上的段士修跟前，关心地问道：“爹！身体可好？”面对吴常，段士修不知是喜是悲，哀叹一声无心回答，他正在为一家人今后的命运担忧，二小子段永禄还不知道是死是活。

王营长终于憋不住问吴常道：“这是你亲爹？”吴常回道：“亲爹。”王营长左右看看两个人的面部轮廓竟是一模一样，他相信了，猜想这背后定有曲折的故事，心里十分好奇，只是不便细问，但是其中一件事他必须知道，探问道：“段永福跟你什么关系？”吴常平静地回道：“亲哥哥。”

王营长现出惊讶的表情，身在两个阵营的亲兄弟，在同一个战场兵戎相见，他还是第一次碰上，并且弟弟带人抓捕哥哥更是奇闻。他钦佩吴常不徇私情的勇气，既然如此，那就不客气领这个情了。他警觉地环顾一遍段家人，没有看到他要找的中年男人，问众人道：“段永福在哪？”无人应答，每个人都异常紧张。他看出了端倪，派两个士兵下地窨子搜查。一个士兵伏在地窨子口用手电筒向里照射，看见地铺上一堆杂乱的被褥在轻微蠕动，一定有人藏在里面。两个士兵下了地窨子，没费多大力气就擒拿住了段永福，把他押了上来。

吴常没料想大哥会在地窨子里束手就擒，他上前去不等开口叫大哥，先被五花大绑的段永福愤恨地骂道：“你这个段家哩败类，祖宗若地下有知，一定会诅咒你！”吴常不再客气，回敬道：“你不听劝阻，一意孤行，逆大势而为，这是你应得哩下场，辱没了祖宗哩名声，损害了段家利益，该诅咒哩是你！”

段恒印劝慰段永福道：“爹！谁也别抱怨了，你应该想到早晚会有这一天。”

段永福看着段恒印这棵独苗，庆幸孩子没跟随自己走这条绝路。能留下这根血脉，是对他惨败人生的最大安慰。他难以割舍家人，眼泪“吧嗒吧嗒”落下来，哽咽着对老婆和儿子道：“咱一家人怕是以后没有见面哩机会了……”段恒印的眼泪也流下来，想安慰爹却找不到适当的话语。段永福的老婆平日里对同辈和晚辈颐指气使、刻薄刁蛮，现在面对解放军官兵，吓得她大气都不敢出，生怕引起对方注意把她和男人绑在一起带走。

吴常不想让悲情蔓延开来，便转移话题，问段永禄的老婆道：“二嫂！俺二哥在哪？”这一问，二嫂的眼泪也掉下来，哽咽着把前天黑夜段永禄疯癫着跑出地窨子的经过说给了吴常。吴常感到不妙，他知道那一晚上从城墙上逃出城外的人，不是被枪毙就是摔死或重伤。段永福目睹了二弟从城墙上栽下去的情景，凶多吉少，他不想将二弟的下落告知家人，以免造成更大的悲痛，便低头不语。

擒获了保安团兼还乡团副团长段永福，王营长兴奋异常，他要尽快将之交给上级，对吴常说道："你跟家人多待一会吧，俺们先把段永福押解回去。俺会把你大义灭亲的事迹汇报给上级，给你记上一功。"说完，带着队伍押着段永福走了。王营长哪能体会到吴常此时的心在隐隐作痛。

天色渐亮，姜奇带着元龙县民主政府的几位同志去了许多人家。这一带住户已经由解放军和民兵进行了搜查，抓走了不少藏匿在各处的保安团官兵。姜奇几个人在跟被解放军和民兵从地窨子里搜查出来的财主们的交谈中，深深地感觉到他们无不怀着惶恐的心情等待发落。这些财主大多是从解放区跑到城里的，姜奇理解他们对土改中的一些极端行为产生的恐惧，费了好多口舌给他们解释共产党的土改政策绝不是把财主们赶尽杀绝，而是把他们剥削来的土地和财产平分给穷人，要他们今后自食其力地生活，实现人人均富平等的大同社会。无论姜奇如何解释，都无法消解财主们的心病，因为他从财主们木讷的表情中能够看出他们内心的抗拒，他开始自嘲自己的说教是一厢情愿，或许是一种善意的欺骗。他痛感本是寻求公平的土地改革，一到现实中就变得无情了，就不能公平地对待财主们了。何止于此，连他这个土改的纠偏者都面临自身难保的险境，党内存在的强大的"极左"思想，令他不寒而栗、欲哭无泪。

这场战斗让城里的老百姓也钻进了自家的地窨子里躲避枪弹，地面上的激战令他们惶惶不安，担心战火会把他们仅有的房屋夷为平地。至于双方胜负，有些人倾向共产党部队，他们早就听说共产党在解放区为贫穷农民平分地主的土地和浮财，希望这样天大的好事能落到他们身上；有些人却漠不关心，毕竟他们此前没有接触过共产党，不知道是否如国民党宣传哩那样是共产党在用土地改革手段欺骗贫苦农民，好被人家利用。几千年来朝代和政权轮番更替，穷苦农民永远都挣扎在社会的底层，这一铁律从没有改变，不知道共产党夺取政权后会不会仍然如此？这是多数老百姓心里的疑问。枪声和爆炸声一落，他们便从地下钻了出来，他们关心的是自家房屋是否遭到损毁，不免有些紧张地接受了解放军和民兵对屋里屋外的搜查，担心从家里的某个角落发现藏有保安团的人可就麻烦了。他们这是多虑，即使从某个平民家里搜出一两个藏匿的敌人，解放军也不会追责于主家，而是直接将人带走。姜奇几个人前来拜访给许多人家带来了喜悦和宽慰，他们每到一家，几句热心诚恳的话语就拉近了对方的感情，双方交谈很快热络起来。有几个长者认出了姜奇就是二十余年前那个在元龙师范讲习所带领学生闹学潮抗议西方列强侵略中国、发动上万民众到县衙反对军阀政府实施"预交粮款"政策的意气风发的青年教员，后来听说当了共产党的县长，现在就在眼前，人们很快对他产生了信任和亲近感。姜奇和同事一共走访了十几户平民人家，使许多老百姓领略了一个共产党县长的风采，他的温文尔雅的气质和热情可掬的姿态，让每个人都对他心生敬意，从而使他们对新政权充满了期待。天色大亮起来，姜奇从老百姓闪烁着喜悦的眼神里感到了欣慰。

解放军在民兵的配合下，很快缴清了保安团的残敌和国民党政府官员以及少数身负命案的地主分子。为了尽快恢复县城民众的生活秩序，战役指挥部和县民主政府联合发布公告，要求聚集在这里的千余个大小财主及万余个家眷返回各自村里，让他们去接受土改的现实，开始新的生活。

时近晌午，解放军对躲到城里的财主们下达了出城命令，限他们及其家眷务必在太阳落山之前走出城门。一部分财主在城里置的家业，以及更多财主投奔亲友逃来时所携带的钱财一律充公，只允许带回锅碗瓢盆和衣裳被褥等生活必需品。

变成了平民的“财主”们和他们的家人，被解放军战士从他们的住处驱赶出来。一家老小，每个人背着一个裹着衣裳被褥，装着锅碗瓢盆的各式包袱，全都惊恐不安、神情沮丧地低着头走向西、南两个城门。年迈体弱的老人坐在自家的小拉车里由晚辈拉着，垂头丧气地裹挟在人流里。

这个时候，战场已经打扫完毕，没有任务的战士立刻被极度的疲劳所击溃，有的双手拄着步枪刚靠上大树或墙壁就进入了梦乡，有的直接坐在地上一耷拉脑袋便睡着了，更多的士兵就着城墙的斜坡仰着身子晒着太阳酣然入睡。自夜隔后晌攻城战斗打响以来，他们冲锋陷阵、清剿残敌、打扫战场，还不曾闭眼休息一会儿。这些有空闲时间睡觉的士兵让接受了新任务的两个排的战士羡慕不已，他们还得强打起精神履行自己的职责。这两个排的战士由他们的排长带队，在两个内城门口负责监视“财主”们和他们的家人走出城门。这些战士很快对执行此项任务产生了兴趣，有的战士还很兴奋，全然驱散了沉沉的困意，他们想借这一机会要弄一番昔日的财主们。出身贫苦人家的战士，有的遭受过财主的欺压，心灵的创伤把他们对仇人的愤恨蔓延到了所有财主身上，不仅如此，恨屋及乌，连同财主的家人都视为仇人。还有些战士深受阶级教育的影响，把剥削阶级当作不共戴天的敌人。被驱逐的“财主”及家人从每条街巷里走出来，进入了站在城门口的士兵的监督视野里。不少士兵对走过来的“财主”们和他们的家人，越看越不顺眼，心里有一股怒火一定要发泄在他们身上不可，哪怕是推搡他们一把，或是从他们的手里夺下一件东西扔掉才算出了气。在西城门，一队胆战心惊的“财主”及家眷低着头从战士们的夹道中走过。战士们的眼睛仇恨地审视着他们每一个人，包括孩子。有一个战士终于按捺不住，对一个双肩上背着两个大包袱的中年汉子动了手。这个战士截住中年汉子问道：“包袱里什么东西？”汉子回道：“被子。”战士怒道：“狗财主，你一个人要这么多被子干什么？丢下两条给穷人盖。”说着伸手把一个包袱从汉子的肩上拽下来，扔到一边。汉子着急道：“这是俺一家人盖哩被子！”他企图拾回来，被那个战士拎起来扔得更远。跟在中年汉子身后的老婆害怕男人惹出事来，着急地用拳头杵一下男人道：“咱不要了，快走。”中年汉子只好不舍地回望着那个包袱，在老婆和两个半大小子的拉拽下出了城门。

有一个人动手，就会有第二个，第三个……战士们的情绪亢奋起来，不管对方是男是女是老是少，只要他们认为这个人拿的东西多了，就劈手夺过来，随手扔在一边。渐渐地，衣服、被褥、鞋袜以及锅碗瓢盆等等，堆起了一座小山。战士们认为财主们以前吃好的穿好的享受够了，叫他们以后吃点苦头受点屈是理所当然的事情，这样才公平。

姜奇和几个同事转到了西城门，看到一个战士正从一个七八岁的男孩手里夺过一双棉鞋，扔到身后的“小山”上。那男孩瞪着惊恐的眼睛仰头看着这个战士，委屈得欲哭又止，撇了几下嘴，被大人拽走了。姜奇皱着眉头犹豫片刻，走上前去，对那个战士说道："这么小哩孩子，一双棉鞋就别计较了。"那战士上下打量一番姜奇，警惕地问道："你是什么人？跟地主老财沾亲戚？"一个同事指着姜奇回答道："这是县民主政府姜县长。"那战士望着姜奇眨几下眼道："县长管不了俺们当兵哩。"姜奇不想跟这个战士讲道理，让他们的上级下令制止这种行为是最好的办法。带队的排长在远处看到了姜奇跟战士交涉的情景，但不知道交涉的内容，走过来询问缘由。排长听姜奇说让他制止战士们这种不人道哩行为，夺下这么多棉衣棉被和锅碗瓢盆，他们怎么度过这个冬天？怎么生活？排长很为难答应姜奇的请求，他说这是战士们对地主阶级哩仇恨，他不能不让战士们表达自己哩情感。无奈之下，姜奇要直接找周彪反映问题，为了掌握全面情况，他和几个同事又来到南城门，眼前的情景跟西城门毫无二致。他们出得城门来到铁屯村周彪的总指挥部，向他陈述了在两个城门目睹的情景。周彪立即下令停止这种野蛮行径。命令逐级传达下来，一个小时过去了，城里只剩下极少"财主"和其家人了。姜奇又到两个城门游走了一遍，看着又壮大了不少的"山包"，他的心一阵阵发紧。这个民族有被人为划分的阶级分裂之虞，一个阶级压倒另一个阶级，似乎衍变成了永不休止的历史轮回，如此，民族悲剧还将会不断地上演。他不知道这个民族各阶层何时才能够彼此尊重、和睦融洽地相处。

遣返"财主"及其家人的公告发布后，身为元龙县民主政府公安局长的吴常，除了协助解放军维持城内治安外，开展遣返工作自然成了他的首要职责。他和同事们带领解放军战士分头深入"财主"家里去做相关工作。他首先来到了段家，帮助家人安排好返回贞村的事情后，让侄子段恒印套上一辆骡子车，他自己赶着来到魏天雄的家。魏天雄的两个老婆早已听到了男人的死讯，一个悲痛一个平静。吴常告诉她们要把魏天雄安葬在贞村，征询她们下一步哩打算，谁想回贞村就把谁送回去。大老婆接受了吴常的好意，嫁鸡随鸡嫁狗随狗，男人虽然是被共产党讨伐的匪首，与她自是至亲之人，她死后要跟男人葬在一起。小老婆对魏天雄没有志之不移的深情，对贞村更没有任何牵挂，那儿不是她想去的地方，便拒绝了。小老婆已经拿定主意，依仗她出众的姿色，要带着她几岁的女儿去国民党统治的保定市乃至北平市继续寻找赖以生存的靠山。大老婆收拾好自己的衣裳、被褥，吴常帮她扛着，一同走出院门，坐上骡子车来到小北天。丁铁蛋早在这里等候多时，他守护着魏天雄的尸首，心里却在焦虑地惦念着参加支前民兵队伍的爹和儿子的安危。两个人把魏天雄的尸首抬到车上，用一领草席覆盖在他身上，女人跪坐在男人身旁不停音地嘤嘤啼哭。

晌午时开放城门后，垂垂老矣的段士修坐着马车和拉着魏天雄尸首的骡子车，一前一后走向西城门，车后边跟随着几十个段家人，在吴常和王营长派的士兵监护下，没有受到把守城门士兵的盘查，顺利地出了城。吴常把他们送走后，折返回去督促其他"财主"的遣返工作去了。兑现了给魏天雄的承诺，他的身心轻快了许多。

段士修和魏天雄以不同的生命形态回到了贞村，立即轰动了全村。一个是全县数得着的大财主，一个是如雷贯耳的匪首，一对曾经的冤家，现在成了殊路同归之人，只是一个活着一个死了。人们感叹命运的无常和诡异，谁都参不透其中的奥秘。

夜隔后晌那几声爆破城墙的巨响，让距县城十几里外的贞村都感到了大地的震颤，村人都跑出村外吃惊地向南张望，看着那滚滚升腾到天空的巨大烟柱，每个人都在揣摩着战事的激烈程度，关心着与己有关的人的生死安危。许多人熬过了不眠的一夜，今天前晌村里支前的民兵和民夫带着疲惫的身躯和神秘的气息陆续从县城返回来，给家人和乡亲们捎回了丰富的战场故事和各种消息。这些故事和消息使不同的人得到了不同的感受，快乐与痛苦、安心与担忧、平静与好奇，在村人的脸上呈现出各种情态。段士修和魏天雄回来的消息无疑是村人最感兴趣的事情，他们很想知道段士修和他的家人面对家破人亡的局面是怎样一种心境，同样想看看死后的魏天雄是否仍像生前那样摄人心魄。以此两辆大车在村人的包围中踽踽前行。

坐在车上的段士修不想叫村人看到他沮丧的样子，极力装出泰然自若的神态，昏花的老眼旁若无人地目视前方，任“叽叽喳喳”的村人在他周围发出幸灾乐祸的议论声。段家其他人全都低着头跟在大车后边，恨不得一步跨进家门，躲进屋里，再不要听到村人如刀子剜心一般冷嘲热讽的话语。突然一个男人大声嚷嚷道：“听说段永福当了解放军哩俘虏，肯定活不成。段永禄摔死在了城墙下，尸首还没运回来，这都是报应!”这句话让段士修再也把持不住矜持，两行浑浊的泪水挂在了他苍老的脸上。段永福和段永禄的女人及晚辈们实在抑制不住悲痛，“呜呜”地啼哭起来，其他人也都吸溜着鼻子。段家人终于听到了段永禄的消息，却是最坏的一种结果。赶车的段恒印以他不大的年龄经历了段家盛极而衰的过程，品尝到了人情冷暖的滋味。他没有啼哭、流泪，只是用鞭子柄狠戳了一下马屁股，发泄一下心里的苦闷，也好让马快一点把他们拉到家里，摆脱掉这不堪的场面。另外，他还要赶紧返回县城去寻找二叔的尸首。

丁铁蛋赶着装着魏天雄尸首的大车，在村人的簇拥下驶进了魏家的院里。对魏天雄的死，乡亲们没有一个人起哄，全都沉默着，人们回想起他诛杀那些残害乡里的土匪、兵痞的英勇行为，又想起他在外村制造的一起起惨案，暗自嗟叹英雄与魔鬼集于一身的他，既可敬又可恨的曲折一生。魏家人早已料到魏天雄这一命运结局，只是没想到能够留个囫囵尸首回来。对这个既给魏家带来荣耀也带来耻辱的人，魏天雄的两个哥哥虽说早已与他断绝了关系，却没有置之不理，毕竟是一奶同胞的亲兄弟，把料理他的后事毫不犹豫地承接了下来。魏小虎强忍悲痛，给丁铁蛋实实地磕了个响头，以表达深深的感激之情，随即在众人的帮助下把爹的尸首抬到了自家有些破败的堂屋里。两个兄长在听了丁铁蛋转述死者临终时请求埋在魏家祖坟里的话后，心里的芥蒂瞬间化为乌有，悲痛之情溢满了胸膛。老哥俩决定，好歹要让三兄弟的魂灵在家待上两天。在布置灵堂时，不少乡亲看到了魏天雄的面容，没有了摄人心魄的杀气和凛气，一脸的平和，倒透出了几分书卷气。乡亲们又是一阵感叹，魏三本想要做一个教书先生哩，世事却逼迫着他走上了舞刀弄枪哩道，但愿他下辈子能圆了自己哩心愿。

丁铁蛋协助魏家人料理了一些后事，便把骡子车还给了段家，随后急匆匆向家跑去，他惦挂着爹的安危，看看爹是不是平安返回了家。爹年逾六旬的人了，一定要加入攻打元龙县城的支前民工队伍，谁都劝不住，全家人都为他担心。丁铁蛋一进院门正碰上娘着急忙慌地要往外走，便问娘去哪儿。娘看见小子回来了，另一半悬着的心放了下来。这一天一夜她的心无时无刻不在惦记着丈夫、儿子和孙子的安危，生怕有不好的消息传来。晌午时一个跟丁不白一起去县城支前的几个民兵捎信回来，告诉她丁不白左肩膀挨了枪子，伤势不重，解放军的医生正在给他治疗，孙子丁棒棒毫发无损，叫她放心。女人思来想去终究放心不下，就要去县城探望丈夫，也好顺便打听儿子的消息。刚好丁铁蛋回来，娘便把他爹受伤的消息告诉了小子，叫他一块去县城看望爹。丁铁蛋得到了爹的确切消息心里踏实了些，他担心娘见了爹着急，便劝慰娘不用去县城，有军医治疗只管放心，用不了多少日子伤就会好。他心里何尝不想去看望爹，待办完了事就返回县城找爹去。正说话间，丁棒棒也回来了，这让妇人沉住了气，祖孙三辈男人没有大碍，她的心踏实了，便把心思都放在了儿子和孙子身上，叫他俩快进屋暖和暖和。

怀着身孕的丁棒棒媳妇在西厢房的炕上听到了自己男人的声音，一直悬着的心才落了地，她挺着大肚子笨拙地下了炕，欣喜地迎出了屋门。看到男人劳累疲乏的样子，知道还饿着肚子，腼腆地说了声“回来啦!”转身去了灶火间。

在北屋里歇息的丁黑子听到孙子和重孙子的声音，穿着一身臃肿的黑粗布棉衣棉裤，弓着背迈着僵硬的腿走了出来，嘴里连声亲昵地唤道：“铁蛋！棒棒!”攻城战斗一打响，老人的心就一直在牵挂着儿子、孙子和重孙子的安危。现在终于有了结果，一个受了点儿伤，两个毫发无损，这是老天送给他丁家哩最大福气！丁铁蛋和丁棒棒紧跑几步迎上去，和老人相拥在一起。亲热一阵后，父子俩把老人搀进屋里，安坐在椅子上，眉飞色舞地讲起了攻城的经过，他俩知道这是老人最感兴趣哩话题。丁黑子全神贯注地听俩孩子你一言我一语讲述激烈的战斗场面，每到精彩处便发出叫好声。当丁铁蛋讲到魏天雄在小北天的真武庙里拔剑自刎的情景时，丁黑子更是激动得拍案叫好，说他罪有应得、死有余辜。丁铁蛋想给爷爷更大的惊喜，他从怀里抽出那把插在皮套里的短剑，呈现在老人面前，兴奋地说道：“爷爷！俺把它拿回来了，还给你。”丁黑子接过这把短剑，拔出来，竖在眼前上下左右打量着剑的每一个细微之处，希望能辨认出当年那个早晨它诞生时的模样。却是徒劳，它跟随魏三经历了四十多年冰与火的岁月，除了剑刃依然寒光闪闪锋利无比外，它的每一处都呈现着无形的变化，散发着沉厚的沧桑气息，凸显着魏三倔强、强悍和冒险的性格。他这才意识到，魏三用这把剑杀了无数人，最终杀死了自己，它早已融入了魏三的生命里，跟他丁黑子已经没有了任何关系。老人把剑身稳稳地送回到剑鞘里，递给丁铁蛋，语调沉缓地说道：“把剑还给魏三，送出去哩东西怎么能再要回来哩!”老人的思绪陷入了与魏三交集的往事中，不时地叹息一声。

丁铁蛋理解爷爷的心思，他拿着短剑返回了魏家，在灵堂，他将短剑置于魏三遗体的右手旁。

第二天出殡时，那剑放在了棺材里，成了魏三的陪葬品。

第六十五章　青山依旧

解放军攻克石头城后的第十天，元龙县人民政府在南城门外召开庆祝县城解放暨公判大会。这个消息在两天前就传播开了，人们盼望这一天快点儿到来。一大早，从远近各村自发汇集来三万多民众，他们绝大多数是分到了地主的土地和浮财的农民。共产党军队彻底消灭了县境内的国民党保安团和地主还乡团，人民从此可以过上吃穿不愁哩安稳日子了，怎能不来参加这样哩集会！集会上不但能看到国民党县长张雪庵和还乡团团长段永福被处决的情景，而且还能欣赏“元龙红”田从龙戏班的精彩演出。这么多喜庆的事，让翻身农民的脸上展现着喜气洋洋的笑容。

会场主席台设在被炸塌的一段南城墙上。这段原本一片狼藉的城墙，散落的石头和土块早已让县城内外的人们用各种运输工具拉回了家，用以盖房、垒墙、砌猪圈。不仅如此，村民还大肆拆起了未坍塌的城墙。没人意识到这座华夏罕有的石头城所承载的历史记忆和文物价值而加以阻止，就这样被村民一块石头、一锹土地被侵蚀得面目全非了。此时，县民主政府已改称县人民政府，为办好这次集会，县长姜奇组织人力平整了这段半截子城墙，填平了前边的壕沟。城墙上用四根高大的木杆界定了主席台的范围，后边两根木杆挑着用红布做的背景帷幕，上边悬挂着毛泽东主席和朱德总司令的画像；前边两根木杆上抻着一条红布，上面用黄色染料书写着“庆祝元龙县城解放大会”几个大字。木杆上、远近的城墙上及周边的树上，张贴着欢庆解放、打倒国民党反动派等内容的标语。今天阳光明媚，照在前来集会的民众身上暖洋洋哩。多数人的头上裹着白粗布手巾，少部分人戴着瓜皮帽、礼帽等，以此表明各自的身份。人们的双手揣进袄袖，都伸长脖子往主席台上张望，期盼大会早点儿开始。

解放军的各路正规部队已经向北开拔，为攻打保定做准备，县独立营也改编到了太行军分区的部队里。给这次集会提供警戒和维持秩序的是县公安局人员和几个区的民兵，他们散布在硕大会场的各个角落，防止潜伏下来的国民党特务制造事端，以保证大会顺利进行。

太阳快升到头顶时，县长姜奇和一名政府工作人员从前边踏着石阶登上主席台，台前的几万民众立刻安静下来，知道大会就要开始。这名政府工作人员首先向大家介绍了县长姜奇，并请他讲话，随后跳下了主席台。民众冲着姜奇爆发出如潮般的掌声，他们中的绝大多数人没有见过姜县长，只听说过他在几十年革命生涯中的一些英勇对敌斗争故事，今天见到了真人，无不为他坚毅而儒雅的风采所折服。

姜奇未开口先对民众深深地鞠了一躬，随即摆摆手示意大家平静下来，他不用讲稿，开始了热情洋溢的即席发言。他首先向民众祝贺，解放了县城，消灭了县境内的所有敌人，乡亲们终于过上了安宁日子。再是祝贺县城周围村庄也开始了土地改革，广大贫苦农民都能分到土地了，今后就不愁吃穿了。这样好哩日子，应该感谢共产党、毛主席。说到这里，台下有人带头振臂高呼：共产党万岁！感谢毛主席！民众也跟着举起胳膊呼喊起来，其情景和声音像大海波浪一样此起彼伏。喊了几遍后，带头的人停下来，人们也随之恢复了平静。姜奇继续演讲，他简要回顾了中国农民遭受几千年封建制度的压迫，虽经无数次的起义抗争而不能最终改变苦难的命运。历史长河奔流到了现在，共产党、毛主席领导的军队，根植于人民、紧紧依靠人民，打败了倭寇，推翻了国民党反动政权，砸烂了束缚在劳苦大众身上的封建枷锁，人民从此翻了身，不再受任何人的欺辱，过上好日子了！最后他代表县人民政府全体工作人员，表示一定要跟全县人民建立起鱼水关系，珍惜人民军队用无数生命和鲜血换来哩大好局面，和人民一道建设美好家园！姜奇的真情演讲到此结束，他又对着民众深深地鞠了一躬，随即迎着民众热烈的掌声走下了主席台。

接下来，会议主持者请县人民政府司法科科长宣读国民党政府县长张雪庵和地主还乡团团长段永福等与人民为敌罪大恶极的人的罪行。司法科长从前边登上台，学着姜县长的样子给民众鞠了躬后，转过身，朝台后厉声喝道："把张雪庵、段永福等反革命分子押上来。"旋即，十个腰间挎着盒子枪的公安人员和肩上背着步枪的民兵，押着五个五花大绑的人走了上来，一字排开站在民众面前。打头的是张雪庵和段永福，两个人分别被两个民兵用力压着肩膀以谢罪的姿态面对民众。此时的张雪庵和段永福，感知到自己的大限已到，却表现出各不相同的神情来。张雪庵脸色蜡黄，心智已乱，任由押解他的民兵摆布。段永福瞪着眼、咬着牙、紧绷着腮帮子、胸脯剧烈起伏着，大有随时爆发之势。司法科长拿着几页纸，怒火燃烧着激情，声音洪亮地逐一历数着他们犯下的罪行。

台下的民众鸦雀无声，都在专注地静听着这些人残害欺压老百姓的事情，不少人深受其害，对他们的憎恨情绪迅速升温，不等宣读完他们的罪行，就有不少人呼喊，一定要枪崩了他们。待司法科长宣读完他们的罪状后，停顿片刻，清一下嗓子，开始宣布元龙县人民政府对他们的判决结果：判处张雪庵、段永福等五人死刑，立即执行。台下的民众立刻爆发出震耳欲聋的欢呼声和掌声，台上的公安人员和民兵要把五个死刑犯押到台下正法。只有段永福反应激烈，奋力挣脱两个民兵对他的控制，嘴里发出愤怒的咆哮声，怎奈受到民兵更大力量的反制，两只有力的大手直接把他的头摁到了裤裆处，使他粗壮的咆哮声变成了"呜呜"的哀鸣声。张雪庵等四人知道反抗不仅徒劳，而且还要遭受更大的侮辱，便都顺从地按照押解他们的民兵的指令走下台，沿着大批公安人员和民兵在人群中开出的一条通道，来到南关的十字街口。这里早有公安人员和民兵圈出了一大片空地，行刑者持枪已在此等候。五个死刑犯被押来后，在远处围观的民众来不及看个仔细，五支枪同时响起，五颗子弹分别穿透张雪庵、段永福等五人的脑壳，五个身躯一齐栽倒在地。几个司法科和公安局的人验了尸照了相，确认罪犯死亡后转身离去。恰是正午时分，强烈的阳光照射得五摊鲜血分外刺眼，胆大好奇的人们毫不避讳这个血淋淋的场面，凑上前来观看。人们有的在回味着死者大起大落的命运，有的在欣赏着死者有些变形的面孔。无论人们怀有何种想法，最终归结成一种心理，那就是都在为这些死者曾经在百姓面前傲气冲天、作威作福，今日落得如此下场而痛快、欣喜。前来收尸的家属很快用棉被蒙蔽住了死者的面容，他们强忍着悲痛悄无声息地抬走了亲人的尸首。

吴常回避了整个公判过程，不只因为他跟罪犯段永福有着血缘关系，更因为他不想让大哥看到自己而使精神备受折磨。待验完尸的同志们一转身，他随即从人群里挤出来用棉被遮盖住大哥的尸体，和不停抽噎的侄子段恒印将尸首抬出人群，放到停靠在远处的一辆小拉车上，要把大哥送回家去。吴常知道这一行为可能会给自己引来麻烦，但是骨肉亲情让他抛却了一切顾虑。段恒印两手攥住车把架起小拉车走起来，吴常在车厢右后侧弯下腰，伸出双臂给侄子加把劲。田生玉领着田从虎从人群里疾步赶来，声音亲昵而柔和地呼喊道："吴局长……"小拉车停下来，吴常和段恒印回头望去，见是田家父子，看架势像是有重要事情要说。等父子俩来到近前，吴常问道："生玉叔，有事？"田生玉喘着粗气堆着笑脸谄媚道："吴局长……"不等田生玉说出后边的话，吴常纠正道："别叫局长，叫名字。"田生玉迅速改口道："吴常大侄子，总不能让服丧哩孝子拉爹哩尸首回去吧。从虎闲着没事，叫他拉车把你大哥送回去。哎，相处了几十年，人就这么走了，虽说他有罪过，可心里仍是放不下！"说着脸上现出一副悲伤的表情。田从虎配合着爹说的话，走到段恒印跟前，要从他手里接过车把。吴常明白这是田生玉在借机讨好自己，心里不免生出几分厌恶，对父子俩不冷不热地拒绝道："小子拉爹哩尸首天经地义，也算是尽最后一点孝心，谁也代替不了。"吴常说完转身示意段恒印起步。

吴常不领情，让田生玉不免有些失落，他是千方百计想跟这个县公安局局长套近乎，为的是以后能沾上光。他想方设法地讨好吴常其实仅是一种姿态，只是想拉近与对方的关系。他知道吴常不会接受他的帮忙请求，如果能得到对方的感激而又被婉拒是最好的结果，遭如此不冷不热的拒绝也可以接受，最坏的情景是吴常如果应允田从虎帮忙，那就变成了他父子俩的麻烦。不难想象田从虎拉着共产党的罪人段永福的尸首回到贞村，区、村干部和乡亲们怎么看待他田家这一行为？那会毁了他田生玉煞费苦心攫取的政治资本。土改以来是田生玉这六十多年生命中度过的最欢愉的时光，他眼见着几十年来让他羡慕的段家、高家在时代大潮的冲击下变成了破落户，还有那个让他嫉妒恨了好多年一心想过上好日子的杜化吉，大半生的心血也化为乌有。不仅如此，能够对他的村长职位构成威胁的丁不白身上又添了伤，身体衰弱，变成了半个废人，基本上丧失了竞争力。这些都是令他兴奋不已的事情。再有，他在村长的位置上顺风顺水，二小子田从虎在他的调教下头脑也变得灵活起来，对参与村务表现得十分积极，待人处世见风使舵、见机行事的本领大有长进，这成了他最大的安慰所在，今后哩日子可以无忧了。回顾自己大半辈子走过哩路，他田生玉没有什么遗憾哩，唯一后悔哩事情是他当年剪断了女儿田从秀跟吴常哩情缘。否则，现在他以县公安局局长丈人的身份出现在世人面前，那又会是一种怎样哩光景！他目送吴常叔侄俩消失在一条街巷的拐弯处，嘴角挑起一丝复杂的笑容，招呼田从虎顺原路折返了回去，到城里游玩去了。

看完行刑的人们，意犹未尽，精神仍处于亢奋中，还需要一场美妙的听觉和视觉盛宴才能满足他们。此时，从会场主席台方向断续飘来几缕调试丝弦乐器的声音，立刻把他们又召唤了过去。“元龙红”田从龙的戏班就要开场了，人们聚集在由大会主席台变成的戏台前，等待欣赏精彩演出。

田生玉和田从虎父子从人山人海的戏台前走过时，大戏已经开场，悠扬的丝弦曲调和激昂的唱腔也没能吸引住他俩的脚步，父子俩径直从人群中穿行了过去。因为田从龙对爹土改以来的所作所为又积累了许多不满，导致现在他们父子关系重回冰火不容的态势，彼此的心里都憋着一口怨气，谁也不想妥协，心结越结越死，到了无解的地步。田生玉甚至怀着恶毒的心理，希望能早日看到田从龙因为不按照他的方法处世而遭受困顿哩那一天。

田从虎当然站在爹的一边，他的乖巧让爹对他更加偏爱，他也因此得到了更多好处，对哥哥不依附爹、不遵从爹的意志的倔强脾气更加不屑一顾，甚至暗中窃喜：那就由着他去吧，各走各哩路，看谁以后过哩好。

田从龙被还乡团打折的两条腿，经过几个月的治疗，拄着双拐勉强能够行走，却不能上台表演了，内心的痛苦比肉体受到的伤害更甚。只有戏台才能展现出他生命的光彩，不能演戏好似生命坠入了黑暗的深渊，看不到一丝生活的希望之光。戏不能唱，农活不能干，他成了一家人的拖累。一个人在精神处于极度绝望和消沉之中时，最渴望有人给他鼓励和安慰。李乐乐每天轻风细雨般地开导，消解了他心里的一些苦闷：两条腿残废了，可以坐着马车到各地唱戏，不能穿着戏服表演，在戏台上坐着板凳唱上几段也能吸引不少戏迷。可这不是长远之计，人们渐渐就会对一个只能唱不能演的人失去兴趣。自己不能演，那就叫孩子们代替自己登台，田从龙把更多的精力放在了一对儿女和几个徒弟身上，把自己的技艺悉心传授给他们，希望他们能早一天挑起大梁。这个机会终于到来。前几天，县委宣传部两个干事在田生玉和田从虎的陪同下到家里看望田从龙，特意邀请他的戏班在庆祝县城解放大会上给民众演一出戏。他高兴地答应下来，并和两个干事从众多传统剧目中选定了《文王访贤》这出戏，寓意新政权能够像周文王那样图谋大业、广招天下贤才，为老百姓开创出一个风清气正、安定富足的新社会来。为兑现几年前对飞龙许下哩诺言，他还把自己编好的一段颂扬飞龙的词唱了一遍，说要在庆祝大会上展示，博得两个宣传部干事高度赞赏。提起飞龙，几十年来田生玉曾无数次想梦见之，好沾沾神气儿，顺便问问田家后辈哩前程，却一次次落空，对那神物不肯眷顾自己而心生不快。是他田生玉造化不够，还是那神物藐视他这个投机取巧之人？这一直是他个心结。田生玉建议，让田从龙再编一段歌颂新政权哩唱词，替换掉飞龙那段。田从龙解释说，颂扬飞龙的唱词里，已经包含了那层意思，没必要另编一段了。更因为时间紧，排演好《文王访贤》已不容易，没精力再搞别哩，两个宣传干事尊重田从龙的意愿。田生玉心里却窝了火，认为田从龙漠视他这个长者的尊严。把两个宣传干事送走后，他强硬要求田从龙一定按照他的意愿编一段唱词，说这样哩政治觉悟必须有，博得各级政府官员欢喜，对田家和戏班哩前途都有好处。田从龙本就鄙夷爹钻营取巧的做派，他更是反感爹把自己的意志强加给他，他断然拒绝了爹的要求，招致了一顿无情的痛骂。爹骂他简直就是一个榆木脑袋，不开窍，不懂人情世故，吃亏哩事等着他哩，以后是好是歹再不管他。田从虎对哥哥也是一顿讥讽和指责，羞辱得田从龙勃然大怒，猛烈地回击爹和兄弟，说他田从龙即使到了穷困潦倒的境地也绝不向他俩要饭吃。李乐乐在他们中间调解也不济于事，父子三人又一次闹得不欢而散。田生玉和田从虎气哼哼地走了，田从龙可没闲工夫生气，他即刻和李乐乐筹备排演事宜，夫妻俩暗下决心，就是要长一股志气，凭本事吃饭，绝不靠阿谀奉承求生存。

整个戏班紧张排练了几天，今天终于登台演出了。为暖场，田从龙拄着双拐在李乐乐的搀扶下出现在了台子上。大多数人这才相信了田从龙叫还乡团打折双腿的传言。惋惜之余，全都关注他接下来将会给广大戏迷一个怎样哩交代。田从龙两口子没有一句客套话，在乐器的伴奏下，各使出浑身解数演唱了一段丝弦和乐乐腔，人们为两口子倾情的演唱报以最热烈的欢呼和掌声，依依不舍地目送俩人走进了分隔前后台的帷幔里。此情此景，田从龙和李乐乐不免有些伤感，两口子把戏迷对他们的喜爱之情装进了心里，暗下决心一定要用一场精彩的演出报答人民。田从龙坐在后台指挥调度第一次挑大梁的儿子和几个徒弟，《文王访贤》整出戏演出十分成功，观众一阵阵的叫好声给了他最宽心的安慰。最后，田从龙再次上台，他让妻子和儿女一同给他伴奏，饱含深情地唱起了自编的颂扬飞龙的戏词：

飞龙啊
你翱翔于九天
俯瞰着大好河山
和你的子孙历尽五千年风雨
曾一同尊享盛世荣光
怎曾想这片土地
百十年来屡遭外族欺虐
华夏涂炭
天宇昏暗
你也丧失了腾飞的力量
郁郁沉沦于山野中
苍生的苦难你感同身受
百姓的梦想也是你的期盼
不在沉默中死亡就在愤怒中爆发
你的传人永远都流淌着祖先不屈的热血
一代代雄才伟人唤起民众抗争
九州风雷激荡
看我中华志士
前赴后继
舍生死求大义
共同拼出新天地
万众凝成无穷力量
助你重回天际

兴云吐雾飞腾宇宙间
福佑神州风调雨顺
黄金鸟飞入百姓家
人民永享太平安然祥瑞

田从龙在时而舒缓柔情、时而奔放激越的曲调中唱完最后一个音符，观众报以经久不息的热烈掌声和叫好声，这段词唱出了人们的心声。田从龙一家人欣慰地向父老乡亲鞠躬致谢，庆祝大会到此结束。

自段永福和段永禄的尸首先后从县城拉回来那天起，段士修就不想活在这个世界上了，他每天都在寻找机会自行了断这条老命。令他不能释怀的是他最疼爱、最牵挂的三小子段永寿，不但成了毁灭他段家的共产党哩一员，而且还改名换姓延续了别人家哩香火。唯一让他略感欣慰的是，在埋葬了段永福和段永禄后，吴常在这寒舍尽了两天孝心，因为公务在身，不得不告辞。身边只有段恒印这一个亲人，他备感孤独，感觉全贞村的人都在为他的不堪遭遇而幸灾乐祸，每过一天就多受一天痛苦哩煎熬。他回想自己这一辈子做过的事情，无不是把段家的利益放在首位，从不为别人着想，他落到这步田地自然不会有人同情，这也是一种报应，他因此没有勇气走出家门面对乡亲，只好蜗居在这个院落里。白天天气好时就从屋里出来晒会儿日头，不好时就整天跍蹴在长工们曾经睡过的冷炕上，用一条被子围着身子抵御严寒。回想从前他度过的那些冬天，摆放在厅堂中央的铜质炭火盆，里边燃烧的通红的木炭散发出滚滚热浪，整个屋子暖融融哩。遇到下雪天时，望着窗外纷飞的雪花，吃着美食，喝着美酒，多么惬意！何曾想过现在乾坤倒转，他段士修竟落得如此凄惨下场。令他心酸的是，大孙子段恒印在同他一起品尝自己酿的这杯命运哩苦酒。段恒印多次拒绝了娘要带他走的哀求，一定要留下来照料爷爷的生活起居。大儿媳和二儿媳经受不起丧夫的悲痛和乡亲们的冷眼，更担心孩子们躲避不掉段家哩噩运，带着他们一同回了娘家。连段士贤那一股的后辈们，因为怨恨段士修几十年独断专行把持着段家的事务而与他断绝了叔侄关系，很少有人来看望他。乡亲们却对待人谦恭、处事周全的段士贤没有一丝怨恨。老子的好品行惠及他的后代，段士贤一家人从城里回来后，村人除了极少数势利之徒给他们嘲笑和冷眼外，多数乡亲对身处困境中的他们提供力所能及哩帮助，哪怕是一句体贴问候哩话语，都让人感到温暖，使他们有了生活下去哩勇气，一大家子人在土改队的安排下搬到了一处小宅院过活。这个曾经骡马成群、喧嚣热闹哩院落，如今变成了少有人涉足哩冷清之地。凄凉中的段士修已经拿定主意，尽快结束自己哩生命，如此不单自己得以逃脱这无底哩痛苦深渊，也能让孙子段恒印不再跟着自己受罪，除掉羁绊在孩子身上哩枷锁，让孙子早日获得自由。他暗地里准备了一根绳索，伺机到牲口棚里踩着板凳吊上绳子，将自己哩脖子套上，双腿一蹬，一了百了。可是形影不离的段恒印，让他一时无法实施这一计划。

今天前晌，段士修头戴着瓜皮帽，穿着深蓝色偏襟棉袍，坐在北屋门口的石墩上，背靠着门框闭着眼睛晒日头，他的脑子里正在谋划着那件事情。段恒印在院子里用斧头劈着干柴，为烧晌午饭做准备，他同时在寻思着做一顿什么饭。家里就有半小瓮白面和一小瓮小米，还有一堆山药、十几棵白菜，缺油少盐，每顿不是打白面糊糊就是熬小米饭，馏几个山药当干粮，最奢侈的饭是吃一顿面条汤。段士修吃这些饭吃翻了胃口，他想饱饱地吃一顿好饭，然后再上黄泉路。时近晌午，段恒印抱着一抃柴火去他和爷爷睡觉的北屋生火做饭，这灶台是爷儿俩从县城回来后垒哩，为的是借助烧火做饭产生的热量给寒冷的屋子增添点温暖。段士修听到了孙子从他身旁走过的脚步声，睁开眼唤道："恒印，别做饭了，去街上买些烧饼、馃子来，咱也换换口味。"段恒印把柴火放在灶台旁，返回身看着爷爷发愁道："俺三叔给哩那点钱花光了，拿什么买？"段士修颤巍巍的右手伸进棉袍里，掏出一沓纸币，递给孙子道："爷爷藏着点儿钱，都给你，看着买吧！"段恒印看一眼爷爷手里的纸币，说道："国民政府哩法币早变成废纸了，市面上都是人民政府印哩冀南票和晋察冀边区票，你这些钱，一粒米都买不了。"段士修听孙子这么一说，暗自嘲笑自己，天和地都改了名姓，自以为他这钱还是钱。他把法币散在地上，垂头丧气道："一粒米都不值哩东西，要你作甚。"段恒印安慰爷爷道："别着急爷爷，俺一定叫你吃一顿好饭，稍等一会儿。"说着，抱起那堆木柴走出屋门，要到街上炸馃子的摊上换点儿美食回来。

段恒印走到大门洞，正碰上高鹤搀扶着拄着拐的高冉缓慢地走来。高鹤另一只手提着一个竹篮，里边用厚厚的几层搌布包裹着吃食。段恒印知道高家父子是来看望爷爷哩，急忙将二人领进家里，老远就兴奋地对仍坐在屋门口闭着眼睛晒日头的段士修叫道："爷爷！俺高冉爷高鹤叔看你来了！"昏昏然中的段士修以为是在做梦，睁开眼睛果真看见高家父子正在向自己走来，他急忙扶着门框吃力地站起来，迈着踉跄的脚步迎上前去。段恒印扔掉怀里的柴火紧跑几步搀扶住爷爷。

老哥俩有些日子没见面了，如果没有别人帮助两个人聚到一起还真是不容易。段家经历了一系列重大变故后，高冉一直担心段士修的身心能否承受得住这些打击，早就想择日前去看望老弟，尽管他的身体十分虚弱。今天一早他见是一个难得的好天气，便吩咐三小子高鹤用家里仅有的几块腌肉和两棵白菜做馅蒸一锅包子，晌午时陪他一块去段家，想必段士修爷儿俩不会吃上这么好哩饭。

高鹤两口子蒸好包子后，备了一辆铺好褥子的小拉车要把爹拉到段家。高冉拒绝了，说自己还能走几步道，在一个村子串门坐车，会让人以为这老头儿快不行了。高鹤不再坚持，搀扶着爹慢慢走了来。

老哥俩走到一起，彼此看见对方又苍老了许多。相比高冉刮洗干净的脸，段士修那张像老母猪肚子一样松弛的脸上长满了花白胡须，看上去比高冉要苍老不少。高冉握住段士修的一只手道："老弟！还没吃饭吧？刚出锅哩包子，快趁热吃！"段士修听着高冉的话激动不已，这么多天高冉是唯一来看望他哩人，他颤抖着声音叫道："老哥！只有你还惦记着老弟！"高冉道："俺也饿了，吃饱了肚子再唠。"老哥俩握着手，在高鹤和段恒印的搀扶下来到屋门前。段恒印赶忙去屋里搬来地桌和几个板凳，让大家都坐下来。高鹤把篮子放在地桌上，一层层掀着搌布，一缕缕诱人的香气扑鼻而来，掀开最后一层搌布，露出满满一篮子升腾着热气的雪白的圆包子，他随手拿出一个递给段士修道："叔！快趁热吃！"段士修接过包子，迫不及待地咬了一口，嘴里嚼着连声夸赞道："好吃！好吃！"高鹤又分别递给段恒印和爹一个包子，自己也拿起一个津津有味地吃起来。段恒印吃着包子，不忘到屋里烧了两瓢水，盛在碗里端来给长辈们喝。段士修吃完第四个包子，用手抹抹粘在嘴唇和胡须上的油渍，满足地说道："吃饱了！"这或许是他一辈子最好吃最难忘哩一顿饭。高冉细嚼慢咽地吃了两个，也饱了。这是高段两家人四十多年来经历了恩恩怨怨后，重聚在一起吃哩一顿饭，只是不复当年男女老少几十口人聚在一起欢天喜地哩场景和气氛。今天面对高冉，段士修感到从未有过哩亲近，他内心的痛苦和惆怅终于有了倾诉之人，便借用《红楼梦》好了歌解注里的几句词，映衬他段家哩兴衰际遇，声音缓缓地咏道："陋室空堂，当年笏满床；衰草枯杨，曾是歌舞场……金满箱，银满箱，展眼乞丐人皆谤……因嫌纱帽小，致使枷锁扛……甚荒唐，到头来都是为他人作嫁衣裳。"

每个人都在品咂着其中哩意味，二百多年前曹雪芹对荣宁二府中人无常命运哩感喟，今天应验在了段家。高冉看出来这首词触动了段士修哩心弦，他默默地静听着这个有感而发的人下面哩话语。

段士修看过几遍《红楼梦》，他对这首词几乎能倒背如流，却不曾体会到字面背后蕴含的凄惶人生。在他经历了大起大落的命运后，这首词终于让他幡然醒悟，不胜感慨道："哎，何曾想到，俺段士修心高气傲了一辈子，行将入土哩老朽，到头来竟落了个家破人亡、众叛亲离、臭名远扬哩结局。或许是段家先人哩余德已尽，老天要灭绝俺这乖戾吝啬、为富不仁之人。"两行浑浊的泪水从段士修的眼窝里流淌出来。他把目光投向段恒印继续说道："孩子！爷爷连累你了，怕是日后因爷爷哩恶名叫你受委屈！早知今日，爷爷当初一定会积德行善，给晚辈人修些福荫！"段士修用手抹去脸上的泪水，目光转向高冉，钦佩而羡慕地说道："老哥！到底是你高明，对富贵看哩开、放哩下，对钱财聚散自如，生前受人敬仰，身后叫人感念！假如能重来，俺一定听你哩规劝！"

高冉对段士修的忏悔怨怜交集，段士修的幡然醒悟并不出乎高冉的预料，面对彻底失败哩人生结局，再顽固的人也会对自己哩过往有所反思。只是段士修反思得太晚了，一切已无法挽回，但是高冉仍劝慰道："老弟！别想那么多了，有这么孝顺哩孙子守着你，就是天大哩福气！别难过了，以后老哥会常来看你！"说着用力拄着拐棍要站起来。高鹤忙把爹搀扶起来，知道爹要走，跟段士修告别道："叔！多保重，有事叫恒印去找俺，过两天俺还来看你。别着急，什么坎都能过去。"感动得段士修又流下了两行泪水，他站起身把高冉送到大门口，吩咐孙子道："恒印，去送送你高冉爷。"段恒印接过高冉手里的拐棍，搀住老人的胳膊，随着老人的节奏慢慢走去。此时，高冉的头脑里涌出了《红楼梦》留余庆曲子里的一句词，有感而发地自言自语道："劝人生，济困扶穷，正是乘除加减，上有天穹。"

段士修恋恋不舍地望着高冉三人消失在目力所及的地方，转身返回院里，搬一条高凳走进牲口棚，扶着喂牲口的石槽吃力地站到凳子上，右手从棉袍里扯出那根绳子，穿过棚顶的一条檩木，双手颤巍巍地将两头挽成死结，套在脖子上，两脚踹倒板凳，整个人悬空了起来。照进牲口棚里的阳光把段士修的身影拉得老长投射在里面的墙壁上，影子伴着身体晃动了一会儿便静止不动了。

高冉回到家，躺在炕上刚昏昏入睡，回去的段恒印又急急忙忙跑了来啼哭着报丧。高冉没想到段士修会突然自缢，看来他的内心忍受着长时间哩煎熬，早就拿定了摆脱痛苦的主意，庆幸今天看望了他一回，否则在情感上会留下无法弥补哩亏欠。高冉没有气力为段士修的丧事操心了，他叮嘱高鸿和高鹤弟兄俩帮段恒印料理好段家哩后事。

村人对段士修的死大多感到快慰和欣喜，他没给乡亲们留下好哩念想，自然就不会得到众人的同情与感念。出殡仪式十分简单，没有如林的白幡和号啕的哭声。高鹤走在出殡队伍的最前边，一手提着篮子，一手不时地从篮子里抓一把买路的纸钱撒在地上。后边是穿着一身重孝的吴常，作为死者仅存的儿子，承载着段家人最大的悲伤，他的一只手攥着哭丧棒，由高鸿的儿子高瑞和魏小虎左右架着，匍匐着身子悲伤地哭泣着。按照习俗，已是外姓人的吴常本可以不承担这份责任，但当他接到报丧的消息后，无法割断的血缘亲情让他抛弃一切杂念，义无反顾地从繁忙的公务中抽身回来尽这份孝道。紧随其后的是段恒印和段士修的侄孙们，也都穿着孝衣戴着孝帽拿着哭丧棒。除段恒印痛哭外，别人只是阴沉着脸尽量表现出和死者感情淡漠的样子，是在有意做给乡亲们看。再后边是高鸿赶着自家的牛车，拉着棺材，低眉垂眼地缓慢走着。街道坑洼不平，牛车摇摆着发出“吱呀吱呀”的声音，给这没有炮声的出殡仪式制造了一点声响。倾巢而出的村人站在出殡队伍经过的街道两旁看热闹，他们不仅在看段家活着的人的热闹，同时还在遐想着躺在棺材里的人的所作所为，猜想着阎王爷该怎么审判他。双手拄着拐杖站在围观人群中的丁黑子，望着牛车上割制粗陋的薄棺，叹喂道：“段士修啊段士修，遥想当年你是何等威风得意，可曾想到会落得如此凄惨下场?!”

段士修的死，让高冉看到了自己生命的尽头。进入数九天后，高冉的身体愈加衰弱，整天躺在炕上，盖着两层厚棉被也不能保持住他的体温。屋里生不起炭火，只有在灶火间做饭时，烧柴火产生的热量进入炕洞，给他的身体增加点儿温暖，但很快就被寒冷的室温消解了。高冉预感到自己时日无多，思绪不断地在纷繁的往事中穿梭，几十年前的人和事一幕幕在眼前闪过，不禁感慨时光匆匆，人生苦短。他回顾自己的一生，尽管始终坚守孟子所言“尊德乐义、穷不失义、达不离道，穷则独善其身、达则兼济天下”的处世信条，可是在连绵不断的如洪水般动荡时局的冲击下，却无法做到独善其身，更没有实现兼济天下哩愿望。一个人身处国破民殇的境遇下，能够生存已不容易，如果要保持清白和尊严简直是无妄之想。他至死不会忘记自己当年几次遭受日寇欺凌的情景，每一次都玷污了自己的清白和尊严，每一次都在他的内心深处留下了屈辱和伤痛。几十年来，凭着家里的一点儿资财，他给乡亲们做了一些事情，虽然离兼善天下还差哩很远，也算是行了一点善事。但是在他被迫把家分给三个小子后，把给乡亲们行善事的愿望也就寄托在了下辈人哩身上。岂料，没几年这一愿望就变成了泡影，三个小子的家财以不同方式化为乌有，大小子夫妻俩更是惨死在了日本人手里。他痛心之余，更多的是忧虑，忧虑高鹏的儿孙们在石门能不能淘上生计？高鸿一家人的地主身份以后会是怎样哩命运？两面保长哩经历，会不会被不断翻出来说事？高鹤散尽钱财避免了被划入剥削阶级阵营，这一荒谬哩破财免灾之举，在多数世俗人眼里被视为败家子，并且已经深入人心，不知这一形象将来会否败坏高家哩名誉，为后人所不齿？

今黑夜，高冉照常在忧虑中睡去，很快进入了梦境：在一个晴朗的午后，高冉拄着拐杖行走在广袤的冬麦地里查看墒情，预测来年小麦产量，盼望人们都能吃上白面馍馍。他下意识地扭头望向西边的磨盘山，期盼传说了千年哩神话今天能够变成现实。令他吃惊哩是，他看见飞龙在一群黄金鸟的簇拥下正在磨盘山上空缓慢而吃力地盘旋着，那巨大的磨盘山竟然在飞龙的带动下沉重地转动起来，越转越快，须臾间从磨盘下流出了白色瀑布，铺天盖地飞落而下，落满了田野和村庄。高冉以为是白雪，伸出双手接了一捧，凑到眼前细看，是白面！还嗅到了浓浓的麦香！老天啊！神话终于变成了现实！高冉兴奋得仿佛几岁哩孩子，扔掉拐杖欢叫着手舞足蹈起来。下吧！下个九九八十一天，天下人就都有馍馍吃了！他不停地欢叫蹦跳，直到落下的白面淹没了膝盖，跳不动了才罢休。他干脆扑倒在白面里打滚，直到没有了一点力气，闭着眼微笑着连声说道："好！好！好！"这是他一生最快乐的时刻，随即便淹没在白面里没了踪影。高鸿、高鹤兄弟俩，这一宿一直陪伴在爹的身边以备不测。夜半时分，漆黑的屋里忽然没有了老人细如游丝的呼吸声，仿佛一声炸雷，把兄弟俩从和衣而卧的瞌睡中惊醒来。哥俩一阵忙乱，点上油灯，两颗脑袋凑到爹的面前，见老人两眼微合，脸上凝固着慈祥的微笑，听不到了鼻息声。哥俩急忙把提前准备好的寿衣给老人穿戴好，这才有心惶对着爹跪在地上号啕起来。

乡亲们闻听高冉去世的消息痛心不已，大家都怀念他，他这一走贞村少了个菩萨心肠哩人，不知何时才能再出现这样一位德劭之人。男女老少不约而同前来高家吊唁。

丁黑子拄着拐杖在丁不白和丁棒棒爷儿俩的照料下来了。丁黑子不顾年事已高，一定要主持高冉的丧事。

整天窝在家里愁眉不展的杜化吉和杜壮田父子来了。高冉的家业是杜化吉一生梦想要达到的目标和为之不懈奋斗的力量源泉，虽然他的梦想已经破灭，但他把高冉对待功名财富舍得放弃的淡然境界视为自己哩精神支柱，支撑着他继续活下去。

魏老酒的后人们也来了。高冉对魏家的好，早已沉淀在了魏家人的骨子里。

田从龙和李乐乐带着戏班来了，他们要为逝者献上几个拿手哩折子戏。田生玉大模大样地在高家转了一圈走了，他要跟高家保持距离，他认为高家和自己毕竟不属一个阶级阵营，走哩近了，恐生嫌疑。

给高家扛了几十年活，垂垂老矣的老陈和黄六听到老东家的死讯后让晚辈套上牛车赶来了，他们和家人都时时念想高冉哩好。

出殡这天前晌，坐在灵堂前的丁黑子回想着高冉一辈子做的善事，数不清给予了多少人帮助。他想起了姜奇、吴常和铁蛋，便支使重孙丁棒棒去县城给这三个人报丧，叫他们赶来见上恩人一面。

公务繁忙、心力交瘁的姜奇和吴常得到消息后，在丁铁蛋的陪伴下心急如焚地从县城赶来悼念他们无比敬重的长者。这份敬重不只是因为逝者给予了他们深厚恩情，更是因为逝者对苍生有着大仁大爱的情怀。姜奇三人泪流满面地对着老人的遗体行了三鞠躬礼。当姜奇掀开覆盖在老人头上的白布，看到老人消瘦、蜡黄的脸上凝固着一丝微笑的表情时，他反倒备感心酸。他知道老人内心深藏着忧虑，自己和老人有着相同的忧虑，但愿高家后辈人和乡亲们都能过上安稳舒心哩日子，让九泉之下的老人不再为活着的人忧心。

太阳当头，出殡的时辰到了，丁黑子决议要用抬棺的方式把逝者送到墓地。四根杠木，需要八个汉子，一群汉子争抢不下，丁黑子把他们分成几拨轮换抬棺。姜奇、吴常、丁铁蛋、丁棒棒、杜壮田和魏家的几个汉子抬第一拨，在高家人的号哭声和二踢脚的爆响声中起了棺。浩浩荡荡的出殡队伍给悲痛中的高家人以莫大的安慰，能得到乡亲们如此敬重，老人在天之灵可以安息了！

送走了爹，高鹤心里空落落的，为了打发寂寞时光和纾解苦闷，他整天领着怀着相同心境的魏小虎、段恒印到野外玩耍散心。田野里放眼望去，尽是欢天喜地的贫雇农，有的在丈量分给自家的土地，有的用各种车辆往自家的地里送粪、挥锹撒肥，一派繁忙景象，与到处闲逛无所事事的高鹤三人形成了鲜明对照。没过几天，就有人嘲讽高鹤以前是个败家子，现在又变成了浪荡子，不知道领着那两个反动阶级哩小崽子又要闹出什么稀罕事来。

别人哪能体会到这三个人内心的苦闷。高鹤发现两个孩子比自己更苦闷，为了化解他俩对前途迷茫的心结，他多次开导两个年幼人忘记前辈人哩事情，活好自己，新政权终会有新气象，不会搞株连，他们会有出路。他在开导别人的同时，其实更为远在北平谋生的儿子一家人担忧。目前保定以北地区由国民党军队控制，他跟儿子已经有半年时间相互联系不上。他知道这场战争分不出胜负国共双方谁都不会罢休，北平会不会有战事？如有，儿子一家人能否在战火中保全性命？这些问题他得不到答案，只好让忧虑伴随着自己。另一个忧虑是他不想跟土地打一辈子交道，他期盼县人民政府尽快恢复教育，自己能够重返学校当教师。

高鹤决定近日去县城打听一下学校的情况，不等他动身，这一期盼突然变成了现实。这天晌午，他从外边散心回来，正在灶火间和二嫂胡玲做饭的老伴听到他的脚步声，搁下手里的活儿，满是水渍的手捏着一封信赶出来递给他，说是前晌城里来人送哩。高鹤接过信，见信皮上书写的下款是元龙县人民政府教育科，他急忙拆开来看，信上说元龙、高邑、赞皇三县在县城成诚小学原址合办了一所初级师范学校，鉴于他有着多年的教师资历，特聘请他担任学校教员，两日内去学校报到。这让高鹤大喜过望，把这消息告诉了老伴。老伴很高兴，说吃了饭就给你准备铺盖！在灶火间忙活的二嫂也听到了消息，脸上绽放着笑容走出来，对高鹤说炒盘鸡蛋庆贺一下。两个侄子和侄媳妇们领着幼小的孩子从东、西厢房出来，都替三叔高兴。这是长久以来唯一给全家人提精神哩事情。

正晌午，饭已做好，一家人只等去村公所参加土改复查情况通报会的高鸿回来吃饭。过了好大一会儿高鸿还不回来，家人预感到这个会开哩不妙，都知道现在土改运动正在向纵深发展，反复清查已被划为地主、富农甚至中农家的财产，抽多补少、抽肥补瘦，把复查出来的土地、房屋、农具等财产补给贫雇农。作为贞村两大地主的段家和高家，首当其冲成了这次复查的重点对象。

高鹤正要去村公所看个究竟，二哥两手揣在袄袖里神情沮丧地回来了。家人见状，立即围拢上去询问开会结果。高鸿没心惶回话，径直走到北屋门前，一屁股坐在门墩上，目光呆滞地看着地面，忽然喘起粗气来，越来越剧烈，好像稍一迟缓胸腔里的气就会爆炸。一家人预感事情不妙不只得到了验证，更是意想不到遇上了大事情，急切地追问到底发生了什么事情？高鸿喘了一阵粗气，渐渐平息下来，抬起头，扫视一遍家人，绝望地号叫道："土改工作队和贫雇团把咱家扫地出门了！"随即"呜呜"地啼哭起来。

一家人无不震惊，扫地出门咱去哪住？一片疑问和不解的哀叫声。高鹤很快冷静下来，问高鸿道：“二哥！别着急，慢慢说，到底怎么回事？”高鸿哽咽着把会上有关自家的内容述说给了家人。他先挨了一通批斗，随后勒令他当天搬出现在居住的房屋，腾出来给一户雇农住，叫他和家人去村中一处绝户了多年破败不堪哩院落住，另把高鹤一家安置到了一进院老陈和黄六曾经住的两间屋里。土地也进行了调整，按高鸿家人口数，每人抽走一亩地，人均仅有二亩多地，还要走了一头黄牛。如此一来，高鸿家瞬间变成了全村最穷哩人家，达到了贫雇团要把地主变成穷人哩目的。高鸿叙说完后，愁苦道：“以后哩日子可怎么过？”全家人的心里阴云密布，对以后的日子看不到一丝光亮。特别是让他们搬到那处废弃了十几年的宅院，全村人视它为凶宅，原来的那家数口人曾在短短的几年间死于各种意想不到的灾祸，闻之便不寒而栗，更不用说搬到里边居住了。可是除此之外，哪里又是一家人的安身之地呢？这时候正需要有人给家人鼓气壮胆。高鹤语气轻松地侃侃而谈道：“正能驱邪，咱高家人都是一身正气，什么样哩邪气都奈何不了咱！俺两口也搬过去住，咱合成一家，睡一样哩炕、吃一样哩饭、受一样哩苦、遭一样哩罪，只要咱一家在一起就沾。天无绝人之路，咱总有办法活下去，俺在学校每个月挣哩钱也能接济些家里。房子破，修补修补能住就满足；地少，打哩粮食能吃个半饱就不赖。贫雇农掌权了，以后不会再出现地主阶级了，谁都不能也不敢再聚集大量土地了，没有大富大贵哩人家了，全都过平淡日子。这样也好，所有人都清心寡欲，谁也别想算计别人了。总之，没什么可怕哩，咱倒要看看神灵鬼怪会怎样对待咱。吃了饭咱就去收拾房子。”高鹤豁达的话语给一家人沉重的心情减轻了一点压力，才有心惶吃这顿晌午饭。

饭后，高家人车拉肩扛着生产用具和生活用品，来到了坐落在村子正中的他们的新家。呈现在他们眼前的是用土坯垒的低矮简陋、门窗破败的三间北房和两间东西偏房，房屋的墙体和顶棚被风雨长年侵蚀得看上去随时都会坍塌，在残垣断壁和枯草败叶的包围下无比荒凉。绝户之地，人们唯恐躲避不及沾上晦气，这里多年无人涉足，屋内屋外早已遍布鼠窝蛛网，与自家那青砖灰瓦的高屋大院相比简直天壤之别。如果不是走投无路，高家人决不会走近这里一步。可是命运走到了这一步，权且接受吧。高鹤此时成了全家人的精神领袖，他放下身上背的包袱，从二哥拉的车上抽出一把铁锹，径直朝着满是枯草败叶的院落走去。他站在院子中央，亮开嗓门高声喊道：“各路神鬼仙家你们听着，俺高家人以后就住在这了。俺先把好话和丑话说在前头，以后这堂屋香案上会给你们摆上供品，是多是少，是贵是贱，你们不要嫌弃，好赖是俺高家人哩心意。求你们不要给俺高家制造事端，有冒犯你们哩地方也请原谅，叫俺高家平平安安过日子，全家人会对你们感激不尽。倘若你们不领这份情，执意跟俺高家过不去，俺高鹤就去请方士来用敕令符除灭你们，说不定这地方就成了俺高家福地哩！各位神鬼仙家，俺就说到这儿，请你们避让开，俺要干活了。”他豪壮的话语明显是在给家人驱除内心的恐惧，并且达到了效果，全家人每人抄起一件工具跟着高鹤昂然走进了院里，大干了起来。

四周的乡邻听到高鹤的喊声，有的站在房顶，有的出现在街上，惊讶而好奇地探看着高家人的行动。

一直干到天黑，这座院落和房屋里里外外打扫得干干净净，才有了家的模样，只待第二天对破败的地方进行一番修补，算是有了一个安身的地方。

当晚婆媳几个在院里支上锅贴了两圈小米饼子熬了一锅小米稀饭，一家人就着白萝卜腌的咸菜吃饱了肚子。劳累让每个人都想躺下来歇息，正房和偏房原有的破败不堪的炕已经被清理出去，高鸿的两个小子用小拉车去原来的家装了一垛玉米秸回来，铺在几个屋地上，上边再铺上被褥，算是有了睡觉的地方。剩下一些玉米秸挡住洞开的门窗，企图减少些寒气侵入。高鸿和高鹤夫妻分别睡在北屋东、西两头的里间，两对晚辈年轻夫妻带着孩子睡在东、西偏房。每间屋都四面透风，寒冷使一家人裹着棉被和衣而睡。

高鸿和胡玲面对面躺在一起，俩人虽然疲惫至极，却在黑暗中睁着眼睛想着心事。高鸿在想着老伴嫁给他近四十年的岁月里，每天都在为这个家不辞辛苦地操劳，快六旬的年龄本该颐养天年了，却不料家境破落到了这步田地，以后净是吃苦哩日子了。他感到愧对老伴，一只手伸进胡玲的被窝里，攥住她的一只手说道："俺高鸿对不住你，早知今日，何苦当年向你求婚，把你拽进了剥削阶级阵营。你若嫁个穷人家，如今也是扬眉吐气哩翻身户，哪能遭这份罪。"正在考虑第二天如何搭配捉襟见肘的粮食，保证一家人吃饭的胡玲，听到男人说出这些突兀的话很是吃惊，用力掐一下男人哩手反问道："说梦话了不是？"高鸿发出一声痛楚的长叹回应道："俺这是实话。"半年前高鸿险些被枪毙后，他经常在睡梦中重现那一惊心动魄的情景，每次都在惊叫声中醒来，吓出一身冷汗。从那时起，胡玲为了安慰他，睡觉时都会攥住他的手。渐渐地高鸿有了依赖，没有胡玲的手安慰便睡不着觉，后来变成了他主动攥住胡玲的手。今天他攥住胡玲的手不是为了获得安慰，而是表达自己对胡玲深深的愧疚。胡玲感受到了男人此时的心情，她沉静片刻缓慢而坚定地说道："嫁给你俺不后悔，高家没有罪孽。就因为地多，雇了长工干活就有罪？俺想不通。俺在高家这几十年，品尝到了一个女人受敬重哩滋味！爹叫俺知道了什么叫知书达理，你叫俺知道了什么是有情有义有担当哩男人！俺幸运嫁给了你，要是有下辈子，俺胡玲还跟你做两口子，吃糠咽菜俺心甘情愿！"话说到此，胡玲的眼睛模糊起来，高鸿的脸上早已经挂满了泪水，两个人的手更紧地攥在一起。

第二天，一家人紧锣密鼓地整修起房屋和院落来。后半晌时，魏小虎和段恒印去高家旧址找高鹤打听到了这里。作为反动派和大地主的直系家属，他俩这两天也在经历着和高家人同样哩命运。段恒印又被土改队勒令随堂叔搬到了一处破旧的院落，魏小虎和娘被支到两间荒凉的屋里栖身，他俩各自帮着大人安顿好家后，不约而同在街里碰上头找高鹤来了。两个孩子又遭遇了扫地出门的变故，心里焦躁、无助、迷茫，不知道以后哩道该怎么走，希望能从高鹤那里得到一丝心灵慰藉。他俩看到高家人都在忙碌，默默地当起了帮手。

高鹤忙里偷闲跟两个小伙伴搭着话，知道了彼此的最新情况。两个孩子由衷地为高鹤重操旧业而高兴，高鹤却替两个孩子以后哩日子深为忧虑。

一直干到天黑，所有的房屋被修整得不再透风，可以收工了。高鹤留两个孩子吃饭，其间开导他俩，年纪尚小，岁月还长，对未来一定要有希望，总有一天会好起来。临别时，高鹤告诉俩孩子自己去学校报到的时限已到，明天起大早动身，叫他俩以后常到学校找他。两个孩子悻悻而归。

天刚蒙蒙亮，高鹤背着一个大包袱出了院子，看见两个模糊的人影站在不远处，他知道那一定是魏小虎和段恒印来给自己送行。不等他开口招呼，两个人已经迎了上来，抢过他身上的包袱，纷纷表示要把他送到学校。高鹤拒绝不住，只得依从他俩，三个人向南穿街走巷出了村子，冒着寒冷沿着寂静的城道走去。

魏小虎和段恒印轮流背着包袱，跟高鹤一路交谈着，高鹤强烈地感受到两个孩子因为自己去县城教书，从此不能每日跟他们相处在一起而备感孤独和苦闷，他知道任何安慰的话都是徒劳。就在高鹤寻找宽慰两个年幼人的话时，段恒印告诉他要和魏小虎去赵县柏林禅寺修行一段时间，以求净化凡心、祛除烦恼。这个主意是两个孩子昨夜从高家出来后商定哩，正好一大早陪高鹤走一段路。高鹤心中一亮，赞同他俩的主意，这或许是最好解除苦恼哩办法。

大约走了半个多时辰，县城近在咫尺，前边是一个十字路口，往东是通向赵县的道路。高鹤从段恒印身上接过包袱，再说任何言语都是多余，两个孩子向他挥挥手，拐向东去的道路。此时东边的天际线泛起了白光，高鹤站在原地目送着两个孩子渐渐走远，直到两个身影消失在视野里才转身向城里走去。

今天一大早丁棒棒媳妇感觉要生了，丁家立刻充满了紧张的喜气。丁棒棒急忙跑出去请来了接生婆，他奶奶和娘按照接生婆的吩咐从西厢房进进出出往屋里端热水盆子，拿剪刀、手巾等接生用品。丁不白在西厢房门外随着家人的进进出出着急地来回走动，他想帮忙却插不上手。丁黑子坐在北屋中堂的圈椅上，透过两扇门虚掩的缝隙向外张望儿子和重孙子忙碌的身影，怀着喜悦的心情期待着新一辈生命的降临。他盼望着能添个小小子，以延续丁家的香火，不知道老天爷能不能遂了他这一奢望。他丁家从他开始已经是四代单传，如果第五代首胎就生个小子，那无疑是老天爷对他丁家哩眷顾，也证明他丁黑子积了阳德，他可以安心地去见阎王爷了。回想自己八十多年的生命，他感到自豪，一辈子没有做过对不起自己良心哩事情，没有向豪强低过头，好人敬佩他，坏人惧怕他，自己这辈子没白活。只是他对家人感到愧疚，因为他好打不平哩刚直性情，给他自己也给家人造成过伤害。现在他唯一哩心愿是不想再拖累家人了，他衰老的身体不能再干任何活计，只能坐享其成接受家人哩伺候成了白吃饭哩废物，儿子有伤病、孙子在县人民政府有公务、重孙子当着村民兵，拖累谁都是一种罪过。如果老天有眼，就让他在小小子出生后不久归西吧，好早日跟在阴间等了自己十几年哩老伴团聚，那样对他来说是最好哩结局。

丁不白进了北屋，打断了爹的胡思乱想。此时丁棒棒媳妇进入了临产状态，身为长辈不便在院里闻听从西厢房里发出的孙媳妇痛苦的呻吟声，陪着老爹静候婴儿呱呱坠地的那一刻到来。丁黑子对坐在另一张圈椅上的儿子说道："不白，给孩子起个正经名字，不能再像咱祖孙四代一样，男人没有一个能上台面哩称呼。"丁不白应道："沾，看是男是女吧。"丁黑子继续说道："爹再活着也没用了，该找你娘去了，爹死后，不叫啼哭，给爹办个喜丧，叫爹高高兴兴哩走。"丁不白很诧异爹说出这些不搭调的话来，奇怪地看着爹。丁黑子的眼睛始终透过两扇门缝看着院里，等待着儿子的回复。丁不白恍然明白了爹的心思，他正要答应爹的要求，突然从西厢房传来一声清脆的婴儿的啼哭声截住了他的话语，他兴奋地完全忘记了自己身上的伤痛，径直颠簸着身躯奔出了北屋门，他要到近处去仔细倾听那悦耳的啼哭声。与此同时，丁棒棒从西厢房撩门帘跨出了屋门，对爷爷兴奋地喊道：“小子！是个小子！”爷孙俩一同返回北屋向老人报喜。不等他俩开口，已经听到消息的丁黑子正得意忘形地朗声大笑着，那神态简直像是个捣蛋得手后哩顽童，边笑边断续地念念有词道：“老天爷……对俺丁家……不薄，叫俺丁家……又续上香火了！老天爷……俺丁黑子……感激不尽你……”老人的气息突然急促起来，身子迅速瘫软下来，刚才涨红的脸色瞬间变得蜡黄。丁不白爷俩知道这是老人过于兴奋造成哩结果，急忙上前搀扶住老人，焦急地呼唤，期待老人恢复正常。丁黑子在冥冥中看见飞龙在一群黄金鸟的伴飞下从天而降，落在院里，神情崇敬地对他说道：“老爷子！你圆满了！”随即在鸟儿欢快的叫声中腾跃而去。丁黑子忽然回光返照，眼睛有了神采，这是他想都不曾想过哩事情，激动地对儿子和重孙子说道：“俺梦见飞龙和黄金鸟了！这是咱丁家哩福分！孩子就叫梦龙吧！”他预感到自己的生命行将结束，既是对儿子和重孙子也是对自己说道：“老天爷……真给俺面子，这么快就……遂了俺哩……心愿！添了新人……走了老人，这才叫……双喜临门……哈哈哈……”他狂放地又发出一阵笑，突然头一栽，没了气息。丁不白泪眼模糊地对爹说道：“爹！你放心走吧，俺们会给你办个喜丧！”他劝阻正在抱着老爷爷放声大哭的丁棒棒道：“别啼哭了，你老爷爷魂还在，他听到会不高兴哩！”丁棒棒仿佛一下子通晓了老爷爷的心思，止住哭，把老爷爷安放到炕上，跟爷爷商量起如何顾全这一生一死哩事情来。丁棒棒先到四邻报了丧，并请其中一人到县城通知爹和吴常。

遵照老人的遗嘱，丁不白爷儿仨在乡亲们的帮助下平和地完成了丧事。可是每个人的内心并不平和，乡亲们深情怀念这个几十年来给他们的生计带来便利的老铁匠，无比敬佩刚直不阿、疾恶如仇、敢于挺身替他们秉持公道的丁黑子。

杜化吉整天躺在炕上昏昏欲睡，没有食欲，本就消瘦的身体，日渐虚弱。儿子杜壮田和孙子杜长顺焦急万分，老人再这样熬下去，没几天就会断了气。儿孙知道老人这是心病闹哩，费尽了口舌开导劝说也无济于事。杜壮田无计可施，只好暗暗地给爹准备后事。杜长顺并不死心，他想方设法也要让爷爷的生命延续下去。这天前晌他跟爹要了几张纸币，来到县城西街寿春堂药店，向坐堂先生说明了爷爷哩症状，要抓几副促进食欲哩草药。寿春堂药店是杜家的老客户，土改前杜长顺没少来送豆腐，彼此十分相熟。药店掌柜的和杜化吉同病相怜，知道老友的病因，便对杜长顺说不用吃药，回去给爷爷说不久前姜县长带人上门来归还了没收了他家哩所有药材和制药工具，还给他赔了礼，说不该把守法经营哩工商业主当作剥削阶级打倒，今后人民政府会大力支持发展工商业，并鼓励他搞好药店经营。

杜长顺理解药店掌柜的说这段话哩深意，他如获至宝地跑回家，喘着粗气给躺在炕上唉声叹气的爷爷转述了寿春堂药店掌柜哩话。杜化吉听完，惺忪的眼睛瞬间有了光泽，衰弱的身体仿佛立刻注入了一股强大的力量，灵魂入窍般有了精神，像一个灵巧的孩子一样挺身跳下炕来，对儿子和孙子兴奋地说道：“姜县长哩话俺信，看来咱又能做生意了！把咱哩豆腐坊再建起来！过了腊八，正是卖豆腐哩好时候！还愣着干什么？快去看看缺什么家什！”说着快步走出了屋门。

杜壮田和杜长顺父子俩为老人骤变的精神状态惊呆了，继而欣喜不已，他俩盼望的不就是这样哩结果吗！俩人紧跟在老人身后来到了院里西厦间破败不堪的豆腐坊，操持起来。

干到晌午，杜化吉也不肯停歇，杜壮田熬了半锅小米粥、贴了一锅圈小米饼子，叫爹吃了饭再干。杜化吉真饿了，一手拿着饼子一手拿着咸菜疙瘩大口地吃起来，一连吃了三个大饼子还要去锅里拿，杜壮田怕爹撑坏了胃，赶忙制止住，劝老人下顿再吃。

饭后爷儿仨又接着干，院里院外地忙活，被路过杜家门口的田生玉看出了问题。他背着手走进院里，狡黠的目光扫视一遍四周，见豆腐坊已经初具模样，不解而嘲讽地对正在忙碌的杜化吉问道："你这是干什么？又想发大财了不是？嫌富农哩帽子小，想戴个地主哩不成？"杜家爷儿仨对田生玉是既恨且怕，恨他这么多年来给杜家造成哩伤害，怕这个土改风云人物再给杜家施以卑鄙手段。杜壮田赶忙停下手里的活，强装笑脸回应田生玉道："一家三口老弱病残，干不成大买卖，能挣个糊口钱就不赖了。"杜化吉憋着心里的火气，低头干着活儿，背对着田生玉，底气十足地回道："姜县长发话了，鼓励发展工商业，人家没说不叫富农做生意。"田生玉冷笑几声道："姜县长？听说他因为庇护地主富农，正在接受上级调查，自身都难保哩，他说哩话能算数？别忘了，你现在是贫雇农批斗哩对象，姜县长要是允许你们这种人再发家致富，他岂不是跟共产党哩土改政策对着干？到时候恐怕他哩县官都当不成，你家赚哩钱还要再平分给穷苦人家。俺劝你别做梦了，安生种你那几亩地，有口饭吃就该知足了。"说完，田生玉从喉咙里哼出一声轻蔑的声音，转身离去。

杜化吉被田生玉的话说得心烦意乱，不自觉停下了手里的活儿，蹲在地上，目光呆滞，眼前空无一物。杜壮田和杜长顺也停了工，父子俩同样六神无主，沉默无语，谁都找不到可以安慰老人的话。

天很快黑下来，夜幕掩盖了爷儿仨的不堪神态。杜壮田父子俩去灶火间生火烧热了晌午的剩饭，杜长顺借着月光把饭食送到仍蹲在豆腐坊陷入苦闷中的爷爷面前，刚要开口劝老人吃饭，出乎意料，杜化吉伸手接过碗和一个饼子大口地吃起来，边吃边发狠地说道："俺得好好活着，一直活到看见后辈发起家那天！"

爷儿仨在身心疲惫中睡下了，三个人的鼾声融进了寂静的夜中。杜化吉很快进入了梦乡，他的豆腐坊又热气腾腾地干了起来……他赶着毛驴车穿行在县城和各个村庄的街巷里给老主顾送豆腐……每天劳顿完后他数着赚来的钱开心地笑着……忽然，他积攒了一大柜子的银圆钱币被一群人哄抢而去……他站在戏台上接受下边如潮般的人群的批斗……他被拉到村西在枪毙高鸿的现场陪绑……一声枪响把他从梦中惊醒，吓出一身冷汗，喘着粗气坐起来。他在心里自问：难道这是老天爷在警醒俺，不叫俺再做生意了？他心里的憋屈，瞬间爆发出来，歇斯底里地喊道："老天爷，俺杜化吉遭了一辈子罪，你别再捉弄俺了沾不？俺这辈子没能过上好日子，死不瞑目！"老人的喊声惊醒了睡在他左右的杜壮田和杜长顺，父子俩起身给老人披上棉袄，他俩也裹着被子静静地陪老人坐着。父子俩从这喊声中感受到的是老人对杜家命运的悲戚和无奈，这喊声震撼着晚辈的心灵，久久地在耳畔回响，他俩不知道老人的心愿何时才能实现，或许在老人有生之年只能是梦想，俩人真想为老人大哭一场，他们明白那样不仅无益，而且会引起老人更大哩悲伤，便只能让泪水暗暗地流淌。杜化吉倔强地瞪着眼坐到了黎明时分，就是不接受这一现实。一阵困意袭来，他垂下头打起了盹，惊喜地看见了梦寐以求的飞龙，不待他询问杜家哩前程，那圣物仿佛知道他的心事抢先开口道："好好哩活着，你一定能看到杜家兴旺哩那一天！"

县城解放一个多月来，人们过上了听不见枪炮声看不见硝烟的和平生活。跟蒿目时艰的战争岁月相较，姜奇的身心依然没有感到轻松，他日夜都在为尽快恢复县城及周围村庄百姓的生活秩序、振兴与民生息息相关的工商业而殚精竭虑地操劳着。

几所中小学和一所师范院校在他的直接参与下，教材已经编好，教师队伍经整顿后重新建立起来，招生工作正在进行，只等过了年就可以开学。

令他不安的是，一批经营规模较大的工商业主，随着新解放区开展土改工作，划分阶级成分，主体为农民的这些人自然不可逃脱，没收平分他们的财产成了天经地义的行为。县城的商业一度萧条，商品短缺，物价开始上涨，姜奇感觉这个问题不尽快解决，民生将会受到很大影响。

土改工作队和县委县政府住在原县署大院，姜奇一大早来到洪队长住的房间，待洪队长洗漱完毕后，开门见山对他提出了不能把守法经营的工商业主的财产也视为不义之财给予没收，提出要让他们继续经营的意见。洪队长最反感姜奇跟自己谈土改工作的事情，更不同意对方提出的意见和建议，双方理念差异太大，自然又是一次思想和言语的激烈交锋。情绪激动的洪队长，脱口而出的一句话激怒了姜奇，他说道："上级正在研究关于你袒护地主问题的处分决定，你不但不反省，还要维护作为剥削阶级的工商业主的利益，看来你完全站在了人民的对立面，丧失了担任人民政府县长的良知和资格！"姜奇怒不可遏地指着洪队长的鼻子吼道："洪队长你听着，姜某既然跟你讲不通道理，今天就要被迫行使县长哩一项职责，派工商科哩同志把你们没收守法经营商户哩财产悉数归还原主，以维护本县商业利益和保障人民群众生活。你可以用任何罪名向上级反映我哩这一做法，但只要我在任一天，就决不允许任何人以任何名义再去干扰本县哩商业经营活动！"姜奇的决然态度迫使洪队长做出了妥协，他的心里虽不服气，表面上不再跟姜奇争吵，默认了对方的决定。

新调来的县委智书记早起在大院散步听到了两个人的争吵，他走过来站在屋外静听了一会儿，待屋里平静下来后走了进去，他表示赞同姜奇的做法，同时安慰了洪队长几句。洪队长孤立无援，忍气吞声地答应会积极配合县政府把所没收的财物退还给工商业者的工作，心里却想着暂且让姜奇一步，不定哪天上级就会革去他的县长职务，到那时再继续推行自己的做法也不迟。

智书记便和姜奇走出来，边走边商量安排归还被没收工商业主财物的具体事项。吃过早饭，姜奇带领工商科和土改队的几位同志，到被没收财产的几家经营信誉良好的店铺核对应归还的财物清单。当天下午，便全部归还了这几家店铺的财物，店铺主人自是感激不尽。此举，不但令当事业主满意，同时也恢复了其他店主的经营信心。市场很快活跃起来，物价逐渐稳定，方便了百姓生活，税收也得以增加，可谓一举多得。

腊月十五，这天是县城大集。年关将至，方圆几十里的人们开始来县城置办年货。

时近晌午，姜奇领着两个干部模样的客人从县委县政府大院走出来逛集市，他们向东拐去，置身于熙攘的人流和热闹的交易场景中，让他们每个人都感到了欣慰。每当看到地摊上摆着的各种土特产或走到一处古老建筑物跟前时，姜奇都会自豪地向客人介绍一番。三个人沿着四街三关的街道漫步了一圈，元龙县深厚的历史文化底蕴和独特而丰富的物产给客人留下了深刻印象，赢得了一路啧啧称赞。仨人最后在西街的一个饸饹摊前的长凳上坐下来，姜奇买了六个缸炉烧饼和三大碗饸饹面，跟客人津津有味地吃起来。这将是姜奇在元龙县城赶哩最后一个集，四天后他就要动身前往太行行署所在地涉县担任新职务了。

这两个客人就是太行行署派来的组织部的同志。昨天傍晚两位同志从涉县赶来，今天前晌向元龙县委、县政府以及驻县土改工作队的主要干部，传达了行署党委关于土改工作队反映姜奇同志干扰土改工作的审查报告。大致如下：经过深入调查，姜奇同志不顾个人得失大胆纠正土改工作中的偏激做法，是符合中央精神的。他的行为不仅在民众中维护了共产党的形象，而且保护了一批共产党的朋友。更重要的是，姜奇同志在新形势下为太行区的各级干部做出了榜样，那就是我们今后仍要继续发扬抗战时期的统一战线作风，团结一切可以团结的力量，把新老解放区的人力、物力和财力凝聚起来，全力支援前线作战部队，为早日推翻国民党反动派政权，解放全中国而努力。在今后的一段时间内，太行行署将全面开展纠偏工作，纠正土改工作中的简单粗暴做法。同时开展党员干部的思想整顿工作，清除一些干部头脑中长期存在的极端思想，为随之而来的任重而道远的建设任务做好准备。

行署组织部的同志宣读完后，大家给姜奇鼓起热烈的掌声，为他感到庆幸和高兴。洪队长勉强拍了几下手，心里虽然不服气，脸上却呈现出尴尬的笑容，以迎合组织部领导的目光。姜奇感激之余，内心对未来并没减轻多少忧虑，因为他知道在各地的土改中普遍存在着过激现象，完全纠正过来谈何容易，以后会不会再有反复更是难以预料。参加土改的一部分党员干部不了解农村和农民的真实状况，看问题和处理问题过于简单化、情绪化，把经济基础、财产来源和思想修为多层次多样化的农民，简单地分裂成剥削与被剥削的两个对立阶级，用残酷的手段让贫穷的一方去压倒富有的一方。他们哪里想到，长此以往，所有人都会把财富视为罪恶之源，把追求财富的行为视为罪恶行径，人民失去了发展动力，贫穷和饥饿将蔓延整个社会。他期盼着纠偏工作能够尽快在所有解放区开展起来，并且创造出一个政治上风清气正、干部思想开明公道、鼓励农民各显其能求致富哩新局面来。

组织部的同志接着宣布了行署党委对姜奇的工作调动决定，鉴于他长期在基层工作，了解民情民意，对人民怀有深厚感情，故让他负责太行行署一专区的民政工作，五日内到行署报到。随后又任命了接替姜奇的新县长。姜奇一下子感觉身上的担子重了，一专区下辖包括元龙县在内的冀西南的九个县，民政工作牵涉社会生活的方方面面，深怕出现差错和纰漏损害了百姓利益，但他同时又为自己有了给更多老百姓提供服务的机会而高兴。想到几天后就要离开这片与自己的大半生休戚与共哩土地，姜奇留恋伤感之情涌上心头，散会后他要去赶个集，再看看家乡华美哩景物，听听暖心哩乡音，嗅嗅芳香哩泥土。组织部的同志知道后，也要跟姜奇同去，领略一番元龙县的人文风采。整个集赶下来，组织部的同志在了解了元龙县城的历史脉络、感受到了浓浓民情的同时，更真切地理解了姜奇因何对这片土地怀有深厚的感情。

随后几天，姜奇和新上任的赵县长交接了工作，去老家的祖坟给爹娘烧了纸钱。在坟上他告诉了父母自己的工作变化，最要紧的话是请爹娘原谅自己参加革命出生入死几十年，没能顾上成家，五十多岁了还没给姜家续上后人，他向爹娘保证，等安定下来后一定娶个老婆生几个孩子，一块来上坟。这几年黄丽一直不放弃对姜奇的追求，姜奇认为时机还不成熟始终没有明确答应。特别是洪队长向上级告了他的状后，他担心自己被隔离审查进而牵扯上黄丽，便有意疏远对方，这使得黄丽更加痛苦。他的问题终于有了结论后，才松了口气。黄丽把狂喜藏在心里，寻找机会向姜奇发起更猛烈的进攻。姜奇还有许多工作需要处理，他没有时间考虑和黄丽的关系问题，顺其自然吧。他从坟上又转到邻村看望了老姐姐，才返回县城。

姜奇在元龙县的最后一个夜晚，梦里和飞龙又相遇了，飞龙化身成一位古装打扮的老者前来给他送行。两者一见如故，古往今来相谈甚欢，华夏久远的辉煌历史和近代遭受的屈辱、中华民族不甘落后生生不息的奋斗精神、人民向往安定富足生活的期盼，这些是他们谈论的主要话题。交谈中姜奇和飞龙的情绪时而忧伤时而激愤，时而叹息时而昂扬，一直到天亮才依依不舍地结束。飞龙因此增添了不少底气，复现出了一些久违的神采。姜奇则对未来有了更美好的憧憬和更坚定的信念。飞龙最后提示姜奇：社会变革道路曲折而艰险，到达理想王国谈何容易。姜奇将飞龙的话牢牢记在心里。

第二天一早起来，姜奇把自己的行李、书装满了一马车，随便吃了点饭，在同志们的陪伴下前往县城东边的火车站，坐火车到三百里外的邯郸，再辗转前往太行行署所在地涉县。姜奇和警卫员穿着老旧的灰军装大衣跟在马车后边，与送行的县委智书记、赵县长和公安局长吴常等一干同事依依不舍地交谈着。黄丽心事重重内心痛苦不安地远远跟在后边，这几天她一直没有寻找到向姜奇表白的时机，看来这一别不会有机会了。一行人走出已经畅通的长春门，原野上的寒风凛冽，姜奇力劝送行的同志们止步，大伙执意要把他送上火车。他是全县最老资格的革命者，无人不从内心敬佩他，就这样大伙陪着他不知不觉走了三里多地到了车站。在站台上等车的间隙，姜奇跟每个送行的同志又分别说了些说不完的话，唯独面对黄丽时，俩人心照不宣却尴尬地沉默了片刻，任凭自己的内心翻江倒海，只是握了握手，便错开了目光。黄丽把控着作为女人的最后一点矜持，她不想当着大伙的面展现自己最伤情的一面。离别的时光总是那样珍贵而短促，从北边隆隆而来的一列客货混编火车驶进了车站，喘着粗气缓缓地停下来。就要离开家乡了，姜奇心头忽然涌上一股浓浓的乡愁和对故土深深依恋的情感，他跪下来，双手和额头实实地抚抵着大地，为这片历经沧桑的土地和饱受苦难的人民默默祈祷，祈盼从此再无战火，大地得以休养生息，人民能够丰衣足食、安居乐业！姜奇祈祷完后站起身来，寒风摇曳着他的华发，泪水早已挂满了他有些褶皱的脸。此情此景令众人无不动容！

姜奇和警卫员登上车厢，一声雄浑的长笛响起，火车启动了，在铿锵的车轮声中他和同志们彼此挥泪告别。

解放区的形势在日新月异地发展，各项工作需要大批人员去开展，因此干部调动频繁。

腊月二十九上午，吴常正在县公安局开会，布置全县春节期间防匪防特的治安工作，县委秘书室的同志前来通知他会后去找智书记。吴常预感到有重要任务在等着他，他抓紧时间开完会后，来到了智书记的办公室。赵县长已经在座，智书记递给他一封已由石门市改为石家庄市的公安局发来的电报，说隐藏在市内的一批国民党特务计划在春节期间搞暗杀破坏活动，需要经验丰富的老公安前去增援，点名要吴常前去开展反特工作，敌情紧急，命他务必在正月初一前晌报到。吴常以县公安局局长的身份，肩负着县委常委和县政府重要部门的职责，多年来历经战火，意志刚强，锄奸反特，威震敌胆，是一员任何人都不想放手的大将。他这一走，对智书记和赵县长来说无疑是一大损失，可是上级有更重大的任务在等着他去完成也只能忍痛割爱了。几个人自然又经历了一场离别的伤感。当天吴常把繁杂的工作交代给继任者，一直到深夜才回宿舍休息。

大年三十前晌，浓浓的年味充溢着整座县城，家家户户都在包饺子、贴对联。吴常在街道上转悠，他要买些年货带回家去给媳妇和孩子以及牛四妮一家人享用。街道上冷冷清清，大多数店铺已经歇业忙着过年，吴常串了几条街，好不容易买了些肉食、年糕、花炮、对联和几块布料，分成两大包，两手掂着返回坐落在县委县政府大门东边的公安局。时辰到了半晌，智书记、赵县长和黄丽等许多同志陆续前来给他送行。他们热切地交谈着，吴常这才知道同时走的还有黄丽。她决心去找姜奇，这次一定要确定下两个人的关系。两辆马车已等在门前，这是智书记给黄丽和吴常准备哩。一辆把黄丽送到火车站，前往涉县；另一辆先把吴常送回家跟老婆孩子吃顿团圆饭，后晌再把他拉到车站，去石家庄。时间到了，同志们帮着黄丽和吴常把俩人各自的行李物品搬到马车上，这样离别的场合不易久待，免得又是一场伤心落泪。黄丽和吴常对大伙说了几句道别的话，随即坐上马车，示意车把式快走。两辆马车穿过谯楼一东一西拐去，吴常和黄丽相互告别时，彼此都别有一番滋味在心头。

约莫半个时辰，马车来到了贞村村南一座孤零零的院落门前。吴常跳下车，两手分别拎着行李和一包年货，招呼正在往柳树上拴缰绳的同事家里坐。吴常走进院子，见一个和他的相貌轮廓毫无二致的七八岁的小子，正在院子西边的羊圈前提着一筐白菜帮喂圈里的几只绵羊。那是他的儿子吴非，他亲昵地叫道："小兔崽子！还不快接应你爹！"

吴非怯怯地看着吴常，想叫一声爹，几次启齿声音却阻断在喉咙里。孩子长这么大，跟爹在一起的时间不超过两天。战争期间，因为爹的缘故他也是敌人抓捕哩对象，长年跟着娘东躲西藏在大舅和二姨家。他对爹的印象只是通过别人口口相传，在心里形成的一个威风凛凛锄奸反特哩英雄形象，而没有感受到爹本应在日夜厮守中给予他哩涓涓温情。他的脸憋得通红，为掩饰自己哩尴尬，撒腿跑过来，抢过爹手里的行李和年货向北屋奔去。吴常盯视着儿子的背影，脸上满是疼爱的笑容，边照应着身后的同事屋去歇歇。俩人走到北屋门口时，余子头上裹着一大块蓝白相间的粗布手巾，手巾的下摆遮挡着她丑陋的脸庞，手里端着一升白面低着头疾步从屋里走出来，也不跟吴常搭话，径直闪进了东边的灶火间。余子在屋里刚给孩子缝好了一件过年穿哩新棉袄，准备做晌午饭，听到吴常领着一个人走进院里的声音，她不想在外人面前给吴常丢脸，便往头上胡乱裹上一块手巾下了炕，到东里间屋的瓮里挖了一升面，要给他们做一顿好饭吃。吴常只顾照应同事，没来得及跟媳妇说话，他俩进了屋，没有桌椅，家什异常简陋，只有一个地桌和两只小板凳，俩人坐下来拉起了闲篇。依炕而立的吴非跟有感情距离的爹在一起极不自在，挨了片刻，低头跑了出去，守着娘去了。

饭做好了，吴非在娘的指使下拿了一头蒜，两手端着岗尖的两海碗鸡蛋卤干挑面迈着小碎步送到了爹和客人面前。吴常热情招呼同事趁热吃，俩人大口地吞吃起来，都由衷地夸赞这面好吃，这样的饭寻常人家一年到头吃不上几顿。吃饱了肚子，歇息片刻，吴常对同事说大年三十是一家人团圆哩日子，催他快回家去过年，自己后晌还有事要料理，去石家庄坐火车时间还早，走着就沾了。同事坚决地说，这是他哩任务，出于安全考虑一定要把吴局长送上火车再回家。吴常拍拍挂在腰两边的手枪和短剑说，有这俩家伙陪着还怕什么。在吴常的一再催促下，同事不得不起身回去。

吴常很想和儿子相处一会儿，把同事送走后，他来到灶火间，看见娘儿俩正坐在蒲团上就着山药喝面汤，更沉重的愧疚袭上心头。他返回屋掂来自己买哩一堆年货，从中拿出一只烧鸡，撕下两只腿放在娘儿俩的碗里。余子看也不看吴常一眼，把自己碗里的鸡腿夹给了孩子。吴非长这么大难得一遇这样哩美食，几口就把两只鸡腿吞进了肚里。吴常蹲下来看着孩子吃完饭，向孩子提议跟他一块打扫院子、贴对联。吴非能感受到爹的炽爱，他也想跟爹拉近感情距离，便随爹来到院里，一人拿一把扫帚打扫起来。吴常关心地问这问那，知道了孩子已在村办的初级小学读书，不上学的时候帮娘料理农活和家务。吴常的关爱使孩子的话渐渐多起来，他把家里最近的事情都告诉了爹。吴常才知道，余子怀念从前和公婆放羊哩日子，省吃俭用买了这几只羊，盼望以后滋生一大群，告慰两位老人在天之灵。父子俩在屋门和院门上贴了对联，拿着一沓纸钱来到院子东边。在两位老人的坟上烧纸、磕头时，吴常深情呼唤着恩重如山哩爹娘，像唠家常一样把自己和妻儿的情况详述了一遍，好让老人感受到天伦之乐。

上完坟，吴常抬头看看偏西的太阳，到了跟妻儿离别的时候，回到家，他告诉正在灶火间剁白菜准备包初一五更饺子的余子道："俺不能在家过年了，这就动身去石家庄执行任务。"余子忧郁的眼神里又多了一丝哀怨，这哀怨是为吴常不能给孩子更多的父爱而生，她对这个男人的夫妻之情早已经泯灭，只因为有孩子这个纽带才使她没有把他当成陌路之人。这么多年吴常很少在家过年，今年有他没他还是像往年那样过，余子淡淡地回道："放心走吧，加上土改分哩三亩地，俺娘儿俩缺不了吃穿，俺会把孩子给你养大成人，该上坟哩时候爹娘少不了钱花。"吴常感激而愧疚地对余子说道："辛苦你了！"说着把一摞纸币放在案板上。余子看也不看，只顾低头剁菜，她这么多年受的委屈早和着眼泪吞进了肚里。吴常的心里更不是滋味，他亏欠这个善良而隐忍的女人太多，说多少感激哩话都是徒劳。他只好把站在身边的吴非紧紧地揽在怀里，让孩子多感受一点儿父爱。随后吴常背起行李提着另一份年货，在儿子的目送下出了家门向村子里走去。

吴常一路跟街上的乡亲们亲热地打着招呼，来到村西北角石敢当的家，他要看望这个逝去的亲如兄弟的老母和妻儿。石家门前，一个枯瘦如柴的老妇人拿着扫帚从院门里扫了出来，这是牛四妮，她也和所有人家一样打扫院落干干净净过年。吴常有些吃惊，几个月不见，老人暴瘦哩模样几乎认不出了。他大步迎上去，想问候老人，老人也看见了他，他以为老人会惊喜地迎候自己，却不料老人故意躲避他，背过身去漫无目的地挥动着扫帚。吴常忽然意识到老人看见他会勾起对儿子的思念之情，便收住脚步，默默地看着老人。老人停止扫地，双手拄着扫帚身体瑟瑟颤抖着。吴常确认自己的到来引起了老人的悲伤，他能体会到失去爱子、背负着反动军人家属的罪名以及给后辈人造成的不堪命运，这些痛苦叠加在一起，老人在经受着怎样的煎熬！但他要完成自己哩一点心愿，给老人一些温暖。此时，一个和石敢当一样憨厚的半大小子端着一盆水从院里出来，他把盆放在地上，用手往老人扫过的地方撩泼着。这小子看见了吴常，被吴常用手势招过去。吴常询问了孩子家里的情况，嘱咐他照顾好奶奶和娘，鼓励他不管日子多么艰难也要挺下去，说着把一包年货和一摞钱塞给孩子。很少有人关心他这一家人，孩子感激得含着泪要给吴常下跪，被吴常制止住。吴常转身离去，他不忍心再待下去。走出一段距离，心里仍牵挂着老人，他回头看去，见老人茕茕孑立仍站在原地，瘦小的身躯还在剧烈地颤抖。他知道老人在哭泣，他的心一阵酸楚，泪水瞬间模糊了眼睛。

吴常出了村东口，朝东北方向斜插着麦地来到了段家柏树茂密碑石林立的坟地。他放下行李，先在孕育了自己生命的爹娘坟前跪下来，内心百感交集地磕头、烧纸钱。特别是对从没看过一眼的娘，肚子里有无数想说的话，却不知从何开口，只好默默地守候着，直到感觉娘的亡灵已经接收到了自己的意念，咧着嗓子喊了一声娘，把肚里所有的话都传递了过去。栖息在这里的各种鸟雀，被他这声喊惊吓得“扑啦啦”飞走了一群。他擦去泪水站起身，又到两个哥哥和列祖列宗的坟上祭拜了一番，背上行李，走进东边不远处更大一片柏树林里。村里大多数人家的坟地都在这里，他蹚着没及腰间的枯草，在每一个与他的人生有交集的让他敬佩、思念的逝者墓前驻足凭吊：高冉老两口、高鹏夫妇、丁黑子、石敢当、魏老酒。回想着他们生前的作为、音容举止和喜怒哀乐，令他心潮起伏。面对魏天雄的坟头时，他凝视着已经风干了的土堆，回味着这个风云人物的一生，思绪万千，引人深思、感慨。他忽然获得了一个警示，左手摸了摸腰间的短剑，它锋利的双刃既能杀死对手也能伤及自身，魏天雄的悲剧千万不要在自己身上重演。他最后来到墓地东边的一处乱岗荒地，找到一个不易察觉的坟头，盘腿坐下来轻唤着从秀的名字，给她烧了些纸钱，还给她念叨了些村里的故事。

此时越来越弱的阳光提醒吴常，该动身去车站了。他跟从秀道声别，起身向东走到一条贯通南北的土道上，往北拐，要去距此十六里和元龙县城车站距离相等的窦于车站坐火车，那个车站更靠近石家庄。

吴常怀揣着满满的乡愁撩开大步走着，深沉而厚重的大地在他脚下延伸。绚烂的夕阳吸引了他的目光，他侧头看到在如血残阳的映照下，西边天际呈现着片片鳞状层叠的晚霞，赤褐色的封龙山愈显刚劲雄浑，那高昂的龙首和拱起的龙体像是孕育了巨大的力量，假以时日一飞冲天。青灰色的天空上盘旋着一群通体金色的黄金鸟，它们在这一天的最后时刻尽情地飞翔戏耍，一会儿就要分散栖落在寻常百姓家的树上了。

夕阳落入了西山，贞村的上空突然传来一声二踢脚的爆响，这声响似乎是个引子，很快由零星变得稠密起来。除夕的炮声唤起了吴常对故土的留恋和对往昔岁月的追忆。他边走边回头望去，贞村已经淹没在了黛色之中，村子的上空闪耀着繁星般的光亮。又一个除夕之夜降临了，新的一年即将开始，在这片土地上又会发生什么样哩故事呢？吴常预料不到，但他知道一定还会继续上演一幕幕人生大戏。

天完全黑下来，所有的景致都归于无形，从贞村发出的喧嚣声渐渐消失在了广袤的天际……

后 记

我的故乡元氏县地处冀西南，造物主不仅赋予了她俊美的山川原野，也孕育了灿烂厚重的封龙文化。巍峨的封龙山（古称飞龙山）是家乡父老心中的丰碑，因为她见证并记载着这个千年古县的历史沧桑。燕赵自古多慷慨悲歌之士，一代代飞龙子孙，不乏文韬武略之士，他们不屈服于命运，面对豪强和外敌，拼将热血，誓死抗争，感天动地，可歌可泣！这片神奇的土地，是我心中膜拜的圣土，是我魂牵梦绕的精神家园。她养育了我的祖辈，深植着我的血脉之根！

几十年来，我只在童年时代断续地从外地回到家乡生活过几年，故乡的风物人情却在我幼小的心田里留下了终生难忘的记忆。特别是村人艰辛的生活状况，和长辈们讲的一些有关家乡的神话传说以及远远近近的乡村故事，催生了我一定要把20世纪上半叶的故乡画卷用文字呈现给世人的欲望。这欲望促使我成为文学青年，开始有意识地读书练笔。因为舍不得浪费积攒起的一些素材，35岁前写了几个中短篇而未投稿，只是用来自我评判文字水平是否有所进步。之后几年，因忙于工作暂时搁置了这一梦想，不时用几篇散见于报刊的小作品聊以自慰。在我踏上不惑之年的人生旅途后，忽然有一天一阵强烈的焦虑感袭上心头，扪心自问道：浑浑噩噩、庸庸碌碌过了半生，你的梦想呢？你要成为一个遗憾终生的虚度之人吗？遂暗下决心，放弃一切与梦想无关的追名逐利之杂念和空耗生命之闲散事务，义无反顾地踏上了追寻梦想的艰辛之路。

2005年，我多次利用节假日从工作所在地晋州市回到家乡查找资料寻访山川和故人。其间特别感谢我的堂弟牛动，他不但费尽心思给我找来清朝同治年间和1984年编纂的两部元氏县志，还骑摩托车带我到几座山上和几个村庄实地考察，为这部作品奠定了基调。白天忙于工作，晚上休息时间我便进入了时而激动、时而痛苦、时而狂风暴雨、时而清流惠风的创作状态。经过3年酝酿构思、8年殚精竭虑的写作，于2016年1月完成初稿。

我深知这样一部有长度有密度有难度的作品，还缺乏深度，便找到河北师范大学文学系老教授崔志远先生为我把脉。令我感动的是，年过七旬的崔老仅用半月时间便把50多万字的稿子阅读完，并且写了3000多字的点评文章。更令我感动的是，崔老把我请到家里给予深入指导，从多层次多角度提出了修改意见。特别指出作品还缺乏哲理意味，并启发我，该作品所描写的历史阶段正是中华民族寻求伟大复兴的奋斗历程，她的动力来源于哪里？如果解决了这一问题，作品品质将会大幅提升。我对崔老的这一高标准命题经过十余天的参悟，那天早晨心智豁然开朗，自以为找到了答案：动力来源于中华民族曾经领先于世界几千年的辉煌历史，来源于一百多年来仁人志士为民族复兴而前赴后继抛头颅洒热血的牺牲精神，来源于千千万万渴望过上丰衣足食安居乐业美好生活的老百姓劫来不休生生不息的辛勤劳作和对梦想执着的追求。这使我忽然联想到封龙山传说中的飞龙和深藏在百姓心中的黄金鸟。飞龙是中华民族的象征和这片土地的文化图腾，是蕴涵这一哲理意味的最佳载体。黄金鸟则象征着财富和地位，是各阶层农人向往并追求的精神依托。我立即将此构思征询崔老意见，得到其肯定答复，我当时兴奋得手舞足蹈。飞龙和黄金鸟的形象由此诞生，这部作品也因此有了灵魂。

这一稿修改完后，感觉作品品质跨上了一个大台阶，但仍感觉一些细节尚有不足之处，便请家乡几位文化界名人再提修改意见。元氏师范中文系老教师，县诗词界之翘楚田凤林先生，放弃自己的诗词创作，花费大量时间，逐章逐段地画出需要修改之处，包括一些错误词句。特别对飞龙出现的方式和场合指出了具体修改意见，使之达到了亦真亦幻的效果。可以说飞龙形象的塑造，有田老一半功劳。田老还对作品的多处细节提出了独到见解，让我每每如醍醐灌顶，愧觉知识短浅。田老还给作品起了“黄金鸟”这个意味深长的书名。能得到此等高人指点实在是我的福分，避免了作品出版后贻笑大方。

有着较高文学素养的王全喜和杨新宾二位老师，也从各自不同角度提出了许多宝贵的修改意见。二位老师常常为一个问题发微信和我探讨到深夜，如此热心肠令我感动不已！在二位老师的倾力帮助下，调整了许多文本结构方面的不妥之处，使作品更鲜明地呈现了当地风土人情和文化特色。

石家庄市作协副主席兼秘书长康志刚老师，更是以专业的眼光在百忙中给拙作提出了十分关键的修改意见：把原本较烦琐的章回体目录，改为符合现代文本的精要目录。这一修改使作品形式和内容达到了统一，给人以雅俗交融之感。

还应该感谢曹美宏女士，高冠社、张占义、张甫三位先生！这几位元氏县文广新局和文联领导以及外界朋友，以不同方式给予了我大力帮助！

同时要感念晋州这片热土，她是我的第二故乡，是她供养着我在这里生活、创作！还要致谢我的老同学韩瑞生，为这部作品的修改给予了许多热情帮助！

特别感谢年逾八旬的编辑家、老诗人张玉太先生！为这部作品出版付出了许多心血，得以在我仰慕已久的中国文史出版社实现了我的夙愿。还有为这部作品问世做嫁衣的出版社的方云虎等各位老师，在此一并表示衷心感谢！

纵观以上各位老师和朋友，无不具有成人之美的宽广胸襟，令我终生敬仰！

文学给了我创作虚构的权力，作品中的人物请家乡读者切勿对号入座！

乡土是文学取之不尽的资源宝库，蕴藏着永远讲不完的乡村故事。有朋友建议我应该续写《黄金鸟》下部，经权衡后放弃了朋友的好意。我想更换一个故事发生地，挑战一下在更广阔的社会时空里，描写一群更繁杂的人物。但是我还是愿意将本作品几个主要人物的后世情况告诉读者：

几十年后魏天雄的形象在民间被演绎成一半是好汉一半是恶魔的混合体。但是魏天雄不会知道，他的子孙在听到人们讲起他的故事时，有时表现出血脉偾张的豪壮之态，有时却讳莫如深以之为耻。魏家的酿酒工艺随着世事变迁已经失传，他的后代中，有的成为医学专家，有的经营着大货车奔跑在全国各地，还有做生意的往返于城乡之间。

田生玉至死没跟大小子解开心结，二小子的后代竟真遂了他的意愿。田从龙的儿孙传承了其衣钵，依然坚守在省城丝弦剧团过着平淡日子；田从虎唯一的孙子，在爷爷的调教下从政后当了大官，享受着被多数人仰视的优越生活。

高冉的后人始终没忘记老太爷的心愿，在经历了三十多个艰难困苦的岁月后日子开始好起来。此后每个正月初一，后辈人都要从各地赶到坟上给老太爷细说当下哩生活变化，以告慰先人，也让自身安心。特别是前几年，高鸿和段永福两家的后代联合流转到了一千多亩土地搞现代农业经营，开业的那天两家人一同到村东北角的祖坟前放炮庆贺了一番。高鹤的儿孙们早在京城扎下了根，他的几个女儿也都遵从他的嘱咐，千方百计举家迁出了乡村，在几个城市过着让农村人羡慕的生活。

说来也巧，丁黑子的曾孙丁梦龙的后人，因为计划生育等原因也都是单传，且都秉承了老太爷的刚直性格，都在元龙县基层政府从事行政工作。

那天早晨，杜化吉惊喜地睁开眼，回味刚才的梦，他坚信这是飞龙显灵了，他浑身霎时充满了力量：活着，一定好好哩活着！他顽强地活到了中央政府决定给地主富农摘帽的那一天。杜家人从此和贫下中农没有了区别，又能做生意了！精神亢奋了一天的杜化吉，当夜梦见了家人热火朝天做豆腐的情景。他满足了，不一会儿就欢喜地去了另一个世界，享年九十九岁。杜化吉的儿孙又经过几番曲折，最终圆了老人的梦想，创出了“杜记豆腐”这一地方名品，生意做得红红火火。

石敢当把儿子耽误到了五十岁才娶了个寡妇为妻，生了个儿子长大后参了军，官职升到营长转业到了原籍一个事业单位任职。因为家人对石敢当的经历讳莫如深，孙辈人对他的记忆已经淡忘。

解放几年后姜奇黄丽夫妻二人辗转调到了京城工作，他们的后辈与其荣辱与共，现在过着富足安逸的生活。有关姜奇夫妇在战争年代与敌斗争和在历次政治运动中受到冲击以及平反后享受高干待遇的经历，时常成为姜家后人骄傲和自豪的谈资。

吴非身上一直笼罩着革命后代的荣耀，按部就班娶妻生儿育女，陪伴老娘在贞村平静地生活了几十年。他曾经每年几次到省城看望爹，却从没有向当领导的爹寻求过一次帮助。前几年吴非的孙辈中出了一个博士后，寄托着一家人的希冀。

命运竟如此捉弄人，吴常去了省城几年后和余子断绝了夫妻关系后，另娶妻生了几个儿女。其独孙在爷爷的光环笼罩下，忘乎所以为所欲为，触犯了刑法，被法院判处无期徒刑。吴常为不肖子孙辱没了自己一世的英名而羞愤交加，用珍藏了几十年的短剑割腕结束了自己的生命。在他断气的一刹那，脑海里闪过一个疑问：他跟魏天雄的死惊人地相似，这到底是巧合还是宿命？